서부 해안 연대기

기프트 · 보이스 · 파워

서부 해안 연대기

기프트 · 보이스 · 파워

어슐러 K. 르 귄 지음
이수현 옮김

시공사

차례

카란타지 산

고원지대

북쪽 산

트런들디

트론드 강

대너

두넷

벤드라만

고군드

칸타리

카스문

데리스와터

우르딜

아디넷

파다스

메순

세츠

센사리 강

벤딜

소물란 강

아시온

라시 강

세미스타 강

카시카르

피람

민둥 산맥

에트라

모르 강

우파

도시국가 연합

오시르

소카 강

세셋

갈렘

파가디

페시벤

쿠스

수아

타슈만

카를

노미스

에무르 강

히시

레스바

바달바

하수르 강

코릴리

수세르

버스바

토리테라

소바

멜루네

오드람 언덕

알가란다

올람 언덕

만바

오스테아

세세리

사막

아노소

툴레리

오스티스 강

아수다르

만레리

두르

우도코

안술 시

오스마 언덕

메드론

순디스 강

우페리

오스타나 언덕

안술

카시노르

세시루스

간

순드라만

UKL
'05

1

그는 길을 잃고 우리에게 왔고, 그가 도망쳐서 더 높은 영지로 올라갔을 때 나는 우리에게서 훔쳐 간 은수저도 그를 구하지 못했을 것이 안타까웠다. 그러나 결국에는 그 길 잃은 남자가, 그 도망자가, 우리 길잡이였다.

그라이는 그 사람을 도망자라고 불렀다. 처음부터 그라이는 그가 살인이나 배신 같은 끔찍한 짓을 저지르고 복수를 피해 도망치고 있다고 확신했다. 그렇지 않고서야 무엇 때문에 저지대 사람이 여기까지, 우리가 있는 곳까지 온단 말인가?

"모르니까." 나는 말했다. "우리에 대해 전혀 모르는 거야. 그는 우릴 두려워하지 않아."

"아래쪽 사람들이 주술사들에게 올라가지 말라고 경고했다잖아."

"하지만 그 사람은 '능력'에 대해 아무것도 몰라. 그 사람에게는 다 이야기, 전설, 거짓말일 뿐인 거야……."

우리 둘 다 옳았다. 이제까지 쌓아온 도둑으로서의 명성 때문이든 지루함 때문이든, 에몬이 도망치고 있었던 것은 확실했다. 그는 코가 이끄는 대로 아무 데로나 뛰어가는 새끼 사냥개처럼 가만히 있지를 못했고, 두려움을 모르고 호기심 많고 가벼웠다. 지금에 와서 그의 억양과 말투를 돌이켜보면 에몬은 남쪽 멀리, 알가란다보다 더 먼 곳 출신이었다. 그곳에서는 윗지방에 대한 이야기가 그저, 이야기일 뿐이었다. 먼 북쪽 땅에서는 얼음 덮인 산에 사는 사악한 주술사 족속들이 불가능한 일을 한다더라 하는 오랜 소문.

산 아래 대녀에서 사람들이 하는 말을 믿었더라면 그 사람은 절대 카스프로만트*까지 오지 않았을 것이다. 그리고 우리 말을 믿었다면 산 위로 더 올라가지 않았을 것이다. 에몬은 이야기 듣기를 좋아했고 우리 이야기에 귀를 기울였지만, 그 이야기들을 믿지는 않았다. 그는 도시인이었고 교육을 받았으며 저지대를 널리 여행했다. 세상을 알았다. 그런데 우리는, 나와 그라이는 어떤가? 우리끼리 호기롭게 '영지'라고 부르는 황량한 구릉지 농장의 지저분함과 미신에 물든 열여섯 살짜리 눈먼 소년과 음울한 소녀가 무엇을 알까? 에몬은 나태한 친절을 발휘하여 우리가 가진 엄청난 능력에 대한 이야기를 이끌어냈지만, 우리가 이야기하는 동안에도 우리의 헐벗고 척박한 생활 방식과 참혹한 가난, 농장에서 일하는 장애인과 모자란 사람들을 보았고, 이 어두운 구릉지대 바깥에 있는 모든 것에 대한 우리의 무지를 보며 속으로 '아, 그래, 참도 대단한 능력이군, 불쌍한 놈들!' 하

*'카스프로 영지'라는 뜻.《서부 해안 연대기》전반에 걸쳐 혈족 이름에 '-만트/만드' 접미사가 붙은 단어들은 그 혈족의 영지 또는 영역을 뜻한다.

고 생각했다.

그라이와 나는 에몬이 이곳을 떠나 게레만트로 갔을까 두려웠다. 에몬이 아직 그쪽에 있을지도 모른다고, 에로이의 즐거움을 위해 다리가 나사처럼 배배 틀렸거나 얼굴이 끔찍해졌거나 나와 달리 진짜로 눈이 먼 채 노예가 되었을지언정 살아 있을지도 모른다고 생각하기는 힘들다. 에로이는 에몬의 부주의함과 무례함을 한 시간도 참아내지 못했을 테니 말이다.

나는 에몬이 혀를 놀릴 때면 아버지에게서 멀리 떨어뜨려두려고 애썼지만 그것은 우리 아버지 카녹이 우울한 상태에다 인내심이 깊지 않았던 탓이지, 그럴 만한 이유도 없이 능력을 사용할까 두려워서 그랬던 건 아니었다. 어쨌든 아버지는 에몬이나 다른 사람에게나 별 관심을 두지 않았다. 어머니가 죽은 후로 아버지의 마음은 온전히 비탄과 분노와 증오에 사로잡혀 있었다. 그는 자기 고통과, 복수하고픈 열망 속으로 움츠러들었다. 근방에 있는 모든 새둥지와 보금자리들을 아는 그라이는 언젠가 '벼랑'에 있는 새둥지에서, 새끼 새들을 위해 사냥 중이던 어미 새가 양치기에게 죽은 후에 독수리 수컷이 괴상하게 생긴 은빛 새끼 두 마리를 품은 광경을 본 적이 있다. 내 아버지도 그처럼 새끼를 품고 굶어 죽어갔다.

그라이와 나에게 에몬은 보물이었다. 우리 그늘에 찾아든 눈부신 생물이었다. 그는 우리의 굶주림을 해결해주었다. 우리 역시 어떤 의미에서는 굶주리고 있었기 때문에.

에몬은 '저지대' 이야기를 충분히 해주는 법이 없었다. 내가 묻는 질문에 모두 대답을 해주긴 했지만, 농담조이거나 애매한 대답이 대부분이었다. 그의 과거 삶에는 우리에게 알리고 싶지 않은 게 상당히 있었고, 더불어 그는 그라이가 내 눈이 되어줄 때만큼 날카로운 관찰자도, 명확한 보고자도 아니었다. 그라이는 새로 태어난 수송아지가 어떻게 생겼는지 정확하게, 푸른빛 도는 털과 울퉁불퉁한 다리와 털에 덮인 작은 뿔을 내가 그려볼 수 있을 만큼 또렷하게 이야기할 수 있었다. 그러나 에몬에게 데리스와터 시에 대해 이야기해달라고 청하면 그가 하는 말이라 곤, 대단한 도시라고 할 수도 없고 시장은 활기가 없다는 것뿐이었다. 그러나 나는 어머니에게 들어서 알고 있었다. 데리스와터에는 높은 붉은색 집들과 그 사이로 깊숙이 파인 거리가 있으며, 강을 오가는 배들이 들렀다가 나가는 선착장과 정박소에서부터 도로까지 석판 계단이 놓여 있다는 것, 새를 파는 시장과 물고기 시장, 향신료와 향과 꿀을 파는 시장, 헌 옷과 새 옷 시장이 있고 트론드 강 위아래에서는 물론이고 때로는 먼 바닷가에서까지 사람들이 찾아오는 거대한 도자기 축제가 있다는 것을 알았다.

어쩌면 에몬은 데리스와터에서 도둑질이 잘 풀리지 않았는지도 모른다.

이유야 무엇이든 간에 에몬은 질문을 던지고 느긋하게 앉아서 우리 말에, 대개는 내 말에 귀를 기울이는 쪽을 더 좋아했다. 나는 언제나 이야기꾼이었다. 듣는 사람만 있다면 말이다. 그라이는 오래전부터 말없이 지켜보는 습관을 갖고 있었지만 에몬은 그라이도 침묵에서 끌어낼 수 있었다.

우리 둘을 만난 것이 얼마나 행운이었는지 알았을지는 잘 모르겠지만, 그도 우리가 따뜻하게 맞아들여 모질고 비가 많은 겨울을 편안하게 나게 해준 것은 고마워했다. 그는 우리 둘을 딱하게 여겼다. 지루해한 것도 분명했다. 그는 호기심이 많은 사람이었다.

"그래서 게레만트에 있는 친구가 그렇게 무서운 이유가 뭐야?" 질문을 던지는 에몬의 의심스러운 말투를 듣자 되도록 모든 노력을 다해서 내가 한 말이 사실이라고 설득하고 싶어졌다. 그러나 이 문제는 능력을 가진 사람들 사이에서도 많이 이야기할 주제가 아니었다. 큰 소리로 그 문제를 이야기하는 것 자체가 어색했다.

"그 혈통의 선물은 비틀기라고 불러." 나는 한참 만에 말했다.

"비틀기? 춤 같은 거 말이야?"

"아니." 적당한 표현을 찾기가 어려웠고, 말하기도 어려웠다. "사람들을 비트는 거야."

"사람들이 빙빙 돌게 만드는 건가?"

"아니. 사람들의 팔, 다리, 목, 몸을." 나는 그 이야기가 불편해서 몸을 약간 비틀었다. 그러다가 마침내 말했다. "'둥근 언덕' 위에 사는 나무꾼, 늙은 고녠 봤지? 어제 수레 길에서 고녠과 스쳐 지나갔잖아. 그라이가 그 사람이 누군지 말해줬고."

"호두까기처럼 몸이 굽은 노인 말이지."

"브랜터 에로이가 그렇게 만든 거야."

"그 사람을 반으로 접어놨다고? 왜?"

"벌이지. 고녠이 게레 숲에서 나무를 하는 걸 봤다나."

에몬은 잠시 후에 말했다. "류머티즘으로도 그렇게 돼."

"고녠은 그때 젊은 남자였어."

"그러니까 그 일을 네가 기억하는 건 아니겠군."

"그래." 나는 쉽사리 믿지 않으려 하는 그의 가벼운 태도에 짜증이 나서 말했다. "하지만 고녠은 기억해. 우리 아버지도 기억하고. 고넨이 말했거든. 게레만트에 들어간 게 아니었다고, 경계선이긴 해도 우리 숲에 있었다고 했어. 그런데 브랜터 에로이가 고넨을 보고 고함을 치는 바람에 겁이 나서 등에 나무를 진채로 도망치기 시작했대. 고넨은 달리다가 넘어졌고, 일어서려고 했을 때에는 등이 지금처럼 굽어버렸어. 고넨의 마누라 말로는 몸을 펴려고 하면 아파서 비명을 지른대."

"그래서 그 브랜터는 어떻게 그런 짓을 한 거야?"

에몬은 브랜터라는 말을 우리에게서 배웠다. 저지대에서는 한 번도 듣지 못한 단어라고 했다. 브랜터라는 것은 영지의 주인이었고, 그 혈통의 우두머리이자 가장 뛰어난 재능을 타고난 남자거나 여자였다. 우리 아버지는 카스프로만트의 브랜터였다. 그라이의 어머니는 로드만트의 바레 브랜터였고 아버지는 같은 영지의 로드 브랜터였다. 우리 둘은 그들의 후계자이며, 둥지속의 독수리 새끼였다.

나는 에몬의 질문에 답하기를 망설였다. 조롱하는 투로 던진 질문은 아니었지만, 내가 '선물'의 힘에 대해 말해도 될지 알 수 없었다.

그라이가 대신 답했다. "그 남자를 봤을 거야." 그라이는 조용한 목소리로 말했다. 눈이 보이지 않는 나에게 그라이의 목소리는 언제나 나뭇잎을 흔드는 산들바람 같은 느낌으로 다가왔다. "그리고 왼손이나 손가락으로 고넨을 가리키고, 이름을 말했을지도 모르지. 그런 다음 한 마디나 두 마디를 더 하고 나면, 이루어진 거야."

"어떤 말을?"

그라이는 조용했다. 아마 어깨를 으쓱였을지도 모른다. "그건 게레의 선물이지 내 것이 아니야." 그녀는 한참 만에 말했다. "우린 그 사람들의 방법을 몰라."

"방법?"

"능력이 움직이는 방법."

"흠, 그러면 네 능력은 어떻게 움직이지? 어떤 일을 하는 건데?" 에몬은 놀리는 게 아니라 호기심이 가득한 말투로 물었다. "사냥과 관계된 거지?"

"바레가 받은 선물은 부름이야." 그라이가 말했다.

"부름? 뭘 부르는데?"

"동물들."

"사슴?" 에몬이 질문을 던질 때마다 짧은, 고개를 한 번 끄덕일 만큼 짧은 침묵이 뒤따랐다. 나는 그라이가 집중하고는 있지만 마음을 드러내지 않은 얼굴로 고개를 끄덕이는 모습을 상상했다. "산토끼? 야생 백조? 곰? 흠, 곰을 불러서 찾아오면 그걸로 뭘 하지?"

"사냥꾼들이 죽이겠지." 그라이는 잠시 사이를 두고 말했다. "나는 사냥을 위해 부르지 않아."

지금 그라이의 목소리는 잎사귀를 스치는 바람이 아니라 돌을 스치는 바람이었다.

우리 친구는 그라이의 말뜻을 이해하지 못한 것이 분명했지만, 그 목소리에는 조금이나마 오한을 느꼈을지도 모르겠다. 그는 그라이에게 더 묻지 않고 나에게 방향을 돌렸다. "그러면 오렉, 네 능력은?"

"아버지와 같아. 카스프로 혈통의 선물은 되돌림이라고 부르지. 어떤 것인지는 말하지 않을래, 에몬. 용서해줘."

"너야말로 내 모자람을 용서해줘야 해, 오렉." 에몬은 조금 놀란 듯한 침묵 뒤에 말했다. 그 목소리는 너무나 따뜻했을 뿐 아니라, 내 어머니의 목소리처럼 저지대의 예의와 부드러움이 깃들어 있었다. 눈가리개에 가려진 눈이 눈물 때문에 따끔거렸다.

에몬인지 그라이인지 누군가가 꺼져가는 불을 되살렸다. 다시 다리를 감싸는 따뜻한 느낌이 기꺼웠다. 우리는 커다란 화덕 가에, 돌 의자가 굴뚝 옆 깊숙이 자리 잡은 남쪽 구석에 앉아 있었다. 1월 말의 추운 저녁이었다. 굴뚝으로 불어드는 바람 소리가 커다란 올빼미 울음소리 같았다. 실 잣는 여자들은 불빛이 조금 더 밝은 우리 반대편 노변에 앉아 있었다. 그들은 잡담을 조금 하거나 느리고 부드럽고 지루한 실 잣기 노래를 흥얼거렸고, 우리 셋은 구석에서 이야기를 계속했다.

"흠, 그러면 다른 혈통들은?" 에몬이 무책임하게 말했다. "다른 사람들 이야기는 해도 되겠지? 이 산맥 여기저기에서, 여기 같이 자기네 돌탑에 사는 다른 브랜터들은? 각자 영지가 있는 사람들 말이야. 그 사람들이 가진 힘은 뭔데? 그들은 능력이 뭐야? 뭘 무서워하고?"

그 반신반의하는 태도에는 언제나 약간 도전적인 느낌이 있었고, 나는 그런 태도에 저항하지 못했다. "코드만트의 혈통을 잇는 여자들에게는 눈을 멀게 하는 힘이 있어. 아니면 귀머거리로 만들거나, 언어를 빼앗아가지."

"우와, 그건 위험한데." 에몬은 잠시나마 깊은 인상을 받은 듯이 말했다.

"코드만트 남자들 중에도 간혹 능력을 가진 사람이 있어." 그라이가 말했다.

16

"너희 아버지는, 그라이, 로드의 브랜터는 능력이 있는 거야? 아니면 너희 어머니만 능력자야?"

"로드 혈통은 칼날의 선물을 받았어."

"칼날이라면……."

"보이지 않는 칼날을 사람 심장에 박거나, 목을 베거나, 죽이거나, 좋을 대로 상처 입히는 거야. 상대가 눈에 보이는 곳에 있다면."

"초름의 모든 아들의 이름으로, 그거 끝내주는데! 진짜 멋진 능력이야! 하지만 네가 어머니를 이어받아서 기쁜걸."

"나도 그래." 그라이가 대답했다.

그는 계속 나를 구슬렸고 나는 우리 고원지대 사람들의 힘에 대해 이야기하면서 우쭐한 기분을 억누르기가 힘들었다. 그래서 나는 볼 수 있고 가리킬 수만 있으면 어디에나 불을 피울 수 있는 올름 혈통에 대해 이야기했다. 또 말과 몸짓만으로 무거운 것들을, 때로는 건물이나 산까지도 옮길 수 있는 칼렘 혈통을, 내면에 눈이 있어서 다른 사람이 생각하는 것을 볼 수 있는 모르가 혈통을 이야기했다. 그러나 그라이는 모르가의 능력은 몸 안에 있는 병이나 약한 부분을 보는 것이라고 말했다. 우리는 어느 쪽이든 모르가는, 위험하지는 않더라도 불편한 이웃이라는 데 의견을 같이했다. 북쪽 협곡 멀리 있는 외지고 가난한 영지에 머무는 것, 그리고 훌륭한 말을 키운다는 것 외에는 다들 모르가에 관해 아무것도 알지 못하는 것도 그래서였다.

그런 다음에 나는 대大영지들, 그러니까 헬바르만트와 티브로만트와 보레만트, 북동쪽 산 위에 사는 카란타지의 군벌들에 대해 평생 들어온 이야기를 해주었다. 헬바르의 능력은 '제거'라고 했는데 내 혈통의 능력과 가까웠기 때문에 더 말하지 않았다. 티브로와 보레의 능력은 '고삐 매기'와 '쓸어내기'라고 불렸다. 티브로만트의 남자는 상대의 의지를 빼앗고 원하는 대로 조종할 수 있었다. 그래서 고삐 매기였다. 보레만트의 여자는 상대의 마음을 빼앗고 머리도 없고 말도 하지 못하는 바보로 만들 수 있었다. 그게 쓸어내기였다. 그리고 다른 능력처럼 한 번의 눈길과 몸짓, 한 마디 말로 그 모든 일이 이루어졌다.

그러나 그런 능력들은 에몬만이 아니라 우리에게도 소문일 뿐이었다. 이쪽 고원에는 그런 대혈통이 아무도 없었고, 카란타지의 브랜터들은 우리 낮은 지역 사람들과 얽히지 않았다. 가끔 노예를 잡으러 산 아래를 습격할 때를 빼고는.

"그러면 너희는 칼날과 불과 그런 것들로 맞서 싸우는 거군." 에몬이 말했다. "왜들 그렇게 흩어져 사는지 이제야 알겠다! ……그리고 여기에서 서쪽에 있는 게 너희가 큰 영지라던 드러만트, 맞지? 거기 브랜터는 뭐가 그리 안 좋아? 만나보기 전에 그 정도는 알아두고 싶은데."

나는 대답하지 않았다. "브랜터 오그의 능력은 느린 소진이야." 그라이가 말했다.

에몬이 소리 내어 웃었다. 그런 능력에 대해 웃어선 안 된다는 것을 그는 알지 못했다.

"그거 지독한데! 음, 아까 말했던 그 뭐냐, 왜 아픈지 말해줄 수 있는 내면의 눈을 가졌다는 사람들은 빼고 말이야. 그래도 그 능력은 쓸모는 있잖아."

"습격에 맞설 때엔 아니지." 내가 말했다.

"그럼 너희는 언제나 영지를 둘러싸고 서로 싸우는 건가?"

"물론."

"뭣 때문에?"

"싸우지 않으면 지배당하고, 혈통이 끊기니까." 나는 조금은 거만한 태도로 그의 무지함에 대응했다. "선물이란, 능력이란 그걸 위해 있는 거야. 영지를 지키고 혈통을 순수하게 유지할 수 있게. 스스로를 지키지 못한다면 능력도 잃겠지. 다른 혈통에게, 보통 사람들에게, 심지어는 '칼룩'에게 침범당할……." 나는 말을 끊었다. 내 입에서 튀어나온 말, 능력을 타고나지 않은 저지대인들을 경멸하는 말, 평생 한 번도 큰 소리로 내지 않은 말이 내 입을 막았다.

내 어머니는 칼룩이었다. 드러만트 놈들이 그렇게 불렀다.

나는 에몬이 불쏘시개로 재를 쑤시는 소리를 들을 수 있었다. 잠시 후에 그가 말했다. "그러니까 이 능력, 이 선물은 가족 안에서, 아버지에게서 아들로 전해지는 거로군? 들창코처럼 말이야."

"그리고 어머니에게서 딸로." 내가 아무 말도 하지 않자 그라이가 대꾸했다.

"그러니까 너희는 다들 가족 안에서 능력을 유지하기 위해 그 안에서 결혼해야 하는 거로군. 알겠어. 결혼할 친척을 찾지 못하면 그 능력은 사그라지는 건가?"

"카란타지에서라면 문제 될 게 없지." 나는 말했다. "그쪽 땅은 여기보다 풍요롭고 영지도 더 크고 사람도 더 많이 살거든. 브랜터 한 명의 영지 안에 같은 혈통이 열 가족 넘게 살 수도 있어. 이 아래에서는 혈통이 적어. 혈통 외부 사람과 결혼하는 경우가 너무 많으면 능력이 약해지지. 그래도 강한 능력은 변함없이 이어져. 어머니에게서 딸로, 아버지에게서 아들로."

"그래서 동물을 부르는 그라이의 재주는 어머니인 여자 브랜터에게 이어받은 것이고"—'여자 브랜터'라니, 우스꽝스러운 표현이었다—"오렉의 재주는 브랜터 카녹에게서 이어받은 것이란 말이지. 그 능력에 대해서는 더 묻지 않겠어. 하지만 우정에서 묻는 거란 걸 알 테니 이것만은 말해줘. 넌 날 때부터 눈이 멀어 있었나, 오렉? 아니면 너희가 말하던 그, 코드만트의 마녀들이 원한을 품고 이런 짓을 한 건가? 아니면 불화나 습격 때문에 시력을 잃은 거야?"

나는 그의 질문을 넘겨버릴 방법을 몰랐고, 대충 넘어갈 만한 답도 떠오르지 않았다.

"아니. 내 눈은 아버지가 봉한 거야."

"네 아버지가! 아버지가 보지 못하게 했다고?"

나는 고개를 끄덕였다.

2

인생의 한가운데에서 자기 삶을 하나의 이야기로 바라보는 것은 살아나가는 데 도움이 될 수도 있다. 그러나 그 이야기가 어디로 갈지, 어떻게 끝날지 안다고 생각하는 것은 어리석은 일이다. 이야기의 결말은 인생이 끝났을 때에만 알 수 있다.

그리고 끝이 났을 때조차도, 그 이야기가 백 년 전에 살았던 다른 사람의 인생이며 내가 여러 번 들은 이야기라 할지라도 듣는 동안 나는 이야기의 결말을 모르는 것처럼 희망하고 두려워한다. 그렇게 함으로써 나는 이야기를 살고 이야기는 내 안에서 산다. 그것은 내가 아는 한 죽음의 허를 찌르기에 가장 좋은 방법이다. 죽음은 자신이 이야기를 끝맺는다고 생각한다. 죽음은 이야기들이 죽음 안에서 끝나지만, 죽음과 함께 끝나는 것은 아니라는 사실을 이해하지 못한다.

다른 사람의 이야기들이 누군가의 이야기에 포함되기도 하고, 이야기가 이어지는 토대와 기반을 이루기도 한다. 내 아버지가 해준 눈먼 브랜터 이야기도 그러했고, 아버지의 두넷 습격 이야기가 그러했으며, 어머니가 해준 저지대 이야기들과 쿰벨로가 왕이었던 시대에 대한 이야기들이 그러했다.

어린 시절을 생각할 때면 나는 석조 저택의 홀에 들어가거나, 난롯가 의자에 앉아 있거나, 카스프로만트의 진흙 마당이나 깨끗한 마구간에 있다. 콩을 고르는 어머니와 함께 부엌 뜰에 있거나, 어머니와 함께 둥근 탑실의 화덕가에 앉아 있다. 그라이와 함께 언덕에 나가 있을 때도 있다. 나는 끝이 없는 이야기의 세계 속에 있다.

그 석조 저택의 현관문 옆, 어두운 통로에는 조잡하게 깎았으나 오래 사용하면서 손잡이 부분이 까맣고 반질반질하게 닳은 크고 굵은 주목 지팡이가 하나 걸려 있었다. 눈먼 카다드의 지팡이였다. 만져서는 안 되는 물건이었다. 내가 처음 그 사실을 알았을 때 지팡이는 나보다 훨씬 컸다. 나는 몰래 가서 지팡이를 만져보며 오싹한 기분을 맛보곤 했다. 그것은 금지된 물건이었다. 수수께끼였다.

나는 브랜터 카다드가 내 아버지의 아버지인 줄 알았다. 당시 내 이해력으로는 그 이상 역사를 거슬러 올라갈 수 없었다. 내 할아버지의 이름이 오렉이고, 내 이름이 할아버지를 따른 것인 줄은 알고 있었다. 그러니까 내 머릿속에서 아버지에게는 아버지가 두 명 있었고, 나는 그렇게 생각하는 데 아무 어려움을 겪지 않고 그저 재미있다고만 여겼다.

어느 날 마구간에서 아버지와 함께 말을 돌보던 중이었다. 아버지는 말을 돌보는 일에 대해서는 아무도 온전히 믿지 않았고, 내가 세 살이 되자 아버지 일을 돕게 나를 훈련시키기 시작했다.

나는 계단식 걸상에 앉아서 밤색에 흰색 털이 섞인 암말 '얼룩이'의 겨울 털을 빗질해서 벗겨내다가, 옆 칸에서 덩치 좋은 회색 준마를 돌보던 아버지에게 물었다. "왜 제 이름을 아버지의 아버지 중 한 분만 따서 지었어요?"

"이름을 딸 아버지가 하나밖에 없으니까. 남부끄러울 것 없는 사람들 대부분과 마찬가지로 말이다." 아버지는 자주 웃지 않았지만, 이때에는 희미한 미소를 볼 수 있었다.

"그럼 브랜터 카다드는 누구예요?" 그러나 아버지가 대답하기 전에 생각이 났다. "아버지의 아버지의 아버지였구나!"

"내 아버지의 아버지의 아버지란다." 카녹은 준마 '재기러기'의 털에서 피어오른 겨울 털과 먼지와 말라붙은 진흙의 구름 속에서 말했다. 나는 암말의 옆구리를 당겨서 철썩 때리고 빗질하기를 계속했고, 그 대가는 눈과 코와 입에 가득한 먼지와, 얼룩이 옆구리에 내 손바닥만 하게 남은 희고 붉은빛으로 반짝이는 봄 털가죽, 그리고 얼룩이의 흡족한 울음소리였다. 얼룩이는 고양이 같아서, 토닥여주면 몸을 기대왔다. 나는 얼룩이를 할 수 있는 한 세게 밀어내고 털가죽의 밝은 부분을 넓히려는 노력을 계속했다. 조리 있게 생각하기에는 아버지가 너무 많았다.

나에게 존재하는 한 명의 아버지가 얼룩이의 칸 앞으로 와서 얼굴을 닦으며 나를 지켜보고 섰다. 나는 부지런히 일을 계속했고, 잘 보이고 싶은 마음에 이제는 말빗을 너무 길게 빗어내리고 있었다. 하지만 아버지는 그 부분에 대해 아무 말도 하지 않고 말했다. "카다드는 우리 혈통에서, 아니 서쪽 언덕땅에 있는 혈통을 통틀어서 가장 강력한 능력을 갖고 태어났다. 우리에게 그보다 강한 능력은 주어진 적이 없어. 우리 혈통의 능력이 뭐지, 오렉?"

나는 일손을 멈추고 계단식 걸상에서 걸어 내려가서 아버지를 마주하고 섰다. 나에게는 꽤 긴 계단이었기 때문에 조심해서 발을 디뎌야 했다. 아버지가 내 이름을 불렀을 때, 나는 꼿꼿하게 몸을 펴고 서서 아버지를 마주했다. 내가 기억할 수 있는 한은 언제나 그렇게 했다.

"우리 능력은 되돌림입니다." 나는 말했다.

아버지는 고개를 끄덕였다. 아버지는 언제나 나에게 상냥했다. 나는 아버지에게 해를 입을까 두려워하지 않았다. 그에게 복종하는 것은 어렵지만 강렬한 즐거움을 주었다. 아버지가 만족스러워하는 것이 내가 얻는 보상이었다.

"그건 무슨 의미냐?"

나는 아버지에게 배운 대로 대답했다. "되돌리고, 부수고, 파괴하는 힘을 말합니다."

"내가 그 힘을 쓰는 것을 본 적이 있느냐?"

"공을 산산조각 내시는 걸 봤어요."

"내가 살아 있는 존재에 그 힘을 쓰는 것을 본 적이 있느냐?"

"버드나무 가지가 까맣게 변해서 축 늘어지게 하시는 걸 봤어요."

나는 아버지가 그쯤에서 멈추길 바랐지만, 아직 이 질문 공세가 멈출 때는 아니었다.

"내가 살아 있는 동물에게 그 힘을 쓰는 것을 본 적이 있느냐?"

"어…… 쥐를 죽이시는 걸 봤어요."

"쥐가 어떻게 죽었지?" 아버지의 목소리는 고요하면서도 가차 없었다.

그것은 겨울에 일어난 일이었다. 마당에서였다. 덫에 걸린 쥐였다. 어린 쥐. 그 쥐는 빗물통 속에 들어갔다가 빠져나오지 못하고 있었다. 청소부인 다레가 제일 먼저 그 쥐를 보았다. 아버지는 "이리 오너라, 오렉"이라고 했고, 내가 가자 말했다. "가만히 서서 보아라." 나는 가만히 서서 지켜보았다. 나는 통을 반쯤 채운 물속에서 허우적거리는 쥐를 보려고 목을 길게 뺐다. 아버지는 통 위에 서서 통 안을 가만히 내려다보았다. 그리고 왼손을 움직이며 뭔가 말을 했다. 아니, 그냥 날카로운 숨을 내쉰 것 같기도 했다. 쥐는 한 번 몸부림치고 부르르 몸을 떨더니 물 위에 둥실 떠올랐다. 아버지는 오른손을 안에 넣어 쥐를 꺼냈다. 쥐는 아버지의 손 안에 축 늘어져 있었다. 쥐가 아니라 젖은 헝겊처럼 아무 형태도 없었지만, 작은 발톱이 달린 발가락과 꼬리를 알아볼 수 있었다. "만져보아라, 오렉." 아버지의 말에 쥐를 만져보았다. 부드러웠다. 뼈가 없는 느낌이었다. 물에 젖은 작고 얇은 가죽 부대 안에 가루를 반쯤 채워놓은 듯한 느낌이었다. "이것이 되돌림이다." 아버지는 나를 보고 말했고, 그 순간에 나는 아버지의 눈이 무서웠다.

다시 지금으로 돌아와서, 나는 아버지의 눈을 두려워하며 건조해진 입으로 말했다. "아버지께서 쥐를 되돌리셨죠."

그는 고개를 끄덕였다.

"나에겐 그 힘이 있다. 너도 갖게 될 거야. 그리고 네 안에서 힘이 자라는 동안 난 그 힘을 사용하는 방법을 가르칠 거다. 네 능력을 쓰는 방법은?"

"눈과 손과 숨결과 의지로 씁니다." 나는 아버지에게 배운 대로 말했다.

아버지는 흡족해하며 고개를 끄덕였다. 나는 조금 긴장을 풀었지만, 아버지는 아니었다. 시험은 아직 끝나지 않았다.

"저 털 매듭을 보아라, 오렉." 아버지가 말했다. 마구간 바닥, 내 발치에 흩어진 지푸라기 사이에 흙투성이로 엉킨 털 뭉치가 떨어져 있었다. 얼룩이의 갈기에 붙어 있던 것을 내가 풀어서 떨어뜨려놓은 것이었다. 처음에 나는 아버지가 마구간 바닥을 더럽혔다고 꾸짖으려는 줄 알았다.

"보아라. 오직 저것만 봐. 눈을 돌리지 말고. 시선을 계속 붙박아라."

나는 그 말에 따랐다.

"손을 움직여라, 이렇게." 내 뒤에 선 아버지는 내 왼팔과 손을 부드럽게, 조심스럽게 움직여서 한데 모은 손가락이 진흙과 털 뭉치를 가리키게 했다. "그렇게 들고 있어라. 자, 이제 내 말을 따라 해라. 목소리가 아니라 숨결로. 이렇게 말해라." 아버지는 나에게는 전혀 의미가 없는 말을 속삭였고, 나는 아버지가 잡아둔 자세 그대로, 손으로는 털 뭉치를 가리키고 털 뭉치를 뚫어져라 바라보면서 그 말을 따라 했다.

잠시 동안은 아무것도 움직이지 않았다. 모든 것이 정지해 있었다. 다음 순간 얼룩이가 한숨을 쉬며 발을 들어 올렸고, 마구간 문밖에서 바람 소리가 들리더니 바닥에 놓여 있던 흙투성이 털 뭉치가 살짝 움직였다.

"움직였어요!" 내가 외쳤다.

"바람이 움직인 거야." 아버지는 웃음기가 담긴 온화한 목소리로 말했다. 그는 어깨를 쭉 펴고, 선 자세를 바꿨다. "기다려봐라. 넌 아직 여섯 살도 안 됐으니."

"아버지가 해보세요." 나는 말털 뭉치를 노려보며 흥분하고 화가 나서 말했다. "저걸 되돌려요!"

나는 아버지가 움직이는 모습도 보지 못했고, 숨소리도 듣지 못했다. 다음 순간 바닥에 놓인 뭉치는 먼지를 흩날리며 풀어졌고, 그 자리에는 붉은 기가 도는 긴 회색 털 몇 가닥만 놓여 있었다.

"네게도 힘이 찾아올 거다." 카녹은 말했다. "우리 혈통의 선물은 강해. 그렇지만 카다드는 그중에서도 가장 강했지. 여기 앉아라. 너도 이제 카다드의 이야기를 들을 만큼은 자랐으니까."

나는 계단식 걸상에 걸터앉았다. 아버지는 마구간 칸막이 앞에 섰다. 맨다리에 무거운 검은색 고원지대풍 킬트와 코트를 걸치고, 마구간 검댕으로 가려진 얼굴로도 짙은 눈을 밝게 빛내는, 마르고 곧고 거무스름한 남자. 손은 지저분했지만 힘세고 섬세하면서도 흔들림이 없었다. 목소리는 조용했고, 의지는 강력했다.

아버지는 내게 눈먼 카다드의 이야기를 해주었다.

"카다드는 우리 혈통의 어느 아들보다도, 카란타지의 대가족 누구보다도 어린 나이에 능력을 보였지. 세 살 때에는 장난감을 노려보면 장난감이 산산조각 났고, 눈짓을 한 번 하면 매듭을 풀 수 있었어. 네 살에는 펄쩍 뛰어올라서 자기를 놀라게 한 개에게 힘을 행사해서 파괴해버렸다. 내가 그 쥐를 파괴한 것처럼 말이다."

아버지는 잠시 말을 멈추고 내가 고개를 끄덕이기를 기다렸다.

"하인들은 그를 두려워했고, 카다드의 어머니는 이렇게 말했다. '이 아이의 의지가 어린아이의 의지인 동안은 우리 모두에게 위험합니다. 나에게조차도.' 그녀는 우리 혈통이었고, 남편 오렉과는 사촌 사이였지. 오렉은 아내의 경고에 귀를 기울였어. 그래서 그들은 눈의 힘을 쓰지 못하도록 카다드에게 3년간 눈가리개를 씌웠다. 그 3년 동안 두 사람은 카다드를 가르치고 훈련시켰지. 내가 너를 가르치고 훈련시키는 것처럼 말이다. 카다드는 잘 배웠다. 그리고 완벽한 복종의 대가로 다시 볼 수 있게 되었어. 그리고 그는 그 엄청난 능력을 연습에만, 아무 쓸모도 가치도 없는 물건에만 쓰도록 조심했단다.

카다드는 어린 시절에 딱 두 번 힘을 보였다. 한 번은 드러만트의 브랜터가 이 영지 저 영지에서 소 떼를 습격할 때였지. 사람들이 그를 카스프로만트로 초대해서, 열두 살의 소년이었던 카다드가 기러기 떼를 되돌리는 것을 보여주었다. 카다드는 한 번의 눈짓과 몸짓만으로 기러기 떼를 하늘에서 떨어뜨렸지. 그것도 방문객을 즐겁게 해주기 위해서라는 듯 미소 띤 얼굴로 말이야. 드럼은 '날카로운 눈이군' 하고 말했고, 우리 소 떼를 훔치지 않았다.

두 번째는 카다드가 열일곱 살이 되었을 때였다. 카란타지에서 티브로만트의 브랜터가 이끄는 습격대가 왔다. 그들은 새로 개간한 땅을 일굴 남녀를 잡으러 왔고, 우리 영지민들은 고삐에 매여, 티브로 브랜터를 따라가서 자기 의지라곤 없이 오직 그가 남겨둔 의지만으로 힘써 일하다 죽을 것을 두려워하면서, 보호를 구해 석조 저택으로 도망쳐 왔지. 카다드의 아버지 오렉은 이곳 석조 저택에서 버티려 했지만, 카다드는 계획을 말하지도 않고 홀로 밖으로 나갔어. 그리고 숲 가장자리에 몸을 숨긴 채 카란타지의 고지대인들을 하나씩 염탐하고는, 보는 족족 되돌렸단다."

나는 아버지가 되돌린 쥐를 보았다. 부드러운 가죽 주머니가 된 쥐.

"카다드는 고지대인들이 그 시체를 발견하게 놔뒀어. 그러고는 들고 나온 회담용 깃발을 들고 홀로 '긴 돌탑'을 마주한 산사면을 올랐지. 습격자들에게 외쳤어. '나는 1킬로미터가 넘는 거리에서도 이 같은 일을 행했다.' 카다드는 계곡을 사이에 두고, 돌탑의 거대한 바위 뒤에 서 있는 습격자들에게 외쳤단다. '바위도 나에게서 숨겨주지는 못해.' 그리고 돌탑의 선돌을 파괴했어. 티브로만트의 브랜터가 그 돌 뒤에서 쉬고 있었지. 선돌은 산산이 부서져서 흙과 먼지가 되었다. 카다드는 말했지. '내 눈은 강하다.'

카다드는 답을 기다렸어. 티브로가 답했지. '네 눈은 강하다, 카스프로.' 카다드는 다시 말했어. '하인을 구하러 왔나?' 티브로가 답했지. '그래, 우리에겐 남자가 필요하다.' 카다드는 말했어. '우리 영지민 두 사람을 일꾼으로 주겠다. 그러나 하인으로서지, 고삐에 매인 존재로서는 아니다.' 티브로는 답했어. '관대하군. 그 선물을 받아들이고 그 조건을 지키겠다.' 카다드는 여기 석조 저택으로 돌아와서 각기 다른 농장 출신의 젊은 농노 두명을 불러냈어. 그는 두 사람을 고지대인들에게 데려가서 넘겨준 다음, 티브로에게 말했지. '이제 고지대로 돌아가라. 나는 따

라가지 않겠다.'

　그들은 떠났고, 그 후로 카란타지의 습격대는 두 번 다시 서쪽 우리 영지까지 나오지 않았지.

　그렇게 강한 눈의 카다드는 온 고원지대의 이야깃거리가 되었단다."

　아버지는 말을 멈추고 나에게 생각할 시간을 주었다. 나는 잠시 후에 아버지를 쳐다보고 질문을 해도 괜찮을지 살폈다. 괜찮을 것 같았기에 나는 알고 싶은 것을 물었다. "우리 영지의 두 젊은이는 티브로만트에 가고 싶어 했나요?"

　"아니. 그리고 카다드도 그들을 다른 이들 밑으로 보내거나 그들의 노동력을 잃고 싶지 않았지. 그러나 힘을 보여주면 반드시 선물을 제공해야 하거든. 중요한 원칙이야. 기억해라. 내가 말한 내용을 말해보렴."

　"힘을 보여주면, 선물도 제공하는 것이 중요하다."

　아버지는 고개를 끄덕이고 낮고 메마른 목소리로 말했다. "우리가 지니고 태어난 선물에 대한 선물이지. 그래서 그 일이 있고 얼마 후에 나이 든 오렉은 아내와 다른 몇 사람을 이끌고 우리 영지 안 높은 곳에 있는 농장으로 떠났단다. 석조 저택은 이제 새로운 브랜터가 된 아들 카다드에게 남기고 말이야. 그리고 영지는 번창했다. 그 시절에는 '돌 언덕'에 양을 천 마리 달리게 했다고들 하지. 그리고 우리 흰 소들도 유명했어. 그 시절에는 두넷과 대너에서 우리 소 떼를 사러 사람들이 찾아왔단다. 카다드는 드러만트에 사는 바레 혈족의 세메단과 혼인했고, 훌륭한 혼례를 치렀다. 드럼은 세메단을 자기 아들과 혼인시키고 싶어 했지만, 세메단은 드럼의 재산을 거절하고 카다드와 혼인했어. 서쪽 영지에 사는 모든 사람이 그 혼인식을 보러 왔지."

카눅은 말을 멈추고, 그 사이에 자세를 바꾸어 얽힌 꼬리를 그쪽으로 향하고 있던 얼룩이의 궁둥이를 철썩 때렸다. 얼룩이는 발을 끌더니 다시 엉킨 털을 빗질해줬으면 하는 듯 나를 건드렸다.

"세메단은 자기 혈통의 선물을 타고났어. 그녀는 카다드와 함께 사냥을 나가서 사슴과 엘크와 백조를 불러들였지. 그들 사이에서 딸인 아살과 아들인 카눅이 태어났고, 모든 것이 잘되어갔어. 그러나 몇 년이 지나서 혹독한 겨울과 춥고 건조한 여름이 왔고, 가축들이 먹을 풀이 부족해졌단다. 수확은 좋지 않았고, 흰 소 떼는 돌림병에 걸렸지. 제일 훌륭한 가축도 모두 한 계절만에 죽어버렸다. 영지 사람들 사이에도 병이 돌았어. 세메단은 사산을 하고 그 후로 오랫동안 아팠지. 가뭄은 1년 동안 계속되고, 다음 해에도 이어졌다. 모든 게 나쁘게 돌아갔어. 그러나 카다드는 아무것도 할 수 없었지. 이런 것들은 그의 힘과 무관했으니까. 그래서 카다드는 분노한 채 살았단다."

나는 아버지의 얼굴을 바라보았다. 이야기를 하면서 아버지의 얼굴에는 비통함과 절망과 분노가 스쳤다. 아버지의 반짝이는 눈은 오직 이야기 안의 장면들만을 보고 있었다.

"우리 불운 때문에 드러만트 사람들은 오만해졌고, 습격하고 도둑질을 하러 여기까지 왔지. 그들은 서쪽 초지에서 좋은 말을 한 마리 훔쳤어. 카다드는 말 도둑들을 쫓아가서 드러만트로 반쯤 가던 그들을 찾아냈어. 열에 받치고 화가 난 카다드는 힘을 조절하지 못하고 그들 모두를, 남자 여섯 명 모두를 파괴해버렸다. 그중 한 명은 드러만트 브랜터의 조카였어. 도둑질을 했고,

훔친 말을 데리고 있었기 때문에 드럼은 피의 권리를 요구할 수 없었지. 그러나 이 사건은 두 영지 사이에 전보다 큰 증오심을 남겼단다.

그 후로 사람들은 카다드의 성질을 두려워하게 됐어. 카다드는 말을 듣지 않는 개를 되돌렸고, 사냥을 나가서 화살을 맞히지 못하면 사냥감을 숨겨준 덤불을 모조리 파괴하여 검게 비틀어진 채로 내버려두었지. 높은 초지에서 한 양치기가 건방진 말을 하자 화가 나서 그 양치기의 팔과 손을 죽여버렸고, 아이들은 이제 카다드의 그림자만 보아도 도망쳤단다.

나쁜 시절은 싸움을 낳지. 카다드는 아내에게 사냥감을 부르라고 명했단다. 그녀는 몸이 좋지 않다며 거절했지. 카다드는 명령했어. '갑시다. 난 사냥을 해야만 하오. 집에 고기가 전혀 없지 않소.' 아내는 말했어. '그렇다면 사냥을 떠나요. 나는 가지 않겠어요.' 그리고 그녀는 아끼던 하녀, 아이들을 돌보는 일을 돕던 열두 살짜리 소녀를 데리고 몸을 돌렸어. 카다드는 솟구치는 분노에 두 사람 앞으로 달려가서 외쳤지. '내 말대로 해!' 그리고 눈과 손과 숨결과 의지로 소녀를 쳤어. 아이는 파괴되어, 되돌려진 채 그 자리에 무너졌지.

세메단은 울부짖으며 그 옆에 무릎을 꿇고 소녀가 죽은 것을 보았어. 그런 다음 그녀는 일어서서 카다드를 마주 보고 말했지. '왜 나는 치지 못했지?' 그녀는 그를 꾸짖었고, 분노가 가라앉지 않은 카다드는 아내마저 쳤어.

저택 사람 모두가 이 광경을 보았지. 아이들은 비명을 지르고 울면서 어머니에게 달려가려 했고, 어머니들은 아이들을 감싸 안았어.

그리고 카다드는 홀을 떠나 아내의 방으로 갔고, 감히 아무도 그를 따라가지 못했단다.

자신이 무슨 짓을 했는지 알았을 때 카다드는 자신이 해야 할 일을 알았지. 카다드는 자기 힘으로 능력을 조절할 수 있다고 믿을 수 없었어. 그래서 자기 눈을 멀게 했단다."

카녹이 맨 처음 이 이야기를 해주었을 때는 카다드가 어떻게 눈을 멀게 했는지 말해주지 않았다. 그때 나는 너무 어렸고, 이 끔찍한 과거사에 겁먹고 놀란 나머지 묻거나 궁금해하지도 않았다. 나중에 나이가 더 들고서야 나는 카다드가 단검으로 눈을 그었는지 물었다. 카녹은 아니라고 대답했다. 카다드는 능력을 써서 자기 능력을 되돌렸다고.

세메단의 물건 중에 뛰어오르는 연어 모양 은테를 두른 유리 거울이 있었다. 양모로 만든 물건들과 소 떼를 거래하러 여기까지 오던 두넷과 대녀의 상인들이 가끔 그런 귀한 장난감이나 장식품을 가져오곤 했다. 카다드는 혼인 첫 해에 그 거울을 흰 소한 마리와 바꾸어 어린 아내에게 선물했었다. 이제 카다드는 거울을 손에 쥐고 그 안을 들여다보았다. 자기 눈을 보았다. 그는 손과 숨결과 의지에 힘을 담아 거울 속의 눈을 쳤다. 유리는 산산이 깨어졌고, 그는 눈이 멀었다.

아무도 카다드에게 아내와 소녀를 살해한 데 대한 피의 권리를 찾지 않았다. 눈이 먼 후에도 그는 아들인 카녹이 힘을 쓸 수 있도록 훈련하면서 카스프로만트의 브랜터로 종사했다. 그리고 카녹이 브랜터가 되자 눈먼 카다드는 높은 곳에 있는 농장으로 올라가서, 죽을 때까지 소 치는 이들 사이에서 살았다.

나는 이 슬프고 끔찍한 결말이 전혀 마음에 들지 않았다. 처음 그 이야기를 들었을 때 나는 곧바로 대부분을 머릿속에서 몰아냈다. 내 마음에 드는 것은 첫 부분, 어머니마저 두려워할 정도로 강력한 능력을 타고난 소년 부분과 적에게 도전하여 영지를 지킨 용감한 청년 부분이었다. 나는 언덕땅에 혼자 나가 있을 때면 강한 눈의 카다드가 되었다. 몇 번이나 무서운 고지대인들을 불러 이렇게 외쳤는지 모른다. "나는 1킬로미터가 넘는 거리에서도 이 같은 일을 행했다!" 그리고 그들이 숨은 바윗돌을 부수고, 그들이 기어서 집에 돌아가게 하는 것이다. 나는 아버지가 내 왼쪽 팔을 어떻게 잡았는지 기억했고, 때때로 눈이 빠져라 바위를 노려보고 서서 아버지가 시킨 그대로 왼손을 들어 올렸다. 그러나 아버지가 속삭였던 단어는, 그게 단어였다면 말이지만, 기억해낼 수가 없었다. 아버지는 목소리가 아니라 숨결로 말하라고 했다. 그 단어가 거의 떠오를 듯도 했지만 그 소리를 들을 수는 없었고, 내 입술과 혀로 그 말을 만들어내는 순간을 느낄 수도 없었다. 가끔은 거의 말이 나올 듯하다가 말았다. 그러면 나는 조바심이 나서 의미 없는 소리를 내고, 바위가 움직이고 깨어지고 흙과 돌조각으로 무너져 내리며, "내 눈은 강하다!"라고 말하는 내 앞에서 고지대인들이 몸을 움츠리는 시늉을 했다.

그런 다음 바윗돌에 다가가서 살펴보곤 했고, 한두 번은 분명히 전에는 없던 금이 생겼다고 생각하기도 했다.

때로 강한 눈의 카다드 역할에 질리면 그가 고지대인들에게 보낸 농장 소년 역할을 하기도 했다. 나는 영리한 책략과 숲에 대한 지식으로 고지대인들에게서 도망쳐서 추격을 피하고, 나는 알고 그들은 모르는 습지로 추적자들을 끌어들인 후에 카스프로만트로 돌아왔다. 왜 농노가 티브로만트의 농노 신세에서 도망쳐서 카스프로만트의 농노로 돌아오고 싶어 할지는 알지 못했다. 그 문제에 의문을 품으려 한 적도 없었다. 십중팔구 집으로 돌아오려 할 거라고만 생각했다. 우리 농장 사람들과 소 치는 사람들은 석조 저택에 사는 우리와 똑같이 살았다. 우리 재산은 하나였다. 몇 세대에 걸쳐 그들이 우리와 함께해온 것은 우리 힘을 두려워해서가 아니었다. 우리 힘은 그들을 보호했다. 그들은 알지 못하는 것을 두려워했고, 아는 것에 매달렸다. 나는 나라면 적의 손에 어디로 잡혀가든 도망칠 거라는 것만 알았다. 이 고원지대 어디에도, 어머니가 이야기해주던 넓고 밝은 낮은 세상 어디에도 카스프로만트의 헐벗은 언덕과 성긴 숲과 바위와 습지만큼 사랑할 수 있는 곳은 없다는 것을 알았다. 지금도 그러하다.

3

아버지가 들려준 또 하나의 멋진 이야기는 두넷 습격에 대한 이야기였고, 이 이야기는 나도 전체가 다 좋았다. 이 이야기는 가장 행복한 결말을 맞았다. 그 결말은 바로 나였다.

아버지가 아내를 구해야 하는 젊은이였던 때의 이야기이다. 우리 혈족은 코드와 드럼 영지에도 살았다. 할아버지는 애써 코드와 좋은 관계를 유지했고 카스프로와 드럼 사이에 오래도록 이어진 나쁜 감정도 수습하려 노력했다. 약탈에도 합류하지 않았고 영지 사람들이 드럼 영지로 소 떼 습격을 가거나 양을 훔치러 가지 못하게 했다. 이런 행동은 상대 영지와 맺은 우호관계에 벗어나는 일이었고, 아들이 코드나 드럼에서 아내를 찾을 수도 있다는 희망을 품었기 때문이었다. 우리 혈통의 선물은 아버지에게서 아들로 전해졌지만, 정통 혈통인 어머니가 능력을 강하게 만든다는 사실을 의심하는 사람은 없었다. 카스프로 영지에 정통의 피를 이은 여자가 없었으므로 우리는 코드만트로 눈을 돌렸다. 그곳에는 우리 집안에 속하는 젊은이가 꽤 있었으나, 혼인이 가능한 여자는 한 명밖에 없었다. 그 여자는 카눅보다 스무 살이 많았다. 그런 결혼도 꽤 자주 이루어지기는 했다, 능력을 '보존'하기 위해서. 그러나 카눅은 망설였고, 오렉이 이 문제를 밀어붙이기 전에 드러만트의 브랜터 오그가 제일 어린 아들과 혼인시키겠노라고 그 여자를 요구했다. 코드는 오그에게 눌려 지내던 차라 여자를 그에게 주고 말았다.

이제 혈족 안에서 신부를 구할 길이라곤 드러만트에 사는 카스프로 혈통밖에 남지 않았다. 그쪽에는 몇 년 더 있어야 혼인할 나이가 되는, 자격이 충분한 여자아이 둘이 있었다. 그들은 혈족의 영지로 다시 시집오는 것을 좋아했을 것이다. 그러나 드럼과 카스프로 사이의 해묵은 증오는 브랜터 오그에게서 특히 강하게 나타났다. 그는 오렉의 구애를 묵살하고, 그 제안을 비웃은 후 열네 살과 열다섯 살인 두 여자를 각각 농부와 농노에게 시집보냈다.

이것은 그 여자들에 대한 고의적인 모욕이었으며, 그들의 출신 혈통에 대한 모욕이었다. 그보다 더 나쁜 것은 우리 혈통의 능력을 고의로 약화시키는 행동이었다는 점이다. 드럼 영지에서도 오그의 오만한 행동에 찬성하는 사람은 없었다. 정당한 힘의 경쟁과 힘 자체에 대한 부당한 공격은 전혀 다른 것이었다. 그러나 드러만트는 무척이나 강한 영지였고, 브랜터 오그는 자기 좋을 대로 행동했다.

그래서 카눅에게는 혼인할 카스프로 혈통의 여자가 남지 않았다. 아버지는 이렇게 표현했다. "오그는 코드만트의 노파와 드러만트의 닭처럼 생긴 불쌍한 여자애들로부터 날 구해준 셈이야. 그래서 난 아버지에게 습격을 나가겠다고 말했지."

오렉은 아들이 골짜기에 있는 작은 영지나 훌륭한 말과 아름다운 여자들로 유명한 북쪽 모르가만트를 습격하겠다는 뜻인 줄로 알았다. 그러나 카녹은 더 대담한 모험을 생각하고 있었다. 그는 군대를 모았다. 카스프로만트의 젊은 농부, 코드만트에 사는 카스프로 혈통 몇 명, 그리고 테르녹 로드, 로드만트의 다른 젊은이 몇 명, 그 밖에 농노도 잡고 전리품도 가져오면 좋겠다고 생각한 사람들을 모두 모았다. 그들은 5월 어느 날 아침 벼랑 아래쪽 갈림길에서 만나서 좁은 길을 따라 남쪽으로 달려갔다.

저지대로 습격을 나가는 것은 70년 만의 일이었다.

농부들은 피 흘리는 싸움이 벌어질 경우에 대비하여 뻣뻣하고 두꺼운 가죽 재킷을 입고 청동 모자를 쓰고 창과 곤장과 긴 단검을 들었다. 혈족 남자들은 검은색 양모 킬트와 코트를 걸치고 맨다리에 맨머리로, 긴 검은 머리를 하나로 땋아 늘어뜨리고 나갔다. 그들에게는 무기라곤 사냥칼과 자기 눈밖에 없었다.

"그 많은 무리를 봤을 때 난 우선 모르가의 말부터 훔칠 걸 그랬다고 생각했지." 카녹이 말했다. "그랬으면 대부분이 타고 갈 동물이라도 보기 좋았을 텐데 말이야. 나야 '왕자'가 있었지만"—왕자는 얼룩이의 아들로 나는 잘 기억나지 않는 키 큰 붉은 말이었다—"테르녹은 입술이 늘어진 농사용 암말을 탔고, 바르토가 탈 말이라곤 한쪽 눈이 먼 얼룩 조랑말밖에 없었어. 그래도 노새들은 잘생겼지. 네 할아버지가 키운 노새 중에서 제일 좋은 놈 세 마리를 데려갔거든. 노새를 끌고 간 건 전리품을 싣고 오기 위해서였단다."

아버지가 웃었다. 그는 이 이야기를 할 때면 언제나 쾌활해졌다. 나는 그 작은 행렬을 머릿속에 그려보았다. 눈을 반짝이는 불굴의 젊은이가 말을 타고 터벅터벅 걸어서 고원지대를 벗어나서 아래쪽 세상으로 들어가는, 돌이 흩어지고 풀이 우거진 좁은 길을 따라 내려가는 모습. 뒤를 돌아보자 에언 산이 높이 솟아올라 있었고 그 뒤에는 회색 바위산 바릭이, 그리고 마지막으로 다른 모든 봉우리보다 높이 흰 눈을 왕관처럼 얹은 거대한 카란타지가 보였다.

그리고 앞에는 눈이 닿는 곳 어디까지나 풀이 무성한 언덕이 이어졌다. "녹주석같이 푸르더구나." 아버지는 그 풍요로운 빈 땅에 대한 기억을 더듬으며 말했다.

말을 달린 첫날 그들은 아무도 만나지 않았고, 사람이나 소 떼나 양의 흔적은 전혀 없이 메추라기와 하늘을 맴도는 매만 보았다. 저지대인들은 자기들이 사는 곳과 산사람들이 사는 곳 사이에 거대한 공백 지대를 남겨두었다. 습격자들은 바르토가 탄 눈이 침침한 조랑말의 느린 속도에 맞추어 하루 종일 달린 후 산중턱에서 야영을 했다. 다음 날 아침 느지막한 시각에야 겨우 돌 울타리를 친 언덕에서 풀을 뜯는 양과 염소들이 보이기 시작했다. 그다음에는 멀리 농장이 보이고 계곡 물 아래 물레방아가 보였다. 길은 마차가 다닐 만큼 넓고 평평해졌고, 다시 경작지 사이 높은 큰길로 변했다. 앞쪽에는 두넷 마을이 양지바른 산허리에 붉은 지붕을 얹고 연기를 피워 올렸다.

아버지가 어떤 습격을 의도했는지는 모르겠다. 겁에 질린 마을 사람들을 전사들이 사납고 갑작스럽게 덮치는 것이었는지, 아니면 인상적인 입장 후에 무시무시하고 괴이한 힘으로 필요한 것을 요구하는 것이었는지. 무엇을 상상했든 간에, 그곳에 도착했을 때 아버지는 군대를 빠른 속도로 달리며 소리를 지르고 무기를 휘두르는 대신 질서정연하게 조용히 거리로 들어갔다. 그래서 그들 모두는 장날이라 북적이는 사람들과 가축 떼와 수레와 말 떼 사이로 눈에 띄지 않고 들어가서 중앙 광장 겸 장터에 섰고, 그제야 그들을 본 사람들이 비명을 지르기 시작했다. "고원 놈들이다! 주술사들이야!" 누군가는 도망치고 누군가는 집 문에 빗장을 지르러 달려가고, 또 누군가는 장에 내놓은 물건을 건지려고 뛰어다녔다. 도망쳐봐야 무슨 일이 일어났나 보러 오는 사람들 때문에 광장에서 벗어나지는 못했고, 공황 상태와 대혼잡이 벌어지면서 노점은 뒤집히고 차양은 질질 끌리고 겁에 질린 말들은 발을 구르며 돌진하고 소 떼는 울부짖는 와중에 카스프로만트의 농부들이 생선 장수와 양철공들에게 창과 곤장을 휘둘러댔다. 카녹은 정신 차리라고 소리를 쳤고, 마을 사람들이 아니라 영지민들을 힘으로 위협하여 주위에 모았다. 몇 사람은 장터 노점에서 그러모은 물건들, 분홍색 숄이며 구리로 만든 스튜 냄비 같은 것들에 끈질기게 매달렸다.

아버지는 이렇게 말했다. "난 피 흘리는 싸움이 벌어지면 우리가 진다는 걸 알았어. 마을 사람들은 수백 명이나 있었거든. 수백 명이나!"

그가 마을이 어떤 것인지 어떻게 알았겠는가? 한 번도 본 적이 없는데.

"우리가 약탈을 하러 들어갔다면 뿔뿔이 흩어졌을 것이고 마을 사람들은 우리를 하나씩 찍어냈을 거야. 공격을 하거나 방어할 만큼 강한 능력을 지닌 건 테르녹과 나뿐이었지. 그리고 약탈을 한들 뭘 가져오나? 온갖 물건이 다 있었어. 사방에 음식이 며 물건이며 옷이 끝도 없이 널려 있었지! 그걸 어떻게 다 가져 오겠어? 애초에 뭘 얻으러 갔었지? 난 아내를 원했지만, 어떻게 그 목적을 성사시킬지, 그곳에선 일이 어떻게 돌아가는지 알지 못했단다. 그리고 고원지대에서 진정으로 필요한 것은 일손이 고. 난 그들에게 겁을 주지 않으면, 그것도 얼른 그러지 않으면 다 끝장이라는 걸 알았지. 그래서 난 그들이 알아보길 바라며 협 상 깃발을 올렸어. 다행히 그들도 알아보더군. 시장 너머에 있 는 큰 집 창문으로 남자 몇 명이 고개를 내밀고 창가에서 천을 흔들었지.

난 이렇게 외쳤지. '나는 카스프로의 정통 혈맥인 카녹이다. 나에겐 되돌림의 선물과 힘이 있으니, 지금 그 능력을 사용하는 모습을 보이노라.' 그리고 우선은 장터의 노점을 하나 쳐서 산 산조각 냈단다. 그다음에는 몸을 반쯤 돌리고, 내가 무슨 일을 어떻게 하는지 다들 볼 수 있도록 사람들이 든 집 건너편의 커다 란 돌 건물 귀퉁이를 쳤다. 그들이 볼 수 있게 팔을 곧게 뻗어 들 고 있었어. 그들은 건물 벽이 부풀어 오르다가 돌덩이가 떨어져 내리고, 벽에 구멍이 나는 것을 보았지. 구멍이 점점 커지면서 안에 들었던 곡식 자루가 터져 나왔고, 돌 떨어지는 소리가 끔찍 했어. '충분하오, 충분해!' 그들은 외쳤고 나는 곡물 창고를 되 돌리기를 멈추고 다시 그들을 돌아보았어. 그들은 이야기를 하 고 협상을 하고 싶어 했지. 나에게 뭘 원하느냐고 묻더구나. 나 는 대답했지. '여자들과 사내아이들'이라고.

그러자 엄청난 울부짖음이 일어났어. 거리와 주위 집에 있던 사람들 모두가 소리를 질러댔지. '안 돼! 안 돼! 주술사들을 죽여라!' 사람이 어찌나 많은지, 한데 지르는 목소리가 폭풍 같았단다. 내 말은 껑충 뛰어오르며 비명을 질렀어. 궁둥이에 화살이 한 대 박혔던 거야. 협상하던 사람들 위쪽 창문을 올려다보니 궁수 하나가 창에서 몸을 내밀고 활을 다시 당기고 있었지. 나는 그 궁수를 쳤고, 그 남자의 몸은 자루처럼 아래 돌바닥으로 떨어져 부서졌어. 그런 다음 나는 시장에 모여선 사람들 가장자리에서 몸을 굽히고 돌멩이를 쥔 남자를 보고 그를 쳤어. 이번에는 팔만 되돌렸지. 양팔은 끈처럼 축 늘어졌고, 그 남자는 비명을 지르기 시작했어. 궁수가 떨어진 쪽에서는 울부짖는 소리가 일고 사람들이 공포에 질렸지. '다음에 움직이는 놈은 무조건 되돌리겠다.' 내가 큰 소리로 외치자 아무도 움직이지 않았어."

카녹은 아랫사람들을 가까이 모아둔 채 협상을 진행했다. 테르녹이 그의 등을 지켰다. 마을의 대변인은 카녹의 위협 아래 농노 여자 다섯과 사내아이 다섯을 주겠다고 동의했다. 사람들은 이 소위 '공물'을 모을 시간을 달라고 항의하기 시작했지만, 카녹은 허락하지 않았다. "지금 이리로 보내라. 그러면 우리가 원하는 바를 선택하겠다." 카녹은 그렇게 말하고 왼손을 살짝 들어 올려서 다들 동의할 수밖에 없게 만들었다.

그 후에는 카녹에게 무척이나 길게 느껴지는 시간이 이어졌다. 골목길에 있는 사람들이 줄어들었다가 다시 늘어나고, 더 가까이 몰려오는 동안 그는 아무것도 할 수 없이 땀 흘리는 말 등에 앉아서 궁수나 다른 위협을 감시해야 했다. 마침내 비참한 사내아이와 여자들의 무리가 시장으로 끌려왔다. 그들은 두 명은 이쪽에서, 세 명은 저쪽에서 하는 식으로 갈라져서 울고 매달리며 걸어왔다. 채찍과 발길질에 마지못해 기어 오는 사람도 있었다. 사내아이는 다해서 다섯이었고 열 살이 넘은 아이가 없었으며, 여자는 넷이었다. 여자 둘은 공포에 질려 반쯤 넋이 나간 어린 농노였고, 둘은 지저분하고 냄새나는 옷을 걸친 나이 많은 여자들로, 내몰리는 게 아니라 제 발로 걷고 있었다. 아마 주술사들 사이에서 사는 것이 무두장이의 노예로 사는 것보다 나쁘진 않을 거라고 생각한 모양이었다. 그리고 그게 다였다.

카녹은 이보다 더 나은 이들을 데려오라고 하는 것은 현명하지 못한 일일 거라 생각했다. 이렇게 수적으로 열세인 상황에서 오래 머물면 머물수록 군중 속에서 누군가가 화살을 날리거나 돌을 던져서 이쪽을 맞힐 가능성이 높아졌고, 그렇게 되면 군중이 달려들어서 모두를 갈가리 찢어놓을 터였다.

그렇다 해도 이 상인들에게 속아 넘어갈 수는 없었다.

"여자가 넷밖에 없군." 카녹은 말했다.

협상 담당자들은 우는소리를 하기 시작했다.

시간이 별로 없었다. 카녹은 시장과 저택들을 둘러보았다. 모퉁이에 있는 좁다란 집 창문으로 한 여자의 얼굴이 보였다. 그 여자는 그의 눈길을 끄는 버드나무 같은 녹색 옷을 입고 있었다. 숨지 않고 창가에 서서 똑바로 그를 내려다보고 있었다.

"저 여자." 카녹은 그녀를 가리키며 말했다. 오른손이었는데도 다들 숨을 들이켜며 몸을 굽혔다. 그는 웃음을 터뜨리고, 모두를 되돌리는 척하며, 지켜보던 얼굴들을 향해 천천히 오른손을 휘저었다.

모퉁이 집의 문이 열리고 버드나무색 옷을 입은 여자가 걸어나와 현관에 섰다. 젊고 자그마하고 마른 여자였다. 녹색 가운위로 긴 검은 머리가 흘러내렸다.

"내 아내가 되어주겠소?" 카녹이 물었다.

그녀는 가만히 서 있었다. "그래요." 그녀는 그렇게 대답하고 천천히 망가진 장터를 가로질러 그에게 걸어갔다. 그녀는 가죽 끈으로 맨 검은색 슬리퍼를 신고 있었다. 카녹은 그녀에게 왼손을 내밀었다. 그녀는 등자에 발을 디뎠고, 카녹은 그녀를 안장 앞으로 끌어올렸다.

"노새와 노새의 마구는 당신들 것이오!" 그는 선물에 대한 선물을 염두에 두고 마을 사람들에게 외쳤다. 두넷 사람들은 이것을 마지막 모욕으로 받아들였을지도 모르지만 가난한 그로서는 실로 큰 선물이었다.

부하들은 농노를 하나씩 말에 같이 태웠고, 그렇게 그들은 질서정연하게 조용히 출발했다. 그들은 말없이 군중 사이를 떠나 거리를 통과하고, 건물 벽들 사이를 벗어나, 북쪽 대로에 들어서서 산맥을 보았다.

카스프로의 마지막 저지대 습격은 그렇게 끝났다. 카녹도 그의 신부도 다시는 그 길로 내려가지 않았다.

그녀는 멜 아우리타라고 했다. 그녀에게는 버드나무색 드레스와 신고 있던 검은색 슬리퍼, 그리고 목에 걸고 있던 자그마한 오팔이 달린 은 목걸이밖에 없었다. 그것이 그녀의 지참금이었다. 카녹은 석조 저택에 데려온 지 나흘 만에 그녀와 혼인했다. 카녹의 어머니와 다른 집안 여자들이 황급히, 그리고 기꺼이 신부에게 걸맞은 옷과 다른 것들을 마련했다. 브랜터 오렉은 습격대 전원이 참석한 가운데, 그리고 카스프로만트의 모든 사람과 서쪽 영지로부터 혼인식에 춤을 추러 온 사람들 모두가 지켜보는 가운데 석조 저택 홀에서 두 사람을 혼인시켰다.

아버지가 이야기를 마치자 내가 말했다. "그리고 엄마가 날 낳은 거죠!"

～∞～

멜 아우리타는 데리스와터에서 나고 자랐다. 벤드라만 국가 종교 사제관의 다섯 딸 중 넷째였다. 그것은 높은 관직이었고, 사제관과 그 아내는 부유했으며, 딸들을 여유롭고 호사스러우나 엄격하게 길렀다. 국교가 소박함과 간소함, 그리고 여성의 순종성을 요구했고 복종하지 않는 이들에게는 굴욕과 참회를 안겨주었기 때문이다. 아딜드 아우리타는 상냥하고 관대한 아버지였다. 그가 딸들에게 품은 가장 큰 희망은 시 사원에서 성처녀로 헌신하는 것이었다. 멜은 이 영예로운 직책을 준비하면서 읽기, 쓰기, 약간의 산수, 엄청난 분량의 성스러운 역사와 시, 그리고 도시 측량과 건축의 요소들을 배웠다. 그녀는 배우기를 좋아했고 또 뛰어난 학생이었다.

그러나 열여덟 살이 되었을 때 뭔가가 틀어졌다. 무슨 일이 일어났는지 나는 모른다. 어머니는 한 번도 이야기해주지 않았다. 그저 미소 지으며 그 문제를 넘길 뿐이었다. 어쩌면 가정교사가 그녀를 사랑하게 되었고 그 문제로 비난을 샀는지도 모른다. 어쩌면 그녀에게 애인이 생겨서 몰래 만나러 나갔는지도 모른다. 어쩌면 그보다 더 사소한 일이었을지도 모른다. 시 사원의 성처녀 지망자는 티끌만 한 추문의 그림자도 건드려서는 안 되었다. 모든 벤드라만의 번영이 그녀의 순수함에 달려 있었다. 나는 혹시 어머니가 시 사원에서 도망치기 위해 일부러 작은 추문을 만들어낸 건 아닐까 생각하기도 했다. 어쨌든 그녀는 북쪽 멀리, 도시에서 멀리 떨어진 시골 마을 두넷에서 먼 친척들과 같이 살게 되었다. 이 친척들 역시 점잖고 예의 바른 사람들이었고, 그녀를 가까이에 두고서 적합한 남편감을 찾기 위해 지역 유지 가족들과 거래를 하고 속이기도 하면서 후보자들을 데려다가 보여주었다.

어머니는 이렇게 말했다. "그중 하나는 코가 빨간 작고 뚱뚱한 남자였는데 돼지를 사고파는 사람이었어. 또 하나는 굉장히 크고 굉장히 마른 젊은이였는데 하루에 열한 번, 한 시간씩 기도를 드렸지. 내가 같이 기도했으면 하더구나."

그러던 그녀는 창밖을 보았고, 카스프로만트의 카녹이 붉은 말을 타고 들어가서 눈짓 한 번으로 사람과 집을 부수는 것을 보았다. 그가 그녀를 택했을 때, 그녀도 그를 택했다.

"어떻게 친척들이 엄마를 보내주게 했어요?" 나는 답을 알면서도 이야기의 맛을 즐기기 위해 물었다.

"친척들은 다들 주술사가 그들을 보고 뼈를 녹이고 파괴하지 못하도록 바닥에, 가구 밑에 납작 엎드려 있었단다. 나는 이렇게 말했지. '무서워할 것 없어요. 처녀가 집과 물건들을 구하리라고 하지 않던가요?' 그리고 난 아래층으로 내려가서 밖으로 나갔지."

"아버지가 엄마를 파괴하지 않을 줄 어떻게 알았어요?"

"그냥 알았단다."

～⌒～

멜은 이제 어디로 갈지, 어떻게 살지에 대해, 카녹이 두넷을 오두막과 헛간 몇 채에 소 우리 하나밖에 없고 아홉 명 내지 열 명밖에 없는 주민은 다 사냥하러 나간 우리네 마을처럼 생각하고 산맥에서 달려 내려갔을 때만큼도 알지 못했다. 아마 그녀는 아버지의 집과 그렇게 다르지 않은 곳, 아니면 최소한 친척 집처럼 깨끗하고 따뜻하고 밝으며 친구들과 즐거움이 가득한 곳으로 갈 줄 알았을 것이다. 그녀가 어찌 알았겠는가.

저지대 사람들에게 고원지대는 그들이 오래전에 버려두고 떠난 곳, 저주받은, 잊힌 구석지였다. 그들은 고원지대에 대해 아무것도 몰랐다. 전쟁을 좋아하는 이들이라면 이 끔찍하고 진저리나는 과거의 잔존물을 청소하기 위해 군대를 보냈을지도 모르지만 우르딜의 벤드라만은 상인과 농부와 학자와 사제들의 땅이었지 전사들의 땅이 아니었다. 그들은 그저 산맥에 등을 돌리고 고원을 잊었다. 어머니는 심지어 두넷에도 이제는 카란타지 사람들 이야기를 믿는 사람이 별로 없다고 했다. 평원의 도시를 휩쓰는 악귀 무리, 말을 탄 채 손짓 한 번으로 온 들판을 불바다로 만들고 눈짓 한 번으로 군대를 시들게 하는 괴물들에 대한 이야기 말이다. 그런 이야기는 다 오래전, '쿰벨로가 왕이었을 때' 일이었다. 요새는 그런 일이 일어나지 않았다. 사람들은 어머니에게 과거에는 두넷에서 하얀 고원 소 떼를 거래하기도 했지만 그 소들도 차차 사라졌다고 말했다. 위쪽 땅은 끔찍하게 가난했다. 오랜 고원 영지들에 사는 사람이라곤 가난한 목동과 소치기와 돌투성이 땅에서 생계를 잇는 농부들밖에 없었다.

그리고 어머니가 실제로 보게 된 대로, 그게 진실이었다. 혹은 진실의 한 부분이었다.

그러나 어머니의 관점에서는 다양한 진실이 존재했다. 해줄 이야기가 다양한 것처럼 말이다.

그녀가 어린 우리에게 해준 이야기 속 모험들은 모두 '쿰벨로가 왕이었을 때' 일어났다. 거대한 개의 모습을 한 악마들을 굴복시킨 젊고 용감한 성기사, 카란타지의 무시무시한 주술사들, 지진을 경고해준 말하는 물고기, 달빛으로 만들어진 날아다니는 수레를 얻은 거지 소녀, 모두 다 쿰벨로가 왕이었을 때 존재했다. 어머니가 해준 다른 이야기들은 모험담이 아니었다. 어머니가 문밖으로 걸어 나가서 시장을 가로질렀던 바로 그 이야기만 빼면. 그 지점에서 두 가닥의 이야기가 교차하고, 두 개의 진실이 만났다.

모험이 없는 이야기들은 저지대의 조용한 땅에 자리한 중간 크기 도시의 지루한 집안에서 벌어지는 지겨운 일들에 대한 묘사에 지나지 않았다. 나는 그 이야기들이 모험담만큼이나, 아니 어쩌면 모험담보다 더 좋았다. 나는 이야기해달라고 졸랐다. 데리스와터에 대해 얘기해주세요! 어머니는 나를 즐겁게 해주기 위해서만이 아니라, 자기 향수를 웃어넘기고 가라앉히기 위해서 그런 이야기를 즐겨 했던 것 같다. 아무리 사랑받고 사랑하더라도 그녀는 언제나 낯선 이들 사이에 들어온 이방인이었다. 어머니는 명랑하고 쾌활하고 활동적이고 생명력 가득한 사람이었다. 그러나 나는 어머니가 거실로 쓰던 탑 안 둥근 방의 작은 화덕 앞에 깔개와 쿠션을 놓고 나와 같이 앉아서 데리스와터의 시장에서 파는 물건들에 대해 이야기해주는 것이 어머니의 가장 큰 기쁨 중 하나였음을 안다. 그녀는 아버지가 사제관으로서 코르셋과 패딩과 로브와 겹로브를 갖춰 입는 모습을 언니들과 몰래 엿보았던 일, 아버지가 다른 남자보다 커 보이기 위해 굽 높은 구두를 신고 비틀거리며 걷던 모습, 그리고 그 신발과 로브를 다 벗고 나면 얼마나 작아졌는지 등에 대해 이야기했다. 집안 친구들과 같이 배를 타고 트론드 강이 바다로 이어지는 어귀까지 내려갔던 일에 대해서도 이야기해주었다. 바다에 대해서도 이야기했다. 우리가 채석장에서 찾아내어 놀이 말로 쓰던 달팽이 돌이 원래는 바닷가에 사는 섬세하고 화려하고 반짝이는 생물이라는 것도 말해주었다.

아버지는 농장 일을 끝내고 어머니 방에 와서 같이 귀를 기울이곤 했다. 아버지는 어머니가 석조 저택에 세운 강력한 새 규칙에 따라 깨끗하게 손을 씻고 깨끗한 신발로 들어왔다. 그는 어머니 이야기를 듣는 것을 좋아했다. 어머니는 저지대 특유의 부드럽고 유창한 말투로 흐르는 개울물처럼, 명료하고 듣기 좋게 이야기했다. 도시에 사는 사람들에게는 이야기가 단순히 필요에 따라 쓰는 도구가 아니라 예술이자 즐거움이었다. 어머니는 카스프로만트에 그 예술과 즐거움을 가져왔다. 어머니는 아버지의 눈동자에 깃든 빛이었다.

4

고원 혈통 사이의 반목과 결속은 기억 이전, 역사 이전, 논리 이전으로 거슬러 올라간다. 카스프로와 드럼은 언제나 사이가 나빴다. 카스프로와 로드, 바레는 언제나 우호적이거나 적어도 시간이 흐르면 다시 사이가 좋아질 만큼은 우호적이었다.

드럼이 양 도둑질과 토지 수탈로 번영하는 동안 카스프로와 로드와 바레 집안은 힘든 시절을 맞았다. 좋았던 시절은 한참 옛날이었다. 특히 카스프로가 그랬다. 심지어 눈먼 카다드의 시대에도 우리 혈통의 힘과 숫자는 위험할 만큼 줄어들었다. 아직도 영지는 남아 있고 농노와 농부 가족도 서른 집 정도는 있었지만 말이다.

농부는 꼭 능력이 있는 것은 아니지만 조상 중에 혈통과 관계를 맺은 적이 있는 이들이었다. 농노는 혈통과도, 능력과도 무관했다. 둘 다 영주에게 충성할 의무와 자기 영지를 이끄는 집안에 요구를 할 권리가 있었다. 농노와 농부 가족들은 대부분 브랜

터의 가족만큼이나 오래, 또는 그보다 더 오래 살아온 땅에서 농
사를 지었다. 농작물과 가축, 숲, 그 외에 모든 것에 대한 작업과
관리는 오랜 관습과 잦은 회의에 따라 할당되었다. 우리 영지 사
람들은 브랜터에게 자기들을 죽이고 살리는 힘이 있다는 사실
을 떠올리는 일이 드물었다. 카다드가 티브로에 농노 두 명을 선
물로 보낸 일은 자기 부와 권력에 대한 드물고 무모한 주장이었
으나, 그는 침입자들을 몹시 관대하게 대함으로써 영지를 지켰
다. 어쩌면 선물의 선물이 능력으로서의 선물 자체보다 더 강했
는지도 몰랐다. 그리고 카다드는 그 능력을 현명하게 이용했다.
그러나 에로이가 게레만트에서, 오그가 드러만트에서 했던 것
처럼 브랜터가 자기 영지 사람들에게 힘을 쓸 경우에는 상황이
훨씬 나빠졌다.

바레 혈통의 능력은 그런 목적에는 쓸모가 없었다. 숲에서 야
생 동물을 불러내거나, 망아지를 어르거나, 사냥개와 의논을 할
수 있다는 것은 분명 능력이었다. 그러나 그 능력은 눈짓 한 번
과 한 마디 말로 건초 더미에 불을 지르거나 사람을 죽이거나 사
냥개를 죽일 수 있는 이들을 누를 힘을 주지 못했다. 바레 혈통
은 오래전에 카란타지의 헬바르 혈통에 영지를 잃었다. 바레 혈
통에 속하는 여러 집안은 산을 내려와서 우리 서쪽 영지 사람들
과 혼인했다. 그들은 능력을 잃거나 약하게 만들지 않으려고 진
정한 혈통을 보존하려고 노력했지만, 늘 그렇게 할 수는 없었
다. 우리 농부 중에 몇몇은 바레 혈통이었다. 우리 치료사와 가
축 치료자들, 암탉 사육자와 사냥개 훈련자들은 모두 바레의 피
가 흐르는 여자들이었다. 게레만트, 코드만트, 로드만트에는 아
직도 바레의 정통 후손이 남아 있었다.

칼날의 능력을 지닌 로드 혈통은 원할 경우 방어하거나 공격하거나 지배권을 주장할 준비가 되어 있었지만, 그럴 만한 기질을 타고나는 경우가 드물었다. 로드 혈통은 싸움꾼이 아니었다. 그들은 약탈보다 사슴 사냥에 더 관심을 두었다. 자존심 강한 대부분 고원지대 사람들과 달리 로드 혈통은 훌륭한 소를 훔치기보다는 길러내는 편이었다. 한때 카스프로만트에서 키우는 것으로 유명했던 크림색 황소는 사실 로드 혈통이 길러낸 종자였다. 번식 가능한 무리가 될 때까지 우리 조상이 로드만트에서 암소와 송아지들을 훔쳐 왔던 것이다. 로드 혈통은 땅을 일구고 소떼를 키우면서 충분히 번성했지만, 크게 성장하거나 세력을 키우지는 않았다. 그들은 바레 혈통과 많이 혼인했고, 그래서 내가 어렸을 때 로드만트에는 그라이의 어머니인 판 바레와 그 남편인 테르녹 로드, 두 명의 브랜터가 있었다.

고원지대에서 다 그렇듯 우리 두 집안은 몇 세대 동안 좋은 관계를 유지했고, 테르녹과 우리 아버지는 진정한 친구 사이였다. 테르녹은 두넷으로 갔던 대습격에서 입술이 늘어진 농사용 말을 탔었다. 그 습격의 전리품 중에서 테르녹이 받은 것은 어린 농노 여자애 하나였는데, 그는 그 소녀를 코드만트의 바타 카스프로에게 양보했다. 바타가 다른 농노 여자를 얻었는데 이 둘은 자매 사이였고 서로를 보고 싶어 하며 훌쩍거렸기 때문이다. 테르녹과 판은 그 습격이 있기 전해에 혼인했다. 판은 로드만트에서 자랐고 로드의 피가 섞인 바레 혈통이었다. 내 어머니가 나를 낳고 한 달 후에 판이 낳은 딸이 그라이였다.

그라이와 나는 나면서부터 친구였다. 우리가 어렸을 때 우리부모님은 서로 자주 왕래했고, 그러면 우리는 뛰어나가서 놀았다. 그라이의 재능이 드러났을 때 처음 그 모습을 본 것도 나였다고 생각하지만, 그게 기억인지 아니면 그라이에게 들은 내용을 상상한 것인지는 확신할 수 없다. 아이들은 들은 대로 볼 수 있으니까. 내가 본 내용은 이러하다. 그라이와 나는 로드만트의 부엌 텃밭 옆에 앉아서 흙 속에 나뭇가지 집을 짓고 있다. 그런데 집 뒤편에 있는 작은 숲에서 거대한 수사슴 한 마리가 나오더니 우리에게 걸어온다. 엄청나게 크고, 집보다 더 키가 크고, 하늘을 떠받치는 사슴뿔 가지를 휘두르는 사슴이다. 사슴은 천천히, 그러나 곧바로 그라이에게 다가온다. 그라이가 손을 뻗자 사슴은 인사라도 하는 것처럼 그라이의 손바닥에 코를 갖다 댄다. "왜 사슴이 여기 온 거야?" 내가 묻자 그라이가 말한다. "내가 불렀어." 이것이 내가 기억하는 내용이다.

몇 년 후에 이 기억을 이야기하자 아버지는 그럴 리가 없다고 말했다. 당시 그라이와 나는 네 살도 안 된 나이였고, 능력이 아홉 살이나 열 살 이전에 드러나는 경우는 극히 드물었던 것이다.

"카다드는 세 살이었잖아요." 나는 이렇게 대꾸했다.

어머니가 새끼손가락 옆으로 내 새끼손가락 옆을 건드렸다. 아버지에게 맞서지 말라는 뜻이었다. 카녹은 걱정이 많고 신경이 팽팽한 사람이었고, 나는 부주의하고 오만했다. 어머니는 지극히 섬세하고 눈에 띄지 않는 방식으로 나에게서 아버지를, 아버지에게서 나를 보호했다.

그라이는 최고의 놀이친구였다. 우리는 사소한 말썽을 많이 일으켰다. 그중 최악은 닭을 풀어준 일이었다. 그라이는 닭에게 선을 넘고, 손가락에 뛰어오르게 하는 재주를 가르칠 수 있다고 우겼다. "그게 내 능력이야." 그라이는 젠체하며 말했다. 우리는 예닐곱 살이었다. 우리는 로드만트의 커다란 가금류 우리에 들어가서 반쯤 자란 닭 몇 마리를 구석에 몰아놓고 뭔가를, 아니 뭐라도 가르치려고 했다. 이 절망스러운 일에 너무나 몰두한 나머지 우리는 암탉이 수탉을 따라 모조리 숲으로 들어가버릴 때까지 우리 문을 활짝 열어두었다는 사실을 알아차리지 못했다. 그다음에는 모든 사람이 돌아다니면서 새들을 찾아다녀야 했다. 새를 모두 불러 모을 수 있는 능력을 지닌 판은 사냥을 떠나고 없었다. 아무도 우리에게 고마워하지 않았지만 여우들만은 우리에게 감사했을 것이다. 새 우리는 그라이의 책임이었다. 몹시 죄책감을 느낀 그라이는 눈물을 흘렸다. 나는 그 후에 다시 그라이가 눈물을 흘리는 모습을 본 적이 없었다. 그라이는 저녁 내내, 그리고 다음 날에도 숲 속을 돌아다니며 슬픔에 잠긴 메추라기 같은 작은 목소리로 잃어버린 닭의 이름을 불렀다. "병아리야! 나리야! 백설아! 부채야!"

우리는 언제나 로드만트에서만 말썽을 부리는 것 같았다. 그라이가 부모님이나 아버지를 따라 카스프로만트에 올 때는 아무 재난도 일어나지 않았다. 우리 어머니는 그라이를 무척 좋아했다. 어머니는 갑자기 이렇게 말하곤 했다. "거기 서 있어봐라, 그라이!" 그러면 그라이는 꼼짝 않고 서 있었고, 어머니는 일곱 살짜리 아이가 수줍어하며 몸을 비틀고 키득거리기 시작할 때까지 그라이를 응시하곤 했다. "가만 있어봐. 모르겠니? 지금 딱 너 같은 딸을 가질 수 있게 널 익히는 중이란다. 어떻게 하면 너 같은 아이를 낳을지 알고 싶어."

"오렉 같은 남자아이를 하나 더 낳을 수도 있어요." 그라이가 말하면 어머니는 이렇게 대꾸했다. "아니! 오렉은 하나로 충분해. 나한텐 그라이가 필요해!"

그라이의 어머니 판은 이상하고 불안한 여성이었다. 능력이 강했고, 자신도 반쯤 야생 동물처럼 보였다. 판은 사냥꾼들에게 동물을 불러달라는 요청을 많이 받았고 자주 집을 떠났다. 이 영지, 저 영지의 사냥에 참여하느라 고원지대 반을 가로질렀다. 로드만트에 있을 때면 언제나 우리에 갇힌 것 같았고 철창 너머로 사람을 보는 듯했다. 판과 남편인 테르녹은 서로에게 정중했고 조심스러웠다. 판은 딸에게 특별한 관심을 두지 않았고, 다른 모든 아이들과 더불어 공평한 무관심으로 대했다.

"너희 어머니는 능력을 어떻게 쓰는지 가르쳐줘?" 언젠가 아버지에게 능력을 사용하는 방법을 배우고 있다는 데 우쭐해진 내가 그라이에게 물었다.

그라이는 고개를 저었다. "엄마는 내가 능력을 쓰는 게 아니라, 능력이 날 쓰는 거래."

"그래도 조절하는 방법은 배워야 해." 나는 엄숙하고 진지하게 일러주었다.

"난 안 해." 그라이는 그렇게 대답했다.

그라이는 고집이 세고 주위에 무관심했다. 가끔은 자기 어머니와 너무 비슷할 때도 있었다. 그라이는 나와 다투지 않았고, 자기 의견을 변호하지도 않았고, 의견을 바꾸지도 않았다. 내가 말을 원한다면 그라이는 침묵을 원했다. 그러나 우리 어머니가 이야기를 해줄 때면 그라이는 침묵에서 빠져나와 귀를 기울였고, 한 마디 한 마디를 듣고 간직하고 소중하게 곱씹었다.

"넌 듣는 사람이로구나." 멜이 그라이에게 말했다. "부르는 사람일 뿐 아니라 듣는 사람이기도 해. 넌 쥐들 소리에도 귀를 기울이지?"

그라이는 고개를 끄덕였다.

"쥐들이 뭐라고 하니?"

"쥐들 일을 이야기해요." 그라이는 그토록 깊이 사랑하는 멜과 함께 있을 때조차도 수줍음이 많았다.

"있지, 넌 부르는 사람이니까 우리 창고에 둥지를 튼 쥐들을 불러서 마구간에 가서 살면 어떠냐고 할 수 있지 않을까?"

그라이는 그것에 대해 생각해보았다.

"아기들을 옮겨야 할 텐데요."

"아, 그 생각은 못 했구나. 안 될 일이네. 게다가 마구간에 사는 고양이 문제도 있고."

"고양이를 창고로 옮길 수도 있어요." 그라이는 그렇게 말했다. 그라이의 마음은 예측할 수 없이 움직였다. 그라이는 쥐들이 보는 것, 고양이가 보는 것, 내 어머니가 보는 것을 한꺼번에 보았다. 그라이의 세계는 헤아릴 수 없이 복잡했다. 그라이가 자기 의견을 변호하지 않는 것은 거의 모든 일에 대해 상반된 의견들을 품고 있기 때문이었다. 그러면서도 그라이는 확고했다.

"개미들에게 친절했던 소녀 이야기 해주실 수 있나요?" 그라이는 내 어머니에게 엄청난 부담을 지운다는 듯이 조심스럽게 물었다.

"개미들에게 친절했던 소녀 말이지." 어머니는 제목을 읊는 것처럼 그 말을 되풀이하고는 눈을 감았다.

어머니는 우리에게 그녀가 어렸을 때 갖고 있던 책에 나오는 이야기들을 많이 해주었고, 그런 이야기를 할 때면 정말로 책을 들고 읽는 것처럼 여겼다. 어머니가 처음 그 이야기를 했을 때 그라이는 이렇게 물었다. "책이 뭐예요?"

그래서 어머니는 우리에게 그 자리에 존재하지 않는 책을 읽어주었다.

옛날, 아주 옛날, 쿰벨로가 왕이었던 시절 어느 마을에 딸이 넷인 과부가 살았다. 그들은 과부가 병에 걸려 회복하지 못하게 되었을 때까지만 해도 잘 살았다. 현명한 여인이 와서 과부를 살펴보더니 말했다. "바다의 샘에서 떠 온 물을 마시지 않고는 병을 고칠 수가 없네."

"이런 세상에, 이런 세상에, 그럼 난 죽겠군요. 이렇게 아픈데 어떻게 그 샘까지 갈 수가 있겠어요?"

"자네에겐 딸이 넷이나 있지 않나?" 현명한 여인은 이렇게 말한다.

그래서 과부는 맏딸에게 바다의 샘에 가서 그 물을 한 컵 떠오라고, 그러면 내 모든 사랑과 제일 좋은 모자를 갖게 될 거라고 애걸했다.

맏딸은 길을 떠났고, 한동안 걷다가 쉬려고 앉았다 죽은 말벌을 집으로 끌고 가려 애쓰는 개미 떼를 보았다. "우엑, 역겨운 것들." 맏딸은 그렇게 말하고 개미를 밟아 죽인 다음 길을 계속 갔다. 바닷가까지는 먼 길이었지만, 맏딸은 터벅터벅 걸어서 바다까지 갔고 도착해 보니 바다가 큰 파도로 모래밭을 때리고 있었다. "아, 물이 충분히 있네!" 맏딸은 그렇게 말하고 제일 가까이 밀려온 파도에 컵을 담갔다가 퍼 올린 다음 집으로 가져갔다. "여기 물이요, 엄마." 과부는 그 물을 받아 마신다. 쓰디쓴 소금물이었다! 과부의 눈에 눈물이 고였다. 그래도 과부는 딸에게 고맙다고 하고 제일 좋은 모자를 주었다. 맏딸은 그 모자를 쓰고 나가서 금세 애인을 구했다.

그러나 과부는 전보다 더 아파졌고, 그래서 둘째 딸에게 가서 바다의 샘에서 물을 떠 오라고, 그럴 수만 있다면 내 모든 사랑과 제일 좋은 레이스 옷을 주겠다고 말했다. 그래서 둘째도 길을 떠났다. 둘째는 쉬려고 앉았다가 황소를 매어 밭을 가는 남자를 보았고, 멍에가 비뚤어져서 황소의 목을 아프게 쓸고 있음을 보았다. 그러나 그녀에게는 상관없는 일이었다. 둘째는 길을 계속 가서 바닷가에 도착했다. 커다란 파도가 무섭게 울부짖었다. "아, 물이 충분히 있네!" 둘째는 그렇게 말하고 잽싸게 컵으로 물을 떠서 집으로 달려간다. "여기 물이에요, 엄마. 이제 옷을 줘요." 그것은 과부가 목으로 넘길 수 없을 만큼 짜고 쓴 물이었다. 둘째는 레이스 옷을 입고 나가자마자 애인을 구했지만, 어머니는 죽음의 손길 아래 놓인 것처럼 누워 있었다. 과부는 가까스로 셋째 딸에게 부탁했다. "내가 마신 물은 바다의 샘에서 길어 온 물일 리가 없어. 쓴 소금물이었거든. 가서 물을 떠 오렴. 그러면 내 모든 사랑을 갖게 될 거야."

"사랑 같은 건 아무래도 좋아요. 어머니 머리 위에 있는 집을 준다면 가죠." 셋째 딸은 이렇게 말한다.

어머니는 그러겠노라고 했다. 그래서 셋째는 결연히 길을 떠나 한 번도 멈추지 않고 바닷가로 향했다. 모래 언덕에서 날개가 부러진 회색 기러기와 마주쳤을 뿐이었다. 기러기는 날개를 질질 끌고 셋째에게 다가갔다. "저리 가, 멍청한 새." 셋째는 그렇게 말하고 바닷가로 내려가서 모래밭 위로 으르렁거리고 있는 큰 파도들을 본다. "오, 물이 충분히 있네!" 셋째는 그렇게 말하고 컵을 담갔다가 꺼내어 집으로 돌아간다. 그리고 어머니가 짠 소금물이 담긴 쓰디쓴 컵을 맛보자마자 말한다. "자, 이제 나가요, 어머니. 여긴 이제 제 집이에요."

"내 침대에 누워서 죽게 해주지도 않을 거니, 딸아?"

"빨리 죽는다면 그렇게 해드리죠. 하지만 서둘러요. 옆집 남자가 내 재산을 보고 결혼하고 싶어 하거든요. 그리고 언니들이랑 셋이 이 집에서 성대한 결혼식을 올릴 거예요."

그래서 과부는 쓰고 짠 눈물을 흘리며 누워서 죽어간다. 그때 막내딸이 찾아와서 부드럽게 말했다. "울지 마세요, 어머니. 제가 가서 그 물을 떠 올게요."

"소용없는 일이다, 얘야. 바다는 너무 멀고 넌 너무 어려. 너에게 줄 것도 남아 있지 않구나. 난 죽을 거다."

"그래도 해보겠어요." 막내는 그렇게 말하고 떠난다.

걸어가다가 막내딸은 길 옆에서 동료들의 시체를 지고 힘겹게 기어가는 개미들을 보았다. "자, 내가 해주는 게 더 쉽겠다." 소녀는 그렇게 말하고 손으로 개미들을 퍼 올려서 개미언덕까지 데려다주었다.

막내딸은 걸어가다가 멍에에 쓸려 피를 흘리면서 밭을 갈고 있는 황소를 보았다. "내가 멍에를 똑바로 해줄게요." 소녀는 농부에게 말하고 앞치마 자락을 뜯어서 멍에 밑에 댄 다음, 황소의 목에 편하게 걸리도록 했다.

소녀는 먼 길을 걸어서 마침내 바닷가에 도착했고, 그곳 모래언덕에는 날개가 부러진 회색 기러기가 서 있었다. "아, 불쌍한 새야." 소녀는 그렇게 말하고 겹치마를 뜯어내어 찢어서 기러기의 날개를 묶어주었다.

그런 다음 소녀는 바닷가로 내려갔다. 큰 파도가 반짝이고 있었다. 소녀는 바닷물을 맛보았고 그 물은 짜고 썼다. 바다 저편에 섬이 하나 있었다. 반짝이는 물 위로 산이 보였다. "어떻게 바다의 샘까지 가지? 난 저렇게 멀리까지 헤엄을 칠 수 없어." 그렇게 말했지만 소녀는 신발을 벗고 헤엄을 치기 위해 바다로 걸어 들어가기 시작했다. 그때 타가닥타가닥 소리가 들리더니 모래밭에 은뿔이 달린 커다란 흰 황소가 나타났다. 황소는 말했다. "자, 타세요. 데려다드릴게요." 그래서 소녀는 황소 등에 올라타서 뿔을 잡았고, 황소는 소녀를 태운 채로 바다에 들어가서 멀리 보이던 섬까지 헤엄쳐 갔다.

섬의 바위는 벽처럼 가팔랐고 유리처럼 미끄러웠다. "어떻게 바다의 샘까지 가지? 저렇게 높이 올라갈 순 없어." 그렇게 말하면서도 소녀는 바위를 기어오르려고 손을 뻗었다. 그때 독수리보다 더 큰 회색 기러기가 날아 내려오더니 말했다. "자, 타세요. 데려다드릴게요." 그래서 소녀는 기러기의 날개 사이에 앉았고, 기러기는 섬 꼭대기까지 소녀를 데려다주었다. 그곳에 깨끗한 물이 담긴 깊은 샘이 있었다. 소녀는 컵을 샘에 담갔다. 그리고 회색 기러기는 다시 소녀를 태우고 바다를 건넜다. 흰 황소는 헤엄쳐서 뒤따라갔다.

그러나 회색 기러기는 바닷가 모래밭에 발을 대자마자 키 크고 잘생긴 청년으로 변했다. 청년의 오른쪽 팔에는 소녀의 치맛자락이 묶여 있었다.

"난 바다의 왕이오. 당신과 결혼하고 싶소."

"우선 이 물을 어머니께 갖다드려야 해요." 소녀는 말했다.

그래서 청년과 소녀는 흰 황소에 올라타고 마을까지 달려갔다. 소녀의 어머니는 죽음의 손 아래 누워 있었지만, 그 물을 한 모금 삼키자 고개를 들었고 또 한 모금 삼키자 일어나 앉았다. 또 한 모금 마시고는 일어섰고 또 한 모금을 마시고는 춤을 추었다.

"세상에서 제일 달콤한 물이로구나." 과부는 그렇게 말했다. 그리고 과부와 과부의 막내딸과 바다의 왕은 흰 황소를 타고 은으로 만든 궁전으로 달려갔고, 그곳에서 바다의 왕과 소녀는 결혼했으며, 과부는 결혼식에서 춤을 추었다.

"그치만 개미들은요." 그라이가 소곤거렸다.

"아, 개미들 말이지. 그래서, 개미들은 은혜를 몰랐을까? 그럴 리가! 개미들도 결혼식에 찾아갔단다. 최대한 빨리 기어서 갔고, 개미언덕의 땅속에 백 년이나 묻혀 있던 금반지를 가지고 갔지. 청년과 막내딸은 바로 그 반지로 혼인을 했단다!"

"저번에는." 그라이가 말했다.

"저번에는?"

"저번에는…… 개미들이 큰 언니들 결혼식에 가서 케이크랑 단 음식을 다 먹어버렸다고 하셨잖아요."

"그랬지. 그런 일도 했어. 개미들은 굉장히 많은 일을 할 수 있고 동시에 모든 곳에 존재하거든." 어머니는 열심히 말한 후에 웃음을 터뜨리고 말았다. 우리 모두 깔깔거리고 웃었다. 어머니는 개미들에 대해 잊어버리고 있었던 것이다.

"책이 뭐예요?"라는 그라이의 질문 때문에 어머니는 석조 저택에서는 무시하거나 소홀히 했던 문제를 생각하게 되었다. 카스프로만트에서는 아무도 글을 읽거나 쓸 줄 몰랐고, 우리는 금을 새긴 막대기로 양의 숫자를 헤아렸다. 우리에게는 부끄러운 일이 아니었지만 어머니에게는 부끄러운 일이었다. 어머니가 고향에 놀러 가거나, 집안 사람들이 고원지대에 놀러 오는 일을 꿈꾼 적이 있는지는 잘 모르겠다. 양쪽 모두 거의 있을 수 없는 일이었다. 그러나 아이들은 어떤가? 그녀의 아들이 넓은 세상에 내려갔는데 길거리의 거지처럼 가르침도 받지 못하고 무식하다면? 어머니의 자존심으로는 참아낼 수 없는 일이었다.

고원지대에는 책이 없었기 때문에 어머니는 손수 책을 만들었다. 결이 곱고 반듯한 아마포에 광택제를 먹인 다음, 밀대와 밀대 사이에 끼워서 평평하게 폈다. 그리고 오배자*로 잉크를 만들고, 거위 깃털로 펜을 만들었다. 어머니는 우리를 위해 초보 독본을 써서 읽는 방법을 가르쳤다. 쓰는 방법도 가르쳤다. 처음에는 막대기로 흙에 쓰게 했고, 그 후에는 반듯하게 편 아마포에 깃털 펜으로 쓰게 했다. 우리를 숨을 참고 아마포를 긁으며 끔찍하게 잉크를 튀겼다. 어머니가 이 연한 잉크를 빨아서 씻어내면 다시 쓸 수 있었다. 그라이는 쓰기를 몹시 어려워했고, 오직 내 어머니에 대한 사랑으로 배움을 계속했다. 나에게는 읽고 쓰기가 세상에서 제일 쉬운 일이었다.

"책을 써줘요!" 나는 그렇게 요청했고, 어머니는 나를 위해 라니우의 생애에 대한 책을 적었다. 어머니는 이 과업을 진지하게 받아들였다. 어려서 받은 교육 탓에 어머니는 나에게 책이 한 권만 주어진다면 그것은 성스러운 역사에 대한 것이어야 한다고 생각했다. 그녀는 《라니우 왕의 행적과 기적의 역사》의 구절과 내용을 일부 기억했고, 나머지는 자기 말로 채워 넣었다. 어머니는 아홉 살 생일에 그 책을 내게 선물했다. 광택을 낸 아마

*참나무 잎에 생기는 혹 모양의 벌레집. 타닌이 들어 있어 약재로 쓰거나 잉크의 재료로 쓴다.

포 마흔 장을 연한 손 글씨로 꽉 채우고, 맨 윗부분을 푸르게 염색한 실로 꿰매어 만든 책이었다. 나는 그 책을 열심히 들여다보았다. 처음부터 끝까지 외운 후에도 그 책을 읽고 또 읽었고, 그 안에 적힌 말들을 소중하게 간직했다. 그 단어들이 해주는 이야기 때문만이 아니라 그 속에 숨어 있는 이야기들을 보았기 때문이다. 모든 다른 이야기들. 내 어머니가 해준 이야기들. 아무도 한 번도 이야기한 적 없는 이야기들.

5

이런 중에도 아버지는 내 교육을 계속했다. 그러나 내가 두 번째 카다드가 되어 때 이른 힘으로 세상을 놀라게 할 징조는 나타나지 않았기 때문에, 아버지로서는 오직 우리 혈통의 재능이 어떤 식으로 움직이는지 말해주고 보여주면서 내 안의 재능이 드러날 때까지 끈기 있게 기다리는 수밖에 없었다. 아버지가 모기를 죽여 떨어뜨릴 수 있었던 것도 아홉 살이 되어서였다고 했다. 그는 천성이 인내심 있는 사람이 아니었고 오직 자기 수양으로만 인내를 발휘했으며, 희망이 강했다. 그는 꽤 자주 나를 시험했다. 나는 최선을 다해서 눈을 부릅뜨고 손으로 가리키고 속삭이면서 내 의지라고 하는 알 수 없는 것을 불러내려 노력했다.

"의지가 뭐예요?" 나는 물었다.

"음, 그건 하고자 하는 마음이란다. 재능을 사용하려면 그러려는 마음을 먹어야 해. 하려는 마음도 없이 쓰면 엄청난 해를 끼칠 수 있지."

"하지만 그건, 능력을 쓰는 건 어떤 느낌인데요?"

그는 얼굴을 찌푸리고 한참 생각하다가 말했다.

"뭔가가 하나로 모이는 것 같은 느낌이지." 말하면서 그는 저도 모르게 왼손을 살짝 움직였다. "네가 열두 개의 끈 중앙에 놓인 매듭이고, 그 끈 모두가 네게 끌려오는 것 같은 느낌이야. 넌 그 끈들을 팽팽하게 당기고 있고 말이다. 아니면 활시위가 열두 개 달린 활이 된 것 같지. 활시위들을 더 팽팽하게 당기면서 끌어오다가 지금이라고 외치면 화살처럼 힘이 발사되는 거란다."

"그러니까 의지를 가지고 자기 힘이 눈으로 보고 있는 물건을 되돌리게 하는 건가요?"

그는 다시 얼굴을 찌푸리고 생각에 잠겼다.

"말로 할 수 있는 문제가 아니야. 사실 그 안에는 말이 존재하지 않아."

"하지만 말을 하잖아요……. 무슨 말을 할지 어떻게 알아요?"

그 무렵에는 아버지가 능력을 사용하면서 같은 말을 반복할 때가 없으며, 어쩌면 그 말이 말이 아닐지도 모른다는 것을 깨달았기 때문에 던진 질문이었다. 그 소리는 "하!" 하는 소리 아니면 온몸으로 갑작스럽게 큰 힘을 기울일 때 내뱉는 숨소리 같았다. 물론 그 안에는 그보다 많은 것이 깃들어 있었지만 말이다. 나는 그 소리를 흉내 낼 수가 없었다.

"그건…… 그건 힘이 작동하면 나와." 이것이 아버지가 할 수 있는 설명의 전부였다. 이런 대화는 그를 난처하게 했다. 그는 그런 질문에 대답할 수 없었다. 나는 그런 것을 묻지 말아야 했다. 그런 것을 물어볼 필요가 없어야 했다.

열두 살, 열세 살이 되면서 재능이 드러나지 않았다는 사실이 나도 점점 걱정스러워졌다. 두려움은 생각만이 아니라 꿈으로도 나타났다. 꿈속에서 언제나 나는 거대한 돌탑을 산산조각 내어 쓰러뜨리거나 어딘지 모를 낯설고 어두운 마을 사람 모두를 되돌리거나 하는 엄청나고 무시무시한 파괴 행동을 하기 직전이었다. 아니면 막 그 일을 끝내고 폐허와 얼굴도 뼈도 남아 있지 않은 시체들을 헤치고 집에 돌아가려 애쓰는 중이었다. 하지만 언제나 되돌림 전, 아니면 후였다.

그런 악몽에서 깨어나면 달리는 말처럼 쿵쾅거리는 심장으로 내 두려움을 누르고 아버지 카녹이 말했던 대로 힘을 하나로 모으려 노력했다. 나는 숨 쉬기 힘들 만큼 벌벌 떨면서 새벽빛 속에서 겨우 알아볼 수 있는 침대 발에 조각된 마디를 응시하고, 왼손을 들어 올려 가리키며 그 까만 나무 마디를 파괴하겠다는 결의를 담아 발작적인 "하!" 소리를 내질렀다. 그러고 나서 눈을 꼭 감고 어둠 속에서 내 소망이, 내 의지가 들었기를 빌었다. 그러나 결국 눈을 뜨고 보면 나무 마디는 그대로 있었다. 나의 때는 아직 오지 않았다.

내가 열네 살이 되기 전까지는 우리 영지 사람들이 드러만트 사람들과 얽히는 일이 거의 없었다. 우리가 한동안 주의 깊게 살펴야 했던 이웃은 게레만트의 에로이였다. 그라이와 나는 물푸레나무 숲을 통과하여 맺어진 게레 영지 경계선 근처로는 절대 가지 못하게 되어 있었고, 그렇게 했다. 우리 둘 다 양팔을 못 쓰게 된 남자에 대해 알았다. 브랜터 에로이는 농담이랍시고 그런 짓을 했다. 농담이라니! 그 남자는 에로이의 농노였다. 우리 농부들은 이렇게 말했다. "자기 농노를 못 쓰게 만들다니, 희한하구먼." 그건 브랜터가 받을 수 있는 최대한의 비판이었다. 에로이는 미친 사람이었지만, 아무도 그렇게 말하지 않았다. 그들은 그저 침묵했고 에로이를 피했다.

그리고 에로이도 카스프로만트에 거리를 두었다. 그가 우리 농노 고녠의 등을 굽게 만든 것은 사실이지만, 고녠은 경계선을 넘어가서 게레만트의 나무를 훔쳤을 가능성이 높았다. 그것은 고원지대의 관례로는 정당한 처벌이었다. 내 아버지는 보복하지 않았지만, 물푸레나무 숲까지 가서 에로이가 무슨 일이 일어나는지 볼 수 있는 위치로 지나가기를 기다렸다. 에로이가 보이자 카녹은 힘을 불러내어 물푸레나무 숲 위로 경계선을 따라 똑바로 죽음의 선을 그었다. 마치 번갯불이 반듯하게 달리면서 그 길에 있던 모든 것을 파괴한 것처럼, 검은 잎을 달고 죽어 회색빛이 된 나무들의 울타리만 남겨놓았다. 카녹은 건너편을 걸어가다가 멈춰서 이 일을 지켜보던 에로이에게 아무 말도 하지 않았다. 에로이도 아무 말 하지 않았지만, 그 후로는 경계선인 물푸레나무 숲 근처에 에로이가 모습을 보이는 일은 없었다.

위험한 남자라는 아버지의 명성은 두넷 습격 이후로 확고해졌다. 그 명성을 굳히기 위해 이렇게 극적인 경고를 던질 필요는 없었다. 사람들은 "카스프로는 빠른 눈을 지녔지"라고 말했다. 나는 이 말을 들으면 걷잡을 수 없이 자랑스러웠다. 아버지에 대해, 우리에 대해, 우리 혈통과 우리 힘에 자부심을 느꼈다.

게레만트는 가난하고 엉망인 영지라 걱정할 것이 별로 없었다. 그러나 드러만트는 달랐다. 드러만트는 부유했고 점점 더 부유해지고 있었다. 사람들은 거드럭거리는 태도며 분위기, 여기에서는 보호세를 요구하고 저기에서는 공물을 요구하는 것을 두고 드럼 혈통은 스스로를 카란타지의 브랜터로 생각하나보다고들 말했다. 공물이라니. 자기들이 고원지대의 지배자라도 되는 것처럼! 그러나 그보다 약한 영지들은 결국 재산으로 상황을 모면했다. 그들은 양이나 소 떼나 양털이나 드럼 영지에서 탈취해 간 농노들로 공물을 지불했다. 드럼 혈통의 재능은 무시무시한 것이기 때문이었다. 그 발동은 느렸고, 능력 발휘가 눈에 보이지도 않았으며, 칼날이나 되돌림이나 불의 선물처럼 극적이지도 않았다. 그러나 드러만트의 오그가 밭과 목초지를 걷도록 놓아두면, 다음 해에는 밭에 난 옥수수가 말라 죽고 몇 년 동안 풀이 자라지 않을 것이다. 오그는 양 떼, 소 떼, 또는 사람들을 황폐하게 만들 수 있었다.

드러만트의 남서쪽 경계선을 따라 자리 잡은 작은 영지인 리만트의 혈통은 모두 죽었다. 브랜터 오그가 요구 사항을 가지고 그곳을 찾았다. 림의 브랜터는 도전적인 태도로, 불을 던지는 힘을 쓸 준비를 갖추고 문간에서 오그를 맞이하여 꺼지라고 말했다. 그러나 오그는 밤에 림의 집 주위를 기어 다니며 주문을 읊었다고들 했다. 드럼의 힘은 눈짓과 말이 아니라 속삭임과 지명과 손짓이었고, 그렇게 하여 결과를 자아내는 데 시간이 걸렸다. 어쨌든 그 순간부터 림 혈통에 속하는 영혼은 모두 병들었고, 4년이 지나자 모두 죽었다.

꽤 널리 퍼진 이야기였지만 카녹은 이 이야기를 의심스러워했다. 그는 자신 있게 말했다. "드럼은 어둠 속에서, 자신은 밖에 있고 상대는 안에 있는 상황에서 그런 힘을 발휘할 수 없어. 그의 힘은 우리의 힘과 마찬가지로 눈을 통해 작용하지. 오그가 그 집에 독을 놓아두었을지도 몰라. 아니면 다들 오그와 상관없는 병으로 죽었을 수도 있고." 그러나 어떻게 된 일이든 오그가 원인으로 보였고, 이익도 그가 얻었다. 리만트를 자기 영지에 더한 것이다.

이 모든 일은 오랫동안 우리에게 직접적인 영향을 주지 않았다. 그러다가 코드의 두 형제가 누가 계승자이고 영지의 진정한 브랜터인가를 두고 반목하기 시작하자, 오그는 영지를 지킨다는 주장을 펴며 코드만트의 남쪽 절반에 자기 영지 사람들을 이주시켰다. 코드 혈통의 두 형제가 계속 싸우고 주장을 펴며 스스로를 바보로 만드는 동안 오그는 그들의 땅에서 가장 좋은 부분을 집어삼켰다. 그렇게 하여 드러만트는 카스프로만트의 남서쪽 경계선과 맞닿게 되었다. 이제 오그는 우리 이웃이었다.

그때부터 아버지 카녹의 성질은 어두운 쪽으로 변했다. 그는 우리가, 카스프로만트의 모든 사람이 위험에 처했으며 방어할 사람은 자신밖에 없다고 느꼈다. 카녹은 책임감이 강했다. 어쩌면 지나치게 강했는지도 모르겠다. 그에게 특권이란 곧 의무였고, 지휘한다는 것은 봉사하는 것이었다. 힘, '선물' 그 자체는 자유의 상실을 수반했다. 아마 그가 아내도 자식도 없는 젊은이였다면 드러만트를 침략하여, 모든 위험을 감수하고 단 한 번의 자유 행동에 스스로 목숨을 걸었을 것이다. 그러나 그는 가장이자 짐을 진 남자였고, 가난한 영지를 관리하고 영지 사람들을 돌보아야 할 사람이었다. 아내는 무방비했고 같은 재능을 지니고 함께 맞설 친척 남자도 없었다. 아마도 아들만 빼고는.

그러니까 그건 그의 불안을 가중시키는 문제였다. 아들이 열세 살이 되도록 능력을 보이지 않는다는 것은.

나는 능력을 쓰는 방법에 대해 완벽하게 훈련받았지만, 쓸 능력이 없었다. 마치 말 등에 타보지도 못하면서 말 타는 방법을 배운 것 같은 꼴이었다.

카녹은 이 문제로 날카롭게 곤두서 있었고, 걱정이 심해져 숨기지 못했기에 나도 그 사실을 알았다. 이 문제에서 멜은 다른 일처럼 남편을 돕고 위로할 수도, 우리 둘 사이를 중재할 수도, 우리가 서로에게 지우는 짐을 가볍게 할 수도 없었다. 그녀가 선물과 선물이 움직이는 방식들에 대해 무엇을 알았겠는가? 고원지대의 능력은 멜에게 완전히 낯선 것이었다. 그녀는 고원지대 사람이 아니었다. 남편이 힘을 사용하는 모습도 두넷의 시장에서, 공격자 한 명을 죽이고 또 한 명을 불구로 만들었을 때 본 게 다였다. 카녹은 아내에게 파괴하는 힘을 보이고 싶어 하지 않았고, 그래야 할 이유도 없었다. 멜은 그 힘을 두려워했다. 이해하지 못했고, 어쩌면 반쯤은 믿지 않았는지도 몰랐다.

카녹은 에로이에게 경고하기 위해 물푸레나무 숲에 죽은 나무들의 선을 남긴 후, 나에게 그 힘이 어떻게 작용하며 어떤 대가를 치르는지 보여주기 위한 사소한 일들에만 힘을 사용했다. 사냥감에게 쓰는 법은 없었다. 사냥감의 살과 뼈와 내장이 무너진 모습은 공포심을 낳았고 아무도 그걸 먹으려 하지 않았기 때문이다. 카녹의 생각에 '선물'은 어떤 경우든 일상적으로 쓸 것이 아니라 진정으로 필요한 일에만 써야 하는 것이었다. 그래서 멜은 남편에게 그런 능력이 있다는 것을 잊고 지낼 수 있었고, 나에게 그 능력이 없다고 해서 걱정할 이유도 알지 못했다.

사실 어머니가 경계심을 품은 것은 마침내 내가 능력을 드러냈다는 말을 들었을 때였다.

그리고 나도 그랬다.

나는 아버지와 같이 말을 달리고 있었다. 아버지는 나이 든 회색 종마를 탔고, 나는 얼룩이를 탔다. 젊은 농부 알록도 함께였다. 알록은 아버지 쪽으로 카스프로 혈통이 이어진 농부였으며, '능력의 흔적'을 갖고 있었다. 매듭을 풀고, 그 밖에 비슷한 재주를 몇 가지 부릴 수 있었다는 뜻이다. 알록은 아마 충분히 오랫동안 응시하면 쥐도 죽일 수 있겠지만 그걸 확인할 만큼 오래 한자리에 있어주려는 쥐를 본 적이 없다고 했다. 그는 말을 사랑하고 잘 돌보는 선량한 남자였다. 아버지가 오랫동안 바라던 말조련사였다. 알록은 얼룩이가 제일 최근에 낳은 망아지를 탔다. 우리는 두 살 난 그 망아지를 조심스럽게 훈련시키고 있었다. 아버지는 그 망아지를 두넷에 타고 갔던 붉은색 키 큰 말이 다시 태어난 것처럼 여겼다.

카녹이 소리 내어 말한 것은 아니지만, 우리는 영지 남서쪽에 있는 양 방목장에서 우리 땅에 들어와 있는 드러만트 사람은 없는지, 드럼의 양치기들이 자기네 양을 찾아간다면서 우리 양까지 '되찾아' 갈 수 있게 양 떼 사이에 섞여든 드럼의 양은 없는지 살폈다. 그것은 오랫동안 드럼과 이웃하여 살아온 코드 혈통이 경고해준 속임수였다. 우리는 실제로 억세고 털이 뻣뻣한 우리 고원지대 암양 사이에서 낯선 양을 몇 마리 찾아냈다. 우리 양치기들은 우리 양과 에로이의 양을 구분하기 위해 양털 덮인 귀에 노란색 얼룩을 찍었다. 에로이도 흔히 게레 영지의 양이 우리 방목장에 들어오게 놓아둔 후에 우리가 훔쳐 갔다고 주장하곤 했다. 물론 아버지가 물푸레나무 숲에 경계선을 그은 후에는 그런 짓을 하지 않았지만.

우리는 양치기와 양치기 개들을 찾아 드럼의 양들을 쫓아내어 원래 있던 곳으로 돌려보내라고 말하기 위해 남쪽으로 방향을 틀었다. 그런 다음 울타리의 부서진 부분을 찾아내어 고치기 위해 다시 서쪽으로 말을 달렸다. 카녹의 얼굴에는 어두운 주름살이 패 있었다. 알록과 나는 입을 다물고 순종적으로 그 뒤를 따랐다. 우리가 산중턱을 꽤 빠른 속도로 달리고 있었을 때 재기러기가 앞발로 풀에 감춰져 있던 미끄러운 돌판을 밟고 미끄러져서 심하게 비틀거렸다. 녀석은 곧 중심을 잡았고, 카녹은 내리지 않았다. 그가 재기러기가 다리를 다쳤는지 보려고 몸을 기울이는데, 비스듬한 돌 위로 카녹의 발이 닿을 만한 곳에서 물태세로 달려드는 살무사 한 마리가 보였다. 나는 소리를 지르며 뱀을 가리켰다. 카녹은 말에서 반쯤 내리다 말고 나를 보았고, 뱀을 보았고, 왼손을 아무렇게나 들어 올려 그쪽으로 향한 다음, 다시 말 등에 올랐다. 모든 동작이 순식간에 이루어졌다. 재기러기는 네 발로 펄쩍 뛰어올라 살무사에게 거리를 두었다.

살무사는 돌 위에 벗어던진 양말처럼 형태 없이 축 늘어져 있었다.

알록과 나는 둘 다 왼손으로 뻣뻣하게 뱀을 가리킨 채 꼼짝도 않고 말 등에 앉아서 그쪽을 바라보았다.

카녹은 재기러기를 달랜 후 조심스럽게 말에서 내렸다. 그는 바위 위에 놓인 죽은 뱀을 보고 나를 쳐다보았다. 이상한 얼굴이었다. 딱딱하면서 사나워 보였다.

"잘했다, 아들아."

나는 멍청히 그를 바라보며 안장에 앉아 있었다.

"정말 잘했어!" 알록이 활짝 웃으며 말했다. "돌의 이름으로, 못되고 덩치 큰 독사 놈이 브랜터를 뼛속 깊이 물 수도 있었다고!"

나는 근육질에 갈색인 아버지의 맨다리를 응시했다.

붉은 망아지가 그쪽으로 가려 하지 않았기 때문에 알록은 살무사 시체를 보기 위해 말에서 내려야 했다. "완전히 파괴당했군. 정말 강력한 눈인데! 저걸 봐. 저게 독니야. 나쁜 짐승 같으니라고." 알록은 침을 뱉고 다시 말했다. "강력한 눈이야."

나는 말했다. "내가 한 게······."

나는 어쩔 줄 몰라서 아버지를 보았다.

"내가 보았을 때는 이미 되돌려진 상태였다." 카녹이 말했다.

"하지만 아버지께서······."

아버지는 얼굴을 찌푸렸지만, 화가 난 것은 아니었다. "뱀을 친 것은 너였다."

"그랬어." 알록이 끼어들었다. "네가 하는 걸 봤어, 오렉. 번개처럼 빠르더라."

"하지만 난······."

카녹은 엄하고 주의 깊게 나를 지켜보았다.

나는 설명하려고 했다. "하지만 다른 때랑, 하려고 했는데 아무 일도 일어나지 않았을 때랑 똑같았어요." 나는 말을 멈췄다. 갑작스러운 상황 때문에, 혼란스러움 때문에 울고 싶었다. 내가 한 줄도 모르면서 무언가를 한 것 같았다. "전혀 다른 느낌이 없었어요." 나는 목멘 소리로 말했다.

아버지는 잠시 동안 나를 지켜보다가 말했다. "그러나 달랐어." 그리고 다시 회색 말 등에 올랐다. 알록은 붉은 망아지가 사람을 다시 태우고 싶어 하지 않아서 고삐만 잡아야 했다. 이상한 순간은 지나갔다. 나는 한때 뱀이었던 물건을 보고 싶지 않았다.

우리는 경계선 울타리까지 달려갔고 드럼의 양이 넘어온 곳을 찾아냈다. 최근에 벽에서 돌을 빼낸 것처럼 보였다. 우리는 그 자리와 근처에서 약간 고쳐야 하는 곳들의 벽을 다시 쌓는 데 오전 시간을 보냈다.

나는 아직도 찬찬히 생각할 수 없을 만큼 내가 한 일에 대해 의심하고 있었고, 그날 저녁 아버지가 어머니에게 그 일을 이야기했을 때 깜짝 놀라고 말했다. 아버지는 늘 그렇듯 짧고 건조하게 말했고, 어머니는 지금 하는 이야기가 내가 재능을 드러냈고 그럼으로써 아버지의 목숨을 구했을지도 모른다는 내용이라는 것을 바로 이해하지 못했다. 겨우 이해한 어머니는 너무 놀란 나머지 불안이 아닌 기쁨이나 칭찬으로 반응하지 못했다. 나처럼. "살무사가 그렇게 위험해요?" 어머니는 한 번 이상 그 말을 되풀이했다. "그 뱀들이 그렇게 해로운 줄은 몰랐어. 아이들이 뛰어노는 언덕 어디에나 있을 수 있잖아요!"

"실제로 그렇소. 언제나 그랬지. 다행히 살무사가 그렇게 많지는 않아." 카녹은 말했다.

우리가 언제 덮쳐올지 모르는 위험 속에 살고 있다는 것은 카녹이 사실로 아는 일이었고, 멜이 마음으로는 알면서도 믿지 않으려 애써야 하는 현실이었다. 어머니는 어리석게 희망적인 면만 보는 사람은 아니었지만, 평생토록 물리적인 위해에서 보호받으며 살아왔다. 그리고 카녹은 그녀를 보호했다. 거짓말까지 하지는 않더라도.

그는 말했다. "옛날에 우리 집안의 선물을 그렇게 부르기도 했지. '살무사'라고." 그는 흘끗 나를 보았다. 언덕에서의 순간 이후 줄곧 그랬듯이 엄하고 쌀쌀한 눈빛이었다. "살무사의 독과 우리 능력은 상당히 비슷하게 작용하거든."

어머니는 얼굴을 찌푸렸다. 그리고 잠시 후에 말했다. "능력이 제대로 전해져서 기쁘다는 거 알아요." 어머니에게는 용기가 필요한 말이었다.

"능력이 제대로 전해졌다는 걸 의심한 적은 없소." 아버지는 그렇게 대꾸했다. 어머니만이 아니라 나까지 안심시키기 위한 말이었지만, 우리 둘 다 그 말을 받아들일 수 없었던 것 같다.

나는 그 나이대 사내아이가 잠들지 않고 누워 있을 수 있는 한 오래 잠들지 않고 누운 채, 살무사를 보았을 때 일어난 일을 곱씹어보았고 그러면서 점점 더 혼란과 불안에 빠졌다. 마침내 잠이 들기는 했지만 혼란스럽고 불안한 꿈만 꾸고 새벽같이 깨어났다. 나는 일어나서 마구간으로 내려갔다. 아버지보다 먼저 마구간에 가기는 처음이었다. 그러나 아버지도 곧 눈을 비비고 하품을 하면서 나타났다. "잘 잤니, 오렉."

"아버지, 전…… 그 뱀 말인데요."

아버지는 고개를 살짝 기울였다.

"제가 손과 눈을 쓴 건 알아요. 그렇지만 제가 죽인 건지 잘 모르겠어요. 제 의지는…… 전혀 다르지 않았어요. 다른 때와 똑같았어요." 목과 머리에 압박이 느껴지기 시작했다.

"알록이 했다고 생각하는 건 아니겠지? 알록에게는 그런 힘이 없다."

"하지만 아버지, 아버지도 뱀을 치셨고."

"그 뱀은 내가 보았을 때 이미 되돌려진 상태였어." 아버지는 전날과 같은 말을 했지만, 이번에는 목소리와 눈에 의식인지 의문인지 의혹인지 모를 것이 스쳐 지나갔다. 그는 생각에 잠겼다. 마구간 문 앞에 처음 나타났을 때에는 잠 때문에 부드러워져 있었던 얼굴에 엄격함이 되돌아와 있었다.

"그래, 나도 그 뱀을 치기는 했다. 그러나 네가 친 뒤였어. 네가 먼저 친 건 분명하다. 그리고 실로 빠르고 강력한 손과 눈이었지."

"하지만 힘을 쓰면서 그게…… 그게 시도하고도 먹히지 않았을 때와 똑같다면, 제가 그걸 어떻게 알게 되죠?"

이 말에는 아버지도 멈칫했다. 그는 그 자리에 서서 얼굴을 찌푸린 채 생각에 잠겼다. 그리고 마침내, 거의 주저하듯이 말했다. "오렉, 지금 그걸, 능력을 써보겠느냐? 뭔가 작은 것에, 저쪽에 있는 잡초에라든가?" 그는 마구간 문 근처 안마당의 돌들 사이에 핀 작은 민들레 무리를 가리켰다.

나는 민들레를 응시했다. 눈물이 차올랐고, 그 눈물을 막을 수가 없었다. 나는 양손으로 얼굴을 가리고 흐느끼며 외쳤다. "하고 싶지 않아요. 하고 싶지 않아요! 못 해요. 못 해요. 하고 싶지 않아요!"

아버지는 다가와서 무릎을 꿇고 한 팔을 나에게 둘렀다. 내가 울게 놔두었다.

그리고 내가 조금 차분해지자 말했다. "괜찮다, 애야. 괜찮아. 그건 무거운 짐이지." 그런 다음 그는 나를 보내어 얼굴을 씻게 했다.

우리는 능력에 대해 더 말하지 않았다. 당분간은.

<u>6</u>

우리는 이후 며칠 동안 알록과 함께 다시 가서 남서쪽의 양 방목지를 에워싼 담을 고치고, 담 건너편의 양치기들에게 우리가 그 돌담의 모든 돌을 알고 있으며 하나라도 옮기면 알아차릴 거라는 점을 명확히 했다. 작업에 착수한 지 사흘인가 나흘째 되던 날, 코드 영지였다가 지금은 드럼의 영지가 된 '작은 벼랑' 너머로 길게 떨어지는 목초지에서 말을 탄 남자들 한 무리가 우리를 향해 올라왔다. 양들은 미친 듯이 울어대며 이들의 말발굽을 피해 달려갔다. 그들은 언덕 꼭대기가 평평해짐에 따라 속력을 올리며 곧장 우리를 향해 달려왔다. 음울하고 안개 낀 날이었다. 우리는 이따금씩 언덕 위를 배회하는 보슬비로 흠뻑 젖어 있었고, 젖은 진흙투성이 돌을 옮기느라 지저분했다.

"오 늙은 살무사가 나타나셨네." 알록이 중얼거렸다. 아버지는 눈짓으로 그를 입 다물게 하고, 말 탄 이들이 돌담까지 달려오는 모습을 보며 차분하고 또렷한 목소리로 말했다. "안녕하시오, 브랜터 오그."

　우리 셋 다 경탄한 눈으로 그들의 말을 바라보았다. 훌륭한 동물이었다. 브랜터 오그는 그 덩치를 감당하기에는 너무 섬세해 보이는 아름다운 벌꿀색 암말을 타고 있었다. 오그 드럼은 예순 살 정도 나이에, 술통 같은 몸통과 황소 같은 목을 지닌 사내였다. 검은색 킬트와 코트를 입었는데 펠트가 아니라 정교하게 짠 모직 옷이었고 그가 탄 말의 굴레에는 은이 입혀져 있었다. 오그의 맨종아리는 근육으로 울퉁불퉁했다. 나는 주로 이런 것들만 보고 오그의 얼굴은 거의 보지 않았다. 그의 눈을 쳐다보고 싶지 않았기 때문이다. 나는 평생 동안 브랜터 오그의 사악함에 대해 들었다. 그리고 마치 습격이라도 나온 것처럼 곧장 우리를 향해 달려와서 돌담 바로 앞에서 고삐를 당기는 모습을 보니 전혀 마음이 놓이지 않았다.

　"방목지 울타리를 고치고 계신가, 카스프로?" 오그는 크고, 예기치 않게도 따뜻하고 명랑한 목소리로 말했다. "훌륭한 담이로군. 돌 쌓기에 능한 일꾼을 몇 명 보내어 도와드리리다."

　"오늘 일을 끝내는 참이오만, 고맙소." 카녹이 말했다.

　"어쨌든 보내겠소. 담이라는 게 양면이 있는 거 아닌가."

　"그러시구려." 아버지는 손에 든 돌처럼 딱딱한 얼굴을 하고서도 유쾌하게 말했다.

　"이 중 한쪽이 당신 아들이겠군?" 오그는 알록과 나를 훑어보며 말했다. 미묘한 모욕이었다. 오그는 카녹의 아들이 스무 살 청년이 아니라 소년이라는 것을 아는 게 분명했다. 그것은 카스프로의 농노와 카스프로의 아들을 구분할 방법이 없다는 의미를 담은 말이었다. 어쨌든 우리 셋은 그렇게 받아들였다. "그렇소." 아버지는 그렇게만 답했고, 내 이름을 말하거나 나를 소개하기는커녕 내 쪽을 보지도 않았다.

오그가 말했다. "이제 우리 영지가 서로 접하게 됐으니 당신과 당신 부인을 드러만트로 초대하고 싶은데. 하루 이틀쯤 후에 집으로 찾아가면 있을지?"

"그럴 거요. 환영하오."

"좋소, 좋아. 그럼 들르겠소." 오그는 자연스럽고 싹싹하게 손을 들어 인사를 하고, 말의 방향을 틀어 일당을 이끌고 담을 따라 달려갔다.

알록이 한숨을 내쉬며 말했다. "아, 정말 사랑스러운 황색 암말이네요." 알록은 내 아버지만큼이나 철저한 말 사육자였다. 두 사람은 우리 마구간을 발전시키고자 애타는 마음으로 계획을 짰다. "일이 년 안에 여기 브랜티*를 저 암말과 교배시킬 수 있다면 어떤 망아지가 나올지 생각해보세요!"

"그리고 그 대가가 무엇일지도 말이지." 카녹은 거칠게 대꾸했다.

그날 이후 카녹은 긴장 상태였고 자주 언짢아했다. 그는 어머니에게 오그를 맞이할 준비를 하라고 일렀고, 당연히 어머니는 그렇게 했다. 그런 다음은 기다림이었다. 오그를 어머니 혼자 맞이하게 하고 싶지 않았던 카녹은 석조 저택에서 멀리 나가지 않았다. 정작 오그가 찾아온 것은 보름이 지나서였다.

오그는 전과 같은 수행원들을 데리고 왔다. 그의 혈통과, 영지 내 다른 혈통의 남자들이었다. 여자는 없었다. 자존심 강한

*'브랜티'를 변형한 말 이름.

아버지는 그것 역시 모욕으로 받아들였고, 그냥 넘기지 않았다. "부인이 함께 오지 않아서 유감이오." 아버지의 말에 오그는 사과와 변명을 늘어놓으며, 아내는 집안일이 너무 많아서 건강이 좋지 않다고 말했다. 그는 멜을 돌아보며 말했다. "그래도 아내는 두 분이 드러만트에 올 일을 기대하고 있습니다. 옛 시절에는 영지에서 영지로 말을 타고 다니며 서로 방문하는 일이 훨씬 많았지요. 우린 옛날 고원지대의 우정 어린 관습을 없애버렸소. 시체에 몰려드는 까마귀처럼 사방에 이웃이 있는 아래쪽 도시에서야 달랐겠지요."

"몹시 다르지요." 어머니는 언제나 억제된 위협을 담은 듯 들리는 오그의 쩌렁한 목소리와 커다란 풍채에 눌려서 온순하게 말했다.

"그리고 이쪽이 지난번에 본 당신네 아들이겠군." 오그는 갑자기 나를 돌아보고 말했다. "카다드였던가?"

"오렉이에요." 나는 그 자리에서 목소리를 낼 수 없었기 때문에, 어머니가 대신 말했다. 그래도 나는 고개를 살짝 기울이기는 했다.

"흠, 고개를 들어봐라, 오렉. 얼굴 좀 보자." 커다란 목소리가 말했다. "드럼의 눈이 무섭나?" 그는 다시 껄껄 웃었다.

심장이 너무 심하게 뛰어서 목이 막힐 지경이었지만 나는 머리를 제대로 들고 위쪽에 보이는 커다란 얼굴을 들여다보았다. 오그의 눈은 무겁게 내려앉은 눈꺼풀 때문에 제대로 보이지도 않았다. 처진 살과 주름 사이로 그 눈이 뱀눈처럼 공허하고 흔들림 없는 시선을 던졌다.

"그래, 재능을 드러냈다는 말을 들었다." 말하면서 그는 내 아버지를 홀끗 보았다.

물론 알록은 우리 영지의 모든 사람에게 그 살무사 이야기를 했고, 가까운 친척하고만 이야기를 나눌 뿐이며 그나마도 자주 대화하지 않는 것 같은 고원지대에서 그렇게 빨리 소문이 퍼지는 것을 보면 놀라웠다.

"그랬소." 아버지는 오그가 아니라 나를 보면서 대답했다.

"그러면 악조건이어도 능력이 제대로 전해졌구먼." 오그가 너무나 따뜻하고 축하하는 투로 말해서 내 어머니를 노골적으로 모욕하려 했다는 사실이 믿기지 않을 정도였다. "되돌림이라. 정말 보고 싶은 능력이오! 알다시피 우리 드러만트에는 카스프로 혈통의 여자들밖에 없거든. 물론 여자들도 선물을 이어받기는 하지만, 보여줄 순 없잖소. 여기 젊은 오렉이 시연을 해줄 수도 있겠군. 그래주겠나, 젊은이?" 커다란 목소리는 쾌활하면서도 집요했다. 거절은 불가능했다. 말을 하지 않더라도 예의상 뭔가 응답을 해야 했다. 나는 고개를 끄덕였다.

"좋아. 그러면 네가 오기 전에 뱀을 몇 마리 준비해놓을까? 아니면 우리 낡은 헛간의 쥐 새끼와 고양이 새끼들을 치워줄 수도 있겠지. 능력이 제대로 전해졌다는 걸 알아서 기쁘오." 이 부분은 아버지에게 던진 말이었다. 똑같이 쾅쾅 울리는 쾌활한 목소리로. "당신이 드러만트에 오면 내 손녀딸, 그러니까 막내아들 놈의 딸에 대해 이야기를 나눠볼까 하던 참이라서 말이오." 오그는 자리에서 일어났다. 그리고 어머니에게 말했다. "이제 내가 소문에 들은 것만큼 지독한 도깨비는 아니라는 걸 아셨으니 5월에 길이 마르거든 우리 영지를 방문해주시겠소?"

"기꺼이 그러지요." 어머니는 같이 일어서면서 양손 끝을 마주 대고 고개를 숙였다. 우리에게는 낯설기 그지없는 저지대식의 정중한 인사였다.

오그는 멜을 빤히 바라보았다. 마치 그 인사 때문에 멜이 보였다는 듯한 태도였다. 그전까지 오그는 우리 중 누구도 제대로 보지 않았다. 멜은 그 자리에 정중하고 초연하게 서 있었다. 그녀의 아름다움은 어느 고원지대 여자와도 달랐다. 뼈는 가늘었고 움직임은 민첩했으며 불가사의한 활기가 있었다. 나는 오그의 커다란 얼굴이 변하며 내가 읽어낼 수 없는 감정으로 가득 차는 것을 보았다. 놀라움, 질투, 갈망, 아니면 증오였을까?

오그는 어머니가 음식을 차려놓은 식탁 주위에 모여 있던 수행원들을 불렀다. 그들은 마당에 있던 말을 타고 요란한 소리를 내며 떠났다. 어머니는 잔치의 잔해를 바라보았다. "잘들 먹었네요." 어머니는 집주인의 자부심을 담아, 그러나 또한 어머니가 공을 들여 만든 진미가 하나도 남지 않았다는 사실을 안타까워하며 말했다.

"그야말로 시체에 달려드는 까마귀 떼로군." 카녹은 무미건조하게 오그가 했던 말을 읊었다.

멜은 조금 웃고 말했다. "외교관이라곤 못 하겠네요."

"난 오그가 뭔지 모르겠소. 왜 왔는지도."

"오렉 때문에 온 것 같은데요."

아버지는 나를 흘끗 보았지만, 나는 이야기를 계속 듣기로 마음먹고 그 자리에 서 있었다.

"그럴지도 모르지." 아버지는 적어도 내가 그 자리를 떠나기 전까지는 의논을 미루려는 게 분명했다.

어머니에게는 그런 망설임이 없었다. "약혼에 대한 얘기였나요?"

"여자애는 그럴 만한 나이가 됐을 거요."

"오렉은 열네 살도 안 됐어요!"

"그쪽은 조금 더 어릴 거요. 열둘이나 열셋 정도. 하지만 어머니 쪽이 카스프로 혈통이지."

"어린애 둘을 약혼시킨다고요?"

"드문 일도 아니오." 아버지의 말투가 점점 딱딱해졌다. "그래봐야 약혼일 뿐이오. 혼인은 몇 년 후에야 할 테고."

"무슨 약속이든 하기엔 너무 어려요."

"이런 일은 확실하게 다지고 알려두는 게 최선일 수도 있어요. 혼인에는 많은 것이 달려 있으니까."

"듣고 싶지 않아요." 어머니는 고개를 저으며 조용히 말했다. 도전적인 말투는 아니었지만, 어머니가 반대 의사를 표현하는 일은 자주 일어나지 않았다. 그 때문에 아버지도 다른 때보다 훨씬 더 완고해졌는지도 모른다.

"드럼이 뭘 원하는지는 모르겠지만, 약혼을 제안하는 거라면 그건 후한 제안이고 반드시 생각해봐야 해요. 서쪽에는 카스프로의 정통 혈족 여자가 달리 없단 말이오." 카녹은 나를 보았고, 나는 아버지가 망아지와 송아지를 가늠하는 눈길을 떠올리지 않을 수 없었다. 그는 다시 눈을 돌리고 말했다. "내가 궁금한 건 그자가 왜 그런 제안을 하느냐는 거요. 어쩌면 보상으로 내미는 걸지도 모르지."

멜은 그를 가만히 보았다.

나는 생각을 해보고야 뜻을 이해할 수 있었다. 혈통을 제대로 보존하기 위해 혼인할 수도 있었던 세 여자들, 오그가 가로채 가는 바람에 아버지가 도전적으로 달려가서 혈통이라곤 없는 신부를 찾아와야 했던 그 여자들에 대한 보상이라는 걸까?

어머니는 새빨개졌다. 한 번도 그렇게 붉어진 어머니를 본 적이 없었다. 어머니의 깨끗한 갈색 피부가 겨울 석양처럼 붉게 물들었다. 어머니가 조심스럽게 말했다. "당신…… 보상을 기대하고 있었어요?"

때로 아버지는 돌처럼 완고해질 수 있었다. "그렇다면 공평하겠지. 울타리를 고쳐줄 수도 있을 거요." 그는 방 안을 돌아다니면서 말했다. "다레단은 늙은 여자가 아니었소. 어쨌든 세보 드럼에게 딸을 낳아줄 정도로는 젊었지." 그는 다시 우리 쪽으로 걸어와서 아래를 내려다보며 생각에 잠겼다. "드럼이 진심이었다면 그 제안에 대해 생각해봐야 해요. 드럼은 지독한 적이오. 또한 좋은 친구일 수도 있고. 그자가 우정을 제시하는 거라면 반드시 받아들여야 해요. 오렉을 위해서도 내가 희망한 것보다 나은 기회고."

어머니는 아무 말도 하지 않았다. 반대 의견은 이야기했고 더할 말도 없었다. 어린아이들을 약혼시키는 것이 새롭고 역겨운 일이라면 자식을 위해 좋은 혼인을 주선하는 것, 재정적으로나 사회적으로 이득을 얻기 위해 혼인을 이용하는 것은 익숙하기 그지없는 원칙이었다. 그리고 영지 간의 친목과 대립, 혈통의 유지라는 문제에서 그녀는 이방인이며 외부인이었고, 아버지의 지식과 판단을 믿을 수밖에 없었다.

그러나 내게는 내 나름의 생각이 있었고, 내 편인 어머니가 같이 있었기 때문에 입을 열어서 말했다. "하지만 드러만트의 여자애와 약혼하게 되면, 그라이는요?"

아버지와 어머니 둘 다 고개를 돌려 나를 보았다.

"그라이가 뭐?" 아버지는 우둔한 척하며 말했다.

"만약 그라이와 제가 약혼하고 싶어 한다면요."

"너흰 아직 한참 어려!" 어머니는 버럭 소리를 지르고 나서야 자기가 한 말의 의미를 알아차렸다.

아버지는 잠시 말없이 서 있다가 완고하게, 묵직하게, 한 문장 한 문장을 끊어가며 말했다. "테르녹과 그 문제에 대해 이야기해봤다. 그라이는 훌륭한 혈통이고, 능력도 강해. 그 애 어머니는 혈통을 제대로 계승하기 위해 그라이를 코드만트의 안렌 바레와 약혼시켰으면 한다. 아직 결정된 건 아무것도 없어. 하지만 드러만트의 이 여자아이는 우리 혈통이다, 오렉. 그건 나에게나, 너에게나, 우리 영지 사람들에게나 엄청난 무게를 지닌 일이야. 내던져버릴 수 없는 기회지. 드럼은 이제 우리 이웃이고, 친척이 되는 것은 우호를 맺기에 좋은 방법이다."

"우리와 로드만트는 언제나 친구 사이였어요." 나는 물러서지 않고 말했다.

"그 점을 무시하는 건 아니다." 아버지는 결정적인 이야기를 유보한 채 엉망이 된 식탁을 내려다보고 서 있다가 마침내 말했다. "일단은 두고 보자. 드럼이 아무 뜻 없이 말한 것일 수도 있어. 그자는 변덕스러우니까. 5월에 가보면 뭐가 걸려 있는지 알 테지. 내가 오해한 것일 수도 있다."

"상스러운 남자지만, 우호적인 뜻을 보이려고는 한 것 같아요." 어머니가 말했다. '상스럽다'는 것은 어머니가 누군가에게 쓸 수 있는 가장 심한 말이었다. 그것은 어머니가 오그를 굉장히 싫어한다는 뜻이었다. 그래도 어머니는 편하게 누굴 불신할 수 있는 사람이 아니었다. 불신은 어머니에게 부자연스러운 것이었다. 어머니는 아무것도 없는 곳에서도 선한 뜻을 보았고, 그럼으로써 선한 뜻을 이끌어낼 때가 많았다. 집안 사람들은 기꺼운 마음으로 어머니와 같이 일하고, 어머니 밑에서 일했다. 가장 무뚝뚝한 농부들도 어머니에게는 진심으로 이야기했고, 입을 꽉 다물고 사는 늙은 농노 여인도 어머니에게는 자매에게 하듯 슬픔을 털어놓았다.

　나는 그라이를 만나서 드럼의 방문에 대해 이야기하고 싶어 좀이 쑤셨다. 오그의 변덕이 발동하기를 기다리는 동안에는 집 가까이 붙어 있어야 했지만, 평소에 나는 일만 끝내면 가고 싶은 곳에 자유로이 갈 수 있었다. 그래서 다음 날 오후에 나는 어머니에게 말을 타고 로드만트에 갔다 오겠다고 말했다. 어머니가 맑은 눈으로 바라보자 나는 얼굴을 붉혔지만, 어머니는 아무 말도 하지 않았다. 나는 아버지에게 붉은 망아지를 타도 되느냐고 물었다. 그 말을 하면서 나는 이례적인 자신감을 느꼈다. 아버지는 내가 우리 혈통의 능력을 드러내는 것을 보았고, 내가 장래의 신랑감으로 이야기되는 것을 들었다. 나는 아버지가 소 떼를 피해야 한다거나 달린 다음에 걷게 해줘야 한다는 잔소리 없이 망아지를 타도 된다고 했을 때도 놀라지 않았다. 그것은 내가 열세 살의 남자가 아니라 열세 살의 소년이었을 때나 할 법한 잔소리였다.

7

나는 남자답게 주의 깊으면서도 자신만만하게 출발했다. 붉은 망아지 브랜티는 경쾌하고 사랑스러운 걸음걸이로 움직였다. '긴 초지'의 탁 트인 경사면에서는 브랜티가 보통 속도로 달리는데도 마치 새가 나는 것처럼 흘러가다가 한 번씩 땅을 내리찍는 느낌이었다. 녀석은 우리 쪽을 보는 소 떼를 무시했고, 자기도 내가 얻은 새로운 권위를 존중한다는 듯이 완벽하게 행동했다. 나는 여전히 같은 속도로 달려 로드만트의 석조 저택에 다가가는 나와 브랜티 양쪽 모두가 만족스러웠다. 내가 브랜티의 몸을 식히기 위해 천천히 마당을 도는 동안 여자아이 하나가 그라이에게 내가 왔다는 말을 전하러 뛰어 들어갔다. 키 크고 당당한 풍채의 브랜티는 타고 있는 사람까지 당당하고 존경스러워 보이게 하는 말이었다. 내가 공작처럼 거들먹거리며 걷는 사이 그라이가 기쁜 얼굴로 우리를 맞이하러 달려 나왔다. 당연히 브랜티는 그라이의 능력에 반응했다. 엄청난 관심을 품고 귀를 쫑긋

세우며 그라이를 바라보더니, 그라이 쪽으로 한 걸음 내디디며 고개를 약간 숙이고 커다란 이마를 그라이의 이마에 갖다 댔다. 그라이는 진지한 얼굴로 그 인사를 받아주었고, 브랜티의 머리를 문지르고 코에 입을 맞춘 후, 그녀가 '동물과 대화'라고 부르는 부드러운 잡음으로 말을 걸었다. 나에게는 아무 말도 하지 않고 대신 환한 미소만 던졌다.

"이 녀석 몸이 식으면 폭포에 가자." 나는 말했고, 브랜티가 건초 약간과 귀리 한 줌을 받아 마구간 한 칸에 자리를 잡고 나서 그라이와 나는 계곡을 따라 올라가기 시작했다. 물방앗간 개울을 따라 1킬로미터 반쯤 올라가자 두 줄기 지류가 어둡고 좁은 틈으로 합쳐지더니, 바윗돌에서 바윗돌로 건너뛰며 떨어지다가 깊은 웅덩이를 이루었다. 떨어지는 물에서 끊임없이 불어오는 서늘한 바람에 야생 진달래와 검은 버드나무 덤불이 내처 꾸벅거렸다. 늘 그렇듯 작은 새들은 보이지 않게 숨어 풀숲에서 3음조의 노래를 불렀고, 검은노래지빠귀 한 마리가 낮은 웅덩이 옆에 둥지를 틀고 있었다. 우리는 도착하자마자 물에 들어갔고, 폭포 아래에서 몸을 숙이고 있다가 바위를 기어 올라가서 헤엄을 치고 기어 다니고 소리를 지르다가 마침내 햇살 속에 튀어나온 높고 널찍한 바위선반으로 기어 올라갔다. 우리는 바위선반에 몸을 펴고 누워서 몸을 말렸다. 많이 따뜻하지는 않은 이른 봄날이었고, 물은 얼음처럼 차가웠지만 우리는 수달 같아서 추위를 제대로 느끼지 못했다.

그 바위선반에 이름을 붙인 적은 없었지만, 우리는 몇 년째 그곳을 대화 장소로 이용했다.

우리는 한동안 누워서 헐떡이며 햇빛을 빨아들였다. 그러나 해야 할 말에 대한 생각으로 가득 차 있던 나는 곧 입을 열었다. "브랜터 오그가 어제 우리 집에 왔어." 나는 그라이에게 알렸다.

"한 번 본 적이 있어. 어머니가 날 데리고 드럼의 사냥에 갔었거든. 술통을 하나 삼킨 사람 같더라."

"오그는 강력한 사나이야." 나는 부루퉁하게 말했다. 나는 그라이에게 오그의 위풍당당함을 인식시켜주고 싶었다. 그래야 내가 오그의 손녀사위가 될 기회를 희생한다는 사실에 대해 합당하게 알아줄 테니 말이다. 그러나 결국 나는 아직 그 이야기를 꺼내지 못했다. 막상 말을 할 때가 오니 말하기가 힘들었다.

우리는 두 마리 여윈 도마뱀처럼 따뜻하고 매끄러운 바위에 배를 대고 엎드렸다. 조용히 이야기할 수 있게 머리를 가까이 대고 있었다. 그라이는 그렇게 하는 것을 좋아했다. 비밀스러운 성격은 아니었고, 야생 고양이처럼 격렬한 소리를 지를 수도 있었지만, 그라이는 조용히 이야기하는 것을 좋아했다.

"5월에 드러만트에 오라고 우릴 초대했어."

묵묵부답.

"내가 자기 손녀딸을 만나봤으면 한대. 그 애는 어머니 쪽으로 카스프로야." 나는 내 목소리에서 아버지의 음성이 메아리치는 것을 들었다.

그라이는 뚜렷하지 않은 소리를 내더니 한참 동안 아무 말이 없었다. 눈은 감겨 있었다. 젖은 머리가 내가 볼 수 있는 쪽 얼굴 옆으로 휘감겨 있었고, 다른 쪽 얼굴은 바위에 얹고 있었다. 나는 그라이가 잠든 줄 알았다.

"그렇게 할 거야?" 그라이가 중얼거렸다.

"오그의 손녀를 만나는 거? 물론이지."

"약혼 말이야." 그라이는 여전히 눈을 감은 채로 말했다.

"아니!" 나는 분개해서, 그러나 확신 없이 말했다.

"확실해?"

나는 잠시 머뭇거린 후에 말했다. "그래." 덜 분개한 어조로, 더 확실하게.

"어머니는 날 약혼시키고 싶어 해." 그라이는 말했다. 그리고 고개를 돌려 돌 위에 턱을 얹고 똑바로 앞을 보았다.

"코드만트의 안렌 바레와 말이지." 나는 내가 그 일을 이미 안다는 사실이 흡족했지만, 그라이는 좋아하지 않았다. 그녀는 누군가가 자기에 대해 이야기한다는 사실을 싫어했다. 그녀는 검은 버드나무 숲의 새처럼, 보이지 않게 살고 싶어 했다. 그라이는 아무 말도 하지 않았고, 나는 스스로가 바보스럽게 느껴졌다. 나는 사과하려는 뜻으로 말했다. "우리 아버지랑 너희 아버지가 이야기를 했었대." 그래도 그라이는 말이 없었다. 그라이는 나에게 물어봤는데, 나는 왜 그녀에게 묻지 못한단 말인가? 그러나 물어보기가 쉽지 않았다. 나는 마침내 용기를 내어 물었다. "넌 그렇게 할 거야?"

"모르겠어." 그라이는 돌에 턱을 얹고, 시선은 앞으로 향한 채 다문 잇새로 중얼거렸다.

나는 그녀의 질문에 그토록 충실하게 '아니'라는 대답을 내놓았는데 이런 대가라니, 너무하다고 생각했다. 나는 그라이를 위해 드럼의 손녀딸을 포기할 태세건만, 그라이는 나를 위해 안렌 바레를 포기할 생각이 없단 말인가? 마음이 몹시 아팠다. 나는 불쑥 말했다. "난 언제나……." 그러다가 말을 삼켰다.

"나도 그랬어." 그라이가 중얼거렸다. 그리고 잠시 후, 아차 하면 폭포 소리에 묻힐 만큼 가만히 말했다. "난 어머니에게 열다섯이 될 때까진 약혼 같은 건 하지 않겠다고 했어. 누구하고든. 아버지는 동의했어. 어머니는 화가 났고."

그라이는 갑자기 몸을 돌려 등을 대고 누워서 하늘을 올려다보았다. 나도 똑같이 했다. 우리 둘의 손은 바위 위 가까운 곳에 놓여 있었지만, 닿지는 않았다.

"네가 열다섯이 되면." 내가 말했다.

"우리가 열다섯이 되면." 그라이가 말했다.

그리고 한참 동안 우리는 아무 말도 하지 않았다.

나는 햇볕 속에 누워서 내 속까지 비치는 햇빛 같은, 내 아래 놓인 바위의 단단함 같은 행복을 느꼈다.

"새를 불러." 나는 중얼거렸다.

그라이가 3음조로 휘파람을 불자 아래에서 끄덕거리던 덤불 속에서 짧고 달콤한 응답이 돌아왔다. 잠시 후에 새가 다시 부르는 소리를 냈지만, 그라이는 답하지 않았다.

그라이는 그 새를 불러서 손가락에 앉힐 수 있었지만, 그렇게 하지 않았다. 작년에, 그라이가 완전한 능력을 발휘하기 시작했을 때 우리는 온갖 놀이를 다 하고 놀았다. 그라이는 내가 무엇을 보게 될지 말해주지 않고서 숲 속 공터에서 기다리게 하곤 했다. 사냥꾼처럼 팽팽하게 긴장해서 살피던 나는 갑자기 암사슴과 새끼 사슴이 공터 가장자리에 나타나거나 하면 매번 깜짝 놀랐다. 또는 여우 냄새를 맡고 사방을 살피다가 문득 2미터도 떨어지지 않은 풀밭에 집고양이처럼 새침하게 꼬리를 발에 감고 앉아 있는 여우를 보기도 했다. 한번은 머리와 팔의 털이 쭈뼛서는 고약한 냄새를 맡았는데, 이때는 갈색 곰 한 마리가 육중하면서도 조용한 걸음걸이로, 내게는 눈길도 주지 않고 공터를 가로질러 숲 속으로 사라졌다. 그러고 나면 그라이는 수줍은 미소를 띠고 공터에 미끄러져 들어오곤 했다. "마음에 들었어?" 곰의 경우에는 한 번으로 족했다. 내 말을 듣고 그라이는 이렇게만 말했다. "그 곰은 에언 산 서쪽 등성이에 살아. '큰물'을 따라 여기까지 내려와서 낚시를 한 거야."

그라이는 바람을 타고 날던 매를 불러 내리거나, 폭포 웅덩이에 사는 송어가 허공에 뛰어오르게 할 수 있었다. 벌 떼가 어디든 벌치기가 원하는 곳으로 가게 만들 수 있었다. 한번은 장난기가 동해서 구름 같은 각다귀 떼가 양치기를 쫓아 붉은 돌탑 아래 소택지를 다 가로지르게 한 적도 있었다. 우리는 돌탑에 숨어서 불쌍한 양치기가 사방을 때리고 펄쩍펄쩍 뛰고 풍차처럼 팔을 휘두르고 도망치려고 미친 듯이 달리는 모습을 보며 인정도 없이 씩씩거리고 눈물을 흘려대며 웃었다.

그러나 그때 우리는 어렸다.

지금, 따뜻한 돌을 아래에 두고 따뜻한 해를 위에 두고 나란히 누워서 눈부신 하늘과 끊임없이 하늘을 가로지르며 끄덕거리는 잎과 가지를 올려다보면서 느끼던 내 평화로운 행복감 사이로 아직 그라이에게 할 말이 하나 더 있다는 생각이 스며들었다. 우리는 약혼에 대해서 이야기했다. 그러나 나도 그라이도 내 능력이 드러난 일에 대해서는 아무 말 하지 않았다.

벌써 보름이 더 지났다. 나는 그동안 그라이를 보지 못했다. 처음에는 아버지와 알록과 함께 담을 고치느라 나가 있었고, 그후에는 집에서 오그가 방문하기를 기다려야 했기 때문이다. 오그가 살무사 이야기를 들었다면 그라이도 들었을 게 당연했다. 그러나 그녀는 아무 말도 하지 않았다. 그리고 나도 아무 말 하지 않았다.

　나는 그라이가 내가 말하길 기다리는 거라고 생각했다. 그다음에는 어쩌면 내가 능력을 보여주기를 기다리는지도 모른다고 생각했다. 그라이가 새에게 휘파람을 불면서 그토록 쉽고 간단하게 보여준 것처럼. 그러나 나는 그럴 수 없었다. 생각하는 것만으로도 몸에서 온기가 다 빠져나가고, 평화로운 기분도 사라졌다. 나는 할 수 없었다. 갑자기 화가 나, 속으로 물었다. 왜 내가 그래야 한단 말인가? 왜 내가 뭔가를 죽이고 부수고 파괴해야 한단 말인가? 왜 그런 게 내 능력인가? 하지 않겠다, 하지 않겠어! 그러나 내가 해야 할 일이라곤 그저 매듭을 푸는 것뿐이라고, 내 안의 더 차분한 목소리가 말했다. 그라이가 리본으로 단단하게 매듭을 짓게 만든 후, 눈짓 한 번으로 그걸 되돌리면 된다. 능력이 있다면 누구나 할 수 있는 일이다. 알록도 할 수 있는 일……. 그러자 화난 목소리가 되돌아왔다. 난 안 해, 하고 싶지 않아, 안 해!

　나는 일어나 앉아서 양손에 머리를 묻었다.

　그라이도 내 옆에 일어나 앉았다. 그라이는 가느다란 갈색 다리에 붙은 거의 나아가는 딱지를 긁고는 가느다란 갈색 발가락들을 1분 정도 쫙 펼치고 있었다. 나는 갑작스레 찾아온 두려움과 분노에 깊이 빠져 있었지만, 그래도 그라이가 뭔가를 말하고 싶어 한다는 것, 말을 꺼내려 애쓴다는 것은 알 수 있었다.

　"지난번에 어머니랑 같이 코드만트에 갔어." 그라이가 말했다.

"그럼 봤겠구나."

"누구?"

"안렌 말이야."

"아, 안렌이라면 전에도 봤어." 그라이는 그 화제를 가볍게 털어버리고 말했다. "큰 사냥이었어. 엘크 사냥. 그 사람들은 우리가 에언 산 비탈에서 레니로 내려오는 엘크 떼를 불러오길 원했어. 석궁 사수가 여섯 명 있었어. 어머니는 내가 부르길 원했어. 내가 엘크를 부르길 원했지. 난 그러고 싶지 않았지만 어머니는 해야 한다고 했어. 사용하지 않는다면 나에게 재능이 있다는 걸 아무도 믿지 않는다고 말이야. 난 차라리 말을 훈련시키겠다고 했어. 어머니는 말은 아무나 훈련시킬 수 있지만, 사람들이 우리에게 요구하는 건 엘크를 부르는 거라고 했어. 선물은 필요한 곳에 써야만 한다고. 그래서 난 사냥에 따라 나갔고, 엘크를 불렀어." 그라이는 마치 허공을 뚫고 우리가 있는 높은 바위로 달려오는 엘크를 보는 듯했다. "엘크들이 왔어……. 석궁 사수가 그중 다섯을 쏘았지. 어린 수놈 셋에 늙은 수컷 하나, 그리고 암컷 하나. 그 사람들은 우리가 떠나기 전에 고기를 잔뜩 주고 선물도 줬어. 벌꿀 술 한 통, 방적실, 그리고 양털을 짜서 만든 물건들. 나한테는 아름다운 숄을 하나 줬어. 보여줄게. 어머니는 그 사냥을 정말 흡족해했어. 그 사람들은 우리에게 단검도 하나 줬어. 아름다운 단검이야. 엘크 뿔로 만든 손잡이에 은을 새겨 넣었어. 아버지는 그게 옛날 전투 단검이라고 해. 그 사람들은 그걸 아버지에게 보냈어. 농담 같은 거야. 하노 코드가 그러더라. '당신이 우리에게 필요한 걸 보내줬으니, 우린 당신에게 필요 없는 걸 드리리다!' 그렇지만 아버지는 그 칼을 좋아해." 그

94

라이는 무릎을 끌어안고 다시 한 번 한숨을 쉬었다. 불행한 느낌은 아니지만, 뭔가에 압박감을 느끼는 것 같았다.

　나는 왜 그라이가 이런 이야기를 하는지 알 수 없었다. 물론 특별히 이유가 있어야 이야기를 하는 것은 아니었다. 우리는 서로에게 일어난 일, 서로가 생각하는 것은 모두 이야기했으므로. 그라이는 자랑하는 게 아니었다. 자랑을 하는 법이 없었다. 나는 엘크 사냥이 그라이에게 무슨 의미였는지, 기뻤던 것인지 자랑스러워하는 것인지 아닌지 알지 못했다. 어쩌면 그라이 자신도 몰랐고, 그걸 알기 위해 이야기했는지도 몰랐다. 어쩌면 그 이야기를 함으로써 내 이야기, 내가 이룬 성공을 끌어내리려는 것인지도 몰랐다. 그러나 나는 이야기할 수가 없었다.

　"부를 때 말이야." 나는 거기까지 말하고 말을 끊었다.

　그라이는 기다렸다.

　"어떤 느낌이야?"

　"모르겠는걸." 그라이는 내 질문을 이해하지 못했다. 나도 제대로 이해하지 못했다.

　"처음 네 능력이 작용했을 때." 나는 다른 방향에서 시도해보기로 했다. "그게 된다는 걸 알았어? 그러니까 그게, 불러도 안될 때와 뭔가 달랐어?"

　"아. 응." 그러나 더 나오는 말은 없었다.

　나는 기다렸다.

　"그냥 그렇게 돼." 그라이는 얼굴을 찌푸리고, 발가락을 꼼지락거리고, 생각에 잠겼다가 마침내 다시 말했다. "네 능력과는 달라, 오렉. 넌 눈도 써야 하고……."

　그녀가 머뭇거리자 내가 말했다. "눈과 손과 말, 의지를 써야 하지."

"그래. 그렇지만 부름은, 그냥 상대가 어디 있는지 찾아내고 그 동물에 대해 생각하기만 하면 돼. 물론 어떤 동물이냐에 따라 다르지만, 손을 뻗거나, 큰 소리로 부르는 것과 비슷해. 실제로 손이나 목소리를 쓰진 않아도."

"하지만 넌 그게 통한다는 걸 알지."

"응. 그들이 거기 있으니까. 그들이 어디 있는지 알고, 느끼거든. 그들이 대답을 해. 아니면 이쪽으로 오고…… 나와 걔네들 사이에 선이 있는 것 같아. 여기에서부터 끈 같은 게." 말하면서 그라이는 자기 가슴뼈를 눌렀다. "나랑 걔네 사이에 말이야. 뻗어 있는 거야. 현악기의 줄처럼. 알겠어? 악기 현을 건드리면 소리가 울리잖아?" 내가 멍청한 얼굴을 하고 있었나보다. 그라이는 고개를 저었다. "설명하기 힘들어!"

"그래도 넌 능력을 쓸 때, 네가 능력을 쓰고 있다는 걸 아는 거지."

"아, 그럼. 부를 수 있기 전에도 가끔 그 현을 느낄 수 있었어. 단지 충분히 뻗어나가질 않았던 거야. 조율이 안 됐던 거지."

나는 절망에 빠져서 등을 구부렸다. 살무사에 대해 뭔가 말하려고 했지만, 말이 나오질 않았다.

"살무사를 죽였을 땐 어땠는데?"

그라이는 그토록 쉽게 나를 침묵에서 끌어냈다.

나는 받아들일 수 없었다. 말을 꺼냈다가 눈물이 터져 나왔다. 거의 1분 가까이. 눈물 때문에 화가 났고, 부끄러웠다. "아무것도 아니었어. 그냥, 그냥 아무것도 아니었어. 쉬웠어. 다들 그걸 가지고 야단법석이라니. 바보 같아!"

나는 일어서서 곧장 바위 끄트머리로 걸어간 다음, 무릎에 손을 얹고 몸을 구부려서 폭포 아래 웅덩이를 내려다보았다. 뭔가 무모한, 용감한, 터무니없는 짓을 하고 싶었다. 나는 고개를 돌리고 말했다. "이리 와! 웅덩이까지 경주다!" 그라이는 일어서서 다람쥐처럼 잽싸게 출발했다. 경주에는 이겼지만, 나는 양쪽 무릎이 다 까졌다.

⚬⚬⚬

브랜티를 타고 햇살이 내리쬐는 언덕을 넘어 집으로 달려갔고, 도착한 후에는 천천히 걷게 해서 몸을 식혀준 다음, 땀을 닦고 빗질을 해주고 물과 먹이를 먹이고 나서 마구간 자기 자리에 넣었다. 얼룩이에게 씩씩거리는 브랜티를 보고 어른답게 내 책임을 다했음을 확인했다. 아버지는 아무 말도 하지 않았고, 응당 그래야 했다. 아버지는 내가 해야 할 일을 다 했다는 것을 당연하게 받아들인 것이다. 저녁을 먹은 후 어머니는 우리에게 벤드라만의 전설이자 역사인 《샴한》에 나오는 이야기를 하나 해주었다. 어머니는 《샴한》을 처음부터 끝까지 잘 기억하고 있었다. 어머니는 영웅 함네다가 악마 도시를 습격하고, 악마 왕에게 패배하고, 황무지로 달아난 이야기를 했다. 아버지도 나만큼이나 열심히 귀를 기울였다. 나는 그날 저녁을 마지막 순간으로 기억한다. 좋은 나날의 마지막 순간? 아니면 내 유년기의 끝? 그 순간에 정확히 무엇이 끝을 고했는지는 모르겠지만, 다음 날 아침 깨어났을 때 나는 전과 다른 세계에 발을 디뎠다.

"함께 나가자, 오렉." 아버지는 그날 오전 늦게 말했다. 나는 그것이 같이 말을 타고 나가자는 뜻인 줄 알았지만, 아버지는 그저 물푸레나무 숲 쪽으로 걷기만 했다. 우리는 집이 보이지 않는 쓸쓸하고 풀이 무성한 물푸레나무 개울의 낮은 습지까지 걸어갔다. 그는 걷는 동안 아무 말도 하지 않다가, 개울 위 산허리에 멈춰서 말했다. "네가 타고난 선물을 보여다오, 오렉."

이미 말했듯이 아버지에게 복종하는 것은 언제나 내게 즐거움을 주었다. 수월한 즐거움은 아닐 때가 많았더라도 말이다. 그리고 그것은 몹시 깊은, 평생 지속되어온, 깨어지지 않는 습관이요, 관습이었다. 나는 아버지에게 불복종한다는 생각을 해본 적도 없었고 그러고 싶었던 적도 없었다. 아버지가 내게 요구하는 것은 어려울지는 몰라도 가능한 것이었고, 당장은 이해가 가지 않더라도 언제나 합리적인 것으로, 옳은 것으로 밝혀졌다. 나는 지금 아버지가 내게 무엇을 요구하는지 이해했고 왜 요구하는지도 이해했다. 그러나 하지 않을 작정이었다.

부싯돌과 강철 칼날은 몇 년이나 나란히, 얌전히 놓여 있을 수 있지만, 둘을 서로 부딪치면 불꽃이 튀는 법이다. 반항은 순간적이고 즉각적인 불꽃이요, 불이었다.

나는 아버지가 그런 식으로 내 이름을 부를 때면 언제나 보였던 자세 그대로 아버지를 마주하고 서서, 아무 말도 하지 않았다.

아버지는 근처에 있는 덥수룩한 풀과 메꽃 덤불을 가리켰다. "되돌려라." 그는 명령조가 아니라 격려하듯이 말했다.

나는 가만히 서 있었다. 잡초 덤불을 한 번 흘끗 보고는 다시 돌아보지 않았다.

아버지는 기다렸다. 그는 숨을 들이마셨고, 태도에 변화가 일어났다. 여전히 말은 하지 않았지만 긴장이 높아졌다.

"하겠느냐?" 아버지는 마침내, 무척이나 조용한 목소리로 물었다.

"아뇨." 나는 말했다.

둘 사이에 다시 침묵이 내려앉았다. 희미하게 노래하는 듯한 개울물 소리와 물푸레나무 숲 저편에서 노래하는 새소리, 목초지에서 암소가 우는 소리가 들렸다.

"할 수 있겠느냐?"

"안 해요."

다시 침묵. 그리고 아버지가 말했다. "무서워할 것 없다, 오렉." 부드러운 목소리였다. 나는 입술을 깨물고 주먹을 꽉 쥐었다.

"무섭지 않아요."

"네 능력을 통제하려면 사용해야만 해." 카눅은 여전히 내 결심을 약하게 만드는 부드러운 태도로 말했다.

"사용하지 않겠어요."

"그러면 능력이 너를 이용할 거다."

예기치 못한 말이었다. 그라이가 능력을 이용하고 능력에게 이용당하는 것에 대해 뭐라고 했었지? 기억이 나지 않았다. 나는 혼란에 빠졌지만, 그 사실을 인정하지 않았다.

나는 고개를 저었다.

그러자 결국 아버지는 얼굴을 찌푸렸다. 그는 적을 마주할 때처럼 고개를 뒤로 젖혔다. 다시 입을 열었을 때 그 목소리에는 부드러움이 빠져나가고 없었다. "넌 능력을 보여야만 한다, 오렉. 내가 아니면 다른 이들에게라도. 네가 선택할 수 있는 일이 아니다. 힘을 지닌다는 것은 그 힘에 이바지한다는 것이다. 너는 카스프로의 브랜터가 될 거야. 이곳 사람들은 지금 나에게 기대듯 너에게 기댈 것이고. 넌 그들에게, 네게 의지할 수 있다는 걸 보여줘야 한다. 그리고 능력을 사용함으로써 어떻게 사용하는지를 익혀야 해."

나는 고개를 저었다.

다시 한 번 견디기 힘든 침묵이 이어지고 나서 아버지는 속삭이듯이 말했다. "죽이기 때문이냐?"

내가 내 능력이 죽이고 파괴하는 것이라는 생각에 반발하는 것인지는 알 수 없었다. 그 생각도 해보았지만, 쥐와 살무사의 죽음을 떠올리면서 역겨운 공포를 느낄 때가 많았다고는 해도 그렇게 명확하지는 않았다……. 지금 내가 아는 것이라곤 내가 시험을 거부했다는 것, 이 끔찍한 힘을 시험하는 것을 거부했다는 것, 내 존재를 인정하기를 거부했다는 것뿐이었다. 그러나 아버지는 나에게 빠져나갈 구멍을 준 셈이었고, 나는 받아들였다. 고개를 끄덕였다.

그 말에 아버지는 실망과 초조함을 드러내는 유일한 신호인 깊은 한숨을 내쉬고, 고개를 돌렸다. 그리고 코트 주머니를 뒤져서 끈을 하나 꺼냈다. 온갖 농장 일에 대비하여 언제나 가지고 다니는 끈이었다. 그는 끈을 매듭지어 우리 둘 사이 땅바닥에 던졌다. 아무 말 없이 끈을 보고 다시 나를 보았다.

"난 아버지를 위해 재주 부리는 개가 아니에요!" 난 크고 새된 목소리로 버럭 외쳤다. 두 사람 사이에 어색하고 반향이 울리는 듯한 침묵이 남았다.

"들어라, 오렉." 아버지가 말했다. "드러만트에 가면 넌 그렇게 된다. 네가 그렇게 생각한다면 말이다. 드러만트에서 네가 재능을 보여주지 않으면 오그가 어떻게 생각하고 말할까? 네가 네 힘의 사용법을 익히려 하지 않는다면, 우리 영지 사람들에겐 기댈 사람이 없어진다." 아버지는 깊이 숨을 들이마셨다. 잠시 동안 분노에 목소리가 떨렸다. "나는 쥐를 죽이는 걸 좋아하는 줄 아느냐? 내가 개더냐?" 그는 말을 멈추고 시선을 돌렸다. 그리고 한참 만에 말했다. "네 의무를 생각해라. 우리 의무를. 그걸 생각하고, 이해했거든 날 찾아오너라."

아버지는 허리를 굽혀 끈을 주운 다음, 손가락으로 매듭을 풀어 주머니에 다시 집어넣고 언덕 위로, 물푸레나무 숲 쪽으로 걸어갔다.

지금 그 순간을 돌이키면서 아버지가 끈 조각을 어떻게 챙겼는지 생각한다. 끈은 얻기 힘든 물건이고 낭비해서는 안 될 물건이었다. 그 생각을 하면 나는 다시 울고 싶어진다. 그러나 그날, 그곳에서 계곡을 따라 내려가면서 흘리던 것 같은 부끄러움과 분노의 눈물은 아니다.

8

그 후로 아버지와 나 사이는 전과 같을 수 없었다. 이제 우리 사이엔 아버지의 요구와 나의 거부가 놓여 있었다. 그러나 나에 대한 아버지의 태도는 변하지 않았다. 그는 며칠 동안 그 문제를 다시 꺼내지 않았다. 그리고 그 문제로 돌아갔을 때에도 명령하기 위함이 아니라 아무렇지도 않은 듯 물어보았을 뿐이다. 어느 날 오후, 동쪽 경계선에서 말을 타고 돌아오던 중이었다. "이제 네 힘을 시험해볼 준비가 됐느냐?"

그러나 내 결심은 나를 감싸는 벽처럼, 아버지의 요구와 의문으로부터, 그리고 나 자신의 의문으로부터 보호해주는 돌탑처럼 자라나 있었다. 나는 즉각 대답했다. "아뇨."

아버지는 나의 단호한 대답에 놀란 듯, 아무 대꾸도 하지 않았다. 집까지 달려가는 내내 아무 말도 하지 않았다. 그날 내내 아무 말 하지 않았다. 그는 지치고 힘들어 보였다. 어머니는 아버지의 그런 모습을 보았고, 아마 이유도 추측했던 것 같다.

다음 날 아침 어머니는 나를 위해 만들던 코트를 입혀본다는 구실을 대며 방에 같이 올라가자고 했다. 어머니는 내가 허수아비처럼 양팔을 쳐들고 서 있게 하고, 무릎걸음으로 내 주위를 돌면서 가봉선을 뜯고 단춧구멍을 표시하면서 입에 문 핀 사이로 말했다. "아버지가 걱정하고 계셔."

나는 얼굴을 찌푸리고 아무 말도 하지 않았다.

어머니는 입에 문 핀을 빼고, 발뒤꿈치를 대고 앉았다. "아버지 말씀이 왜 브랜터 오그가 그렇게 행동했는지 모르겠다는구나. 직접 여기 찾아오고, 우릴 그쪽으로 초대하고, 자기 손녀딸에 대한 단서를 흘리고, 모두 다 말이야. 드럼과 카스프로 사이에 우호가 존재했던 적은 한 번도 없다는 거지. 난 전혀 없는 것보다야 늦게라도 우정을 쌓는 게 좋지 않느냐고 했지만, 네 아버지는 고개만 저었단다. 걱정스러운가봐."

이건 내가 예상한 내용이 아니었다. 나는 혼자 생각에서 빠져나왔고, 할 말을 몰랐지만 뭔가 현명하고 안심이 될 만한 말을 찾았다. "이젠 우리 영지가 맞닿아 있기 때문이겠죠"라는 게 내가 내놓을 수 있는 최선의 말이었다.

"네 아버지도 바로 그 점을 걱정하는 것 같구나." 어머니는 핀 하나를 입에 다시 물고 재킷 옷단에 핀 하나를 꽂았다. 그것은 검은 펠트로 만든 남자용 코트였다. 내 첫 코트였다.

"그래서," 어머니는 옷이 내 몸에 맞는지 보기 위해 입에서 핀을 빼고 다시 물러나 앉으면서 말했다. "난 이 방문이 끝나면 정말 기쁠 것 같단다!"

나는 납으로 만든 코트라도 걸친 것 같은 무거운 죄책감을 느꼈다.

"어머니, 아버진 내가 능력을, 되돌림을 연습했으면 하지만 난 그러고 싶지 않아요. 아버진 그래서 화가 난 거예요."

"나도 알아." 어머니는 계속해서 재킷의 모양새를 고치다가 멈추고 나를 보았다. 어머니는 무릎을 꿇고 있었고 나는 서 있었기 때문에 올려다보아야 했다. "내가 둘 중 누구도 도울 수 없는 문제로구나. 너도 알지, 오렉? 난 그걸 이해하지 못해. 이 문제엔 관여할 수가 없어. 너와 네 아버지 사이에 끼어들 수도 없고. 하지만 두 사람 다 불행한 걸 보면 힘이 드는구나. 내가 할 수 있는 말은 그저 아버지가 네게 이 일을 요구하는 건 너를 위해서이고, 우리 모두를 위해서라는 것뿐이야. 그게 잘못된 일이라면 요구하지 않았겠지. 너도 알잖아."

어머니가 아버지 편을 들어야 하는 건 당연했다. 그건 옳은 일이었고 정당한 일이었다. 하지만 내게는 부당한 일이기도 했다. 모든 힘이 아버지 쪽에 있다는 것, 어머니가 아버지 편에 서야 한다는 것까지 포함하여 모든 권리와 이유가 아버지 쪽에 있다는 것은, 나를 내 편도 없고, 힘을 쓰거나 권리를 주장하거나 이유를 말하지도 못하는 어리석고 고집 센 아이로 만들어버렸다. 그 부당함을 보았기에 나는 말을 해보려 하지도 않았다. 나는 분노와 부끄러움 속으로, 내가 쌓은 돌탑 속으로 물러나서 말없이 서 있었다.

"네가 힘을 쓰고 싶어 하지 않는 게 살아 있는 것들을 해치고 싶지 않아서니, 오렉?" 어머니는 자신 없이 물었다. 어머니는 내 앞에서조차도 자신이 알지 못하는 이 초자연적인 능력에 대해 자신 없고 겸손한 태도를 보였다.

그러나 나는 어머니의 질문에 답하지 않았다. 고개를 끄덕이지도, 어깨를 으쓱이지도, 말하지도 않았다. 어머니는 내 얼굴을 슬쩍 보더니 하던 일로 시선을 돌리고 말없이 작업을 마쳤다. 어머니는 반쯤 만든 재킷을 내 어깨에서 벗겨내고, 잠시 나를 안고 내 볼에 입을 맞춘 다음 보내주었다.

아버지는 그 후로 두 번, 재능을 시험해보겠는지 물었다. 나는 두 번 다 말없이 거부했다. 세 번째에 아버지는 묻지 않고 말했다. "오렉, 넌 내 말에 따라야 한다."

나는 말없이 서 있었다. 우리는 집에서 멀지 않은 곳에 있었지만, 주위에 다른 사람은 없었다. 아버지는 다른 사람 앞에서 나를 시험하거나 창피를 주는 일이 없었다.

"뭘 무서워하는 건지 말해라."

나는 말없이 서 있었다.

아버지는 타는 듯한 눈으로 바짝 붙어 서서 나를 마주 보았고, 그 목소리에 실린 고통과 격정이 채찍처럼 나를 후려쳤다. "네 힘이 무서운 거냐, 네게 힘이 없다는 게 무서운 거냐?"

나는 움찔해서 외쳤다. "무섭지 않아요!"

"그렇다면 네 능력을 써! 지금! 뭐든 쳐봐!" 아버지는 오른손을 흔들었다. 왼손은 꽉 쥔 채 옆구리에 붙이고 있었다.

"싫어요!" 나는 양손을 움켜쥔 채 가슴에 대고, 온몸을 떨면서, 아버지의 타는 듯한 눈을 견딜 수 없어서 고개를 숙인 채 외쳤다.

아버지가 몸을 돌려 가는 소리가 들렸다. 아버지의 발걸음이 오솔길을 따라 내려가서 안마당으로 들어갔다. 나는 고개를 들지 않았다. 나는 그 자리에 서서 4월의 햇살 속에 막 움을 틔운 작은 금작화 무리를 바라보았다. 금작화를 보면서 풀이 까맣게 죽어 시드는 모습을 생각했지만, 손을 올리거나 목소리를 내거나 의지를 사용하지는 않았다. 그저 녹색으로 생생하게, 무심히 살아 있는 풀을 볼 뿐이었다.

그 후로 아버지는 두 번 다시 나에게 힘을 쓰라고 하지 않았다. 모든 것이 평소처럼 돌아갔다. 아버지는 평소처럼 내게 말을 걸었다. 다만 웃지도 미소 짓지도 않았고, 나는 아버지의 얼굴을 제대로 볼 수 없었다.

갈 수 있을 때는 그라이를 보러 갔다. 망아지를 타도 될지 묻고 싶지 않았기 때문에 얼룩이를 타고 갔다. 로드만트의 사냥개 한 마리가 한배에 엄청난 수의 새끼를, 그러니까 총 열네 마리를 낳은 후였다. 강아지들은 젖을 뗀 지 오래였지만 아직도 바보스럽고 재미있었다. 우리는 강아지들을 많이 데리고 놀았다. 내가 그중 한 마리를 애지중지하고 있는데 테르녹이 우리를 보러 들르더니 말했다. "자, 그 강아지를 데려가려무나. 집에 데려가. 우리야 강아지가 좀 적어도 되고, 카녹도 마침 사냥개가 한두 마리 있었으면 한다고 했으니 말이다. 그만하면 유망한 강아지 아니냐." 내가 들고 있던 녀석은 검은색과 황갈색으로 강아지 중에서 제일 예뻤다. 나는 기분이 좋았다.

"덩치를 데려가." 그라이가 말했다. "그 녀석이 훨씬 똑똑해."

"하지만 난 이 녀석이 좋아. 언제나 나한테 뽀뽀하잖아." 그 강아지는 내 얼굴에 침을 칠하며 매달리고 있었다.

"뽀삐라고 불러야겠네." 그라이는 성의 없이 말했다.

"아냐, 뽀삐가 아냐! 이름은……." 나는 영웅적인 이름을 찾다가 말했다. "함네다라고 할 거야."

그라이는 반신반의하며 불안해하는 얼굴이었지만, 다른 주장을 펴지는 않았다. 그래서 나는 그 다리가 길고 검은색과 황갈색 털이 섞인 강아지를 안장 위 바구니에 넣어서 집으로 데려갔고, 한동안 녀석은 내 위안이자 놀이 상대가 되었다. 그러나 역시 나는 자기 개들에 대해 다른 누구보다 잘 아는 그라이의 말을 들어야 했다. 함네다는 구제 불능으로 모자라고 잘 흥분하는 강아지였다. 여느 강아지처럼 바닥에만 오줌을 싸는 게 아니라 여기저기 사방을 더럽히다가 얼마 안 가서 집 밖으로 쫓겨났다. 녀석은 스스로를 상처 입히고, 말들 다리 사이에 끼이고, 우리 마구간에서 쥐를 제일 잘 잡는 고양이와 그 새끼들을 죽이고, 요리사의 어린 아들과 정원사를 물고, 밤이고 낮이고 의미도 없고 듣기도 싫은 소리로 짖어대고 낑낑거리며 모든 사람을 녹초가 되게 만들었다. 곤란한 상황을 어떻게 해보려고 입을 다물게 했더니 더 심해지기만 했다. 녀석은 뭔가를 하는 방법도, 하지 않는 방법도 익히지 못했다. 보름이 지나자 나는 함네다에게 진저리가 났다. 녀석을 없애버리고 싶었지만, 그 운 나쁘고 머리 나쁜 개를 배신하고자 한다는 사실을 자인하기가 부끄러웠다.

　알록과 내가 아버지와 함께 말을 타고 높은 초지에 가서 그쪽의 봄 분만 상황을 확인하려던 어느 날 아침이었다. 아버지는 늘 그렇듯 재기러기를 탔지만, 이번에는 알록이 얼룩이를 타고 내가 망아지를 타라고 했다. 이날 아침에는 그러한 특권이 마음을 불안하게 만들었다. 브랜티는 기분이 언짢은 상태였다. 머리를 쳐들고 숨을 멈추고 차고 물어뜯으려 했으며, 내가 등에 오르자 껑충 뛰고 옆걸음질 뒷걸음질을 하며 온갖 방법으로 나를 당황시켰다. 내가 겨우 브랜티를 다잡았다고 생각했을 때 어디선가 튀어나온 함네다가 끊어진 개줄을 사방으로 휘두르고 캥캥 짖어대며 브랜티에게 펄쩍 뛰어올랐다. 브랜티가 두 다리로 일어서서 나를 떨어뜨리려 하는 와중에도 나는 함네다를 향해 고함을 질렀다. 나는 가까스로 떨어지지 않고 안장에 다시 앉을 수 있었고, 정신없는 상태로 겁먹은 브랜티의 고삐를 잡았다. 브랜티가 겨우 제자리에 서고 나서 함네다를 보자 안뜰 포장 돌 위에 놓인 검은색과 황갈색 덩어리가 보였다.

"어떻게 된 거지?"

말 등에 앉아 있던 아버지가 나를 보았다. "모르겠느냐?"

나는 함네다를 응시했다. 브랜티가 녀석을 짓밟은 게 분명하다고 생각했다. 그러나 피가 없었다. 함네다는 뼈도, 형태도 없이 늘어져 있었다. 검은색과 황갈색이 섞인 긴 다리 하나가 부드러운 밧줄처럼 놓여 있었다. 나는 말에서 내렸지만, 포장돌 위에 누운 그 물건 가까이 다가가지는 못했다.

나는 아버지를 올려다보고 외쳤다. "아버지가 죽이셨어요?"

"내가?" 카녹의 목소리를 듣자 몸이 얼어붙는 것 같았다.

"아, 오렉, 그건 너였어." 알록이 가까이 말을 몰고 오며 말했다. "확실해. 네가 손을 휘둘렀어. 네가 저 멍청한 개한테서 브랜티를 구한 거야!"

"아니야! 난 안 그랬어! 난 함네다를 죽이지 않았어!"

"네가 했는지 안 했는지 알긴 하느냐?" 카녹이 나를 놀리는 것만 같았다.

"살무사를 죽였을 때와 똑같아. 분명하고말고." 알록이 말했다. "빠른 눈이야!" 그러나 목소리에는 조금 불안하고 어색해하는 느낌이 있었다. 이 소동을 들은 사람들이 집 안팎에서 마당으로 들어와서 지켜보고 서 있었다. 말들은 죽은 개에게서 멀리 떨어져 서 있고 싶어 안달했다. 내가 고삐를 바싹 쥐고 있던 브랜티는 몸을 떨며 땀을 흘렸고, 나도 그랬다. 나는 갑자기 몸을 돌리고 토했지만, 고삐는 놓지 않았다. 입을 닦고 숨을 돌린 다음 브랜티를 승마용 돌로 끌고 가서 다시 안장 위에 올라앉았다. 그리고 거의 나오지 않는 목소리로 말했다. "가는 거죠?"

우리는 높은 초지로 말을 달렸고, 내내 침묵을 지켰다.

그날 저녁 함네다를 어디에 묻었는지 물어보았다. 나는 쓰레기장을 지나 무덤가에 가서 섰다. 가엾은 함네다에 대해서는 충분히 슬퍼할 수 없었으나 내 안에는 끔찍한 슬픔이 자리했다. 늦은 어스름 속에서 집으로 돌아가려는데, 아버지가 길에 나와 있었다.

"네 개 일은 유감이다, 오렉." 아버지는 엄하고 조용한 목소리로 말했다.

나는 고개를 끄덕였다.

"말해봐라. 개를 파괴하려는 의지를 품었느냐?"

"아니요." 그렇게 말했지만 확신은 없었다. 이젠 아무것도 분명하거나 확실하지 않았다. 나는 멍청하다는 점 때문에, 브랜티에게 겁을 주었다는 사실 때문에 그 개를 싫어했지만 그렇다고 죽이고 싶어 하지는 않았다. 그렇지 않은가?

"그러나 넌 개를 파괴했다."

"그럴 생각 없이요?"

"네가 능력을 사용하고 있다는 걸 몰랐느냐?"

"몰랐어요!"

아버지는 방향을 돌려 나와 같이 걷기 시작했고, 우리는 말없이 집을 향해 걸어갔다. 봄날 저녁은 서늘하고 감미로웠다. 저녁별이 서쪽에 뜬 어린 달 가까이 걸려 있었다.

"제가 카다드 같은 건가요?" 나는 들릴락 말락 하게 물었다.

아버지는 한참 만에 대답했다. "네 능력을 통제하려면, 사용하는 방법을 익히려고 해야 해."

"하지만 할 수가 없어요. 사용하려고 할 땐 아무 일도 안 일어나요, 아버지! 시도하고 또 시도했는데, 그런데 정작 하려고 하지 않았을 때만, 그 살무사 일 같은, 아니면 오늘 일 같은…… 그런데 전 아무것도 한 것 같지 않고, 그냥 그렇게……."

말이 한꺼번에 쏟아져 나왔다. 주위에 쌓아두었던 보호탑의 돌이 와르르 무너져 내렸다.

카눅은 작게 망설이는 듯한 소리를 냈을 뿐 대답하지 않았다. 그는 걸으면서 내 어깨에 가볍게 손을 얹었다. 정문이 가까워오자 그는 말했다. "사람들이 길들지 않은 능력이라고 부르는 게 있다."

"길들지 않은?"

"의지로 통제하지 못하는 재능이지."

"위험한가요?"

그는 고개를 끄덕였다.

"그러면…… 그러면 어떻게 하죠?"

"인내심을 가져라." 아버지는 다시 한 번 내 어깨에 손을 올렸다. "용기를 내라, 오렉. 어떻게 해야 할지 알아낼 수 있을 거야."

아버지가 나에게 화내지 않는다는 것, 그리고 아버지에 대해 성난 반항을 그만두어도 된다는 것은 마음 놓이는 일이었다. 그러나 아버지에게 들은 것은 그날 밤 편안함을 거의 느낄 수 없을 만큼 무서운 이야기였다. 다음 날 아침, 아버지가 같이 나가자고 했을 때 나는 기꺼이 따라나섰다. 할 수 있는 일이 있기만 하면 뭐든 할 작정이었다.

그날 아침 아버지는 말이 없고 엄격했다. 물론 나는 내 문제 때문일 거라고 생각했지만, 아버지는 물푸레나무 개울 골짜기로 걸어가면서 말했다. "오늘 아침에 도렉이 왔다. 하얀 암소 두 마리가 없어졌다는구나."

그 암소들은 로드가 키운 가축으로, 카녹이 로드만트 경계선에 있던 큼지막한 숲과 맞바꾸어 얻은 세 마리의 아름다운 짐승이었다. 그는 다시 한 번 카스프로만트에서 하얀 소 떼를 키워내려는 희망을 품고 있었다. 이번 달에 세 마리 암소는 영지 남쪽 가장자리, 양 목장 근처에 있는 풍성한 풀밭에서 풀을 뜯었다. 그 풀밭 근처 오두막에 사는 농노 여인과 그 아들이 자기들이 키우는 젖소 대여섯 마리와 함께 그 암소들을 지키고 있었다.

"울타리에 무너진 곳을 찾았나요?"

내 물음에 그는 고개를 저었다.

그 암소들은 재기러기, 얼룩이, 브랜티와 영지 자체를 빼면 우리가 가진 가장 귀한 재산이었다. 그중 두 마리를 잃는다는 것은 뼈저린 타격이었다.

"암소들을 찾으러 갈 건가요?"

그는 고개를 끄덕였다. "오늘."

"벼랑까지 올라가버린 건지도 몰라요."

"자기들끼리 그랬을 리는 없지."

"혹시……." 나는 말을 잇지 않았다. 암소를 도둑맞은 것이라면 도둑이 될 법한 이들은 너무나 많았다. 영지 남쪽이라면 가장 가능성이 높은 것은 드럼이나 그 영지 사람들이었다. 그러나 소도둑에 대해 추측을 내놓는 것은 위험한 짓이었다. 비난은 고사하고 부주의한 말 한 마디로 서로를 죽고 죽이는 분쟁이 시작되곤 했다. 아버지와 나 둘뿐이라고 해도 이런 문제에 신중을 기하는 습관은 강력했다. 우리는 더 말하지 않았다.

우리는 며칠 전에 멈췄던, 내가 처음으로 아버지에게 반항했던 바로 그 장소에 이르렀다. 아버지는 "네가……"라고 하다가 말을 멈추고, 대신 호소하는 듯한 눈빛으로 질문을 마무리했다. 나는 고개를 끄덕였다.

나는 주위를 둘러보았다. 산중턱은 풀과 돌투성이로 완만한 오르막을 이루며 그 너머에 있는 더 높은 등성이들을 감춰주었다. 작은 물푸레나무 한 그루가 길 가까이에 발판을 딛고 혼자 힘으로 자라려고 기를 썼다. 작고 가느다란 나무였지만 용감하게 싹을 틔우고 있었다. 나는 시선을 돌렸다. 우리 앞으로 뻗은 길 옆에 개미언덕이 하나 있었다. 아직 이른 아침이었고, 붉은 기가 도는 커다란 검은색 개미들은 아직 개미집 꼭대기로 들락거리면서 줄을 이루어 각자 일에 서둘러 착수하고 있었다. 커다란 언덕이었다. 높이가 30센티미터는 족히 될 듯한 진흙 둔덕이었다. 그런 개미도시가 부서진 광경을 본 적이 있었던 나는 지하에 뻗은 굴과 복잡한 지하 통로들, 어두운 건축물을 상상할 수 있었다. 그 순간, 나는 스스로에게 생각할 시간을 허락하지 않고 왼손을 뻗으며 개미언덕을 응시했고, 그 언덕을 되돌리고 파괴하고자 하는 의지를 모두 담아 그곳을 친 순간 입에서 날카로운 소리가 터져 나왔다.

햇볕을 받고 있는 녹색 풀, 자그마한 물푸레나무, 갈색 개미언덕, 좁은 입구로 들락거리며 거기에서부터 풀밭과 오솔길까지 줄을 이루어 뻗어 나온 붉은 기 도는 검은색 개미들이 보였다.

아버지는 내 뒤에 서 있었다. 나는 고개를 돌리지 않았다. 나는 그의 침묵을 들었다. 견딜 수 없었다.

나는 끓어오르는 좌절감에 눈을 질끈 감고서 이 장소를, 개미들과 풀밭과 오솔길과 햇빛을 다시는 볼 필요가 없었으면 했다.

눈을 뜨자 풀이 오그라들며 까맣게 변하고, 개미들은 움직임을 멈추고 줄어들어 사라지고, 개미언덕은 흙굴 속으로 무너지고 있었다. 산중턱이 흔들리고 갈라지면서 앞에 보이는 땅이 몸부림치며 끓어오르는 듯했고 내 앞에 서 있는 뭔가가 떨고 비틀리더니 까맣게 변했다. 아직도 뻣뻣하게 왼손을 뻗고 있던 나는 주먹을 꽉 쥐고 양손을 얼굴에 올렸다. "멈춰! 멈춰!" 나는 외쳤다.

아버지가 내 어깨에 손을 얹었다. 아버지는 나를 끌어당겨 안으며 말했다. "됐다. 이제 됐어, 오렉. 됐다." 나는 아버지가 나만큼이나 몸을 떨고 있으며, 호흡이 거칠어졌다는 것을 느낄 수 있었다.

겨우 눈에서 손을 뗐을 때 보이는 광경에 끔찍해하며 나는 얼른 고개를 돌렸다. 우리 앞 산중턱 절반이 산불이라도 휩쓸고 지나간 것처럼 망가지고, 시들었다. 죽은 땅 위에 부서진 자갈만 흩어진 꼴이 되어 있었다. 물푸레나무는 이제 둘로 쪼개진 검은 그루터기에 지나지 않았다.

나는 몸을 돌리고 아버지의 가슴팍에 얼굴을 묻었다. "아버지인 줄 알았어요. 앞에 서 있는 게 아버지인 줄 알았어요!"

"왜 그러냐, 아들아?" 아버지는 무척이나 상냥했다. 겁먹은 망아지에게 하듯 나를 감싸 안고 조용히 이야기했다.

"아버질 죽인 줄 알았어요! 그렇지만 그런 게 아니에요. 그러려던 게 아니라고요! 내가 한 게 아니에요! 내가 했지만 하려던 게 아니라고요! 제가 뭘 할 수 있죠!"

"가만, 들어봐라, 오렉. 겁먹을 것 없다. 다시는 그런 부탁을 하지 않을 테니."

"그래봐야 소용없어요! 통제할 수가 없잖아요! 하려고 할 때는 할 수가 없다가 하려고 하지 않을 때 하고! 감히 아버질 볼 수가 없어요! 아무것도 볼 수가 없어요! 만약, 만약……." 그러나 말을 이을 수 없었다. 나는 공포와 절망으로 마비된 채 무너져 내렸다.

카녹은 내 옆의 흙길에 앉아서 내가 스스로 회복하기를 기다렸다.

나는 마침내 일어나 앉아서 말했다. "전 카다드와 같아요."

그건 주장인 동시에 질문이었다.

"어쩌면." 아버지가 말했다. "어쩌면 어린아이였을 때의 카다드와 비슷한지도 모르지. 자기 아내를 죽였을 때의 카다드와는 달라. 그때 그는 미쳐 있었지. 하지만 어린아이였을 때 그의 능력은 길들여지지 않은 것이었어. 카다드가 통제할 수 없었지."

"사람들은 카다드가 통제하는 법을 익힐 때까지 눈을 가렸죠. 아버지도 제 눈을 가리세요."

말을 한 순간에는 미친 생각 같았고, 한 말을 되돌리고 싶었다. 그러나 고개를 들면 내 앞에 놓인 땅이, 죽은 풀과 시든 관목 숲, 흙과 돌만 흩어진 아무 형태 없는 폐허가 보였다. 그곳에서 살아 있던 것은 모두 다 죽었다. 그곳에 존재했던 섬세한 것, 응집해 있던 것, 복잡한 형태들은 모두 파괴당했다. 물푸레나무는 이제 가지 하나 없는 보기 흉한 그루터기였다. 내가 그렇게 했다. 하는 줄도 모르면서 내가 그렇게 했다. 그럴 의지도 없이 그런 짓을 저질렀다. 나는 화가 나 있었다…….

나는 다시 눈을 감았다. "그게 최선이에요."

어쩌면 그 말을 하면서도 아버지에게 다른, 더 나은 계획이 있을 것을 기대했는지도 모르겠다. 그러나 아버지는 한참 만에, 이 말밖에 할 수 없다는 것이 부끄럽다는 듯 낮은 목소리로 말했다. "한동안은, 그래야 할지도 모르겠구나."

9

아버지도 나도 아직 우리가 이야기한 행동을 실행하거나 그 문제에 대해 생각할 준비가 되어 있지 않았다. 길을 잃었는지, 도둑맞았는지 모를 암소 문제가 있었다. 당연히 나는 아버지와 함께 나가서 암소를 찾아보고 싶었고, 아버지도 내가 함께하기를 원했다. 그래서 우리는 석조 저택으로 돌아갔고, 물푸레나무 개울 옆에서 일어난 일에 대해서는 아무 말도 하지 않고 알록과 다른 청년 몇과 더불어 말을 타고 떠났다.

그러나 그 긴 하루 내내 한 번씩 암소들을 찾아 초록색 골짜기를, 개울물을 따라 선 버드나무들을, 꽃을 피운 히스와 때 이른 노란색 금작화를, 그리고 푸른 하늘과 커다란 갈색 봉우리들을 바라볼 때면 나는 보는 것이, 너무 열심히 바라보는 것이 두려웠고 보이지 않는 불길 속에 풀이 까맣게 타고 나무가 시드는 광경을 볼까 무서웠다. 그래서 눈길을 돌리고, 눈길을 아래로 하고 왼손을 꽉 쥐고 잠시 눈을 감고서 아무것도 생각하지 않고 아무것도 보지 않으려 했다.

피곤하고 결실 없는 하루였다. 암소들을 지키던 늙은 여인은 카녹의 분노에 겁먹은 나머지 도무지 알아들을 수 있는 말을 하질 못했다. 드럼 영지에 가까운 초지에서 암소들을 지켜보아야 했을 노파의 아들은 토끼 사냥을 하느라 산 위에 올라가 있었다. 돌담에서 소들이 뚫고 갈 만한 무너진 곳은 찾지 못했지만, 어차피 위에 말뚝을 박아놓은 낡은 돌 울타리였으니 흔적을 지우는 도둑들이라면 쉽게 뺐다가 다시 넣어두었을 것이다. 어쩌면 아직 어리고 모험심 강한 암소들이 그냥 골짜기로 헤매어 들어갔고, '동쪽 벼랑'의 광대하고 주름진 비탈 어디선가 평화로이 풀을 뜯고 있을지도 몰랐다. 그러나 그런 경우라면 한 마리만 뒤에 남은 것이 이상했다. 소들은 서로를 따라다녔다. 하지만 헛간 앞마당에 갇힌 아름다운 어린 암소는 너무 늦어버린 지금에야 가끔 한 번씩 친구들을 부르며 구슬프게 음매거렸다.

알록과 그 사촌인 도렉, 그리고 노파의 아들이 높은 비탈 쪽을 수색하러 남은 반면 아버지와 나는 드러만트 경계선을 다 확인할 수 있게 집까지 빙 돌아가면서 흰 암소가 없는지 살폈다. 말을 타고 달리면서, 나는 높은 곳에 이를 때마다 암소를 찾아 서쪽으로 시선을 멀리 뻗으며, 그럴 수 없다는 것, 볼 수 없다는 것, 아무리 눈에 힘을 주어도 암흑밖에 보이지 않는다는 것이 어떤 일일지 생각했다. 그러면 나에게 무슨 쓸모가 있을까? 나는 아버지에게 도움이 아니라 짐이 될 것이다. 힘겨운 생각이었다. 나는 내가 할 수 없게 될 일들에 대해 생각하기 시작했고, 이어서 내가 볼 수 없게 될 것들을 하나씩 생각했다. 이 언덕, 저 나무. 에언 산의 둥근 회색 봉우리. 그 위에 걸린 구름. 골짜기를 달려 내려가는 동안 석조 저택 주위에 모여드는 황혼. 창문으로 새어 나오는 흐릿한 노란빛. 내 앞에서 쫑긋거리는 얼룩이의 귀. 붉은 이마 밑에서 반짝이는 브랜티의 검은 눈. 내 어머니의 얼굴. 어머니가 목에 건 은사슬의 작은 오팔. 나는 모든 것을 따로 떼어보고 생각했고, 그럴 때마다 날카로운 고통이 몸을 뚫고 지나갔다. 끊임없이 이어진다고는 해도 이 작은 통증 쪽이 견디기 쉬웠다. 내가 아무것도 보아서는 안 된다는, 아무것도 보지 말아야 한다는, 내 눈을 멀게 해야 한다는 깨달음이 주는 어마어마한 고통보다는.

우리 둘 다 무척 지쳐 있었고, 나는 어쩌면 최소한 하룻밤 정도는 아무 말도 더 하지 않을지 모른다고, 아버지가 그 문제를 다음 날 아침으로 미룰지도 모른다고 생각했다. (그런데 산 위로 떠오르는 해를 볼 수 없다면 아침이라는 게 무슨 의미가 있을까?) 그러나 기진맥진한 침묵 속에서 저녁 식사를 한 후 그는 어머니에게 이야기를 좀 해야겠다고 말했고, 우리 셋은 탑 위에 있는 어머니의 방으로 올라갔다. 불이 피워져 있었다. 맑기는 해도 서늘한 날씨, 바람이 심한 4월 말이었으며 밤은 추웠다. 화덕 불의 온기가 다리와 얼굴에 기분 좋게 다가왔다. 나는 보지 못하게 되더라도 온기는 느껴질 거라고 생각했다.

아버지와 어머니는 잃어버린 암소들에 대해 이야기하고 있었다. 나는 불이 붙어서 넘실거리는 화덕 속을 들여다보았고 잠시 동안 나를 사로잡았던 피곤한 평화는 내게서 서서히 빠져나갔다. 마음속에 조금씩조금씩 내게 닥친 일의 불공평함에 대한 거센 분노가 차올랐다. 참을 수 없었다. 참지 않겠다. 아버지가 날 두려워한다는 이유로 내 눈을 가리진 않겠다! 타닥거리고 불똥을 튀기며 마른 가지를 따라 불길이 뛰어올랐고, 나는 숨을 혹 들이켜고 두 사람 쪽으로, 아버지 쪽으로 고개를 돌렸다.

아버지는 나무 의자에 앉아 있었다. 어머니는 그 옆에, 평소 좋아하는 십자 다리 걸상에 앉아, 아버지의 무릎 위에 손을 얹고 있었다. 두 사람의 얼굴이 불빛을 받아 부드럽게, 신비스럽게 그늘졌다. 나는 떨리는 왼손을 들어 아버지를 가리켰다. 나는 내 손을 보았고, 개울 너머 산비탈에 있던 물푸레나무가 시들고 그 가지가 새까맣게 변하는 광경을 보고 양손으로 내 눈을 덮었다. 눈을 꽉 눌렀다. 내가 보지 못하도록, 눈을 세게 눌렀을 때 보이는 흐릿한 어둠 말고는 아무것도 보지 못하도록.

"왜 그러니, 오렉?" 어머니의 목소리였다.

"말씀하세요, 아버지!"

아버지가 머뭇거리며 힘겹게 무슨 일이 일어났는지 설명하기 시작했다. 아버지는 이야기를 조리 있게 하지도, 명쾌하게 하지도 않았고 나는 그 서투른 말솜씨에 참을성을 잃었다. "함네다가 어떻게 됐는지 말하세요. 물푸레나무 개울에서 무슨 일이 있었는지 말하라고요!" 꼴사나운 분노가 다시 솟구쳐 오르자 나는 양손으로 눈을 누르며, 더 세게 누르며 명령조로 말했다. 왜 그냥 말해버리지 못하는 건가? 그는 갈피를 못 잡고 처음부터 다시 시작했으며, 결정적인 지점까지 가지를 못하고 이 모든 것이 어떤 결론으로 이어지는지 말하지를 못하는 것 같았다. 어머니는 이 모든 혼란과 고뇌를 이해하려 애쓰며 거의 입을 열지 않다가 마침내 "하지만 이 길들지 않은 재능이라는 게……?"라고 물었고, 카녹이 다시 머뭇거리자 내가 끼어들었다. "그건 제게 되돌림의 힘이 있긴 한데 그걸 다스릴 힘은 없다는 뜻이에요. 원할 때는 쓰지 못하고 원치 않을 때는 쓴다는 뜻이죠. 지금 그쪽을 봤다간 두 분을 죽일 수도 있다는 얘기라고요."

침묵이 내려앉았다가, 어머니가 분개한 투로 항의했다. "그래도 분명히……."

"아니." 아버지가 말했다. "오렉 말이 사실이오."

"하지만 당신이 훈련하고 가르쳤잖아요. 몇 년 동안이나. 오렉이 아기였을 때부터!"

어머니의 항의에 고통과 분노만 더 선명해졌다. 나는 말했다. "아무 소용 없었어요. 그 개랑 같아요. 함네다요. 녀석은 배우질 못했죠. 쓸모도 없고, 위험했어요. 죽이는 게 최선이었어요."

"오렉!"

"힘 자체만이오." 카녹이 말했다. "오렉이 아니라 오렉의 힘만…… 능력만이 그런 거요. 오렉이 쓰지 못하니 능력이 오렉을 이용할 수도 있어. 저 애 말마따나 위험한 일이오. 오렉에게나, 우리에게나, 다른 누구에게나. 때가 되면 통제할 방법을 익히겠지. 이건 대단한 능력이고, 오렉은 아직 어리니, 때가 오면……. 하지만 지금은, 지금은 그 능력을 빼앗아야 해."

"어떻게요?" 어머니의 목소리는 실 같았다.

"눈가리개로."

"눈가리개라뇨!"

"가려진 눈에는 아무 힘이 없지."

"하지만 눈가리개라니…… 집 밖에 나가 있을 때…… 다른 사람들이 있을 때를 말하는……."

"아니오." 카녹이 말했고, 내가 다시 말했다. "아뇨. 늘 하고 있어야 해요. 내가 무슨 짓을 저지르는지도 모르면서 누군가를 해치거나 죽이지 않는다는 걸 알게 될 때까지는요. 누군가가 죽고 나서, 누군가가 고깃덩이가 되어 놓이고 나서야 깨닫는 일이 없어질 때까지요. 다시는 그런 짓을 하지 않겠어요. 다시는요. 절대로." 나는 불가에 앉아서 양손으로 눈을 누른 채, 어지럽고 메스꺼운 어둠 속에서 몸을 구부리고 있었다. "지금 제 눈을 봉하세요. 지금요."

멜이 항의했는지, 카녹이 더 강하게 주장했는지는 기억나지 않는다. 내 고뇌밖에 기억이 나지 않는다. 그리고 마침내 아버지가 불가에 웅크려 앉은 나에게 다가와서 얼굴을 가린 손을 부드럽게 떼어내고, 내 눈 위에 천을 대고 머리 뒤에서 묶었을 때 찾아온 안도감밖에. 아버지가 묶기 전에 보니 검은색 천이었다. 그것이 내가 본 마지막 물건이었다. 불빛, 그리고 아버지의 손에 들린 검은색 천 조각.

그리고 암흑이었다.

그리고 전에 상상한 대로, 보이지 않는 불의 온기가 느껴졌다.

어머니가 울고 있었다. 내가 울음소리를 듣지 못하게 하려고 소리 없이 울었지만, 눈먼 사람은 귀가 날카로운 법이다. 나는 울고 싶은 마음이 없었다. 눈물이라면 충분히 흘렸다. 몹시 피곤했다. 두 사람의 목소리가 알아들을 수 없는 속삭임으로 들렸다. 불이 나지막이 타닥거렸다. 따뜻한 어둠을 뚫고 어머니의 목소리가 들렸다. "잠드나봐요." 그리고 나는 잠이 들었다.

아버지가 어린아이처럼 안아다 침대에 데려다준 모양이었다.

눈을 떴을 때는 어두웠고, 창밖에 보이는 산 위로 동이 트는 기미가 있는지 보려고 일어나 앉았을 때 창문이 보이지 않자 구름이 낮게 깔려서 별을 가렸나 싶었다. 그 순간 새들이 아침을 노래하는 소리가 들렸고, 나는 눈가리개에 손을 올렸다.

❧

스스로의 눈을 가린다는 것은 기이한 행위다. 언젠가 아버지에게 의지가 무엇이냐고, 뭔가를 하고자 한다는 것이 무슨 의미냐고 물어본 적이 있었다. 나는 이제 그 의미를 배웠다.

속이고 싶다, 한 번이라도, 한 번만이라도 보고 싶다는 유혹에는 끝이 없었다. 이제는 너무나 어렵고 복잡하고 어색해진 걸음과 행동 모두가 너무나 쉽고 간단하게, 쉽고 당연해질 수 있었다. 그저 눈가리개만 올리면, 잠깐만, 한쪽 눈만, 한 번만 내다보면…….

내가 들어 올린 건 아니지만 눈가리개는 몇 번인가 흘러내렸고, 다시 닫아버리기 전까지 내 눈은 세상 한낮의 모든 광휘로 멀어버릴 것 같았다. 우리는 천을 머리에 두르기 전에 눈꺼풀 위에 부드러운 헝겊을 대는 방법을 익혔다. 그렇게 하면 아플 정도로 꽉 졸라맬 필요가 없었고, 나는 보이는 순간으로부터 안전해졌다.

그게 내 느낌이었다. 안전하다. 분명 장님이 되는 방법을 익히는 것은 기이한 일이자 어려운 일이었으나, 나는 그 일을 계속했다. 보지 못한다는 무력감과 쓸쓸함에 진력이 나면 날수록, 눈가리개에 화가 나면 날수록 더 눈가리개를 들어 올리기가 무서웠다. 눈가리개는 내가 파괴할 생각이 없는 무엇인가를 파괴해버릴지 모른다는 공포에서 나를 구해주었다. 눈가리개를 하고 있으면 내가 사랑하는 존재를 죽일 리가 없었다. 나는 내 공포와 분노가 무슨 짓을 했는지 떠올렸다. 내가 아버지를 파괴했다고 생각했던 순간을 기억했다. 내 힘을 사용할 방법을 배울 수 없다면, 사용하지 않는 방법이라도 배울 수 있었다.

그렇게 나는 의지를 행사했다. 그렇게 해서만 내 의지를 행사할 수 있었다. 이 눈가리개 속에서만 자유를 누릴 수 있었다.

눈이 먼 첫날, 나는 손으로 더듬어서 석조 저택의 입구 홀까지 내려간 다음 벽을 만지며 눈먼 카다드의 지팡이를 찾았다. 그 지팡이를 본 지 몇 년이 지나서였다. 만져서는 안 된다는 이유로 그 지팡이를 만지던 유치한 놀이를 한 것이 인생의 절반이나 이전 일이었다. 그래도 나는 지팡이가 어디 있는지 기억했고, 이제 그 지팡이를 쥘 권리가 있음을 알았다.

나에게는 너무 길었고 거북할 정도로 무거웠지만, 나는 보통 내 손이 닿는 위치보다 조금 높게 지팡이를 쥐었을 때 느껴지는 부드럽게 닳은 촉감이 좋았다. 그 지팡이를 짚고, 바닥을 쓸고, 지팡이 끝을 벽에 대고 두드렸다. 지팡이 덕분에 홀을 가로질러 돌아갈 수 있었다. 그 후로 밖에 나갈 때면 자주 지팡이를 들었다. 집 안에서는 손으로 더듬어서 길을 찾는 편이 나았다. 문밖에서는 지팡이가 있어야 안심이 되었다. 지팡이는 무기이기도 했다. 위협을 당하면 지팡이로 칠 수 있었다. 내 끔찍한 능력으로 치는 것이 아니라 단순한 보복과 방어를 위해 정면 공격을 날릴 수 있었다. 눈이 보이지 않는 나는 누구든 나를 속이거나 해칠 수 있다는 것을 알았기에 언제나 위태로운 느낌이었다. 손에 든 묵직한 지팡이는 그런 느낌을 조금이나마 만회해주었다.

처음에는 어머니가 예전만큼 편하지 않았다. 내가 확고한 인정과 지지를 구한 것은 아버지 쪽이었다. 어머니는 내가 하는 일이 옳고 필요한 일이라는 것을 인정하지도, 믿지도 못했다. 어머니에게 그것은 끔찍한 짓이었다. 끔찍하고 부자연스러운 힘 또는 믿음의 결과에 지나지 않았다. "나랑 있을 때는 눈가리개를 벗어도 돼, 오렉."

"어머니, 그럴 순 없어요."

"무서워하다니 바보 같구나, 오렉. 바보 같아. 네가 날 해칠 리가 없잖아. 난 알아. 그래야 한다고 생각하면 밖에선 눈가리개를 하렴. 하지만 안에서 나와 같이 있을 때는 하지 마라. 난 네 눈을 보고 싶단다, 아들아!"

"어머니, 그럴 수는 없어요." 내가 할 수 있는 말은 그게 다였다. 어머니가 부추기고 설득했기 때문에 나는 그 말을 몇 번이고 반복해야 했다. 어머니는 함네다의 죽음을 보지 못했다. 끔찍하게 저주받은 산비탈을 보러 물푸레나무 개울까지 나간 적도 없었다. 어머니에게 그곳에 가보라고 할까 했지만, 그럴 수 없었다. 나는 어머니의 주장에 답하지 않았다.

결국 어머니는 정말 비통하게 말했다. "이건 무식한 미신이야, 오렉. 네가 부끄럽다. 이보다는 잘 가르쳤다고 생각했는데. 네 마음속에 악이 있다면 네 눈을 가린 천 조각이 악으로부터 널 지켜줄 거라 생각하니? 그리고 네 마음속에 선이 있다면 이제 어떻게 선한 행동을 할까? '풀의 벽으로 바람을 멈추게 하려느냐, 머물라 말하여 흐르는 물을 멈추려느냐?'" 절망 속에서 어머니는 어렸을 때 어머니의 아버지 집에서 배웠던 벤드라만의 기도문으로 되돌아갔다.

그리고 여전히 내가 흔들리지 않자 어머니는 말했다. "그러면 널 위해 만든 책을 불태울까? 이젠 소용없으니 말이다. 넌 그 책을 원하지 않아. 넌 눈을 닫아버렸어. 마음도 닫아버린 거야."

그 말에는 나도 외치지 않을 수 없었다. "영원히는 아니에요, 어머니!" 나는 내 눈멂에 기한이 있다고 말하거나 그렇게 생각하고 싶지 않았다. 언젠가 다시 볼 수 있을 날을 말하거나 생각하고 싶지 않았다. 감히 상상하기가 두려웠다. 어떻게 하면 그날이 올지 상상할 수 없었고, 잘못된 희망이 두려웠다. 그러나 어머니의 위협과 고통은 그 생각을 내 안에서 끌어내고 말았다.

"그러면 얼마나 오래 눈을 가리고 있을 거니?"

"몰라요. 배우게 되면⋯⋯." 하지만 나는 무어라 말해야 할지 몰랐다. 어떻게 내가 쓸 줄 모르는 재능을 쓰는 방법을 배울까? 시도라면 태어나서 내내 해보지 않았던가?

"넌 아버지가 가르쳐줄 수 있는 건 전부 다 배웠어. 너무 잘 배운 게지." 어머니는 그렇게 말하고는, 아무 말도 더 하지 않고 일어서서 나갔다. 나는 어머니가 어깨에 숄을 두르는 부드러운 휙 소리를, 홀을 나가는 발소리를 들었다.

어머니는 그런 분노를 오래 품을 만큼 완고한 성품이 아니었다. 그날 밤 안녕히 주무시라는 인사를 하면서, 나는 속삭이는 어머니 목소리에서 상냥하고 애처로운 미소를 느낄 수 있었다. "네 책을 태우진 않겠다, 사랑하는 아들아. 네 눈가리개도." 그 순간부터 어머니는 더 항변하거나 항의하지 않고 내 눈멂을 사실로 받아들였으며, 할 수 있는 한 나를 도와주었다.

내가 눈이 보이지 않는다는 사실을 받아들이는 최선의 방법은 볼 수 있는 것처럼 행동하는 것이었다. 길을 더듬으면서 살금살금 다니지 않고 걸음을 내디며, 벽을 만나면 벽에 얼굴을 박고, 넘어지면 넘어지는 것이다. 나는 집과 마당을 익히고 그 안에 머물렀지만, 자유롭게 돌아다녔고 되도록 자주 밖으로 나갔다. 나는 내가 다섯 살 때 참아주었던 것처럼 지금의 서투른 나를 잘 참아주는 착한 얼룩이에게 안장을 얹고 굴레를 씌운 다음 올라타고, 얼룩이가 제일 좋다고 생각하는 곳으로 실어 가게 놓아두었다. 일단 안장에 올라서 소리가 울리는 마구간 벽 안을 벗어나면 나를 인도해줄 것은 아무것도 없었다. 내가 아는 한 나는 산비탈에 있을 수도, 고지에 있을 수도, 또는 달에 있을 수도 있었다. 그러나 얼룩이는 우리가 어디에 있는지 알고 있었고, 내가 예전처럼 생각 없고 무서움을 모르는 기수가 아니라는 것도 알았다. 얼룩이는 나를 돌봐주고 집으로 데려다주었다.

"로드만트에 가고 싶어요." 나는 눈을 봉한 지 보름인가 지난 후에 말했다. "그라이에게 개를 한 마리 달라고 하고 싶어요." 불쌍한 함네다와 내가 함네다에게 한 짓이 낙인처럼 박힌 상태로 그 말을 하려면 결단력을 불러일으켜야 했다. 그러나 전날 밤 문득 개가 있으면 보이지 않는 상태에 도움이 될 거라는 생각이 떠올랐고, 그건 좋은 생각이었다. 그리고 그라이와 이야기하고 싶은 마음이 간절하기도 했다.

"개라니." 아버지는 놀라서 말했지만, 어머니는 바로 알아듣고 말했다. "좋은 생각이야. 내가," 나는 어머니가 나 대신 로드만트에 가겠다고 말하려는 줄 알았는데(어머니는 그다지 승마에 능하지 않았고 얼룩이를 타고서도 자신 없어 했지만), 정작 나온 말은 그게 아니었다. "내가 같이 갈게, 너만 좋다면."

"내일 갈 수 있을까요?"

"그건 잠시 미뤄둬라." 아버지가 말했다. "드러만트에 갈 준비를 할 때가 왔어."

그동안 벌어진 일들 때문에 브랜터 오그와 그의 초대에 대해서는 까맣게 잊고 있었다. 그에 대해 다시 생각하는 것은 정말이지 반갑지 않은 일이었다. "전 이제 갈 수 없어요!"

"갈 수 있다." 아버지가 말했다.

"왜 오렉이 가야 하죠? 우린 또 왜 가야 하고?" 어머니가 물었다.

"무엇이 걸려 있는지 말했잖소." 아버지가 엄한 목소리로 말했다. "우정까지는 아니라 해도 휴전의 기회요. 게다가 약혼 제안도 있을지 모르고."

"하지만 드럼은 이제 자기 손녀딸을 오렉과 약혼시키고 싶어 하지 않을 텐데요!"

"그럴까? 오렉이 눈짓 한 번으로 상대를 죽일 수 있다는 걸 알고도? 오렉의 재능이 너무 강해서 적을 살리기 위해 눈을 봉해야 한다는 걸 알고도? 아, 그자는 기꺼이 물어볼 것이고 우리가 주기로 한 것을 즐거이 받을 거요! 그걸 모르겠소?"

아버지의 목소리에서 그런 냉혹하고 격한 승리감이 묻어나기는 처음이었다. 그 목소리는 나를 이상하게 뒤흔들었다. 나를 일깨웠다.

그 순간 처음으로 나는 눈가리개가 나를 취약하게 만들 뿐 아니라 위협적인 존재로 만든다는 사실을 깨달았다. 내 힘은 너무 강해 풀어놓아서는 안 되고, 억제해야 했다. 그러니 눈을 푼다면…… 나 자신이, 카다드의 지팡이와 마찬가지로, 무기였다.

또한 나는 그 순간에야 겨우, 눈을 가린 후부터 왜 집과 영지의 많은 사람들이 그런 식으로 나를 대했는지, 왜 예전 같은 편안한 우정이 아니라 불편한 존경심을 품고 이야기하며 내가 가까이 다가가면 조용해지고, 내가 발소리를 듣지 못하길 바라듯이 살금살금 옆으로 지나가는지 깨달았다. 나는 내가 장님이라서 그들이 피하고 멸시한다고 생각했다. 내가 장님이 된 이유를 알고 두려워한다는 생각은 미처 하지 못했다.

나중에 알았지만 사실 그 이야기는 입에서 입으로 전해지면서 부풀었고, 나는 온갖 끔찍한 위업을 이룬 사람이 되어 있었다. 들개 떼를 모조리 파괴해서 풍선처럼 터뜨려놓았다. 산 위를 휙 쓸어보는 것만으로 온 카스프로만트에 사는 독사를 다 없애버렸다. 늙은 우브로의 오두막을 흘끗 보았을 뿐인데 그날 밤 우브로는 몸이 마비되어 쓰러졌고 말할 능력을 잃었으며, 그것은 벌이 아니라 그저 이유 없이 상대를 치는 길들지 않은 재능이었다. 잃어버린 흰 암소들을 찾으러 나갔을 때, 내가 암소를 본 순간 의지에 어긋나게도 그 녀석들을 파괴해버렸다. 그리고 이런 제멋대로에 끔찍한 능력을 두려워한 나는 스스로 눈을 멀게 했다. 또는 카녹이 눈을 멀게 했다. 또 다른 사람들은 아니라고, 눈가리개로 봉했을 뿐이라고도 했다. 누구든 이런 이야기들을 믿지 않는 사람이 있으면 사람들은 그를 물푸레나무 개울 너머에 있는 파괴당한 비탈로 데려가서 죽은 나무와 그 황량한 땅에 남은 들쥐와 두더지들의 부서진 뼈, 터져버린 바위와 흩어진 돌들을 보여주었다.

당시에 나는 이런 이야기들을 알지 못했지만, 내가 행동이 아니라 말, 즉 명성을 통해 새로운 힘을 갖게 되었다는 사실은 깨달았다.

"우린 드러만트에 갈 거요." 아버지가 말했다. "때가 됐어. 모레. 일찍 출발하면 해 질 녘에 도착할 수 있을 거요. 빨간 드레스를 챙겨요, 멜. 드럼이 당신에게 준 선물을 보여줘야지."

"이런 세상에." 어머니가 말했다. "얼마나 머물러야 하죠?"

"닷새, 엿새 정도."

"이런, 이런. 브랜터의 부인에게 뭘 가져가죠? 뭔가 선물을 가져가야 하는데."

"그럴 필요 없어요."

"있어요."

"글쎄, 부엌에서 뭔가 한 바구니 챙기든지."

"흥. 이 계절엔 아무것도 없는걸요."

"병아리 한 바구니 어때요." 내가 제안했다. 그날 아침에 어머니가 나를 양계장에 데려가서 새로 태어난 병아리들을 만져보고, 손에 올려놓게 해주었던 것을 떠올렸기 때문이다. 따뜻하고 무게가 거의 없는, 폭신하고 다루기 힘들고 삐약거리는 생물들.

"바로 그거야." 어머니가 말했다.

그래서 이틀 후 아침 일찍 길을 떠났을 때 어머니는 안장 앞테에 삐약거리는 바구니를 올려놓고 있었다. 나는 새로 만든 킬트와 어른용 코트를 입었다.

내가 얼룩이를 타야 했기 때문에 어머니는 높고 덩치가 커서 무섭긴 했지만 완전히 믿을 수 있는 재기러기를 탔다. 아버지는 브랜티를 탔다. 대부분 나와 알록이 훈련시킨 말이었지만, 브랜티에 오른 아버지를 보면 아버지와 말이 서로에게 딱 맞는다는 것을 알 수 있었다. 잘생기고 흥분하기 쉬우며 자부심 강하고 조급해하는 사람과 말. 그날 아침 나는 아버지를 볼 수 있으면 좋겠다고 생각했다. 보고 싶은 마음이 간절했다. 그러나 나는 착한 얼룩이를 탔고, 얼룩이는 어둠 속으로 나를 실어 날랐다.

10

달리고 있는 땅을 조금도 보지 못하면서 온종일 말을 달린다는 것은 기묘하고 피곤한 일이었다. 나는 그저 부드럽거나 돌이 많은 땅을 밟는 말발굽 소리와 안장이 삐걱이는 소리, 말의 땀 냄새와 꽃 냄새, 스치는 바람만 인식하며 지금 달리는 길이 어떤 곳일지 추측했다. 조금의 이동이나 비틀거림이나 흔들림이나 정지에도 대비할 수 없었던 나는 언제나 안장 위에서 긴장하고 있었고, 몸을 안정시키기 위해 부끄러움을 버리고 안장 앞머리에 매달릴 때도 자주 있었다. 주로 한 줄로 말을 달렸기 때문에 대화는 없었다. 우리는 어머니가 병아리들에게 물을 줄 수 있도록 가끔 멈춰 섰고, 정오 무렵에는 말을 세우고 말에게 물을 먹이고 점심을 먹었다. 병아리들은 어머니가 바구니 안에 뿌린 먹이를 두고 요란하게 삐약거렸다. 나는 우리가 어디에 있는지 물었다. 아버지는 코드 영지의 '검은 바위' 밑이라고 대답했다. 카스프로만트 서쪽으로 그렇게 멀리 가본 적이 없었던 나는 그곳의 모습을 상상할 수 없었다. 우리는 곧 길을 재촉했고, 나에게 그 오후는 길고 지루하고 깜깜한 꿈이었다.

"돌의 이름으로!" 아버지가 말했다. 아버지는 욕을 하는 법이 없었다. 지금 한 말 같은 완곡하고 고풍스러운 욕조차 한 적이 없었다. 그래서 나는 퍼뜩 정신을 차렸다. 길을 잘못 들 염려가 없었기 때문에 어머니가 앞에서 달리고, 아버지가 뒤에서 달리면서 주위를 지켜보고 있었다. 어머니는 아버지의 말을 듣지 못했지만 나는 듣고 물었다. "뭔데요?"

"우리 암소다. 저쪽에." 그는 내가 자신이 가리키는 쪽을 볼 수 없다는 사실을 기억하고 다시 말했다. "저쪽 언덕 아래 초지에 소 떼가 있는데, 그중 두 마리가 하얗구나. 나머지는 다 갈색 아니면 밤색과 흰색이 섞인 소야." 그는 잠시 동안 눈에 힘을 주고 그쪽을 보는 듯 말이 없었다. "등이 솟아 있고 가느다란 뿔이 있어. 우리 소가 맞아."

우리 셋 다 말을 세웠고, 어머니는 말했다. "아직 코드만트인가요?"

"드러만트요. 들어온 지 한 시간은 지났지. 하지만 저건 로드의 씨고, 내 암소인 것 같군. 더 가까이에서 보면 확실히 알 수 있겠는데."

"지금은 안 돼요, 카녹. 오래지 않아 해가 질 거예요. 계속 가야 해요." 어머니의 목소리엔 걱정이 강하게 묻어났고, 아버지는 그 말에 귀를 기울였다.

"당신 말대로요." 아버지가 말했고, 곧이어 재기러기가 발을 딛는 소리가 들리고, 얼룩이가 내 신호 없이 그 뒤를 따랐으며 우리 뒤에서 브랜티의 가벼운 발소리가 들렸다.

우리는 드러만트의 석조 저택에 도착했다. 낯선 사람뿐인 낯선 장소에 도착한다는 것이 나에게는 힘든 일이었다. 어머니는 내가 말에서 내리자마자 내 팔을 잡았고, 나에게 매달렸다. 아마 나만이 아니라 어머니 스스로를 안심시키기 위해서이기도 했을 것이다. 많은 목소리 사이로 오그 드럼의 쾌활하고 커다란 목소리가 들렸다. "자, 자, 자, 이제야 오셨군! 환영하오! 드러만트에 온 것을 환영해! 가난한 집안이지만 우리가 가진 것이라면 기꺼이 나눈다오! 이건 뭔가, 이건 뭐야. 왜 이렇게 눈을 가리고 있지? 무슨 문제라도 있나, 젊은이? 눈이 약해서 그런가?"

"아, 그렇다면 좋았겠지요." 카녹이 가볍게 대꾸했다. 그는 검객이었다. 그러나 오그는 검이 아니라 몽둥이를 썼다. 이 깡패는 상대에게 대꾸를 하지 않았고, 들었으면서도 못 들은 척, 상대가 그 자리에 없는 양 말을 잇거나 하던 말을 계속했다. 그렇게 함으로써 그는 언제나 이야기를 시작하는 쪽에 선다는 이득을 얻었다. 언제나 마무리하는 쪽은 아니더라도 말이다.

"흠, 아기처럼 데리고 다녀야 하다니 부끄러운 일 아닌가. 하지만 저런 버릇에서 빠져나오겠지. 이리 오시오, 이리 와! 이분들 말을 보살펴라, 거기! 바로야, 하녀들을 시켜서 마누라 좀 불러!" 그렇게 명령과 지시를 내리는 고함 소리, 엄청난 소란, 수많은 오고감과 많은 목소리들이 이어졌다. 사방에 사람들이 있었다. 보이지 않는, 알지 못하는 사람들의 무리가 있었다. 어머니는 누군가에게 브란터의 부인을 위해 가져온 병아리 바구니에 대해 설명했다. 내가 끌려가듯 문지방을 넘어 계단을 올라가는 내내 어머니는 내 팔을 잡고 있었다. 걸음을 멈췄을 즈음에는 머리가 빙빙 돌았다. 누군가가 물그릇을 가져왔고, 우리가 서둘러 여행의 때를 씻어내고 옷을 털고 어머니가 드레스를 갈아입는 동안 사방에서 사람들이 와글거렸다.

그다음엔 다시 내려가는 계단이었고, 우리는 메아리 소리로 미루어보아 천장이 높고 큰 방에 들어섰다. 불이 피워져 있었다. 타닥거리는 불 소리를 듣고 다리와 얼굴에 온기를 느낄 수 있었다. 어머니는 줄곧 내 어깨에 손을 얹고 있었다. "오렉, 이쪽은 안주인 데노 부인이셔." 어머니가 말하자 나는 드러만트에 온 것을 환영한다고 말하는 지친 듯한 쉰 목소리 쪽으로 고개를 숙였다. 다른 이들의 소개가 이어졌다. 브랜터의 큰아들 하르바와 그 아내, 브랜터의 작은아들 셉과 그 아내, 브랜터의 딸과 그 남편, 이들 중 누군가의 다 큰 자식들, 그 밖에 집안의 다른 사람들⋯⋯. 얼굴 없는 이름들, 어둠 속의 목소리들. 내 어머니의 우아하고 수줍은 목소리는 이 목소리 큰 사람들 소리에 묻혀 들리질 않았고, 나는 어머니의 목소리가 얼마나 다르게 들리는지, 몇 마디 발음에서도 어머니의 저지대 예절이 얼마나 이질적으로 들리는지 느낄 수밖에 없었다.

아버지도 가까이에 있었다. 내 바로 뒤였다. 아버지는 드럼 남자들처럼 길게 떠들지 않았으나 짧고 정중하게 대답했고, 그들의 농담에 웃어주었고, 몇 사람과는 마치 우정을 새로이 하는 것이 즐겁다는 듯한 투로 이야기를 나누었다. 그중 한 사람이, 아마 바레 혈통인 듯한 남자가 말했다. "그러니까 길들지 않은 눈을 가졌단 말이죠?" 카녹이 "그렇소"라고 답하자 다른 남자가 "뭐, 걱정할 것 없어요, 자기 힘에 익숙해질 겁니다"라더니 올만트의 어떤 소년이 스무 살 될 때까지 재능을 길들이지 못했다는 이야기를 꺼냈다. 나는 그 이야기를 들어보려 애썼지만, 시끄럽게 아우성치는 목소리들 때문에 제대로 들리지가 않았다.

이윽고 우리는 식탁으로 향했고, 끔찍한 부담감이 뒤따랐다. 눈으로 볼 수 없을 때 점잖게 먹는 방법을 배우려면 오랜 시간이 걸리고, 나는 아직 그런 기술을 익히지 못했기 때문이다. 나는 뭔가 엎지르거나 내 몸을 더럽힐까 두려워서 아무것도 만질 수가 없었다. 사람들은 나를 어머니와 멀리 떨어뜨려 앉히려 했지만, 어머니는 부드러우면서도 단호하게 내 옆에 앉겠다고 주장했다. 어머니는 내가 손가락으로 음식을 조금씩 집어서 누굴 놀라게 하지 않고 야금야금 씹어 먹을 수 있게 도와주었다. 사방에서 씹고 삼키고 트림하는 소리가 들리는 걸 감안하면 드러만트 사람들이 그렇게 예의를 차리는 것 같진 않았지만 말이다.

아버지는 식탁 저편, 오그 옆 아니면 그 근처에 앉았고, 사방의 소음이 조금 가라앉을 때면 아버지의 차분한, 그러나 전에는 한 번도 들어보지 못한 경쾌함이 실린 목소리를 들을 수 있었다. "내 암소들을 돌봐줘서 고맙다는 인사를 하고 싶군요, 브랜터. 한 달 내내 담을 고치지 않고 내버려둔 스스로의 멍청함을 저주하던 참입니다. 물론 암소들은 담을 넘어가버렸지요. 로드 출신 소들은 발이 가볍거든요. 완전히 포기하고 지금쯤이면 두넷까지 내려갔을 거라 생각했지 뭡니까! 이곳 분들이 절 위해서 안전하게 지켜주지 않으셨더라면 실제로 그렇게 됐겠지요." 이즈음에는 우리 쪽에 앉은 여자 몇 명만 잡담을 계속할 뿐, 식탁 끝에 앉은 사람은 아무도 말을 하지 않고 있었다. "그 암소들에게 많은 기대를 걸고 있었어요." 카녹은 똑같이 개방적이고 자신감 있는, 개인적인 사정이라도 털어놓는 것 같은 투로 말을 이었다. "눈먼 카다드가 키웠던 것 같은 소 떼를 키워낼 작정이었지요. 그러니 브랜터께 마음 깊이 감사드리고, 이놈들이 낳는 첫 번째 새끼는 수놈이든 암놈이든 좋아하시는 놈으로 드리겠습니다. 달라고 말씀만 하세요, 브랜터 오그."

심장이 한 번 뛸 만큼만 침묵이 이어지다가 카녹 근처에 앉은 누군가가 말했다. "말씀 잘하셨소, 잘하셨어!" 그리고 다른 목소리도 합세했다. 그러나 오그의 목소리는 들리지 않았다.

마침내 저녁 식사가 끝나고, 어머니는 나와 함께 방을 안내받을 수 있겠느냐고 물었다. 그때 오그의 목소리가 들렸다. "아, 젊은 오렉을 벌써 데려가진 않으시겠지? 그 정도로 어린아이는 아니잖소? 어른들과 같이 앉아서 봄에 빚은 맥주 맛이나 보아라, 애야!" 그러나 멜은 내가 긴 여행으로 지쳤다고 호소했고, 브랜터의 아내인 데노도 지치고 쉰 목소리로 말했다. "오늘 밤은 그만 쉬게 해줘요, 오그." 그래서 아버지는 남아서 술을 마셔야 했지만 우리는 그 자리에서 빠져나갔다.

아버지가 방으로 올라온 것은 늦은 시각이었던 것 같다. 나는 잠들어 있었지만, 아버지가 걸상을 넘어뜨리고 달가닥거리는 소리를 내는 바람에 깨어났다. "당신 취했군요!" 어머니가 소곤거렸고 아버지는 의도한 것보다 큰 소리로 말했다. "말 오줌 같은 맥주야!" 어머니는 웃었고, 아버지는 코웃음을 쳤다.

"망할 놈의 침대는 어딨나!" 그는 쿵쿵거리고 걸어 다니며 말했다. 두 사람은 겨우 자리를 잡았고, 나는 창문 아래 놓인 접이침대에 누워서 두 사람의 속삭임에 귀를 기울였다.

"카녹, 너무 큰 위험을 무릅쓴 게 아닌가요?"

"여기 온 것 자체가 위험을 무릅쓴 일이오."

"하지만 그 암소 얘기는."

"입 다물고 있어서 얻을 게 뭐요?"

"그렇지만 오그에게 도전한 거예요."

"그자의 부하들 앞에서, 그것도 그 암소가 어쩌다가 여기에 와 있는지 아는 작자들 앞에서 거짓말을 한 게? 아니면 그에게 빠져나갈 구멍을 만들어준 게?"

"쉬잇." 아버지의 목소리가 다시 커졌기에 어머니가 말했다. "음, 그 사람이 그 변명을 받아들인 건 기뻐요."

"받아들였다면 말이지. 그건 두고 볼 일이오. 그 여자애는 어디 있지? 혹시 봤소?"

"무슨 여자애요?"

"신붓감 말이오. 부끄럼 타는 신붓감."

"카녹, 조용히 해요!" 어머니는 반쯤은 꾸짖고 반쯤은 웃고 있었다.

"그럼 내 입을 막아요, 내 사랑, 내 입을 막아봐요." 아버지가 속삭였고, 어머니는 웃었으며, 침대판이 삐걱이는 소리가 들렸다. 두 분은 더 말하지 않았고 나는 다시 호사스러운 잠 속으로 미끄러져 들어갔다.

◈

다음 날 브랜터 오그는 아버지에게 집에 딸린 건물과 헛간과 마구간을 보여주면서 어머니를 불러냈고, 나도 따라나서야 했다. 다른 여자는 없었다. 오그의 아들들과 드러만트 출신의 다른 남자 몇 명뿐이었다. 오그는 어머니에게 이상하게 꾸민 말투로, 아첨하는 듯하면서 짐짓 생색내는 어조로 말했다. 그는 다른 남자들에게 마치 아름다운 짐승에 대해 이야기하듯 어머니에 대해, 그녀의 발목과 머리칼과 걷는 방식에 대해 이야기했다. 어머니에게 직접 말을 걸 때에는 경멸과 농조를 섞어서 어머니의 저지대 출신을 자주 언급했다. 어머니에게, 또는 그 자신에게 그녀가 자기보다 열등하다는 점을 주입하려는 것 같았다. 그러면서도 커다란 거머리처럼 계속 옆에 붙어 있었다. 나는 두 사람 사이에 있으려 애썼지만, 오그는 언제나 걸으면서 내 반대편으로 어머니 옆에 붙어 섰다. 몇 번인가 거의 명령조로 나를 '다른 아이들' 또는 제 아버지와 같이 있게 보내는 게 어떠냐고 하기도 했다. 어머니는 정면으로 거절하지 않고 목소리에 미소를 실어 가볍게 대답했고, 어떻게든 그 말대로 하는 일을 피했다.

석조 저택으로 돌아가자 브랜터 오그는 드러만트 북쪽 산으로 멧돼지 사냥을 나갈 계획이라고 말했다. 그들은 출발하기 전에 그라이의 어머니인 판이 오기를 기다렸다. 오그는 우리도 사냥에 같이 가자고 압력을 가했다. 어머니가 난색을 표하자 그는 말했다. "좋소이다. 나도 돼지 사냥에 여자들을 데려가고 싶진 않소. 위험한 짓이니. 하지만 사내아이는 보내시오. 눈가리개를 하고 울적하게 돌아다니는 데서 벗어날 기회잖소? 그리고 멧돼지가 달려들기라도 하면 이 녀석 눈짓 한 번으로 돼지야, 안녕, 아니겠소? 안 그러냐? 멧돼지 사냥엔 언제나 빠른 눈이 있으면 좋지."

"그 일은 내 몫이겠군요." 아버지가 드러만트에 와서부터 쓰기 시작한 쾌활한 어투로 말했다. "오렉은 아직 위험이 지나친 감이 있어서요."

"위험이라? 위험? 돼지를 무서워하나?"

"아, 오렉에게 위험하다는 뜻이 아닙니다." 카녹이 말했다. 그 순간 그의 검 끝이 오그를 건드렸다. 오그는 내 눈이 가려진 이유를 모르는 척하던 태도를 버렸다. 드러만트에 있는 다른 모두가 그 이유를 알고 있으며, 실제로 내가 한 짓의 부풀려진 설명을 다 믿고 있다는 것은 분명했다. 나는 파괴적인 눈을 가진 소년, 너무 강력해서 통제할 수 없는 재능을 지닌 소년, 새로운 '눈먼 카다드'였다. 오그는 몽둥이로 찔렀지만, 그 공격은 미치지 못했다. 내 명성은 우리를 그의 공격 범위 밖으로 밀어냈다. 그래도 오그에게는 다른 무기가 있었다.

우리는 전날 밤에 만난 사람들과 이날 아침에 주위에 있던 사람들 중에서도 아직 브랜터의 손녀딸, 오그의 둘째 아들인 셉 드럼과 다레단 카스프로 사이에 태어난 딸만은 소개받지 못했다. 그 부모는 만났다. 셉은 자기 아버지처럼 목소리가 쾌활하고 우렁찼다. 다레단은 어머니와 나에게 상냥하게 대했고, 그녀의 약한 목소리를 듣자 노쇠한 여인이 떠올랐다. 아버지 말처럼 그렇게 늙은 사람은 아니었는데도. 두 사람은 우리와 함께 오전을 보냈지만, 여전히 그들의 딸, 내 약혼자가 될 수도 있는 여자아이는 나타나지 않았다. 전날 밤에 아버지는 그 아이를 부끄럼 타는 신붓감이라고 불렀다. 그 생각을 하자 얼굴이 붉어졌다.

오그는 마치 마음속에 무엇이 있는지 아는 모르가 혈통의 재능이라도 가진 사람처럼 큰 소리로 말했다. "내 손녀딸 바르단을 만나보려면 하루 이틀 기다려야겠네, 젊은 카스프로. 그 애는 사촌 형제들과 같이 림에 있는 낡은 집에 내려가 있어. 볼 수도 없는 여자 만나서 뭐 하느냐고 할 수도 있겠지만, 자네도 알다시피 여자를 알 방법은 달리 있지 않겠나, 응? 눈보다 더 즐거운 방법 말이야. 흠?" 그리고 주위에 있던 남자들이 왁자하게 웃었다. "멧돼지 사냥에서 돌아오면 바르단이 와 있을 거야."

그날 오후에 판 바레가 도착했고, 이제 모두가 사냥에 대해서만 이야기했다. 나도 따라가야 했다. 어머니는 항의했지만 나는 빠져나갈 방법이 없다는 걸 알고 말했다. "걱정 마세요, 어머니. 얼룩이를 타고 갈 거고, 아무 일 없을 거예요."

"내가 같이 있을 거요." 카녹이 말했다. 내가 태연하게 구는 모습에 아버지가 마음 깊이 기뻐하는 것을 알 수 있었다.

우리는 다음 날 아침 해가 뜨기 전에 출발했다. 카녹은 말을 타고 있을 때나 내려서 걸을 때나 내 바로 옆에 머물렀다. 이 끝없는 혼돈, 말을 달리고 멈추고 소리를 지르고 오고가는 무의미한 무채색 혼란 속에서 아버지의 존재만이 내 유일한 반석이었다. 혼란은 계속되었다. 우리는 닷새를 떠나 있었다. 나는 도저히 내 위치를 파악할 수 없었고, 내 얼굴이나 발 앞에 무엇이 놓여 있는지도 알지 못했다. 눈가리개를 들고픈 유혹이 그보다 더 강했던 적이 없었고, 동시에 그렇게 두려운 적도 없었다. 나는 끊임없는, 끔찍한 분노에 사로잡혀 있었다. 무력하고 굴욕적이고 화가 났다. 브랜터 오그의 귀찮게 쩌렁거리는 목소리가 두려웠고, 그 목소리에서 벗어날 수가 없었다. 오그는 내가 진짜 장님이라고 믿는 척하면서 큰 소리로 나를 동정할 때도 있었지만, 대개는 나를 조롱했고, 공공연하게는 아니었지만 계속 눈가리개를 벗고 파괴하는 힘을 보여보라고 부추겼다. 그는 나를 두려워했고 그 두려움에 분개했으며, 내가 그로 인해 고통 받기를 원했다. 궁금해하기도 했다. 내 힘은 알려지지 않은 것이었으니. 그는 카녹이 어떤 일을 할 수 있는지 명확하게 이해했기에, 카녹에 대해서는 절대 선을 넘지 않았다. 그러나 나는 무엇을 할 수 있을까? 내 눈가리개가 속임수나 허풍은 아닐까? 오그는 진짜로 물 수 있는지 보려고 사슬에 매인 개를 괴롭히는 어린아이 같았다. 나는 그의 사슬에, 그리고 그의 자비에 매여 있었다. 나는 그가 너무나 미워서, 내 눈으로 보기만 하면 아무것도 내가 그를 파괴해버리는 것을 막지 못할 거라 생각했다. 그 쥐처럼, 그 살무사처럼, 그 개처럼……

판 바레는 에언 산 기슭에서 야생 돼지 떼를 불러낸 다음, 암돼지들 사이에서 수돼지를 불러냈다. 개와 사냥꾼들이 돼지를 에워싸자 판은 사냥터를 떠나 내가 짐말과 하인들과 같이 남아 있던 야영지로 돌아왔다.

모두가 출발하는 순간은 내게 창피스러운 순간이었다. "아들도 데려가겠지, 카스프로?" 브랜터 오그의 말에 내 아버지는 전과 다름없이 쾌활한 말투로 다른 이들의 발목을 잡을까 싶어 나도 얼룩이도 가지 않는다고 대답했다. "그럼 그대도 아들과 같이 안전하게 뒤에 있겠나?" 크고 시끄러운 목소리가 다시 묻자 카녹의 부드러운 목소리가 대답했다. "아니, 나는 돼지를 잡으러 갈 생각이오."

카녹은 말에, 브랜티가 아닌 재기러기에 오르기 전에 내 어깨를 건드리며 말했다. "굳건히 있어라, 아들아." 그래서 나는 드럼의 농노와 하인들 사이에 홀로 앉아 굳건히 자리를 지켰다. 그들은 계속 나를 피하다가 곧 내가 있다는 사실을 잊고 서로 잡담을 나누고 농담을 하기 시작했다. 전날 밤에 잠을 청했던, 내 왼손 가까이에 놓인 잠자리를 제외하면 내 주위에 무엇이 있는지 전혀 알 수 없었다. 나머지 우주는 알지 못하는 공간, 일어서서

140

한두 걸음만 디디면 길을 잃을 텅 빈 심연이었다. 나는 손 아래 놓인 흙에서 작은 돌멩이를 몇 개 찾아내어 그 돌을 만지작거리고, 세어보고, 한 줄로 늘어놓거나 쌓으려 하면서 그 끔찍한 시간을 보냈다. 우리는 삶에서 얼마나 많은 즐거움과 재미가 눈을 통해 찾아오는지 좀처럼 깨닫지 못한다. 눈 없이 살아야 할 때가 오기 전에는. 그 즐거움 중에는 눈은 무엇을 볼지 고를 수 있다는 사실이 포함되어 있다. 그러나 귀는 무엇을 들을지 고르지 못한다. 나는 새들의 노랫소리를 듣고 싶었고, 숲에는 새들의 봄노랫소리가 가득했지만, 내 귀에 들리는 것은 대부분 사내들이 고함을 치고 웃음을 터뜨리는 소리뿐이었다. 그저 인간이란 얼마나 시끄러운 족속인가 생각할 수밖에 없었다.

말 한 마리가 야영지로 다가오는 소리가 들리더니, 사내들의 목소리가 덜 요란해졌다. 이윽고 누군가가 내 근처에서 말했다. "오렉, 나 판이야." 그라이와 몹시 닮은 목소리였기에 바로 누구인지 알 수 있었지만, 그래도 자기가 누구인지 말해주는 데에서 친절함을 느낄 수 있었다. "과일 좀 가져왔다. 손 벌려봐." 그리고 그녀는 내 손에 말린 자두 두세 개를 내려놓았다. 나는 고맙다고 말하고 자두를 씹었다. 판은 내 옆에 앉았고, 역시 말린 자두를 씹는 소리가 들렸다.

"흠, 지금쯤이면 멧돼지가 사냥개를 한두 마리 죽이고, 어쩌면 사람도 한둘 죽였을지 모르지만 아닐 가능성이 높고, 그다음엔 죽었겠지. 그리고 사냥꾼들은 내장을 들어내고 돼지를 꿸 나무를 자르고 있을 테고, 개들은 내장을 쫓아다니고 있을 것이고, 말들은 도망치고 싶지만 그럴 수 없는 상태일 거야." 판은 침을 퉤 뱉었다. 자두 씨겠거니 싶었다.

"죽일 때까지 남아 있지 않는 건가요?" 나는 어렵사리 물었다. 나면서부터 알아왔는데도 판 앞에서는 늘 주눅이 들었다.

"멧돼지와 곰일 때는. 사냥꾼들은 내가 끼어들어서 쉽게 죽일 수 있게 녀석들을 붙잡아두길 원하지. 불공평한 이득을 얻고 싶어 해."

"그러면 사슴이나 토끼는?"

"그것들은 먹이야. 빨리 죽여주는 게 최선이지. 멧돼지와 곰은 먹이가 아니야. 녀석들에겐 공정하게 싸울 자격이 있어."

그것은 나름의 정의를 지닌 명쾌한 입장이었다. 나는 그 말을 받아들였다.

"그라이가 너에게 줄 개를 골라놨다." 판이 말했다.

"안 그래도 부탁하려던 참인데……."

"아, 네가 눈이 가려졌다는 말을 듣자마자 안내견이 필요할 거라고 하더니 우리 양치기 키니의 강아지 중 하나를 훈련시키기 시작했어. 좋은 개지. 집에 가는 길에 로드만트에 들러라. 그라이가 준비해뒀을지도 몰라."

기분 좋은 순간이었다. 끝이 나지 않을 듯한 불쾌한 나날에서 유일하게 좋은 시간이었다.

사냥꾼들은 그날 늦게, 발을 질질 끌면서 야영지로 돌아왔다. 물론 아버지가 걱정스러웠지만 감히 물어보지는 못하고 그저 다른 남자들이 하는 말을 듣고 아버지의 목소리를 찾아 귀를 기울이기만 했다. 그는 가벼운 충돌이라도 있었는지 다리를 약간 다친 재기러기를 끌고 마지막에 돌아왔다. 온화하게 인사를 건넸지만 그 목소리에서 아버지가 견디기 힘들 정도로 지쳐 있음을 알 수 있었다. 사냥은 서툴게 이루어졌다고 했다. 오그와 그

큰아들이 행동 방식을 두고 다투면서 모두를 혼란에 빠뜨리는 바람에 궁지에 몰렸던 멧돼지가 사냥개를 두 마리 죽이고 달아 났으며, 추적하다가 말 한 마리가 다리를 부러뜨렸고, 멧돼지가 덤불 속으로 들어가는 바람에 사냥꾼들이 말에서 내려서 걸어 들어가야 했으며, 사냥개 또 한 마리의 배가 갈라졌고, 마침내 아버지가 나와 판에게만 말해준 바에 따르면, 그 마지막은 이랬 다. "모두가 그 불쌍한 짐승을 찌르고 베면서도 차마 가까이 가 지는 못했어요. 죽이는 데 반 시간은 걸렸소."

　우리는 말없이 앉아서 오그와 그 아들이 서로에게 질러대는 고함 소리를 들었다. 사냥에 따라갔던 하인들이 마침내 멧돼지 를 야영지로 가져왔다. 지독한 날고기 냄새와 금속성의 피 냄새 가 났다. 생간은 살육에 참여한 사람들이 축배를 들며 불 위에 서 엄숙하게 잘라 나누었다. 카녹은 자기 몫을 받으러 가지 않았 다. 우리 말들을 돌보러 갔다. 오그의 아들 하르바가 축하 잔치 를 즐기라고 카녹을 부르는 소리는 들렸지만, 오그가 부르는 소 리는 들리지 않았다. 오그는 평소처럼 나를 괴롭히러 오지도 않 았다. 그날 밤만이 아니라 드러만트의 석조 저택으로 돌아가는 길 내내 오그는 카녹에게나 나에게나 한 마디도 하지 않았다. 오 그의 쾌활하고 성가신 목소리를 듣지 않는 것은 마음 놓이는 일 이었지만, 걱정스러운 일이기도 했다. 나는 저택에 돌아가기 전 마지막 밤에 야영지에서 아버지에게 오그가 화를 내고 있는 것 인지 물어보았다.

　"내가 일부러 자기 사냥개들을 구하지 않은 거라는구나." 아 버지가 말했다. 우리는 식지 않은 모닥불 재 옆에 누워서 머리를 맞대고 소곤거렸다. 나는 깜깜하다는 것을 알고 있었고, 앞이 보이지 않는 것이 깜깜하기 때문인 척할 수 있었다.

"무슨 일이 있었는데요?"

"멧돼지가 사냥개들의 배를 찢어놓고 있었어. 오그가 외치더구나. '눈을 써, 카스프로!' 마치 내가 사냥에 능력을 이용하기라도 하는 사람처럼 말이다. 난 하르바와 다른 몇 사람과 같이 창을 들고 멧돼지를 공격했지. 오그는 같이 가지 않았어. 멧돼지는 포위망을 뚫고 오그 바로 옆을 지나서 도망쳤지. 정말이지 보기 흉한 도살이었다. 그리고 오그는 그걸 내 탓으로 돌리는 거야."

"저택에 돌아가서 더 있어야 하나요?"

"하룻밤 정도는."

"그자는 우릴 미워해요."

"네 어머니는 예외지."

"어머니를 제일 미워해요."

카녹은 내 말을 이해하지 못했거나, 믿지 않았다. 그러나 사실이었다. 오그는 나를 좋을 대로 괴롭힐 수 있었고, 카녹에 대해서는 재산과 힘과 여러 가지 면에서 우월함을 증명할 수 있었지만, 멜 아우리타는 그의 손이 닿지 않는 존재였다. 나는 오그가 우리 집에 왔을 때 어머니를 어떤 눈으로 보는지 보았다. 이곳에서도 똑같은 놀라움과 미움과 탐욕의 눈길로 본다는 것을 알고 있었다. 그가 어떻게 어머니에게 몸을 밀착하는지 알고 있었다. 큰소리를 치고 선심 쓰는 척하면서 감명을 주려 하는 그자의 헛된 노력과, 그에게 응전할 방법이라곤 없는 내 어머니의 부드럽고 미소 띤 답변들을 들어왔다. 그자가 가진 무엇도, 그자가 한 어떤 일도, 그자의 어떤 과거도 어머니를 건드릴 순 없었다. 어머니는 사실 오그를 무서워하지도 않았다.

11

황야에서의 낮과 밤을 끝내고 돌아가자 어머니와 다시 만날 수 있었고, 한 번도 본 적이 없으나 익숙한 듯 느껴지는 드러만트의 불친절한 방에서나마 목욕을 하고 깨끗한 셔츠를 걸칠 수 있었다.

우리는 저녁 식사를 하러 대연회장으로 내려갔고, 그곳에서 브랜터 오그가 이틀 만에 처음으로 내 아버지에게 말을 거는 소리를 들을 수 있었다. "당신 아내는 어디 있소, 카스프로? 그 예쁜 칼룩은 어딨소? 그리고 당신네 눈먼 아들은? 여기 내 손녀딸이 그 녀석을 만나러 왔소이다. 리만트에서부터 온 영지를 가로질러서 말이오. 자, 자, 바르단을 만나봐라, 둘이 어울리는지 좀 보자!" 귀에 거슬리는, 뽐내는 듯한 웃음소리가 목소리에 섞여 있었다.

딸에게 앞으로 나서라고 중얼거리는 다레단 카스프로의 목소리가 들렸다. 내 팔에 손을 얹고 있던 어머니가 말했다. "만나서 반갑구나, 바르단. 이쪽이 내 아들 오렉이란다."

여자아이의 말소리는 들리지 않고 끙끙거리는, 또는 끙끙거리는 듯한 소리만 나서 나는 바르단이 그런 소리를 내는 강아지라도 안고 있나 궁금했다.

"안녕하세요." 나는 고개를 가볍게 까딱하며 말했다.

"세요 세요 세요." 내 앞에 선 누군가가, 바르단이라는 소녀가 있을 자리에서 탁하고 희미한 목소리로 말했다.

"안녕하세요라고 해야지, 바르단." 다레단의 떨리는 속삭임.

"하세요, 하세요."

나는 말문이 막혔다. 어머니가 말했다. "좋아요, 고마워요, 아가씨. 리만트에서부턴 먼 길이니 무척 피곤하겠네요."

다시 끙끙거리는 강아지 같은 소리가 들리기 시작했다.

"네, 피곤해하네요." 소녀의 어머니가 입을 열었지만 우리 바로 옆에서 오그의 커다란 목소리가 끼어들었다. "자, 자, 젊은 사람들끼리 얘기하게 두지. 입에다 할 말을 쑤셔 넣지 말자고, 여자분들! 중매도 아니고 말이야! 그래도 참한 한 쌍 아닌가? 자네 생각은 어떤가. 내 손녀딸 예쁘지? 자네와 같은 혈통이야. 왜 알지, 칼룩 혈통이 아니라 카스프로 혈통이라고. 진정한 혈통은 결국 드러난다고들 하잖나! 내 손녀딸 예쁘지, 응?"

"전 보이지가 않습니다. 예쁠 거라고 생각은 합니다만."

어머니가 내 팔을 꽉 잡았다. 내 대담함에 질려서였는지, 예의 바르게 행동하려는 노력을 북돋아주기 위해서였는지는 모르겠다.

"볼 수가 없다! 보이지가 않습니다!" 오그가 내 흉내를 내더니 말했다. "흠, 그렇다면 얘가 인도하게 하자고. 얘는 볼 수 있거든. 좋은 눈을 가졌지. 예쁘고 날카롭고 예민한 눈. 카스프로의 눈이야. 안 그러냐, 애야? 안 그래?"

"세요. 세요. 안 그래. 엄마. 나 올라가고 싶어."

"그래, 올라가자. 먼 길이어서 애가 많이 지쳤어요. 용서하세요, 아버님. 저녁 식사 전에 잠시만 쉬겠습니다."

소녀와 그 어머니는 도망쳤다. 우리는 도망칠 수 없었다. 우리는 몇 시간이나 그 긴 식탁에 앉아 있어야 했다. 멧돼지는 하루 종일 꼬챙이에 꿰어 구워지고 있었다. 머리통이 나오자 승리의 함성이 올랐다. 사냥꾼들의 잔에 축배의 술이 채워졌다. 진한 멧돼지 고기 냄새가 연회장 가득 퍼졌다. 고기 조각이 내 접시에도 쌓였다. 포도주가 잔을 채웠다. 맥주나 에일이 아니라 영지 남서부에 있는 포도밭에서 만든 붉은 포도주였다. 고원지대를 통틀어 포도주를 빚는 것은 드러만트뿐이었다. 진하고 새콤달콤한 술이었다. 오그는 곧 전보다 더 커진 목소리로 큰아들에게 고함을 지르고, 작은 아들, 즉 바르단의 아버지를 떠받들어주기 시작했다. "그래, 약혼 잔치는 어쩔 거냐, 셉?" 오그는 소리를 버럭 지르고는 답을 기다리지 않고 껄껄거린 다음 30분이 지나서 다시 물었다. "그래, 약혼 잔치는 어쩔 거냐? 이봐라 셉, 우리 친구들이 다 와 있다. 모두 우리 지붕 밑에 말이다. 카스프로, 바레, 코드, 드럼까지. 고원지대 최고의 혈통이 다 있어. 여보시오, 브랜터 카녹 카스프로, 당신 생각은 어떻소? 오겠소? 여기 건배합시다. 우정을 위해. 충성과 사랑과 혼인을 위해!"

어머니와 나는 저녁 식사 후에도 위층에 올라가도 좋다는 허락을 받지 못했다. 우리는 오그 드럼과 그 부하들이 진탕 마시고 취하는 동안 연회장에 남아 있어야 했다. 오그는 언제나 우리 근처에 있었고, 어머니에게 말을 많이 걸었다. 오그의 말과 말투는 점점 더 공격적이 되어갔지만 멜도, 할 수 있는 한 우리 가까이 머무르던 카녹도 화가 나서 대꾸하는 일은 없었다. 대꾸 자체도 거의 하지 않았다. 조금 후에는 브랜터의 아내가 끼어들었고, 어머니의 방패처럼 곁에 머물면서 오그의 말에 답해주었다. 오그는 점점 부루퉁해지더니 다시 큰아들과 싸우러 가버렸고, 우리는 겨우 그 방을 빠져나와서 위층으로 올라갈 수 있었다.

"카녹, 우리 떠날 수…… 갈 수 있을까요? 지금?" 우리 방으로 이어지는 돌로 만든 긴 복도에서 어머니는 속삭였다.

"기다려요." 아버지는 말했다. 우리는 방으로 들어가서 문을 닫았다. "판 바레와 할 이야기가 있소. 일찍 떠납시다. 오그도 오늘 밤에 우릴 해치진 않을 거요."

어머니는 실망한 듯한 웃음소리를 냈다.

"내가 같이 있잖소." 그 말에 어머니는 내 팔을 놓고 아버지를 안았다. 아버지도 어머니를 마주 안았다.

그건 마땅히 그래야 할 일이었고, 우리가 도망칠 거라는 이야기를 듣자 기뻤지만, 나에겐 답을 들어야 할 질문이 있었다.

"그 애요." 내가 말했다. "바르단."

두 분이 나를 보는 것이 느껴졌고, 두 분이 서로 마주 보는 시간만큼 침묵이 흘렀다.

"작긴 해도 못생기진 않았어." 어머니가 말했다. "미소가 사랑스럽고. 하지만……."

"바보야." 아버지가 말했다.

"아니에요, 카녹, 그렇게 나쁘진 않아요. 그렇지만…… 옳게 자라진 않았어. 마음이 어린아이 같은 모양이야. 아주 어린 아이. 그 애가 다른 뭔가가 될 수 있을 것 같지가 않구나."

"바보였어." 아버지가 다시 말했다. "드럼이 네 아내라고 내민 게 이거다, 오렉."

"카녹." 어머니는 아버지 목소리에 깃든 타는 듯한 증오심에 겁에 질려서 중얼거렸다. 나도 무서웠다.

문을 두드리는 소리가 났다. 아버지가 가서 문을 열었다. 나지막하게 상의하는 소리가 들렸다. 잠시 후에 그는 침대 가장자리에 앉아 있는 내 쪽으로 돌아와서 말했다. "그 애가 발작을 일으켰다는구나. 그래서 다레단이 도와달라고 네 어머니를 불렀다. 우리가 돼지 사냥에 나가서 적을 만드는 동안 멜은 여기 있던 여자들 대부분과 친구가 됐어." 그는 웃음기 없는, 지친 듯한 웃음소리를 냈다. 나는 아버지가 불이 붙지 않은 화덕 앞 의자에 앉는 소리를, 지친 개처럼 털썩 주저앉는 소리를 들을 수 있었다. "여기에서 나가고 싶구나, 오렉!"

"저도 그래요."

"누워서 자라. 난 네 어머니를 기다려야겠다."

나도 어머니를 기다리고 싶었고, 아버지와 같이 앉아 있으려 했지만 아버지가 다가와서 나를 가만히 침대에 밀어 눕히고 곱고 따뜻한 모직 담요를 덮어주자 바로 잠들어버렸다.

나는 갑자기, 퍼뜩 깨어났다. 아래쪽 헛간 앞마당에서 수탉 한 마리가 울고 있었다. 새벽이거나, 새벽이 오기 한참 전일 수도 있었다. 방 안에서 작은 기척이 들려서 나는 물었다. "아버지?"

"오렉? 깼니? 어두워서 볼 수가 없구나." 어머니가 더듬더듬 내 침대로 와서 옆에 걸터앉았다. "아, 너무 추워!" 어머니는 덜덜 떨었다. 나는 따뜻한 담요를 어머니의 어깨에 두르려 했고,

어머니는 우리 둘을 감싸고 담요를 당겼다.

"아버지는요?"

"판 바레와 할 이야기가 있다고 나가셨어. 앞을 볼 만큼만 밝아지면 바로 떠나자고 하는구나. 데노와 다레단에겐 우리가 떠난다는 얘길 했지. 그네들은 이해해. 난 그냥 집을 너무 오래 떠나 있어서 카녹이 봄갈이 문제를 걱정한다고만 했지만."

"그 여자애는 무슨 문제예요?"

"심한 건 아니야. 쉽게 지쳐서 발작을 일으키나본데, 그 애 엄마는 딸이 발작할 때마다 소스라치더라. 가엾게도. 잠을 별로 못 잔 것 같기에 좀 자라고 내보내고 내가 아이 옆에 앉아 있었지. 그러다가 잠이 들었는데. 모르겠구나…… 뭔가…… 너무 추웠어. 몸이 따뜻해지질 않을 것 같아……." 나는 어머니를 끌어안았고, 어머니는 내게 바싹 달라붙었다. "다른 여자들이 와서 아이와 같이 있어주기에 겨우 이리 돌아왔지. 그러고 나서 너희 아버지는 판을 찾으러 갔고. 떠날 준비를 하자면 짐을 싸야 할 텐데 아직 너무 어두워. 계속 동이 트나 보는 중이야."

"여기서 몸 좀 데워요." 나는 말했고, 우리는 아버지가 돌아올 때까지 그 자리에 앉아서 서로를 따뜻하게 해주려고 노력하고 있었다. 아버지는 부싯돌과 숫돌로 촛불을 켰고, 어머니는 서둘러 우리 짐을 안장 주머니에 집어넣었다. 우리는 몰래 복도를 빠져나가 계단을 내려가서 집 밖으로 나갔다. 공기에서 새벽 내음을 맡을 수 있었고, 수탉들이 새벽을 불러오겠다는 듯이 울어댔다. 마구간으로 가자 퉁명스러운 하인이 졸다 일어나서 우리 말에 안장 채우는 일을 거들었다. 어머니는 얼룩이를 끌어내 내가 올라타는 동안 잡고 있었다. 나는 안장 위에 앉아서 기다렸다.

어머니가 작게 놀란, 그리고 슬퍼하는 듯한 소리를 냈다. 다른 말이 끌려 나오면서 말발굽이 자갈을 밟는 소리가 났다. 어머니가 말했다. "카녹, 봐요."

"이런." 아버지는 혐오감을 표시했다.

"뭔데요?" 내가 물었다.

"병아리들이다." 아버지가 낮은 목소리로 말했다. "병아리 바구니를 네 어머니가 건네준 그 자리에 놓아두었구나. 내버려뒀어. 병아리가 죽게 내버려뒀어."

아버지는 어머니가 말에 오르는 것을 도와준 다음, 브랜티를 타고 마구간을 나섰다. 마구간지기가 마당 문을 열어주었고 우리는 밖으로 나갔다.

"달려갈 수 있었으면 좋겠어요." 내가 말했다. 어머니는 근심 속에서 내 말뜻을 생각하고 "그럴 순 없어"라고 대답했지만, 우리 뒤에 바짝 붙어 있던 카녹은 짧게 웃었다. "안 되지. 우린 걸어서 도망칠 거야."

이젠 이 나무 저 나무에서 새들이 노래했고, 어머니가 그랬듯 나도 계속 금방 새벽빛이 보이겠구나 생각했다.

몇 킬로미터를 달려간 후에 어머니가 말했다. "저런 집에 가져가기엔 바보 같은 선물이었어요."

"저런 집? 크고 장엄한 집이라는 뜻이오?"

"자기들 눈에는 그렇죠."

나는 말했다. "아버지, 저 사람들이 우리가 도망쳤다고 말할까요?"

"그러겠지."

"그럼 도망치면 안 되는 것 아닌가요?"

"오렉, 여기 더 있다간 내가 오그를 죽이고 말 거다. 그리고 기꺼이 자기 집에서 죽여버리고 싶긴 해도 그런 즐거움에 대가를 치를 순 없구나. 오그도 그걸 알지. 그래도 내 나름대로 작은 보복은 할 참이다."

나도 어머니도 아버지의 말뜻을 이해하지 못했다. 오전이 되어 뒤에서 따라오는 말발굽 소리를 듣기 전까지는. 우리는 놀랐지만, 카녹은 판이라고 말했다.

판은 우리 옆까지 와서 그라이와 비슷한 쉰 목소리로 인사를 건네더니 말했다. "그래, 당신 소는 어디 있죠, 카녹?"

"저 앞 언덕 아래요." 그리고 우리는 천천히 달려갔다. 그러다가 멈춰 섰고, 어머니와 나는 말에서 내렸다. 어머니는 앉을 만한 개울가 풀밭으로 나를 데려갔다. 재기러기와 얼룩이도 끌고 가서 물을 마시고 발을 적실 수 있게 해주었다. 그러나 카녹과 판은 말을 타고 어딘가로 갔고, 곧 두 사람의 소리가 사라졌다. "어디로들 간 거죠?" 내가 물었다.

"목초지 안으로. 판에게 암소들을 불러달라고 부탁한 모양이야."

그리고 뒤따라오는 추적과 보복의 소리를 기다리며 귀를 기울였지만 새소리와 멀리 소들의 울음소리밖에 들리지 않는 시간이 꽤 길게 흐른 것 같더니 어머니가 말했다. "온다." 그리고 곧 짐승들의 다리에 풀이 쓸리는 소리가 나고, 브랜티가 재기러기와 얼룩이를 향해 히힝거리더니, 웃으면서 판에게 뭔가를 이야기하는 아버지의 목소리가 들렸다.

"카녹." 어머니가 입을 떼자마자 아버지는 답했다. "괜찮아요, 멜. 이건 우리 소요. 드럼이 우리 대신 돌봐주던 걸 이제 집으로 데려가는 거지. 괜찮다니까."

"알았어요." 어머니는 만족스럽지 않은 투로 말했다.

그리고 곧 우리는 함께 길을 재촉했다. 어머니가 앞에, 그 다음에 내가, 그 뒤에 판이 바로 뒤에 따라오는 두 마리 암소를 데리고 서고, 마지막에 카녹이 섰다. 소가 있다고 속도가 느려지지는 않았다. 이 소들은 젊고 활기찼으며, 수레를 끌고 밭을 가는 품종이었고 온종일 말과 보조를 맞추어 꽤 잘 달릴 수 있었다. 우리는 오후 중간쯤에 우리 영지에 들어섰고, 그곳에서부터 북쪽 지역을 가로질러 로드만트로 향했다. 암소들을 그리로 데려가서 한동안 로드 초지에서 옛 동료들과 같이 있게 하자고 판은 제안했다. "조금이나마 덜 도발적이고, 드럼이 다시 훔쳐 가기도 훨씬 힘드니까요."

"드럼이 당신을 찾아오지 않는 한은 말이지요." 카녹이 말했다.

"그럴까 싶군요. 어쨌든 난 오그 드럼과 더 할 일이 없어요. 싸움을 원한다면야 뜻대로 해주겠지만."

"드럼이 당신들과 싸운다면 우리와도 싸우는 겁니다." 카녹은 반갑다는 듯 사납게 말했다.

어머니가 속삭이는 소리가 들렸다. "에누, 제 말을 듣고 여기 오소서." 어머니는 근심스럽거나 겁이 나면 언제나 그렇게 기도했다. 오래전 내가 물어보았을 때 어머니는 에누가 길을 닦고 사람들의 일을 축복하고 다툼을 개선하는 신이라고 했었다. 고양이는 에누의 짐승이었고, 어머니가 늘 걸고 다니는 오팔은 에누의 돌이었다.

등에 서쪽 햇살이 더 느껴지지 않을 무렵, 우리는 로드만트의 석조 저택에 이르렀다. 도착하기 한참 전부터 개 짖는 소리가 들렸다. 우리가 말을 타고 들어가자 바다 같은 개 떼가 몰려나와 말들을 둘러싸고 쾌활하게 우리를 환영했다. 그리고 테르녹도 잘 왔다고 외치면서 밖으로 나왔고, 곧 누군가가 와서 얼룩이 등에 앉은 내 다리를 붙잡았다. 그라이였다. 내 다리에 얼굴을 대고 누르고 있었다.

"왔구나, 그라이. 오렉이 말에서 내리게 도와주어라." 판이 건조하고 쉰 목소리로 말했다. "손을 빌려 줘."

"괜찮습니다." 나는 의연하게 말에서 내렸고, 이제 그라이는 내 다리가 아니라 팔을 잡고 얼굴을 갖다 대며 외쳤다. "아, 오렉! 오렉!"

"괜찮아, 그라이, 정말 괜찮아. 이건…… 난…….''

"알아." 그라이는 나를 놓아주고 몇 번인가 코를 훌쩍였다. "안녕, 어머니. 안녕하세요, 브랜터 카녹. 안녕하세요." 그리고 그라이와 멜이 서로를 껴안고 입을 맞추는 소리를 들을 수 있었다. 그런 다음 그라이는 다시 내 곁으로 돌아왔다.

"너희 어머니에게 개 이야기 들었어." 나는 서툴게 운을 뗐다. 가엾은 함네다의 죽음에 대한 죄책감이 나를 짓눌렀다. 함네다의 죽음만이 아니라, 그 녀석을 선택한 것까지. 그라이는 처음부터 잘못이라는 것을 알았던 선택.

"보고 싶어?"

"응."

"이리 와."

그라이는 나를 어딘가로 데려갔다. 내 집만큼이나 잘 알던 이 집과 땅도 눈이 보이지 않으니 미로였고 수수께끼였다. 곧 그라이가 말했다. "기다려." 그리고 일이 분 후에 다시. "앉아, 검둥아. 얘는 검둥이야, 오렉. 이 사람이 오렉이야, 검둥아."

나는 쭈그려 앉았다. 손을 내밀자 따뜻한 입김이 느껴졌고 섬세한 입 주위 털이 스치고, 예의 바른 혀가 내 손을 핥았다. 나는 개의 눈을 찌르거나 뭔가 해선 안 될 짓을 할까봐 조심스럽게 더듬었지만, 검둥이는 가만히 앉아 있었다. 나는 검둥이의 머리와 목에 단단하게 감긴 비단결 같은 털과 쫑긋 솟아서 위아래로 움직이는 부드러운 귀를 만질 수 있었다. "까만 양치기 개야?" 나는 가만히 속삭였다.

"응. 키니의 개가 지난봄에 강아지를 세 마리 낳았거든. 얘가 그중 제일이야. 아이들은 애완견으로 삼았고, 키니는 양치기 개로 훈련시키기 시작했지. 네 눈 이야기를 듣고 내가 달라고 했어. 여기 끈." 그라이는 내 손에 짧고 딱딱한 가죽 끈을 쥐여주었다. "같이 걸어봐."

내가 일어서자 개도 일어서는 것이 느껴졌다. 내가 한 걸음 내딛자 개는 내 다리 앞에서 움직이지 않았다. 나는 당황스러웠지만 웃었다. "이런 식으로는 멀리 못 가겠는데!"

"그쪽으로 가면 파노가 내버려둔 나무에 걸려 넘어질 테니까 그런 거야. 검둥이가 안내하게 해."

"어떻게?"

"걸으라고 말하고 이름을 불러."

"걸어, 검둥아." 나는 내 손에 쥐여진 가죽 끈 저편의 어둠에 대고 말했다.

끈이 나를 부드럽게 오른쪽으로 당기더니, 다시 앞으로 당겼다. 나는 끈이 부드럽게 나를 당겨 멈추게 할 때까지 되도록 대담하게 걸었다.

"그라이에게 돌아가, 검둥아." 나는 몸을 돌리며 말했다.

가죽 끈은 나를 좀 더 멀찍이 돌리더니 다시 걷게 한 다음 멈춰 서게 했다.

"여기야." 그라이가 내 바로 앞에서 말했다. 갑작스럽고 쉰 목소리였다.

나는 무릎을 꿇고, 웅크리고 앉은 검둥이를 더듬어 찾아서 팔을 둘렀다. 부드러운 귀가 내 얼굴에 닿고, 입 주위 털이 내 코를 간질였다. "검둥아, 검둥아."

"검둥이한테는 부름을 쓰지 않았어. 맨 처음에만 몇 번 썼지." 그라이가 말했다. 목소리가 들리는 위치로 보아 내 옆에 쪼그리고 앉아 있었다. "나라도 검둥이보다 빨리 배우진 못했을 거야. 똑똑한 개야. 하지만 둘이 같이 연습을 해야 할 거야."

"그럼 여기에 남겨두고 갔다가 돌아와야 할까?"

"그럴 것 같진 않아. 내가 하지 말아야 할 것들을 말해줄게. 한동안은 너무 많은 걸 한꺼번에 시키려고 하지 마. 내가 너희 집으로 가서 같이 연습할 수 있으니까. 그러고 싶어."

"그러면 좋겠다." 나는 말했다. 위협과 울화와 무자비함뿐이었던 드러만트에 있다가 그라이의 순수한 사랑과 친절함을 대하는 것은, 그리고 검둥이의 차분하고 안심이 되는, 믿을 만한 반응을 대하는 것은 너무 벅찬 일이었다. 나는 부드럽고 곱슬거리는 털에 얼굴을 감추고 말했다. "착한 개다."

12

한참 만에 그라이와 함께 집 안에 들어간 나는, 어머니가 말에서 내리자마자 아버지 품에서 기절했다는 사실을 알고 소스라치게 놀랐다. 그들은 어머니를 위층으로 데려가서 침대에 눕혔다. 그라이와 나는 어른이 몸져누웠을 때 어린 사람들이 흔히 그렇듯 쓸모없는 아이가 된 기분으로 아래층을 배회했다. 마침내 카녹이 내려왔다. 그는 곧장 나에게 와서 말했다. "괜찮아질 거다."

"그냥 피곤하신 건가요?"

내 물음에 그는 머뭇거렸고, 그라이가 물었다. "아기를 잃은 건가요?"

한 몸에 두 생명이 있다는 것을 아는 것도 그라이의 재능이었다. 우리 재능과는 거리가 멀었다. 분명 카녹도 이날까지는 멜이 아이를 배고 있다는 사실을 몰랐을 것이다. 어쩌면 어머니 자신도 몰랐을지 모른다.

나에게 그것은 큰 의미가 없는 소식이었다. 열세 살 소년은 삶의 그 부분에서 멀찍이 떨어져 있다. 임신과 출산은 추상적인 일일 뿐, 그 나이 소년과는 아무 관계도 없다.

"아니다." 카녹이 머뭇거리다가 다시 말했다. "쉬어야 하는 것뿐이야."

아버지의 지치고 억양 없는 목소리에 마음이 쓰였다. 기운 나게 해드리고 싶었다. 두려움과 우울함에는 진력이 났다. 우리는 두려움과 우울함에서 빠져나와 다시 자유롭고, 안전하게, 친구들과 함께 로드만트에 와 있었다. "어머니가 잠시 혼자 계셔도 괜찮을 것 같으면 가서 검둥이를 보실래요?" 내가 말했다.

"나중에." 아버지는 내 어깨를 가볍게 만지고 돌아갔다. 그라이는 나를 부엌으로 데려갔다. 뒤숭숭한 가운데 다들 저녁 식사에 대해서는 아무 생각을 못 하고 있었고, 나는 굶주린 상태였다. 요리사는 우리에게 토끼 파이를 만들어주었다. 그라이는 내가 얼굴에 온통 고기 국물을 묻혀 보기 흉하다고 말했고, 나는 눈이 보이지 않는 상태로 먹어보라고 응수했다. 그러자 그라이는 해봤다고 대답했다. 나를 위해, 그게 어떤 것인지 알아보기 위해 하루 종일 눈가리개를 하고 있었다고. 식사를 끝낸 후에 우리는 다시 밖으로 나갔고, 검둥이가 어둠 속의 산책을 도와주었다. 반달이 떠 있어서 길을 볼 수 있기는 했지만 그라이는 검둥이와 내가 자기보다 더 잘 걷는다고 말했고, 나무뿌리에 걸려 넘어져서 그 말을 증명했다.

어려서 로드만트에 묵을 때 그라이와 나는 어린 짐승처럼 어디든 잠든 곳에서 같이 자곤 했다. 그러나 그 후에 약혼이며 그런 문제들에 대한 이야기가 오갔고 우리는 어른들처럼 잘 자라는 인사를 나눴다. 테르녹은 나를 부모님 방으로 데려갔다. 로드만트에는 드러만트 같은 침실이며 침대는 없었다. 테르녹은 내 어머니가 침대에서 자고 있고, 아버지는 의자에서 잔다고 속삭이며 담요를 건넸다. 나는 담요를 감고 바닥에서 잤다.

아침이 오자 어머니는 꽤 좋아졌다고 우겼다. 오한이 조금 든 것뿐이라고, 집에 갈 준비가 됐다고 말했다. "말을 타는 건 안 되겠소." 카녹이 말했고, 판도 같은 생각이었다. 테르녹은 우리에게 건초 수레 한 대와, 두넷 습격에 타고 갔던 입술 처진 암말의 자식을 내주었다. 그래서 어머니와 검둥이와 나는 수레에 실린 짚단 위에 깔개를 덮고 호사스럽게 이동하는 한편 카녹은 브랜티를 탔고, 재기러기와 얼룩이는 뒤에서 즐겁게 따라왔다. 모두 집에 가게 되어 기쁜 마음이었다.

검둥이는 집 주위를 한참이나 킁킁거리고 돌아다니고 여기저기 덤불과 돌에 오줌을 싸 영역을 표시하기는 했지만, 집과 주인이 바뀐 것을 차분하게 받아들이는 것 같았다. 검둥이는 원래 우리 집에 있던 나이 많은 사냥개들에게 정중하게 인사했지만, 멀리 떨어져 지냈다. 검둥이 같은 양치기 개들은 사냥개들만큼 사교적이고 서민적이지 않은 대신 말수가 적고 일에 열중하는 편이었다. 검둥이는 아버지와 비슷했다. 자기 책임을 심각하게 받아들였다. 그리고 녀석의 가장 중요한 책임은 나였다.

그라이는 곧 훈련을 계속하기 위해 며칠에 한 번씩 찾아왔다. 그라이는 '불꽃'이라는 망아지를 타고 왔는데 이 망아지는 코드만트의 바레 혈통 소유였다. 그들이 판에게 길들여달라고 부탁했고, 판은 망아지와 딸 양쪽 모두에게 '말 깨기' 훈련을 시키고 있었다. 부르는 능력자들은 그런 표현을 썼지만, 사실 그들이 어린 말을 훈련시키는 방법과 깬다는 표현은 별 연관이 없었다.

이 훈련에서 깨지는 것은 아무것도 없다. 그보다는 뭔가가 만들어지고, 완전해진다. 이것은 오랜 시간이 걸리는 과정이다. 그라이는 이렇게 설명했다. 우리는 말에게, 말이 자연적으로는 하려 하지 않을 일을 하도록 요청한다. 말은 개처럼 우리 뜻대로 의지를 굽히지 않는다. 개가 그렇게 하는 것은 그들이 짐을 나르는 동물이 아니라 떼를 짓는 동물이며, 계급제를 받아들이고 있기 때문이다. 개는 받아들인다. 말은 동의한다. 검둥이와 내가 서로의 의무를 배워나가는 동안 그라이와 나는 이런 내용을 자세히 논의했다. 말을 타고 있을 때도, 그라이와 불꽃이 서로 의무를 배우고 가르치는 사이 나는 알아야 할 것들을 오래전에 다 배운 얼룩이를 타고 달릴 때에도 그 점에 대해 이야기했다. 휴가를 얻은 셈인 검둥이는 목줄을 늘어뜨리고 따라오면서 나에 대해 걱정하지 않고 자유로이 달리고 멈추고 냄새를 맡고 옆길로 샜다가 토끼를 쫓기도 했다. 그래도 검둥이는 내가 이름을 부르면 바로 나타났다.

검둥이와 그라이가 내 삶에 가져다준 차이는 그 여름, 어둠 속에서 보낸 첫 번째 여름이 밝게 기억될 만큼 컸다. 그전까지는 근심과 중압감이 너무 강했다. 내 능력을 생각하면 불안과 공포만 더했다. 이제 눈을 봉하고 나니 능력을 사용할 수도, 잘못 사용할 수도 없었고 스스로를 괴롭힐 필요도 괴롭힘당할 필요도 없어졌다. 드러만트에서의 악몽은 지난 일이 되었고 나는 내 사람들 사이에 있었다. 그리고 스스로 인정하지는 않았지만, 단순한 이들이 나를 우러러본다는 사실은 내 무력함에 대한 보상이 되었다. 더듬거리며 방을 가로지르다가 걸려 넘어질 뻔했을 때는 "눈가리개를 들면 어떡해! 난 무서워서 죽어버릴 거야!"라고 속삭이는 소리를 듣는 것이 기운을 북돋아줄 수도 있는 법이다.

어머니는 집에 돌아간 후 한동안 몸이 좋지 않아서 침대에 누워 지냈다. 시간이 지나자 일어나서 전처럼 집 주위를 돌아다니기 시작했지만, 어느 날 저녁 식사 시간에 어머니가 일어서서 겁에 질린 목소리로 무슨 말인가 하는 소리가 들리더니 소란이 일었고, 어머니와 아버지 둘 다 방을 떠났다. 나는 영문을 모른 채 식탁에 남겨졌다. 집안 여자들에게 무슨 일이 일어났는지 물어보아야 했다. 처음에는 아무도 말해주지 않더니, 젊은 여자 하나가 말했다. "아, 피를 흘리고 계셨어요. 치마에 피가 흥건하지 뭐예요." 나는 겁에 질렸다. 나는 홀로 나가서 멍한 상태로 불가에 앉았다. 마침내 아버지가 나를 찾아왔다. 아버지가 한 말은 그저 유산이었다, 어머니는 잘 버티고 있다는 것뿐이었다. 아버지가 침착하게 말했기 때문에 나는 안심했다. 안심하려고 발버둥쳤다.

다음 날 그라이가 불꽃을 타고 찾아왔다. 우리는 어머니가 있는 탑 위 작은 방으로 올라갔다. 그 방에는 접이 침대가 하나 있었고, 침실보다 따뜻했다. 한여름인데도 불을 피워놓고 있었다. 어머니는 어깨에 제일 따뜻한 숄을 두르고 있었다. 껴안을 때 알았다. 어머니의 목소리는 조금 약했고 쉬어 있었지만 완전히 회복한 것처럼 들렸다. "검둥이는 어디 있지? 검둥이에게 문안을 받고 싶어." 물론 검둥이도 방 안에 있었다. 이제 검둥이와 나는 따로 떼어놓을 수 없었다. 침대 위로 불려 올라간 검둥이는 마치 어머니에게 경비견이 필요하다고 믿는 듯 엎드려서 주위를 경계했다. 어머니는 검둥이와 나의 안내하고 안내받는 연습에 대해, 그라이의 '말 깨기'에 대해 물었고 우리는 평소처럼 잡담을 나누었다. 하지만 그라이는 내가 일어날 준비도 하기 전에 일어섰다. 그라이는 나가야겠다고 말하고, 어머니에게 입 맞추며 속삭였다. "아기 일은 안됐어요."

멜은 마주 중얼거렸다. "내겐 너희 둘이 있잖니."

아버지는 매일 새벽부터 밤까지 영지 일로 나가 있었다. 난 이제 겨우 쓸모가 있어지려던 참에 다시 소용이 없어졌다. 알록이 나 대신 아버지 옆자리를 맡았다. 알록은 심성이 맑은 사내였고, 야심이나 겉치레가 없었다. 알록은 스스로가 멍청하다고 생각했고, 알록 외에도 그렇게 생각하는 사람들이 있었다. 하지만 생각하는 게 느리긴 해도 별생각 없이 직관을 발휘할 때가 많았고, 보통 견실한 판단을 내렸다. 알록은 카녹과 같이 일했고, 내가 될 수 없는 무엇이 되어주었다. 나는 알록이 부럽기도 하고 질투도 났다. 그러나 그걸 드러내지 않을 정도의 자존심은 있었다. 드러내봐야 알록에게 상처를 주고 아버지를 분노케 했을 것이고, 나에게도 좋을 게 없었을 것이다.

내 쓸모없음과 무력함이 나를 짓누를 때, 결심이 약해지며 눈가리개를 풀고 잃어버린 빛의 유산을 되찾고 싶어질 때, 나는 아버지의 냉정한 얼굴을 떠올렸다. 눈을 뜨고 있을 때 나는 카녹과 이 영지의 모든 사람에게 치명적인 위협이었다. 눈을 봉했을 때 나는 그의 방패이자 지지대였다. 눈을 가린 것이 나의 소용이었다.

아버지는 드러만트 방문에 대해 별로 이야기하지 않았다. 그저 오그 드럼이 우리 둘 다를 무서워했던 것 같다고, 그렇지만 나를 제일 무서워했으며, 오그의 잔인한 조롱과 비웃음은 자기 사람들에게 체면을 세우기 위한 허풍이며 과시였다고만 했다.

"오그가 제일 원하는 건 우리를 쫓아내는 거였다. 물론 널 시험해보고 싶기야 했겠지. 그렇지만 매번 네가 행동하게끔 압박하다가도 물러서곤 했어. 감히 그럴 배짱이 없었던 거야. 그리고 널 꺼렸기 때문에 나에게도 도전하지 못했지."

"하지만 그 여자애는요. 우릴 모욕하려고 그 여자애를 이용했어요!"

"그건 너의 길들지 않은 재능에 대해 알기 전에 준비한 일이야. 자기 꾀에 자기가 빠진 게지. 우릴 무서워하지 않는다는 걸 보여주기 위해선 계획대로 해야 했어. 하지만 놈은 우릴 무서워한다, 오렉. 무서워해."

우리 하얀 암소 두 마리는 카스프로만트에 돌아와 있었다. 드러만트 경계선에서 멀리 떨어진 높은 초지에서 다른 소 떼와 같이 있었다. 드럼은 그 일에 대해 아무 말도 하지 않았고 우리나 로드만트에 대해 보복적인 움직임을 보이지도 않았다. "내가 빠져나올 핑계를 만들어줬고, 오그도 받아들인 거다." 카녹은 악의적인 기쁨을 담아서 말했다. 최근에는 그것만이 그의 기분을 돋워주는 것 같았다. 아버지는 언제나 긴장해 있었고, 언제나 음울했다. 나와 어머니와 같이 있을 때는 온화하고 조심스러웠지만, 우리와 같이 오래 있질 않고 일하러 나가거나, 지치고 졸음이 가득해서 말없이 돌아오거나 했다.

멜은 차츰 회복했다. 나는 몸이 좋지 않을 때 어머니 목소리에 배어 나오는 온순하고 끈기 있는 투가 듣기 싫었다. 어머니의 맑은 웃음소리, 방에서 방으로 걸어가는 경쾌한 발소리를 듣고 싶었다. 어머니는 이제 집 주위에 나가게 되었지만 쉬 지쳤고, 비가 오거나 카란타지에서 불어오는 바람에 여름 저녁이 싸늘해지는 날이면 탑의 방에 불을 피우고 아버지의 어머니가 떠준 염색하지 않은 두터운 갈색 모직 숄을 두르고 불가에 웅크려 앉았다. 한번은 어머니와 같이 그렇게 앉아 있다가 생각 없이 말했다. "드러만트에서부터 계속 추위하시네요."

"그래, 그렇구나. 마지막 날 밤이었지. 가서 그 아이와 같이 앉아 있었을 때. 정말 이상했어. 네게 이야기한 적이 없는 것 같은데, 그렇지? 데노는 두 아들이 싸우는 걸 막으려고 아래층으로 내려가 있었어. 가엾은 다레단은 너무 지쳐 있었기 때문에, 내가 바르단과 같이 있을 테니 가서 좀 자라고 말했지. 가엾은 바르단은 잠들어 있었지만, 경련하고 몸을 씰룩거리는 것이 언제라도 깨어날 것만 같았어. 그래서 불을 끄고 그 애 옆에서 조는데, 한참 후에 누군가가 속삭이거나 노래를 부르는 소리를 들은 것 같았어. 단조로운 저음이었어. 난 데리스에 있는 우리 집에 있고, 아버지가 아래층에서 예배를 보시나보다고 생각했어. 거의 잠든 상태였던가봐. 소리는 계속 계속 이어지다가 사그라졌지. 그리고 난 고향집에 돌아간 게 아니라 드러만트에 있다는 걸 깨달았고, 불이 거의 꺼져 있었는데, 너무 추워서 움직일 수가 없었어. 뼛속까지 춥더구나. 바르단은 죽은 사람처럼 누워 있었지. 무서워져서 들여다봤지만 숨은 쉬고 있었어. 그때 데노가 들어왔고, 촛불을 쥐여주면서 우리 방에 돌아가라고 했어. 그다음엔 카녹이 판을 찾으러 가야겠다고 나갔고, 문이 닫히면서 일어난 바람에 촛불이 꺼졌어. 불도 꺼지고. 네가 깨어나서 난 어둠 속에서 너와 같이 앉아 있었고, 몸이 따뜻해지질 않았어. 너도 기억하지. 그리고 집으로 달려오는 내내 손과 발이 얼음 덩어리 같았어. 아! 거길 가지 않으면 좋았을걸, 오렉!"

"전 그자들이 싫어요."

"여자들은 친절했어."

"아버진 오그가 우릴 무서워했다고 하세요."

"그런 찬사는 내가 돌려줘야겠는데." 멜은 몸을 살짝 떨며 말했다.

그라이에게 이 이야기를 했을 때(혼자만의 비밀로 간직하고 있는 것만 아니라면 무엇이든 그라이에게 이야기했으므로), 나는 어머니에게 묻고 싶지 않았던 것을 물어볼 수 있었다. 오그 드림이 어머니가 있는 방 안에 들어갈 수 있었을까? "아버지는 드림이 눈과 손만이 아니라 언어와 주문으로 힘을 쓴다고 해. 어쩌면 어머니가 들은 게……."

그라이는 그런 생각을 전혀 마음에 들어하지 않았고, 반대 의사를 표했다. "하지만 왜 너나 카녹 아저씨가 아니라 아주머니에게 쓰겠어? 멜 아주머니는 드림에게 아무 해도 끼치지 못할 텐데!"

나는 카녹의 말을 떠올렸다. "빨간 드레스를 챙겨요, 멜. 드림이 당신에게 준 선물을 보여줘야지." 그게 바로 해였다. 그러나 나는 어떻게 말해야 할지 알 수 없었다. 내가 할 수 있는 말은 이것뿐이었다. "드림은 우리 모두를 싫어했어."

"멜 아주머니가 너희 아버지한테 그날 밤 이야기를 한 거야?"

"모르겠어. 어머니는 그게 중요하다고 생각하지 않는 것 같아. 알잖아, 어머니는…… 선물에 대해, 능력에 대해 별로 생각하지 않는다는 것. 지금 나에 대해 어떻게 생각하는지도 잘 모르겠어. 길들지 않은 재능 말이야. 물론 내가 왜 눈을 가렸는지는 알지. 하지만 믿는 것 같지는 않아……." 나는 무슨 말을 하고 있는 것인지 확신하지 못했고, 위험한 곳에 발을 들인 듯한 느낌에 말을 멈췄다. 나는 저도 모르게 내 다리 옆에 길게 엎드린 검둥이의 따뜻한 등에 손을 얹었다. 하지만 이 어둠 속에서는 검둥이도 나를 인도할 수 없었다.

"네가 아저씨한테 말해야 할지도 몰라." 그라이가 말했다.

"어머니가 이야기하면 더 좋았겠지."

"나한테는 말했잖아."

"넌 아버지가 아니지." 나는 많은 언외의 의미가 담긴 사실을 말했다. 그라이는 이해했다.

"우리 어머니에게 그…… 능력에 대해 할 수 있는 일이 있는지 물어볼게."

"아니, 하지 마." 그라이에게 말하는 것은 괜찮았지만, 이야기가 더 퍼지면 어머니의 신임에 대한 배신이 될 터였다.

"왜 물어보는지 말하지 않을게."

"그래도 이유를 알 거야."

"이미 알지도 몰라……. 너희 가족이 우리 집에 왔을 때, 그날 밤에 말이야. 멜 아주머니가 쓰러졌을 때. 어머니가 아버지에게 이렇게 말했어. '그자가 건드렸을 수도 있어'라고. 난 그게 무슨 뜻인지 몰랐어. 어쩌면 오그가 멜 아주머니를 폭행하려고, 해치려고 했다는 뜻일지도 모른다고 생각했지."

우리는 앉아서 생각에 잠겼다. 오그가 어머니에게 소모 주문을 걸었다는 생각은 끔찍했지만 막연했고, 제대로 생각하기가 힘들었다. 마음이 자꾸 다른 문제로 흘러갔다.

"드러만트에 다녀온 후부터 안렌 바레 이야기가 나오지 않았어." 그라이가 말했다. 내 어머니가 아니라 자기 어머니에 대한 이야기였다.

"코드만트에서는 아직도 싸우고 있어. 라도는 그게 형제끼리의 공공연한 다툼이라고 했지. 둘이 영지 양쪽 끝에 살면서 서로 눈이 닿는 거리에는 절대 안 들어가. 눈이 멀거나 귀가 먹을까 봐."

"아버지가 그러는데 그 둘은 아무도 온전한 재능이 없지만 여자 형제인 나노는 완전하대. 나노는 둘이 계속 싸우면 둘 다 벙어리로 만들어버리겠다고 해. 저주를 하지 못하게." 그라이도 나도 웃었다. 우리에게 그런 기괴한 잔인성은 우습기만 했다. 그리고 나는 갑자기 마음이 가벼워졌다. 판이 더는 그라이에게 코드만트의 누군가와 약혼하라고 하지 않았으니까.

"어머니는 길들지 않은 재능이라는 건 그냥 몹시 강한 재능일 때가 많대. 너무 강해서 사용법을 익히는 데 시간이 걸리는 거라고." 그라이는 중요한 이야기를 할 때는 언제나 그랬듯 쉰 목소리로 말했다.

나는 대답하지 않았다. 답이 필요하지 않았다. 판이 내 재능이 강하다고, 결국에는 조절할 수 있을 거라고 믿는다고 본 거라면, 때가 오면 내가 그라이에게 걸맞은 상대가 될 수도 있다고 말한 셈이었다. 우리에겐 그것으로 충분했다.

"물푸레나무 개울 길로 가보고 싶어." 나는 벌떡 일어서면서 말했다. 앉아서 이야기하는 것도 좋았지만 밖에 나가서 달리는 것은 훨씬 더 좋았다. 나는 희망에 부풀었고 힘이 넘쳤다. 현명한 사람인 판 바레가 내가 다시 눈을 쓸 수 있을 거라고, 그라이와 혼인할 수 있을 거라고, 그리고 오그 드럼이 카스프로만트 근처에 오면 눈짓 한 번으로 죽여버릴 수 있을 거라고 말했기 때문에.

우리는 물푸레나무 개울 옆을 달렸다. 나는 그라이에게 파괴된 비탈에 도착하면 말해달라고 부탁했다. 우리는 말고삐를 당겼다. 검둥이가 앞서 달려갔다. 그라이가 돌아오라고 부르면 왔지만, 낑낑거리면서 돌아왔다. 거의 소리를 내지 않는 검둥이로서는 웅변이나 다름없었다. "검둥이는 여기 있는 걸 좋아하지 않아." 그라이가 말했다.

나는 그라이에게 어떻게 보이는지 말해달라고 했다. 그녀는 풀이 다시 자라고 있지만, 아직 이상해 보인다고 말했다. "전부 부서졌어. 진흙과 먼지뿐이야. 아무것도 형태가 없어."

"혼돈."

"혼돈이 뭐야?"

"어머니가 해준 세상의 시작 이야기에 나와. 처음에는 이리저리 떠다니는 건 있었지만 형태나 모습을 갖춘 건 없었어. 조각과 부스러기와 방울뿐이었고 돌이나 흙도 없었어. 그냥 덩어리였지. 형태도 색도 없었고, 땅도 하늘도, 위도 아래도, 남북도 없었어. 아무것도 아무 의미도 없었어. 방향도 없었어. 아무것도 연결되어 있지 않았어. 어둡지도, 밝지도 않았어. 덩어리였지. 그걸 혼돈이라고 해."

"그 후에 어떻게 됐어?"

"여기저기에서 조각들이 조금씩 서로 달라붙지 않았다면 아무 일도 일어나지 않았을 거야. 조금씩 달라붙은 것이 형태를 만들기 시작했어. 처음에는 그냥 흙덩어리였어. 그다음엔 돌이 생겼어. 그리고 돌이 서로를 문질러서 불꽃을 만들어내거나, 서로 녹여서 물이 되어 흘렀어. 불과 물이 만나서 증기, 안개, 연기, 공기를 만들었어. 그 공기로 영靈이 숨 쉴 수 있게 됐지. 그러자

영은 스스로를 한데 모아서 숨을 들이마신 다음, 말을 했어. 말을 함으로써 모든 것을 존재하게 했어. 땅과 불과 물과 공기에게 노래했어. 생겨나야 할 모든 생명을 노래했지. 산맥과 강의 모든 형상, 나무의 형태, 그리고 동물들, 그리고 사람들. 오직 영만이 아무 형태도 갖지 않았고, 스스로에게 이름을 주지 않았기에 모든 곳에, 모든 것의 내부와 모든 것들의 사이에, 모든 관계와 모든 방향에 남아 있을 수 있었어. 마지막에 모든 것이 되돌아가고 혼돈이 돌아오면, 영은 처음에 그랬던 것처럼 그 안에 있을 거야."

잠시 후 그라이가 물었다. "하지만 숨은 쉴 수 없는 거야?"

"모든 일이 다시 일어날 때까지는 못 쉬지."

이야기를 확대하고, 자세한 내용을 덧붙이고, 그라이의 질문에 대답하면서 나는 어머니가 해준 이야기의 테두리를 넘어갔다. 자주 그랬다. 나는 이야기에서 신성함을 느끼지 못했다. 또는 모든 이야기가 다 신성하게 다가왔는지도 모르겠다. 이야기는 듣고 말하는 동안 그 안에 들어가서 보고 자유로이 행동할 수 있는 세계를 만들어주는 놀라운 언어였다. 내가 알고 이해하는 세계, 자체적인 규칙을 갖고 있으면서도 이야기 밖의 세계와 달리 내 마음대로 할 수 있는 세계. 눈이 보이지 않는 지루하고 활력 없는 생활 속에서 나는 점점 더 이런 이야기들 속에 살게 되었고, 이야기들을 기억하고, 어머니에게 이야기해달라고 하고, 나 혼자서 되풀이하고, 마치 영이 혼돈 속에서 그랬던 것처럼 이야기에 형태를 주고 입 밖에 내어 존재하게 했다.

"네 능력은 정말 강해." 그라이가 쉰 목소리로 말했다.

나는 그 순간 우리가 어디에 있는지 기억했다. 그리고 내 힘이 무슨 짓을 했는지 보여주고 싶다는 듯이 그라이를 데려온 것이 부끄러웠다. 왜 그라이를 여기 데려오고 싶어 했을까?

"나무. 나무가 한 그루 있었는데." 나는 다시 불쑥 말을 시작했다. "난 그게 아버지라고 생각했어. 내가 아버지를…… 난 내가 뭘 보고 있는지조차 몰랐어……."

더는 말할 수가 없었다. 나는 얼룩이에게 계속 가자는 신호를 보냈고, 우리는 파괴된 땅을 떠났다. 잠시 후에 그라이가 말했다. "다시 자라기 시작했어, 오렉. 풀과 잡초들 말이야. '영'이 아직 그 안에 있나봐."

13

가을은 여름만큼이나 빨리 흘러갔다. 특별히 기억할 만한 사건
은 없었다. 우리는 봄의 방문 이후부터, 멧돼지 사냥에서 시작
된 브랜터 오그와 큰아들 하르바 사이의 다툼이 심각한 대립으
로 커졌다는 이야기를 들었다. 하르바는 아내와 따르는 이들을
데리고 리만트로 내려가서 살았고, 둘째 아들인 셉은 드러만트
의 석조 저택에 편안히 앉아서 후계자이자 장래의 브랜터로 대
접받았다. 그러나 셉과 다레단의 딸 바르단은 여름 내내 앓았고
점점 쇠약해졌다. 경련이 발작으로, 발작이 마비로 이어졌고 그
나마 남아 있던 정신도 사라져버렸다. 우리는 이 모든 소식을 떠
도는 대장장이 마누라에게 들었다. 이런 이들은 고원지대 전역
을 돌아다니며 이 영지에서 저 영지로 소식을 전하는 유용한 가
납사니였고, 우리는 열심히 귀를 기울였다. 어린아이의 병세를
재미 삼아 미주알고주알 늘어놓는 무감각함은 역겨웠지만. 나
는 그런 이야기를 듣고 싶지 않았다. 그 소녀의 비참함에는 내

책임도 어느 면 있는 것 같았다.

어떻게 그럴 수가 있나 자문했을 때 나는 마음의 눈으로 오그드럼의 주름지고 늘어진 얼굴과 축 처진 눈꺼풀, 그리고 살무사 같은 눈을 보았다.

추수일이 이어지고 날마다 모든 일손이 다 필요한 동안에는 그라이가 자주 찾아올 수 없었다. 그리고 검둥이와 나는 더 훈련받을 필요가 없는 상태였다. 이 무렵 우리는, 어머니의 표현을 빌리자면 다리가 여섯 개 달리고 범상치 않게 후각이 발달한 소년이 되어 있었다.

10월이 지나자 그라이가 불꽃을 타고 왔다. 검둥이와 내가 새롭게 터득한 재주를 보여준 후 우리는 늘 그렇듯 앉아서 이야기를 나누었다. 우리는 코드만트와 드러만트에서 벌어지는 다툼에 대해 이야기했고, 그래도 자기들끼리 싸우느라 바쁜 동안에는 경계선 너머를 침범하고 침입하고 훔치는 경향이 덜하다는 말을 했다. 바르단에 대해서도 말했다. 그라이는 바르단이 죽어간다는 소식을 들었다고 했다.

"그게 오그가 한 짓일 수도 있다고 생각해?" 나는 물었다. "그날 밤 말이야. 내 어머니가 그 방에서 들었던 소리……. 오그가 바르단에게 힘을 기울이고 있었던 걸지도 몰라."

"멜 아줌마는 아니고?"

"아닐 수도 있지." 이 희망적인 생각을 떠올린 것은 꽤 오래전이었고, 꽤 그럴싸한 생각 같았다. 입 밖에 내어 말하고 나니 별로 그렇지도 않았지만.

"왜 자기 손녀딸을 쇠약하게 만들겠어?"

"손녀딸을 부끄러워했으니까. 죽길 바랐을 거야. 그 애는……." 탁하고 약한 목소리가 귓가에 선했다. 세요, 세요, 세요. "그 애는 바보였어." 나는 거칠게 말했다. 그리고 내가 데려왔던 개 함네다를 생각했다.

그라이는 아무 말도 하지 않았다. 뭔가 말하고 싶지만 말하지 못한다는 느낌이 들었다.

"어머니는 많이 좋아졌어. 검둥이랑 나와 같이 '작은 골짜기' 까지 걸어가기도 했고."

"잘됐네." 그라이가 말했다. 여섯 달 전만 해도 멜에게 그 정도 산책은 아무것도 아니었다는 사실을, 그라이는 말하지 않았고 나는 생각하지 않았다. 예전에 어머니는 나와 같이 높은 산에 있는 샘까지 올라갔다가 노래를 부르며 집에 돌아오곤 했다. 나는 그 생각을 하지 않으려 했지만, 그렇다고 사실이 변하지는 않았다. 나는 말했다. "어머니 모습이 어떤지 말해봐."

그것은 그라이가 절대 거부하지 않는 명령이었다. 내 눈이 되어달라고 부탁하면 그라이는 최선을 다해서 보려 했다. "말랐어." 그라이가 말했다.

그 점은 손을 만져보아서 알고 있었다.

"조금 슬퍼 보여. 그래도 전이랑 다름없이 아름다워."

"아파 보이진 않고?"

"안 그래. 마르기만 했어. 그리고 피곤해 보여. 아니면 슬퍼 보이거나. 아기를 잃어서겠지……."

나는 고개를 끄덕이고, 잠시 후에 말했다. "어머니가 긴 이야기를 해주고 있어. 함네다 이야기 중에 하나야. 함네다의 친구, 미쳐서 함네다를 죽이려고 했던 옴난 이야기. 조금 해줄까?"

"응!" 그라이는 기분 좋은 목소리로 대답했고, 나는 그녀가 이야기를 듣기 위해 자리를 잡는 소리를 들을 수 있었다. 나는 검둥이의 등에 손을 올렸다. 검둥이의 등은 내가 화려하고 선명한 이야기의 세계로 날아가는 동안 보이지 않는 현실 세계에 내려놓는 닻이었다.

어머니에 대해 나눈 이야기 중에 불길하거나 기운을 꺾는 내용은 없었지만, 말은 하지 않았어도 우리는 어머니가 좋지 않다고, 좋아지지 않을 거라고, 더 나빠질 거라고 말한 것이나 다름없었다. 우리 둘 다 알았다.

어머니도 알았다. 어머니는 당황했지만 끈기를 발휘했다. 나아지려고 노력했다. 예전에 했던 일들을 할 수 없게 되었다는 것, 전에 했던 일의 반도 하지 못한다는 것을 믿지 못했다. "이건 정말 바보 같아." 어머니는 그렇게 말하곤 했다. 어머니에게는 가장 불평에 가까운 말이었다.

아버지도 알았다. 낮이 짧아지고 일이 줄어들수록 아버지도 더 오래, 더 자주 집에 있었다. 아버지는 어머니가 약해진 모습, 쉬 지치는 모습, 조금밖에 먹지 않고 말라가는 모습, 어떤 날은 종일 갈색 숄을 두르고 불가에 앉아서 떨면서 조는 모습을 보아야 했다. "다시 따뜻해지면 좋아질 거예요." 어머니는 그렇게 말하곤 했다. 아버지는 불을 키우고 무엇이든 그녀를 위해 할 수 있는 일이 없는지 찾았다. "뭘 가져다줄까, 멜?" 나는 아버지의 얼굴을 볼 수 없었지만 목소리는 들을 수 있었고, 그 다정한 목소리에 가슴이 욱신거렸다.

나의 눈가리개와 어머니의 병은 한 가지 면에서 좋은 작용을 했다. 우리 둘 다 좋아하는 이야기에 빠질 시간을 얻었고, 이야기는 우리를 어둠과 추위와 쓸모없는 사람이 되었다는 적적하고 지루한 기분에서 건져내주었다. 멜은 경이로운 기억력을 갖고 있었고, 기억 속을 뒤질 때마다 들었거나 읽은 다른 이야기를 찾아냈다. 이야기의 한 부분이 기억나지 않으면 나처럼 자유로이 채워 넣고 창조하기도 했다. 성스러운 책과 의식에 나오는 이야기라도 마찬가지였다. 이곳에서 그렇게 한다고 충격받고 울 사람이 누가 있을까? 나는 어머니에게 마치 우물 같다고 말했다. 두레박을 내려 보내면 이야기를 가득 담아 올라온다고. 어머니는 그 말에 소리 내어 웃고 말했다. "그 두레박에 든 이야기를 몇 개 적어두고 싶구나."

직접 아마포와 잉크를 준비할 순 없었지만, 우리 집의 젊은 가정부 랍과 소소에게 방법을 일러줄 수는 있었고, 그 둘은 멜을 위해서라면 무슨 일이든 기쁘게 했다.

이 두 여자는 아버지 쪽으로 카스프로 혈통을 이었지만, 둘 다 우리 혈통의 능력은 없었다. 우리 집안에서의 위치는 각자의 어머니에게서 이어받은 것이었고, 두 사람의 어머니는 내 어머니와 함께 그들을 가르쳐왔다. 멜이 병들자 두 사람이 집안일을 완전히 통솔하게 되었는데, 둘은 어머니의 기준에 따라 집안을 꾸렸으며 언제나 어머니의 생활이 편해질 방법을 궁리했다. 마음 따뜻하고 활기찬 여자들이었다. 랍은 알록과 약혼한 상태였지만, 둘 다 혼인을 서두를 생각이 없는 것 같았다. 소소는 거치적거리는 남자는 이미 충분히 많다는 의견을 내놓은 적이 있었다.

랍과 소소는 아마포를 펴는 방법과 잉크 섞는 방법을 익혔고, 아버지는 침대용 책상 같은 물건을 만들어냈다. 어머니는 어렸을 때 배운 성스러운 전설과 노래들을 기억나는 대로 쓰기 시작했다. 어떤 날은 두세 시간씩 쓰기도 했다. 왜 이야기를 쓰는지 말한 적은 없었다. 그게 나를 위한 것이라고 말한 적도 없었다. 언젠가는 어머니가 쓴 글을 내가 읽을 수 있을 거라는 걸 확인하기 위해 적는 것이라고 말한 적도 없었다. 우리 곁에서 이야기를 할 수 없게 될지도 모른다는 걸 알기 때문에 적는다고 말한 적도 없었다. 불안해진 카녹이 글을 쓰면서 몸을 혹사시킨다고 잔소리를 하자 이렇게 말한 것이 전부였다. "어렸을 때 배운 것이 다 버려지진 않을 거라고 생각하면 기분이 나아져요. 쓰고 있을 때는 배운 내용을 생각할 수 있으니까요."

그래서 어머니는 오전에 쓰고, 오후에는 쉬었다. 저녁이 가까워오면 검둥이와 나는, 아버지도 자주 같이, 어머니 방으로 올라갔고 어머니는 하다 만 영웅담을 계속하거나 쿰벨로가 왕이었을 시절 이야기를 풀어놓았다. 우리는 그 한겨울에, 탑 위 방의 불가에 앉아서 이야기를 들었다.

때로 어머니는 말했다. "오렉, 여기서부터는 네가 이야기하렴." 어머니는 내가 이야기를 기억하는지, 잘 이야기할 수 있는지 알아보고 싶다고 말했다.

어머니가 이야기를 시작하고 내가 맺는 일이 점점 더 많아졌다. 어느 날은 어머니가 말했다. "너무 나른해서 이야기를 할 수가 없구나. 네가 해주렴."

"어느 걸로요?"

"하나 만들어보려무나."

내가 이야기를 만들어내고, 길고 지루한 시간 동안 마음속으로 그 이야기들을 따라간다는 것을 어떻게 알았을까?

"함네다가 알가란다에서 했을지도 모를 일들을 생각해봤어요. 이야기 속에 없었던 내용이죠."

"얘기해봐."

"음, 옴난이 사막에 버려두고 가서 혼자서 길을 찾아야 했을 때요…… 얼마나 목이 말랐을까 생각했어요. 온통 흙먼지에, 사막이니까 눈 닿는 곳은 어디까지나 빨간 흙 언덕과 계곡뿐이었겠죠. 풀도 나무도 없고, 샘도 보이지 않고. 물을 찾지 못하면 그 자리에서 죽었을 거예요. 그러니까 함네다는 걷기 시작했어요. 태양을 보고 북쪽으로 걸어갔죠. 북쪽이 벤드라만의 집으로 가는 길이라는 것 말곤 아무 이유 없이. 함네다는 걷고 또 걸었어요. 햇빛이 머리와 등을 때렸고 바람이 눈과 코에 모래를 불어넣어 숨 쉬기가 힘들 정도였어요. 바람은 점점 강해지다가 둥글게 모래를 날리기 시작했고, 회오리바람이 일어나서 함네다 앞으로 다가오며 붉은 흙먼지를 모아 높이 치솟아 올랐어요. 함네다는 도망치려 하지 않고 가만히 서서 팔을 들어 올렸고, 회오리바람은 다가와서 그를 집어 올려 허공에 빙빙 돌렸어요. 함네다는 흙먼지에 기침을 하고 숨 막혀 했죠. 바람은 그를 빙빙 돌리고 숨 막히게 하면서 사막 너머로 실어 날랐어요. 마침내 해가 지기 시작했고, 그러자 바람도 약해졌죠. 회오리바람이 잦아들어 아래로 내려가면서 함네다를 어느 도시 문 앞에 떨어뜨렸어요. 머리는 아직도 빙빙 돌았고, 너무 어지러워서 일어설 수가 없는 데다가 온몸이 빨간 흙먼지에 뒤덮인 상태였어요. 함네다는 숨을 돌리려고 그 자리에서 고개를 숙이고 웅크린 채였고, 도시 문지기들이 그를 빤히 보았어요. 어스름이 깔려 있었죠. 문지기 하나가 말했어요. '누가 저기다가 커다란 흙 항아리를 두고 갔네.' 그러자 다른 문지기가 말했어요. '항아리가 아니야. 조각상이네. 개 조각상인가본데. 필시 왕께 드리는 선물일 거야.'

그리고 문지기들은 그 조각상을 도시 안으로 들여가기로 했어요……."

"계속해." 멜이 가만히 말했고 나는 이야기를 계속했다.

그러나 이제 이 이야기에서 나는 더 나아가고 싶지 않은 지점에 이른다. 사막이다. 나를 집어 건너편으로 데려다줄 회오리바람은 없다.

매일매일이 사막으로 더 깊이 들어가는 발걸음이었다.

어머니가 아마포와 잉크를 밀어놓고 너무 피곤해서 더 쓸 수가 없다고 말하는 날이 왔다. 나에게 이야기를 해달라고 하고는, 오한에 떨면서 이야기는 듣지 않고 내 목소리만 들으면서 조는 날이 왔다. "멈추지 마." 어머니를 더 힘들게만 한다고 생각하고, 어머니가 잘 수 있게 목소리를 낮추려 하면 돌아오는 말이었다. "멈추지 마."

사막 끄트머리에 서서, 이 사막이 넓을지도 모르겠다고 생각한다. 건너가는 데 한 달은 걸릴 수도 있겠다고 생각한다. 그리고 두 달이 지나고, 세 달이 지나고, 네 달이 지나도록 매일 흙먼지 속으로 더 깊숙이 들어갈 뿐이다.

랍과 소소는 상냥하고 튼튼했지만, 어머니가 너무 약해져서 자기 몸을 돌보지 못하게 되자 카녹은 두 사람에게 자기가 직접 멜을 돌보겠다고 말했다. 그리고 가장 섬세하고 끈기 있는 태도로 그녀를 돌보았다. 어머니를 돌보고 안아 들고 씻기고 달래고 따뜻하게 해주려 했다. 아버지는 두 달 동안 거의 탑을 떠나지 않았다. 검둥이와 나는 하루의 대부분을 그 방에 머물며 말없이 곁을 지켰다. 밤이 오면 아버지 혼자 병상을 지켰다.

아버지는 가끔 낮 시간에, 어머니가 누운 좁은 침대에서 잤다.

어머니는 그토록 약해져서도 속삭였다. "누워요, 내 사랑. 피곤할 거야. 날 따뜻하게 해줘요. 나랑 같이 숄을 둘러요." 그러면 아버지는 어머니를 바싹 끌어안고 옆에 누웠고, 나는 두 사람의 숨소리에 귀를 기울이곤 했다.

5월이 왔다. 어느 날 아침 나는 창가에 앉아서 양손에 햇살을 느끼고 있었다. 봄의 향기를 맡았고, 어린잎을 흔드는 산들바람 소리를 들었다. 아버지는 소소가 홑이불을 갈 수 있게 어머니를 안아 들었다. 이제는 몸무게가 너무 가벼워서 어린아이처럼 안아 들 수 있었다. 그때 멜이 날카로운 비명을 질렀다. 그 순간에는 무슨 일이 일어났는지 몰랐다. 뼈가 너무 약해져서 카녹이 안아 들었을 때 부러져버린 것이다. 쇄골과 넓적다리뼈가 나뭇가지처럼 꺾여버렸다.

카녹은 멜을 다시 침대에 내려놓았고, 멜은 기절했다. 소소는 황급히 도움을 청하러 달려 나갔다. 몇 달 만에 처음으로 카녹이 무너진 순간이었다. 그는 침대 옆에 몸을 굽히고 큰 소리로 흐느꼈다. 이불에 얼굴을 묻고 숨이 막히도록 울었다. 나는 창가에 웅크리고 앉아서 그의 울음소리를 들었다.

사람들은 사지에 부목을 묶어서 뼈를 고정시키자는 생각을 내놓았지만, 아버지는 아무도 어머니를 만지지 못하게 했다.

다음 날 안뜰 문으로 나가서 검둥이를 달리게 하고 있는데 랍이 나를 불렀다. 검둥이는 잽싸게 돌아왔다. 우리는 같이 탑으로 올라갔다. 어머니는 어깨에 갈색 숄을 두르고 쌓아놓은 베개 가운데 누워 있었다. 어머니에게 입을 맞추면서 그 낡은 갈색 숄을 만질 수 있었다. 어머니는 손과 뺨이 얼음처럼 차가웠는데도 내게 입맞춤을 돌려주고 속삭였다. "오렉, 네 눈을 보고 싶구나." 그리고 내가 저항하려는 것을 느낀 그녀는 다시 속삭였다. "넌 이제 날 해칠 수 없단다, 아가야."

그래도 나는 머뭇거렸다.

"어서." 침대 맞은편에서, 이 방에선 언제나 그랬듯 조용한 목소리로 카녹이 말했다.

그래서 나는 눈가리개를 풀고 눈에 덧댄 안대를 내린 다음 눈을 뜨려고 해보았다. 처음에는 눈을 뜰 수가 없을 것만 같았다. 손가락으로 눈꺼풀을 벌려야 했고 그런 다음에도 번득이는, 찌르는 듯한, 고통스러운 눈부심과 혼란스러운 빛의 뒤범벅밖에 보이지 않았다.

곧 내 눈이 원래의 기술을 기억해내자, 어머니 얼굴이 보였다.

"그래, 그래. 그렇지." 어머니는 말했다. 홀쭉한 얼굴과 몸, 늘어진 검은 머리채 사이에서 어머니의 눈이 내 눈을 올려다보았다. "그래." 어머니는 꽤 강한 어조로 다시 말했다. "날 위해 이걸 가지고 있으렴." 어머니는 손바닥을 펼쳤다. 은사슬에 걸린 오팔이 놓여 있었다. 어머니에겐 손을 들어서 나에게 건넬 힘이 없었다. 나는 오팔을 집어서 사슬을 내 목에 걸었다. 그러자 어머니는 눈을 감았다.

나는 아버지를 쳐다보았다. 그의 얼굴은 차갑고 단단했다. 그는 아주 살짝 고개를 끄덕였다.

나는 다시 어머니의 뺨에 입을 맞추고, 눈에 안대를 대고 눈가리개를 묶었다.

검둥이가 목줄을 살짝 당겼고, 나는 녀석의 인도에 따라 방을 나섰다.

어머니는 그날, 해가 지고 얼마 지나지 않아서 돌아가셨다.

비탄에 빠지는 것은 눈이 보이지 않는 것과 마찬가지로 기묘한 일이다. 방법을 익혀야 한다. 애도하는 동안에는 함께할 사람을 찾을 수 있지만 일찌감치 터져 나온 눈물이 마른 후, 죽은 사람을 칭찬하고 좋은 시절을 기억하는 순간이 끝난 후, 애도의 노래를 부르고 무덤이 닫힌 후의 비탄에는 함께할 사람이 없다. 그것은 홀로 지고 가야 할 짐이다. 어떻게 견뎌내는가는 스스로에게 달려 있다. 적어도 난 그렇게 여긴다. 이렇게 말하는 것은 그라이에게, 그리고 우리 집과 영지 사람들, 친구들, 그들이 없었다면 내가 짐을 지고 그 어두운 시간을 견뎌내지 못했을 사람들에게 배은망덕한 짓일지도 모르지만.

나는 마음속으로 그 해를 이렇게 부른다. 어두운 시간.

그때를 이야기하려는 것은 잠을 이루지 못하는 밤들을 이야기하려는 것과 비슷하다. 아무 일도 일어나지 않는다. 생각하고, 짧게 꿈을 꾸고, 다시 깨어난다. 두려움이 나타났다가 지나가고, 생각은 명쾌하게 떠오르지 않으며, 의미 없는 말들이 머릿속을 어지럽히고, 소름 끼치는 악몽이 스쳐 지나가고, 시간은 움직이지 않는 것 같고, 어둡고, 아무 일도 일어나지 않는다.

카녹과 나는 비탄을 함께 나누지 않았다. 그럴 수 없었다. 아무리 때 이르고 잔인한 상실이었다 해도 내가 잃은 것은 시간이 흐르면 결국 빼앗길 것이었고 메울 수 있는 것이었다. 아버지에게는 메울 방법이 없었다. 그의 삶은 감미로움을 잃었다.

홀로 남겨졌기에, 그리고 스스로를 탓했기에 그의 슬픔은 단단하고 격심했으며 안식을 찾지 못했다.

멜의 죽음 이후 영지에는 나만이 아니라 카녹까지 두려워하는 이들이 생겼다. 내 재능은 길들지 않았고, 카녹은 이제 쓰디쓴 비탄으로 무슨 짓을 할지 모른다는 것이었다. 우리는 카다드의 자손이었다. 그리고 분노를 품을 이유도 있었다. 카스프로만트에 사는 사람들은 모두 오그 드럼이 멜 아우리타를 죽인 게 분명하다고 믿었다. 멜은 드러만트를 떠난 지 1년하고 하루가 지나서 죽었다. 그녀가 내게 해주고 내가 그라이에게 해주었던 마지막 날 밤의 속삭임과 추위에 대해 말할 필요도 없었다. 우리는 아무에게도 그 이야기를 하지 않았고 그녀가 카녹에게 그 이야기를 했는지 안 했는지도 알지 못했다. 멜이 드러만트에 갈 때에는 아름답고 활기찬 여자였으나 돌아오는 길에는 약해져 있었고, 임신 중이던 아이를 잃었으며, 점차 쇠약해지다가 죽었다는 것만으로도 증거는 충분했다.

카녹은 강인한 사람이었지만, 마지막 몇 달로 인해 몸에나 마음에나 가혹한 대가를 치렀다. 그는 기진맥진했다. 첫 보름 동안은 엄청나게 많이 잤다. 멜의 방에서, 죽어가는 멜을 안고 있었던 그 침대에서. 그는 몇 시간이고 그곳에 혼자 있었다. 랍과 소소와 다른 사람들은 그를 두려워하고 또 두려워했다. 그들은 나를 중개자로 이용했다. "살짝 들어가서 브랜터께 필요한 건 없는지 확인해주실래요?" 여자들은 그렇게 말하곤 했고, 알록이나 다른 남자들은 "올라가서 브랜터께 말에게 밀기울을 먹이는 게 좋을지 귀리를 먹이는 게 좋을지 물어봐주지 않겠어요?"라고 했다. 나이 든 재기러기가 잘 먹지 않아서 걱정하던 참에 나온 질문이었다. 나는 검둥이와 함께 구불구불한 탑의 계단을 올라가서 용기를 내어 문을 두드렸다. 때로는 답이 돌아왔고,

때로는 반응이 없었다. 문을 열 때면 그의 목소리는 차갑고 무미건조했다. 그는 "없다고 해라" 아니면 "알록에게 머리 좀 쓰라고 해"라고 말하고 다시 문을 닫았다.

나는 원치 않는데 찾아가는 것을 꺼렸지만, 아버지에게 육체적인 두려움을 느끼지는 않았다. 나는 아버지가 결코 나에게 힘을 사용하지 않으리라는 것을 알았다. 어머니가, 내가 결코 어머니에게 힘을 쓰지 않으리라는 것을 안 것처럼.

그 사실을 깨달은 순간, 그렇게 생각한 순간 충격이 몸을 타고 흘렀다. 이것은 그냥 믿음이 아니라 지식이었다. 나는 아버지가 나를 해치지 않는다는 것을 알았다. 내가 어머니를 해치지 않는다는 것을 알았다. 그러니까 나는 어머니와 함께 있을 때 눈가리개를 벗을 수 있었다. 내내 어머니를 볼 수 있었다. 어머니를 돌보고, 어머니에게 도움이 되고, 바보 같은 이야기만 해줄 게 아니라 책을 읽어줄 수 있었다. 그 한 번만이 아니라 1년 내내, 그해 내내 사랑하는 어머니의 얼굴을 볼 수 있었던 것이다!

그렇게 생각하자 눈물이 나는 것이 아니라 분노가 치밀었다. 아버지가 느끼던 것과 비슷했을, 무력한 후회에서 치미는 건조한 분노였다.

그 일로 벌할 사람이라곤 나 자신 아니면 아버지밖에 없었다.

어머니가 죽은 날 밤 나는 아버지에게 매달렸고, 그는 나를 끌어안았다. 내 머리를 자신의 가슴에 대고 있었다. 그 후로 그는 나를 거의 건드리지 않았고, 말도 거의 하지 않았다. 아버지는 어머니의 방에 틀어박혔고 모든 일에 무관심했다. 나는 아버지가 혼자 애통해하고 싶어 한다고, 쓰라린 가슴으로 생각했다.

14

봄 내내 테르녹과 판은 되도록 자주 로드만트와 우리 영지를 오
갔다. 테르녹은 상냥한 남자였고, 지도자라기보다는 지지자였
으며, 괴팍한 아내에게 그리 만족하지는 않았지만 불평하는 법
도 없었다. 그는 평생 동안 아버지를 우러러보았다. 내 어머니
를 극진히 아꼈고 지금은 그 죽음을 애통해했다. 그는 6월 늦게
찾아와서 탑으로 올라가더니 오랫동안 카녹과 이야기를 나눴
다. 그날 저녁 카녹은 테르녹과 함께 저녁 식사를 하러 내려왔
고, 그날부터 방에 틀어박히기를 그만두고 일과 의무로 돌아갔
다. 그래도 잠은 늘 그 방에서 잤다. 그는 무슨 의무라도 되는 듯
딱딱한 어조로 애써서 나에게 말을 걸었고, 나도 같은 식으로 응
했다.

　나는 판이 병든 내 어머니를 도울 방법을 알지도 모른다고 기
대했지만, 판은 사냥꾼이었지 치료자가 아니었다. 판은 병실에
서 불안해했고, 조바심을 냈으며, 별 도움이 되지 않았다. 어머

니의 장례식에서 판은 고원지대 여자들이 무덤 위에서 부르는 긴 흐느낌의 만가輓歌를 주도했다. 그것은 끔찍하고 날카로운 외침이었다. 이어지고 이어지고 또 이어지는, 참을 수 없는, 짐승이 고통스러워하며 내는 것 같은 소리. 검둥이는 몸서리를 치며 고개를 들고 여자들과 같이 울부짖었고, 나 역시 눈물을 억누르면서 몸을 떨고 서 있었다. 겨우 노래가 끝났을 때 나는 지쳐 탈진했고 안도했다. 카눅은 빗속의 바위처럼 움직이지 않고 만가를 견뎌냈다.

멜이 죽고 얼마 지나지 않아서 판은 카란타지로 올라갔다. 보레만트 사람들이 사냥에 짐승들을 부르는 판의 기술에 대해 듣고는 사람을 보내어 불렀다. 판은 그라이가 같이 갔으면 했다. 그라이가 능력을 실습해봤으면 했다. 부유한 고지 사람들에게 가서 이름을 알리는 것은 흔히 주어지는 기회가 아니었다. 그라이는 거부했다. 판은 화를 냈다. 다시 한 번 온화한 테르녹이 끼어들었다. "당신은 원하는 대로 오고 가지." 그는 아내에게 말했다. "그러니 당신 딸도 마음대로 하게 둬요." 판은 마음에 들지는 않아도 그것이 공평하다는 것을 이해했다. 그녀는 다음 날 그라이 없이, 누구에게도 인사하지 않고 떠났다.

망아지 불꽃은 훈련을 완전히 끝내고 코드만트로 돌아갔다. 그라이는 쉬는 말이 있을 때는 농사용 말을 타고 왔고 말이 없으면 걸어왔다. 하루에 왔다 돌아가기에는 먼 길이었다. 내가 혼자 얼룩이를 타고 가거나 검둥이를 데리고 걷기에는 너무 멀었다. 얼룩이도 나이를 먹어가고 있었고, 재기러기는 회복되긴 했어도 역시 늙은 말이었다. 브랜티는 훌륭한 네 살짜리 수말이었고 종마로 불려 나가는 일이 많았는데, 다른 일에 방해가 되기는 했어도 번식 일은 녀석에게 썩 잘 들어맞았다. 우리 마구간은 빈약했다. 나는 어느 날 밤 용기를 내어 말했다. 이젠 아버지에게 말을 하려고 할 때마다 용기를 내야 했다. "새 망아지를 구해야겠어요."

"다노 바레에게 회색 암말의 대가로 뭘 원하는지 물어보려 했다만."

"그 말도 나이가 많아요. 망아지를 데려오면 그라이가 훈련시킬 수 있어요."

말하는 상대를 볼 수 없을 때는 상대의 침묵이 곧 수수께끼다. 나는 카녹이 내가 한 말에 대해 생각하는 중인지, 아니면 이미 거부한 것인지 알지 못한 채 기다렸다.

"알아보마." 카녹이 말했다.

"알록이 그러는데 칼레만트에 사랑스러운 암망아지가 한 마리 있대요. 대장장이에게 들었다고."

이번에는 침묵이 이어졌다. 답을 받기까지 한 달을 기다려야 했다. 그 답은 알록이 나와서 새 망아지를 좀 보라고 외치는 형태로 도착했다. 물론 볼 수는 없었지만, 가서 털을 만져보고 머리를 긁어주고 안뜰을 잠시 걷게 해보는 동안 안장에 올라앉을 수는 있었다. 알록은 망아지를 끌면서 내내 그 태도와 아름다움을 칭찬했다. 알록은 겨우 한 살밖에 안 된 밝은 갈색 말이고, 별 모양이 있어서 이름을 '별이'라고 지었다고 했다. "그라이가 와서 훈련시킬 수 있을까?" 내가 묻자 알록은 말했다. "아, 1년 정도 로드만트에 가서 지내면서 배우는 게 낫지. 브랜터나 내가 손대기엔 너무 어린 아가씨잖아."

그날 밤 카녹이 왔을 때 나는 고맙다고 하고 싶었다. 가서 팔을 두르고 싶었다. 하지만 보이지 않는 눈으로 실수를 할까봐, 꼴사나운 움직임을 보일까봐, 아버지가 나와 닿고 싶어 하지 않을까봐 두려웠다.

나는 말했다. "그 망아지를 타봤어요, 아버지." 그는 "잘했구나"라고만 하고 밤 인사를 했고, 나는 그가 지친 발을 끌며 탑의 계단을 올라가는 소리를 들었다.

～～～

그래서 그 어두운 시기 내내 그라이는 보름에 두 번, 또는 세 번, 또는 네 번, 또는 더 자주 별이를 타고 찾아왔다.

그라이가 오면 우리는 함께 말을 달렸고, 그라이는 별이와 함께 무슨 일을 하고 있는지 이야기했다. 별이는 갓 구운 빵처럼 신선했고, 그라이 말에 따르면 승마용 말로서는 가르칠 것이 거의 없어서 스스로만이 아니라 훈련자를 돋보이게 할 멋진 걸음걸이와 묘기를 익히고 있다고 했다. 얼룩이가 류머티즘에 걸렸기 때문에 멀리까지 말을 달리는 일은 드물었다. 우리는 석조 저택으로 돌아와서 날이 따뜻하면 부엌 뜰에 나가 앉아서, 날이 차거나 비가 오면 큰 화롯가 구석에 앉아서 이야기를 나누었다.

어머니가 죽은 첫해에는 그라이가 있어주는 것이 기쁘기는 해도 말을 할 수가 없을 때가 많았다. 할 말이 없었다. 텅 빈 공백이, 언어로 뚫고 나갈 수 없는 먹먹함이 나를 감싸고 있었다.

그라이는 조금씩밖에 말하지 않았고, 가지고 온 소식을 전해준 후에는 나와 같이 침묵에 잠겼다. 그녀와 말없이 앉아 있는 것은 검둥이와 함께 있는 것만큼이나 수월했다. 그 점이 고마웠다.

그해 일은 많이 기억하지 못한다. 나는 캄캄한 공허에 잠겨 있었다. 할 일이 없었다. 내 유일한 쓸모는 쓸모없음이었다. 나는 재능을 쓰는 법을 익힌 적이 없었다. 오직 쓰지 않는 방법만 익혔다. 내가 석조 저택 홀에 앉아 있으면 사람들이 나를 두려워했고, 그것만이 내 삶의 목적이었다. 내가 드러만트의 그 가엾은 아이 같은 바보였어도 마찬가지였을 것이다. 차이가 없었다. 나는 눈을 가린 허깨비였다.

한번은 며칠 동안 아무에게도 말을 하지 않았다. 소소와 랍과 집 주위 사람들은 나에게 말을 걸고, 기운을 북돋우려 애썼다. 그들은 부엌에서 한입거리를 가져다주었다. 랍은 용감하게도 나에게 집안일을 내밀었다. 눈이 없이도 할 수 있고, 처음 눈을 가렸을 때는 랍을 위해 기쁘게 했던 일들이었지만 지금은 그럴 마음이 없었다. 하루가 끝나면 알록은 아버지와 함께 들어와서 잠시 이야기를 나눴고, 나는 그들과 같이 앉아서 침묵을 지켰다. 알록은 나를 대화에 끌어들이려 했다. 나는 끌려들어가지 않았다. 카녹은 딱딱하게 "괜찮으냐, 오렉?" 아니면 "오늘은 말을 탔느냐?"라고 묻곤 했다. 그러면 나는 그렇다고 대답했다.

지금은 우리 관계가 멀어진 탓에 그도 나만큼 괴로워했다고 생각한다. 그러나 그 당시에는 내가 우리 혈통의 선물 때문에 치른 대가를 그는 치르지 않고 있다는 것밖에 생각하지 않았다.

그 겨울 내내 나는 드러만트에 가서, 오그가 보이는 곳까지 가서 죽여버릴 계획을 짰다. 물론 눈가리개는 벗어야겠지. 나는 되풀이하여 상상했다. 해가 뜨기 전에 떠나리라. 나이 많은 말들은 충분히 빠르거나 강하지 못하니 브랜티를 타자. 온종일 달려서 드러만트에 들어가서 밤이 될 때까지 몸을 숨기고, 오그가

나올 때까지 기다리는 것이다. 아니다. 그보다는 변장을 하는
게 나을지도 모르겠다. 드러만트 사람들은 내가 눈가리개를 한
모습밖에 보지 못했고, 나는 성장하고 있었으며 목소리도 굵어
지기 시작했다. 코트와 킬트를 입지 말고 농노의 외투를 입자.
그들은 나를 알아보지 못할 것이다. 브랜티는 사람들이 알아볼
만한 말이니 숲 속에 숨겨두고, 골짜기 출신 떠도는 농부처럼 어
슬렁거리면서 오그가 나타나기를 기다리자. 그리고 오그가 나
타나면 눈짓 한 번, 말 한 마디로. 그리고 다들 공포와 경악에 질
려 서 있는 사이에 빠져나와서 숲으로, 브랜티가 있는 곳으로 돌
아와서 집으로 달려온 다음 카녹에게 말하는 것이다. "그놈을
죽이길 두려워하셨죠. 그래서 제가 해치웠어요."

그러나 실행에 옮기지는 않았다. 혼자 생각하는 동안에는 그
이야기를 믿었으나, 이야기가 끝나면 믿지 않았다.

그해, 나는 어둠 속에 깊이 잠겼다.

그 어둠 속 어딘가에서, 나는 깨닫지 못하면서도 결국 방향을
돌렸다. 그것은 혼돈이었다. 앞도 뒤도 방향도 없었다. 그래도
나는 방향을 틀었고, 내가 간 길은 돌아오는, 빛으로 향하는 길
이었다. 어둠과 침묵 속에서 벗이 되어준 것은 검둥이였다. 돌
아오는 길의 길잡이는 그라이였다.

한번은 내가 화덕가에 앉아 있는데 그라이가 왔다. 5월인가 6
월이었기 때문에 난로는 피워놓지 않았고, 부엌 불만 켜져 있었
다. 그래도 나는 거의 매일, 하루 대부분 시간을 화덕가에서 지
냈다. 나는 그라이가 오는 소리를 들었다. 안뜰에서 별이의 경
쾌한 발굽 소리와 그라이의 목소리가 들렸고, 소소가 그라이를
맞이하면서 말했다. "늘 계신 곳에 있어요." 이윽고 그라이의

손이 내 어깨에 닿았다. 그러나 이번에는 그것만이 아니었다. 그녀는 몸을 기울여 내 뺨에 입을 맞췄다.

어머니의 죽음 이후에는 어느 누구에게도 입맞춤을 받지 못했고, 몸이 닿은 일도 거의 없었다. 그녀의 감촉은 구름을 뚫는 번개처럼 내 몸을 관통했다. 나는 충격과 사랑스러움에 숨을 멈췄다.

"재투성이 왕자." 그라이가 말했다. 몸에서는 말의 땀내와 풀냄새가 났고, 목소리는 나뭇잎을 흔드는 바람이었다. 그라이는 내 옆에 앉았다. "그거 기억해?"

나는 고개를 저었다.

"아, 기억할 텐데. 넌 모든 이야기를 기억하잖아. 하긴 오래전에 들은 이야기긴 해. 어렸을 때."

나는 여전히 입을 다물고 있었다. 침묵하는 습관은 혀에 납을 씌우는 것과 같다. 그라이는 말을 이었다. "재투성이 왕자는 화덕 구석에서 자는 아이였어. 부모님이 침대를 주지 않아서……."

"양부모였지."

"맞아. 친부모가 잃어버렸지. 어떻게 아이를 잃어버려? 굉장히 조심성 없는 사람들이었나봐."

"부모는 왕과 왕비였어. 마녀가 훔쳐 간 거야."

"맞아! 밖에서 놀고 있었는데 숲에서 마녀가 나왔지. 그리고 달콤하게 익은 배를 내밀었어. 그리고 아이가 배를 깨물자마자 말했지. '아하, 끈적거리는 턱이로군. 넌 내 것이다!'" 그라이는 이 부분을 생각해내면서 즐겁게 웃었다. "그래서 양부모가 그 애를 '끈적턱'이라고 불렀어! 하지만 그다음엔 어떻게 됐지?"

"마녀는 왕자를 가난한 부모에게 줬어. 이 사람들에겐 벌써 아이가 여섯이나 있고 일곱째를 원하지 않았지만, 마녀가 왕자를 데려다가 기르는 대가로 금을 줬거든." 언어가, 단어들의 흐름이 10년 동안 떠오르지 않았던 이야기를 불러일으켰고, 그 이야기를 할 때 음악처럼 울리던 어머니의 목소리도 함께 떠올랐다. "그래서 왕자는 그 사람들의 농노 겸 하인이 되었어. 양부모는 왕자를 마음대로 부려먹었어. '끈적턱아, 이렇게 해라!', '끈적턱아, 저렇게 해라!' 그리고 밤이 늦어 할 일이 다 끝나고 화덕 구석에 기어 들어가서 따뜻한 재 속에서 잘 때까지 자유 시간이라곤 없었지."

나는 말을 멈췄다.

"아, 오렉, 계속해." 그라이는 무척이나 낮고 쉰 목소리로 말했다.

그래서 나는 재투성이 왕자 이야기를 계속했다. 마침내 어떻게 해서 자기 왕국에 돌아가는지까지.

이야기가 끝나자 잠시 침묵이 흐르더니 그라이가 코를 풀었다. "동화를 듣고 울다니. 그렇지만 멜 아줌마가 생각나서…… 검둥아, 발이 재투성이잖아. 이리 내. 그렇지." 발을 닦아내는 작업이 이어졌고, 검둥이는 일어서서 몸을 부르르 털었다. "나가자." 그라이가 말하고 일어섰지만, 나는 가만히 앉아 있었다.

"나가서 별이가 뭘 할 수 있는지 좀 봐." 그라이가 나를 구슬렸다.

그라이는 '본다'는 표현을 썼고, 매번 다른, 더 정확하고 한정된 표현을 찾는 것이 힘겨웠기 때문에 나도 보통 그렇게 말하곤 했다. 그러나 내 안에서 무언가가 변했기 때문에, 방향을 돌리고서도 그 사실을 몰랐기 때문에 나는 폭발했다. "난 별이가 뭘 하는지 볼 수 없어. 아무것도 볼 수 없다고. 쓸데없는 짓이야, 그라이. 집에나 가. 여기까지 오는 것도 바보 같아. 쓸데없다고."

잠깐 침묵이 흐르더니 그라이가 말했다. "내가 뭘 할지는 내가 결정해, 오렉."

"그럼 그렇게 해. 머리를 쓰라고!"

"너나 머리 좀 써. 네가 쓰지 않는다는 것만 빼면 어디가 잘못된 것도 아니잖아. 네 눈과 마찬가지야!"

그 순간 분노가 폭발했다. 재능을 써보려고 했을 때 느꼈던 좌절감에 대한 오래된, 숨이 막히는, 사무치는 분노였다. 나는 손을 뻗어 지팡이를 잡았다. 눈먼 카다드의 지팡이를 잡고 일어섰다. "나가, 그라이. 내가 널 해치기 전에 나가."

"그럼 눈가리개를 들지그래!"

자극을 받은 나는 무턱대고 지팡이를 내질렀다. 타격은 허공과 어둠 위로 떨어졌다.

검둥이가 날카롭게 낑낑거리는 소리를 내더니, 내 무릎을 세게 밀면서 앞으로 가지 못하게 막는 것이 느껴졌다.

손을 뻗어 검둥이의 머리를 쓰다듬었다. "괜찮아, 검둥아." 나는 중얼거렸다. 압박감과 부끄러움으로 몸이 떨렸다.

이윽고 조금 떨어진 곳에서 그라이가 말했다. "마구간에 있을게. 얼룩이가 며칠이나 나가지 못했다니까 다리를 봐주고 싶어. 네가 원한다면 타고 나갈 수도 있고." 그리고 그라이는 나갔다.

나는 양손으로 얼굴을 문질렀다. 손과 얼굴이 깔깔했다. 얼굴과 머리에 재를 문지른 것 같기도 했다. 식기실로 들어가서 물에 머리를 담그고 손을 씻은 다음, 검둥이에게 마구간으로 데려다 달라고 말했다. 다리가 아직 후들거렸다. 무척 나이 많은 사람이 걸을 때 이런 느낌이지 싶었다. 검둥이도 알았는지, 나에게 신경을 쓰며 평소보다 천천히 움직였다.

아버지와 알록은 종마들을 데리고 나가 있었다. 얼룩이 혼자 마구간을 차지하고, 말이 드러누울 수 있는 큰 칸에 있었다. 검둥이가 나를 인도했다. 그라이가 말했다. "여길 만져봐. 그게 류머티즘이야." 그라이는 내 손을 잡고 얼룩이의 앞다리, 무릎, 그리고 무릎까지 이어지는 강력하고 섬세한 정강이뼈를 만져보게 했다. 관절에서 타는 듯한 열기가 느껴졌다.

"아, 얼룩아." 그라이는 늙은 암말을 부드럽게 때리며 말했고 얼룩이는 신음하며 누가 쓰다듬거나 빗질해줄 때면 늘 그랬듯 몸을 기댔다.

"얼룩이를 타도 될지 잘 모르겠다." 내가 말했다.

"나도 모르겠어. 그래도 운동은 해야 해."

"데리고 걸을 수도 있지."

"그게 더 좋을지도 모르지. 너도 이제 많이 무거워졌으니까 말이야."

사실이었다. 너무 오랫동안 움직이지 않았고, 눈가리개를 한 후로 음식에서 별 맛을 느끼지는 못했어도 늘 배가 고팠으며, 랍과 소소와 다른 부엌 여자들은 날 위해 해줄 수 있는 일이 그것뿐인 것처럼 음식을 먹였다. 나는 몸무게가 늘었고, 밤마다 뼈가 아플 정도로 빨리 키가 자랐다. 작년까지만 해도 없었던 것 같은 상인방에 머리를 찧기 일쑤였다.

나는 얼룩이에게 마구를 씌워서—이 무렵에는 그런 일을 하는 데 제법 익숙해져 있었다—데리고 나갔고, 그라이는 별이를 디딤돌 쪽으로 데려가서 맨 등에 올라탔다. 그렇게 우리는 밖으로 나가서 골짜기 오솔길을 따라 올라갔다. 검둥이가 나를 인도하고 나는 얼룩이를 인도하고. 뒤에서 걷는 얼룩이의 발걸음이 얼마나 고르지 않은지 들을 수 있었다. "꼭 아야, 아야, 아야 하는 것 같네." 내가 말했다.

"실제로 그러고 있어." 앞서 달리던 그라이가 말했다.

"듣는 거야?"

"내가 연결하면."

"나도 들을 수 있어?"

"아니."

"왜?"

"연결할 수가 없어."

"왜 못 하는데?"

"말이 끼어들어. 말과…… 온갖 것들이. 아주 작은 아기들과 연결할 순 있어. 누가 임신했을 때 아는 것도 그래서지. 연결할 수 있거든. 하지만 아기가 사람이 되면 손이 닿지 않아. 부를 수도, 들을 수도 없어."

우리는 말없이 나아갔다. 갈수록 얼룩이도 편하게 걷는 것 같았기 때문에 우리는 빙 돌아서 물푸레나무 개울 오솔길로 향했다. 내가 말했다. "도착하면 어떻게 보이는지 말해줘."

"많이 달라지진 않았어." 그라이는 황폐해진 비탈에 도착하자 말했다. "풀이 좀 더 자랐네. 그래도 여전히 그 뭐더라? 네가 말했던."

"혼돈. 그 나무는 아직 있어?"

"그루터기뿐이야."

우리는 등을 돌렸다. 내가 말했다. "있잖아, 이상한 건 내가 그런 짓을 했다는 기억조차 못 한다는 거야. 마치 눈을 떠보니 일이 끝난 것 같았어."

"하지만 네 능력은 원래 그렇잖아?"

"아니야. 눈을 감고서는 안 된다고! 그렇지 않다면 내개 왜 이 망할 눈가리개를 쓰고 있겠어? 그래야 못 하니까!"

"하지만 길들지 않은 재능이라는 건, 그럴 의도가 없어도……그리고 너무 빨리 벌어지고……."

"그렇겠지." 그러나 나에겐 그럴 의도가 있었다.

얼룩이와 내가 터벅터벅 걷는 동안 별이와 그라이는 우리 앞에서 춤을 추고 있었다.

"오렉, 눈가리개를 들라고 해서 미안해."

"지팡이로 못 맞혀서 미안하다."

그라이는 웃지 않았지만, 내 기분은 나아졌다.

꿈꿈

그라이가 책에 대해 물어본 것은, 그날은 아니었지만 그리 오랜 시간이 지나지 않아서였다. 멜이 가을과 겨울 동안 병중에 쓴 책들을 두고 하는 말이었다. 그라이는 그 책들이 어디 있는지 물었다.

"어머니 방의 궤 안에." 카녹이 그 방에서 지낸 지 1년 반이 지났는데도 나는 여전히 질투심을 담아 그 방을 '어머니의 방'으로 생각했다.

"내가 그걸 읽을 수 있을까."

"네가 유일하게 고원지대에서 그 책을 읽을 수 있는 사람이야." 나는 이제는 무슨 말을 할 때나 나오는 빈정대는 투로 말했다.

"모르겠어. 언제나 너무 힘들었는걸. 이젠 글자 몇 개는 기억이 안 나…… . 하지만 넌 읽을 수 있을 거야."

"아, 그래. 눈가리개를 벗으면 말이지. 돼지가 하늘을 날면."

"그렇지만 들어봐, 오렉."

"듣는 거라면 내가 할 수 있는 일이지."

"네가 읽어볼 수 있어. 책을 한 권 꺼내서 잠깐만 읽어보는 거야. 다른 건 아무것도 보지 말고." 그라이의 목소리가 잠겼다. "눈에 보이는 걸 다 파괴하진 않을 거야! 특히나 네 눈에 보이는 게 네 어머니가 쓴 책이라면! 전부 널 위해서 쓰신 책이잖아."

그라이는 내가 죽기 전에 어머니의 얼굴을 보았다는 사실을 알지 못했다. 내 아버지 말고는 아무도 알지 못했다. 내가 아는 것, 내가 결코 어머니를 해치지 않았으리라는 것을 아는 사람도 없었다. 그런데 지금 와서 내가 어머니가 남겨준 물건을 파괴할까?

나는 그라이에게 아무 답도 할 수 없었다.

눈가리개를 풀지 않겠다고 아버지와 약속한 적은 없었다. 언어적인 속박은 전혀 없었지만, 그래도 속박은 존재했고 나를 붙잡고 있었다. 그럴 필요가 없을 때조차 붙잡고 있었다. 그 속박이 마지막 가는 길 내내 어머니를 보지 못하게 만들었고, 어머니를 돕지 못하는 존재로 만들었다. 아무 이유도 없이. 아니, 어쩌면 내 눈가림이 아버지에게는 쓸모가 있었기에, 나를 아버지의 무기로, 적들에 대한 위협으로 만들어주었기 때문일까? 그러나 내가 아버지에게만 충성스러운 존재였단 말인가?

나는 오랫동안 그 이상 나아가지 못했다. 그라이도 그 문제에 대해 더 이야기하지 않았고, 나는 책에 대한 생각을 머릿속에서 몰아낸 줄만 알았다.

그러나 그 가을, 마구간에 함께 있었을 때, 카녹이 재기러기를 힘들게 하던 발굽을 갈아주는 옆에서 얼룩이의 무릎에 약을 발라주다가 나는 느닷없이 말했다. "아버지, 어머니가 쓰신 책을 보고 싶어요."

"책?" 아버지는 놀란 목소리로 말했다.

"옛날에 만들어준 책하고, 몸져누워서 쓴 책들요. 궤 안에 있어요. 탑실에."

잠시 말이 없다가 아버지가 말했다. "그게 네게 무슨 소용이 있어서?"

"갖고 싶어요. 어머니가 절 위해 만드신 거예요."

"그러고 싶으면 가지고 가거라."

"그럴게요." 분노와 싸우면서 얼룩이의 아픈 무릎을 너무 세게 움켜쥐는 바람에 얼룩이가 뒤로 물러섰다. 나는 아버지가 미웠다. 아버지는 나에 대해, 어머니가 마지막 힘을 쏟아부은 일에 대해 아무 신경도 쓰지 않았다. 카스프로만트의 브랜터로서 모두가 자기 뜻대로 움직이게 만드는 일 말곤 아무 일에도 관심이 없었다.

나는 얼룩이에게 약을 다 바른 후 손을 씻고, 아버지가 다른 곳에 있다는 것이 확실한 차에 바로 탑실로 향했다. 검둥이는 마치 어머니가 그곳에 있을 거라 생각하는 것처럼 열심히 계단을 올라갔다. 방은 추웠고 황량한 느낌이 났다. 나는 궤를 찾다가 넘어질 뻔하면서 침대 발판에 손을 짚었다. 숄이, 내 할머니가 떴고 내 어머니가 추울 때, 죽어갈 때 둘렀던 그 갈색 숄이 개켜져 있었다. 나는 그 감촉을 알았다. 집에서 뜬 직물의 거칠고 부드러운 감촉. 나는 움직임을 멈추고 숄에 얼굴을 묻었다. 그러나 어머니의 향기, 희미하게 기억하는 그 향기는 나지 않았다. 땀과 소금 냄새가 났다.

"창가로, 검둥아." 나는 말했고, 우리는 이럭저럭 궤를 찾아냈다. 나는 뚜껑을 들어 올리고 안에 쟁여놓은 아마포를 만져보았다. 내가 한 손으로 들 수 있는 양보다 훨씬 많았다. 나는 딱딱한 천 조각들을 파헤치고 아래쪽에 있는 장정된 책, 어머니가 처음 만들어준《라니우의 생애》를 찾아냈다. 나는 그 책을 꺼낸 다음 뚜껑을 닫았다. 검둥이에게 이끌려 나가면서 손을 뻗어서 숄을 다시 한 번 만졌다. 가슴이 조이는 느낌이 들었고, 나는 그 느낌을 굳이 이해하려 하지 않았다.

내 머릿속에는 책을 손에 넣었다는, 어머니가 나를 위해 만들고 나에게 남긴 물건을 손에 넣었다는 생각뿐이었다. 그것으로 충분했다. 그렇게 생각했다. 나는 그 책을 모든 것이 제자리에 놓여 있고 절대 흐트러지지 않으며 아무도 아무것도 만지지 않는 내 방 탁자 위에 놓아두었다. 그리고 저녁을 먹으러 갔고 말 없는 아버지와 함께 말없이 먹었다.

식사가 끝날 무렵 아버지가 물었다. "책은 찾았느냐?" 책이라는 말을 머뭇거리며 꺼냈다.

나는 고개를 끄덕였다. 갑작스레 짓궂은 기쁨이 일었다. 마음속으로 아버지를 놀리고 싶었다. 당신은 그게 무엇인지 모르지.

그걸로 어떻게 해야 할지도 모르지. 읽을 수가 없거든!

그리고 방에 혼자 남았을 때, 나는 잠시 동안 탁자 앞에 앉아 있다가 신중하게 눈가리개를 풀고 안대를 떼어냈다.

그리고 어둠을 보았다.

큰 소리로 비명을 지를 뻔했다. 공포로 심장이 쿵쾅거렸고 머리가 빙빙 돌았다. 내 앞 어딘가에 작고 희끄무레한 은색 점이 가득한 무엇인가가 걸려 있다는 것을 깨닫기까지 얼마나 오래 걸렸는지 모르겠다. 나는 앞을 보고 있었다. 창틀, 그리고 별들이었다.

그러니까 내 방에 불빛이 없었던 것이다. 부엌에 가서 부싯돌과 등잔이나 초를 가져와야 했다. 그렇지만 그런 물건을 달라고 하면 부엌에서 어떻게 생각하겠는가?

눈이 조금 더 익숙해지자 별빛으로 탁자 위에 놓인 책의 하얗고 네모난 형체를 알아볼 수 있었다. 나는 손으로 책을 쓸어보고, 그 어슴푸레한 움직임을 보았다. 움직이고 그 움직임을 본다는 것이 너무나 기뻤기에 같은 동작을 되풀이하고 또 되풀이했다. 고개를 들어 가을밤의 별을 보았다. 느릿느릿 서쪽으로 움직이는 것이 보일 만큼 오랫동안 바라보았다. 그 정도면 충분했다.

나는 다시 눈에 안대를 대고 조심스럽게 눈가리개를 묶은 후, 옷을 벗고 침대에 들었다.

책과 내 손을 보면서 한순간도 내가 보이는 것을 파괴할지도 모른다는 생각은 하지 않았다. 내 끔찍한 능력에 대한 생각은 전혀 떠오르지 않았다. 그저 보는 능력에 도취되었을 뿐이다. 내가 볼 수 있다 해서 별을 파괴할 수 있겠는가?

15

여러 날이 지나도록, 어머니가 나를 위해 쓴 글을 가지고 있다는
것만으로 충분했다. 나는 그 천들을 내 방으로 가져가서 조각이
들어간 상자 안에 넣어두었다. 그리고 아침마다 첫 새벽빛에 비
추어 글을 읽었다. 수탉이 울기 시작할 때 깨어나, 누군가가 방
에 들어오면 내릴 태세로 눈가리개를 이마에 두른 채 탁자 앞에
앉았다. 나는 글이 적힌 천 외에는 아무 데도 보지 않으려고 주
의했고 읽기 시작할 때 한 번, 마무리할 때 한 번씩 창문을 올려
다보고 하늘을 보았다. 스스로에게는 내 어머니의 글을 읽고 빛
을 보는 것만으로는 아무 해도 끼칠 수 없다는 이유를 댔다.

나는 특히 검둥이를 보지 않으려고 주의를 기울였다. 몹시 힘
겨운 일이었다. 보고 싶은 마음이 간절했다. 나는 검둥이가 방
안에 있으면 보지 않고는 못 배길 것을 알았고, 그 생각을 하니
소름이 끼쳤다. 글만 볼 수 있도록 눈 옆에 손을 대고 앉으려고
도 해보았지만, 그래도 안전하지 않았다. 나는 눈을 감고 검둥

이를 방에서 몰아냈다. "여기 있어." 나는 방문 밖에서 말했고, 검둥이가 순종적으로 꼬리를 치는 소리를 들었다. 문을 닫자 배신자가 된 기분이었다.

읽고 있는 내용이 아리송할 때도 자주 있었다. 아마포가 궤 안에 순서 없이 쌓여 있었고, 내가 가지고 나오면서 더 뒤죽박죽이 되었기 때문이다. 게다가 어머니는 머리에 떠오르는 대로, 기억할 수 있는 만큼 적었고 시작도 끝도 없이 몇 부분이나 몇 구절만 적고 아무 설명도 덧붙이지 않은 경우도 많았다. 어머니도 처음 적기 시작했을 때에는 주석을 달았다. '이것은 내 할머니가 가르쳐주신 여자들의 에누 경배문이다' 또는 '이 축복받은 모무 이야기는 더 알지 못한다'라는 식이었다. 어떤 면에는 앞에 '내 아들, 카스프로만트의 오렉을 위해'라고 적혀 있기도 했다. 초반에 쓴 글 중 데리스와터가 처음 세워진 때를 말한 전설에는 '데리스와터와 카스프로만트의 멜 아우리타가 지닌 우물에서 퍼낸 두레박에서, 사랑하는 아들을 위해'라는 제목이 붙어 있었다. 글씨가 약하고 급해지는 것을 보고 알 수 있었지만, 병세가 깊어갈수록 설명이 없어졌고 글이 더 파편적이 되었다. 그리고 이야기 대신 시와 노래가 많아졌는데, 하나같이 읽기 어렵게 천을 메우고 있어서 큰 소리로 읽어야만 시를 이해할 수 있었다. 나중에 쓴 글 중에는 알아보기가 몹시 힘든 것도 있었다. 그리고 궤 맨 위에 놓여 있어서 잘 간수해두었던 마지막 장에는 희미하게 몇 줄밖에 적혀 있지 않았다. 나는 어머니가 너무 피곤해서 더는 쓸 수가 없다고 했던 순간을 기억했다.

어머니가 남겨준 이 귀한 선물을 읽으며 강렬한 기쁨을 맛본 후에 자진해서 다시 스스로에게 어둠을 내리고 개의 인도를 받

으며 비틀거리고 살다니 이상해 보일 거라는 건 안다. 자진했을
뿐 아니라, 각오하고 있었다. 내가 카스프로만트를 지킬 수 있
는 방법은 눈을 가리는 것뿐이었기에, 나는 장님이 되었다. 내
의무에 빛을 드리우는 기쁨을 찾았다 해도 의무는 여전히 의무
였다.

　나는 이 구원을 찾아낸 것이 내가 아니라는 사실을 의식하고
있었다. "넌 그 책을 읽을 수 있어"라고 말해준 것은 그라이였
다. 가을이었고, 그라이는 로드만트의 추수일로 바빠서 거의 건
너오지 못했다. 그러나 나는 그라이가 찾아오자마자 내 방에 데
려가서 글이 들어 있는 상자를 보여주고 내가 책을 읽고 있다고
말했다.

　그라이는 기뻐하기보다는 난감하고 당황한 것 같았으며, 서
둘러 방을 나섰다. 당연하게도 그라이는 지금 어떤 위험을 감수
한 것인지에 대해 나보다 예민하게 느끼고 있었다. 영지 사람들
은 소녀들에게 엄격하지 않았고, 고원지대에서는 젊은이들이
밖에서나 다른 사람들이 다니는 곳에서 같이 말을 타고 걷고 이
야기를 나누는 것이 부적절하다고 보지 않았다. 그러나 열다섯
살의 소녀가 동갑내기 소년의 침실에 들어가는 것은 지나쳤다.
랍과 소소도 가차 없이 잔소리를 퍼부었을 것이고, 부엌일을 돕
는 이들이나 실 잣는 여인네 중에 소문을 퍼트리는 사람이 있을
수도 있었다. 이런 가능성을 겨우 떠올리자 얼굴이 붉어지는 느
낌이 들었다. 우리는 말없이 밖으로 나갔고, 30분이나 말馬에 대
한 이야기를 나누고서야 거북함이 사라졌다.

　그 후에야 내가 읽고 있는 글에 대해 의견을 나눌 수 있었다.
나는 그라이에게 오드레셀의 노래 하나를 읊어주었다. 나는 그

노래에 가슴이 벅찼지만, 그라이는 별 감흥이 없는 것 같았다. 그녀는 이야기를 더 좋아했다. 나는 어떻게 시에 매혹당하는지 설명할 수 없었다. 시가 어떻게 서로 맞물리는지, 어떻게 해서 어떤 단어가 반향을 일으키는지, 어떤 소리나 운율이 다시 떠오르는지, 어떤 박자가 언어 속을 누비는지 알아내려 애썼다. 이런 모든 것이 어둠 속에서 지내는 하루 나머지 시간 동안 내 머릿속에 남아 있었다. 나는 찾아낸 패턴에 내 언어를 채워 넣으려 해보았고, 가끔은 성공하기도 했다. 그럴 때면 강렬하고 순수한 즐거움을 얻었다. 오래 지속되고, 그 단어들, 그 패턴, 그 시를 생각할 때마다 다시 맛볼 수 있는 즐거움이었다.

그라이는 그날도, 다음에 찾아왔을 때에도 울적해져 있었다. 이제는 비가 많이 오는 10월이었고, 우리는 굴뚝 구석에 앉아서 이야기를 했다. 랍이 가져온 귀리 과자를 내가 천천히 먹는 동안 그라이는 말없이 앉아 있었다. 그러다가 마침내 말했다. "오렉, 우리에게 왜 능력이 있는 것 같아?"

"우리 사람들을 지키기 위해서지."

"내 능력은 아니야."

"그건 그래. 그래도 사람들을 위해 사냥을 하고, 음식을 얻게 도와주고, 동물들이 같이 일하게 훈련시킬 수 있잖아."

"그래. 하지만 네 능력은. 아니면 아버지의 능력은. 파괴하고 죽이는."

"누군가는 그런 것도 해야지."

"알아. 하지만 그거 알아……? 아버지는 칼날의 능력으로 손가락에 박힌 나뭇조각이나 발에 박힌 가시를 뺄 수 있어. 빠르고 깔끔해서 피가 한 방울밖에 안 흘러. 슥 보기만 하면 빠지는 거야……. 그리고 나노 코드. 나노는 사람들을 귀머거리 장님으로 만들 수 있지만, 귀머거리 아이의 귀를 뚫어주기도 한 거 알아? 그 애는 귀머거리에 벙어리였고, 자기 엄마랑 손짓으로밖에 뜻을 못 전했는데, 이젠 들을 수 있으니까 말도 배울 수 있어. 나노는 누군가를 귀머거리로 만들 때와 똑같이 한 거래. 단지 평소에 바로 한 거라면 이건 거꾸로 한 거야."

그건 흥미로운 일이었고 잠시 그 이야기를 나누긴 했지만 나에게 큰 의미는 없었다. 그라이에게는 중요했다. "난 모든 재능이 거꾸로인 건 아닌지 생각해."

"무슨 소리야?"

"부름은 아니지. 부름은 바로도 거꾸로도 쓸 수 있어. 하지만 '칼날'이나, 코드의 '봉하기'는…… 그건 거꾸로인 건지도 몰라. 어쩌면 처음에는 사람들을 치료하는 데 쓰는 거였는지도 몰라. 치유를 위한 거였는지도. 그러다가 사람들이 그걸 무기로 쓸 수 있다는 걸 알고 그렇게 쓰기 시작하면서, 다른 방법은 잊은 거야……. 티브로가 가진 '고삐 매기' 능력도 원래는 사람들과 같이 일하는 능력이었는데, 그걸 거꾸로 쓰면서 사람들이 자기들을 위해 일하게 만든 걸지도 몰라."

"모르가는?" 내가 물었다. "모르가의 능력은 무기가 아니잖아."

"그렇지. 그건 사람들이 왜 아픈지, 어떻게 치료하는지 알아낼 때만 좋은 능력이야. 사람들을 아프게 만들진 못해. 그러니까 거꾸로가 안 되는 거지. 모르가가 다른 사람이 아무도 가지 않는 곳에 숨어야 하는 것도 그래서고."

"좋아. 하지만 바로가 없는 능력도 있어. 헬바르의 '제거'는?

그리고 내 능력은?"

"그것도 처음에는 치유하는 능력이었을 수 있어. 사람이나 동물 안에 뭔가가 잘못되어 있으면, 뭔가가 제대로가 아니면…… 매듭 같은 게 있으면, 그걸 풀어내는 능력이었을지도 몰라. 꼬인 것을 바로 펴고, 제대로 정리하는 능력."

그것은 생각지 못한 가능성이었다. 나는 그라이의 말뜻을 정확히 알 수 있었다. 그것은 내가 머릿속으로 짓는 시와 비슷했다. 엉망으로 엉킨 말들이 갑자기 패턴을 이루고, 명쾌함을 얻고, 그러면 바로 이거라고, 이게 옳다고 알아보게 되는 것이다.

"하지만 그러면 우린 왜 그런 일을 그만두고 다른 사람 속을 엉망으로 만드는 데만 쓰게 된 거지?"

"적이 많으니까. 그리고 어쩌면 선물은 양쪽 방향으로 쓸 순 없는 걸지도 몰라. 거꾸로 갔다가 바로도 갈 수는 없는 거지."

그 목소리에서 그라이가 자신에게 중요한 것을 말하고 있다는 것을 알 수 있었다. 그라이의 능력 쓰임과 관계가 있는 것은 분명한데 무엇인지는 확실하지 않았다.

"흠, 되돌리지 않고 돌리는 데 능력을 쓸 방법을 가르쳐줄 사람이 있다면 배워볼 텐데." 그렇게 진지한 마음은 아니었다.

"정말이야?" 그라이는 진지했다.

"아니. 오그 드럼을 없애기 전엔 안 돼."

그라이는 크게 한숨을 쉬었다.

나는 돌로 만든 노변 자리에 주먹을 갖다 대고 말했다. "그럴 거야. 할 수 있을 때 꼭 그 뚱뚱한 독사를 없애버릴 거야! 아버지는 왜 그러지 않지? 뭘 기다리는 거야? 날? 내가 못 한다는 걸, 능력을 통제하지 못한다는 걸 알면서. 자긴 할 수 있잖아. 어떻게 여기 앉아서 어머니의 복수도 하지 않을 수가 있어?"

나는 그라이 앞에서 이 말을 한 적이 없었다. 나 자신에게도 거의 하지 않았다. 나는 말하면서 갑자기 솟구친 분노로 달아올랐다. 그라이의 답변은 차가웠다.

"네 아버지가 죽었으면 좋겠니?"

"드럼이 죽었으면 좋겠어!"

"오그 드럼이 낮이고 밤이고 경호원들과 같이 다닌다는 거 알지. 장검과 단검을 든 남자들과 석궁수들. 게다가 오그의 아들 셉도 능력을 갖고 있고, 렌 코드가 오그를 위해 일하고, 드러만트의 모든 사람이 카스프로만트에서 오는 사람을 감시하고 있어. 아저씨가 그리 걸어 들어가서 죽었으면 해?"

"아니……."

"네 아버지가 뒤에서 죽일 거란 생각은 안 하겠지? 어둠 속에 숨어 들어가서? 카녹 아저씨가 그럴 것 같아?"

"아니." 나는 말하고, 양손에 머리를 묻었다.

"아버지는 벌써 2년째 카녹 아저씨가 오그 드럼을 죽이려고 말에 올라서 드러만트로 달려갈까봐 무섭다고 해. 두넷에 달려갔을 때처럼 말이야. 다만 이번엔 혼자서."

할 말이 없었다. 나는 아버지가 왜 그렇게 하지 않는지 알고 있었다. 그의 보호가 필요한 사람들을 위해서였다. 나를 위해서였다.

오랜 시간이 흐르고 나서 그라이가 말했다. "너는 능력을 바로 쓰지 못하고 거꾸로만 쓸지 모르지만, 난 바로 쓸 수 있어."

"넌 운이 좋구나."

"그렇지. 어머니는 그렇게 생각하지 않지만 말이야." 그라이는 불쑥 일어서서 말했다. "검둥아! 산책하자."

"네 어머니 얘긴 뭐야?"

"어머니는 내가 같이 보레만트에 가서 겨울 사냥에 참여하길 바라셔. 그리고 내가 같이 가서 짐승들을 사냥에 부르는 방법을 배우지 않는다면, 그러면 남편을 찾는 게 좋을 거래. 그것도 빨리. 내가 능력을 쓰지 않는다면 로드만트 사람들이 날 지지하지 않을 거라고."

"하지만…… 테르녹 아저씨는 뭐라셔?"

"아버지는 곤란해하고 걱정하고 내가 어머니를 화나게 하지 않았으면 하고 내가 왜 브랜터가 되길 바라지 않는지 이해하지 못하지."

나는 검둥이가 끈기 있게, 그라이가 약속한 산책을 준비하고 서 있다는 사실을 알 수 있었다. 나도 일어섰고, 우리는 바람 없이 이슬비가 내리는 바깥으로 나갔다.

"왜 원치 않는데?" 나는 물었다.

"개미들에 대한 이야기 속에 다 있어. 가자!" 그라이는 빗속으로 걸어 나갔다. 검둥이는 나를 끌고 그녀를 따라갔다.

그것은 마음을 휘젓는 대화였고, 나는 반도 이해하지 못했다. 그라이가 힘들어하고 있었건만 나는 전혀 도움이 되지 못했고, 남편을 찾아야 한다는 말에 흠칫했다. 내가 눈을 가린 후부터 우리는 폭포 위 바위에서 했던 약속에 대해 말한 적이 없었다. 그라이를 그 약속에 매어둘 수는 없었다. 하지만 왜 그래야 한단 말인가? 나는 그 모든 것을 흩어버릴 수 있었다. 그렇다. 우리는 열다섯 살이었다. 하지만 무엇이든 서둘러 할 필요는 없었다. 이야기할 필요도 없었다. 우리 사이의 이해만으로도 충분했다. 고원지대에서 정략적인 약혼은 일찍 이루어져도 20대 전에 혼인하는 이들은 드물었다. 나는 판이 그라이를 을러대느라 한 말일 뿐이라고 되뇌었다. 그래도 그 협박은 내 머리 위에 매달려 있었다.

그라이가 능력에 대해 했던 말은 어느 정도 이해가 갔지만 그라이의 능력인 부름을 빼면 이론으로만 가능한 이야기였다. 부름은 바로도 거꾸로도 가능하다고 했다. 거꾸로가 야생 동물을 불러다가 살해하는 것을 뜻한다면, 바로는 가축들과 함께 일하는 것, 말을 길들이고 소 떼를 부르고 개들을 훈련하고 동물들을 치료하는 것을 뜻했다. 믿음을 존중하는 길이다, 배신하는 길이 아니라. 그라이는 그렇게 보았다. 그리고 그렇게 보고 있다면 판이 그라이를 움직일 방법은 없었다. 아무도 그라이를 움직일 수 없었다.

그러나 훈련과 말 길들이기가 누구든 배울 수 있는 일로 여겨지는 것도 사실이었다. 혈통의 선물은 짐승들을 사냥에 부르는 것이었다. 그 능력을 쓰지 않는다면 그라이는 로드만트에서든 다른 어디서든 브랜터가 될 수 없었다. 판의 눈에는 그라이가 자신의 능력을 존중하지 않고 배신하는 것으로 보였을 것이다.

그러면 나는? 내 능력을 쓰지 않고, 거부하고, 믿지 않음으로써, 능력을 배신하고 있는 것이었을까?

～～～

그렇게 시간이 흘렀다. 이제는 매일 동틀 녘에 빛나는 한 시간이 주어지기는 했지만 여전히 어두운 해였다. 그리고 도망자가 카스프로만트에 온 것은 초겨울의 일이었다.

몰랐겠지만 도망자는 가까스로 죽음을 모면했다. 그는 서쪽으로부터 우리 영지에 들어와서 우리가 살무사와 마주쳤던 양 방목장으로 내려왔고, 기회만 있으면 드러만트와 코드만트의 경계선을 순시하던 카녹이 마침 돌담 옆으로 말을 달리고 있었다. 그는 돌벽을 넘어 뛰어오는, 그의 말을 빌리자면 언덕으로 숨어 들어오는 남자를 보았다. 카녹은 말머리를 돌리고 쥐에게 달려드는 독수리처럼 달려 내려갔다. "왼손을 꺼내 들고 있었지. 분명히 양 도둑이거나, 은빛 암소를 훔치러 온 놈일 거라 생각했거든. 왜 손을 멈췄는지 모르겠다."

이유가 무엇이었든, 그는 그때 그 자리에서 에몬을 죽이지 않고 고삐를 당긴 다음 누구이며 무엇을 하고 있느냐고 물었다. 어쩌면 눈의 움직임만 보고서도 상대가 우리네 사람이 아니라는 것, 드러만트에서 온 소도둑이나 골짜기에서 온 양도둑이 아니라 외지인이라는 것을 알아보았는지도 모르겠다.

그리고 어쩌면 에몬의 말투, 부드러운 저지대식 억양을 듣고 마음이 약해졌는지도 모른다. 어쨌든 카녹은 대너에서 올라오다가 완전히 길을 잃었고, 하룻밤 지낼 오두막과, 가능하다면 할 만한 일거리를 찾고 있었을 뿐이라는 에몬의 설명을 받아들였다. 12월의 차가운 안개비가 내리고 있었건만 그 남자는 제대로 된 외투도 없이 빈약한 재킷과 없는 거나 마찬가지인 스카프만 걸쳤다.

카녹은 에몬을 늙은 여인과 그 아들이 은빛 암소를 돌보고 있는 농가로 데려갔고, 괜찮다면 다음 날 석조 저택으로 오라고, 할 만한 일이 있을지도 모른다고 말했다.

그러고 보니 은빛 암소 이야기를 아직 안 했다. 은빛 암소는 드럼의 도둑들이 흰 암송아지 두 마리를 훔쳐 갔을 때 남아 있었던 나머지 한 마리였다. 이 송아지는 고원지대에서 가장 아름다운 암소로 성장했다. 알록과 카녹이 테르녹이 데리고 있는 훌륭한 흰 황소와 교배시키기 위해 로드만트로 데려갈 때, 가는 길에 마주친 모든 사람이 이 암소의 아름다움에 감탄했다. 첫 교배에서 암소는 수송아지와 암송아지를 한 마리씩 낳았고 두 번째 교배에서 암송아지 쌍둥이를 낳았다. 예전에 흰 송아지를 잃어버린 부주의에 마음을 쓰던 늙은 여인과 그 아들은 이 암소를 공주처럼 돌보았다. 늘 가까이 두었고, 목숨을 걸고 지켰으며, 크림색 털을 빗질해주고, 제일 좋은 것을 먹이고, 지나다 들르는 사람마다 잡고 이 암소를 칭송했다. 이 암소는 결국 '은빛 암소'라고 불리게 되었고, 이 암소와 그 자매들이 낳은 새끼 덕분에 카녹이 꿈꾸던 소 떼가 이루어지기 시작했다. 은빛 암소는 원래 있던 곳에서 튼튼하게 자랐고, 카녹은 암소를 그 자리에 다시 데려다놓았다. 그러나 새끼들이 젖을 떼자 카녹은 그들을 높은 초지로 옮겼다. 위험한 경계선에서 멀찍이 떨어진 곳으로.

바로 다음 날, 저지대에서 온 방랑자가 우리 석조 저택에 도착했다. 카녹이 정중하게 맞이했기 때문에 저택 사람들도 질문 없이 방랑자를 받아들였고, 음식을 주고, 따뜻하게 입을 만한 낡은 외투를 찾아주고, 그 목소리에 귀를 기울였다. 모두가 겨울에 귀 기울일 새로운 목소리의 등장을 기뻐했다.

"저이는 우리 소중한 멜 마님과 비슷하게 말해요." 랍이 눈물이 글썽해서 속삭였다. 눈물은 맺히지 않았지만 나도 에몬의 목소리를 듣는 것이 좋았다.

1년 중 이 시기에는 여분의 일손이 필요할 일이 없었지만, 도움이 필요한 이방인을 받아들여 일 비슷한 것이라도 줌으로써 체면을 세워주는 것이 고원지대의 관습이었다. 물론 사이가 나쁜 영지 사람이 아니라는 게 확실할 때 이야기이다. 혹시라도 그런 징후가 있었다면 영지 경계선 어딘가에 시체가 되어 누워 있었을 것이다. 에몬이 말이나, 양이나, 소나, 다른 어떤 종류의 농장 일에 대해서도 아는 게 없다는 것은 명백했다. 하지만 마구 닦는 일은 누구나 할 수 있다. 에몬은 마구 닦는 일을 맡았고, 이따금씩 그 일을 했다. 그의 체면을 세워주는 것은 큰 문제가 아니었다.

　대개 에몬은 나와, 또는 나와 그라이와 같이 큰 화덕 구석에 앉아서 지냈다. 맞은편에서는 여자들이 길고 나지막한 노래를 흥얼거리며 실을 자았다. 우리가 어떤 이야기를 했는지, 그리고 우리를 힘겹게 하는 것들이 아무 의미가 없고 우리의 우울한 의문들이 필요치 않은 세상에서 왔다는 것만으로도 에몬이 얼마나 즐거운 존재였는지는 이미 말했다.

　이야기가 내 눈가리개에 이르고 내 눈을 봉한 것이 아버지였다고 말했을 때 에몬은 조심하느라 더 묻지 않았다. 고원지대의 표현을 빌리자면, 땅이 흔들리면 수렁이 있는 것을 안다고나 할까. 그러나 에몬은 집안 사람들에게 묻고 다녔고, 사람들은 어린 오렉의 눈이 가려진 것은 그러려고 하든 하지 않든 상관없이 앞에 있는 누구든 무엇이든 파괴할 수도 있는 길들지 않은 재능을 가졌기 때문이라고 말해주었다. 분명 그들은 계속해서 눈먼 카다드 이야기와, 카녹이 어떻게 두넷을 습격했는지, 내 어머니가 어떻게 죽었는지까지 이야기했을 것이다. 그리고 그 모든 이야기는 에몬의 불신을 시험했을 것이다. 그래도 에몬에게는 그게 여전히 자기들만의 두려움에 사로잡힌, 주술에 대해 이야기하면서 스스로를 겁주는 무식한 시골 사람들의 미신으로 보였을 것이다. 나는 이해할 수 있다.

에몬은 그라이와 나를 좋아했다. 우리 때문에 안타까워했고 우리가 그와의 사귐을 얼마나 소중히 생각하는지 알았다. 그는 우리를 위해 좋은 일을 할 수 있다고, 우리를 계몽시킬 수 있다고 여겼을 것이다. 그는 내 눈을 가린 것은 내 아버지였지만 그 눈가리개를 계속 하고 있는 것은 나라는 점을 깨닫자 몹시 충격을 받았다. "직접 그런단 말이야? 하지만 그건 미친 짓이야, 오렉. 네 안에 악은 없어. 온종일 노려본다고 해도 파리 한 마리 안 죽일걸!"

그는 성인 남자였고 나는 소년이었으며, 그는 도둑이었고 나는 정직한 사람이었으며, 그는 세상을 보았고 나는 보지 못했지만, 악에 대해서라면 그보다 내가 더 잘 알았다. "내 안엔 악이 있어."

"그야, 아무리 좋은 사람이라도 악한 구석이 전혀 없지는 않지. 그러니까 어둠 속에서 품고 곪아가게 하는 것보다는 내놓고 인정하는 게 최선 아니겠어?"

좋은 뜻으로 한 충고였지만 내게는 모욕적이기도 하고 고통스럽기도 한 말이었다. 난폭한 답을 내놓고 싶지 않았던 나는 일어서서 검둥이와 함께 밖으로 나갔다. 나가는데 에몬이 그라이에게 하는 말이 들렸다. "아, 지금 저건 완전히 자기 아버지 판박인데!" 그라이가 무슨 말을 했는지 모르지만, 에몬이 다시 내 눈가리개에 대해 충고하려 드는 일은 없었다.

제일 안전하고 결실 있는 화제는 말 길들이기와 이야기하기였다. 에몬은 말에 대해 잘 몰랐지만 저지대의 여러 도시에서 훌륭한 말들을 보아왔고, 우리 말들처럼 훈련된 말은 본 적이 없다고 말했다. 별이는 물론이고 늙은 얼룩이나 재기러기까지도 그랬다. 날이 너무 궂지 않으면 우리는 밖에 나갔고, 그라이는 별이와 함께 연습한 온갖 묘기와 걸음걸이를 보여줄 수 있었다. 나야 그라이의 설명으로만 알았지만 말이다. 나는 에몬이 찬탄하고 칭찬하는 소리를 듣고, 그라이와 별이의 모습을 상상해보았다. 그러나 나는 별이를 본 적이 없었다. 그라이의 현재 모습도 본 적이 없었다.

에몬이 그라이에게 말하는 목소리에 귀가 곤두설 때도 있었다. 좀 더 부드럽고, 비위를 맞추는 것 같은, 거의 꾀는 것 같은 말투였다. 대개는 에몬도 어른 남자가 어린 소녀를 대할 때처럼 말했지만, 때로는 여자를 대하는 남자처럼 말했다.

별 성과는 없었다. 그라이는 어린아이처럼 거칠고 꾸밈없이 답했다. 에몬을 좋아하긴 해도 그에 대해 별생각은 없었다.

비가 오고 바람이 불거나 눈보라가 칠 때는 굴뚝 구석 자리에 머물렀다. 에몬이 저지대의 생활에 대해 이야기하는 게 워낙 서툴다보니 다른 이야깃거리가 곧 떨어졌다. 하루는 그라이가 이야기를 하나 해달라고 했다. 그라이는 《샴한》의 영웅담을 좋아했기 때문에 나는 함네다와 그 친구 옴난에 대한 이야기를 했다. 열심히 귀 기울이는 청중—실 잣는 여인들도 노래를 멈추었고, 심지어는 물레를 멈추고 이야기를 듣는 여인도 있었으므로—이라는 유혹에 넘어간 나는 계속해서 어머니가 적어준, 라니우 사원 경전에 실린 시를 하나 읊었다. 어머니가 기억하지 못한 부분도 있었지만, 나는 복잡한 운율을 유지하면서 그 공백을 내 언어로 메웠다. 그 시를 읽을 때마다 마음이 벅차올랐고, 읊으면서 그 언어가 나를 사로잡고 나를 통해 흘러나갔다. 시를 끝냈을 때 나는 생애 처음으로 정적이 가수에게 최고의 보상일 수 있음을 알았다.

"모든 이름에 걸고 맙소사." 에몬이 경외심 어린 목소리로 말했다.

실 잣는 여인들 쪽에서 작게 탄복의 소리가 들려왔다.

"어떻게 그 이야기며 그 노래를 아는 거지? 아, 물론 어머니를 통해서겠지만. 그걸 다 얘기해줬단 말이야? 그리고 넌 그걸 다 기억하고?"

"날 위해 써주셨어." 나는 생각 없이 대답했다.

"썼다고? 읽을 수 있어? 하지만, 눈가리개를 하고서는 아니겠지!"

"읽을 수 있어. 눈가리개를 한 채로는 못 읽지만."

"대단한 기억력이야!"

"기억은 눈먼 이의 눈이지." 나는 거의 빈틈을 보일 뻔하다가 방어하는 입장에서 최선은 공격적으로 나가는 것이라고 생각하고 악의를 담아서 말했다.

"그리고 어머니에게 읽기를 배웠단 말이지?"

"그라이와 나 둘 다."

"하지만 이 높은 곳에서 읽을 게 있었나? 책이라곤 전혀 못 봤는데."

"우릴 위해 어머니가 몇 개 써줬어."

"모든 이름에 걸고 맙소사. 이봐, 나한테 책이 한 권 있어.

그…… 도시에서 얻은 건데 계속 짐에 넣어둔 채로 여기까지 가져왔거든. 뭔가 가치가 있을지도 모른다고 생각했지. 이 위에서는 책이 별 값어치가 없지? 하지만 너희에게라면 가치 있을지도 몰라. 가만있어봐, 가져올게." 그는 곧 돌아와서 내 손에 작은 상자를 밀어 넣었다. 손가락 한 마디 두께도 안 되는 얇은 상자였다. 뚜껑은 쉽게 열렸다. 뚜껑 밑에서 빈 공간 대신 비단 같은 촉감이 느껴졌다. 그 아래로 더 많은 천이, 책장이, 내 어머니가 만든 책처럼 한쪽 면이 묶인 채 겹겹이 놓여 있었다. 얇으면서도 빳빳해서 쉽게 넘길 수 있었다. 내 손가락은 그 감촉에 경탄했고 내 눈은 그 책을 보고픈 열망에 사로잡혔다. 그러나 나는 에몬에게 책을 돌려주었다. "읽어봐."

"자, 그라이, 네가 읽어." 에몬은 그라이를 부추겼다.

그라이가 책장을 넘기는 소리가 들렸다. 그녀는 단어를 몇 개 읽고 나서 포기했다. "멜 아줌마가 써준 거랑 너무 달라 보여. 작고 까맣고 더 위아래로 반듯하고, 글자들이 다 비슷해."

"인쇄라는 거야." 에몬이 아는 척 말했지만, 내가 그게 무슨 뜻인지 알고 싶어 하자 많은 이야기를 해주지는 못했다. 그는 애매모호하게 말했다. "사제들이 하는 일이야. 포도즙 짜는 거랑 비슷한 바퀴들이 있고……."

그라이가 책의 생김새를 설명해주었다. 바깥은 가죽이고, 송아지 가죽인 것 같은데 마무리는 단단하고 반질반질하게 해서 테두리를 따라 금박으로 소용돌이 장식을 찍어 넣었으며, 책장이 맞물리는 뒷부분에는 금박이 더 들어가고 붉은색으로 단어가 박혀 있고, 책장 가장자리도 금색이라고 했다. "정말, 정말 아름다워." 그라이가 말했다. "분명히 귀한 물건일 거야."

그리고 그라이가 책을 에몬에게 돌려주었다는 것을, 에몬의 말을 듣고 알았다. "아냐. 이건 너랑 오렉에게 주는 거야. 읽을 수 있다면 읽어. 읽지 못한다면 언젠가 읽을 수 있는 사람이 나타날지도 모르지. 그러면 너희가 대단한 학자들이라고 생각하지 않겠어?" 그는 쾌활하게 웃었고, 우리는 그에게 고맙다고 말했다. 그는 책을 다시 내 손에 쥐여주었다. 나는 책을 잡았다. 실로 귀한 물건이었다.

가장 이른 아침의 회색 빛 속에서 나는 그 책을, 금박을, 책등에 적힌 '변형'이라는 붉은 글자를 보았다. 책을 펼쳐 종이를 (그때까지는 아직 놀라울 정도로 섬세한 천이라고만 생각했지만), 첫 장의 굵고 크고 화려하게 말린 글자를, 새하얀 책장마다 기어가는 개미들처럼 빽빽하게 찍힌 작고 까만 글자들을 보았다……. 개미들. 나는 물푸레나무 개울 위 오솔길에 있던 개미집을, 각자의 일을 하러 개미집으로 기어가고 기어 나오던 개미들을 보았고 손과 눈과 말과 의지로 그들을 쳤다. 그래도 개미들은 여전히 각자의 일을 하며 기어 다녔고 나는 눈을 감았다……. 눈을 감았다가, 떴다. 책은 내 앞에 펼쳐져 있었다. 한 줄을 읽었다. '그리하여 그는 침묵 속에서 마음으로 맹세했노니.' 그것은 시였다. 시로 적힌 이야기였다. 나는 천천히 책장을 넘겨 처음부터 읽기 시작했다.

발치에서 검둥이가 자세를 바꾸더니 나를 올려다보았다. 나는 검둥이를 내려다보았다. 빽빽하고 곱슬곱슬한 까만 털이 귀와 얼굴에서 짧게 자란 중간 크기 개였다. 코가 길었고, 이마가 높았으며, 진한 갈색인 맑은 눈이 똑바로 내 눈을 올려다보고 있었다.

얼른 책을 보고 싶은 마음에 흥분한 나머지 눈가리개를 올리기 전에 검둥이를 밖으로 내보내는 것을 잊어버렸던 것이다.

검둥이는 눈을 돌리지 않으면서 일어섰다. 몹시 놀랐을 테지만 그 의아해하는 듯한 정직하고 강렬한 시선 외에 다른 방식으로 놀라움을 드러내기에는 너무나 책임감 강하고 기품 있는 개였다.

"검둥아." 나는 떨리는 목소리로 말하고 녀석의 코에 손을 얹었다. 녀석은 킁킁거리며 냄새를 맡았다. 그것이 있는 그대로의 나였다.

나는 무릎을 꿇고 검둥이를 껴안았다. 우리는 애정을 많이 드러내는 편이 아니었지만, 검둥이도 내 가슴팍에 머리를 대고 한동안 그 자세로 있었다.

나는 말했다. "검둥아, 난 절대 널 해치지 않을 거야."

검둥이는 알고 있었다. 그래도 문 쪽을 보았다. 지금이 더 좋기는 하지만, 하던 대로 나가서 기다려도 괜찮다고 말하는 것 같았다.

나는 말했다. "여기 있어." 그러자 검둥이는 의자 옆에 엎드렸고, 나는 다시 책으로 눈을 돌렸다.

16

에몬은 그 후 얼마 지나지 않아서 떠났다. 카녹의 호의 덕분에 대우가 나빠질 일이 없었다고는 해도 환대가 약해지는 것은 분명했다. 그리고 사실 늦겨울과 초봄에는 석조 저택에서의 삶 자체가 보잘것없기도 했다. 암탉은 알을 낳지 않았고, 소시지와 햄은 먹어치운 지 오래였으며, 도살할 소도 없었다. 우리는 귀리죽과 말린 사과로 연명했다. 유일한 사치품이자 고기는 '큰물'이나 '물푸레나무 개울'에서 잡은 송어나 바다송어를 훈제하거나 생으로 먹는 것뿐이었다. 에몬은 카란타지의 크고 부유한 영지에 대한 이야기를 듣고 그곳에서라면 더 잘 먹을 수 있지 않을까 생각했을 것이다. 나는 에몬이 무사히 갈 수 있었기를 바란다. 그들이 에몬에게 능력을 쓰지 않았길 바란다.

에몬은 떠나기 전에 그라이와 나에게 진지하게 말했다. 그처럼 가벼운 영혼과 가벼운 손을 가진 남자로서는 최대한 진지하게 우리가 고원을 떠나야 한다고 했다. "여기에 너희들이 할 일이 뭐가 있어? 그라이, 넌 어머니가 원하는 대로 짐승들을 사냥에 불러오지 않을 거고, 그러니까 쓸모없다고 여겨지겠지. 오렉, 넌 계속 그 망할 눈가리개를 붙이고 있으니 이런 농장에서는 아무 쓸모가 없어. 하지만 저지대로 내려간다면 말이야, 그라이, 그 암말을 데리고 가서 걸음걸이를 보여주기만 하면 어느 마구간, 어느 말 사육장에서나 일자리를 얻을 수 있어. 그리고 오렉, 이야기와 노래를 기억하고 또 새로운 이야기와 노래를 만드는 네 재주는 말이지, 어느 마을에서나, 어느 도시에서나 가치 있는 기술이야. 사람들은 이야기꾼과 가수의 소리를 들으려고 모여들고, 돈도 잘 치른단 말이야. 부자들은 뽐내려고 자기 집에 들이기도 하지. 그리고 네가 평생 눈을 가리고 살아야 한다 해도 뭐, 시인과 가수 중엔 장님도 꽤 있거든. 물론 내가 너라면 눈을 뜨고 내 손 닿는 곳에 뭐가 있는지 볼 테지만 말이야." 그리고 그는 웃었다.

그리고 4월 어느 화창한 날 북쪽으로 떠났다. 카녹이 준 따뜻하고 질 좋은 외투를 입고, 낡은 가방을 메고, 작별을 고했다. 필시 쾌활하게 손을 흔들었을 것이다. 그 가방에는 우리 찬장에서 훔친 은 숟가락 몇 개, 벽옥 브로치 하나, 랍이 아끼는 보물이었던 금붙이와 우리 마구간에 있던 은을 씌운 굴레 한 쌍이 들어 있었다.

"제대로 닦아놓은 적이 없었지." 카녹은 별 원한 없이 말했다. 도둑을 집에 들일 때는 뭔가 잃을 거라고 예상하기 마련이다. 무엇을 얻을지는 아무도 모르는 법.

에몬과 함께 지낸 몇 달 동안 그라이와 나는 전처럼 솔직하게 이야기를 나누지 못했었다. 우리가 아예 꺼내지 않은 문제들이 있었다. 겨울은 기다림의 시간, 유예의 시간이었다. 이제 우리가 눌러왔던 모든 것이 터져 나왔다.

나는 말했다. "그라이, 나 검둥이를 봤어."

자기 이름이 들리자 검둥이가 꼬리를 한 번 쳤다.

"내보내는 걸 잊어버렸어. 내려다보니 검둥이가 있었고, 내가 보는 걸 봤지. 그래서…… 그 후부터…… 내보내지 않고 있어."

그라이는 오랫동안 생각하다가 말했다. "그러니까…… 안전하다고 생각하는 거야?"

"내가 무슨 생각인지 나도 몰라."

그라이는 묵묵히 생각에 잠겼다.

"내가…… 내 능력이 잘못됐을 때, 내 통제에서 벗어났을 때…… 그때 난 힘을 쓰려고 애쓰고 있었어. 시도하고 또 시도했는데 할 수가 없었어. 그래서 화가 나고 부끄러웠고, 아버지는 계속 날 압박하고 또 압박했고, 그래서 난 계속 시도하면서 점점 더 화가 나고 부끄러워졌어. 그러다가 그게 터지면서 멋대로 나간 거야. 그러니까, 능력을 쓰려고 하지 않으면, 어쩌면…… 그러면 괜찮을지도 몰라."

그라이는 이 말도 곰곰이 생각했다. "하지만 살무사를 죽였을 땐? 그때는 능력을 쓰려고 하지 않았잖아?"

"아니, 그때는 내내 능력이 없는 게 아닌가 싶어 걱정하고 있었어. 게다가 내가 살무사를 죽이긴 했을까? 들어봐, 그라이. 난 수없이 많이 생각해봤어. 나도 뱀을 쳤지만 알록도 쳤고 아버지도 쳤어. 거의 동시에 말이야. 그리고 알록은 나라고 생각했지. 내가 제일 먼저 봤으니까. 그리고 아버지는." 나는 멈칫했다.

"너이길 바라셨고?"

"어쩌면."

나는 잠시 후에 말했다. "어쩌면 아버지는 내가 그렇게 생각하길 원했는지도 몰라. 나에게 자신감을 주려고. 모르겠어. 하지만 난 말했어. 내가 할 일을 했는데, 아무것도 한 것 같지가 않다고 했어. 그리고 아버지에게 힘을 쓸 때 어떤 느낌인지 들어보려고 했지만 아버지는 설명하지 못했지. 그렇지만 들어봐, 힘이 널 관통할 땐 그걸 아는 게 당연해! 알아야 한다고! 시를 지을 땐 그 힘이 내 안에 흐르는 걸 알 수 있단 말이야. 그게 어떤 건지 안다고! 하지만 아버지가 가르쳐준 대로 하려고 하면, 그 힘을 쓰려고 하면, 눈과 손과 말과 의지를 쓰려고 하면 아무 일도 일어나지 않아. 아무 일도! 한 번도 느낀 적이 없어!"

"그때도…… 물푸레나무 개울에서도?"

나는 머뭇거렸다. "모르겠어. 그때는 너무 화가 나 있었어. 나 자신에게. 아버지에게. 이상했어. 폭풍 속에, 돌풍 속에 갇힌 것 같은 느낌이었어. 치려고 했지만 아무 일도 일어나지 않았는데, 바람이 떨어졌고, 눈을 떴더니, 내 손은 아직도 앞을 가리키고 있었고, 순식간에 비탈이 온통 시들고 녹아내리고 까맣게 변했지. 그리고 난 내 앞에 서 있는 게, 내가 가리키고 있는 게 아버지라고 생각했어. 아버지가 오그라든다고 생각했어. 하지만 그게 아니라 나무였지. 아버지는 내 뒤에 서 있었어."

"그 개는." 그라이는 한참 만에 속삭이듯 말했다. "함네다는."

"난 브랜티를 타고 있었고, 녀석은 함네다가 달려들자 겁에 질렸어. 내가 아는 거라곤 말에서 떨어지지 않고 브랜티가 일어서지 않게 하려고 했다는 것뿐이야. 함네다를 보았다 해도 나는 몰랐어. 하지만 아버지는 재기러기를 타고 있었지. 내 뒤에서."

나는 갑자기 말을 잃었다.

나는 마치 눈을 가리려는 듯 양손을 올렸다. 내 눈은 이미 가려져 있었는데도.

"그렇다면……." 그라이가 말을 하다가 멈췄다.

"아버지였을 수도 있어. 매번."

"하지만……."

"알고 있었어. 내내 알고 있었어. 하지만 감히 생각하지 못했지. 그래야 했어, 그게 나였다고 믿어야 했어. 내가 재능을 타고났다고. 내가 그런 일들을 했다고. 내가 살무사를 죽였다고, 내가 개를 죽였다고, 내가 혼돈을 만들어냈다고. 믿어야 했어. 내가 믿어야 다른 사람들도 믿을 테니까, 그래야 날 두려워하고 카스프로만트의 경계선에서 멀찍이 떨어질 테니까! 그게 재능의 좋은 점 아니겠어? 그걸 위해 있는 재능이잖아? 그게 재능이 하는 일이잖아? 브랜터가 자기 영지 사람들을 위해 하는 일이잖아?"

"오렉." 그라이의 말에 나는 말을 멈췄다.

그라이는 나지막하게 물었다. "카녹 아저씨가 믿는 건?"

"몰라."

"아저씨는 너에게 재능이 있다고 믿어. 길들지 않은 재능이. 설령."

그러나 내가 말을 끊었다. "그럴까? 아니면 그게 자기였다는 것, 자기 힘이고 자기 능력이었다는 걸 알면서 날 이용했을까? 내가 그걸, 재능을 가지고 있지 않기 때문에? 난 아무것도, 아무도 죽일 수 없었어. 내 쓸모라곤 위협용이 되는 것뿐이야. 허수아비지. 카스프로만트에서 물러서는 게 좋을걸! 눈먼 오렉에게 가까이 가지 않는 게 좋아! 눈가리개를 쓰지 않으면 보는 것마다 파괴할 테니 말이야! 하지만 그렇지가 않아. 난 아니야, 그라이. 보는 것마다 파괴하지 않아. 그럴 수가 없어! 난 어머니를 봤어. 죽어가는 어머니를 봤어, 봤다고. 난 어머니를 해치지 않았어. 그리고 그 책들, 검둥이……" 말을 이을 수가 없었다. 그 어두운 시절 내내 흘리지 않았던 눈물이 북받쳐 올랐고, 나는 팔에 머리를 묻고 흐느꼈다.

한쪽에서는 검둥이가 다리를 누르고, 반대쪽에서는 그라이가 내 어깨를 감싸 안은 가운데 나는 울었다.

─◦◦◦─

그날은 더 이야기하지 않았다. 나는 발작적인 울음으로 기진맥진했다. 그라이는 내 머리카락에 가볍게 입을 맞춰 작별 인사를 했고, 나는 검둥이에게 방으로 인도해달라고 했다. 방에 도착하자 뜨겁고 축축한 눈가리개가 눈을 누르는 것이 느껴졌다. 나는 눈가리개를 풀고, 젖은 안대를 떼어냈다. 4월의 오후였다. 3년 동안 보지 못한 금빛 햇살이 보였다. 나는 멍하니 그 빛을 바라보았다. 그러다가 침대에 누워서 눈을 감았고, 다시 어둠 속으로 미끄러져 들어갔다.

그라이는 다음 날 정오 무렵에 다시 왔다. 나는 눈가리개를 한 채 문간에 서서 검둥이에게 달리기를 시키던 참에 돌을 밟는 별이의 가벼운 발소리를 들었다.

우리는 다시 부엌뜰로 갔다가, 집에서 꽤 떨어진 과수원으로 들어갔다. 그리고 나무꾼의 톱질을 기다리는 늙은 나무 둥치에 앉았다.

"오렉, 너…… 네게 능력이 없다고 생각해?"

"생각이 아니라 알아."

"그렇다면 날 봤으면 좋겠어." 그라이가 말했다.

긴 시간이 걸렸지만, 나는 마침내 양손을 올려 눈가리개를 풀었다. 내 손을 내려다보았다. 한동안은 빛 때문에 눈이 부셨다. 땅에 빛과 그림자가 가득했다. 모든 것이 밝았고, 반짝이며 움직이고 있었다. 나는 그라이를 보았다.

키가 컸고, 갈색 얼굴은 마르고 길었으며, 입은 크고 입술이 얇았고, 둥근 눈썹 아래 눈동자는 어두운 빛깔이었다. 눈동자는 흰자위가 무척 투명했다. 반짝이는 검은 머리가 무겁게 흘러내렸다. 손을 내밀자 그라이가 그 손을 잡았다. 나는 손에 얼굴을 묻었다. "아름다워." 나는 그녀의 손에 대고 말했다.

그라이는 몸을 기울여 내 머리에 입을 맞추고는, 다시 몸을 폈다. 진지하고, 엄격하고, 부드러운 몸짓.

"오렉, 우리 어떻게 하지?"

나는 대답했다. "1년 동안 널 볼 거야. 그런 다음엔 혼인해야지."

그라이는 깜짝 놀랐다. 그녀는 머리를 뒤로 젖히고 크게 웃었다. "좋아! 좋아! 하지만 지금은?"

"지금은 뭐?"

"지금은 뭘 하냐고. 난 내 능력을 쓰지 않고, 넌……."

"쓸 능력이 없지."

"그럼 이제 우린 누구지?"

그건 쉽게 대답할 수 없는 질문이었다.

나는 한참 만에 말했다. "아버지와 이야기를 해봐야 해."

"잠깐 기다려. 오늘은 우리 아버지가 카녹 아저씨를 보려고 같이 왔어. 어제 어머니가 '골짜기'에서 돌아왔는데, 오그 드럼 이 큰아들과 화해하고 이제는 둘째 아들과 싸운대. 그리고 소문 에는 습격을 계획한다는 거야. 로드만트 아니면 카스프로만트 에 대한. 3년 전에 카녹이 훔쳐 간 하얀 암소들을 되찾기 위해서 라고 주장하고 있어. 그러니까 우리 소 떼 아니면 너희 소 떼를 노리겠지. 아버지와 난 오면서 알록과 마주쳤어. 다들 너희 북 쪽 들판에 모여서 어떻게 할지 계획 중이야."

"난 그 계획 속에서 뭘 하지?"

"모르겠어."

"까마귀를 겁주지 못하는 허수아비가 무슨 쓸모가 있을까?"

하지만 아무리 나쁜 소식이라 해도 내 마음을 어둡게 하지는 못했다. 그라이를 볼 수 있고, 몸통이 갈라진 오래된 사과나무 에 드문드문 핀 꽃 위로 떨어지는 햇빛을 볼 수 있고, 멀리 갈색 산비탈을 볼 수 있는 한은.

"아버지와 이야기해봐야 해." 나는 다시 말했다. "그때까지 는, 산책을 해도 될까?"

우리는 일어섰다. 검둥이는 일어서더니 고개를 한쪽으로 기 울이고 걱정스러운 표정을 지었다. '난 그 계획 속에서 뭘 하 죠?'라고 말하는 것 같았다.

"너도 우리랑 같이 걷는 거야." 나는 검둥이의 목줄을 풀어주 며 말했다. 그래서 우리는 골짜기 안으로, 졸졸거리는 작은 개 울을 따라 걸었고 한 걸음 한 걸음이 즐거움이자 환희였다.

그라이는 어둡기 전에 로드만트에 돌아갈 수 있을 만한 시간에 떠났다. 카녹은 어두워진 후에도 돌아오지 않았다. 이렇게 늦어질 때면 카녹은 영지 안의 어느 농가에 들르곤 했고, 그런 집에서는 그를 환대하고 음식을 권하고 농장 일과 걱정거리를 함께 이야기했다. 나도 눈을 가리기 전에는 그런 자리에 함께 했었다. 그러나 최근 몇 년 동안 그는 언제나 전보다 일찍 나가서 늦게 돌아왔고, 전보다 멀리까지 말을 몰았으며 더 열심히 일했다. 혼자 너무 많은 것을 짊어지고 스스로를 소모시키고 있었다. 아버지는 지쳐 있었고, 오그 드럼에 대해 들었으니 전보다 더 음울해져 있을 게 분명했다. 그러나 나는 이제 아무래도 좋은 기분이었다.

카녹은 내가 방에 있는 사이에 돌아와서 바로 탑실로 올라갔다. 저녁은 추웠기에 화덕에 불을 붙였다. 그 불을 이용해서 부엌에서 훔쳐 온 초를 켠 다음, 도전적으로 앉아서 데니오스의 《변형》을 읽었다.

집 안이 조용해지고 여자들도 부엌을 떠났다 싶자 나는 눈가리개를 두르고 검둥이에게 탑실로 인도해달라고 말했다.

그 불쌍한 개가 장님이었다가 앞을 보았다가 하는 나를 어떻게 생각했을지 모르겠지만, 검둥이는 개답게 실제적인 답이 필요한 경우에만 질문을 던졌다.

탑실 문을 두드리고 답이 없자 나는 눈가리개를 풀고 안으로 들어갔다. 벽난로 선반에 놓인 기름등이 작고 뿌연 빛을 던졌다. 난로 안은 어두웠고, 오랫동안 불을 켜지 않은 것처럼 음습한 냄새가 났다. 방은 춥고 황량했다. 카녹은 셔츠 바람으로 침대에 누워서 자고 있었는데, 겉옷을 벗고 쓰러진 후부터 꼼짝도 안 한 것 같았다. 덮은 것이라곤 어머니의 갈색 숄뿐이었다. 그는 숄을 두르고 가슴께에서 가장자리를 꽉 쥐고 있었다. 나는 침대 발판에 놓여 있던 숄을 보았을 때 느꼈던 것과 같은 아픔을 느꼈다. 그러나 지금은 아버지를 동정할 수가 없었다. 나에겐 갚아야 할 빚이 있었고 아낄 용기는 없었다.

"아버지." 나는 말하고 다시 이름을 불렀다. "카녹!"

그는 팔꿈치를 대고 몸을 일으키더니 흐릿한 눈으로 나를 보았다. 등불 빛이 그의 눈에 그늘을 드리웠다. "오렉?"

나는 아버지가 나를 제대로 볼 수 있게 앞으로 나섰다.

아버지는 피로와 잠 때문에 거의 제정신이 아니었고, 눈을 깜박이고 비비고 입술을 깨물어서 정신을 차려야 했다. 그런 다음에야 다시 나를 쳐다보고 놀라서 말했다. "눈가리개는 어디 있느냐?"

"아버지를 해치진 않아요."

"네가 그럴 거라 생각한 적 없다." 그는 여전히 놀란 목소리이긴 해도 조금 더 강하게 말했다.

"생각하신 적이 없어요? 그렇다면 제 길들지 않은 재능을 두려워한 적이 없는 거군요?"

아버지는 침대가에 일어나 앉았다. 그리고 고개를 저으며 머리를 문지르다가 겨우 다시 주위를 둘러보았다. "뭐가 문제냐, 오렉?"

"뭐가 문제냐 하면요, 아버지. 제게 길들지 않은 재능 따윈 없다는 거예요. 아닌가요? 아니, 아예 능력 자체가 없죠. 그 뱀이나, 그 개나, 뭐든 전 죽인 적이 없어요. 아버지였죠."

"무슨 말을 하는 거냐?"

"저 스스로도 능력은 있는데 통제하지 못한다고 믿게 속이셨다는 말을 하는 거죠. 절 이용할 수 있게요. 제게 능력이 없다고, 아버지 혈통에 창피를 준다고, 칼룩의 아들이라고 부끄러워하지 않아도 되게!"

그는 이제 일어서 있었지만, 경악한 눈으로 나를 바라볼 뿐 아무 말이 없었다.

"제게 능력이 있다면 지금 쓸 것 같지 않아요? 제가 할 수 있는 대단한 일을, 제가 죽일 수 있는 것들을 보여주지 않을까요? 하지만 전 능력이 없어요. 아버지에게서 받지 못했어요. 아버지가 준 건, 이제까지 제게 준 거라곤 눈을 가린 3년뿐이었죠!"

"칼룩의 아들이라고?" 그는 믿을 수 없다는 듯 속삭였다.

"난 어머니를 사랑하지 않았는 줄 알아요? 그런데도 제가 보지 못하게 했죠. 1년 내내, 어머니가 죽어가는 동안, 딱 한 번밖에……. 아버지의 거짓말, 아버지의 속임수를 지켜야 했으니까!"

"네게 거짓말한 적은 없다. 나는……." 그는 말을 멈췄다. 화를 내기엔 아직도 너무 놀라고 질린 상태였다.

"물푸레나무 개울에서, 그게 제가 한 일이었다고 믿어요?"

"그래. 나에겐 그런 힘이 없다."

"있어요! 알잖아요! 물푸레나무 숲에 선을 그으셨죠. 두넷에서 사람들을 죽였고. 아버지에겐 되돌림의 능력이 있어요! 제겐 없어요. 한 번도 없었죠. 아버지가 절 속였어요. 스스로도 속였을지 모르죠. 당신 아들이 당신이 원하는 대로가 아니라는 걸 견딜 수 없었을 테니까. 모르죠. 상관없어요. 더는 절 이용할 수 없다는 건 알아요. 내 눈이든 눈가림이든. 그건 아버지 것이 아니라 제 것이에요. 더는 아버지의 거짓말에 속지 않아요. 더는 아버지의 부끄러움이 절 모욕하게 두지 않아요. 다른 아들을 찾아보시죠. 이 아들은 부족하니."

"오렉." 그는 얻어맞은 사람처럼 말했다.

"여기요." 나는 이렇게 말하고 바닥에 눈가리개를 던졌다. 문을 쾅 닫고 나선계단을 달려 내려갔다. 화들짝 놀란 검둥이가 날카롭고 구슬프게 울며 나를 쫓아왔다. 검둥이는 계단 바닥에서 나를 따라잡고 이빨로 킬트 가장자리를 잡았다. 나는 검둥이의 등에 손을 대고 부드러운 털을 쓰다듬으며 안심시켰다. 검둥이는 한 번 으르렁거렸다. 우리는 같이 방으로 돌아갔다. 도착하자 문을 닫았고, 검둥이는 문 앞에 엎드렸다. 들어올지도 모르는 누군가로부터 나를 지키려는 것인지, 아니면 다시 나가지 못하게 막으려는 것인지 알 수 없었다.

나는 불을 조금 돋우고, 초를 다시 켜고, 탁자 앞에 앉았다. 책이 펼쳐져 있었다. 위대한 시가 담긴 책, 기쁨과 위안을 주는 보물. 그러나 읽을 수가 없었다. 나는 눈을 돌려받았지만, 그 눈으로 무엇을 한단 말인가? 내 눈에 무슨 쓸모가 있으며, 나에게 무슨 쓸모가 있을까? '이제 우린 누구지?' 그라이가 했던 질문. 내 아버지의 아들이 아니라면, 나는 누구란 말인가?

17

나는 아침 일찍 방을 나서서 홀에 들어갔다. 눈가리개는 하지 않았다. 내가 염려한 대로 여자들은 비명을 지르며 달아났다. 랍은 달아나지 않고 버티고 서서 떨리는 목소리로 내게 말했다.

"오렉, 부엌 여자들을 겁주는군요."

"겁먹을 것 없어. 뭘 무서워해? 난 너흴 해칠 수 없어. 알록이 무섭나? 나보다는 알록이 더 능력이 있어! 모두에게 진정하고 돌아오라고 해."

바로 그때 카녹이 탑의 계단을 내려왔다. 그는 어두운 눈으로 우리 둘을 보더니 말했다.

"오렉이 두려워할 필요 없다고 말하지 않았나, 랍. 그 말을 믿어야 해. 나처럼. 오렉, 어젯밤에는 미처 말하지 못했다만, 테르녹은 코드의 흰 소 떼가 드러만트의 습격을 받을 거라고 생각하고 있다. 난 오늘 테르녹과 함께 그쪽 경계선으로 갈 거야."

"저도 갈 수 있어요."

그는 결정을 내리지 못하고 서 있다가 똑같이 어두운 표정으로 말했다. "네가 그러겠다면."

우리는 가면서 먹기 위해 부엌에서 챙겨준 빵과 치즈를 주머니에 쑤셔 넣었다. 나에겐 눈먼 카다드의 지팡이 외에 다른 무기가 없었다. 말을 타면서 들기엔 불편한 무기였다. 카녹이 긴 사냥 단검을 던졌고, 나는 나가면서 카다드의 지팡이를 원래 걸려 있던 정문 앞 홀에 걸었다. 얼룩이는 3월부터 고향 목장에서 풀을 뜯고 있었으므로 카녹은 브랜티를, 나는 재기러기를 탔다. 알록은 안뜰에서 우리와 합류했다. 아버지는 알록에게 집 가까이 머물면서 주위를 감시하고, 공격에 대비하여 도움이 될 만한 남자는 모두 모아두라고 지시해둔 상태였다. 알록은 나를 보았지만 서둘러 눈을 돌렸고 눈가리개에 대해서는 아무 말도 하지 않았다.

카녹과 나는 상당한 속도로, 늙은 재기러기가 감당하는 한 빠른 속도로 로드만트로 향했다. 우리는 가는 길 내내 한 마디도 하지 않았다.

나는 돌아온 힘을 만끽하고 있었다. 떨어질 염려 없이 말 등에 앉아 있는 것, 말이 달리는 속도에 따라 흔들리는 밝은 세상을 보는 것, 바람으로 흐르는 눈물을 닦아내는 것은 얼마나 기쁜 일인지. 친구의 영지를 지키기 위해 말을 달리는 것, 아마도 위험 속으로, 어른처럼 달려가는 것. 용감한, 다른 면이야 어떻든 남자로서 최고의 용기를 지닌 남자 옆에서 말을 달리는 것. 그 남자는 아름다운 붉은 말 위에 꼿꼿하면서도 편안하게 앉아서 앞을 보고 있었다.

우리는 로드만트 남서쪽 경계선으로 내려가서 우리 영지의 경계선 가까이 있던 테르녹과 만났다. 그는 동트기 전부터 나와 있었다고 했다. 전날 밤 농부의 아들이 여러 농노와 농부들을 통해 전달된 전언을 가져왔는데, 게레만트로부터 말 탄 자들 한 무리가 숲길을 따라 우리 쪽으로 오고 있다고 했다.

테르녹은, 그리고 같이 있던 남자들은 나를 보았고, 알록과 마찬가지로 아무 질문도 하지 않았다. 내가 능력을 쓰는 방법을 익혔으리라 생각하거나 희망하는 것이 분명했다.

"늙은 에로이가 드럼 놈들이 지나가는 걸 보고 코르크따개처럼 비틀어버릴지도 모르겠는데." 테르녹이 농담조로 말했다. 카녹은 대꾸하지 않았다. 그는 바짝 정신을 차리고는 있으나 무슨 환영에라도 사로잡힌 사람처럼 먼 데를 보았고, 테르녹의 지시를 확인하는 말밖에 하지 않았다.

전부 다해서 여덟이었고, 우리 쪽에서 네 명이 더 올 예정이었다. 테르녹의 계획은 소리를 질러서 들릴 정도 거리까지만 흩어져서 감시하자는 것이었다. 드럼 놈들이 올 가능성이 제일 높은 지점은 테르녹과 카녹이 지키고, 칼이나 멧돼지 창으로만 무장한 나머지 남자들은 두 사람의 측면을 지키고, 큰 활을 잡은 두 사람은 양쪽 끝으로 갔다.

그렇게 하여 우리는 제멋대로 흩어진 숲 가장자리를 따라 풀이 무성하고 습지가 많은 분지와 낮은 언덕들 위로 흩어졌다. 내 왼쪽에는 테르녹의 농부 한 명이, 오른쪽에는 카녹이 있었다. 우리는 서로를 시야 안에 두어야 했는데, 내게는 쉬운 일이었다. 나는 언덕 위에 서 있어서 양쪽 아래는 물론이고 숲 속까지 내려다보였다. 카녹 저편으로 역시 높은 땅에 서 있는 테르녹의 모습이 자주 보였다. 태양이 꽤 높이 떴는데도 날씨는 음산하고 추웠다. 이따금씩 언덕 위로 비가 흩날렸다. 나는 재기러기가 쉬고 풀을 뜯을 수 있게 말에서 내려서서 남쪽, 서쪽, 북쪽을 지켜보았다. 지켜보다니! 눈을 쓰다니! 쓸모가 있다니, 눈가리개를 한 채 여자와 개에게 이끌려 다니는 쓸모없는 멍청이가 아니라니! 능력이 없으면 어떠랴? 나에겐 눈이 있고 분노가 있고 칼이 있었다.

시간이 흘렀다. 나는 마지막 남은 빵과 치즈를 먹어치우고 두 배로 가져올 걸 그랬다고 생각했다. 아니, 세 배는 가져왔으면 좋았을 걸 그랬다.

시간이 흘렀고, 졸렸으며 언덕 위에서 늙은 말을 옆에 두고 서서 멍청히 기다린다는 것이 바보같이 느껴졌다.

시간이 흘렀다. 해가 반쯤 떨어졌다. 나는 《변형》의 앞 구절과 어머니가 적어준 종교시 중에 기억할 수 있는 것들을 외우며 무엇이든, 무엇이든 좋으니 먹을 것이 있었으면 하면서 왔다 갔다 걸음을 옮겼다.

내 왼쪽 낮은 지대에는 검은 외투를 입은 작은 형체가 풀숲에 앉아 있었고, 그의 말은 풀을 뜯었다. 내 오른쪽 숲가에 있는 검은 외투를 입은 작은 형체는 키 큰 붉은색 말을 타고 숲으로 들어갔다가 나오기를 반복했다. 다른 작은 형체들이 나무들 사이로 그를 향해 다가가고 있었다. 걸어서. 나는 그들을 보고 눈을 깜박이다가 목이 터져라 외쳤다. "아버지! 앞에요!"

그리고 나는 재기러기에게 달려갔다. 재기러기는 놀라서 처음에는 몸을 피하려 들었고, 나는 고삐를 잡지 못한 채 꼴사납게 올라타 언덕 아래로 말을 몰았다.

카녹도, 내가 본 남자들도 보이지 않았다. 내가 보긴 본 건가?

재기러기는 언덕을 내려가면서 미끄러지고 비틀거렸다. 녀석에게는 너무 가파른 경사였다. 마침내 언덕을 다 내려가자 습지와 진창이었고, 앞에는 아무도 보이지 않았다. 나는 말을 재촉하여 숲으로 들어갔고, 겨우 마른 땅에 들어섰다. 재기러기가 왼쪽 앞다리를 절뚝거린다는 것을 깨달은 순간 앞쪽 나무 사이에 남자가 나타났다. 그자는 내 오른쪽을 보면서 석궁을 돌리고 있었다. 나는 고함을 지르며 곧장 그자에게 달려들었다. 전투 훈련을 받지 않은 늙은 말은 그자를 피하려 했지만 서툴게 뒷발굽으로 그자를 넘어뜨리고 나무 사이로 달려갔다. 우리는 땅 위에 놓인 무엇인가를 지나쳤다. 망가져버린, 멜론처럼 갈라져버린 시체였다. 또 한 명이 검은 외투를 입은 쓰레기 더미처럼 누워 있었다. 재기러기는 숲을 가로질러 다시 공터로 나갔다.

멀지 않은 앞쪽에 아버지가 보였다. 그는 브랜티를 빙 돌려 다시 숲으로 향하고 있었다. 왼손을 높이 들었고, 얼굴은 분노와 기쁨으로 환했다. 그러더니 표정이 변했고, 한순간 내 쪽을 보았다. 나를 본 것인지, 아닌지는 알 수 없었다. 그리고 그는 몸을 기울여 안장에서 미끄러져 내렸다. 비스듬히, 앞쪽으로. 아버지가 일부러 그랬다고 생각했지만 이유를 알 수 없었다. 브랜티는 훈련받은 대로 서 있었다. 내 뒤에서, 왼쪽에서 누군가가 소리를 질렀지만 나는 아버지를 향해 말을 달렸다. 말에서 내려서 아버지에게 달려갔다. 그는 브랜티 근처의 축축한 풀 위에 누워 있었다. 견갑골 사이에 화살이 박힌 채.

테르녹이 도착했고, 다른 코드만트 남자들과 우리 영지 사람 하나가 우리를 둘러싼 채 소리를 지르고 말을 했다. 몇 명은 숲 속으로 뛰어 들어갔다. 테르녹은 내 옆에 무릎을 꿇고 앉았다.

그는 내 아버지의 머리를 약간 들어 올리고 말했다. "아아, 카녹, 카녹, 이 친구야. 안 돼, 이럴 순 없어, 안 돼."

나는 말했다. "오그는 죽었어요?"

"모르겠다. 모르겠어." 테르녹은 주위를 둘러보았다. "누군가 도울 사람을 보내. 여기."

남자들은 아직도 외치고 있었다. "그자입니다, 그자요." 한 명이 소리를 지르며 우리 쪽으로 달려왔다. 브랜티는 이 모든 혼란에 항의하듯 히힝거리며 뒷걸음질쳤다. "그 독사요. 뚱뚱한 살무사 놈, 그놈이 죽었습니다. 되돌아갔어요! 그리고 소도둑 새끼 아들놈도 그 옆에 있습니다!"

나는 일어서서 재기러기 쪽으로 갔다. 재기러기는 왼쪽 앞다리를 꺾고 절뚝거렸다. 나는 재기러기를 잡고 브랜티 쪽으로 갔다. 두 마리를 다 잡고 있어야 했다.

"브랜티에 실을 수 있을까요." 나는 말했다.

테르녹은 아직도 충격받은 얼굴로 나를 쳐다보았다.

"집으로 모셔 가고 싶어요. 이 말에 실을 수 있을까요?"

고함 소리가 더 들렸고, 더 많은 남자들이 오가고 뛰어다니더니 마침내 개울 위에 다리 삼아 놓여 있던 판자를 가지고 왔다. 그들은 로드만트까지 긴 언덕길을 가기 위해 카녹을 판자에 올렸다. 화살은 가슴을 뚫고 앞쪽으로 튀어나와 있었으므로, 등을 대고 눕힐 수 있었다. 나는 그 옆에서 걸었다. 카녹의 얼굴은 침착하고 차분했으며, 나는 그 눈을 감기고 싶지 않았다.

18

카스프로만트의 묘지는 석조 저택 남쪽 비탈에서 에언 산의 갈색 봉우리를 바라보는 곳에 있었다. 우리는 카녹을 멜 가까이 묻었다. 나는 그를 땅속에 내리기 전에 어머니의 숄을 둘러주었다. 카녹을 위한 만가를 이끈 것은 판이 아니라 그라이였다.

멧돼지 사냥 때처럼, 오그의 습격은 어리석게도 둘로 갈라졌다. 한쪽은 게레만트로 빠졌다가 우리 영지로 나왔고, 그곳에서 헛간 하나밖에 태우지 못하고 우리 농부들에게 쫓겨났다. 오그와 하르바는 열 명을 데리고 숲길에 머물렀으며, 그중 다섯 명은 궁수였다. 카녹은 오그와 하르바와 궁수 한 명을 되돌렸다. 나머지는 도망쳤다. 로드만트의 어느 농부 아들이 숲 속으로 너무 많이 쫓아 들어갔다가 반격을 당했지만, 죽기 전에 멧돼지 창으로 한 명을 상처 입혔다. 그러니까 습격은 다섯 죽음으로 끝난 셈이다.

이윽고 드러만트로부터 데노와 그 아들 셉이 분쟁을 끝내고

자 하며, 동의한다면 그 증표로 카눅이 약속했던 하얀 황소 새끼를 보냈으면 한다는 말이 전해졌다. 그들은 잘생긴 밤색 말을 보냈다. 나는 드러만트까지 흰 송아지를 전하는 이들 중에 끼었다.

내가 머물면서도 본 적이 없는 방들, 목소리로만 알던 얼굴들은 보는 것은 기묘한 일이었다. 그러나 그 당시 나는 어떤 일에도 동요하지 않았다. 나는 할 일을 마치고 돌아갔다.

밤색 말은 알록에게 주었다. 나는 브랜티를 타고 다녔다. 재기러기는 왼쪽 다리가 낫지 않았고, 얼룩이와 함께 고향 목장에서 풀을 뜯었다. 나는 매일같이 귀리를 한 냄비씩 들고 찾아갔다. 얼룩이와 재기러기는 함께 있는 것을 좋아했고, 말들이 으레 그러듯 코를 나란히 하고 붙어 서서 꼬리로 5월의 파리를 쫓는 모습이 자주 보였다. 나는 녀석들의 그런 모습이 좋았다.

검둥이는 내가 걸어 다닐 때나, 말을 탈 때나 같이 뛰어다녔다. 이제 목줄은 하지 않았다.

누군가가 죽은 후에는 반년 동안 물건을 팔거나, 재산을 나누거나, 혼인하거나, 큰일을 맡거나 변화시키지 않는 것이 고원의 관습이다. 반년 동안은 모든 것이 이전처럼, 되도록 전과 비슷하게 이루어지고 그 후에는 무엇이든 해야 할 정리 작업을 한다. 나쁘지 않은 관습이다. 드러만트와 휴전하는 문제에서는 행동해야 했지만, 그 외에 나는 아무것도 하지 않았다.

알록은 영지를 살피던 카눅의 자리를 이어받았고, 나는 알록이 하던 조수 자리를 대신했다. 알록은 그렇게 생각하지 않았다. 그는 브랜터의 아들을 보좌한다고 생각했다. 그러나 무슨 일을 해야 하고 어떻게 해야 할지 아는 사람은 내가 아니라 그였다. 나는 3년 동안 아무 일도 하지 않았고, 그전에는 어린아이였다. 알록은 사람을 알고, 땅을 알고, 동물을 알았다. 나는 알지 못했다.

그라이는 이제 카스프로만트에 찾아오지 않았다. 보름에 두세 번 내가 로드만트로 가서 그라이와 테르녹, 그리고 집에 있을 때라면 판과 같이 앉아 있었다. 테르녹은 매번 나를 꽉 끌어안으며 아들이라 불렀다. 그는 카녹을 사랑하고 동경했으며 카녹의 죽음을 몹시 슬퍼했고, 그 빈자리를 나로 채우려 했다. 판은 늘 그렇듯 불안했고 말을 아꼈다. 그라이와 나 둘이서만 이야기할 때는 별로 없었다. 그라이는 예의 바르고 말수가 적어졌다. 우리는 이따금씩 별이와 브랜티를 타고 나가서 젊은 말들이 언덕을 달리게 했다.

여름은 아름다웠고 수확은 좋았다. 10월 중순이 오자 추수가 끝났다. 나는 로드만트로 가서 그라이에게 같이 말을 달리자고 청했다. 그라이는 나와서 춤추듯 달리는 예쁜 암말에게 안장을 얹었고, 우리는 금빛 햇살 속에서 골짜기를 달렸다.

폭포가 떨어지는 연못에서 우리는 아직 풀이 싱싱하게 남아 있는 강둑에 말들을 풀어놓았다. 우리는 햇살 속에서 물가 바위에 앉았다. 검은 버드나무는 떨어지는 물이 일으킨 바람에 가지를 끄덕거렸다. 3음조로 노래하는 새는 조용했다.

"곧 혼인이야, 그라이." 나는 말했다. "하지만 달리 우리가 뭘할 수 있는지 모르겠어."

"그래."

"여기에서 살고 싶어?"

"로드만트?"

"로드만트든 카스프로만트든."

그라이는 잠시 후에 말했다. "아니면 어디?"

"음, 내 생각은 이래. 카스프로만트에는 브랜터가 없어. 영지를 보살피는 사람은 알록이야. 알록이 영지를 로드만트에 합치고, 너희 아버지의 보호 아래 들어갈 수도 있을 거야. 그 편이 모두에게 좋을 것 같아. 알록은 다음 달에 랍과 혼인하지. 두 사람이 석조 저택을 가져야 해. 어쩌면 그 둘 사이에서 선물을 타고난 아들이 나올지도 몰라……."

"영지를 합친다면 네가 여기에서 우리와 같이 살 수도 있어." 그라이가 말했다.

"그럴 수도 있지."

"그러고 싶어?"

"넌 그랬으면 좋겠어?"

그라이는 침묵했다.

"여기에서 우리가 뭘 하지?"

그라이는 잠시 후에 대답했다. "지금 하는 일."

"떠날 생각 있어?"

그 말을 입 밖에 내는 것은 생각했던 것보다 힘들었다. 말해놓고 보니 생각했을 때보다 이상하게 들렸다.

"떠나?"

"저지대로."

그라이는 아무 말도 하지 않았다. 그녀는 잔물결이 반짝이는 연못물을, 그 너머를 바라보았다.

"숟가락을 훔쳐 가긴 했지만 에몬이 진실을 말했는지도 몰라. 우리가 할 수 있는 일은 이곳에서는 쓸모가 없지만, 저 아래에서라면, 어쩌면……."

"우리가 할 수 있는 일이라." 그라이는 내 말을 되풀이했다.

"우리 둘 다 능력이 있어, 그라이."

그녀는 나를 흘끗 보고 고개를 끄덕였다.

"데리스와터에 내 외할아버지나 외할머니가 계실 수도 있고."

그 말에 그라이는 눈을 크게 뜨고 나를 보았다. 그런 생각은 해보지 못한 모양이었다. 그녀는 놀라서 웃음을 터뜨렸다. "그래, 그렇지! 그러면 불쑥 걸어 들어가서 '자, 제가 두 분 손자인 주술사입니다!'라고 하는 건가. 아, 오렉. 너무 이상하잖아!"

"이상하다고 생각할 수도 있지만." 나는 목에 건 사슬에 달린 작은 오팔을 꺼내어 보여주었다. "나에겐 이게 있어. 그리고 어머니에게 들은 모든……. 난 가고 싶어."

"그래?" 그라이의 눈이 반짝이기 시작했다. 그녀는 잠시 생각하다가 말했다. "우리가 돈을 벌 수 있을까? 에몬이 말한 것처럼? 그래야 하는데."

"뭐, 시도해볼 순 있지."

"못 한다면 우린 낯선 사람들 속에 떨어지는 거야."

고원 사람들에게는 그것이 큰 두려움이었다. 낯선 사람들 속에 떨어지는 것. 그러나 어딘들 그렇지 않겠는가?

"넌 망아지들을 훈련시켜. 난 시를 읊을게. 사람들이 마음에 들지 않으면 다른 곳으로 가면 돼. 어딜 가도 마음에 들지 않으면 집으로 돌아올 수 있고."

"바닷가까지도 갈 수 있겠지." 그라이는 이제 햇살과 끄덕이는 버드나무 가지 사이로 아주 먼 곳을 바라보며 말했다. 그리고 3음조로 휘파람을 불었다. 새가 응답했다.

우리가 떠난 것은 4월이었다. 나는 우리 이야기를 여기에서 마무리하려 한다. 산봉우리 사이 남쪽으로 내려가는 길에서, 키 큰 붉은색 말을 탄 젊은 남자와 밝은 갈색 암말을 탄 젊은 여자, 두 사람 앞을 달리는 까만 개, 그리고 뒤에서 평온하게 따라가는 세상에서 제일 아름다운 암소의 모습에서. 그것은 내 영지의 혼인 선물, 은빛 암소였다. 처음에는 그리 실용적인 선물은 아니라고 생각했지만 판은 우리에게 돈이 필요해지면 두넷에서 좋은 값을 받고 팔 수 있을 거라 일러주었다. 두넷 사람들이 아직 카스프로만트의 흰 소들을 기억할지도 모른다고. "어쩌면 자기들이 카녹에게 무엇을 주었는지도 기억할지 모르지." 내가 말하자 그라이가 말했다. "그럼 그들은 네가 선물의 선물이라는 걸 알 테지."

카스프로의 찬가

겨울밤의 어둠 속에서
우리 눈이 새벽을 구하듯,
모진 추위의 굴레 속에서
심장이 태양을 갈망하듯,
눈멀고 속박당한 영혼이
너를 소리쳐 부르노라.
우리의 빛이여, 불이여, 생명이여,
자유여!

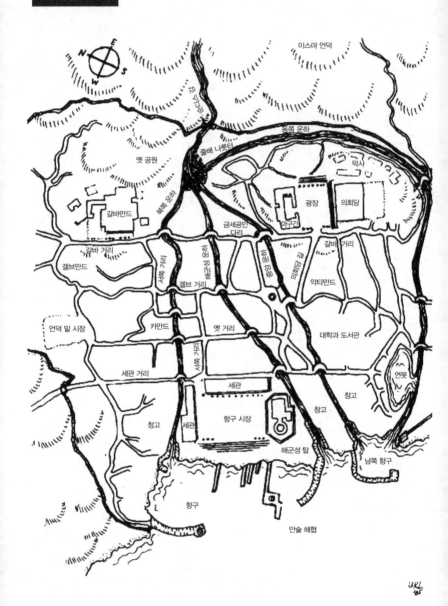

안술 시

1

내가 또렷이 떠올릴 수 있는 첫 기억은 암호를 써서 비밀방으로 들어가는 순간이다.

키가 너무 작아서, 복도 벽 위 정확한 자리에 기호를 적으려면 팔을 한껏 뻗어야 한다. 벽에는 두꺼운 회색 회반죽이 발려 있는데, 군데군데 갈라지고 떨어져서 돌이 드러나 있다. 복도 안은 거의 깜깜하다. 대지와 세월의 냄새가 나고, 고요하다. 그러나 나는 무섭지 않다. 한 번도 무서웠던 적이 없다. 나는 팔을 뻗어 정확한 자리에, 회반죽 표면을 건드리지 않고 허공에 내가 아는 동작대로 손가락을 움직인다. 벽이 열리고, 안으로 들어간다.

방 안의 빛은 밝고 차분하다. 높은 천장에 무수히 난 작고 두꺼운 유리 천창들에서 떨어지는 빛이다. 방은 무척 길고, 양쪽 벽에 책장이 늘어서 있고 책장마다 책이 꽂혀 있다. 그곳은 내 방이다. 나는 언제나 그것을 알았다. 이스타와 소스타와 구딧은 몰랐다. 세 사람은 이런 방이 있다는 것조차 알지 못한다. 세 사람은 이렇게 깊숙한 뒤쪽 복도까지 와본 적이 없다. 이 방에 오기 위해서는 수장 어른의 방문 앞을 지나야 하지만, 병들고 다리를 저는 그분은 방 안에만 머무른다. 비밀방은 나의 비밀이고, 내가 혼자 있을 수 있는 곳, 잔소리를 듣지도 않고 방해받지도 않고 두려워할 것도 없는 장소다.

기억은 한 번이 아니라 여러 번 찾아간 때의 기억이다. 그때 독서용 탁자가 얼마나 커 보였는지, 책장이 얼마나 높아 보였는지 기억한다. 나는 탁자 밑에 들어가서 책으로 벽이나 피난처를 쌓는 것을 좋아했다. 동굴 속에 있는 새끼 곰 흉내를 냈다. 그곳에서 안전하다고 느꼈다. 책은 언제나 원래 있던 자리에 정확히 꽂았다. 중요한 부분이었다. 나는 방 안에서 밝은 쪽, 그러니까 문 아닌 문에 가까운 쪽에만 머물렀다. 문에서 먼 쪽은, 어둠이 짙어지고 천장이 낮아지는 쪽은 좋아하지 않았다. 나는 속으로 그곳을 '그림자 쪽'이라고 불렀고, 대개 그쪽에서 멀리 떨어져 있었다. 그러나 그림자 쪽에 대한 두려움까지도 내 비밀, 내 고독한 왕국의 일부였다. 오로지 나만의 것이었다. 아홉 살의 어느 날까지만 해도.

소스타가 내 잘못도 아닌 바보 같은 일로 잔소리를 했고, 내가 대들자 나를 '양털 머리'라고 불렀다. 나는 분노에 휩싸였다. 소스타가 팔이 더 길어서 나를 밀어낼 수 있었기 때문에 때릴 수가 없었다. 그래서 소스타의 손을 물었다. 그러자 소스타의 어머니이자 내 대모인 이스타가 나를 꾸짖고 때렸다. 나는 격분해서 집 뒤쪽으로, 어두운 복도로 달려가서 문을 열고 비밀방으로 들어갔다. 이스타와 소스타가 내가 달아났다가 노예로 잡혀서 영영 사라진 줄 알 때까지, 그래서 그토록 부당하게 꾸짖고 때리고 욕한 것을 안타까워할 때까지 그 방에 있을 작정이었다. 흥분하고 분노해서 눈물범벅으로 비밀방에 달려 들어갔을 때 그곳에, 그 방의 이상하게 투명한 빛 속에 수장 어른이 책을 들고 서 있었다.

수장 어른 역시 깜짝 놀랐다. 그는 때리려는 것처럼 팔을 들어올리고 사납게 내게 다가왔다. 나는 돌처럼 서 있었다. 숨을 쉴 수가 없었다.

수장 어른이 흠칫 멈춰 섰다. "메메르! 여기에는 어떻게 온 거냐?"

그는 열릴 때면 문이 되는 곳을 쳐다보았지만, 물론 지금 그 자리에는 벽밖에 없었다.

나는 여전히 숨을 쉴 수도, 말을 할 수도 없었다.

"내가 열어두었나보구나." 수장 어른은 자신도 믿지 않는 말을 했다.

나는 고개를 저었다.

한참 만에 소곤거릴 수 있었다. "방법을 알아요."

수장 어른은 놀라고 경악한 얼굴이었지만, 잠시 후에 달라진 얼굴로 말했다. "데칼로."

나는 고개를 끄덕였다.

데칼로 갈바가 내 어머니의 이름이었다.

어머니에 대해 이야기하고 싶지만, 기억할 수가 없다. 또는 기억은 하지만 그 기억이 언어가 되어 나오지 않는다. 꼭 안겨서 밀려가던 순간, 캄캄한 침대 속에서 맡은 좋은 냄새, 거칠거칠한 붉은 천, 들을 수 없지만 들릴 것만 같은 목소리. 나는 숨을 죽이고 열심히 귀를 기울이면 어머니의 목소리를 들을 수 있을 거라고 생각하곤 했다.

어머니는 혈통도, 속한 곳도 갈바였다. 안술 수장 술터 갈바의 우두머리 가정부였다. 영예롭고 책임 있는 지위였다. 그 당시 안술에는 노예가 없었다. 우리는 시민이자 가장이며 자유민이었다. 어머니 데칼로는 갈바만드에서 일하는 모든 사람을 지휘했다. 요리사인 대모 이스타는 예전에 우리 집안이 얼마나 컸는지, 데칼로가 얼마나 많은 사람을 돌보아야 했는지 말하기를 즐겼다. 이스타 본인도 매일 두 명의 부엌 조수를 부렸고 명사들이 방문해서 열리는 만찬에 사람 셋을 썼다. 청소부가 네 명에 잡역부가 한 명, 마구간지기 겸 하인이 있었고 마구간에는 말이 여덟 마리 있었다. 일부는 타기 위한 말이었고 일부는 마차를 끌었다. 친척들과 노인 몇 분도 함께 살았다. 이스타의 어머니는 부엌 위에 살았고, 수장 어머님은 위층 상방에 살았다. 수장 어른은 언제나 안술 해안을 따라 이 도시 저 도시로 여행을 다니며 다른 수장을 만났다. 말을 타고 갈 때도 있었고, 수행원이 딸린 마차를 탈 때도 있었다. 그 시절에는 서쪽 뜰에 대장간이 있었고, 차고 위층에 마부와 우편배달부가 살면서 언제든 수장 어른의 순방에 따라나설 채비를 갖추고 있었다. "아, 그때는 늘 바쁘고 정신없었지." 이스타는 말한다. "옛 시절! 좋았던 시절!"

나는 황폐해진 방들을 지나고 고요한 복도를 뛰어다니면서 그 시절을, 좋았던 시절을 상상해보려 했다. 현관을 쓸 때면 멋진 옷을 입고 좋은 신발을 신은 손님들을 맞아 청소를 하는 척했다. 위층 상방에 올라가서 그 방이 얼마나 깨끗하고 따뜻하고 잘 꾸며져 있었을지 상상하곤 했다. 창턱 아래 의자에 무릎을 꿇고 앉아서 작고 투명한 유리를 끼운 창 너머로 도시의 지붕들을 넘어 산을 바라보곤 했다.

나의 도시와 그 북쪽 해안 지역 전체를 가리키는 이름 '안술'은 '술을 바라본다'는 뜻이다. 술은 '위대한 산'이고 해협 너머 만바의 다섯 봉우리 중에서 마지막이자 제일 높은 봉우리다. 해안에서, 그리고 도시 안 서쪽을 향하는 모든 창문에서 물 위로 솟아오른 하얀 술과, 술이 주위에 꿈처럼 거느린 구름을 볼 수 있다.

나는 이 도시가 대학과 도서관, 지붕 있는 안뜰과 탑, 운하와 아치형 다리, 거리 신들을 모신 천 개의 작은 대리석 신전으로 인하여 '지혜롭고 아름다운 안술'이라고 불렸다는 것을 안다. 그러나 어린 시절의 안술은 폐허와 굶주림과 두려움으로 망가진 도시였다.

안술은 순드라만의 보호령이었지만, 이 대국은 로아만과 국경을 두고 싸우는 데 바빴고 우리를 방어할 군대를 주둔시키지 않았다. 상품과 농지로 부유하기는 했어도 안술은 전쟁을 하지 않은 지 오래였다. 든든하게 무장한 상인 함대는 남쪽에서 해안을 약탈하는 해적들을 막았고, 오래전 순드라만이 동맹을 강요한 이후로 육지 방면의 적은 없었다. 그래서 아수다르 사막의 알드 군대가 침략해 왔을 때, 그들은 들불처럼 안술의 언덕을 휩쓸었다. 군대가 도시로 침입해서 거리를 통과하며 죽이고, 약탈하고, 강간했다. 어머니는 시장에서 돌아오다가 거리에서 병사들에게 붙잡혀서 강간당했다. 그 후에 어머니를 잡고 있던 병사들은 시민들의 공격을 받았고, 어머니는 그 와중에 도망쳐서 갈바만드로 돌아올 수 있었다.

우리 도시의 사람들은 거리에서 침략자들과 싸웠고 그들을 몰아냈다. 군대는 성벽 밖에 진을 쳤다. 안술은 1년 동안 포위를 견뎠다. 나는 그 농성 기간에 태어났다. 그 후에 동쪽 사막에서 더 큰 군대가 와서 도시를 공격했고, 정복했다.

사제들이 군인을 이끌고 이 집으로, 자기들이 '악마의 집'이라 부르는 곳으로 왔다. 그들은 수장 어른을 죄수로 끌고 갔다. 집 안에서 저항하는 사람은 누구든 노인들까지 죽였다. 이스타는 용케 도망쳐서 어머니와 딸과 함께 이웃집에 숨었지만, 수장의 어머님은 살해당했고 그 시신은 운하에 던져졌다. 젊은 여자들은 군인들이 쓸 노예로 잡혀갔다. 어머니는 나와 함께 비밀방에 숨어서 그 손을 피했다.

이 이야기도 그 방에서 쓰고 있다.

어머니가 이 방에 얼마나 오래 숨어 있었는지는 모른다. 먹을 것은 가지고 들어온 게 분명하다. 물은 이 안에 있다. 알드는 집을 샅샅이 뒤지고 약탈했으며 태울 수 있는 것은 다 태웠다. 군인과 사제들이 날마다 와서 방을 부수고 책이나 전리품이나 악마의 물건을 찾았다. 결국에는 어머니도 나가야 했다. 어머니는 밤에 몰래 나가서 카만드의 지하실에 숨어 있던 다른 여자들과 합류했다. 그리고 어디에서, 어떻게인지는 몰라도 알드가 약탈과 파괴를 멈추고 도시의 주인으로 자리 잡을 때까지 나를 데리고 목숨을 부지했다. 그 후에 어머니는 집으로, 갈바만드로 돌아왔다.

나무로 지은 바깥채는 모두 타서 없어졌고, 가구는 부서지거나 도난당했고, 나무 바닥마저 뜯겨 나갔다. 그러나 주요 부분은 기와지붕과 돌벽이었기에 많이 상하지 않았다. 갈바만드는 도시에서 가장 큰 집이었지만, 어떤 알드도 이곳에서 살고자 하지 않았다. 그들은 이 집에 악마와 사악한 정령이 가득하다고 여졌다. 데칼로는 할 수 있는 만큼 집을 조금씩 정돈해나갔고, 이스타가 딸인 소스타를 데리고 숨어 있던 곳에서 돌아왔으며, 늙은 곱사등이 마부인 구딧이 나타났다. 이곳은 그들의 집이었고, 그들은 이 집과 서로에게 충성스러웠다. 그들의 신은 이곳에 있었고, 그들에게 꿈을 준 조상도 이곳에 있었고, 그들의 축복도 이곳에 있었다.

1년이 지나고 수장 어른이 간드의 감옥에서 풀려났다. 알드는 그를 알몸으로 거리에 팽개쳤다. 고문으로 다리가 부러진 수장 어른은 걸을 수 없었다. 그는 의회당에서 갈바 거리를 따라 갈바 만드까지 기어 오려 했다. 도시 사람들이 그를 도와주었다. 이리로, 집으로 실어 왔다. 그리고 이곳에는 그를 돌볼 식구들이 있었다.

식구들은 몹시 가난했다. 알드에게 약탈당한 안술의 시민 모두가 헐벗고 가난했다. 그래도 그들은 어떻게든 살아냈고, 어머니의 보살핌으로 수장 어른도 건강을 되찾기 시작했다. 그러나 농성 이후 세 번째 겨울의 추위와 굶주림 속에서 데칼로는 열병에 걸렸고, 치료할 약이 없었다. 어머니는 그렇게 죽었다.

이스타는 내 대모가 되겠다고 자청하고 나를 돌봐주었다. 그녀는 엄하고 성미가 급했지만, 어머니를 사랑했고 나를 위해 최선을 다했다. 나는 일찍부터 집안일을 거들도록 배웠고 그 일을 꽤 좋아했다. 그 시간 동안 수장 어른은 부러진 팔다리 때문에, 그리고 그를 불구로 만든 고문 때문에 통증에 시달릴 때가 많았다. 그리고 나는 수장 어른의 시중을 들 수 있다는 것이 자랑스러웠다. 내가 아주 어렸을 때에도 수장 어른은 소스타보다 내가 시중드는 것을 좋아했다. 소스타는 어떤 종류의 일이든 싫어했고 늘 무언가를 엎질렀다.

나는 내가 살아 있는 것이 비밀방 덕분이라는 것, 그 방이 나와 어머니를 적으로부터 구해주었다는 것을 알고 있었다. 분명히 어머니가 그 사실을 말해주고, 문을 여는 방법을 알려주었을 것이다. 아니면 어머니가 문을 여는 장면을 보고 기억하는지도 모른다. 나는 그렇게 여겼다. 나는 글자를 쓴 손은 볼 수 없었지만, 허공에 쓰인 글자들의 형상을 볼 수 있었다. 그 형상을 따라 손을 움직이면 문이 열렸고, 나는 오직 나만 들어갈 수 있다고 생각하며 이 방으로 들어왔다.

수장 어른과 마주치고, 주먹을 들어 올린 그와 마주 선 그날까지는.

수장 어른이 팔을 내렸다.

"전에도 여기에 왔었니?" 그가 물었다.

나는 겁에 질렸다. 그래도 고개는 끄덕일 수 있었다.

수장 어른은 화를 내고 있는 게 아니었다. 그가 팔을 들어 올린 것은 침입자를, 적을 때리려 함이었지 나를 공격하려 함이 아니었다. 그는 나에게 분노나 짜증을 보인 적이 없었다. 그가 고통에 시달리는데 내가 서툴고 바보스럽게 시중을 들 때조차도 그랬다. 나는 수장 어른을 전적으로 믿었고 한 번도 두려워한 적이 없었지만, 경외심을 품고 있었다. 그리고 지금 그는 격한 상태였다. 그의 눈에 파괴자 삼파에 대한 찬가를 읊을 때와 같은 불길이 일렁였다. 어두운 눈동자였지만, 검은 바위에 박힌 오팔처럼 그 불길이 스며들어 있었다. 그는 나를 응시했다.

"네가 여기에 오는 것을 아는 사람이 있느냐?"

고개를 저었다.

"이 방에 대해 이야기한 적이 있느냐?"

고개를 저었다.

"이 방에 대해 절대 이야기해서는 안 된다는 것을 아느냐?"

끄덕임.

수장 어른은 기다렸다.

나는 소리 내어 말해야 한다는 것을 알았다. 숨을 들이마시고 말했다. "이 방에 대해 절대 말하지 않을 거예요. 이 집의 모든 신과 이 도시의 모든 신, 어머니의 영혼과 신탁의 집에 살았던 모든 영혼이 제 맹세의 증인입니다."

이 말에 수장 어른은 다시금 놀란 것 같았다. 그는 잠시 후에 다가와서 손가락으로 내 입술을 건드렸다. "이 맹세가 진정한 마음으로 행해졌음을 증거합니다." 그는 말하고 돌아서서 손가락으로 서가 사이에 있는 작은 신전 입구를 건드렸다. 나도 똑같이 했다. 그러자 그는 내 어깨에 가볍게 손을 얹고 나를 내려다보았다. "그런 맹세는 어디에서 배웠지?"

"제가 만들었어요. 언제나 알드를 미워하고, 놈들을 안술에서 몰아낼 것이며, 할 수 있다면 모두 죽이겠다고 맹세했을 때에요."

이 가장 비밀스러운 맹세, 아무에게도 말한 적 없는 내 마음의 소원이자 약속을 이야기하자 눈물이 터져 나왔다. 분노의 눈물이 아니라 갑작스럽고 끔찍하고 한없는 흐느낌이 나를 붙잡아 산산조각 내는 것 같았다.

수장 어른은 망가진 무릎으로도 어떻게인가 자세를 낮추고 나에게 팔을 둘렀다. 나는 그의 품에서 울었다. 그는 아무 말도 하지 않고, 내가 흐느낌을 멈출 때까지 꼭 안아주었다.

너무 지치고 부끄러워, 몸을 돌려 바닥에 주저앉아서 무릎 사이에 얼굴을 감췄다.

수장 어른이 일어나서 절뚝거리며 그림자 쪽으로 가는 소리가 들렸다. 그는 그 어둠 속을 흐르는 샘물로 손수건을 적셔서 돌아왔다. 젖은 손수건을 내 손에 쥐여주었고, 나는 뜨겁고 엉망이 된 얼굴에 수건을 댔다. 서늘하고 감미로웠다. 나는 손수건을 눈가에 대고 있다가 얼굴을 문질렀다.

"정말 죄송해요, 수장님." 내가 이 방에 있다는 사실로, 눈물로 그를 곤란하게 하다니 부끄러웠다. 나는 온 마음으로 그를 사랑하고 존경했고, 걱정시키고 방해하는 게 아니라 그를 돕고 소용이 됨으로써 내 애정을 보이고 싶었다.

"울 만한 일은 많이 있지." 올려다보자 내가 우는 동안 수장 어른도 울었음을 알 수 있었다. 눈물은 사람의 눈과 입을 바꿔놓는다. 내가 그를 울렸다는 사실이 당황스러웠지만 부끄러움은 조금 가라앉았다.

잠시 후에 그가 말했다. "여긴 울기 좋은 곳이야."

"보통은 여기에서 울지 않아요." 내가 말했다.

"보통 너는 아예 울지 않지." 수장 어른이 말했다.

수장 어른이 그 점을 알아준 것이 뿌듯했다.

"넌 이 방에서 뭘 하지?" 그가 물었다.

대답하기 어려웠다. "그냥 견딜 수 없어질 때 여기 와요. 그리고 책들을 보는 게 좋아요. 제가 책을 봐도 괜찮나요? 책 안을 봐도?"

수장 어른은 잠시 사이를 두고 근엄하게 답했다. "그래. 넌 책 안에서 뭘 찾지?"

"문을 열 때 만드는 것들을 찾아봐요."

나는 '글자'라는 말을 몰랐다.

"보여다오." 그가 말했다.

문을 열 때 하는 것처럼 손가락으로 허공에 형태를 그릴 수도 있었지만, 그 대신 나는 일어서서 맨 아래 책꽂이에서 짙은 갈색 가죽으로 장정한 커다란 책을, 내가 '곰'이라고 부르던 책을 꺼냈다. 나는 말이 들어 있는 첫 장을 펼쳤다. (그때도 그것이 말이라는 것은 알았다고 생각하지만, 아닐지도 모른다.) 그리고 문을 연 것과 똑같이 생긴 형태를 가리켰다.

"이거랑, 이거요." 나는 소곤거렸다. 나는 책 안을 볼 때면 늘 그랬듯이 그 책을 조심스럽게 탁자 위에 내려놓았다. 수장 어른은 내 옆에 서서 내가 이름도 모르고 어떻게 소리 나는지도 모르지만 알아볼 수는 있는 글자들을 가리키는 것을 지켜보았다.

"그게 뭐지, 메메르?"

"글씨요."

"그러면 글씨가 문을 여는 건가?"

"그런 것 같아요. 하지만 문을 열려면 허공에 특별한 자리에 써야 해요."

"그게 무슨 말인지 아니?"

나는 수장 어른이 무엇을 묻고 있는지 제대로 이해하지 못했다. 그 당시에 내가, 써놓은 단어가 말하는 단어와 같다는 것, 글과 말이 똑같은 것의 다른 표현이라는 것을 알았을 것 같지는 않다. 나는 고개를 저었다.

"책으로 무엇을 하지?" 그가 물었다.

나는 아무 말도 하지 않았다. 나는 알지 못했다.

"읽는 거야." 수장 어른이 말했고, 그 말을 하면서 미소 지었다. 그의 얼굴이 내가 거의 본 적 없는 미소로 환해졌다.

이스타는 언제나 옛 시절에 수장 어른이 얼마나 행복하고 친절하고 상냥했는지, 만찬실에서 손님들이 얼마나 즐거워했는지, 수장 어른이 소스타의 배냇짓에 얼마나 웃었는지 말하곤 했다. 그러나 내가 아는 수장 어른은 강철 막대기에 무릎이 부서지고 팔이 뒤틀렸으며 가족은 살해당했고 자신을 따르는 사람들은 패배한 남자, 가난과 고통과 부끄러움 속에 사는 남자였다.

"전 읽을 줄 몰라요." 내가 말했다. 그러자 순식간에 수장 어른의 미소가 흐려지고 그림자 속으로 돌아갔기에 나는 다시 말했다. "배울 수 있을까요?"

이 말은 잠시 동안 그의 미소를 잡아두었다. 그러더니 그는 눈을 돌렸다.

"위험한 일이다, 메메르." 그는 말했다. 나를 어린아이로 보고 하는 말이 아니었다.

"알드가 두려워하니까 그런 거죠." 내가 말했다.

그는 나를 돌아보았다. "그래. 두려워하지. 그리고 두려워해야 마땅해."

"그건 악마도 흑마술도 아니에요. 그런 건 없어요."

수장 어른은 바로 대답하지 않았다. 그는 내 눈을 들여다보았다. 마흔의 남자가 아홉 살의 아이를 보는 눈이 아니라, 한 영혼이 다른 영혼을 가늠해보는 눈이었다.

"원한다면 내가 가르쳐주마." 그가 말했다.

<u>2</u>

그래서 수장 어른은 나를 가르치기 시작했고, 나는 기다렸던 것처럼, 아니 기다린 정도가 아니라 굶주린 사람이 식사를 받은 것처럼 빠른 속도로 읽기를 익혔다.

나는 글자가 무엇인지 이해하자마자 글자를 익혔고, 단어를 엮어나가기 시작했다. 배움에 있어서 어쩔 줄 모르거나 오래 멈춘 기억이 없다, 단 한 번을 빼고는. 그날 나는 읽을 줄 알기 전에 제일 좋아하면서 '반짝이는 빨강'이라고 부르던 표지에 금색 문양이 들어간 커다란 붉은색 책을 꺼냈다. 그저 그 책이 무슨 내용을 다루는지 맛만 보고 싶었다. 그러나 읽어보려 하자 전혀 말이 되지 않았다. 글자가 있기는 했고, 단어를 이루기도 했지만, 그 단어들에는 의미가 없었다. 하나도 이해할 수 없었다. 말이 되지 않는 혼란, 쓰레기였다. 내가 그 책에 대해서나 스스로에 대해 화를 내고 있을 때 수장 어른이 들어왔다. "이 바보 같은 책은 뭐가 잘못된 거죠!" 내가 말했다.

그는 책을 보고 말했다. "잘못된 건 없단다. 무척 아름다운 책이지." 그리고 혼란스러운 말들을 큰 소리로 읽었다. 아름답게 들렸고, 뭔가 의미가 있는 것처럼 들렸다. 나는 얼굴을 찌푸렸다. "이건 아리탄이다. 오래전 세상에서 쓰던 언어지. 우리 언어는 이 말에서 생겨났단다. 많이 바뀌지 않은 단어들도 있어. 보이니, 여기? 그리고 여기?" 그리고 나는 그가 가리킨 단어들의 일부분을 알아볼 수 있었다.

"저도 배울 수 있어요?"

수장 어른은 종종 그러했듯 찬찬히 나를 보았다. 끈기 있게 판단하고, 승인했다. "그래."

그래서 나는 《샴한》을 우리말로 읽기 시작함과 동시에 그 고대어를 배우기 시작했다.

물론 비밀방에서 책을 들고 나갈 수는 없었다. 그랬다간 우리는 물론이고 갈바만드에 있는 모두가 위험해졌을 것이다. 알드의 붉은 모자 사제들이 병사들을 이끌고 책이 발견된 집으로 왔을 것이다. 책은 악마의 물건이므로 직접 만지지는 않겠지만, 노예들을 시켜서 운하나 바다로 실어내어 무거운 돌을 묶어서 가라앉혔을 것이다. 그리고 책을 소유하던 사람들도 똑같이 만들었을 것이다. 그들은 책이나 책을 읽은 사람들을 불태우지 않았다. 알드의 신은 불타는 신 아스였고 불에 의한 죽음은 훌륭한 죽음이었다. 그래서 그들은 책과 사람들을 물에 가라앉히거나, 바닷가 개펄에 데려가서 삽과 막대기로 밀어 넣고 짓밟았다. 숨이 막혀 죽을 때까지, 축축한 진흙 속 깊이 가라앉을 때까지.

사람들은 밤을 틈타 몰래 갈바만드에 책을 가져오곤 했다. 감춰진 방에 대해 아는 사람은 없었다. 평생 이 집에 살아온 사람들도 알지 못했으니까. 그러나 도시 밖에 사는 사람들조차도 책을 수장 술터 갈바에게 가져가야 한다는 것은 알았다. 이제 책을 가지고 있는 것은 위험했고, 신탁의 집만이 책을 안전하게 둘 장소였다.

식구 중에 문을 두드린 후 답을 기다리지 않고 수장 어른의 방에 들어가는 사람은 없었고, 이제는 그도 병세가 심하지 않았기 때문에 답이 없으면 굳이 방해하지 않았다. 이스타와 소스타는 수장 어른이 혼자 무슨 일을 하는지, 어디에서 시간을 보내는지 묻는 법이 없었다. 아마 과거에 내가 그랬듯 그들도 수장 어른이 언제나 자기 방이나 안뜰 어딘가에 있다고 생각했을 것이다. 갈바만드는 워낙 커서 안에 있는 사람을 놓치기 쉬웠다. 그는 한 블록을 걷기도 힘들 만큼 심하게 다리를 절어서 집 밖으로 나가는 일이 없었지만, 많은 이들이 그를 보러 왔다. 사람들은 뒤 회랑이나, (여름이라면) 안뜰 어딘가에서 수장 어른과 이야기를 나누며 몇 시간을 보내곤 했다. 사람들은 낮이나 밤이나 어느 때건 주의를 끌지 않도록, 이제는 아무도 살지 않고 텅 비고 무너진 방들만 남아 있는 집 뒤편을 통해서 조용히 왔다가 조용히 떠났다.

낮 시간에 방문자가 있을 때는 내가 물이나, 차가 있을 경우에는 차를 대접했고 때로는 그 자리에 남아서 이야기를 들을 수도 있었다. 어떤 손님들은 내가 평생 알아온 이들이었다. 순드라만 사람인 데삭, 카만드의 캄 식구나 페르 악타모 같은 '4대 가문' 사람들. 페르는 알드가 도시를 점령했을 때 열 살 소년이었다. 악타만드 사람들은 거세게 싸웠고, 병사들은 그 집을 점령하고 나서 남자는 다 죽이고 여자는 노예로 끌고 갔다. 페르는 사흘

동안 안뜰에 있는 마른 우물 속에 숨어서 병사들을 피했다. 그는 우리와 마찬가지로 무너진 집에서 얼마 안 되는 이들과 같이 살았다. 그래도 그는 나에게 농담을 던졌고 상냥했으며, 대부분의 방문자들보다 젊었다. 나는 페르가 오는 것이 기뻤다. 데삭은 내가 그 자리에 남아서 이야기를 듣는 것이 달갑지 않음을 분명히 밝힌 유일한 방문자였다.

수장 어른을 보러 오는 사람 중에 내가 알지 못하는 이들은 대개 상인이었다. 개중에는 아직 좋은 옷을 입은 사람도 있었다. 길에서 오랜 시간을 보낸 것 같은 남자들도 자주 왔다. 안술의 다른 마을, 어쩌면 다른 수장에게서 온 방문자나 전령이었을 것이다. 여자가 혼자 시내를 돌아다니는 것은 위험한 일이었지만, 겨울밤에는 여자들도 가끔 왔다. 자주 찾아오던 여자 하나는 회색 머리가 길었는데, 내 눈에는 약간 미친 사람으로 보였지만 수장 어른은 그 여자에게 경의를 표했다. 여자는 언제나 책을 가져왔다. 이름은 모른다. 다른 마을에서도 옷 속에, 또는 음식 꾸러미에 숨겨서 책을 가져오는 사람들이 있었다. 내가 비밀방에 들어갈 수 있다는 사실을 안 후부터 수장 어른은 그런 책들을 나에게 건네주곤 했다.

수장 어른은 대개 밤이 되어야 그 방에 갔다. 그동안 우리가 마주치지 않은 것도 그래서였다. 나는 자주 가지도 않았고, 밤에는 한 번도 간 적이 없었다. 나는 집 앞쪽에 있는 방에서 이스타와 소스타와 같은 방에서 잤고, 그냥 사라질 수는 없었다. 그리고 낮에는 바빴다. 집안일과 경배도 해야 했고, 장을 보는 것도 대부분 나였다. 장보기를 좋아하기도 했고, 소스타보다 훨씬 흥정을 잘했기 때문이다.

이스타는 언제나 소스타가 혼자 나갔다가 병사들과 마주쳐서 끌려가 강간당할까 두려워했다. 나를 두고는 걱정하지 않았다. 알드 놈들은 나를 거들떠보지 않을 거라고 말했다. 말인즉 놈들은 자기들과 비슷한 내 창백하고 여윈 얼굴과 양털 같은 머리를 좋아하지 않으며, 소스타처럼 동그란 갈색 볼과 까맣고 매끄러운 머리털을 지닌 안술 여자를 원한다는 것이다. "넌 그렇게 생겨서 운 좋은 거다." 이스타는 늘 그렇게 말했다. 나는 오랫동안 상당히 작고 가냘픈 편이기도 했는데, 그건 진짜 행운이었다. 알드의 간드가 내린 명에 따라 여자는 남자를 대동해야 거리와 시장에 갈 수 있었다. 길거리에 혼자 나다니는 여자는 창녀이며 유혹의 마귀였고 병사라면 누구나 그 여자를 강간하거나 노예로 삼거나 죽일 수 있었다. 그러나 알드 놈들은 늙은 여자는 여자로 치지 않는 것 같았고, 아이들은 언제나는 아니라도 대개 무시했다. 그래서 주로 장을 보고 흥정을 하는 것은 할머니와 아이들, 대개 나처럼 피가 섞인 '농성의 아이들'이자 남자애처럼 차린 여자애들이었다.

우리가 가진 돈이라곤 먼 옛날 해적 함대가 안술을 위협했을 때 조상님이 숨겨두신 돈뿐이었다. 해적들은 쫓겨 갔지만 가족은 수장 어른이 '행운의 보고'라고 부르는 돈을 집 뒤편 숲에 그대로 묻어놓았고, 우리는 이제 그 돈으로 살았다. 그래서 나는 최대한 싸게 장을 보아야 했고, 그러자면 시간이 걸렸다. 시간이 걸리기는 경배도 집안일도 마찬가지였다. 이스타는 꼭두새벽에 일어나서 빵을 만들었다. 내가 없어진 티를 내지 않고, 호기심과 의문을 잔뜩 일으키지도 않고, 정기적으로 비밀방에 갈 수 있는 시간이라곤 다른 사람들이 잠든 밤뿐이었는데 말이다.

그래서 나는 이스타에게 어머니가 쓰던 방으로 침대를 옮기고 싶다고 말했다. 그 방은 다 함께 자던 방과 같은 복도에 있었고, 이스타는 신경 쓰지 않았다. 이스타와 소스타는 보통 저녁을 먹고 씻고 나서 오래지 않아 코를 골았다. 내가 방에 없음을 알아차릴 가능성은 낮았다. 그래서 밤마다 나는 조용히 어두운 저택의 복도와 통로들을 지나 비밀방으로 갔고, 그 안에 들어가서 사랑하는 스승에게 배우고 읽었다.

방문객이 있는 밤에는 수장 어른이 와서 아리탄을 가르쳐주거나 읽기를 도와줄 수 없었지만, 나는 혼자서도 잘해나갔다. 이야기나 역사에 푹 빠져서 수장 어른이 자러 가라고 한 후에도 한참 더 남아서 읽을 때도 많았다.

키가 더 크고 여자가 되어가면서 종종 끔찍하게 졸릴 때가 있었다. 밤이 아니라 아침에 그랬다. 침대에서 나올 수가 없었고, 하루 종일 납처럼 무겁고 쥐며느리처럼 멍청한 기분이었다. 나는 그러지 말라고 간청했지만, 수장 어른은 이스타에게 거리 아이인 보미를 고용해서 내가 하던 청소 일을 맡기라고 말했다. 나는 말했다. "청소는 괜찮아요! 시간을 다 잡아먹는 건 제단들이에요. 제단을 돌볼 아이를 고용할 수 있다면 시간이 훨씬 많아질 거예요."

실언이었다. 그는 나를 찬찬히 보았다. 끈기 있고 판단력 있는, 그러나 승인하지는 않는 눈빛이었다.

"네 어머니의 그림자는 이곳에 산다. 우리 조상의 그림자와 함께. 이 집의 신들은 네 어머니의 신들이야. 매일 그분들을 축복했지. 나는 남자로서 그분들을 기리고." 사실이었다. 수장 어른은 하루도 빼먹지 않고 봉헌 의무를 다했다. "너는 우리 어머니들의 딸로서 그분들을 기리고 축복을 받는 거야." 그게 끝이었다.

나는 부끄러웠고, 언짢기도 했다. 속으로 모든 신소를 돌며 먼지를 털고, 이에네에게 생생한 잎사귀를 바치고, 아궁이를 지키는 신에게 향을 태우고, 과거 이 집에 살았던 조상들의 영혼과 그림자들을 축복하고, 그들의 축복을 받고, 에누에게 감사하고, 에누의 날이면 그 제단에 먹을 것과 물을 바치고, 문간마다 멈춰서 양쪽 방향을 보는 분을 찬양하고, 언제 데오리를 위한 기름등에 불을 붙일지 기억하는 등의 일에서 벗어날 수 있다고 생각하던 차였다. 이런 일들에 때로는 꼬박 한 시간이 걸렸다.

아마 안술은 어느 곳의 다른 누구보다 많은 신을 모실 것이다. 더 많고, 더 가깝다. 우리 대지와 우리의 나날, 우리 피와 뼈의 신들이다. 물론 나는 집이 신들로 가득하다는 사실, 내가 신들의 축복에 대한 보답으로 어머니가 했던 일을 한다는 사실, 내 방의 신령이 문간 벽에 난 작은 벽감에 살면서 내가 방으로 돌아가기를 기다리고 내 잠을 지켜준다는 사실을 알아서 행복했다. 어렸을 때는 신들에게 경배하는 일이 자랑스러웠지만, 이제는 그 일을 너무 오래 했다. 신들에게 싫증이 났다. 신들은 너무 요구가 많았다.

그러나 알드가 우리 신들을 사악한 정령이라고, 악마라고 부르고 두려워한다는 사실을 떠올리면 온 마음과 영혼으로 기쁘게 경배할 수 있었다.

그리고 어머니가 집안에서 여성의 경배를 맡았음을 돌이키는 것은 좋은 일이었다. 수장 어른은 비밀방을 두고 어머니를 믿은 만큼 경배에 대해서도 신뢰했다. 어머니가 우리 혈통임을 알기 때문이었다. 이 점을 생각하자 처음으로 수장 어른과 내가 우리 혈통에 남은 마지막 자손들임을 깨달을 수 있었다. 지금 우리 식구로 남은 몇 사람은 갈바이기를 선택했지, 혈통이 갈바인 건 아니었다. 그전까지는 그 차이를 별로 생각하지 않았다.

"어머니도 읽는 법을 아셨나요?" 나는 어느 날 밤, 아리탄 수업이 끝난 후에 물었다.

"물론이지." 수장 어른은 대답하고 나서 기억을 돌이켰다. "당시에는 금지된 일이 아니었어." 그는 등을 기대고 앉아서 눈을 문질렀다. 고문관들이 손가락을 늘이고 부러뜨려서 손가락이 다 옹이지고 비틀렸지만, 나는 그 손의 생김새에 익숙했다. 한때 아름다운 손이었음을 알아볼 수 있었다.

"여기 와서 읽었나요?" 방을 둘러보며, 그 방에 있음을 기뻐하며 물었다. 나는 밤의 비밀방을 가장 사랑하게 되었다. 등잔의 노란 반구에서 따뜻한 그림자가 뻗어 나오고, 책등의 금박 글자들이 높고 작은 천창으로 가끔 보이는 별처럼 깜박거리는 밤.

"읽을 시간이 많지는 않았지. 이 집의 모든 일을 감독했거든. 큰일이었어. 수장은 돈을 많이 써야 했다. 대접과 그 밖에 다른 일들에. 네 어머니의 책은 주로 회계 장부였단다." 그는 과거를 돌아보듯, 기억하는 어머니의 모습과 비교하듯이 나를 보았다. "알드가 이스마 언덕에 군대를 보냈다는 소식을 처음 들었을 때 데칼로에게 이 방으로 통하는 문을 보여줬지. 내 어머니가 재촉하셨어. 데칼로는 우리 핏줄이며 비밀을 알 권리가 있다고. 상황이 나쁘게 돌아가면 데칼로가 비밀을 지킬 수 있을 것이고, 이 방이 데칼로의 피난처가 될 수도 있을 거라고."

"실제로 그랬어요."

수장 어른은 우리가 번역하던 아리탄 시 〈탑〉의 한 구절을 인용했다. "고난은 신들의 자비이니."

나는 같은 시의 뒷구절로 응수했다. "진정한 희생은 진정한 마음의 찬양이로다." 수장 어른은 내가 인용문으로 맞받아치는 것을 좋아했다.

"제가 아기였을 때, 엄마는 절 데리고 여기 숨어 있으면서 여기 책을 몇 권 읽었을지도 몰라요." 나는 말했다. 전에도 해본 생각이었다. 내 영혼에 기쁨과 활력을 주는 책을 읽을 때면 어머니도 비밀방에 있었을 때 그 책을 읽었을지 궁금했다. 수장 어른이 읽었다는 사실은 알았다. 그는 모든 책을 읽었다.

"그랬을지도 모르지." 그렇게 말하면서도 수장 어른의 얼굴은 슬펐다.

수장 어른은 마음속에 의문을 품고 살피는 듯한 얼굴로 나를 보았다. 그리고 마침내 결론을 내렸는지 말했다. "말해보렴, 메메르. 처음 혼자 이 방에 왔을 때, 읽을 수 있기 전에 너에게 책은 무엇이었지?"

대답하는 데 시간이 조금 걸렸다. "음, 몇 권에는 이름을 붙였어요." 나는 가죽으로 장정한 커다란 책 《순드라만의 40번째 집정시대록》을 가리켰다. "저 책은 '곰'이라고 불렀어요. 《로스탄》은 '반짝이는 빨강'이라고 불렀고요. 겉표지의 금박 때문에 좋아했죠. 어떤 책으로는 집을 쌓기도 했어요. 하지만 언제나 원래 자리에 다시 꽂아놨어요."

수장 어른은 고개를 끄덕였다.

"그리고 어떤 책은," 말할 생각은 없었는데 말이 저절로 나왔다. "무서웠어요."

"무섭다니, 어째서?"

대답하고 싶지 않았지만, 이번에도 말이 나왔다. "소리를 내서요."

내 말에 그는 작은 소리를 냈다.

"어느 책이었지?"

"저쪽에 있는 책이었어요. 저쪽…… 반대쪽 끝에 있는 책이요. 신음 소리를 냈어요."

왜 그 책에 대해 이야기하고 있지? 전에는 말하기는커녕 생각도 한 적 없었고, 생각하고 싶지도 않았다.

비밀방에서 수장 어른과 함께 책 읽기를 사랑하고, 그곳에서는 내 것인 이야기와 시와 역사의 보물 속에서 크나큰 행복을 찾았음에도, 여전히 나는 바닥이 거칠고 잿빛인 돌로 변하고 천창도 없이 천장이 낮아져서 빛이 서서히 어둠 속으로 잦아드는 반대쪽 끝으로는 가지 않았다. 희미한 물소리가 들렸기 때문에 그쪽에 샘이나 분수가 있다는 사실은 알았지만, 눈으로 볼 만큼 들어가보지는 않았다. 때로는 그림자 쪽에서 방이 더 커질 거라고 생각했고, 때로는 동굴이나 굴처럼 점점 작아질 거라고 생각했다. 신음하는 책이 꽂혀 있던 책장 너머로는 한 번도 가보지 않았다.

"어느 책인지 보여줄 수 있겠느냐?"

나는 1분이 넘도록 책상 앞에 앉아 있다가 말했다. "전 어렸어요. 그런 이야기를 지어냈죠.《시대록》이 곰이라고 생각했고요. 전 바보였어요."

수장 어른은 부드럽게 말했다. "두려워할 것 없다, 메메르. 누군가는 두려워할지 몰라도 너는 그럴 필요가 없어."

나는 아무 말도 하지 않았다. 속이 메스껍고 추웠다. 두려웠다. 하고 싶지 않은 말이 더 나오지 않게 입을 꼭 다물고 있겠다는 생각밖에 들지 않았다.

수장 어른은 다시금 앉아서 생각에 잠겼고, 다시금 어떤 결론에 도달했다. "나중에 다시 이야기할 시간이 있겠지. 자, 열 줄 더 읽을까, 아니면 잘까?"

"열 줄 더요." 그리고 우리는 다시 〈탑〉 위로 몸을 숙였다.

지금까지도 내 두려움을 인정하고 적기가 쉽지 않다. 열넷, 또는 열다섯이었던 그때는 그림자 속으로 잦아드는 방 끄트머리를 멀리한 것과 마찬가지로 그 일에서 생각을 멀리했다. 비밀방은 내가 두려움을 떨치는 유일한 장소가 아니었던가? 나는 오직 그러하기만을 원했다. 내 두려움을 이해하지 못했고, 그게 무엇인지 알고 싶지도 않았다. 그것은 알드 놈들이 악마라고, 사악한 정령이라고, 흑마술이라고 부르는 것과 너무 비슷했다. 그런 말은 놈들이 우리 신, 우리 책, 우리 방법을 이해하지 못하고 붙인 무지하고 악의에 찬 말에 지나지 않았다. 나는 악마는 없으며 수장 어른께 사악한 힘이 없다는 것을 확신했다. 놈들은 악한 기술을 고백하게 하고자 그분을 1년이나 고문하고서, 아무것도 고백할 것이 없기에 놓아주지 않았던가?

그런데 나는 무엇을 두려워했던가?

나는 내가 만졌을 때 책이 신음했음을 알았다. 당시 겨우 여섯 살이었지만, 기억했다. 나는 용감해지고 싶었다. 용기를 내어 그림자 쪽으로 갔다. 발 바로 앞 바닥만 보면서 타일이 거친 돌바닥에 자리를 내어줄 때까지 걸어갔다. 그리고 여전히 눈은 내리깐 채 옆걸음질로 책장에 다가갔고, 책장이 돌벽 안에 낮게 들어가 있음을 보고 손을 뻗어 낡은 갈색 장정본을 건드렸다. 내가 건드리자 그 책은 큰 소리로 신음했다.

나는 손을 거두고 그 자리에 서 있었다. 스스로에게 아무 소리도 듣지 못했다고 말했다. 나는 어른이 되어서 알드를 죽일 수 있게 용감해지고 싶었다. 용감해져야 했다.

나는 다섯 걸음을 더 가서 다른 책장에 맞닥뜨렸고, 잽싸게 눈을 들어보았다. 선반에 책이 딱 한 권 있었다. 작은 책이었고 표지는 매끄러운 진줏빛이었다. 나는 표지가 예쁘니까 안전할 거라고 스스로를 타이르면서 오른손을 꼭 쥐고 왼손을 뻗어서 그책을 선반에서 내렸다. 책이 열렸다. 책에서 핏방울이 새어 나왔다. 축축했다. 나는 피가 무엇인지 알았다. 책을 닫아서 다시 선반에 밀어 넣고 뛰어가서 큰 탁자 밑 곰 굴에 숨었다.

나는 수장 어른에게 그 일을 이야기하지 않았다. 그게 사실이 아니기를 바랐다. 두 번 다시 그림자 쪽에 있는 책장에 가지 않았다.

지금은 열다섯 살 소녀가 여섯 살 아이만큼도 용감하지 못했다는 사실이 안타깝다. 두려운 대상에 맞설 용기와 힘, 강인함을 그토록 열망했는데도. 두려움은 침묵을 낳고, 침묵은 다시 두려움을 낳는다. 나는 두려움이 나를 지배하게 놓아두었다. 그곳에서마저, 세상에서 내가 누구인지 아는 유일한 장소인 그 방에서마저도 내가 무엇이 될지 추측하는 것을 허용하지 않았다.

3

10년이 지나도 내가 어떻게 스스로를 속였는지 솔직하게 적기는 어렵다. 나의 용기에 대해 쓰기란 내 비겁함에 대해 쓰는 것만큼이나 어렵다. 그러나 나는 이 책이 되도록 진실하기를, '신탁의 집'의 기록으로 쓸모가 있기를 바라며 내 어머니 데칼로에게 헌정하여 그녀를 기리고 싶다. 나는 그 시기의 기억들을 가지런히 정리해서 그라이와 나의 첫 만남을 이야기할 수 있는 지점까지 도달하려고 애쓰고 있다. 그러나 열여섯, 열일곱 살 때 내 마음과 머리는 그리 질서정연하지 않았다. 무지와 격렬한 분노와 사랑뿐이었다.

내게 존재한 평화와 이해는 오직 수장 어른에 대한 내 애정과 그분이 내게 베푼 애정, 그리고 책들로부터 나온 것뿐이었다. 지금 쓰는 이 책의 심장부에는 책들이 있다. 우리가 처했던 위험, 우리가 무릅쓴 모험의 원인도 책이었고 우리에게 힘을 준 것도 책이었다. 알드가 책을 두려워한 것은 옳았다. 만약 책의 신이 있다면 분명 창조자이자 파괴자인 삼파일 것이다.

수장 어른이 읽으라고 내어준 모든 책 중에서 가장 좋았던 것은 시 중에서는 《변형》, 줄거리가 있는 글 중에서는 《만바 군주들의 이야기》였다. 이야기가 역사가 아닌 설화라는 것은 알았지만, 그 글에는 내가 바라고 필요로 하는 진실이 담겨 있었다. 용기, 우정, 죽음을 무릅쓴 충정, 싸워서 동족의 적을 몰아내는 것까지. 열여섯 살의 겨울 내내 나는 비밀방에 가서 영웅 아디라와 마라의 우정 이야기를 읽었다. 나도 아디라 같은 친구와 동지를 갖고 싶은 마음이 절절했다. 아디라와 함께 술의 눈밭으로 내몰려 함께 고통받고, 그 후에는 그와 나란히 서서 독수리처럼 도르벤 무리를 엄습하여 저들의 선단으로 몰아내고 싶었다. 나는 그 이야기를 읽고 또 읽었다. 늙은 술의 군주 이야기를 읽을 때면 그 모습을 수장 어른처럼 그렸다. 우울하고 몸은 불구지만 고귀하고 두려움을 모르는 사람. 도시에 사는 나와 내 삶은 온통 두려움과 불신뿐이었다. 매일 거리에서 보는 광경에 내 심장은 쪼그라들었다. 만바의 영웅을 향한 사랑은 내 심장의 피였다. 그 사람이 나에게 힘을 주었다.

그해에 우리는 거리를 떠돌던 소녀 보미를 식구로 받아들였고, 수장 어른은 집 안 제단에서 오래된 의식을 치르고 보미에게 갈바의 이름을 내렸다. 보미는 소스타와 같은 복도에 있는 방으로 들어갔다. 보미는 일을 열심히 잘해서 대개는 이스타마저 만족할 정도였고, 좋은 벗이기도 했다. 보미는 열세 살쯤이었고, 자기가 언제 태어났는지 어머니는 누구인지 하나도 몰랐다. 한동안 거지로 길거리를 떠돌아다녔는데, 늙은 구딧이 길고양이처럼 꾀었다. 보미를 안뜰 창고에서 자게 하는 데 성공하자 구딧은 자기를 도와 마구간 청소를 해서 밥벌이를 하게 만들었다. 마구간은 불탄 목재와 부서진 가구와 쓰레기로 가득했다. 구딧은 수장님이 다시 말을 구할 것이라고 믿어 의심치 않았다. "암, 도리가 그렇지. 수장님께서 어찌 말도 타지 않고 여행을 다니실 수 있나? 걸어가시겠어? 에산간이나 돔까지? 그렇게 안 좋은 다리로? 품위도 없이, 떠돌이 행상처럼? 그럴 순 없지. 수장에겐 말이 필요해. 암, 그렇고말고."

구딧에게는 맞장구치는 수밖에 없었다. 그는 늙고 미친 곱사등이였으며, 늘 쓸모 있는 일을 하는 건 아니라도 정말 열심히 일했다. 입은 험했지만 마음은 맑았다. 이스타가 보미를 고용해서 나 대신 청소를 하게 하자 구딧은 불같이 화를 냈다. 이스타가 아니라 그와 그의 소중한 마구간을 '저버린' 보미에게였다. 그는 몇 달 동안 보미를 볼 때마다 조상의 그림자를 두고 보미를 저주했지만, 보미는 조상 중 아무도 몰랐고 그들의 그림자가 어디에 있는지도 몰랐기에 괘념치 않았다. 이윽고 구딧도 분노를 극복했고, 보미는 집안일을 끝낸 후에 다시 구딧을 도와 마구간을 치우고 칸막이를 다시 세우는 끔찍한 일을 하러 갔다. 보미 역시 마음이 맑은 아이였기 때문이다. 보미는 구딧이 자기를 거둔 것처럼 고양이들을 거뒀다. 그해 여름 마구간 마당에는 새끼 고양이가 바글거렸다. 이스타는 보미가 여자애 열 명 몫을 먹는다고 말했지만, 나는 보미가 여자애 하나에 고양이 스무 마리 몫을 먹는다고 생각했다. 어쨌든 마구간은 마침내 깨끗해졌고, 그건 꼭 당연한 일은 아니라도 행운이었던 것으로 드러났다. 그리고 쥐도 없었다.

이스타는 수장 어른이 나를 따로 책임졌으며 내가 '교육받는

다'는 사실을 오랜 시간이 걸려서 받아들였다. 이스타는 언제나
교육이라는 말을 무척 조심스럽게, 마치 다른 언어처럼 말했다.
읽기를 계획적인 악행이라고 생각하는 알드의 지배하에서는 실
제로 조심스럽게 꺼내야 할 말이기도 했다. 그 행위가 내포한 위
험 때문에, 그리고 본인은 어렸을 때 배운 끍적거림을 완전히 까
먹었기 때문에("도대체 요리사한테 그게 무슨 쓸모가 있니? 펜
과 잉크로 소스 만드는 법을 보여줘봐, 어디 한번!") 이스타는
내가 교육받는 것을 그리 탐탁하게 여기지 않았다. 그러나 그런
이스타라도 나를 말리거나, 수장 어른의 판단이나 의지에 의문
을 던진다는 생각은 떠올리지조차 않았다. 내가 충정을 그토록
끔찍이 사랑한 것은 이 집이 충정으로 축복받았음을 알아서였
는지도 모른다.

　어쨌든 나는 여전히 이스타를 도와서 힘든 부엌일을 했고 시
장에 갔다. 보미가 가고 싶어 할 때는 같이, 아니면 혼자 갔다.
나는 계속 키가 작고 말랐으며 낡은 남자 옷을 줄여 입으면 여전
히 어린아이로, 아니면 최소한 매력 없는 청년으로 보일 수 있었
다. 때로는 길거리에 모인 패거리가 내가 여자애라는 것을 알아
보고 돌을 던지기도 했다. 나와 같은 종족, 안술의 사내아이들
이 더러운 알드처럼 굴었다. 나는 그 앞을 지나기가 싫어서 그들
이 모이는 장소를 피해 다녔다. 질서를 유지하기 위해 시장 여
기저기에 배치되어 거드름을 피우는 알드 위병도 싫었다. '질서
유지'란 시민을 괴롭히고 행상인의 매대에서 돈 내지 않고 마음
에 드는 물건을 집어 간다는 뜻이었다. 나는 그들 앞을 지날 때
면 흠칫거리지 않으려고 애썼다. 그들을 무시하고 천천히 걸으
려고 노력했다. 그들은 푸른색 망토와 가죽 흉갑을 걸치고 검과

곤봉을 들고 의기양양하게 서 있었다. 내 키만큼 낮은 곳을 내려다보는 일은 드물었다.

이제 중요한 아침에 다다랐다.

늦봄이었고, 내 열일곱 살 생일에서 나흘이 지난 날이었다. 소스타는 여름에 혼인하기로 되어 있었고 보미는 소스타를 도와서 혼례복을 바느질하고 있었다. 신부의 녹색 가운과 머리 장식, 신랑의 외투와 머리 장식까지. 이스타와 소스타는 4주 동안 그 얘기만 했다. 혼인 혼인 혼인, 바느질 바느질 바느질. 보미마저 허튼소리를 지껄여댔다. 나는 바느질을 배우려 해본 적도, 사랑에 빠져 혼인하고 싶었던 적도 없었다. 언젠가는, 언젠가는 그런 사랑에 대해 알 준비가 될지도 모르지만 아직은 때가 아니었다. 나는 내가 누구인지부터 알아내야 했다. 내겐 지켜야 할 약속과 경애하는 수장 어른이 있었고, 배울 것도 많았다. 그래서 그날 아침 나는 세 사람이 재잘거리게 놓아두고 혼자 시장으로 나갔다.

화창하고 기분 좋은 날이었다. 나는 계단을 내려가서 신탁의 분수로 걸어갔다. 크고 얕은 녹색 수반은 물이 말랐고 지저분했으며, 부서지고 더러워진 중앙 조각상에서 물이 솟아오르던 관만 뾰족하게 튀어나와 있었다. 그 분수는 내 평생은 물론이고 내가 태어나기 전에도 오랫동안 말라 있었지만, 나는 그 옆에 서서 샘과 물의 주인께 축복을 바쳤다. 새삼스럽게 왜 그 분수를 신탁의 분수라고 부르는지, 그리고 왜 갈바만드 자체도 때로는 신탁의 집이라고 불리는지 의아해졌다. 수장님께 물어봐야겠다고 생각했다.

죽은 분수에서 눈을 들어 도시 너머를 보자, 해협 건너편에 돌과 눈으로 이루어진 거대한 흰 파도 같은 술이 보였다. 산꼭대기에서 북쪽으로 안개 깃발이 불어가고 있었다. 나는 음식도 불도 없이 얼음 봉우리로 쫓겨 간 아디라와 마라와 지친 병사들을 생각했다. 그들이 무릎을 꿇고 산신과 빙하의 정령들에게 기도를 올리자, 까마귀 한 마리가 부리에 잎사귀가 붙은 가지를 물고 날아와서 아디라 앞에 떨구었다. 그들은 까마귀에게 감사하고, 가지고 있던 얼마 안 되는 빵을 바쳤다. '검은색 강철 부리 속에 초록색 희망의 선물이.' 내 생각은 언제나 영웅들과 함께였다.

나는 술에게 기도하고, 곶 너머로 하얀 갈기를 볼 수 있는 세우네에게 기도했다. 걸음을 옮겨 '문지방 돌'에 말을 걸고, 모퉁이를 지나 왼쪽에 있는 '서쪽 거리'로 방향을 틀면서 길거리 신소를 만졌다. 항구 시장에 가기로 했다. 물건을 들고 집에 돌아오기에는 더 멀었지만 언덕 밑보다 그쪽이 더 좋은 시장이었다. 밖에 나가서 운하를 청록색으로 물들이는 햇살과 다리에 새겨진 조각들의 빛나는 그림자를 보니 기뻤다.

햇빛과 바닷바람은 기쁨 그 자체였다. 걸으면서 신들이 나와 함께 있다는 확신이 느껴졌다. 두려울 것이 없었다. 시장에서 보초 서는 알드 병사들을 나무 기둥 보듯 지나쳤다.

항구 시장은 대리석으로 포장한 넓은 광장으로, 북동쪽에는 세관소의 아케이드가 자리했고 남쪽에는 해군성 탑이 있었으며 서쪽은 항구와 바다를 향해 열려 있었다. 조각이 들어간 곡선 난간이 달린 길고 얕은 계단이 해군 배를 넣어두는 창고와 자갈 해변으로 이어졌다. 그날 아침은 온통 태양과 바람과 흰 대리석과 푸른 바다였고, 근처에는 색색 차양과 시장 노점 우산과 시장의 유쾌한 소란이 가득했다. 나는 시장의 신이자 이 도시에서 제일 오래된 신 레로를 나타내는 둥근 돌 앞을 지났다. 레로라는 이름은 정의, 합의, 옳은 일을 뜻한다. 나는 알드 병사는 생각도 않고 공개적으로 레로에게 머리를 숙였다.

평생 해보지 않은 일이었다. 나는 열 살 때 병사들이 어느 노인을 두들겨 패고, 노인이 절을 올린 텅 빈 신의 대좌 밑 길거리에 피에 물들고 의식을 잃은 노인을 팽개치고 가는 광경을 보았다. 병사들이 남아 있는 동안에는 아무도 노인에게 다가가지 못했다. 나는 울면서 달아났고 노인이 죽었는지 살았는지 알지 못했다. 그 일을 잊지는 않았지만, 상관없었다. 이날은 두려움이 없는 날이었다. 축복받은 날, 성스러운 날이었다.

나는 광장을 가로지르며 모든 것을 살폈다. 노점과 상품과 사람을 구슬리기도 하고 욕하기도 하는 행상인들이 좋았다. 그렇게 생선 시장으로 가다가, 해군성 탑 앞에 커다란 천막을 치는 광경을 보고 길에서 벗어났다. 지저분한 돌설탕을 파는 소년에게 무슨 천막이냐고 물었다. "고원지대 출신의 위대한 이야기꾼이래요. 엄청 유명하다던데. 제가 대신 자리를 잡아드릴 수도 있어요." 장터 아이들은 1페니에 비천해진다고들 한다.

"내 자리는 내가 잡을 수 있어." 내가 말하자 소년이 대꾸했다. "아, 금세 끔찍하게 북적일걸요. 종일 여기 있을 거래요. 끔찍하게 유명한 남자가요. 반 페니면 가깝고 좋은 자리를 맡아드린다니까요."

나는 웃고 계속 걸어갔다.

그래도 천막에 가보고픈 유혹은 느꼈다. 바보 같은 짓이지만 이야기꾼에게 귀를 기울여보고 싶었다. 알드는 이야기를 짓고 읊는 이에게 환장을 한다. 부유한 알드라면 누구나 수행원 중에

이야기꾼을 두고, 병단이라 해도 마찬가지라고 한다. 수장 어른
은 알드가 오기 전에는 이야기꾼이 많지 않았지만, 책이 금지된
지금은 수가 늘었다고 했다. 우리 동족 중에도 길모퉁이에서 잔
돈푼을 받고 이야기를 하는 사람들이 있었다. 몇 번 걸음을 멈추
고 귀를 기울여봤지만, 그들은 대개 병사들에게 동전이라도 얻
으려고 알드 이야기를 읊었다. 나는 알드의 이야기를 좋아하지
않았다. 온통 자기네 전쟁과 전사들, 나로서는 지푸라기만큼도
신경 쓸 이유가 없는 저들의 포악한 신에 대한 이야기뿐이었다.

나를 사로잡은 것은 '고원지대'라는 말이었다. 고원지대 출신
이라면 알드일 리 없었다. 고원지대는 북쪽 먼 곳이었다. 나도
작년에 서부 해안 전체 지도가 실린 에론트의 《위대한 역사》를
읽기 전까지는 그 먼 땅에 대해 들어보지도 못했다. 장터 소년은
그저 들은 대로, 자기에게는 어딘가 먼 곳이라는 의미밖에 없는
고원지대라는 말을 되풀이했다. 에론트에게마저도 고원지대는
대부분 말로만 들은 곳이었다. 땜장이들을 지나 생선 장수들에
게 가면서 에론트의 지도 중 고원지대 부분은 정확히 기억하기
힘든 이상한 이름을 지닌 큰 산밖에 떠오르지 않았다.

나는 오늘 온 식구에다 고양이까지 다 먹이고 내일 생선 머리
로 수프를 끓일 만큼 큰 빨간점박이고기를 흥정했다. 그리고 노
점을 돌면서 신선한 치즈와 상태가 괜찮아 보이는 거친 채소를
약간 샀다. 집으로 가기 전에 무슨 일이 있는지 보려고 큰 천막
쪽으로 걸어갔다. 인파가 빽빽했다. 사람들 머리 위로 말 탄 기
수들과 위아래로 흔들리는 말 머리가 보였다. 알드 장교가 둘이
었다. 알드는 사막에서 여자는 하나도 데려오지 않았으나 예쁘
고 훌륭한 말은 데려왔고, 거리에서 농담 삼아 '병사들의 마누

라'라고 부를 만큼 애지중지했다.

모여든 사람들은 이제 두 마리 말 앞에서 비키려고 애쓰고 있었다. 뒤쪽이 소란스러워지더니 혼란이 일었다. 느닷없이 말 한 마리가 비명을 지르며 몸을 세우고 날뛰더니 망아지처럼 뻣정다리로 뛰기 시작했다. 내 앞에 있던 사람들은 말을 피해 물러섰다. 말은 똑바로 나에게 달려왔다. 나는 내 뒤로 몰려든 인파 때문에 움직일 수가 없었다. 말은 내 앞으로 왔다. 등에는 아무도 타지 않았고, 흔들리는 고삐가 마치 누군가가 던진 것처럼 내 손을 때렸다. 나는 고삐를 잡고 당겼다. 말 머리가 내 어깨 바로 옆으로 내려왔다. 눈을 거칠게 뒤룩거리고 있었다. 머리통이 거대했다. 세상을 다 채울 것 같았다. 그래도 말은 멈춰 섰다. 나는 달리 어떻게 해야 할지 몰라 고삐를 굴레 앞까지 바싹 쥐고 버텨섰다. 말이 머리를 뒤채려 하자 땅에서 반쯤 발이 떨어졌지만, 순전히 공포 때문에 꽉 쥐고 버텼다. 말은 엄청난 콧김을 내뿜더니 가만히 섰다. 마치 보호하려는 것처럼 나에게 슬쩍 몸을 붙이기까지 했다.

사방에서 사람들이 고함치고 비명을 질렀고, 나는 그들이 또 말을 겁먹게 하지 못하게 해야 한다는 생각밖에 없었다. "조용히들 해요, 조용히." 나는 고함치는 사람들에게 바보처럼 말했다. 그리고 내 말을 들은 것처럼 사람들이 물러서더니 말 뒤편에 빈 대리석 포장 바닥을 열기 시작했다. 태양이 내리쬐는 그 하얀 바닥에는 세게 내팽개쳐진 알드 장교가 기절해 누워 있었고, 그 옆에 한 여자와 사자 한 마리가 서 있었다.

여자와 사자는 나란히 서 있었다. 그들이 움직이자 바닥에 생긴 빈 공간도 함께 움직였다. 군중은 거의 아무 소리 없이 움직였다.

여자와 사자 뒤편으로 마차 꼭대기 같은 것이 보였다. 여자와 사자는 그쪽으로 몸을 돌렸다. 사람들이 물러서면서 마법처럼 그들 앞에 빈 바닥이 나타났다. 작은 포장마차였다. 마차에 매인 두 마리 말은 고개를 돌리고 차분히 서 있었다. 여자가 마차 뒷문을 열자 사자가 훌쩍 뛰어올랐고, 사자의 꼬리가 사랑스러운 곡선을 그리며 사라지자 여자가 문을 닫았다. 그녀는 다시 돌아왔고, 군중은 사자가 없어도 그녀 앞에서 뒷걸음질을 쳤다.

여자는 어지러운 듯 일어나 앉은 알드 장교 옆에 무릎을 대고 앉았다. 장교에게 몇 마디 하더니 일어서서 내가 선 자리로 다가왔다. 나는 감히 손을 놓을 수 없어서 여전히 말을 붙들고 있었다. 사람들이 서로를 밀고 찌르면서 물러나는 바람에 말이 다시 겁을 먹었다. 말은 내가 쥔 굴레를 잡아당겼고, 내 팔에 걸친 장바구니가 떨어져 열리면서 생선과 치즈와 채소가 날아갔다. 덕분에 말이 더 겁을 먹어 나는 더 이상 버틸 수 없었지만, 다음 순간 그 자리에 여자가 있었다. 그녀는 말 목에 손을 대고 말을 걸었다. 말은 가슴을 낮게 울리며 머리를 흔들더니 가만히 섰다.

여자는 손을 내밀었고 나는 고삐를 건넸다. "잘했다. 잘했어!" 그녀는 그렇게 말하더니 말의 귓가에 부드럽게 무슨 말인가를 하고, 콧구멍에 숨을 불어넣었다. 말은 한숨을 쉬고 머리를 숙였다. 나는 누가 짓밟거나 훔쳐 가기 전에 우리의 이틀치 식량을 주우려고 허둥거렸다. 바닥에 떨어진 음식을 그러모으는 나를 본 여자는 말을 세게 한 대 치고 허리를 숙여 거들었다. 우리는 큰 생선과 채소들을 바구니에 쑤셔 넣었고, 인파 속에 있던 누군가가 치즈를 던져주었다.

"고마워요, 선량한 안술 사람들!" 여자는 목소리가 맑았고 억양이 이국적이었다. "이 아이는 보상을 받아 마땅해요!" 그리고 그녀는 이제 자기 말과 한참 떨어진 곳에서 후들거리며 일어선 장교에게 말했다. "이 소년이 당신 말을 잡았어요, 대장. 내 사자가 말을 놀라게 했네요. 용서하시길 바랍니다."

"사자, 그렇지." 알드는 아직 멍한 상태로 말했다. 그는 여자를 노려보고 나를 노려보더니 허리띠 지갑을 뒤져서 나에게 내밀었다. 페니 동전이었다.

나는 바구니를 꽉 쥐고 알드 장교와 그의 동전을 무시했다.

"아, 관대하기도 해라. 관대하기도 하셔라." 모여든 사람들이 웅얼거렸고, 누군가가 낮은 목소리로 말했다. "부의 샘물이시군!" 장교는 모든 사람을 쏘아보았다. 그는 마침내 자기 말고삐를 쥐고 앞에 선 여자에게 다시 초점을 맞췄다.

"내 말에서 손 떼! 너, 여자, 네가 그 짐승, 사자를……."

여자는 고삐를 그에게 던지고 암말을 찰싹 때리더니 군중 속으로 미끄러져 들어갔다. 이번에는 사람들이 그 주위로 몰려들었다. 곧 마차 지붕이 움직이는 모습이 보였다.

나는 눈에 띄지 않는 게 상책임을 알고 장교가 말에 다시 오르려고 낑낑대는 사이에 슬쩍 헌옷 시장으로 몸을 피했다.

'높은 모자'라는 헌옷 장수가 걸상 위에 서서 쇼를 지켜보고 있었다. 그녀는 내려와서 나에게 물었다. "말에 익숙한가보구나?"

"아니요. 그거 사자였어요?"

"뭔지는 몰라도 이야기꾼이랑 같이 다녀. 이야기꾼의 마누라랑. 그렇다고들 하더라. 여기 남아서 들어보렴. 그 사람은 이야기꾼의 왕이라던데."

"생선을 집에 가져가야 해요."

"아, 생선은 기다리지 않지." 그녀는 사납고 심술궂은 작은 눈을 나에게 고정시켰다. "옜다." 그녀는 나에게 뭔가를 던졌고, 나는 반사적으로 그 물건을 잡았다. 1페니였다. 그녀는 이미 몸을 돌렸다.

나는 그녀에게 고맙다고 말하고 동전을 레로의 구멍에 넣었다. 사람들이 그 자리에 신의 선물을 넣어두면 더 가난한 사람이 찾곤 했다. 나는 여전히 경비병들 눈에 띌까 신경 쓰지 않았다. 그들은 보지 않을 터였다. 시장에서 세관의 높고 붉은 아케이드를 지나 막 서쪽 거리로 올라가기 시작하는데, 타각타각 소리와 바퀴 소리가 들렸다. 두 마리 말과 포장마차가 세관 거리를 따라 움직이고 있었다. 마부석에는 사자 여자가 앉았다.

"태워줄까?" 말이 걸음을 멈추고, 그녀가 물었다.

나는 머뭇거렸다. 고맙지만 됐다고 말할 뻔했다. 그것은 색다른 일이었고, 평생 색다른 일이라고는 일어난 적이 없었기에 어떻게 해야 할지 알 수 없었다. 나는 낯선 이와 쉽게 어울리지 못했다. 사람과 쉽게 어울리지 못했다. 그러나 그날은 축복받은 날이었고, 축복에 등을 돌리는 것은 나쁜 짓이었다. 나는 고맙다고 말하고 여자 옆자리로 기어올랐다.

무척 높았다.

"어디로?"

나는 서쪽 거리 위를 가리켰다.

여자는 아무것도 하지 않는 것 같았다. 마부들이 흔히 하는 것처럼 고삐를 흔들지도 혀를 차지도 않았는데 말이 움직이기 시

작했다. 키가 더 큰 쪽은 《로스탄》 표지에 가깝게 붉은, 멋진 적
갈색 말이었고, 작은 쪽은 밝은 갈색에 다리는 까맣고 갈기와 꼬
리는 모래 빛이었으며 이마에 흰 별이 있었다. 둘 다 알드의 말
보다 더 컸고, 더 평온한 얼굴이었다. 그들은 계속 소리를 들으
며 귀를 앞뒤로 쫑긋거렸다. 그 모습을 보고 있으니 즐거웠다.

우리는 말없이 몇 블록을 나아갔다. 그 높이에서 운하를 내려
다보고 다리와 건물 앞면과 창문들을 보니 재미있었다. 말 탄 사
람들이 그러는 것처럼 걸어가는 사람들을 내려다보는 것도 재
미있었다. 우월감이 들었다.

나는 마침내 물었다. "마차 뒤에 있는 거, 그건 사자인가요?"

"반사자야."

"아수다르 사막에 있는!" 그녀가 반사자라고 말하자마자 《위
대한 역사》에 나온 설명과 그림이 떠올랐다.

"그래." 그녀는 나를 곁눈질했다. "그 말도 그래서 겁먹었겠
지. 뭔지 아니까."

"하지만 당신은 알드가 아니죠." 갑자기 그럴까봐 두려웠다.
까만 피부에 까만 눈인 그녀가 알드일 리 없는데도.

"난 고원지대 출신이야."

"먼 북쪽 말이죠!" 말하자마자 내 혀를 깨물고 싶었다.

그녀는 나를 곁눈질했고, 나는 책을 읽느냐는 추궁이 나오기
를 기다렸다. 그러나 그녀가 알아차린 건 그게 아니었다.

"넌 남자애가 아니구나. 나도 참 멍청하지."

"남자애처럼 입고 다니죠. 왜냐하면······." 나는 말을 멈췄다.
그녀는 설명할 필요 없다는 뜻으로 고개를 끄덕였다.

"그런데 말 다루는 법은 어떻게 배웠지?"

"배우지 않았어요. 전에는 말을 건드려본 적도 없어요."

그녀는 휘파람을 불었다. 작은 새처럼 작고 달콤한 휘파람이었다. "이야, 그렇다면 요령을 타고났든가 운이 좋았구나!"

그녀의 미소가 너무나 기분 좋았기에 행운이었다고, 레로와 눈먼 신 '행운' 본인이 나에게 성스러운 날을 선사한 거라고 말하고 싶었지만, 너무 많이 지껄일까 두려웠다.

"네가 이 두 마리를 좋은 마구간으로 데려다줄 수 있을 줄 알았지 뭐야. 네가 마구간지기나 마부인 줄 알았거든. 내가 본 어느 마부보다 빠르고 차분했으니 말이지."

"어, 말이 그냥 저한테 왔어요."

"말이 너에게 갔지."

우리는 다시 한 블록을 타각거리며 걸어갔다.

"마구간이 있긴 해요." 내가 말했다.

그녀는 소리 내어 웃었다. "아하!"

"물어봐야 하지만요."

"물론이지."

"말은 한 마리도 없어요. 먹이도요. 한참 동안 그랬어요. 그래도 깨끗하긴 해요. 짚도 있어요. 고양이들을 위한." 입을 열 때마다 너무 많이 말하고 있었다. 나는 이를 꽉 물었다.

"정말 친절하구나. 형편이 좋지 않다면 신경 쓰지 않아도 돼. 따로 찾을 수 있어. 사실은 간드가 자기네 마구간을 쓰라고 했거든. 하지만 간드에게 신세지긴 싫어서." 말하고 그녀는 나를 슬쩍 보았다.

나는 그녀가 좋았다. 사자 옆에 선 모습을 본 순간부터 좋았다. 그녀가 말하는 방식도, 말하는 내용도, 모든 것이 좋았다.

축복을 거부해선 안 된다.

"전 갈바만드 데칼로 갈바의 딸 메메르예요."

"난 로드만트의 그라이 바레란다."

소개를 하고 나서 부끄러워진 우리는 말없이 갈바 거리를 나아갔다.

"저 집이에요."

내 말에 그녀는 경외심이 담긴 목소리로 말했다. "아름다운 집이구나."

널찍한 뜰과 석조 아치와 높은 창문을 거느린 갈바만드는 무척 크고 당당한 저택이지만, 반은 무너지기도 했다. 그래서 나는 아주 먼 곳에서 왔고 수많은 건물을 본 누군가가 그 집의 아름다움을 알아보았다는 데 감동했다.

"신탁의 집이에요. 수장님 댁이죠."

그 말에 말이 딱 멈춰 섰다.

그라이는 잠시 멍청한 얼굴로 나를 보았다. "갈바…… 수장…… 이런, 정신 차려!" 그 말에 두 마리 말은 느긋이 걸어갔다. "이거 정말 예기치 못한 하루로구나."

"오늘은 레로의 날이에요." 내가 말했다. 우리는 거리로 난 대문 앞에 있었다. 나는 자리에서 미끄러져 내려가서 문지방 돌을 건드렸다. 그라이를 안으로 들이고, 큰 앞뜰에 있는 신탁 분수의 메마른 수반을 지나 집 옆을 돌아서 마구간 뜰로 이어지는 아치문으로 안내했다.

구딧이 못마땅한 얼굴로 마구간에서 나왔다. "멍청한 조상님들의 모든 영혼에 걸고 도대체 귀리를 어쩌라는 거냐?" 구딧은 소리를 지르더니 와서 붉은 말을 풀기 시작했다.

"잠깐, 잠깐만요. 수장님께 말씀드려야 해요." 내가 말했다.

"가서 말씀드려라. 그동안 이 녀석들이 물 좀 마셔도 되겠지? 자, 맡겨주시구려, 부인. 내가 알아서 하리다."

그라이는 구딧이 말을 풀어서 여물통 쪽으로 데려가게 놓아두었다. 그녀는 늙은 구딧이 꼭지를 틀자 깨끗한 물이 여물통에 쏟아지는 것을 지켜보았다. 흥미롭고 감탄스럽다는 얼굴이었다. "물을 어디에서 얻는 거죠?" 그라이가 묻자 구딧은 갈바만드의 샘물에 대해 설명하기 시작했다.

포장마차 옆을 지나는데 마차가 살짝 흔들렸다. 그 안에는 사자가 있었다. 구딧이 뭐라고 할지 궁금했다.

나는 집 안으로 뛰어 들어갔다.

4

수장 어른은 뒤 회랑에서 데삭과 대화 중이었다. 데삭은 안술 태생이 아니라 순드라만 사람이었다. 예전에 순드라만의 군인이었다. 그는 책을 가져오는 법도 없었고 책에 대해 이야기하지도 않았다. 꼿꼿하게 섰고, 엄격하게 말했으며, 웃는 일이 별로 없었다. 나는 데삭이 많은 슬픔을 겪은 게 분명하다고 생각했다. 데삭과 수장 어른은 서로를 존경과 우정으로 대했다. 그들의 긴 대화는 언제나 다른 사람이 없는 자리에서 이루어졌다. 내가 걸어 들어가자 햇볕 드는 끄트머리 창 밑에 앉아 있던 두 분이 말없이, 엄한 눈길로 나를 보았다. 집 뒷부분, 가장 오래되었고 언덕 사면에 바로 돌을 쌓아올린 이 부분은 서늘했고, 우리에겐 방을 데울 장작이 별로 없었다.

나는 두 사람에게 인사했다. 수장 어른은 눈썹을 추켜올리며 내 전언을 기다렸다.

"먼 북쪽에서 온 여행자에게 말을 돌볼 마구간이 필요해요.

남자 분은 이야기꾼이고 여자 분은." 나는 말을 끊었다. "여자
분은 사자를 데리고 있습니다. 반사자요. 제가 말을 여기에 두
어도 괜찮을지 물어보겠다고 했어요." 말하면서 나는 《만바의
군주들》에 나오는 이야기 속 사람이 된 것 같았다. 고귀한 집주
인에게 고귀한 방문객의 요청을 전하는.

"곡예단이로군." 데삭이 말했다. "유목민이야."

그의 오만한 말투에 분개해서 말했다. "아니에요!"

내 무례함에 수장 어른의 눈썹이 처졌다.

"고원지대 로드만트의 그라이 바레예요." 내가 말했다.

"그래, 그 고원지대는 어디지?" 데삭은 어린아이 대하듯 말했
다.

"먼 북쪽이죠." 내가 말했다.

수장 어른이 말했다. "메메르, 조금 더 설명을 해주지 않겠
니?" 아리탄 구절을 계속 번역시키거나 뭔가를 설명하게 할 때
면 늘 하는 말이었다. 그는 내가 정연하게, 조리 있게 행동하는
것을 좋아했다. 나는 그러려고 했다.

"그라이의 남편은 이야기를 하려고 항구 시장에 왔어요. 그래
서 둘 다 거기 있었어요. 그런데 사자 때문에 알드의 말이 겁을
먹었어요. 제가 그 말을 잡았어요. 그러고는 그라이가 진정시켰
고요. 그다음에 집으로 오는 길에 마차를 탄 그라이를 만났고,
그라이가 절 집까지 태워다줬어요. 그라이는 마구간을 찾고 있
었어요. 사자는 마차 안에 있고, 말들에게 구딧이 물을 주고 있
어요."

나는 집에 오는 길을 언급하면서 그제야, 10파운드짜리 생선
과 치즈와 채소가 든 장바구니가 아직도 내 팔을 무겁게 하고 있

음을 깨달았다.

　잠시 침묵이 흘렀다.

　"네가 마구간을 쓰라고 했느냐?"

　"여쭤보겠다고 했어요."

　"그분을 이리 데려오겠니?"

　"네." 나는 대답하고 얼른 나갔다.

　바구니를 서늘한 저장고에 두고 마구간 뜰로 달려갔다. 이스타와 다른 두 사람은 아직도 작업실에서 바느질을 하고 있었다. 그라이와 구딧은 개에 대해 이야기하는 중이었다. 말인즉 구딧이 그라이에게 옛날 갈바만드에서 말과 같이 뛰고 문을 지켰던 훌륭한 수행견 이야기를 하고 있었다는 뜻이다. 구딧이 침을 튀기며 말했다. "이젠 온통 고양이뿐이지. 사방이 고양이야. 개에게 줄 고기도 없고 말이오. 당연한 일이지요. 농성하던 시기에는 이 개 자체가 고기였으니."

　"수행견이 지금 없어서 다행인지도 몰라요. 우리 마차 안에 든 녀석을 보면 불안해할 테니까요."

　내가 말했다. "수장 어른께서 괜찮으시다면 집 안으로 들어오셨으면 하세요. 직접 나오고 싶으시겠지만 멀리 걷기가 힘드시거든요." 나는 만바의 군주들이 낯선 이들을 집에 맞이할 때처럼 제대로, 훌륭하게, 관대하게 그녀를 맞이하고 싶은 마음이 너무도 간절했다.

　"기꺼이 들어가지." 그라이가 말했다. "하지만 우선……."

　"말은 내게 맡겨두시구려." 구딧이 말했다. "둘 다 마구간 안에 넣어놓고 저쪽에 사는 보스치 네 가서 건초를 좀 빌려 오리다."

"마차 안에 건초 다발과 귀리 통이 있어요." 그라이가 말하면서 보여주려 했지만 구딧은 손을 내저었다. "아니, 안 되지, 안돼. 수장님 댁에 여물을 가지고 오는 사람은 없는 법이라오. 자, 그럼 이리 오너라, 녀석아."

"별이라고 해요. 이쪽은 브랜티고." 이름을 듣자 두 마리 모두 그라이를 돌아보았고 별무늬 쪽은 소리를 냈다.

"그리고 마차 안에 또 뭐가 있는지 아시는 게 좋겠는데요." 그라이는 낮고 부드럽게 말했지만, 그 목소리에 담긴 무엇인가가 구딧마저 고개를 돌리고 귀를 기울이게 했다.

"고양이예요. 다른 고양이죠. 하지만 좀 크답니다. 믿을 만은 하지만, 놀라게 하면 안 돼요. 부디 마차 문은 열지 마세요. 메메르, 그 아이를 마차 안에 두고 갈까, 집 안으로 데려가는 게 좋을까?"

운이 좋다면 그 운을 밀어붙여라. 나는 데삭이 그 '곡예단' 사자를 보고 놀라 자빠지게 하고 싶었다. "데려가고 싶으시다면……."

그라이는 잠시 나를 뜯어보았다.

"여기 두고 가는 게 좋겠구나." 그라이는 미소 지으며 말했다. 복도를 지나가는 사자를 보고 비명을 지르며 꽥꽥거릴 이스타와 소스타를 생각하니 옳은 결정이었다.

그라이는 나를 따라 안뜰을 지나서 현관으로 들어갔다. 문지방에 멈춰 서서 그녀는 손님이 집의 신들에게 바치는 기도를 중얼거렸다.

"당신도 우리와 같은 신들을 믿나요?" 내가 물었다.

"고원지대는 신과 별로 관계가 없어. 하지만 여행자로서 당연히 어떤 신이나 정령에게든 경의를 바치고 축복을 청하도록 배웠지."

마음에 들었다.

"알드는 우리 신들에게 침을 뱉어요."

"뱃사람은 바람에 침을 뱉는 건 어리석은 짓이라고들 하지."

접견실과 큰 안뜰, 옛날 대학의 방들과 회랑과 안쪽 마당들로 이어지는 넓은 복도를 보여주고 싶어, 멀리 도는 길로 안내했다. 하나같이 텅 비고 가구가 없어지고 조각상은 부서지고 태피스트리는 도난당하고 바닥은 쓸지 않은 상태였다. 그라이에게 그런 모습을 보여주려니 한편으로는 자랑스럽고 한편으로는 부끄럽기 그지없었다.

그라이는 크고 날카롭게 눈을 뜨고 걸었다. 그녀에게는 조심성이 있었다. 편하고 개방적인 사람이었지만 독립적이었고 낯선 장소에 온 용감한 동물처럼 경계하고 있기도 했다.

뒤 회랑의 조각문을 두드리자 수장 어른이 우리를 안으로 들였다. 데삭은 가고 없었다. 수장 어른은 일어서서 방문객을 맞이했다. 그들은 격식을 갖추어 고개를 숙이고 이름을 말했다. "이 집에 오신 것을 환영합니다." 수장 어른이 말하자, 그라이가 말했다. "갈바 저택과 그 주민에게 인사를 전하며, 이 집의 신과 조상에게 경의를 바칩니다."

그들이 눈을 들어 서로를 보자, 수장 어른의 눈에는 호기심과 흥미가 가득하고 그라이의 눈은 흥분으로 반짝이는 것을 볼 수 있었다.

"인사를 전하려고 먼 길을 오셨군요." 수장 어른이 말했다.

"수장이신 술터 갈바를 만나기 위해서죠."

순간 수장 어른의 얼굴이 책이 닫히는 것처럼 닫혔다.

"안술에는 알드 외에 다른 지도자가 없습니다. 나는 중요하지 않은 사람이에요."

그라이는 지원을 바라는 것처럼 나를 보았지만, 나에겐 해줄 것이 없었다. 그녀는 다시 말했다. "제가 잘못 말했다면 용서하시기 바랍니다. 하지만 저희가 왜 안술에 왔는지 말씀드려도 될까요? 제 남편 오렉 카스프로와 저는……."

그 이름이 나오자 수장 어른은 내가 그라이에게 수장이라는 호칭을 말했을 때만큼이나 놀라는 것 같았다.

"카스프로가 여기에? 오렉 카스프로가 말입니까?" 그는 깊이 숨을 들이마셨다. 자신을 추스르고는 제일 딱딱하고 격식을 갖춘 투로 말했다. "시인의 명성은 본인을 앞서 달리지요. 카스프로의 존재는 그 자체로 우리 도시에 대한 영예입니다. 메메르에게 어느 작가가 이야기를 하러 시장에 왔다고 듣기는 했으나 그게 누구인지는 몰랐습니다."

"그이는 알드의 간드를 위해서도 낭송할 겁니다." 그라이가 말했다. "간드가 제 남편을 청했어요. 그러나 저희가 안술에 온 이유는 그게 아니에요."

이번 침묵은 무거웠다.

"저희는 이 집을 찾아왔습니다. 그리고 따님께서 저를 이 집으로 데려왔지요. 저는 메메르가 이 집의 딸인 줄 몰랐고, 메메르는 제가 이 집을 찾는 줄 몰랐지만요."

그는 나를 보았다.

"사실이에요." 나는 말했다. 그리고 그가 여전히 믿을 수 없다는 눈으로 바라보았기에 다시 말했다. "하루 종일 신들이 함께

하셨어요. 오늘은 레로의 날이에요."

이 말은 영향이 있었다. 수장 어른은 열심히 생각할 때면 늘 그렇듯 왼손 첫 번째 마디로 윗입술을 문질렀다. 그러더니 갑자기 결론을 내렸고, 불신은 사라졌다. "레로의 손에 인도받아 왔다면 이 집의 축복은 당신 것입니다. 이 집은 전부 당신 것입니다. 앉으시겠습니까, 그라이 바레?"

나는 그라이가 그가 갈고리발 의자를 내놓느라 움직이는 모습을 관찰하고, 안락의자에 앉는 그의 뒤틀린 손을 보는 모습을 보았다. 나는 탁자 옆에 놓인 키다리 걸상에 걸터앉았다.

그라이가 말했다. "카스프로의 명성이 여기까지 전해졌다면 저희에겐 안술의 도서관이 지닌 명성이 전해졌지요."

"바깥 분께선 그 도서관을 보려고 여기 온 겁니까?"

"그이는 책 속에서 예술과 영혼의 양식을 구해요."

그 순간 내 모든 마음을 그들에게 주고 싶어졌다.

수장 어른은 감정 없이 말했다. "그분은 안술의 책들이 파괴되었음을 알아야 할 겁니다. 책을 읽은 많은 이들과 함께요. 이 도시에선 어떤 도서관도 허용되지 않습니다. 글은 금지되어 있습니다. 언어는 유일신 아스의 숨결이며, 오직 호흡을 통해서만 나와야 합니다. 언어를 글에 가두는 것은 가증스러운 불경이지요."

나는 움찔했다. 수장 어른에게서 그런 말이 나오는 것을 듣기 싫었다. 그는 마치 그렇게 믿는 것처럼, 그게 자기 자신의 말인 것처럼 말했다.

그라이는 말이 없었다.

수장 어른은 말했다. "오렉 카스프로가 책을 가져오지 않았길 바랍니다."

"가져오지 않았어요. 책을 찾으러 왔지요."

"바닷속에서 모닥불을 찾는 게 나을 겁니다."

그라이는 바로 맞받아쳤다. "아니면 사막의 돌에서 우유를 찾거나요."

나는 그녀가 데니오스의 구절로 화답하자 수장 어른의 눈에 어른거린 빛을 보았다. 거의 감춰진 반짝임이었다.

그라이는 겸손하게 물었다. "그이가 여기 와도 될까요?"

나는 네! 네! 소리치고 싶었다. 수장 어른께서 말이 나오자마자 오라고, 환영한다고 따뜻하게 초대하지 않자 나는 놀랐고, 부끄럽기도 했다. 그는 망설이다가 말했다. "카스프로는 간드 이오라스의 손님입니까?"

"우르딜에 있을 때 안술 알드의 간드 이오라스로부터, 모든 작가의 간드인 오렉 카스프로가 와서 예술을 펼쳐준다면 환영 하겠노라는 전언이 왔어요. 우린 간드 이오라스가 이야기와 시 듣기를 무척 좋아한다고 들었지요. 그의 부하들도요. 그래서 왔어요. 하지만 손님으로 온 건 아니에요. 우리 말을 둘 마구간은 제공했지만, 우리가 묵을 곳은 제공하지 않았거든요. 불신자가 지붕 아래 들어가면 그의 신이 불쾌해할 거라더군요. 오렉이 간드를 위해 공연하러 가더라도 건물 안이 아니라 바깥의 열린 하늘 아래가 될 거예요."

수장 어른은 아리탄으로 몇 마디를 중얼거렸다. 분명하지는 않지만 하늘에는 모든 별과 신이 들어갈 자리가 있다는 말이었던 것 같다. 그는 그라이가 이 구절을 이해하는지 보았다.

그라이는 고개를 살짝 기울이더니 온화하게 말했다. "전 무식한 여자랍니다."

그는 웃었다. "설마요!"

"아니, 정말이에요. 남편이 조금 가르쳐주긴 했지만, 제 지식은 언어와 무관해요. 제가 받은 선물은 말이 없는 이들의 소리를 듣는 것이라서요."

"메메르는 당신이 사자와 같이 다닌다고 하더군요."

"맞아요. 저희는 여행을 많이 다니고, 여행자는 공격받기 쉽지요. 충실한 개가 죽고 경비를 서줄 다른 동반자를 찾던 차에 유목민과 시인과 음악가 무리를 만났지요. 그들은 바달바 남쪽 황무지 언덕에서 반사자 어미와 새끼를 사로잡았어요. 어미는 자기네 공연을 위해 데려갔지만, 새끼는 저희에게 팔았답니다. 좋은 동반자고 믿을 만한 친구예요."

"이름은 뭐죠?" 내가 가만히 물었다.

"셰타르."

"지금은 어디 있습니까?" 수장 어른이 물었다.

"마구간 뜰에 세워둔 마차 안에요."

"셰타르를 보고 싶군요. 또한 믿음의 부담을 덜었으니 기꺼이 여러분에게 제 지붕 아래 안식처를 제공하겠습니다. 그라이 바레 당신과 당신 남편, 두 분의 말과 사자에게요."

수장 어른의 얼굴은 그라이의 남편 이름을 들은 후부터 밝아져 있었다.

"메메르, 어느 방을?"

나는 이미 결정을 내리고 생선으로 이스타가 스튜를 만들면 여덟 명을 먹일 수 있을지 계산하고 있었다. "동쪽 방으로 하죠."

"상방은 어떠냐?"

수장 어른의 말에 나는 조금 놀랐다. 나는 이 집에서 제일 오래된 부분에, 수장 어른의 방 위에 자리한 그 넓고 아름다운 큰 방에 그의 어머니가 기거했음을 알았다. 오래전 갈바만드에 안술의 대학과 도서관이 자리했을 때 그 방은 학장이자 도서관장인 이 집 주인이 쓰는 독립된 주거지였다. 그 방은 부서지지 않았고, 작은 유리를 끼운 창문들로 낮은 지붕들 너머 술 서쪽 면까지 내다보였다. 지금은 안에 침대틀 말고는 아무것도 없었다. 하지만 동쪽 방에서 침대요를, 내 방에서 의자를 가져갈 수 있을 터였다.

"불을 지필게요." 쓰지 않은 방은 춥고 축축하기 마련이기에 나는 말했다.

수장 어른은 지극히 상냥한 눈으로 나를 보았다. 그는 그라이바레에게 말했다. "메메르는 내 손이며 내 머리의 반이기도 하지요. 내 육신의 딸은 아니지만 내 집과 마음의 딸입니다. 이 아이의 신과 조상들이 곧 나의 신과 조상들이고."

나는 내가 갈바의 핏줄임을 잘 알았지만, 그래도 그에게 그런 말을 들으니 가슴 저리게 기뻤다.

그라이가 말했다. "시장에서 제 고양이를 보고 말이 날뛰었어요. 탄 사람을 팽개치고 곧장 메메르에게 달려갔죠. 메메르가 고삐를 쥐고 말을 멈춰 세웠답니다."

칭찬을 듣기가 무안해져서 말했다. "전 가서 방을 준비할게요."

그라이는 돕고 싶다며 수장 어른에게 실례하겠노라고 말하고 나와 같이 갔다. 일단 침대를 다 만들고 벽난로에 불을 피우자 더 할 일은 없었고, 그녀는 항구 시장에 가서 남편을 데려와야겠다고 말했다. 나는 그의 이야기를 듣고 싶었고, 그라이는 내 마음을 알아차렸다. "지금쯤은 이야기가 거의 끝났을 거야. 하지만 네가 같이 가주면 좋겠다. 셰타르는 마차 안에 두고 갈 거야. 괜찮겠지." 그녀는 나가면서 덧붙여 말했다. "사자는 하나면 충분하니까."

내가 어찌 그라이를 사랑하지 않을 수 있을까?

그래서 그라이 바레와 나는 걸어서 항구 시장으로 돌아갔다. 나는 그곳에서 처음으로 시인 오렉 카스프로의 목소리를 들었다.

천막은 꽉 찼고, 천막 바깥에 선 사람들 때문에 앞과 옆을 다 걷어 올린 상태였다. 사람들은 산사면에 자란 나무들처럼 꼼짝 않고 모여 서서 귀를 기울이고 있었다. 카스프로는 데니오스의 《변형》 중에서 불의 꼬리를 지닌 새 이야기를 읊고 있었다. 나는 그 이야기를 알았고, 안술의 나이 많은 사람들도 알았지만 대다수의 젊은이들과 천막 안 연단 가까운 좋은 자리에 모여 있던 상당수 알드 병사들에게는 새롭고 놀라운 이야기였다. 모두가 입술을 달싹이고 앞을 뚫어져라 바라보며 그 '이야기—시'에 빠져 있었다. 나 역시 그 이야기에 사로잡혀 이야기하는 사람의 고르고 낭랑한 목소리와 또렷한 북쪽 억양을 듣고 있으려니 카스프로 본인의 모습을 볼 수 없었다. 귀를 기울이자 이야기가 눈앞에 펼쳐졌다.

낭송이 끝나자 모여든 군중은 긴 숨을 뱉을 만큼 침묵에 잠겨서 있다가 탄성을 뱉었다. "아!" 그러더니 모두가 갈채를 보내기 시작했다. 알드는 큰 소리로 손바닥을 두드렸고, 우리는 오래된 찬사를 외쳤다. "에호, 에호!" 그제야 그가 보였다. 모여든 사람들에게 지극히 공손하면서도 연단 위에 선 자세에는 도전적인 느낌이 서린, 잘생기고 마르고 꼿꼿하고 검은 남자.

우리는 한참 동안 그에게 가까이 가지도 못했다. "다른 사자도 데려올 걸 그랬나봐." 그라이는 연단에서 내려와서 선 카스프로를 에워싼 파란 외투와 양털 머리와 검과 석궁과 몽둥이를 지닌 병사와 장교들의 넓은 등판 사이로 안을 들여다보려 애쓰면서 말했다.

카스프로가 다시 연단 위로 뛰어올라 인파를 훑어보자 그라이는 새소리 같은 휘파람을 불었다. 이번에는 소리가 크고 날카로웠다. 그는 즉시 그라이를 알아보았고, 그녀는 우리 왼쪽으로 고갯짓을 했다. 몇 분 후에 카스프로는 세관 계단 옆에서 우리와 만났다.

이제 병사들이 흩어지자 많은 시민이 오렉 뒤를 따랐지만 그들은 소심했고 앞으로 나서려 하지 않았다. 나이 많은 남자 하나만 가까이 다가가더니, 신들에게 감사를 표할 때처럼 선물을 주고받는 양 손을 펼친 채 깊숙이 허리를 굽혔다. "시인에게 찬양을." 노인은 속삭이고 허리를 펴더니 서둘러 걸어가버렸다. 얼굴이 눈물투성이였다. 수장 어른에게 한 번 넘게 책을 가져왔던 사람이었다. 나는 그 노인의 이름을 몰랐다.

오렉 카스프로는 우리를 보고 성큼성큼 다가왔다. 그는 그라이의 양손을 잠시 잡고 있다가 말했다. "나 좀 꺼내줘! 셰타르는 어디 있어?"

"갈바만트에." 그라이는 북쪽식으로 발음했다. "갈바만트 데 칼로의 딸 메메르와 같이 왔어. 우린 그 집 손님이 될 거야."

오렉은 눈을 크게 떴다. 그는 나에게 정중하게 인사했고, 묻고 싶은 것이 있는 얼굴이었지만 아무 질문도 하지 않았다.

나는 급히 말했다. "전 좀 실례할게요. 오늘 아침 시장에서 뭘 빼먹고 갔어요. 길은 아시죠. 곧 따라갈게요." 그리고 나는 그들 곁을 떠났다. 이스타가 8인분 스튜를 만들자면 채소가 더 필요했다.

나는 언제나 왜 시인들이 이야기 속에 가사와 요리를 넣지 않는지 의아했다. 모든 위대한 전쟁과 전투는 결국 그걸 위한 게 아닌가? 저녁이 되어 평화로운 집에서 온 가족이 함께 식사할 수 있도록 싸우는 게 아닌가. 설화는 만바의 군주들이 술 산 기슭으로 쫓겨나서 야영을 할 때 어떻게 사냥을 하고 뿌리를 모으고 저녁거리를 요리했는지 이야기하지만, 그들의 아내와 아이들이 적에게 파괴되고 버려진 도시에서 어떻게 살았는지는 말하지 않는다. 우리가 농성 중에나 알드의 압제 속에서 그러하듯 그들도 어떻게든 먹을 것을 찾고 집을 치우고 신들을 경배했을 것이다. 영웅들은 산에서 도시로 돌아갔을 때 잔치로 환영받았다. 나는 도대체 그 잔치 음식이 무엇이었으며 여자들이 어떻게 그런 일을 해낼 수 있었는지 알고 싶었다.

겔브 다리에서 언덕으로 올라가면서 보니 그라이와 그녀의 남편은 서쪽 거리 끄트머리에 있었다. 부엌에 들어가니 소스타와 보미는 손님들을 만나보고 흥분해 있었고, 이스타는 화를 터뜨리기 직전이었다. "파괴자 삼파의 이름으로, 어떻게 생선 쪼가리와 케일 줄기만으로 손님을 먹인단 말이야?" 내가 가져온 채소와 셀러리 뿌리가 재앙을 막았다. 이스타는 작업에 착수해서 생강을 갈고 테소니를 썰고 보미는 물론이고 소스타에게까지 무자비하게 명령을 내렸다. 이스타가 할 수만 있다면 갈바만 드는 손님에게 인색하게 굴거나 조상을 부끄럽게 하지 않을 터였다. 내가 집안일에 대해 한 말 뜻이 바로 이거다. 이런 일이 중요하지 않다면 무슨 일이 중요할까? 집안일이 영예롭게 이루어지지 않는다면 어디에 영예가 있을까?

이스타는 옛 시절에 큰 식당에 차렸던 40인분 만찬에 대해 말해줄 수 있었지만, 우리는 언제나 선반과 조리대가 가득한 식당과 부엌 사이 큰방에서 먹었다. 이스타는 이 방을 저장고라고 불렀다. 구딧이 소나무 조각으로 짠 식탁에, 우리가 여기저기에서 가져온 의자를 놓았다. 대개는 방에서 나와서 복도를 지나고 계단과 안뜰을 지나 저장고로 저녁을 먹으러 올 때가 수장 어른이 하루 중에 제일 오래 걷는 시간이었다. 오늘 밤 수장 어른은 무겁고 빳빳한 회색 로브를 입었다. 단 한 벌 남은, 좋았던 시절의 훌륭한 옷이었다. 말 냄새가 풀풀 풍기는 구딧만 빼면 다들 평소보다 몸을 단정하게 했다. 그라이는 통이 좁은 비단 바지 위에 긴 붉은색 셔츠를 입었고, 남편은 흰 셔츠와 검은 외투에 무릎 아래가 드러나는 검은 킬트를 입었다. 검은 옷을 입으니 무척 멋있었고, 소스타는 시장판에 오른 물고기처럼 부릅뜬 눈으로 그를 쳐다보았다.

그러나 수장 어른 역시 불구의 몸으로도 잘생긴 남자였고 그가 오렉 카스프로에게 인사할 때 나는 영웅 아디라와 마라를 생각했다. 둘 다 무척 꼿꼿하게 서 있었다. 수장 어른 쪽은 그러기 위해 치를 대가가 컸겠지만.

우리는 식탁에 둘러앉았다. 그라이는 수장 어른 오른쪽에, 카스프로는 왼쪽에 앉았고 소스타는 보미와 나란히 식탁 끄트머리에, 구딩은 내 옆에 앉았으며 끝자리 하나는 비었다. 이스타는 식사가 끝나갈 때까지 자리에 앉지 않았기 때문이다. "요리사가 식탁에 앉으면 식사가 타요." 이스타는 그렇게 말했다. 대접할 사람이 더 많고 태울 식사가 더 많았던 시절에는 그랬을 것이다. 이스타는 수장 어른이 남자 쪽 기도를 올리고 내가 여자 쪽 기도를 올리는 동안 서 있다가, 우리가 그녀의 훌륭한 빵과 생선 스튜를 먹는 동안 사라졌다. 음식이 훌륭하니 우리 집의 명예를 지킨 것 같아 기뻤다.

"안술에서도 저희가 고원지대에서 하는 것처럼 하시는군요." 카스프로가 말했다. 그에게 가장 아름다운 부분이 바로 그 목소리였다. 비올을 켜는 것 같았다. "식구들이 한 식탁에서 먹는 것 말입니다. 덕분에 집에 온 기분입니다."

"고원지대에 대해 말씀해주시지요." 수장 어른이 말했다.

카스프로는 어디에서 시작해야 할지 모르겠다는 듯, 웃는 얼굴로 우리를 둘러보았다. "그 지역에 대해 아시는 바가 있나요?"

아무도 말하지 않기에 내가 입을 열었다. "북쪽 멀리에 있죠. 험한 땅으로, 큰 산이 있는데." 그 순간 에론트의 지도가 눈앞에 있는 것처럼 산의 이름이 떠올랐다. "카란타지라고 하던가요? 그리고 그곳 사람들은 마법을 행한다고 하지요. 하지만 그건 에론트의 말일 뿐이에요."

보미와 소스타는 내가 자기들이 모르는 말을 할 때마다 그랬듯이 나를 빤히 보았다. 나는 무척 바보스러운 반응이라고 생각했다. 그들이 삼각천을 감치는지 감천을 삼각치는지 하는 얘길 할 때마다 내가 그런 눈으로 보던가? 나는 언제나 그들의 말을 이해하지 못했지만, 그런 걸 알다니 제정신이 아니라는 눈으로 바라보지는 않았다.

카스프로가 나를 보고 말했다. "카란타지는 우리의 위대한 산이지요. 술이 여기에서 그런 것처럼 말입니다. 고원지대는 온통 언덕과 돌뿐이고, 농부들은 가난해요. 실제로 일부 사람에게는 능력이 있지만, 마법은 위험한 단어지요. 우리는 그걸 '선물'이라고 부릅니다."

"알드 사이에 있을 때는 아예 거론하지 않아요." 그라이가 건조하고 약간은 짓궂은 투로 말했다. "선물을 타고난 출신이라는 죄로 돌에 맞아 죽긴 싫거든요."

"그럼……." 보미가 입을 열었다가 멈췄다. 그녀가 수줍어하는 모습은 처음이었다. 그라이가 기운을 북돋아주자 보미는 물었다. "그럼 두 분에게도 그런 선물이 있나요?"

"난 동물과 잘 어울리고, 동물도 나와 잘 어울리지요. 이 선물은 '부름'이라고 하지만, 사실은 듣기에 더 가까워요."

"제게는 타고난 선물이 없습니다." 카스프로가 미소 지으며 말했다.

"그렇게 고마움을 모르는 말씀을." 수장 어른이 말했다. 농담이 아니었다.

카스프로는 이 책망을 수긍했다. "옳은 말씀입니다, 수장 어른. 실제로 전 굉장한 선물을 받았지요. 하지만 그건…… 그건 잘못된 선물이었어요." 그는 얼굴을 찡그리고, 제대로 대답하는 것이 세상에서 제일 중요한 일이라는 듯 필사적으로 적절한 표현을 찾았다. "제게는 잘못된 선물이 아니지만, 제 집안 사람들에게는요. 덕분에 그들에게서, 고원지대에서 떠나야 했지요. 전

제 예술에서 크나큰 기쁨을 느낍니다. 하지만 때로는, 고원지대의 돌과 습지와 고요함이 그리워 마음이 아플 때도 있어요."

수장 어른은 끈기 있고 비판하지 않으며 수긍하는 눈으로 그를 보았다. "사람은 자기 도시, 자기 집에서도 집을 그리워할 수 있습니다, 오렉 카스프로. 당신은 여기 추방자들 사이에 온 추방자로군요." 그는 잔을 들어 올렸다. 포도주가 없었기에 물이 담겨 있었다. "우리의 귀가를 위해!" 수장 어른이 말했고, 우리 모두 함께 물을 마셨다.

"잘못된 선물을 타고나셨다면 올바른 선물은 뭐였나요?" 보미가 물었다. 한번 사라진 수줍음은 다시 돌아오지 않는 모양이었다.

카스프로는 보미를 보았다. 그의 얼굴이 다시 변했다. 가벼운 질문에 가볍게 대답했더라도 보미는 만족했을 테지만, 카스프로에게 그런 일은 없었다.

"내 집안의 선물은 '되돌림'입니다." 그는 말하고 저도 모르게 두 눈 위에 손을 올렸다. 이상한 순간이었다. "하지만 실수로 전부수는 재능이 아니라 만드는 재능을 받았지요." 그는 당황한 듯 눈을 들었다. 식탁 너머에서 그라이가 걱정스러운 눈으로 그를 지켜보고 있었다.

"실수일 리가 없지요." 수장 어른의 차분하고 온화한 권위가 이상한 분위기를 밝게 바꾸어주었다. "그리고 당신은 받은 선물을 다 우리에게 주시지요. 시를 통해서 말입니다. 저도 가서 들을 수 있다면 좋았을 텐데요."

"부추기지 마세요." 그라이가 말했다. "이 사람은 암소가 집에 돌아올 때까지 시를 쏟아낼걸요."

소스타가 킥킥거렸다. 그 자리에서 소스타가 처음으로 이해한 말이었지 싶다. 그리고 소스타는 '암소가 집에 돌아올 때까지'라는 말이 우습다고 생각했다.

카스프로도 웃었고, 자기는 영원히라도 시를 읊을 수 있다고 했다. "제가 말하기보다 더 좋아하는 일은 듣기뿐입니다. 아니면 읽기나요." 그가 수장 어른에게 던진 눈빛에는 말 자체보다 무거운 신호 내지는 도전이 담겨 있었다. 그러나 알드 밑에 놓인 우리 도시에서 '읽기'는 무거운 말이었다.

"한때는 이곳이 시를 읊기에 좋은 집이었지요." 나의 주인은 말했다. "그라이 바레, 생선 좀 더 드시겠습니까? 이스타! 올 거요, 말 거요?"

이스타는 그가 언성을 높이고, 앉아서 식사를 하라고 명령할 때를 좋아했다. 이스타는 그 말이 떨어지기가 무섭게 달려와서 손님들에게 목례를 하더니, 빵에 축복을 내리자마자 물었다. "구딧이 계속 얘기하는 사자는 뭐죠?"

"포장마차 안에 있어." 구딧이 말했다. "말했잖소, 이 신들도 모르는 바보 같으니. 그 마차를 쑤시지 말라고 했을 텐데. 건드리진 않았겠지?"

"물론 그런 짓은 안 했지요." 구딧의 거친 태도와 큰 목소리에 마음이 상한 이스타는 숙녀처럼 점잔을 뺐다. "사자가 나한테 뭐라고. 그럼 그 사자는 마차 안에 두는 건가요?"

"식구들을 방해하지만 않는다면 저희와 같이 머무는 게 좋지요." 그라이는 이 말이 소스타와 보미와 어쩌면 이스타에게까지 일으키는 반응을 보고 서둘러 덧붙였다. "하지만 마차 안에서 자는 게 나을지도 모르겠네요."

"그건 갑갑할 것 같군요. 우리 다른 손님을 만나볼까요?" 수장 어른이 말했다. 이렇게 온화하면서도 힘 있는 모습은 본 적이 없었다. 나는 이스타가 말하는 좋았던 시절의 수장 어른을 보고 있었다. "사자는 저녁을 먹었습니까? 부디 데리고 들어오세요."

"오오." 소스타가 힘없이 말했다.

"널 먹진 않을 거야, 소스타." 이스타가 말했다. "그보다 생선 조각을 좋아할까요?" 이스타는 어떤 사자에게도 위압당하지 않을 사람이었다. "수프를 끓일까 하고 머리를 남겨뒀는데요. 사자가 먹어도 괜찮답니다."

"고맙지만 셰타르는 오늘 아침에 식사를 했어요, 이스타." 그라이가 말했다. "그리고 내일은 굶는 날이에요. 뚱뚱한 사자만큼 보기 흉한 건 없거든요."

"그럴 테지요." 이스타는 점잔 빼며 말했다.

그라이는 잠시 자리를 비웠다가 반사자에게 짧은 목줄을 매어 앞세우고 들어왔다. 몸집은 큰 개만 했지만 모양과 걸음걸이는 사뭇 달랐다. 고양이였다. 몸은 길지만 탄탄하고 유연하면서 매끄러웠고, 꼬리는 길었으며, 짧은 얼굴은 앞으로 튀어나온 편이었고, 고양이 특유의 보석 같은 눈동자에, 걸음걸이는 당당함과 어슬렁거림 사이를 오갔다. 모래 같은 황갈색이었다. 얼굴을 에워싼 털은 색이 더 밝고 길고 가늘었으며, 입 주위와 턱 아래를 두른 짧은 모피는 흰색이었다. 긴 꼬리 끝에는 작은 황갈색 술이 달렸다.

나는 반은 겁에 질렸고 반은 넋을 잃었다. 반사자는 엉덩이를 대고 앉더니 우리를 쭉 둘러보고 입을 벌려 커다란 분홍색 혀와 무서운 흰 이빨을 보이며 하품을 했고, 입을 닫으면서 커다란 황옥색 눈을 감고 그르렁거렸다. 크고 낮으면서 침착한 소리였다.

"와. 만져봐도 되나요?" 보미가 말했다.

나도 보미를 따라갔다. 사자 털은 푹신하고 촘촘하며 사랑스러웠다. 깨끗한 둥근 귀 주위를 긁어주자 손에 머리를 기대 왔고 그르렁거리는 소리가 깊어졌다.

그라이는 셰타르를 수장 어른에게 데려갔다. 셰타르는 그의 의자 옆에 앉았고 그분이 내민 손에 코를 대고 킁킁거렸다. 셰타르는 냄새를 맡더니 그를 올려다보았다. 개들의 긴 시선이 아니라 고양이답게 짧고 날카로운 눈길이었다. 그는 셰타르의 머리에 손을 올렸다. 셰타르는 눈을 반쯤 감고 그르렁거리며 앉아 있었고, 나는 바닥에 놓인 셰타르의 앞발에서 큰 발톱이 들락거리는 모습을 보았다.

5

저녁 식사가 끝나자 수장 어른은 평소 지내는 방으로 손님들을 초대했고, 눈짓으로 나에게 함께 가도 좋다는 뜻을 알렸다. 우리는 절름거리는 그의 느린 발걸음에 맞추어 복도들을 지나고 텅 빈 방과 안뜰을 지났다. 그리고 뒤 회랑에 앉았다. 창으로 들어오는 저녁 빛이 희미해지고 있었다.

"할 이야기가 많을 것 같습니다." 수장 어른은 손님들에게 말했다. 두 사람을 바라보는 수장 어른의 눈동자에 오팔색 불길이 번득였다. "그라이 바레가 말씀하시길 두 분이 안술에 온 것은 저를 찾기 위해서이기도 했다고요. 메메르는 당신과 만난 일이 레로의 축복이라고 말했습니다. 전 그 축복을 믿습니다. 그러나 왜 절 찾으셨는지 여쭤봐도 될까요?"

"사연을 다 늘어놓아도 될까요?" 카스프로가 물었다.

수장 어른은 웃었다. "태양이 빛나기를 허락하거나, 강이 흐르기를 허용해야 할까요?" 그것은 모로가 사원 안에서 하프를 켜도 괜찮을지 묻자 라니우가 답한 구절이었다.

카스프로는 주저하며 이야기를 시작했다. "제가 어렸을 때 책은…… 글로 적힌 언어는 빛이었기 때문에, 제게 있어서는 어둠 속의 빛이었기 때문에." 그는 말을 끊었다. "그러다가 도시로 내려와서 배워야 할 것이 얼마나 많던지, 배우기 시작하자 저는 반쯤 절망했지요."

"클로버밭에 떨어진 송아지 꼴이었지." 그라이가 말했다.

"아, 그렇기도 했지." 우리 모두 웃었고, 그는 조금 더 편하게 말을 이었다. "어쨌든 생각하건대 시를 짓는 건 제가 하는 일 중에 가장 작은 부분입니다. 다른 창작자의 작품을 찾아내어 읊고, 인쇄하고, 무시나 망각으로부터 복구하고, 빛나는 언어를 다시 빛나게 하는 것이 제 인생에서 제일 중요한 일이지요. 그래서 시장에서 생계를 이을 때가 아니면 도서관이나 서적상의 매대나 학자의 서재에 가서 책에 대해 묻고, 쓰고, 잊혔거나 그 도시나 그 땅에서만 알려진 창작자들에 대해 배운답니다. 그리고 벤드라만에서나 우르딜에서, 도시국가 연합에서, 바달바에서 가본 모든 곳, 그러니까 어느 대학이나 도서관이나 시장에서나, 제일 현명한 사람들과 제일 많이 배운 사람들은 안술의 학문과 안술의 도서관에 대해 이야기했습니다."

"과거형이었겠지요." 수장 어른이 말했다.

"수장 어른, 전 사라지고 묻히고 감춰진 책들을 대상으로 일합니다. 시간과 불운 탓에 사라졌거나, 지배자나 사제의 편견과 파괴로부터 감춰진 책들이지요. 우르딜에서는 메순의 오래된 의회당 기단부에서 《라니우의 생애》 중에서 가장 이른 판본을 찾아내기도 했습니다. 5백 년 전, 폭군 테렌사의 치세에 송아지

306

가죽에 적어서 표식 없는 금고에 넣고 봉해두었던 책입니다. 테렌사는 온 도시에서 교사들을 내쫓고 사원과 글을 파괴했지요. 그는 40년을 통치했습니다. 알드가 안술을 통치한 지 이제 17년밖에 안 됩니다."

"메메르에게는 평생이지요." 수장 어른이 말했다. "17년이면 많은 것이 사라질 수 있습니다. 한 세대가 지식은 벌을 받고 안전은 무지에 있음을 배우지요. 그다음 세대는 지식이 무엇인지 모르기에 자기들이 무지한 줄 모릅니다. 메순에서도 테렌사의 후대 사람들은 파묻힌 글을 파내지 않았지요. 그게 있는 줄도 몰랐어요."

"소문은 살아남았습니다." 카스프로가 말했다.

"소문이야 언제나 있지요."

"전 소문을 따라갑니다."

"당신을 여기로 이끈 특별한 소문이라도 있었습니까? 잃어버린 시인이나 사라진 시의 이름이나?"

"대부분은 서쪽 땅 전체에서 배움과 글의 중심지라는 안술의 명성에 관한 것이었지요. 특히 저를 끌어당긴 것은 안술 대학이 설립되기도 전에 이곳에 있었던 큰 도서관 이야기, 소문이었어요. 그 소문에 따르면 우리가 아직 아리탄을 말하던 시절에 만들어졌고 사막 너머 우리가 온 땅에 대한 기억을 담은 책이 있다더군요. 역사가 시작될 때 사막 너머 '동틀 녘'에서 가져온 책까지 있을지 모른다고요. 전 오랫동안 여기에 와서 그 도서관에 대해 묻고, 그 도서관에 대해 어떤 지식이라도 구하고 싶었어요!"

수장 어른은 아무 말도, 아무 대답도 하지 않았다.

"제 탐색이 위험하다는 것은 압니다. 제가 질문을 던지는 사람들에게는 더욱 위험하지요. 설령 대답하지 않는다 해도요."

수장 어른은 가볍게 고개를 끄덕였다. 표정 없는 얼굴이었다.

카스프로는 말했다. "전 알드를 압니다. 한동안 그들 사이에서 살았으니까요."

"용기가 필요한 일이로군요."

"수장님께 여쭙는 일만큼은 아닙니다."

나는 두 사람의 억눌린 열정, 불길과 두려움과 공격성을 참기 힘들었다. 두 사람에게 외치고 싶었다. '서로를 믿으세요! 서로를 믿을 수가 없나요?' 그러나 그것이 어리석고 아이 같은 충동임을 알기에 울고 싶었다.

그라이 바레가 셰타르를 찔렀다. 사자는 일어서더니 어슬렁어슬렁 걸어와서, 내 다리 바로 앞에 엉덩이를 대고 앉아서 평화롭게 조는 자세를 취했다. 내가 귀를 긁어줄 수 있도록. 셰타르의 귀를 긁자 마음이 진정되었다. 그라이가 우리 쪽을 보았다. 눈을 찡긋하지는 않았지만, 표정으로 이렇게 말하는 것 같았다. '남자들이란 어쩔 수가 없어. 저렇게밖에 할 줄 모른다니까.'

수장 어른은 초를 가지러 일어섰다. 내가 해야 할 일이었지만, 그가 이미 무거운 강철 촛대를 위태롭게 쥐고 탁자로 가져오고 있었다. 그라이가 부싯돌 상자를 꺼내어 불을 붙였다. 양초에 불빛이 타오르며 창문으로 들어오는 희미한 빛과 어둠에 대항해 방 안 다른 곳을 어둡게 만들고, 우리 얼굴을 선명하게 부각시켰다. 셰타르는 그르렁거리더니 빛을 응시하면서 그림책에 나오는 사자처럼 앞다리를 쭉 펴고 내 발치에 엎드렸다.

수장 어른이 말했다. "간드의 감옥에 있으면서 용기에 대한 견해가 바뀌었지요. 전에는 용기가 자부심이나 자존심처럼 스스로에게 돌릴 무엇인 줄 알았습니다. 그랬다가 그게 오직 신들에게 빚진 것임을 배웠지요." 그의 시선 또한 촛불의 안정된 노란 빛에 머물러 있었다.

카스프로는 말이 없었다.

수장 어른이 말을 이었다. "내가 감옥에 들어간 것은 그자들 또한 당신처럼 이야기와 소문을 들은 탓이었습니다. 그자들을 여기 안술로 데려온 이야기와 소문들이지요. 왜 알드가 우리 땅을 침략하고 우리 도시를 포위했는지 아십니까?"

"이곳의 녹지대에 대한 탐욕과 질시 때문이라고 생각했습니다만."

"왜 하필 이 녹지대였을까요? 바달바가 더 가깝고, 우리만큼이나 전쟁과 거리가 먼 곳인데요. 아수다르에 한동안 살았다고 하셨지요. 제가 엇나가거든 말씀해주십시오. 알드에게는 간드중의 간드이자 아스의 최고 사제이기도 한 왕이 있습니다. 왕의 권력은 엄청나지요. 모든 노예가 그의 것입니다. 이 왕이 군대에 명령을 내립니다."

카스프로는 고개를 끄덕였다.

"30년 전에 아수다르의 왕좌를 차지한 이 '사제-왕'의 이름은 도리드입니다. 그는 아스가 지상의 악과 싸우기를 바란다고 믿습니다. 알드는 그들이 인정하는 유일신을 아스라고 부르지만 그 말은 그저 '주님'이라는 뜻입니다. 아스의 진정한 이름은 말해지지 않습니다. 모든 좋은 것이 아스에게 속합니다. 그러나 강대한 악의 힘이 있으니, 그 존재를 '다른 주'인 오바스라고 부릅니다."

이번에도 카스프로는 고개를 끄덕였다.

수장 어른이 물었다. "천 명의 진실한 남자에 대한 이야기를 아십니까?"

"알드는 천 명의 진실한 병사가 한데 모이면 오바스를 영원히 몰아낼 수 있다고 말하지요. 또는 백 명이라고도 하고요."

"열 명이라는 사람도 있어요." 그라이가 말했다.

수장 어른은 즐거움이 깃들지 않은 미소를 떠올렸다. "그쪽이 더 마음에 드는군요. 그들이 이 진실한 남자들이 어디에 모여야 하는지 말하던가요?"

"아니요." 카스프로는 그라이를 보았고, 그녀 역시 고개를 저었다.

"흠, 이 이야기는 잊기 힘든 방식으로 제게 전해졌습니다. 이야기를 한 사람은 이곳의 간드 이오라스의 아들 이도르였지요. 여러 번이었습니다." 수장 어른은 한참이나 말이 없다가 아주 낮은 목소리로 말했다. "이 집에서 말하기가 싫군요. 용서하십시오. 제가 들은 이야기는 이렇습니다. 모든 빛과 정의는 불타는 신, 태양을 통해 그 힘이 드러나는 아스에게 속한다. 아스의 불 바깥에 성스러운 것은 없다. 아스로 인하여 모든 불은 성스럽다……. 그들은 달을 멸시하고, 노예이며 마녀라고 부릅니다. 대지는 유배지입니다. 부정하고 더러우며 악마가 들끓고, 아스의 태양이 비춰준 빛과 열기를 빼면 춥고 어둡기만 한 장소라지요. 그리고 대지에는 아스의 적인 오바스가 나타납니다. 인간의 악한 재산에, 악한 인간이 하는 일에, 그리고 그들이 숭배하는 악한 정령들에서. 그리고 대부분은 어느 특정한 장소에서.

그곳에서 대지의 모든 더러움이 한데 모이고, 태양으로부터 나오는 빛이 역행해서 어둠이 땅속으로 빨려 들어간다. 빛을 먹어치우는 반태양이다. 검고 축축하고 차고 불결하다. 태양이 존재라면 그것은 비존재이다. 공허이며, 심연보다 깊게 대지에 뚫린 큰 구멍이다. 그것을 밤의 입이라고 한다.

천 명의 진실한 남자가 아스의 불을 오바스의 왕국으로 나르기 위해 모여야 할 곳이 바로 그곳이다. 그들은 어둠 속으로 들어가, '다른 주'와 전쟁을 치러 그를 죽일 것이다. 그런 다음에 화염 깃발을 들고 나아가면 온 대지가 밤이고 낮이고 태양처럼 환하게 빛날 것이다. 모든 악마와 그림자가 별들 너머 바깥 어둠으로 빨려 나갈 것이다. 그리고 아수다르의 아들들이 불타는 신을 숭배하며 모든 인간을 정의롭게 다스릴 것이다."

수장 어른의 목소리는 단조롭고 거칠었으며 들릴락 말락 했고, 나는 그가 양손을 꽉 움켜쥐고 있음을 보았다.

"아수다르의 오랜 전승에서 밤의 입은 서쪽 해안에 있다 했습니다. 사제-왕 도리드는 그의 도시 메드론에서 아스의 사제들에게 이 어둠의 중심을 찾아내라 명했습니다. 혹자는 술 산 자체에 밤의 입이 있을 거라고 생각했지만, 다른 이들이 아니라고 했지요. 그들은 술은 화산이며 불을 품고 있으므로 아스에게 바쳐졌다고 말했습니다. 그 맞은편, 술에서 물을 건넌 곳이야말로 그 어두운 장소이며 바다 모를 악의 우물이라고요. 밤의 입이 이곳 안술에 있을 거라고 본 겁니다.

끔찍한 힘을 지닌 마법사가 그곳을 지킨다 여겼습니다. 더러운 대지의 발산물인 악한 정령의 군대를 소환할 수 있는 인물이랍니다. 그리고 이교도의 신, 천 명의 거짓 신이 그곳을 지키러 모여들 거라고 했습니다.

그래서 안술의 땅과 도시를 힘으로 취하고 밤의 입을 찾기 위해 아수다르의 군대가 파견되었습니다. 그곳을 찾으면 도리드 왕이 불의 기치를 든 천 명의 진실한 남자를, 불타는 군대를 보낼 작정이었습니다. 빛이 어둠을 없애고, 선이 악을 쫓아내도록."

수장 어른은 거친 숨을 몰아쉬었다. 그는 입술을 깨물고 양초에서 고개를 돌려 그늘에 얼굴을 감추었다.

"그런 이야기는 들어본 적이 없습니다." 카스프로가 말했다. 그의 목소리도 떨렸다. 아마 수장 어른에게 마음을 추스를 시간을 주기 위해 입을 열었지 싶다. "대지가 어떻게 아스와 오바스의 전쟁터가 되는지에 대한 이야기는 들었지요. 끝없는 전쟁이요. 그리고 사막 사람들은 서쪽 멀리 술이라는 산이 있으며 무서운 장소라고 알았습니다만, 그건 오로지 그 산이 바다에 둘러싸여 있기 때문이었습니다. 그들은 짠물을 오바스의 저주라고 부르지요⋯⋯. 밤의 입에 대한 이야기는 비밀스러운 지식임에 틀림없습니다. 사제에게 전승되는."

"침략을 정당화하기 딱 좋은 얘기군요." 그라이가 말했다.

"그렇다면 더 널리 알려지지 않았을까? 보통 병사들도 그 이야기를 아나요, 수장 어른?"

"모르겠습니다. 그들이 어떤 것들을 찾으라고 명령받았다는 것만 알지요. 특별한 집. 동굴, 마법사, 우상, 책⋯⋯. 도시 위쪽 언덕 지대에는 동굴이 많아요. 그리고 우상과 책들은, 안술에 끝이 없었지요. 병사들은 부지런했습니다."

한참 동안 모두가 침묵했다.

"이곳은 어떻게 통치되나요?" 그라이가 물었다.

그라이의 목소리엔 특별한 데가 있었다. 남편만큼 아름다운 목소리는 아니었지만, 그 음성에는 사자 털을 쓰다듬을 때처럼 내 마음을 가라앉혀주는 뭔가가 있었다. 수장 어른도 조금 긴장이 풀린 목소리로 대답했다.

"우린 통치받는 게 아니라 노예가 되었어요. 간드 이오라스와 그 장교들이 법이지요. 대개 안술에서 우리는 최대한 예전 그대로 함으로써 도시를 지탱하고, 알드는 공물을 강요하고 신성모독을 벌하고 무관심을 유지하지요. 알드는 이 도시를 취한 후부터 쭉 주둔지에 온 병사로 살고 있습니다. 거주민은 일체 보내지 않았지요. 여자도 데려오지 않았고. 알드는 이곳에 살고 싶어 하지 않아요. 이 땅과 도시와 바다를 싫어하지요. 알드에겐 대지 자체가 유배지이고, 이곳이 그중에서도 최악이랍니다."

뒤따른 침묵 속에서 셰타르가 앞발 사이에 두었던 머리를 들더니, 목구멍 안쪽 깊숙이 '그르르르르!' 소리를 내고 엄청나게 하품을 했다.

"네 말이 맞아." 그라이가 셰타르에게 말했다. 그녀와 카스프로는 일어나서 밤 인사를 하고, 수장의 환대에 감사하고, 나에게도 고맙다는 인사를 했다.

나는 방에 가는 길을 비추도록 그라이에게 운모갓을 씌운 기름등잔을 건넸다. 그라이와 그녀의 남편 둘 다 방을 떠나면서 문간에 있는 벽감을 건드리는 모습이 보였다. 나는 그들이 나란히 복도를 걸어가는 모습을 지켜보았다. 그의 손은 그녀의 어깨를 감쌌고, 사자는 부드러운 걸음으로 그들 뒤를 따랐으며 등잔의 불빛이 빈 돌벽을 따라 움직였다.

몸을 돌리자 수장 어른이 몹시 지친 얼굴로 촛불을 바라보고 있었다. 나는 그가 얼마나 외로운지 생각했다. 친구들은 왔다가 다시 갔고, 그는 이곳에 남아야만 했다. 전에는 그의 고독이 너무 자연스럽게 느껴졌기에, 그것이 그의 선택이자 본성인 줄 알았다. 그러나 그에게는 선택의 여지가 없었다.

수장 어른이 나를 쳐다보고 말했다. "갈바만드에 무엇을 데려온 게냐?"

그의 어조에 겁을 먹었다. 나는 한참 만에 말했다. "친구라고 생각해요."

"그래. 강력한 친구들이다, 메메르야."

"수장 어른……."

"음?"

"밤의 입이라는 것, 오바스라는 것…… 그들이, 붉은 모자와 병사들이 이 집에, 갈바만드에 온 이유가, 수장 어른을 감옥에 넣은 이유가……?"

수장 어른은 잠시 대답하지 않았다. 고통스러울 때면 그랬듯이 어깨를 구부리고 뻣뻣하게 앉아 있었다. "그래."

"하지만 여기에 그런, 그런 게 있……"

나는 내가 무슨 말을 하는 건지 몰랐지만 수장 어른은 알았다. 그는 꿰뚫어보는 시선으로 나를 보았다. "그들이 찾는 것은 그들의 것이다. 우리가 아니라 그들의 마음에 있는 것이야. 이 집은 어떤 악도 숨기지 않았다. 놈들은 자기들의 어둠을 데려왔어. 놈들은 이 집의 심장부에 무엇이 있는지 결코 알지 못할 게다. 보더라도 보지 못할 거야. 그 문은 절대 놈들에게 열리지 않을 것이고. 두려워할 필요 없다, 메메르. 너는 배신하지 못해. 나는 그러려고 했다. 배신하려고 했어. 몇 번이고. 하지만 이 집의 신들과 내 죽은 조상들의 그림자가 나를 막았다. 그분들이 내가 배신하게 두지 않았어. 꿈을 주는 모든 이들의 모든 손이 내 입을 덮었지."

나는 이제 심하게 겁에 질렸다. 그는 고문에 대해 말한 적이 없었다. 지금 그는 이를 악물고 등을 구부리고 몸을 떨고 있었다. 그에게 다가가고 싶었지만 감히 그럴 수가 없었다.

수장 어른은 가냘픈 몸짓을 취하고 속삭였다. "가거라. 가서 자라, 아이야."

나는 다가가서 그의 손을 잡았다.

"나는 괜찮다. 그들을 데려온 건 옳은 일이었어. 넌 축복을 데려왔다. 언제나 그래. 메메르, 이제 가거라."

나는 그곳에서 홀로 몸을 떠는 그를 두고 나가야 했다.

긴 하루였고 엄청난 날이었다. 피곤했지만, 잠자리에 들 수가 없었다. 나는 언덕 아래 벽으로 가서 허공에 글자를 써서 문을 열고 비밀방으로 들어갔다.

그 방에 들어서자마자 두려움이 덮쳤다. 심장이 싸늘해졌고, 목덜미 털이 일어섰다.

세상의 온기와 빛을 빨아들이는 검은 태양이라는 끔찍한 그림은, 지금 내 마음속에서 추위와 공허만 남기고 모든 것을 빨아들이는 구멍과 같았다.

나는 언제나 어둠 속으로 뻗어 들어가는 이 길고 이상한 방의 반대쪽 끝이 무서웠다. 언제나 그림자 쪽을 멀리하고, 그쪽에 등을 돌리고, 생각하지도 않고, 스스로에게 "나중에 이해하게 될 거야"라고 말해왔다. 지금이 그 나중이었다. 이제는 우리 집이 어디에 세워졌는지 이해해야 했다.

그러나 내가 이해를 끌어낼 대상이라고는 내가 증오하는 자들의 증오스러운 환상, 밤의 입에 대한 이야기뿐이었다.

그리고 오렉 카스프로가 한 이야기. 그는 도서관이라고 말했다. 거대한 도서관. 세상에서 제일 큰 도서관. 배움의 장소. 마음을 밝히는 곳.

나는 그림자 쪽을 볼 수조차 없었다. 아직 그럴 준비가 갖춰지지 않았다. 힘을 모아야 했다. 나는 탁자로 갔다. 그 밑에서 집을 짓고 굴 속에 든 새끼 곰인 척했던 탁자였다. 나는 등불을 내려놓고, 양 손바닥을 탁자에 대고 그 매끄러운 나무를 세게 눌렀다. 탁자의 매끄러움과 단단함을 느꼈다. 그곳에 있었다.

탁자 위에 책이 한 권 있었다.

우리 둘은 언제나 방을 떠나기 전에 책을 서가에 되돌려놓았다. 수장 어른이 그 어머님에게서 배운 오랜 정리 습관이었다. 그가 나의 스승이듯, 그의 어머니가 그의 스승이었다. 이 책은 본 기억이 없었다. 오래되어 보이지 않았다. 분명 사람들이 몰래 감추기 위해, 아스의 파괴에서 구하기 위해 가져온 책일 터였다. 과거의 위대한 작가들과 그들이 모아둔 지식에서 가능한 한 모든 것을 배우는 데 빠져 있던 나는 그런 이들이 가져온 구출된 책들, 그러니까 비교적 새로운 책들이 무작위로 꽂힌 책장을 잘 보지 않았다. 이 책은 내가 그라이와 함께 시장에 돌아갔을 때 수장 어른이 날 위해 꺼내둔 것이 분명했다.

책을 펴자 요새 벤드라만과 우르딜에서 사용하는 금속 활자를 써서 찍은 것임을 알 수 있었다. 그렇게 하면 책을 많이 찍어내기가 쉬웠다. 제목을 읽었다. 《혼돈과 영靈: 우주의 기원》 그 밑에 오렉 카스프로의 이름이 들어갔고, 그 밑에는 인쇄자인 벤드라만 데리스와터의 베레와 홀라벤이라는 이름이 찍혔다. 다

음 장에는 이 말밖에 없었다. '카스프로만트의 멜 아우리타를 기리고 추억하며.'

나는 그림자 쪽을 마주하고 앉았다. 똑바로 볼 수도 없었지만 등을 돌릴 수도 없었기에. 그리고 등불을 책 가까이 끌어당기고 읽기 시작했다.

나는 이른 잿빛 아침에 정신을 차렸다. 등불은 죽었고, 내 손은 펼쳐진 책 위에 놓여 있었다. 뼛속까지 한기가 스몄다. 손이 곱아서 방을 떠나기 위해 허공에 글자를 쓰기가 힘들었다.

나는 부엌으로 달려가서 불가에 몸을 웅크리고 몸을 데웠다. 이스타는 잔소리를 했고 소스타는 재잘거렸지만 나는 듣지 않았다. 파도처럼, 파도 위를 나는 펠리컨처럼 위대한 시어詩語들이 머릿속을 흘러 다녔다. 그 말들 외에는 아무것도 들을 수도 볼 수도 느낄 수도 없었다.

이스타는 진심으로 나를 걱정했다. 그녀는 따뜻한 우유 잔을 건네며 말했다. "불쌍한 것, 이거라도 마셔라. 지금 아프면 어쩔래? 집에 손님들도 와 계신데? 얼른 마셔!" 나는 우유를 마시고 이스타에게 고맙다고 한 후에 방으로 갔고, 침대에 쓰러져서 오전 늦게까지 정신없이 잤다.

그라이와 오렉은 사자와 말들과 구딧과 소스타와 함께 마구간 뜰에 있었다. 소스타는 바느질도 팽개치고 카스프로에게 넋이 나간 상태였고, 구딧은 키 큰 붉은색 말에게 안장을 얹고 있었으며, 그라이와 오렉은 입씨름 중이었다. 서로에게 화가 난 것은 아니지만 의견이 일치하지 않았다. 우리식으로 말하자면 '그들의 마음속에 레로가 깃들지 않았다'. "당신 혼자 갈 순 없어." 그라이는 이렇게 말했고, 오렉은 이렇게 말했다. "당신이

나와 같이 갈 순 없어." 둘 다 한 번씩만 말한 것도 아니었다.

카스프로는 나를 돌아보았다. 이 사람이 내가 밤새 읽었고 내 영혼을 다시 만든 그 시를 지은 남자라고 생각하자 순간 소스타처럼 얼이 빠질 뻔했다. 혼란은 순식간에 사라졌다. 이 사람은 오렉 카스프로였다. 시인 카스프로일 뿐 아니라 남자 오렉이었다. 아내와 말다툼을 벌이는 걱정 많은 남자, 모든 일을 끔찍하게도 심각하게 받아들이는 남자, 내가 좋아하는 손님. 그가 말했다. "말해보렴, 메메르. 어제 시장에서 사람들이 그라이를 보았지. 셰타르와 같이 있는 그녀를 보았어. 수백 명이 말이다. 그렇지 않았나?"

"물론 그랬지." 내가 대답하기 전에 그라이가 말했다. "하지만 마차 안을 본 사람은 없어! 그렇지 않니, 메메르?"

"네." 나는 카스프로에게 대답하고, 다시 그라이에게 말했다. "그랬던 것 같아요."

그라이가 말했다. "그러니까 당신 아내는 시장에서 마차 안에 숨어 있었고, 지금은 집 안에 남아 있는 거야. 정숙한 여자답게. 그리고 하인이자 사자 조련사가 마차에서 나와서 당신과 같이 궁으로 가는 거지."

오렉은 완강하게 고개를 저었다.

"오렉, 난 두 달이나 남장을 하고 당신과 같이 아수다르 전역을 다녔어! 도대체 지금 와서 안 될 이유가 뭐야?"

"사람들이 알아볼 거야. 당신을 봤다고, 그라이. 여자 모습인 당신을 봤어."

"불신자는 다 비슷해 보여. 그리고 어차피 알드는 여자를 보지 않아."

"자기들 말에게 겁을 준 사자를 데리고 있는 여자는 볼걸!"

"오렉, 난 같이 갈 거야."

그가 얼마나 괴로워했던지, 그라이는 다가가서 그를 안으며 간청하고 안심시켰다. "당신도 아수다르에서 오아시스의 늙은 주술사 말고는 아무도 내가 여자라는 걸 알아본 사람이 없었던 걸 알잖아. 그 여자 주술사는 깔깔대고 웃었지. 기억해? 그 사람들은 몰라. 알아보지 못해. 볼 수가 없어. 난 당신을 혼자 보내지 않을 거야. 그렇게 못 해. 당신도 그럴 수 없고. 당신에겐 셰타르가 필요하고, 셰타르에겐 내가 필요해. 옷을 갈아입고 올게. 시간은 많아. 난 말을 타지 않을 거야. 당신만 말에 오르고, 우리는 같이 걸어가는 거야. 시간은 많아. 그렇지, 메메르? 궁까지 얼마나 머니?"

"교차로 네 개와 다리 세 개를 지나면 돼요."

"들었지? 금방 돌아올게. 나 없이는 못 가게 해!" 나와 구딧과 소스타와, 어쩌면 말에게까지 하는 말이었다. 그리고 그라이는 집 뒤편으로 뛰어 들어갔고, 셰타르가 같이 달려갔다.

오렉은 뜰 출입구로 걸어가서 우리 모두에게 등을 돌리고 꼿꼿하고 뻣뻣한 자세로 서 있었다. 안된 마음이 들었다.

"암, 그렇지." 구딧이 말했다. "그곳을 궁전이라고 부르다니 흉악한 뱀들 같으니라고. 거긴 우리 의회당이었어. 거길 가보는 게야, 네가!" 키 큰 붉은색 말은 부드러운 비난이 담긴 눈으로 그를 보더니 공손히 왼쪽으로 이동했다.

"정말 잘생겼구나, 너." 나는 말에게 말했다. 실제로 그랬다. 나는 녀석의 목을 두드려주었다. "브랜디?"

"브랜티야." 오렉이 돌아오며 말했다. 그를 에워싼 품위 있는 패배의 기운이 소스타의 심장에 직격하는 것을 알아볼 수 있었다.

"오오오오." 소스타는 그런 소리를 내고 나서 덮으려고 허둥거렸다. "오, 저기, 혹시 제가……." 하지만 소스타는 그다음에 할 말을 찾지 못했다.

"오랫동안 좋은 친구였지." 오렉이 브랜티의 고삐를 잡으며 말했다. 그는 올라타려는 듯했지만, 구딧이 말했다. "가만, 기다리시오. 여기 안장 띠를 좀 봐야겠우." 그러더니 오렉과 말 사이로 들어가서 안장을 뒤적였다.

오렉은 단념하고 자기 말과 함께 끈기 있게 서서 기다렸다.

"오랫동안 데리고 다녔나요?" 대화를 해보려고 한 말이었지만 나도 소스타처럼 바보가 된 기분이었다.

"이 녀석은 스무 살이 넘었어. 이제는 여행에서 쉴 때가 됐지. 별이도 마찬가지고." 오렉은 조금 서글프게 웃었다. "우린 고원지대를 함께 떠났단다. 브랜티와 나, 별이와 그라이. 그리고 검둥이. 우리 개였지. 훌륭한 개였어. 그라이가 훈련시켜서."

그 말이 나오자 구딧은 또 갈바만드에 있었던 수행견 이야기를 떠들기 시작했고, 그라이가 다시 나올 때까지 그 이야기를 계속했다. 그라이는 반바지에 거친 튜닉을 입었다. 안술의 남자들은 머리를 길게 늘어뜨려 뒤로 묶었기 때문에, 그라이도 머리는 빗질만 해서 늘어뜨렸고 낡은 검은색 벨벳 모자를 썼다. 턱은 거무스름하고 거칠거칠하게 만들었다. 그라이는 스물다섯 살쯤 된 눈 빠르고 수줍음 많고 퉁명스러운 청년이 되어 있었다. "그럼 준비된 거죠?" 부드러우면서 따끔한 목소리도 쉰 목소리로 변했다.

소스타는 넋이 나간 얼굴로 그녀를 응시했다. "누구세요?"

그라이는 눈을 굴리고 대답했다. "사자 조련사 차이. 자, 오렉?"

오렉은 그녀를 노려보고 어깨를 으쓱이더니 조금 웃고 말에 올랐다. "그럼 가지!" 그는 돌아보지 않고 출발했다. 그라이와 사자가 그 뒤를 따랐다. 그녀는 문을 나서면서 뒤를 돌아보고 내게 눈을 찡긋했다.

"근데 저 사람 어디에서 나온 거야?" 소스타가 물었다.

"흉악한 쥐와 뱀들의 둥지로 가는 저들에게 자비로운 에누께서 함께하시길." 구딧이 마구간으로 발을 끌고 들어가며 공허한 목소리로 말했다.

나는 신과 조상들을 돌보고 이스타에게 장 볼 목록을 알아보려고 안으로 들어갔다.

6

구딧에게 들으니 그날 아침에 의회당—지금은 알드가 간드의 궁전이라고 부르는—에서 전령이 와서 오렉 카스프로에게 정오 전까지 간드 앞으로 오라고 했단다. 물론 공손한 부탁도 아니었고 이유도 대지 않았다. 그래서 그들은 갔고, 그래서 우리는 기다렸다. 그들이 꽤 늦게 돌아왔기 때문에 걱정할 시간이 듬뿍 있었다. 나는 집 앞에 있는 신탁 분수의 마른 수반가에 앉아 있다가 남쪽에서 길을 걸어오는 그들을 보았다. 오렉은 말을 끌고 걸었고, 사자 조련사 차이가 그 옆에 있었고, 사자는 지루한 표정으로 그들 뒤를 따라왔다. 나는 달려가서 그들을 맞이했다. "잘됐어, 잘됐어." 오렉이 말했고, 이어 차이가 말했다. "충분히 잘됐지."

구딧은 브랜티를 받으려고 마구간 문에 나와 있었다. 마구간에 말을 들이는 것이 너무나 큰 기쁨이었던 그는 다른 누구도 말을 돌보지 못하게 했다. 차이가 나에게 말했다. "같이 올라가자." 상방에 들어서자 차이는 옷을 갈아입거나 얼굴을 씻지 않고도 다시 그라이가 되었다. 배가 고프지 않느냐고 물었지만 그들은 아니라고, 간드가 먹을 것과 마실 것을 줬다고 대답했다. 나는 물었다. "그자들이 두 분을 지붕 밑에 들였나요? 셰타르도 들여보내고요?" 알드가 하는 일은 아무것도 궁금해하고 싶지 않았지만, 호기심을 어쩔 수 없었다. 내가 아는 사람 중에 의회당이나 막사에 들어가보았거나 간드와 알드 놈들이 그곳에서 어떻게 사는지 본 사람은 없었다. 의회당 언덕에는 언제나 경비병이 서 있었고, 병사들이 우글거렸다.

"내가 옷 갈아입는 동안 메메르에게 말해줘." 그라이가 말했다. 오렉이 이야기를 해주었다. 설화처럼 구연했다. 어쩔 수 없는 이야기꾼이었다.

알드는 막사만이 아니라 천막도 쳐놓았다. 그들이 사막에서 여행을 다닐 때 쓰는 천막이었다. 의회당 광장에 친 천막은 저택만큼 크고 높았으며 온통 붉은 천으로 만들어졌고, 장식과 기치는 금색이었다. 오렉은 간드가 사실상 의회당이 아니라 이 천막에서 통치하는 것 같았다고 했다. 적어도 비가 오지 않는 지금은 말이다. 천막은 호화롭게 꾸며졌으며 조각을 새긴 이동식 칸막이로 방을 나누었다. 오렉은 아수다르를 여행할 때 그런 큰 천막에서 환대받은 적이 있어서 알고 있었다. 그러나 이곳에서는 천 지붕 아래에조차 들어가지 못했다. 그는 열린 천막 입구에서 멀리 떨어지지 않은 양탄자 위에 접이식 의자를 놓고 앉아야 했다.

브랜티는 하인이 마구간으로 데려갔는데, 마치 유리로 만들어진 말처럼 조심스럽게 다루었다. 사자 조련사와 사자는 오렉 뒤로 조금 떨어진 곳에 섰고, 알드 장교들이 그들을 지켰다. 오

렉과 마찬가지로 햇빛을 가릴 종이 양산을 받았다. 그라이가 옷
방에서 외쳤다. "난 셰타르 덕분에 받은 거야. 그 사람들은 사자
를 존경하거든. 하지만 우리같이 부정한 사람들이 썼으니 그 양
산은 버리겠지."

그들은 곧 다과를 제공받았고, 셰타르에게는 물그릇이 나왔
다. 그렇게 30분쯤 기다리자 천막에서 조신과 장교들을 거느린
간드가 나타났다. 간드는 지극히 우아한 태도로 오렉에게 인사
를 하고, 오렉을 시인들의 왕자라고 부르며 아수다르에 온 것을
환영했다.

"아수다르라니!" 나는 폭발했다. "여긴 안술이에요!" 그러고
나서는 끼어든 것을 사과했다.

"알드가 있는 곳이 곧 아수다르 사막이란다." 오렉은 온화하
게 말했다. 오렉의 말인지, 알드의 격언인지 알 수 없었다.

간드 이오라스는 60대의 사내로, 화려하게 아수다르식으로
금실을 짜 넣은 리넨 로브에 알드의 귀족만 쓸 수 있는 넓고 뾰
족한 모자를 쓰고 있었다고 했다. 태도는 붙임성 있었고, 말씨
는 생동감 있고 명철했다. 이오라스는 오렉과 마주 앉아서 시
에 대해 이야기를 나누었다. 처음에는 아수다르의 위대한 서사
시들에 대해 말했지만, 그는 자기가 서쪽 작가들이라고 부르는
이들에 대해서도 알고 싶어 했다. 이오라스의 관심은 진지했고,
질문은 지적이었다. 그는 오렉에게 정기적으로 궁에 와서 오렉
이나 다른 작가들의 작품을 읊어달라고 초청했다. 자신과 자기
궁정에 큰 즐거움과 교훈을 줄 거라면서 말이다. 한 왕자가 다른
왕자를 대하는 태도였다. 명령이 아니라 초청이었다.

잠시 후에는 조신과 장교들도 몇 명 대화에 참여했고, 간드와

마찬가지로 자기네 서사시에 대한 면밀한 지식과 더불어 시와 이야기를 듣고자 하는 호기심, 심지어는 갈망을 드러냈다. 그들은 오렉을 칭찬하며 그가 자기들에게는 사막의 샘물이라고 말했다.

호의적이지 않은 이들도 있었다. 간드의 아들 이도르는 눈에 띄게 거리를 두었고, 시에 대한 대화에는 아무 관심도 기울이지 않았으며 한 무리의 사제와 장교들과 같이 열린 천막 안에 서서 잡담을 나눴다. 그 소리가 너무 커서 간드가 조용히 하라고 꾸짖을 정도였다. 그 후에 이도르는 못마땅한 얼굴로 아무 말도 하지 않았다.

간드는 사자를 데려오라고 청했고, 차이는 그 말을 들어주었다. 셰타르는 오렉이 '쓸모 있는 재주'라고 부르는 몸짓을 했다. 간드를 마주 보고는, 고양이들이 몸을 펼 때처럼 앞다리를 쭉 펴면서 그 사이로 머리를 숙여 '절'을 한 것이다. 이 재주는 모두를 기쁘게 했고, 셰타르는 몇 번이고 되풀이해야 했다. 굶는 날인데도 절을 할 때마다 조금씩 먹을 것이 주어졌기 때문에 상관없었다. 이도르도 나와서 셰타르와 놀고 싶어 하며 깃털 모자를 달랑거렸지만, 셰타르는 무시했다. 그는 셰타르가 얼마나 강한지, 살아 있는 짐승을 죽여보았는지, 사람을 물어보았는지, 사람을 죽여봤는지 등을 물었다. 사자 조련사 차이는 모든 질문에 공손하게 대답했고 셰타르가 그에게도 절을 하게 했다. 그러나 셰타르는 마지못해 절을 하고 하품을 했다.

"불신자가 아수다르의 사자를 갖는 게 허용되어선 안 되지요." 이도르가 아버지에게 말하자 답이 돌아왔다. "하나 누가 사자의 주인에게서 사자를 빼앗으랴?" 분명히 시의적절하게 인용한 속담이었다. 그 말에 이도르는 셰타르를 집적거리기 시작했다. 고함을 쳐서 놀래고 공격하려는 것처럼 덤벼들었지만, 셰타르는 그를 싹 무시했다. 아들이 무슨 짓을 하는지 알아차린 간드는 화를 내며 일어서서 이도르가 지금 제 집의 환대를 부끄럽게 하고 사자의 위엄을 해쳤다면서 나가라고 명했다.

"사자의 위엄." 그라이는 마침내 얼굴을 씻고 실크 셔츠와 바지로 갈아입고 같이 앉으면서 그 말을 되풀이했다. "그 표현 마음에 들어."

"그렇지만 간드와 그 아들 사이의 신경전은 마음에 들지 않아." 오렉이 말했다. "구딧 말마따나 뱀 둥지였어. 살얼음판을 디디는 거나 마찬가지일 거야. 그래도 간드는 흥미로운 인물이더군."

나는 그자가 우리를 황폐하게 만들고 노예로 삼은 폭군이라고 생각했지만, 말은 하지 않았다.

"수장님 말씀이 옳아." 오렉이 말을 이었다. "알드는 행군 중인 병사처럼 안술에 진을 치고 있어. 이곳 사람들이 어떻게 사는지, 누구이며 무슨 일을 하는지에 대해서는 놀랄 만큼 무지해. 그리고 간드는 무지에 진력이 났어. 그 사람은 이곳에서 삶을 끝낼지도 모른다고 보고 잘 지내보려고 하는 것 같아. 하지만 한편으로는 도시 사람들도 알드에 대해 아는 게 없지."

"우리가 왜 알아야 해요?" 나는 말했다. 튀어나오는 말을 막을 수가 없었다.

"고원지대에선 쥐야말로 고양이를 알아야 하는 법이라고 하지." 그라이가 말했다.

"우리 신들에게 침을 뱉고 우릴 부정하다고 말하는 자들은 알고 싶지 않아요. 그자들은 쓰레기예요. 우리 수장 어른을 봐요! 그자들이 그분에게 무슨 짓을 했는지! 그분이 손이 부러진 몸으로 태어난 줄 알아요?"

"아, 메메르." 그라이가 손을 뻗었지만, 나는 물러섰다.

"당신들은 좋을 대로 그자들이 자기네 궁전이라 부르는 곳에 가서 그자들이 주는 음식을 먹고 시를 읊어줄 수 있겠지만, 난 할 수만 있다면 안술에 있는 알드를 모조리 죽여버릴 거예요."

그리고 나는 몸을 돌리고 눈물을 쏟았다. 내가 모든 것을 망쳤고 두 사람의 신뢰를 얻을 자격도 잃었기 때문이었다.

나는 방을 나서려 했지만, 오렉이 막았다.

"메메르, 들어보렴. 들어봐. 우리 무지를 용서해라. 우린 네 손님이야. 용서해다오."

덕분에 바보 같은 울음을 그칠 수 있었다. 나는 눈을 닦고 말했다. "미안해요."

"미안해, 미안해." 그라이가 속삭였고, 나는 그녀가 하는 대로 손을 잡혀 창가 의자에 앉았다. "우린 아는 게 별로 없어. 너에 대해서나, 이 집 주인에 대해서나, 안술에 대해서나. 하지만 너와 마찬가지로 우리가 여기에 오게 된 게 단순한 우연 이상이라는 건 알아."

"레로의 뜻이었죠." 내가 말했다.

"말과 사자와 레로의 뜻이었지. 난 널 믿을 거야, 메메르." 그라이가 말했다.

"저도 두 분을 믿어요."

"그럼 네가 누구인지 말해줘. 서로를 알아야지! 수장 어른은 누구인지, 알드가 오기 전에는 어떤 분이었는지 말해줘. 그분이

이 도시의 지배자였니?"

"우리에겐 지배자가 없었어요."

나는 수장 어른이 "조금 더 자세히 말해주겠니, 메메르?"라고 말씀하실 때마다 그랬듯이 마음을 추스르고 정확히 대답하려고 했다. "우린 도시를 통치할 의회를 선거로 뽑았어요. 안술 해안의 모든 도시가 그랬죠. 시민은 의회원에게 투표했고, 의회는 수장을 지명했어요. 수장은 도시에서 도시로 다니며 교역을 살펴 처리했어요. 모든 마을과 도시가 서로 원하는 물건을 얻을 수 있도록요. 가능하다면 상인들이 속이거나 폭리를 취하는 것도 막았죠."

"그러면 세습직이었니?"

나는 고개를 저었다. "수장직은 10년이었어요. 그리고 의회가 한 번 더 지명하면 다시 10년. 그다음엔 다른 사람이 넘겨받았고요. 누구든 수장이 될 수 있었어요. 하지만 자기 집안에 돈이 있거나 자기 도시에서 돈을 받아야 했어요. 상인과 중개인과 다른 수장을 대접하고 늘상 여행을 해야 했거든요. 순드라만까지 내려가서 그곳의 비단 상인들과 정부와 이야기를 나누기도 했죠. 돈이 많이 들었어요. 하지만 당시에 갈바만드는 부유한 집안이었어요. 도시 사람들도 도와줬고요. 수장이 되는 건 대단한 영예였어요. 그래서 우린 아직도 그분을 그렇게 불러요. 경의를 담아서. 이제는 아무 의미도 없지만."

또 한 번 눈물이 쏟아질 뻔했다. 내 연약함과 부족한 통제력이 무서웠고 화가 났으며, 그 분노 덕에 안정을 찾을 수 있었다.

"모두 다 제가 태어나기 전 일이에요. 사람들에게 듣고 역사를 읽었기 때문에 아는 것뿐이죠."

순간 배를 얻어맞은 것처럼 숨이 빠져나갔고, 나는 마비된 채 앉아 있었다. 평생의 습관이 나를 사로잡았다. 읽기에 대해서는 말하지 말아야 했다. 우리 식구 외부의 사람들에게는 내가 책에서 뭔가를 읽었다는 말을 한 적이 없었다.

그러나 물론 오렉과 그라이는 알아차리지 못했다. 그들에게는 읽기가 더할 나위 없이 자연스러운 일이었다. 두 사람은 고개를 끄덕이고, 계속하라고 말했다.

이제 무엇을 말해야 하고, 무엇을 말하지 말아야 할지 알 수 없었다. "저 같은 아이들을 농성의 자식이라고 불러요." 나는 가늘고 곱슬곱슬한 옅은 색 머리털을 잡아당겼다. 그들에게 내가 무엇인지 알리고 싶었지만, 어머니가 강간당했음을 말하고 싶지는 않았다. "아시죠…… 알드가 도시를 점령했을 때요, 그때……. 하지만 우린 그들을 다시 몰아냈고, 1년 가까이 도시를 지켰어요. 우린 싸울 수 있어요. 전쟁은 하지 않지만, 싸울 수는 있어요. 하지만 그 후에 아수다르에서 새로운 군대가 왔어요. 예전에 왔던 병력의 두 배가 와서 도시로 밀고 들어왔죠. 그자들이 수장 어른을 감옥에 넣고 갈바만드를 엉망으로 만들었어요. 대학을 파괴하고 책은 운하와 바다에 던졌죠. 사람을 운하에 빠뜨리고 돌을 던져 죽이고 산 채로 파묻었어요. 수장 어른의 어머님 엘레요 갈바께선……."

그분이 이 방에서 살았다. 병사들이 집에 침입했을 때 이 방에 있었다. 나는 말을 이을 수 없었다.

우리 모두 침묵했다.

셰타르가 꼬리를 흔들며 걸었다. 나는 하던 이야기에서 마음을 돌리려고 셰타르에게 손을 뻗었지만, 사자는 나를 무시했다.

입을 반쯤 벌린 셰타르는 어쩐지 평소보다 더 사자 같았다.

"밤새 기분이 안 좋을 거야." 그라이가 말했다. "궁전에서 보상을 받은 덕분에 식사를 안 했다는 걸 돌이키고 말았거든."

"뭘 먹는데요?"

"대개는 운 나쁜 염소를 먹지." 오렉이 말했다.

"사냥도 할 줄 알아요?"

"정확한 방법은 몰라." 그라이가 대답했다. "셰타르의 어머니라면 가르쳐줬을 텐데. 반사자들은 늑대처럼 무리로 사냥을 하지. 셰타르가 우릴 참아주는 것도 그래서야. 자기 가족이라고 보는 거지."

셰타르는 노래하듯이 길게 끙끙거리고 으르렁거리는 대답을 내놓고 다시 길쭉한 방 안을 거닐었다.

"메메르, 이야기하기가 너무 힘들지만 않다면⋯⋯." 오렉이 운을 떼고, 내가 고개를 흔들자 말을 이었다. "알드가 대학 도서관을 파괴했다고 했지? 전부 다 말이니?" 그가 아니라는 대답을 희망한다는 걸 알 수 있었다.

"병사들은 도서관 건물을 무너뜨리려고 했지만, 워낙 잘 지은 석조 건물이었기 때문에 그 대신 창문을 깨뜨리고 방 안을 엉망으로 만들고 책을 들고 나갔어요. 직접 만지기는 싫어했고 시민들을 시켜서 책을 날라다가 수레에 싣고 운하까지 가져가게 했죠. 그리고 운하에 버리게 했어요. 책이 너무 많아서 운하 바닥을 메우고 넘치기 시작하자 책을 수레에 싣고 항구로 나르게 했어요. 그리고 부둣가에 책을 내려놓고 바다에 던졌어요. 바로 가라앉지 않으면 그 뒤에 사람들을 밀어 넣었어요. 한번은⋯⋯." 이번에는 바다에서 구조된 책을 본 적이 있다는 말이

나오기 전에 멈출 수 있었다.

그 책은 지금 비밀방에 있었다. 방수 가공한 아마포에 글귀를 적어서 나무 막대에 감은 북쪽 방식의 두루마리 책이었다. 바닷가에 떠밀려 온 그 책을 발견한 사람은 그것을 말려서 이리로 가져왔다. 물속에 몇 주나 있었는데도 아직 아름다운 서체를 읽을 수 있었다. 수장 어른이 망가진 부분을 복구하면서 나에게도 보여주었다.

그러나 옛 책이든 구조된 책이든 비밀방에 있는 책들에 대해 말할 수는 없었다. 그라이나 오렉에게라도.

나는 옛 시절에 대해 이야기하는 것은 안전하기를 바라며 말을 이었다. "대학은 오래전에 이곳 갈바만드에 있었어요."

오렉은 물었고, 나는 안술의 4대 가문인 캄, 겔브, 갈바, 악타모 집안에 대해 아는 대로 말해주었다. 대부분은 수장 어른에게서 들은 이야기였다. 초창기에 이들은 가장 부유한 집안이었으며, 평의회에서도 가장 강한 힘을 가지고 있었다. 최고로 훌륭한 집과 사원들을 지었고, 공공 의식과 축제에 돈을 냈으며, 화가와 작가와 학자와 철학자들, 건축가와 음악가들을 모아서 집에서 살며 일하게 했다. 사람들이 이 도시를 지혜롭고 아름다운 안술이라고 부르기 시작한 시기였다.

갈바는 언제나 이곳, 강과 항구 위로 솟아오른 첫 번째 언덕에 세운 신탁의 집에 살았다.

"이곳에 신탁소가 있었니?" 오렉이 물었다.

나는 머뭇거렸다. 사실 그라이와 오렉을 만난 어제 아침, 수반이 말라버린 신탁의 분수 옆에 섰을 때까지만 해도 그 말이 무슨 뜻인지 별로 생각해보지 않았다.

"모르겠어요." 나는 더 말하려다가 그만두었다. 이상했다. 왜 한 번도 갈바만드가 '신탁의 집'이라 불리는 이유가 궁금한 적이 없었을까? 나는 신탁이 무엇인지조차 모르면서 그것에 대해 말해서는 안 된다는 사실을 알았다. 언제나 알고 있었다. 비밀 방에 대해 말해서는 안 된다는 것을 알았던 것과 마찬가지였다. 보이지 않는 손이 내 입을 막는 것만 같았다.

그 순간 지난밤에 수장 어른이 했던 말이 떠올랐다. '꿈을 주는 모든 이들의 모든 손이 내 입을 덮었지.' 겁이 났다.

두 사람은 내가 혼란스러워하며 말을 하지 못하는 것을 보았다. 오렉은 화제를 바꾸어 집에 대해 물었고, 나는 곧 다시 이야기로 돌아갈 수 있었다.

그 시절, 갈바는 번성했고 집과 식구 모두 불어나서 예술과 기술과 배움에 종사하는 사람들을 끌어들였다. 특히 시와 이야기를 짓는 사람과 학자가 많았다. 그 사람들의 목소리를 듣고 그 사람들에게서 배우고 함께 작업하기 위해 온 안술에서, 심지어는 다른 땅에서까지 사람들이 왔다. 그렇게 세월이 흐르면서 이곳 갈바만드에 대학이 생겨났다. 이 집 뒤쪽 위층과 아래층 모두에 독립된 거처와 교실과 작업실과 도서관이 있었다. 바깥뜰에도 다른 건물들이 있었다. 언덕 위로 더 멀리 떨어진 건물들은 학생과 교사를 위한 숙박소와 거주 공간, 화가와 건축가를 위한 작업실이었다.

시인 데니오스도 젊은 시절에 우르딜에서 여기로 왔다. 어쩌면 지난밤에 우리가 앉았던 뒤 회랑에서 공부했을지도 모른다. 그곳도 갈바만드 도서관의 일부였으니.

시간이 흐르고, 우리가 '귀먹은 신'이라 부르는 행운이 캄과 겔브와 악타모 집안에서 등을 돌렸다. 그 가문들의 재산과 풍요는 기울었고, 갈바와 이루던 경쟁 관계도 적대 관계로 변했다. 말은 공공을 위해서라지만 그들은 시샘과 악의를 품고 평의회를 설득하여 대학과 도서관은 도시의 것이라고 선언하고 갈바만드에서 빼앗도록 했다. 갈바는 옛 자리가 성스러운 곳이었던 반면 새 자리는 그렇게 축복받지 못할지 모른다고 경고했으나, 평의회의 결정을 받아들였다. 시의회는 좀 더 항구에 가까운 낮은 땅에 대학이 자리할 새 건물들을 지었다. 몇백 년 동안 이 집에 모인 위대한 장서가 거의 다 그리로 옮겨졌다. 그리고 나는 수장 어른에게 들은 대로 그라이와 오렉에게 말했다. "갈바만드에서 책을 실어내기 시작하자, 앞뜰에 있는 신탁의 분수가 마르기 시작했죠. 책이 집을 떠날 때마다 조금씩, 물이 흐르기를 멈췄어요. 책이 다 실려 나가자 분수는 완전히 말랐고 2백 년 동안 흐르지 않았어요……."

그들은 축제와 의식으로 새 대학을 열었고, 학생과 학자들이 왔다. 그러나 갈바만드의 옛 도서관만큼 방문을 많이 받지도, 그만큼 유명하지도 못했다. 그리고 2세기가 흘러 사막 민족이 와서 돌을 부수고 책을 운하와 바다에 던져 넣고 진흙 속에 묻어버렸다.

오렉은 양손으로 턱을 괴고 내 이야기에 귀를 기울였다.

"갈바만드에는 남은 게 없었어?" 그라이가 물었다.

나는 불편한 심정으로 말했다. "책이 좀 있긴 했어요. 하지만 도시가 함락되자 알드 병사들은 대학보다 먼저 이리로 왔어요. 그…… 그자들이 믿는 그 장소를 찾아서요. 그자들은 이 집에서 나무로 된 부분을 부수고, 책과 가구를 가져갔어요. 찾아낸 건

다 가져갔죠." 내가 하는 말은 사실이었지만, 그라이는 그것이 사실의 전부가 아님을 눈치채고 있다는 느낌이 강하게 들었다.

"끔찍하군, 끔찍해." 오렉이 일어서며 말했다. "알드가 글을 악惡으로 취급하는 줄은 알지만, 책을 파괴하다니, 책을……." 오렉은 말도 못하게 슬퍼했다. 그는 성큼성큼 걸어가서 서쪽 창가에 섰다. 갈바만드의 지붕들과 아래쪽 도시를 지나 해협 너머에 깔린 안개 위에 하얀 술이 떠 있었다.

그라이는 셰타르에게 가서 목걸이에 띠를 채웠다. 그녀는 나를 향해 부드럽게 말했다. "나가자. 셰타르를 산책시켜야 해."

"죄송해요." 나는 오렉을 그토록 슬프게 한 데 다시 한 번 절망하며 그녀를 따라갔다. 내가 한 말은 다 틀렸다. 이날은 어떤 축복도 없는 날, 에누가 없는 날이었다.

"왜? 책을 파괴한 게 너였니?"

"아뇨. 하지만 제 소망은……."

"소망이 다 이루어졌더라면! 말해보렴. 줄을 풀고 셰타르를 뛰게 할 수 있는 장소가 있을까? 내가 근처에 있으면 누굴 공격하진 않겠지만, 그래도 주위에 사람이 없는 곳에 풀어줘야 안심이 되지."

"옛 공원요." 나는 말했고, 우리는 같이 공원으로 갔다. 공원은 갈바만드 바로 위 동쪽에 있었다. 강을 네 개의 운하로 나누는 제방 위 언덕 면에 자리한 넓은 골짜기였다. 옛 공원의 경사면 위로 나무가 빽빽이 자랐는데, 알드는 그곳에 절대 가지 않았다. 그들은 나무를 싫어했다. 가족에게 고기 조각이라도 가져다주려고 토끼나 메추라기를 잡는 아이들을 빼면 시민 중에도 가는 사람이 드물었다.

나는 입구 근처에서 사람들이 데니오스의 분수라고 부르는 곳을 안내했고, 셰타르는 수반에서 오랫동안 물을 마셨다.

아무도 없었고, 그라이는 사자의 목줄을 풀어주었다. 셰타르는 뛰어갔지만 그렇게 멀리 가지는 않았고, 계속 우리에게 돌아왔다. 아무래도 셰타르 역시 나무를 좋아하지 않고, 되는대로 자란 빽빽한 수풀 속 깊이 들어가고 싶지 않은 것 같았다. 셰타르는 나무 한 그루에 오랫동안 발톱을 갈더니 다른 나무로 옮겨갔고, 어떤 동물의 자취를 따라 샅샅이 냄새를 맡으면서 커다란 가시덤불 주위를 돌았다. 나비를 따라가느라 껑충거리며 어둡고 가파른 길로 내려갔을 때가 우리에게서 제일 멀어진 순간이었다. 셰타르가 시야를 벗어나고 조금 지나자 그라이가 작게 그르렁거리는 소리를 냈다. 셰타르는 순식간에 다시 나타났고, 그림자들을 뚫고 우리에게 달려 올라왔다. 그라이는 셰타르의 머리를 건드렸고, 우리가 천천히 숲길을 되짚어 걷기 시작하자 셰타르도 우리를 따라왔다.

"동물을 부를 수 있다니 얼마나 멋진 선물인지 몰라요." 내가 말했다.

"어떻게 쓰느냐에 따라 달라. 고원지대에서 내려와서 생계를 꾸려야 했을 때는 확실히 쓸모가 있었지. 오렉이 시를 배우는 동안 내가 말을 훈련시켰거든. 난 그런 일이 좋아……. 그리고 알드가 말을 훈련시키는 방식은 감탄스러워. 그 사람들에게는 말을 때리는 게 아내를 때리는 것보다 더 나쁜 일이라지." 그녀는 작게 코웃음을 쳤다.

"어떻게 아수다르에서 그렇게 오래 살 수 있었죠? 그자들에게 화가 나지 않았어요?"

"나에겐 너같이 화낼 이유가 없었어. 야생 동물, 육식 동물과 같이 사는 것과 비슷했지. 그 사람들은 위험하고, 우리 기준에서 보면 비합리적이지. 그 사람들은 힘겹게 살아. 난 알드 남자들이 가여웠어."

나는 아무 말도 하지 않았다.

그라이는 생각에 잠겨 말을 이었다. "수말이나 수토끼 비슷해. 한순간도 경쟁 수컷을 걱정하지 않거나, 암컷이 달아날까 걱정하지 않을 때가 없어. 그 사람들은 자유롭지 못해. 세상을 적으로 가득 채우지……. 그래도 그 사람들은 용감하고, 약속을 지키고, 손님을 공경해. 고원지대 사람들과 비슷하지. 난 그 사람들을 꽤 좋아했어. 남자인 척하면서 거리를 뒀기 때문에 여자는 하나도 사귀어보지 못했지만 말이야. 피곤한 일이었지."

"전 그자들의 모든 것이 미워요. 어쩔 수가 없어요."

"당연하지. 네가 해준 이야기……. 어떻게 밉게 보지 않을 수 있겠어?"

"다른 식으로 보고 싶지도 않아요."

그라이가 사람의 말을 듣지 않은 적이 있을까 싶지만, 가끔은 들은 말을 무시하기도 했다. 그녀는 오솔길을 조금 더 걷다가 활짝 웃으며 나를 돌아보았다. "있지, 메메르! 우리랑 같이 궁전에 가보면 어떨까? 두 번째 하인으로 말이야. 넌 남자 행세를 잘하잖아. 나도 감쪽같이 속았지. 해볼래? 재미있을 거야. 간드는 왕 같은 것인데, 왕을 만나볼 기회가 얼마나 자주 있겠어? 그리고 오렉의 낭송을 들을 수 있을 거야. 《우주의 기원》을 읊을 생각이 거든. 하나이자 유일한 신 아스에게 집착하는 사람들이라 위험할 수도 있겠지만, 어제 간드가 읊어달라고 요청했으니까."

나는 고개만 저었다. 오렉이 그 시를 읊는 것은 듣고 싶었지만, 수많은 알드 사이에서는 아니었다. 그자들을 얼마나 미워하는지 더 말하지 않더라도, 그자들에게 공손하고 온순한 하인 노릇을 할 수는 없었다.

그러나 그라이는 다음 날 저녁 식사 후에 그 이야기를 다시 꺼냈다. 반대가 없는 것으로 보아 오렉과도 이야기한 모양이었다. 그리고 당황스럽게도 수장 어른 역시 반대하지 않았다. 수장 어른은 두 사람에게 얼마나 위험하게 보는지 물었다. 둘 다 알드의 '환대의 법'을 믿는다고 말하자 수장 어른은 이렇게만 말했다. "알드가 내게 보여준 환대는 메메르가 알아서는 안 될 것이었어요. 하지만 이토록 오랜 시간이 지나고도 우리와 그들이 서로를 이렇게 모른다는 것은 부끄러운 일입니다. 그들에게만이 아니라 우리에게도." 그는 나를 찬찬히 보았다. "그리고 메메르는 빨리 배우는 아이지요."

나는 항의하고 싶었다. 알드 근처에도 가고 싶지 않다고, 그자들에게서든 그자들에 대해서든 아무것도 배우고 싶지 않다고 말하고 싶었다. 그러나 그것은 수장 어른이 혐오하는 무지한 행태가 될 터였다. 게다가 겁쟁이처럼 보이기도 했다. 오렉과 그라이가 궁전에 갈 위험을 감수하는데, 내가 어떻게 거부할 수 있겠는가?

생각할수록 무서워졌다. 그러나 오렉과 그라이가 말한 대로 궁전과 알드에 대한 호기심도 있었다. 내 삶은 영원히 똑같지 않을까 싶을 정도로 오랫동안 변함이 없었다. 집안일, 시장, 갈바만드의 텅 빈 방, 비밀방과 그곳에서 읽고 배우는 보물, 그리고 내가 감히 가지 못하는 어둡고 이상한 부분. 사랑하는 수장 어른을 제외하면 아무도 나에게 새로운 것을 가르쳐주지 않았고, 그분 말고는 같이 있을 사람도, 사랑할 사람도 없었다. 이제 두 사람이 오자 집은 살아났다. 조상들도 잠에서 깨어 귀를 기울였다. 영혼, 그림자, 문지방과 아궁이의 수호자. '양쪽을 보는 신' 이 문을 열었다. 나는 알았다. 우리 손님들이 레로의 축복을 받고 에누의 길로 왔음을, 그들이 제공하는 바를 거절함은 선물을, 가능성을, 방향 전환을 거부하는 일이 될 것임을 알았다.

"가고 싶으냐, 메메르?" 수장 어른이 물었다. 내가 거절한다면 가라고 하실 리 없었다. 나는 말없이, 내가 가든 가지 않든 대수롭지 않다는 듯이 어깨를 으쓱였다.

수장 어른은 탐색하는 눈길로 나를 보았다. 왜 나를 우리 적들 사이에 보내는 데 찬성하신 걸까? 그 순간 나는 이유를 깨달았다. 그가 갈 수 없는 곳에, 나는 갈 수 있기 때문이었다. 내가 겁쟁이라 해도 수장 어른의 용기를 지고 갈 수 있었다. 그는 나에게 우리 집의 혈통으로서 맡은 역할을 다해주기를 청하고 있었다.

"네, 갈게요." 나는 말했다.

그날 밤 처음으로 아버지 꿈을 꾸었다. 아버지는 병사들이 입는 푸른 외투를 걸치고 있었다. 머리털은 나처럼 암갈색이고 빗질을 할 수 없을 정도로 가늘고 곱슬곱슬한 양털이었다. 얼굴은 보이지 않았다. 그는 우리 도시를 가득 채운 무너진 벽과 돌들 위로 황급히 기어오르고 있었다. 나는 거리에 서서 그를 지켜보았다. 그는 지나가면서 나를 똑바로 보았다. 얼굴은 명확히 보이지 않았지만, 사람이 아니라 사자의 얼굴 같았다. 그는 다시 눈을 돌리고, 마치 쫓기는 사람처럼 서둘러서 무너진 벽을 기어올랐다.

7

오렉 카스프로가 다시 안술 알드의 간드를 즐겁게 해주러 출발했을 때 그를 따른 수행원은 사자 조련사 차이, 사자 세타르, 그리고 마부 멤이었다.

멤은 마음이 불안하고 불편했다. 알드 놈들이 나더러 브랜티의 안장을 내리라고 하거나, 마부들이 할 만한 이야기를 하려고 하면 어쩌나? 금세 내가 발목과 무릎도 구분할 줄 모른다는 걸 알아차릴 텐데. 그라이는 걱정할 것 없다고, 그자들은 구딧과 똑같아서 자기네 마구간에서 모르는 소년이 소중한 말을 건드리게 할 리 없다고 했다. 어쨌든 궁전에 있는 동안은 그녀가 내 내 옆에 있을 터였다. 멤으로서 내가 할 일은 마부처럼 브랜티의 머리 옆에서 걷는 것뿐이었다. 마치 오렉이 말을 다루는 데 도움을 필요로 한다는 듯이 말이다.

그래서 나는 그렇게 했다. 바보가 된 기분이었고, 꽤 무섭기도 했다. 브랜티는 내 마음을 편하게 해주었다. 옆에서 걷는 브랜티의 발굽이 돌로 포장한 거리에서 길고 규칙적인 소리를 울렸고, 커다란 머리가 내 옆에서 오르락내리락하며 귀를 앞뒤로 펄럭였다. 가끔씩 콧바람을 불기도 했다. 크고 까만 눈은 상냥했다. 브랜티는 나이가 많았고(나보다 더 많았다) 온 서부 해안을 다 돌아다녔다. 오렉이 가자는 곳마다 당당하고 끈기 있게 갔다. 나도 브랜티 같았으면 좋겠다고 생각했다.

우리는 갈바 거리를 따라 금세공인 다리에서부터 낮은 언덕을 올라가서 의회당 앞 광장에 다다랐다. 의회당 건물을 보자 가슴이 벅차올랐다. 은회색 돌로 지은 넓고 높은 건물에 섬세하고 높은 창이 열 지어 달려 있었다. 구리 돔은 마치 술이 낮은 산들 위에 뜬 것처럼 도시의 모든 지붕 위로 솟아올라 있었다. 대광장에서부터 건물 문 앞에 있는 테라스까지 계단이 이어졌고, 그 테라스는 우리가 스스로를 통치했던 시절에 사람들이 연설을 하고 토론을 벌이던 곳이었다. 수장 어른에게서 그 테라스가 중앙문 앞에 서서 평소보다 조금만 목소리를 높이면 광장 전체에 소리가 전달되도록 만들어졌다고 들은 적이 있었다. 그러나 나는 그 계단을 올라가본 적이 없었다. 광장을 걸어본 적도 없었다. 그곳은 시민이 아니라 알드의 공간이었다.

광장 한가운데에 거대한 천막이 서 있었다. 붉은 천막 끝과 장대에서 휘날리는 긴 붉은색 기치가 의회당을 가릴 정도였다.

우리가 광장 입구로 다가가자 장교 하나가 마중을 나오더니 푸른 외투를 입은 경비병들에게 통과시키라고 명령했다.

광장 왼쪽 바깥에 있는 마구간에서 남자들이 맞이하러 나왔다. 나는 오렉이 내리는 동안 브랜티를 잡고 있었고, 나이 든 알드 남자가 나에게서 고삐를 받더니 작게 쯧쯧 소리를 내며 브랜티를 데리고 갔다. 사자 조련사 차이가 셰타르의 목줄을 짧게 쥐고 내 옆으로 왔고, 우리는 오렉을 따라 광장을 가로질렀다. 천막 앞에 양탄자가 깔렸고 오렉을 위해 접는 의자와 양산이 준비되어 있었다. 우리를 위한 자리는 없었지만, 농성기에 태어난 게 분명한 노예 소년이 차이에게 붉은 종이 양산을 건네주었다. 우리는 오렉 뒤에 섰다. 차이는 즉시 그 양산을 나에게 건네고, 내가 우리 셋을 위해 양산을 드는 동안 팔짱을 끼고 거만하게 섰다. 나를 차이 아니면 오렉의 노예로 생각할 알드 놈들에게는 이편이 자연스러워 보일 터였다.

이곳 궁정에 있는 알드의 노예들은 모두 조잡한 줄무늬 로브나 튜닉을 입었다. 회색과 흰색 줄무늬, 아니면 갈색과 흰색 줄무늬였다. 일부는 알드였고 일부는 우리 주민이었다. 다들 성인 남자 아니면 소년이었다. 여자는 다른 곳에, 실내에 감춰져 있을 것이다. 그리고 여자 중에 알드는 없었다.

다양한 장식을 한 다양한 수행원이 천막에서 나오고, 의회당 뒤편 동쪽 운하 위에 알드가 지어놓은 막사에서 장교 몇 명이 나왔다. 예전에 우리 투표소가 있던 자리였다. 마지막으로 간드가 큰 천막에서 나오자 모두가 일어섰다. 알드 노예 둘이 간드 뒤를 따라왔다. 하나는 간드의 머리 위로 커다란 붉은 양산을 들었고, 또 한 명은 간드에게 바람이 필요할 때에 대비하여 부채를 들었다. 온화한 봄날이었고, 해는 가벼운 구름에 거의 가렸고 부드러운 바닷바람이 불어왔다. 바보 같은 양산과 부채를 들고 선 노예들을 보며 나는 알드 놈들이란 얼마나 멍청한가 생각했다. 주위를 둘러보면 양산도 부채도, 지금 수행원들이 쓴 것 같은 챙 넓은 모자도 필요 없다는 걸 알 텐데, 안 보이는 걸까? 여기가 사막이 아니라는 걸 모른단 말인가?

나는 알드 노예들을 흉내 내어 간드 이오라스를 똑바로 보지 않고 흘끗흘끗 훔쳐보았다. 대다수 알드처럼 거칠고 주름지고 누르께한 얼굴에 짧은 매부리코와 가는 눈을 갖고 있었다. 색이 옅은 알드의 눈을 보면 언제나 기분이 나빴다. 내가 동포들과 같은 검은 눈을 갖게 해주셔서 조상들에게 고맙다는 생각을 얼마나 많이 했는지 모른다. 간드의 양털 머리는 짧은 회색이었고, 모자 아래로 곱슬거리며 삐져나와 있었다. 마찬가지로 곱슬거리는 눈썹에, 턱 선을 따라 회색 턱수염을 짧게 길렀다. 강인하면서도 피곤해 보였다. 이오라스는 그 얼굴을 조금 밝게 만들어주는 미소와, 알드에게서 한 번도 본 적 없는 몸짓으로 오렉을 맞이했다. 환영의 뜻으로 심장으로부터 양손을 펼치면서 고개를 숙이는 몸짓이었다. 동등한 상대에 대한 인사처럼 보였다. 그리고 그는 오렉을 '작가들의 간드'라고 불렀다.

하지만 오렉을 지붕 밑에 들이지는 않겠지. 나는 생각했다.

알드는 우리를 '야만인'이라고 불렀다. 우리도 그들에게서 그 말을 배웠다. 그 말은 본래 성스러움을 모르는 사람을 의미했다. 그런데 그런 사람이 정말로 있을까? 야만인이란 그저 내가 아는 것과 다른 성스러움을 아는 사람을 가리키는 말이다. 알드는 이곳에서 17년을 살았으면서도 안술의 바다와 대지와 돌이 성스러우며 신들로 살아 숨 쉰다는 사실을 알지 못했다. 나는 야만인이 있다면 우리가 아니라 그들이라고 생각했다. 그래서 끓어오르는 분노 때문에 이오라스와 오렉이, 두 왕자가, 압제자와 시인이 나누는 말에 귀를 기울이지 못했다.

오렉이 낭송을 시작했고, 현악기 같은 그의 목소리에 정신이

들었다. 그러나 그것은 간드가 청한 알드 시였다. 사막에서 벌어지는 전쟁에 대한 끝없는 서사시 중 하나였다. 나는 귀 기울이지 않았다.

나는 수행원 사이에서 간드의 아들이자 셰타르를 괴롭혔던 인물인 이도르를 보았다. 알아보기 쉬웠다. 이도르는 장식품을 많이 걸쳤고, 화려한 모자에 깃털과 금실로 짠 리본을 달았다. 아버지와 상당히 닮았지만 피부는 몹시 옅은 색이었고 아버지보다 키가 크고 더 잘생겼다. 이도르는 침착하지 못했고 끊임없이 누군가에게 말을 걸지 않으면 안절부절못하고 손짓을 하고 몸을 움직였다. 늙은 간드는 꼼짝 않고 앉아서 이야기에 집중했다. 아마포로 된 로브는 돌로 조각한 것처럼 흘러내렸고, 짧고 투박한 손은 허벅지에 올려놓은 자세였다. 장교들도 대부분 간드만큼이나 집중해서 귀를 기울이고 언어를 흡수했다. 오렉의 목소리는 열정적으로 노래했고, 나도 본의 아니게 이야기에 귀를 기울이기 시작했다.

배신과 화해로 이어지는 비극적인 장면을 끝으로 오렉이 낭송을 멈추자, 듣던 사람들은 모두 손바닥을 치며 갈채했다. 간드는 노예를 시켜 오렉에게 물 잔을 가져다주었다. ("저 잔은 나중에 깨뜨릴 거야." 차이가 나에게 중얼거렸다.) 단것이 담긴 접시도 나왔지만, 차이와 나에게는 아니었다. 이오라스는 몸을 앞으로 기울이고 한 조각을 셰타르에게 내밀었다. 차이가 셰타르를 앞으로 데려갔다. 셰타르는 앉아서 정중하게 사탕에 코를 대고 냄새를 맡더니 고개를 돌렸다. 간드는 웃었다. 온 얼굴에 주름이 잡히는 기분 좋은 웃음이었다. "사자가 먹을 물건은 아닌가, 레이디 셰타르?" 이오라스가 말했다. "고기를 좀 보낼까?"

오렉이 아니라 차이가 대답했다. 짧고 퉁명스러운 대답이었다. "그러지 않으시는 게 좋겠습니다."

간드는 불쾌해하지 않았다. "식사 조절인가, 음? 그래, 그래. 절을 다시 보여주겠나?"

차이가 움직이거나 무언가를 하는 모습을 보지 못했는데, 셰타르가 일어서더니 간드 앞에서 깊게 고양이 기지개를 켰다. 이오라스가 껄껄거리는 동안 셰타르는 상으로 주어지는 작은 골수 덩어리를 받으려고 고개를 돌렸다. 차이가 입에 밀어 넣어주었다.

이도르가 나오더니 오렉에게 말했다. "뭘 주고 사자를 얻었나?"

"노래로 얻었습니다, 간드 이도르." 오렉이 말했다. 그는 리라를 조율한다는 핑계로 일어서지 않고 앉아서 대답했다. 이도르는 얼굴을 찡그렸다. 오렉은 악기에서 눈을 들고 말했다. "더 정확히 말하면 이야기로 얻었지요. 어미와 새끼를 데리고 있던 유목민들은 《다레다》 전체를 듣고 싶어 했습니다. 자기네 공연에서 이야기할 수 있도록 더 알고 싶어 했지요. 사흘 밤에 걸쳐서 《다레다》를 읊었고, 그 상으로 사자 새끼를 받았습니다. 우리 모두 만족했지요."

"그 이야기는 어찌 알았지? 우리 노래를 어떻게 배웠나?"

"제가 이야기나 노래를 들으면, 제 것이 됩니다. 제가 받은 선물이지요."

"그리고 창작의 재능도 있지요." 이오라스가 말했다.

오렉은 고개를 숙였다.

"하지만 어디서 그걸 들었나?" 간드의 아들은 물러서지 않았다. "《다레다》를 어디에서 들었느냔 말이야!"

"전 북 아수다르를 여행했습니다, 간드 이도르. 어디서건 사람들이 노래와 이야기를 주고 읊고 노래하며 자기 재산을 함께 나눴습니다. 그 사람들은 대가를 청하지 않았어요. 사자 새끼도, 구리 동전 하나도 요구하지 않았지요. 그저 새로운 노래나 옛이야기면 족했습니다. 사막에서 가장 가난한 사람들이 말과 마음은 가장 아낌이 없습니다."

"사실이오, 사실이야." 나이 많은 간드가 말했다.

"우리 노래를 읽었나? 그걸 책에 썼어?" 이도르는 '읽는다'는 말과 '책'이라는 말을 입에 담기 싫은 오물처럼 뱉어냈다.

"왕자님, 아스의 사람들 사이에서는 저도 아스의 법에 따라 삽니다." 오렉은 명예에 도전을 받은 사람답게 위엄 있으면서도 사납게 대꾸했다.

이도르는 오렉의 직설적인 답변에도, 아버지가 노려보는 눈길에도 기죽지 않고 몸을 돌렸다. 그리고 자기 친구 하나에게 말했다. "한데 남자도 깽깽이를 켜나? 여자나 하는 건 줄 알았는데."

나중에 그라이가 알드 사이에서는 여자만 현악기를 뜯고 켜며, 남자는 관악기만 분다고 말해주었다. 그 당시에 내가 이해한 것은 그저 이도르가 오렉을 모욕하고 싶거나 아버지를 조롱하고 싶어 한다는 것, 그리고 오렉을 모욕하는 것이 아버지를 조롱하는 방법이라는 것이었다.

이오라스가 말했다. "원기가 회복되면 그대가 직접 지은 구절을 듣고 싶소이다. 서쪽 시에 대한 우리 무지를 용서하고 깨우쳐줄 마음이 있다면 말이오."

간드가 그토록 정교하고 격식 있게 말하는 것을 보니 놀라웠
다. 그는 의심할 여지 없이 늙은 군인이었는데도, 그가 하는 말
은 모두 정연하고 화려하기까지 했으며 고풍스러운 표현과 말
솜씨가 어우러져 듣기에 즐거웠다. 글을 멀리하고 소리 내어 하
는 말에만 기교를 쌓은 사람들에게 기대할 수 있는 방식이었다.
이제까지 나는 알드가 하는 말을 거의 들어보지 못했다. 고함치
며 명령하는 것밖에 듣지 못했다.

오렉은 언어로 걸어온 싸움에 대응하는 것 못지않게 정중한
의견 교환에도 능했다. 아까 《다레다》 서사시를 읊으면서 오렉
은 북쪽 억양을 없애고, 알드처럼 말하면서 센 자음은 뭉개고 모
음은 길게 늘여 발음했다. 지금 간드에게 대답하면서도 그 부드
러움을 유지했다. "저는 작가 중 마지막이자 제일 부족한 사람
입니다, 간드. 그리고 저를 훨씬 위대한 이들에 앞세우는 것은
마음이 허락하지 않는군요. 간드와 간드의 궁정에서 허락해주
신다면 제가 지은 시보다 우르딜에서 사랑받는 작가 데니오스
의 시를 읊었으면 합니다만?"

간드는 고개를 끄덕였다. 오렉은 리라 조율을 끝내면서 이 시
는 노래가 아니지만, 악기의 목소리가 앞과 뒤에 나온 모든 말로
부터 시를 따로 떼어줄 것이며, 때로는 어떤 말로도 하지 못하는
말을 대신해줄 것이라고 설명했다. 그런 다음에 리라 쪽으로 고
개를 숙이고 현을 뜯었다. 선율은 맑고 구슬프면서 열정적으로
울렸다. 마지막 음이 사그라지자 그는 《변형》의 첫 편 첫 줄을
읊었다.

낭송이 끝나도록 아무도 움직이지 않았다. 낭송이 끝나자 다
들 시장에 모인 군중이 그랬던 것처럼 한참 동안이나 말이 없었

다. 그러다가 다들 손뼉을 치며 찬탄하려는데, 간드가 갑자기 손을 번쩍 들어 올렸다. "아니야. 다시 한 번 부탁하오, 시인이여! 괜찮다면 이 경이로움을 다시 한 번!"

오렉은 조금 놀란 것 같았지만, 미소 지으며 리라를 향해 고개를 숙였다.

오렉이 현에 손을 대기 전에 한 남자가 큰 소리로 말했다. 이도르는 아니었지만 그 가까이 선 남자였다. 붉고 검은 로브를 입었고, 높고 붉은 모자에서 어깨까지 상자처럼 떨어지며 얼굴만 드러내고 머리를 가리는 붉은 머리 장식을 덮었다. 턱수염은 턱을 따라 그슬린 뿌리만 남기고 태워 없앴다. 단검과 함께 길고 묵직한 검은 막대기를 들고 있었다. "태양의 아들이시여, 이 신성모독은 한 번 듣는 것으로 충분하고도 남지 않습니까?"

"사제야." 차이가 속삭였다. 나도 사제라는 것은 알았다. 자주 보지는 못했지만 우리는 그들을 붉은 모자라고 불렀고 평생 보지 않기를 바랐다. 시민이 돌에 맞아 죽거나 산 채로 진흙 속에 묻히면 범인은 붉은 모자들인 까닭이었다.

이오라스가 사제를 돌아보았다. 매가 고개를 돌리는 것같이 빠르고 '감히'라는 느낌이 묻어나는 찡그림이었다. 그러나 그는 온화하게 말했다. "아스께 가장 축복받은 분이여, 내 귀가 둔한지 어떤 신성모독도 듣지 못했소이다. 부디 내 이해를 넓혀주시길 바라오."

붉은 머리 장식을 쓴 남자는 크나큰 확신을 담아 말했다. "이는 신을 모르는 언어입니다, 간드 이오라스. 이 속에는 아스에 대한 지식도, 아스의 성스러운 통역자들이 내린 계시에 대한 믿음도 없습니다. 모두 악마와 거짓 신을 향한 눈먼 숭배, 지상의 행위에 대한 이야기, 여자에 대한 찬사뿐이지 않습니까."

"아, 아." 이오라스는 반대하지는 않지만 이 위협에 흔들리지도 않은 듯 고개를 끄덕였다. "이교도들의 시가 아스와 그분의 불세례를 받은 이들에 대해 무지한 것은 사실이오. 그들은 어둡고 그릇된 인식을 보여주지만, 그렇다고 장님이라고 부르지는 맙시다. 그들에게는 아직 계시의 불이 찾아오지 않은 것일지도 몰라요. 우리가 오래전에 아내들을 두고 와야 했다고 해서, 여자에 대한 말을 듣기조차 꺼립니까? 여러분은 불세례로 축복받아 오염될 수 없으나, 우리는 병사일 뿐이오. 듣는다고 갖게 되는 것은 아니지만, 그래도 편안함은 주지요." 그는 지극히 엄숙하게 말했지만, 주위에 있던 남자들 몇은 히죽 웃고 말았다.

붉은 머리 장식을 쓴 남자가 대꾸하려고 했지만, 간드는 벌떡 일어섰다. "불세례 받은 분들의 성스러운 순수함을 생각하여, 축복받은 루데와 그 형제들께는 계속 남아서 귀에 즐겁지 않은 말을 들으라 청하지 않겠소이다. 그 외에도 이교도 시인의 노래를 듣고 싶지 않은 사람은 갈 수 있소. 자고로 저주를 듣는 자만이 저주받는다 했으니, 나처럼 귀가 둔한 사람은 남아서 들어도 안전할 것이오. 시인이여, 우리의 논쟁과 무례를 용서하시오."

그는 다시 앉았다. 이도르와 네 명의 붉은 모자, 그리고 이도르의 나머지 수행원들은 다 같이 큰 소리로 떠들고 불평하며 큰 천막 안으로 돌아갔다. 이오라스 가까이에 서 있던 남자 하나도 불안하고 불편한 얼굴로 최대한 눈에 띄지 않게 빠져나갔다. 나머지는 남았다. 그리고 오렉은 리라를 뜯고, 《변형》도입부를 다시 읊었다.

이번에는 간드도 낭송 끝에 사람들이 박수를 치도록 했다. 그는 또 한 잔의 물을 오렉에게 보내더니(차이는 작은 소리로 "크리스털에 담긴 재산이지"라고 말했다), 시인과 '야자나무 밑에서' 말하고 싶다면서 수행원을 물렸다. 물론 이것은 둘이서만 이야기하고 싶다는 뜻이었다.

경비병 몇이 천막 입구에 남았지만, 장교와 조신들은 큰 천막이나 막사로 돌아갔고, 차이와 나도 부채를 든 건방진 노예 손에 쫓겨났다. 우리는 몇 사람을 따라 마구간 쪽으로 갔다. 이제야 깨달았지만 이들처럼 마구간이나 다른 곳에서 시를 들으러 와서 내내 가장자리에 눈에 띄지 않게 서 있던 남자들이 있었다. 일부는 병사였고, 일부는 마부였고, 몇 명은 어린 청년이었다. 대부분이 셰타르에게 관심을 보였다. 그들은 차이가 허락하는 것 이상으로 셰타르에게 가까이 가고 싶어 했다. 말을 터보려고 온갖 평범한 질문을 던졌다. 이름은 뭐냐, 어디에서 얻었느냐, 뭘 먹느냐, 누굴 죽인 적이 있느냐 등등. 차이의 답은 사자 조련사에 걸맞게 퉁명스럽고 불손했다.

"저건 당신 노예?" 어느 젊은이가 물었다. 내 이야기인 줄 미처 몰랐는데 차이가 대답했다. "견습 마부요."

그 젊은이는 나와 보조를 맞추어 걸었고, 내가 그늘진 벽까지 가서 자갈 위에 앉자 옆에 앉았다. 그는 나를 몇 번 흘끔거리더니 겨우 말했다. "넌 알드구나."

나는 고개를 저었다.

"그럼 아빠가 알드로군." 그가 기민하게 말했다.

이런 머리털에 이런 얼굴로 부정해봐야 무슨 소용일까? 나는 어깨를 으쓱였다.

"여기 살아? 이 도시에?"

나는 고개를 끄덕였다.

"아는 여자애 있어?"

심장이 목구멍까지 튀어 올랐다. 내가 여자인 것을 알아보았다는 생각, 이제 오염과 더러움과 신성모독에 대해 외쳐댈 거라는 생각밖에 들지 않았다.

"난 작년에 아빠랑 같이 두르에서 왔거든." 그는 우울한 투로 말하더니 한참 말이 없었다.

조금 더 길게 훔쳐보니 남자라기보다는 소년이었다. 열다섯, 많아봐야 열여섯쯤. 그는 푸른 외투가 아니라 어깨에 푸른 매듭이 있는 튜닉을 입었다. 맨다리에, 뼈대가 크고 피부는 창백했으며 얼굴은 순했고 입가에 여드름이 났다. 곱슬거리는 양털 머리는 노란색이었다. 그는 한숨을 쉬었다. "안술 여자들은 다 우릴 싫어해. 너한테 누이라도 있으려나 싶었는데."

나는 고개를 저었다.

"이름이 뭐냐?"

"멤."

"저기 말이지, 멤, 혹시 한동안 남자들이랑 시간을 보내고 싶다 하는 여자애를 알면 말이야, 나한테 돈이 좀 있어. 그러니까 너한테 줄 돈 말이야."

그는 품위 없고, 밉살스럽고, 비루했다. 희망을 품고 말하는 것 같지도 않았다. 나는 아무 대꾸도 하지 않았다. 그를 두려워하고 경멸하는데도, 그를 보니 웃고 싶어졌다. 이유는 모르겠다. 그는 너무나 부끄러움을 몰랐다. 개 같았다. 나는 그를 진심으로 미워할 수 없었다.

소년은 계속 여자들에 대해, 아마도 그저 자기 백일몽인 듯한 내용을 지껄이더니 내 얼굴이 붉어지고 마음이 불편해지는 내용으로 넘어갔다. 나는 쌀쌀맞게 말했다. "난 아는 여자 없어." 그 말에 그는 잠시 입을 다물었다. 한숨을 쉬고 사타구니를 긁더니 겨우 말했다. "난 여기가 싫어. 집에 가고 싶어."

그럼 가! 나는 고함치고 싶었다. 그러나 그저 이렇게만 말했다. "흠."

그는 나를 다시 보았다. 너무 바짝 들여다보아서 다시 겁이 났다. "남자애들이랑 해본 적 있어?" 그가 물었다.

고개를 저었다.

"나도 없어." 그는 서글프고 단조로운, 나보다 굵지 않은 목소리로 말했다. "그런 친구들도 있거든." 그런 생각을 하니 너무 우울해진 듯, 그는 한참이나 말이 없다가 다시 말했다. "아버지 손에 죽을 거야."

나는 고개를 끄덕였다.

우리는 말없이 앉아 있었다. 셰타르는 차이를 거느리고 뜰 안을 거닐었다. 둘과 같이 있고 싶었지만, 견습 마부가 사자와 사자 조련사와 같이 산책을 하면 이상해 보일 것 같았다.

"여기 친구들은 뭘 해?" 소년이 물었다.

나는 어깨를 으쓱였다. 남자애들이 뭘 한다? 대개는 알드를 뺀 우리 도시 사람들이 다 그렇듯이 음식과 장작을 찾아다녔다. 나는 한참 만에 대답했다. "스틱볼을 해."

소년의 얼굴이 더 우울해졌다. 아무래도 공놀이를 좋아하는 유형은 아니었다.

"여기서 진짜 이상한 건 말이야, 사방에 여자가 있다는 거야. 바깥에 말이야. 온 군데 여자가 있는데 정작 그들은……."

"아수다르엔 여자가 없어?" 나는 멍청한 척 물었다.

"물론 있지. 바깥에, 사방에 있진 않은 것뿐이지." 그는 마음이 상한 듯 힐난조로 말했다. "언제나 볼 수 있는 곳에 있진 않아. 우리 여자는 길거리를 활보하고 다니지 않아. 집에 머물지. 여자가 속한 곳에."

나는 순간 길거리에서 집에 가려 하던 내 어머니를 생각했다.

온몸에 크고 뜨거운 분노가 솟구쳤다. 그 순간 입을 열었다면 저주를 뱉거나 그의 얼굴에 침을 뱉었을 것이다. 그러나 나는 입을 열지 않았고, 분노는 서서히 가라앉아 차갑고 공허한 메슥거림에 자리를 내주었다. 나는 침을 삼키고 애써 평정을 유지했다.

소년이 또 말했다. "메케 말로는 신전 창녀가 있대. 누구든 찾아갈 수 있는 거야. 물론 그 신전은 문을 닫았지. 그래서 이제는 어딘가에서 몰래 하지만, 그래도 아직 그런 창녀들이 있대. 아무하고나 한다더라고. 그런 거 알아?"

나는 고개를 저었다.

그는 한숨을 쉬었다.

나는 조심스럽게 일어섰다. 움직여야 했다. 천천히.

"내 이름은 시미야." 소년은 나를 올려다보고 어린아이처럼 눈을 가늘게 만들며 웃었다.

나는 고개를 끄덕이고 천천히 셰타르와 차이 쪽으로 걸어갔다. 달리 갈 곳을 몰랐다. 귓가에 이명이 울렸다.

차이는 나를 보더니 말했다. "간드께서 이야기를 끝내셨지 싶다. 마구간에 가서 시인의 말을 데려오라고 해. 걷게 하고 싶다고. 알았나?"

나는 고개를 끄덕이고 빙 돌아서 거대한 마구간 뜰에 들어섰다. 무슨 이유에선지 더 이상 그곳에 있는 남자들이 두렵지 않았다. 내가 시인의 말에 대해 묻자 그들은 나를 브랜티가 있는 칸으로 데려다주었다. 브랜티는 귀리 한 줌을 가지고 놀고 있었다. "안장을 얹어서 내와요." 나는 마치 그들이 노예이고 나는 주인인 것처럼 말했다. 처음에 나에게서 고삐를 받아 갔던 노인이 내 명령대로 했다. 나는 뒷짐을 지고서 길게 줄지어 선 칸마다 들어찬 아름다운 말들을 보았다. 노인이 브랜티를 데리고 나오자 나는 주저 없이 굴레를 받아 쥐었다.

"열아홉이나 스무 살쯤 됐나?"

"더 많아요." 나는 똑같이 단호하게 말했다.

"훌륭한 혈통이구먼." 노인이 말했다. 그리고 굵고 지저분하면서도 부드러운 손가락을 뻗어 브랜티의 앞머리를 갈랐다. "난 큰 말을 좋아하지."

나는 짧게 목례를 하고 브랜티와 같이 걸어 나갔다. 차이와 셰타르는 마구간 뜰 입구에 서 있었고, 오렉이 우리 쪽으로 오고 있었다. 나는 오렉이 말에 오르는 것을 도왔고, 우리는 차분하게 집으로 출발했다. 의회당 광장 출입구를 통과하고 파란 외투를 입은 알드 경비병 옆을 지나면서 나는 갑작스레 솟구치는 눈물을 이기지 못했다. 뜨거운 눈물이 터져 나왔고, 입가가 떨리고 뒤틀렸다. 나는 눈물이 그칠 때까지 계속 걸으며 눈물 너머로 나의 도시를, 나의 아름다운 도시를, 그리고 해협 너머 멀리 보이는 산과 구름 깔린 하늘을 보았다.

8

그날 밤 이스타는 특별식을 만들었는데, 우리가 우푸라고 부르는 이 요리는 양이나 새끼 염소 고기를 갈아서 감자, 채소, 허브와 함께 빵과자에 채워 넣고 기름에 튀긴 음식이었다. 바삭바삭하고 기름지고 맛있었다. 이스타는 오렉과 그라이에게 고마워했다. 부엌에 고기를 제공해서만이 아니라—사실 우리는 셰타르의 저녁 식사를 나눠 먹는 셈이었다—두 사람이 우리 손님이기 때문에, 두 사람의 존재만으로 이 집에 영예와 위엄을 다시 채워주고, 그녀가 음식 솜씨를 발휘할 새로운 대상이 되어주었기 때문이었다. 두 사람이 우푸를 칭찬하자 이스타는 어깨를 으쓱이고 투덜거리며 자기 빵과자가 질기다고 비판했다. 옛 시절만큼 질 좋은 기름을 구할 수 없었다고도 했다.

저녁 식사 후에 수장 어른은 우리 손님들과 나를 뒤 회랑으로 데려갔고, 우리는 다시 한 번 앉아서 이야기를 나누었다. 우리 셋은 간드 이오라스가 '야자나무 밑에서' 오렉에게 무슨 말을 했는지가 너무나 궁금했다. 그리고 오렉은 기꺼이 이야기했다. 생각지 못한 소식이었다.

간드 중의 간드, 30년 가까이 아수다르의 최고 사제이자 왕이며 알드 군대의 최고 지휘자였던 도리드가 죽었다. 사막 도시 메드론에 있는 궁전에서 뇌졸중으로 죽은 지 한 달이 넘었다. 계승자는 그의 조카라고 불리는 아크레이였다. 아수다르의 왕은 고위 사제였고 아스의 사제는 공식적으로 금욕 생활을 했기 때문에, 왕은 공식적으로 아들을 둘 수 없었다. 조카들뿐이었다. 다른 조카와 왕권을 주장하는 이들은 아크레이의 계승권에 도전했다가 반란으로 죽거나 남몰래 살해당했다. 메드론은 한동안 혼란에 휩싸였으나, 지금은 아크레이가 아수다르 전체에서 간드 중의 간드로서 권력을 확실히 쥔 상태였다.

그리고 간드 이오라스는 이런 상황을 꽤 좋아하는 것 같았다. 오렉은 이오라스의 말을 통해 새로운 '사제-왕'이 도리드보다 사제의 성격은 덜하고 왕의 성격은 더 크다는 사실을 알아냈다. 아크레이가 왕권을 쥐지 못하게 하려던 궁정 일파는 도리드처럼 '천 명의 진실한 남자'를 믿는 추종자들이었다. 악에 대항하는 전쟁을 선언하고, 밤의 입을 찾아 파괴하기 위해서 야만인들이 사는 안술을 침략하도록 부추긴 자들 말이다.

아크레이를 따르는 이들은 밤의 입에 별 관심이 없는 듯했다. 특히 침략군이 찾아내지 못한 후로는 더 그랬다. 그들은 메드론에 어느 정도 이익과 사치품을 가져다주기는 했어도 안술 점령은 알드 군대라는 자원의 낭비이자, 영적으로도 의문스러운 임무라 여겼다. 알드는 사막에 살면서 유일신에게 남다른 총애를 받는 독특한 존재였다. 그들은 언제나 불신자들의 오염으로부터 몸을 멀리해왔다. 야만인 사이에서 계속 사는 것은 영혼에 위험한 일이었다.

그러면 안술에 있는 알드는 어찌해야 하는가?

오렉에게 큰 소리로 이런 문제를 늘어놓은 이오라스는 놀랄 정도로 솔직하게 말했다. 그가 말한 바로, 문제는 새로운 간드 중의 간드가 어떻게 하는 편을 아스께서 더 즐거워하시느냐는 것이었다. 병사들이 가져갈 수 있는 전리품을 모두 가지고 아수다르로 귀환하게 하는 것인가, 아니면 안술을 영원히 식민화하도록 정착민을 보내는 것인가?

"그냥 그런 식으로 표현하더군요." 오렉이 말했다. "아무래도 새로운 지배자가 이오라스에게 의견을 물어본 모양입니다. 야만인 사이에서 오랜 세월을 살아온 남자니까요. 그리고 이오라스는 저를 무심하고 공평한 관찰자로 봅니다. 하지만 왜 그렇게 볼까요? 그리고 왜 자신의 우유부단함을 두고 절 믿을까요? 저도 야만인인데요!"

"당신이 작가이기 때문이지요." 수장 어른이 대답했다. "그러므로 알드에게는 진실을 말하는 사람이자 선지자이고."

"어쩌면 말할 사람이 달리 없는지도 몰라." 그라이가 말했다. "그리고 선지자든 아니든 당신이 잘 들어주는 사람인 건 확실하니까."

"말도 없고 말이지." 오렉은 신랄하게 말했다. "내가 이 모든 일에 무슨 말을 할 수 있겠어?"

"당신이 이오라스에게 무슨 말을 할 수 있을지 저 역시 알 수 없습니다." 수장 어른이 말했다. "하지만 부족하나마 제가 아는 바를 알려드리면 도움이 될지 모르겠습니다. 우선 그는 안술의 여인을 노예이자 첩으로 삼았지만, 그녀를 명예롭게 대우한다고들 합니다. 이름은 티리오 악타모. 대가문의 딸입니다. 침략 전에 알고 지내던 사람이지요. 아름답고 영리하고 용기 있는 여자였어요. 지금 그녀에 대해 아는 바는 다른 사람들이 전해준 하인들의 소문뿐입니다만, 그 소문으로는 이오라스가 그녀를 아내로 대우하며 그녀가 그에게 상당한 영향을 발휘한다고 합니다."

"그분과 이야기할 수 있다면 좋을 텐데!" 그라이가 말했다.

"저도 그렇게 생각합니다." 수장 어른의 목소리는 씁쓸하고 우울했다. 그는 잠시 멈췄다가 말을 이었다. "이도르는 간드가 아수다르의 처에게서 얻은 아들입니다. 다들 이도르가 티리오 악타모를 싫어한다고 하지요. 또 이도르가 아버지를 싫어한다고도 합니다."

"아버지를 조롱하고 무시하기는 하지만, 복종하는 것 같던데요." 오렉이 말했다.

수장 어른은 한동안 말이 없다가 일어서더니, 신을 모신 벽감 앞에 가서 섰다. "이 집의 축복받은 영들이시여, 제가 진실하게 말하도록 도와주소서." 그는 중얼거리고 고개를 숙이며 닳고 닳은 벽감 턱을 건드린 후, 잠시 더 서 있다가 우리 쪽으로 돌아왔다. 그는 선 채로 말했다.

"'밤의 입'을 찾으러 병사들을 끌고 이리로 온 것은 이도르와 사제들이었어요. 그자들은 동굴이든 하수구든 어디든 밤의 입이 될 수 있는 입구를 드러내라고 집안 식구들을 고문했습니다. 몇 사람은 고문 중에 죽었지요. 그자들은 나를 살려뒀어요. 그자들은." 그는 잠시 멈췄다가 말을 이었다. "그자들은 나에게 제일 큰 희망을 걸었습니다. 날 주술사로 보았기 때문이지요. 알드식으로 말하자면 사제이긴 한데 적이 되는 신의 사제랄까요. 하지만 난 그자들이 알고 싶어 하는 것을 말해줄 수 없었습니다. 에누께서 손으로 내 입을 막아 거짓을 말하지 못하게 했습니다. 삼파께서 내 혀를 멈추시어 진실을 말하지 못하게 했습니다. 갈바만드의 모든 영혼이 주위를 둘러쌌습니다. 사제들은 그걸 알았지요. 날 두려워했어요. 심지어 그런 때에도……. 내가 아니라 나에게 온 신성을, 내 주위를 둘러싼 영혼들을, 우리 집과 도시와 땅의 신과 정령들이 내리는 축복을.

얼마 후에는 사제들이 날 건드리려 하지 않아서 이도르가 유일한 심문관이 되었지요. 그 역시 날 두려워했다고는 생각하지만, 그자는 자신의 대담함에 자부심을 품고 있었어요. 날 엄청난 마법사라고 믿고, 그런데도 자기 좋을 대로 할 수 있다는 사실을 자랑스러워한 겁니다. 나는 장난감처럼 그자의 잔인함을 받아냄으로써 그의 힘을 증명했어요. 그자가 하는 말에 귀를 기울여야 했지요. 그는 지껄이고 또 지껄이면서 거듭거듭 내 몸을 채운 악마가 끝내는 나와서 밤의 입을 어디에서 찾으면 될지 말해줄 거라고 했어요. 악마가 나와서 말을 하면 나도 죽을 수 있을 거라고 했지요. 모든 악이 죽을 거라고. 정의가 지상을 지배할 것이고, 자기가, 이도르가 왕 중 왕의 옥좌 옆에 앉아 영광스럽게 타오를 거라고. 그는 지껄이고 또 지껄였습니다. 난 그자에게 거짓말을 해보려고도 했고, 진실을 말하려고도 해보았지만 그분들이 허락하지 않았어요."

수장 어른은 말하면서 앉지 않았고, 이제는 다시 신소로 돌아가서 벽감 턱에 양손을 올리고 말없이 서 있었다. 나는 그가 에누와 집 안의 신들에게 기도를 속삭이는 것을 들었다. 그는 그러고서 다시 우리에게 돌아왔다.

"그 기간 내내, 이도르가 나를 죄수로 잡고 있던 시간 내내 그 자의 아버지는 보이지 않았어요. 이오라스는 감옥에 오지 않았고 마녀 사냥에도 참여하지 않았습니다. 이도르는 계속해서 아버지에 대해 불평하고, 아버지는 사제와 예언에 대해 불경하고 오만하며 간드 중의 간드가 내린 밤의 입을 찾으라는 명령도 업신여긴다고 욕했어요. '난 우리 신과 왕에게 복종하지만 아버지는 안 그래'라고 말했지요. 그러나 이오라스의 명이었는지 아닌지는 몰라도 결국 난 풀려났습니다. 동굴과 악마 사냥도 잦아들었지요. 이따금씩 이도르나 사제들이 다시 공포 분위기를 조성하고, 파괴할 책이나 고문할 학자를 찾아 나서기는 했지만요. 이오라스는 그자들을 말리지 않았는데, 내가 보기에는 탐색을 계속하고 있다고 간드 중의 간드를 만족시키기 위해서였던 것 같습니다. 조심스럽게 걸어야 했지요. 아들이 왕의 편에 있었고 자신은 아니었으니.

하지만 이제는 이오라스에게 같은 편인 왕이 생긴 것 같고 이도르와 사제들의 힘은 급속히 약해지게 생겼습니다. 위험한 순간이 될 수도 있어요."

수장 어른은 다시 우리 옆에 앉았다. 이야기할 때는 고통스러워 보였지만, 이제는 심각하고 피곤할 뿐 힘들어 보이지는 않았다. 우리를 둘러보는 얼굴에는 여행에서 돌아와 사랑하는 사람들을 본 듯한 온화함이 깃들었다.

"위험하다는 것은……." 그라이가 운을 뗐고 오렉이 질문을 맺었다. "자기 파가 힘을 잃는 걸 알아차린 이도르가 권력을 쥐려고 할지도 몰라서인가요?"

수장 어른은 고개를 끄덕였다. "알드 군인들이 어느 쪽에 서 있는지 궁금하군요. 군인들이 이수다르의 고향집으로 돌아가고 싶어 하는 건 분명해요. 하지만 그들은 사제들을 존경합니다. 만약 이도르가 아버지에게 도전하고 사제들이 이도르 편에 선다면, 어느 쪽이 병사들의 복종을 얻을까요?"

"궁전에서 이런저런 말을 들어볼 수 있을 거예요." 그라이가 말하며 나를 흘끗 보았다. 이유는 알 수 없었다.

"그 밖에도 위험, 또는 희망, 또는 양쪽 다인 요소가 있습니다." 수장 어른이 말했다. "이 내용에 대해서는 침묵을 부탁드립니다. 알드에 대항하여 안술 사람들을 일으키려는 무리가 있어요. 꽤 오랫동안 저항 계획을 짜왔지요. 난 친구들을 통해서 알 뿐이고 계획을 짜는 데 참여하지는 않았습니다. 그 무리의 힘이 얼마나 되는지도 확실히 알지 못합니다. 하지만 존재하는 것은 분명하고, 궁전 안의 권력 다툼을 본다면 그들이 행동하려 할지도 몰라요."

이제야 겨우 데삭이 무슨 이야기를 하러 왔는지, 그리고 왜 늘 수장 어른과 만날 때 나를 밖으로 물렸는지 알았다. 그렇게 생각하자 분노에 휩싸였다. 왜 나는 저항에 대해, 알드에 대항하여 일어나서 싸우고 몰아내는 일에 대해 들을 수 없었나. 데삭은 내가 무서워할 거라고 생각했을까? 아니면 어린아이처럼 떠들어댈 줄 알았나? 내가 양털 머리라서 동포들을 배신할 줄 알았나?

그라이는 이 무리에 대해 더 알고 싶어 했지만, 수장 어른은 많이 이야기해줄 수 없거나 말하지 않으려 했다. 오렉은 말없이 생각에 잠겨 있다가 마침내 물었다. "안술에, 이 도시 안에 알드

360

가 몇이나 되지요? 천, 2천 정도인가요?"

"2천은 넘습니다." 수장 어른이 말했다.

"수적으로는 한참 달리는군요."

"그러나 무장을 했고 훈련을 받았지." 그라이가 말했다.

"훈련받은 병사들이라." 오렉이 말했다. "그러면 우세하긴 하지…… 그렇다 해도 이 세월 동안……."

나는 울컥하고 말았다. "우린 싸웠어요! 모든 거리에서 싸워서, 1년이나 몰아냈었어요. 그러다가 그자들이 두 배나 큰 군대를 보냈고, 죽이고 또 죽여서…… 이스타는 도시가 함락된 후에 운하가 시체로 꽉 막혀서 물이 흐를 수 없었다고 했고……."

"메메르, 너희가 수적으로나 다른 면에서 눌린 건 알아." 오렉이 말했다. "시민들의 용기를 의심하는 건 아니었어."

"그러나 우린 전사들이 아니지요." 수장 어른이 말했다.

"아디라와 마라도 있어요!" 내가 항의했다.

수장 어른의 눈길이 잠시 내 위에 내려앉았다. "우리가 영웅을 가질 수 없다고는 하지 않았다. 하지만 우린 몇백 년 동안 대화와 논쟁과 거래와 투표에만 종사했어. 우리 싸움은 칼이 아니라 언어로 하는 것이었지. 우린 폭력적인 습관을 잃은 지 오래였고…… 알드 군대는 끝이 없어 보였다. 그들이 얼마나 더 파괴했을까? 우린 용기를 잃었어. 불구가 되었지."

수장 어른은 망가진 손을 들어 올렸다. 기묘하게 일그러진 얼굴이었다. 눈동자가 유달리 새카맸다.

"오렉, 당신 말대로 그자들에겐 우세한 면이 있어요. 하나의 왕, 하나의 신, 하나의 믿음을 가졌기에 외곬으로 움직일 수 있지요. 그자들은 강해요. 그러나 하나는 쪼개질 수 있습니다. 우리의 힘에는 많은 수도 포함돼요. 여긴 우리의 신성한 땅입니다. 우린 이곳에서 이 땅의 신과 정령들과 더불어 살지요. 그들은 우리 사이에, 우리는 그들 사이에 있어요. 우린 알드를 참아냅니다. 우린 다치고, 약해지고, 노예가 되었지요. 그러나 우리가 정말로 파괴되는 건 우리 지식이 파괴될 때뿐입니다."

⤳

이틀 후, 다시 의회당 광장을 찾으면서 겨우 그라이가 왜 "이런저런 말을 들어볼 수 있을 거예요"라면서 나를 보았는지 알았다. 그라이는 견습 마부 멤이 오렉의 낭송을 들으려고 어슬렁거리는 알드의 마구간지기나 어린 병사들과 이야기해보길 바랐다. "귀를 세워. 메드론의 새 간드에 대해 물어봐. 밤의 입에 대해서도. 지난번에도 남자애 하나랑 꽤 오래 이야기하더라."

"여드름 난 애요." 내가 말했다.

"네가 마음에 들었나봐."

"내가 누이를 창녀로 팔지 알고 싶어 했어요."

그라이는 휘파람을 불었다. 낮고 부드러운 음조였다.

"참으렴." 그녀는 부드럽게 말했다.

수장 어른도 그런 표현을 썼다. 나는 그 말을 내 지침이자 지령으로 삼았다. 복종하리라. 참아내리라.

이번에는 간드가 오렉의 낭송을 들으러 큰 천막에서 나왔을 때 이도르와 사제들이 따라 나오지 않았다. 그런데 낭송 중에 천막 안에서 소리가 들렸다. 큰 소리로 영창을 하고 북을 치는 것을 보니 사제들이 의식을 치르는 것 같았다. 간드 주위에 앉은 조신 몇 명은 불안해하는 얼굴이었고, 몇 명은 어깨만 으쓱이고 소곤거렸다. 이오라스는 태연하게 앉아 있었다. 오렉은 읊던 연을 끝내고 침묵에 잠겼다.

간드가 계속하라는 손짓을 했다.

"경배하는 분들에게 무례한 짓이라서요." 오렉이 말했다.

"경배가 아니오. 저것이야말로 무례한 짓이지. 괜찮다면 계속하시오, 시인이여."

오렉은 절을 하고 낭송을 계속했다. 또 다른 알드 영웅담이었다. 낭송이 끝나자 이오라스는 물을 한 잔 보내고 오렉과 이야기를 나누기 시작했다. 조신 몇 명이 합세했다. 그리고 나는 내가 받은 명에 따라 뒤로 빠져나가서 마구간 그늘에 모인 소년과 남자들 쪽으로 향했다.

시미가 있었다. 그는 바로 내게 다가왔다. 그 나이 때의 나보다 덩치가 컸다. 키 크고 강한 소년이었다. 입 주위 여드름 사이에 가늘고 곱슬한 털이 있었다. 알드는 내 동족보다 털이 많았고, 턱수염을 기른 남자가 많았다. 그래도 나에게 인사하는 시미의 알랑거리는, 자길 좋아해줬으면 하는 태도를 보자 어린애이라는 생각밖에 할 수 없었다.

내가 아는 것이라곤 나의 도시와 집과 책들뿐인 반면 시미는 군대와 함께 여행을 다니고 스스로도 훈련받는 병사였지만 그래도 나는 내가 그보다 더 많이 알고 더 강인하다는 것을 알았다. 시미도 그 사실을 알았다.

그래서 시미를 미워하기가 힘들었다. 나보다 강한 사람을 미워하는 데에는 장점이 있지만, 약한 사람을 미워하는 것은 치사하고 불편한 일이다.

시미는 무슨 말을 할지 몰랐고, 처음에는 나도 할 말이 없다고 생각했지만, 나는 곧 정말 알고 싶었던 것을 묻고 싶어졌다. "저번에 하던 얘기 말이야. 신전과 창녀 얘기, 어디서 들었어?"

"어른들한테. 너희 야만인한테는 그런 신전이 있대. 남자들이 여사제랑 성교를 하게 하는 여신, 아니 여자 악마의 여사제들이 흥청망청 노는 신전들이 말이야. 여사제를 이 여마귀가 소유하고 있는데, 이 여자들은 아무 남자랑이나 하는 거야. 오는 사람은 아무나. 밤새도록."

그 생각에 시미의 얼굴이 눈에 띄게 밝아졌다.

"우리에겐 여사제 같은 거 없어." 나는 단호하게 말했다. "사제도 없고. 우린 각자 알아서 경배해."

"글쎄, 그런 신전에는 여자만 가는 거고, 여마귀가 그들이 아무랑이나 놀게 했나보지. 밤새도록."

"신전에 사람이 어떻게 들어가?"

안술에서 신전이란 흔히 길거리나 건물 앞이나 교차로에 있는 작은 사당을 뜻한다. 경배를 드리는 장소, 제단. 상당수는 집안에 있는 것과 비슷한 벽감 속의 신소다. 신전 턱을 건드리며 축복을 하거나, 공물로 꽃을 놓는다. 길거리 신전들은 60에서 90센티미터 높이로 대리석을 깎고 장식해서 금박 지붕을 얹은 멋진 건물이었다. 알드는 이런 신전을 다 무너뜨렸다. 나무에 매달린 신전도 있었는데, 알드는 새집인 줄 알고 그런 신전을 내버려두었다. 사실 새가 신전에 둥지를 틀면 기쁜 일이며 축복이었고, 오래된 나무 신전들 다수는 해마다 제비와 참새와 지빠귀를 받았다. 최고의 행운은 올빼미였다. 올빼미는 '귀먹은 신'의 새이기에.

나는 알드에게는 신전이 사람이 들어가는 건물을 의미한다는 것을 알았다. 그러나 상관하지 않았다.

내 질문에 시미도 밤새도록 하는 성교 생각에서 빠져나오긴 했다. 시미는 얼굴을 찌푸리며 말했다. "무슨 소리야? 누구나 신전에 들어가."

"뭐 하러?"

"기도하러!"

"기도라는 건 무슨 의미야?"

"아스를 경배하는 거지!" 시미는 나를 빤히 보며 말했다.

"아스는 어떻게 경배하는데?"

"의식에 가잖아?" 시미는 묻는 어조로, 자기가 하는 말을 못 알아듣다니 믿을 수 없다는 듯이 말했다. "사제들이 노래하고 북을 치고 춤을 추고, 아스의 언어를 말하지? 알잖아! 손발을 대고 절을 하고, 머리로 네 번 땅을 치고 사제들 말을 따라 하는 거야."

"무엇 때문에?"

"음, 원하는 게 있으면 기도하지. 땅에 머리를 부딪치면서 그걸 위해 기도하는 거야."

"그걸 위해 기도해? 어떻게 뭔가를 위해 기도해?"

시미는 정신박약아라도 보듯이 나를 보기 시작했다.

나는 그 눈길을 되돌려주었다. "말이 안 되잖아." 사실은 시미가 생각하는 기도를 이해하고 싶은 호기심이 강했지만, 나보다 우월하다고 생각하게 하고 싶지는 않았다. "뭔가를 위해서 기도할 순 없어."

"당연히 할 수 있지! 아스께 생명과 건강과, 그리고, 그리고 다른 것도 전부 달라고 기도하는걸!"

그제야 이해했다. 사람들은 겁에 질리면 에누를 부른다. 원하는 게 있으면 행운에게 기도한다. 행운이 '귀먹은 신'이라 불리는 것도 그래서다. 그러나 나는 경멸조로 말했다. "그건 기도가 아니야. 구걸이지. 우린 소원이 아니라 축복을 위해 기도해."

시미는 충격받고 당황했다. 언짢은 얼굴로 말했다. "너흰 축복받을 수 없어. 아스를 믿지 않잖아."

이번엔 내가 충격받았다. 누군가에게 축복받을 수 없다고 말하는 건 끔찍한 짓이었다. 시미는 그렇게 잔인한 짓을 생각할 수 있는 사람처럼 보이지 않았다. 나는 한참 만에, 훨씬 조심스럽게 말했다. "믿는다는 게 무슨 뜻이야?"

시미는 나를 빤히 보았다. "아스를 믿는다는 건…… 어, 아스가 신이라는 걸 믿는 거지."

"그야 당연하지. 신은 다 신이야. 아스라고 신이 아니겠어?"

"너희가 신이라고 부르는 건 악마들이야."

나는 잠시 생각해보았다. "내가 악마라는 게 있다고 믿는지는 잘 모르겠지만, 나도 신들은 알아. 왜 딱 한 신만 '믿고' 다른 신은 하나도 믿으면 안 되는지 이해가 안 가는데."

"아스를 믿지 않으면 저주받고 죽어서 마귀가 되니까!"

"누가 그래?"

"사제들이!"

"그 말을 믿어?"

"그래! 사제들은 그런 걸 알아!" 시미는 점점 더 언짢아졌고, 화난 투로 말했다.

"안술에 대해서는 많이 아는 것 같지 않은데." 나는 뒤늦게 이런 식으로 반감을 사는 것은 정보를 얻기에 좋은 방법이 아니라는 것을 깨달았다. "아수다르에 대해서야 다 알겠지. 하지만 여긴 달라."

"그야 너희가 야만인이니까 그렇지!"

"그래." 나는 고개를 끄덕이며 동의했다. "우린 이교도야. 그래서 신이 많이 있어. 하지만 악마는 없어. 사제도. 신전 창녀도. 키가 20센티미터라면 모르지만."

시미는 찌푸린 얼굴로 말이 없었다.

"군대가 여기에 특별히 나쁜 장소를 찾으러 왔다고 들었어." 나는 잠시 후에, 솔직하지 못한 기분과 노출된 기분을 동시에 느끼면서 애써 친근하게 말했다. "땅속에 있는, 온갖 악마들이 튀어나올 구멍이라나."

"그럴걸."

"왜?"

"몰라." 시미는 뚱한 얼굴로 엷은 빛깔의 눈을 가늘게 뜨고 얼굴을 찡그렸다.

우리는 그늘진 포장돌 위에 앉아 있었다. 나는 돌에 깔린 흙먼지에 X표를 그리기 시작했다.

"누가 그러는데 메드론에 있는 너희 왕이 죽었다며." 나는 최대한 가볍게 말했다. 그들의 말 '간드'가 아니라 우리 옛말인 '왕'이라고 표현했다.

시미는 고개만 끄덕였다. 아까의 논쟁 때문에 시무룩해진 것이다. 그는 한참 있다가 말했다. "메케는 새로운 최고 간드가 군대보고 아수다르로 돌아오라고 명령할지도 모른댔어. 넌 좋겠네." 그는 뚱하니 나를 곁눈질했다.

나는 어깨를 으쓱였다. "너는?"

시미는 어깨를 으쓱였다.

시미가 더 말하게 하고 싶었지만, 방법을 알 수 없었다.

"핏팻이네."

이번엔 내가 그를 미친놈 보듯 보았지만, 그는 내가 흙 묻은 돌 위에 그려놓은 무늬를 내려다보고 있었다. 그는 손을 뻗어 십자표 한쪽 칸 안에 선을 그었다.

"우린 바보 놀이라고 부르는데." 그렇게 말하면서 나는 다른 칸 안에 선을 그었다. 우리는 비길 때까지 놀이를 계속했다. 진짜 바보가 아닌 한 바보 놀이의 결과는 늘 그랬다. 그 후에 시미는 나에게 '매복 찾기'라는 놀이를 가르쳐주었다. 각자 네모 칸에 감춰진 X표, 즉 매복을 하나씩 두고, 순서가 돌아올 때마다 상대방의 매복이 어느 것인지 추측해서 상대의 매복을 먼저 찾아내는 사람이 이기는 놀이였다. 시미가 세 판 중 두 판을 이겼고, 덕분에 기분이 좋아져서 말이 많아졌다.

"군대가 아수다르에 돌아가게 되면 좋겠어. 난 결혼하고 싶거든. 여기선 결혼을 못 해." 시미가 말했다.

"간드 이오라스는 했잖아." 말하고 나서 너무 나갔나 걱정했지만, 시미는 히죽 웃고 외설적으로 혀 차는 소리를 냈다.

"티리오 왕비? 메케가 그러는데 그 여자도 처음엔 신전 창녀였대. 그러다가 간드에게 주문을 걸었다나."

신전 창녀 이야기는 더 들어줄 수가 없었다. "신전 따위는 없었어. 우리에게는 축제가 있었지. 도시 전체에서 행진을 하고 춤을 추고. 그런데 너희 알드가 다 막아버렸어. 춤추는 사람은 다 죽였어. 너흰 너희의 바보 같은 악마를 너무 무서워했어." 나는 일어서서 발로 십자표를 문질러버리고 마구간으로 걸어갔다.

　일단 마구간에 도착하자 어떻게 해야 할지 몰랐다. 스스로가 부끄러웠다. 나는 참아내지 못했다. 도망쳐버렸다. 나는 브랜티를 들여다보았고, 나를 알아본 브랜티가 반쯤 웃는 소리를 냈다. 브랜티는 입가에 귀리를 한 줌 물고 오랫동안 질겅거리고 있었다. 늙은 마부는 근처 톱질 굄목에 걸터앉아서 동경하는 듯한 표정으로 브랜티를 바라보았다. 그는 나를 보고 고개를 끄덕였다. 브랜티는 계속 귀리를 가지고 놀았다. 나는 기둥에 몸을 기대고 팔짱을 끼면서 내가 냉담하고 가까이하기 힘들어 보이길 바랐다.

　그리고 시미가 마구간 뜰을 가로질러 왔다. 구부정한 걸음으로, 꾸짖음당한 개처럼 굽실거리고 히죽거리면서.

　"어이, 멤." 그는 2분 전이 아니라 며칠 전에 헤어진 사람처럼 말했다.

　나는 고개를 까딱했다.

　시미는 늙은 마부가 브랜티를 보는 것과 비슷한 눈으로 나를 보았다.

　"우리 아버지 말이 저기 있어. 가서 보자. 메드론의 왕실 마구간 출신이라고."

　그는 뜰을 가로질러 마주 보는 칸으로 가서 밝은 색 갈기에 불안하게 눈을 반짝이는 아름다운 밤색 암말을 보여주었다. 시장에서 나에게 달려왔던 말과 비슷했다. 어쩌면 바로 그 말인지도 몰랐다. 암말은 칸막이문 너머로 나를 곁눈질하더니 고개를 흔들었다.

"이름은 '승리'야." 시미가 암말의 목을 토닥이려 하면서 말했다. 암말은 고개를 홱 젖히고 뒷걸음질쳤다. 시미가 다시 시도하자 그에게 고개를 돌리고 길고 누런 이를 드러냈다. 시미는 잽싸게 손을 물렸다. "진짜 군마야."

나는 마치 말에 대한 경험과 심원한 지식으로 가늠해보는 것처럼 말을 응시하다가 선심 쓰듯 고개를 끄덕이고, 어슬렁어슬렁 뜰을 다시 가로질렀다. 차이와 셰타르가 막 출입구를 들여다보아서 마음이 놓였다. 사자를 보거나 냄새를 맡은 말들이 칸막이 안에서 히힝거리고 발길질을 했다. 서둘러 차이에게 달려가는데 뒤에서 시미가 외쳤다. "내일 또 보는 거지, 멤?"

갈바만드로 돌아가는 길에 두 사람에게 시미를 신문하려던 내 시도를 말해주었다. 나는 정말 바보 같고 결과도 없었다고 생각했지만 그들은, 그리고 나중에 수장 어른은 주의 깊게 들었다. 그들은 내가 밤의 입에 대해 직접적으로 말했을 때 시미가 그 문제를 모르거나, 관심이 없어 보였던 데 주목했고 새로운 간드 중의 간드가 군대를 아수다르로 불러들일지 모른다고 들었다는 시미의 말에도 주의를 기울였다.

"이도르에 대해서는 뭐라고 했니?" 그라이가 물었다.

"어떻게 물어야 할지 몰랐어요."

"똑똑한 친구더냐?" 수장 어른이 물었다.

"아뇨. 멍청해요." 말하고 나니 부끄러웠다. 설령 그게 사실이라 하더라도.

낮은 무척 따뜻했고, 저녁은 온화했다. 우리는 저녁 식사 후에 회랑에 앉는 대신 회랑과 통하는 작은 외곽 뜰로 나갔다. 두 면은 집의 벽으로 가려지고 나머지 두 면은 가느다란 기둥으로 받친 아케이드로 구별된 뜰이었다. 집 동쪽 뒤편으로 바로 언덕이 솟아올랐고, 꽃을 피우는 관목의 향기가 맴돌았다. 우리는 저녁 하늘이 희미하게 초록빛을 띠고 열려 있는 북쪽을 보고 앉았다.

"이 집은 언덕면 속에 지어졌군요?" 오렉은 이 뜰 위에 자리한 상방의 북쪽 창과, 겹겹이 이어지는 오래된 건물의 벽과 지붕들을 올려다보며 말했다.

"그래요." 수장 어른은 대답했고, 그 어조에 무엇이 깃들어 있었는지는 몰라도 나는 목덜미 털이 곤두섰다.

그는 잠시 후에 말을 이었다. "안술은 서부 해안에서 제일 오래된 도시이고, 이곳은 안술에서 제일 오래된 집이지요."

"아리탄이 천 년 전 사막에서 왔고, 그들이 발견했을 때는 우리가 아는 이 모든 땅에 사람이 없었다는 게 사실인가요?"

"천 년보다 더 오래전에, 사막보다 더 먼 곳에서 왔지요." 수장 어른이 말했다. "'동틀 녘'이라고 하더군요. 그들은 동쪽 멀리 있던 위대한 제국의 백성들이었어요. 자기네 땅과 서쪽 땅을 가르는 사막으로 탐험가들을 보냈는데, 마침내 한 무리가 수백 킬로미터 너비의 사막을 가로질러 서부 해안의 초록색 계곡으로 가는 길을 찾아냈다지요. 타라몬이 그 무리를 이끌었고, 다른 이들이 뒤따랐습니다. 그 책들은 무척 오래되고 단편적이어서 이해하기가 어려워요. 지금은 상당수가 소실되었지요. 그러나 그 책들은 이곳으로 온 사람들이 동틀 녘 땅에서 쫓겨났다고 말하는 것 같았습니다." 그는 아리탄으로 한 구절을 읊은 다음 우리말로 옮겼다. "'추방자의 샘을 지키는 강 없는 황무지…….' 우리는 그 추방자들의 자손인 겁니다."

"그리고 그 후로는 동쪽에서 아무도 오지 않는 건가요?"

"동쪽으로 돌아간 자들도 없지요."

"알드를 빼고는요." 그라이가 말했다.

"그들은 사막으로 돌아갔거나 그곳에 남았지만, 그것도 샘과 강이 있는 서쪽 변경에만 사는 정도입니다. 아수다르 동쪽은 천 킬로미터에 걸쳐 태양만이 간드 중의 간드요, 모래가 그 백성들이라 하지요."

"우린 우리가 전혀 알지 못하는 세상에서도 먼 변경에 사는 거군요." 오렉은 어슴푸레하고 깊은 하늘을 응시하며 말했다.

"타라몬과 그 동료들이 섬뜩한 힘을 지닌 주술사여서 쫓겨났다고 생각하는 학자도 있습니다. 그런 사람들은 두 분이 오신 고원지대에 있는 것과 같은 '선물'이 동틀 녘에서 온 사람들 사이에는 흔했다고, 그러나 몇백 년이 흐르면서 사라져버렸다고 생각하지요."

"수장 어른은 어떻게 생각하시죠?" 그라이가 물었다.

"지금 여기엔 그런 선물은 없어요." 수장 어른은 조심스럽게 말했다. "그러나 안술의 초기 기록에는 악타모 집안의 여자들에게 치료를 받으러 찾아오던 사람들 이야기가 있습니다. 눈먼 사람을 보게 하고 귀먹은 사람을 듣게 해줄 수 있었다는군요."

"코드만트처럼!" 오렉이 그라이에게 말하자, 그라이가 말했다. "내가 생각한 대로 역방향이야!" 두 사람이 무슨 말인지 설명해주려는데 갑자기 회랑에서 우리가 앉은 뜰로 나오는 문에 데삭이 나타났다.

정기적으로 수장 어른을 찾는 이들이 다 그렇듯, 데삭도 갈바만드의 오래된 부분을 통해 들어왔다. 그쪽은 잠그는 법이 없었다. 이스타가 위험하다고 안달하기도 했지만, 수장 어른이 "갈바만드의 문에 자물쇠는 없어요"라고 말하면 끝이었다. 데삭이 불쑥 나타나서 셰타르를 놀랜 것도 그래서였다. 반사자는 머리를 숙이고, 뱀처럼 험악하게, 귀를 눕히고 그를 노려보았다. 데삭은 문간에서 멈춰 섰다.

그라이가 쉿 소리로 책망하자 셰타르는 으르렁거리면서 주저앉았지만, 아직 노려보는 눈길은 돌리지 않았다.

"어서 오게, 친구. 같이 앉게나." 수장 어른이 말하는 사이 나는 서둘러 의자를 찾으러 갔다. 그사이에 데삭은 수장 어른 옆에 놓인 내 의자를 차지했다. 데삭다웠다. 못되거나 상스럽지는 않았지만, 데삭은 자기가 관심을 두지 않은 사람은 존재하지 않는 것처럼 굴었다. 그에게 나는 가구를 들고 오는 사람일 뿐이었고, 가구와 비슷한 정도밖에 중요하지 않았다. 그는 알드처럼 외곬이었다. 어쩌면 병사란 그래야 하는지도 모른다.

옮길 만한 의자를 찾아서 들고 나가보니 데삭은 이미 오렉과 그라이에게 소개된 후였고, 수장 어른이 이 사람이 저항군 지도자라고 말했는지 데삭이 직접 말했는지는 몰라도 그쪽 이야기를 하고 있었다. 나는 앉아서 귀를 기울였다.

데삭은 그제야 나를 돌아보았다. 가구에는 귀가 없는 법이다. 그는 나에게서 수장 어른에게로 눈을 돌렸다. 늘 그랬듯이 나를 내보내라는 뜻이 깃든 눈빛이었다.

"메메르가 어느 병사의 아들을 아는데, 그 아이가 알드 사이에서 군대가 아수다르로 돌아오라는 부름을 받을 거란 얘기가 돈다고 했다네." 수장 어른이 데삭에게 말했다. "그리고 그 아이가 티리오 악타모를 '티리오 왕비'라고 불렀다는군. 흔한 농담이라는 듯이. 이런 말 들어봤나?"

"아니요." 데삭은 딱딱하게 대답했다. 그는 다시 나에게 시선을 던졌다. 그 모습이 귀를 눕히고 노려보는 셰타르와 조금 비슷했다(정작 셰타르는 이제 데삭을 무시하기로 결정하고 부지런히 뒷발을 청소하고 있었다). "여기에서 하는 말은 이 뜰 밖으로 나가서는 안 됩니다." 데삭이 선언했다.

"물론이네." 수장 어른이 말했다. 언제나처럼 상냥하고 편안한 말투였지만, 그라이가 사자에게 쉿 소리를 낼 때와 비슷한 효과가 나타났다. 데삭은 나에게서 눈을 돌리고 목을 가다듬더니, 턱을 문지르며 오렉에게 말했다.

"복된 에누께서 당신을 이리로 보내신 겁니다, 오렉 카스프로. 아니면 귀먹은 신께서 우리에게 필요한 순간에 당신을 불러들였는지도 모르지요."

"필요라니요?" 오렉이 말했다.

"사람들이 무기를 들게 하는 데 위대한 시인보다 능할 사람이 있겠습니까?"

오렉의 얼굴이 차가워지고 몸이 굳어졌다. 잠시 침묵이 흐른 뒤에 그가 말했다. "내 힘이 미치는 일은 하겠지만, 난 이방인입니다."

"침략자에 맞설 때는 모두가 하나입니다."

"난 시장보다 궁전에 더 오래 머물렀습니다. 간드의 요청에 따랐고요. 당신네 사람들이 왜 날 믿겠습니까?"

"사람들은 당신을 믿습니다. 당신이 온 것이 안술의 위대한 나날이 돌아올 조짐이요, 신호라고들 합니다."

"난 신호가 아니라 시인입니다." 오렉이 말했다. 이제 그의 얼굴은 바위처럼 딱딱했다. "압제에 대항하여 일어나는 도시라면 자기만의 대변자를 찾을 겁니다."

"우리가 부르면 당신이 우리를 대변할 겁니다." 데삭은 그와 똑같이 확신을 갖고 말했다. "우린 당신의 시 〈자유〉를 노래했습니다. 벌써 10년이나 안술에서, 문 뒤에 숨어서요. 그 노래가 어떻게 여기까지 왔고, 누가 가져왔을까요? 입에서 입으로, 영혼에서 영혼으로, 땅에서 땅으로 전해졌지요. 마침내 우리가 그 노래를 큰 소리로 적의 면전에서 부를 때, 그때도 당신이 조용히 있을 수 있을까요?"

오렉은 아무 말도 하지 않았다.

"난 군인입니다. 사람들을 싸워 이기게 하는 게 무엇인지 압니다. 당신 같은 목소리가 무슨 일을 할 수 있는지 압니다. 그리고 당신이 여기 온 이유가 바로 그것임을 압니다."

"난 간드가 와달라고 했기 때문에 왔어요."

"간드가 당신을 부른 건 안술의 신들이 그의 마음을 움직였기 때문입니다. 우리의 시간이 오고 있기 때문입니다. 균형이 바뀌고 있어요!"

"친구여." 수장 어른이 말했다. "균형은 바뀌고 있는지도 모르지만, 그 저울이 자네 손에 있나?"

데삭은 건조한 미소를 띠고 빈손을 내밀었다.

수장 어른은 계속해서 말했다. "알드 병사 사이에 우리가 이득을 얻을 만한 불안의 징후는 없네. 알드의 정책에 어떤 변화가 있는지도 아직 확실치 않아. 이오라스와 이도르 사이에 무엇이 오가는지도 모르고."

"아, 하지만 그거라면 알지요. 이오라스는 이도르에게 수행원과 병사들을 딸려서 메드론으로 돌려보낼 작정입니다. 겉보기에는 새로운 간드 아크레이에게 지시를 구하기 위해서라지만 사실은 이도르와 사제들을 안술에서 내보내려는 것이지요. 오늘 아침에 티리오 악타모의 하인 이알바가 저희가 줄을 대놓은 궁전 노예들에게 전해준 소식입니다. 티리오는 이제까지 충실한 정보원 노릇을 해주었어요."

"그렇다면 이도르가 떠나기를 기다려서 움직일 작정인가?"

"왜 기다립니까? 왜 쥐가 함정을 빠져나가게 두겠어요?"

"공격할 계획인가? 막사를?"

"공격 계획은 있습니다. 그자들이 예측할 만한 장소나 시간에는 아니지만."

"자네에게 무기가 있는 줄은 아네만, 사람도 있나?"

"무기도 있고, 사람도 충분합니다. 시민들이 합세할 거예요. 20대 1입니다, 술터! 오랜 압제와 노예 생활, 모욕, 오욕, 분노의 세월이 지푸라기에 붙은 불처럼 도시 전역에서 터져 나올 거예요. 우리가 얼마나 많고, 저들이 얼마나 적은지만 보면 될 일! 우리에게 필요한 건 하나의 목소리, 우리를 불러일으킬 목소리뿐!"

데삭의 열정이 나를 흔들었고, 지금 그의 눈길을 받고 있는 오렉도 흔들었음을 알 수 있었다. 봉기, 폭동…… 저 오만한 푸른 외투들에게 맞서고, 그자들을 말에서 끌어내리고, 그자들이 우리에게 했던 것처럼 그들을 대하고, 우리를 위협했던 것처럼 그들을 위협하고, 그자들을 이 도시에서, 우리 삶에서 몰아내고 몰아내고 몰아내고……. 아아! 얼마나 오랫동안 원했던가! 데삭을 따르리라. 이제 데삭의 진정한 모습이 보였다. 지도자요, 전사인 그의 모습이. 옛 영웅을 따른 사람들처럼 나도 불과 물을 뚫고, 죽음 속에서마저 그를 따르리라.

그러나 오렉은 조용한 얼굴로 말없이 앉아 있었다.

그리고 사자만큼이나 경계를 늦추지 않은 그라이도 말이 없었다.

팽팽한 침묵 속에서 수장 어른이 말했다. "데삭, 내가 이 문제를 묻는다면, 내가 답을 받는다면, 그 답을 듣겠나?" 그는 '묻는다'는 말에 묘한 강세를 두었다.

데삭은 수장 어른을 보았다. 처음에는 이해하지 못하는 것 같았지만, 이내 얼굴을 찡그렸다. 그는 질문을 하려 했지만 수장 어른의 표정이 그를 저지했다. 데삭의 엄하고 슬프고 풍상에 찌든 얼굴이 천천히 모호하고 확신이 없는 표정으로 변했다. "그래요." 데삭은 주저하며 말했다가, 더 강하게 다시 말했다. "그렇소!"

"그렇다면 묻겠네." 수장 어른이 말했다.

"오늘 밤에?"

"그렇게 급한가?"

"그래요."

"좋네."

"내일 아침에 오지요." 데삭이 말하고 활력에 차서 일어섰다. "술터, 내 친구여, 마음으로부터 감사합니다. 우린 보게 될 겁니다. 당신도 보게 될 겁니다. 당신의 정령들이 우릴 위해 말해줄 겁니다." 그는 오렉을 돌아보았다. "그리고 당신의 목소리가 우릴 부를 겁니다. 당신은 우리와 함께할 거요. 난 압니다. 그리고 우린 이곳에서, 자유로운 도시의 자유민으로 다시 만날 겁니다! 레로와 안술의 모든 신의 축복이 여러분 모두에게, 그리고 지금 우리 말을 듣고 있는 갈바만드의 모든 영혼과 그림자 위에 내리기를!" 그는 군인답게 의기양양한 걸음걸이로 걸어 나갔다.

오렉, 그라이, 그리고 나는 서로를 쳐다보았다. 뭔가 중요한 말이 나왔고, 어떤 약속이 맺어졌건만 우리 셋은 그것을 이해하지 못했다. 수장 어른은 어두운 얼굴로, 아무도 보지 않고 앉아 있었다. 마침내 그는 우리를 둘러보았다. 그의 눈길은 나에게 떨어졌다.

수장 어른이 말했다. "이곳에 도시가 있기 전에, 집이 지어지기 전에 여기에는 신탁소가 있었지요." 그리고 그는 아리탄으로 말했다. "그들은 사막을 건너 여기로 왔네. 지친 사람들. 추방자들. 그들은 서쪽 바다 위 언덕으로 올라와서 바다 건너에 있는 하얀 술을 보았네. 언덕 옆에는 동굴이 있었고, 그 동굴에서 샘이 솟았네. 그들은 동굴 속 어둠에 쓰인 글자를 보았네. '여기에 머물라.' 그래서 그들은 샘의 물을 마시고, 그곳에 도시를 세웠네."

9

자리는 곧 파했고, 수장 어른은 나에게 말했다. "방으로 오너라, 메메르."

그래서 나는 잠시 후에 집 뒤편으로 가 허공에 문자를 그리고 언덕 아래 어둠 속으로 이어지는 숨겨진 방으로 들어갔다.

수장 어른은 잠시 후에 왔다. 나는 독서용 탁자에 기름등을 켜두었다. 그는 들고 온 작은 등잔을 내려놓았지만 불어서 끄지는 않았다. 내가 오렉의 책을 펼쳐놓은 것을 보더니 살짝 웃었다.

"그 사람의 시가 좋으냐?"

"다른 누구보다요. 데니오스보다도 좋아요!"

그는 다시, 이번에는 더 활짝, 놀리듯이 웃었다. "아, 이런 현대 시인들도 다 좋지만 레갈리에 범접할 시인은 없지."

레갈리는 천 년 전에 이곳 안술에 살면서 아리탄으로 시를 썼다. 언어도 어렵고 시도 어려워서, 수장 어른이 사랑하는 시인인 줄 잘 알면서도 나는 그녀의 시를 많이 읽지 못했다.

"때가 오면 알 거야." 그는 내 표정을 보고 말했다. "때가 오면……. 자, 해야 할 말과 물어야 할 말이 있구나, 메메르야. 잠시 내가 말하게 해다오." 우리는 등불이 만들어주는 부드러운 빛의 구체 안에서 서로 마주 보고 앉았다. 그 불빛 주위로 높고 긴 방이 어두워져갔다. 이따금씩 책등에 금박으로 박힌 글자가 번득였고, 책들 자체는 조용한 모임, 다채로운 어둠이었다.

수장 어른은 겁이 날 정도로 내 이름을 상냥하게 불렀다. 그러나 얼굴은 고통에 시달릴 때처럼 엄했다. 입을 열었을 때, 그 말은 힘겹게 나왔다. "네게 잘해주지 못했다, 메메르."

나는 아니라고, 내 삶의 보물은, 사랑과 충절과 배움은 모두 당신에게서 받은 것이라고 항의하려 했지만 그는 부드럽게 나를 막았다. 여전히 엄숙한 얼굴이었다. "너는 내게 위안이었어. 귀중한 위안이었지. 그리고 나는 위안밖에 찾지 않았다. 희망을 버렸어. 나에게 삶을 준 이들에게 빚을 갚지 않았어. 너에게 읽는 방법을 가르쳤지만, 한 번도 네게 시와 이야기 말고도 읽을 것이 있다는 사실을 알려주지 않았지…… 여기에. 난 네게 쉽게 줄 수 있는 것만 줬다. 난 혼자 속으로 말했지. 메메르는 어린아이다, 왜 짐을 지워야 한단 말인가……."

나는 등 뒤로 방의 어둠을 의식했다. 그 존재감을 느꼈다.

수장 어른은 끈기 있게 말을 이었다. "그라이의 바레 집안이 동물과 말을 할 수 있거나, 악타모 가문이 치유를 할 수 있었던 것처럼 핏줄로, 혈통으로 이어지는 선물에 대해 이야기하고 있었지. 우리 갈바에게도, 조상들이 영혼이자 그림자로 이 집에 사는 우리에게도 그런 게 있다. 어쩌면 선물이 아니라 책임일지도 몰라. 구속일지도 모르고. 우리는 이 장소에 사는 사람들이다. '여기 머물라.' 우린 여기 머문다. 여기, 이 집에. 이 방에. 여기 있는 것을 지키지. 이 문을 열고 닫는다. 그리고 신탁의 말을 읽는다."

그가 신탁이라는 말을 내놓는 순간, 나는 그가 무슨 말을 하려는지 알았다. 그가 해야 했고 내가 들어야 했던 말이었다.

그러나 내 심장은 차갑게 가라앉았다.

"겁을 먹은 나머지 너에게 말할 필요는 없다고 스스로를 속였지. 신탁의 시대는 지나갔다고. 이제는 사실이 아닌 옛이야기일 뿐이라고……. 진실은 이야기 속에서 빠져나올 수 있단다. 진실이었던 것이 무의미해지고 거짓이 되는 건 그 진실이 다른 이야기 속으로 들어갔기 때문이야. 샘물은 다른 곳에서 솟을 뿐. 신탁의 분수는 2백 년 동안 말라 있었어……. 그러나 분수에 물을 보내던 샘은 지금도 흐르고 있다. 이곳에서. 이 안에서."

수장 어른은 나를 마주 보고, 점점 어둡고 낮아지면서 그림자 속으로 뻗어가는 방 끝을 마주 보고 앉아 있었다. 그는 더 이상 나를 보지 않았다. 어둠 속을 보고 있었다. 수장 어른이 입을 다물자 나는 희미하게 흐르는 물소리에 귀를 기울였다.

"난 내 의무를 보고 거기에 매달렸지. 그나마 남은 것, 여기 남은 책과 사람들이 보존해달라고 가져오는 책, 안술의 영광이 남긴 마지막 보물을 지키고 전하는 게 내 의무라고. 그리고 그날 네가 여기 이 방에 들어와서 문자에 대해, 읽는다는 것에 대해 이야기했을 때…… 기억하느냐?"

"기억해요." 나는 대답했고, 그 기억에 조금 마음이 따뜻해졌다. 나는 내가 읽고 알고 사랑해온 내 친구들, 책들이 꽂힌 서가를 보았다.

"나는 너도 똑같은 일을 하기 위해, 내 자리를 이어받아 등불이 꺼지지 않게 하려고 태어났다고 스스로를 설득했지. 그리고 그런 위안에 매달려서 내게 다른 의무가 있다는 것을, 너게 달리 가르칠 것이 있다는 걸 부인했다."

"몸이 나처럼 망가지면 마음도 꼴불견이 되지." 그는 양손을 내밀었다. "난 나 자신을 믿을 수가 없단다. 두려움에 사로잡히고 말았어. 그래도 너를 믿었어야 하는 건데."

나는 그에게 간청하고 싶었다. '아니요, 믿지 마세요. 절 믿으시면 안 돼요. 전 약해요. 저도 두려워요!' 그러나 말이 나오지 않았다.

수장 어른은 이제까지 모질게 말했다. 잠시 후에 말을 이었을 때는 목소리에 부드러움이 돌아와 있었다. "그래서, 역사를 조금 더 말해주마. 넌 정말 어렸을 때도 인내심을 갖고 모든 역사를 배웠지. 이 모든 세월의 무게, 몇백 년 전에 죽은 사람들이 짊어졌던 책무를 네 어깨에 얹었어! 넌 모두 견뎌냈으니 이것 또한 견딜 수 있을 게다.

네 집은 신탁의 집이고, 우리는 신탁을 읽는 사람이다. 신탁은 이곳에, 이 방에 있어. 너는 글이 무엇인지 알기도 전에 널 여기 들여보내주는 단어를 쓸 줄 알았지. 지금도 그런 식으로 쓰인 글을 읽는 방법을 알게 될 거야.

첫 번째 글은 내가 방금 말했지. '여기 머물라.'

초창기에는 4대 가문 사람들 모두가 신탁을 읽을 수 있었다. 그것이 네 가문의 힘이자 신성이었어. 아리탄 추방자들은 이 해안에 정착하여 다른 곳에 마을을 만들기 시작했지만, 그래도 안술로, 신탁의 집으로 돌아왔다. 질문을 들고 왔지. 이렇게 해도 될까요? 이렇게 하면 무슨 일이 일어날까요? 그들은 분수로 가서 물을 마시고, 축복을 청하고, 질문을 던졌다. 그러면 신탁을 읽는 자들이 집 안으로, 동굴 안으로, 어둠 속으로 들어갔지. 그리고 질문이 받아들여지면, 허공에 쓰인 답을 읽었어.

때로는 아무 질문 없이 어둠 속으로 들어갔는데도 반짝이는 단어들을 보기도 했지.

이 모든 신탁의 말은 기록되었다. 그 말들을 기록한 책을 '갈바의 책'이라고 불렀지. 세월이 흐르면서, 신탁의 동굴에 이 집을 지은 갈바 집안만이 그 책들의 유일한 지킴이이자 그 말들의 해석자이며 신탁의 목소리가 되었기 때문이다. 우리만이 '읽는 자'들이 되었지.

이는 결국 질투와 경쟁심을 불러일으켰다. 우리가 힘을 나눌 수 있었다면 좋았겠지만, 그게 가능했을 것 같지는 않아. 선물은 주고 싶다고 줄 수 있는 것이 아니니까.

갈바의 책들은 신탁의 기록만이 아니었다. 때로는 누구의 손도 건드리지 않았는데 책 속의 글귀가 바뀌기도 했어. 읽는 자가 책을 열었다가 아무도 쓴 적 없는 말을 발견하기도 했지. 신탁은 동굴의 어둠보다 책 속의 글자를 통해 더 자주 말했단다.

그러나 그 말들은 그 자체로는 모호할 때가 많았다. 해석이 필요했어. 그리고 묻지 않은 질문에 대한 답도 있었고……. 그래서 위대한 읽는 자 다노 갈바는 이렇게 말했다. '우리가 찾는 것은 진정한 답이 아니다. 우리가 찾는 길 잃은 양은 진정한 질문이다. 답은 꼬리가 양을 따라오듯 질문을 따라온다.'"

말을 잇는 동안 수장 어른은 내 뒤 허공에서 자기 생각을 보고 있었다. 그는 이제 다시 나를 보고, 입을 다물었다.

"신탁을 읽어보셨어요?" 나는 마침내 물었다. 마치 한 달 만에 말을 한 것처럼 목이 마르고 목소리에 힘이 없었다.

수장 어른은 천천히 대답했다. "스무 살 때 어머니를 길잡이 삼아 갈바의 책들을 읽기 시작했지. 제일 오래된 책부터 읽었다. 그런 책에 적힌 말들은 고정되어 더는 변하지 않았어. 그러나 제일 오래된 책들은 제일 모호하기도 했지. 질문 없이 답만 적어놓아서, 꼬리를 보고 양을 추측해야 했거든……. 그리고 나중에 나온, 질문과 답이 다 적힌 책들을 많이 보았지. 질문과 답 모두 모호할 때도 많았지만 연구하면 보답이 돌아왔어. 그리고 도서관이 갈바만드 밖으로 옮겨진 후에는 질문이 더 적었지. 답이 변하거나 사라지거나 질문 없이 나타나기도 했고. 그런 책들은 두 번 읽을 수 없어. 신탁의 샘에서 같은 물을 두 번 마실 수 없는 것과 마찬가지로."

"질문을 해보셨어요?"

"한 번." 그는 짧게 웃고 왼손 손가락 마디로 윗입술을 문질렀다. "직접적이고 명료하니 신탁이 답해줄 만한 질문이라고 생각했지. 안술이 처음 도시를 포위했을 때였다. 난 이렇게 물었지. 알드가 도시를 점령할까요? 답은 받지 못했어. 아니면 답을 받았는데 엉뚱한 책을 보고 있었는지도 모르지."

"어떻게…… 어떻게 묻죠?"

"보게 될 거다, 메메르. 오늘 밤 데삭에게, 그 사람이 계획하는 폭동에 대해 신탁을 묻겠다고 했지. 데삭은 신탁을 옛이야기로만 알지만, 답이 나온다면 그게 대의에 도움이 될 거라는 걸 알고 있어."

수장 어른은 잠시 나를 뜯어보았다. "네가 같이 했으면 한다.

할 수 있겠니? 너무 이른가?"

"모르겠어요."

나는 두려움과 한기, 까닭 없는 공포로 굳어 있었다. 수장 어른이 그 책들, 신탁의 책들에 대해 말하기 시작하고부터 목과 팔의 털이 일어선 상태였다. 그 책들을 보고 싶지 않았다. 그 책들이 있는 곳에 가고 싶지 않았다. 나는 그 책이 어디에 있는지, 그게 어느 책인지 알고 있었다. 그 책들을 건드리는 생각만 해도 숨이 막혔다. "아니요, 못 해요"라고 말할 뻔했지만, 그 말 역시 목에 막혔다.

내 입에서 마침내 나온 말은 나를 경악시켰다. "그게 악마인가요?"

수장 어른이 대답하지 않자 나는 계속 말했다. 거칠고 막연한 말들이 터져 나왔다. "수장 어른은 제가 갈바라고 하시지만 아니에요, 전 갈바인 것만이 아니라, 둘 다이고, 둘 다 아니에요. 어떻게 제가 이런 걸 물려받을 수 있죠? 이제껏 알지도 못했는데요. 제가 어떻게 이런 걸 할 수 있겠어요? 제가 어떻게 이런 힘을 갖고, 무서운데, 악마들이 무서운데요. 알드의 악마들이지만…… 저도 알드인데!"

수장 어른은 작은 소리를 내어 내 말을 막고 나를 달랬다. 나는 침묵에 빠졌다.

수장 어른은 물었다. "너의 신들이 누구지, 메메르?"

나를 가르칠 때 던지던 것 같은 질문이었다. "《트론드 너머 땅들의 역사》에서 에론트가 뭐라고 하더냐?"처럼. 나는 마음을 추스르고, 내가 아는 바를 진실하게 말하려고 노력하며 할 수 있는 답을 했다.

"제 신은 레로이고, 길을 수월하게 만드시는 에누입니다. 세상을 꿈꾸는 데오리. 양쪽을 다 보시는 분. 화롯불의 지킴이들과 문간의 수호자들. 정원사 이에네. 귀먹은 신 행운. 샘과 물의 지배자이신 카란. 둘이 하나이신 파괴자 삼파와 창조자 삼파. 요람의 테루, 무덤에서 춤추는 아나다. 숲과 산의 신들. 바다의 말들. 제 어머니 데칼로와 수장 어른의 어머니 엘레요, 그리고 이 집에 살았고 우리에게 꿈을 주는 모든 선주자先走者와 선인들의 영혼과 그림자들. 방에 깃든 정령들, 제 방의 정령. 길거리의 신들과 교차로의 신들, 시장과 의회당의 신들, 도시와 돌과 바다의 신들, 그리고 술 산입니다."

이 이름들을 말하면서 나는 그분들이 악마가 아님을, 안술에 악마는 없음을 알았다.

"그분들이 나를 축복하시고 또 축복받으시기를." 나는 속삭였고, 수장 어른도 나와 함께 속삭였다.

나는 일어서서 문간으로 걸어갔다가 탁자로 돌아왔다. 움직이지 않고는 배길 수가 없었다. 책들, 내가 아는 책들, 내 소중한 벗들은 서가에 단단히 버티고 있었다. 나는 물었다. "뭘 하면 되죠?"

수장 어른이 일어섰다. 그는 방에서 가져온 작은 등잔을 집었다. "우선 어둠 속으로." 그가 말했고, 나는 그 뒤를 따랐다.

우리는 긴 방을 쭉 가로질러, 내가 두려워하던 책들이 있는 서가를 지나쳤다. 등잔이 비추는 작은 빛 속에서는 그 책들을 또렷이 볼 수 없었다. 마지막 책꽂이를 지나자 천장이 낮아지고, 빛은 더 줄어드는 것 같았다. 이제 흐르는 물소리가 선명하게 들렸다.

바닥이 울퉁불퉁해졌다. 포장돌이 사라지고 흙과 바위가 나왔다. 절뚝이는 수장 어른의 걸음이 더 느려지고 더 조심스러워졌다.

깜박이는 등잔 불빛에 어둠 속으로부터 흘러나오다가 깊은 수반으로 떨어져서 지하로 사라지는 작은 물줄기가 보였다. 우리는 수반 옆을 지나서 물길을 따라 상류로, 바윗길로 올라갔다. 등잔 불빛에 그림자들이 달아났다. 빠르고 크고 형체 없이 달리는 검은 것들이 바위벽을 따라 움직였다. 우리는 높고 긴 굴속 깊숙이 걸어 들어갔다. 걸어갈수록 벽이 가까워졌다.

빛은 솟아오르는 샘물에 비쳐 반짝였고 머리 위 바위 천장에 부딪쳐 흔들렸다. 수장 어른이 걸음을 멈췄다. 그가 등불을 들어 올리자 그림자들이 펄쩍 뛰었다. 그는 등불을 불어 껐고 우리는 어둠 속에 섰다.

"저희를 축복하고, 축복받으소서, 성스러운 장소의 영들이시여." 수장 어른의 목소리는 낮고 침착했다. "여러분의 백성인 술터 갈바와 메메르 갈바입니다. 저희는 믿음 속에서, 성스러움을 받들며, 저희에게 보이는 그대로의 진실을 따라 여기 왔습니다. 무지 속에서, 지식을 받들며, 앎을 청하고자 왔습니다. 빛을 위해 어둠 속으로 들어왔고 언어를 위해 정적 속으로 들어왔으며 축복을 위해 두려움 속으로 들어왔습니다. 저희를 맞이해준 이 장소의 영들이시여, 제 질문에 대한 답을 청합니다. 지금 우리 도시를 손에 쥔 알드에 대항한 폭동이 실패하겠습니까, 성공하겠습니까?"

수장 어른의 목소리는 바위벽에 메아리치지 않았다. 정적이 반향을 완전히 잘라냈다. 희미하게 샘물이 떨어지는 소리, 나와 그의 숨소리 외에는 아무 소리도 들리지 않았다. 완전한 어둠이었다. 내 눈은 나를 속이고 또 속였다. 희미한 빛이 번득이고, 색채가 흐려지다가 어둠 속으로 사라졌다. 때로는 어둠이 눈가리개라도 쓴 것처럼 바싹 다가왔다가, 다음 순간에는 별도 없는 깊고 먼 밤하늘처럼 느껴져서 나는 벼랑 끝에 선 것처럼 추락이 두려워졌다. 한번은 희미한 빛이 형태를 갖추어 문자를 그리는 것을 보았다고 생각했지만, 불꽃이 사라지면서 그 형태도 순식간에 자취를 감추었다. 우리는 오래도록 서 있었다. 바위가 내 얇은 깔창을 누르는 것이 느껴지고 움직이지 않은 탓에 등이 아파올 정도로 긴 시간이었다. 어지러웠다. 세상에 아무것도 없었기에, 오직 어둠과 물소리와 발밑의 바위뿐이었기에. 공기는 움직이지 않았다. 추웠다. 잠잠했다.

온기가 느껴졌다. 수장 어른의 온기, 내 팔을 가볍게 건드리는 손길이었다. 우리는 축복의 말을 웅얼거리고 몸을 돌렸다. 몸을 돌리자 더 어지럽고 혼란스러웠다. 이 깜깜한 어둠 속에서는 내 앞이 어느 쪽인지 알 수 없었다. 내가 반쯤 몸을 돌렸던가, 아니면 한 바퀴 돌렸던가? 손을 뻗어 수장 어른을 찾았다. 온기. 소맷자락이 스쳤다. 옷자락을 잡고 따라갔다. 왜 등불을 켜지 않는지 궁금했지만, 입을 열지는 못했다. 가는 길이 멀었다. 들어갈 때보다 더 먼 것 같았다. 나는 우리가 엉뚱한 방향으로 가고 있다고, 점점 더 어둠 속 깊숙이 들어가고 있다고 생각했다. 처음 변화가 보였을 때에도 내 눈을 믿을 수가 없었다. 앞쪽 어둠이 흐릿해지기 시작했다. 아직은 아니지만 곧 앞이 보일 거라는 전망이었다. 나는 그의 팔을 놓았다. 그러나 이번에는 그가 발을 절며 내 팔을 잡았다. 길이 보일 때까지 잡고 있었다.

다시 방으로 돌아오자 주위 공간이 밝게 환영해주는 것 같았고, 동굴의 끝인 이 그림자 쪽조차 따뜻한 빛으로 가득하고 모든 것이 명료해 보였다.

수장 어른은 살피는 눈으로 나를 보았다. 그러더니 몸을 돌려 동굴 입구의 바위가 회반죽벽으로 바뀌는 부분에 세워진 서가로 향했다. 여기저기 회반죽 사이로 거친 바위가 튀어나왔다. 책꽂이는 벽 속에 고정되어 있었다. 그리고 책이 있었다. 작은 책, 큰 책, 조잡하게 장정된 책이 서 있거나 누워 있었다. 다 해서 쉰 권쯤 되는 것 같았다. 비어 있거나 한두 권만 있는 선반도 있었다. 수장 어른은 책을 찾고는 있는데 그게 무슨 책인지, 어디 있는지 모르는 사람처럼 서가를 훑어보았다. 그는 다시 나를 보았다.

그 즉시 나는 하얀 책을 쳐다보았다. 피를 흘렸던 책. 그 책을 보았다.

수장 어른은 내가 어딜 보고 있는지 보았다. 내가 눈을 떼지 못하는 것을 보았다. 그는 다가가서 선반에 놓인 하얀 책을 집었다.

나는 물러섰다. 어쩔 수가 없었다. "피를 흘리나요?"

그는 나를 보고, 책을 보았다. 그리고 손 안에서 부드럽게 펼쳐 보였다.

"아니." 그리고 나에게 내밀었다.

나는 또 한 발짝 물러섰다.

"읽을 수 있느냐, 메메르?"

그는 책의 방향을 돌려서 다시 나에게 내밀었다. 펼쳐진 채로. 작고 네모진 흰 면이 보였다. 오른쪽은 비어 있었다. 왼쪽에는 작게 몇 글자가 적혀 있었다.

나는 애써 한 걸음을 내딛고, 또 한 걸음을 내디뎠다. 양손을 꽉 움켜쥔 채였다. 나는 큰 소리로 읽었다. "부서진 것이 부서진 것을 고치리라."

내 귀에 내 목소리가 끔찍하게 들렸다. 내 소리가 아니라 깊고 텅 빈 울림이 있는 소리가 머리 주위로 밀려 올라왔다. "그거 치워요, 치워요!" 소리를 지르고 몸을 돌려 멀리 방 반대쪽 끝에서 금빛으로 빛나는 등불을 향해 돌아가려 했지만, 꿈속을 걷는 것 같아서 다리가 무겁고 느리게만 움직였다. 수장 어른이 다가와 내 팔을 잡았고, 우리는 같이 돌아갔다. 갈수록 걷기가 수월해졌다. 우리는 독서용 탁자에 도착했다. 집에 돌아온 기분이었다. 밤을 빠져나와 안식처의 난롯가로 돌아온 것 같았다.

나는 부들부들 떨면서 큰 한숨을 내쉬고 의자에 앉았다. 수장 어른은 잠시 서서 부드럽게 내 어깨를 쓸다가 반대쪽으로 돌아가서 마주 앉았다. 아까와 똑같은 자리였다.

나는 이를 딱딱 마주쳤다. 이제는 춥지 않았는데도 이가 맞부딪쳤다. 입이 내 말을 듣게 하는 데 시간이 꽤 걸렸다.

"그게 답이었나요?"

"모르겠구나." 수장 어른이 대답했다.

"그게, 그게 신탁이었나요?"

"그래."

나는 입술을 깨물었다. 입술이 마분지처럼 뻣뻣하게 느껴졌다. 나는 호흡을 안정시키려고 애썼다.

"전에 그 책을 읽어보신 적 있어요?" 내가 물었다.

수장 어른은 고개를 저었다.

"나는 아무 글자도 보지 못했다."

"보지 못…… 거기 쓰여 있는 걸……?" 나는 몸짓으로 왼쪽 페이지에 글자가 있었다는 걸 보여주려 했고, 내 손가락은 저도 모르게 허공에 글자를 쓰기 시작했다. 나는 얼른 손을 멈췄다.

그는 고개를 저었다.

더 나빴다.

"그거, 제가 말한 거, 그게 수장님이 물어본 질문의 답이었나 요?"

"모르겠다."

"왜 수장님에게 답하지 않은 거죠?"

수장 어른은 한동안 말이 없다가 마침내 말했다. "메메르, 네가 질문했다면 뭐라고 물었겠니?"

"어떻게 하면 알드에게서 자유로워질 수 있습니까?" 나는 즉시 대답했고, 그 말을 하면서 다시 한 번 내 목소리가 아닌 크고 장중한 소리로 말하고 있다는 걸 느꼈다. 나는 입을 닫았다. 딱소리 나게 입을 닫고 나를 통해, 나를 이용해서 말한 무언가를 잘라냈다.

그러나 그게 바로 내 질문이었다.

"진정한 질문이로구나." 그는 반쯤 미소 지으며 말했다.

"그 책이 피를 흘렸어요." 이제 나는 내 입으로 말하려고 단단히 마음먹고 있었다. 다른 목소리를 내보내지 않으려고, 내가 통제하려고 애썼다. "오래전에, 어렸을 때요. 그림자 쪽에 갔었죠. 말씀드렸지만, 다 말씀드린 건 아니었어요. 책 한 권이 소리를 냈던 것 같다고 했죠. 하지만 그 책을 봤다는 얘긴 안 했어요. 그 하얀 책요. 그 책을 선반에서 내렸는데, 책 속에 피가 있었어요. 축축한 피였어요. 글자가 아니라 피가. 그러고 나서는 절대로 그쪽에 가지 않았어요. 오늘 밤까지는 한 번도. 제가…… 만약, 만약에 악마가 없다면, 그건 좋아요. 악마는 없어요. 그래도 전 동굴 속에 있는 게 무서워요."

"나도 그렇단다." 그가 말했다.

～

둘 다 지쳤지만, 아직 잘 생각은 없었다. 수장 어른이 작은 등잔에 다시 불을 붙였고, 내가 그 등잔을 들었고, 그가 허공에 글씨를 썼고, 우리는 방을 나서서 복도를 지나 아까 저녁에 앉았던 북쪽 뜰로 돌아갔다. 뜰 위에 별들로 이루어진 거대한 천장이 덮여 있었다. 나는 등을 불어 껐다. 우리는 별빛 속에 앉아서 한참이나 침묵을 지켰다.

내가 물었다. "데삭에게 뭐라고 하실 거예요?"

"내 질문, 그리고 답을 받지 못했다는 것."

"책에 있던 말은요?"

"그걸 말할지 말지는 네가 선택해야지."

"전 그게 무슨 뜻인지 모르겠어요. 무슨 질문에 답한 건지도 모르겠어요. 이해가 안 가요. 그게 말이 되긴 하나요?"

나는 속아 넘어간 기분이었다. 한갓 물건이나 도구처럼, 무슨 일인지도 모르면서 이용당한 기분이었다. 전에는 겁에 질렸다. 지금은 창피하고 화가 났다.

"우리가 이해하는 만큼 말이 되는 거지." 그가 말했다.

"모래점이랑 비슷하네요." 안술에는 동전 몇 푼에 축축한 바다 모래를 한 줌 가져다가 접시에 떨어뜨리고, 뭉친 곳과 솟은 곳과 갈라진 곳을 보고 좋은 운과 나쁜 운, 여행운, 금전운, 애정운을 점쳐주는 여자들이 있다. "원하는 대로 보는 거잖아요."

"그럴지도 모르지." 수장 어른은 잠시 후에 다시 말을 이었다. "다노 갈바는 신탁을 읽는 것은 합리적인 생각을 헤아릴 수 없는 수수께끼에 밀어 넣는 일이라고 말했지……. 오래된 책에는 듣는 사람들에게 말이 되지 않는 것 같았던 답들이 있어. '순드라만의 공격을 어떻게 방어해야 합니까?' 그들은 순드라만이 처음 안술을 침략하겠노라 위협했을 때 신탁에 물었지. 답은 '사과꽃에 벌이 오지 못하게 하는 것'이었어. 의원들은 의미가 바보스러울 정도로 단순하지 않느냐며 성을 냈지. 그리고 군대에 명해서 오스티스를 둘러싸는 벽을 짓고 순드라만을 막도록 했다. 남부인들은 강을 건너 벽을 무너뜨리고 우리 군대를 패배시킨 후, 여기 안술 시로 행진해 와서 저항하던 사람들을 죽이고, 안술은 순드라만의 보호령이라고 선포했어. 그 후로 그들은 훌륭한 이웃이었고 간섭도 별로 하지 않았고 오히려 교역을 통해 우리에게 엄청난 부를 안겨주었지. 답은 권고가 아니라 경고였던 거야. 사과꽃에 벌이 가지 못하게 하면 나무에 과실이 열리지 않는다는 거지. 이제는 명백해졌어. 읽는 자인 다노 갈바에게도 명백했지. 다노는 그 말을 읽자마자 그것이 순드라만에 대항해서는 안 된다는 뜻이라고 말했단다. 그 때문에 그녀는 배신자로 불렸지. 그때부터 겔브와 캄과 악타모 일족은 평의회가 신탁에 의견을 묻지 말아야 한다고 하면서, 대학과 도서관을 갈바만드에서 다른 곳으로 옮기게 했고."

"읽는 자와 그 집에 참도 잘해주는 신탁이네요." 내가 말했다.

"못은 한 번 맞을 뿐이지만, 망치는 천 번 때리는 법."

나는 생각해보았다. "도구가 되지 않는 쪽을 택한다면요?"

"선택권은 언제나 있지."

나는 앉아서 거대한 별의 심연을 올려다보았다. 그 별들이 이 도시에, 이 집에 살았던 모든 영혼 같다고 생각했다. 멀리서 타오르는 불길처럼 거대한 시간의 어둠 속으로 멀리, 더 멀리 빛을 발하는 수천의 영령들, 선인들, 목숨들. 지나간 목숨들과 앞으로 올 목숨들. 이 둘을 어떻게 구분할 수 있을까?

아까까지는 왜 신탁은 단순하게 말해주지 못하는지, 왜 애매한 표현과 모호한 말 대신 그냥 '저항하지 말라'나 '지금 공격하라'라고 말해줄 수 없는지 묻고 싶었다. 별들을 보고 나니 그건 바보 같은 질문처럼 보였다. 신탁은 명령을 내리는 게 아니었다. 그 반대였다. 생각을 하게 하는 거였다. 우리가 수수께끼를 생각하게 하는 것이다. 결과는 그렇게 만족스럽지 않을지 모르지만, 어쩌면 그게 우리가 할 수 있는 최선일지도 몰랐다.

나는 엄청나게 크게 하품했고, 수장 어른은 웃었다.

"가서 자라, 애야." 그는 말했고, 나는 그 말에 따랐다.

어두운 복도와 통로를 지나 방으로 가면서 나는 잠들지 못하고 누워 있을 줄 알았다. 동굴의 기이함과 내가 읽은 글귀와 나를 통해서 '부서진 것이 부서진 것을 고치리라'라고 말했던 목소리에 시달리면서 뒤척일 줄 알았다. 나는 문간에서 신소를 건드리고 침대에 쓰러졌고, 죽은 듯이 잤다.

10

다음 날 데삭이 왔을 때 나는 수장 어른과 함께 있지 않았다. 빨래하는 이스타를 거들고 있었다. 이스타와 보미와 나는 새벽부터 급탕기를 돌리고 크랭크 달린 탈수기를 설치하고 빨랫줄을 걸었으며, 정오 무렵에는 바람과 뜨거운 햇빛 속에서 눈부시게 하얀빛으로 펄럭이는 시트와 식탁보로 부엌 뜰을 가득 채웠다.

오후에 세타르와 같이 옛 공원을 산책하면서 그라이에게 아침에 일어난 일을 들었다.

수장 어른은 상방으로 올라가서 데삭이 오렉과 이야기하고 싶어 한다고 했다. 오렉은 그라이에게 같이 가자고 했다. "세타르는 두고 갔어. 데삭을 싫어하는 것 같아서." 그들은 회랑으로 내려갔고, 그곳에서 데삭은 다시 한 번 오렉에게 때가 오면 나가서 시민들에게 이야기를 하고, 알드를 몰아내도록 분기시키겠다는 약속을 받아내려고 했다.

데삭은 웅변가인 데다 끈덕졌고, 오렉은 이건 자기 싸움이 아니라는 마음과, 그럼에도 자유를 위한 싸움은 어느 것이나 자기 싸움이라는 마음 사이에서 괴로워했다. 안술이 압제에 대항하여 일어선다면, 어떻게 그가 옆으로 비켜설 수 있을까? 그러나 그에게는 시간이나 장소의 선택권도, 이 봉기가 어떻게 일어날지에 대한 지식도 주어지지 않았다. 데삭이 봉기에 대해 거의 말하지 않은 것은 현명했다. 성공 여부는 불시에 치는 데 달려 있었으니까. 그렇다 해도, 그라이에게 말했듯이 오렉은 이용당하는 것을 좋아하지 않았다. 그보다는 계획에 동참하는 편이 나았다.

나는 수장 어른이 뭐라고 했는지 물었고, 그라이는 대답했다. "거의 아무 말도. 지난밤에 왜, 술터가 '묻겠다'고 하고 데삭이 응했잖아? 음, 그 문제에 대해서는 아무 말도 없었어. 우리가 내려가기 전에 이야기했겠지."

신탁에 대해 아무 말도 할 수 없다는 사실이 싫었다. 나는 그라이에게 아무것도 감추고 싶지 않았다. 그러나 말하느냐 마느냐는 내 권한이 아니었다.

그라이가 말을 이었다. "술터는 숫자를 걱정하는 것 같아. 알드 병사가 2천이 넘는다고 했어. 대부분은 궁전과 막사 근처에 있지. 최소한 3분의 1은 무장 근무 중이고, 나머지도 무기에서 멀지 않아. 데삭이 어떻게 경비병들의 경계를 피해서 충분한 병력을 일으킬 수 있을까? 야간 경비병들은 말을 타고 있어. 아수다르의 말은 개들과 비슷해서, 뭔가 이상한 낌새를 차리면 신호를 보내도록 훈련받았어. 그 늙은 병사가 할 일을 제대로 알고 있으면 좋겠는데! 아무래도 꽤 빨리 저지를 것 같으니까 말이야."

거리의 싸움을 생각하자 마음이 빠르게 움직였다. '어떻게 하면 알드에게서 자유로워질 수 있습니까?' 검으로, 칼로, 곤봉으로, 돌로, 주먹으로, 힘으로, 마침내 풀려난 분노로. 그들을 부수리라. 그들의 힘을, 그들의 머리를, 그들의 등을, 그들의 몸을 부수리라…… '부서진 것이 부서진 것을 고치리라.'

나는 거대한 덤불 사이에 자리 잡은 오솔길에 서 있었다. 머리에 떨어지는 햇빛이 뜨거웠다. 손은 오전 내내 뜨거운 물과 식탁보를 잡고 씨름한 덕에 마르고 붓고 아팠다. 그라이는 가까이 서서 걱정스러운 얼굴로 나를 지켜보았다. 그라이가 부드럽게 말했다. "메메르? 무슨 생각을 했니?"

나는 고개를 저었다.

셰타르가 우리를 향해 뛰어왔다. 셰타르는 멈춰 서서 자부심과 자의식을 풍기며 고개를 들어 올렸다. 셰타르가 날카로운 이빨로 가득한 사나운 입을 벌리자 작은 파란색 나비가 날개를 퍼덕이더니 무사태평하게 날아갔다.

우리 둘은 정신없이 웃었다. 사자는 조금 무안하달까, 혼란스러운 표정이었다.

"입에서 꽃과 방울과 나비가 나오던 소녀로구나!" 그라이가 말했다. "그 이야기 알지? 쿰벨로가 왕이었을 때."

"그리고 그 소녀 입에선 이와 갯지렁이와 진흙 덩어리가 나왔죠."

"아, 우리 고양이." 그라이가 셰타르의 귀 뒤 털을 바짝 당기자 사자는 기분 좋게 가르랑거리며 고개를 돌렸다.

이 모든 것을 하나로 모을 수가 없었다. 거리에서의 싸움, 동굴 속의 어둠, 공포, 웃음, 머리에 내리쬐는 햇볕, 눈에 담긴 별빛, 말 대신 나비를 뱉는 사자.

"아, 그라이, 뭐든 내가 이해하는 게 있었으면 좋겠어요. 일어나는 일들을 어떻게 이해하죠?"

"모르겠구나, 메메르. 계속 노력하다보면 될 때도 있지."

"합리적인 생각과 꿰뚫을 수 없는 신비." 내가 말했다.

"너도 오렉만큼 성급하구나. 가자. 집에 가야지."

그날 밤 오렉과 수장 어른은 간드 이오라스에 대해 이야기했고, 나는 어느새 마음을 닫지 않고 귀를 기울일 수 있게 되어 있었다. 아마 이제 그를 두 번이나 보았고, 보기 싫은 겉치레를 부리고, 굽신거리는 노예를 거느렸지만, 그자가 변덕을 부리면 우리 모두를 산 채로 파묻을 수 있다는 걸 알지만, 그래도 내가 본 것은 악마가 아니라 사람이기 때문이었을 것이다. 거칠고 엄혹하고 교활하지만 온 마음으로 시를 사랑하는 노인이었기 때문에.

오렉의 말은 내 생각과 거의 일치했다. "악마에 대한 두려움, 그런 건 이오라스에게는 무가치해요. 사실 얼마나 믿을지도 모르겠고."

"악마는 별로 두려워하지 않을지도 모르지요." 수장 어른이 말했다. "그러나 읽을 수가 없는 한, 글을 두려워하기는 할 겁니다."

"책을 한 권 가져가서 펴고 읽을 수만 있다면. 책 없이 읊는 것과 같은 내용을 읽을 수만 있다면!"

"질겁할 거예요." 수장 어른은 고개를 저었다. "신성모독이지요. 당신을 아스의 사제들에게 넘기는 것 외에 다른 선택지가 없을 겁니다."

"하지만 알드가 여기 남아서 안술을 지배하고 이웃 땅과 나라들과 관계를 맺으려 한다면 계속 글을 혐오할 수는 없을 텐데요. 거래의 기반이 되는 기록과 계약서는 어쩌겠습니까. 그리고 외교는. 역사와 시는 제쳐두더라도요! 도시국가 연합에서 '알드'는 멍청이라는 뜻인 걸 알고 계셨습니까? '말해봐야 소용없어. 저놈은 알드라고.' 이렇게 쓰죠. 분명히 이오라스에겐 자기들이 안은 불리함이 보이기 시작했을 겁니다."

"그랬길 바랍시다. 그리고 메드론의 새 왕도 알아보기를."

그러나 나는 이 대화에 안달이 나기 시작했다. 알드는 여기 남아서 우리를 지배하고, 우리 이웃과 관계를 맺으려 하지 않을 것이다. 그건 그자들이 정할 문제가 아니었다. 나는 저도 모르게 말했다. "그게 문제가 되나요?"

다들 나를 바라보았고, 나는 말했다. "아수다르에서라면 좋을 대로 평생 까막눈으로 살 수 있잖아요."

"그래. 아수다르로 간다면 그렇지." 수장 어른이 말했다.

"우리가 쫓아내죠."

"시골로?"

"네! 도시 밖으로요!"

"우리 농부들이 알드와 싸울 수 있겠느냐? 그리고 만약 그들을 추적해서 아수다르까지 몰아낸다면, 그러면 최고 간드가 모욕이자 자신의 새로운 권력에 대한 위협이라고 받아들이고 수천의 병사를 더 보내지 않겠느냐? 그에게는 군대가 있고, 우리에게는 없어."

나는 뭐라 말해야 할지 몰랐다.

수장 어른이 말을 이었다. "데삭은 이런 사항들을 고려하지 않고 있어. 그렇게 하는 것이 옳을지도 모르지. '너무 깊이 생각하면 행동을 망친다'고도 하니. 하지만 메메르야, 이제 알드 내부에서 상황이 변하고 있는 게 보이지 않느냐? 내가 먼저 희망하는 것은 우리가 노예보다는 동맹자로서 더 이익이 된다는 사실을 설득함으로써 자유를 되찾는 거란다. 시간이 걸릴 테지. 승리가 아니라 타협으로 끝날지도 모르고. 그러나 지금 승리를 구하다가 실패한다면, 희망을 찾기가 힘들어질 거야."

나는 아무 말도 할 수 없었다. 수장 어른도 옳고, 데삭도 옳았다. 행동할 시간은 왔는데, 어떻게 행동할 것인가?

"데삭을 대변하여 군중에게 말하는 것보다는 수장님을 대변하여 이오라스에게 말하는 것이 더 낫습니다." 오렉이 말했다. "말씀해주세요, 이오라스가 협상에 동의한다면 이 도시에서 그에게 조건을 이야기할 사람들이 있습니까?"

"있어요. 도시 바깥에도 있지요. 우리는 그동안 안술 해안의 모든 마을과 연락을 취해왔습니다. 학자와 상인들, 수장이나 시장이나 축제와 의식의 관리자였던 사람들. 아이들이 마을에서 마을로 전갈을 가져가고, 수레꾼들이 양배추와 함께 쪽지를 전하지요. 병사들은 글을 잘 찾지 않아요. 그들은 대개 신성모독이나 마술과는 아무 관계도 없지요."

"오, 파괴자시여, 제게 무지한 적을 주소서!" 오렉이 인용하여 말했다.

"도시 안에서는, 나와 몇 년 동안 이런 문제를 이야기해온 사람 중에도 지금 데삭과 함께하는 이들이 있어요. 그 사람들은 어떤 식으로든 알드의 멍에를 뿌리치려 하지요. 싸울 태세가 되어있지만, 대화 역시 하려 할 겁니다. 알드가 듣기만 한다면."

오렉은 다음 날 궁전에 불려가지 않았다. 그는 오전 느지막이 걸어서, 그라이와 함께 항구 시장으로 내려갔다. 미리 언질을 주지 않았기에 천막은 세워지지 않았지만, 그가 시장 광장에 들어서자마자 사람들이 그를 알아보고 뒤를 따랐다. 사람들은 그에게 바싹 다가서지 않았다. 세타르 탓도 있었지만, 사람들은 그의 주위에서 움직이는 원을 그리며 환영하고, 오렉의 이름을 부르고, 외쳤다. "낭송, 낭송!" 어떤 남자는 이렇게 외쳤다. "읽어줘요!"

나는 두 사람과 같이 걷지 않았다. 나는 거리에 나갈 때면 늘 그랬듯 사내아이의 차림새를 하고 있었고, 견습 마부 멤이 가장을 하지 않은 그라이와 같이 있는 광경을 보이고 싶지 않았다. 나는 해군성 탑 앞에 약간 높게 깔린 대리석 포장도로로 돌아서 그곳에 있는 말 조각상 기단부에 기어올랐다. 이 자리에서는 시장 전체가 잘 보였다. 석상은 조각가 레담이 바위 덩어리 하나를 통째로 파내어 만든 작품이었다. 말은 견고하고 튼튼하고 육중하게 서서 머리를 들고 서쪽으로 몸을 틀어 바다를 보았다. 알드는 도시에 있던 조각상을 대부분 파괴했지만 이 조각만은 건드리지 않고 두었다. 아마 말이었기 때문이리라. 그들은 바다의 신들인 세우네가 말의 형상으로 상상되고 숭배받는다는 사실을 모르는 게 분명했다. 나는 세우네의 커다란 왼쪽 앞발 발굽을 만지고 축복의 말을 중얼거렸다. 세우네는 그늘이라는 형태로 축복을 되돌려주었다. 이미 날이 뜨거웠고 더 뜨거워질 터였다.

오렉은 이곳에서 처음 낭송했던 날 천막이 세워졌던 곳에 자리를 잡았고, 사람들이 그 주위를 에워쌌다. 내가 선 받침대는 곧 사내아이들과 어른들로 가득 찼지만, 나는 말 앞다리 사이에 잡은 자리를 내주지 않고, 사람들이 밀면 마주 밀었다. 시장 노점상 다수는 시인의 목소리를 들으려고 상품에 천을 던져 씌우고 군중에 합세하거나, 군중의 머리 너머로 보려고 점포 옆에 있는 걸상에 올라섰다. 군중 사이에 푸른 외투가 대여섯 보였고, 곧 말 탄 알드 병사 한 무리가 의회당 길을 따라 광장 모퉁이까지 내려왔지만, 군중 속으로 파고들 생각은 하지 않고 멈춰 섰다. 말소리, 웃음소리, 고함 소리가 왁자하다가 오렉의 리라가 울리자 놀랍게도 모든 소란이 멈추고 물을 끼얹은 듯한 정적이 내려앉았다.

오렉은 시부터 읊었다. 테테메르의 사랑시 〈돔의 언덕들〉, 안술 해안 전역에서 제일 사랑받는 시였다. 그는 시를 읊을 때 리라를 퉁기며 후렴구를 노래했고, 사람들도 미소 띤 얼굴로 몸을 움직이며 함께 노래했다.

이어서 오렉이 말했다. "안술은 작은 땅이지만, 그 노래와 이야기들은 서부 해안 전역에서 사람들 입에 오르내립니다. 이 노래를 처음 배운 곳은 북쪽 멀리 벤드라만이었습니다. 안술의 작가들은 남쪽 끝에서부터 트론드 강에 이르기까지 명성을 떨칩니다. 그리고 이 평화로운 안술과 만바에도 영웅들, 용감한 전사들이 있었고 작가들이 그들에 대해 이야기했습니다. 술 산의 아디라와 마라 이야기입니다!"

군중 속에서 크고 기묘한 소리가 솟아올랐다. 기쁨과 비탄이 뒤섞인 울부짖음이었다. 무시무시했다. 오렉은 위압당했다 해도, 이 반응이 예상한 것 이상이었다 해도 그런 기색을 드러내지는 않았다. 그는 당당히 고개를 들고 강하고 또렷하게 목소리를 냈다. "옛 군주 술의 시대에, 히시 땅에서 군대가 왔도다⋯⋯." 군중은 꼼짝도 하지 않고 서 있었다. 나는 내내 눈물을 삼키려 애썼다. 그 이야기, 그 구절들은 내게 너무도 귀중했고, 나는 그 구절들을 숨겨진 방 안에서, 침묵 속에서, 비밀스럽게, 혼자만 알고 살았다. 이제 나는 열린 하늘 아래에서, 우리 도시 심장부에서, 엄청나게 모여든 우리 동포 사이에서 그 이야기가 큰 소리로 울려 퍼지는 것을 들었다. 해협 너머 술 산은 푸른 안개 속에 푸르게 서 있었고, 그 봉우리는 희고 날카로웠다. 나는 세우네의 돌 발굽에 매달려서 눈물을 참았다.

이야기가 끝나고, 침묵 속에서 알드의 말 한 마리가 크고 울리는 소리로 히힝거렸다. 전형적인 군마의 울부짖음이었다. 그 소리가 주문을 깨뜨렸다. 군중은 웃고, 움직이고, 외치기 시작했다. "에호! 에호! 시인을 찬미하라! 에호!" 몇 사람은 이렇게 외쳤다. "영웅들을 찬미하라! 아디라를 찬미하라!" 광장 동쪽 가장자리에 서 있던 기마 부대가 군중 속으로 달려들 것처럼 움직였지만, 아무도 그쪽에 관심을 두지 않았고 비켜서지도 않았다. 오렉은 고개를 숙이고 오랫동안 조용히 서 있었다. 소란이 가라앉고, 마침내 오렉이 입을 열었다. 군중보다 더 크게 소리를 지른 것도 아니고 평범한 목소리로 말하는 것 같았지만, 놀랍게도 그 목소리는 멀리까지 전해졌다. "자, 같이 노래합시다." 그는 리라를 들어 올렸고, 사람들이 조용해지자 자신이 지은 노래 〈자유〉의 첫 줄을 읊었다. "겨울밤의 어둠 속에서⋯⋯."

그리고 우리는 그와 함께 노래했다. 수천의 목소리가. 데삭이 옳았다. 안술 사람들은 그 노래를 알고 있었다. 이제는 책이 없었으니, 책을 통해서는 아니었다. 공기를 통해서, 목소리에서 목소리로, 마음에서 마음으로 온 서쪽 땅을 따라온 것이다.

노래가 끝나고 정적의 순간이 지나가자 다시 소란이 일었다. 전보다 더 큰 갈채와 함성이 일었지만, 성난 고함 소리도 있었고, 군중 속 어딘가에서 목소리가 중후한 남자가 "레로! 레로! 레로!"라고 외쳤으며 다른 목소리들이 그 소리를 이어받아 높은 곡조에 빠른 박자의 노래를 불렀다. 한 번도 들어본 적 없었지만 분명히 오래된, 축제와 행진과 숭배의 노래 중 하나임을 알수 있었다. 우리가 자유롭게 우리 신을 찬미했을 때 거리에서 불렀던 노래들. 말 탄 부대가 군중 속으로 밀고 들어오는 것이 보였고, 그 덕분에 일어난 동요로 노랫소리는 힘을 잃고 잦아들었다. 오렉과 그라이가 계단을 내려가서 동쪽으로, 광장을 가로지르지 않고 알드 부대 뒤편으로 가는 것이 보였다. 군중은 아직도 기수들에게 저항하고 있었지만, 서서히 자리를 내어주고 있었다. 똑바로 돌진하는 말에게서 비키지 않기는 무척 힘든 일이다. 나도 증언할 수 있다. 나는 받침대에서 미끄러져 내려가서 군중 속을 헤치고 의회당 길까지 갔다. 의회당 길을 달려 올라가서 세관 뒤를 질러간 후, 서쪽 거리에서 친구들과 만났다.

사람들 한 무리가 두 사람을 뒤따랐지만, 바싹 다가서지는 않았고 대부분은 북쪽 운하를 건너는 다리쯤에서 멈췄다. 작가와 음유시인은 성스럽고 방해해서는 안 될 존재였다. 나는 받침대 위에 있을 때, 해군성 계단 위 인도에서 오렉이 서 있던 자리를 만지고 건드리며 축복을 구하는 사람들을 보았다. 그리고 한동안은 아무도 그 자리 위로 걸어가지 않았다. 같은 방식으로 그들은 거리를 두고 오렉을 따라가면서 찬사와 농담을 던지고 〈자유)를 노래했다. 그리고 한순간, 다시 한 번 성가가 피어올랐다.
"레로! 레로! 레로!"

우리는 언덕을 올라 갈바만드로 가면서 한 마디도 하지 않았다. 오렉은 갈색 얼굴이 피로에 잿빛이 되어 있었고, 눈먼 사람처럼 걸었다. 그라이가 그의 팔을 잡았다. 그는 곧장 상방으로 올라갔다. 그라이는 그가 한동안 쉴 거라고 말했다. 나는 이제야 그의 선물이 치르는 대가를 보았다.

✦

저녁 이른 시각, 나는 마구간 뜰에서 새로 태어난 새끼 고양이들과 놀고 있었다. 보미의 고양이들은 셰타르가 나타난 후 쭈뼛거리며 물러갔지만, 새끼들은 두려움을 몰랐다. 이 녀석들은 무턱대고 신이 나서 장작더미 위로 안으로 쫓아다니고, 꼬리를 밟고 넘어지고, 잠깐 멈춰서 작고 동그랗고 열중하는 눈동자로 빤히 보다가 다시 날아다닐 나이였다. 구딧은 말 산책로에서 별이를 운동시키고 있었다. 그는 무뚝뚝하고 못마땅한 분위기를 풍기며 새끼 고양이들을 지켜보았다. 한 마리가 기둥을 타고 올라갔다가 내려갈 방법을 모르고 매달려서 울어댔다. 구딧은 녀석을 부드럽게 기둥에서 떼어내더니, 부드럽게 장작더미에 내려놓으며 말했다. "해충 같으니라고."

말발굽 소리가 들리더니, 푸른 외투의 장교 하나가 달려 들어와서 아치길에 말을 세웠다.

"흠?" 구딧은 굽은 등을 최대한 똑바로 펴고 쏘아보면서 크고 호전적인 목소리로 말했다.

"안술 간드의 궁전으로부터 작가 오렉 카스프로에게 전언이오." 장교가 말했다.

"흠?"

장교는 호기심 어린 눈길로 노인을 바라보았다. "간드께서 시인에게 내일 오후에 궁전에 출석하시라 하오." 말투가 제법 정중했다.

구딧은 짧게 고개를 끄덕이고 등을 돌렸다. 나 역시 변명 삼아 새끼 고양이를 한 마리 들고 몸을 돌렸다. 나는 그 우아한 구렁말을 알고 있었다.

"여, 멤." 누군가가 말했다. 나는 얼어붙었다. 마지못해 몸을 돌리자, 시미가 마구간 뜰 안에 서 있었다. 장교는 암말을 아치 길 밖으로 뒷걸음질시켰다. 그는 말을 돌리면서 시미에게 뭔가 말했고, 시미는 그에게 경례를 붙였다.

"우리 아빠야." 시미는 자랑스러운 기색이 역력했다. "같이 가도 되느냐고 물었어. 네가 사는 델 보고 싶었거든." 내가 말없이 바라보자 시미의 얼굴에서 미소가 사라졌다. "지, 진짜 크구나. 궁전보다 더 큰 것 같다." 나는 아무 말도 하지 않았다. "내가 이제까지 본 중에 제일 큰 집이야." 시미가 말했다.

나는 고개를 끄덕였다. 어쩔 수 없었다.

"그건 뭐야?"

시미는 다가와서 몸을 숙이고 새끼 고양이를 들여다보았다. 고양이는 내 손 안에서 버둥거리며 맹렬히 나를 할퀴었다.

"새끼 고양이."

"아. 그거, 그거 사자가 낳은 거야?"

어떻게 이렇게까지 멍청할 수가 있지?

"아니, 그냥 집고양이야. 자!" 나는 고양이를 시미에게 넘겼다.

"어." 그는 고양이를 떨어뜨릴 뻔했다. 새끼 고양이는 작은 꼬리를 휘날리며 뛰어내렸다.

"발톱 참." 시미는 손을 빨며 말했다.

"그래, 진짜 위험하지." 내가 말했다.

시미는 어리둥절한 표정이었다. 그는 언제나 당황한 얼굴이었다. 그렇게 혼란스러워하는 사람을 이용하는 것은 볼썽사나운 짓이었다. 그러나 싫다 좋다 할 수 없는 일이기도 했다.

"집 구경해도 돼?" 시미가 물었다.

나는 일어서서 양손을 털었다. "아니. 바깥에서 볼 수는 있어. 하지만 안에 들어갈 순 없어. 원래는 여기까지도 들어오면 안 되는 거야. 이방인과 방문자들은 앞뜰에 멈춰서 초대를 기다려야 해. 예의를 아는 사람들이라면 거리에서 말을 내려서 문지방 돌을 건드린 후에 안뜰로 들어오지."

"어, 난 몰랐어." 시미는 뒤로 살짝 물러서며 말했다.

"몰랐던 거 알아. 너희 알드는 우리에 대해 아무것도 모르지. 너희가 아는 거라곤 우리가 너희 지붕 밑에 들어갈 수 없다는 것뿐이야. 너희가 우리 지붕 밑에 들어올 수 없다는 것조차 몰라. 무식해." 나는 내 안에 흔들리며 차오르는 의기양양한 분노의 홍수를 억누르려 했다.

"어, 있지. 난 우리가 친구가 될 수 있을 줄 알았어." 시미가 말했다. 언제나와 같이 비굴한 투였다. 그래도 그런 말을 하려면 용기를 내야 했을 것이다.

나는 아치를 향해 걸어갔고, 시미는 나를 따라왔다.

"어떻게 우리가 친구가 되겠어? 난 노예잖아. 기억해?"

"아니야. 노예는…… 노예는 거세된 남자랑, 여자고, 그리고……." 시미는 정의를 내리지 못했다.

"노예란 주인이 명령하는 대로 해야 하는 사람이지. 명령을 듣지 않으면 얻어맞거나 죽고. 너희는 너희가 안술의 주인이라고 말하잖아. 그러니 우린 노예가 되지."

"넌 내가 하라는 대로 하지 않잖아. 넌 노예가 아니야."

일리 있는 지적이었다.

우리는 마구간 뜰을 빠져나가서 주 건물의 높은 북쪽 벽 아래를 걸었다. 땅에서부터 3미터 높이로 육중한 사각돌을 쌓아올린 벽이었다. 그 위에는 더 섬세한 석조 층에 높은 이중 아치 창문들이 있었고, 그보다 더 위에는 조각을 한 처마 돌림띠가 석판 지붕의 깊은 처마를 떠받쳤다. 시미는 몇 번인가 곁눈질로 잽싸게 위쪽을 쳐다보았다. 말이 무서워하는 물건을 쳐다볼 때와 비슷한 눈길이었다.

우리는 빙 돌아서 앞뜰로 들어갔다. 앞뜰은 집 앞면 전체에 펼쳐져 있었다. 거리에서는 한 계단 위였고, 아케이드를 이루며 줄지어 선 기둥으로 분리되어 있었다. 바닥은 반질반질한 회색과 검은색 돌로 포장했는데, 복잡한 기하학적 무늬에 맞추어 미로를 만들었다. 이스타는 옛날 한 해의 첫날과 춘분에 사물의 성장을 축복하는 이에네에게 노래를 부르며 그 미로에서 춤을 추었다고 이야기해주었다. 포장 바닥은 지저분했다. 흙과 낙엽이 흩어져 있었다. 다 쓸어내기란 큰일이었다. 가끔 시도는 해보았지만 깨끗하게 치울 수가 없었다. 시미는 미로를 가로질러 걷기 시작했다.

"거기서 떨어져!" 내가 말했다. 시미는 펄쩍 뛰고는 나를 따라 기둥 사이 계단을 내려가서 거리에 섰다. 아무것도 모르고 놀라서 쳐다보는 얼굴이 새끼 고양이들과 비슷했다.

"악마야." 나는 으르렁거리듯이 웃으며 회색과 검은색으로 이루어진 돌 문양을 가리켰다. 시미는 미처 보지도 못했던 모양이었다.

"저게 뭐야?" 시미는 신탁의 분수 밑동을 보고 있었다.

분수는 대문을 마주 보았을 때 오른쪽에 있다. 수반은 너비 3미터 정도의 녹색 사문석(레로의 돌이다)이다. 물은 중앙 분출구에서 솟았었다. 옛날에는 항아리 모양으로 만들어서 물냉이잎과 백합을 조각했던 대리석 덩어리도 지금은 과거를 알아보기 힘들 만큼 망가져서 청동 주둥이만 삐져나와 있다. 수반에는 흙과 낙엽이 쌓였다.

"악마의 물이 가득 찬 분수지. 몇백 년 전에 말랐어. 그래도 악마를 몰아내겠다고 너네 병사들이 깨뜨렸지."

"계속 악마 얘기를 할 필요는 없잖아." 시미는 퉁명스레 말했다.

"아 하지만 봐. 보라고. 항아리 아래쪽에 저기 작은 조각들 있지? 그게 글자야. 글이라고. 글은 흑마술이지. 글로 쓴 말은 다 악마잖아? 가까이 가서 읽어볼래? 악마가 나오나 자세히 보고 싶어?"

"그만해, 멤." 시미는 상처받고 분개해 나를 노려보았다. 그게 내가 원한 거였지. 그렇지 않던가?

"알았어." 나는 잠시 후에 말했다. "하지만 이것 봐, 시미. 우리가 친구가 될 방법은 없어. 네가 분수에 쓰인 말을 읽을 수 있을 때까지는. 네가 저 돌을 만지고 우리 집에 축복을 청할 수 있기 전에는."

시미는 계단 중앙에 박힌 길쭉한 상아 빛 '문지방 돌'을 보았다. 오랜 세월 동안 사람 손이 만져서 부드럽게 패여 있었다. 나는 허리를 굽히고 돌을 만졌다.

시미는 아무 말도 하지 않았다. 그는 결국 몸을 돌려 갈바 거리로 내려갔다. 나는 그의 뒷모습을 지켜보았다. 승리감은 없었다. 패배감뿐이었다.

‿‿‿

오렉은 저녁이 되자 회복되고 굶주려서 식사를 하러 왔다. 우리는 우선 그의 낭송에 대해 이야기했다. 오렉과 그라이와 나는 수장 어른에게 오렉이 무슨 말을 했으며 군중이 어떻게 반응했는지 이야기했다.

오렉의 낭송을 들으러 시장에 내려갔던 소스타는 전보다 더 넋이 나가서 맥 풀린 얼굴로 식탁 너머를 응시하고 있었다. 오렉은 결국 측은함을 느끼고 농담을 해보려 했지만 그게 통하지 않자 소스타의 마음을 자신에게서 진짜 미래로 돌리고자 혼인 후에 어디에서 살지 물었다. 소스타는 가까스로 약혼자가 우리 집안에 합류하여 갈바가 되기로 했다고 설명했다. 사람들이 이런저런 일을 하는 방식에 흥미를 갖고 있는 오렉과 그라이는 우리네 '혼인-계약'과 친족 선택의 관습에 대해 꼬치꼬치 물었다. 대개 소스타는 사모의 마음에 말문이 막혀 멍하니 쳐다보기만 했고 수장 어른이 대답을 했다. 그러나 이스타가 식탁에 앉자 직접

410

사윗감을 자랑할 기회가 주어졌고 이스타는 기꺼이 그렇게 했다.

그라이가 말했다. "혼인식 전에는 내내 그 남자 분과 소스타가 서로를 보지 못한다니 힘들겠네요. 석 달이나!"

"약혼한 한 쌍이라도 예전에는 공공행사에서 만날 수 있었지요." 수장 어른이 설명했다. "하지만 지금은 무도회도 축제도 없습니다. 그래서 가엾게도 지나치면서 훔쳐보는 수밖에 없는 거죠……."

소스타는 얼굴을 붉히며 헤죽거렸다. 소스타의 약혼자는 저녁마다 꼬박꼬박 친구들과 부근을 지나갔다. 그것도 딱 이스타와 소스타와 보미가 갈바 거리가 보이는 옆 뜰에 나가 앉아서 바람을 쐴 때 말이다.

저녁 식사 후에 나머지 우리들은 작은 북쪽 뜰로 갔다. 데삭이 벌써 와서 기다리고 있었다. 그는 다가와서 오렉의 양손을 잡고 축복의 말을 외쳤다. "당신이 우릴 위해 말해줄 줄 알았어요! 도화선에 불이 붙었소."

"간드가 내 행동을 어떻게 생각할지 봅시다." 오렉이 말했다. "비난을 받을지도 몰라요."

"간드가 사람을 보냈소?" 데삭이 물었다. "내일? 몇 시에?"

"오후 늦게. 그렇게 말했지, 메메르?"

나는 고개를 끄덕였다.

"갈 건가요?" 수장 어른이 물었다.

"당연하지요." 데삭이 말했다.

"거부하기는 힘들지만, 연기해달라고 할 수는 있을 겁니다." 오렉은 말하면서 수장 어른을 바라보았다. 왜 그런 질문을 했는지 알고 싶은 눈빛이었다.

"가야 해요. 딱 좋은 시간입니다." 데삭의 말투는 무뚝뚝하고 군사적이었다.

오렉이 '가야 한다'라는 말을 싫어하는 걸 알 수 있었다. 오렉은 수장 어른에게서 눈을 떼지 않았다.

"연기해서 얻을 것은 없지 싶군요." 수장 어른이 말했다. "그러나 가면 위험할 수도 있어요."

"혼자 가야 할까요?"

"그래요." 데삭이 말했다.

"안 돼." 그라이가 차분하고 담담한 목소리로 말했다.

오렉은 나를 보고 말했다. "우리만 빼고 다들 명령을 내리는구나, 메메르."

"신들은 시인을 사랑하시니, 그들이 신들과 같은 법을 따르기 때문이라." 수장 어른이 말했다.

"술터, 내 친구여. 어떤 일에나 위험은 있습니다." 데삭이 조바심과 동정을 담아 말했다. "당신은 이곳에서 벽에 둘러싸여 거리의 삶과 사람들의 활동에서 떨어져 있지요. 당신은 옛 시대의 그림자 속에서 살고 그들의 지혜를 함께합니다. 그러나 지혜가 행동에 있는 때가, 신중함이 파멸이 되는 때가 와요."

"행동하려는 의지가 생각을 좌절시키는 때가 온다고 해야겠지." 수장 어른은 음울하게 말했다.

"내가 얼마나 기다려야 합니까? 답은 주어지지 않았어요!"

"나에게는 안 왔지." 수장 어른은 아주 잠깐 나를 보았다.

데삭은 알아차리지 못했다. 그는 이제 화를 냈다. "당신의 신탁은 내 것이 아닙니다. 난 여기에서 태어나지 않았어요. 책과 아이들이 하라는 대로 하십시오. 나는 내 머리를 쓰겠습니다. 이방인이라서 날 믿지 못하겠다면 오래전에 그렇게 말했어야지요. 나와 같이 있는 사람들은 날 믿습니다. 그 사람들은 내가 안술의 자유와, 순드라만과 유대를 회복하는 것 말고는 아무것도 바라지 않는다는 걸 알지요. 오렉 카스프로도 그걸 알아요. 그는 나를 지지합니다. 이제 가보겠습니다. 여기 갈바만드에 다시 오는 날은 도시가 자유로워진 후일 겁니다. 그때는 당신도 날 믿겠지요!"

데삭은 몸을 돌려 뜰 밖으로 걸어 나갔다. 집 안을 통과하지는 않고, 북쪽 끝으로 열린 무너진 계단을 내려갔다. 그는 모퉁이를 돌아서 사라졌다. 수장 어른은 고요히 서서 그 뒷모습을 지켜보았다.

한참 후에 오렉이 물었다. "바보같이 제가 불을 붙인 건가요?"

"아니요." 수장 어른이 말했다. "아마 부싯돌에서 튄 불똥이겠지요. 탓할 수 없어요."

"내일 간다면 혼자 가겠습니다." 오렉이 말했지만, 수장 어른은 살짝 웃고 그라이를 보았다.

"당신이 가면 나도 가. 알잖아." 그라이가 말했다.

오렉은 잠시 후에 말했다. "그래, 알아. 하지만." 그는 수장 어른을 향해 말했다. "제가 오늘 지나치게 갔다면, 간드가 저를 벌해서 힘을 보여야 할지도 모릅니다. 그걸 두려워하시는 건가요?"

수장 어른은 고개를 흔들었다. "그렇다면 병사들을 보냈을 거예요. 내가 두려워하는 건 데삭입니다. 그 사람은 레로를 기다리지 않을 거예요."

레로는 우리 도시가 서 있는 땅의 오래되고 성스러운 영혼이다. 레로는 균형의 순간이다. 레로는 항구 시장에 있는 거대한 둥근 돌로, 언제라도 움직일 수 있게 되어 있지만 한 번도 움직인 적이 없었다.

수장 어른은 곧 피곤하다고 말하며 안으로 들어갔다. 내게 따라오라거나 나중에 오라는 신호는 보내지 않았다. 그는 천천히 발을 끌며, 자기 몸을 겨우 지탱하며 집 안으로 들어갔다.

그날 밤 나는 몇 번이나 깨어나서 책에 있던 말, '부서진 것이 부서진 것을 고치리라'를 보고, 그 말을 하는 목소리를 듣고, 그 말을 되새기고 또 되새기며 의미를 이해하려 애썼다.

11

다음 날 아침에는 새벽같이 집 안의 경배 행위를 마치고 두 시장에 다 들렀다. 필요한 식료품을 사기 위해서만이 아니라 도시가 어떻게 돌아가고 있는지 보기 위해서였다. 나는 모든 것이 변할줄 알았다. 모두가 나처럼 엄청난 일이 일어나는 데 대비하고 있을 줄 알았다. 그러나 아무도 아무것에도 대비하지 않는 것 같다. 모든 것이 언제나와 같았다. 사람들은 서로를 쳐다보지 않고, 말썽을 피해서 빠른 걸음으로 거리를 움직였다. 푸른 외투를 입은 알드 경비병들이 시장 구석을 활보했다. 행상인들은 매대를 지켰고, 아이들과 늙은 여인들이 거래를 하고 물건을 사고 샛길로 조용히 집에 들어갔다. 긴장감도 흥분도 없었고 아무도 평소와 다른 말은 하지 않았다. 딱 한 번, 누군가가 세관 거리 다리를 건너면서 휘파람으로 〈자유〉 몇 음절을 부는 것을 들었을뿐이다.

그날 오후 늦게 의회당으로 출발한 오렉과 차이는 걸어서 갔다. 세타르는 데려갔지만, 나는 데려가지 않았다. 말도 없이 마부를 데려갈 이유가 없거니와, 위험할지도 모른다고 걱정한 탓이었다. 나는 안도했다. 시미와 마주치고 싶지 않았다. 그 애를 생각할 때마다 부끄러워 마음이 무거워졌다.

그러나 두 사람이 떠나자마자 나는 집에 있을 수 없음을 깨달았다. 집에 앉아서 기다리는 것은 견딜 수 없었다. 두 사람이 있는 의회당에 조금이라도 가까이 가야 했다. 근처에 있어야 했다.

나는 여자 옷을 입고, 어린아이나 남자처럼 머리를 길게 늘어뜨리는 대신 매듭을 지어 올렸다. 마부 멤이나 다른 어느 소년이 아니라 메메르라는 소녀가 되었다. 나 자신이어야 했기 때문에, 내 옷을 입고 싶었다. 두 사람과 같이한다는 느낌을 받으려면 조금은 위험을 감수해야 했다.

나는 여자들이 늘 걷는 방식대로 눈을 올리지 않고 빠른 걸음으로 갈바 거리를 걸어서 중앙 운하를 건너는 금세공인 다리까지 갔다. 안술의 금은 대부분 아수다르를 부유하게 해주기 위해 실려 갔다. 다리 위에 있는 상점은 대부분 오래전에 문을 닫았지만, 일부 가게에서는 아직도 싸구려 장신구와 경배용 초 등을 팔았다. 도로 밖으로 빠져 있는 그런 가게에 들어가서 친구들이 나오는지 지켜볼 수 있을 것이다.

시장에서는 아무것도 벌어지지 않았고, 의회당에 제일 가까운 이 다리에도 동요의 흔적이 없었으며, 경비를 맡은 알드 보병두 사람마저 다리 계단에 늘어져서 주사위 놀이를 하고 있는데도 나는 뭔가가 일어나고 있거나, 곧 일어날 거라는 느낌을 지울수가 없었다. 머리 위에서 뭔가 엄청난 것이 구부러지고 구부러지다가 곧 부러질 것 같은 느낌이었다.

나는 어느 상점 현관 그늘에 섰다. 가게를 지키는 노인과 이야기를 잠시 나누고, 친구를 만나려고 기다리는 중이라고 말했다. 노인은 알 만하다는 듯, 못마땅하다는 듯이 고개를 끄덕였지만 머물게 해주었다. 이제 그는 나무 구슬과 유리 팔찌와 향이 담긴 쟁반들을 늘어놓은 계산대 뒤에서 졸고 있었다. 밖에는 많은 사람이 지나가지 않았다. 문틀에 작은 신소가 있어서 나는 이따금씩 그 벽감 턱을 만지며 축복을 속삭였다.

마치 꿈속에서처럼 사자가 꼬리를 흔들며 걸어가는 모습이 보였다.

나는 가게에서 튀어나가서 친구들과 보조를 맞추어 걷기 시작했다. 그들은 조금밖에 놀라지 않은 얼굴이었다. "그 머리 맘에 드는데." 그라이가 말했다. 복장은 차이였지만, 그 역할대로 행동하지는 않았다.

"어떻게 됐는지 말해줘요!"

"집에 도착하면."

"아뇨, 제발, 지금요!"

"알았다." 오렉이 말했다. 우리는 다리 북쪽 끝 계단에 와 있었다. 오렉은 난간을 친 대리석 보도가 운하 위로 돌출한 기단부에서 몸을 틀었다. 거기에서부터 배와 어부들이 이용하는 부두를 향해 좁은 층계가 이어졌다. 우리는 계단을 밟고 다리 바로 밑에 있는 운하 둑으로 내려갔다. 거리에서 보이지 않는 장소였다. 우리는 우선 내려가서 물을 건드리며 우리의 네 운하를 만들어주는 순디스 강에 축복의 말을 던졌다. 그런 후에 다 같이 쪼그리고 앉아서 갈색이 섞인 반투명한 녹색 물이 흐르는 광경을 지켜보았다. 강물이 다급함도 같이 실어가는 것 같았다. 그러나 나는 곧 물었다. "그래서요?"

"음, 간드는 오렉이 어제 시장에서 읊은 이야기를 듣고 싶어 했어." 그라이가 대답했다.

"아디라와 마라를?"

둘이 같이 고개를 끄덕였다.

"좋아하던가요?"

"응." 오렉이 말했다. "우리에게도 그런 전사들이 있는 줄 몰랐다고 하더구나. 하지만 특히 늙은 술의 군주를 좋아했어. 이렇게 말했지. '칼의 용기가 있고 말의 용기가 있는데, 말의 용기가 더 보기 드물지요.' 이오라스와 술터 갈바를 한자리에 모을 방법을 알았으면 좋겠어. 그 둘은 서로를 이해할 거야."

며칠 전이었다면 이 말이 불쾌했을 테지만, 지금은 옳은 말 같았다.

"이상한 일은 없었어요? 설마하니 〈자유〉를 불러보라고 하진 않았겠죠?"

오렉은 웃었다. "안 그랬지. 하지만 작은 소란이 일어나기는 했다."

"오렉이 낭송을 시작하는데 사제들이 또 천막 안에서 경배의 노래를 부르기 시작했어." 그라이가 말했다. "큰 소리로. 북도 치고. 심벌즈도 잔뜩. 이오라스는 먹구름처럼 새까매졌어. 오렉에게 잠시 멈추라고 하더니 장교를 천막 안으로 보냈지. 새빨간 복장에 거울을 주렁주렁 단 모습이 호화롭기는 했지만 얼굴은 죽도록 험상궂은 우두머리 사제가 나왔어. 그 자리에 서서는, 불타는 신에 대한 성스러운 경배는 불결한 야만족의 무례에 방해받을 수 없다고 말하더라. 이오라스는 희생 의식은 해 질 녘에 이루어지지 않느냐고 말했어. 사제는 의식은 시작되었다고 했고. 이오라스는 아직 해가 지려면 두 시간이 남았다고 했지. 사제는 의식은 시작되었고 계속될 거라고 말했어. 그러자 이오라스가 말했지. '불경한 사제는 왕의 신발에 든 전갈이로다!' 그리고 노예들을 보내어 동쪽 운하 바로 위 아케이드 옆에 기둥을 세우고 양탄자를 쳐서 그늘을 만들게 했고, 모두 그쪽으로 옮겨 간 후에 오렉은 낭송을 계속했어."

"하지만 이오라스는 그 힘겨루기에서 졌어." 오렉이 말했다. "사제들은 희생 의식을 계속했지. 이오라스는 결국 의식을 다 놓치지 않으려고 서둘러 천막으로 돌아가야 했어."

"사제들은 사람들이 뛰게 만드는 데 능하지." 그라이가 말했다. "벤드라만에도 사제들이 많거든. 사람들을 좌지우지해."

"흠." 오렉이 말했다. "사제들은 영예를 얻고 중요한 의식들을 집전하지. 그래서 도덕과 정치에 관여하게 돼……. 이오라스가 이 무리에게 맞서려면 최고 간드의 지지가 필요할 거야."

"난 간드가 당신을 지지대로 보는 것 같아." 그라이가 말했다. "이곳 사람들과 접점을 만들어볼 방법으로 말이야. 당신을 불러온 것도 그래서일지도 몰라."

오렉은 생각에 잠긴 얼굴로 앉아서 그 말을 곰곰이 생각했다. 머리 위 높이 있는 거리를 말 한 마리가 달려갔다. 돌에 부딪치는 발굽 소리가 크고 요란했다. 매끈한 수면에 잔물결이 지며 운하 가운데를 흐르던 물이 넘실거렸다. 온종일 불던 해풍은 잦아든 상태였고, 저녁이 되어 처음으로 부는 육풍이었다. 흙바닥에 엎드려 있던 셰타르가 일어나 앉더니 낮게 노래하듯이 으르렁거렸다. 등줄기를 따라 털이 곤두서면서 몸이 부풀었다.

대리석 계단 제일 아랫단과 부두 말뚝에 물이 찰랑거렸다. 도시 위 초록색 언덕 위로 스러져가는 적금색 햇빛에 연기 빛이 섞여 있었다. 이 아래 물가에서는 모든 것이 평화로웠지만 그래도 숨을 참는 것 같았고, 모든 것이 가만히 준비를 하는 것 같았다. 사자가 팽팽하게 긴장한 채 일어서서 귀를 기울였다.

또 한 마리가 우리 위에 걸린 다리를 달려갔다. 아니, 한 마리 이상이었다. 발굽 소리가 요란하게 울렸고, 다리를 달려가는 발소리와 고함 소리가 바로 위에서도, 멀리 떨어진 곳에서도 들렸다. 우리는 이제 모두 일어서서 다리 위의 대리석 난간과 건물 뒷면들을 올려다보고 있었다. "무슨 일이지?" 오렉이 말했다.

나는 무슨 말을 하는지도 모르면서 큰 소리로 말했다. "터진 거예요. 터졌어요."

이제는 우리 바로 위에서 고함 소리가 들렸고 말이 울었고 거친 발소리와 더 많은 고함 소리와 드잡이질 소리가 들렸다. 오렉은 층계를 올라가다가 멈춰 서서 대리석 난간에 있는 사람들을, 몰려서 싸우거나 드잡이질을 하거나 명령을 내리거나 공포에 질려 비명 지르는 사람들을 보았다. 무엇인가가 난간을 넘어오자 오렉은 몸을 숙였다. 커다랗고 시커먼 것이 육중한 쿵 소리를 내며 층계 옆 진흙에 처박혔다. 층계 꼭대기에 머리가 나타났고, 사람들이 아래를 내려다보며 손짓을 하고 소리를 질렀다.

오렉이 계단에서 펄쩍 뛰어내렸다. "다리 밑으로!" 그가 말했고 우리 넷은 달려가서 다리가 물가와 만나는 곳, 다리 위에 있는 사람들이 볼 수 없는 제일 낮은 아치 아래로 숨었다.

떨어진 물체를 보았다. 크지 않았다. 그저 한 사람일 뿐이었다. 계단 발치에 지저분한 옷 뭉치처럼 누워 있었다. 머리는 보이지 않았다.

아무도 계단을 내려오지 않았다. 다리 위의 소동이 갑자기 완전히 잦아들었다. 멀리 의회당 쪽에서 엄청나게 크고 분명치 않은 소리가 들리긴 했지만. 그라이는 떨어진 남자에게 다가가서 무릎을 꿇고, 모습이 보일까 싶어 머리 위 난간을 한두 번 올려다보았다. 그녀는 금세 돌아왔다. 양손이 진흙인지 피인지로 더러워져 있었다. "목이 부러졌어." 그라이가 말했다.

"알드예요?" 내가 속삭였다.

그라이는 고개를 저었다.

오렉이 말했다. "여기 잠시 남아 있을까, 아니면 갈바만드로 돌아갈까?"

"거리로 움직이는 건 안 돼." 그라이가 말했다.

둘 다 나를 보았고, 나는 말했다. "제방을 따라서요." 그들은 무슨 말인지 몰랐다. "여기 있고 싶진 않아요." 내가 말했다.

"앞장서." 오렉이 말했다.

"어두워질 때까지 기다려야 할까?" 그라이가 물었다.

"나무 밑은 괜찮을 거예요." 나는 거대한 버드나무들이 둑 위로 몸을 굽힌 운하 상류를 가리켰다. 집에 가고 싶어 견딜 수 없었다. 수장 어른 때문에, 갈바만드 때문에 무서웠다. 나도 그곳에 있어야 했다. 나는 물을 멀리하고 벽에 가까이 붙어서 이동했고, 우리는 곧 버드나무 아래로 들어갔다. 몇 번인가 멈춰서 뒤를 돌아보았지만 이 밑에서 보이는 것이라곤 다리 위의 건물 뒷면들, 그리고 운하 너머 벽과 나무 꼭대기와 지붕들뿐이었다. 거리에서는 아무 소리도 들려오지 않았다. 공기는 탁했고, 연기 냄새가 나는 것 같았다.

우리는 제방에 도착했다. 언덕 사이로 흘러오는 순디스 강을 감싸고 나누는 요새 같은 돌벽이었다. 안술의 아이들이 다 그렇듯 나도 제방에서, 벽 사이로 깎아놓은 가파른 계단을 오르고 틈을 뛰어넘고 일꾼과 인부들이 쓰려고 판자를 사슬로 엮어 강둑 사이를 연결한 좁은 다리를 뛰어다니면서 놀았었다. 그 당시 우리는 아이들이 판자 위에서 쿵쿵 뛰어서 다리가 물 위로 거칠게 출렁이는 동안 한 명이 판자 다리를 건너게 부추기는 놀이를 했다. 지금 우리가 부추겨야 할 대상은 셰타르였다. 셰타르는 물이 넘실거리는 부서지기 쉬운 판자 다리를 한 번 보더니 꼬리를 내리고, 어깨를 올린 자세로 웅크리고 앉았다. 또렷한 의사 표시였다.

그라이는 즉시 셰타르 옆에 앉아서 귀 뒤편에 손을 올려놓았다. 그라이와 셰타르는 의논을 하는 것 같았다. 거기까지는 보았지만, 마음이 급해 나는 벌써 다리를 건너고 있었다. 일단 시작하면 멈출 수 없다. 한 번에 끝까지 가야 한다. 나는 바보스럽고 절박한 기분으로 한달음에 다리를 건너서 반대편 둑에 섰다. 그때 그라이와 셰타르 둘 다 일어서더니 운하를 건너기 시작했다. 그라이는 판자에서 판자로 척척 걸음을 옮겼고, 셰타르는 그 옆에서 강인한 머리를 물 위로 내밀고 헤엄쳤다. 오렉이 그라이 뒤를 따랐다.

일단 기슭에 도착하자 셰타르는 몸을 털었지만, 고양이는 개처럼 물을 다 털어내지 못한다. 셰타르의 모피는 어스름 속에 검게 젖었고, 마르고 작고 줄어들어 보였다. 셰타르는 새하얀 이를 드러내며 무섭게 으르렁거렸다.

"다른 다리랑 배가 있어요." 내가 말했다.

"앞장서." 오렉이 말했다.

나는 그들을 이끌고 교각을 가로질러 동쪽 운하로 갔다. 이번에도 아까와 같은 방식으로 건너갔다. 그런 후에는 좁고 가파른 옆 계단을 통해 동쪽 운하와 강의 원류를 갈라놓은 쐐기 모양의 거대한 교각 위를 가로질러서 다시 강으로 내려갔다. 그 무렵에는 꽤 어두워져 있었다. 언제나 그 자리에 있는 줄배를 타고 강을 건넜다. 배는 우리 쪽 기슭에 있었다. 안에 타고 줄에 달린 배를 끌었다. 물살이 강해서, 배를 끄는 데 오렉과 나 둘의 힘이 필요했다. 셰타르는 배에 타고 싶어 하지 않았고, 배 안에 있고 싶어 하지도 않았으며, 건너는 동안 계속 으르렁거렸고 가끔은 짧게 포효하기도 했다. 셰타르는 몸을 떨었다. 추위 탓인지, 두려움 탓인지, 노여움 탓인지 몰랐다. 그라이는 이따금씩 셰타르에게 말을 걸었지만, 대개는 셰타르의 귀 뒤에 손을 얹고만 있었다.

줄배 나루터는 옛 공원 발치에 있다. 그라이는 줄을 끌렀고 셰타르는 숲의 어둠 속으로 뛰어올라 사라졌다. 우리는 그 뒤를 따라 나무 사이로 길을 찾고, 그라이와 셰타르와 내가 함께 걸었던 오솔길을 올라갔다가 다시 갈바만드로 내려가서 집 북동쪽으로 접근했다. 사자는 우리 앞에서 그림자들 속의 그림자처럼 달렸다. 우리 집은 언덕처럼 거대하고, 어둡고, 고요하게 서 있었다.

나는 공포에 질려 생각했다. '죽었어. 다 죽은 거야.'

나는 다른 사람들을 앞질러 뜰을 가로지르고 집 안으로 달려 들어가면서 식구들을 소리쳐 불렀다. 답이 없었다. 깜깜한 수장 어른의 방을 질러 그 뒤에 있는 비밀방으로 갔다. 손이 너무 떨려서 문을 여는 글자를 쓰기가 힘들었다. 방 안에는 희미한 별빛 밖에 없었다. 아무도 없었다. 나에게 말을 거는 책들과 동굴 속의 존재밖에 없었다.

나는 문을 닫고 다시 어두운 복도와 회랑을 지나 사람들이 사는 구역으로 달려갔다. 넓은 뜰 저편에 따뜻한 불빛이 보였다. 다들 우리가 식사를 하는 저장고에 모여 있었다. 수장 어른, 구딧, 이스타, 소스타, 보미에 그라이와 오렉도 그쪽에 도착해 있었다. 나는 문간에서 멈춰 섰다. 수장 어른이 다가와서 나를 팔에 안았다. "애야, 애야." 나는 온 힘을 다해서 그에게 매달렸다.

우리는 식탁에 둘러앉았다. 이스타는 차려놓은 빵과 고기를 먹어야 한다고 우겼고, 실제로 나는 미친 듯이 배가 고팠다. 우리는 서로에게 아는 내용을 이야기했다.

구딧은 오랜 친구들, 그러니까 마부와 마구간지기들이 모여 앉아서 말에 대해 천천히 이야기를 늘어놓곤 하던 중앙 운하 근처 맥줏집에 가 있었다고 했다. "갑자기 의회당 언덕 위에서 요란한 소리가 들렸지. 그러더니 연기가 올랐어. 시커먼 연기가 뭉게뭉게." 나팔 소리가 울렸고, 알드 기병과 보병들이 의회당 길을 따라 달려 올라갔다. 구딧과 친구들은 갈바 거리까지는 갔지만, 이미 의회당 광장 입구에 엄청난 군중이 모여 있었다. 알드와 시민 양쪽 다. "고함을 지르고 화를 내고, 알드는 칼을 뽑아 들고 있었어." 구딧은 말했다. "난 사람이 많은 게 싫어서 집에 오기로 했지. 도리에 맞게 말이야."

구딧은 갈바 거리를 따라 오려고 했지만, 길이 시민들 때문에 막힌 데다가 앞에서 싸움이 벌어지는 것 같았다. 구딧은 겔브 거리로 우회해서 서쪽 거리로 와야 했다. 시내에서도 우리 집 쪽은 조용한 것 같았지만, 의회당으로 가는 사람들이 보였다. 그리고 구딧이 갈바만드에 도착하자 알드 기병 부대가 달려가면서 허공에 검을 휘두르며 외쳤다. "거리에서 비켜라! 집으로 들어가! 거리를 비워!"

우리는 실제로 갈바 거리에서 싸움이 있었음을 확인해주었다. 금세공인 다리에서 남자 하나가 다리에서 떨어져 죽었다는 것도.

구딧이 집에 온 직후에 보미의 친구 하나가 달려와서 '다들 하는 말이' 의회당에 불이 났다고 하더라고 전했다. 하지만 집으로 도망치던 이웃 하나는 불이 붙은 건 의회당 뜰에 있는 알드의 큰 천막이고, 안에 있던 알드 왕과 붉은 사제 무리가 같이 탔다고 말했다.

그 후에는 아무 소식도 없었다. 어두워진 데다가 알드 병사들이 깔린 길거리에 나갈 사람이 없었던 탓이다.

이스타는 완전히 겁에 질렸다. 17년 전에 일어났던 도시 함락의 공포가 돌아와서 그녀를 압도한 것 같았다. 이스타는 우리를 위해 음식을 차리고 먹으라고 명했지만, 정작 자기는 한 입도 먹지 못했고 부들부들 떠는 걸 감추려고 무릎 위에 손을 내려놓고 있었다.

수장 어른은 이스타와 소스타와 보미를 잠자리로 들여보내면서 오렉과 그라이가 집 앞쪽을 지킬 거라고 말했다. "사자와 같이 말이오. 그러니 걱정할 것 없어요. 아무도 사자 옆을 지나가진 못할 테니까."

이스타는 순순히 고개를 끄덕였다.

"그리고 구딧은 언제나처럼 말들과 같이 있게. 메메르와 나는 오래된 방들에서 불침번을 서지. 밤에 소식을 갖고 찾아올 친구가 있을지도 모르니까 말이야. 그랬으면 좋겠는데." 수장 어른이 워낙 온화하고 쾌활하게 말한 덕분에 이스타와 여자들도 용기를 내는 것 같았다. 그런 척한 건지도 모르지만. 부엌을 치우자 세 사람은 용감하게 밤 인사를 하고 함께 들어갔다. 세 사람은 앞계단 위, 대문 바로 안에 자리를 잡은 그라이를 보았다. 그라이와 셰타르는 거리를 지나거나 앞뜰로 들어오는 것은 무엇이든 볼 수 있을 터였다. 오렉은 나머지 사람들 사이의 연락을 맡아서 한 번씩 구딧이나 수장 어른에게 들러보면서 아무도 없는 집 남쪽 면을 순찰했다.

분명하든 분명하지 않든 우리 모두 같은 것을 두려워하고 있었기 때문이다. 갈바만드가 다시 한 번 알드의 두려움, 또는 복수심의 과녁이 될지도 모른다는 것.

밤은 고요히 흘러갔다. 나는 몇 번인가 상방에 올라가서 도시를 내다보았다. 특별한 징후는 없었다. 언덕 사면이 의회당을 가렸다. 연기가 올라오거나 화재의 불빛이 보이지 않나 그쪽을 노려보았지만, 아무것도 없었다. 나는 다시 내려가서 긴 회랑에 있는 수장 어른과 합류했다. 우리는 대화를 조금 나눈 후에 말없이 앉아 있었다. 따뜻한 밤이었다. 초여름의 온화한 밤이었다. 나는 위층 창가로 다시 올라가볼 작정이었지만, 저도 모르게 앉아서 잠들었다가 목소리 때문에 깨어났다.

나는 공포에 질려서 튀어 일어났다. 방 끝에, 뜰로 통하는 문간에 남자 하나가 서 있었다. "여기 머물 수 있겠습니까? 숨겨주실 수 있나요?"

"그래요, 그래." 수장 어른이 말했다. "들어와요. 같이 온 사람은 없고? 들어와요. 여기는 안전해요. 따라온 사람이 있소?"
수장 어른은 다급함이라고는 느껴지지 않게 온화하고 평화로
운 투로 물었다. 그는 남자를 방 안으로 이끌었다. 나는 다른 사
람이 있나 보려고 그들 옆을 지나쳐 달려 나갔다. 누군가가 뜰에
서 있었다. 별빛 속에 어두운 형체를 보고 경고의 소리를 지를
뻔했지만, 다시 보니 오렉이었다.

"도망자야." 오렉이 속삭였다.

"따라온 사람은요?"

"내 눈에는 보이지 않았어. 난 다시 돌아볼 테니 여기에서 지
켜봐라, 메메르."

오렉은 재빨리 아케이드를 통과해 갔다. 나는 문간에 서서 밖
을 감시하며 수장 어른과 도망자의 대화에 귀를 기울였다.

"죽었어요." 남자는 쉰 목소리로 속삭였다. 말하면서 계속 기
침을 했다. "다 죽었어요."

"데삭은?"

"죽었어요. 전부 다요."

"의회당을 공격했소?"

"천막을요." 남자는 고개를 저으며 말했다. "불이." 그는 격렬
하게 기침을 토했다. 수장 어른은 탁자 위에 놓인 유리병으로 물
을 가져다주고, 앉아서 마시게 했다. 남자가 등잔 가까이 앉자
모습을 볼 수 있었다. 내가 아는 사람은 아니었다. 집에 온 적이
없는 사람이었다. 30대가량에, 머리는 산발이었고 옷과 얼굴은
흙인지 재인지 피인지 모를 것으로 더러웠다. 나는 그 옷이 궁전
에서 일하는 노예가 입는 줄무늬 옷임을 알아차렸다. 남자는 의
자에 구부정하게 앉아서 숨을 고르려 애썼다.

"천막에 불을 질렀군." 수장 어른이 말했다.

남자는 고개를 끄덕였다.

"간드가 안에 있었소? 이오라스가?"

남자는 이번에도 끄덕였다. "죽었어요, 다 죽었어. 지푸라기처럼 탔어요. 화톳불처럼……."

"하지만 데삭은 천막 안에 없었을 텐데. 아니, 물을 더 마시고 나서 말해주시오. 당신을 뭐라고 부르면 되겠소?"

"카데르 안트로입니다." 남자가 말했다.

"겔브만드 출신이로군. 아버님인 대장장이 안트로를 알고 지냈지. 내가 수장이었을 때 겔브 집안에서 말을 빌려주곤 했는데. 자네 아버지는 말발굽에 각별히 신경을 썼지. 아버님이 아직 살아 계신가, 카데르?"

"작년에 돌아가셨습니다." 남자는 말했다. 그는 물을 마시고 지친 얼굴로 앉아서 멍하니 앞을 바라보았다.

"우린 불을 놓고 나왔어요. 그런데 놈들이 있었어요. 놈들이 우릴 둘러싸고 다시, 다시 불 안에 밀어 넣었어요. 모두가 비명을 지르고 밀어댔어요. 전 나왔어요. 기어 나왔어요." 그는 놀란 눈으로 자기 몸을 내려다보았다.

"화상을 입었나? 다쳤어?" 수장 어른은 가까이 다가가서 남자를 굽어보고 팔을 건드렸다. "이게 화상인지, 베인 상처인지 모르겠군. 어디 한번 보세. 하지만 우선 어떻게 여기 갈바만드까지 왔는지 말해보게나. 혼자였나?"

"기어 나왔어요." 카데르가 되풀이해서 말했다. 그는 우리와 같이 조용한 방 안에 있는 게 아니라 불 속에 있었다. "기어 나와서…… 동쪽 운하 위까지 가서 뛰어내렸어요. 광장 전체에서 놈들이 반격을 하고 사람들을 죽였어요. 전…… 아래로…… 해안 거리까지 갔어요. 거리마다 경비병들이 뛰어다니고 있었어요. 전 집들 뒤에 숨었지요. 어디로 가야 할지 몰랐어요. 놈들이 여기로 올지도 모른다고 생각했어요. 신탁의 집으로. 어디로 가야 할지 몰랐어요."

"자넨 잘해냈어." 수장 어른은 변함없이 사람을 달래주는 담담한 어조로 말했다. "여기 불을 더 키워서 팔을 좀 보세. 메메르? 가서 천과 물을 더 가져다주지 않겠니?"

보초를 서던 자리를 떠나고 싶지는 않았지만, 그 남자는 쫓는 사람 없이 혼자 온 것 같았다. 나는 물그릇과 물, 천과 함께 부엌에서 다쳤을 때를 대비해서 보관해둔 약초 연고를 가져갔다. 그리고 카데르의 팔에 난 화상을 씻고 붕대를 감았다. 이런 일에는 수장 어른보다 내 손이 더 나았다. 상처를 치료받고, 수장 어른이 에누 축제와 비상사태용으로 보관해둔 묵은 브랜디를 조금 마시자 카데르도 정신이 돌아오는 것 같았다. 그는 우리에게 고맙다고 하고 더듬더듬 이 집에 축복을 청했다.

수장 어른은 몇 가지를 더 물었지만, 카데르는 많은 것을 이야기해주지는 못했다. 알드의 노예와, 카데르처럼 노예로 가장한 이들이 섞인 데삭의 소규모 무리가 의식이 벌어지는 동안 대천막에 잠입해서 몇 군데에 불을 질렀다. 그러나 계획이 틀어졌다. "그자들이 오지를 않았어요." 카데르는 계속 말했다. 음모자 중에 카데르와 데삭 같은 이들은 불타는 천막을 떠나다가 붙잡혔다. 광장에서 기다리다가 불길에서 도망쳐 나오는 알드 놈들을 공격하기로 했던 나머지 사람들은 오지 않았다. 이미 쓰러진 것인지, 천막 근처에도 가지 못한 것인지는 카데르도 알지 못했다. 그는 그 이야기를 하려다가 흐느끼기 시작하더니 다시 기침을 터뜨렸다. "자, 자, 이제 됐어." 수장 어른이 말했다. "자넨 자야 해." 그리고 카데르를 자기 방으로 데려갔다.

수장 어른이 돌아오자 나는 물었다. "다 죽었다고 생각하세요? 데삭도, 간드도요? 간드의 아들은 어떻게 됐을까요? 그자도 천막 안에 있었는데요."

수장 어른은 고개를 저었다. "우린 알 수 없다."

"이오라스가 죽고 이도르가 살았다면, 그자가 이어받을 거예요. 그자가 지배할 거예요."

"그렇지."

"그자는 이리로 올 거예요."

"왜 여기로 오겠느냐?"

"카데르가 이리로 온 것과 같은 이유에서죠. 여기가 안술의 심장부니까요."

수장 어른은 문간에 서서 별빛 비치는 뜰을 내다보며 말이 없었다.

"그 방으로 가셔야 해요. 그 방에 가 계셔야 해요."

"신탁을 위해?"

"안전을 위해서요."

"아." 그는 조금 웃었다. "안전이라…… 그럴지도 모르지. 하지만 우선 어둠이 걷히면 햇빛이 뭘 실어 올지 보자꾸나."

그러나 아침이 오기도 전에 위층 창문에서 불길이 내다보였다. 남서쪽, 폐허가 된 대학 건물 근처였다. 불길은 반짝이다가 잦아들더니 다시 타올랐다. 웅성이는 소리가 들리고, 멀리 떨어진 거리에서 말발굽 소리와 나팔 소리, 희미하게 어수선한 목소리가, 많은 목소리가 들렸다. 의회당 광장에서 일어난 재난이 무엇이건 간에 도시는 위협받지도 진압되지도 않았다.

어둠이 잿빛으로 변하고 도시 뒤에 솟은 언덕 위로 하늘이 밝아질 무렵, 오렉이 들어왔다. 오렉과 함께 카만드의 술셈 캄도 왔다. 술셈은 수장 어른의 평생 친구이자 동료 학자였고, 이전에도 갈바만드에 구해낸 책을 많이 가져왔었다. 이번에 가져온 것은 정보였다.

"우리가 들은 풍문을 다 가져왔네, 술터." 술셈이 말했다. 그는 60대였고, 용감하고 신중했으며 스스로나 다른 사람의 품위에 신경을 많이 썼다. 수장 어른은 '철두철미한 캄'이라고 불렀다. 바로 지금도 술셈은 몹시 적확하게 말했다. "그러나 출처는 하나 이상이야. 남부인 데삭과 내 친족 아르모는 대천막에 난 불 속에서 죽었네. 알드 놈들은 여전히 도시를 쥐고 있어. 밤새 이곳저곳에서 폭동과 방화와 거리 전투가 벌어졌네. 사람들은 지붕과 창가에서 지나가는 병사들에게 돌을 던지고 있어. 그러나 알드에 대한 공격에는 지도자가 없네. 산발적으로 흩어진 공격뿐이야. 알드에게는 군대가 있고, 우리에겐 없네."

나는 누군가가 같은 말을 했던 것을 기억했다. 며칠, 아니 몇 달 전처럼 느껴졌다. 누가 한 말이었더라?

"그러면 이도르가 자기 군대를 믿게 놓아두지요. 우리에겐 도시가 있고, 알드에겐 없습니다." 수장 어른이 말했다.

"용감한 말이로군. 하지만 술터, 나는 자네 때문에 겁이 나네. 자네 식구들 때문에."

"압니다, 친구여. 그래서 위험을 무릅쓰고 여기까지 오신 것도 알아요. 감사드립니다. 우리 집과 당신 집의 모든 신과 정령들이 함께하기를. 이제 집으로 가십시오. 해가 뜨기 전에요!"

그들은 서로의 손을 부딪쳤고, 술셈 캄은 온 길로 돌아갔다.

수장 어른은 도망자를 살펴보러 갔다가 푹 잠든 것을 확인하고, 아침마다 하던 대로 뒤뜰에 있는 작은 수반에 가서 얼굴과 손을 씻은 후 아침마다 하던 경배를 돌았다. 나는 처음에는 경배를 할 수 있을 것 같지 않았다. 하지만 어떤 손이 나를 끌어당기는 듯했다. 나는 나가서 이에네의 잎을 주워 이에네 여신의 제단에 올리고, 모든 신소를 돌면서 먼지를 털고 축복을 올리기 시작했다.

이스타가 일어나서 부엌일을 하고 있었다. 소스타와 보미는 밤새 반쯤 깨어 있다가 아직 잔다고 했다. 집 앞쪽으로 가는데 커다란 안뜰에서 목소리가 들렸다.

그라이가 멀찍이 서서 어떤 여자와 이야기를 나누고 있었다. 첫 햇살이 열린 안뜰 위 지붕을 때렸고, 공기는 달았고 여름 치고는 서늘했다. 각각 흰 옷과 회색 옷을 입은 두 여자는 벽 근처 그늘에, 꽃이 핀 덩굴 아래에 그림처럼 서 있었다. 모든 것이 강렬하고 선명했다.

나는 뜰을 가로질러 그쪽으로 갔다. "이쪽은 이알바 악타모야." 그라이가 내게 말하고, 그 여자에게 말했다. "이쪽은 메메르 갈바예요."

이알바는 작고 가냘프고 섬세한 몸에 눈이 날카로운 30대 여성이었다. 궁전 노예들이 입는 회색 줄무늬 옷을 입고 있었다. 우리는 조심스럽게 인사를 나누었다.

"이알바가 궁전에서 소식을 가져왔어." 그라이가 말했다.

"티리오 악타모께서 보내셨어요. 간드 이오라스의 전언을 가

저왔고요."

"죽었나요?"

이알바는 고개를 저었다. "죽지 않았어요. 습격과 불 때문에 부상을 당했죠. 이오라스의 아들이 그를 궁전에 데려다놓고 병사들에게 죽어간다고 말했어요. 곧 죽었다고 공표할 것 같아요. 하지만 이오라스는 죽지 않았어요! 사제들이 그를 감옥으로 데려갔어요. 저희 마님도 같이요. 마님은 지금 그 곁에 계세요. 이도르가 제 아버지를 죽인다면, 저희 마님도 같이 죽을 거예요. 이오라스가 살아 있는 줄 알면 장교들이 구출해줄지도 몰라요. 하지만 그곳엔 말을 할 수 있는 사람이 없어서, 밤새 숨어 있다가 언덕길로 여기에 온 거예요. 마님께서 수장 어른께 가라고, 간드가 죽지 않았다고 전하라고 하셨어요." 이알바의 목소리는 차분하고 맑았지만, 나는 그녀가 말하면서 온몸을 부들부들 떠는 것을 알아차렸다.

"춥겠네요. 밤새 밖에 계셨죠. 부엌으로 오세요."

이알바는 순순히 나와 같이 움직였다.

그녀의 이름을 말하자 이스타는 이알바를 건너다보고 말했다. "베넴의 딸이로구나. 너희 어머니 결혼식에 갔었지. 너희 어머니와 난 친구였어. 내가 기억하는데 넌 언제나 티리오 아가씨가 제일 좋아하는 아이였어. 어렸을 때부터 말이야. 앉으렴, 앉아. 금방 뜨거운 걸 가져다줄게. 이런, 옷이 흠뻑 젖었잖아! 메메르! 내 방에 데려가서 마른 옷 좀 찾아줘라!"

내가 그 말대로 하는 동안 그라이는 달려가서 수장 어른과 오렉에게 이알바의 말을 전했다. 나도 곧 이알바를 이스타의 훌륭한 손에 맡기고 세 사람에게 돌아갔다. 가면서 빵과 치즈 바구니도 가져갔다. 나는 배가 고팠고, 다른 사람들도 배가 고플지 모른다 싶었다. 우리는 앉아서 먹으면서 이야기를 나눴다. 이알바가 가져온 소식의 의미는 무엇일까? 우리가 무엇을 할 수 있을까? "일이 어떻게 돌아가는지 알아야 해!" 수장 어른이 낙담해서 말하자 오렉이 말했다. "제가 가서 알아보죠."

"길거리에 코끝도 내밀지 마." 그라이가 격하게 말했다. "당신을 모르는 사람은 없어! 내가 갈게."

"사람들은 당신도 알아." 오렉이 말했다.

"날 아는 사람은 없어요." 내가 말했다. 나는 마지막 빵과 치즈를 삼키고 일어섰다.

"이 도시에선 모두가 다른 모두를 알아." 오렉이 말했고, 그 말도 틀리지는 않았다. 그러나 갈바만드를 위해 장을 보러 다니는 혼혈 소년인지 소녀인지로 보여봤자 대단히 위험할 것은 없었고, 알드 병사들에게는 내 존재가 아무 의미가 없었다.

"메메르, 넌 여기 있어야 해." 수장 어른이 말했다.

수장 어른이 나에게 있으라고 명령했다면 복종했을 테지만 이 말은 명령이라기보다는 항의였다. 적어도 나는 그렇게 받아들였다. "조심할게요. 한 시간 안에 올게요." 나는 말했다. 옷은 이미 사내아이처럼 입고 있었다. 나는 머리를 풀어서 뒤로 묶고 북쪽 뜰을 통해서 나갔다. 그라이가 따라 나와서 나를 끌어안았다. "조심해라, 사자야." 그라이가 중얼거렸다.

12

나는 마구간을 들여다보았다. 구딧이 찌푸린 얼굴로 브랜티를 운동시키고 있었다. 구딧은 나를 보고 고개를 끄덕였다. 그는 무기 삼아 쇠스랑과 다른 기구들을 준비해두었다. 구딧이라면 마구간을, 말들을, 갈바만드를 지키다가 죽을 것이다. 아직 집과 언덕 그늘에 잠긴 앞뜰을 가로지르는데 목이 메었다. 대머리에 등이 굽은 몸으로 쇠스랑을 든 노인장이 창과 검을 든 기병대와 맞서는 모습이, 그가 칼에 베여 죽는 모습이 눈에 선했다. 옛 영웅처럼. 술의 전사처럼.

북쪽 운하 다리를 건너는 동안 갈바 거리는 앞뒤 모두 텅 비어 있었다. 도시는 고요해 보였다. 다시 한 번 목이 메었다. 이건 죽음의 정적일까? 이렇게 달콤한 아침 햇살과 꽃나무 향기 속에서? 내 동포들은 어디 있는 거지?

나는 겔브만드를 지나서 옛 거리를 넘는 지름길로 항구 시장으로 향했다. 감히 의회당 언덕 쪽으로는 가지 못했다. 시장 근

처에서 계속되는 도시의 정적에 움츠러들어 있는데 의회당 길
쪽에서 고함 소리가 들리더니, 소름 끼치는 알드 나팔이 반복해
서 울렸다. 나는 아무도 없이 뻥 뚫린 서쪽 거리를 달음질쳐 겔
브 거리로 돌아갔다. 아래쪽에서 알드 기마병 몇 명이 왔다. 구
딧이 묘사한 그대로, 구보로 달리면서 뽑아 든 칼을 휘두르며 외
쳤다. "길을 비워라! 집으로 들어가!"

　나는 부서진 에누 사당 뒤에 숨었고, 병사들은 나를 보지 못했
다. 그들은 계속 말을 달렸고, 곧 언덕 밑 시장을 지나 아랫길 쪽
에서 발굽 소리와 고함 소리가 들렸다. 나는 사당 문턱을 만지고
축복의 말을 한 후 집과 집 사이 샛길을 따라 갈바만드로 돌아갔
다. 나갈 때는 사람들 무리에 합류하여 모습을 숨기고 무슨 일이
벌어지는지 들었으면 했지만, 사람이 없었다. 병사들뿐이었다.
알아낸 것이라곤 그것뿐이었고, 마음 무거운 소식이었다.

　그라이와 셰타르는 갈바만드 현관에서 나를 기다리고 있었
다. 그녀는 남자 네 명이 집 뒤편으로 왔는데, 넷 다 수장 어른이
아는 사람이었고 데삭의 음모에 가담한 이들이었다고 말해주었
다. 그들은 어제, 대천막에 불이 붙으면 의회당 뜰에 있는 알드
를 치기로 했던 병력과 함께 동쪽 운하에 배치되어 있었다. 그
러나 불이 계획보다 일찍 붙자 모두가 거기까지 가지는 못했다.
알드 병사들은 순식간에 모여서 방어했고, 곧 공세로 전환했다.
반란군은 결딴이 났고 도망치면서 줄어들었다. 그들은 도시 전
역에 흩어졌다. 지금 찾아온 네 사람은 대학 폐허에 숨었다가 게
릴라식으로 알드 부대를 공격하면서 밤을 지새웠다고 한다. 그
들이 갈바만드로 온 것은 누구든 안술을 위해 싸우고 싶은 자는
이곳으로, 수장 어른의 집으로, 신탁의 집으로 가야 한다는 말

이 돌아서였다.

"피난을 위해서요? 저항하기 위해서요?" 나는 그라이에게 물었다.

"나는 모르겠어. 그들도 모를 거야." 그라이가 말했다. "봐."

남자들 일고여덟 명이 서쪽 거리에서 모퉁이를 돌아 우리 쪽으로 달려오고 있었다. 알드가 아니라 시민들이었다. 한 명은 팔에 붕대를 감았고 다들 상태가 처절했다. 나는 계단 위까지 나가서 그들을 맞이했다. "이리로 오시는 건가요?" 내가 외쳤다.

"알드가 이리로 오고 있어." 맨 앞에 선 남자가 대답했다. 그는 문지방 돌 앞에 멈춰 서서 돌을 건드렸다. "살아 있고 이전에 살았던 이 집의 영혼들에게 축복을. 의회당에 있던 병사들이, 그놈들이 곧 이리로 올 거야. 그렇게 들었어. 수장 어른께 문을 잠그라고 전해!"

"그러실 것 같지 않군요. 방어를 도와주실 건가요?" 내가 물었다.

"그러려고 왔지." 남자가 말했다. 다른 남자들이 올라와서 문지방 돌을 건드렸다. 한 명이 말했다. "사자가 있어, 봐."

"들어오시겠어요?" 내가 말했다.

"아니, 여기 남아서 기다리지." 무리를 이끄는 인물이 말했다. 얼굴이 가무잡잡한 남자였다. 머리 끈을 잃어버려서 검은 머리가 길게 흩어진 탓에 거칠어 보였지만, 말씨는 차분했다. "다른 사람도 올 거야. 그렇지만 물이 좀 있다면……." 그는 애타는 눈으로 깨어진 분수의 메마른 수반을 쳐다보았다.

"그러면 옆으로 돌아서 마구간으로 가세요. 흐르는 물이 있어요. 구딧에게 들여보내달라고 하세요."

"구딧이라면 내가 알아." 다른 남자가 말했다. "우리 아버지와 친하지. 가세." 그들은 총총히 마구간으로 향했다. 벌써 아까보다 규모가 큰 다른 무리가 아랫길 쪽에서 거리를 올라오고 있었다. 스무 명 남짓이었고, 날붙이로 무장한 사람도 있었으며 한 명은 알드 기병도를 휘둘렀다. 우리는 그들을 환영했고, 이 사람들 역시 이른바 '뜨거운 밤일' 덕분에 갈증을 호소했기 때문에 물을 마시라고 마구간으로 보냈다.

적어도 구딧은 아까 상상한 것처럼 쇠스랑을 들고 홀로 서지는 않게 되었다.

나는 뛰어 들어가서 수장 어른에게 내가 안전하게 돌아왔음을 알리고, 도시는 텅 빈 것처럼 보이지만 갈바만드 앞뜰에는 사람이 모여들고 있으며, 알드 병사들이 이리로 온다는 소문이 있음을 보고했다.

이 소문은 갈바만드로 온 이들 모두가 확인해주었다. 사람들은 계속 도착했다. 한 번에 몇 명씩. 데삭의 음모에 가담한 사람도 있었고 의회당 광장에서의 일격이 실패한 후에 합류한 남자와 소년도 있었다. 다들 데삭과 간드 둘 다 불 속에서 죽었다고 말했다. 어떤 이는 병사 수백 명이 광장에서 죽었다고 했고, 다른 이는 죽은 사람은 거의 다 시민이고 알드는 전과 다름없이 강력하다고 말했다.

오전이 지나면서 갈바만드에 오는 사람 중에 여자의 비중이 점점 늘어났다. 여자들은 무리 지어 걸어왔고, 손에 실패를 든 여자도 있었고 아기를 매단 여자도 있었다. 한번은 노파 다섯 명이 무리로 도착했는데, 다들 튼튼한 지팡이를 들고 으스스하게 주위를 둘러보았다. 넷은 허리를 굽히고 문지방 돌을 만졌다.

관절염으로 고생하는 다섯 번째 노파는 몸을 굽힐 수가 없어서 지팡이로 짧게 문지방 돌을 쓸고, 축복이라기보다는 저주처럼 들리는 퉁명스러운 어조로 짧게 축복의 말을 뱉었다.

나는 현관 계단 꼭대기에 서서 마치 장날 같다는, 아니면 내가 본 적 없는 낭독회나 축제 같은 과거의 성스러운 의식 같다는 생각을 했다. 시민들이 모여서 이야기를 나누고, 수다를 떨고, 빈둥거리고, 기다리는 모습. 흥분해 있으면서도 끈기 있게……. 그러나 축제라면 이보다 좋은 옷을 입었을 테지. 검과 단검과 지팡이와 낫이 아니라 꽃가지를 가져왔을 테지.

석궁을 든 남자 둘이 문 양옆에 자리를 잡았다.

갈바 거리 남서쪽, 의회당 방향에서 엄청난 소리가 났다. 트럼펫과 나팔이 울리고 북 치는 소리와 함성 소리가 났다. 소리는 한동안 이어지다가 멈추더니 다시 시작되었다.

일고여덟 살쯤 된 사내아이가 머리를 휘날리며 날듯이 거리를 달려왔다. "새로운 간드예요!" 아이가 외쳤다. "병사들을 다 데리고 와요! 붉은 모자들이 연설을 하고요!"

다들 아이 주위로 모여들었다. 한 남자가 아이를 목말 태웠고, 아이는 자기가 들은 전언을 그대로 외쳤다. 아이의 가늘고 귀여운 목소리로 그런 말을 들으니 정말 이상했다. "간드 이오라스가 죽었고, 간드 이도르가 통치한다! 태양의 아들이자 아스의 검, 아스의 적을 굴복시키고 안술의 악마를 멸하러 온 지배자 이도르를 찬양하라!"

메아리처럼 거리 저편에서 트럼펫과 나팔이 다시 울려 퍼지고, 함성이 오르고, 북이 울렸다.

갈바만드를 에워싼 군중에게서 그에 응하는 신음 소리가 퍼졌다. 사람들이 불편하게 몸을 옴죽거렸다. 몇 무리가 낮은 벽을 타넘어 거리 반대편에 있는 버려진 정원으로 들어가는 것이 보였다. 안전을 구하는 것이다.

나는 몸을 돌려 다시 한 번 집 안으로 뛰어 들어갔다. 뜰과 복도를 지나 오래된 방들로, 오렉과 수장 어른이 서서 페르 악타모와 다른 악타모 가의 남자들과 이야기를 나누는 곳으로 갔다. 그들은 나를 돌아보았다. "오렉, 혹시 가서 사람들에게 이야기를 하실 수 있겠어요?" 내가 말했다.

다들 나를 빤히 바라보았다.

"새 간드와 군대가 이리로 오고 있어요. 사람들이 뭘 할지 모르는 상태예요."

"당신은 가야 합니다." 수장 어른은 오렉에게 말했다. 사람들에게 나가라는 뜻이 아니라, 언덕 너머로 달아나라는 뜻이었다. "지금."

"아니, 아닙니다." 오렉이 말했다. 그는 수장 어른의 팔을 잡았다.

잠시 동안 두 사람 다 가만히, 말없이 서 있었다. 그러다가 수장 어른이 몸을 돌렸다.

"다 사라지겠군." 수장 어른은 절망과 비탄에 잠겨 큰 소리로 말했다. "책은 사라지고, 작가는 죽고." 그는 망가진 손으로 얼굴을 가렸다.

그 외침에 뒤흔들려 우리는 아무 말 없이 서 있었다.

수장 어른은 마침내 고개를 들고 나를 보았다.

"나와 같이 가겠느냐, 메메르? 최소한 너는 구할 수 있겠지?"

나는 대답할 수 없었다. 그러나 따라갈 수도 없었다.

수장 어른은 알아보았다. 그는 다가와서 내 이마에 입을 맞추고 나를 축복했다. 그런 다음 심하게 절룩거리며 떠났다. 집 뒤편으로. 비밀방으로.

"안전하실까?" 오렉이 나에게 물었다.

"네." 나는 말했다.

이제는 갈바만드의 벽 안에서도 트럼펫 소리를 들을 수 있었다.

우리는 더 말하지 않고 다 같이 움직였다. 큰 뜰과 높은 회랑을 통과하여 앞문으로, 그라이와 셰타르가 여자와 사자 조각상처럼 서 있는 곳으로 갔다.

나는 그라이에게 가서 팔을 둘렀다. 누군가 붙잡을 사람이 필요했다. 나는 사랑하는 수장 어른을 보냈다. 그분을 잡지 않았다. 안전하시도록, 살아남으시도록, 다시 다치는 일 없도록 홀로 가시게 했다. 그러나 나에겐 붙잡을 사람이 필요했다.

그라이는 내게 팔을 둘렀다. 우리는 그렇게 문 안에 서 있었다. 페르 악타모와 다른 이들은 밖으로 나갔지만, 오렉은 우리 뒤로 물러섰다. 그는 지금 나가서 군중에게 모습을 보이면 행동해야 한다는 것을, 말을 해야 한다는 것을 알았고 아직 행동하거나 말할 준비가 되어 있지 않았다. 아직 때가 오지 않았다.

사람들이 왔다. 길거리와 건너편 정원도 북적였다. 안술 사람들이 점점 더 늘어났다. 이제는 앞뜰의 회색과 검은색으로 이루어진 미로가 안 보였다. 앞뜰은 살아 움직이는 사람들로 포장되어 있었다. 내 평생 본 적 없는 광경이었다. 군중이 모여들고 또 모여들었다. 이제는 갈바 거리가 북쪽으로나 남쪽으로나 사람으로 꽉 찼다.

오싹한 트럼펫 소리가 다시 울리고 북소리가 가까워왔다.

남쪽 거리에 모인 사람들 사이에서 운하를 거슬러 오르며 앞에 있는 모든 것을 밀어내는 조석단파 같은 파도가 일었다. 사람들이 소리를 지르고 비명을 지르며 연석과 벽 위로 올라가서 그들을 거리에서 내몰고 옆으로 밀어내는 병력에 길을 내주었다. 알드 기병들이었다. 휘어진 칼이 허공을 때리고 쓸었고 그들이 탄 말이 몸을 들어 올리고 발굽으로 주위를 차댔다. 그들은 거리에 모인 군중을 뚫고 갈바만드 앞에 멈춰 섰다. 쉰 명 남짓한 기병으로 구성된 소규모 부대였다. 그들과 함께, 아니 그들 속에서 그들의 보호를 받는 붉은 옷과 붉은 모자의 사제들이 알드 귀족 특유의 넓고 뾰족한 모자를 쓰고 흐르는 듯한 금색 외투를 두른 남자를 에워싸고 달렸다. 사제들은 여덟 명에서 열 명 정도되었다.

기병대 뒤에서는 많은 사람이 아직도 공황 상태에 빠져서 길에서 벗어나려 애쓰는 한편, 다른 사람들은 넘어지거나 얻어맞은 사람들을 도우러 가려고 발버둥쳤다. 엄청난 혼란과 공포가 만연했다. 그러나 내려가는 길에 보이는 사람이라곤 안술의 남자와 여자들뿐이었다. 기병대 뒤에 따라오는 병사들이 있었다면 군중을 뚫지 못한 것이다.

앞뜰에 선 기병대 주위로 텅 빈 원이 그려졌다. 시장에서 처음 본 날 그라이와 셰타르 주변에 만들어졌던 빈 공간과 비슷하지만, 그보다 훨씬 큰 원이었다. 콧김을 뿜으며 안절부절못하는 말들의 원 안쪽으로 보도에 그려진 미로 문양을 볼 수 있었다.

붉은 사제 무리가 계단까지 달려왔고, 금색 옷을 입은 남자가 그 사이에서 앞으로 나왔다. 간드의 아들 이도르, 그 덩치 크고 잘생긴 남자였다. 그가 입은 외투가 햇살처럼 반짝였다. 이도르는 등자 위에 서서 검을 높이 치켜들었다. 그가 무슨 말인가를 외쳤지만, 병사들의 고함 소리와 군중의 으르렁거리는 소리 때문에 들리지 않았다.

그러다 가까이에서 모든 소리가 딱 끊기고, 멀리 있어 무슨 일이 일어나는지 보지 못하는 사람들이 내는 소리만 남았다.

내가 본 것, 병사들과 가까이 모인 군중과 이도르가 본 것은 그라이였다. 끈을 매지 않은 세타르를 옆에 거느리고 문을 나서는 그라이였다. 여자와 사자는 똑바로 이도르를 향해 걸어가서 넓은 계단을 천천히 내려갔다.

그리고 이도르는 뒷걸음질쳤다.

어쩌면 말이 주춤하는 것을 막을 수 없었는지도 모르고, 어쩌면 본인이 고삐를 당겼는지도 모른다. 하얀 말과 황금색 외투를 번쩍이는 기수는 한 걸음, 그리고 다시 한 걸음 뒤로 물러났다.

그라이는 가만히 서 있었고 사자는 그 곁에 꼼짝 않고 서서 으르렁거렸다.

"넌 이 집에 들어올 수 없다." 그라이가 말했다.

이도르는 말이 없었다.

군중 사이에 작고 낮게 비웃음이 퍼지기 시작했다.

한참 떨어진 거리 저편에서 트럼펫이 울렸다. 그 소리가 마비 상태를 깨뜨렸다. 이도르의 말은 본래 자리로 돌아가서 굳건히 섰다. 이도르는 등자를 밟고 서서 강력한 목소리로 외쳤다. "간드 이오라스는 죽었다. 반역자와 배신자 손에 살해당했다! 이오라스의 후계자인 나, 안술의 간드 이도르는 복수를 요구한다. 이 집은 저주받았음을 선언한다. 이 집은 파괴될 것이다. 돌이 무너지고 그와 함께 모든 마귀가 사멸할 것이다. 밤의 입은 막히고 고요해지리라. 오직 하나의 신이 안술에 군림하리라! 신께서 우리와 함께하신다! 신께서 우리와 함께하신다! 신께서 우리와 함께하신다!"

병사들이 그와 함께 마지막 말을 외쳤다. 그러나 다른 소리가 퍼져나가면서 그들의 함성을 침범했다. 군중 사이에 중얼거리는 소리가 퍼져나갔다. "봐! 봐! 분수를 봐!"

나는 아직 문 안에, 석궁을 이도르에게 겨누고 갈바만드의 문을 지켜선 두 궁수 사이에 서 있었다. 한 남자가 와서 내 옆에 섰다. 처음에는 오렉인 줄 알았지만, 곧 누구인지 알 수 없어졌다. 키 큰 남자는 손을 뻗어 신탁의 분수를 가리켰다. 분사기가 망가진 수반은 마침 기병들의 원 안쪽에 있었다.

그제야 그를 보았다. 일생 처음으로 그의 예전 모습을, 내 마음으로 언제나 알고 있던 모습을 보았다. 키가 크고 곧고 아름다운 남자가 눈에 불길을 담고 미소 짓고 있었다. 그의 손가락을 따라가보니 아래에 있던 사람들이 보던 게 무엇인지 보였다. 가느다란 물줄기가 빛 속으로 튀어 올랐다. 물줄기는 허공에 멈췄다가 떨어지면서 마른 수반에 맑은 물소리를 일으켰다. 물이 가라앉았다가 다시, 더 높고 더 강하게 튀어 올랐고 떨어지는 물소리가 허공을 채웠다.

"분수가!" 사람들이 외쳤다. "신탁의 분수가!" 더 잘 보려 하면서, 또는 손을 뻗으려 하면서 앞으로 움직인 군중이 기병들을 압박했다. 장교 하나가 명령을 내리자 기병들은 말을 바깥쪽으로 돌리고 군중을 마주했다. 그러나 밀집 대형은 깨어졌고, 장교의 목소리는 새로 일어난 함성에 묻혀버렸다.

수장 어른이 내 어깨에 손을 얹고 말했다. "같이 가자, 메메르."

그라이와 셰타르는 분수대 위 계단에 비켜 올라 있었다. 나는 수장 어른과 함께 넓은 계단 맨 위층으로 나갔고, 수장 어른은 그 자리에 멈춰서 말했다.

"이오라스의 아들, 메드론의 이도르여." 수장 어른의 목소리는 오렉의 목소리처럼 허공을 채우고 귀를 지배하고 마음을 사로잡았으며 군중은 고요해졌다. "너는 거짓말을 하고 있다. 네 아비는 살아 있다. 네가 그를 감금하고 거짓되이 권력을 주장했지. 너는 아비를 배신하고, 너에게 충실하게 봉사한 병사들을 배신하고, 너의 신을 배신했다. 아스는 너와 함께하지 않는다. 아스는 배신자를 증오하지. 이 집은 무너지지 않는다. 이곳은 분수의 집, 샘물의 신이 보호하시며 그 물로 축복을 보내는 집이다. 이곳은 신탁의 집이며, 이 집의 책에 네 운명과 우리 운명이 적혀 있다!"

수장 어른은 왼손에 작은 책을 한 권 들고 있었는데, 이제 계단을 성큼성큼 내려가면서 그 책을 들어 올렸다. 절뚝거리지 않았다. 유연하고 민첩했다. 나는 수장 어른 곁으로 갔다. 셰타르 곁을 지나면서 셰타르가 웃는 듯 이를 드러내는 모습을 보았다. 우리는 포장 바닥에서 몇 계단 위에 멈춰 서서, 안절부절못하는 말 위에 앉은 이도르와 눈높이를 맞추었다. 수장 어른은 이도르의 면전에서 책을 활짝 열었다. 나는 반짝이는 외투를 입은 남자가 책 앞에서 뒷걸음질치지 않으려고 스스로를 억제하는 것을 알 수 있었다.

"읽을 수 있나, 이오라스의 아들이여? 못 읽나? 그러면 책이 너에게 읽히리라!"

그러더니 내 귓속이 윙윙거렸다. 내가 들은 소리가 무엇이었는지, 그날 아침 그 자리에 있던 사람들이 들은 소리가 무엇이었는지 정확하게 이야기할 수는 없지만, 나에게는 어떤 목소리가 부르짖은 것 같았다. 크고 기묘한 목소리가 사방에 울리고, 분수가 솟구치는 앞뜰을 넘고 갈바만드의 벽에 부딪쳐 울려 퍼지는 것 같았다. 어떤 이는 부르짖은 것은 책 자체였다고 했고, 나도 그랬다고 생각한다. 어떤 이는 나였다고, 내 목소리였다고 한다. 나는 내가 그 책에 있는 말을 읽지 않았음을 안다. 나에게는 책장이 보이지 않았다. 나는 부르짖은 것이 누구 목소리였는지는 모른다. 그것이 내 목소리가 아니었는지 알지 못한다.

내가 들은 말은 이러했다. '그들을 자유롭게 하라!'

그러나 다른 이들은 다른 말을 들었다. 그리고 어떤 이들은 정적 속에서 부서지는 분수의 물소리밖에 듣지 못했다.

이도르가 무슨 말을 들었는지는 모른다.

이도르는 몸서리를 치며 책에서 몸을 돌렸고, 얻어맞기라도 한 것처럼 안장 위에 몸을 굽히고 어깨를 구부렸다. 그는 말을 앞으로, 혹은 뒤로 재촉하려고 고삐를 당겼지만 서툴게 움직였고, 말은 자리를 박차고 뛰면서 이도르를 떨어뜨렸다. 반짝이는 금색 옷을 입은 인물은 흔들리고 미끄러져 떨어지고, 말이 새된 소리를 지르며 그를 반쯤 끌고 뒷걸음질치는 바람에 바닥에서 비틀거렸다. 우리는 가만히 계단 위에 서 있었다. 그라이와 셰타르가 와서 함께 섰고, 오렉도 합류했다.

사제들이 이도르 주위에 모여들었다. 몇 명은 말 등에서, 몇 명은 내려서 이도르를 도우려 했다. 이 혼란 위로 수장 어른의 목소리가 투명하게 울려 퍼졌다. "아수다르의 백성이자 간드 이 오라스의 병사들이여, 너희 주인은 궁전 감옥에 갇혀 있다. 가 서 풀어주겠는가?"

이어서 오렉의 목소리가 울려 퍼졌다. "안술의 백성이여! 정 의가 이루어지는 것을 보겠습니까? 죄수와 노예들을 풀어주겠 습니까? 우리 손으로 자유를 찾겠습니까?"

그 말에 거친 함성이 올랐고, 군중이 의회당을 향해 움직이기 시작했다. "레로! 레로! 레로!" 굵고 낮은 구호가 군중 속을 홀 렀다. 그들은 바다가 바위 주위로 흐르듯 기병들 주위로 흘러 내 려갔다. 장교가 큰 소리로 지시를 내리고 트럼펫이 짧은 명령을 불자 기병들은, 일부는 한 몸처럼 움직이고 일부는 뒤로 처져서 군중과 같이, 군중 속에서, 군중을 참아내며 의회당을 향해 갈 바 거리를 내려가기 시작했다.

붉은 모자 사제들은 이도르를 다시 말에 앉혔다. 그들은 서로 에게 고함을 지르며 거대한 군중을 따라갔다. 호위병들은 누구 하나 남아서 그들을 기다리지 않았다.

오렉은 그라이와 짧게 말을 나누더니, 수장 어른과 내가 선 계 단 위로 올라와 있던 페르 악타모와 다른 남자들 사이에 들어왔 다. "가게, 어서 따라가!" 수장 어른이 재촉하자 오렉과 다른 이 들은 이도르와 사제들을 쫓아 떠났다.

군중 모두가 궁전을 향해 갈바 거리를 달려 내려간 것은 아니 었다. 거리와 앞뜰에 사람들이 남아 있었는데, 대부분 여자와 노인이었다. 다들 높이 솟은 물줄기와, 이제 절뚝거리면서 계단 을 내려가서 넓은 수반 가장자리에 힘겹게 앉은 절름발이 사내 에게 이끌리는 동시에 외경심을 느끼는 것 같았다.

내가 늘 알던 그대로인 수장 어른이었다. 키가 크고 곧은 몸이 아니라 굽고 절름발이인. 그러나 언제나 변함없이 내 마음의 주인인 그분이었다.

수장 어른은 집 그늘 위로 뛰어올라 아침 햇살을 받는 물줄기를 올려다보았다. 물인지 눈물인지로 얼굴이 반짝였다. 그는 넓은 돌 수반에 차오르는 물속으로 손을 넣었다. 나는 따라가서 그 곁에 가까이 섰다. 그는 레로와 샘물의 주인을 향한 찬미를 속삭이고 있었다. 몇 번이고 되풀이해서. 사람들이 쭈뼛거리며 분수 가장자리로 모여들었고, 그들 역시 물을 만지고 햇빛을 받는 물줄기를 올려다보며 안술의 신들에게 말을 걸었다.

그라이가 다가왔다. 이제는 셰타르에게 짧은 줄을 매어 쥐고 자주 머리를 쓰다듬어주고 있었다. 사자는 아직도 요란한 소리와 군중 탓에 흥분하고 화가 나서 계속 으르렁거리며 입을 벌렸다. 나는 그라이가 왜 오렉을 따라가려 하지 않았는지 알아차렸다. 가고 싶은 마음이 간절할 텐데도. "그라이, 셰타르는 내가 데리고 있을 수 있어요."

"넌 가야 해." 그라이가 말했다.

나는 고개를 저었다. "난 여기 머물 거예요." 그 말은 내 심장에서 내 목소리로 나왔고, 나는 그 말을 하면서 기쁨에 미소 지었다.

청동 원통에서 튀어 올라 높이 솟았다가, 꼭대기에서 밝고 거대한 소나기로 피어나는 물기둥을 올려다보았다. 물이 떨어지면서 맑게 부서지는 소리가 굉장했다. 나는 수반의 널찍한 녹색 테두리에 앉아서 수장 어른이 한 대로 했다. 양손을 물에 넣고, 물보라가 내 얼굴에 떨어지게 하면서 내 집과 도시의 신과 그림자와 정령들에게 감사와 찬미를 바쳤다.

구딧이 뜰 모퉁이를 돌아서 나타났다. 쇠스랑을 들고 있었다. 그는 멈춰 서서 조용히 흩어져 있는 사람들을 둘러보았다.

"놈들은 갔나?"

"궁전으로, 아니 의회당으로요." 그라이가 마주 외쳤다.

"암, 도리가 그렇지." 노인은 말하고 몸을 돌려 마구간으로 터벅터벅 걸어가다가, 다시 몸을 돌리고 분수를 응시했다.

"자비로우신 에누여." 구딧이 한참 만에 말했다. "분수가 다시 흐르다니!" 그는 뺨을 긁으며 잠시 더 분수를 바라보다가 말들이 있는 곳으로 돌아갔다.

13

의회당에서 무슨 일이 벌어졌는지는 나중에 오렉과 페르 악타
모에게 들었기에 전할 수 있다. 이도르를 에워싼 사제 부대는 갈
바 거리에 운집한 군중을 뚫고 앞으로 나갔다. 오렉과 페르는 용
케 바로 뒤에 붙을 수 있었다. 그들이 의회당 광장에 도착하자,
광장을 지키던 병사들이 "간드 이도르를 통과시켜라!"라고 외
치면서 사제 부대가 지나갈 길을 열기 시작했다. 그러나 사람이
적어지면서 속력을 얻은 이도르와 붉은 모자들은 쏜살같이 광
장 앞을 지나쳤다. 오렉은 그들이 도시에서 탈출하고자 이스마
다리로 간다고 생각했지만, 그들은 의회당 뒤편으로 빙 돌아서
알드 막사 너머에 있는 입구로 들어갔다. 병사들이 뒤뜰을 가르
는 1미터 높이의 돌벽을 지키고 있었다. 이도르가 큰 소리로 명
령을 내리자 병사들은 문을 열었고, 사제 집단은 안으로 뛰어 들
어갔다.

　그러나 그들과 함께 시민 군중도 들어갔다. 시민들은 사제들

을 따라가던 오렉과 페르에게 합세하여 입구를 지나 광장으로 들어갔다. 병사들은 열린 문을 밀고 벽을 타넘는 시민들을 공격했고, 시민들은 떼 지어 병사들을 습격했다. 이도르와 붉은 모자들은 혼란을 뚫고 말에서 뛰어내려 곧장 의회당 뒷문으로 향했다. 오렉과 페르는 혼전을 뚫고 그들 뒤에 따라붙었다. 오렉은 '혜성 꼬리처럼'이라고 표현했다.

그들은 저도 모르게 이도르와 사제들 꽁무니에 붙어서 의회당 안에 들어가 있었다. 사제들은 목적지로 가는 데 열중한 나머지 뒤쫓는 이들에게는 관심이 없었다. 다들 높은 복도를 질주해서 계단을 내려갔다. 층계 밑에는 지상층 높이 벽에 난 작은 창문들로만 빛이 새어 들어오는 어두운 지하실 복도가 있었다. 이 복도는 넓고 천장 낮은 위병실로 이어졌고, 사제들과 이도르는 그곳에 멈춰 서서 지시를 내렸다. 그런데 그곳에 배치된 경비병들에게 내리는 명령이었을까, 광장에서부터 들어오는 적 병력에게 지르는 소리였을까? 오렉은 한동안은 고함 소리와 혼란뿐이었다고 했다. 알드끼리 싸워댔다. 오렉과 페르는 뒤로 물러서 있다가, 이 혼란을 틈타 조심스럽게 전진했다.

붉은 모자의 사제들과 일군의 병사들이 마주 보고 서 있었다. 장교들은 간드 이오라스를 보겠다고 요구했고, 사제들은 "간드는 돌아가셨다! 애도 의식을 더럽힐 순 없어!"라고 말했다. 사제들은 문을 등지고 단단히 버텨 섰다. 그들 사이에서 이도르는 잘 보이지 않았다. 금색 모자와 외투를 벗어버린 모양이었다. 사제 하나가 장교들 쪽으로 나아갔다. 높은 붉은색 모자와 로브를 입은 무서운 모습으로 양팔을 들어 올리고, 흩어지지 않으면 아스의 이름으로 저주하겠노라고 외쳤다. 병사들은 겁을 먹고 물러섰다.

그때 갑자기 오렉이 사제를 향해 걸어가며 외쳤다. "이오라스는 살아 있소! 저 방 안에 살아 있지! 신탁이 말했소! 감옥의 문을 여시오, 사제들이여!" 페르는 그렇게 기억했다. 오렉 본인은 이오라스가 죽지 않았다고 외친 것만 기억했다. 곧 장교들이 외쳤다. "문을 열어! 문을 열어라!" 오렉은 우리에게 말했다. "그리고 나는 몸을 숙이고 빠져나왔지." 양쪽에서 검과 단검이 번득이고, 병사들이 문을 지키는 사제들을 공격하여 복도 저편으로 몰아냈기 때문이다. 장교 하나가 앞으로 튀어나가서 빗장을 풀고 문을 열었다.

문 너머 방은 불빛 없이 캄캄했다. 문간에 등불 빛이 번득이자 어둠 속에서 유령처럼 하얀 형체 하나가 나타났다.

그녀는 알드 노예의 줄무늬 옷을 입었는데, 옷이 찢어지고 피와 오물이 묻어 있었다. 얼굴에는 멍이 들었고 한쪽 눈은 부어올라서 떠지지 않았으며, 머리는 머리털이 한 움큼 뜯겨 나가면서 시커멓게 굳은 피로 덮여 있었다. 그녀는 손에 부러진 막대기를 움켜쥐고 있었다. 오렉은 그녀가 촛불처럼 흔들리고 빛나는 모습으로 서 있었다고 말했다.

그러다가 오렉 옆에 선 남자 페르 악타모를 본 그녀의 얼굴이 서서히 변했다. "페르." 그녀가 말했다.

페르가 말했다. "티리오 누님. 저희는 간드 이오라스를 풀어주러 왔어요."

"그럼 들어와." 그녀가 말했다. 오렉은 그녀가 마치 집에 손님이라도 들이듯이 부드럽고 예의 바르게 말했다고 했다.

복도에서는 싸움이 한층 심해졌다가 조용해졌다. 병사 하나가 위병실에서 등불을 가져왔고, 감옥으로 들어가는 장교들 주위로 빛과 그림자가 뛰놀았다. 페르와 오렉은 그들을 따라갔다. 넓고 천장 낮은 방이었는데, 바닥은 흙이었고 축축하고 지저분한 냄새가 났다. 이오라스는 팔다리가 사슬에 묶인 채 긴 상자인지 탁자인지 모를 곳에 누워 있었다. 머리털과 옷은 반쯤 타고 그을었고, 다리와 발은 피투성이에 화상으로 딱딱했다. 그는 고개를 들고 놋쇠 그릇에 솔질을 하는 듯한 목소리로 말했다. "풀어다오!"

장교들이 사슬을 벗겨내느라 바쁜 사이 이오라스는 오렉을 물끄러미 바라보았다.

"시인이여! 어떻게 여기 온 거요?"

"당신 아들을 따라왔지요."

이 말에 이오라스는 주위를 노려보며 연기에 상한 목소리로 씨근거렸다. "그놈은 어디 있소? 어디 있어?"

오렉과 페르와 장교들은 주위를 둘러보고 위병실까지 돌아갔다. 사제 네 명이 병사들에게 잡혀 있었다. 나머지는 사라졌다. 이도르도 사라졌다.

장교 한 명이 말했다. "간드시여, 저희가 찾아내겠습니다. 하지만 지금, 지금 혹시 부대에게 모습을 보여주신다면…… 다들 주군께서 돌아가신 줄 믿고 있어서……."

"그렇다면 서두르라!" 이오라스가 으르렁거렸다.

그는 팔이 풀리자마자 손을 뻗어 말없이 곁에 서 있던 여자의 손을 잡았다.

다리가 풀리자 이오라스는 일어서려 했지만, 불에 탄 발은 그의 무게를 지탱하지 못했다. 그는 욕설을 뱉으며 주저앉았다.

손은 여전히 티리오 악타모의 손을 잡고 있었다. 장교들이 의자째로 옮기려고 주위에 모여들었다. 그는 초조하게 손짓하며 말했다. "이 사람과 같이. 저들도 같이!" 뒷부분은 오렉과 페르를 두고 한 말이었다.

그리하여 모두 함께 계단을 올라가서 대회의실을 둥글게 에워싼 높은 회랑을 따라 건물 앞으로 향했고, 현관 대기실을 통과했다. 그들은 의회당 광장이 내다보이는 연설 테라스로, 주랑 현관 기둥들 아래로 쏟아지는 눈부신 햇살 속으로 나갔다.

광활하게 뻗은 광장 전체에 사람이 찼고, 아직도 사방 입구에서 더 밀려 들어오고 있었다. 오렉이 한 번도 본 적 없는 엄청난 숫자였다. 시민이 알드 병력보다 수천 명은 더 많았다.

새로운 지배자이자 장군이라고 생각했던 이도르가 아무 신호도 없이 의회당 길 쪽 입구로 달려나가버리자 당황한 병사들은 점점 번져나가는 간드 이오라스가 살아 있다는 소문에 귀를 기울였다. 혼란에 빠지고 충성심이 갈라진 그들은, 서로 상대를 이오라스에 대한 배신자라고 부르거나 이도르에 대한 배신자라고 불렀고 대열도 깨어졌다. 시민들은 가진 물건은 아무거나 무기로 삼아서 광장으로 밀려 들어갔다. 진짜 전투가 시작되기 전에 자기들이 얼마나 열세인지 깨달은 장교들은 얼른 병사들을 불러 모아 군중 앞에서 후퇴했다. 이제 알드는 거의 의회당 계단과 앞 포장도로에 서 있었다. 푸른 외투를 입은 그들은 단단한 반원 대형으로 안술 군중과 대치했고, 바로 공격할 작정은 아니지만 물러설 생각도 없이 검을 빼어 들고 섰다.

격앙되기는 했어도 군중은 물러나서 맨 앞 열과 병사들 사이에 무인 지대를 만들었다.

오렉은 우리에게 말했다. "끔찍한 탄내가 났지. 숨도 못 쉬게 지독했어. 공기 중에는 미세한 검은 먼지가 떠다녔어. 군중이 밟고 걷어찬 재가. 그리고 그런 탁한 공기와 밀려드는 사람들 사이로 삐죽이 솟은 이상한 물건이 보였어. 꼭 난파선 앞머리 같았지. 난 한참 만에 겨우 그게 대천막의 골격 일부라는 걸 깨달았어. 불에 탄 천이 매달린……. 그리고 사람들의 바다 안에 여기저기 소용돌이가 있었는데, 물밀듯이 광장으로 들어오다가 죽거나 다친 사람들이 누운 자리에 어떤 사람은 여전히 밀려들고 어떤 이들은 쓰러진 사람을 보호하려고 멈춰 서는 바람에 생긴 소용돌이였지. 그리고 그 소리라니. 사람이 그런 소리를 낼 수 있는 줄은 몰랐어. 끔찍했지. 멈추지 않는 거대한 울부짖음 같은……."

오렉은 앞으로 나가서 그 군중을 대면하고 서는 것은 불가능하다고 생각했다. 머리가 빙빙 돌았다. 같이 있던 장교들도 겁에 질리고 확신이 없는 것은 분명했지만, 그래도 그들은 충실하게 간드를 떠받들고 앞으로 나갔다. 그리고 외쳤다. "간드 이오라스께서 살아 계시다!"

아래 있던 병사들이 몸을 돌려 위를 보더니 외치기 시작했다. "살아 계시다!"

이오라스는 의자를 들고 온 부하들에게 신경질적으로 말하고 있었다. "내려놓아!" 그들은 한참 만에 명령에 복종했다. 이오라스는 한 손으로 장교 한 사람의 팔을 움켜쥐고, 반대쪽 손으로는 티리오의 어깨를 짚었다. 그는 고통에 일그러진 얼굴로 겨우 한 걸음을 내디뎠고, 그 자리에 서서 군중을 마주했다. 병사들의 커다란 목소리는 한동안 군중의 노호를 찍어눌렀으나 그 끔찍한 소리는 곧 다시 커져서 "살아 계시다!"라는 외침을 "압제자에게 죽음을! 알드에게 죽음을!"이라는 고함 속에 집어삼켰다.

이오라스는 손을 들어 올렸다. 이 불에 타고 망가지고 위태위태한 인물의 권위가 침묵을 가져왔다. 그는 말했다. "아수다르의 병사들이여, 안술의 시민들이여!"

그러나 연기에 상한 이오라스의 목소리는 멀리 전해지지 않았다. 사람들은 그의 목소리를 들을 수 없었다. 장교 하나가 앞으로 나섰지만, 이오라스는 그를 뒤로 물렀다. "그 사람, 그 사람을!" 그는 오렉에게 나서라고 손짓하며 말했다. "사람들이 저 사람 말은 들을 거야! 사람들에게 말하시오, 시인이여. 사람들을 가라앉혀요."

사람들은 그제야 오렉을 보았고, 다시 함성이 올랐다. 그들은 외쳤다. "레로! 레로!" 그리고, "자유!"

그 소란 속에서 오렉은 이오라스에게 말했다. "제가 저들에게 말을 한다면, 저들을 위해 말할 텐데요."

간드는 조바심치며 고개를 끄덕였다.

그래서 오렉은 손을 들어 사람들을 조용히 시켰고, 어마어마한 인파 속에 침묵이 퍼져나갔다. 낮게 중얼거리는 소리만이 남았다.

오렉은 당시에 한 마디 한 마디를 어떻게 이어갈지 아무 생각이 없었다고 했고, 무슨 말을 했는지도 기억하지 못했다. 다른 사람들은 잘 기억했고, 나중에 그 말을 기록했다. "안술의 백성들이여, 우리는 죽은 분수에 물이 흐르는 것을 보았습니다. 소리 없이 말하는 목소리를 들었습니다. 신탁은 우리에게 자유롭게 하라고 명했습니다. 그리하여 우리는 오늘 그렇게 했습니다. 주인을 자유롭게 하고, 노예를 자유롭게 했습니다. 아수다르의 남자들에게 노예가 없음을 알게 하고, 안술의 백성들에게 주인이 없음을 알게 합시다. 알드가 평화를 지키게 하고, 안술은 그들과 평화를 지킵시다. 저들이 동맹을 구하게 하고 우리는 저들과 동맹을 맺읍시다. 그 평화와 동맹의 표시로 여기 안술의 시민인 티리오 악타모, 간드 이오라스의 아내에게 한마디 듣겠습니다!"

간드는 허를 찔렸을지도 모르지만 망가지고 상한 얼굴에 아무 기색도 드러내지 않았다. 그는 그 자리에 서 있었다. 버텨 서는 것 이상 많은 것을 할 수 없는 몸으로, 티리오가 연설하는 동안 그녀를 잡고 서 있었다. 티리오의 목소리는 투명하고 씩씩했지만 연약했고, 아직도 근처 거리에서는 떠들썩한 소란이 이어졌지만 광장에 모인 인파는 그녀의 말을 듣기 위해 조용해졌다.

"안술의 신들께서 다시금 축복받으시기를. 그분들이 평화로 우리에게 축복을 내리시리니." 티리오는 말했다. "여기는 우리 도시입니다. 늘 그랬듯 합법적으로 이 도시를 지킵시다. 다시 한 번 자유민이 됩시다. 행운과 레로와 다른 모든 신이 우리와 함께하시기를!"

티리오의 말에 뒤따라 군중 속에서 "레로! 레로!" 하는 굵고 낮은 구호가 올랐다. 그러더니 한 남자가 튀어나와서 외쳤다. "우리 도시를 내놔! 우리에게 의회당을 돌려줘!"

그 자리에 있던 사람들은 그때가 가장 위험한 순간이었다고 말했다. 의회당을 점령하려고 군중이 저항할 수 없는 거대한 힘으로 밀어붙이다가 굳건히 선 군대와 맞닥뜨렸다면, 그들은 싸

윘을 것이다. 알드 병사들은 죽을 때까지 싸운다. 살육을 막은 것은 이오라스였다. 그는 쉰 목소리로 장교들에게 명령을 내렸고, 장교들은 우렁찬 소리로 명령을 외치고 트럼펫으로 전달하여 병사들을 규합해, 한 덩어리로 의회당 계단에서 물러나서 동쪽으로 이동하게 했다. 그들이 비운 계단 위로 열광한 군중이 몰려 올라갔고 건물 안으로 밀려 들어갔다. 오렉은 전투가 벌어졌을 경우에 죽었을 군인들과 수천의 시민들을 구한 것은 병사들의 기강이었다고 말했다. 간드의 명령은 "무기를 내려라"였고, 환호하는 복수심에 찬 민간인들이 밀고 때리고 밀쳐도 알드 병사는 누구 하나 검을 올리지 않았다.

몰려드는 인파에서 벗어나기 위해 오렉과 페르는 장교들과 함께 머물렀다. 장교들은 다시 의자째로 이오라스를 들어서 테라스 왼쪽 끝으로 달려갔고, 옆 계단을 내려가서 그쪽에서 대오를 정비한 병사들과 합류했다. 티리오, 페르, 오렉은 그들을 따라갔다. 그들은 간드를 위해 가마를 가져왔다. 장교들이 가마에 내려놓자 이오라스는 얼른 오렉을 불렀다.

"잘 말했소, 시인이여." 이오라스는 음울하게 목례하며 들릴락 말락 한 소리로 말했다. "하지만 나에겐 안술과 동맹을 맺을 권한이 없어요."

"받아들이심이 최선입니다." 티리오 악타모가 투명한 목소리로 말했다.

늙은 간드는 티리오를 올려다보았다. 그제야 처음으로 그녀의 멍과 부은 눈, 뜯겨 나간 머리털과 피범벅인 머리를 본 모양이었다. 그는 앉아서 그녀를 바라보며, 노려보며, 속삭이듯이 외쳤다. "그 저주받을…… 그 망할 배신자…… 아스께서 놈을 쳐죽이시길! 그놈은 어디 있나?"

장교들은 서로를 쳐다보았다.

"그놈을 찾아!" 간드는 씨근거리며 말하다 기침을 터뜨렸다.

티리오 악타모는 가마 옆에 무릎을 꿇고 이오라스의 손을 잡았다. "이오라스, 잠시 동안은 말을 하지 말아야 해요."

그는 기침 사이로 웃고 티리오의 손을 잡았다. 그리고 오렉을 올려다보고 말했다. "우릴 혼인시켰겠다?"

～●●～

오렉이 갈바만드로 돌아오기까지 오랜 시간이 걸린 것 같았다. 시간은 아직 이른 오후였지만 이미 1년처럼 긴 하루였다.

수장 어른은 식사를 하고 잠깐이라도 쉬라는 내 재촉에 안으로 들어갔지만, 그 후에 다시 접객홀로 돌아갔다. 집 앞면을 따라 뻗은 이 접객홀은 높은 회랑이라고도 불렀는데, 내가 태어난 후에 사용된 적이 없었고, 가구도 하나도 없었다. 접객홀 문, 그러니까 갈바만드의 넓은 현관문은 이제 활짝 열려 있었다. 수장 어른은 의자들을 가져오라고 했고, 많은 손이 기꺼이 의자를 가져왔다. 다른 방들만이 아니라 근처에 있는 다른 집에서도 의자가 왔다. 수장 어른은 그곳에 앉아서 찾아오는 사람들을 맞이할 준비를 했다.

그리고 사람들이 왔다. 수십 명, 수백 명이었다. 사람들은 신탁의 분수가 흐르는 것을 보려고 왔고, 그 자리에 있던 사람들에게 신탁이 어떻게 말했으며 무슨 말을 했는지 들으려고 왔다. 나는 그때 처음으로 모두가 같은 말을 들은 것은 아님을 알았다.

아니면 말이 되풀이되면서 바뀌고 또 바뀐 건지도 모른다. 사람들은 '읽는 자' 갈바인 수장 어른을 보고 인사하고 상담을 하러 왔다. 일하는 남자 여자들이 대부분이었고 그 외에는 상인, 행정관, 도시 공무원과 의회 구성원인(또는 구성원이었던) 이들이 있었다. 누구나 다 가난했다. 우리 모두 가난했기 때문이다. 옷으로는 구두장이와 선주를 구분할 수 없었다. 노동자들 일부는 그저 우리 집의 신들에게 축복을 올리고 외경심과 기쁜 존경의 마음을 담아 신탁을 읽는 자에게 인사를 드리고 다시 사라졌지만, 다른 이들은 남아서 구청장과 의원들과 상인들과 대가문 사람들과 어울려 앉아 무슨 일이 일어나고 있는지 이야기하고 무슨 일을 할 수 있으며 해야 하는지에 대한 의견을 피력했다. 그렇게 하여 나는 처음으로 시민이 된다는 것, 수장이 된다는 것이 어떤 일인지 보았다.

나는 수장 어른에게 필요할 경우에 대비하여, 그리고 수장 어른이 있어달라고 했기 때문에 그 자리에 머물렀다. 사람들이 외경심과 공포가 섞인 얼굴로 나를 보았기 때문에 쉽지는 않았다. 어떤 이들은 나에게 경배의 몸짓을 하기도 했다. 나는 더없이 어색하고 바보스러운 기분이었고, 누구에게 무슨 말을 해야 할지도 몰랐다. 그러나 사람들에게는 수장 어른이 있었다. 그리고 다행히 나는 꽤 자주 부엌에 가서 이스타를 도와야 했다. 이스타는 흥분과 불안으로 미칠 지경이 되어 있었다. 우리 집이 마침내 다시 꽉 차서 이스타는 "옛날 같구나!"란 말을 몇 번이고 되풀이했지만, 손님에게 내놓을 음식이 없었다. "물도 대접할 수 없다니!" 이스타는 분김에 눈물까지 글썽였다. "물 잔이 모자라서 말이야!"

"빌려 와요." 보미가 말했다.

"안 돼, 안 돼." 이스타는 그 생각에 마음이 상했지만, 나는 "안 될 것 있어요?"라고 말했고 보미는 얼른 이웃집에서 잔을 빌려 오려고 뛰어나갔다. 나는 접객홀로 돌아가서 에눌로 캄에게 말을 걸었다. 그녀는, (1년 전은 된 것 같은!) 어젯밤에 왔다가 이제 아내와 아들을 데리고 다시 찾아와 앉아서 수장 어른과 다른 이들과 이야기를 나누고 있는 술셈 캄의 아내였다. 나는 우리에게 무엇이 필요한지 설명했고, 곧 카만드의 사내아이들 몇 명이 무거운 유리잔 쉰 개를 가져왔다. 그들은 이스타에게 지시받은 대로 말했다. "저희 집에서 축복받은 분수의 집에 드리는 선물입니다." 이스타는 얼굴을 찡그렸지만, 이 말에 마음이 상하기는 힘들었다. 그 순간부터 이스타는 보미와 소스타가 모든 손님에게 물을 가져다주고, 잔을 다시 부엌으로 가져가서 씻느라 미칠 지경이 되도록 몰아세웠다. 물론 이스타는 아직도 모두에게 먹을 것을 내놓고 싶어 했지만, 나도 먹을 것을 그 정도로 빌려 올 방법은 떠오르질 않았다. 나는 사람들은 먹으러 온 게 아니라 이야기하러 왔다고 말했다. 이스타는 또 얼굴을 찌푸리며 입술을 깨물더니, 고개를 돌렸다. 나는 그제야 내가 이스타에게 지시를 내렸다는 것을, 그리고 그녀가 받아들였다는 것을 깨달았다.

나는 이스타에게 가서 팔을 둘렀다. 이스타가 나를 때리지 않은 지는 몇 년이나 지났지만, 그래도 끌어안는 데 익숙한 사람은 아니었다. 나는 말했다. "우리 대모님, 속 태우지 마! 우리 집의 정령과 그림자들과 같이 기뻐해. 우리 손님들은 신탁의 분수에서 솟는 물 외에 다른 건 바라지 않아요."

"아, 메메르! 어떻게 생각해야 할지 모르겠다!" 이스타는 내 팔을 풀고 내 어깨를 가볍게 두드리며 말했다.

그날은 누구도 어떻게 생각해야 할지 알지 못했다.

마침내 집에 돌아왔을 때 오렉은 혜성 꼬리가 아니라 혜성 그 자체였다. 의회당 광장에서부터 사람의 물결이 그를 따라왔다. 그는 도시의 영웅이었다. 오렉은 신탁의 분수 옆에 멈춰 서더니 내가 수많은 얼굴에서 본 것과 똑같은 웃음과 놀라움이 담긴 얼굴로 그침 없이 솟구치는 은빛 물줄기를 올려다보았다. 그라이 가 나가서 그를 맞이했다. 셰타르는 상방에 갇혀 있었다. (그라 이가 말해주기로는 부루퉁해진 나머지 불쌍한 낡은 양탄자를 갈기갈기 찢어놓고 있다고 했다.) 오렉과 그라이는 서로 한참 끌어안고 있다가 계단을 올라 접객홀로 들어왔다.

다들 오렉 뒤로 몰려들었다. 오렉은 일단 수장 어른에게 인사 한 후, 내가 방금 적은 의회당에서의 오전을 빠짐없이 이야기해 야 했다. 일어난 일 중 몇 가지는 갈바만드와 광장을 오가던 사 람들에게 들어 알았지만, 이도르와 사제들을 감옥까지 추적하 고 이오라스와 티리오를 찾아낸 부분은 새로웠다. 이도르가 사 라졌다는 소식도.

오렉이 군중에게 자기가 한 말을 전해줄 수 없었다 해도, 그 내용을 전할 수 있는 사람은 많았다. 어느 노인은 이렇게 외쳤 다. "시인은 이렇게 말했지. '그들이 동맹을 구걸하게 하고 우리 는 동맹을 맺어줍시다!' 삼파의 힘으로, 놈들이 빌게 하자고! 기 게 해! 그리고 우린 우리의 좋은 시간을 포기하지 않을 거야!"

그게 그날 도시의 분위기였다. 열렬한 기쁨, 호전적인 분위 기, 거의 자제할 수 없는 복수심.

이오라스는 병사들에게 거리에 나가지 말고 의회당 남쪽과 동쪽에 있는 막사 안에 머물라고 지시했다. 주위에는 비상 경계선을 쳤다. 말과 일부 병사들이 있는 의회당 마구간에 가고 싶은 병사들은 막사와 마구간 사이를 통행할 수 있게 하려고 했지만, 광장에 있는 사람들이 불쾌하게 받아들였다. 돌이 날아갔고, 간드는 부하들에게 막사든 마구간이든 지금 있는 곳에 머물라고 명령했다.

알드는 도발하지도, 공포를 드러내지도 않으려고 주의하고 있었다. 그들의 위치는 너무 포위되기 쉬웠다. 어쩌면 이미 포위 상태인지도 몰랐다. 일단 그동안 몸에 밴 두려움을 털어낸 시민들은 그토록 오랫동안 자기들을 지배해온 정복자들이 보급품에 의존하며, 아무리 무장을 갖추고 강력한 군대라 해도 수적으로는 열세라는 사실을 깨달았다. 이오라스가 부하들을 자제시킨 것을 약하다는 의미로, 싸울 의지가 없다는 뜻으로 오해한다면 대량 학살이 일어날 수도 있었다.

접객홀에서는 그런 문제를 이야기했다. 그리고 데삭과 그 무리에 대해서 이야기했다. 그들의 계획이 무엇이었는지, 어쩌다가 계획이 틀어졌는지. 우리 집으로 피신했던 남자 카데르 안트로가 있었고, 다른 사람들이 그의 이야기를 확인하고 넓혀주었다. 불을 붙인 것은 알드 조신들이 하인과 청소부로 쓰던 안술 노예들이었다. 대천막을 태우자는 생각은 처음부터 노예들 중 하나가 낸 것이었다. 그들은 노예처럼 차려입었지만 무장을 한 음모자들을 몰래 천막에 들였고, 음모자들과 함께 준비해서 불이 여러 군데에서 동시에 시작되어 천막이 화염에 휩싸이는 사이 데삭의 사람들이 두 방향에서 광장으로 쏟아져 들어가서 경비하던 병사들을 공격하기로 했다. 이도르와 이오라스와 다수의 장교와 조신들이 천막 안에 있을 때 불이 나도록 이 모든 일이 일몰 의식에 벌어질 예정이었다.

그러나 이도르가 오렉의 낭송을 방해하고 싶어 한 탓에 사제들이 계획보다 일찍 의식을 시작했고, 그래서 공격 시간이 바뀌었으며 바뀐 계획은 가담자 모두에게 전해지지 않았다. 불이 났을 때 의식은 이미 끝나갔다. 이오라스는 늦게 들어갔기 때문에 남아서 기도하고 있었으나, 이도르와 고위 사제들은 천막을 떠난 직후였다. 불은 무섭도록 빨리 번졌고, 안에 있던 데삭의 사람들은 모두 공격을 감행했지만, 병사들은 잽싸게 대오를 정비했고 불을 무서워하는 것 같지도 않았다. 그들에게 불은 불타는 신의 포옹이 약속된 길이었다. 전투와 연기와 혼란 탓에, 이오라스가 비틀거리며 불길에서 벗어나는 모습을 본 것은 이도르와 사제들뿐이었던 것 같다. 그들이 이오라스를 붙잡아 의회당으로 데려가는 사이 병사들은 음모자들을 불 속에 몰아넣어 산 채로 태워 죽였다. 달아나려는 사람이나 공격하려는 사람이나 마찬가지였다. 데삭도 그렇게 죽었다.

나는 그저 오렉이 우리에게 말해준, 사람들의 발길에 채여 날던 까만 재와 먼지들밖에 생각할 수 없었다.

이 이야기를 들은 사람들은 한참 동안 말이 없다가 겨우 다시 입을 열었다.

"그러니까 이도르는 늙은 간드가 죽은 거나 다름없는 상황에서 기회를 본 거군요." 어떤 남자가 말했다.

"왜 감옥에 넣었을까? 끝을 내지 않고?"

"어쨌든 아버지니까."

"알드 놈들에게 그게 뭐 대수라고?"

나는 아버지를 자랑스러워하다 못해 아버지의 말까지 자랑하던 시미를 생각했다.

"그놈은 아버지에게 복수할 참이었어. 17년이나 기다려온 게지!"

"그리고 늙은이의 안술 정부도 말이지."

"재미로 고문했을 거야."

그 말에 또 침묵이 내려앉았다. 사람들은 불편하게 수장 어른을 흘끔거렸다.

"그래서 그자가 붉은 모자들을 끌고 어딜 가겠어요?" 어떤 여자가 물었다. 사람들은 알드 사제들을 병사들보다 더 미워했다. "숨어 있어봐야 사람들이 찾아낼 거예요. 놈들은 살아서 거리를 통과하지 못할걸요."

그 여자 말이 옳았다. 우리는 그날 늦게 소식을 들었다. 소식은 지속적으로 거리를 거쳐 우리에게 전해졌다. 지저분해지고 흥분하고 지친 사람들이 광장에서 소식을 가져왔다. 시민들은 의회당 안으로 몰려 들어가서 그 장소를 되찾고, 그곳을 자기네 숙소로 쓰던 알드 조신과 장교들의 물건과 가구를 다 들어내고, 돔 기단부에 있는 작은 다락방에 숨어 있던 이도르와 사제 세 명을 찾아냈다. 그들은 끌려 내려가서 이오라스와 티리오가 밤새 갇혀 있던 지하실에 갇혔다. 술터 갈바가 1년 동안 갇혔던 그 고문실에.

그 소식은 우리의 마음을 가볍게 해주었다. 우리는 자신이 악마를 몰아내고 악을 멸하기 위한 성스러운 사자라는 이도르의 믿음에 많이 고통받았고, 이제 그가 망신당하고 감옥에 갇히자 그 믿음의 힘도 깨어진 것처럼 느꼈다. 적은 여전히 남아 있었으나, 미친 신이 아니라 인간 적이었다.

그리고 의회당으로 밀려 들어간 성난 군중이 사제들을 찾아낸 자리에서 갈기갈기 찢어버리는 대신 가둬놓고 정의—우리의 정의든, 알드의 정의든—기다리기로 했다는 것 또한 마음 놓이는 일이었다.

"그 아비보다 우리가 이도르를 더 관대하게 다룰지도 모르지." 술셈 캄이 말했다.

"그 사람이 아들에게 친절하게 굴 것 같진 않군요." 오렉이 찌푸린 얼굴로 말했다.

"부인과 사자보다 친절하진 않겠지요." 페르 악타모가 말했다. 그는 이곳에서 오렉과 다시 만나, 오후 내내 새로 오는 사람들이 청할 때마다 아침의 위업과 모험을 되풀이해 이야기하는 것을 거들었다. "이도르의 종말은 그때 시작된 겁니다. 군중 앞에서 움찔하고 뒷걸음질쳤을 때 말입니다. 사자는 어디 있습니까, 레이디 그라이? 여기에서 찬양을 받아야지요."

"셰타르는 기분이 무척 안 좋아요. 금식일인 데다가 종일 문안에 가둬놔야 했거든요. 지금쯤이면 양탄자를 반은 먹어치웠겠네요."

"금식 말고 잔치를 베풀어야죠!" 페르가 말했고, 사람들은 웃으면서 셰타르를 "우리 편에 있는 유일한 알드!"라고 불렀다. 그래서 그라이는 가서 셰타르를 데려왔다. 실제로 기분이 뚱해 있었다. 셰타르는 전날 밤의 수영과 배 타기, 이날 아침의 군중을 달가워하지 않았다. 도시에 지속되는 긴장을 감지했고, 고양이들이 다 그렇듯 소란과 흥분과 변화를 싫어했다. 셰타르는 노래하는 듯 으르렁거리고 노란 눈을 번득이면서 접객홀로 걸어 들어왔다. 모두 그녀에게 움직일 공간을 넉넉하게 만들어주었다. 그라이는 셰타르를 수장 어른 앞으로 데려가서 절하듯 몸을 뻗게 했다. 사람들은 또 웃으며 셰타르를 칭찬했다. 그들은 셰타르가 오렉에게, 페르에게, 부모와 같이 온 세 살배기 소년에게 절을 하도록 청했다. 그래서 셰타르는 위로품을 많이 받았고, 기분도 나아지기 시작했다.

저녁이었다. 큰 방에 어둠이 깔리고 있었다. 이스타가 지난밤에 너무나 중요한 전언을 가져왔던 이알바와 함께 등불을 들고 왔다. 예전에는 그것이 손님에게 떠나라는 신호였다고 이스타가 말해준 적이 있었다. 그리고 마치 우리네 방식과 관습이 오늘 우리에게 돌아온 것처럼 방문객이 하나씩 둘씩 일어나서 수장 어른에게 인사를 했다. 그들은 오렉과 그라이에게, 그리고 나에게 말을 걸었고 문을 통과하면서 우리 집의 영혼과 그림자들에게 말을 걸었다. 저녁 하늘로 튀어 오르는 분수 옆을 지나면서 샘과 물의 지배자께 축복을 올렸고, 문지방 돌을 지나면서 몸을 굽혀 돌을 건드렸다.

14

잠이 달만큼 멀던 그날 밤, 나는 침대에 누워서 긴 하루를 되새겼다. 그라이와 사자가 사제들과 병사들과 금색 외투를 입은 남자에게 대치해 서는 장면을 다시 보았다. 분수 물이 햇빛 속으로 뛰어오르는 장면을 다시 보았다. 수장 어른이 내 곁에서 성큼성큼 걸어 나가 계단을 내려가는 모습을 보고, 그분이 이도르와 우리 앞에 책을 들어 올리는 모습을 보고, 기묘하게 내면을 꿰뚫던 목소리를 들었다. '그들을 자유롭게 하라…….' 그 외침은 내가 외쳤던, 나를 통과해서 나왔던 다른 말 '부서진 것이 부서진 것을 고치리라'와 함께 마음속에 메아리쳤고, 짧은 순간이지만 이해할 것 같았다.

그러나 내가 오렉과 다른 사람들과 같이 집 앞으로 나갔을 때 수장 어른은 절망에 빠진 얼굴로 피신처를 찾아 비밀방으로 돌아갔다는 사실을 떠올리자 다시 어리둥절했다. 신탁의 동굴까지 들어갔을 리가 없었다. 시간이 부족했다. 그는 곧장 그림자

쪽으로 가서, 그쪽에 놓인 서가에서 책을 뽑아, 저택의 방과 복도와 뜰을 통과하여 이도르와 대적하러 나갔다. 망가지고 발을 저는 몸이 아니라 치유되고 완전한 몸으로. 그 짧은 시간에. 정확히 필요한 순간에.

신탁에 질문을 던졌을까? 그 책이 무엇을 말하는지 알고 있었을까? 그건 무슨 책이었지?

나는 수장 어른의 손에 들린 작은 책밖에 보지 못했다. 책 속은 보지 못했다. 그 책을 보고 읽은 게 아니다. 그랬을 수가 없다. 분명히 입을 열어 말한 것은 내가 아니라 그 책이었다. 나는 이제 그 말조차 확신할 수 없었다. '그들을 자유롭게 하라'였는지 그냥 '자유로워지라'였는지 아니면 '자유를!'이었는지? 마음속에서 목소리는 들을 수 있었으나 말의 내용은 들을 수 없었다. 그것이 마음에 걸렸다. 들어보려고 애썼지만 그 말은 맑은 물을 잡는 것처럼 손아귀를 빠져나갔다. 나는 분수를 보았다. 갈바만드의 지붕들 너머에서 아침 햇살이, 높이 피어오르는 분수의 물을 밝히는 광경을…….

그리고 실제로 아침이었다. 이른 아침의 햇살이 내 작은 방 벽을 비췄다.

그날은 에누의 축일이었다. 에누, 여행자의 길을 수월하게 만들어주고 일의 속력을 높여주고 싸움을 중재하고 우리를 죽음으로 이끌어주는 신. 그녀는 검은 고양이의 모습으로 죽어가는 영혼 앞을 걸어가며, 죽은 그림자가 머뭇거리면 멈추어 돌아보고는 끈기 있게 앉아서 따라오기를 기다려준다고 한다. 우리 신 중에 형상이나 모습이 주어진 신은 별로 없다. 레로가 돌의 형태를, 이에네가 삼나무와 버드나무의 형태를 취할 뿐이다. 그러나 에누는 오팔 눈에 미소를 띤 작은 고양이로 조각될 때가 많았다. 나도 어머니에게서 물려받은 그런 조각상이 하나 있었다. 그 고양이는 내 침대 옆 벽감에 앉아 있었고, 나는 아침저녁으로 그 상에 입을 맞췄다. 갈바만드 안에서 에누의 사당은 오래된 안쪽 뜰에 있는데, 받침대 위에 조가비 모양 돌이 놓이고 고양이 발자국이 그 바닥을 가로질러 희미하게 새겨져 있다. 몇백 년 동안 축복을 올리며 만진 손가락들 덕분에 닳아 없어지기 직전이다. 나는 일어나서 옷을 입고 그릇을 들고 신탁의 분수에 가서 물을 뜨고 부엌에 있는 상자에서 곡식 가루를 한 줌 집어서 공물을 바치러 에누 사당으로 갔다. 수장 어른을 사당에서 만났고, 우리는 함께 에누에 대한 찬양을 올렸다.

이스타가 우리가 먹을 아침을 준비해두었고, 그 후는 전날과 같았다. 수장 어른은 집 앞 회랑에 자리를 잡았고, 하루 종일 사람들이 와서 수장 어른과 이야기하고 서로 이야기를 했다. 안술의 공동체가 바로 여기에서 다시 직조되고 있었다.

수장 어른은 내가 그 자리에 있길 바랐다. 그는 사람들이 내가 그 자리에 있길 바란다고 말했다. 사실이었다. 인사가 아닌 다른 말을 거는 사람은 별로 없었어도 사실이었다. 사람들의 존경 어린 인사를 받으려니 마치 내가 누군가 중요한 인물인 척하고 있는 것 같았다. 때로는 사람들이 어린아이를 보내어 꽃을 전하기도 했다. 아이들은 내 무릎 위나 발치에 꽃을 떨어뜨리고 달려갔다. 어느 정도 시간이 지나자 꽃투성이가 되어, 길거리 사당이 된 기분이었다.

나는 내가 사람들에게 무엇인지 이해하려 했다. 사람들은 나에게서 어제 분수에 일어난 신비로운 일과 신탁의 목소리를 보왔다. 내가 그 신비였다. 수장 어른은 익숙한 친구이자 지도자, 옛 시절의 연결 고리였다. 나는 새로웠다. 그는 갈바였다. 나는 갈바의 딸이었고, 나를 통해 신들이 말했다.

그러나 사람들은 내가 말하지 않는 데 흡족해했다. 나는 그저 미소만 짓고 아무 말도 하지 않아야 할 존재였다. 신비는 신비로 족한 법이다.

사람들은 수장 어른과 이야기하고, 서로 이야기하고 논쟁하고 토론하면서 말과 열정과 언쟁으로 꽉 찬 17년간의 침묵을 깨고 싶어 했다. 그리고 그렇게 했다.

찾아온 사람 중 몇 명이 의회당으로 가서 회의를 해야 한다고 말했고, 이 발상에 흥분한 사람들은 다들 당장 의회당으로 가서 그곳을 우리 정부의 중심지로 재정립할 태세였다. 술셈 캄과 페르 악타모는 조용하고 편안한 어조로 사람들에게, 움직이기 전에 힘을 모아야 하며 계획을 짜고 계획대로 행동해야 한다고 이야기했다. 투표를 치르지 않았는데 어떻게 의회를 열 수 있겠는가? 그들은 안술은 언제나 권력을 자기 권리로 주장하는 사람들을 경계했다고 말했다.

"안술에서 권력은 갖는 게 아니라, 빌리는 거라오." 술셈 캄이 말했다.

"이자도 내야 하고." 수장 어른이 건조하게 덧붙였다.

안술이 스스로를 통치하던 방식에 대해 기억이 없고 기억할 수 없는 정부를 어떻게 복구해나가야 할지 확신이 없는 젊은이들에게 나이 든 사람들의 말은 무게감 있게 다가왔다. 그들이 상대적으로 젊은 페르의 말에 귀를 기울이는 것은 그가 아디라와 마라처럼 오렉과 같이 움직였기 때문이었다. 페르는 도시의 두 번째 영웅이었다. 또한 나는 4대 가문 사람들이 말을 하면 사람들이 존중해 듣는다는 사실을 알았다. 그것은 오직 습관과 전통, 알려진 이름에 대한 존중이었다. 그러나 지금은 그런 존중이라도 유용했다. 그나마도 없었다면 경쟁적으로 자기 의견을 소리치는 꼴이 되었을 곳에 그런 존중이 구조와 기준을 세워주었다. 그중에서도 제일 존경받는 술터 갈바는 사실 제일 적게 말했고, 다른 사람들이 각자 열정과 이론을 토해내게 놓아두며 열심히 귀를 기울였다. 태풍의 눈 같았다.

수장 어른은 자주 나를 쳐다보거나, 고개를 돌리고 내가 어디에 앉아 있는지 보았다. 그는 내가 가까이 있기를 바랐다. 우리는 서로의 침묵을 공유했다.

시간이 갈수록 갈바만드에 찾아온 사람들 사이에 무장한 이들이 늘었다. 어떤 이들은 막대기와 곤장으로만 무장했지만 어떤 이들은 긴 단검, 새로 만든 촉을 단 창, 이틀 전 거리 전투에서 알드 병사들에게서 빼앗은 검으로 무장했다. 긴 토론이 이어지는 가운데 나는 신선한 공기를 마시고 분수를 보러 나갔다. 앞뜰을 돌아 구딧에게 가보았고, 구딧은 마구간에 딸린 작은 대장간에서 창촉을 메질하고 있었다. 한 청년이 창대로 쓸 긴 장대를 들고 기다렸다.

돌아갔을 때, 집 앞쪽에 자리한 천장 높은 방에서의 대화는 회의와 투표와 법보다는 공격, 습격, 알드 살육에 더 쏠려 있었다. 드러내놓고 말하지는 않았다. 그저 힘을 모아야 한다, 도시의 힘을 하나로 모아야 한다, 무기를 비축해야 한다, 최후통첩을 내려야 한다는 말만 했다.

나는 그때부터 지금까지 당시에 들은 말과 그들이 쓰던 언어들에 대해 생각해보았다. 남자들은 여자들보다 쉽게 사람을 숫자로 여기는 게 아닐까. 생명이나 살아 있는 몸으로 생각하기보다 숫자로, 마음속의 전장에 밀어 넣을 수 있는 마음속의 장난감으로 여기는 게 아닐까. 이런 추상화는 즐거움을 주고 그들을 흥분시키고 행동 자체를 위해 행동하게 해준다. 놀이말처럼 숫자를 조종할 수 있게 해준다. 그들은 신들에게, 그리고 그 놀이 속에서 고통받고 죽이고 죽는 사람들에게 자기들의 즐거움을 정당화하기 위해 애향심, 혹은 명예, 혹은 자유란 이름을 내놓을지도 모른다. 그리하여 사랑, 명예, 자유 같은 말은 본래 성질을 잃는다. 그러면 사람들은 이런 것들이 무의미하다고 경멸하게 되고, 시인들은 그 말들에 본래 모습을 되찾아주기 위해 싸워야 한다.

오후 늦게 이런 무리의 지도자 중 하나로 매 같은 얼굴에 잘생긴 청년인 겔브만드의 레터 겔브가 도시에서 알드를 추방하자는 계획을 내세웠다. 다른 무리 중에서 반대가 나오자 그는 수장 어른에게 돌아섰다. "갈바! 당신께서 손에 신탁의 책을 들었고, 우리 모두 그 목소리를 듣지 않았습니까? 자유를! 우리를 노예로 만드는 알드가 여기 있는데 어떻게 우리 백성들에게 자유를 줄 수 있겠습니까? 그 말의 의미가 더 분명할 수가 있겠습니까?"

"그럴지도 모르지." 수장 어른이 말했다.

"그 뜻이 분명하지 않다면 다시 한 번 신탁을 청하세요, 읽는 자여! 지금이 우리가 자유를 줄 때가 아닌지 물어보란 말입니다!"

"자네가 직접 읽어볼 수도 있네." 수장 어른은 온화하게 말하고 주머니에서 책을 한 권 꺼내 레터에게 내밀었다. 위협적인 몸짓이 아니었으나, 청년은 주춤 물러서서 책을 응시했다.

그만큼 젊은 사람이었다. 알드 밑에서 살아온 많은 안술 사람처럼 그도 책을 만져본 적이 없고, 조각조각 찢겨서 운하에 던져질 때가 아니면 본 적도 없을 터였다. 아니면 초자연적인 신탁에 대한 두려움에 사로잡혔는지도 모른다. 레터 겔브는 한참 만에 쉰 목소리로 말했다. "전 읽을 수 없습니다." 그리고 그는 부끄러워하며, 도전적인 투를 회복하려고 애쓰며 나를 보고 말했다. "읽는 자는 당신들 갈바 집안이지요."

"읽기는 예전에 우리 모두가 공유하는 선물이었네." 수장 어른의 목소리는 이제 온화하지 않았다. "아마 우리 모두 다시 배울 때가 오겠지. 어쨌든 받은 답을 이해하기 전에는 새로운 질문을 던져봐야 쓸모가 없어."

"이해하지 못하는 답에는 무슨 쓸모가 있습니까?"

"자네에겐 분수의 물이 충분히 투명하지 않은가?"

수장 어른이 그렇게 화난 모습은 본 적이 없었다. 차갑고 칼날 같은 분노였다. 청년은 다시 주춤했다. 그는 잠시 사이를 두고 고개를 숙이며 말했다. "수장께 용서를 빕니다."

"레터 겔브, 나는 그대에게 인내심을 빌겠소." 수장 어른은 여전히 차가운 목소리로 응답했다. "분수에 피가 흐르기 전에 물부터 흐르게 합시다."

수장 어른은 책을 탁자에 놓고 일어섰다. 갈색 천으로 장정한 작은 책이었다. 그것이 우리에게 신탁을 전했던 책인지 다른 책인지는 잘 알 수 없었다.

이스타와 소스타가 등불을 들고 들어왔다.

"다들 좋은 저녁과 평화로운 밤을 보내시길." 수장 어른은 그렇게 말하고 책을 다시 집어 들더니 절뚝이며 사람들에게서 멀어졌다. 어두운 복도로 돌아갔다.

사람들은 나에게 차분히 밤 인사를 건네고 집을 떠났다. 그러나 상당수는 앞뜰 미로 주위에 서서 계속 이야기했다. 도시 전체에 불안한 기운이 감돌았다. 어두워져가는, 따뜻하고 바람 부는 공기 속에 술렁임이 있었다.

그라이는 셰타르에게 줄을 매어 집을 나서면서 나에게 말했다. "의회당까지 걸으면서 어떻게 돌아가나 보자." 나는 기쁜 마음으로 따라나섰다. 오렉은 집 안에서 글을 쓰고 있다고 했다. 오렉은 거의 온종일 상방에 머물렀다. 그라이는 그가 토론과 논쟁에 끼어들고 싶어 하지 않았다고 했다. 안술 시민도 아니건만 사람들은 그가 하는 말은 무엇이든 열성적으로 받아들일 테고, 의도하지 않은 무게마저 부여할 테니 말이다. "그이는 그걸 걱정해. 그리고 무슨 일이 일어날 거라는, 뭔가 폭력적이고 돌이킬 수 없는 일이 벌어질 거라는 느낌도……."

걷는 동안 사람들이 끊임없이 인사를 하고, 그라이와 사자에게 절을 했다. 이도르와 붉은 모자들에게 처음 맞선 이들에게. 그라이는 미소 지으며 인사에 답했지만, 대화로 이어지지 않게 짧고 조심스러운 태도로만 응대했다. 나는 말했다. "영웅이 되는 게 무서워요?"

"그래." 그라이는 조금 웃더니 나를 곁눈질했다. "너도 그럴 텐데."

나는 고개를 끄덕였다. 나는 아무도 만나지 않고 조용히 대화하면서 걸을 수 있도록 갈바 거리에서 샛길로 빠졌다.

"그래도 넌 이 사람들을 다 알기나 하지. 아, 메메르, 내 고향이 어떤 곳인지 네가 안다면! 안술의 거리 하나에만 고원지대 전체보다 많은 집이 있어. 몇 달이고 몇 년이고 새로운 얼굴을 보지 못했어. 온종일 나다니면서 한 마디도 안 하곤 했지. 난 사람과 같이 살지 않았어. 개, 말, 야생 동물, 그리고 산과 같이 살았지. 그리고 오렉과 같이……. 우린 다른 사람과 같이 산다는 게 어떤 건지 몰랐어. 오렉의 어머니 멜만 빼면 아무도. 멜은 저지대 데리스와터 출신이었지. 정말 사랑스러운 분이었어……. 난 오렉이 어머니에게서 선물을 물려받았다고 생각해. 우리에게 이야기를 들려주시곤 했거든……. 하지만 오렉이 정말 닮은 건 아버지 쪽이야."

"어떻게요?"

그라이는 잠시 생각하고 말했다. "카녹은 아름답고 용감한 남자였어. 하지만 자기 선물을 두려워했고, 그래서 자기 마음을 감췄지. 때로 오렉이 그러는 걸 봐. 지금까지도. 책임을 진다는 건 힘든 일이야."

"책임을 빼앗기는 것도 힘든 일이에요." 나는 내가 알아온 세월 내내 수장 어른의 삶이 어땠는지 생각하며 말했다.

우리는 금세공인 다리에서 큰길로 되돌아가 의회당 광장으로 올라갔다. 많은 사람이 서성였는데, 대부분 남자였고 많은 수가 무기를 들었다. 누군가가 의회당 테라스에서 군중을 향해 열변을 토했는데, 사람들이 가서 듣다가 다시 흩어지기를 반복하는 것을 보면 그리 성공적인 연설은 아니었다. 광장 동편에는 남자들과 여자들로 이루어진 단단한 선이 있었다. 사람들은 나란히 서거나 앉은 채 자리를 지키며 경계하고 있었다. 우리 이웃 사람

중 하나인 마리드라는 여자에게 말을 걸었다. 그녀는 '아이들이 말썽에 휘말리지 않게 지키는' 중이라고 했다. 그들 너머, 언덕 아래에서 횃불 빛이 여기가 막사를 지키는 알드 병사들과 시민 사이의 경계선임을 알려주었다. 이 시민들은 시민과 병사 사이에 방어선을 만들고, 무분별한 모욕이나 싸움을 찾는 젊은이들과 쓸데없이 돌을 던지는 사람들의 진출을 막고 있었다. 병사들을 약 올려 폭력을 유발하려는 사람은 먼저 동료 시민의 방어선을 뚫어야 했다. 이 방어선은 광장을 가로질러 마구간 앞까지 이어졌다. 내가 앉아서 시미와 이야기하던 자리까지.

"정말 놀라운 사람들이야." 그라이는 광장을 가로질러 왔던 길로 돌아가면서 말했다. "너희는 뼛속에 평화를 새기고 있는 것 같아."

"그랬으면 좋겠어요." 내가 말했다. 우리는 광장 한가운데에 있었다. 대천막이 있던 자리였다. 천막의 잔해는 사라지고 없었다. 포장돌에 남은 그을음, 발 아래 부서지는 잿더미 외에는 아무 흔적도 없었다. 우리는 데삭이 자기가 지른 불 속에서 산 채로 타 죽은 자리를 걷고 있었다. 나는 몸서리를 쳤고, 동시에 셰타르는 길고 기묘한 소리를 내며 머리를 뻗었다. 나는 셰타르가 데삭을 당황시키고 노려보던 것을 기억했다. 허리를 곧게 펴고 군인답게, 오만하고 열정적으로 수장 어른에게 말하던 그의 모습이 보였다. '우린 이곳에서, 자유로운 도시의 자유민으로 다시 만날 겁니다!' 그렇게 말했었지. 그의 그림자가 사방에 깔려 있었다.

돌아가는 길에 우리는 다리를 건너다가, 아래로 떨어져 죽은 남자를 보았던 난간 옆에 잠시 발을 멈췄다. 내려다본 어두운 운하에 다리 위에 있는 집들의 불빛이 한두 개 비쳐 흔들렸다. 셰타르는 살짝 으르렁거리면서 우리에게 그 밑으로 다시 갈 생각도 없고 다시 헤엄칠 생각도 없음을 알렸다. 사내아이 한 무리가 그날 거리에서 몇 번 들었던 구호를 외치며 달려갔다. "알드 놈들 몰아내라! 알드 놈들 몰아내라! 알드 놈들 몰아내라!"

"레로의 돌까지 가요." 내가 말했고, 우리는 그렇게 했다. 이 이상한 밤, 온 도시가 깨어 술렁이는 이 밤에는 둘 다 집 안에 들어가고 싶지 않았고, 온종일 앉아서 사람들의 말을 듣고 나니 걷는 것이 좋기도 했다. 우리는 겔브 거리에서 '기울어진 다리'를 건너 서쪽 거리로 간 후, 레로의 돌이 있는 곳으로 갔다. 꽤 많은 사람이 조용히 차례를 기다리거나 내가 하려던 것과 같은 행동을 하고 있었다. 돌을 만지고, 균형의 지배자인 레로에게 축복을 올리는 것이다.

우리는 다시 서쪽 거리로 올라가기 시작했다. 나는 무슨 말을 하는지도 모르면서 말했다. "두 분 사이에 아이는 없었어요, 그라이?"

"있었어. 딸이 하나 있었지." 그라이는 차분한 목소리로 대답했다. "메순에서 열병으로 죽었단다. 반년을 살았지."

나는 아무 말도 할 수 없었다.

"살아 있으면 열일곱이겠네. 몇 살이지, 메메르?"

"열일곱." 말하기가 힘들었다.

"그럴 줄 알았어." 그라이가 나를 보고 미소 지었다. 나는 높은 다리에서 떨어지는 희미한 가로등 불빛 속에서 그녀의 미소를 보았다. "딸 이름은 멜이었지." 그라이가 말했다.

그 이름을 말하자 작은 그림자의 손길이 느껴졌다.

그라이는 줄을 잡지 않은 손을 뻗었고, 우리는 손을 잡고 걸어 갔다.

나는 갈바 거리로 들어서면서 말했다. "오늘은 에누의 날이에 요. 내일은 레로의 날이죠. 균형이 바뀔 거예요."

⚬~⚬

아침에는 벌써 균형이 바뀐 것 같았다. 우리는 아침 일찍 엄청 난 인파가 의회당 광장에 모였다는 소식을 들었다. 아직 폭력을 행사하지는 않지만, 시끄럽고 단호하게 알드는 오늘 당장 도시 를 떠나라고 요구하고 있다는 것이다. 수장 어른은 오렉과 잠시 상의를 했고, 둘이 함께 회랑으로 들어갔다. 오렉은 긴장한 얼 굴이었다. 그는 그라이와 잠시 이야기했고, 그라이가 셰타르를 상방에 가두는 사이 구딧은 두 마리 말을 데리고 나왔다. 오렉은 브랜티를 탔다. 그라이는 별이에 올라탔고, 나는 그녀와 같이 오렉을 따라서 갈바 거리에 모인 군중을 뚫고 달렸다. 그들은 기 꺼이 앞을 비켜주며 오렉의 이름을 연호했다.

오렉은 아직도 병사들의 열 앞을 단단히 지키고 있는 시민들 의 경계선으로 달려갔다. 그리고 시민과 병사 양쪽에 간드 이오 라스와 이야기할 수 있겠느냐고 물었다. 그들은 즉시 오렉을 들 여보내주었다. 오렉은 말에서 내려서 알드 막사 쪽으로 계단을 달려 내려갔다.

나는 이제 진짜 마부처럼 군중 사이에서 브랜티의 마구를 잡 고 있었다. 브랜티는 별로 잡아줄 필요가 없는 말이었다. 단단 히 버텨 섰고, 사방의 소란을 경계하기는 했지만 힘들어하지는 않았다. 나는 브랜티를 닮으려 했다. 별이는 자주 머리를 흔들었고, 사람들이 바싹 다가오면 투레질을 하면서 발을 끌었다. 나는 별이를 닮지 않으려 했다. 그래도 두 마리 말이 주위에 공간을 만들어주어 다행이었다. 그토록 많은 사람이란, 존재만으로도 압도적이었다. 또렷하게 생각할 수가 없었고, 의기양양함, 두려움, 흥분이 흘렀다. 이런 감정들이 폭풍 전에 나뭇잎을 흔드는 바람처럼 우리 모두를 타고 흘렀다. 나는 브랜티의 고삐를 잡고, 차분하고 고요한 그라이의 얼굴을 바라보았다.

의회당 계단 근처에서 장중한 함성이 올랐다. 다들 그쪽을 돌아보았지만, 나는 머리와 어깨들밖에 볼 수 없었다. 그라이가 내 팔을 건드리더니 브랜티에 오르라는 시늉을 했다. "못 해요!" 말은 했지만 나도 내 목소리를 들을 수 없었고, 그라이는 나를 위해 손으로 등자를 만들어주었다. 근처에 있던 남자 하나가 말했다. "얼른 올라타라고!" 그래서 나는 엉겁결에 브랜티의 안장에 앉았다. 바로 옆에서 그라이가 훌쩍 말 등에 올랐다. "봐!" 그라이가 말했고, 나는 그쪽을 보았다.

연설 테라스에 사람들이 서 있었다. 갈색과 회색 줄무늬 가운을 입은 여자, 그리고 검은색 외투와 킬트를 입은 오렉. 내 눈에 비친 그들은 환영처럼 작고 밝았다. 군중은 고함을 지르고 구호를 외쳤다. 어떤 이들은 "티리오! 티리오!"라고 외치기도 했다. 우리 근처에 있던 남자는 분노에 차서 "알드의 창녀! 간드의 창녀!"라고 외쳤는데, 그러자마자 사람들이 돌아보고 똑같이 분노에 차서 고함을 지르기 시작했고, 다른 사람들이 그들을 조용히 시키고 갈라놓으려 애썼다. 나는 등자에 발이 닿지 않아서 안장 위가 위태롭게만 느껴졌지만, 브랜티는 바위처럼 단단히 서 있었고 나는 최소한 사람들에게 밀리고 밟힐 염려는 없었다. 서서히 소음이 잦아들었다. 오렉이 오른손을 올리고 있었다. "시인이 말하게 하자." 사람들이 외쳤고, 분수의 물이 넓은 수반에 퍼져나가듯 서서히 침묵이 퍼졌다. 마침내 입을 연 오렉의 목소리는 쩌렁쩌렁했다. 멀지만 또렷하게 울려 퍼졌다.

"오늘은 레로의 날입니다." 오렉이 말했다. 그리고 한참 동안 더 말하지 못했다. 모든 인파가 장중하고 느리게 "레로, 레로, 레로!"를 연호한 탓이었다. 나도 목이 메이고 눈물이 고인 채 그들과 함께 연호했다. 레로, 레로, 레로……. 마침내 오렉이 다시 손을 들어 올렸고, 연호하는 소리는 광장에서 이어지는 거리를 따라 잦아들어갔다.

"저는 안술 사람도, 아수다르 사람도 아닙니다. 제가 다시 이야기하도록 해주시겠습니까?"

"네!" 군중이 함성을 질렀다. "말해요! 시인의 말을 들읍시다!"

"안술의 딸이자 알드 간드의 아내인 티리오 악타모가 이 자리에 함께 서 있습니다. 이분과 이분 남편은 제게 이 말을 전해달라고 했습니다. 아수다르의 병사들은 여러분을 공격하지 않을 것이며, 여러분을 방해하지도 않을 것이고, 막사를 떠나지도 않을 것입니다. 간드 이오라스가 그렇게 명했고, 병사들은 명령에 따를 것입니다. 그러나 간드도 메드론에 있는 왕의 동의 없이 병사들에게 안술을 떠나라고 명할 수는 없습니다. 그래서 지금 메드론에서 소식이 오길 기다리는 중입니다. 그러니 간드 이오라스와 티리오 악타모, 그리고 저는 여러분에게 인내심을 갖고, 피가 아니라 평화로 도시를 되찾고 자유를 주장하시길 간절히 부탁드립니다. 배신당하고 감옥에 갇힌 통치자가 자유를 찾는 모습을 본 제가, 여러분과 함께 2백 년간 메말랐던 분수에서 물이 솟는 것을 보고 여러분과 함께 침묵으로부터 울려 퍼지는 목소리를 들은 제가, 여러분에게 초대받은 제가…… 레로께서 균형이 어떻게 떨어지는지, 우리가 파괴할 것인지 재건할 것인지, 전쟁으로 떨어질 것인지 평화를 걸을 것인지 알려주시길 기다리는 동안 여러분의 호의와 안술 신들의 우아함에 대한 보답으로 이야기를 하나 해도 되겠습니까? 전쟁과 평화, 노예와 자유에 대한 이야기를요. 《샴한》을 들으시겠습니까? 암비온에서 노예로 지냈던 시절 함네다의 이야기를 들으시겠습니까?"

"네." 군중이 대답했고, 그 소리는 풀밭을 휩쓰는 부드럽고 거대한 바람 같았다. 우리는 모두 내면의 긴장이 잦아드는 것을 느낄 수 있었고, 그 점에 감사했다. 잠시 동안이라 해도, 이야기를 하나 하는 데 걸리는 시간뿐이라 해도 우리를 두려움과 열정과 무분별함에서 풀어주는 그 목소리에 감사했다.

서부 해안 어디에서나 아는 이야기였다. 책이 파괴된 이 도시에서도 많은 사람이 그 이야기를 알거나, 최소한 이야기 속 영웅의 이름이라도 알았다. 그러나 한 번도 그 이야기를 읽어보거나 들어보지 못한 사람도 많았다. 그리고 그토록 많은 사람들 속에서 공개적으로 울려 퍼지는 그 이야기를 듣는 것, 우리 유산을 우리 권리로 주장하고 우리 영웅을 우리 것이라 내놓는 경험은 엄청났다. 그것은 오렉이 우리에게 준 크나큰 선물이었다. 그는 본인도 알지 못하던 이야기를 말하면서 알게 된 것처럼, 함네다에 대한 엘록의 배신에 자기도 놀란 것처럼, 자신이 함네다와 같이 사슬에 묶이고 얻어맞은 것처럼 이야기했고 늙은 아페르의 고문과 죽음 앞에서 함네다와 같이 울었으며, 함네다의 탈출을 돕는 데 목숨을 건 노예들을 걱정했다. 오렉은 더 이상 내가 읽었던 《샴한》을 이야기하고 있지 않았다. 자기 언어로 자기 이야기를 하고 있었다. 암비온 궁전에서의 대결에 이르렀을 때, 함네다가 압제자 우라의 사슬을 풀어주고 암비온에서 사라지라고 명했을 때, 그리고 도시의 저항군에게 이렇게 말했을 때. "자유란 풀려난 사자요, 떠오르는 태양입니다. 여기나 저기에서 멈출 수는 없소. 해방이 해방되도록 하시오! 자유가 자유롭게 하시오!"

그 후로 나는 갈바만드 계단에서 신탁의 목소리가 한 말이 그것이었다고 주장하는 사람들을 많이 보았다. '자유가 자유롭게 하라.' 그랬는지도 모른다.

어쨌든 그 말을 들었을 때 의회당 광장에 모인 군중은 거대한 인파가 듣고 싶었던 말을 들었을 때 낼 법한 소리를 냈다. 오렉이 이야기를 끝내자 사람들은 조용히 하지 않고 찬양을 외쳤고, 자신들도 속박이나 두려움에서 해방된 듯이 환희에 들떴다. 사람들은 의회당 테라스에 선 오렉 주위로 몰려 올라갔고 그라이와 나는 그에게 가까이 갈 기회조차 없었다.

그러나 말 등에 앉아 있었던 덕에 오렉과 티리오를 볼 수는 있었다. 우리는 인파가 두 사람 주위로 소용돌이치며 서서히 그들을 갈바 거리로 나르기 시작하는 것을 보았다. 그라이는 훌쩍 뛰어내려 내 등자 길이를 줄이고 다시 안장 위에 올랐다. "무릎을 딱 붙이고 고삐는 신경 쓰지 마." 그라이가 외쳤고, 우리는 우리 나름의 찬양과 농담과 고함 소리의 소용돌이에 에워싸인 채 움직이기 시작했다. 나는 처음으로 말 등에 올라서 광장을 벗어나, 다리 세 개를 건너 갈바 거리로 들어가서, 갈바만드로 갔다.

사람들이 갈라져서 길을 터준 덕분에 우리는 곧 오렉과 티리오를 따라잡을 수 있었다. 마구간 문 앞에서 말을 내려 집 안으로 달려간 나는 딱 티리오가 회랑에서 수장 어른과 만나는 순간을 볼 수 있었다. 수장 어른은 그녀를 보고 일어섰고, 그녀는 양팔을 벌리고 그의 이름을 부르며 뛰어갔다. "술터!" 그들은 눈물을 흘리며 서로를 포옹했다. 그들은 젊었을 때 친구 사이였다. 어쩌면 연인 사이였는지도 모른다. 그들은 젊고 부유하고 행복하던 시절에 서로를 알았고, 오랜 세월 수치심과 고통 속에서 서로 떨어져 지냈다. 그는 불구의 몸이었다. 그녀는 얻어맞고 머리털이 뽑힌 몰골이었다. 나는 오래전에 수장 어른이 나에게 했던 부드러운 말을 기억했다. "울 만한 일이야 많이 있지, 메메르야." 나는 그때도 울었다. 두 사람 때문에, 세상의 비탄 때문에 울었다.

내가 문간에 서서 눈물을 삼키려 하고 있을 때 오렉이 들어와서 내 곁에 섰다. 그의 얼굴에는 아직도 환호를 받고 인파의 힘에 휩쓸린 사람 특유의 놀라움과 광채가 어려 있었다. 그러나 그는 내 어깨를 안으며 부드럽게 말했다. "안녕, 말 도둑 아가씨."

⁂

오렉과 레로가 균형을 기울여놓은 것 같았다. 그날이나 그 후 여러 날 동안 도시에는 거대한 불안이 존재했지만, 분노와 위협은 덜했다. 험악한 대화는 많이 오갔어도 무기는 덜 휘둘렀다. 의회당이 열려서 투표 계획에 대한 논의가 이루어졌다.

사람들은 계속 갈바만드에 찾아왔다. 회랑에서 대화를 나누고, 미로에서 춤을 추었다. 나는 이제야 겨우 미로에서 춤추는 여자들을 보게 되었다. 하루인가 이틀이 지나자 이스타가 손에 행주를 든 채 찌푸린 얼굴로 여자들 사이에 나가 말했다. "완전히 잘못하고 있어. 여기에서 '에호!'라고 하면서 몸을 틀고 저기에서 몸을 틀어야지." 그리고 그녀는 축복의 춤을 제대로 추는 방법을 보여주었다. 그러고는 다시 부엌으로 돌아갔다.

　이스타는 맹렬히 일했고, 보미와 나는 물론이고 소스타까지도 일이 많았다. 사람들은 계속 선물을 가져왔다. 끝없이 손님이 몰려드니 우리 접대가 얼마나 힘겨울지 뻔히 아는 사람들이 음식을 들고 왔다. 이스타는 정신을 차리고 그런 선물을 받아들였지만, 선물이나 영예나 증정물이라기보다는 수장 어른과 그 집안이 지고 갚아야 할 빚으로 받아들였다. 이스타의 머리는 그런 식으로 움직였다. 안술의 많은 사람이 그러했다. 우리 뼛속에 평화가 깃들어 있다면, 상업성도 뼛속에 깃들어 있을 것이다.

　이알바는 이오라스를 돌보는 티리오를 도우러 돌아갔다. 이오라스의 화상은 심각했고, 회복이 느렸다. 그다음 날 티리오는 집 안 건사를 도우라며 막사에서 여자 셋을 보냈다. 티리오처럼 병사들이 잡아가 노예로 부린 도시 여자들이었다. 티리오는 간드의 호의를 얻자 그 여자들을 끔찍한 예속 상태에서 빼내어 그보다 나은 노동직으로 옮겨주었다. 그중 하나는 열 살인가 열한 살에 잡혀가서 병사들에게 시달린 나머지 불구가 된 데다가 살짝 미쳤지만, 혼자 일할 수 있는 곳을 청소시키면 만족스럽게 일을 해냈다. 나머지 둘은 훌륭한 집안 출신으로 집을 건사할 줄 알았고, 우리에게 큰 도움이 되었다.

처음에 이스타는 그들을 쌀쌀맞게 대했고 소스타와 나에게 말을 걸지 못하게 하려고 했다. 그들이 있던 곳을 봐라, 물론 그게 그 애들 잘못은 아니지만 양가집 처녀랑 교류하기에는 적절치 않다는 등등의 이유였다. 그 애들과 나는 신경 쓰지 않았다. 여자들 중 하나에게는 노예 시절에 사귄 남자 친구가 있었다. 그는 바로 우리 집에 들어와서 힘든 일에 손을 보탰다. 구딧은 그 남자와 썩 잘 지냈다. 그 남자는 예전에 달구지 목수였고, 구딧이 오랫동안 간직해둔 수레와 달구지 조각들로 마차를 짤 계획을 세울 수 있었다.

그렇게 며칠 만에 집 안에 사람과 삶이 확 늘어났고, 나는 그게 마음에 들었다. 목소리는 늘고 그림자는 줄어들었다. 질서가 늘고 먼지는 줄어들었다. 이제는 내 손만이 아니라 많은 손이 지나가면서 신소를 건드렸다.

그러나 이 시기에 나는 수장 어른을 거의 보지 못했다. 오직 공식적인 자리에서, 다른 사람과 같이 있는 모습만 보았다.

그리고 나는 신탁이 나를 통해 말한 밤부터 한 번도 비밀방에 가지 않았다.

내 삶은 갑작스럽게, 그리고 완전히 달라졌다. 나는 책 속이 아니라 거리에 살았고, 저녁 시간에 한 남자하고만 이야기하는 대신 온종일 많은 사람과 이야기했으며, 마음은 오렉과 그라이로 가득 차서 가끔은 수장 어른을 생각하지 않을 정도였다. 부끄럽기도 하지만, 변명할 말은 있었다. 수장 어른에게 가까운 사람이 나뿐이었을 때는 내가 중요했겠지만, 이제 수장 어른에게는 내가 필요하지 않았다. 그는 다시 진짜 수장이 되었다. 온 도시가 그의 벗이었다. 나에게 할애할 시간은 없었다.

그리고 나도 비밀방에 갈 시간이 없었다. 그토록 오랜 세월 밤마다 찾았던 방이지만, 지금은 하루 종일 바빴고 밤이면 피곤했다. 나는 작은 에누에게 입을 맞추고 곯아떨어졌다. 그 방의 책들은 도시가 죽어 있는 동안 나를 살렸지만, 이제 도시는 삶을 되찾았고 나에게도 책이 필요하지 않았다. 그럴 시간도 필요도 없었다.

그 방에 가는 것이, 그 방 자체가, 그 책들이 두려웠다 해도 나는 스스로 그 사실을 인정하지 않았다.

15

그 초여름의 나날에 우리는 마치 알드를 잊은 것 같았고, 그들이 아직 도시 안에 있다는 것이 문제가 되지 않는 듯했다. 무장한 시민 지원자들이 민병대를 조직하여 교대로 보초를 서서 낮이고 밤이고 막사와 의회당 마구간을 감시했지만, 의회당에서는 알드가 아니라 안술에 대해서만 이야기했다. 매일 회의가 열렸다. 규모가 크고 혼란스러운 회의였지만 정부에서 일해본 경험이 있고, 안술의 정치와 권력을 재건할 의지가 있는 사람들이 이끌었다.

이런 계획과 회의의 중심에 페르 악타모가 있었다. 아직 서른이 안 된 나이였지만 지도력을 타고난 인물이었다. 그의 활력과 지성은 연장자들이 너무 빨리 '늘 했던 방식'으로 돌아가는 것을 막아주었다. 그는 우리가 늘 했던 방식을 묻고, 더 나은 방식은 없는지 물었다. 그리고 의회는 쓸모없는 관습적인 지배와 특권을 많이 떨쳐낸 모양새로 구성되기 시작했다. 나는 자주 페르

와 다른 사람들이 공개회의에서 내놓는 발언을 들으러 갔다. 그
들은 희망에 가득 차서 약동했다. 페르는 매일같이 갈바만드에
와서 수장 어른의 조언을 구했다. 술셈 캄도 아들인 술터 캄을
데리고 왔는데, 모든 것이 우리가 늘 했던 방식대로 이루어져야
한다고 주장하기 일쑤였다. 그러나 술셈의 아내인 에눌로는 페
르의 제안을 지지했다. 수장 어른도 그랬다. 간접적이었고, 언
제나 그냥 논쟁에 갇히지 않고 합의를 끌어내려고 애쓰기는 했
지만 말이다.

이미 투표일에 대한 계획을 세우던 어느 화창한 아침, 한 시간
만에 도시 전역에 말이 퍼졌다. 알드 군대가 이스마 언덕을 통과
해 오고 있다는 소식이었다.

처음에는 무시할 수 있는 소문일 뿐이었다. 알드 병사를 봤
다는 양치기의 이야기쯤으로 여겨졌다. 그러나 순디스 강을 따
라 내려온 뱃사람이 소문을 확인해주었다. 이스마 구릉지대 동
쪽을 행진하는 일군의 병사를 보았다는 것이다. 이미 강의 발원
지 위 고갯길에 들어섰을 터였다. 이 소식에 공황 상태가 벌어졌
다. 사람들은 "놈들이 온다! 알드가 온다!"라고 소리치며 집 앞
을 달려갔다. 의회당 광장과 거리에는 인파가 끝없이 늘어났다.
무기들이 다시 나왔다. 남자들은 동쪽 운하 바깥을 따라 이어지
는 옛 도시 벽과 언덕땅에서 들어오는 길에 자리한 성문으로 달
려갔다. 성벽은 알드가 도시를 점령했을 때 반쯤 무너졌지만,
시민들은 그 길과 이스마 다리에 방책을 쳤다.

그날 갈바만드에 찾아온 사람들은 겁에 질려서 길잡이를 찾
았다. 너무 많은 사람이 17년 전 함락을 기억했다. 그들에게 연
설을 할 수 있을 법한 페르나 다른 사람들은 의회당에 있었다.

수장 어른은 계속 사람들을 달랬고, 사람들은 그 말에 귀를 기울였다. 그러나 그는 곧 나를 복도로 따로 불러내어 말했다.

"메메르야, 네가 필요하다. 사람들이 붙잡고 어떻게 해야 할지 물으려 할 테니 오렉이 인파를 뚫고 올 수는 없어. 네가 경계선을 뚫고 티리오와 이오라스에게 가서 이 부대에 대해 무엇을 아는지, 그리고 간드가 부대에 내린 명령이 바뀌었는지 알아볼 수 있겠느냐? 그리고 나에게 말을 전할 수 있겠어?"

"네. 그쪽에 전하실 말씀은요?" 내가 물었다.

수장 어른은 내가 아리탄 번역을 정확하게 해냈을 때 보여주던 것 같은 눈빛으로 나를 보았다. 놀라지는 않았으나 마음 깊이 기뻐하고 감탄하는 눈빛. "무슨 말을 해야 할지는 네가 알 게다." 그는 말했다.

나는 남자 옷으로 갈아입고 머리를 뒤로 묶었다. 이젠 사람들이 나를 알고 있는 데다 지금 눈에 띄어 멈춰 서서 질문 공세를 받고 싶지는 않았다. 그래서 나는 혼혈아 맴으로 변했다.

한동안은 몸을 피하기도 하고 밀기도 하면서 갈바 거리를 잘 헤쳐 나갔지만, 금세 공인 다리를 건넌 후부터는 희망이 없었다. 인파가 빽빽했다. 나는 말발굽 소리와 고함 소리와 연기 냄새를 떠올리며 그날 저녁에 갔던 것처럼 계단을 달려 내려갔다. 운하를 따라 제방까지 달려가서 제방을 건너고, 다시 동쪽 둑으로 내려가서 지름길로 운동장과 경기장을 가로질렀다. 운동장도 경기장도 비어 있었지만, 마구간 뒤로 길고 낮게 솟아오른 의회당 언덕에 줄지어 선 알드 경비병들이 보였다. 나는 그저 그쪽을 향해 언덕을 오를 수밖에 없었다. 심장이 점점 세게 뛰었다.

병사들은 서서 아무 말도 하지 않았다. 그들은 나를 지켜보고 있었다. 석궁 몇 대가 나를 겨냥했다.

나는 3미터 거리에 멈춰 서서 숨을 골랐다.

그 남자들은 어느 때보다 더 이질적으로 보였다. 평생 알드 병사를 보고 살았는데도 지금처럼 낯설어 보인 적이 없었다. 얼굴은 누르스름했고, 투구 아래로 짧고 색이 엷은 양털 머리가 삐져나왔고, 눈 색깔도 옅었다. 그들은 표정 없이, 아무 말도 없이 나를 응시했다.

"간드의 마구간에 시미라는 아이가 있나요?" 내가 말했다. 목소리가 가늘게 나왔다.

제일 가까이 선 일고여덟 명 중에 아무도 움직이거나 말하지 않았다. 아예 대꾸하지 않으려나보다 싶을 만큼 오랜 시간이 지나고서야 바로 오른쪽 앞에 서 있던, 석궁 없이 허리띠에 찬 검에만 손을 올리고 있던 남자가 말했다. "있다면?"

"시미는 날 알아요."

그는 표정으로 물었다. 그래서?

"우리 주인인 수장 어른으로부터 간드 이오라스에게 전할 말이 있어요. 인파를 뚫고 들어갈 수가 없어요. 경계선을 뚫고 들어갈 수가 없어요. 급해요. 내가 누군지 시미가 보증해줄 수 있어요. 멤이라고 말해줘요."

병사들은 서로를 쳐다보았다. 그들은 잠시 의논했다. "애를 들여보내지." 누군가가 말했지만, 다른 사람들이 안 된다고 했고, 결국 가까이 서 있던 검을 찬 남자가 말했다. "내가 데리고 들어가겠어."

그래서 나는 그 남자를 따라 길게 늘어선 마구간 뒤편을 돌았다. 모든 순간이 또렷이 기억나지는 않는다. 목표에만 마음이

쏠린 나머지 거기까지 가는 방법은 중요하지 않아 보였고, 세세한 부분은 화급함에 삼켜졌다. 몇 가지는 분명히 기억한다. 검을 찬 군인이 나를 상관에게 데려가고, 그 방에 시미가 들어온 것은 기억한다. 시미는 장교에게 경례를 붙이고 딱딱하게 섰다. "이 소년을 아나?" 장교가 물었다. 시미의 눈이 내게 옮겨 왔다. 고개는 돌리지 않았다. 얼굴이 확 변했다. 마치 소스타가 오렉을 볼 때처럼 부드러워졌다. 입술이 떨렸다. "네, 압니다."

"흠?"

"멤이라고, 마부입니다."

"누구의?"

"시인과 사자 여인의 마부입니다. 그들과 같이 여기에 왔습니다. 악마의 집에 삽니다."

"좋다." 장교가 말했다.

시미는 가만히 서 있었다. 그의 눈길이 탄원하듯 나에게로 돌아왔다. 안색이 창백했고, 여드름도 별로 없었다. 피곤해 보였다. 내 평생 너무나 많은 안술 사람에게서 본 얼굴이었다. 굶주린 얼굴.

"시인 카스프로가 간드 이오라스께 보내는 전갈을 가져왔다고?" 장교가 나에게 말했다.

나는 고개를 끄덕였다. 시인 카스프로라는 이름이 수장 갈바라는 이름보다 더 안전한 통행증일지도 몰랐다.

"나에게 말해라."

"그럴 순 없어요. 간드, 아니면 티리오 악타모에게 말해야 해요."

"오바스!" 장교가 말했다. 나는 잠시 후에야 그가 욕을 했다는 사실을 깨달았다. 장교는 다시 나를 쳐다보았다. "넌 알드로군."

나는 아무 말도 하지 않았다.

"그쪽에선 고갯길을 넘어오는 알드 병력에 대해 뭐라고 말하나?"

"부대가 하나라고요."

"얼마나 큰 병력이지?"

나는 어깨를 으쓱였다.

"오바스!" 장교는 다시 말했다. 그는 키가 작고 얼굴이 수척했으며 젊지 않았고, 시미와 마찬가지로 굶주려 보였다. "들어라. 난 막사까지 뚫고 갈 수 없다. 도시민들이 막사와 여기 사이에 진을 치고 있다. 네가 거길 지나갈 수 있다면, 가봐라. 내 전갈도 가져가라. 간드께 여기엔 병사 아흔 명과 모든 말이 있다고 전해. 먹이는 충분하지만 음식은 부족하다는 것도. 너희 둘 다 가라. 들었나, 훈련병?"

"네." 시미가 말했다. 심호흡으로 시미의 가슴이 부풀어 오르는 것을 볼 수 있었다. 그는 다시 경례를 하고, 빙글 몸을 돌려서 걸어 나갔다. 나는 그 뒤를 따랐고, 장교가 내 뒤를 따랐다.

장교는 병사들의 경계선을 넘어가게 해주었고, 그다음에는 내 힘으로 그들과 마주한 시민들의 선을 넘어야 했다. 나는 아는 얼굴을 찾았다. 마리드는 없었지만 자매인 레미가 있었고 그녀에게 통과시켜달라고 이야기하기는 어렵지 않았다. "수장 어른께서 티리오 님에게 보내는 전갈이 있어요"로 충분했다.

일단 광장에 모인 시민들 속으로 나가자, 우리끼리 알아서 해야 했다. 다행히 시미는 어깨에 파란 매듭을 맸을 뿐, 군복을 입지 않았다. 한번은 누군가가 우리 머리를 보고 "쟤들 알드야?"라고 말하기도 했지만, 우리는 요리조리 군중 속을 헤쳐 나갔다. 사람들을 밀고 욕을 먹어가면서 마구간 동쪽 끝을 돌아 광장 아래 계단을 지났고, 그 자리에서 다시 막사 가까이에 선 시민들과 마주해야 했다. 다시 한 번 아는 얼굴을 찾았다. 구딧의 오랜 친구인 샤머였다. 그러나 어떻게 말해서 통과했는지는 기억이 나지 않는다. 샤머가 마주 보고 선 알드 경비병과 격론을 벌인 것은 분명히 기억한다. 그 후에 우리는 양쪽 경계선을 통과했고, 경비병 하나가 연병장을 지나 막사로 데려가면서 큰 소리로 시미의 아버지를 찾았다.

시미의 아버지가 달려오는 모습이 보였다. 시미는 멈춰 서서 자세를 바로 하고 경례하려 했지만, 아버지는 아들을 끌어안았다.

"승리는 괜찮아요, 아버지." 시미가 말했다. 울고 있었다. "최대한 운동시켰어요."

"잘했다." 그는 아들을 끌어안은 채 말했다. "잘했어."

막사에서 다른 병사와 장교들이 쏟아져 나왔고, 우리는 상당한 호위병을 거느리고 긴 건물과 바깥채들을 지났다. 장교가 멈춰 세울 때마다 시미와 그 아버지는 내가 악마의 집에서 왔으며, 오렉 카스프로의 전갈을 가져왔다고 말해주었다. 곧 우리는 그 열의 마지막 건물에 들어갔고, 병사와 장교들은 뒤에 남았다. 시미는 혼자 들어가는 나를 지켜보고 있었다. 나는 문을 지키는 보초병을 지나서 긴 창문들로 동쪽 운하의 곡선이 내려다보이는 길쭉한 방에 들어갔다. 티리오 악타모가 맞이하러 나왔다.

티리오도 처음에는 나를 알아보지 못해서, 이름을 말해야 했다. 그녀는 내 손을 잡았고, 그다음에는 나를 끌어안았다. 안도 감에 눈물이 터질 뻔했다. 그러나 나에겐 전할 말이 있었다.

"수장께서 보내셨어요. 아수다르에서 오는 군대에 대해 간드 가 아는 바를 아셔야겠대요."

"네가 직접 이오라스와 이야기하는 게 좋겠다, 메메르." 티리 오가 말했다. 아직 얼굴이 부었고 핏기가 없었으며 머리에는 붕 대를 맸지만, 붕대가 작은 모자처럼 잘 어울렸다. 그녀를 추하 게 만들 수 있는 것은 없었다. 그리고 그녀에겐 쾌적하고 여유로 운 분위기가 있어서, 말하는 것만으로 사람의 마음을 편하게 만 들어주었다. 덕분에 나도 조금은 겁을 덜어내고 간드 이오라스 가 누운 침대로 갔는지도 모른다. 그는 자수를 놓은 베개 더미에 몸을 기대고 있었다. 침대 머리 위로 천장에서부터 붉은 천이 늘 어져서, 가까이 다가가려니 꼭 천막에 들어가는 기분이었다. 간 드의 다리와 발은 이불 아래로 나와 있었는데, 화상으로 살이 벗 어지고 검은 딱지가 뒤덮어 보기 괴로웠다. 간드는 끈에 묶인 매 처럼 나를 노려보았다.

"이건 누구지? 꼬마, 넌 알드냐, 안술이냐?"

"메메르 갈바예요. 수장 술터 갈바의 심부름으로 왔습니다."

"하!" 시선이 송곳 같았다. "널 본 적이 있다."

"오렉 카스프로가 낭송을 하러 왔을 때 따라왔죠."

"넌 알드로군."

"제가 아이를 낳아드렸다면 그 아이도 알드로 받아들이셨겠 군요." 티리오가 온화하고 여성스럽게 말했다.

간드는 이 말을 이해하고 얼굴을 찌푸렸다.

"그래, 시인이 보냈다면 전할 말이 뭐냐?"

"수장 어른이 보내셨어요."

"이오라스, 안술에 지도자가 있다면 바로 수장 갈바예요." 티리오가 거들었다. "오렉 카스프로는 그 집의 손님이죠. 당신과 그가 서로 이해할 수 있다면 제일 좋을 거예요."

그는 으르렁거리며 나에게 물었다. "왜 널 보냈지?"

"왜 아수다르에서 군인들이 오는지, 그리고 얼마나 많은 수인지 묻고, 그들이 오면 부대에 내린 명령을 바꿀 건지 묻기 위해서요."

"그게 다인가." 간드가 말하며 티리오를 보았다. "맙소사, 냉정한 젊은이로군! 분명 자네 집안 사람일 테지."

"아니에요. 메메르는 갈바만드의 딸입니다."

"딸이라고!" 간드가 말했다. 송곳 같은 시선이 섬광으로 변하는가 싶더니 눈이 가늘어졌다. "과연 그렇군." 그는 체념하듯 말했다. 그는 불편하게 몸을 움직이더니 얼굴을 찡그리고 머리털이 반쯤 타버린 머리를 문질렀다. "그리고 자네는 내가 이 아이에게 내 전략과 의도를 다 알려줘서 갈바로 돌려보내야 한다고 생각한단 말이지?"

"메메르, 시민들이 막사를 공격할까?" 티리오가 물었다.

"군대가 동쪽 길로 내려오는 걸 보면 그럴 거예요." 나는 말했다. 그날 아침에만도 이 증원군이 오기 전에 여기 병사들을 쓸어버려야 한다는 충동질을 몇 번이나 들었는지 모른다. 놈들이 다시 빼앗기 전에 도시를 되찾는다는 말을!

이오라스가 역정을 내며 말했다. "군대가 아니다. 간드 중의 간드에게서 온 사자일 뿐이야. 2주 전에 사자를 보냈으니까."

"도시 사람들도 아는 게 좋겠어요." 티리오가 변함없이 온화한 투로 말했고, 내가 덧붙였다. "빨리요!"

"왜, 내 양 떼가 반항기에 불탄다 이거냐?" 이오라스의 말투는 신랄하고 냉소적이었다. 아마 자신을 향한 냉소였을 것이다.

"네, 그래요." 내가 말했다.

"양이 사자로 변했다?" 이오라스는 똑같은 투로 말하며 나를 한 번 더 보았다. 그리고 잠시 생각하더니 말했다. "그렇게 나쁘다면 차라리 군대가 왔으면 좋겠군……. 그럴 수도 있어. 가능성이 높진 않지만."

"알 수 있으면 좋을 텐데요." 티리오가 말했다.

"알 도리가 있나! 우린 여기 갇혀 있어. 분명히 저 아래 다리를 지키는 머저리들이 정찰병을 몇 명 말에 태워서 이 군대의 규모를 알아볼 수도 있었을 텐데?"

"분명 보냈을 거예요." 나는 자존심이 상해서 말했다. "병사들이 죽였을지도 모르죠."

"흠, 알게 될 때까진 도박을 하는 수밖에. 난 군대가 아니라 위병을 열다섯에서 스무 명 거느린 사자라는 데 걸겠다. 너희 수장에게 그렇게 전해라. 할 수 있다면 너희 '사자-양' 떼가 함부로 움직이지 못하게 하라고 전해. 이리로 오라고 해라. 광장으로. 시인 카스프로와 같이 와도 좋겠지. 그럼 나도 광장으로 나갈 테니까, 같이 사람들에게 말할 수 있을 게다. 진정시키는 거야. 지난번에 카스프로가 어떻게 했는지 들었다. 우라와 함네다 이야기로 사람들을 진정시켰다지. 실로 영리한 사람이야!"

나는 간드가 사람들 앞에서 오렉이나 장교들에게 얼마나 정중하고 현란하게 말했는지 기억했다. 지금 그는 통명스럽고 거칠었다. 분명 고통에 시달리고 있어서겠지만, 한낱 여자에게 하는 말이라서인지도 몰랐다. 나는 딱딱하고 예의 바르게 대답하려 노력했지만, 말하면서 불이 붙고 말았다. "수장 어른은 당신 분부대로 움직이는 사람이 아니에요. 그분은 집에 계십니다. 그분의 도움을 받아서 평화를 지키고 싶다면 당신이 직접 가세요."

"술터 갈바도 당신처럼 다리가 불편해요, 이오라스." 티리오가 말했다.

"그런가? 그래?"

"고문 때문이에요. 당신 아들의 죄수였을 때 받았지요."

늙은 간드는 내 무례한 태도에 화가 나 있었지만, 이 말에는 나를 가만히 바라보다가 눈을 돌렸다. 그리고 잠시 후에 말했다. "그렇다면 좋다. 내가 가지. 들것이나 의자를 마련하라고 해. 뭐냐, 그, 너희가 갈바만드라고 부르는 곳에서 공개 회담을 열자고 전해라. 다 내던져서 좋을 건 없지…… 이제까지도 충분히……." 이오라스는 하던 말을 마무리하지 않았다. 창백하고 음울한 얼굴로 베개에 등을 기댔다.

도시 안의 불안한 혼란을 생각할 때, 회담을 준비하자면 다른 협상이 선행되어야 했다. 이오라스가 장교들과 이야기를 나누며 지시를 내리는 사이 멀리, 운하 건너 동쪽에서 높고 달콤한 트럼펫 소리가 울렸다. 곧 이쪽 막사에서 트럼펫 소리가 응답했다.

몇 분 안에 알드 병력이 보인다는 보고가 들어왔다. 간드의 희망대로 스무 명가량의 부대가 깃발을 들고 언덕 지대에서 달려 나오고 있었다. 의회당 언덕과 동쪽 운하로 이어지는 거리들에서 군중의 소리가 커지는 것을 들을 수 있었다. 그러나 기병 부대에 뒤따르는 군대가 없자 소리는 더 커지지 않았다.

막사 남서쪽 창으로 강의 성문과 이스마 다리가 보였다. 티리오와 나는 부대가 도착하여, 반쯤 무너진 성벽 밖에 서서 다리를 지키던 시민들과 말을 나누는 것을 지켜보았다. 시간이 꽤 걸렸다. 마침내 알드 한 명이 걸어서 문을 통과할 수 있게 되었다. 그는 삼사십 명의 시민들에게 호위받으며 다리를 건너 동쪽 길을 따라서 곧장 막사를 지키는 경계선으로 왔다. 나는 그가 하얀 나무 지팡이를 든 것을 보았다. 역사책에서 그것이 외교 사절의 증거라고 읽은 적이 있었다.

"사자가 왔습니다." 티리오가 간드에게 말했다.

오래지 않아서 푸른 외투를 입고 지팡이를 든 장교가 병사들의 호위를 받으며 걸어 들어와서 간드에게 절을 했다. "간드 중의 간드요, 태양의 아들이며 최고 사제이자 아수다르의 왕이신 아크레이 공께서 안술의 간드 이오라스 공에게 전합니다." 그는 알드가 공식적인 담화에 사용하는 절제되고 울림 있는 목소리로 말했다.

이오라스는 이를 악물고 베개 위로 몸을 끌어올려 앉아서 절 비슷하게 허리를 구부린 후 말했다. "가장 존귀하신 태양의 아들 아크레이 공의 사자를 환영하오. 물러나라, 폴리." 그는 호위 부대의 대장에게 말했다. 그리고 그 자리에 있던 티리오와 나와 이알바를 돌아보고 말했다. "나가라."

나는 세타르처럼 으르렁거리고 싶어졌지만, 조용히 티리오를 따라 나갔다.

"사자가 나가면 바로 무슨 말을 했는지 전해줄 거야." 티리오가 말했다. "잠시 시간이 난 김에 뭘 좀 먹자, 배고프니?"

도시를 뚫고 오는 힘든 여정 덕분에 배도 고프고 목도 말랐다. 티리오는 그나마 가진 음식을 내왔다. 물, 딱딱하게 마른 검은 빵 한 조각, 까맣게 마른 무화과 몇 개. "농성 식량이란다." 이알바가 웃으며 말했다. 나는 빈곤한 처지에 나눈 선물에 걸맞은 주의를 기울여 부스러기 하나 흘리지 않고 먹어치웠다.

사자가 떠나는 소리가 들렸고, 곧 이오라스가 외쳤다. "들어와라!"

우리가 개야? 나는 그렇게 생각했지만, 티리오와 이알바와 같이 들어갔다.

이오라스는 꼿꼿이 앉아 있었고, 주름지고 누리끼리한 얼굴은 열병에라도 걸린 사람 같았다. "신이시여, 신이시여. 티리오, 이제 겨우 올가미에서 놓여난 것 같네." 그는 말했다. "신을 찬양하라! 둘 다 궁전인지 악마의 집인지 하는 곳으로 가줘야겠네. 족장인지 뭔지 하는 폭도들의 책임자가 있는 곳에 가서 이렇게 전하게. 아수다르에서 군대는 오지 않는다. 도시가 평화를 지키는 한 아수다르에서 군대는 오지 않을 것이다. 그들에게 간드 중의 간드께서 안술의 신민에게 모든 조공을 면해주고, 대신 아수다르의 보호령으로서 메드론에 세금을 내는 것으로 대신케 하신다고 전해라. 태양의 아들께서는 나를 이 보호령의 영주이자 특사로 임명하셨다. 적당한 때에 안술의 지도자를 초대하여 도시 정부에 대한 관여와, 아수다르와 안술의 교역 조건을 상의하고 우리의 지시 사항을 듣도록 하겠다. 일부 병력은 남아서 내 개인 경호병으로 봉사하고, 도시를 내부의 혼란 요소와 순드라만이나 다른 곳으로부터의 침략에서 보호할 것이다. 다수 병력은 안술이 우리 지시에 응하는 것이 확인되는 대로 메드론에 돌아갈 것이다. 자, 이 망할 도시에 이 내용에 답하고 그대로 행동할 만한 사람이 있나?"

"수장 어른께 전해드리죠." 내가 말했다.

"그리해라. 나를 수레에 실어 끌고 가는 것보다 낫겠지. 가서 전하고, 응답을 갖고 돌아오너라. 이야기할 만한 남자들도 데리고 돌아와. 대체 왜 어린애들을, 그것도 계집애들을 보내는 건가!"

"이곳에서는 여자들이 개나 노예가 아니라 시민이기 때문이죠. 그리고 글만 안다면 당신이 직접 수장 어른에게 그 지시 사항이라는 걸 써 보내고 답장을 읽을 수 있을 텐데요!" 분노로 몸이 떨렸다.

간드는 나에게 날카로운 시선을 던지고 물러가라는 손짓을 했다. "티리오, 자네가 가주겠나?" 그가 물었다.

"제가 메메르와 같이 가지요. 그게 제일 낫겠네요."

실제로 그랬다. 내가 들은 간드의 전갈은 오직 우리가 아수다르에게 세금을 내야 하며, 자유로운 땅이 아니라 보호령이 되어 알드가 하라는 대로 하라는 지시뿐이었다.

나는 갈바만드에 돌아가서 티리오가 수장 어른에게 하는 말을 듣고, 수장 어른이 사람들에게 하는 말을 듣고, 하루 종일 사람들이 그 문제에 대해 하는 말을 듣고 나서야 사실상 아수다르가 우리에게 자유를 제안했음을 이해했다. 알드는 값을 치르고 자유를 사라고 제안한 것이고, 내 동포들은 그것을 분명하고 확실한 승리로 보았다.

어쩌면 돈과 교역 협정으로 값을 치러야 했기에 더 분명하게 볼 수 있었는지도 모른다. 그건 내 동포들이 잘 이해하는 분야였다.

내가 그걸 이해하는 데 그토록 애를 먹은 것은, 용감하게 죽은 사람이 없었기 때문인지도 몰랐다. 술 산에서 싸우는 영웅도 없고 광장에서의 열정적인 웅변도 없었다. 오직 신중하게 전언을 주고받으며 합의안을 만들어가는 불구의 중년 남자 둘, 그리고 의회당의 논쟁, 그리고 시장에서 벌어지는 대화와 언쟁과 불평만 있었다.

그리고 신탁의 집 앞뜰에서 흐르는 분수가 있었다.

그리고 안술의 사원, 신과 정령이 사는 작은 집, 사당들이 다리마다 거리 모퉁이마다 다시 세워졌다. 사람들은 숨겨두었던 사당을 꺼내어 청소하고 새로 조각하고 꽃으로 장식해서 내놓았다. 레로의 돌은 공물에 뒤덮여서, 가끔은 돌이 보이지 않을 지경이었다. 이에네의 축일인 하지夏至에는 남자 어른과 소년들이 참나무와 버드나무로 만든 화환을 들고 거리를 돌면서 문마다 화환을 걸었고, 여자들은 시장과 광장에서 춤을 추며 이에네의 노래를 불렀다. 나이 든 여자들이 나처럼 춤이나 노래를 모르는 처녀들을 가르쳤다.

그 여름 내내 온 안술 지방에서 이 도시로 사람들이 찾아왔다. 어떤 사람들은 북쪽 마을로부터 철수하여 언덕지대 너머 동쪽에 있는 아수다르로 철군하기 전에 이 도시로 모이는 알드 부대를 따라오기도 했다. 수도에서 무슨 일이 벌어지는지 알아보고 선거에 참여하려고 시민들이 왔다. 상인과 무역인들이 그 뒤를 따랐다. 초가을에는 토머의 수장이 안술의 수장과 지내기 위해 찾아왔다. 이스타는 2주 동안 모든 면에서 갈바 집안의 명예에 걸맞은 대접을 하느라 안절부절못하고 지냈다.

그 무렵에는 의회도 정기적으로 열렸고, 갈바만드는 더 이상

정치적인 계획과 결정의 중심지가 아니었다. 그저 수장의 집에 지나지 않았다. 무역과 건초 수송과 소 시장에 대한 이야기가 많이 오가고, 메드론이나 두르에서 말린 살구나 절인 올리브 대신 무엇을 얻을 수 있는지 알 수 있는 곳일 뿐이었다. 새로 뽑힌 의회에서 열린 첫 선거는 만장일치로 술터 갈바를 안술의 수장으로 뽑았다. 그 지위와 함께 집안 유지와 접대를 위한 예산도 할당했다. 넉넉한 예산은 아니어도 가사를 꾸리는 우리에게는 막대한 재산이었고, 아수다르의 속령으로 조공을 바치는 것과 보호령으로 세금을 내는 것 사이의 차이를 확실히 알려주는 신호였다.

나는 간드의 전갈에 대해 완전히 잘못 생각했었다. 그 전갈도, 간드도 잘못 판단했다. 나는 절충, 타협, 조작을 거부하고 싶었다. 정치를 거부하고 싶었다. 모든 굴레를 벗어던지고 압제자에게 도전하고 싶었다. 알드를 미워하고, 그들을 몰아내고 파멸시키고 싶었다. 여덟 살 때 했던 약속. 모든 신과 내 어머니의 영혼에 걸고 맹세했던 그 약속.

나는 그 약속을 깼다. 부술 수밖에 없었다. '부서진 것이 부서진 것을 고치리라.'

~~~

최고 간드의 사자는 내가 이오라스에게 전언을 가져갔던 날에서 며칠이 지난 후에 메드론으로 돌아갔다. 이번에는 백 명의 호위병이 붙었고, 지휘자는 시미의 아버지였다. 시미는 아버지와 함께 집으로 돌아갔다. 이알바와 티리오에게 두 사람에 대해 알 수 있을지 물어보아서 들은 이야기였다. 나는 함께 경계선을 통과했던 날 이후로 다시는 시미를 보지 못했다.

사자를 호위하여 메드론으로 돌아간 부대는 식량 수레 하나에 죄수를 싣고 갔다. 이오라스의 아들 이도르였다. 우리는 이도르가 노예의 옷을 입고 사슬에 매여, 머리와 수염을 길게 기르고 실려 갔다고 들었다. 이는 알드에게 수치와 불명예를 의미했다.

티리오는 우리에게 이오라스가 배신당한 후에 한 번도 아들과 눈을 마주치지 않았으며, 아무도 그를 어떻게 할지 묻지 못하게 했고, 아들의 이름조차 언급하지 못하게 했다고 말해주었다. 그러나 사제들은 감옥에서 풀어주었다. 아들과 같이 잡힌 사제들까지도. 이를 자비로 여긴 사제들은 이도르와 이오라스 사이를 중재하려 들면서 자기들과 이도르가 이오라스를 고문실에 숨긴 것은 오직 폭도들의 복수로부터 구하려 했기 때문이라고 이야기했다. 이오라스는 입 다물고 꺼지라고 대꾸했다.

화상을 입기는 했지만 불 속에서 살아 나왔기 때문에, 병사들은 이오라스를 불타는 신에게 은총을 입은 인물로 여겼다. 어지간한 사제보다 성스럽게 보기도 했다. 불리함을 깨달은 사제들은 대부분 첫 파견대와 함께 아수다르로 돌아가는 쪽을 택했다. 그래서 알아서 판단하게 된 이오라스의 대장들은 간드의 아들이라는 난감한 죄수를 그들과 함께 보내어, 최고 간드가 그 운명을 결정하게 하는 것이 최선이라고 판단했다.

나는 이 굴욕적이지만 불확실한 결과에 실망했다. 나는 이도르가 받아 마땅한 벌을 받을지 알고 싶었다. 알드가 배신을 혐오하며, 아들이 아버지를 배신한 사태에 충격받았음은 나도 알았다. 이도르가 술터 갈바를 고문했듯이 그도 고문을 받을까? 안술의 수많은 사람들이 당했던 것처럼 생매장당할까? 도시 남쪽의 진흙탕에 끌려가서 소금기 있는 젖은 진흙 속에서 질식할까?

나는 그가 고문당하고 생매장당하길 원했나?

나는 무엇을 원했을까? 왜 이토록 화창한 여름에, 자유를 찾은 첫 여름 내내 나는 그토록 불행했을까? 왜 아무것도 해결되지 않았고, 아무것도 얻지 못했다고 느꼈을까?

❦

오렉은 항구 시장에서 이야기를 하고 있었다. 바람 없는 황금빛 가을 오후였다. 시퍼런 해협 너머에 하얀 술 산이 서 있었다. 도시 안 모두가 시인의 이야기를 들으러 가 있었다. 오렉은 《샴한》 일부를 낭송했고, 사람들은 더 해달라며 그를 놓아주지 않았다. 나는 너무 멀리 있어서 소리가 잘 들리지 않았고, 침착하지 못한 상태였다. 나는 인파를 떠났다. 혼자 서쪽 거리를 걸어 올라갔다. 거리에는 아무도 없었다. 모두가 내 뒤에, 시장통에 한데 모여서 귀를 기울이고 있었다. 나는 문지방 돌을 건드리고 우리 집으로 들어갔고, 집 안으로 들어가서 수장 어른의 방을 거쳐 뒤에 있는 어두운 복도로 들어섰다. 벽 앞 허공에 글자를 쓰자 문이 열렸고 나는 책과 그림자들이 자리한 방으로 들어갔다.

몇 달 만이었다. 언제나와 다름없었다. 높은 천창에서 쏟아지는 고른 빛, 고요한 공기, 끈기 있고 강인하게 열 지어 앉은 책들, 그리고 귀를 기울이면 들릴, 그림자 쪽 저편 동굴 속에서 웅얼거리는 희미한 물소리. 탁자 위에는 책이 펼쳐져 있지 않았다. 누가 있다는 흔적도 없었다. 그러나 나는 이 방 안 가득 존재하는 것들을 알았다.

원래는 오렉의 책을 읽을 생각이었지만, 서가 앞에 서자 내 손은 지난봄 그라이와 오렉이 오기 전날 밤에 공부하던 아리탄 책 《애가哀歌》로 향했다. 천 년 전에 죽은 사람들에 대한 비탄과 찬양을 노래한 짧은 시들을 묶은 책이었다. 작가의 이름은 대개 적혀 있지 않았고, 시 속에 나온 사람들에 대해 아는 것이라곤 시에서 말하는 내용뿐이었다.

그중에 이런 시가 있었다. '집을 잘 돌보아 문양 들어간 포장돌이 반짝이게 하던 술라스가 이제는 침묵의 집을 돌보네. 나 그녀의 발소리에 귀를 기울이노라.'

내가 읽기를 멈췄을 때 이해하려고 애쓰던 시는 어느 말 조련사에 대한 애가였다. 첫 줄은 이러했다. '필시 그가 있는 곳에서는 긴 갈기 늘어뜨린 그림자들이 그를 둘러싸고 있겠지.'

나는 그 책과 더불어 수백 년 동안 많은 손이 여백에 주석을 달아놓은 아리탄 단어집을 들고, 늘 앉던 독서대 앞에 앉아서 다음 줄이 무슨 의미인지 해석하려 했다.

시를 가능한 만큼 이해하고 기억했을 무렵에는 천창으로 들어오던 빛이 스러지고 있었다. 레로의 날인 추분이 지났기에 낮이 짧아져갔다. 나는 책을 덮고 앉았다. 등불을 켜지 않고 그냥 앉아서, 오랜만에 평화를 느꼈다. 제자리에 왔다는 느낌이었다. 나는 그 느낌이 온몸으로 퍼져 나를 꿰뚫고 내 안에 자리 잡도록 했다. 그러고 나자 서서히, 그리고 또렷하게 생각할 수 있었다. 언어로 하는 생각이 아니라, 무엇이 중요한지 알고 어떤 일을 행해야 하는지 보는 방식의 생각이었다. 그것이 내가 생각하는 방식이건만, 몇 달 동안 그런 식으로 생각할 수가 없었다.

그래서 일어나서 방을 나설 때 책을 한 권 가지고 나갔다. 해 본 적 없는 행동이었다. 나는 《로스탄》을 가지고 나갔다. 책으로 벽을 쌓고 곰 굴을 만들던 어린 시절에 '반짝이는 빨강'이라고 불렀던 그 책.

오렉이 간절한 말투로 그 책을 레갈리의 잃어버린 작품이라고 말하는 것을 들은 것이 그리 오래전도 아니었다. 수장 어른은 그 말에 대꾸하지 않았었다.

수장 어른은 오렉에게 비밀방에 있는 책들에 대해 말하지 않았다. 내가 아는 한, 이 방의 존재를 아는 사람은 그와 나 둘뿐이었다.

신탁이 책을 통해 말한다는 사실을 사람들은 막연히 알고 있었고, 이제는 실제로 그 목소리를 들었다. 그러나 그들은 그 수수께끼에 대해 더 묻지 않았다. 캐보고 싶어 하지 않았다. 그대로 둘뿐이었다. 무어라 해도 책은 몇 년 동안 저주받고 금지되고, 아는 것조차 위험한 물건으로 취급받았다. 그리고 안술의 우리가 죽은 이들의 그림자 속에서 편안하게 산다고는 해도, 기괴함을 좋아하는 것은 아니다. 읽는 자 술터 갈바는 나와 마찬가지로 경외받는 존재였다. 그러나 사람들은 수장인 술터 갈바 쪽을 훨씬 좋아했다. 신탁은 할 일을 마쳤으니, 우리는 자유로워졌고 이제 각자의 일로 돌아갈 수 있었다.

그러나 내가 할 일은 조금 달랐다. 나는 책을 손에 쥐고 독서대 앞에 앉아서 겨우 그 사실을 알았다.

16

오렉, 그라이, 셰타르는 오후 늦게 항구 시장에서 돌아와 있었다. 오렉은 대중 앞에서 공연하고 나면 늘 그랬듯 쓰러져 잤는데, 내가 상방에 들어갔을 때는 되살아나서 부스스한 머리에 맨발로 돌아다니고 있었다. 오렉은 "안녕, 말 도둑"이라고 말했고, 그라이는 "있었구나! 너무 어두워지기 전에 옛 공원으로 산책을 가자고 하던 참이었어"라고 말했다.

셰타르는 개처럼 '산책' 같은 단어를 이해하지는 못했다. 그 대신 사람 의도를 먼저 눈치채는 편이었다. 셰타르는 벌써 몸을 일으키고 있었고, 우아하게 몸을 수그리고 문 쪽으로 걸어가 앉아서 우리를 기다렸다. 꼬리 끝이 앞뒤로 움직였다. 내가 귀 주위를 긁어주자 셰타르는 내 손에 머리를 대고 가르랑거렸다.

"이걸 드리려고 왔어요, 오렉." 나는 말하고 금색 글자가 찍힌 붉은 표지의 길쭉한 책을 내밀었다. 오렉은 하품을 하며 구부정한 자세로 다가왔다. 내 손에 들린 물건이 책이라는 것을 본 순간 입이 닫히고 얼굴에 긴장감이 돌았다. 그리고 그게 무슨 책인지 보자 그는 꼼짝도 하지 않고 서 있다가 한참 만에 겨우 숨을 내쉬었다.

"아, 메메르, 이런 걸 내게 주다니!"

나는 말했다. "드려야 할 걸 드리는 거예요."

오렉은 책에서 내 얼굴로 시선을 올렸다. 눈이 번쩍이고 있었다. 그가 기뻐하는 모습을 보니 나도 기뻤다.

그라이가 옆에 와서 책을 보았다. 오렉은 그라이에게 무슨 책인지 보여주고, 연인을 대하는 듯한 손길로 책을 펼쳐 첫 줄을 반쯤 소리 내어 읽었다. "그럴 줄 알았어. 여기 있을 줄 알았다고. 위대한 도서관에 있던 책들이 있을 줄. 하지만 이건!" 그는 다시 나를 보았다. "이게 집 안에…… 집 안에 책이 있는 거니, 메메르?"

나는 머뭇거렸다. 세타르 못지않게 사람의 의도와 감정을 빨리 알아차리는 그라이가 오렉의 팔을 잡고 말했다. "기다려봐, 오렉."

나는 내 의도가 무엇이었는지, 나에게 어떤 권리와 어떤 책임이 있는지 생각해야 했다. 그것도 빨리. 이 책을 내가 줄 수 있는 것이었나? 그리고 내게 그럴 권리가 있다면, 다른 책들은? 그리고 다른 독서가들은?

적어도 오렉에게 거짓말을 할 수 없다는 것만은 알 수 있었다. 그 점이 책임에 대한 답이 되었다. 권리에 대해서는, 내 권리는 내가 요구해야 했다.

나는 말했다. "네. 이 집엔 책이 있어요. 하지만 책이 있는 곳에 데려갈 수는 없을 것 같아요. 수장 어른께 여쭤보겠지만 우리 빼고는 못 들어가는 것 같아요. 우리 집의 수호자들, 이 집의 정령과 조상들, 우리보다 앞서 여기 왔던 이들이 그 장소를 숨겨두는 것 같아요. 우리에게 여기 머물라고 말했던 수호자들이요."

오렉과 그라이는 어려움 없이 내 말을 이해했다. 두 사람에게도 핏줄을 따라 이어지는 선물이 있었다. 두 사람은 우리의 피와 뼈에 드리운 그림자들과 우리가 사는 장소의 정령들이 우리에게 지운 짐과 가능성을 잘 알았다.

"오렉, 그 책을 드렸다는 얘긴 제가 할게요. 수장 어른께 드려도 될지 묻지 않았어요." 나는 말했고, 오렉은 걱정스러운 표정이었다. "괜찮을 거예요. 수장 어른과 이야기해야 하는 것뿐이에요."

"당연히 그렇겠지."

"수장 어른께서는 한 번도 책에 대해 말씀하지 않으셨죠. 알면 위험한 거였어요." 내가 수장 어른의 침묵을 변호해야 할 것 같았다. "너무나 오랫동안 책을 숨기셔야 했어요. 모두에게서요. 알드는 절대 이곳에서 책을 찾을 수 없었죠. 그래서 책이 안전할 수 있었고, 책을 가졌다는 이유로 사람들이 위험에 빠지지도 않았어요. 그래도 사람들은 알고 있었어요. 밤에 몰래 책을 가져왔어요. 양초나 헌옷 꾸러미에, 장작더미 속에, 건초 속에 숨겨서. 목숨을 걸고 여기로 책을 가져왔어요. 우리가 안전하게 보관해줄 수 있다는 걸 알았으니까요. 캄이나 겔브처럼 자기네 책을 숨기고 있던 집안들, 그리고 우리가 알지 못하는, 그저 우연히 책을 발견했거나 알드에게서 건져낸 사람들. 그 사람들은 책을 여기 갈바만드로 가져오면 된다는 걸 알았어요. 하지만 이젠, 이젠 더 이상 책을 숨길 필요가 없지 않나요? 아닌가요? 혹시, 혹시 사람들에게 책을 읽어줄 수 있을까요, 오렉? 그냥 이야기하지 말고요. 사람들에게 책이 악마가 아니라는 걸, 책 안에 우리 역사와 우리 마음과 우리 자유가 적혀 있다는 걸 알려줄 수 있을까요?"

오렉은 나를 보고 슬그머니 미소 짓더니 웃음을 터뜨릴 듯한 표정이 되었다. "사람들에게 책을 읽어줘야 할 건 내가 아니라 너 같구나, 메메르."

"크르릉!" 마침내 인내심을 잃은 셰타르가 말했다.

그라이와 나는 오렉을 보물 곁에 놓아두고 떠났다. 우리는 해거름 속에서 셰타르를 앞세우고 데니오스의 분수로 올라갔다. 셰타르가 낙엽을 헤치고 관목을 흔들고 쥐를 쫓으며 돌아다니는 동안 우리는 분수대 옆에 있는 오래된 대리석 벤치에 앉아서 이야기를 나눴다. 아래쪽 도시에서 집집마다 불이 들어오고 있었다. 멀리 해협에는 어두운 자줏빛 석양 아래 밤낚싯배 불빛들이 흩어져 있었다. 스러져가는 햇빛 속에서 숲은 새까만 윤곽 같았다. 올빼미 한 마리가 가까이 날아갔고, 나는 말했다. "좋은 징조네요."

"너에게도." 그라이가 말했다. "트런들디에서는 올빼미가 불길하다고 하는 거 알아? 우울한 사람들이야. 숲도 너무 많고, 비도 너무 많이 내리거든."

"두 분은 온 세계를 여행했네요." 나는 꿈꾸듯 말했다.

"아니, 아니야. 아직은 아니지. 순드라만도 못 가봤는걸. 만바곳이나 멜루네도 못 가봤고. 또 도시국가 중에서도 센타스와 파가디밖에 못 봤고, 바달바는 구석지를 통과했을 뿐이야…….
그리고 어느 나라를 잘 안다 해도, 언제나 가보지 못한 마을이나 산은 있어. 세상을 다 볼 수는 없을 거야."

"언제 다시 길을 떠날 것 같아요?"

"글쎄다, 이제까지는 오렉이 겨울이나 봄 전에 순드라만으로 갈 생각이라고 봤는데 말이지. 메순에 돌아가기 전에 순드라만에서는 어떤 시를 쓰는지 보고 싶어 하거든. 하지만 이젠……네가 보여줄 수 있는 책이란 책은 다 봐야 떠날걸."

"마음에 안 들어요?"

"마음에 안 들어? 왜? 넌 오렉에게 엄청난 행복을 줬고, 난 오렉이 행복해하는 걸 보는 게 좋아. 쉽지 않은 일이거든. 오렉의 마음은 순탄치가 않아……. 너도 오렉이 군중에게 어떤 일을 할 수 있는지, 얼마나 쉽게 사람 마음을 가져오고 사람들이 얼마나 그 사람을 사랑하는지 알지. 그럴 땐 오렉도 열중해. 하지만 그 후에는 의기소침하고 어색한 기분이 되어버려. 그건 자기가 아니라고, 신성한 바람이 자기를 통과해 불면서 자기를 비워버리고 마른 풀잎처럼 만들어버린다고 말하지……. 하지만 쓰고, 읽고, 침묵 속에서 마음 가는 대로 할 수 있다면 오렉도 행복해."

"그래서 오렉이 좋아요." 내가 말했다. "나도 비슷하거든요."

"알아." 그라이는 내게 팔을 둘렀다.

"하지만 그라이는 계속 길을 가고 싶을지도 모르잖아요. 1년 내내 책과 정치에 파묻혀서 여기 앉아 있기보다는."

그라이는 웃었다. "나도 여기가 좋아. 안술이 좋아. 하지만 겨울 내내 머물게 된다면 말을 훈련시킬 사람이 필요한 곳을 찾는 게 좋겠지."

"필시 그가 있는 곳에서는 긴 갈기 늘어뜨린 그림자들이 그를 둘러싸고 있겠지." 나는 시구를 읊고, 그라이가 문자 시 전문을 말해주었다.

"그래. 그 시인이 제대로 말했네. 마음에 들어."

"구딧은 수장님이 쓰실 말을 구해 올 생각이에요."

"내가 망아지를 훈련시킬 수도 있어. 그게 도리에도 맞고……. 하지만 어쨌든 결국에는 길을 떠날 거야. 그리고 늦든 빠르든 우린 우르딜로 돌아갈 거야. 오렉이 배운 것들을 메순에 있는 학자들에게 전해줘야 하거든. 이제부터 네가 준 책을 베끼느라 바쁘겠다."

"필사라면 나도 도울 수 있어요."

"돕겠다고 했다간 죽도록 부려먹을걸."

"난 필사가 좋아요. 베끼면서 책을 익히거든요."

그라이는 잠시 말이 없다가 말했다. "내년 봄이든 여름이든 언제가 됐든 우리가 우르딜에 돌아가면…… 우리와 같이 가면 어떨까?"

"두 분과 같이." 나는 그라이의 말을 되뇌었다.

지난 초여름에 가끔은 지금 우리 마구간에 서 있는 포장마차에 대한 백일몽을 꿔보기도 했다. 별이와 브랜티가 마차를 끌고 포플러나무가 그림자를 드리운 긴 금색 들판을 건너거나 산속 길을 지나고, 오렉이 마차를 몰고, 그라이와 셰타르는 나와 함께 그 뒤에서 길을 걷는 꿈. 그것은 불과 군중과 두려움의 시기에서 불안을 떨치기 위해, 마음을 가볍게 하기 위해 하던 공상에 지나지 않았다.

그런데 이제 그라이가 그 꿈을 현실로 만들었다. 내 앞에 길이 놓였다.

"어디라도 같이 갈게요, 그라이."

그라이는 잠시 내게 머리를 대고 있다가 말했다. "그럼 가는 거야."

나는 무엇이 문제이고 내가 무슨 일을 해야 하는지 보려 했다. 그리고 마침내 말했다. "여기로 돌아올 거예요."

그라이는 귀를 기울이고 있었다.

"수장 어른을 떠나서 돌아오지 않을 수는 없어요."

그녀는 고개를 끄덕였다.

"하지만 그것만이 아니에요. 난 갈바만드에 속해요. 아마 읽는 자는 수장 어른이 아니라 나일 거라고 생각해요. 전해진 거죠." 나는 혼자 생각을 말하고 있었고, 그라이가 무슨 말인지 이해하기 어려우리라는 것을 깨닫고 설명하려 했다. "목소리가 있는데, 그 목소리는 질문할 수 있고, 읽을 수 있는 사람을 통해서 나와야 해요. 수장 어른이 날 가르쳤어요. 나에게 그 능력을 줬어요. 날 위해 간직했다가 전해줬어요. 이젠 수장 어른이 아니라 내가 지고 가야 해요. 여기로 돌아와야 해요. 여기 머물러야 해요."

다시 한 번 그라이는 고개를 끄덕였다. 엄숙하게. 전적으로 동의하는 몸짓이었다.

"하지만 오렉도 날 가르칠 수 있을 거예요." 나는 말하고 나서야 내가 너무 나갔고 너무 많은 걸 요구했다는 생각에 움츠러들었다.

"그러면야 오렉은 더할 나위 없이 행복할 테지." 그라이가 대꾸했다. 그녀는 평온하고 담담하게 말했다. "그토록 바라던 책들에, 같이 읽어줄 너까지. 아, 네가 갈바만드를 떠나는 걸 걱정할 필요도 없을지 몰라, 메메르! 문제는 오렉이 떠날까 하는 거지……. 하지만 넌 우리가 여행하는 방식을 좋아할 거야. 마을이나 작은 도시에 멈춰서 작가와 음악가를 찾아보고, 그 사람들이 우릴 위해 이야기하고 노래해주면 오렉도 그 사람들에게 이야기를 해주고. 사람들이 오렉에게 보여줘야 할 책들을 들고 나오고, 함네다의 맹세를 읊을 줄 아는 소년들, 옛 노래와 이야기들을 아는 할머니들……. 그리고 우린 언제나 메순으로 돌아가지. 언덕 위에 탑이 빽빽한 아름다운 도시야. 오렉은 널 메순으로 데려가고 싶어 해. 나에게 그렇게 말했거든. 그곳에서 오렉이 아는 학자들을 만나고, 그들과 같이 글을 읽고. 너는 그들에게 안술의 학문을 전해주고, 그들의 학문을 갈바만드로 가져올 수 있겠지…… 하지만 그중에서도 최고는, 내가 늘 널 데리고 있게 된다는 거야."

나는 고개를 숙이고 그녀의 작지만 강인한 손에 입을 맞췄다. 그라이는 내 머리칼에 입을 맞췄다.

어두워져가는 가운데 셰타르가 우리 옆으로 뛰어갔다.

"저녁 시간 됐겠네." 그라이가 말하며 일어섰다. 셰타르는 즉시 그라이에게 돌아왔고, 우리는 집으로 내려갔다. 오렉은 물론 《로스탄》에 푹 빠져 있었고, 질질 끌고 식사를 하러 가야 했다. 우리 셋은 식탁에 늦게 앉았다. 이스타가 자리에 앉을 무렵이었다.

우리는 이제 저장고가 아니라 식당에서 먹었다. 식구도 늘었고, 소스타의 새 신랑도 있고, 손님까지 더하면 보통 열두 명이 넘는 인원이었기 때문이다. 참, 소스타의 혼인 이야기를 미처 못 했다. 우리는 혼인식을 위해 큰 뜰을 청소하고, 집이 약탈당하고 불탄 이래 줄곧 남아 있던 깨진 돌과 쓰레기를 다 치우고,

대리석 화분을 놓고 벽에는 능소화 덩굴이 감기게 했으며 붉고 노란 돌이 모자이크를 이룬 바닥을 쓸었다. 의식은 늦여름의 어느 뜨거운 오후에 열렸다. 데오리의 날이었다. 양가 식구들과 그 친구들이 다 참석했다. 이스타는 화려한 잔칫상을 차렸고, 사람들은 달이 뜰 위 하늘을 가로지르는 내내 춤을 추었다. 이스타는 춤추는 사람들을 보며 말했다. "좋았던 시절 같구나! 거의 옛날 같아!"

이날 밤에는 손님이 페르 악타모밖에 없었다. 그는 우리 집을 자기 집처럼 자주 드나들었다. 그는 선거를 통해 의원이 되었고, 사촌인 티리오 악타모를 통해 지금은 영주이자 특사인 간드 이오라스와 연이 닿아 있음이 높이 평가받았다. 티리오 자신은 특히 어려운 역할을 맡았다. 한때는 압제자의 노예처였다가 지금은 영주의 아내로, 적의 피해자에서 정복자로. 안술에도 아직까지 그녀를 부끄러움도 모르는 창녀라고 부르는 이들이 있었지만, 더 많은 사람이 그녀를 흠모했고 '자유의 레이디'라고 불렀다. 그녀는 쪼개진 충성심 같은 것은 있을 수 없다는 듯 흔들림 없이 온화하게 그 모든 것을 짊어졌다. 결국 대부분 사람들은 그녀가 그저 악용당했으나 기묘한 운명에 잘 대처한 엄전하고 성품 좋은 여자라고 믿기에 이르렀다. 실제로 티리오는 그런 여자였지만, 그 이상이기도 했다. 페르는 활기찬 지성과 야심이 있는 남자였고, 수장 어른만이 아니라 티리오에게도 자주 의견을 구했다.

이날 밤 페르는 티리오의 전갈을 가져왔고, 저녁 식사가 끝난 후 수장 어른의 방에서 그 말을 전했다. 에산간의 수장이 보내준 선물 덕분에 이 무렵에는 저녁 식사 후에 포도주를 마실 수 있었다. 에산간 포도밭에서 만든 불꽃과 꿀 같은 금색 브랜디를 몇 방울씩. 우리는 차례로 우리 잔을 신소에 바치고 축복을 마신 후에 자리에 앉았다.

"사촌누이께서 마침내 아수다르 '특사-영주'를 설득해서 안술의 수장에 대한 방문을 요청하게 했답니다." 페르가 말했다. "그러니까 전 알드의 평소와 다름없는 무례함에 몸을 굽히고 그 요청을 전달하는 거죠. 그래도 뜻은 정중했어요."

"나도 정중하게 받아들이지." 수장 어른은 살짝 웃으며 말했다.

"솔직히 술터, 그자를 보고 참으실 수 있겠습니까?"

"난 이오라스에게 아무 감정 없다네. 그 사람은 군인이고 명령에 따랐지. 종교적인 인물로서 사제들의 뜻에 복종했고. 배신당하기 전까지만이지만. 이오라스 본인이 어떤 사람인지 난 전혀 몰라. 그 점에 흥미가 있네. 자네 사촌의 사랑을 받는다는 건 굉장한 강점이야."

"이오라스와는 언제든 시를 논할 수 있어요." 오렉이 말했다. "귀가 좋은 사람이니까."

"하지만 읽지는 못하죠." 내가 말했다.

수장 어른이 나를 쳐다보았다. 어른들 사이에 낀 젊은이로서 나는 여전히 말하지 않고 듣기만 해도 된다는 특권을 누렸고, 대개는 침묵을 선호했다. 그러나 최근 들어서는 내가 입을 열면 수장 어른이 주의 깊게 듣는다는 사실을 깨달았다.

페르 악타모 역시 총명한 검은 눈으로 나를 바라보았다. 페르는 나를 좋아했고, 잘 놀렸으며, 내 지식에 위압당하는 척했고, 자기가 서른 살이고 내가 열일곱 살이라는 것을 잊은 것처럼 동등한 상대로 말을 걸 때가 잦았으며, 때로는 자기도 모르게 나와 시시덕거렸다. 그는 상냥하고 잘생겨서, 나는 언제나 그에게 조금 빠져 있었다. 종종 언젠가 페르와 결혼하겠다는 생각을 했다. 원한다면 할 수 있다고 생각했다. 그러나 아직 그럴 준비가 되지는 않았다. 아직 여자가 되고 싶지 않았다. 나는 갈바의 딸이자 후계자로서 크나큰 사랑을 받았으나, 그라이와 오렉이 내민 것 같은 자유는 가져본 적이 없었다. 어린아이의 자유, 누이동생의 자유. 나는 그것을 열망했다.

페르가 나에게 물었다. "간드에게 읽기를 가르치고 싶은 거야, 메메르?"

페르의 농담과 수장 어른의 관심이 나를 격려해주었다. "알드가 여자에게 뭘 배우려고 하겠어요? 하지만 간드가 안술 사람들과 거래를 할 거라면, 책을 무서워하지 않는 방법을 익혀야 할 거예요."

"이 집에서 그걸 증명하기는 힘들어 보이는걸." 페르가 말했다. "이곳에는 누구에게든 신들에 대한 두려움을 심어줄 책이 한 권 있잖아."

"사제들은 오늘 떠난 부대와 함께 다 돌아갔다던데." 그라이가 말했다. 모두 그라이가 무슨 생각을 하는지 알 수 있었다.

"이오라스는 집에 사제들을 뒀어요." 페르가 말했다. "서너 명 정도요. 기도를 하고 의식을 집전하도록, 그리고 필요하다면 악마를 쫓아내도록 말이죠. 그래도 여기에서 자기 아들처럼 악마를 많이 찾지는 않죠."

"뭔가를 품은 사람만이 그걸 찾는 법이니까요." 그라이가 말했다.

"가슴에 깃든 신이 돌에 깃든 신을 본다." 오렉이 중얼거렸다. 우리말로 하기는 했지만 레갈리의 시 중 한 구절이었다.

수장 어른은 오렉의 말을 듣지 않았다. 그는 아직도 생각에 잠겨 있었고, 페르가 농담조로 말한 후 줄곧 그 생각을 좇고 있었던 것처럼 나에게 물었다. "만약 이오라스가 응한다면 읽기를 가르쳐줄 생각이냐, 메메르?"

"원하는 사람은 누구든 가르칠 거예요. 제가 수장님께 배운 대로요."

화제는 다른 일로 넘어갔다. 페르는 특사-영주와 그 동행자들의 갈바만드 방문을 나흘 안에 잡기로 한 후에 떠났다. 오렉은 입을 쩍 벌리고 하품을 했고, 곧 그라이와 함께 잠자리로 향했다. 나는 방으로 가기 전에 수장 어른에게 필요한 것이 있는지 보려고 일어섰다.

"잠시 있어라, 메메르."

기꺼운 마음으로 앉았다. 비밀방에 돌아가서 그곳에서 지낸 모든 과거의 연을 새로이 다졌기 때문에, 수장 어른과 나 사이도 전과 같아진 느낌이었다. 그간 약해졌다 싶던 우리 사이의 유대는 전보다 더 강하고 넉넉해졌다. 수장 어른은 이제 나 말고도 많은 사람과 연결되어 있었고, 나 역시 그 외에 다른 사람들과 연결되었다. 전처럼 절박하게 서로에게서 힘과 위안을 찾을 필요가 없었다. 그러나 그렇다고 달라질 게 무엇인가? 고독과 가난 속에 숨어 있든, 부유하고 바쁜 세상 속에서 사람들과 어울리든, 그와 나는 우리 조상들의 그림자와 우리가 공유한 힘, 그가 내게 준 지식, 그리고 사랑과 명예로 묶여 있었다.

"그 방에는 가보았느냐?" 수장 어른이 물었다.

우리는 정말로 가까이 묶여 있었다.

"오늘 처음으로요."

"잘했다. 매일 밤 가서 조금이라도 읽어야지 하면서도 몸을 끌고 갈 수가 없구나. 아, 이스타가 말하는 옛 시절에는 쉬웠지. 그때는 온종일 곡물 값을 이야기하고도 밤 시간 절반을 레갈리를 읽으며 보낼 수 있었어."

"《로스탄》을 오렉에게 줬어요."

수장 어른은 눈을 들었지만, 내 말을 바로 이해하지 못했다. 나는 말을 이었다. "방에서 들고 나왔어요. 때가 됐다고 생각했어요."

"때라." 그는 생각에 잠겨 시선을 돌리더니, 한참 만에 겨우 말했다. "그래."

"우리만 그 방에 들어갈 수 있는 게 맞나요?"

"그래." 그는 멍하니 대답했다.

"그럼 숨겨둔 책들을 꺼내 와야 하지 않을까요? 보통 책들요. 숨겨뒀던 것과 같은 이유로요. 사람들이 가질 수 있게."

"그리고 때가 왔지. 그래. 네 말이 옳은 것 같다. 다만……." 수장 어른은 잠시 더 생각에 잠겼다. "그 방으로 가자꾸나, 메메르." 그는 의자에서 몸을 일으켰다. 나는 작은 등잔을 들고 그를 따라 황폐한 복도를 통과하여 집 뒷벽처럼 보이는, 문이라곤 없는 벽으로 갔다. 그는 허공에 동틀 녘에서 온 조상들의 언어로 '열려라'를 뜻하는 글자를 썼다. 문이 열렸고, 우리는 안으로 들어갔다. 내가 몸을 돌려 문을 닫자 다시 벽만 남았다.

나는 독서대에 놓인 큰 등에 불을 붙였다. 방 안에 부드러운 불빛이 피어오르고, 여기저기에서 책등의 금박이 반짝였다.

수장 어른은 신소를 건드리고 축복의 말을 중얼거린 후, 가만히 서서 방 안을 둘러보았다. 그리고 뻣뻣한 무릎을 문지르며 독서대에 앉았다. "뭘 읽고 있었지?"

"《애가》요." 나는 서가에서 책을 가져와서 그 앞에 펼쳤다.

"어디까지 봤느냐?"

"〈말 조련사〉까지요."

그는 책을 펴고 그 시를 찾았다. "읊을 수 있겠니?"

나는 아리탄으로 열 줄을 암송했다.

"그리고?"

나는 그라이에게 했던 것처럼 그 해석을 말했다. 수장 어른은 고개를 끄덕였다. "만족스럽구나." 그는 억눌린 미소와 함께 말했다.

나는 맞은편에 앉았고, 수장 어른은 잠시 침묵이 흐른 후에 말했다. "메메르, 너도 알겠지만 오렉 카스프로는 딱 좋은 때에 왔다. 그는 널 가르칠 수 있어. 너도 네가 날 가르칠 수 있다는 걸 알 때가 됐고."

"아 아니에요! 《애가》는 거의 추측으로 읽는걸요. 아직 레갈리는 읽지도 못해요."

"하지만 이젠 읽을 수 있는 선생님이 생겼지."

"그러면…… 기분 상하지 않으신 거죠……? 오렉에게 《로스탄》을 준 게 옳은 일이었나요?"

"그래." 그는 깊은 숨을 내쉬며 말했다. "그런 것 같구나. 우리가 가진 힘을 이해할 수 없을 때 무엇이 옳은지 어찌 알 수 있을까? 나는 신에게서 주어진 전언을 읽어야 할 눈먼 남자일 뿐이야."

그는 책장을 넘기다가 부드럽게 닫았다. 등불 빛이 잦아드는 방 끄트머리를 보았다. "난 이도르에게 내가 읽는 자라고 말했지. 언어를 모르는데 읽는다는 게 무엇이랴? 읽는 자는 너다, 메메르. 최소한 그것만큼은 의심의 여지가 없지. 네게는 의심이 남아 있느냐?"

갑작스러운 질문이었다. 나는 주저 없이 답했다. "아니요."

"잘됐구나. 잘됐어. 그러니 이곳은 너의 방, 너의 영역이야. 비록 눈은 멀었어도 나는 널 위해 믿음으로 이 방을 지켰다. 그리고 자기네 보물을, 책들을 여기 우리에게로 가져온 사람들을 위해…… 이제 그 책들을 어찌할까, 메메르?"

"도서관을 만들어요." 내가 말했다. "옛날 여기에 있던 것처럼요."

그는 고개를 끄덕였다. "그건 이 집 자체의 의지인 것 같구나. 우리는 그저 복종할 뿐이지."

나에게도 그렇게 보였다. 그러나 나에겐 아직 의문이 남아 있었다.

"수장 어른, 그날…… 분수가 흐르던 날요."

"분수 말이냐. 그래."

"기적이었죠."

그는 똑같은 미소의 흔적을 떠올리며 말했다. "아니."

내가 놀랐는지, 놀라지 않았는지 모르겠다.

그의 미소는 더 커지고 밝아졌다. "샘물의 지배자께서 오래전에 그 방법을 알려주셨지. 너만 좋다면 가르쳐주마."

나는 고개를 끄덕였다. 내 마음은 다른 곳에 있었다.

"기적을 우리 손으로 일으킬 수 있다는 게 슬프거나 충격적이냐, 메메르?"

"아니요. 그게 아니에요. 하지만 다른 기적은……."

수장 어른은 나를 바라보며 다음 말을 기다렸다.

"그날은 다리를 절지 않으셨어요."

수장 어른은 자기 손과 다리를 내려다보았다. 얼굴이 엄숙해졌다. "그렇게들 말하더구나."

"기억나지 않으세요?"

"두려움과 분노 속에 이 방으로 왔던 건 기억한다. 이 방에 들어오자마자 분수에 물을 흘려야 한다는 생각이 떠올랐고, 서둘러 그 일을 수행했지. 이유도 모르면서, 마치 명령에 따르는 것처럼 말이다. 그리고 다음 순간 서가에서 책을 한 권 가져가야 한다는 생각이 들었어. 그리고 그렇게 했지. 상황이 급했기에 난…… 내가 뭘 수 있었을까? 모르겠구나. 그건 분명 내가 침묵하길 원했고, 네 목소리를 깨우기 위해 날 필요로 했던 그분들이었을 거야."

나는 그림자 쪽을 바라보았다. 그도 똑같이 했다.

"그럼 질문을 던지신 게……."

"신탁을 청할 시간은 없었다. 그리고 질문했더라도 답이 오지는 않았을 거야. 신탁은 내가 아니라 메메르 너에게 말한단다."

내 입으로 내가 읽는 자라고 말하기는 했으나, 그에게서 그 말을 듣고 싶지는 않았다. 내 가슴은 두려움과 면목 없는 심정으로 저항했다. "제게 말하는 게 아니에요! 절 이용하는 거죠!"

수장 어른은 짧게 고개를 끄덕였다. "내가 이용당한 것처럼 말이지."

"제 목소리도 아니었어요. 그렇지 않나요? 전 몰라요! 이해가 안 가요. 부끄럽고 무서워요! 다시 저 어둠 속으로 들어가고 싶지도 않아요."

수장 어른은 오랫동안 말이 없다가 마침내 부드럽게 말했다. "그래, 그들은 우릴 이용하지. 그러나 악하게 이용하는 것은 아니야……. 메메르, 어둠 속에 들어가야 한다면, 저 어둠은 그저 우리가 아직 이해하지 못하는 것을 말해주려는 어머니이자 할머니라는 걸 생각하렴. 네가 아직 알지 못하는 언어를 쓰긴 하지만, 그건 배울 수 있어. 나도 저기 들어가야 했을 때 스스로에게 그렇게 말했지."

그 말을 잠시 동안 생각하자, 차츰 마음이 편안해졌다. 내 어머니의 영이 우리 집안의 다른 모든 어머니들과 함께 저 안에 있다고, 날 겁먹이려는 게 아니라고 생각하니 동굴의 어둠이 덜 끔찍해졌다.

그러나 아직 한 가지 더 남아 있었다.

"그 책, 손에 쥐고 나오셨던 책요, 그게 신탁의 책장에 있나요?"

이번에 돌아온 침묵은 조금 달랐다. 그는 답을 하는 데 어려움을 겪고 있었다. 그는 한참 만에 대답했다. "아니다. 눈에 처음 들어온 책을 집었지."

수장 어른은 일어서서 절룩이며 가까운 책장으로, 문에 제일 가까운 책장으로 가더니 눈높이에 있는 선반에서 작은 책을 뽑았다. 나는 그 갈색 장정과 글자가 찍히지 않은 책등을 알아보았다. 그는 말없이 책을 가져와서 나에게 내밀었다. 무서웠지만 나는 받았고, 잠시 후에 책을 펼쳤다.

그제야 알았다. 그것은 아이들을 위한 초보 독본이었다.《동물들 이야기》. 나도 이곳 비밀방에서 처음 읽기를 배울 때 이 책을 읽었다.

책장을 넘기는 손가락이 뻣뻣하고 어색했다. 작은 토끼와 까마귀와 멧돼지 목판화가 보였다. 이야기 마지막 줄을 읽어보았다. "그래서 사자는 사막에 있는 집으로 돌아갔고, 사막에 있는 동물들에게 쥐가 세상에서 제일 용감한 동물이라고 말했답니다."

나는 수장 어른을 쳐다보았고, 그는 내게 똑같은 시선을 돌려주었다. 그의 얼굴과 약한 몸짓이 이렇게 말하고 있었다. '나도 모른다'고.

나는 우리를 자유롭게 만든 작은 책을 보았다. 데니오스의 말을 떠올리고 큰 소리로 말했다. "신은 모든 잎사귀에 깃들어 있다. 너는 빈 손 안에 성스러움을 쥐고 있다."

그리고 잠시 후에 덧붙였다. "그리고 악마는 없군요."

"그래. 우리뿐이지. 우리가 악마의 일을 하는 거야." 그리고 그는 다시 한 번 굽은 손을 내려다보았다.

우리는 말없이 앉아 있었다. 어둠 속을 흐르는 물소리가 희미하게 들렸다.

"가자. 늦었다. 꿈의 전령들이 사방에 있구나. 그분들에게 길을 열어주자."

나는 왼손에 작은 등잔을 들고 오른손으로 허공에 빛나는 글자를 적었다. 우리는 문을 통과하고 어두운 복도를 걸었다. 그의 방을 지나면서 나는 안녕히 주무시라고 인사했고, 그는 허리를 굽혀 내 이마에 입을 맞췄다. 우리는 밤을 위한 축복을 나누며 헤어졌다.

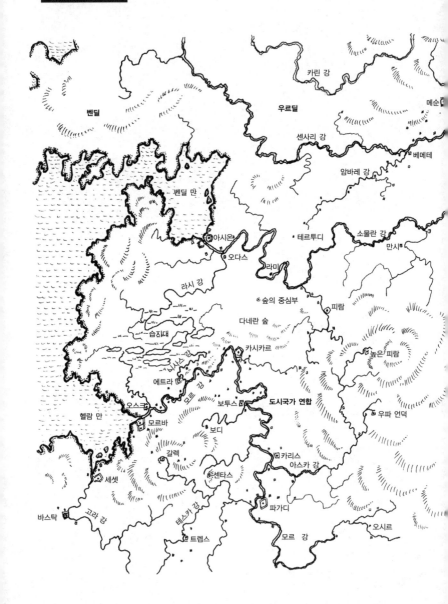

도시국가 연합

벤딜

우르딜

메순

카린 강

벤딜 만

센사리 강

암바레 강

베메테

아시온

테르투디

소물란 강

만시

오다스

라미

라시 강

숲의 중심부

피람

다네란 숲

습지대

카시카르

높은 피람

에트라

우파 언덕

오스쿠

보투스

도시국가 연합

헬람 만

모르바

보디

갈렉

카리스

아스카 강

센타스

세셋

고라 강

테스카 강

파가디

바스탁

트렙스

모르 강

오시르

1부

1

"말하지 마." 살로가 나에게 말한다.

"하지만 그런 일이 정말로 일어나면 어떻게 해? 눈 내리는 걸 봤을 때처럼."

"그래서 말하지 말라는 거야."

누나는 내게 팔을 두르고 교실 긴 의자에 앉은 우리 둘의 몸을 왼쪽에서 오른쪽으로 흔든다. 그 온기와 포옹과 흔들림에 마음이 놓인 나는 반대편으로 몸을 기울여 살로 누나와 살짝 부딪친다. 그래도 나는 내가 본 기억과 무서운 흥분에서 벗어나지 못하고 이내 다시 말한다. "그렇지만 말해야 해! 그건 침략이었다고! 병사들에게 대비하라고 경고해줘야 해!"

"그러면 언제냐고 물을 텐데?"

그 말에 나는 난처해진다. "음, 그냥 대비하라고 하지."

"하지만 한참 동안 그런 일이 안 일어나면? 가짜 경보를 울렸다고 너한테 화낼 거야. 그리고 진짜로 군대가 도시를 침략하면, 네가 어떻게 알았는지 알고 싶어 할 거야."

"기억했다고 말하지 뭐!"

"안 돼." 살로가 말한다. "네가 기억하는 방식에 대해선 절대 말하지 마. 네가 힘을 갖고 있다고 말할 거야. 그리고 사람들은 힘을 타고난 사람을 좋아하지 않아."

"하지만 그건 아닌걸! 그냥 가끔 앞으로 일어날 일을 기억할 뿐이야!"

"알아. 하지만 가비르, 잘 들어, 정말이야. 네 기억에 대해 아무한테도 말하면 안 돼. 나 말고는 아무한테도."

살로가 부드러운 목소리로 이름을 부르면, 지금처럼 "잘 들어, 정말이야"라고 하면 나는 그 말을 들을 수밖에 없다. 항의는 하더라도.

"티브한테도?"

"티브한테도 안 돼." 살로의 둥근 갈색 얼굴과 까만 눈은 차분하고 진지하다.

"왜?"

"왜냐면, 너랑 나만 습지 사람들이니까."

"가미도잖아!"

"지금 하는 말이 가미에게 들은 말이야. 습지 사람들에겐 능력이 있고, 도시 사람들은 그 힘을 무서워해. 그러니까 우린 그 사람들이 할 수 없는 일을 할 수 있다는 얘긴 절대 안 하는 거야. 위험하거든. 진짜 위험해. 약속해, 가브."

실로가 손바닥을 앞으로 해서 손을 든다. 나는 지저분한 손을 그 손에 마주쳐서 맹세한다. "약속해." 내가 말하고, 살로가 말한다. "들었어."

살로의 반대쪽 손에는 줄에 꿰어 목에 건 자그마한 '에누-메' 상이 쥐어져 있다.

살로는 내 머리에 입을 맞추더니 세게 몸을 부딪쳐온다. 나는 의자 끝으로 떨어질 뻔한다. 하지만 나는 웃지 않는다. 나는 기억에 사로잡혀 있다. 너무나 무섭고 끔찍한 기억이어서 모두에게 말하고 싶다. '봐, 저것 봐! 병사들이 와. 녹색 깃발을 든 적군이 도시에 불을 지르고 있어!' 나는 부루퉁하고 슬퍼져서 다리를 흔든다.

"나한테 다시 말해봐." 살로가 말한다. "하나도 빠뜨리지 말고."

바로 그게 나에게 필요한 일이다. 나는 길거리를 달려오는 병사들에 대한 기억을 다시 이야기한다.

때로 내가 기억하는 내용에는 마치 그게 내 소유인 듯한, '야벤-디'에게 받은 독수리 깃털처럼 잘 간직해뒀다가 혼자 있을 때 꺼내 볼 수 있는 선물 같은 느낌이 있다. 내 첫 번째 기억인 물과 갈대가 가득한 장소가 그렇다. 그 기억에 대해서는 누나에게조차 말하지 않았다. 말할 것이 없기도 했다. 그저 은청색 물과 바람에 흔들리는 갈대, 햇빛, 멀리 보이는 푸른 언덕뿐이다. 나중에 새로운 기억이 추가된다. 천장이 높은 어두운 방 안에서 한 남자가 몸을 돌리더니 내 이름을 부르는 장면이다. 이런 기억은 아무에게도 말하지 않았다. 말할 필요가 없다.

하지만 종류가 다른 기억 또는 통찰이 있다. 이를테면 파가디에서 절뚝이는 말을 타고 집으로 돌아오는 '아버지'를 본 기억. 다만 내가 그 장면을 기억했을 때 아버지는 아직 집에 돌아오지 않았고, 다음 여름에야 내가 기억한 그대로 절뚝이는 말을 타고 돌아왔다. 그리고 한번은 도시의 거리가 모두 하얗게 변하고, 지붕도 하얗게 변하고, 공기 중에 작고 하얀 새가 한가득 소용돌이치며 아래로 날아내리는 장면을 기억했다. 너무 놀라운 기억이었기에 모두에게 말하고 싶었고, 실제로 말했다. 대부분 귀 기울여 듣지 않았다. 당시 나는 겨우 네댓 살이었다. 그러나 그해 겨울에 눈이 내렸다. 모두가 뛰어나가서 눈이 내리는 광경을 보았다. 에트라에서는 백 년에 한 번 있을까 말까 한 일이어서, 어린아이들은 그걸 뭐라고 부르는지조차 알지 못했다. 가미가 물었다. "이게 네가 본 거냐? 이런 거였어?" 그리고 나는 가미에게나 다른 모두에게 바로 내가 본 그대로라고 말했고, 가미와 티브와 살로는 내 말을 믿었다. 방금 살로가 한 말을 가미가 한 것도 바로 그때였을 것이다. 내가 그런 식으로 기억한다는 이야기를 해서는 안 된다고. 가미는 그때 늙고 병든 몸이었고, 눈이 내린 이듬해 봄에 죽었다.

그때부터 오늘 아침까지는 비밀스러운 기억밖에 찾아오지 않았다.

기억은 아침에 혼자서 육아실 바깥 복도를 쓸고 있을 때 시작되었다. 처음에는 그저 시가지를 내려다보다가 어느 집 지붕에서 불길이 피어오르는 것을 보고 고함 소리를 들은 기억이 떠올랐다. 고함 소리가 점점 커졌고, 나는 선조들의 사당 뒤 광장에서부터 북쪽으로 뻗은 긴 거리를 알아보았다. 거리 저쪽 끝에서 붉은 화염을 품은 크고 흐릿한 구름이 피어올랐다. 광장 사방에서 여자들, 남자들이 내 옆을 지나 달려갔다. 대부분은 소리를 지르고 고함을 치며 평의회 광장 쪽으로 달려갔지만, 시 경비대는 검을 뽑아 들고 반대 방향으로 달렸다. 이제 긴 거리 저편에서 녹색 깃발을 세운 병사들이 보였다. 그들은 긴 창을 쥐었고, 말 등에 앉은 병사들은 칼을 들었다. 경비대가 그들과 마주쳤고, 깊고 낮은 고함 소리와 대장간에서 나는 것 같은 금속성이 울리고, 갑옷과 투구와 맨손과 검으로 이루어진 거대한 무리의 몸부림이 점점 가까워졌다. 말 한 마리가 튀어나오더니 똑바로 나를 향해 달려왔다. 기수는 없었고, 하얀 땀이 붉은색으로 얼룩져 있었다. 눈이 있어야 할 곳에서 피가 흘러내렸다. 말은 울부짖었다. 나는 그 앞에서 도망쳤다. 그리고 다음 순간, 손에 빗자루를 쥔 채 그 모든 일을 기억했다. 아직도 겁에 질려 있었다. 절대 잊을 수 없는 기억이었다. 나는 거듭해서 그 기억을 다시 보고 또 보았다. 누군가에게 말해야 했다.

그래서 함께 교실을 정돈하느라 둘만 남았을 때 살로 누나에게 말한 것이다. 그리고 이제 처음부터 다시 이야기했고, 말하면서 다시 기억이 나서 더 잘 보고 더 잘 이야기할 수 있었다. 살로는 열심히 듣다가 내가 피 흘리던 말에 대해 이야기하자 몸을 떨었다.

"쓰고 있는 투구는 어떤 거였어?"

나는 거리에서 싸우던 남자들의 기억을 보았다.

"대개 검은색이었어. 하나는 말총 같은 검은색 깃장식을 달았어."

"오스크에서 온 것 같아?"

"행진할 때 본 오스크 포로 같은 긴 나무 방패는 없었어. 갑옷이 다 금속 같았어. 청동이나 철 같은. 칼을 들고 경비병들이랑 싸우는데 엄청나게 철그렁거렸거든. 모르바에서 온 것 같아."

"누가 모르바에서 왔다고, 가브?" 뒤에서 쾌활한 목소리가 말했고, 우리는 줄에 달린 인형처럼 펄쩍 뛰어 일어났다. 야벤이었다. 이야기에 빠져서 둘 다 들어오는 소리를 듣지 못한 것이다. 야벤이 얼마나 오래 듣고 있었는지 알 수가 없었다. 우리는 재빨리 그에게 인사했고, 살로가 말했다. "가브가 이야기를 해주고 있었어요, 야벤-디."

"재미있을 것 같은데. 하지만 모르바에서 온 군대라면 검은색과 흰색 깃발을 들고 행진할 거야."

"녹색은 어디예요?" 내가 물었다.

"카시카르." 그는 맨 앞에 있는 긴 의자에 앉아서 긴 다리를 뻗었다. 야벤 알탄테르 아르카는 열일곱 살로 우리 집안 아버지의 맏아들이었다. 에트라 군에서 훈련받는 장교였고 최근에는 거의 근무하러 나가 있었지만, 집에 있을 때면 전에 그랬듯이 수업을 받으러 교실로 왔다. 우리는 야벤을 사랑했다. 그는 성장하면서 우리 모두에게 성장한 기분을 느끼게 해주었고, 언제나 마음씨가 좋았으며, 우리 교사인 에베라를 구슬려서 문법과 논리학 연습 대신 이야기와 시를 읽어주게 만들 줄 알았기 때문이다.

여자애들이 들어오고, 공놀이 마당에 있던 토름이 티브와 호비와 함께 땀을 흘리며 달려 들어오고, 마지막으로 회색 로브를 입은 키 크고 근엄한 에베라가 들어왔다. 우리 모두 선생님에게 인사를 하고 자리에 앉았다. 총 열한 명이었다. 가문 아이들이 넷, 집안 노예가 일곱.

야벤과 토름은 아르카 가문의 아들이었고, 아스타노는 가문의 딸, 소투르는 그들의 사촌이었다.

집안 노예들 중 티브와 호비는 열두 살과 열세 살짜리 소년이었고 나는 열한 살, 리스와 내 누나 살로는 열세 살이었다. 오코와 그 남동생 미브는 훨씬 어려서 이제 겨우 글자를 배웠다.

여자애들은 모두 자라서 어딘가에 주어질 때까지 교육을 받았다. 읽기와 쓰기, 그리고 서사시 암송을 약간 배운 티브와 호비는 오는 봄에 교실을 떠날 터였다. 둘은 나가서 일을 배우고 싶어 조바심쳤다. 나는 선생이 되기 위해서 교육받고 있었으므로 내 일은 언제나 여기, 높은 창문이 달린 길쭉한 교실일 터였다. 야벤과 토름에게 아이들이 생기면 내가 그 아이들과 그 노예의 아이들을 가르칠 것이었다.

야벤이 조상님들의 영혼을 불러 오늘의 공부를 축복해달라고 빌었고, 에베라는 교과서를 꺼내놓지 않았다고 살로와 나를 꾸짖었으며, 우리는 수업에 들어갔다. 에베라는 시작하자마자 드잡이질하는 티브와 호비를 불러내야 했다. 티브와 호비가 손바닥을 내밀고 에베라가 자로 한 대씩 때렸다. 아르카만드에서는 매 맞는 일이 적었고 다른 집에서 한다던 고문들은 볼 수도 없었다. 살로와 나는 한 번도 맞지 않았다. 꾸지람을 듣는 창피함만으로도 행동을 조심하기에는 충분했다. 호비와 티브는 창피를 몰랐고, 내가 보기에는 벌에 대한 두려움 역시 모르는 것 같았으며, 손은 가죽처럼 질겼다. 티브와 호비는 에베라에게 맞으면서도 얼굴을 찡그리고 히죽거릴 뿐이었고, 에베라의 마음 역시 그곳에 있지 않았다. 그 역시 두 아이가 교실에서 떠날 날을 고대했다. 그는 아스타노에게 티브와 호비가 《에트라 시 법령》에서 역사 한 토막을 암송하는 동안 들어달라고 부탁했고, 오코가 어린 남동생이 알파벳 쓰는 것을 돕는 동안 나머지 우리들은 트루덱의 《도덕》을 읽어야 했다.

'구식으로', '옛 방식으로'—이런 말을 아르카만드에서는 자주 들을 수 있었고, 이 말들에 담긴 의미는 철저히 긍정적이었다. 우리 중 아무도 왜 우리가 지루하고 낡은 트루덱의 글을 외워야 하는지 이해하지 못했고, 물어볼 생각도 하지 않았던 것 같다. 그것은 아르카 집안의 전통적인 교육 방식이었다. 교육이란 에베라가 고전이라고 부르는 도덕과 서사시와 시들을 읽는 방법을 익히고, 에트라와 도시국가의 역사, 지리학과 공학 원리 조금, 수학 조금, 음악과 그림을 공부한다는 의미였다. 언제나 그랬고, 쭉 그랬다.

호비와 티브는 네멕의 《우화집》을 넘어가지 못했고, 토름과 리스는 트루덱을 읽기 위해 나머지 아이들에게 상당히 의지해야 했다. 그러나 에베라는 훌륭한 선생님이었고, 야벤과 소투르와 살로와 나를 곧장 역사와 서사시들 속으로 쓸어 넣었다. 우리 모두 역사와 서사시를 좋아했지만, 그중에서도 제일은 야벤과 나였다. 마흔한 번째 도덕률에 예시된 '자제'의 중요성에 대한 토론이 겨우 끝나자 나는 트루덱의 책을 탁 소리 나게 덮고 살로와 같이 보던 《오시르 공성전》에 손을 뻗었다. 지난달에 막 읽기 시작한 책이었다. 나는 내가 읽은 구절을 전부 외우고 있었다.

선생님이 나를 보더니 길고 희끗한 눈썹을 추켜올렸다. "가비르, 이제 '아스타노-이오'가 우리와 같이 읽을 수 있게 네가 티브와 호비의 암송을 들어주겠느냐."

나는 에베라 선생님이 왜 그러는지 알았다. 심술이 아니었다. 도덕이었다. 내가 하고 싶은 일을 하지 않고, 하고 싶지 않은 일을 하게끔 훈련시키는 것은 그게 내가 배워야 할 교훈이기 때문이었다. 마흔한 번째 도덕.

나는 살로에게 책을 넘기고 옆 의자로 걸어갔다. 아스타노가 《에트라 시 법령》과 달콤한 미소를 건넸다. 그녀는 열다섯 살이었고, 키가 크고 말랐으며 피부 빛이 너무 옅어서 오빠와 동생에게 알드라고 불리곤 했다. 피부가 하얗고 머리털이 양털 같다는 동쪽 사막 사람들의 이름이었지만, '알드'라는 말에는 멍청하다는 뜻도 있었다. 아스타노는 멍청하지 않았으나 수줍음이 많았고, 마흔한 번째 도덕을 지나치게 잘 배운 것 같았다. 조용하고 단정하며 겸손하고 자제력 있는 아스타노는 평의원의 딸로서 완벽했다. 아스타노가 얼마나 따뜻한 마음을 가졌으며 얼마나 예기치 못한 생각을 할 수 있는지 알려면 아주 친해져야 했다.

열한 살짜리 남자애가 손위 남자애들에게 선생 노릇을 하기란 힘든 일이다. 그것도 평소에 그 아이를 부려먹고 심한 말을 하고 '새우'나 '늪쥐' 아니면 '뾰족이'라고 부르는 이들에게라면 말이다. 그리고 호비는 내게 지시받기를 싫어했다. 호비는 가문의 아들인 토름과 같은 날에 태어났다. 그가 토름과 야벤의 배다른 형제라는 것은 말만 안 했지 다들 아는 사실이었다. 어미가 노예였으니 호비도 노예였다. 특별 취급은 없었다. 그러나 그는 특별 취급을 받는 노예는 누구든 미워했다. 그는 언제나 교실에서의 내 위치를 질투했다. 내가 나란히 앉은 호비와 티브 앞에 서자 호비는 얼굴을 찌푸리며 나를 노려보았다.

아스타노가 책을 덮어서 건넸기에 나는 물었다. "어디야?"

"내내 여기 앉아 있었다, 왜, 뾰족아." 호비가 말하자 티브가 웃었다.

받아들이기 힘든 사실은 티브가 내 친구이면서도 호비와 같이 있을 때는 내 친구가 아니라 호비의 친구가 된다는 점이었다.

"멈춘 부분부터 계속 암송해." 나는 차갑고 엄하게 말하려고 애썼다.

"어딘지 기억 안 나는데."

"그럼 오늘 시작한 부분부터 해."

"그것도 어딘지 기억 안 나는데."

얼굴에 피가 몰리고 귀에서 소리가 나기 시작했다. 어리석게도 나는 물었다. "기억하는 게 뭐야?"

"뭘 기억하는지 기억 안 나는걸."

"그러면 책 맨 앞부터 시작해."

"기억 안 나." 호비는 자기 책략이 성공하자 우쭐해졌다. 덕분에 내가 유리해졌다.

"책 내용이 하나도 기억 안 난다고?" 나는 목소리를 조금 높였고, 에베라는 그 즉시 우리 쪽을 보았다. "좋아, 티브. 호비를 위해 맨 앞쪽을 읊어."

선생님이 보고 있으니 티브도 거역하지 못하고 법령들의 유래를 우물거리기 시작했다. 둘 다 몇 달이나 외우는 대목이었다. 나는 맨 앞쪽이 끝나자 티브의 암송을 멈추고 호비에게 되풀이하라고 했다. 덕분에 호비는 정말 화가 났다. 나는 이겼지만, 그 대가를 나중에 치르리라는 걸 알았다. 그래도 호비는 몇 문장을 중얼거렸다. 나는 말했다. "이제 아스타노-이오와 같이 외우던 대목을 계속해." 그러자 그는 내 말대로 징병 법령을 읊었다.

"티브, 풀어서 설명해봐." 에베라가 늘 시키는 일이었다. 우리가 외운 내용을 이해하는지 묻는 것이다.

"티브." 호비가 찍찍거리는 듯한 목소리로 말했다. "푸러서 설명해바."

티브는 킬킬거렸다.

"계속해." 내가 명령했다.

"계속해, 푸러서 설명해바." 호비가 작게 찍찍거렸고, 티브는 주체하지 못하고 키득거렸다.

에베라는 강의는 미뤄놓고 눈을 반짝이며 서사시의 한 대목을 이야기하고 있었고, 다들 열심히 들었다. 그러나 두 번째 줄에 앉은 야벤이 우리 쪽을 보았다. 그는 얼굴을 찌푸리며 호비를 날카롭게 노려보았다. 호비는 움츠러들어 바닥을 보더니 티브의 발목을 걷어찼다. 티브는 즉시 웃음을 멈췄다. 티브는 애를 쓰고 머뭇거리다가 말했다. "그건 어, 그러니까 그게 무슨 뜻이냐면, 도시가 어…… 공격 위협을 어…… 받으면 평의회가 어…… 강건한 자유민들의 징병을…… 뭐더라?"

"소집하고."

"소집하고 심심한…….”

"심의한다."

"심의한다. 심의한다는 건 강의랑 비슷한 거야?"

이래서 내가 티브를 좋아했다. 티브는 말을 들으면 질문을 던졌고, 묘하게 날카로웠다. 그러나 나 말고는 아무도 그의 이해력을 높이 평가하지 않았고, 티브 스스로도 그랬다.

"아니야. 사람들끼리 얘기하고 의논하는 거야."

"니가 푸러서 마란다면 그렇겠지." 호비가 중얼거렸다.

우리는 중얼거리고 더듬어가면서 나머지 암송을 끝냈다. 내가 안도하면서 법령 책을 밀어놓는데 호비가 몸을 앞으로 내밀고 나를 쏘아보며 잇새로 말했다. "주인님의 귀염둥이."

선생님의 귀염둥이라고 불리는 것은 익숙했다. 그건 피할 수 없는 일이었다. 사실이었으니까. 하지만 선생님은 주인이 아니라 우리 같은 노예였다. 그게 차이였다. 주인님의 귀염둥이란 아첨하고 고자질이나 하는 배신자를 뜻했다. 그리고 호비는 진짜 미움을 담아서 그렇게 말했다.

호비는 야벤이 내 편을 들어준 것을 질투하고, 또 창피해했다. 모두가 야벤을 우러러보았고 그에게 인정받고 싶어 했다. 호비가 워낙 거칠고 무관심해 보였기에 나는 그가 나만큼이나 야벤을 좋아하는데 그를 기쁘게 할 능력은 없다는 것, 그래서 야벤이 내 편을 들어주자 더 심하게 자존심이 상했다는 사실을 이해하기 어려웠다. 내가 아는 것이라곤 호비가 한 욕이 악의에 차 있고 부당하다는 것뿐이었으므로, 나는 큰 소리로 외치고 말았다. "아니야!"

"뭐가 아니라는 거지, 가비르?" 에베라가 차가운 목소리로 말했다.

"호비가 한 말이⋯⋯. 아니에요. 죄송합니다, 선생님. 방해해서 죄송해요. 죄송해요."

차가운 끄덕임. "그럼 앉아서 조용히 해라." 에베라가 말했다. 나는 누나 옆자리로 돌아갔다. 한동안은 살로가 앞에 세워 든 책을 한 줄도 읽을 수가 없었다. 귀가 윙윙거리고 눈이 흐렸다. 호비가 한 말은 끔찍했다. 나는 주인님의 귀염둥이가 아니었다. 아첨한 적이 없었다. 나는 리프같이 굴지 않았다. 리프는 집안의 하녀였는데 총애를 얻으려고 다른 하녀들을 염탐하고 고자질했다. 그러나 아르카의 어머니는 "난 고자질을 좋아하지 않는다"라고 말씀하시고 리프를 시장에 내다 팔았다. 내 평생 우리 집안에서 팔려나간 어른 노예는 리프밖에 없었다. 우리 집안에서는 양쪽 모두에게 믿음이 있었다. 그래야 했다.

　오전 수업이 끝나자 에베라 선생님은 수업을 방해한 벌을 내렸다. 티브와 호비는 법령을 몇 쪽 더 배워야 했다. 우리 셋 다 트루덱의 《도덕》 마흔한 번째 교훈을 써야 했다. 그리고 나는 가로의 서사시 《센타스의 농성과 함락》 서른 줄을 깨끗한 책에 옮겨 적고 내일까지 외워야 했다.

　에베라가 나에게 내리는 벌 대부분이 나에게는 상이나 다름없다는 것을 알았는지 모르겠다. 아마 알았을 것이다. 그러나 당시에 나는 선생님을 인간 이상으로 현명하고 나이 많은 존재로 보았다. 그가 나에 대해 생각하고 내 기분을 배려할 수 있다는 생각은 하지도 못했다. 그리고 그가 서사시 베끼는 작업을 벌이라고 했으니 그렇게 믿으려 했다. 사실 나는 시를 베껴 쓰면서 내내 잇새에 혀를 물고 있었다. 내 필적은 초라하고, 고르지 않았다. 깨끗하게 베낀 책은 미래의 수업에 쓰일 터였다. 우리가 전 세대 학생들이 어렸을 때 이 교실에서 베낀 책을 수업에 쓰는 것처럼. 이 책의 앞부분은 아스타노가 써놓았는데, 아스타노의 작고 우아하며 메순에서 인쇄한 책처럼 깨끗한 필적 아래에서 내가 쓴 글자들은 제멋대로에 비참하게 구불구불했다. 내 글씨가 얼마나 지저분한지 보는 게 내겐 진짜 벌이었다. 외우는 부분으로 말하자면, 그건 이미 끝낸 후였다.

　내 기억력은 특이하게 정확하고 완벽하다. 어려서나 청소년기에나 나는 조금만 관심을 두고 보았던 책이나 방이나 얼굴은 언제든 되살려내어 바로 앞에 있는 것처럼 볼 수 있었다. 어쩌면 그래서 기억이 아닌 다른 것을 두고도 '기억'으로 혼동했는지 모른다.

티브와 호비는 숙제를 미루고 밖으로 달려 나갔다. 나는 교실에 남아서 내 몫을 끝냈다. 그런 후에 복도와 마당을 쓰는 누나를 도우러 갔다. 그게 우리가 맡은 일이었다. 우리는 비단방 안뜰을 다 쓴 다음에 식품 저장실로 가서 빵 조각과 치즈를 얻었고, 나는 그 후에 청소일로 돌아가야 했지만, 토름이 나가서 병사 놀이를 하자며 티브를 보냈다.

그 큰 집의 뜰과 복도를 다 쓴다는 건 결코 작은 일이 아니었다. 뜰과 복도는 언제나 깨끗해야 했고, 살로 누나와 나는 그 깨끗함을 유지하기 위해 하루 중 상당 시간을 보냈다. 누나가 나머지 일을 다 하게 하고 싶진 않았다. 그렇지 않아도 내가 벌로 받은 숙제를 하는 동안 누나가 상당 부분을 했는데 말이다. 그래도 토름에게 거스를 순 없었다. "아, 가봐." 누나는 중앙 뜰의 아치 그늘을 따라 천천히 빗자루를 밀며 말했다. "여기만 빼고 다 했는데 뭐." 그래서 나는 행복하게 아르카만드에서 몇 거리 남쪽에 있는 도시 성벽 아래 돌무화과나무 공원으로 달려갔다. 토름은 그곳에서 벌써 티브와 호비를 훈련시키고 있었다. 나는 병사 놀이가 좋았다.

야벤은 누이인 아스타노나 어머니처럼 키가 크고 유연했지만, 토름은 아버지를 빼닮아서 체격이 탄탄하고 근육질이었다. 토름에게는 약간 잘못된, 뭔가 비틀린 부분이 있었다. 다리를 저는 것은 아닌데 어색하게 튀어 오르면서 걸었다. 얼굴 양쪽이 딱 들어맞지 않는 듯이 한쪽으로 기울어져 보였다. 그리고 토름에게는 예측할 수 없는 분노가 있었다. 가끔은 진짜 발작적으로 소리를 지르고 거칠게 주먹질을 하거나 자기 옷과 몸을 찢기도 했다. 이제는 청소년기에 접어들면서 그런 면에서도 성장한 것 같았다. 분노는 잦아들었고, 뛰어난 운동 능력을 보였다. 토름의 생각은 온통 군대, 군인이 되는 것, 에트라의 군단과 같이 싸우러 나가는 것에 쏠려 있었다. 군대에 훈련병으로 들어가려면 아직 2년은 더 있어야 했다. 그래서 토름은 호비와 티브와 나를 자기 군대로 삼았다. 우리를 몇 달 동안이나 훈련시켰다.

우리는 나무로 만든 칼과 방패들을 공원에 있는 늙고 커다란 돌무화과나무 밑 비밀 굴에 감춰두었다. 살로와 내가 토름의 지시로 가죽 조각을 이어서 만든 정강이받이와 투구도 함께였다. 토름의 투구에는 살로가 마구간에서 주워다가 바느질해 붙인 붉은 말총이 있어서 꽤 그럴듯해 보였다. 우리는 언제나 벽 바로 아래 숲 깊숙이 가려진 긴 풀밭 길에서 훈련했다. 나무들 사이를 달려가는 내 눈에 그들 셋이서 오솔길을 행진하는 모습이 보였다. 나는 모자와 방패와 칼을 낚아채어 헐떡이면서 그들에게 합류했다. 우리는 한동안 훈련을 했다. 토름의 구령대로 돌고 멈추는 연습이었다. 그런 다음에는 우리가 차려 자세로 서 있는 동안 독수리눈을 한 지휘관이 연대 앞을 오락가락하면서 여기에서는 투구를 비뚤게 썼다고, 저기에서는 똑바로 허리를 펴지 않았다고, 또는 표정을 바꾸거나 눈을 굴렸다고 부하들을 꾸짖었다. 토름은 으르렁거렸다. "이런 조잡한 군대가 있나. 망할 놈의 민간인들. 이런 어중이떠중이들을 데리고 어떻게 에트라가 보투스를 패배시킬 수 있겠나!" 우리는 앞을 똑바로 보고 표정 없이 서서 마음속으로 보투스 군이 오면 패배시키리라 다짐했다.

"좋아." 토름이 마침내 말했다. "티브, 너랑 가브는 보투스야. 나랑 호비는 에트라고. 너희는 흙둑에 병력을 배치해. 우린 기병대를 할 테니까."

"늘 저쪽이 에트라야." 티브는 근처 벽에서 뻗어 나온 풀 우거진 낡은 하수 도랑으로 뛰어가면서 말했다. "우리도 가끔 에트라 군이 될 순 없는 거야?"

으레 하는 질문이었다. 답은 없었다. 우리는 도랑 안으로 들어가서 에트라 기병대의 맹습을 맞이할 준비를 했다.

무슨 이유에선지 오는 데 시간이 꽤 걸렸고, 티브와 나에겐 유도탄을 만들 시간이 제법 있었다. 도랑 옆에서 긁어낸 딱딱한 마른 흙덩이였다. 겨우 말들이 울고 콧김을 뿜어대는 소리가 들리자 우리는 일어서서 맹렬히 유도탄을 던졌다. 대부분은 얼마 못 가고 떨어지거나 목표를 맞히지 못했지만, 한 덩어리가 우연히 호비의 이마를 정통으로 맞혔다. 그걸 던진 게 티브였는지 나였는지는 모른다. 흙덩이에 맞은 호비는 잠시 멍하니 서 있다가 머리를 이상하게 앞뒤로 움직이더니 우리를 노려보고 섰다. 토름이 고함치며 달려왔다. "가라, 부하들아! 선조들을 위하여! 에트라! 에트라!" 토름은 펄쩍 뛰어서 도랑 안으로 들어왔다. 뛰면서 말 울음소리를 내는 것도 잊지 않았다. 티브와 나는 맹공격 앞에서 자연스럽게 뒤로 물러났고, 덕분에 토름은 호비를 돌아볼 수 있었다.

호비는 미친 듯이 달려오고 있었다. 얼굴이 흙과 분노로 시꺼멓다. 호비는 도랑 안으로 뛰어들더니 나무칼을 치켜들고 곧장 나에게 달려들어서 내리쳤다. 나는 도랑 안에 자란 덤불을 등지고 있어 도망칠 곳이 없었다. 할 수 있는 일이라곤 방패를 들어 올리고 최선을 다해 호비의 칼을 피하면서 내 칼을 휘두르는 것뿐이었다.

나무칼이 부딪혀 미끄러지더니, 훨씬 강한 타격에 내 칼이 옆으로 벗어나 호비의 얼굴을 향해 튀었다. 호비의 칼이 내 손과 손목을 세게 때렸고, 나는 칼을 떨어뜨리며 아픔에 울부짖었다. 토름이 외쳤다. "야! 치는 건 안 돼!" 토름은 무기 사용에 굉장히 엄격한 규칙을 부여하고 있었다. 우리는 칼을 들고 춤추듯이 싸워야 했다. 밀고 피할 수는 있어도 칼로 찌르는 것은 금지였다.

이제는 토름이 우리 둘 사이에 있었고, 울면서 손을 내밀고 있던 내가 먼저 관심을 받았다. 손이 끔찍하게 아팠다. 나를 살핀 토름은 호비를 돌아보았다. 호비는 두 손을 얼굴에 올리고 서 있었는데, 손가락 사이로 피가 솟았다.

"어딜 다쳤는지 보자." 토름이 말하자 호비가 말했다. "안 보여요. 눈이 안 보여."

가까이에는 아르카 분수 말고 달리 물을 구할 수 있는 곳이 없었다. 우리 지휘관은 침착을 유지했다. 그는 자기가 먼저 호비를 데리고 집에 갈 테니 티브와 나는 무기들을 늘 숨기는 장소에 넣고 따라오라고 명령했다. 우리는 아르카만드 앞 광장에 있는 분수에서 두 사람을 따라잡았다. 토름은 호비의 얼굴에서 흙과 피를 씻어주고 있었다. "눈은 안 맞았어. 분명히 안 맞았어. 응." 확실하지 않을 수도 있다는 얘기였다. 호비의 칼에 맞아서 위로 치켜올라간 내 나무칼의 거친 부분이 눈 위 또는 눈을 삐뚤빼뚤하게 그었고, 아직도 상처에서 피가 났다. 토름은 튜닉을 찢어서 호비가 상처에 대고 누르게 했다. 토름은 호비에게 말했다. "괜찮아. 괜찮을 거야. 명예로운 상처야, 병사!" 그리고 피와 흙이 눈을 가리지 않게 되자 왼쪽 눈으로나마 볼 수 있음을 안 호비는 울음을 멈췄다.

나는 공포심에 얼어붙어 근처에 차려 자세로 서 있었다. 호비가 볼 수 있는 것을 보자 어마어마한 안도감이 찾아왔다. 나는 말했다. "미안해, 호비."

호비는 나를 돌아보더니 천에 가려지지 않은 눈으로 무섭게 쏘아보았다. "이 쬐끄만 고자질쟁이. 돌을 던지더니 그다음엔 내 얼굴을 공격했지!"

"돌이 아니었어! 그냥 흙덩이였단 말이야! 그리고 칼로 치려고 한 게 아니야. 네가 쳤을 때 칼이 튀어서……."

"돌을 던졌다고?" 토름이 나에게 물었고, 티브와 나 둘 다 아니라고, 흙덩이였을 뿐이라고 말하던 중 갑자기 토름의 얼굴이 변하더니 우리와 마찬가지로 차려 자세를 했다.

토름의 아버지, 우리의 '아버지', 아르카만드의 '아버지'인 알탄 세르페스코 아르카가 평의회에서 집으로 걸어오다가 분숫가에 있는 우리를 본 것이다. 그는 서너 걸음 거리에 서서 우리 넷을 보았다. 개인 경호원인 메테르가 그 뒤에 서 있었다.

아버지는 어깨가 넓고 팔과 손이 억센 사나이였다. 둥근 이마와 뺨, 넓적한 코, 좁은 눈으로 이루어진 이목구비에는 생명력과 자신만만한 힘이 가득했다. 우리는 그에게 경의를 표하고 가만히 섰다.

"이건 뭐지? 이 아이는 다친 거냐?"

토름이 대답했다. "놀다가 베었어요, 아버지."

"눈을 다쳤나?"

"아닙니다. 그렇진 않은 것 같습니다."

"당장 레멘에게 보내라. 그건 뭐지?"

티브와 나는 머리 덮개를 무기 저장고에 숨겼지만, 토름은 아직 깃털 투구를 쓰고 있었고, 호비도 마찬가지로 장식 없는 투구를 쓰고 있었다.

"모자입니다."

"투구로구나. 병사 놀이를 하고 있었느냐? 이 아이들과?"

그는 우리 셋을 다시 한 번 보면서 눈을 번득였다.

토름은 말을 하지 못했다.

"너." 아버지가 나에게 말했다. 제일 어리고 약하고 겁먹은 게 나라고 판단한 게 분명했다. "병사 놀이를 하고 있었느냐?"

나는 겁에 질려서 토름을 쳐다보았지만, 그는 굳어진 얼굴로 말없이 서 있을 뿐 아무 지시도 주지 않았다.

"훈련 중이었습니다, 알탄-디." 나는 속삭였다.

"그보다는 싸우고 있었던 것 같다만. 손을 보여라." 그는 위협적으로 말하지 않았고 화난 목소리도 아니었지만 차갑고 완벽한 권위를 담아서 말했다.

나는 손을 내밀었다. 이제는 엄지손가락 뿌리 부분과 손목이 빨간색과 자주색으로 부어올라 있었다.

"어떤 무기였지?"

나는 괴로움에 빠져서 다시 한 번 토름을 쳐다보았다. 아버지께 거짓말을 해야 하는 걸까?

토름은 앞만 보고 있었다. 나는 대답해야 했다.

"나무였습니다, 알탄-디."

"나무칼이라? 다른 물건은?"

"방패입니다, 알탄-디."

갑자기 토름이 말했다. "거짓말이에요. 쟨 우리랑 같이 훈련하지도 않았어요. 어린애인걸요. 돌무화과나무 숲에서 나무를 타다가 호비가 떨어졌는데 나뭇가지에 찔린 거예요."

알탄 아르카는 가만히 서 있었고, 나는 토름의 거짓말에 무모한 희망과 무시무시한 전율을 함께 느꼈다.

아버지는 천천히 말했다. "하지만 훈련은 했단 말이지?"

"가끔요." 토름은 말하다가 잠시 사이를 두었다. "가끔 훈련시켜요."

"무기를 가지고 말이냐?"

토름은 다시 벙어리가 되었다. 침묵은 더 참을 수 없을 때까지 이어졌다.

아버지가 티브와 나에게 말했다. "너희들. 무기를 뒤뜰로 가져와라. 토름, 이 아이를 레멘에게 데려가서 치료받게 해라. 그런 후에 뒤뜰로 오너라."

우리 모두 허리를 굽혀 인사하고 최대한 빨리 움직였다. 티브는 두려움에 울면서 이를 딱딱거렸지만 나는 열병에라도 걸린 것처럼 기묘하고 힘없는 상태였고, 아무것도 현실 같지 않았다. 나는 차분해졌지만 말은 할 수 없었다. 우리는 땅굴로 가서 나무칼과 방패, 투구와 정강이받이를 꺼내다가 빙 돌아서 아르카만드 뒤뜰로 옮겼다. 무기를 쌓아놓고 그 옆에 서서 기다렸다.

집 안에서 입는 옷으로 갈아입은 아버지가 나왔다. 그가 우리에게 성큼성큼 걸어오자, 티브가 겁에 질려 움츠러드는 것을 느낄 수 있었다. 나는 인사하고 가만히 서 있었다. 나는 아버지가 무섭지 않았다. 아니, 호비처럼은 무섭지 않았다고 하는 게 정확할 것이다. 나는 아버지를 경외했다. 믿었다. 아버지는 강력하면서도 공정했다. 그는 옳은 일을 할 터였고, 우리가 벌을 받아야 한다면 벌을 받을 터였다.

토름이 나오더니 아버지의 축소판처럼 걸어왔다. 그는 서글픈 나무 무기 더미 옆에 걸음을 멈추고 아버지에게 인사했다. 턱은 들고 있었다.

"노예에게 무기를 주는 것은 범죄라는 걸 알 게다, 토름."

"네, 압니다." 토름은 중얼거렸다.

"에트라 군에 노예는 없다는 걸 알 테지. 군인은 자유민이다. 노예를 병사처럼 다루는 것은 군대에나 선조에게나 무례이자 죄다. 알고 있겠지."

"네."

"너는 그런 범죄를 저질렀다. 그런 무례를 저질렀어."

토름은 가만히 서 있었지만, 얼굴을 무섭게 떨었다.

"그래서, 그 범죄에 대한 벌을 노예들이 받아야겠느냐, 네가 받아야겠느냐?"

토름은 눈을 크게 떴다. 분명히 생각해보지 않은 가능성이었나보다. 그래도 말은 하지 않았다. 긴 침묵이 이어졌다.

"누가 지휘했지?" 결국 아버지가 다시 물었다.

"접니다."

"그러면?"

다시 긴 침묵.

"그러니까 제가 벌 받아야 합니다."

알탄 아르카는 짧게 고개를 끄덕였다.

"그러면 저들은?"

토름은 고심하다가 겨우 중얼거렸다. "저들은 제가 하라는 대로 했을 뿐입니다."

"네 명령에 따랐다고 벌을 받아야 할까?"

"아닙니다."

다시 짧은 끄덕임. 그는 아주 먼 거리에 있는 사람처럼 티브와 나를 보았다. "저 쓰레기를 태워라. 너희들, 명심해라. 범죄에 해당하는 명령에 복종하는 것은 범죄다. 너희를 놓아주는 것은 어디까지나 너희 주인이 책임을 졌기 때문이다. 넌 습지 아이로 군. 가브였던가? 그리고 너는?"

"부엌의 티브입니다." 티브가 속삭였다.

"저걸 태우고 하던 일로 돌아가라." 아버지는 토름에게 따라오라고 말했고, 그들 둘은 나란히 긴 홍예랑虹預廊 아래를 걸어갔다. 꼭 행군하는 병사 같았다.

우리는 불을 얻으러 부엌에 갔다가, 아궁이에서 불붙은 막대기를 꺼내 들고 돌아갔다. 나무칼과 방패에 불을 붙이기는 힘들었지만 그 후에 가죽 모자와 정강이받이를 불에 던져 넣자 연기가 피어올랐다. 우리는 손을 여기저기 데어가면서 반쯤 탄 나뭇조각과 냄새나는 가죽을 그러모아 부엌 쓰레기 더미에 묻었다. 그 무렵에는 우리 둘 다 코를 훌쩍였다. 병사가 된다는 건 힘들고 무섭고 영광스러운 일이었다. 우리는 병사가 되는 것이 자랑스러웠다. 나는 내 나무칼을 사랑했다. 몰래 땅굴까지 가서 꺼내보고 노래를 부르거나, 거칠고 깔쭉깔쭉한 칼날을 돌로 다듬고 저녁 식사에서 슬쩍한 기름으로 윤을 내곤 했다. 그러나 그건 모두 거짓이었다. 우리는 결코 병사일 수 없었다. 노예일 뿐이었다. 노예이자 겁쟁이들. 나는 지휘관을 배신했다. 패배감과 수치심으로 속이 메스꺼웠다.

오후 수업에 늦었다. 티브와 나는 교실까지 달려가서 숨을 몰아쉬며 뛰어들었다. 선생님이 질색하는 얼굴로 우리를 보았다.

"가서 씻어라." 그는 그 말만 했다. 우리는 우리 손과 옷이 얼마나 지저분한지 모르고 있었다. 이제 보니 티브의 얼굴은 그을음과 콧물로 얼룩졌다. 나도 비슷할 게 뻔했다. "가서 씻는 걸 도와주어라, 살로." 에베라 선생님이 덧붙였다. 이제 생각하면 우리 둘 다 심하게 당황한 것을 보고, 친절한 마음에서 살로를 같이 보낸 것 같다.

토름은 늘 앉던 자리에 있었지만, 호비는 보이지 않았다. "어떻게 된 거야?" 씻으러 가면서 살로가 물었고, 그와 동시에 나는 물었다. "토름이 뭐랬어?"

"아버지께서 너희에게 장난감을 태우라고 하셔서 늦을지도 모른다고 했어."

토름은 우리를 덮어주고, 변명거리를 만들어주었다. 굉장히 마음에 놓이는 동시에, 내 배신을 생각하니 그럴 자격이 없다는 생각이 들었다. 나는 고마운 마음에 울고 말았다.

"하지만 무슨 장난감? 뭘 하고 있었는데?"

나는 고개를 저었다.

티브가 말했다. "토름-디를 위해서 병사 놀이를 했어."

"입 닥쳐, 티브!" 말해봐야 이미 늦었다.

"왜 그래야 하는데?"

"말썽이 생긴단 말이야."

"우리 잘못은 아니었어. 아버지께서 그러셨는걸. 토름-디의 잘못이라고 하셨잖아."

"그렇지 않아. 그 얘긴 하지 마! 토름을 배신하는 거야!"

"그렇지만 거짓말을 했는걸. 우리가 나무를 타고 있었다고 했잖아."

"우리가 벌 받지 않게 하려던 거야!"

"아니면 자기가 벌 받지 않으려던 거겠지."

이 말이 나올 무렵에는 뜰의 분수에 도착해 있었고, 살로는 우리 머리를 물속에 밀어 넣다시피 하고 박박 문질러서 깨끗하게 만들었다. 시간이 꽤 걸렸다. 여기저기 난 화상과 아프게 부어오른 손에 닿는 물이 따끔거리는 동시에 시원했다. 문지르고 씻는 와중에도 살로는 우리에게서 전체 이야기를 알아냈다. 누나는 다른 말은 하지 않고 티브에게 말했다. "가브 말이 맞아. 그 얘긴 하지 마."

나는 교실로 돌아가면서 물었다. "호비 눈이 멀까?"

"토름-디는 호비가 다쳤다고만 했어." 살로가 말했다.

"호비가 나한테 진짜 화났어."

"그래서?" 살로는 격하게 말했다. "넌 호비를 해치려던 게 아니고, 호비는 널 해치려고 했어. 다시 그랬다간 진짜 곤란해질걸." 살로는 진실을 말하고 있었다. 평소에는 부드럽고 수더분한 살로였지만 나를 위해서라면 새끼를 지키는 어미 고양이처럼 무섭게 싸웠다. 다들 아는 사실이었다. 그리고 살로는 호비를 좋게 본 적이 없었다.

살로는 교실에 다시 들어가기 전에 잠시 나를 안고 몸을 부딪쳐왔다. 나는 살로에게 마주 몸을 부딪쳤고, 그러자 모든 것이 다시 괜찮아졌다. 거의.

<u>2</u>

호비는 눈을 다치지 않았다. 보기 흉한 상처가 눈썹을 반으로 자
르기는 했지만, 토름의 말마따나 망칠 만큼 잘생긴 얼굴도 아니
었다. 다음 날 교실에 돌아온 호비는 붕대를 감은 머리를 가지
고 농담을 하고 잘 참았으며 모두와 기분 좋게 떠들었다, 나만
빼고. 호비의 경쟁심과 굴욕감의 진짜 원천이 무엇이었든, 내가
정말로 자기 얼굴에 돌을 던졌다고 생각하든 아니든 간에 그는
나를 적으로 선택했고, 그때부터 나를 적대했다.

아르카만드처럼 큰 집안에서는 다른 노예를 괴롭히려는 노예
에게 기회가 많이 주어진다. 운 좋게도 호비는 막사에서 잤고 나
는 아직 집 안에서 잤다. 그러나 지금 사랑하는 내 아내를 위해,
그리고 누구든 읽고 싶어 하는 사람을 위해 이 이야기를 쓰면서
나는 저도 모르게 20년 전의 노예 소년처럼 생각하는 스스로를
발견한다. 내 기억력은 과거를 지금 여기에 현재처럼 불러일으
키고, 나는 남에게는 물론이고 나 자신에게도 설명해야 할 부분

들을 잊고 지나가곤 한다. 도시국가 에트라에 있는 아르카만드에서의 삶을 써나가면서 나는 그 속으로 되돌아가고, 그 당시의 눈으로 상황을 본다. 그 안, 그 아래에서, 비교할 것도 없이, 마치 그것만이 유일한 삶의 방식인 것처럼. 아이들은 세상을 그렇게 보는 법이다. 자유란 대안이 있음을 안 다음의 문제이다.

당시에는 에트라만이 내가 아는 세상이었고, 그 세상은 이러했다. 도시국가들은 거의 언제나 전쟁 중이고, 따라서 군인들이 중요하게 여겨진다. 군인이 되는 것은 상위 두 계급의 남자들이다. 맨 위 계급은 명문가로, 그중에서 통치기관인 평의회를 뽑으며 그 아래에는 자유민인 농부, 상인, 토건업자, 건축가 등이 있다. 자유민 남자들은 몇 가지 법에 투표할 권리를 갖지만, 공직에 나가지는 못한다. 자유민 사이에는 소수의 자유 노예가 있다. 그 밑은 노예들이다.

육체노동은 집안에 있는 모든 계급의 여자들과, 집 안팎의 노예들이 수행한다. 노예들은 전투나 습격으로 사로잡거나 집에서 낳게 하고, 상위 두 계급의 가족이 사거나 주고받는다. 노예에게는 법적인 권리가 없으며, 결혼할 수 없고, 부모나 자식이 될 수 없다.

도시국가 사람들은 지금 살아 있는 이들의 조상들을 숭배한다. 조상이 없는 사람들, 즉 자유 노예와 노예들은 자신이 속한 가족의 조상을 숭배하거나, 오래전의 위대한 영혼인 도시의 건국 선조들을 숭배할 수밖에 없다. 그리고 노예들은 서부 해안 전역에 알려진 신들인 에누, 라니우의 주±, 그리고 '행운'을 사랑한다.

내가 노예로 태어난 것은 분명하다. 이 책에서 주로 노예들에 대해서만 이야기하고 있으니 말이다. 에트라나 다른 도시국가의 역사를 읽어보면 대개 왕, 평의회, 장군, 용맹한 병사들, 부유한 상인들같이 힘을 갖고 있으며 자유롭게 행동하는 이들의 행위를 다루지, 노예들에 대해 말하지는 않을 것이다. 눈에 띄지 않는 것이야말로 노예의 자질이며 미덕이다. 힘없는 자들은 스스로에게조차도 보이지 않아야 한다. 살로 누나는 이미 그런 사실을 알았고, 나는 배워나가는 중이었다.

우리 집안 노예들은 식품 저장고에서 배급해주는 죽이나 빵, 치즈와 올리브를 먹었고 저녁때나 겨울 아침에는 언제나 생과일이나 말린 과일, 우유, 뜨거운 수프를 먹었다. 우리가 입고 신는 옷과 신발은 질이 좋았고, 잠자리는 깨끗하고 따뜻했다. 아르카만드는 부유하고 관대한 집안이었다. 어머니는 노예들을 맨발로, 굶주린 채로, 또는 매 맞은 자국이 얼룩진 몸으로 거리에 내보내는 주인들에 대해 경멸조로 이야기했다. 아르카만드에서는 쓸모 있는 일을 하지 못하게 된 늙은 노예도 죽을 때까지 먹이고 입히며 돌봐주었다. 살로와 내가 사랑했던 가미는 아버지의 유모 일을 했었고, 늙어서도 특별히 친절한 대우를 받았다. 우리는 다른 집 노예들에게 우리가 먹는 수프에는 고기가 들어가 있고 우리가 덮는 담요는 모직이라고 큰소리쳤다. 우리는 다른 집 노예들이 입는 제복을 깔보았다. 겉만 번지르르하지 조악하다고 생각했다. 그들과 달리 우리 집안은 모든 것이 전통적이고 고풍스럽고 견고하고 견실했다.

어른 남자 노예는 뒤뜰에 따로 지은 커다란 막사에서 잤고 여자와 아이들은 부엌 근처에 있는 큰 공동 침실에서 잤다. 가족 구성원이나 집안 노예의 젖먹이 아기들과 그 유모들은 가족 구성원이 지내는 구역 가까이 붙은 육아실에서 지냈다. 선물용 여자들은 비단방에서 살면서 방문객이나 연인을 즐겁게 해주었다. 서쪽 안뜰에 붙은 쾌적한 지역이었다.

사내아이를 언제 남자 막사로 보낼지 결정하는 것은 여자들이었다. 호비는 몇 달 전에 내보냈다. 공동 침실에 있는 어린아이들을 워낙 괴롭힌 탓이었다. 막사에 사는 나이 많은 형들이 처음에는 호비에게 심하게 굴었지 싶은데, 그래도 호비는 그것을 한 단계 승진으로 보고 '난잡하게' 잔다면서 우리를 비웃었다.

티브는 바깥 막사로 가고 싶어 했지만, 나는 공동 침실에서 더 할 나위 없이 행복했다. 이 방에서 살로 누나와 나는 자물쇠 달린 상자와 침대요가 딸린 우리만의 작은 은신처를 갖고 있었다. 가미가 우리를 돌봤고, 가미가 죽은 후에는 우리끼리 서로를 돌볼 수 있었다. 노예에게는 부모도 자식도 없었기에 공동 침실에서는 여자 한 명이 아이 하나 또는 여럿의 어머니 노릇을 할 수 있었다. 어떤 아이도 혼자 자지 않았고, 어떤 아이는 여럿이 돌보기도 했다. 아이들은 모든 여자를 '아주머니'라고 불렀다. 아주머니들은 나보고 훌륭한 누나가 있으니 대리모가 필요 없겠다고 했고, 나도 동감이었다.

누나도 공동 침실에서는 호비의 괴롭힘으로부터 나를 보호해줄 필요가 없었으나, 다른 곳에서는 더 나빠졌다. 비질을 하려면 커다란 저택 사방을 다녀야 했고, 호비는 다른 사람이 없을 만한 뜰이나 복도에서 나를 기다렸다. 혼자 있는 날 발견하면 목덜미를 잡고 들어 올린 후, 얼굴을 보고 히죽거리면서 개가 쥐의 목뼈를 부러뜨릴 때처럼 흔들어댔다. 그런 후에는 나를 바닥에 세게 팽개치고 걷어찬 후 가버렸다. 그렇게 무력하게 들리는 건 끔찍했다. 나는 마구잡이로 팔다리를 휘둘렀지만 호비보다 짧은 팔로는 그를 때릴 수가 없었고, 다리가 닿더라도 호비는 아무 타격도 받지 않는 것 같았다. 감히 도와달라고 소리칠 수도 없었다. 노예끼리의 다툼이 가족 구성원들을 방해하면 심한 벌을 받았다. 상황이 점점 심해진 것을 보면 내 무력함이 호비의 잔인함을 부추겼던 것 같다. 다른 사람 앞에서 흔들고 때리는 일은 없었지만 몰래 나를 기다리는 일은 점점 잦아졌고, 내 발을 걸고 내 손에 든 음식 접시를 날렸다. 그중에서도 최악은 모두에게 내가 물건을 훔치고 고자질을 한다고 거짓말하고 다닌다는 점이었다.

공동 침실의 여자들은 호비의 거짓말에 별 관심을 두지 않았지만, 막사에 있는 형들은 호비의 말에 귀를 기울이고 나를 아무짝에도 못 쓸 첩자요, 주인님의 귀염둥이로 취급했다. 그래도 그런 형은 많이 보지 못했다. 다들 할 일이 있었으니까. 그러나 토름은 매일 수업 시간마다 보아야 했다. 도랑에서의 싸움 이후로 토름은 티브와 나를 떼어놓고 호비만 데리고 다녔다. 호비가 나를 똥개라고 부르자 토름도 그러기 시작했다.

에베라는 토름을 직접 꾸짖을 수 없었다. 토름은 아버지의 아들이었고 선생님은 노예였다. 존경받는 것은 그의 직함이었지, 그 자신이 아니었다. 토름이 읽기나 계산이나 음악에서 저지르는 실수는 바로잡아줄 수 있어도, 토름의 행실을 바로잡을 수는 없었다. "그 문제는 다시 풀어야겠군요"라고 할 수는 있어도 "그러지 마라!"라고 할 수는 없었다. 그러나 토름이 어렸을 때 보이던 까닭 없고 발작적인 격분은 에베라에게 아직까지 토름을 통제하는 데 쓸 수 있는 변명거리와 수단을 주었다. 토름이 소리를 지르고 주먹을 휘두르기 시작하면 에베라는 토름을 교실 밖으로 데리고 나가서 복도 끝에 있는 창고에 가두곤 했다. 그 방에서 함부로 나오면 어머니와 아버지께 버릇없는 행동을 고하겠다는 위협과 함께 말이다. 토름은 그 방에서 혼자 격분을 삭이고 풀려나기를 기다렸다. 사실 고립되는 것은 그 자신에게도 구원이었을지 모른다. 소리를 지르고 거품을 물며 화를 내던 와중에도, 에베라가 다루기에는 너무 크고 강해진 후에도 선생님이 "복도방으로, 토름-디"라고 하면 달려 들어가서 문을 닫았으니 말이다. 토름이 그런 발작을 일으키지 않은 지 거의 1년이 지났다. 그러나 한두 번, 토름이 제멋대로 굴면서 다른 모두를 방해하면 에베라는 조용히 말했다. "복도방으로 가주시지요." 그러면 토름은 언제나처럼 고분고분 사라졌다.

어느 봄날 호비는 교실에서 나를 괴롭히고 있었다. 내가 글씨를 쓰는데 의자를 흔들고, 잉크를 뒤엎고서는 내가 자기 책을 망치려고 했다고 비난했으며, 내가 옆을 지나갈 때는 심하게 꼬집었다. 딱 그럴 때 호비를 본 선생님이 말했다. "가비르에게서 손 떼라, 호비. 손 내밀어!"

호비는 일어서서 손바닥을 내밀었다. 참는 듯, 부끄러워하는 듯한 웃음과 함께.

그러나 토름이 말했다. "호비는 벌 받을 일을 하지 않았어."

놀란 에베라는 말을 잇지 못하다가 말했다. "호비는 가비르를 괴롭히고 있었어요, 토름-디."

"쟨 똥개야. 호비가 아니라 쟤가 벌 받아야 해. 잉크를 엎었잖아."

"그건 사고였어요, 토름-디. 사고에 벌을 주지는 않습니다."

"아니야. 호비는 벌 받을 짓을 하지 않았어. 저 똥개한테 벌을 줘."

예전처럼 광폭한 분노에 사로잡히지는 않았지만, 토름의 얼굴은 그때와 같은 표정을 짓고 있었다. 찌푸린 얼굴, 맹목적인 눈빛. 에베라 선생님은 말없이 서 있었다. 그는 방 반대편에서 그림 탁자 위로 몸을 굽히고 건축 계획을 세우는 데 빠져 있는 야벤에게 시선을 던졌다. 나 역시 토름의 형이 상황을 알아차려 주길 바랐다. 그러나 야벤은 알아차리지 못했고, 아스타노는 그날 교실에 없었다.

마침내 에베라가 말했다. "복도방으로 가주세요, 토름-디."

토름은 반사적으로 한두 걸음을 옮기다가 멈춰 섰다.

그는 에베라를 돌아보았다. "나, 난 저 똥개를 벌하라고 명령한다." 탁한 목소리였고, 거의 제대로 발음하지도 못했다. 얼굴은 아버지에게 질책을 받던 날처럼 부들부들 떨렸다.

에베라의 얼굴이 잿빛이 되었다. 가만히 선 그가 늙고 말라 보였다. 그는 다시 한 번 야벤 쪽을 보았다.

"여긴 제 교실입니다, 토름-디." 에베라는 마침내 위엄 있게 말했지만, 거의 들리지 않는 목소리였다.

"그리고 넌 노예지. 내가 명령한다니까!" 토름이 외쳤다. 이번에는 목소리가 끊어지지 않고 날카롭게 올라갔다.

이제는 야벤도 듣고 허리를 폈다.

"토름?" 야벤이 말했다.

"이런 지저분한, 이런 반항은 이제 못 참아!" 토름은 탁하고 날카로운 목소리로 외쳤다. 미치광이 노파 같은 목소리였다. 네 살짜리 미브가 웃음을 터뜨린 것도 그래서였을 것이다. 작은 웃음소리가 퍼져나갔다. 토름은 아이를 돌아보더니 머리를 세게 때렸다. 미브는 의자에서 벽까지 날아갔다.

다음 순간 그 자리에 야벤이 있었다. 그는 선생님에게 신속하고 심각하게 사과하더니 동생의 팔을 잡고 밖으로 끌고 나갔다. 토름은 저항하지 않았고 아무 말도 하지 않았다. 아직도 눈을 부릅뜬 채였지만, 얼굴은 누그러졌고 혼란스러운 표정이었다.

호비는 똑같이 둔하고 충격받은 얼굴로 토름의 뒷모습을 쳐다보았다. 둘이 얼마나 닮았는지 그렇게 또렷하게 알아볼 수 있기는 처음이었다.

살로 누나는 아무 소리도 내지 않는 어린 미브를 안아 들고 있었다. 미브는 잠시 동안 멍한 것 같더니, 꿈틀거리며 살로 누나의 팔에 얼굴을 댔다. 울었다 해도 소리는 없었다.

에베라 선생님은 미브 옆에 무릎을 꿇고 곧 얼굴 절반을 가로질러 부풀어 오를 멍을 제외하고 다른 상처는 없는지 확인하려 했다. 그는 살로와 미브의 누나인 오코에게 미브를 중앙뜰 분수로 데려가서 얼굴을 씻기라고 말했다. 그런 다음 리스와 소투르, 티브와 호비와 나에게 돌아섰다. 남은 학생은 우리뿐이었다. "트루덱을 읽읍시다." 그의 목소리는 아직도 꽉 잠겨서 희미했다. "예순 번째 도덕. 인내심."

그는 소투르가 먼저 읽게 했다. 소투르는 더듬거리면서도 용감하게 읽어나갔다.

소투로바소, 즉 소투르는 아버지의 조카딸이었다. 소투르의 어머니는 그녀를 낳다가 죽었고, 아버지는 그 직후 모르바 공성전에서 살해당했다. 그래서 소투르는 가문 안의 고아가 되었다. 일가 사람 중에서 가장 막내이자 가장 힘없는 아이였다. 소투르에게는 믿고 따르는 사촌 언니 아스타노와 같은 조용함과 정숙함이 있었으나, 그 밑에 웅크린 기질은 상당히 달랐다. 소투르는 반항아가 아니었으나 그렇다고 체념하고 순종하지도 않았다. 그녀는 고독한 영혼이었다.

소투르는 사랑하는 선생님에 대한 토름의 반항과 무례한 언사에 몹시 당황했다. 교실에 남은 유일한 가문 사람이었기에 소투르는 자기에게 이 상처와 뒤따라야 할 사과에 대한 책임이 있다고 느꼈다. 그러나 열두 살 어린아이인 그녀가 할 수 있는 일이라곤 즉시 복종하고 선생님에게 지극히 공손한 태도를 보이는 것뿐이었고, 그래서 그녀는 그렇게 했다. 그러나 읽는 목소리는 지독했다. 손에 쥔 책이 계속 흔들렸다. 에베라는 곧 그녀에게 고맙다고 말하고 나에게 계속 읽으라고 말했다.

읽기 시작하자 뒤에 있는 호비가 몸을 움직이며 듣기 싫은 소리를 냈다. 선생님이 눈길을 보내자 조용해졌지만, 완전히 조용하지는 않았다. 나는 읽는 내내 뒤에 있는 호비를 의식했다.

우리는 그럭저럭 남은 오전 수업을 끝낼 수 있었다. 수업이 끝날 무렵에 살로가 돌아왔다. 어린 미브와 그 누나는 치료사인 레멘에게 맡기고 왔다고 했다. 미브가 어지러워하고 자꾸 잠들어서였다. 어머니도 소식을 들었고, 아이를 보러 오실 거라 했다. 그 말에 안심이 되었다. 늙은 레멘은 노예 수리공에 지나지 않았다. 모든 일에 나래지치 연고와 개박하 차를 처방했다. 그러나 어머니는 유명하고 숙련된 치료사였다. "아르카는 가문의 식솔을 돌보십니다. 아무리 작은 아이라 해도." 에베라는 엄숙한 감사를 담아서 말했다. "오늘은 나갈 때 선조들 옆을 지나면서 경배하도록 해요. 이 집의 모든 아이와 친절하신 어머니께 축복을 내려달라고 하세요."

우리 모두 그 말에 따랐다. 둥근 지붕을 얹은 크고 어두운 방의 벽을 따라 이름과 모습이 새겨진 선조들 사이에 들어갈 수 있는 건 소투르뿐이었다. 집안 노예인 우리는 곁방에 무릎을 꿇었다. 살로는 작은 에누-메를 꼭 쥐고 중얼거렸다. "에누께서 저희를 축복하시고 축복받으소서. 제발 미브가 낫게 해주세요. 사랑하는 인도자이신 에누-메, 당신을 따릅니다." 나는 내가 선택한 선조인 알탄 보도 아르카에게 인사하고 무릎을 꿇었다. 그는 백년 전 이 집의 아버지였고, 우리가 무릎 꿇은 자리에서 돌에 새겨 색칠한 초상화를 볼 수 있었다. 그의 얼굴은 다정한 매 같았고, 그의 눈은 나를 똑바로 바라보았다. 나는 아주 어렸을 때 그를 내 특별한 보호자로 선택했고, 그가 내 생각을 안다고 믿었다. 지금 내가 토름과 호비를 둘 다 무서워하고 있다는 말은 할 필요가 없었다. 이미 아실 테니까. '위대한 그림자여, 선조여, 알탄-디의 조상이시여. 제가 그들을 피하게 해주세요.' 나는 말없이 빌었다. '아니면 둘이 너무 화내지는 않게 해주세요. 고맙습니다.' 나는 잠시 후에 덧붙였다. '그리고 제발 절 용감하게 만들어주세요.'

좋은 생각이었다. 그날 나에겐 용기가 필요했다.

누나와 나는 같이 비질을 했고, 누나가 실을 잣고 내가 지리학 수업 내용을 쓰는 동안에도 함께 붙어 있었다. 식품 저장고나 집 안에서는 호비를 보지 못했다. 저녁이 왔고, 나는 벗어났다고 생각하고 선조들의 사당에 감사 인사를 하러 가야 할까 생각하고 있었다. 그러나 옥외 변소에서 여자들이 쓰는 뜰로 돌아가는 길에 바로 뒤에서 호비의 목소리가 들렸다. "저기 있어!" 나는 뛰었지만, 호비와 호비의 덩치 큰 친구들은 금세 나를 붙잡았다. 발길질을 하고 소리를 지르고 싸웠지만 나는 사냥개들 사이에 낀 토끼 꼴이었다.

그들은 나를 막사 뒤 우물로 끌고 가서 두레박을 끌어내고 차례로 내 다리를 잡고 내 몸을 머리부터 거꾸로 우물 속에 집어넣었다. 머리가 물속에 처박힌 내가 숨이 막혀서 물을 들이마시면 꺼냈다가, 겨우 회복할 쯤 되면 다시 집어넣기를 반복했다.

그들이 나를 공기 중으로 꺼낼 때마다 호비는 숨이 막혀 몸부림치고 토하는 내 귓가에 대고 이상하게 단조로운 목소리로 말했다. "주인님을 배신한 벌이다, 꼬마 배신자야. 지저분한 늙은 선생에게나 아첨한 벌이야, 이 늦쥐야. 니가 어떻게 쫓나 보자, 늦쥐 새끼야." 그러면 그들이 다시 나를 우물 속에 처넣었고, 내가 아무리 팔을 돌에 대고 고개를 물 위로 들려고 해도 그들은 물이 내 콧구멍에 차오르고, 내가 숨이 막혀 물에 잠길 때까지 밀어 넣었다. 내가 의식을 잃을 때까지 그 짓이 몇 번이나 계속되었는지 모르겠다. 그러나 내가 축 늘어지고, 그 때문에 내가 죽었다고 생각한 호비 무리가 겁을 먹은 것은 분명하다.

주인이 아닌 누군가가 노예를 죽이면 사형감이었다. 그들은 나를 우물가에 버려두고 달아났다.

나를 발견한 것은 우물에 오던 늙은 노예 치료사 레멘이었다. 그는 언제나 뒤뜰의 우물이 분수 물보다 깨끗하다고 말하곤 했다. 나중에 그는 이렇게 이야기했다. "깜깜한 데서 걸려 넘어졌지. 죽은 고양이인가 했어! 아니, 그런데 고양이치고는 너무 컸지. 누가 우물에 개를 빠뜨려 죽였을까? 아니, 그런데 빠져 죽은 개도 아니야. 빠져 죽은 애가 아닌가! 이런 맙소사! 누가 여기다가 애를 빠뜨렸지?"

그건 내가 답할 수 없는 질문이었다.

그때 형들은 내가 자기들을 지목해도 증거가 없도록, 상처가 남지 않게 고문한다고 생각했던 것 같다. 그러나 사실 내 팔과 손과 머리는 좁은 우물 속에서 몸부림치느라 여기저기가 찢기고 멍들어 부어올랐고, 무자비한 손아귀에 잡혔던 발목은 검푸른빛이 되어 있었다. 튼튼하고 대담한 청년들이다보니 그저 겁을 주는 것뿐이지 나에게 진짜 해를 입히는 건 아니라고 생각했을지도 모른다.

나는 밤중에 레멘의 작은 병동으로 옮겨졌다. 가슴과 머리가 아팠지만, 나는 잔잔한 수면에 파문처럼 퍼져나가는 침묵을 느끼면서 흐릿한 노란 불빛이 만들어낸 얕은 웅덩이 속에 평화롭게 떠 있었다. 서서히 옆에 살로 누나가 잠들어 있음을 알아차렸고, 그 사실이 기분 좋은 평화를 한층 더 달콤하게 만들어주었다. 나는 그런 상태로 오랫동안 누워 있었다. 가끔은 흐릿한 금빛과 그림자만 보고, 가끔은 여러 가지를 기억하기도 하면서. 나는 갈대밭과 비단결같이 고요한 푸른 물, 멀리 아스라한 푸른 언덕을 기억했다. 그다음에는 한동안 불빛과 그림자와 누나의 숨소리뿐이었다. 그 후에는 호비의 목소리를 기억했다. "저기 있어!" 그러나 그때 느낀 공포는 고통과 두통처럼 멀기만 했다. 고개를 조금 돌리자 불씨로부터 따뜻한 금색 불빛 웅덩이를 끝없이 쏟아내는 자그마한 기름등잔이 보였다. 그리고 천장이 높고 어두운 방에 선 남자를 기억했다. 그 남자는 좁고 긴 창문 아래 책과 종이로 뒤덮이고 등잔이 놓인 커다란 탁자 앞에 서 있었다. 내가 방으로 들어가자 그가 내 쪽으로 몸을 돌렸다. 이번에는 그의 모습이 선명하게 보였다. 머리는 희끗희끗했고 얼굴은 조상님들과 조금 비슷했다. 사나우면서도 상냥한 얼굴이었다. 그러나 조상님의 얼굴에 자부심이 가득하다면, 그의 얼굴엔 슬픔이 가득했다. 그래도 그는 나를 보고 미소 지으며 내 이름을 불렀다. 가비르.

"가비르." 다시 한 번. 그리고 나는 흐릿한 빛의 웅덩이 속에서 한참 먼 곳에 있는 것 같은 여자의 얼굴을 올려다보고 있었다. 하얀 실내복을 입고 머리도 부분적으로 감싼 여자였다. 얼굴은 차분하고 근엄했다. 아스타노와 닮았지만 아스타노는 아니었다. 나는 그게 기억인 줄 알았다가, 천천히 어머니인 팔리메르 갈레코 아르카임을 깨달았다. 살아오면서 그녀의 얼굴을 공공연히 응시하기는 처음이었다. 지금 나는 꿈속에서처럼 두려움 없이, 조상님의 얼굴 조각을 보는 것처럼 편하게 그녀를 응시했다.

내 옆에서 깊이 잠든 살로가 몸을 뒤척였다.

어머니는 내 이마에 손등을 대더니 살짝 고개를 끄덕였다. "괜찮니?" 그녀가 중얼거렸다. 나는 너무 지치고 몽롱해서 말을 하지 못했다. 그래도 고개를 끄덕이거나 웃기는 한 모양이었다. 어머니가 미소 지으며 내 뺨을 만지고 간 것을 보면.

내 침대 옆에 요람이 하나 있었다. 그녀는 그 옆에 잠시 멈춰서 있었다. 나는 고요한 빛 웅덩이 속으로 되돌아오면서 미브가 있나보다고 생각했다. 나는 강가에 미브를 묻으러 가는 장면을 기억했다. 봄의 잿빛 빗줄기 속에서 버드나무들이 녹색 비 같았다. 나는 미브의 누나인 오코가 꽃가지를 쥐고 작은 검은색 무덤 옆에 서 있는 모습을 기억했다. 빗방울에 얼룩지는 강 너머를 바라보았다. 나는 다 함께 늙은 가미를 묻으러 강가로 내려갔던 때를 기억했다. 그때는 겨울이었고 강둑에 자란 버드나무에 잎이 없었지만, 그렇게 슬프지는 않았다. 그날은 축제나 휴일 같았다. 정말 많은 이들이 가미를 묻어주러 왔고, 그 후에는 잔치까지 있었다. 그리고 나는 잠시 다른 때를 기억했다. 다시 봄이었고, 누가 묻히는지 알 수 없었다. 내가 묻히는 건지도 모른다고 생각했다. 나는 높고 어두운 방, 등잔이 놓인 탁자 옆에 선 남자의 눈에서 슬픔을 보았다.

그리고 아침이었다. 흐릿한 금빛 웅덩이 대신 부드러운 햇빛이 들어왔다. 살로는 가고 없었다. 미브는 가까운 침대 안에 보이는 작은 덩어리였다. 방 끄트머리 침대에는 나이 많은 남자가 누워 있었다. 예전에는 요리사였지만 늙고 병들어서 이제는 죽으러 이 방에 들어온 로테르였다. 레멘이 로테르를 부축해서 베개에 등을 기대고 앉게 해주는 중이었다. 로테르는 신음하고 불평했다. 나는 몸이 괜찮아진 것 같아서 일어나려 했다. 그러자 머리가 아프고 어지러웠으며, 몸의 많은 부분이 아팠다. 나는 한동안 침대에 앉아 있었다.

"깼구나, 늪쥐야." 늙은 레멘이 다가와서 말했다. 그는 내 머리에 난 혹들을 만져보았다. 그러고는 내 오른손 손가락에 부목을 대 놓았고, 이제 상처를 확인하면서 손가락뼈가 하나 빠졌다고 설명해주었다. "괜찮아질 게다. 애들이란 질긴 법이지. 그런데 누가 한 짓이냐?"

나는 어깨를 으쓱였다.

레멘은 나를 보더니 짧게 고개를 끄덕이고는 다시 묻지 않았다. 그와 나는 노예였다. 우리는 말 없는 공모 속에서 살았다.

레멘은 어머니께서 나와 미브를 보러 오실 거라면서 오전에 병동을 떠나지 못하게 했다. 그래서 나는 침대 위에 앉아서 혹과 생채기들을 뜯어보았다. 꽤 광범위했고 재미있었다. 상처를 살피는 일이 지루해지자 《센타스의 농성과 함락》을 암송하며 구절마다 반복해서 읊었다. 정오가 다 되어서 겨우 미브가 깨어났고, 나는 건너가서 미브와 이야기를 할 수 있었다. 미브는 몹시 불안정했고 말을 잘 하지 못했다. 나를 보고는 왜 둘이냐고 물었다. "둘이라니 뭐가?" 그러자 미브가 말했다. "가브가 둘이야."

"이중으로 보이는 게야." 늙은 레멘이 다가와서 말했다. "머리를 세게 맞으면 그렇게 되지⋯⋯. 주인님!" 어머니가 방으로 들어오시자 레멘은 인사를 하러 갔고, 나도 그를 따라갔다.

레멘은 미브의 상태를 찬찬히 살폈다. 미브의 머리는 왼쪽이 부어올라서 기형으로 보였고, 어머니는 미브의 귀를 들여다보고 두개골과 광대뼈를 부드럽게 눌러보았다. 걱정스러운 얼굴이었지만, 마침내 깊고 부드러운 목소리로 "돌아오고 있어"라고 말하고 미소 지었다. 그녀는 미브를 무릎에 안고 상냥하게 말했다. "그렇지 않니, 작은 미브야? 우리에게 돌아오고 있구나."

"쾅쾅 울려요." 미브는 애처롭게 말하면서 눈을 가늘게 뜨고 깜박거렸다. "오코 누나가 와요?"

레멘은 충격을 받고 미브가 어머니를 제대로 대하게 하려고 했지만, 그녀는 손을 내저었다. "아기일 뿐인걸. 네가 돌아오기로 결정해서 기쁘구나, 아가야." 그녀는 미브를 잠시 안고 아이 머리에 뺨을 대더니, 침대에 다시 뉘어놓고 말했다. "이제 다시 자라. 깨어나면 네 누나가 와 있을 거야."

"좋아요." 미브는 몸을 말고 눈을 감았다.

"착하기도 하지." 어머니는 말하더니 나를 보았다. "아, 일어났구나. 제대로 서다니 잘됐어." 호리호리한 딸 아스타노와 많이 닮았지만, 어머니의 얼굴과 몸은 풍만하고 매력적이고 강력했다. 아스타노의 눈빛이 수줍다면 어머니의 눈빛은 안정적이었다. 나는 물론 바로 눈을 내리깔았다.

"누가 널 해쳤지?"

늙은 레멘의 물음에 답하지 않는 것과, 어머니의 물음에 답하지 않는 것은 전혀 다른 문제였다.

어색한 침묵이 흐른 후에 나는 겨우 떠오른 내용을 말했다. "우물 속에 떨어졌습니다, 주인님."

"아, 저런." 어머니는 꾸짖는 투로, 그러나 명랑하게 말했다.

나는 벙어리처럼 서 있었다.

"넌 무척 서투른 아이로구나, 가비르." 음악적인 목소리가 말했다. "그러나 용감하기도 하지." 그녀는 내 혹과 멍 자국들을 살폈다. "내가 보기엔 괜찮은 것 같은데, 레멘. 손은 어떠니?" 그녀는 내 손을 잡고 부목을 댄 손가락을 보았다. "몇 주쯤 걸리겠구나. 넌 학자였지? 한동안은 글을 쓸 수 없겠어. 하지만 에베라는 널 바쁘게 하는 방법을 알 게다. 가보려무나."

나는 허둥지둥 인사하고, 늙은 레멘에게 "고맙습니다"라고 말하고 밖으로 나갔다. 식품 저장고로 뛰어가서 누나를 찾았고, 살로 누나가 나를 꼭 끌어안고 정말로 괜찮은 거냐고 묻는 와중에도 나는 어머니가 내 이름을 알고 계셨다고, 내가 누군지 알고 계셨다고, 날 학자라고 부르셨다고 말하고 있었다.

나보고 용감하다고 하셨다는 말은 하지 않았다. 그건 입 밖에 내기에는 너무 굉장한 말이었다.

먹으려고 해보자 잘 넘어가지 않았고 머리가 쿵쿵거리기 시작했다. 누나는 나를 데리고 공동 침실로 가서 우리 침대에 눕혔다. 나는 그날 오후와 다음 날 대부분 시간 동안 침대에 머물면서 잠을 잤다. 그리고 죽도록 배가 고픈 상태로 깨어났고, 괜찮아졌다. 딱 하나, 소투르의 표현을 빌리자면 전쟁터에 버려져서 까마귀들에게 뜯긴 것 같은 몰골이라는 점만 빼고.

교실에 가지 못한 것은 이틀뿐이었지만, 다들 몇 달 만에 보는 것처럼 나를 환영해주었다. 사실 나도 오랜만에 가는 것 같았다. 선생님은 길고 강한 손가락으로 내 다친 손을 잡고 한 번 쓸어주었다. "가비르, 이 상처가 나으면 깨끗하게 잘 쓰는 방법을 가르쳐주마. 책에 휘갈겨 쓰는 건 이제 그만이다. 알았지?" 선생님은 미소 지었고, 이유는 잘 모르겠지만 그 말에 나는 더없이 행복해졌다. 그 말 속에는 나에 대한 마음 씀이 깃들어 있었다. 그의 손길만큼이나 부드러운 배려였다.

호비는 가만히 지켜보고 있었다. 토름도 지켜보았다. 나는 몸을 돌려 그들을 마주했다. 나는 토름에게 짧게 인사했다. 그는 고개를 돌렸다. 나는 말했다. "안녕, 호비." 그는 고약한 표정을 지었다. 아마 녹색과 자주색으로 부풀어 오른 멍 자국과 혹들을 보고 겁을 먹었던 것 같다. 그러나 그는 내가 고자질하지 않았음을 알았다. 모두가 알았다. 누가 날 공격했는지 아는 것과 마찬가지로. 침묵할지는 몰라도, 노예의 삶에 비밀은 없었다.

그러나 내가 아무도 고발하지 않았다면 그건 누가 상관할 일이 아니었다. 주인님들에게조차도.

토름은 달아오른 얼굴로 나를 외면했지만, 야벤과 아스타노는 친절하고 우호적이었다. 소투르는 아무래도 까마귀들에게 뜯긴 것 같은 몰골이라고 말한 게 생각 없고 무정한 짓이었다고 여겼는지, 다른 사람이 듣지 않을 때 말했다. "가비르, 넌 영웅이야." 진지하게 말했고, 금방이라도 눈물을 흘릴 것 같았다.

그러나 나는 아직 상황이 내가 참여한 작은 부분보다 훨씬 심각하다는 것을 모르고 있었다.

누나는 꼬마 미브가 다 나을 때까지 병동에 있게 되었다고 했고, 미브를 어머니가 보살핀다는 사실을 아는 나는 미브에 대해서도, 열에 들떠서 보았던 무덤 장면에 대해서도 더 생각하지 않았다.

그러나 그날 밤 공동 침실에서, 미브와 오코의 엄마 노릇을 하던 에누메르는 울었다. 여자들은 모두 그 주위에 모여들었다. 살로 누나도 마찬가지였다. 티브가 내 쪽으로 와서 자기가 들은 얘기를 소곤거렸다. 미브가 귀에서 피를 흘린다고, 그래서 다들 토름에게 맞아서 미브의 머리가 깨졌다고 생각한다고. 그 순간 강가의 초록색 버드나무들이 기억났고, 내 마음은 차갑게 굳었다.

다음 날 미브는 몇 번이나 경련을 일으켰다. 우리는 어머니가 병동에 가서 저녁과 밤 시간 내내 미브 곁에 있었다는 이야기를 들었다. 나는 어머니가 금색 빛에 휩싸여 내 침대 옆에 서 있던 모습을 떠올렸다. 그날 저녁, 침대요에 나란히 앉아서 나는 티브와 살로에게 말했다. "어머니는 에누만큼 친절하셔."

살로 누나는 고개를 끄덕이고 나를 안아주었지만, 티브는 말했다. "누가 미브를 때렸는지 아실 텐데."

"그렇다고 뭐가 달라져?"

티브는 얼굴을 찌푸렸다.

나는 티브에게 화가 났다. "그분은 우리의 어머니셔. 우리 모두를 보살피셔. 친절하시다고. 넌 아무것도 몰라."

나는 어머니를 안다고 생각했다. 사랑하는 대상을 알듯이 안다고 생각했다. 그녀는 부드러운 손으로 나를 건드렸다. 내가 용감하다고 말했다.

티브는 등을 구부리고 어깨를 으쓱하더니 아무 말도 하지 않았다. 그는 호비가 등을 돌린 후부터 침울하고 우울해져 있었다. 나는 아직 그의 친구였지만, 그는 언제나 나보다 호비의 우정을 더 원했다. 그는 이제 내 상처와 멍 자국들을 부끄럽고 불편한 마음으로 보았고, 나에게 쭈뼛거렸다. 아주머니들이 불을 끄기 전에 티브를 우리 피난처로 데려가서 앉히고 우리와 이야기를 나눈 것은 살로 누나였다.

살로가 다시 말했다. "오코가 미브와 같이 있게 해주셔서 다행이야. 가엾은 오코. 얼마나 무서울까."

"에누메르도 미브 옆에 있고 싶어 해." 티브가 말했다.

"어머니는 치료사야! 어머니가 돌보셔야지. 에누메르는 아무것도 못 할걸. 그냥 울기만 하겠지. 지금처럼." 내가 말했다.

에누메르는 사실 멍청하고 시끄러운 젊은 여자였다. 판단력이 여섯 살짜리 오코의 절반에도 못 미쳤다. 엄마 노릇도 되는대로였지만, 그래도 그녀는 오코와 미브를 정말 좋아했다. 늘 미브를 우리 인형이라고 부르곤 했다. 지금 그녀의 비탄은 진짜였고, 시끄러웠다. "오, 우리 불쌍한 아가!" 에누메르가 울부짖었다. "그 앨 보고 싶어! 그 앨 안아주고 싶어!"

여자 노예 우두머리가 다가가서 에누메르의 어깨에 손을 올렸다.

"쉬잇. 미브는 어머님 품에 안겨 있어."

그러자 눈물범벅으로 겁에 질린 에누메르는 소리를 죽였다.

이에메르는 아르카만드 여자 노예들의 우두머리 생활을 오래 했고, 엄청난 권위를 갖고 있었다. 물론 그녀는 어머니와 가족 구성원들에게 보고하는 사람이었지만, 다른 노예들을 곤란하게 만들면서 자기 이득을 챙기는 법은 없었다. 그럴 수도 있는 입장 이었는데 말이다. 어머니는 고자질쟁이를 팔고 이에메르를 우 두머리로 택함으로써 고자질쟁이와 아첨꾼을 좋아하지 않는다 는 점을 확실히 했다. 이에메르는 공정했다. 그녀에게도 총애하 는 사람은 있었지만(우리 중에서 살로를 특히 좋아했다) 아무도 편애하지 않았고 아무도 일부러 괴롭히지 않았다.

에누메르에게 이에메르는 무시무시한 사람이었고, 당장은 어 머니보다 더 강력하기도 했다. 에누메르는 조용히 몇 마디를 더 중얼거리다가 여자들에게 다독임을 받았다.

에누메르는 5년 전 헤라만드에서 소투르의 오빠인 소테르에 게 생일 선물로 보낸 노예였다. 당시에는 열다섯 살의 예쁜 소녀 였고, 훈련도 교육도 받지 않고 자랐다. 다른 많은 가문이 그렇 듯 헤라 가문도 노예들, 특히 여자 노예들을 교육하는 것은 불필 요할 뿐만 아니라 위험할 수도 있는 겉치레라고 여겼기 때문이 다.

나는 에누메르가 아기를 둘인가 셋 낳았다는 걸 알았다. 소투 르의 오빠들 둘 다 에누메르를 자주 찾았고, 에누메르가 임신하 면 태어난 아기는 유모에게 보냈다가 다른 집안과 교환했다. 미 브와 오코도 그런 거래로 온 아이들이었다. 아기들은 거의 언제 나 팔려 나가거나 교환되었다. 가미는 우리에게 말하곤 했다.

"난 아이를 여섯 낳았는데 하나도 못 키웠단다. 알탄-디의 유모가 된 후로는 엄마 노릇할 아기를 찾지도 않았지. 그런데 이렇게 늙어서야 너희 둘이 날 성가시게 하는구나!"

아이가 아닌 어미 쪽이 팔리는 일은 몹시 드물었다. 호비는 그런 드문 경우였다. 가문의 아들인 토름과 같은 날에 태어났기 때문에, 이를 일종의 신호나 징조로 여긴 아버지가 집에 두라고 명한 탓이었다. 그 대신 귀찮은 피붙이 문제를 막기 위해 선물용 여자였던 호비의 어머니를 바로 팔아버렸다. 아이를 밴 어미는 그게 자기 아이라고 믿을지도 모르지만, 재산은 자기 재산을 가질 수 없는 법이다. 우리는 가문에 속해 있었고, 가문의 어머니가 우리의 어머니였고 가문의 아버지가 우리 아버지였다. 나는 그 모든 것을 이해하고 있었다.

또한 에누메르가 왜 우는지도 이해했다. 그러나 당시 내 또래 소년에게 여자들의 슬픔이란 견딜 수 없이 불편하기만 했다. 나는 그들의 슬픔을 피하고, 막았다. "매복 놀이 할래?" 나는 티브를 부추겼고, 우리는 석판과 분필을 꺼내어 사각형을 그리고 불이 꺼질 때까지 매복 놀이를 했다.

미브는 다음 날 아침 해 뜰 무렵에 죽었다.

⁓

보통 노예 아이의 죽음은 아르카만드같이 큰 집안에 아무 풍파도 일으키지 않았다. 으레 노예 여자들이 울고, 가문의 여자들이 와서 친절한 말을 건네고 부장품을 선물하거나 부장품을 살 돈을 주는 정도로 끝났다. 이른 아침에 하얀 장례복을 입은 노예 한 무리가 시신을 들것에 실어 강가 묘지로 내려가고 무덤가에서 에누에게 작은 영혼을 집까지 이끌어달라고 기도한 후, 울면서 집에 돌아와서 일을 계속하는 게 보통이었다.

그러나 이 죽음은 보통과 달랐다. 아르카만드의 모두가 미브가 왜 죽었는지 알았고, 그걸 안다는 건 불편한 일이었다. 이번에는 노예들이 말하고 주인들은 침묵을 지켰다.

물론 노예들은 다른 노예들에게만 말했다.

그렇다곤 해도 내가 들어보지 못한 이야기들이 오갔다. 쓰디쓴 분노. 여자들만이 아니라 남자들까지 그랬다. 아버지의 경호원인 메테르는 힘과 위엄 때문에 모두의 존경을 받았는데 막사에서 그 아이의 죽음은 가문에 부끄러운 일이라고, 조상님들이 속죄를 요구할 거라고 말했다. 영리하고 활기차며 두려움을 모르는 마부 우두머리 셈은 큰 소리로 토름은 미친개라고 말했다. 뜰에서, 복도에서, 공동 침실에서 그런 말을 속삭였다. 그리고 레멘의 이야기도 흘러다녔다. 그는 미브가 죽었을 때 어머니가 그 아이를 무릎에 안고 있었고, 오랫동안 끌어안고 있다가 속삭였다고 말했다. "날 용서하렴, 얘야. 용서해."

레멘이 이런 이야기를 한 것은 슬픔으로 제정신이 아닌 에누메르를 위로하려는 의도에서였다. 실제로 에누메르는 아이가 죽었을 때 다정한 품에 안겨 있었으며, 어머니가 아이를 구하지 못했음을 슬퍼했다는 것을 알고 위안을 받았다. 그러나 다른 이들은 또 다르게 들었다. "용서를 비셔야 마땅하지!" 이에메르가 말했고, 다들 동의했다. 아무것도 모르는 미브가 토름을 보고 웃은 것, 토름이 미브를 돌아보고 방 저편으로 날려버린 경위는 오코가 그날 울면서 이야기했고, 티브와 살로가 확인해주었으며, 막사와 마구간에서 되풀이되는 동안에도 이야기 속에서 빠지는 부분이 없었다.

호비는 토름을 변호했다. 토름은 그저 짜증이 나서 아이를 때린 것뿐이라고, 자기 힘을 몰랐다고 말했다. 그러나 호비는 평판이 나빴다. 아무도 내가 우물에서 당한 일을 두고 호비를 비난하지는 않았다. 내가 고발하지 않았으니까. 그러나 그 일을 두고 호비를 좋게 보는 사람도 없었다. 게다가 이제 토름에 대한 호비의 충성심도 나쁘게 작용했다. 노예들에게 등을 돌리고 주인에게 붙는 것처럼 보였다. 나는 마구간지기들이 뒤에서 호비를 '쌍둥이'라고 부르는 것을 들었다. 그리고 메테르는 이렇게 말했다. "자기 힘을 모르는 남자는 남자들과 싸우는 법을 배워야지. 아기들을 때릴 게 아니라."

비난과 용서에 대한 이야기 모두가 나는 무척 괴로웠다. 세상에 금이 가고 기반이 흔들리는 것 같았다. 나는 조상님들의 사당 곁방에 가서 내 수호신에게 기도하려 했지만, 그의 색칠한 눈동자는 오만하고 무심하게 나를 지나쳐 갔다. 소투르는 사당 안에서 절을 하며 조용히 기도를 드렸다. 소투르는 어머니들의 제단 앞에 향을 켜두었고, 그 연기가 높고 어두운 둥근 지붕으로 올라갔다.

미브가 죽은 날 밤, 나는 집의 안뜰 중 하나를 쓸다가 한 번도 본 적 없는 복도를 발견하는 꿈을 꾸었다. 복도를 따라가니 알지 못하는 방들이 나왔고, 낯선 사람들이 나를 아는 것처럼 반갑게 인사했다. 나는 규칙을 어겼다는 생각에 무서웠지만 그들은 미소만 지었고 그중 한 사람은 나에게 탐스럽게 익은 복숭아를 내밀었다. "받아." 여자가 말하면서 나를 어떤 이름으로 불렀는데, 깨고 나니 그 이름은 기억이 나지 않았다. 그 여자의 머리 주위는 햇빛이 떨리는 것처럼 반짝였다. 나는 잠들었다가 다시 새로운 방을 탐험하는 꿈을 꾸었다. 이번에는 아무도 만나지 못했지만, 높은 돌 복도를 걸어가려니 다른 방에서 사람들의 목소리가 들렸다. 나는 환한 안뜰로 나갔다. 작은 분수가 흐르고 있었고, 금색 짐승이 나를 믿고 다가와서 그 털을 쓰다듬게 해주었다. 잠에서 깨었을 때 나는 그 방들, 그 집에 대해 계속 생각했다. 그곳은 아르카만드이면서 아르카만드가 아니었다. "내 집이야." 나는 마음속으로 그렇게 말했다. 그럴 자유는 있었으니까. 그곳의 햇살은 한층 더 밝았다. 그게 기억인지 꿈인지는 모르지만, 꼭 다시 한 번 그 꿈을 꾸고 싶었다.

그러나 강가의 녹색 버드나무는 이제 일어날 기억이었다.

우리는 아침에 미브를 묻으러 강가로 내려갔다. 아직 해가 뜨려면 한참 남은 시간이었고, 세상에 막 빛이 들어오고 있었다. 버드나무 사이로 드문드문 잿빛 빗방울이 떨어져 강 위로 날아갔다. 나는 그 장면들을 기억하고 동시에 보았다.

흰 옷을 입은 애도자들과 하얗게 싸인 들것 뒤를 엄청난 군중이 따라왔다. 가미를 매장할 때 왔던 수와 맞먹었다. 아르카만드의 노예들 거의 모두가 왔다. 이렇게 이른 아침인데도, 도저히 일터를 떠날 수 없는 이들을 빼고는 모두 참석했다. 어린아이의 장례식에 남자가 그렇게 많이 온 것도 특이한 일이었다. 에누메르는 큰 소리로 울고 눈물을 흘렸고 그 외에도 그런 여자들이 있었지만, 남자들은 조용했고 우리들 아이들도 조용했다.

그들은 얕은 무덤에 누인 작고 하얀 꾸러미를 검은 흙으로 덮었다. 미브의 누나인 오코가 슬픔에 어쩔 줄 모르고 몸을 떨면서도 앞으로 나서서 무덤 위에 섬세한 노란색 꽃차례가 달린 버드나무 가지를 올려놓았다. 이에메르가 오코의 손을 잡고 무덤가에 서서, 영혼을 죽음으로 인도하시는 에누에게 올리는 기도문을 읊었다. 나는 울지 않으려고 계속 강물과, 강물에 떨어지는 빗방울을 보았다. 우리는 강 가까이 서 있었다. 멀지 않은 곳, 강둑이 낮아지는 곳에서 오래된 무덤들이 물굽이를 때리는 물살에 씻겨나가는 것을 볼 수 있었다. 넓은 노예 묘지의 가장자리 부분은 봄이면 범람하는 강물에 잠겼다. 버드나무들이 물속 멀리 서서 새로 돋은 녹색 잎을 흔들었다. 나는 여기 새로 만든 무덤까지 물이 차올라서 하얀 천에 싸인 미브 주위로 흙을 흘려 넣고, 더 차올라서 무덤 안을 채우고 미브를 흙과 낙엽들과 같이 씻어내는 모습을 생각했다. 하얀 천이 물살 속에 연기처럼 흘러가는 모습을 생각했다. 살로가 내 손을 잡았고 나는 누나 가까이 몸을 붙였다. 물과 함께 모든 것이 씻겨가고 떠내려가고 흘러가 버렸다. 살로 누나만 빼고 모든 것이. 누나는 여기 있었다. 나와 함께.

3

우리는 집으로 돌아가서 일을 했다. 그날은 에베라 선생님도 수업을 열지 않았다. 누나와 나는 비질을 했다. 같이 비단방 안뜰을 쓸던 중에 누나가 갑자기 내 손을 움켜쥐었다. 누나는 울고 있었다. "아, 가브, 계속 오코 생각이 나……. 난 동생을 잃으면 죽어버릴 거야!" 누나는 격하게 나를 껴안았고, 나도 울고 있는 것을 보자 다시 끌어안으며 속삭였다. "넌 떠나지 않을 거지, 응, 가브?"

"절대 안 그래." 나는 말했다. "약속할게."

"그래." 누나는 웃으려고 애썼다.

우리 둘 다 노예의 약속이 지닌 가치를 잘 알았지만, 그래도 약속은 우리 마음을 편하게 해주었다.

비질을 끝내자 누나는 리스와 함께 방적실로 갔다. 나는 부엌 창고로 가서 티브와 함께 뒤뜰로 나갔다. 뜰에는 형들이 모여 있었다. 나는 주춤했다. 아직도 호비를 도와서 나를 물에 빠뜨린 게 누구였는지 확실히 알지 못했다. 그러나 그들은 우리를 보고 부드럽게 말을 걸었다. 그들은 공 던지기 놀이 중이었는데, 한 명이 나에게 낮게 공을 던졌다. 나는 한쪽 손밖에 쓸 수 없었지만 쓸 만한 솜씨로 공을 받아 던졌고, 물러서서 그들이 공을 던지고 받는 모습을 지켜보았다. 한 명이 물었다. "호비는 어딨어?" 그러자 다른 형이, 탄이 말했다. "벌 받아."

"뭣 때문에?"

"아첨." 탄은 공을 티브에게 높게 던지며 말했다. 티브는 공을 놓쳤고, 다른 형이 공을 주워서 탄에게 낮게 던졌다. 그는 공을 잡아서 높이 던져 올렸다가 잡더니 나를 돌아보았다. 탄은 마구간지기였는데, 열여섯이나 열일곱 살 정도였고, 키가 작고 말랐으며 나만큼이나 피부색이 짙었다. "넌 처신 잘했어, 가브. 그렇게 해. 저 위에서 보답을 찾지 마." 탄은 뜰 위로 우뚝 솟은 아르카만드의 창이 난 벽을 올려다보고 나를 돌아보며 눈을 찡긋했다. 탄의 얼굴은 날카롭고 빈틈이 없었다. 나는 언제나 탄을 좋아했고, 이런 관심을 받자 우쭐했다. 형들은 나가면서 내 어깨를 툭 치기도 했다. 아무것도 아닌 것처럼 보이지만 많은 것을 의미하는 동료애의 몸짓이었다. 덕분에 마음이 따뜻해졌다. 내게 필요했던 관심이었다. 오전 내내 머릿속에선 회색 비와 정적과 추위 속에서 강가에 서 있었던 것이다.

티브는 일하러 부엌으로 달려갔다. 내겐 할 일이 없었다. 나는 교실로 갔다. 달리 갈 곳도 없었고, 아르카만드에 내 방이라고 할 만한 공간이 있다면 바로 그곳이었기 때문이다. 나에겐 그 방이 소중했다. 북쪽으로 높게 난 네 개의 창문, 때 묻고 새긴 자국이 남은 긴 의자와 책상과 탁자들, 교단, 책꽂이, 쌓여 있는 습자

책과 석판들, 우리가 잉크병을 채우는 데 쓰는 커다란 유리 잉크통까지. 살로와 나는 교실을 쓸고 닦고 정돈하는 책임을 맡고 있었고, 나는 교실이 깨끗하고 평화로워 보였음에도 긴 책꽂이에 꽂힌 책들을 정리하고 똑바로 세우기 시작했다. 손가락에 댄 부목 탓에 무슨 일이나 불편했다. 나는 자주 손을 멈추고 아직 읽지 않은 책 속을 들여다보았다. 책꽂이 옆 바닥에 앉아서 살톡 아스페르의 《도시국가 트렙스의 역사》를 펼쳤고, 힐 트렙스와 카르볼 사이에 벌어진 긴 전쟁을 읽었다. 전쟁은 힐 트렙스에서 노예들이 반란을 일으켜 도시가 완전히 무너지는 것으로 끝났다. 흥미진진한 이야기이면서, 마음이 불편하기도 했다. 내가 엿본 벽 사이 틈을 다루고 있었으므로. 내가 책에 푹 빠져 있을 때 에베라가 말했다. "가비르?"

나는 펄쩍 뛰어올라 인사하고 사과했다. 에베라는 미소 지었다. "무슨 책이냐?"

표지를 보여주었다.

"너만 좋다면 읽으려무나. 아샴을 먼저 읽는 편이 낫긴 하다만. 아스페르는 정치적이지. 아샴은 판단을 넘어서 있고." 그는 교단으로 가서 종이를 뒤적이더니 다리 긴 걸상에 앉아서 다시 나를 쳐다보았다. 나는 책을 다시 정리했다.

"음울한 날이로구나."

나는 고개를 끄덕였다.

"오늘 아침에 알탄-디 아버지께 갔었다. 네 기분을 조금 가볍게 해줄 만한 소식이 있단다." 그는 손으로 입가와 턱을 문질렀다. "가문에서 올해는 일찌감치 시골에 갈 거란다. 5월이 시작되자마자. 나도 같이 갈 거고, 내 학생도 모두 갈 거야. 호비만 빼고. 호비는 앞으로 수업을 듣지 않고 하스테르 밑에서 일할 게다. 그리고 토름-디는 도시에 남아서 대가에게 검술을 배우게 되었다. 여름이 끝날 무렵에나 시골에 합류할 거야."

이건 한꺼번에 소화하기에는 많은 소식이었고, 처음에는 벤테의 언덕에 있는 농장에서 긴 여름을 보내게 된다는 사실밖에 받아들이지 못했다. 그다음에야 덤이 눈에 들어왔다. 호비도 없이! 토름도 없이! 그건 축복의 순간이었다. 시간이 꽤 걸려서야 다른 데까지 생각이 미쳤다.

탄과 다른 형들은 오전에 뒤뜰에서 만났을 때 이미 알았던 것이다. 소식은 바로 온 집안에 퍼졌다. 호비가 아침 때문에 벌을 받는다……. 호비는 토름에게 충성을 다해서 보상이 아니라 벌을 받았다. 하스테르 밑에서 일한다는 건 도시 공공 노동력으로 보내진다는 뜻이었다. 어느 가문이나 시 막사에 살면서 제일 고되고 힘든 일을 하도록 남자 노예를 일정 수 보내게 되어 있었다. 시 막사는 감옥보다 조금 나은 곳이었다.

반면 토름은 어린 미브를 죽였는데도 벌이 아니라 상을 받았다. 전쟁 기술을 배우는 것이야말로 토름의 꿈이었으니까.

"이건 불공평해요!" 나도 모르게 말이 나왔다.

"가비르." 선생님이 말했다.

"하지만 불공평해요, 선생님! 토름은 미브를 죽였다고요!"

"일부러 그런 건 아니야, 가비르. 그런데도 속죄를 하게 되었지. 어머니와 다른 모두와 함께 벤테 농장에 못 가지 않니. 그는 스승과 같이 지내며 아주 엄격하게 단련받을 거란다. 검술 대가인 아텍의 제자들은 기술이 느는 것 외에 다른 보상 없이 훈련만 계속하는 힘겹고 소박한 생활을 하지. 아버지께서 내가 있는 자리에서 토름-디에게 말씀하셨다. '아들아, 넌 자제력을 배워야 한다. 아텍과 함께라면 배우게 될 게다.' 그러자 토름-디는 고개를 숙였단다."

"하지만 호비는요, 호비가 무슨 벌 받을 짓을 했죠?"

선생님은 당황했다. "무슨 짓을 했느냐고?" 그는 내 혹과 상처와 부목을 댄 손가락을 보며 내 질문을 되풀이했다.

"하지만······ 하지만 이건 가문에 해가 되지 않았어요." 나는 기분을 어떻게 표현해야 할지 몰랐다. 나는 호비가 내게 한 짓 때문에 벌을 받는다면 그 벌은 호비와 나의 동족인 노예들이 내려야 한다고 말하고 싶었다. 누가 날 해쳤는지 말하지 않은 까닭도 그것이었다. 그건 우리 사이의 문제였다. 가문 사람의 관심사가 아니었다. 하지만 호비가 (서투르긴 했어도) 토름을 변호하려고 했다는 이유로 벌을 받는다면 너무 불공평했다. 그건 뭔가 잘못된 처사였다. 오해였다.

에베라가 말했다. "네가 당한 일은 사고가 아니었다. 동급생에 대한 의리로 사고라고 말했을 뿐이지. 그러나 호비는 나에게 무례하게 굴었어. 이 교실에서 나는 아버지의 권위를 대신하고 있어. 그건 너그러이 보아줄 수 없는 일이다, 가비르. 들어보아라. 여기 앉아서."

그는 독서대에 가서 앉았고, 나는 같이 책을 읽을 때처럼 그 옆에 앉았다. "충성과 의리는 훌륭한 것이다만, 잘못 바쳐지면 위험하기 그지없단다. 네가 혼란스러워하는 줄 안다. 집안 사람 모두가 그렇지. 어린아이의 죽음은 딱한 일이야. 막사와 공동 침실에서 거칠고 성난 이야기들을 듣고 있을지도 모르겠구나. 그런 이야기를 듣거든, 여기가 어떤 집안인지 생각해야 한다. 이 집안이 미개지냐? 전쟁터냐? 무자비한 힘에 대항해 분노가 피어올라 벌어지는 숨은 전쟁이더냐? 끝도 없는? 이곳에서 너의 삶이 정녕 그러하냐? 아니면 조상들로부터 축복을 받는 가족의 일원으로 살아왔느냐? 각자 맡은 역할이 있고, 언제나 정의롭게 행동하고자 노력하는 가문의 일원으로 말이다."

그는 나에게 잠시 생각할 시간을 주고 말을 이었다. "의심이 들거든 위를 보아라, 가비르. 아래를 보지 말고. 위에서 길잡이를 구해. 힘은 위로부터 온단다. 네 역할은 이 집에서 제일 높은 곳에 있다. 나와 마찬가지로 미개하게, 가족도 없는 노예로 태어났으나 너는 대가문의 중심부에 받아들여졌고 필요로 하는 모든 것을 받았다. 쉴 곳, 먹을 것, 위대한 조상들, 친절하게 이끌어줄 아버지까지. 그것만이 아니라 네 영혼의 양식까지 받았지. 내가 받아서 너에게 전해줄 수 있는 배움 말이다. 너는 또 믿음도 받았어. 믿음. 신성한 선물이지. 우리 가문은 우릴 믿는다, 가비르. 가문의 아들딸들을 나에게 믿고 맡기지 않느냐! 내가 어찌 그런 영예를 얻을 수 있느냐? 내 충성된 노력 덕분이 아니냐. 나는 죽을 때 이런 말을 듣고 싶단다. '그는 결코 자신을 믿어주는 이들을 배신하지 않았다.'"

에베라의 건조한 목소리는 온화했다. 그는 한참 동안 나를 바라보다가 말을 이었다. "가비르야, 네 뒤에는, 네가 온 미개지에는 널 위한 게 아무것도 없음을 알 게다. 네 밑에서 흐르는 모래 속엔 네가 쌓아 올릴 것이 없다. 하지만 위를 봐라! 내 위에, 너를 떠받치는 힘과 네게 주어진 지혜 속에는…… 그 속에는 마음을 둘 수 있고, 믿음을 둘 수 있다. 보물을 찾을 수 있어. 그리고 정의를. 그리고 네가 알지 못했던 어머니의 자비를."

에베라는 마치 내가 꿈꾸었던 그 집에 대해 이야기하는 것 같았다. 내가 안전하고 환영받으며 자유로웠던 그 햇빛 가득한 집. 그는 깨어 있는 삶 속에서 내게 그 집의 기억을 불어넣었다.

물론 나는 아무 말도 할 수 없었다. 그래도 그는 내가 위로받았음을 알아보았고, 손을 뻗어 내 어깨를 토닥였다. 뒤뜰에서 받았던 것처럼 동료끼리 주고받는 가벼운 접촉이었다.

에베라는 일어서서 분위기를 바꿨다. "여름엔 뭘 읽으면 좋을까?" 나는 서슴없이 대답했다. "트루덱만 빼고요!"

~~~

가문은 지난 두 번의 여름을 시내에서 지냈다. 농장은 벤테 언덕 지대를 약탈하고 다니는 보투스의 떠돌이 병사들에게서 안전하다고 볼 수 없었기 때문이다. 그러나 지금은 우리 군대가 벤테 근처에 진을 치고 보투스를 자기네 성문으로 몰아낸 후였다.

나는 그 농장을 굉장한 장소로 기억했다. 농장을 떠올릴 때마다 여름의 따스함이 느껴지는 것 같았다. 준비 과정마저도 신이 났고, 실제로 출발하면 말이 끄는 차와 짐마차와 당나귀 수레와 기마 수행원들과 걷는 사람들로 이루어진 거대한 행렬이 구불구불 에트라 시내를 빠져나가 강 쪽 성문으로 향하는 것이, 북과 나팔은 없어도 영웅들의 열병식처럼 훌륭했다. 가문의 여자들과 노인들이 타고 가는 경마차들은 높고 어딘가 어울리지 않았으며 니사스 강에 놓인 다리를 건너기에는 너무 폭이 넓은 듯했다. 그러나 셈과 탄과 모든 마부와 기마 수행원은 득의양양하게 다리 위로 발굽을 울리고 마구 장식을 끄덕거리며 일행을 이

끌었다. 소투르의 오빠들은 야벤과 함께 안장을 채운 늠름한 말을 타고 앞장서 달렸다. 짐마차와 수레들이 고함과 채찍질 소리를 울리며 삐걱삐걱 뒤를 이었고, 마지막으로 다리를 건너고 싶어 하지 않는 당나귀가 건너갔다. 여자와 어린아이 일부는 짐마차에 쌓아 올린 물건과 식료품 더미 위에 올라앉기도 했지만 우리는 대부분 걸어갔고, 지나가던 사람들이 멈춰서 구경하면 티브와 나는 짐짓 으쓱하는 심정으로 손을 흔들어주었다. 우리는 시골에 갈 것이고 그들은 불쌍한 바퀴벌레처럼 여름 내내 시내에 남을 테니까.

티브와 나는 소풍 나간 개들 같았고, 다른 사람보다 세 배는 더 걸었다. 행렬을 따라 달려갔다가 돌아가기를 몇 번이나 되풀이했으니. 정오쯤에는 우리도 활력이 조금 떨어져서 여자들의 짐마차 근처에 주로 머물렀다. 함부로 돌아다닐 수 없는 나이가 다 된 살로와 리스도 이 마차에 타야 했다. 둘은 오코와 아기들 몇, 그리고 부엌 여자들과 같이 있었다. 그들은 티브와 내가 헐떡이며 지나갈 때마다 먹을 것을 조금씩 주었다.

길은 이제 오르막으로 작은 산허리 밭과 참나무 숲 사이로 구불구불 이어졌다. 앞에는 벤테의 둥근 녹색 언덕 마루가 있었다. 올라가자 시골 땅 너머로 니사스 강의 은빛 곡선이 더 넓은 모르 강으로 흘러 들어가는 모습을 돌아볼 수 있게 되었다. 니사스 건너편에는 우리 도시 에트라가 있었다. 노란 돌로 지은 성문탑 네 개를 거느린 원형의 성벽 안에 붐비는 이엉과 나무와 붉은 기와지붕들이 흐릿하게 보였다. 커다란 평의회당과 둥근 지붕을 인 선조들의 사당이 보였다. 우리는 아르카만드의 지붕을 가려내려 애썼고, 우리가 토름과 같이 훈련하던 벽 근처 돌무화

과나무 숲 꼭대기를 보았다고 확신했다. 아득히 먼 옛날 같았
다…….

짐마차는 삐걱거리며 속도를 늦추고, 말은 긴장해서 경사를
오르고, 마부는 채찍을 휘두르고, 앞쪽에서는 높은 바퀴가 흙길
에 팬 홈에 비틀거릴 때마다 화려한 경차 지붕이 끄덕이고 흔들
거렸다. 해는 뜨거웠고, 길가에 늘어선 참나무 그늘에 부는 산
들바람은 서늘했다. 나무 울타리를 둘러친 목초지에서 소와 염
소 떼가 엄숙한 눈으로 우리 행렬을 지켜보았다. 목장의 망아지
들은 차를 보자 벌정다리로 뛰어 달아났다가 슬금슬금 다시 보
려고 돌아왔다. 누군가가 수레와 짐마차들의 열 뒤쪽으로 달려
왔다. 소투르였다. 가족이 탄 경마차에서 빠져나온 소투르는 이
제 리스와 살로가 탄 짐마차에 기어올랐다. 소투르는 이 탈출극
덕분에 상기되어 있었고 평소보다 훨씬 말이 많았다. "팔리메
르-이오 어머니께 밖에서 달리고 싶다고 하니까 그러라고 하셔
서 이리 왔어. 저쪽 마차 안은 바람도 안 통하고 많이 흔들려. 레
딜리의 아기는 토했고. 여기가 훨씬 낫다!" 그녀는 곧 노래를 부
르기 시작했다. 다들 아는 오래된 원무곡 하나를 부르며 강하고
감미로운 목소리를 높였다. 살로와 리스가 합세했고, 부엌 여자
들이 가세했고, 줄지어 걷거나 다른 짐마차를 타고 가던 사람들
이 다 같이 불러서 음악이 벤테 언덕 지대로 들어가는 길을 따라
울려 퍼졌다.

우리는 해가 진 후에 아르카 농장에 도착했다. 15킬로미터의
긴 여행이었다.

그 여름, 그리고 그 후 여름들을 돌아보면 바다 너머에서 멀리
빛나는 섬을 보는 것만 같다. 예전에 그곳에 살았다는 걸 믿기

힘들 만큼 아스라하다. 그래도 그 기억은 여기 내 안에 강렬하고 달콤하게 남아 있다. 건초 향기, 산속에서 끝없이 울어대는 귀뚜라미들의 합창, 태양에 달구어진 잘 익은 살구를 서리해 먹는 맛, 손에 쥔 거친 돌의 무게, 거대한 여름 별자리 사이를 뚫고 떨어지는 유성의 궤적.

젊은이들은 모두 바깥에서 자고, 함께 먹고 함께 놀았다. 야벤, 아스타노, 소투르, 그리고 헤라만드에서 온 친척 아이들과 살로와 나, 티브와 리스와 오코까지. 두 친척 아이는 우테르와 우모라는 깡마른 소년 소녀였다. 둘 다 건강이 좋지 않아서, 둘의 엄마인 소투르의 언니가 시골 공기가 좋을 거라는 희망으로 데리고 온 것이다. 어린아이도 한 무리가 있었다. 가문의 아기들에 소투르의 조카들, 그리고 아직 돌봐줘야 하는 노예 아이들까지. 그러나 그 아이들은 여자들이 돌보았고, 우리가 할 일은 별로 없었다. 우리 '큰 애들'은 아침 일찍 에베라에게 수업을 받은 후 길고 뜨거운 낮 시간 내내 자유였다. 우리가 할 일은 없었다. 가족의 시중을 들고 크고 낡은 농장 저택을 돌보는 일은 도시에서 온 노예 여자들과 상비 가정부들이 함께했고 상비 인력도 많았다. 티브는 부엌 심부름꾼으로 따라갔지만 별 필요가 없어서 공부하고 놀 수 있었다. 다른 모든 농장 일은 농장 일꾼들이 했다. 그들은 저택이 있는 언덕 아래로 개울가 참나무 숲 속에 자리한 꽤 큰 마을에 살았으며, 농장 사람들이 하는 일을 했다. 그들에 대해 아무것도 모르는 도시 아이들은 방해하지 말라는 명령을 받았다.

쉬운 일이었다. 우린 아침부터 밤까지 우리 일로 바빴다. 언덕과 숲 속을 탐험하고, 얕은 개울을 건너다니며 물장난을 치고,

댐을 쌓고, 과수원을 서리하고, 버드나무 호각과 데이지 사슬과 나무 집을 만들고, 모든 것을 하고, 아무것도 하지 않고, 휘파람을 불고 노래를 하고 찌르레기처럼 재재거렸다. 야벤은 어른들과도 시간을 보냈지만 우리와 훨씬 많이 놀았고 앞장서서 신속 탐험을 이끌거나 우리를 조직해서 가족을 즐겁게 할 연극이나 춤을 준비했다. 에베라 선생님이 소극이나 가면극을 써주었다. 아스타노와 리스와 살로는 원래 춤을 배우고 있었고, 거기에 소투르의 맑고 깨끗한 목소리가 노래를 선도하고, 야벤은 리라를 연주했다. 우리는 큼지막한 탈곡 마당을 무대로 삼고 건초광을 분장실로 삼아서 꽤 그럴싸한 공연을 해냈다. 티브와 나는 때로는 희극적인 기분 전환을 맡았고 때로는 군대가 되었다. 나는 리허설과 복장, 그런 저녁의 긴장과 흥분을 사랑했다. 우리 모두가 그랬다. 그리고 우리는 공연을 마치고 고귀한 관객에게 정중한 칭찬을 받으면 곧장 다음 공연에 대해 의논하고 선생님에게 대본을 달라고 조르기 시작했다.

그러나 무엇보다 최고는 한여름의 뜨거운 낮이 지난 후 밤 시간이었다. 어두운 하늘 남쪽에선 아직도 마른번개가 놀았지만 공기는 마침내 서늘해지기 시작하고, 서쪽에서 조금씩 바람이 일었다. 우리는 짚을 채운 요에 누워 별을 보며 이야기하고 이야기하고 또 이야기하고…… 그러다가 하나씩 말이 없어지고 잠이 들었다.

영원에 계절이 있다면 바로 한여름일 것이다. 가을, 겨울, 봄은 모두 변하고 지나가지만 여름의 정점에서 1년은 균형을 잡는다. 지나가버릴 순간이지만, 지나간다 해도 마음은 그 순간이 변할 수 없음을 안다.

나처럼 좋은 기억력으로도 우리가 벤테에서 보낸 세 번의 여름 중 어느 때에 무슨 일이 일어났는지 확신할 수 없을 때가 있다. 그만큼 그 시간은 하나의 긴 황금빛 낮과 별빛 밤으로 기억되었다.

첫 여름부터 토름과 호비가 없다는 게 얼마나 즐거웠는지는 기억난다. 살로와 나는 놀라서 서로 그런 이야기를 나눴다. 우리는 호비의 적대심이 얼마나 우리를 짓눌렀는지, 우리가 토름의 폭발을 얼마나 무서워했는지 미처 몰랐던 것이다. 말은 별로 안 했어도 미브의 죽음은 토름에 대한 두려움을 더 절박하고 직접적인 것으로 만들었다. 토름이 보이지 않으니 얼마나 좋은지 몰랐다.

아스타노와 야벤도 토름이 없는 것에 우리만큼이나 마음이 놓인 듯했다. 나이도 더 많았고 가족이었는데도 그들은 여기에선 나이나 계급에 상관하지 않고 우리와 같이 놀았다. 야벤에게는 소년기의 마지막 여름이었고, 그는 위엄에 신경 쓰지 않고 아이답게, 활달하고 씩씩하게 자기 힘을 즐기며 놀았다. 야벤과 우리와 같이 있는 데다가 가족 여자들의 구속에서 벗어난 아스타노도 명랑하고 대담해졌다. 맨 처음 이웃 과수원에 과일 서리를 가자고 한 것도 아스타노였다. "아, 살구 몇 개 없어진다고 대수겠어." 아스타노는 그렇게 말하고 과수원 뒤편으로 가는 지름길로 안내했다. 수확하는 일꾼들이 아직 오지 않았고 우리를 알아차리지 못할 만한……

물론 일꾼들은 우리를 알아차렸고, 우리를 좀도둑으로 간주하고 돌며 흙덩어리를 던졌다. 티브와 내가 보투스 군 역할을 했을 때보다 심했다. 우리는 도망쳤다. 겨우 우리 땅으로 넘어갔을 때 야벤은 숨을 헐떡이고 깔깔거리면서 《니사스의 다리》 구절을 읊었다.

> 그러자 모르바의 병사들이 달아났네
> 모르바의 사내들이 뛰었네
> 먹이를 찾는 늑대 앞에 놓인 양처럼
> 에트라의 선봉 앞에서 달아났네!

"저 남자들 끔찍해." 리스가 말했다. 리스는 덩치 큰 사내를 가까스로 뿌리친 참이었다. 그 남자는 경계선까지 쫓아와 돌을 던졌는데, 다행히 그 돌은 리스의 팔을 스치고 지나갔다. "야만 적이야!"

살로는 어린 오코를 달랬다. 오코는 우리가 비 오듯 쏟아지는 돌과 흙덩이 속에서 뛰는 것을 보고 과수원으로 따라 들어왔다. 오코는 겁에 질렸지만, 우리의 웃음과 야벤이 보여주는 태도에 금세 마음을 놓았다. 야벤은 언제나 어린아이들의 두려움과 감정에 민감했고, 오코에게는 특히 부드러웠다. 그는 오코를 목말 태우고 낭송했다.

> 그러면 우리는 적 앞에 도망치는 모르바인가
> 아니면 오래전 우리 아버지들처럼
> 에트라를 위해 싸울 것인가?

아스타노가 말했다. "쩨쩨해. 살구는 나무에서 떨어지고 있단 말이야. 절대 다 따지 못할 거라고."

"우린 사실 수확을 돕는 셈이지." 소투르가 말했다.

"바로 그거야. 저 남자들은 그냥 쩨쩨하고 멍청해."

"오베 의원님에게 과수원에서 과일 좀 따가도 되느냐고 물어보면 되잖아." 헤라만드에서 온 깡마른 우테르가 말했다. 참으로 준법정신이 강한 소년이었다.

"안 물어보는 편이 훨씬 맛있거든." 야벤이 대꾸했다.

나는 우리가 돌무화과나무 숲에서 벌이던 접전과 농성에 영감을 받았다. 그토록 비참한 결과를 낳았는데도 나는 아직 그 놀이가 그리웠다. 나는 말했다. "놈들은 모르바야. 겁쟁이에 야만적이고 이기적인 모르바 놈들이야. 우리 에트라가 저놈들의 모욕을 참아야겠어?"

"안 되고말고!" 야벤이 말했다. "우린 저놈들의 살구를 먹어야 마땅해!"

"수확 일은 언제 끝내지?" 소투르가 물었다.

"저녁에." 누군가가 말했다. 사실은 아무도 알지 못했다. 우리는 주위에서 벌과 개미와 새와 쥐들의 활동처럼, 그러니까 다른 종의 일처럼 계속되는 농장 일꾼들의 활동에 아무 관심도 없었다. 소투르는 밤에 다시 가서 살구를 따자고 했다. 티브는 오베과수원이 밤에 개를 두어 지킬 거라고 생각했다. 나의 호전적인태도에 자극받은 야벤은 모르바 과수원을 습격할 계획을 짜되, 이번에는 미리 답사도 하고 망을 보는 아이도 세우고 필요할 경우 적의 공격에 응하고 후퇴를 지원할 수 있게 탄약도 비축해서제대로 해보자고 했다.

그렇게 해서 '에트라' 아르카와 '모르바' 오베 간의 대전이 시작되었다. 이 전쟁은 이쪽저쪽 과수원에서 한 달 동안 계속되었다. 오베 영지의 농장 일꾼들은 우리와 우리의 약탈을 날카롭게 의식했고, 우리가 망을 봤다면 그들도 마찬가지였다. 다만 우리는 시간에서 자유로웠고, 공격 시기를 고를 수 있었던 반면 그들은 과일을 따고 분류하고 실어 가는 일에 매여 있었다. 그것도 감시자의 눈길과, 느리거나 게으를 경우 휘두르는 채찍 아래에서. 우리는 새처럼 날아 들어가서 훔치고 날아 나왔다. 우리는 그들의 분노와 우리에 대한 증오에 아랑곳하지 않았고 특히 성공한 날엔 무자비하게 그들을 조롱했다. 그들은 시간이 지나면서 우리가 다 노예 아이들은 아니라는 걸 알았고, 그 점이 그들의 손을 묶었다. 노예가 돌을 던졌다가 아르카 가문의 누군가에게 맞는다면 과수원 일꾼 전체가 끔찍하게 곤란해질 수도 있었다. 그래서 돌 던지기를 삼가야 했던 그들은 숫자로, 개를 푸는 것으로 우리를 위협하려고 했다.

우리는 그들의 불리함을 벌충하기 위해 규칙을 정했다. 그들의 눈에 띄면 후퇴하는 것으로. 아스타노는 보복할 수가 없단 걸 알면서 그들이 보는 앞에서 과일을 따는 건 불공평하다고 말했다. 그러면서도 우린 그들이 과수원에 있는 동안 서리를 해야 했다. 이 규칙은 서리를 극도로 위험하고 자극적인 유희로 만들었고, 원정을 한 번 갈 때마다 나무에는 한두 명만 오르고 나머지는 망을 보다가 적이 가까이 오면 부엉거리고 쩍쩍거리고 휘파람을 불어서 경고를 해야 했다. 그리고 자두나 덜 익은 배를 따서 도망쳤을 경우에는 우리 쪽 경계선을 넘어가서 약탈물을 늘어놓고 승리에 기뻐 날뛸 수 있었다.

과일 대전은 팔리메르 어머니께서 야벤에게 우리 농장 노예 아이들이 자두를 훔치다가 오베 과수원 일꾼들에게 걸려 흠씬

두들겨 맞았다는 이야기를 하시면서 끝났다. 어찌나 심하게 맞았던지 사내아이 하나는 눈알이 튀어나왔다고 했다. 어머니께선 그 외에 다른 말씀을 하지 않으셨지만, 야벤은 그 소식을 우리에게 전하면서 습격을 그만둬야겠다고 말했다. 농장 아이들은 아마 우리로 오인되어 다치지 않고 빠져나올 수 있을 줄 알았겠지만, 속임수는 먹히지 않았고 오베 일꾼들은 그 아이들에게 분을 풀었다.

야벤은 생각 없이 해로운 일을 이끈 것을 공식적으로 사과했고, 아스타노도 눈물을 참으며 말했다. "내 잘못이었어. 너희 잘못이 아니야." 그들은 모든 책임을 받아들였다. 어른이 되고도 똑같이 했을 것이다. 야벤이 아르카만드의 아버지가 되고 아스타노가 다른 집안의 어머니가 되면 모든 결정이 그들에게 달려 있었다.

"그 지독한 과수원 일꾼들 싫어." 리스가 말했다.

"농장 사람들은 정말 야만인이야." 우모가 슬퍼하며 말했다.

"더러운 모르바 놈들." 티브가 말했다.

우리 모두 우울했다. 적이 없다면 다른 동력이 필요했다.

"이렇게 하자." 야벤이 말했다. "우린 '센타스의 함락'을 할 수 있어."

"무기를 갖고는 안 돼." 아스타노가 부드럽고 가볍게 말했다.

"당연히 안 되지. 난 연극처럼 하자는 거야."

"어떻게?"

"음, 우선 센타스를 지어야지. 저번에 생각한 건데, 동쪽 포도밭 뒤에 있는 언덕 꼭대기 알지? 꼭 성채 같잖아. 그 위에 큰 돌도 많이 있어. 거길 요새화하고 참호를 파고 토목공사도 하는 거야. 어렵지 않을 거야. 선생님에게 책이 있어. 그 책을 보고 계획을 짤 수 있어. 그런 다음엔 각자 다른 역할을 맡을 수 있을 거야. 오코는 서르 장군이 되고, 가브는 사절의 연설을 읊고, 소투르는 예언자 유르노가 되고. 싸우는 부분은 하지 않아도 돼. 말만 하는 거야."

그렇게 신나는 이야기는 아니었지만 우리는 다 같이 언덕 위로 올라갔고, 야벤이 넘어진 바위 사이로 걸어 다니며 어디에 벽을 세울지 땅을 팔지 설명하는 동안 도시를 짓는다는 생각이 자리를 잡아가기 시작했다. 그날 오후에 야벤은 에베라 선생님이 책을 가져와서 서사시 구절들을 읽어주게 했고, 그 웅장한 언어와 비극적인 이야기가 우리 상상력에 불을 붙였다. 우리 모두는 어떤 역할을 할지 선택했다. 그리고 우리 모두가 센타스인이었다. 아무도 파가디의 포위군이 되고 싶어 하지 않았다. 위대한 서르 장군이나 영웅 루렉조차 원하지 않았다. 파가디가 전쟁에 이겨 도시를 파괴했고, 그래서 몇백 년이 지난 지금 센타스는 아직도 무너진 벽 사이에 자리 잡은 초라한 작은 마을일 뿐임에도 그랬다. 보통 우리는 이긴 쪽을 맡았다. 그러나 우리는 무너진 센타스를 지을 작정이었고, 센타스의 대의가 우리 대의였으며 센타스가 무너질 때 우리도 같이 무너질 것이었다.

우리는 남은 여름 내내 센타스를 짓고 그 도시의 영광과 몰락을 상연했다. 태양이 내리쬐는 언덕 위, 우리가 쌓아 올린 돌 벽과 탑 아래 말고는 그늘도 없는 성긴 마른풀 속에서 돌을 쌓는 것은 고된 일이었다. 우리가 땀 흘리고 툴툴거리며 일하는 동안 오코와 우모 두 어린 여자애가 개울을 오르내리며 물을 날랐다. 우리는 돌 하나가 자리에 맞지 않거나 미끄러져서 손가락을 찧으면 바짝 마른 입으로 욕설을 뱉었다. 물이 도착하면 칭찬과 기쁨으로 맞이했다. 아스타노의 섬세한 손은 거칠고 멍투성이에, 어머니의 표현을 빌리자면 말굽처럼 단단해졌다. 그래도 어머니는 미소 지었고 꾸짖지 않으셨다. 몇 번은 나와서 작업이 어떻게 되어가나 보려고 센타스 언덕을 오르기도 하셨다. 야벤과 아스타노는 어머니에게 우리의 공학적인 승리인 동쪽 성문과 고대인의 탑, 방어용 누벽들을 보여주었다. 어머니는 가벼운 여름용 로브를 입고 평온한 얼굴로 미소 지으며 귀를 기울이고, 고개를 끄덕이고, 찬동해주었다. 나는 가끔 그녀가 커다란 아들의 팔에 가볍게, 거의 수줍어하듯이 살짝 손을 얹는 것을 보았고 그 몸짓에서 내가 이해하지 못하는 그리움을 보았다. 아마 그녀는 우리가 행복해서 행복했고, 우리와 마찬가지로 지난날들이나 다가올 날들을 생각함으로써 그늘지고 싶지는 않았던 것 같다.

에베라도 자주 언덕을 올라 계획과 건물 배치와 방어선들이 자기가 가진 책의 그림대로 이루어지는지 살폈다. 우리는 그를 졸라서, 돌을 나르고 도랑을 파다 쉬는 사이에 서사시 한 대목을 듣곤 했다. 그는 우리 모두 얻는 바가 있는 훌륭한 교육 기회라고 말했다. 너무 열광한 나머지 학자 티를 내며 우리 건축물에 개량과 수정을 요구해서 성가신 경우마저 있었다. 그러나 그는 정오가 가까워오면 열기에 풀이 죽어 아래로 내려갔고, 우리는 뜨겁고 바람 부는 언덕 위에 남아서 돌과 꿈을 함께 쌓아 올렸다.

❧

그 몇 달 동안 거대한 농장 저택은 여자와 아이들만의 집이었다. 평의회가 거의 매일 열렸기 때문에 아버지는 에트라에 남았다. 소투르의 오빠 중 소테르는 가끔 말을 타고 벤테에 와서 아내와 아이들과 같이 한두 밤을 보냈지만, 변호사인 소데라는 소송 때문에 계속 시내에 잡혀 있었다. 소투르는 언제나 소송을 '송장'이라고 말하곤 했다. 아흔이 넘은 종조부 야벤 헤로 아르카는 모시고 나가 참나무 아래 앉혀드렸다. 대부분 시간에는 우리 야벤이 집안의 남자였다. 본인은 그 역할을 수행하지 않았어도 말이다.

농장 저택에는 무슨 일이든 할 줄 아는 진짜 노련한 남자가 몇 명 있었지만, 대개의 집안 식구는 여자들이었다. 그들은 주인 없이 일을 꾸려나가는 데 익숙했고 행동이나 태도 모두 도시의 집안 노예들보다 독립적이었다. 위계질서도 정해진 절차도 없었다. 모든 것이 아르카만드의 생활에 있던 격식과 엄숙함, 삐걱임과 긴장과 불필요한 복잡성 없이 꽤 잘 돌아가는 것 같았다. 어머니가 어렸을 때 갈레카만드에서 만들었던 방식대로 자두잼을 만들고 싶어 했을 때도, 아르카만드의 거대한 부엌에서라면 벌어졌을 인사와 청소도 없었고 갑작스러운 간섭에 대한 보이지 않는 원망도 없었다. 농장의 우두머리 요리사인 늙은 아코는 견습생이라도 감시하는 것처럼 어머니 옆에 서서 자유롭게 비평을 했다. 아기들은 공동 재산이었다. 물론 노예 여자들이 가족의 아기들을 돌보았지만, 소테르와 소데라의 아내들도 어머니와 함께 노예들을 돌보았고 '쬐끄만 녀석들'은 다 같이 기어 다니고 비틀거리고 새끼 고양이들처럼 가리지 않고 엉켜서 잠들었다.

우리는 부엌 바깥 참나무들 밑에 놓인 긴 식탁에서 식사를 했고, 가족 식탁과 노예 식탁이 있기는 해도 모두가 계급대로 앉지는 않았다. 에베라 선생님은 보통 어머니와 야벤의 초대를 받아 가족석에 앉는 반면, 소투르와 아스타노는 우리 쪽에 와서 리스와 살로와 같이 앉았다. 우리는 스스로를 계급보다는 나이와 선호도로 분류했다. 이 편안함과 대중적인 분위기는 벤테 생활이 준 행복에서 중요한 부분을 차지했다. 그러나 여름의 마지막 몇 주 동안은 아버지의 도착과 함께 그것도 변했다. 변할 수밖에 없었다. 아버지는 조카들과 함께 토름을 데리고 왔다.

그들이 도착한 첫날 저녁은 나쁜 징조 같았다. 이젠 가족석이 남자들로 꽉 찼다. 가족 여자들도 다 제대로 차려입고 여름 내내 보였던 모습보다 훨씬 숙녀답게 앉아서, 남자들이 이야기를 하는 동안 조신하게 침묵을 지켰다. 가족 남자들과 함께 도시에 남았던 시종들은 우리 쪽에 앉아서 자기들끼리 이야기를 나눴다. 에베라도 우리 쪽에 앉아서 침묵을 지켰다. 아이들이, 우리가 입을 열면 찌푸린 얼굴이 돌아왔다.

저녁 식사는 격식 있게 나왔고 오랫동안 진행되었으며, 식사가 끝난 후 가족 아이들—야벤, 아스타노, 소투르, 우모, 우테르는 모두 어른들과 같이 집 안으로 들어갔다.

우리 다섯 노예 아이들은 밖에 남아서 우울한 기분으로 주위를 배회했다. 센타스에 가기에는 너무 늦은 시각이었다. 살로 누나는 농장 마을 옆길로 내려가서 산울타리에 열린 검은딸기가 익었나 보자고 했다. 그런데 마을 아이 몇이 우리를 보더니 가시덤불 울타리 뒤에 숨어서 돌을 던졌다. 맞고 죽을 만큼 큰 돌은 아니고 그냥 자갈이었지만, 맞은 자리가 심하게 아픈 데다 작고 까만 멍 자국이 남은 걸로 보아서는 새총으로 쏘았던 것 같기도 하다. 제일 먼저 맞은 가엾은 오코는 빽 소리를 지르며 말벌이 있다고 했고, 뒤이어 우리 모두가 쏘이기 시작했다. 우리는 작은 돌이 산울타리 너머에서 날아오는 것을 보고서야 공격자들의 존재를 알았다. 덩치 큰 소년 하나가 뛰어나오더니 거친 사투리로 야유했다. 우리는 도망쳤다. 과수원에서 도망칠 때처럼 웃으면서 달린 게 아니라 정말 무서워서 도망쳤다. 우리는 주위에 짙어져가는 어스름을 보고 등 뒤에 박히는 미움을 느꼈다.

농장에 돌아왔을 때는 오코와 리스 둘 다 울고 있었다. 살로는 오코를 진정시켰다. 별이 나올 때쯤 우리는 멍든 자리를 씻고 건초를 채운 요에 앉아서 이야기를 나눴다. 살로가 말했다. "걔네들, 가문의 아이들이 같이 있지 않은 걸 봤어."

"하지만 왜 우릴 미워하지?" 오코가 슬퍼하며 말했다.

아무도 아무 말도 하지 않았다.

"우리가 자기들이 할 수 없는 일을 많이 할 수 있어서일지도 몰라." 내가 말했다.

"그리고 걔네 아빠들이 우리를 미워하지. 과일 전쟁 때문에 말이야." 살로가 말했다.

"나 걔네 미워." 리스가 말했다.

"나도." 오코가 말했다.

"지저분한 농노들." 티브가 말했고, 나도 똑같이 격한 경멸감을 느꼈다. 그리고 그와 더불어 두려운 대상을 경멸하는 행위와 뻔한 편견에 대한 희미하면서도 달콤한 자기혐오가 따라왔다.

우리는 오랫동안 입을 열지 않고, 검은 왕관 같은 참나무들과 지붕들 위로 나타난 별들을 올려다보았다.

"살로." 오코가 소곤거렸다. "그 사람 우리랑 같이 잘까?"

그 사람이란 토름이었다. 오코는 토름을 몹시 무서워했다. 어린 남동생을 죽이는 걸 봤으니까.

'우리랑 같이 잘까'라는 건 여름 내내 가문 아이들이 그랬던 것처럼 토름이 나와서 건초요에 누워 별을 보고 잘까 하는 물음이었다.

"안 그럴 것 같은데, 오코." 살로는 상냥한 목소리로 말했다. "오늘 밤엔 아무도 안 나올 거야. 안에 남아서 지체 있는 분들이 되셔야 하거든."

하지만 동이 트기 전 겨울 별자리들이 밝아오는 동쪽 하늘로 스러져갈 무렵 깬 나는 아스타노와 소투르가 일어나서 가벼운 담요를 몸에 두르고 가만가만 집으로 돌아가는 모습을 보았다.

그날 아침 가문 아이들은 평소보다 훨씬 늦게 나왔다. 우리는 그들 없이 센타스 언덕에 가야 할지 결정하지 못한 채 의논을 계속하다가 그들을 보았다. 야벤이 외쳤다. "어이! 왜 다들 여기 앉아 있는 거야?"

토름은 같이 있지 않았다. 여자애들은 우리처럼 낡고 지저분한 바지 위에 튜닉을 걸친 시골 차림이었다.

우리는 한데 모였다. 야벤은 오코를 들어서 어깨 위에 올렸다. "용감한 전차민들이여, 너희의 사나운 준마를 센타스의 높은 성벽과 성문을 향해 몰아라! 앞으로!" 오코는 작게 전투 고함 소리를 냈고, 야벤은 말 울음소리를 내며 오솔길을 달려 내려갔다. 우리 모두 그 뒤를 따라 달렸다.

'타고난 지도자'라는 말은 흔하다. 날 때부터 지도자인 남자는 많을 것이다. 지도하는 방법도 많고, 지도해갈 목표도 많은 법이니까. 그러나 내가 처음 안 진짜 지도자는 바로 이 열일곱 살의 소년 야벤 알탄테르 아르카였고, 그 후부터 나는 그를 기준으로 다른 이들을 평가했다. 이 기준에서 지도력이란 개인적인 매력, 활기찬 지성, 주저 없이 책임을 받아들이는 모습을 의미했다. 그리고 그보다 더 정의하기 힘든 무엇, 정의와 자비 사이의 긴장이 있었다. 그건 다른 하나 없이는 어느 하나도 만족될 수 없고, 그래서 완전히 충족되는 일이 드문 긴장이었다.

이 시점에서 야벤은 우리 '센타스인들'에 대한 헌신과, 남동생에게 의리를 지켜야 한다는 의무 사이에서 나뉘어 있었다. 정오가 가까워오고, 자원하는 사람이 가서 빵과 치즈와 그 밖에 부엌에서 우리 몫으로 준비해둔 음식을 가져올 시간이 되자 야벤은 자기가 가겠다고 말했다. 그는 점심 꾸러미와 함께 토름도 데리고 돌아왔다.

오코는 언덕을 오르는 토름을 보자마자 고대인들의 탑 뒤에 있는 바위 미로 속으로 숨었다. 이윽고 살로가 빠져나가서 오코와 같이 언덕 발치에 흐르는 개울로 내려갔다.

야벤은 토름에게 우리의 바위 건물과 토목공사들을 보여주며 각각이 어떻게 역사적인 계획에 따랐는지 설명하고, 우리가 센타스를 다 짓고 농성전과 함락을 행할 준비가 되면 상연할 장면들을 말해주었다. 토름은 별말 없이, 딱딱하고 불편한 얼굴로 야벤을 따라다녔지만 성벽에 대해서는 칭찬을 몇 마디 내놓았다. 그건 우리의 걸작품이었다.

우리의 바위 건물들은 작고 흔들거렸으며 애정 어린 눈으로 보아야만 탑과 성문 비슷한 모습을 볼 수 있었지만, 우리의 토목공사는 작긴 해도 진짜배기였다. 우리는 언덕 정상에 목책을 두르고, 그 바깥쪽에 가파른 도랑을 파서 성벽을 만든 후, 방책을 지지하는 동시에 방어자들에게 발판이 되도록 방책 안쪽에 흙을 쌓았다. 도랑에 가로놓인 기다란 판자 다리를 건너서 방책 사이에 하나 난 문을 통과하지 않으면 센타스에 들어갈 수 없었다. 토름은 여전히 말이 적었지만 우리가 일한 크기와 넓이에 감탄한 게 분명했다.

"자, 봐." 야벤이 말했다. "내가 기습을 이끌 거야. 센타스의 남자들이여! 성벽으로! 성문으로! 적이 온다! 우리 집을 지켜라!" 야벤이 언덕 아래로 달려 내려간 사이 우리는 성문을 닫고 거대한 나무 빗장을 구멍에 밀어 넣은 다음, 방책 안에 비스듬히 쌓인 흙 위나 내부 '요새'의 흔들거리는 돌벽 위로 올라갔다. 그러자 야벤이 언덕을 달려 올라와서 판자 다리를 건넜고, 우리는 모두 도전의 고함을 지르고 보이지 않는 화살과 창을 우수수 쏘아 내렸다. 야벤은 요란하게 성문을 밀더니 쓰러져 죽었고, 우리는 그 앞에서 환호했다.

토름은 그 모든 과정을 지켜보았다. 우리 놀이에 동참하지는 않아도 그 성질과 우리의 흥분 때문에 끌리는 게 분명했다.

우리는 성문을 열고 야벤을 맞아들인 다음, 아무 데나 그늘을 찾아 앉아서 점심을 먹었다. 소투르는 음식을 조금 챙겨서 살로와 오코가 있는 개울가로 내려갔다.

"그래서 센타스를 어떻게 생각해?" 야벤이 물었다.

토름이 대답했다. "좋아. 아주 훌륭해." 목소리가 굵어져 있었다. 마치 아버지 목소리 같았다. "다만, 좀 바보 같긴 해. 승승거리는 거." 그는 우리가 빈손으로 활을 당겨 쏘는 시늉을 하던 것을 흉내 냈다.

"그야 바보 같아 보이겠지. 넌 여름 내내 진짜 무기를 다뤘으니까." 야벤은 편하고 솔직하면서도 예의 있게 말했다.

토름은 짐짓 겸손한 척하며 고개를 끄덕였다.

"이건 그냥 연극이야. 놀이지. 그래도 그 덕에 수업을 꽤 빠졌어." 야벤이 말했다. 사실이었다. 에베라는 센타스의 건축이 시작된 후로 수업을 계속하려는 노력을 포기했다. 그는 어머니와 그 자신에게 이건 사실 자기 생각이었다고 납득시켰다. 우리에게 영웅 서사시, 파가디와 센타스 사이에 일어난 전쟁의 역사, 방어의 건축을 가르치기 위한 수단이라고 말이다.

"다른 것들을 쓰지 않았다면 칼과 활을 쓸 수도 있었을 텐데." 토름이 말했다. "여섯 명이나 되잖아."

야벤은 잠시 멈칫했다 말했다. "그래봐야 장난감 무기지. 네가 여름에 배운 무기와는 달라. 하! 소투르에게 날이 있는 칼을 줬다간 눈 깜박하기 전에 내 배가 찢어져 있을걸!"

"그치만 노예한텐 무기를 줄 수 없어." 우테르가 말했다. 토름이 말한 '다른 것들'이 무슨 뜻인지 이해하지 못하고 있었다. 그는 언제나 규칙과 금기와 도덕을 들고 나왔다. 소투르는 그를 '트루덱'이라고 불렀다. "그건 법에 어긋나."

토름의 표정이 어두워졌다. 그는 아무 말도 하지 않았다. 티브를 슬쩍 보니 나와 마찬가지로 움츠러들어 있었다. 토름을 위해 병사 놀이를 했다가 받은 벌을 떠올린 탓이었다. 그리고 나는 야벤이 누이인 아스타노에게 슬쩍 던지는 시선을 보았다. 그의 눈짓은 '어떻게 좀 해줘!'라는 의미였고, 아스타노는 즉시 여자들이 훈련받은 대로 유창하면서도 즉흥적으로 말을 꺼냈다.

"난 장난감 무기라도 쥐기 싫어. 빈 활과 화살이 좋아. 그건 잘못 쏠 일이 없거든! 그리고 아무도 해치지 않지. 어차피 전투는 한참 나중이지 않아? 우선 사절단 연설부터 다 해야지. 도랑만 해도 진짜 오래 걸렸어! 탑은 아직 안정시키지 못했고 말이야. 그치만 바윗돌은 충분히 진짜야, 토름. 온종일 돌을 나르고 쌓아봐, 한번. 꼬맹이 우모와 오코도 쌓는 걸 도와줬지. 우린 모두 센타스인이야."

아스타노는 그렇게 자기에게 주어진 무기로 싸웠다. 우리가 여름 내내 쌓아 올린 도시, 햇살 가득한 우리 도시를 지키기 위해서.

토름은 어깨를 으쓱였다. 그는 말없이 빵과 치즈를 마저 씹었다. 토름은 물을 마시려고 개울로 내려갔고, 우리는 살로와 오코와 소투르가 강둑에 난 키 큰 풀 사이로 뒷걸음질쳐 숨는 것을 보았다. 토름은 그들에게 전혀 관심이 없었다. 그는 야벤을 향해 손을 흔들고, 무슨 말인가 외치더니 혼자 집 쪽으로 돌아가기 시작했다. 포도밭 옆으로 난 하얀 길 위로 팔을 흔들며 걸어가는 억세고 외로운 뒷모습.

우리는 다시 성채 만들기로 돌아갔지만, 우리의 공상엔 그림자가 드리워진 후였다.

그리고 남은 여름 동안 모두가 거의 매일같이 센타스 건축을 하러 가긴 했어도, 전과 같지는 않았다. 가문의 아이들은 자주 불려 갔다. 야벤과 토름과 우테르는 아버지와 이웃 지주들과 같이 사냥 모임에 갔고, 여자들은 지주 부인들을 접대해야 했다. 우리가 해온 꿈의 놀이를 열렬히 사랑하던 소투르와 우모는 가능할 때마다 빠져나와서 우리에게 합류했지만, 아스타노는 빠져나올 수 없었다. 그리고 아스타노와 야벤이 없으면 우리도 방향을 잃었다. 확신을 잃었다.

그래도 벤테의 즐거움은 모두 그대로 남아 있었다. 개울에서 치는 헤엄과 물장구, 익어가는 무화과(무화과나무들은 저택 바로 뒤에 있었기 때문에 훔칠 필요가 없었다), 별 아래에서 잠들기 전에 나누는 이야기들. 그리고 우리에겐 결정적으로 큰 행복을 준 하루가 있었다. 다 같이 벤테 언덕지대 꼭대기에 올라가 보자고 제안한 것은 아스타노였다. 하루 만에 갔다 올 수 없는 거리여서 우리는 음식과 담요를 챙겨 갔다. 농장에서 일하는 소년 하나가 암나귀 한 마리에 짐을 싣고 따라왔다.

우리는 무척 일찍 출발했다. 이제는 태양이 뜨기 전 공기에 가을을 예고하는 냉기가 돌았다. 언덕 위에 자란 풀은 옅은 금빛으로 탔고, 그림자는 전보다 길게 늘어졌다. 우리는 오래된 길, 크고 둥근 언덕 사이로 구불구불 이어지는 양치기들의 길을 오르고 또 올랐다. 여기저기 흩어진 산양 떼는 우리를 무서워하지 않고 빤히 보며 포효처럼 거친 울음소리로 우리에게 도전했다. 산양들은 울타리나 양치기가 없어도 자기네 목초지를 떠나지 않기 때문에 이 위에는 울타리가 없었고, 대신 양 떼 사이에 늑대에게서 양을 지키는 덩치 큰 회색 개들이 있었다. 이 개들은 지나가는 우리를 무시했다. 하지만 우리가 걸음을 멈추면 한 마리가 조용히 우리 쪽으로 걸어오며 분명한 경고를 전했다. '자, 그냥 가면 아무 문제 없을 거야.' 그리고 우리는 다시 움직였다.

토름과 우테르는 같이 가지 않았다. 그들은 소테르와 소데라와 같이 소나무 숲에 늑대 사냥을 가는 쪽을 택했다. 오코와 우모는 씩씩하게 걸었다. 우모는 열 살이었지만 여섯 살인 오코보다 별로 크지 않았다. 야벤은 가끔 오코를 목말 태워주었고, 늦은 오후에 나타난 길고 가파른 마지막 경사면에서는 암나귀 등에서 음식과 담요를 내리고 두 여자아이를 태워야 했다. 암나귀는 예쁜 쥐색 짐승이었다. 나는 암나귀가 무엇인지 몰랐다. 내게는 그냥 작은 말처럼 보였다. 소투르는 아비가 당나귀이고 어미가 말이면 노새지만, 이 녀석은 어미가 당나귀고 아비가 말이기 때문에 암나귀라고 설명했다. 녀석을 끌고 따라온 소년은 농장 사람들이 늘 짓는 둔한 표정으로 그 설명을 듣고 서 있었다.

"그치, 맞지, 코미?" 소투르가 소년에게 물었다. 소년은 고개를 휙 돌리고 찌푸린 얼굴로 시선을 피했다. "다 네 조상이 누구냐는 문제야." 소투르는 암나귀에게 말했다. "그렇지 않니, 찍찍아?"

코미가 고삐를 당기자 찍찍이라고 불린 암나귀는 겁을 먹기도 했고 기분이 좋기도 한 오코와 우모를 등에 지고 평화롭게 걸어갔다. 우리 모두는 가벼운 짐을 메고 걸었다. 그 정도는 하루 종일이라도 지고 갈 수 있었을 것이다. 그래도 마침내 제일 높은 언덕 꼭대기에 이르러 걸음을 멈추고 서서 사방을 두른 전경을 응시하게 되자 기뻤다. 몇 킬로미터고 이어지는 햇빛 가득한 대지, 점차 푸른빛으로 변해가는 옅은 금빛, 굽이굽이 언덕 위로 떨어지는 8월의 긴 그림자들. 광활하게 펼쳐진 평야 지대 멀리 자그맣게 에트라가 보였다. 우리는 개울들과 모르 강을 따라 이어지는 농가와 마을들을 볼 수 있었고, 나는 모르 강의 깊은 물굽이에 얼룩 같은 것밖에 보지 못했지만 시력이 좋은 야벤은 카시카르의 성벽과 그 위로 솟은 탑이 보인다고 말했다. 동쪽과 남쪽은 울퉁불퉁하고 언덕이 많은 땅이었지만 북쪽과 서쪽은 멀어지면서 거대하고 흐릿한 평원으로 넓어졌고, 녹색 평원은 멀리서 다시 푸른빛으로 변했다.

"저건 다네란 숲이야." 야벤이 북동쪽을 보며 말했다.

"저건 습지야." 아스타노가 북쪽을 보며 말했고, 소투르가 말했다. "살로 너랑 가브가 온 곳이네."

살로는 내 옆에 서 있었고, 우리는 오랫동안 그쪽을 바라보았다. 그 광활함을 보고 우리가 태어난 미지의 땅을 보면서 나는 기묘하고 차가운 전율을 느꼈다. 내가 습지 사람들에 대해 아는 것이라곤 그들이 도시인이 아니라는 것, 그들이 문명인이 아니라는 것, 야만인이고 원주민이라는 것뿐이었다. 우리도 그곳에서는 자유민처럼 조상이 있었다. 우리는 자유로운 몸으로 태어났다. 그런 생각을 하니 마음이 불편했다. 쓸데없는 생각이었다. 에트라에서, 아르카만드의 가족과 함께하는 내 삶에서 그게 무슨 소용이 있단 말인가?

"습지에 대해 조금이라도 기억나?" 소투르가 우리에게 물었다.

살로는 고개를 저었지만, 나는 저도 모르게 말했다. "가끔 그런 것 같기도 해."

"어떤데?"

단순한 기억인지 환시인지 모를 것에 대해 큰 소리로 말하려니 바보가 된 기분이었다. "그냥 물이 있고, 물속에 갈대가 자라고, 작은 섬들 있고. 멀리 푸른 언덕이 하나 보여. 이 언덕일지도."

"넌 갓난아기였어, 가브." 살로가 목소리에 나만 알 수 있는 경고를 담아서 말했다. "난 두 살이나 세 살쯤이었는데 아무것도 기억이 안 나."

"잡혔을 때 기억도 안 나?" 소투르가 실망한 듯 물었다. "흥미진진했을 텐데."

"아르카만드 외에는 아무것도 기억나지 않아요, 소투르-이오." 살로는 미소 지으며 부드러운 목소리로 말했다.

우리는 태양이 화려하게 저물며 해가 떨어지는 먼 수평선의 반짝임으로 바다를 드러내는 동안 언덕 꼭대기에 성기게 난 마른풀 위에 음식을 펼쳐놓고 먹었다. 우리는 긴 여름내 누렸던 편안함과 동지애 속에 앉아서 이야기를 나눴다. 어린아이들은 곯아떨어졌다. 살로는 내 무릎을 베고 잠들었다. 리스가 담요를 갖다줬고, 나는 최선을 다해 누나의 몸에 담요를 둘러주었다. 별이 나타나기 시작했다. 저녁 내내 멀찍이, 우리와 말뚝에 매어둔 암나귀 사이에서 등을 돌리고 앉아 있던 코미가 노래를 부르기 시작했다. 처음엔 내가 뭘 듣고 있는지 몰랐다. 종이 울린 후 공기의 진동처럼 가늘고 기묘하고 슬픈 음색이었다. 노래는 커졌다가 떨리면서 스러졌다.

"다시 불러봐, 코미." 소투르가 중얼거렸다. "부탁해."

너무 오래 침묵이 이어져서 우리는 코미가 노래를 하지 않을 줄 알았지만, 그때 희미한 음이 다시 울렸다. 가늘디가는 음악의 실, 아름다운 가락이었다. 형언할 수 없이 슬프면서도 한없이 고요했다. 노래는 다시 잦아들었고, 우리는 음악이 돌아오기를 기다리며 귀를 기울였다.

이제 넓은 언덕 위는 완전히 적막에 잠겼고, 서쪽에서 마지막 청갈색 빛이 가라앉으면서 별빛이 강해지고 있었다.

암나귀가 발을 구르며 작게 히힝 소리를 냈고, 우리는 웃음을 터뜨렸다. 그리고 작은 소리로 조금 더 이야기를 나누다가 잠이 들었다.

4

이후 2년은 잔잔하게 흘러갔다. 살로와 나는 매일 저택 바닥을 쓸고 수업을 들으러 갔다. 아무도 호비를 그리워하지 않았다. 티브조차도 그랬던 것 같다. 마음속으로 검사의 규율을 지키고 있던 토름은 교실에서 뚱하고 무관심하며 순종적이었다. 한 번인가 두 번, 수업이나 선생님을 참을 수 없어질 것 같자 실례하겠다고 말하고 나가기도 했다. 야벤은 대개 군대와 같이 나가 있었다. 그 당시 에트라에서 진행 중인 전쟁은 없었기 때문에 야벤 같은 젊은 장교들은 국경 지역에서 훈련을 받거나 경비를 섰다. 그는 가끔 휴가를 받아서 건강하고 쾌활한 모습으로 집에 왔다. 그 두 번의 여름에도 우리는 벤테 농장에 갔고, 그곳에도 대단한 일은 없었다. 그저 나른하고 일상적인 행복감뿐이었다. 야벤은 우리와 같이 가지 않았다. 첫 여름에는 훈련을 받으러 갔고, 두 번째 여름에는 외교 임무를 맡아 갈렉으로 가는 아버지와 동행했다. 토름은 두 여름 모두 검술 학교에서 보냈다. 그래서 우리 대장은 아스타노였다.

아스타노는 첫날 저녁부터 우리를 끌고 센타스 언덕으로 갔다. 첫인상은 충격과 슬픔이었다. 거의 폐허가 되어 있었던 것이다. 해자는 겨울비에 침수되고, 방책 뒤의 흙더미는 미끄러져 내렸다. 방책 자체는 몇 군데가 부러져 있었고 탑과 성문을 만든 바위 더미들은 무너져 내렸다. 날씨 탓이 아니라 사람이 한 짓이었다.

"그 더러운 농노들이." 티브가 으르렁거렸다. 티브도 이젠 목소리가 변하고 있어서 으르렁거리는 소리가 났다. 우리는 농장 아이들에게 돌을 맞았을 때와 똑같이 밉고 치욕적인 경멸을 느끼며, 우리 꿈의 도시가 무너진 것을 슬퍼하며 울적한 마음으로 황폐해진 언덕에 둘러앉았다. 그러나 아스타노와 소투르는 마음을 다잡고, 방책을 어떻게 하면 쉽게 복구할 수 있을지 의논하다가 해 질 녘에는 다시 돌을 쌓아 탑을 만들기 시작했다. 그래서 우리는 집으로 돌아가서 별 아래 짚요를 깔고 누워 센타스의 재건축 계획을 짰다.

소투르가 말했다. "있지, 개네들의 도움을 받아서 지을 수 있으면, 그러면 개네도 거길 미워하지 않을지도 몰라."

리스가 말했다. "으엑! 난 개네들이 내 가까이에 있는 거 싫어요. 더러워."

"그들을 믿을 순 없어." 우테르가 말했다. 이번 여름에는 전처럼 마르지 않고 건강해진 모습이었지만, 점잔 빼는 태도는 덜해지지 않았다.

"암나귀 데리고 있던 애는 괜찮아." 우테르의 누이 우모가 말했다.

"코미 말이지." 아스타노가 말했다. "그래. 코미는 착했어. 걔가 노래할 때 기억나?"

우리는 모두 누워서 언덕 정상에서 경험했던 신비로운 황금빛 저녁을 돌이켰다.

"주임에게 물어봐야 해." 아스타노가 소투르에게 말했고, 두 사람은 잠시 농장 노예를 우리 쪽으로 끌어올 가능성을 의논했다. "걔네 보고 우릴 위해 일하라고 한다면." 소투르가 말하자 아스타노가 대꾸했다. "일하겠지. 우린 그들 못지않게 열심히 일했어! 해자 파는 일은 끔찍했다고! 그리고 야벤이 없었다면 절대 해내지 못했을 거야."

"그치만 명령을 내리는 건…… 다를 텐데." 소투르가 말했다.

아스타노가 말했다. "그렇지."

그걸로 끝이었다. 그 이야기는 다시 나오지 않았다.

야벤이나 에베라의 기준과는 달랐을지 몰라도 우리는 센타스를 다시 지었다. 다시 짓고 나서는 정화 의식을 거행했다. 우리 선생님이 최고 사제 격으로 행렬을 이끌고, 요새 안에는 성화를 피우고, 가로의 시에 묘사된 대로 성벽을 돌았다. 우리는 여름 내내 무리 지어, 쌍으로, 혼자서 그 언덕 꼭대기를 자주 찾았다. 우리 모두 농장에서 찾을 수 있는 모든 풍요로운 숲과 언덕과 개울가 중에서도 우리가 가장 사랑하는 곳은 우리 요새이자 피난처라고 느꼈다.

센타스 보수 작업을 빼면 큰 과제는 없었다. 춤극을 몇 편 공연하기는 했지만, 대부분 기억나는 것은 버드나무와 오리나무 아래 웅덩이에서 티브와 같이 헤엄치던 일, 그늘에서 뒹굴거리며 잡담을 나누던 일, 그리고 농장 남쪽 숲을 헤매던 길고 산만

한 탐험들이다. 우리는 매일 오전 시간 절반은 선생님에게 수업을 들으며 보냈고, 헤라만드에서 노래 선생님이 와 있었기 때문에 리스와 살로는 자주 소투르와 우모와 같이 음악 수업을 받았다. 소투르의 어린 조카 우테가 '꼬맹이들'에서 졸업해서 오코에게 보살핌을 받으며 우리와 같이 뛰어다녔다. 그리고 때로 우리는 조금 큰 아기들 한 무리를 데리고 개울에 내려가서 길고 뜨거운 오후 내내 물장구치고 비명 지르고 빽빽거리고 자는 아이들을 감시하기도 했다.

소투르의 숙모들과 어머니도 자주 우리와 합류했고, 가끔은 여자들이 목욕을 하겠다고 해서 우테르와 티브와 내가 쫓겨나기도 했다. 우테르는 농장의 사내아이들이 덤불 속에 숨어서 엿보려 한다고 믿었다. 그는 나서서 위아래로 순찰을 돌며 티브와 나에게 자기를 도와서 '비열한 악당들이 여성분들에게 가지 못하게' 하라고 명령했다. 어머니의 성스러움을 해치는 죄에 얼마나 끔찍한 벌이 내려지는지 알던 나는 농장 노예들이 절대 우리 목욕 웅덩이 근처에 오지 않을 거라고 확신했지만 우테르는 오염이라는 개념에 매혹되어서는 끊임없이 그런 생각을 했다.

나는 사춘기가 느렸다. 나에게는 우테르의 집착도, 덤불 속에 숨으면 뭐가 보일 것인가에 대한 티브의 남자다운 척하려는 시도도 바보 같아 보였다. 나는 여자들이 어떻게 생겼는지 알았다. 평생 여자들과 같이 살지 않았던가. 티브는 지난겨울에 남자 숙소로 옮겼다는 이유만으로 여자가 옷을 벗으면 뭔가 특별한 게 있다는 듯이 굴었다. 내 생각엔 그거야말로 진짜 어린애 같은 행동이었다.

그건 나중에, 소투르가 노래하는 걸 들었을 때 내가 느낀 감정과는 아무런 관련이 없었다. 그 감정은 완전히 다른 무엇이었다. 육체와는 관계없었다. 귀를 기울이고 고통과 영광과 말할 수 없는 동경에 휩싸인 건 내 영혼이었다······.

그 여름 늦게 야벤과 토름이 아버지와 함께 벤테에 왔고, 가문의 남자들이 존재하는 것만으로 가문과 노예 사이에 다시 깊은 경계선이 그어졌다. 어느 날 나는 혼자 있을 곳을 찾아 나갔다 농장 남쪽에 있는 수풀 무성한 언덕들 사이에 자리 잡은 아름다운 참나무 숲을 찾아냈다. 맑은 개울이 흘러내렸고, 경사면을 반쯤 올라간 곳에 작고 기묘한 돌 구조물이 있었다. 사당인 것은 분명한데, 어떤 신에게 바친 곳인지는 알 수 없었다. 나는 살로에게 그 이야기를 했고, 살로 누나도 그곳을 보고 싶어 했다. 그래서 어느 날 오후에 누나와 리스와 티브를 데려갔다. 티브는 재미없어했다. 계속 돌아다니더니 혼자 농장으로 돌아가버렸다. 리스와 살로는 내가 그랬듯이 그 숲과 그늘과 무너진 제단에 어떤 존재감 또는 축복이 있음을 느꼈다. 두 사람은 졸졸 흘러가는 작은 개울 근처 늙은 참나무들이 드리운 엷은 그림자 속에, 예전에는 사당을 둘러싼 잔디밭이었을 땅에 앉았다. 둘 다 작은 물레가락과 구름 같은 양털을 들고 있었다. 이제는 둘 다 어디에 있든 여자다운 일을 하는 모습만 보여야 하는 나이였기 때문이다. 그런 두 사람이 호위도 없이, 허락도 구하지 않고 나와 같이 빠져나갈 수 있다는 것만 해도 벤테에서나 누릴 수 있는 기적적인 자유였다. 벤테 아닌 다른 곳에서라면 열네 살짜리 집안 노예 소녀 둘이 집 밖에 나가는 건 상상할 수 없는 일이었다. 그러나 둘은 단정하게 일거리를 가지고 나왔고, 어머니는 벤테의 너그러움을 믿는 만큼 살로와 리스도 믿었다. 그래서 우리는 경사면의 성긴 풀밭에 드리운 뜨거운 8월의 그늘에 앉아서 흐르는 물의 서늘한 숨결을 느끼며, 오랫동안 입을 열지 않았다. 평화롭게, 자유롭게.

"혹시 메에게 바치는 제단 아니었을까." 리스가 말했다.

살로는 고개를 저었다. "형태가 올바르지 않아."

"그럼 누구야?"

"여기에만 살았던 신일지도 모르지."

"참나무 신이라든가." 내가 말했다.

"그건 이에네잖아. 아냐." 살로는 평소답지 않은 확신을 갖고 말했다. "이에네는 아니야. 여기 있는 신이었어. 이 장소의 신. 이곳의 정령."

"뭘 바치고 가야 하지?" 리스가 반은 진지하게, 반은 농담으로 물었다.

"모르겠어. 찾아보자." 살로가 말했다.

리스는 빙그르르 돌았다. 팔과 손짓이 우아하면서도 최면을 일으키는 듯했다. 리스는 살로만큼 예쁘진 않았지만, 반짝이는 긴 검은 머리와 꿈꾸는 듯한 기름한 눈을 지닌 차분하고 매력적인 여성으로 성숙해갔다. 그녀는 조용히 한숨을 쉬고 말했다. "영원히 여길 떠나고 싶지 않아."

리스는 몇 년 후에 선물로 주어질 터였다. 젊은 오디란 에디르에게 갈 수도 있고 아니면 헤라만드의 후계자에게 줄 가능성도 있었다. 아르카의 이익과 충성과 빚이 가리키는 곳은 어디나 갈 수 있었다. 우리 모두 아는 사실이었다. 노예 소녀들은 선물로 주기 위해 길렀다. 리스는 자신이 속한 집이 그녀의 가치를 알고 잘 대해줄 곳에 주리라 믿었다. 두려움도 없었고, 어디로 보내질지 누구에게 주어질지에 대한 호기심도 별로 없었다. 나는 리스와 살로가 나누는 이야기를 들어서 알았다. 살로는 우리 집을 떠나지 않을 것이다. 살로는 야벤에게 짝 지워져 있었고, 이것 역시 모두가 아는 사실이었다. 그러나 아르카만드에서는 가문의 딸들을 일찍 시집보내지 않았고, 노예 소녀들도 열셋이나 열네 살에는 선물하지 않았다. 육체적으로 성숙했다 해도 말이다. 이에메르는 우리 집의 여자들에게 어머니의 말을 되풀이했다. "여자는 여자답게 성숙할 시간을 두고, 아직 아이일 때 아이를 배지 말아야 더 건강하고 오래 사는 거야." 그리고 에베라는 동의의 뜻으로 트루덱을 인용했다. "처녀는 완전히 자라서 지혜를 얻을 때까지 처녀로 남겨두어라. 조상들에게는 순결한 딸의 숭배가 제일 기꺼우니." 그리고 마부인 셈은 말했다. "한 살배기 망아지를 교배시키진 않잖냐?"

그러니 리스도 당장 집을 떠나서 에디르만드나 헤라만드에서 선물 여자로 사는 처지를 배울 걱정에서 하는 이야기가 아니라, 몇 년 안에 새로운 삶으로 넘어가게 되어 우리를 보기 어려울 것을 알고, 지금 같은 자유를 다시 누리지 못하리라는 것을 거의 확실하게 알기 때문에 하는 말이었다.

리스의 반항기 없는 애수가 살로와 내 마음을 건드렸다. 우리는 언제까지나 우리 가문의 사람들과 더불어 살 것임을 아는 안전한 입장이었기에.

누나는 개울 건너편의 따뜻하고 그늘진 숲 속을 바라보며 물었다. "리스, 만약 자유의 몸이 되면 뭘 할 거야?"

"여자들은 자유민이 되지 않아." 리스는 정확하게 사실을 짚었다. "영웅적인 일을 한 남자들만 풀어주지. 동화 속에서 주인님의 보물을 지킨 그 따분한 노예처럼 말이야."

"하지만 노예가 아예 없는 나라도 있어. 그런 곳에 살면 너도 자유일 거야. 모두가 자유겠지."

"하지만 난 외국인일 거 아냐." 리스가 웃으며 말했다. "뭘 할 지 내가 어떻게 알지? 미치광이 같은 짓!"

"음, 그치만 생각만 해봐. 만약 여기, 에트라에서 자유가 된다면 말이야."

리스는 잠시 생각에 잠겼다. "내가 자유 노예가 된다면, 결혼도 할 수 있겠지. 그러면 내가 낳은 아이들을 키울 수 있을 거야……. 그렇지만 내가 원하든 원하지 않든 직접 애들을 돌봐야겠지? 모르겠어. 난 자유 노예가 된 여자는 하나도 몰라. 그게 어떨지도 모르고. 너라면 뭘 할 건데?"

"모르겠어." 살로가 말했다. "왜 이런 생각을 하는지도 모르겠어. 그렇지만 생각이 나."

리스는 잠시 후에 찬찬히 말했다. "결혼을 하면 좋겠지. 너도 알잖아." 나는 리스의 말뜻을 알아듣지 못했다.

"아, 그럼!" 살로는 마음에서 우러난 대답을 내놓았다.

"그치만 알잖아, 살. 야벤-디는 널 어디 넘기지 않을 거야."

"안 그러겠지." 살로의 목소리엔 야벤에 대해 말할 때면 늘 그렇듯 애정과 뿌듯함과 당혹감이 깃들어 있었다.

나는 이제야 리스가 한 말 뜻을 이해했다. 리스는 선물받은 여자를 줘버리든, 다른 남자에게 빌려주든, 여자 구역으로 보내어 다른 여자가 낳은 아기를 돌보게 하든 좋을 대로 할 수 있는 주인의 힘에 대해 이야기했던 것이다. 여자는 아무 역할도 없이 그저 복종하기만 해야 하는 권력. 그런 생각을 하니 남자로 태어난

게 어찌나 행운이라고 느껴지던지. 그래서 내가 이야기할 차례가 돌아오자 조금 당황스러웠다. "넌 어쩔래, 가브?"

"내가 자유가 되면?"

누나는 똑같은 애정과 뿌듯함을 담아, 그러나 당혹스러움 대신 살짝 놀리는 표정으로 나를 보며 고개를 끄덕였다.

나는 잠시 생각하다가 말했다. "음, 난 여행을 하고 싶어. 대학이 있는 메순에 가고 싶어. 파가디도 보고 싶고. 센타스의 폐허도. 그리고 책에서만 읽어본 도시들, 탑의 도시 레스바, 네 운하와 열다섯 개의 다리가 있는 아름다운 안술……."

"그러고는?"

"그러고는 새 책을 잔뜩 들고 아르카만드에 돌아와야지! 선생님은 새로운 책을 사 오는 일에 대해선 말도 안 꺼내셔. '오래된 게 안전한 게다.'" 나는 점잔 빼는 에베라를 흉내 내어 개구리처럼 입을 뻐끔거렸다. 리스와 살로가 깔깔거렸다. 우리가 상상할 수 있는 자유에 대한 대화는 그 정도였다.

우리는 그 장소의 정령에게 아무 공물도 바치지 않았다. 기억도 일종의 공물이라 보지 않는다면.

그다음 해 여름, 우리의 농장 체류는 전쟁에 대한 소문 탓에 짧아졌다.

우리는 헤라만드의 친척들과 더불어 평소처럼 도착했고, 첫날 저녁에 또 폐허가 되어 있을 거라 생각하면서 아홉 명이 같이 센타스 언덕으로 몰려갔다. 그러나 겨울비가 해자와 참호를 손상시키긴 했어도 성벽과 탑은 서 있었고, 어떤 부분은 더 높이 쌓아 올리기까지 해놓았다. 농장 아이들 몇 명이 이곳을 자기들의 은신처 내지는 놀이 요새로 삼은 게 분명했다. 우모와 우테르는 우리 센타스가 침입당하고 오염되었다고 느끼며 분개했지만, 아스타노는 말했다. "이젠 언제까지나 여기에 성채가 있을지도 몰라."

그해 여름에 해자를 치우고 참호와 방책을 강화하느라 열심히 일한 사람은 오코와 우모뿐이었다. 아스타노와 소투르는 대부분 시간 동안 여자들과 있어야 했고, 나머지는 각자 다른 일로 흩어졌다. 나는 티브와 헤엄치고 낚시를 했다. 살로 누나가 집에서 빠져나갈 수 있을 때는 누나와 같이 참나무 숲을 다시 찾았다. 리스와 같이 갈 때도 있고, 우리끼리 갈 때도 있었다. 그리고 나는 예상치 못한 친구를 만들었다.

센타스에서 방책을 보강하는 오코와 우모를 도와주다가 한창 더운 시간에 포도밭을 가로질러 집으로 돌아가던 중이었다. 넋이 나갈 듯한 빛과 열기 속에 멀고 가까운 곳에서 귀뚜라미와 매미들이 울어댔다. 포도밭 일꾼 하나가 다른 길을 따라 내 쪽으로 다가왔다. 포도송이가 막 영글기 시작한 키 큰 포도나무들 사이로 가끔씩 그의 모습이 보였다. 서로의 옆을 스칠 즈음 되자 일꾼이 걸음을 멈추더니 말했다. "디." 그건 시골 사람들이 주인을 부르는 방식이었다. 이름은 없이 경칭만 말하는 것이다.

깜짝 놀란 나는 걸음을 멈추고 길게 늘어진 포도나무 옆으로 그를 응시했다. 코미였다. 언덕 꼭대기에 올라갔을 때 암나귀를 끌고 그날 저녁에 노래를 불렀던 소년. 코미는 그때보다 훨씬 나이 들어 보였다. 어른 남자로 보일 정도였다. 듬성듬성 턱수염이 났고 얼굴은 마르고 단단했다. 나는 그의 이름을 불렀다.

코미는 내가 자기를 안다는 사실에 놀라고 기뻐하는 게 분명했다. 그는 잠시 조용히 서 있다가 말했다. "우리가 그 바위에 손을 대서 괜찮을지 모르겠네."

"좋던데." 내가 말했다.

"작년에 거길 무너뜨린 건 메리브 네 패거리였어."

"괜찮아. 그냥 놀인데 뭐." 나는 이 어두운 친구에게 뭐라고 말해야 할지 몰랐다. 그의 억양은 이해하기 힘들었고, 네다섯 발짝은 떨어져 있는데도 퀴퀴한 냄새가 났다. 그는 맨발이었고, 거칠고 못 박힌 검은 발은 포도나무 뿌리처럼 대지에 박혀 있었다.

긴 침묵이 흘렀고, 내가 작별 인사를 하고 계속 가려는 순간 코미가 말했다. "낚시하기 좋은 데 알려줄 수 있는데."

그해 여름에 나는 낚시를 많이 했다. 티브와 나는 농장 사람들이 송어를 잡는 개울이 있다는 말을 들었지만, 우리는 한 번도 잡아보지 못했다. 내가 관심 있다는 식으로 말하자 코미는 "오늘 저녁에 바위 요새에서"라고 말하고 포도나무 사이로 성큼성큼 걸어갔다.

이 모험 전체에 미심쩍은 기분이 들긴 했지만 나는 코미가 나타나지 않으면 오코와 우모를 위해 일이라도 더 할 수 있지 않겠느냐고 생각하면서 그날 오후 늦게 센타스로 돌아갔다. 그러나 내가 도착하고 얼마 지나지 않아서 포도밭을 가로지르는 코미가 보였다. 나는 내려가서 코미와 만났고, 우리는 말없이 언덕 발치를 흐르는 개울을 따라갔다. 개울은 더 큰 개울과 합쳐졌고, 버드나무와 오리나무와 월계수 사이로 이어지는 오솔길을 따라 다시 반 킬로미터쯤 더 걷자 어느 언덕 발치에서 물이 깊은 웅덩이로 떨어지더니 거기에서 매끈한 큰 바위들 사이로 고요히 흘러갔다. 우리는 기본적인 낚시 도구를 하나씩 들고 있었다. 우리는 말없이 낚싯줄에 미끼를 꿰고 바위를 하나씩 골라 서서 어두운 웅덩이에 줄을 드리웠다. 낮이 긴 계절 특유의 따뜻하고 조용한 저녁이었다. 해가 지려면 아직 한 시간쯤 더 있어야 했다. 부드러운 햇살이 나무 사이로 스며들어 비스듬히 꽂혔다. 작은 날벌레들이 수면에 잔물결을 일으키고, 강둑 아래 어둠 속을 날아다녔다. 1분 만에 물고기가 내 줄을 당겼고, 나는 본능적으로 또는 무심결에 고기를 잡았다. 무게가 이삼 킬로그램은 나가는 화려한 분홍색 점박이였다. 나는 그런 물고기를 어떻게 해야 할지 잘 몰랐다. 코미의 웃는 얼굴이 보였다. "초보자의 운이네." 코미는 줄을 다시 던지면서 말했다.

거기 서서 낚싯줄을 드리우고 가끔 잡기도 하면서, 나는 물 위로 솟은 바위에 서 있는 깡마르고 수수께끼 같은 조용한 젊은이가 고맙고 좋아졌다. 왜 그가 농장 사람들과 도시 사람들을 가르는 무지와 적의를 가로질러 내게 손을 뻗었는지, 어떻게 그가 지식과 경험의 차이가 엄청난데도 우리가 친구가 될 수 있음을 알았는지 알 수 없었다. 그러나 그랬다. 우리는 거의 아무 말도 하지 않았지만, 침묵 속에 신뢰가 있었다.

불그스레한 빛이 나무들 사이로 사그라지자 우리는 잡은 고기를 모았다. 코미에겐 그물망이 하나 있었고, 나는 내가 처음 잡은 커다란 물고기와 나중에 잡은 작은 물고기 두 마리를 코미가 잡은 두 마리와 함께 집어넣었다. 하나는 송어, 하나는 몸통이 가느다랗고 입이 흉포하게 생긴 고기였다. 코미를 따라 어스름한 숲 속에 묻힌 오솔길을 걸어가다보니 마침내 포도밭이 나왔다. 이제는 숲이 아니어도 주위가 어두워져 있었다. 길에 이르자 내가 말했다. "고마워, 코미."

코미는 고개를 끄덕이고, 나에게 물고기를 주려고 걸음을 멈췄다.

"가져가."

코미는 주저했다.

"어차피 난 요리 못 해."

코미는 어깨를 으쓱였고, 어둠 속에서 번득이듯 미소 지었다. 그는 고맙다고 중얼거리고 빠른 걸음을 옮겼다. 그리고 금세 어스름 속에서 팔을 길게 뻗은 키 큰 포도나무들 사이로 사라졌다.

그 후로 몇 번인가 더 코미와 낚시를 갔다. 매번 다른 장소였다. 코미가 날 찾아서 별말 없이 저녁에 낚시 가겠느냐고 물어볼 때마다 그가 항상 내가 있는 곳을 안다는 걸 깨닫고 조금 불안하기도 했다. 티브는 한 번도 데려가지 않았다. 코미와 가는 원정에 대해 말하지도 않았다. 내겐 그럴 권리가 없다고 느꼈다. 티브를 같이 데려가고 싶었다면 코미가 벌써 물어봤을 것이다. 그래도 살로 누나에게는 이야기했다. 누나에겐 비밀이 없었으니까. 살로 누나는 코미 이야기를 듣는 것을 좋아했다. 왜 코미가 날 친구로 택해서 자기만의 낚시 웅덩이에 데려가는지 내가 어리둥절해하자 누나는 말했다. "글쎄, 아마 코미는 외롭고, 또 네가 마음에 들었나보지."

"내가 마음에 들지는 어떻게 알고?"

"언덕을 올라갔을 때 널 봤잖아. 그리고 분명히 우리가 걔네를 보는 것보다 걔네가 우릴 더 많이 볼걸. 널 믿어도 된다는 걸 알 수 있었을 거야."

"늑대를 사귀는 기분이야." 내가 말했다.

"그쪽 마을에 가볼 수 있으면 좋겠다." 누나가 말했다. "못 그런다니 정말 이상해. 그 사람들 진짜 야생 동물 같잖아. 농가에 오는 여자들 몇 명은 집안 사람들의 친척이야. 괜찮아 보여. 무슨 말을 하는지 알아듣기 힘들어서 그렇지."

이 말을 듣고 나는 언젠가 코미에게 집까지 같이 가도 되느냐고 물어보자고 생각했다. 과수원 전쟁과 길가 매복으로 농장 사람들과 껄끄럽긴 했어도 나 역시 늘 계곡 밑에 있는 어두침침한 집들이 궁금했기 때문이다. 그래서 다음에 코미와 같이 저녁때 강가에서 돌아오다가 말했다. "같이 갈게." 그날 밤엔 수확이 상당히 좋아서, 내 팔뚝만 한 괴물 송어도 한 마리 잡은 참이었다. 그걸 들고 간다는 게 핑계가 되었다. 코미는 아무 말이 없었고, 나는 잠시 후에 물었다. "사람들이 꺼릴까?"

지금 생각하면 코미는 내가 대화할 때 쓰는 단어의 의미를 알아듣는 게 많이 곤란했던 것 같다. 그는 생각에 잠기더니 마침내 어깨를 으쓱였다. 우리는 마을 안으로 들어갔다. 공동 주택과 오두막 굴뚝에서 연기가 올랐고 음식 냄새가 진동했다. 집들 사이로 구불구불 이어지는 바퀴 자국 깊은 흙길에서 어두운 형체들이 우리 옆을 지나갔고 개가 끈질기게 짖어댔다. 나는 코미가 공동 주택으로 갈 거라 생각했지만, 그는 겨울 진흙을 피하려고 짧은 기둥 위에 지어둔 낡은 오두막 하나로 향했다. 문으로 이어지는 나무 계단에 남자가 한 명 앉아 있었다. 포도밭에서 일하는 모습을 본 기억이 있었다. 그와 코미는 툴툴거리는 듯한 소리로 인사를 나누었고, 남자가 말했다. "저건 누구냐?"

"집 출신요." 코미가 말했다.

"어이." 남자는 놀라서, 일어날 듯 몸을 굳히고 말했다. 코미가 가문의 일원을 데려온 줄 알고 겁을 먹었던 것 같다. 코미는 내가 집안 노예라는 것을 알려주는 말을 해서 남자를 안심시켰다. 남자는 말없이 나를 응시했다. 더할 수 없이 불편한 기분이었지만, 여기까지 와서 물러서고 싶지 않아서 말했다. "들어가도 될까?"

코미는 머뭇거리다가 매번 그랬듯 어깨를 으쓱였다. 그는 앞장서서 집 안으로 들어갔다. 안은 벽난로 안에 두껍게 쌓인 재 밑에서 반짝이는 흐릿한 불빛을 제외하면 깜깜했다. 사람들이 있었다. 여자, 노인, 아이—어두운 덩어리들이 사람 몸과 개와 음식과 나무와 흙과 연기 냄새 가득한 무거운 공기 속에 모여 있었다. 코미는 내게서 큰 물고기를 받아서 다른 고기들과 같이 어느 여자에게 건넸다. 내 눈에는 그 여자도 커다란 그림자와 번득이는 눈으로만 보였다. 코미와 여자는 한두 마디를 나누었고, 여자는 나를 돌아보았다. "그럼 같이 먹을래요, 디?" 친절하기는커녕 비웃음이 섞인 목소리였지만, 그래도 그녀는 대답을 기다렸다.

"아니에요, 마-이오. 집에 가봐야 해요. 고맙습니다." 내가 말했다.

"큰 고긴데." 그녀는 큰 물고기를 들고 말했다.

"고마워, 코미." 나는 뒷걸음질치며 말했다. "행운과 에누께서 이 집에 축복을 내리시길!" 그리고 나는 잰걸음으로 떠났다. 겁먹고 진저리 나고 떠나게 되어 기쁜 와중에도 거기까지 들어갔다는 사실을 기뻐하면서. 최소한 살로에게 말할 거리는 생겼으니 말이다.

살로는 그 오두막집에 한 가족이 살고 계단에 앉아 있던 남자는 코미의 아버지였을 거라고 생각했다. 살로는 농가에서 일하는 여자들의 이야기로부터 결혼은 하지 못해도 시골 사람들은 흔히 자기 배우자 또는 배우자들과, 아이들과 같이 산다는 사실을 알아냈다. 노예들이 일과 땅만 알고, 평생 개울가 어두운 마을 속에서만 보낼 노예를 더 낳는다면 농장에 좋은 일이었다.

"나도 코미를 다시 만나보고 싶어." 살로가 말했다.

다음에 코미가 찾아왔을 때 나는 말했다. "참나무 숲에 있는 오래된 제단 알아?"

그는 고개를 끄덕였다. 물론 알았다. 코미는 벤테 농장과 그 주위에 있는 바위와 나무와 개울과 밭을 모두 알았다.

"오늘 저녁에 거기서 우리랑 만나자. 낚시 대신에."

"우리가 누구야?"

"나랑 누나."

그는 생각해보더니 예의 으쓱임으로 고갯짓을 대신하고 갔다.

살로와 나는 해가 지기 한 시간쯤 전에 나갔다. 살로는 실패를 들고 앉았다. 가늘게 빗은 구름 같은 양털 덩어리가 누나의 손가락 아래에서 끊임없이 회갈색의 끝없는 실로 변해갔다. 코미는 버드나무 관목 사이에 드러난 작은 강바닥 위에 조용히 나타났다. 살로가 인사를 하자 그는 고개를 끄덕이고 조금 떨어진 곳에 앉았다. 누나가 포도밭 일꾼이냐고 묻자 그는 그렇다고 말하고, 더듬거리며 포도밭 일 이야기를 조금 했다. "지금도 노래 불러, 코미?" 살로가 묻자 그는 어깨를 으쓱이고 고개를 끄덕였다.

"불러줄래?"

전에 언덕 꼭대기에서 그랬던 것처럼 코미는 대답 없이 오랫동안 침묵을 지켰다. 그러다가 노래했다. 전과 똑같이 출처도 중심도 없는 것 같은 기묘하고, 높고, 부드러운 노래였다. 사람 목에서 나오는 게 아니라 벌레들의 노랫소리처럼 허공에 매달린, 가사는 없지만 모든 언어를 넘어서는 슬픔이 깃든 노래.

나는 소투르를 그 참나무 숲에 데려갈 계획을 세웠다. 코미의 노래를 듣든, 살로와 나와 같이 평화롭게 앉아 있든, 소투르가 그곳에 있으면 어떨지 상상할 수 있었다. 소투르는 제단에 가볼 것이고, 어쩌면 그게 어떤 신에게 바쳐진 제단인지 알지도 몰랐다. 작은 개울가에 내려가볼 것이고, 시원함을 찾아서 발을 담글지도 몰랐다. 아마 살로와 나란히 앉아서 실을 자으며 가만가만 이야기를 나누다가 한 번씩 웃음을 터뜨리겠지. 나는 살로가 물어보는 게 최선이라고 생각했다. 당시에 나는 소투르와 정말 이야기를 나누고 싶었지만 무슨 이유에선지 그러기가 점점 힘들어지고 있었다. 그리고 나는 누나에게 소투르보고 같이 참나무 숲에 가자고 말해보라는 이야기를 자꾸 미뤘다. 잘은 모르겠지만 생각하고 상상하는 게 너무 즐거웠던 모양이다. 그러다가 결국엔 때를 놓쳤다.

에트라에서 소투르의 오빠들과 토름이 화급히 달려왔다. 경고와 명령이 전해졌다. 우리는 그날 밤으로 짐을 싸서 아침 일찍 농장을 떠나야 했다. 보투스에서 온 약탈자들이 모르 강을 건너 메르토의 포도밭과 과수원들을 불태웠다고 했다. 메르토는 벤테 남쪽으로 15킬로미터도 떨어지지 않은 마을이었다. 보투스가 금방이라도 들이닥칠 수 있었다. 토름은 물을 만난 고기처럼 퉁명스럽고 호전적인 태도로 활보했다. 그는 가족 여자애들에게 집 안에서 자라고 명령했고, 밖에 남은 우리는 토름이 계속 집 주위를 돌며 감시하는 바람에 잠을 제대로 잘 수 없었다. 해가 뜨기도 전에 아버지가 직접 말을 달려 왔다. 자정까지 공민의 의무에 붙들려 있었으나 우리에 대한 걱정 때문에 시내에서 기다리지 못한 것이다.

화창하고 더운 아침이었다. 농장 저택에서 일하는 사람들은 모든 짐을 싸고 싣느라 우리와 같이 힘겹게 일했고, 마침내 행렬이 긴 언덕길을 따라 내려가기 시작하자 구슬피 작별 인사를 했다. 밭에서 일하던 노예들은 지나가는 우리들을 흘긋 볼 뿐 말이 없었다. 나는 코미를 찾았지만, 아는 얼굴은 하나도 보이지 않았다. 농장 사람들은 에트라가 보낸 병사들이 약탈자들을 도중에 잡을지도 모른다는 희망만 안고 무방비로 기다려야 했다. 아버지는 이미 대부대가 출발했고 지금쯤이면 메르토와 벤테 사이에서 보투스인들을 모르 강으로 되몰고 있을 거라고 그들을 안심시켰다.

길은 벌써 뜨거웠고 먼지투성이였다. 토름은 입에 거품을 물고 땀을 흘리는 흥분한 말을 몰면서 "속도를 올려라, 서둘러라, 어서!"라는 외침으로 마부들을 들볶았다. 어머니가 탄 경차 옆을 달리던 아버지는 토름을 진정시킬 말은 한 마디도 하지 않았다. 아버지는 언제나 야벤에게 엄격하고 강경했지만 토름을 꾸짖거나 제지하는 것은 내키지 않아 하는 듯했다. 살로와 나는 걸으면서 그런 이야기를 했다. 나는 아버지가 토름을 발작으로 몰고 갈까 두려워한다고 생각했다. 살로는 고개를 끄덕였지만 덧붙여 말했다. "야벤은 아버지를 닮지 않았어. 토름은 닮았지. 어쨌든 외모는 말이야. 이젠 아버지와 똑같이 걸어. 쌍둥이처럼."

온화한 살로 누나치고는 꽤 거친 말이었지만, 누나는 토름과 호비를 언제나 싫어했다. 우리는 소투르-이오가 우리와 같이 걷고 있으며 아버지와 아들들에 대한 우리의 대화를 들었을지도 모른다는 것을 깨닫고 바로 입을 닫았다. 소투르는 아무 말 없이 우리와 함께 걷기만 했다. 찌푸린 얼굴이었다. 그때 소투르는 내려서 걸어도 된다는 허락을 받지 못했던 것 같다. 특히나 노예들과 같이 걸어도 된다는 허락은. 그녀는 자주 그랬듯이 가문 사람들 사이에서 빠져나왔던 것이다. 침묵 속에서 함께 오랜 길을 걸은 후에 소투르가 한 말이라고는 이것뿐이었다. "아, 살로, 가브…… 여름은 끝났어." 그리고 나는 그녀의 눈에 맺힌 눈물을 보았다.

5

우리 병사들에게 몰린 약탈자들은 강 쪽으로 돌아갔다. 보투스에 돌아간 수는 많지 않았다.

그러나 우리는 그해 여름에도, 다음 해 여름에도 벤테에 돌아가지 않았다. 습격과 경보가 끊이지 않았다. 보투스에서, 오스크에서, 그리고 마지막으로 훨씬 더 강력한 적인 카시카르에서.

그때를 돌이켜보면, 경보와 전투로 점철된 그 시간도 불행하지는 않았다. 전쟁의 존재와 위협은 평범한 일들에 긴장감과 흥분의 빛을 더해주었다. 어쩌면 남자들은 정치와 마찬가지로 전쟁에 의지해 자존감을 얻는지도 모른다. 폭력과 파괴의 가능성은 다른 때에는 경멸하는 집안 생활에 후광을 드리운다. 자존감을 필요로 하지도 않고 경멸을 공유하지도 않는 여자들은 전쟁의 미덕과 필요성을 이해하지 못하는 경우가 많은 것 같다. 그러나 그들도 그 후광에는 사로잡히고, 아름다운 용기를 사랑한다.

야벤은 이제 에트라 군의 장교였다. 포레 장군의 지휘를 받는 그의 연대는 주로 도시 서쪽과 남쪽에서 오스크와 모르바의 습격을 막았다. 전투는 산발적이었고, 적이 재편성하는 동안 길고 조용한 휴식기가 있었다. 야벤은 그런 휴식기마다 자주 집에 올 수 있었다.

야벤의 스무 번째 생일에 어머니는 그에게 열여섯 살이 된 살로를 선물했다. '어머니의 손으로' 선물하는 처녀는 가볍게 주어지지 않고, 적절한 격식을 차렸다. 그리고 그건 행복한 일이었다. 살로는 온 마음으로 야벤을 사랑했고, 그만을 사랑하고 섬기고 싶어 할 뿐이었으니 말이다. 야벤이 원하지 않은 상황이었다 해도 그토록 큰 애정을 거부할 순 없었겠지만, 야벤 역시 살로 누나를 원했다. 물론 결국에는 그도 자기 계급의 여자와 결혼해야겠지만, 그건 몇 년 후의 일이었고 당장은 문제가 되지 않았다. 야벤과 살로는 한없이 행복한 한 쌍이었다. 그들이 서로에게 느끼는 기쁨이 워낙 선명하고 생생해서, 촛불이 빛을 나누듯 주위에 즐거움을 퍼트릴 정도였다. 야벤은 도시 안에 있고 비번인 낮에는 동료 장교들이나 다른 젊은이들과 시간을 보냈지만, 밤이면 꼭 살로에게 돌아왔다. 그가 연대에 돌아가면 살로는 서럽게 울었고 야벤이 말을 타고 달려올 때까지 계속 슬퍼하고 걱정했다. 큰 키에 잘생긴 야벤이 큰 소리로 웃고 "살로는 어디 있지?"라고 외치며 달려오면 살로는 여느 젊은 병사의 신부처럼 수줍어하면서도 기쁨과 자랑스러움과 사랑에 불타는 얼굴로 비단방에서 달려 나가 그를 맞이했다.

나는 열세 살이 되어서야 여자 방에서 쫓겨나 뜰 너머로 가게 되었다. 나는 언제나 그쪽 막사로 가는 것을 두려워했지만 생각만큼 나쁘지는 않았다. 살로와 함께 자고, 자기 전에 이야기를

나누던 구석 자리가 몹시 그립기는 했지만 말이다. 1년 전부터
가 있었던 티브는 나를 보호하려는 듯한 몸짓을 했지만 그럴 필
요는 없었다. 덩치 큰 형들은 나를 괴롭히지 않았다. 어린아이
들에게 심하게 굴 때도 있었지만, 내 경우에는 이미 우물에 빠진
날 밤에 내 몫을 치렀고, 침묵함으로써 그들의 존경을 얻었기 때
문이다. 그들은 나를 '습지 새끼'니 '뾰족이'니 불렀지만 더 나쁜
욕은 하지 않았고, 대부분은 그냥 내버려두었다.

　낮 동안에는 그들을 볼 일이 별로 없었다. 내 일은 이제 온전
히 교실과 도서실에서 에베라와 함께하는 일이었다. 오코와 페
파라는 소년이 살로와 나 대신 비질을 했다. 이제 내 직무는 계
속 배우고, 에베라를 도와 어린아이들을 가르치는 일이었다. 교
실에는 새로운 무리가 들어와 있었다. 소투르의 조카들이 글자
를 배울 만큼 나이를 먹었고, 사거나 교환해서 새로 얻은 노예
아이들도 있었다. 선물용 여자인 살로는 힘들거나 지저분한 일
은 일체 면제받았다. 오직 방적이나 방직만 적당히 하고, 야벤
을 위해 깨끗하고 예쁘게 스스로를 가꾸기만 하면 되었다. 사실
살로는 야벤이 군대와 같이 나가 있으면 무척 지루해했다. 활동
적인 일을 했던 누나에게 다른 선물용 여자들과 시녀들은 지루
하고 답답하기만 했다. 그런 말을 하지는 않았고 불평하지도 않
았지만 누나는 가능할 때마다 비단방을 빠져나와 교실로 돌아
와서 읽기를 계속하거나 에베라와 나를 도와 어린아이들을 가
르쳤다. 그리고 나와 도서실에서 만나는 일도 잦았다. 그곳에서
우리는 둘이서만 이야기를 나눌 수 있었다. 누나는 언제나 그러
했듯 나를 신뢰했고, 나에게 의지했으며 내가 누나를 의지한다
는 걸 알았다. 우리 우애는 내 삶의 기쁨이었다. 누나는 내 영혼

의 반쪽이었다. 나는 누나와 같이 있을 때만 온전히 자유롭고 평화로웠다. 오직 누나에게만 모든 진실을 이야기할 수 있었다.

내가 '기억'이라고 부르는, 어렸을 때 갖고 있던 환시 또는 백일몽에 대해 말하지 않은 지 오래되었다. 이때까지도 기억은 찾아왔지만, 전만큼 자주는 아니었다. 살로 누나 외에는 아무에게도 그 이야기를 하지 않는 습관을 깬 적이 없기에, 지금까지도 그런 이야기를 꺼내기 힘든 것 같다.

벤테에서는 그런 종류의 기억이 찾아온 적이 거의 없었지만, 아르카만드로 돌아오자 가끔씩, 주로 혼자 책을 읽거나 잠에 빠지려고 할 때, 잠에서 깨어날 때 한 번씩 반짝이는 물 위로 보이는 푸른 언덕과 갈대밭과 불규칙한 배의 움직임을 보고 느끼곤 했다. 아니면 에트라의 지붕 위로 떨어지는 눈을 보기도 했다 (이제 그 장면은 예시일 뿐 아니라 진짜 기억이기도 했다). 아니면 강가 묘지에 서 있거나, 광장에 서서 거리에서 싸우는 남자들을 보거나, 높고 어두운 방 안에서 남자가 섬세하고 슬픈 얼굴을 돌려 내 이름을 부르는 광경을 보았다.

다만 새로운 환시를 보는 일, 전에 기억한 적 없는 뭔가를 기억하는 일은 드물어졌다. 몇 번인가 내가 알지 못하는 도시의 가파른 언덕길을 올라가는 순간을 기억했다. 비가 왔고 높고 어두운 집들 사이 길거리는 음울하고 기묘했지만, 내 안에 혹은 내 위에는 빛 같은 것이 있었다. 보이지 않는 등불이라도 든 것처럼. 그보다 더 잘 어울리는 표현을 못 찾겠다.

살로가 야벤에게 주어진 겨울에 한 번은 끔찍한 모습을 보았다. 바짝 마른 송장처럼 마르고 시커먼 남자가 알몸으로 춤을 추는 모습. 머리는 너무 컸고, 표정 없이 번쩍이는 눈동자에 입 대신 뻘건 구멍이 나 있었다. 나는 어두운 장소에 누운 것처럼 아래쪽에서 그를 올려다보았다. 그 환시는 다시는 보고 싶지 않았다. 몇 번인가는 낮은 돌 천장 아래 돌바닥에 희미한 빛이 기묘하게 떨어지는 동굴 속을 기억하기도 했다. 그리고 붙잡아서 또렷이 회상하기에는 너무 빨리 스쳐 지나가지만, 일상 속에서 장소나 사람과 마주쳤을 때면 가보았거나 얼굴을 본 기억이 있다는 걸 알게 되는 짧은 장면들이 있었다. 많은 사람이 가끔씩 이런 경험을 하지만, 어째서 처음 벌어지는 일을 기억하는 듯이 느껴지는지는 알지 못한다. 내게는 조금 달랐다. 나는 사건이 일어난 순간 예전에 그 사건을 언제 어디에서 기억했는지 기억할 수 있었으니까.

일단 그 일이 일어나고 나면 내 기억도 여느 기억과 비슷해졌고, 내 의지로 기억을 불러일으킬 수 있었다. 아직 일어나지 않은 일의 영상으로는 그럴 수 없었다. 눈이 내리던 날의 경우에 나에겐 그 사건의 기억, 그 사건이 일어나기 전에 환시로 본 기억, 가끔 나도 모르게 찾아드는 환시 자체까지 세 개의 장면이 있었다. 그러니까 한 번 내린 눈에 기억은 셋이었다.

누나와 같이 있어서 즐거운 것 중에는 이런 기묘한 환시나 기억에 대해 이야기하고, 그게 무엇이며 무슨 의미일지 의논하고, 그럼으로써 그런 기억 일부에 따라오는 두려움을 약화시킬 수 있다는 점도 있었다. 그리고 누나에게서 가문 안에서 벌어지는 일들을 듣기도 했다.

야뻰과 아스타노는 학업을 끝냈고 토름은 군사기술을 배우기 위해 빠져나간 지금은 가문의 어린아이들과 소투르밖에 볼 수 없었다. 소투르는 아직도 에베라와 같이 공부하러 왔고, 교실이나 도서실에 와서 책을 읽기도 했다. 소투르와 살로와 내가 다 모여서 벤테 농장에서 별을 보며 그랬던 것만큼 편하게 대화에 빠져드는 일도 꽤 자주 있었다. 그러나 그때만큼 스스럼없지는 않았다. 우린 더 이상 아이들이 아니었고, 계급을 의식해야 했다. 그리고 나는 소투르에 대한 감정이 혼란스러웠다. 그 감정은 순수한 동경과 격한 성적 욕망이 뒤엉킨 것이었는데, 나는 전자를 기쁘게 받아들인 반면 후자를 깨달으면 무서웠고 사실이 아니라고 부인했다.

욕망은 금지된 감정이었다. 순수한 동경은 허락되었으나 혀가 꽁꽁 묶인 듯 표현할 수가 없었다. 그나마 쓴 조잡한 시도 소투르에겐 한 번도 보여주지 않았다. 어쨌든 소투르는 욕망도 동경도 원하지 않았다. 우정을 원했다. 그녀는 외로웠다.

소투르에게 제일 가까운 벗은 언제나 아스타노였는데, 아스타노는 이제 구혼과 혼인을 위한 훈련을 받고 있었다. 아스타노를 코릭 벨토모 룬다와 약혼시킨다는 소문이 있었다(살로가 그렇게 말했다). 그는 에트라에서 가장 부유하고 강력한 평의원이며 우리 아버지 알탄 아르카가 권력과 영향력을 많이 빚지고 있는 룬다의 아들이었다. 살로는 비단방에서 이런 유의 뒷말을 많이 들었다. 살로는 무슨 이야기를 듣건 나에게 전했고 우리는 같이 그런 이야기를 나눴다. 사람들 말이 코릭 룬다는 병역을 수행한 적이 없다고 했다. 코릭과 특별히 친한 친구들은 부유한 자유 노예들과 방종한 소귀족들이었다. 그는 잘생겼지만 뚱뚱한 편이라고 했다. 우리는 우리의 온화하고 당당한 아스타노가 코릭 룬다에 대해 어떻게 느낄지, 그와 혼약하고 싶어 할지 어떨지, 그리고 아버지와 어머니는 아스타노가 원하는 바에 얼마나 영향을 받을지 궁금했다.

부모 잃은 조카딸인 소투르가 결혼에 대해 품은 소망은 별로 중요하지 않았다. 소투르는 가장 득이 많은 관계를 맺기 위한 혼인을 하게 될 것이다. 그건 가족의 거의 모든 여자들이 그랬다. 노예 여자들과 그리 다르지 않았다. 때로는 사랑스러운 목소리에 수심을 띤 나의 소투르가 어떤 냉담한 남자에게 넘어간다는 생각에 주체할 수 없이 타오르는 분노에 사로잡혔다가 결국에는 차라리 소투르가 집을 떠나 매일 그녀를 보는 일이 없어지기를 바라기까지 했다. 그리고 나는 내가 고작해야 노예이고 열네 살밖에 안 됐으며 바보 같은 시를 쓰고 그녀에게 닿기를 열망하고 또 열망하면서도 결코 건드릴 수 없다는 사실이 수치스러웠다.

물론 살로는 내 감정을 알았다. 누나에겐 뭔가를 숨기고 싶어도 그럴 수 없었다. 누나는 내가 1년 전 열병에 시달렸을 때 소투르가 적어준 쪽지를 꼭꼭 접어 작은 주머니에 넣어서 목에 걸고 있다는 사실도 알았다. "얼른 회복해, 가비르. 네가 없으면 지루하기만 해." 살로는 내 불가능한 열망을 슬퍼했다. 누나는 자기의 사랑은 완전히 충족시켜주었으면서 내 사랑은 꿈속에서조차 금지되어 있는 불공평함을 애달파했다. 물론 귀족 여자와 노예들 간의 사랑 이야기도 있었지만 그런 이야기는 언제나 슬프고 부끄러웠으며 남자는 불구가 되거나 죽고 여자는 요새 같으면 죽지는 않겠지만 무시무시한 망신과 지위 하락을 겪는 결말을 맺었다. 살로는 이런 엄한 법을 이해하려고, 그게 우릴 보호하기 위한 법이라고 이해하려고 했고 실제로 우리를 보호한다고 자신과 나를 설득했다. 그러나 누나도 그게 정당한 법이라고까지 여기려 하지는 않았다. 옛 시인이 쓰기를, "정의는 신의 손 안에 있으니, 인간의 손은 오직 자비와 칼만 쥘 뿐." 내가 그 구절을 말해주자 누나는 좋아하며 되뇌었다. 아마 누나는 그 구절을 듣고 상냥한 마음씨로 자비와 칼을 둘 다 쥐고 있는 사랑하는 영웅 야벤을 생각한 것 같다.

낭만적인 사랑과 욕망이 내게 고문이라면, 누나와 일은 내게 위안이었다.

에베라는 마침내 나에게 아르카만드의 도서실에 대한 출입 자격을 주었다. 그전까지는 한 번도, 비질을 하면서 집 안 구석구석을 다녔을 때조차도 들어가보지 못한 공간이었다. 도서실 문은 둥근 지붕을 얹은 선조들의 사당을 지나서 나오는 복도에 있었다. 처음 그곳에 들어갔을 때, 성스러운 문지방을 넘으면서 나는, 법을 어기고 선조들 속에 들어갔다면 느꼈을 법한 두려움을 느꼈다. 도서실은 작은 방이었고, 투명한 유리를 끼운 높은 창 덕분에 빛이 잘 들었다. 그 서가에는 2백 권이 넘는 책이 있었고, 모두 에베라가 주의 깊게 정리하고 먼지를 털어둔 상태였다. 그 방에선 책 냄새가 났다. 어떤 사람에겐 쾨쾨하고, 어떤 사람에겐 독기처럼 느껴질 미묘한 책 냄새. 그리고 고요했다. 바닥을 쓸기 위해서나 도서실에 들어가기 위해서가 아니면 그 복도까지 내려가는 사람이 없었고, 도서실에 들어가는 사람은 에베라와 소투르와 살로와 나밖에 없었다.

여자들이 도서실 출입을 허락받은 것은 소투르가 선생님에게 특권을 허락해달라고 부탁했기 때문이고, 에베라는 소투르가 청하는 것은 무엇이든 거절하지 못했다. 야벤이나 아스타노나 이젠 마음대로 할 수가 없게 되었기 때문에, 나이가 있는 가족 아이들 중에서 읽기나 공부를 계속하는 것은 소투르뿐이었다. 소투르는 에베라에게 선생님이 자기와 살로에게 책과 생각에 대한 영혼의 갈망을 주셨으니, 지금 살로는 비단방의 공허 속에서, 자기는 상인들의 호언장담과 정치가들의 무식함 속에서 굶주리는데 내쳐서는 안 될 일이라고 말했다. 그래서 에베라는 아버지와 어머니의 허락을 얻고, 난잡한 독서에 대해 수많은 주의를 준 후에 둘에게 열쇠를 하나씩 내주었다.

스스로도 받아들이기 힘들었고, 살로나 소투르에게도 말하지 않았지만 오랫동안 열망하던 도서실은 실망스러웠다. 안에든 책의 절반 이상은 이미 아는 내용이었고 내가 알지 못하는 책들, 어두운 장정이나 두루마리 상자 속에서 그토록 신비스럽고소중하게 서가에 놓여 있던 책들은 대부분 지루했다. 법률 기록들, 일람표들, 평범한 시인들이 쓴 끝없는 서사시들. 하나같이50년이나 그보다 더 오래 도서실에 있던 문서들이었다. 에베라는 그 사실을 자랑스러워했다. "아르카만드엔 현대의 쓰레기가없지." 그는 그렇게 말했다. 나는 그토록 많은 옛 글이 쓰레기인것으로 보아 현대 글도 대부분 쓰레기이긴 할 거라고 믿을 태세가 되어 있었다. 그러나 선생님에게 그런 식으로 말하지는 않았다.

그렇다 해도 도서실은 살로와, 소투르와 함께 있을 수 있고 나혼자 있을 수 있는 장소로서 소중했다. 그곳의 평화 속에서 나는아끼는 시인들과 위대한 역사가들을 되새기고 나 스스로도 문학에 뭔가를 더하겠다는 꿈을 꿀 수 있었다.

소투르에게 바치는 내 시, 내 심장의 피로 쓴 그 시들은 부자연스럽고 시시했다. 나는 시와 역사 둘 모두 사랑하기는 했지만, 내가 시인이 아님을 알았다. 하나는 인간의 감정에 명쾌함을, 의미가 있다는 희망을 주는 예술. 하나는 비정하고 잔인한 인간의 전쟁과 정부들에 대한 기록. 후자가, 역사가 내게 맞는 예술이었다. 배울 게 많음을 알았지만, 배움은 기쁨이었다. 나는 언젠가 쓸 책들에 대한 장대한 계획이 있었다. 내 평생의 업적은 다양한 도시국가들의 연대기를 하나의 큰 역사로 엮어내는 일이라고 생각했다. 그러면서 나 역시 위대하고 유명한 역사가가 되리라. 나는 그처럼 무지하고 야심적이며 착오 가득하지만 완전히 바보스럽지만은 않은 그런 통합체의 윤곽을 그렸다.

두려운 것은 누군가가 이미 도시국가의 역사를 집필했는데 에베라가 새 책을 사지 않는 탓에 나만 모르는 걸지도 모른다는 점이었다.

어느 이른 봄날 아침, 에베라는 나를 시내 다른 쪽에 있는 벨만드로 보냈다. 아르카만드처럼 책과 배움으로 이름난 집안이었다. 나는 그 집에 가는 게 좋았다. 그 집의 교사인 미멘은 에베라보다 젊었으며, 에베라의 제일 가까운 친구였다. 그들은 언제나 책과 문서를 주고받았으며 나를 심부름꾼으로 쓸 때가 많았다. 나는 어린아이들이 알파벳을 외우는 소리와 집 안에서 벗어나서 아침 햇살을 즐기는 게 좋았다. 나는 멀리 도는 길을 택했다. 토름이 우리를 훈련시키던 돌무화과나무 숲을 뚫고, 도시 성벽 아래 남쪽으로 이어지는 거리를 따라, 자유를 즐기며 어슬렁어슬렁 걸어갔다. 벨만드에 도착하자 미멘이 맞이했다. 그는 나를 좋아했고, 자주 현대 작가들의 작업에 대해 이야기하고 레타카, 카스프로, 그 밖에 에베라는 말도 꺼내지 않는 이들이 지은 시를 읊어주었다. 에베라가 금지하는 것을 알기에 책을 빌려

주지는 않았다. 이날 우리는 조금밖에 이야기를 나누지 않았고, 그것도 주로 모르바와 에트라의 전쟁에 대한 소문이었다. 야벤과 벨 가문의 아들 둘 다 그쪽 군대에 있었다. 미멘은 교실로 돌아가야 했기에 책을 한 아름 넘겨주었고, 나는 그 집을 떠났다.

책이 무거워서 이번에는 시내를 가로지르기로 했다. 막 긴 거리를 지나는데 고함 소리가 들렸다. 거리 저편에 있는 강 쪽 성문을 보자 연기가 보였다. 집이 한 채 또는 한 채 이상 불타고 있었다. 연기 구름이 매 순간 더 높이 피어올랐다. 이제는 사람들이 내 옆을 지나쳐서 선조들의 사당 뒤편 광장을 가로지르고 있었다. 어떤 이들은 불길에서 도망치고, 어떤 이들은 불길 쪽으로 향했다. 그쪽으로 향하는 이들은 도시 경비들이었고, 달리면서 검을 뽑고 있었다. 나는 그 자리에 서서, 예전에 본 대로 말을 타거나 타지 않은 일군의 병사들이 녹색 기치를 들고 긴 거리를 따라 올라오는 광경을 보았다. 병사들과 도시 경비들이 마주쳐 고함 소리와 무기 부딪는 소리를 내며 싸웠다. 나는 기수 없는 말이 혼란스러운 싸움터에서 떨어져 나와 내 쪽으로 곧장 달려올 때까지 움직일 수가 없었다. 말은 하얗게 거품을 물고, 눈이 있어야 할 자리에서 흘러내리는 피로 붉은 줄이 가 있었다. 말이 울부짖은 순간 나도 움직일 수 있었다.

나는 도망쳐서 선조들의 사당과 평의회당 사이에 있는 광장을 가로지르고, 뒷길로 해서 아르카만드로 돌아갔다. 나는 노예들이 쓰는 문을 박차고 들어가면서 외쳤다. "습격이야! 적 병사들이 시내에 들어왔어!"

아르카만드는 조용한 광장과 넓은 거리를 끼고 떨어져 있다 보니 이 소식이 새로웠다. 말이 퍼져나가면서 엄청난 동요와 당황스러움이 일어났다. 에트라 안 다른 곳에서는 습격 소식이 훨씬 빨리 전해졌고, 아마 에누메르가 빽빽거리기를 멈췄을 무렵은 이미 시 경비대와 비번이었던 병사들과 시민들이 습격자들을 강 쪽 성문 밖으로 몰아낸 후였을 것이다.

　소 시장 가까이에서 숙영하던 부대 기병들이 습격자들을 추격하러 들어왔고 다리 동쪽에서 낙오자 몇을 잡았지만, 적 본대는 도망쳤다. 우리 병사 중에 죽은 사람은 없었지만, 몇 명이 부상을 입었다. 성문 근처에 있는 풀 지붕 창고 몇 채 외에 다른 피해는 없었으나, 도시를 때린 충격은 엄청났다. 어떻게 카시카르 군대가 백주에 에트라에 접근해서, 강 쪽 성문을 통과하여 달려들어올 수 있었단 말인가? 이 뻔뻔스러운 급습이 카시카르로부터 전면 공격이 올 징조일까? 우리가 아무 대비도 하지 못한? 그 첫날에 우리 모두가 느낀 의심 섞인 수치심과 분노, 두려움은 통제할 수 없는 것이었다. 나는 아버지 알탄 아르카가 토름에게 이야기하면서, 긴급 평의회에 가기 전에 집의 방어선을 구축하라는 명령을 내리면서 눈물을 흘리는 것을 보았다.

　내 심장은 내 가족을, 내 동포를 돕고 쓸모 있는 사람으로서 에트라의 적에 맞서고픈 소망으로 부풀어 올랐다. 나는 이에메르를 도와 공동 침실에 있는 아이들을 다 모은 다음, 집안 노예들이 무슨 일을 할 수 있을지 교실 안에서 명령을 기다렸다. 살로 누나와 같이 있고픈 마음이 굴뚝같았지만, 누나는 비단방 안에 갇혀 있었고 남자 노예는 들어갈 수 없었다. 머리가 희끗희끗한 에베라는 이 상황에 동요하여 말없이 앉아서 책을 읽었다. 나는 방 안을 거닐었다. 저택 안에 길고 기묘한 정적이 내려앉았다. 시간이 흘렀다.

토름이 교실 문 앞을 지나다가 나를 보고 멈춰 섰다. "여기서 뭘 하는 거지?"

"저희가 쓸모 있을 길을 알고자 기다리고 있습니다, 토름-디." 에베라가 황급히 일어서며 말했다.

토름은 누군가에게 외쳤다. "여기 둘이 더 있다." 그러더니 에베라에게 한 마디 말도 없이 걸어가버렸다.

젊은이가 둘 들어오더니 따라오라고 했다. 검을 찼으니 귀족임에 분명했지만, 우리는 모르는 사람들이었다. 그들은 우리를 데리고 뒤뜰을 가로질러 막사로 향했다. 막사 문에는 거대한 외부 빗장이 가로놓여 있었는데, 전에는 그 문이 닫힌 것을 본 적이 없었다. 두 청년은 옆으로 비켜서며 우리에게 들어가라고 명령했다. 들어가자 등 뒤에서 빗장이 떨어지는 소리가 들렸다.

아르카만드의 남자 노예는 전원 다 그 안에 갇혀 있었다. 심지어 아버지의 곁방에서 자는 몸종들마저도, 마구간 위 은신처에서 먹고 자는 마구간지기들과 우두머리 마부 셈까지도 거기 있었다. 끔찍하게 붐볐다. 다양한 밤낮의 일들 때문에 평소에는 이들의 반도 안 되는 숫자만이 막사에 있었고, 그들도 옷을 갈아입거나 잘 때만 들어왔기 때문이다. 이런 숫자가 잘 침대는 고사하고 앉을 자리도 부족했다. 많은 사람이 흥분하고 당혹한 채 서서 이야기를 나눴다. 문만 잠근 것이 아니라 창문까지 내려놓아 깜깜했다. 공기 중에 땀과 이불 냄새가 풍겼다.

선생님은 당황한 얼굴로 문 바로 안쪽에 서 있었다. 나는 공동 침실 안에서 따로 구획되어 있는 작은 방으로 선생님을 모셔 갔다. 막사 안에는 연로하거나 제일 높은 평가를 받는 노예들을 위해 이런 칸막이 방이 네 개 마련되어 있었다. 에베라 선생님의 침대엔 마구간지기 세 명이 앉아 있었지만, 셈이 일어나라고 명했다. "거긴 선생님 방이야, 이 말똥 냄새나는 놈들아! 당장 일어나!"

나는 셈에게 고맙다고 말했다. 에베라 선생님은 아연해서 말을 하지 못하는 상태인 듯했다. 나는 선생님을 침대에 앉혔고 선생님은 이제야 겨우 괜찮다는 말을 할 수 있었다. 나는 선생님을 그 자리에 두고 다른 남자들이 뭐라고 하는지 들으러 갔다. 막사에 처음 들어왔을 때는 성난 목소리와 항의의 소리들을 들었지만, 이런 분위기는 몇몇 노인들이 젊은이들에게 이건 특이한 일이 아니라고, 벌이 아니라고 말하면서 많이 수그러든 상태였다. 이것은 도시가 공격을 받으면 지키게 되어 있는 규칙일 뿐이었다. 남자 노예들은 모두 가두라는 규칙. "위험하지 않게 말이지." 늙은 펠이 말했다.

"위험하지 않게라고요?" 어느 시종이 말했다. "적이 다시 들어와서 불을 지르면요? 우린 오븐에 든 파이처럼 구이가 될걸요!"

"멍청한 아가리 좀 닫아." 누군가가 말했다.

"우리 말은 누가 돌봐요?" 마구간 노예 하나가 말했다.

"왜 우릴 믿지 못하지? 우리가 언제 딴 짓 한 적이 있나?"

"이 따위로 다루면서 우릴 어떻게 믿겠어?"

"전 누가 우리 말을 돌보는지 알고 싶어요."

하루 종일 그런 식이었다. 어린 몇 명은 내 학생이었다. 그 아이들은 내 주위에 모여드는 경향이 있었다. 아마 습관 탓이었으리라. 나는 너무 지겨워진 나머지 결국 말했다. "자, 여기에서 수업을 할 수 있을지도 모르겠다. 페파! 《니사스의 다리》를 시작해!" 아이들은 그 섬세하고 단조로운 연가를 배웠고, 좋아했다. 페파는 좋은 학생이긴 하지만 어른들 틈에서 낭송을 시작하기엔 너무 수줍음이 많았다. 내가 먼저 시작했다. "에트라 성벽 아래……. 자, 페파!" 페파가 함께 읊었고, 곧 아이들은 교실에 있는 것처럼 돌아가면서 다음 구절을 읊어나갔다. 랄리가 가늘고 작은 목소리를 용감하게 높였다.

그러면 우리는 적 앞에 도망치는 모르바인가
아니면 오래전 우리 아버지들처럼
에트라를 위해 싸울 것인가?

그리고 나는 주위에 둘러선 사내들이 조용해져서 귀를 기울이고 있음을 깨달았다. 일부는 자기들이 받았던 수업을 기억했고, 일부는 생전 처음으로 그 이야기를 들었다. 그리고 그들은 얄궂은 상황은 생각하지 않고, 그저 사건들에 흥분하고 애국적인 용기에 고무되어 듣고 있었다. 학생 중에 한 명이 더듬거리자 어른 몇이 그 구절을 이어받아서 다음 아이에게 넘겨주기도 했다. 오래전에 에베라의 교실에서 배웠거나, 어쩌면 그전의 선생님에게 배웠으리라. 절정부에서는 갈채가 나왔고 아이들에게 축하하는 목소리들과 함께 그날 처음 듣는 웃음소리가 났다. "거 좋은데." 셈이 말했다. "좀 더 해봐!" 나는 약하고 잿빛이 된 얼굴로 침실 입구에 서서 귀를 기울이는 에베라를 보았다.
우리는 그들에게 페리오의 다른 연가를 몇 개 읊어주었고 다들 그것도 좋아했지만—이젠 거의 모두가 귀를 기울이고 있었다—《니사스의 다리》가 최고의 인기를 누렸다. "그 다리 다시 들어보자." 꼭 누군가가 그렇게 말하면서 아이에게 '에트라 성벽 아래……'를 시키곤 했다. 그날이 끝날 무렵에는 막사 안에서 상당수가 그 노래를 익혔고, 큰 소리로 합창할 수 있었다. 읽고 쓸 줄 아는 이들은 잃어버리기 쉬운 기민한 기억력이었다.

때로는 누군가가 페리오의 머리털이 곤두설 법한 구절을 덧붙이기도 했다. 그런 사람은 다른 남자들에게 한 소리 들었고—"어이, 정신 못 차려? 애들이 있잖아."—에베라에게 죄송하다고 했다. 대부분 남자들은 에베라 선생님을 보호하려 했고 진심으로 존경했다. 선생님은 그들 중 한 사람이면서 그들 중 하나가 아니었다. 가치 있는 노예, 배운 남자, 대부분의 귀족보다 많이 아는 사람이었다. 그들은 선생님을 자랑스러워했다. 북적이는 막사 안에 다시 질서가 잡히기 시작하자, 셈과 메테르를 필두로 하는 몇몇 남자들이 질서를 지키고 결정을 내리는 입장에 나섰다. 에베라는 상담 대상이기도 했지만 대개 한쪽에서 보살핌을 받았다. 그리고 그의 제자였던 덕분에 나도 운 좋게, 끔찍하게 북적이는 공동 침실과 그 뒤에 있는 냄새나는 화장실이 아니라 에베라 선생님의 칸막이 침실 바닥에서 잘 수 있었다.

이 시기에 우리 대부분에게 가장 힘든 점은 뭐가 어떻게 되어가는지, 도시의 운명도 우리 운명도 모른다는 사실이었다. 음식은 여자 노예들이 부엌에서 준비해서 날라다 주었다. 여자들은 하루 두 번씩 왔는데, 빗장이 풀리고 잠시 문이 열리면 우레 같은 환영과 점잖지 못한 제안들과 더불어 질문 공세를 받았다. 우린 싸우고 있는 건가? 카시카르가 공격했나? 그들이 도시 안에 있나? 기타 등등. 대부분 질문에는 그들도 들은 풍문만 있을 뿐 답을 몰랐다. 그러고 나면 여자들은 집 안으로 들어가고, 남자들은 먹으면서 빵과 고기와 함께 그런 풍문과 소문 부스러기들을 씹어서 조금이라도 상황을 이해하려 애썼다. 대체로 동의하는 바는 성벽 밖에서, 아마도 강 쪽 성문 밖에서 전투가 벌어졌으며 습격자들은 도시 안에 들어오지 못했지만, 그렇다고 완전히 쫓겨가지도 않았다는 정도였다.

이는 넷째 날 겨우 우리가 풀려나면서 증명되었다. 도시 남쪽에서 훈련 중이던 부대가 화급히 들어와서 근처에 있던 기병대와 합세해 습격자들을 물리쳤다. 기병대는 이제 카시카르를 쫓고 있었다. 시 경비대는 성벽 안으로 퇴각하여 전열을 가다듬을 수 있었다. 카시카르는 대규모 병력으로 성벽을 급습하면 들어올 수 있으리라 보고 공성 병기를 가져오지 않았다. 만약 영광에 주린 적의 부대장 하나가 조급하게 습격을 감행하지 않았더라면, 우리는 경고를 거의 또는 전혀 받지 못했을 것이고 도시를 빼앗기고 불탔을지도 모른다.

그리고 우리는 막사에 갇혀 있었다……. 그러나 그 문제는 생각해봐야 소용없었다. 우리는 풀려났고, 풀려났다는 기쁨이 워낙 커서 모든 것을 덮을 수 있었다.

그날 밤, 가능한 사람은 모두 뛰어나가서 니사스를 건너 돌아오는 첫 번째 부대를 환영했다. 누나는 나를 만나려고 비단방에서 몰래 빠져나왔다가, 남자애처럼 차려입고 나와 같이 강 쪽 성문에 가서 부대를 환영했다. 미친 짓이었다. 선물용 여자 노예가 길거리에 나갔다간 끔찍한 벌을 받을 수도 있었다. 그러나 그날 밤에는 기쁨의 자유가 넘쳤고, 우리는 그 흐름을 타고 달렸다. 온 마음과 영혼으로 부대를 환영했다. 우리는 그 속에서, 소란스러운 횃불 빛 속에서 기묘한 모양으로 팔을 흔들며 행진하는 키 작고 음울하고 군인다운 토름을 보았다. 살로는 즉시 눈을 내리고 얼굴을 숨겼다. 토름이 형의 선물용 여자 노예가 돌아다니는 걸 보면 큰일이니까. 누나와 나는 그 후에 숨 가쁘게 웃으면서 사랑하는 우리 도시의 괴괴하고 어두운 거리와 뜰을 지나 아르카만드로 돌아갔다.

다음 날 우리는, 정확히는 살로가 어머니에게 듣고 나에게 전해주기를, 야벤의 연대가 도시 방어를 위해 불려 들어올 거라는 소식을 들었다. 살로는 기쁨으로 환해졌다. "그이가 와, 그이가 와! 그이만 여기 있다면 무슨 일이 일어나든 상관없어!"

그러나 그 소식을 마지막으로 우리는 오랫동안 좋은 소식을 들을 수 없었다.

에트라의 군대가 휴전을 깬 모르바와 오스크 때문에 묶여 있음을 안 카시카르는 선발대를 보내어 번개 같은 습격을 감행하고, 가능하다면 기습으로 도시를 빼앗으려 했었다. 격퇴당하고서 즉시 물러났지만, 모르 강가에 있는 거대한 도시 카시카르에서부터 산을 뚫고 행진하는 군대의 맨 앞까지만 후퇴한 것뿐이었다.

에트라에는 이제 침략자들로부터 달아난 농부와 시골 사람들이 빠른 속도로 차올랐다. 어떤 이들은 공포에 질려 빈손으로 들어왔고, 어떤 이들은 가진 것을 모두 수레와 마차에 싣고 소 떼를 앞세워 들어왔다. 그러나 군대의 귀환을 축하한 후 사흘째 되던 날, 성문이 닫혔다. 에트라는 적의 군대에 포위당했다.

우리는 성벽에서 적의 군대가 조직적으로 주둔지를 세우고 우리 쪽 병사들의 공격에 대비하여 목재를 끌어올리고 참호를 파는 것을 보았다. 그들은 장기 공성전을 준비해서 왔다. 장교들을 위해 화려한 천막을 세웠고, 포장마차 대열에는 곡식과 가축 사료가 높이 쌓였으며, 오는 길에 농장에서 약탈한 소와 양떼를 넣기 위한 거대한 우리를 지었고 필요할 때마다 도살했다. 우리는 우리 도시를 둘러싸고 다른 도시가, 칼로 이루어진 도시가 성장해가는 모습을 보았다.

처음에는 남쪽에 있는 군대가 돌아와서 우리를 구해줄 거라고 믿어 의심치 않았다. 희망은 쉽게 수그러들지 않았다. 몇 주가 지나서야 첫 번째 에트라 군대가 와서 카시카르 군을 괴롭히고 도랑을 파고 벽을 세운 그들의 방어선을 습격했다. 우리는 성벽에서 군대를 응원했고 적을 교란시키기 위해 천막 도시 안으로 불화살을 쏘았지만, 우리 군대는 언제나 퇴각해야 했다. 언제나 규모가 작은 부대였고, 10대 1 또는 20대 1로 밀렸다. 모르바와 오스크인들을 자기 땅으로 몰아내기 위해 내려갔던 강력한 연대는 어디 있을까? 남쪽에서 무슨 일이 일어난 걸까? 음산한 소문들이 도시를 휩쓸었다. 정보가 두절된 상태라서 소문에 맞설 방법도 없었다.

공성 첫날 아침, 평의회는 강 쪽 성문 위에 있는 탑으로 대표단을 보내어 협상을 청하고, 정당한 계기도 선전포고도 없는 이 공격의 이유를 묻게 했다. 카시카르의 장군들은 어떤 답도 하지 않았고, 병사들이 평의원들에게 소리를 지르고 야유를 던지게 했다. 그 평의원 중 한 명은 알탄 아르카였다. 나는 집에 돌아온 그를 보았다. 분노와 굴욕으로 얼굴이 시커멨다.

다음 날 평의회는 카녹 에레코 바하르 의원을 집정관으로 임명했다. 이는 고대의 직책으로, 위급 시에 일시적으로 최고 지휘권을 갖는 인물이었다. 즉시 새로운 규칙과 조례가 우리 생활을 지배하기 시작했다. 식량 통제가 엄격하게 시행되었다. 모든 집안에서 비축물자를 거둬들여 큰 시장의 창고에 모은 다음 의식적으로 정확하고 꼼꼼하게 배급했다. 사재기를 하거나 몰래 식량을 축적한 자는 선조들의 사당 앞 광장에서 교수형을 당했다. 12세 이상 80세 이하의 모든 남자 시민은 시 경비대가 지휘하는 방위군에 징집되었다. 노예들로 말하자면, 공성전이 시작되자 많은 집에서 다시 남자 노예를 가두었다. 아르카만드의 아버지는 그저 우리가 밤에 집 밖으로 나가지 못하게 하고, 엄격한 소등 명령을 지켰을 뿐이다. 곧 집정관도 같은 정책을 내놓았다. 도시 안의 일을 위해 남자 노예가 필요했고, 가둬둔다면 송아지 살 찌우기만큼도 쓸모가 없었다. 바하르는 노예들이 그 주인의 소유물이기는 하나, 위급 시에는 에트라 시의 재산이기도 하다는 법령을 포고했다. 그와 다른 평의원들은 어느 집에나 시 막사에서 일할 노동력을 더 요구할 수 있었다. 노동력으로 요구받은 노예는 맡은 일이 지속되는 동안 시 막사에 살면서 노련한 하스테르 장군의 지휘하에 들어갔다.

내가 처음 그리로 가게 된 것은 6월, 공성전에 돌입한 지 두 달쯤 지나서였다. 나는 나의 도시, 나의 동포들에게 쓸모가 있다는 생각에 기쁘게 갔다. 일상의 공포와 걱정에서 동떨어진 평화로운 교실이 부끄러웠다. 어린아이들의 세계에서 빠져나가 어른이 되고 싶었다. 아르카만드의 우리 대부분과 도시 전체가 그랬듯이 나도 의기충천했다. 우리는 첫 번째 충격과 공포에서 살아남았고, 우리가 가혹한 조건에서, 최소한의 음식과 끝없는 경보, 칼이나 불이나 굶주림으로 우리를 박살내려는 적의 포위 속에서도 살 수 있다는 사실을 안 참이었다. 살 수 있는 정도가 아니라 잘 살 수도 있었다. 희망과 동지애 속에서.

살로는 내가 시 막사로 떠나기 전날 저녁에 찾아왔다. 임신한 지 몇 달째가 된 누나는 눈이 반짝거렸고 갈색 피부는 반짝이다 못해 눈부시기까지 했다. 물론 우리는 야벤에 대해 들은 소식이 없었지만, 누나는 야벤에게 나쁜 일이 일어난다면 자기가 알 수 있다고 생각했다. 누나는 야벤이 괜찮다는 것을 확신했다. "너는 기억을 하지." 어렸을 때처럼 교실 긴 의자에 나란히 앉아서 누나는 미소 띤 얼굴로 나를 끌어안았다. "너는 이 전쟁을, 첫 번째 습격을 기억했어. 그렇지? 넌 그걸 봤어. 난 그런 걸 보지는 않아. 하지만 아는 것들이 있지. 그리고 난 내가 안다는 걸 알아. 가미가 늘 말했잖아. 우리 습지인들에겐 각자 힘이 있다고." 누나는 웃고 엉덩이를 움직여서 나를 옆으로 흔들었다.

"아, 누나는 거기, 우리가 태어난 습지에 가보고 싶다는 생각 안 해봤어?"

"안 했어." 누나는 다시 웃었다. "난 그저 여기 있고 싶어. 야 벤-디가 집에 있고, 공성전이 없고, 먹을 게 많기만 하면! 하지만 넌…… 그들도 너는 여행하게 해줄지도 모르지. 포위 공격이 끝나고 네가 학자가 되면, 그러면 미멘처럼 책을 사러 가게 해줄 거야. 미멘은 파가디에 갔다 왔지? 넌 서부 해안 전체를 다닐 수 있을 거야. 습지에도 가보고. 그리고 습지 사람들은 누구나 너처럼 코가 크겠지." 누나는 내 코를 만졌다. "황새처럼 말이야. 우리 뾰족이. 넌 보게 될 거야!"

내가 떠나기 전에 소투르도 들렀다. 소투르와 같이 있으면 말문이 막혔다. 그녀는 내 손에 작은 가죽 지갑을 쥐여주었다. "쓸모가 있을지도 몰라. 우린 곧 해방될 거야, 가비르!" 소투르는 미소 지으며 말했다.

도시 해방은 아르카만드에 사는 우리 모두의 해방을 의미했다. 우리가 노예라 해도.

시 막사는 분위기가 달랐다. 생활도 무척 달랐다. 나는 곧 시 막사에 가고 싶어 했던 내가 얼마나 철없고 어리석었는지 뼈저리게 느꼈다. 아르카만드에서 생활하던 나는 시 공유 노예의 힘든 일과 잔혹한 생활에 아무 준비도 되어 있지 않았다. 내가 배정된 집단은 낡은 창고 건물을 헐어서 그 돌을 탑과 성벽 보수에 쓰기 위해 서쪽 성문까지 실어 나르는 일을 했다. 돌덩이는 육중했다. 반 톤쯤은 나갔을 것이다. 이 작업을 하려면 무리 중 아무도 갖고 있지 않은 기술과, 임시로 만들어야 하는 도구들이 필요했다. 우리는 새벽부터 밤까지 일했다. 배급은 아르카만드에서 받던 것과 똑같았는데, 그 양은 아르카만드에는 알맞지만 이 생활에는 충분치 않았다. 우리 집단의 대장인 코트는 엄청난 완력과 고통에 대한 둔감함만이 장점인 사내였다. 코트의 상관이자 이 노예 사단의 장군인 하스테르의 부관은 바로 호비였다.

내가 시 막사에 가서 제일 처음 본 사람이 호비였다. 그는 굉장한 근육질로 성장해 있었다. 머리는 빡빡 밀었는데, 덕분에 아버지와 토름을 덜 닮아 보였다. 그러나 눈썹을 찢은 흉터가 있었고, 예전과 똑같이 표정이 호전적이었다. 내가 말을 걸려는 순간 호비는 경멸과 증오가 담긴 눈으로 나를 응시하더니 고개를 돌렸다.

시 막사에서 사는 두 달 동안 호비는 나에게 한 마디도 하지 않았다. 나를 소위 '바위 패거리'에 넣은 건 호비였다. 그는 다른 방법으로도 내 삶을 힘들게 했다. 녀석에겐 그럴 힘이 있었다.

다른 남자들도 그 상황을 보았고, 일부는 호비의 비위를 맞추려고 나에게 심하게 굴었으며 일부는 최선을 다해 나를 보호해주려 했다. 그들은 '두목'이 나에게 뭘 품은 거냐고 물었고 나는 자기 눈썹에 난 흉터가 내 탓이라고 생각한다는 것 말고는 모르겠다고 대답했다.

하스테르는 가진 돈은 모두 자기에게 맡기라고, 막사에는 동전 한 닢 때문에 사람을 죽일 놈들이 있다고 말했다. 가죽 지갑에 든 열 개의 구리 독수리를 떼어놓기는 싫었다. 그건 소투르의 선물이었고, 내가 처음으로 가져본 돈이었다. 하스테르는 나름대로 정직해서, 맡기는 돈의 5분의 1은 자기가 갖지만 나머지는 필요할 때마다 작은 돈으로 내어주었다. 아르카만드에 살 때는 몰랐지만 밖에는 암시장이 번창했고, 나는 곧 빈 배를 채워줄 곡식 부스러기나 말린 고기를 구하려면 어디로 가야 할지 알게 되었다. 암시장에서 동전 값으로 주는 식량은 그 정도였다.

돈은 내 복무 기간이 끝나기 전에 떨어졌고, 바위 패거리 속에서 보낸 마지막 보름은 최악이었다. 정확히 기억나지는 않는다. 굶주림과 피로 때문에 환시와 기억이 점점 더 자주 찾아온 나머지, 때로는 이 장면에서 저 장면으로, 매끄러운 파란 물에서 얼굴 바로 위에 바위 천장이 올려다보이는 퀴퀴한 침대로 넘어갔다가 창가에 서서 반짝이는 해협 너머 하얀 산을 보는가 하면 갑자기 여름의 더위 속에서 커다란 돌덩이를 올리거나 끌고 있었다. 코트의 채찍에 얻어맞는 타는 듯한 감각 때문에 돌아오는 일도 자주 있었다. "정신 차려, 이 멍청아!" 코트가 소리를 지르면 나는 내가 어디 있고 무엇을 해야 하는지 이해하려 애썼다. 그 사이에도 동료들은 꾸물거리면서 자기들 발목을 잡고 심지어는 위험에 빠뜨린 나에게 욕을 했다. 나는 나중에서야 코트가 몇 주 전에 호비에게 나를 빼달라고 요청했음을 알았다. 호비는 거부했다. 마침내 코트는 호비를 뛰어넘어 하스테르에게 말했고, 하스테르는 이렇게 말했다. "쓸모없는 놈이야. 집에 보내."

풀려나서 도시를 가로지르는 데만 한 시간이 걸렸다. 모퉁이마다 주저앉아야 했고 광장마다 멈춰서 숨을 고르고 힘을 모으며 머릿속을 꽉 채운 기억과 목소리와 기묘한 불빛과 얼굴들을 밀어내야 했다. 숲 속 나뭇가지들 사이로 햇빛 비치는 광장 너머 아르카만드의 분수와 넓은 저택 정면이 보였다. 나는 냄새나는 컴컴한 동굴을 뚫고 광장을 가로질러, 노예용 문으로 돌아가서 문을 두드렸다. 에누메르가 문을 열었다. "줄 거 없다." 그녀는 날카롭게 말했다. 나는 말을 할 수가 없었다. 그녀는 나를 알아보고 울음을 터뜨렸다.

나는 병동으로 실려 가서 침대에 누웠다. 늙은 레멘이 채찍 자국에 나래지치 연고를 문지르고 개박하 차를 줬다. 누나가 와서 나를 끌어안고, 내 머리를 쓰다듬고, 낮은 목소리로 흥얼거리고 울고 놀리더니 침대 옆에 앉았다. 나는 예전에 병동에 있었을 때 어머니가 찾아왔던 일을 기억했다. 그 기억이 너무 선명해서 마치 나만의 환시 같았다. 나는 그녀에게 감사하며 말했다. "집에 돌아오니 정말 좋네요!"

"당연하지. 이제 자." 살로가 부드럽고 쉰 목소리로 말했다. "그리고 깨어나도 너는 계속 집에 있을 거야, 사랑하는 뾰족아. 사랑하는 우리 가브!" 그래서 나는 잤다.

나는 회복하자마자 교실로 돌아가서, 떠난 적도 없었다는 듯이 에베라와 같이 수업을 이어나갔다. 회복에 필요한 건 오직 휴식과 음식뿐이었다. 이 무렵에는 배급이 형편없이 적었지만…….

8월이 되어 내가 다른 공공 근무에 차출되었을 때, 에베라는 괴로운 나머지 아버지에게 찾아가 항의를 했다. 그는 돌아와서 말했다. "아르카 집안은 실로 축복받았다, 가비르야. 이 집은 전쟁과 굶주림의 시기에도 아이들을 돌보셔. 아버지께서 설명해주시길 넌 하스테르의 지휘 아래 들어가는 것도 아니고, 막사에 가서 살게 되지도 않는단다. 넌 교육받은 노예들과 같이 일하게 될 거야. 임무는 서벽 아래 오래된 저장소에 있는 고대의 성스러운 예언과 연대기들을 불에도 물에도 안전하고 침략군이 들어오더라도 숨길 수 있는 선조들의 사당 금고실로 옮기는 일이다. 이 임무를 위해 사당의 사제단은 글을 알고 총명한 노예가 필요하다는구나. 조상님들의 격식에 맞추어 조심스럽게 행해야 하는 일이니까 말이야. 신경은 써야 하지만 힘든 일은 아닐 게다. 네가 뽑힌 건 우리 집안에 영예로운 일이야." 그는 개인적으로도 이를 영예롭게 받아들이는 게 분명했고, 고대 문서들을 자기 눈으로 보고픈 열망에 나를 질투하기도 했지 싶다.

나는 교실에서 하던 일을 한동안 중단하는 것이 기쁘기만 했다. 걱정이 좀 되기는 했지만. 특히 먹을 것이 문제였다. 이 무렵에는 모두가 언제나 먹을 것만 생각했다. 아르카만드에는 비축 식량이 없었고, 곡식만 나눠주는 시 배급도 이제는 거의 바닥이었다. 아버지와 어머니는 끈기와 절제를 몸소 실천했고, 집 안에 있는 모든 식량이 우리 모두에게 공정하게 나누어지도록 엄격하게 부엌을 감시했다. 나는 편애, 불공평, 그리고 배급을 둘러싼 비정한 경쟁, 암시장의 속임수와 깐깐한 흥정으로 돌아가는 게 두려웠다. 그러나 나는 명령받은 대로 선조들의 사당 부속 사제단의 노예 구역에 갔고, 그곳에서 첫 번째 식사로 보리를 잔뜩 넣은 진한 닭고기 수프가 나온 순간에야 내가 운이 좋다는 것을 알았다. 몇 달이나 먹어보지 못한 물건이었다.

사당에 있는 여섯 명의 노예는 모두 노인이었기 때문에 사제들은 교육받은 노예를 거느린 아르카, 에레, 벨 가문에 협조를 요청했다. 에베라의 친구인 벨만드의 미멘이 있었고, 그를 보니 정말 기뻤다. 미멘은 자기 학생인 젊은이 셋을 데리고 왔다. 에레만드에서 온 남자 둘은 40대였는데 타데르와 이엔테르라고 했다. 에베라 선생님이 그 두 사람을 싫어하고 의심스러워하면서도 감탄을 담아 하는 말을 들은 적이 있었다. "학식 있는 인물들이지. 학식이 대단해. 하지만 건전하지는 않아. 건전하지는." 에베라의 그런 표현은 그들이 '현대' 저작들을 읽는다는 뜻이었다. 지난 1~2세기 사이에 나온 책들을. 내 생각이 옳았다. 그날 밤 여섯 명이 자던 곳에 열세 명이 자려니 붐비기는 했지만 따뜻하고 밝고 편안하기 그지없는 공동 침실로 들어가자 제일 처음에 보인 것이 어느 침대 옆에 놓인 오렉 카스프로의 《우주의 기원》이었으니 말이다. 에베라는 이 시에 대해 한두 번 말했는데, 마치 의사가 끔찍하고 무시무시한 전염병에 대해 말하는 것 같았다.

검고 무성한 눈썹 아래 눈이 날카로운, 마른 얼굴의 타데르가 내 시선을 보았다. "읽어봤나, 젊은이?" 그가 물었다. 북쪽 억양에, 익숙지 않은 말투였다.

나는 고개를 저었다.

"그럼 받아." 타데르가 말하면서 나에게 내밀었다. "한번 보라고!"

나는 어찌해야 할지 몰랐다. 저도 모르게 미멘에게 시선이 갔다. 마치 그가 에베라에게 내가 그런 책을 보았다고 고자질이라도 할 거라는 듯이.

"에베라는 저 녀석이 새로운 시를 읽지 못하게 했어." 미멘이 타데르에게 말했다. "아니, 누구든 트루덱 이후 시인은 다 금지했지. 카스프로부터 보는 건 좀 과하지 않나?"

"천만에." 북쪽 출신 노예가 말했다. "너 몇 살이냐, 열넷? 열다섯? 카스프로를 따라가기 딱 좋은 나이야. 어디, 그럼 카스프로의 노래는 알아?" 그리고 그는 깨끗하고 듣기 좋은 테너음으로 노래했다. "겨울밤의 어둠 속에서……."

"어이, 어이!" 에레만드에서 온 다른 남자인 이엔테르가 말했다. "첫날 밤부터 물 끓이지 말자고, 형제!"

"카스프로의 찬가인가?" 사제단의 늙은 노예가 물었다. 건방지지 않으면서 권위 있는 분위기를 지닌 조용한 목소리의 노인이었다. "노래로 들은 적은 없는데."

"글쎄요, 이 노래를 부르면 목이 매달리는 동네도 있으니까요. 레바디." 이엔테르는 미소 띤 얼굴로 말했다.

"여기는 아니야." 레바가 말했다. "계속해보게. 듣고 싶군."

타데르와 이엔테르는 눈짓을 교환했고, 타데르가 노래했다.

> 겨울밤의 어둠 속에서 우리 눈이 새벽을 구하듯
> 모진 추위의 굴레 속에서 심장이 태양을 갈망하듯
> 눈멀고 속박당한 영혼이 너를 소리쳐 부르노라
> 우리의 빛이여, 불이여, 생명이여

자유여!

그의 아름다운 목소리와 마지막 가사를 외치는 달콤하고 갑작스러운 선율의 약동에 눈물이 왈칵 치솟았다.

이엔테르가 나를 보고 말했다. "아, 저 아이에게 자네가 무슨 짓을 했나 좀 봐, 타데르. 노래 하나로 애를 오염시키다니!"

미멘이 웃었다. "에베라가 날 용서하지 않겠는데."

"다시 불러주세요, 타데르-디." 미멘의 학생 하나가 청했다. 허락을 구하듯 레바를 보면서. 레바는 고개를 끄덕였다. 이번에는 몇 사람의 목소리가 함께했다. 그리고 나는 그제야 그 선율을 들어보았음을 깨달았다. 시 막사에서 가끔씩, 토막토막, 신호처럼 몇 음절씩. 휘파람으로.

"이만 됐네." 노인이 차분한 목소리로 말했다. "주인들을 깨우고 싶진 않으니."

"아, 그럼요. 물론입니다." 타데르가 말했다. "원하지 않고말고요."

6

이 사람들과 같이 일하는 것은, 바위 패거리 속에서 일하는 게 비참했던 만큼이나 즐거웠다. 문서가 꽉 찬 육중한 궤짝과 금고를 들어 옮기기도 하고 일이 힘들 때는 있었지만, 우리는 인내심이라곤 없이 무자비하게 일을 몰아붙이는 대신 머리를 써서 작업 계획을 세웠고, 서로에게도 인내심을 발휘했다. 일은 공정하게 분배했고, 채찍을 휘두르고 명령을 외치는 대신 농담과 대화를 나누었다. 때로는 우리가 다루는 오래된 두루마리와 기록들에 대해, 때로는 포위 상황, 최근에 있었던 습격이나 방화, 그 밖에 태양 아래 일어나는 온갖 일들에 대해서. 이 사람들과 일하는 건 그 자체로 교육이었다. 그걸 알면서도 나는 그들이 하는 많은 말들에 힘들어했다.

레바와 다른 이들이 같이 있을 때는 대화 내용에도 아무 해가 없었지만, 낮 동안에 사제들과 그 노예들은 사당과 평의회에서의 의례 때문에 바빴고, 우리가 신중하게 문서를 다룰 거라 믿고 맡겨도 된다고 본 레바는 감시를 붙이지 않았다. 그래서 우리는 서벽 아래 오래된 저장소에서 무엇을 처리해야 할지, 어떻게 썩어가는 상자와 부서지기 쉬운 두루마리를 상하지 않고 옮길지 궁리하는 동안 우리끼리만 있을 수 있었다. 일곱 명의 노예가 아무도 들을 일 없는 두꺼운 벽에 둘러싸인 고대의 사원 안에서 말이다. 그곳에서 미멘과 타데르와 이엔테르는 내가 한 번도 들은 적 없는 이야기들을 했다. 이제는 에베라가 왜 현대 작가들이 사악한 영향을 미친다고 했는지 이해할 수 있었다. 내 동료들은 언제나 데니오스, 카스프로, 레타카, 그 밖에 내가 들어보지도 못한 '새로운 시인들'과 철학자들을 인용했으며 그들이 인용하는 내용은 하나같이 내가 아는 어떤 글보다 아름다우면서도 비판적이고, 파괴적이고, 격렬한 감정에 가득 차 있었다. 고통, 분노, 채울 수 없는 갈망…….

몹시 혼란스러웠다. 바위 패거리들은 거칠었지만 구조 속에서 자기 자리에 의문을 갖는 법이 없었고, 왜 누군가는 권력을 갖고 누군가는 갖지 못하느냐는 의문을 유치하게 여겼다. 운명과 신들이 우리 의문과 견해에 관심이라도 둘까보냐! 조상님들이 우리에게 남겨준 모든 위대한 사회 구조가 한 번의 변덕에 바뀔 수 있겠냐! 이런 식이었다. 반면 많은 귀족들보다 기품 있고 일상생활에서는 솔직하고 온화한 이 동료들은 대화와 생각 속에서 자기들이 속한 가문과 포위 공격 아래 있는 우리 도시 에트라에 대해 뻔뻔스럽게도 불충했다. 그들은 아무 존경심도 없이 주인들에 대해 이야기했고, 주인들의 결점을 경멸했다. 자기네 가문의 병사들에 대해 아무 자부심도 없었다. 심지어는 평의원들의 도덕성에 대해서도 추측을 내놓았다. 타데르와 이엔테르는 비밀리에 카시카르와 동맹을 맺고 있는 일부 평의원이 고의로 대부분 군대를 남쪽으로 보냈을 가능성이 있다고까지 생각했다. 카시카르가 에트라를 점령할 수 있게 말이다!

나는 며칠 동안 말없이 이런 대화들을 들어 넘겼지만, 마음속에는 반항심과 분노가 쌓여갔다. 에트라인도 아니고 아시온 북쪽 출신인 타데르가 우리 도시의 함락을 재앙이 아니라 기회로 이야기하기 시작하자 더는 참을 수가 없었다. 나는 폭발했다. 뭐라고 말했는지는 모르겠다. 나는 그를 믿을 수도 없는 배신자이며 적이 성벽을 에워싸고 있는데도 안에서부터 우리 도시를 파괴할 태세가 된 작자로 보고 화를 냈다.

다른 젊은이들, 그러니까 미멘의 학생들은 내게 분노와 비웃음을 쏟아붓기 시작했지만, 타데르는 그들을 막았다. "가비르, 널 화나게 했다면 미안하다. 네 충성심은 존경한다. 나 역시 충성심은 있다고 생각해줬으면 좋겠구나. 다만 날 산 가문이나 날 이용하는 도시에 대한 충성이 아닐 뿐이야. 내 충성심은 내 동포, 내 동족에게 있다. 그리고 무슨 말을 하든 내가 노예 반란을 충동질할 거란 생각은 하지 마라! 난 반란이 어떤 결말을 맺는지 알거든."

그의 사과와 진지함에 놀라고, 내 폭발이 창피해진 나는 가라앉았다. 우리는 일을 계속했다. 미멘의 학생들이 한동안은 나를 피하고 놀렸지만, 나이 많은 축은 변함없이 대했다. 다음 날 나는 상하기 쉬운 유물을 운반하기 위해 고안한 작은 손수레에 상자를 싣고 사당으로 가던 참에 같이 가던 이엔테르에게서 짧게 타데르의 과거사를 들었다. 타데르는 북쪽 마을에서 자유인으로 태어났다가 소년 시절 침략자들에게 사로잡혀 대도시 아시온의 어느 집안에 팔려 갔고, 그곳에서 교육을 받았다. 타데르 가 스무 살이 되었을 때 아시온에서 노예 반란이 일어났다. 반란 은 난폭하게 진압되었다. 수백 명의 남녀 노예들이 도륙당했고, 모든 용의자에게 낙인이 찍혔다. "그 녀석 팔을 봤을 테지." 이 엔테르가 말했다.

나는 타데르의 팔에 있는 끔찍한 흉터를 보고 불이나 사고로 생긴 상처라고 생각했었다.

이엔테르가 말했다. "녀석이 동포라고 말하는 건, 자기가 태 어난 부족이나 마을이나 집안 얘기가 아니야. 너와 나 같은 사람 들 얘기지."

아직 에트라의 성벽보다 더 큰 사회를 상상할 수 없었던 내게 는 이해가 잘 가지 않는 말이었지만, 그래도 나는 그 말을 사실 로 받아들였다.

미멘의 학생들은 여전히 나를 무시했지만, 악감정은 없었다. 나는 그들 중에 제일 젊은 사람보다도 더 어렸고, 그들의 눈에는 교육을 받다 만 소년으로 비쳤다. 그래도 내가 그들을 배신하고 선동적인 대화를 보고하지는 않으리라 믿은 듯, 내 앞에서도 이 야기는 자유롭게 했다. 그리고 나는 그들이 하는 많은 이야기에 충격을 받고, 속으로 자기들이 싫어하는 주인들에게 거짓으로 충성하는 위선자들이라고 경멸하면서도 어느새 귀를 기울이고 있었다. 마치 집의 남자 숙소에서 오가는 성적인 이야기들을 역 겨워하고 혐오하면서도 매혹되어 귀를 기울였던 것처럼.

미멘의 학생 중 제일 나이가 많은 안소는 '바르나 패거리'에 대해 즐겨 말했다. 에트라 동북쪽에 있는 거대한 숲 속에 산다는 도망 노예 집단이었다. 그들은 어마어마한 키와 완력을 지닌 바르나라는 남자를 지도자로 자기들만의 나라를 세웠다. 모두가 동등하고 모두가 자유로운 공화국이었다. 모두에게 투표권이 있고, 투표로 정부에 들어갈 수 있으며, 악정을 펴면 투표로 물러날 수도 있다고 했다. 모든 일을 모두가 함께하고, 모든 물건과 놀이를 함께 나누었다. 그들은 사냥과 낚시를 하고, 아시온을 오가는 부자들의 전차와 상인들의 호위대를 습격하여 먹고 살았다. 그 지역 농부들과 마을 사람들은 그들을 지지했고 그들을 배신하여 카시카르와 아시온 정부에 넘기기를 거부했다. 바르나 패거리는 약탈품과 보상금을 이 쓸쓸한 지역에 사는 이웃들에게 아낌없이 나눠주었기 때문이다. 이 지역에 사는 이들은 노예가 아니면 처참한 가난 속에서 사는 자유 노예나 농노들이었다.

안소는 숲에 살면서 어떤 주인이나 평의원이나 왕도 섬기지 않고 오직 자유의사로 자기네 공동체에 바친 충성으로만 묶여 있는 바르나 패거리의 생활을 생생하게 그려냈다. 그는 그들이 도로에서 호위대가 붙은 짐마차 행렬을 급습하고 라시 강에서 대담하게 상선들을 습격한 일화들을 알고 있었다. 또 영리한 속임수로 때로는 카시카르나 아시온 같은 도시에까지 들어가서 시장에서 약탈품과 생필품을 바꾸었다는 이야기도 있었다. 안소는 그들이 자기 방어를 위해서가 아니면 죽이지 않는다고 했다. 혹은 어쩌다가 남자가 숲 속 깊숙이 감춰진 그들의 영토에 들어가면, 평생 그들과 같이 자유인으로 살겠다고 맹세하든가 죽어야 한다고 했다. 그들은 가난한 자들에게서 빼앗는 법이 없었고, 부유한 농장에서도 수확물만 거둬 가고 종자는 가져가지 않았다. 그리고 농장과 마을의 여자들은 그들을 두려워하지 않았다. 여자는 자기 의지로 그들에게 합류할 때에만 환영받기 때문이었다.

안소가 이런 이야기를 시작할라 치면 타데르는 책을 읽거나 방을 나가버렸다. 한두 번은 벌컥 성을 내며 바르나 패거리는 기껏해야 도둑질이나 하는 도망자 무리일 뿐이라고 하기도 했다. 타데르가 그들에게 내보이는 경멸을 보니 혹시 그들이 타데르와 다른 아시온 노예들이 고통받은 노예 반란과 관계가 있었던 게 아닐까 싶었다. 이엔테르는 조금 더 온화한 반응을 보여서, 그런 이야기를 불가능한 낭만으로 치부했다. 나는 이엔테르와 같은 의견이었다. 노예 무리가 주인 행세를 하며 고래의 성스러운 질서를 뒤집고 살 수 있다는 건 백일몽일 수밖에 없었다. 그래도 나는 숲 속의 자유에 대한 이런 이야기들을 듣는 게 좋았다.

자유, 해방, 이런 말들이 내 마음속에서 존재감과 광휘를 얻고 내 마음을 지배하기에 이르렀다. 마치 여름밤 벤테에서 보았고 어두운 도시에서도 가끔 흐릿하고 먼 광채를 보곤 했던 크고 밝은 별들처럼. 우리는 공동 침실에서 저녁 시간을 느긋하게 보낼 수 있었고, 사제들은 우리가 등잔에 기름을 넣게 해주었다. 나는 타데르에게 빌린 데니오스의 《변형》을 읽었고 그 책은 굉장한 발견이었다. 마치 내가 어디에 있는지 모르는 집 안에서 여러 방들을 찾던 그 꿈 같았다. 환영받으며 경이로운 세계로 들어가고, 금빛 동물의 마중을 받던 그 꿈⋯⋯. 동료들 모두가 가장 위대한 시인이라 일컫은 데니오스는 노예로 태어났다. 시 속에서 그는 누나가 사랑하는 사람에 대해 이야기할 때와 같은 애정과 경의를 담아서 자유라는 말을 썼다. 그리고 미멘에게는 작고 너덜너덜한 카스프로의 《우주의 기원》이 있었는데, 어딜 가든 가지고 다닌다고 했다. 그는 나에게 그 책을 읽어보라 권했다. 그의 시는 불안하고 기묘했으며 조금밖에 이해할 수 없었지만, 가끔은 어떤 구절이 심장을 움켜쥐곤 했다. 첫날 밤 카스프로의 노래가 그랬던 것처럼.

나는 집으로 돌아가서 한 시간만 누나를 보고 오겠다는 허락을 받았다. 더운 9월이었다. 살로는 별로 좋아 보이지 않았다. 몸과 다리는 임신 때문에 부었고, 얼굴은 지치고 일그러져 있었다. 누나는 나를 끌어안고 사제들과 다른 노예들과 일에 대해 물었고, 나는 내내 떠들다가 사당으로 뛰어서 돌아가야 했다.

며칠 후, 에베라에게서 살로의 아이가 일곱 달 만에 태어났고 한 시간 만에 죽었다는 소식이 전해졌다.

아이는 강가에 있는 노예 묘지에 묻을 수 없었다. 묘지는 성벽 밖에 있었다. 포위 기간 동안 죽은 노예들의 시체는 시민처럼 화장탑에서 태웠다. 이들의 재는 자유인들의 재와 섞여서 화장탑 옆에서 솟는 물푸레 개울로 들어갔고, 성벽 아래로 이어지는 좁은 관을 통해 니사스 강으로 흘러가서 다시 모르 강으로, 다시 바다로 흘러갔다.

가을 새벽에 나는 아르카만드 사람 몇 명과 같이 화장탑 옆 개울가에 서 있었다. 살로는 아기의 장례식에 올 만큼 회복이 되지 않았지만, 이에메르가 위험한 상태는 아니라고 했다. 나는 며칠 후에 허락을 받아 누나를 보러 갔다. 말랐고, 지친 얼굴이었으며, 나를 끌어안으면서 울었다. 누나는 부드럽고 지친 목소리로 말했다. "너도 알지, 살았으면 금세 거래됐을 거야. 그럴 수만 있었다면 말이야. 어떤 집은 곡식 한 근을 노예 아기와 교환했다더라. 포위 상태에서 새 입을 원하는 사람은 없어. 그 애도 그걸 알았나봐, 가브. 아무도 자기가 살아 있길 원하지 않는다는 걸. 나조차도 말이야. 대체……." 누나는 하던 말을 끝맺지 못하고 손을 벌려 작고 쓸쓸한 몸짓으로 말을 대신했다. 대체 그 애가 나에게, 내가 그 애에게 뭘 해줄 수 있었겠어?

나는 아르카만드 사람들의 모습에 충격을 받았다. 다들 뼈만 남았고, 살로와 똑같이 지친 표정이었다. 농성의 얼굴이었다. 교실을 들여다보자 어린 학생들이 비참하게 마르고 생기 없는 얼굴로 앉아 있었다. 기근 중에 제일 먼저 죽는 건 아이들이다. 사당에 있는 우리는 도시 안 대부분 사람들의 두 배는 잘 먹었다. 살로는 내가 건강한 것을 보고 기뻐했고, 우리가 먹은 음식들 이야기를 듣고 싶어 했다. 사제들의 양어장, 주의 깊게 보호 받으며 우리에게 달걀을 주고 가끔은 고기 조각이나 수프까지 제공하는 닭들, 풍성한 야채를 포함하여 성스러운 초목들을 키우는 텃밭, 조상님들에게 바쳐진 곡식들. 지금은 조상님들의 후손들을 먹여살리는 것들. 나는 이런 이야기를 하기가 부끄러웠지만, 누나는 말했다. "난 듣기 좋은걸! 사제님들에게 올리브도 있어? 아, 다른 것보다 올리브가 너무 먹고 싶어!" 그래서 나는 가끔 올리브도 먹었다고 말했다. 사실은 몇 달 동안 맛도 보지 못했으면서도.

나는 떠나기 직전에 소투르를 보았다. 소투르 역시 맥이 없었고, 아름다운 머리채는 마르고 버석버석했다. 그녀는 나에게 상냥하게 인사했고 나는 무슨 말을 하는지도 모르면서 말해버렸다. "소투르 이오, 혹시 구리 동전 하나 줄 수 있어요? 누나에게 올리브를 사주고 싶어서 그런데."

"아, 가브, 올리브는 몇 달 전에 없어졌는걸."

"어디 가면 얻을 수 있는지 알아요."

그녀는 눈을 크게 뜨고 나를 보았다. 그리고 잠시 후에 고개를 끄덕였다. 소투르는 동전 한 닢을 들고 돌아와서 내 손에 쥐여주었다. "내가 해줄 수 있는 일이 더 있으면 좋을 텐데." 그녀는 말했다. 그렇게 소투르는 내 첫 구걸을 별것 아닌 일로 만들었다.

작년까지만 해도 구리 동전 한 닢이면 올리브를 한 근은 살 수 있었지만, 암시장에서는 시든 올리브 열 개밖에 사지 못했다. 나는 그걸 쥐고 아르카만드로 달려가 이에메르에게 주고 비단 방에 있는 살로에게 전해달라고 했다. 사제단으로 돌아간 건 한참 늦은 시간이었지만, 레바는 아무 말도 하지 않았다. 내 눈에 고인 눈물을 보아서였는지도 모른다.

레바는 침착하고 온화한 노인이었다. 가끔 이야기를 나눌 때면 그는 사당에서 조상님들에게 올리는 제의에 대해 이야기해주었다. 이런 제의는 사제만이 아니라 사제단의 노예도 많이 집전했다. 레바는 나에게 그런 삶의 위엄과, 끝없이 되풀이되는 의례와 기도의 평화로운 아름다움을 느끼게 해주었다. 도시의 안녕과 존속이 이런 제의에 달려 있었다. 레바는 나를 아르카만드에서 사제단에 넘겨줄 수도 있다고 생각했지 싶다. 그가 나를 원한다고 생각하자 우쭐했다. 나는 사당의 사제로서 그곳에 사는 내 모습을 상상할 수 있었다. 그러나 누나가 있는 아르카만드 외에 다른 곳에서 살고 싶지는 않았고, 평생 익힌 일 외에 다른 일을 하고 싶지 않았다. 배워서 우리 집안의 아이들을 가르치는 일.

이제 임무는 끝이 가까웠다. 고대 문서들은 선조들의 사당 지하 금고실로 옮겨졌고, 이제 할 일이라곤 분류와 저장뿐이었다. 하지만 이건 사실 무기한으로 걸릴 수도 있는 일이었다. 이 낡은 두루마리와 연대기들은 미확인 상태였고, 읽고 꼬리표 붙이고 목록을 만드는 것은 물론이고, 손질을 하고 벌레에 대비하여 보존 처리를 하고 적절한 저장소에 넣어야 했다. 우리가 속한 집안들은 우리를 돌려받고 싶어 하지 않았다. 기근 속에서 우리는 군입일 뿐이었다. 그리고 사제단과 그 노예들은 우리에게 일을 시키는 것을 좋아했다. 정확히 말하면 우리 없이는 그 일을 하지 못했다. 나는 우리 일곱 명 모두가, 심지어 나조차도 사제단보다 훨씬 많은 것을 배웠음을 알고 놀랐다. 그들은 고대 제의는 알아도 역사나 다른 학문에 대해서는 아는 것이 없었다. 심지어 제의의 역사에 대해서도 말이다. 우리는 흥미로운 문서를 계속 찾아냈다. 초창기 에트라의 위인들의 삶, 예언들, 내전과 외전의 기록들과 다른 도시들과 맺은 동맹에 대한 기록. 어느 것이나 매혹적이었고, 도시국가 전체에 대한 역사를 쓰겠다는 내 꿈을 되살려주었다. 나는 고요히 죽어가는 도시 밑에 자리한 고요한 금고실에서 낡은 두루마리와 양피지들 사이에 묻혀 있는 게 만족스러웠다.

미멘이 말했다. "과거는 얼마나 편안한가. 미래에 아무것도 기대할 수 없을 때."

이제는 물푸레 개울 옆에서 밤낮으로 굶어 죽은 사람들의 화장이 이어졌다. 화장용 장작더미에서 피어오르는 연기가 가을 안개와 뒤섞여 지붕들 위에 휘장을 드리웠다. 때로는 그 냄새가 고기 굽는 냄새와 비슷해 허기와 역겨움에 침이 고이기도 했다.

북벽 바깥에서는 적이 공성차를 흙벽 바로 위까지 끌고 오기 위해 거대한 흙비탈을 준비하고 있었다. 시 경비대는 일꾼들에게 돌을 집어던졌지만, 적은 개미 떼처럼 바글거렸고 적의 궁수들은 성벽 위로 모습을 드러내는 사람에게 무조건 화살을 쏘았다. 우리 궁수들은 죽은 사람에게서 화살을 뽑아서 모았고, 성벽 안쪽에 있는 나무들로 화살을 만들었다. 오래된 돌무화과나무라도 예외는 아니었다.

평의원에 불안이 흘렀고 광장에서 웅변가들이 외쳤다. 왜 에트라는 그토록 공격에 무방비한 상태였나? 쌓인 무기도 없고, 충분한 비축 식량도 없고, 군대는 멀리 떠나 있고? 평의원에 배신자가 있었나? 카시카르를 사랑하는 자들이? 사람들은 평의원이 성문을 열지 않는 것이 에트라가 항복하기 전에 굶어 죽어가길 원해서라고 말했다. 어떤 이들에게는 이것이 고귀하고 용감한 일이었고, 어떤 이들에게는 비열한 배신이었다. 이제는 불공평한 식량 배급에 대한 소문이 날뛰었다. 사실이든 아니든. 물량이 떨어진 암시장 상인들은 먹을 것을 감추고 있다는 의심을 받아 살해당했다. 식량을 쟁여두고 있다는 의심을 받은 상인의 집이 폭도들에게 습격당해 무너졌다. 그들은 노예 막사에 숨겨져 있던 말린 무화과 반 통밖에 찾아내지 못했다. 곡식이 숨겨져 있다는 이야기가 끊이지 않았다. 평의원 아래 있다더라, 선조들의 사당 밑에 있다더라⋯⋯. 이건 정곡을 찔렀다. 사제단은 자기들의 양어장, 텃밭, 양계장 때문에, 자기들의 목숨 때문에 겁에 질렸다. 사제단은 경비대에 사당을 지켜달라고 애걸했고, 남자 열 명이 배치되었다. 폭도가 사당을 덮쳤다면 그 정도로 막지 못했겠지만, 다행히 사당의 신성성이 그곳을, 그리고 우리를 지켜주었다.

10월 중순이었다. 삶은 일종의 소강상태 속에서 버티고 있었다. 우리 모두 끝이 가깝다고 느꼈다. 며칠 안에 북쪽 벽에서 침공이 시작되어 성공하거나, 통제를 벗어난 폭도가 학살과 방화 전에 달아나려고 성문을 열거나였다. 혹은 평의원이 완전한 파멸을 피하고자 항복을 표결에 붙이는 것도 생각할 수 있었다.

그런데 우리 모두 희망을 버렸던 일이 일어났다.

길거리에나 니사스 강을 따라 자리 잡은 적군 야영지 위에나 연기와 안개가 짙게 깔린 동틀 녘, 경보와 고함 소리와 나팔 신호와 말 울음소리, 무기 부딪는 소리가 났다. 에트라의 군대가 드디어 집에 돌아온 것이다.

우리는 오전 내내 성벽 밖에서 벌어지는 전투 소리를 들었고, 성벽과 지붕 위에 올라갈 수 있었던 이들은 지켜보았다. 우리 노예들은 사당 울 안에 갇혀 있어서, 문 앞을 달려가는 사람들에게 소식을 구걸할 수밖에 없었다. 오전 늦게 대규모 시 경비대가 광장을 행진하다가 사당 앞에 멈춰 서서 조상님들의 축복을 빌었다. 말을 탄 사람은 없었고—도시 안에 말이란 말은 모조리 고기를 얻으려고 도살된 지 오래였다—그들의 분위기와 무장과 옷차림과 수척한 얼굴엔 마치 병사인 척하는 거지들 같은, 병사의 유령 같은 남루하고 초라한 느낌이 있었다. 그러나 조상님들은 사제들의 목소리를 통해 축복을 내렸고, 그들은 긴 거리를 행진하여 강 쪽 성문으로 향했다. 그들은 조용히 행진했다. 율동적으로 철컹이는 무기 소리밖에 들리지 않았다. 그리고 6개월 만에 처음으로 성문이 활짝 열리고, 에트라 경비대가 돌격하며 우리 군대를 마주하고 있던 포위군의 후방을 급습했다. 이런 내용은 여기저기 지붕에 올라간 사람들의 고함 소리로 들은 것이고,

이어서 엄청난 함성과 승리의 고함 소리가 들렸다. "다리를 점령했다!" 지켜보던 사람들이 외쳤다. "에트라가 다리를 점령했어!"

그날 나머지 시간은 경보와 역류는 있었어도 길게 보아서는 조류의 변화였다. 카시카르인들은 에트라의 공격 아래 무너지고, 편성을 다시 하려다가 다시 꺾이고, 퇴각할 길을 찾다가 앞이 막힌 것을 깨달았다. 저녁 무렵에는 포위군 전체가 산산이 흩어진 유목민이 되었고, 목숨을 구하고자 에트라와 모르 강 사이에 있는 모든 땅과 니사스 강 건너편 농장들을 달리다가 우리 기병대에 추격을 받아 사냥당하고 도살당했다(나중에 이때를 돼지 사냥이라고 부르기도 했다). 성벽 밖에는 시체들이 토루 위로 넘치고 파괴된 야영지를 뒤덮었는데, 수천 구의 시체가 대부분 우리 병사들 손에 옷과 무장이 벗겨져 알몸이 되어 있었다. 니사스 강 여기저기가 죽은 시체 때문에 막혔다.

우리는 해가 지고 나서야 풀려났다. 나는 북문 옆 흉벽에 올라가서 산 사람들이 시체 사이를 누비며 죽은 양 다루듯 들어 올려 갑옷과 무기를 벗겨내거나, 가끔 시체가 확실히 죽은 것 같지 않으면 목을 자르는 광경을 보았다. 곧 노예들에게 에트라 군의 시신을 수습하여 도시 안 물푸레 개울 옆 화장탑으로 나르라는 명령이 떨어졌다. 우리 일곱도 이 일에 동원되었고 밤새도록 달빛과 횃불 빛에 의지하여 시체를 날랐다. 소름 끼치는 일이었다. 안소와 함께 일하면서 시신을 화장터에 내려놓을 때마다 살로의 아기이자 야벤의 아들, 굶주린 도시에서 한 시간밖에 살지 못했던 내 조카를 생각했던 것이 제일 기억에 남는다. 그리고 매번 나는 에누께 그 병사가 아니라 내 작고 준비되지 않은 조카의 영혼을 어둠의 땅으로, 빛의 땅으로 인도해주십사 청했다.

우리가 나른 시신들 중 많은 수가 시 경비대원이었다. 그들은 용감한 진출의 대가를 호되게 치렀다.

그날 밤 내내 약한 폭동이 일어났다. 시민과 노예 모두 열린 성문으로 쏟아져 나가서 카시카르 군대의 보급 식량을 약탈하려 했고, 그 앞을 지키던 에트라 병사들은 굶주린 사람들의, 그것도 아는 얼굴들의 간청과 압력 앞에 무너졌다. 어떤 병사들은 마차까지 가져다 곡식을 도시 안으로 들이기도 했다. 사람들은 식량을 두고 싸우고, 곡식 수레를 습격했다. 질서는 아침 햇살이 비치고서야 겨우 바로잡혔고, 그것도 폭력을 써서 겨우 가능했다. 채찍, 곤장, 칼……. 나는 아침 햇살 속에서 죽은 쥐에 핀 구더기처럼 양고기 더미 위에 몰려든 도시민들을 바라보는 병사들의 얼굴에서 공포의 빛을 보았다.

노예들은 정오까지 주인 집으로 돌아가지 않으면 사형이라는 명령을 받았다. 그래서 선조들의 사당을 떠나기 전에 레바에게 고맙다는 인사를 하고, 미멘이 지닌 손으로 쓴 카스프로 시집을 받을 시간밖에 없었다.

"에베라가 못 보게 해라." 미멘은 비딱한 미소를 지으며 그렇게 말했고, 나는 어떻게 감사해야 할지 몰라 더듬거리기만 했다. "그럼요, 안 보일 거예요……."

그건 내가 가진 첫 번째 책이었다. 아니 내 소유의 물건 자체가 처음이었다. 내가 입고 있는 옷을 내 옷이라고 부르고, 교실에서 쓰는 책상을 내 책상이라고 불렀지만 사실은 어느 것이나 내 것이 아니라 아르카 집안의 재산이었다. 나 자신이 그렇듯이. 그러나 이 책은, 이 책은 내 것이었다.

야벤은 집에 와서 아버지와 어머니께 적절한 애정과 예의를 갖추어 인사를 드린 후 곧장 비단방으로 향했다. 야벤이 돌아오자 살로가 얼마나 피어오르고 반짝이는지 놀랍기만 했다. 야벤은 대부분의 도시 사람들처럼 마르진 않았지만, 역시 힘든 시기를 거쳐 풍상에 시달린 거칠어지고 지친 얼굴이었다. 그는 우리에게 출정에 대해 이야기해주었다. 옛날처럼 나와 살로와 소투르와 아스타노와 오코 모두 에베라와 같이 교실에 모여서 들었다. 모르바의 군대는 갈렉에서 온 군대의 지원을 받았다. 보투스와 오스크인들이 합세한 것이다. 에트라 군은 이렇게 많은 전선에서 힘겹게 버티고 있었다. 야벤은 명령 체계에서 실수나 혼란이 있었다고 생각했지만, 배신은 아니었다. 에트라인들은 성벽까지 따라붙을 적들을 패퇴시키기 전에는 도시를 해방시키러 올 수 없었다. 그리고 적을 패퇴시킨 후에는 최대한 빨리 왔다. 배다리를 만들어서 밤에 모르 강을 건넜다. 포위군이 예상하지 못한 동쪽에서 기습할 수 있도록.

"하지만 이곳 사정이 얼마나 힘든지는 몰랐어." 야벤이 말했다. "난 지금도 상상이 안 가." 아스타노가 간직하고 있던 '기근 빵'을 보여주었다. 나뭇조각 같은 갈색 과자로, 보리나 밀 약간에 톱밥과 흙과 소금을 섞어 구운 것이었다. 아스타노가 말했다. "소금은 많았거든. 소금을 넣을 게 없어서 탈이었지."

야벤은 미소 지었지만, 그 얼굴에선 어둠이 사라지지 않았다. "카시카르가 대가를 치르게 해줄 거야."

"아." 소투르가 말했다. "대가……. 그럼 우린 상인인 거야?"

"아냐, 동생. 우린 병사들이지."

"그리고 병사들의 아내, 병사들의 연인과 어머니와 누이와 사촌들이지. 카시카르가 우리에게 줄 게 뭐가 있어?"

"원래 그런 거야." 야벤은 부드럽게 말했다. 그는 교실 긴 의자에 살로와 손을 잡고 나란히 앉아 있었다.

에베라는 도시의 영광, 조상님들의 힘에 대한 모욕, 당연한 복수에 대해 이야기했다. 야벤은 우리와 함께 그의 말에 귀를 기울였으나, 그런 문제에 대해 더 말하지는 않았다. 이윽고 야벤은 내게 사당에서의 일과 우리가 건져낸 고대 문서들에 대해 물었다. 그에게 이야기하면서 나는 야벤의 열중한 얼굴 속에서 서사시와 연가를 사랑했고 여름날 오후에 우리를 이끌고 센타스를 짓던 소년의 얼굴을 보았다. 야벤이 '새로운 시인들'을 어떻게 볼지 궁금해졌다. 어쩌면 언젠가, 야벤이 아르카만드의 아버지가 되고 내가 이 교실의 교사가 되면, 그때는 그에게 《변형》을 보여주고 그도 신세계를 발견할지 모른다……. 그러나 상상이 잘 가지는 않았다. 그래도 그런 생각이 든 덕분에 나는 우리가 농성 초반에 막사 안에서 《니사스의 다리》를 읊었던 일, 모두가 함께 노래했던 일을 이야기했다. "에트라 성벽 아래……." 결국 교실에 모인 우리 모두가 야벤의 선창으로 그 노래를 불렀다. 빼빼 마른 어린 학생들 몇 명이 소리를 듣고 살금살금 들어오더니 "그러자 모르바의 병사들, 모르바의 사내들이 달아났지……"라고 외치며 웃고 있는 키 큰 병사를 둥그레진 눈으로 쳐다보았다.

"다시 또 다시." 소투르가 속삭였다. "이쪽저쪽으로." 그녀는 우리와 같이 시를 읊고 있지 않았다. 소투르는 가련하고 당혹해

보였다. 그녀는 걱정스러운 눈으로 보던 나와 눈이 마주치자 날카롭게 고개를 돌렸다.

포위가 풀린 후, 그 가을에 우리는 모든 즐거움 중에서도 가장 달콤한 즐거움을 누렸다. 격렬하고 끊임없던 긴장과 공포로부터의 해방. 자유만이 줄 수 있는 해방감. 그런 해방감을 얻으면 심장이 부풀어 오른다. 너그러움과 친절의 기운이 아르카만드를 채웠다. 사람들은 함께 살아남았다는 사실 때문에 서로에게 고마워했다. 함께 웃을 수 있었기에, 함께 웃었다.

초겨울에 토름이 집으로 돌아왔다. 그는 농성 기간 내내 시내에 있었지만 아르카만드에서 생활하지는 않았다. 집정관이 사관후보생과 제대 군인들, 퇴역병들로 이루어진 특수 부대를 소집해서 시 경비대 보조로 보초를 세우고, 성벽과 성문에 배치하고, 소방수 겸 시 경찰로 활동하게 했었다. 이 사내들은 방어와 소방 업무에서 활약해서 처음에는 대중의 영웅으로 떠올랐으나, 점차 암시장과 식량 비축자, 배신이 의심되는 자들에게 벌을 내리는 역할이 커져갔고 사람들은 그들의 수사를 두려워하고 그들이 힘을 마음대로 쓴다고 비난하기에 이르렀다. 그들은 도시가 해방되고 며칠 후에 집정관이 사임하고 모든 권한을 평의원에 돌려주면서 해산되었다.

토름은 이제 열일곱 살이었지만 그보다 훨씬 나이가 많아 보였고, 진지하고 과묵하고 자제력 있는 남자처럼 행동했다.

그는 호비를 데리고 돌아왔다. 복무에 대한 포상으로 호비를 도시 노역에서 풀어주고 자기 경호원으로 쓰게 해달라고 요청했던 것이다. 호비는 아버지의 경호원인 메테르처럼 자기 주인의 방문 밖에서 잤다. 이제는 호비가 머리를 빡빡 깎았고 토름보다 덩치가 크긴 해도 둘이 닮았다는 게 확연히 드러났다.

토름이 돌아온 계기는 아스타노의 약혼식이었다. 어머니는 아스타노가 코릭 벨토모 룬다와 혼인하는 것을 허락하지 않고, 그 대신 모계를 통해 룬다 집안과 연결되어 있는 레닌 벨토모 타르크를 택했다. 타르크만드는 부유하지는 않지만 유서 깊은 집안이었고, 레닌은 유망한 젊은 평의원이었다. 그는 잘생겼고 괜찮은 이야기꾼이었다. 우리의 제일가는 정보원인 살로 말에 따르면 아무것도 모르긴 했지만. "트루덱도 모르더라니까! 뭐 정치는 알겠지."

소투르는 그 약혼에 대해 아무 말도 하지 않았다. 우리는 소투르를 별로 보지 못했다. 그녀는 우리만큼 공포심에서 놓여난 안도감을 느끼지 못하는 것 같았다. 다른 사람들처럼 몸무게를 되찾지도, 얼굴이 나아지지도 않았다. 소투르는 아직도 농성기의 얼굴을 하고 있었다. 내가 도서실 책상에서 책을 든 소투르를 발견했을 때에도, 상냥하게 인사해주기는 했지만 별말 없이 금세 빠져나가곤 했다. 그녀에 대한 아픈 욕망은 쿡쿡 쑤시는 동정심으로 바뀌었고, 초조한 마음도 생겼다. 왜 소투르는 이 좋은 자유의 나날에 계속 의기소침해 있는 걸까?

에베라는 약혼식에서 축하 연설을 맡았다. 그는 준비된 고전들에서 인용구를 뽑는 데 며칠을 보냈다. 그 가을의 따뜻한 분위기 속에서 나는 나이 든 선생님에게 사당에서 미멘과 다른 사람들에게서 배운 내용을 숨기는 것이 떳떳치 못한 짓이라고 느꼈다. 나는 그에게 데니오스를 읽었으며, 미멘에게서 카스프로의 《우주의 기원》을 받았다고 말했다. 선생님은 근엄한 얼굴로 고개를 저었지만 장광설로 들어가지는 않았다. 덕분에 용기가 난 나는 언어와 의미 모두 고결한 데니오스의 시가 어째서 읽는 사람을 오염시킬 수 있는지 물었다.

에베라가 대답했다. "불만이다. 고귀한 언어로 불행해지는 방법을 가르치다니. 그런 시인들은 조상님들의 선물을 거부한단다. 그들의 작업은 바닥 없는 구덩이야. 일단 너의 모든 삶을 떠받친 단단한 믿음의 반석을 제거하고 나면, 그 밑엔 아무것도 없다. 말뿐이지! 화려하고 텅 빈 말. 말로 살 수는 없다, 가비르야. 오직 믿음만이 삶과 평화를 주지. 모든 도덕은 믿음 위에 세워져."

나는 데니오스의 글에서 내가 보았다고 생각하는 것을, 우리가 아는 것보다 더 큰 도덕을 설명하려 했지만 내 생각은 겨우 더듬거리는 수준이었고 에베라는 확신으로 나의 생각을 무너뜨렸다. "그자는 마땅히 그래야 할 것들에 대한 반란밖에 가르치지 않아. 진실을 거부하는 것을 가르치지. 젊은이들은 반란과 불신을 좋아하지. 나도 알아. 그러나 나이가 들면 그런 어리석은 행동에 지쳐서 믿음으로 돌아오게 된다. 도덕률의 기반이 되는 믿음으로."

오래된 확신을 다시 들으니 마음이 놓였다. 그리고 그는 카스프로를 읽지 말라고 하지 않았다. 어려웠고, 나에게는 멀고 낯설었기 때문에, 《우주의 기원》을 자주 읽지는 않았다. 그러나 때로는 카스프로의 한 구절이나 데니오스의 한 구절이 마음속에 들어와서 봄이 되어 펴지는 너도밤나무 잎처럼 그 의미나 아름다움을 펼치곤 했다.

집안 식구들 모두와 함께 서서 흰색과 은색 예복을 입은 아스타노가 커다란 안뜰을 가로질러 약혼자에게 가는 모습을 지켜

볼 때도 그런 구절 하나가 떠올랐다. '그녀는 찬란하게 흐르는 물에 뜬 배요⋯⋯.'

에베라는 모두가 아르카 집안의 배움에 감명받을 수 있도록 고전 인용구가 가득한 연설을 했다. 아르카 집안의 어머니가 딸을 타르크 집안에 보내는 말을 했다. 타르크 집안의 어머니가 나와서 우리 아스타노를 장래 타르크만드의 어머니로 맞이했다. 이어서 내가 가르친 어린 학생들이 노래를 불렀다. 소투르가 몇 주 동안 연습시킨 혼례곡이었다. 그렇게 끝이 났다. 회랑에 리라와 북 연주자들이 나타나고, 귀한 분들은 연회와 춤을 위해 큰 방으로 들어갔다. 우리들, 집안 노예들에게도 연회는 있었고, 뒤뜰에서 우리만의 음악과 춤을 즐겼다. 춥고 비도 약간 내렸지만 우리는 춤출 준비가 되어 있었다. 그리고 언제나 다시 잔치를 벌일 준비가 되어 있었다.

겨울에 약혼한 아스타노는 춘분절에 혼인을 했다. 한 달 뒤 야벤은 연대에 다시 불려갔다.

에트라는 카시카르 침략을 준비하고 있었다. 모르바와 연합해 우리에게 대적했던 보투스가 이번에는 우리 편에 붙었다. 카시카르의 힘을 두려워했고, 또 그들이 패배에 약해진 동안 전투력을 빼앗을 기회를 보았기 때문이다. 에트라와 보투스 군은 함께 공격하여 카시카르 시를 빼앗거나 포위할 것이었다. 때로는 우리 적이고 때로는 동료인 대도시 카시카르. 소투르가 그렇게 말했던가. "다시 또 다시. 이쪽저쪽으로."

야벤이 떠나던 날 살로 누나를 보았다. 누나는 허락을 받고 강쪽 성문까지 내려가서 야벤과 그의 부대가 사람들의 환성 속에서 전쟁터로 떠나는 광경을 볼 수 있었다. 누나는 울지 않았다.

포위 기간 내내 그랬듯 이번에도 누나는 야벤에 대해 확고한 희망을 품고 있었다. "행운이 야벤에게는 귀를 기울여줄 거야." 누나는 미소 띤 얼굴로, 그러나 진지하게 말했다. "전투에서, 전쟁에서는 말이야. 여기에선 아니지만."

"여기에선 아니라니? 무슨 뜻이야, 누나?"

도서실에는 우리 둘만 있었고 자유롭게 이야기할 수 있었다. 그런데도 누나는 한참 동안 망설였다. 마침내 누나는 눈을 들어 나를 보았고, 내가 누나의 말을 조금도 이해하지 못하고 있음을 알자 말했다. "아버지는 그이가 가는 걸 좋아하셔."

나는 항의했다.

"아니, 들어봐. 정말이야, 가브!" 누나는 바싹 붙어 앉으며 나지막이 말했다. "아버지는 야벤-디를 싫어해. 정말이야. 질투하는 거야. 야벤이 알탄 아르카의 힘을 이어받을 테니까. 아버지의 집을. 아버지의 평의원 자리를. 그리고 야벤은 어머니를 닮아서 아름답고, 키가 크고, 상냥하지……. 그이는 아르카가 아니라 갈레코야. 아버지는 자기 아들을 질투한 나머지 똑바로 보질 못해. 난 이미 봤어! 백 번쯤은! 왜 다시 전쟁터에 나가는 게 첫째 아들이자 후계자인 야벤이라고 생각하니? 군인이 될 예정인 데다가 훈련도 다 받은 둘째 아들은 안전하게 집에 남아 있는데? 자기 경호원과 같이! 그 점잖만 빼는 겁쟁이 독사가!"

착하고 상냥한 누나가 그렇게 미움을 담아 이야기하는 걸 듣기는 처음이었다. 나는 놀라서 말을 잃었다.

"토름은 평의원 훈련을 받을 거야. 알탄 아르카는 야벤이 살해당하길 기대해." 누나의 부드럽고 정열적인 목소리가 끊어지고, 누나는 내 손을 꽉 쥐었다. "그렇게 되길 바라고 있어." 누나가 다시 한 번 속삭였다.

　나는 누나가 한 모든 말을 거부하고 반박하고 싶었지만, 여전히 아무 말도 떠오르지 않았다.

　소투르가 도서실에 들어왔다. 그녀는 우리를 보고 물러설 듯 멈칫했다. 살로는 그녀를 보고 서글프게 속삭였다. "아, 소투르-이오!" 그러자 소투르는 다가와서 누나를 끌어안았다. 이 말수 적고 수줍음과 자부심이 강한 여자가 누구에게든 그러는 걸 본 적이 없었다. 두 사람은 서로를 안심시켜주고 싶지만 그럴 수 없다는 듯이 서로에게 매달렸다. 나는 멍하니 앉아 있었다. 야벤이 떠난 것 때문에 서로를 위로하려는 거라고 믿고 싶었지만, 그렇지 않다는 걸 알았다. 내가 본 것은 슬픔도 사랑도 아니었다. 두려움이었다.

　그리고 누나의 어깨 너머로 나와 눈이 마주친 소투르의 눈에는 격렬한 분노가 있었다. 노여움은 차츰 가라앉았다. 나에게서 소투르가 본 적이 무엇이건 간에, 마침내는 나를 다시 본 것이다.

　소투르가 말했다. "아, 가비르! 에베라에게 말해서 살로가 아이들 가르치는 걸 돕게 해달라고 할 수 있다면. 뭐든, 무슨 핑계든 대서 비단방에서 나오게 할 수만 있다면! 알아. 넌 못 하지. 에베라도 못 해. 알아! 난 살로를 내 시녀로 달라고 청했어. 어머니에게 청했지. 야벤이 없는 동안만이라도, 내 성명 축일 선물로 살로를 얻을 수 없느냐고. 그랬더니 안 된대. 불가능하대. 난 이제까지 아무것도 부탁해본 적이 없는데. 아, 살로, 살로, 넌 아파야 해! 다시 굶어야 해! 나처럼 마르고 못생겨져야 해!"

　나는 이해하지 못했다.

소투르는 나의 몰이해를 이해하지 못했다. 살로는 이해했다. 살로는 소투르의 뺨에 입을 맞추고 몸을 돌려 나를 끌어안으며 말했다. "걱정 마, 가브. 괜찮아질 거야. 다 괜찮아."

그리고 누나는 귀한 분들의 방과 비단방이 있는 곳으로 돌아갔고, 나는 노예 막사로 돌아갔다. 당황했고 걱정스러웠지만 나는 결국 언제나 이 집의 아버지와 어머니와 조상님들은 상황을 정말로 악화시킬 리 없다는 굳은 믿음으로 돌아갔다.

7

나는 어둠 속에서 강렬한 냄새가 코를 찌르는 낯선 침대에 누워 있다. 얼굴에서 멀지 않은 곳에 시커먼 바위로 이루어진 낮고 둥근 천장이 있다. 내 옆에는 뭔가 따스한 것이 누워서 내 다리에 묵직하게 몸을 기대고 있다. 녀석이 머리를 든다. 길쭉한 회색 머리통, 무서운 검은 입술, 나를 건너다보는 어두운 눈동자. 개인가, 늑대인가? 나는 이 장면을 수없이 여러 번 기억했다. 개인지 늑대인지 모를 동물이 가까이 몸을 붙이고 있고 동굴임이 분명한 바위 천장이 있는 어두운 곳에서 퀴퀴한 냄새가 나는 모피 속에 누워 있는 나. 지금 그 순간을 기억한다. 나는 지금 그곳에 누워 있다. 개가 낑낑거리는 소리를 내더니 일어나서 나를 밟고 지나간다. 누군가가 개에게 말을 걸더니 와서 내 옆에 쭈그리고 앉아서 말하기 시작한다. 그러나 나는 그 남자가 무슨 말을 하는지 이해하지 못한다. 그가 누구인지, 내가 누구인지도 모른다. 나는 머리를 들 수 없다. 손을 들 수 없다. 약하다. 텅 비어 있다.

아무것도 아니다. 아무것도 기억나지 않는다.

지금부터 나는 역사가들처럼 사건이 일어난 순서대로 이야기하겠지만, 이 방식에는 뿌리 깊은 거짓이 존재한다. 나는 역사가 쓰이는 방식처럼 살지 않았다. 내 마음은 아직 지나가지 않은 일을 미리 기억하면서 껑충 도약하곤 했다. 그리고 지금의 지나간 일들은 내가 잃어버린 시간이었다. 지금 이야기하려는 부분을 다시 찾는 데 오랜 시간이 걸렸다. 그 어두운 동굴 속에 누워 있는 동안, 묻혀 있는 동안 기억은 나에게서 몸을 감추고 어둠 속에 매장되어 있었다.

봄의 첫 온기가 느껴지는 이른 아침이었다. 아르카만드의 열린 안뜰이 햇빛을 받아 기분 좋게 빛났다.

"살로가 어딨느냐고? 아, 살로와 리스 둘 다 토름-디와 같이 나갔는데, 가브."

"토름-디와 같이요?"

"그래. 걔네를 온천장에 데려갔어. 어젯밤, 꽤 늦게."

팔리가 말하고 있었다. 팔리는 비단방으로 이어지는 문을 지키는 여자였다. 오래전에 아버지에게 주어진 선물이었던 육중하고 말이 느린 여자로, 방적기를 들고 서쪽 뜰에 앉아 있었다. 그녀는 아버지나 어머니나 다른 가족이나 누구든 귀족 가문에 대해 이야기할 때마다 공손한 태도를 취했다. 그들을 신처럼 떠받들었다. 사람들은 그 점을 비웃었다. "팔리는 산 사람도 조상님처럼 여긴다니까." 이에메르가 그렇게 말했다. 팔리는 멍청한 여자였다. 그녀가 방금 머리를 문지르면서 한 말은 또 얼마나 멍청한가. 토름이 리스와 우리 누나를 온천에 데려갔다니?

그 온천장은 코릭 룬다의 것이었다. 코릭은 에트라 정부에서

가장 부유하고 강력한 남자인 그라눅 룬다 평의원의 아들이었
다. 코릭은 아스타노와 혼인하고자 했다가 실패했지만 그걸로
원한을 품지는 않은 것 같았다. 최근에는 토름의 친구 또는 후원
자가 되어 있었다. 토름은 언제나 코릭과 코릭의 젊고 부유한 패
거리와 같이 다녔다. 에트라가 다시 자유롭고 부유해진 지금 젊
은 부자들은 사치스러운 생활을 할 수 있었다. 끝없는 잔치, 여
자, 길거리에서의 소동으로 끝나는 주연들……. 우리 중 일부
는 토름에게 어울리지 않는 교우 관계라고 생각했다. 딱딱하고
음울한 성격에 전사로 훈련받은 토름에게는. 그러나 코릭은 토
름을 좋아했고 같이 다니기를 고집했다. 그리고 아버지는 이들
의 친교를 승인하고, 가족을 위해 좋은 일이라고 격려했다. 룬
다 집안과 아르카 집안의 이익을 위해서. 젊은 남자란 젊은 남자
다워야 하는 법. 여자들이 있고 술을 마시겠지만 나쁠 것은 없었
다. 정말로 잘못될 것은 없었다.

그사이 견습 요리사가 된 티브는 호비가 아르카만드에 돌아
오자 개처럼 뒤를 따라다녔다. 그리고 호비에게 들은 이야기를
우리에게 전했다. 코릭과 그 친구들은 토름을 취하게 만드는 걸
좋아한다고 했다. 토름이 취하면 미친놈처럼 그들이 부추기는
일은 무엇이든 하기 때문이었다. 한번에 남자 셋과 싸우기도 하
고, 곰과 싸우기도 하고, 평의회당 계단에서 옷을 다 찢고 벌거
벗은 채 춤을 추다가 거품을 물고 쓰러지기도 하고. 호비는 그들
이 토름을 멋지다고 생각한다고, 다들 토름에게 감탄하고 있다
고 말했다. 우리에게는 그들이 토름을 광대로, 유흥거리로 이용
하는 것처럼 들렸다. 코릭의 난쟁이 레슬러들이나 얼빠진 외눈
박이 경호원 후른처럼 말이다. 그러나 티브를 거쳐 나온 호비의

말에 따르면 그런 게 아니었다. 호비는 코릭 룬다가 토름에게서 검술을 배웠으며, 그를 검술 스승으로 대한다고 말했다. 호비는 코릭의 친구들이 모두 토름을 존경한다고 말했다. 그들은 토름의 엄청난 힘을 두려워했다. 토름이 미쳐 날뛰는 걸 좋아하는 건 그러면 모두가 토름을, 그리고 그들을 무서워하기 때문이었다.

에베라가 말했다. "토름-디는 젊어. 젊었을 때 날뛰게 해야지. 나이가 들면 현명해질 게야. 아버지는 그걸 알고 계시다. 아버지에게도 거친 나날이 있었거든."

온천장이라고 불리는 룬다 집안 영지는 에트라에서 1킬로미터 반쯤 떨어진 도시 서쪽의 기름진 곡물 산지에 있었다. 룬다 평의원은 그곳에 거대한 새 저택을 지어서 아들 코릭에게 주었다. 호비는 티브에게 미주알고주알 이야기했고 티브는 다시 우리에게 이야기했다. 호화로운 방들, 여자들이 가득한 비단방들, 꽃이 흐드러진 뜰, 뒤뜰에 있는 경탄스러운 목욕장. 그곳에 채운 물은 온천에서 끌어올린 물이라서 언제나 피와 같은 온도지만 투명한 청록색이고, 녹색과 자주색 대리석으로 포장한 옆 도로에는 공작들이 깃털을 펼치고 있다고 했다. 호비는 토름의 경호원으로 그곳을 많이 찾았다. 여기 모이는 젊은 귀족들에게는 모두 경호원이 있었다. 유행이었다. 코릭은 외눈박이 거인 외에도 세 명을 거느렸고, 토름은 최근에 두 번째 경호원을 샀다. 경호원들은 온천장에서 비단방에 있는 여자들을 공유하고, 원하는 대로 음식과 여자들을 고를 수 있었다. 물론 주인들이 고른 후에 말이다. 호비는 따뜻한 목욕장에서 수영을 해보았다. 그는 티브에게 온천장에 대해, 여자들에 대해, 음식에 대해, 저민 수탉 간이며 어미 배 속에 든 양의 혓바닥 요리에 대해 자랑했다.

그래서 팔리에게 토름이 리스와 살로를 온천장에 데려갔다는 말을 들은 나는, 돌벽에 부딪혀서 정신을 잃은 사람처럼 멍한 상태가 되어서도 잠시 후에 부엌으로 가서 티브를 찾았다. 티브라면 호비를 통해 아는 게 있을지도 모른다고 생각했다. 뭘 알지 모른다고 생각했는지는 모르겠다. 티브는 아무것도 몰랐다. 팔리가 한 말을 전하자 티브는 깜짝 놀라더니 말했다. "거긴 여자들이 많아. 룬다 가문은 노예 여자를 열 명도 넘게 거느리고 있어. 토름은 그냥 즐기자고 두 사람을 데려갔을 거야."

내가 뭐라고 대꾸했는지는 모르지만, 티브는 언짢아하며 변호했다. "이봐, 가브, 네가 선생님의 귀염둥이일진 몰라도 결국 살과 리스는 선물용 노예라는 걸 기억해야지."

"그래도 토름에게 주어진 선물은 아니야." 나는 천천히 말했다. 아직도 정신이 멍하고 느리게 움직였다. "리스는 처녀야. 살로는 야뻰에게 주어졌고. 토름이 그 둘을 집 밖으로 데리고 나갈 순 없어. 거기 데려갈 순 없어. 어머니께서 허락하지 않으셨을 거야."

티브는 어깨를 으쓱였다. "팔리가 지어낸 얘기일지도 모르지." 그는 그렇게 말하고 하던 일로 돌아갔다.

나는 이에메르에게 가서 팔리가 한 말을 전했다. 티브에게 한 말을 되풀이했다. 그럴 수는 없다고. 어머니께서 허락하지 않으실 일이라고.

농성 후에 많은 이들이 그러하듯 전보다 훨씬 늙어 보이는 이에메르는 잠시 동안 말이 없었다. 그러다가 커다랗게 '아' 소리를 내고 고개를 저었다. 몇 번이고 저었다.

"아, 이건…… 이건 안 좋아. 팔리가 틀렸으면 좋겠구나. 그래야 해. 어쩌자고 허락도 없이 애들을 데려가게 할 수가 있지? 내가 말해보마. 비단방에 있는 다른 여자들하고도 이야기해볼 게. 아, 살로!" 이에메르는 언제나 여자애들 중에서 우리 누나를 제일 좋아했다. "아냐, 그럴 순 없어." 그녀는 좀 더 정력적으로 말했다. "네 말이 옳고말고. 팔리메르-이오 어머니께서 그런 일을 허락하셨을 리가 없어. 절대로. 야벤-디의 살로를! 그리고 어린 리스를! 아냐, 아냐, 아냐. 그 머리 물렁한 팔리가 뭔가 착각했을 거야. 내가 당장 바로잡으마."

나는 보통 일을 바로잡아주는 이에메르를 믿는 데 익숙해져 있었다. 나는 교실로 가서 어린 학생들에게 반복 연습과 암송을 시켰다. 오전이 끝날 때까지 누나 생각은 하지 않으려고 했다. 오전이 끝나고 식당으로 향했다. 한 무리의 남자 여자들이 이야기를 하고 있었다. 탄이 말했다. "아냐, 내가 직접 말을 맸다니까. 그 인간이 둘을 차 안에 넣고, 호비랑 룬다에서 산 그 촌뜨기를 같이 태우고, 자기가 직접 말을 몰았어."

"어머니께서 가게 하셨다면야 해로울 것 없죠." 에누메르가 높고 얼빠진 목소리로 말했다.

"당연히 어머니가 허락하셨겠지!" 다른 여자가 말했지만 이제는 둘째가는 마부인 탄이 고개를 저으며 말했다. "빨래 더미처럼 친친 감겨 있었어. 살로가 고개를 내밀고 뭔가 외치려 할 때까지만 해도 누군지도 몰랐다니까. 그랬더니 호비가 살로를 곡식 자루처럼 차 안에 도로 밀어 넣고 문을 쾅 닫고 뛰어가더라고."

"장난이겠지." 나이 많은 남자 하나가 말했다.

"아드님이랑 쌍둥이 둘이 아빠와 말썽을 빚게 할 만한 장난이죠!" 탄이 거칠게 말하다가 나를 보았다. 그의 어두운 눈이 내 눈을 마주 보았다. "가브, 넌 뭐 아는 거 있냐? 살로가 뭐라고 얘기라도 했어?"

나는 고개를 저었다. 말이 나오지 않았다.

"아, 괜찮을 거야." 탄은 잠시 후에 말했다. "아저씨 말마따나 장난이겠지. 멍청하고 바보 같은 장난이긴 하지만. 오늘 저녁이면 돌아올 거야."

다른 사람들과 함께 서 있었지만 마치 모든 것이, 모든 사람이 멀어지고 나 혼자 아무것도 아무도 없는 곳에 서 있는 것 같았다. 나는 공허를 매단 채 아르카만드의 복도와 뜰을 배회했다. 멀리서 목소리들이 다가왔다.

공허가 닫히고 검은 돌로 만든 낮고 어두운 천장으로, 동굴로 변했다.

"난 아는 것들이 있지. 그리고 내가 안다는 걸 알아. 습지 사람에겐 각자 힘이 있다니까." 살로가 말하고 웃었다. 누나의 눈이 반짝였다.

나는 사람이 오기 전에, 에베라가 말하기 전에 벌써 누나가 죽었음을 알았다. 그들은 에베라가 전하는 것이 적합하다고 생각했다.

지난밤 온천장에서 일어난 사고였다고 했다. 에베라는 눈물을 머금고 슬픈 사고라고, 끔찍한 일이라고 말했다.

"사고라고요." 내가 말했다.

에베라는 살로가 익사당했다고, 아니 익사했다고, 젊은이들이 너무 취해서 정신이 나간 채 목욕장에서 여자들과 노는 사이에 빠져 죽었다고 말했다.

"따뜻한 물에서 말이죠. 대리석에 공작들이 노니는."

선생님은 눈물에 젖은 눈으로 나를 바라보며 그렇다고 말했다. 내 눈엔 그의 표정이 비굴하고 음흉해 보였다. 마치 해서는 안 될 짓을 해서 부끄러워하면서도 고백할 생각은 없는 학생처럼.

"리스는 집에 있다. 비단방에 여자들과 같이 있어. 가엾은 상태야. 불쌍한 것. 다치진 않았지만. 미쳤구나, 미쳤어. 토름-디가 언제나, 언제나 그런 광기를 갖고 있는 줄은 알았지만. 여자들을 집 밖으로 데려가다니! 그 애들을 그 남자들 사이에 데려가다니! 미쳤다, 미쳤어. 아, 부끄러운 일이야. 부끄러워. 이를 어쩌나, 우리 불쌍한 가비르야." 그리고 선생님은 내 앞에서 희끗희끗한 머리를 숙이고, 젖은 눈과 비굴한 얼굴을 감췄다. "그리고 야벤-디는 뭐라고 할지!" 그는 외쳤다.

나는 복도를 지나고 조상님들의 방을 지나 도서실에 가서 혼자 앉았다. 공허가, 정적이 나를 에워쌌다. 살로에게 와달라고 부탁했지만, 아무도 오지 않았다. "누나." 큰 소리로 말했지만, 내 목소리가 들리지 않았다.

그러다가 생각이 났다. 더할 나위 없이 분명했다. 누나가 물에 빠져 죽었다면 피처럼 따뜻한 녹색 물이 담긴 온천장 바닥에 누워 있을 것이다. 그곳에 없다면 어디 있을까? 누나가 거기 있을 리가 없다. 그러니 빠져 죽었을 리가 없었다.

나는 누나를 찾으러 갔다. 비단방으로, 서쪽 뜰로 갔다. 만나는 여자들에게 물었다. "누나를 찾고 있는데요."

나는 그 여자들이 누구였는지, 나를 데려다준 사람들이 누구였는지는 잊었지만, 누나는 알았다.

누나는 하얀 천을 덮고 누워 있었다. 볼 수 있는 것은 얼굴뿐이었다. 혈색 도는 갈색이 아니라 잿빛이었고, 한쪽 뺨에 시커멓게 멍이 들어 있었다. 눈은 감겨 있었고, 작고 지쳐 보였다. 나는 누나 옆에 무릎을 꿇었다. 다들 내가 그러게 내버려두었다.

사람들이 와서 말했던 것을 기억한다. "어머니께서 부르셔, 가비르." 그게 무슨 엄숙하고 중요한 일이라는 듯이. 나는 누나에게 입을 맞추고 금방 돌아오겠다고 말한 후에 따라갔다.

그들은 친숙한 복도를 지나서 어머니 방으로 나를 데려갔다. 나는 그 방의 외관밖에 몰랐다. 살로는 어머니의 거처에 들어가서 비질을 했지만, 나는 아니었다. 나는 바깥 복도만 쓸었다. 아르카만드의 어머니는 큰 키에 긴 로브를 걸치고 나를 기다렸다. "안됐구나, 가비르, 네 누나의 죽음은 정말 안됐어." 그녀는 아름다운 목소리로 말했다. "너무나 비극적인 사고야. 그렇게 사랑스러운 아이가. 내 아들 야벤에게 대체 뭐라 말해야 할지 모르겠구나. 야벤에겐 지독히도 슬픈 일일 텐데. 네가 누나를 사랑했다는 걸 안다. 나도 그 애를 사랑했어. 그 사실이 네 마음에 조금이라도 위안이 되었으면 좋겠구나. 그리고 이거." 어머니는 내 손에 작고 묵직한 비단 주머니를 밀어 넣었다. "내 시녀들도 장례식에 보내마." 그녀는 진지한 눈으로 나를 바라보았다. "사랑스러운 살로 때문에 마음이 무너지는구나."

나는 그녀에게 인사하고 그 자리에 서 있었다. 사람들이 와서 다시 나를 데리고 나갔다.

그들은 나를 살로 누나 곁에 돌려보내지 않았다. 나는 두 번다시 누나의 얼굴을 보지 못했다. 그래서 멍들고 피곤하고 잿빛이 된 얼굴로 누나를 기억해야 했다. 그런 식으로 기억하고 싶지 않았기에 나는 그 기억에서 등을 돌렸고, 잊어버렸다.

그들은 나를 다시 선생님에게 데려갔지만, 그도 나를 원치 않았고 나도 그를 원치 않았다. 선생님을 보자마자 말이 튀어나왔다. "그들이 토름을 벌할까요? 벌을 줄까요?"

에베라는 나를 무서워하는 것처럼 뒷걸음질쳤다. "진정해라, 가비르. 진정해." 그는 위로하듯 말했다.

"그를 벌할까요?"

"노예 여자를 죽였다고 말이냐?"

에베라의 말 주위로 정적이 퍼져나갔다. 정적은 내 주위로 더넓고 깊게 퍼져갔다. 나는 웅덩이 속에, 웅덩이 바닥에 있었다. 물웅덩이가 아니라 정적과 공허의 웅덩이였고, 그 웅덩이는 세상 끝까지 이어졌다. 공기를 들이마실 수가 없었다. 그저 공허를 들이마셨다.

에베라가 지껄이고 있었다. 그의 입이 여닫히는 것을 보았다. 눈이 반짝이는 것을 보았다. 머리가 희끗희끗한 노인이 입을 열었다 닫았다 하고 있었다. 나는 등을 돌렸다.

내 마음속에 벽이 생겼다. 벽 반대편은 기억할 수 없었다. 그런 일은 일어나지 않았으니까. 그때까지 나에게는 잊는 능력이 없었지만, 이제는 잊을 수 있었다. 며칠, 몇 날 밤을, 몇 주를 잊을 수 있었다. 사람들을 잊을 수 있었다. 내가 잃어버린 모든 것을 잊음으로써 가진 적도 없게 만들 수 있었다.

그래도 다음 날 아침 일찍, 하늘이 밝아질 무렵에 서 있던 묘지는 기억한다. 그전에 기억한 적이 있기에 기억한다.

나는 늙은 가미를 묻을 때, 어린 미브를 묻을 때, 성벽 바깥 강가에서 버드나무에서 떨어지는 녹색 비 속에 서서 다른 기억의 아침에 묻고 있는 건 누구일까 궁금해하던 것을 기억한다.

어머니의 시녀들이 다 하얀 상복을 입고 긴 숄로 얼굴을 가리고 서 있고, 시신이 아름다운 하얀 비단에 싸여 있으며 이에메르가 큰 소리로 우는 것을 보면 누군가 중요한 사람임이 분명하다. 이에메르는 에누-메에게 기도하지 못했다. 기도하려 할 때마다 날카로운 통곡이 흘러나와서 정적에 끔찍하고 생생한 구멍을 내고 만다. 그래서 울고 있던 다른 여자들이 가서 이에메르를 안고 위로해야 한다.

나는 물가에 서서 강물이 철썩이며 강둑으로 밀려와 흙을 갉아내고, 강둑 아래를 잘라내고, 땅을 침식해서 그 위에 걸린 풀의 하얀 뿌리들이 물 위 허공에 달랑거리게 만드는 모양을 지켜본다. 강둑의 흙 속을 들여다보면 풀뿌리처럼 가느다란 뼈들, 강물이 밀려와서 먹어버린 무덤에 묻혀 있던 어린아이들의 뼈를 볼 수 있다.

한 여자가 나와 멀지 않은 곳에 서 있다. 그녀는 다른 여자들과 같이 서지 않았다. 길고 남루한 숄로 머리를 감싸고 얼굴을 가리고 있지만, 한 번인가 나에게 눈길을 주자 그게 소투르임을 알 수 있다. 나는 안다. 나는 기억한다. 잠시 동안은.

소투르와 다른 여자들이 떠나고 주위에 남자들만 남자 나는 묘지에 남아 있어도 되느냐고 물었다. 그중 한 사람은 마부인 탄이다. 어렸을 때 내게 친절했던 형이다. 지금도 나에게 친절했다. 그는 내 어깨에 손을 얹었다. "조금 있다가 돌아올 거지?"

나는 고개를 끄덕였다.

그는 떨리는 입술을 꽉 물었다. "살로는 내가 아는 누구보다 고운 여자였어, 가브."

탄은 다른 사람들과 같이 떠났다. 이제 묘지엔 아무도 없었다. 그들은 다른 무덤 사이에서 거의 티가 나지 않도록 무덤 위에 푸른 잔디를 다시 깔아놓았지만, 강물이 모든 무덤을 씻어내어 바다로 가는 흐름 속에서 굽이치는 하얀 옷 조각 말곤 아무것도 남기지 않을 테니 상관없는 일이었다. 나는 무덤에서 걸음을 옮겼다. 버드나무 아래, 니사스 강을 따라 상류로.

길은 좁아져서 도시 성벽과 강 사이를 따라가는 오솔길이 되었고, 다음 순간 나는 강 쪽 성문에 있었다. 다리를 건너 도시로 들어가는 장터 수레들이 지나가기를 기다렸다. 하얀 수소가 끄는 무거운 짐마차, 당나귀나 노예가 끄는 작은 수레들. 마침내 지나가는 행렬 사이에 공간이 생기자 길을 건널 수 있었다. 나는 니사스 서쪽 강둑으로 갔다. 강둑에 가까워졌다 멀어졌다 하며 검약한 자유민들이 일구고 가꾼 작은 정원들을 지나 구불구불 이어지는 오솔길은 쾌적했다. 노인들 중에는 벌써 텃밭에 나와서 괭이질하고 잡초를 뽑으며 봄의 온화한 아침과 구름 낀 일출을 즐기는 이들도 있었다. 나는 계속해서 정적 속으로, 텅 빈 세상 속으로 걸어갔다. 어둠 속으로 이어지는 낮고 검은 바위 천장 아래를 걸어갔다.

⁂

그 후의 나날에는 영영 기억하지 못할 부분이 많다. 마침내 망각을 배운 나는 그것을 빨리, 그리고 너무나 잘 익혔다. 그 시절에서 찾을 수 있는 조각들은 기억일 수도, 아닐 수도 있다. 내가 하는 다른 종류의 기억, 아직 오지 않은 시간과 아직 가보지 않은 장소들에 대한 기억일 수도 있다. 그 시절, 그 모든 시간, 한 달, 두 달이 지나도록 나는 내가 있는 곳에 살면서 내가 없는 곳에 살았다. 나는 아르카만드에서 멀어지는 게 아니었다. 내 뒤에는 벽 말고는 아무것도 없었고, 그 벽 저편에 있는 것들은 대부분 잊은 상태였기 때문이다. 물론 내 앞에도 아무것도 없었다.

나는 걸었다. 누가 나와 같이 걸었던 걸까? 우리를 죽음으로 인도하시는 에누? 아니면 기도를 들을 귀가 막힌 행운? 길이 나를 인도했다. 길이 있으면 따라갔고, 다리가 있으면 건너갔고, 마을이 있고 음식 냄새가 나고 배가 고프면 가서 음식을 샀다. 주머니 속에는 심장이 피로 꽉 차서 무거운 것처럼 돈이 꽉 차서 묵직한 자그마한 비단 지갑이 있었다. 은화 여섯 개, 독수리 여덟 개, 반 닢짜리 동화 스무 개, 4분의 1닢짜리 동화 아홉 개. 나는 니사스 강 옆에 앉아서, 꽃이 핀 관목과 키 큰 풀들 사이에 몸을 숨기고 앉아서 동전을 세어보았다. 마을에 들어가면 4분의 1닢짜리 동화만 썼다. 그것조차도 많은 사람에게는 헤아릴 수 없는 돈이었다. 마을 사람들과 농부들은 거스름돈을 줄 수 없으면 먹을 것을 얹어주었다. 나에게 먹을 것을 주기 싫어하는 사람은 별로 없었고, 어떤 사람은 팔지 않고 그냥 주기도 했다. 나는 애도를 뜻하는 흰 옷을 입고 있었고, 교육받은 도시 사람처럼 말했고, 그들이 "어디 가슈" 하고 물으면 "누이를 묻으러 가요"라고 대답했다.

"가엾기도 해라." 여자들의 소리를 들었다. 때로는 어린아이들이 나를 따라오며 외치기도 했다. "미치광이! 미치광이!" 그러나 그들도 내게 가까이 오지는 않았다.

나는 가난한 사람들 속을 지나면서도 아무것도 빼앗기지 않았다. 빼앗긴다는 생각도 두려움도 없었기 때문이다. 강도를 만난다 해도 내게는 아무 문제도 되지 않았다. 아무것도 빌 것이 없을 때, 바로 그때가 행운이 귀 기울여주는 순간이다.

당시에 아르카만드가 도망 노예를 찾았다면 나를 쉽사리 찾아냈을 것이다. 나는 숨지 않았다. 니사스 강을 따라 움직이면 누구든 내 발자취를 찾을 수 있었다. 아마 아르카만드에서는 자기들끼리 가비르가 그날 아침 노예 묘지에서 모두가 떠난 후에 물에 빠져 죽었다고, 팔에 무거운 돌을 안고 강으로 걸어 들어갔다고 말했는지도 모른다. 그러나 나는 어머니가 준 묵직한 비단 돈지갑을 들고 텅 빈 세상으로 걸어 나갔다. 지갑이 주머니에 있었기 때문에, 그리고 돌을 들고 강물 속으로 들어간다는 생각을 미처 하지 못했기 때문에. 어디로 걸어가는지는 중요하지 않았다. 길은 어디든 다 똑같았다. 내가 갈 수 없는 길은 오직 하나뿐이었고, 그건 되돌아가는 길이었다.

나는 어디선가 니사스 강을 건넜다. 마을 사이로 난 작은 길을 따라가다보니 이쪽에서 저쪽으로 빙 도는 꼴이 되었다. 어느 날 앞쪽에 높고 둥근 녹색 산들이 보였다. 나는 헤매다가 벤테 길로 들어서 있었다. 그 길로 쭉 갔다면 언덕들 사이 농장으로, 센타스로 갔을 것이다. 망각 속에서 이름과 장소가 떠올랐다. 나는 센타스를, 농장을, 그곳에 살던 사람을, 농장 노예 코미를 기억했다.

참나무 그늘에 앉아서 누군가가 준 빵을 먹었다. 당시에는 생각이라는 게 느리기만 해서, 시간이 오래 걸렸다. 코미는 친구였다. 나는 농장에 가서 그곳에 머물 수도 있으리라고 생각했다. 집안 노예들은 다들 나를 아니까 잘 대해줄 것이다. 코미는 같이 낚시를 할 것이다.

어쩌면 카시카르가 침략했을 때 농장은 불타 없어지고 과수원은 잘리고 포도나무는 뿌리 뽑혔을지도 몰랐다.

어쩌면 센타스에서, 그게 진짜인 것처럼 살아갈 수도 있겠지.

온갖 느리고 바보스러운 생각들이 지나가고 나는 일어서서 벤테로 가는 길에 등을 돌렸다. 두 밭 사이에 북동쪽으로 향하는 좁은 길을 걸어갔다.

길은 바퀴 자국이 깊게 났으나 사람은 거의 다니지 않는 좁은 차도로 이어졌다. 길은 계속 내가 기억하지만 잊고 싶어 하는 것들로부터 멀어졌고, 나는 그 길로 계속 걸어갔다. 어느 마을에선가 시장에서 며칠치 식량을 사고, 밤에 침구로 쓸 거친 갈색 담요를 샀다. 또 나중에는 황량한 마을이 하나 나왔는데 개들이 뛰어나오더니 미친 듯이 짖어대서 발을 멈추지 못하게 했다. 그러나 발을 멈출 이유도 없었다.

그 마을을 지나고 나서 길은 한 사람이 걸을 만한 너비로 좁아졌다. 굽이치는 언덕에는 아무 곡식도 심기지 않았다. 경사면에 흩어진 양들이 풀을 뜯었고, 키 큰 회색 경비견이 몸을 일으키더니 지나가는 나를 감시했다. 언덕 사이 골짜기에서 나무들이 빽빽해졌다. 나는 그런 숲 속에서 자고, 그 사이로 흘러내려가는 작은 개울에서 물을 마셨다. 식량이 떨어지자 한동안은 먹을 것을 찾아다녔다. 너무 이른 봄이라 작은 산딸기 빼고는 아무것도 없었고, 뭘 찾아야 하는지도 몰랐다. 나는 찾기를 그만두고 언덕 사잇길로 계속 걸어 올라갔다. 굶주림은 고통스러웠다. 내 머릿속에는 한 가지 생각이 있었다. 기억이 아니라 그냥 생각이었다. 내가 사당에서 사제들과 잘 먹고 사는 동안 충분히 먹지 못하던 누군가가 있었고, 그래서 그녀의 자궁 속에 있던 아기도 굶주렸다. 그러니 이번엔 내가 굶을 차례라는 생각. 그게 당연하다는 생각.

하루에 걷는 거리가 점점 짧아졌다. 뜨거운 햇살을 받으며 거친 풀밭에 주저앉는 일도 많았다. 다채로운 풀꽃들이 아름다웠다. 나는 허공을 나는 작은 날벌레와 벌을 지켜보거나, 일어났거나 일어나지 않은 일들을 꿈처럼 기억하곤 했다. 낮이 지나가고, 해가 하늘의 큰 길을 지나가면 나는 일어나서 잠잘 곳을 찾아 발을 끌고 걸었다. 어느 날 길을 잃은 후부터는 그저 언덕 굽이만 따라갔다.

이른 저녁에 바닥에 있는 개울을 찾아 후들거리는 다리로 천천히 경사면을 내려가는데 뒤에서 뭔가가 나를 향해 달려왔고, 숨이 빠져나가면서 눈앞이 하얘지고 주위 나무들이 빙글빙글 돌았다.

그로부터 얼마인가 시간이 흐른 후, 나는 낯설고 강렬한 냄새가 나는 모피 침대에 누워 있었다. 얼굴에서 멀지 않은 곳에 울퉁불퉁하고 시커먼 바위로 이루어진 낮고 둥근 천장이 있었다. 천장은 깜깜하다시피 했다. 옆에서 뭔가 따뜻한 것이 다리를 눌렀다. 덩치 큰 동물이었다. 녀석은 고개를 들었다. 길쭉하고 무거운 회색빛 개의 머리, 무섭게 생긴 검은 입술, 나를 건너다보는 검은 눈. 녀석은 낑낑거리는 소리를 내더니 일어서서 내 다리를 타 넘었다. 누군가가 개에게 말을 걸더니 다가와서 내 옆에 쭈그리고 앉았다. 그 사람이 나에게 말을 걸었지만 나는 오랫동안 무슨 말인지 이해하지 못했다. 동굴의 검은 돌바닥에 번득이고 튕겨나가는 듯한 약한 빛 속에서 나는 그를 응시했다. 눈의 흰자와, 거무스름한 얼굴 주위로 삐죽삐죽 튀어나온 회색 머리칼을 또렷이 볼 수 있었다. 지저분했고 반쯤 마른 모피보다 더 지독한 냄새를 풍기는 사람이었다. 그자는 나무껍질로 만든 컵에 물을 담아서 가져왔고, 내가 물을 마시게 도와주었다. 나는 머리도 들지 못하는 상태였다.

낮은 동굴방에 누워 있는 대부분 시간 동안 나에겐 다른 장소나 시간에 대한 기억이 없었다. 나는 그곳에, 오직 그곳에만 있었다. 개가 와서 내 왼쪽 다리에 기댈 때를 빼고는 계속 혼자였다. 개는 가끔 고개를 들고 시커먼 허공을 응시했다. 내 얼굴을 들여다보는 일은 없었다. 남자가 쿵쿵거리며 방 안으로 들어오면 개는 일어서서 남자의 손에 긴 코를 대더니 밖으로 나갔다. 시간이 흐르면 남자와 같이, 아니면 혼자 돌아와서 나를 타 넘고 한 바퀴 돈 다음 내 다리에 기대 엎드렸다. 녀석의 이름은 '보초' 였다.

남자의 이름은 쿠가 또는 쿠하였다. 어떤 때에는 쿠가라고 했고 어떤 때에는 쿠하라고 했다. 그는 목구멍 깊숙이에서부터 뭔가가 목소리를 막고 있는 것처럼 기묘하게 말했다. 돌을 뚫고 나오는 것 같은 목소리였다. 그는 올 때마다 내 옆에 앉아서 물이나 먹을 것을 주었다. 보통은 훈제한 고기나 생선 조각이었고, 가끔 익어가는 나무 열매를 주기도 했다. 한 번에 많이 주는 일은 없었다. "그땐 뭐하고 있었냐? 굶으면서?" 그가 말했다. 그는 나와 같이 있을 때 말을 꽤 많이 했고, 동굴 저쪽 편에서 혼잣말을 하거나 개에게 말하는 것도 자주 들을 수 있었다. 답을 기다리지 않고 흐르는 낮고 갈라진 목울림 소리. 그는 나에게 말했다. "어쨌거나 굶어서 뭘 하고 싶었는데? 먹을 건 있어. 찾으면 있다고. 어쩌다 여기까지 올라왔냐? 데람에서 온 줄 알았잖냐. 다시 날 추적하는 줄 알았어. 널 따라갔지. 따라가서 지켜봤어. 난 종일이라도 지켜볼 수 있어. 보초에겐 납작 엎드려 있으라고 했지. 네가 일어서기에 계속 가는 줄 알았더니 곧장 이리로, 내 집 문으로 오잖아. 내가 어쩌겠냐, 엉? 니 뒤에 있다가 손에 막대기를 들고 머리를 쳤지. 쾅!" 그리고 그는 몸짓으로 엄청난 타격을 흉내 내더니 사이가 벌어진 갈색 이를 드러내고 웃었다. "넌 내가 거기 있는 줄도 몰랐지? 난 죽인 줄 알았어. 아이고, 죽여버렸구나. 네가 죽은 나뭇가지처럼 엎어져 있어서 죽인 줄 알았어. 데람 놈들은 그래도 싸지! 그랬는데 다시 보니까 애잖아. 삼파여, 삼파여, 내가 정신이 나가서 애새끼 죽였습다! 아니지, 죽지는 않았어. 멍청한 대가리도 안 깨졌는걸. 그런데도 죽은 나뭇가지처럼 엎어져 있네. 애가. 난 새끼 사슴 들 듯이 한 손으로 널 집어 들었지. 내가 힘이 좀 세거든. 다들 알아. 놈들은 여기 오지 않아. 여기 뭐 하러 온 거냐, 꼬맹아? 어쩌다가 왔어? 왜 굶고 있었고? 지갑에 돈을 잔뜩 넣고 누워 있다니! 동화, 은화, 신들의 얼굴이 새겨진 동전까지! 쿰벨로 왕처럼 부자잖아! 왜 굶고 있었어? 그런 돈을 들고 여기까지 왜 와? 이에네 부인에게 사슴이라도 사려고? 너 미쳤냐, 꼬맹아?" 그는 고개를 끄덕였다. "미쳤구나, 미친 거야."

그러더니 킬킬거리며 말했다. "나도 그래, 꼬맹아. 미친 쿠가." 그는 다시 킬킬거리더니 연기와 재로 씁쓸해진 달고 질긴 고기 조각을 주었다. 나는 천천히 고기를 씹었다. 내 입엔 허기의 즙이 가득했다.

한동안은 그게 전부였다. 허기, 그가 나누어 주는 먹을 것의 생생한 맛, 그의 갈라진 목소리, 얼굴 위에 있는 검은 바위 천장, 연기와 모피 냄새, 내 다리에 몸을 붙인 개. 그러다가 일어나 앉을 수 있게 되었다. 이어서 바위 동굴 입구까지 기어갈 수 있었고, 그게 쿠가가 집으로 삼은 동굴의 여러 방 중에서 제일 깊숙하고 낮은 방이었음을 알았다. 나는 천천히 동굴 속을 조사했다. 어떤 방에서는 가운데에서나마 일어설 수 있었고, 제일 큰 방은 바닥에 커다란 돌덩이가 굴러다니기는 해도 꽤 널찍했다. 동굴의 검은 바위는 구멍도 나고 갈라진 곳도 있어서 위쪽에 난 금과 틈 사이로 빛이 들어와서 어둠을 흐렸다. 처음으로 바깥에 나가자 붉은색과 금색으로 현란하게 폭발하는 햇살에 눈이 멀 것 같았고, 공기는 꿀처럼 달게 느껴졌다.

동굴 밖에 있으면, 설령 그 입구에 서 있다 해도 안을 볼 수가 없었다. 물이 마른 폭포처럼 덩굴 식물과 양치류가 무성하게 덮인 바위 면으로 보일 뿐이었다.

쿠가가 가진 것은 조잡하게 보존 처리한 사슴 가죽과 토끼 모피, 나무껍질로 만든 잔 몇 개, 오리나무를 깎아서 만든 숟가락과 다른 집기들, 보물로 여기는 금속 상자뿐이었다. 그 상자는 지저분한 소금 결정 몇 개, 부싯돌 상자 하나, 뿔손잡이가 달리고 질 좋은 철로 날을 세운 사냥칼 두 개로 반쯤 차 있었다. 사냥칼은 결이 고운 강의 자갈로 날카롭게 갈아놓았다. 이 보물들을 두고 쿠가는 나를 심하게 의심하고 격렬하게 질투했으며 나에게서 감춰두려 했다. 나는 그가 어디에서 소금을 얻었는지 알지 못했다. 처음으로 사냥칼 하나를 내가 볼 수 있는 곳에 꺼내야 했을 때 그는 으르렁거리면서 칼을 휘두르고 걸걸한 목소리로 말했다. "건드리지 마. 건드리지 마. 안 그러면 파괴자로 네 심장을 도려낼 거야."

"안 건드려요."

"건드리면 이 칼이 저절로 네 목을 자를 거야."

"절대 안 건드려요."

"거짓말쟁이. 거짓말쟁이야. 인간은 거짓말쟁이야." 그는 가끔 그런 말을 반복 또 반복하고, 온종일 다른 말은 한 마디도 안 하곤 했다. 인간은 거짓말쟁이야. 인간은 거짓말쟁이야. 다가오지 마, 다가오지 마! 다가오지 마, 다가오지 마! 그럴 때만 아니면 쿠가가 하는 말도 충분히 정상적이었다.

나에겐 할 말이 별로 없었고, 그게 그에게도 어울리는 것 같았다. 그는 개에게 하듯이 나에게도 말을 걸고 매일 숲 속에 있는 토끼 덫과 낚시 구멍과 나무 열매 밭으로 다니는 원정을 자세히 이야기했다. 자기가 잡거나 봤거나 냄새 맡았거나 들은 것들을 모두 이야기했다. 나는 개가 그러하듯이 집중해서, 말을 끊지 않고 이 긴 이야기들에 귀를 기울였다.

"넌 도망자구나." 어느 날 저녁 같이 앉아 나뭇잎 사이로 8월의 수없이 많고 찬란한 별들을 올려다보다가 쿠가가 말했다. "물렁하게 키운 집안 노예야. 도망쳤지. 넌 나도 노예라고 생각하지? 아니야. 아니지. 도망자들을 원해? 그럼 북쪽으로 계속 가. 숲으로 계속 가. 거기 있어. 난 그놈들과 아무 상관 없어. 거짓말쟁이들. 도둑놈들. 난 자유인이야. 자유롭게 태어났어. 그놈들하고 어울리기 싫어. 농부들도 마찬가지야. 마을 놈들도 마찬가지. 삼파께서 놈들을 치시길. 거짓말쟁이들. 사기꾼들. 도둑놈들. 전부 다 거짓말쟁이에 사기꾼에 도둑놈들이야."

"내가 노예인 줄 어떻게 알아요?" 내가 물었다.

"아님 뭐겠어?" 그는 어두운 웃음을 짓고 잽싸고 조심스러운 눈짓을 했다.

나는 답을 알지 못했다.

"난 자유로워지려고 여기 왔어. 그놈들 모두로부터." 쿠가가 말했다. "놈들은 날 야만인이라고 부르고, 은자라고 불러. 날 무서워해. 날 내버려두지. 은자 쿠가! 그놈들은 다가오지 않아. 다가오지 않아."

나는 말했다. "당신은 쿠가만드의 주인이군요."

쿠가는 잠시 묵묵히 앉았다가 예의 숨이 막힌 것처럼 클클거리는 웃음을 터뜨리고 크고 무거운 손으로 허벅지를 때렸다. 그는 덩치가 컸고, 쉰 살이 넘었을 텐데도 힘이 셌다. "다시 말해 봐."

"당신은 쿠가만드의 주인이에요."

"바로 그거야! 그렇지! 여기는 내 영토고 나는 여기 주인이야! 파괴자의 이름에 걸고, 진짜 그래. 내가 진실을 말하는 남자를 만났군! 파괴자의 이름으로! 진실을 말하는 남자라니! 그런 사람이 왔는데 내가 어떻게 맞이했지? 막대기로 머리를 때렸지! 그게 무슨 환영이람? 쿠가만드에 온 걸 환영해!" 그리고 그는 한참 동안 웃어젖혔다. 조용해졌다가 다시 웃고, 조용해졌다가 다시 웃었다. 그는 마침내 회색 별빛 사이로 나를 건너다보고 말했다. "여기에서 넌 자유인이야. 날 믿어."

나는 말했다. "믿어요."

쿠가는 지저분하게 살며 목욕 한 번 하지 않았고, 대충 무두질한 가죽과 모피는 악취를 풍기며 썩어갔다. 하지만 식량을 보존하고 저장하는 일에는 세심했다. 토끼, 산토끼, 가끔 잡히는 새끼 사슴까지 조금 큰 동물을 잡으면 다 고기를 훈제해서 동굴방에 있는 취사장 천장에 매달았다. 덫을 놓아서 풀밭에 사는 나무쥐나 들쥐 같은 작은 동물도 잡았고, 그런 사냥감은 끓여서 바로 먹었다. 그의 덫은 경이로울 만큼 교활했고 그의 인내심에는 한이 없었지만, 낚싯바늘에는 운이 따르지 않아서 훈제할 만큼 큰 물고기는 거의 잡지 못했다. 그 부분은 내가 도울 수 있었다. 그는 낚싯줄로 힘줄만 썼는데, 힘줄은 물에 들어가면 흐늘흐늘해졌다. 나는 갈색 담요 끄트머리에서 실을 몇 올 뽑아내어 쿠가가 깎은 뼈바늘을 달아서 개울 웅덩이에 우글거리는 작은 갈색 송어만이 아니라 큼지막한 농어도 잡았다. 그는 물고기를 말리고 훈제하는 방법을 가르쳐주었다. 그걸 빼면 나는 별 쓸모가 없었다. 그는 내가 원정에 따라나서는 것을 원치 않았다. 혼자 같은 말을 반복해 중얼거리면서 종일 나를 무시할 때도 자주 있었지만, 식사를 할 때는 언제나 나와 보초와 함께 먹었다.

나는 한 번도 그에게 왜 나를 거뒀으며 계속 살려두는지 묻지 않았다. 그런 의문 자체가 떠오르지 않았다. 내가 그에게 물어본 질문은 딱 하나밖에 없었다. 나는 보초가 어디에서 왔는지 물었다.

"양치기 암캐가 동쪽 바위 경사면에다 새끼를 낳았어. 강아지들이 노는 걸 봤지. 늑대라고 생각하고는 그놈들 목을 따서 묻어버리려고 칼을 들고 갔거든. 막 굴에 들어가는데 그 암캐가 언덕을 돌아서 나타나더니 나한테 덤비려는 거야. 그치만 내가 말했지. 야, 인마, 난 늑대는 죽이지만 개는 안 건드려. 알겠냐? 하고 말이야. 그랬더니 이를 드러내더라." 그는 으르렁거리며 갈색 이를 드러냈다. "그러고는 굴에 들어가더라고. 그래서 난 또 가고 또 가고 했고, 서로 친해지면서 그 녀석도 새끼들을 데리고 나왔고, 난 강아지들이 노는 걸 지켜봤지. 그리고 이놈이랑 친해졌어. 그래서 보초는 나랑 같이 온 거야. 지금도 가끔 거기 가. 그 녀석 지금도 새끼를 뱄더라고."

그는 나에게 아무 질문도 하는 법이 없었다.

질문을 받았다 해도 나에겐 답이 없었을 것이다. 나는 스스로가 무언가 기억하고 있음을 깨달으면 바로 등을 돌리고 내 눈 밑에, 내 손 안에 있는 것으로 주의를 돌려 그 속에서만 살았다. 전에 찾아오던 환각 같은 기억도 전혀 없었다. 자면서 꿈을 꾸었다 해도, 깨어나면 아무 꿈도 기억하지 않았다.

아침 해가 더 금빛으로 무르익고, 낮은 더 빨리 끝나고, 밤은 더 추워졌다. 동굴 속 난로방에 피운 작은 불을 사이에 두고 앉은 쿠가만드의 주인은 막대기에 끼운 새끼 송어를 통째로 입에 밀어 넣고 잠시 씹다가 삼킨 후, 벌거벗은 더러운 가슴팍에 손을 문질러 닦고 말했다. "여기 겨울은 춥다. 넌 죽고 말 거야."

나는 아무 말도 하지 않았다. 그는 자기가 무슨 말을 하는지 알고 있었다.

"넌 계속 가라."

나는 한참 있다가 말했다. "갈 곳이 없어요, 쿠가."

"그래. 그렇지. 숲으로 가면 돼." 그는 북쪽으로 고갯짓을 했다. "숲. 다네란 숲. 큰 숲이야. 끝이 없다고들 하지. 그리고 거긴 노예 사냥꾼도 없어. 없고말고. 노예 사냥꾼이 없어. 숲 사람들뿐이야. 그리로 가."

"천장도 없고요." 나는 불 속에 나무껍질을 하나 더 넣었다.

"아, 그래. 그렇지. 거기선 물렁하게 살아. 지붕도 벽도 있어. 침대와 외투도 있고. 그놈들도 날 알고, 나도 그놈들을 알아. 우린 서로를 괴롭히지 않아. 놈들은 날 알아. 나한테 다가오지 않아." 그는 얼굴을 찌푸리고 다시 중얼거리기 시작했다. 다가오지 마, 다가오지 마……

그는 다음 날 아침 일찍 나를 흔들어 깨웠다. 동굴 앞에 있는 넓적한 돌에 내 갈색 담요와 돈이 가득 든 비단 지갑, 얼마 전에 그가 준 지저분한 모피 망토, 말린 고기 꾸러미가 펼쳐져 있었다. "자." 그가 말했다.

나는 가만히 서 있었다. 그는 음울하고 경계하는 얼굴이었다.

"이건 가지고 있어요." 나는 비단 지갑을 내밀었다.

그는 입술을 씹었다.

"그것 때문에 죽긴 싫다 이거지?" 마침내 그가 말했고, 나는 고개를 끄덕였다.

"어쩌면. 어쩌면 그럴지도 모르지. 도둑놈들, 사기꾼들…… 난 이런 거 갖고 싶지 않아. 이걸 어디다 두고 도둑놈들이 못 가져가게 지키지?"

"소금 상자에 넣어요."

쿠가는 나를 노려보았다. "그게 어디 있는데?" 그는 의심에 가득 차서 딱딱거렸다.

나는 다시 어깨를 으쓱였다. "나야 모르죠. 찾은 적도 없어요. 아무도 못 찾을 거예요."

그 말에 그는 천천히, 크게 입을 벌리고 웃었다. "그렇지. 내 그럴 줄 알았어! 좋아."

때가 묻어서 제 색을 잃은 묵직한 지갑이 그의 커다란 손 안으로 사라졌다. 그는 지갑을 들고 동굴 속으로 돌아갔다가 잠시 후에 나와서 고개를 끄덕였다. "가자." 그가 말하더니 느려 보이지만 긴 거리를 질주하게 해주는 걸음걸이로 걷기 시작했다.

다시 몸을 회복한 나는 하루 종일 그와 보조를 맞추어 걸을 수 있었다. 저녁쯤에는 지치고 발이 아팠지만 말이다.

가던 길에 보인 마지막 개울에서 그는 물을 실컷 마시라고 말했다. 우리는 그 개울을 건너서 긴 경사면을 오른 후, 언덕 꼭대기에서 걸음을 멈췄다. 마지막 언덕이었다. 그곳에서부터 땅은 서서히 광대한 숲에 자리를 내주었고, 나무 꼭대기만 끝도 없이 이어져 푸른 어둠을 이루었다. 해는 아직 지지 않았지만, 그림자는 길었다.

쿠가는 바빠졌다. 그는 나무를 모으더니, 마른 나무가 아니라 푸른 가지로 커다랗게 불을 피웠다. 맑은 하늘에 연기가 피어올랐다. "좋아. 그놈들이 올 거야." 그는 이렇게 말하고 왔던 길로 돌아가려고 몸을 돌렸다.

"잠깐만요." 내가 말했다.

그는 짜증을 내며 걸음을 멈췄다. "기다리기만 해. 녀석들이 올 테니까."

"난 당신에게 다시 갈 거예요, 쿠가."

그는 성난 사람처럼 고개를 흔들더니 몸을 살짝 웅크리고 마른 풀밭 사이로 성큼성큼 걸어갔다. 순식간에 언덕 아래 나무들 사이로 그의 모습이 사라졌다. 어두운 숲 위로 석양이 불타올랐다.

그날 밤에는 담요와 모피 망토를 말고 언덕 위 불가에서 혼자 잤다. 모피에서 나는 지독한 연기 냄새가 나는 좋기만 했다. 그 냄새 속에서 몸을 치료했으니까.

그날 밤 나는 몇 번씩 잠을 깼다. 한 번은 불을 돋우기도 했다. 따뜻하자고 그러는 게 아니라 신호라서였다. 아침이 가까워올 무렵, 꿈을 꾸었다. 나는 꿈속에서 센타스 성채 안에서 자고 있었다. 다른 사람들이 같이 있었다. 그중 한 여자가 웃었다⋯⋯. 나는 깨어나서 그 꿈을 기억했다. 그 꿈에 매달리고, 그 꿈에 남아 있으려 했다. 그러나 목이 말랐다. 목이 말라서 깼다. 나는 날이 새자마자 언덕 발치에 물을 찾으러 가자고 되뇌며 누워서 새벽을 기다렸다.

나는 생각했다. 우린 센타스에서 잔 적이 없어. 우린 언제나 농장 저택 근처 나무 밑에서 잤지. 언제나 잎사귀들 사이로 별을 보았어. 센타스에서 하룻밤 자자고 말은 했지만 한 번도 그러지 못했어.

8

내가 미처 보기도 전에 네 명이 나를 둘러쌌다. 나는 겨우 정신이 든 상태였다. 탁 트인 언덕 사면에서 죽은 불 옆에 혼자 앉아 있었다. 움직임도 보이지 않았는데 그들은 나를 둘러쌌다. 풀속에서, 동틀 녘의 흐릿한 잿빛 공기 속에서. 나는 그들을 차례로 올려다보며 가만히 앉아 있었다.

그들은 무장을 갖췄다. 군인처럼은 아니었지만 짧은 활과 긴 단검을 찼다. 두 명은 다섯 자 길이의 지팡이를 짚었다. 험상궂은 얼굴이었다.

마침내 한 명이 부드럽고 쉰 목소리로 속삭이듯이 말했다. "불은 끌까?"

나는 고개를 끄덕였다.

그는 가서 반쯤 탄 막대기 몇 개를 걷어내어 주의 깊게 밟아 끄고, 손으로 만져보았다. 나는 일어서서 그를 도와 차가운 재를 묻었다.

"그럼 가지." 그가 말했다. 나는 담요와 마지막 남은 말린 고기 조각들을 꾸렸다. 따뜻하게 토끼와 다람쥐 털로 만든 망토를 걸쳤다.

"냄새나." 한 명이 말했다.

"코를 찌르는군." 다른 남자가 말했다. "늙은 쿠가 못지않은데."

"그가 여기로 데려왔어요." 내가 말했다.

"쿠가?"

"쿠가랑 같이 있었다고?"

"여름 내내요."

한 명은 나를 응시했고, 한 명은 침을 뱉었고, 한 명은 어깨를 으쓱였다. 제일 먼저 입을 열었던 네 번째 남자는 고갯짓을 하고 긴 언덕 아래 숲으로 향하기 시작했다.

나는 언덕 발치에 있는 개울가에서 무릎을 꿇고 물을 마셨다. 내가 아직 물을 들이켜는 중인데 목소리가 쉬었던 남자가 지팡이로 찔렀다. "그만하면 됐어. 종일 오줌 쌀 일 있냐." 남자가 말했다. 나는 서둘러 일어서서 그들을 따라 개울을 건넌 다음, 어두운 나무들의 차양 아래로 들어갔다.

그 남자가 내내 앞장을 섰다. 우리는 황급히 숲을 통과했고 자주 뛰었다. 오전도 중반에 이르렀을 때 작은 공터에서 멈췄다. 퀴퀴한 피 냄새가 났다. 남아 있던 내장과 두개골에서 독수리 한 무리가 거대한 검은 날개를 육중하게 퍼덕이며 날아올랐다. 사슴 세 마리가 도살되어 나뭇가지 높이 매달려 있었다. 달라붙은 파리들이 반짝거렸다. 남자들은 고기를 내리더니 각자 얼마씩 짊어질 수 있게 나누어서 밧줄을 걸었다. 우리는 다시 출발했지만, 이번에는 더 느긋하게 전진했다. 나는 주위에 우글거리는 파리들과 갈증 때문에 괴로웠다. 짊어진 짐은 균형이 잘 맞지 않았고, 어제의 긴 여행으로 부어오른 발은 낡은 신발 탓에 물집이 잡혔다. 우리가 따라가는 길은 무척 가늘고 꾸불꾸불했으며, 어둡고 큰 나무들 사이에서 몇 발자국 앞밖에 보이지 않았고, 나무뿌리 때문에 발 딛기가 힘겨울 때도 많았다. 마침내 개울이 나오자 나는 바로 손과 발을 짚고 엎드려서 물을 마셨다.

앞장선 남자가 나를 일으키려고 몸을 돌렸다. "이봐! 도착하면 마실 수 있어!" 그러나 다른 남자 하나도 물속에 얼굴을 처박더니 고개를 들고 말했다. "아, 물 좀 마시게 해줘, 브리긴." 브리긴이라 불린 남자는 더 말하지 않고 우리를 기다렸다.

개울을 건너갈 때는 서늘한 물이 발을 씻어주었지만, 다시 걸음을 재촉하자 물집이 더 심해졌고, 젖은 신발에 쓸리기까지 했다. 숲 속 거처에 도착했을 무렵에는 아파서 절뚝거렸다. 우리는 짊어지고 간 사슴 고기를 열린 오두막 안에 내려놓았고, 나는 마침내 허리를 펴고 주위를 둘러볼 수 있었다.

전에 살던 곳에서 그리로 갔더라면 별것 아니게 보였을 것이다. 주위는 온통 캄캄한 숲인데 작은 개울을 끼고 오리나무가 자란 초지에 나지막한 오두막이 몇 채, 남자들 몇 명. 그러나 나는 고독한 황야에서 그리로 갔다. 건물을 보는 것만도 낯설고 인상적이었고, 다른 사람들의 존재는 더 이상하고 더 무서웠다.

아무도 나에게 관심을 두지 않았다. 나는 용기를 내어 오리나무 아래 개울로 가서 겨우 양껏 물을 마신 다음, 신발을 벗고 껍질이 벗겨져 피투성이인 발을 물에 담갔다. 초지에는 아직 가을해가 내리쬐어 따뜻했다. 나는 이윽고 옷을 벗고 물속에 들어갔다. 몸을 씻은 후, 최선을 다해 옷을 빨았다. 흰색이었던 옷. 흰색은 여자가 약혼식에 입고, 죽은 사람이 입고, 죽은 사람을 묻으러 간 이들이 입는 색이다. 내 옷은 원래 무슨 색이었는지 알아볼 수 없는 상태였다. 갈색, 회색, 너덜너덜한 색이었다. 나는 그 옷의 하얀빛에 대해 생각하지 않았다. 옷을 풀 위에 펼쳐놓고 다시 물속에 들어가서 머리를 감았다. 물 위로 올라갔을 때에는 눈 위로 머리카락이 흘러내려서 앞을 볼 수 없었다. 머리가 그렇게 많이 자라 있었다니. 나는 지저분하게 헝클어진 머리를 감고 또 감았다. 마지막으로 머리를 담갔다가 문지르는데 누군가가 개울가에 널어놓은 옷 옆에 앉아서 나를 지켜보고 있었다.

"확 나아졌는데." 그가 말했다.

물을 마시게 해주라고 브리긴에게 말했던 남자였다.

키는 작았고, 피부는 갈색에, 불그스레한 광대뼈가 치솟았으며 검은 눈은 가늘었다. 머리는 바짝 깎았다. 어딘가 다른 지역에서 온 것 같은 억양으로 말했다.

나는 물 밖으로 나가서 낡은 갈색 담요로 가능한 만큼 몸을 닦고, 주위에 남자밖에 없긴 하지만 눈을 의식해서, 그리고 조금이라도 따뜻해지려고 젖은 튜닉을 입었다. 해는 공터를 떠났지만 하늘은 아직 밝았다. 나는 부르르 몸을 떨었다. 그러나 힘들게 깨끗해진 몸에 지저분한 모피를 다시 두르고 싶지는 않았다.

"어이, 잠깐 있어봐." 남자가 어디론가 가더니 튜닉 한 벌과 뭔지 모를 옷을 들고 돌아왔다. "어쨌든 이건 마르긴 했어." 그는 옷을 내밀며 말했다.

나는 흐느적거리는 젖은 튜닉을 벗고 남자에게 받은 튜닉을 입었다. 갈색 아마포였고, 훨씬 닳았고, 부드러웠고, 소매가 길었다. 따뜻하고 쾌적한 느낌이었다. 나는 남자가 가져온 다른 옷가지를 집어 들었다. 검은색이었고 뭔지 모를 무겁고 촘촘한 직물이었다. 나는 망토가 분명하다고 생각했다. 어깨에 두르려고 해보았다. 잘 맞지가 않았다.

남자는 잠시 동안 나를 지켜보더니 개울가에 드러누워서 웃기 시작했다. 그는 눈이 보이지 않고 얼굴이 시뻘게지도록, 무릎 위로 몸을 뒤틀며 배가 아프도록 웃어댔고, 큰 소리는 아니었지만 몇 사람이 그 소리를 듣고 오더니 그를 보고 나를 보았다. 그리고 그들도 웃기 시작했다.

"아." 남자가 마침내 눈물을 닦으며 일어나 앉았다. "아. 끝내주는군. 그건 킬트라는 거야, 젊은이. 어디다가 입는 거냐 하면." 그리고 그는 다시 웃음을 터뜨렸고, 몸을 반으로 접고 씨근거리다가 다시 말했다. "반대쪽에 입는 거야."

나는 그 물건을 보고, 바지처럼 허리띠가 있음을 알았다.

"괜찮다면 안 입을래요."

"그럼." 그는 씨근거리며 말했다. "괜찮고말고. 다시 줘."

"쟤가 네놈의 바보 같은 치마를 왜 입고 싶어 하겠냐, 참리?" 구경꾼 하나가 말했다. "옜다, 꼬마야. 내가 입을 만한 걸 갖다 주마." 그는 바지를 한 벌 가지고 돌아왔다. 헐렁하게 맞았다. 내가 바지를 입자 그는 말했다. "가져라. 난 배가 껴서 못 입는다. 그러니까 네가 오늘 브리긴 네랑 같이 왔지? 여기 합류하냐? 뭐라고 부를까?"

"가비르 아르카요." 내가 말했다.

킬트를 갖다준 남자가 말했다. "그게 네 이름이란 말이지."

나는 이해하지 못하고 그를 쳐다보았다.

"그 이름을 쓰고 싶냐?" 남자가 물었다.

너무나 오랫동안 생각을 하지 않은 탓에 머리가 빨리 돌아가질 않았다. 긴 시간이 필요했다. 나는 한참 만에 말했다. "가브."

"그럼 가브다." 킬트를 준 남자가 말했다. "난 베른만트의 참리 베른이다. 그리고 난 내 이름을 그냥 쓰지. 이젠 이름으로나 명성으로나 뭘로나 날 따라오지 못할 만큼 멀리 왔으니까 말이야."

"저놈은 남자들이 치마를 입고 여자들은 서서 오줌 싸는 데서 왔지." 구경꾼 하나가 말했고, 다들 웃음을 터뜨렸다.

"저지대 놈들이란." 참리 베른이 말했다. 그들에게 하는 말이 아니었다. "저놈들은 아무것도 몰라. 자, 가브. 합류하려고 온 거면 맹세를 하고 저녁을 받는 게 좋겠다. 네가 자기 몫 이상을 지고 오는 걸 봤지."

행운의 신은 우리가 기도하는 쪽 귀가 먹었다고들 한다. 그는 우리 기도를 듣지 못한다. 그가 무엇을 듣고, 어디에 귀를 기울이는지는 아무도 모른다. 시인 데니오스는, 행운은 하늘의 길 위에서 돌아가는 거대한 별들의 전차 소리를 듣는다고 했다. 나는 내가 어떤 기도도 생각하지 못할 만큼 깊이 가라앉아 있을 때, 희망도 믿음도 욕망도 없을 때 계속 행운이 나와 함께 있었음을 안다. 나는 살아남는 데 신경 쓰지 않으면서도 살았다. 낯선 이들 사이에서도 아무 해를 입지 않았다. 돈을 들고 다니면서 강도를 만나지 않았다. 혼자 죽어갈 땐 늙고 미친 은자가 나를 때려 살려냈다. 그리고 이제 행운은 나를 이들에게 데려왔고, 그중에 참리 베른이 있었다.

참리는 가서 제일 큰 오두막 기둥에 매달린 쇠지레를 때렸다.

신호가 울리자 다들 그 오두막 앞에 모여들었다. 참리가 말했다. "신참이야. 이름은 가브. 도깨비 쿠가랑 같이 살았다고 하니 그 지독한 냄새도 이해가 가지? 가브는 우리 강물에 몸을 씻고 우리에게 합류하려고 한다. 그렇지, 가브?"

나는 고개를 끄덕였다. 스무 명도 넘는 많은 사람에 둘러싸여 시선을 받으려니 겁이 났다. 대부분은 여기까지 길을 안내한 브리긴처럼 젊고 다듬어졌으며 몸이 좋고 얼굴이 엄격했지만, 희끗한 머리나 대머리도 몇 있었고 뱃살이 늘어진 사람도 보였다.

"우리가 누군지 아냐?" 대머리 하나가 물었다.

나는 심호흡을 했다. "바르나 패거리인가요?"

그 말에 몇 명은 얼굴을 찌푸렸고 몇 명은 웃었다. "우리 중 몇 명은 그랬지, 아마. 그래서 바르나 패거리에 대해 아는 게 뭐냐, 꼬마야?"

나는 그들보다 어렸지만, 그래도 계속 꼬마라고 불리는 것은 마음에 들지 않았다. 화가 났다.

"들은 얘기가 있어요. 숲 속에서 주인도 노예도 아닌 자유인으로 살고, 가진 건 다 공평하게 나눈다고요."

"말 잘했다." 참리가 말했다. "아주 간결하네." 몇 사람이 기분 좋은 얼굴로 고개를 끄덕였다.

"좋아, 좋아." 대머리 남자가 위엄을 지키며 말했다. 또 다른 남자가 나에게 다가왔다. 브리긴과 무척 닮은 남자였는데, 나중에 알고 보니 둘이 형제였다. 엄하고 잘생긴 얼굴에, 눈은 맑고 차가웠다. 그는 나를 쳐다보고 말했다. "우리와 같이 살면 공평하게 나눈다는 게 무슨 뜻인지 알게 될 거다. 그건 우리가 하는 일은 너도 한다는 뜻이지. 뭐든 함께야. 뭐든 너 좋을 대로 할 수 있다고 생각한다면 여기서 못 버틴다. 나누지 않으면 먹지도 못한다. 부주의해서 우리에게 위험을 끌고 오면, 죽는다. 우리에겐 규율이 있다. 우리와 함께 살려면 맹세를 하고 규율을 지켜야 해. 그 맹세를 깨면 우린 널 사냥할 거다. 어느 노예 사냥꾼보다 더 철저히."

그들의 얼굴은 엄숙했다. 다들 그 남자가 하는 말에 고개를 끄덕였다.

"맹세를 지킬 수 있겠나?"

"노력할 순 있어요." 내가 말했다.

"노력만으론 모자라."

"맹세를 지킬게요." 나는 그의 으스대는 태도에 울컥하면서 말했다.

"보면 알겠지." 그는 몸을 돌리고 말했다. "그거 가져와, 모들라."

대머리와 브리긴이 오두막에서 단검, 진흙 사발, 사슴뿔, 곡식 약간을 가지고 나왔다. 의식에 대해서는 말하지 않겠다. 의식을 치른 사람은 비밀을 지키겠노라 맹세한다. 맹세의 내용 역시 말할 수 없다. 모두가 나와 함께 맹세를 다시 했다. 의례와 맹세의 말은 그들 모두에게 동료애를 불러일으켰고 모든 순서가 끝나자 몇 사람은 내 등을 두드리며 의식을 잘 견뎌냈다고, 용감하다고, 환영한다고 말했다.

참리 베른이 내 후원자가 되겠다고 나섰고, 베네라는 청년이 내 사냥 친구가 되었다. 그들은 이어지는 축하연에서 내 양옆에 앉았다. 미리 쇠꼬챙이에 끼워 구운 고기가 있었지만 잔치를 하기 위해 더 구웠고, 우리가 앉아서 먹기 시작할 무렵에는 이미 밤이 내렸다. 우리는 붉은빛으로 춤추는 불을 에워싸고 땅바닥에, 그루터기와 조잡한 걸상에 앉았다. 나에겐 칼이 없었다. 베네가 나를 무기 상자로 데려가서 하나 고르라고 말했다. 나는 가죽 칼집에 든 가볍고 날카로운 단검을 집었다. 그 칼로 육즙을 뚝뚝 떨어뜨리며 지글지글 타들어가는 냄새 좋은 궁둥이살을 한 덩어리 베어다가 앉아서 굶주린 짐승처럼 먹었다. 누군가가 금속 잔을 하나 갖다주고 맥주인지 벌꿀 술인지 모를 쓰고 거품 나는 액체를 부어주었다. 남자들은 술을 마시면서 더 크게 웃고, 고함을 지르고, 다시 웃었다. 그들의 멋진 우정에, 숲의 형제들이 주는 우정에 마음이 따뜻해졌다. 그들은 스스로를 숲의 형제들이라 불렀고, 이제는 나 역시 숲의 형제였다.

불 피운 공터 주위는 밤이 내린 숲, 나무들 아래 도사린 절대적인 어둠이었다. 별빛을 받아 회색으로 보이는 왕관 모양 잎사귀가 끝없이 이어졌다.

❧

베른이 나를 마음에 들어하고, 베네가 나를 사냥에 데리고 다니지 않았더라면 그 가을과 겨울에 훨씬 더 힘든 시간을 보냈을 것이다. 실제로 나는 몇 번이나 참을성의 한계에 도달했다. 쿠가와 같이 살긴 했어도 그는 나를 돌봐주고 은신처를 제공하고 먹여주었으며, 그때는 야생에서 살기 쉬운 여름이었다. 여기에서는 도시에서 자란 내 연약함이, 내게 모자란 육체적인 강인함이, 생존 기술에 대한 내 무지가 나를 죽음으로 몰아갔다. 브리긴과 그 형제 에테르, 그리고 다른 몇 명은 농장 노예 출신으로 거친 삶에 익숙했고 튼튼하고 겁이 없고 수완이 좋았으며, 그들의 눈에 나는 무가치한 짐에 불과했다. 무리 중에서도 마을 출신들은 내 비참한 무능력을 어느 정도 참아주었고, 살아가기 위해 필요한 것들을 가르쳐주었다. 쿠가와 같이 있을 때와 마찬가지로 낚시 기술은 내가 쓸모가 있을 수 있다는 걸 보여주는 방편이 되었다. 사냥에서는 아무 장래성이 보이지 않았다. 베네가 성의껏 데리고 다니면서 짧은 활과 그 밖에 모든 소리 없는 사냥 기술을 가르쳐주었는데도 말이다.

베네는 스무 살 정도였다. 그는 열다섯 살에 카시카르 지역에 있는 어느 마을에서 잔인한 주인으로부터 도망쳐서 숲으로 들어왔다. 베네 말로는 카시카르에서는 누구나 숲의 형제들에 대해 알고, 모든 노예가 숲에 들어가기를 꿈꾸었기 때문이었다. 그는 숲 속의 삶을 즐겼고, 더할 나위 없이 편하게 지냈으며, 우리 무리 중에서 최고의 사냥꾼이었다. 그러나 나는 곧 그가 불안정한 상태임을 알게 되었다. 그는 브리긴과 에테르와 잘 지내지 못했다. "주인 노릇이나 하고 말이야." 베네는 건조하게 말하더니 한참 만에 다시 말했다. "그리고 여자들도 안 들여. 음, 바르나 패거리에는 여자들이 있잖아? 거기 합류할까봐."

"다시 생각해." 참리가 신발 밑창의 부드러운 윗부분을 바느질하며 말했다. 그는 우리의 무두장이 겸 신발 수선공이었고 사슴 가죽으로 썩 괜찮은 신발과 샌들을 만들어주었다. "구해달라고 빌면서 이리로 도망쳐오고 말걸. 브리긴이 두목 행세한다고? 명령을 내리는 데는 여자를 따라갈 남자가 없어. 남자는 태어날 때부터 여자의 노예고, 여자는 날 때부터 남자들의 주인이야. 이야, 여자다, 그러면 자유는 안녕이지!"

"그럴 수도 있죠." 베네가 말했다. "하지만 다른 것들도 따라오잖우."

두 사람은 좋은 친구 사이였고, 자기들의 우정과 대화 안에 나도 끼워주었다. 무리 중에 다수는 언어는 쓸데가 없다는 듯이 손짓이나 으르렁거리는 소리를 내거나, 짐승처럼 말없이 멍청히 앉아 있기만 했다. 그들에겐 노예 특유의 침묵이 깰 수 없을 만큼 깊이 새겨져 있었다. 반면 참리는 말수가 많았다. 말하고 듣기를 좋아했고 이야기할 때 반쯤은 시처럼 운과 가락을 맞췄으며 무슨 일에 대해서든 누구와든 의논할 준비가 되어 있었다.

나는 곧 그의 과거사를 알았다. 아니, 참리가 말할 만하다고 생각한 만큼은, 그리고 진실에 가깝든 멀든 참리에게 어울리는 만큼은 알았다고 해야 할 것이다. 참리는 고원지대 출신이었다. 도시국가 동북쪽으로 멀리 떨어진 지역. 고원지대에 대해 들어본 적이 없었던 나는 우르딜보다 더 먼 곳이냐고 물었고 그는 그렇다고, 우르딜보다 더 멀고 벤드라만보다도 더 멀다고 말했다. 벤드라만은 고전 《샴한》에서나 본 이름이었다.

"고원지대는 머나먼 저 너머에 있지. 달의 북쪽, 새벽의 동쪽에 말이야. 황량한 산과 습지와 바위와 절벽만 이어지는 위로 구름 수염을 단 거대한 산 카란타지가 솟아올라 있어. 고원지대엔 양만 살아야 마땅해. 배고픈 땅, 얼어붙은 땅, 겨울만 이어지고 햇살은 1년에 한 번 내리쬐는 땅이거든. 거긴 작은 영지들로 나뉘어 있는데, 여기서라면 농장, 그것도 진짜 불쌍하고 가난한 농장이라고 부를 테지만 고원지대에서는 영지라고 하고, 각각 주인인 브랜터가 있고, 브랜터 각각에겐 사악한 힘이 있어. 다마녀야. 주술사야. 그런 놈들을 주인으로 두면 어떨 것 같냐? 손한 번 움직이고 한 마디만 하면 내장이 땅에 쏟아지게 만들고 눈이 뇌 속을 들여다보게 만들 수 있는 놈이라면? 쳐다만 봐도 다시는 자기 머리로 생각하지 못하고 주인이 머릿속에 넣은 생각만 하게 만들 수 있는 놈이라면?"

참리는 이런 고원지대 마녀들의 끔찍한 힘에 대해 이야기하기를 즐겼다. 그는 그런 힘을 '선물'이라고 불렀으며, 이야기는 갈수록 부풀어 올랐다. 한번은 내가 그에게 주인이 있었다면 어떤 힘을 가진 사람이었냐고 물었다. 그 말에 그는 입을 다물었다. 그리고 가늘게 반짝이는 눈으로 나를 쳐다보더니 말했다. "넌 그걸 힘이라고 생각하지 않을지도 몰라. 눈에 보이는 건 없거든. 그는 몸 안에 든 뼈를 노골노골하게 만들 수 있었어. 시간이 좀 걸리지. 하지만 그가 너한테 힘을 발휘하면, 한 달이 지나면 약하고 피곤해지고, 반년이 지나면 다리가 풀처럼 구부러지고, 1년이 지나면 죽는 거야. 그런 짓을 할 수 있는 작자에게 거역하고 싶진 않지. 아, 너희 저지대 놈들은 주인을 둔다는 게 어떤 건지 안다고 생각하지! 고원지대에선 노예라는 말도 없어. 브랜터의 사람들이라고 하지. 브랜터는 자기 하인, 농노, 그의 사람들 절반 정도와 친척일 수도 있어. 그래도 그들은 이 아래에서 최악의 주인을 만난 노예보다 더한 노예야!"

"그건 모르겠는데요." 베네가 말했다. "채찍 하나에 커다란 개 몇 마리면 마법의 주문 못지않게 사람을 파괴할 수 있거든." 베네는 다리와 등과 머리 가죽에 끔찍한 흉터가 남아 있었고, 한쪽 귀는 반쯤 떨어져 나간 상태였다.

"아니, 아니, 그건 공포야." 참리가 말했다. "끔찍한 공포. 널 때렸던 사람이나 널 물었던 개는 일단 멀리 도망치고 나면 무섭지 않잖아? 그런데 말이지, 난 고원지대와 내 주인으로부터 한 없이 멀리 도망쳤는데도 그가 날 생각하는 걸 느끼고 움츠러들 었어. 실제로 느꼈어! 팔다리에서 힘이 빠져나갔지. 허리를 펴 고 있을 수가 없었어. 그의 힘이 내게 떨어진 거야! 할 수 있는 일이라곤 산맥과 강과 거리가 그의 손과 눈과 잔인한 힘으로부 터 날 보호해줄 때까지 계속 달리고 달리고 또 달리는 것뿐이었 어. 큰 강인 트론드를 건너자 힘이 솟았지. 두 번째 큰 강인 살리 를 건너자 마침내 안전해졌어. 그의 힘은 넓은 강을 한 번은 건 널 수 있지만 두 번은 못 해. 현명한 여인이 그렇게 말했어. 그래 도 확실히 하려고 세 번째 강을 또 건넜지! 난 절대 북쪽에 다시 가지 않아. 절대로. 너희 저지대 놈들은 노예가 된다는 게 어떤 건지 모른다니까!"

그러면서도 참리는 고원지대와 자기가 태어난 농장에 대해 자주 이야기했고, 가난하고 불행하고 비참한 장소였다고 욕하 는 목소리에서 나는 그의 강한 향수를 느낄 수 있었다. 그는 내 마음속에 선명한 그림을 그려주었다. 광대한 불모의 황야와 구 름 낀 봉우리들, 새벽이면 야생 흰두루미 천 마리가 일제히 날아 오르는 늪지들, 헐벗은 갈색 경사면 아래 웅크린 돌벽에 석판 지 붕을 얹은 농장. 참리가 농장에 대해 이야기할 때면 내 기억처럼 선명하게 그 모습을 볼 수 있었다.

그리고 참리의 이야기는 아직 일어나지 않은 일을 기억하는 내 힘에 대해 생각하게 했다. 나는 내가 한때 그런 힘을 지니고 있었음을 기억했다. 그러나 그 생각을 하기 시작하자 기억하고 싶지 않은 장소들이 떠오르기 시작했다. 기억은 내 몸이 고통에 굽고 마음이 공포에 텅 비게 만들었다. 나는 기억을 밀어냈다.

기억으로부터 등을 돌렸다. 기억은 날 죽일 것이다. 망각이 나를 계속 살게 했다.

숲의 형제들은 모두 참을 수 없는 무엇인가로부터 도망친 남자들이었다. 나와 비슷했다. 과거가 없었다. 이 거친 삶을 헤쳐나가는 법, 마르지도 따뜻하지도 깨끗하지도 않은 상태를 견디는 법, 반쯤은 날것 그대로고 반쯤은 타버린 사슴 고기만 먹고사는 법을 익히면 쿠가와 같이 있을 때처럼 이들과도 살아갈 수있을지 몰랐다. 현재와 당장 내 주위에 있는 것 너머는 생각하지않고서. 그리고 대부분 시간 동안 그랬다.

그러나 겨울 폭풍 때문에 외풍 심하고 뿌연 오두막집 안에 갇혀 있을 때가 있었고, 참리와 베네와 다른 남자들 몇 명이 연기가 피어오르는 난롯가의 어둠 속에 둘러앉으면 그들이 온 곳, 그곳에서의 삶, 도망쳐 온 주인, 고통과 즐거움의 기억 이야기를들을 수 있었다.

때로는 내 마음속으로 선명한 영상이 찾아오기도 했다. 여자와 아이들이 가득한 큰 방. 도시 광장에 있는 분수. 홍예랑에 둘러싸인 양지바른 뜰. 홍예랑 아래 앉아서 실을 잣는 여인들…… 그런 장소를 보아도 나는 이름을 붙이지 않았고, 내 마음은 황급히 그 장면에서 등을 돌렸다. 나는 숲 바깥 세상에 대한 이야기에 참여하지 않았고, 듣는 것도 좋아하지 않았다.

어느 늦은 오후, 지저분하고 지치고 굶주린 채 오두막의 조잡한 난롯가에 둘러앉아 있던 여섯인가 일곱 명에게 이야깃거리가 떨어졌다. 우리는 모두 묵묵히 실의에 빠져 앉아 있었다. 비가 내렸다. 벌써 나흘 밤낮으로 차갑고 거센 비가 쉴 틈 없이 내렸다. 어두운 숲을 내리누르는 구름 아래는 낮이 밤이 된 것 같왔다. 젖어서 묵직해진 나뭇가지에 안개와 어둠이 엉켰다. 불을 돋우려고 점점 줄어드는 장작더미로 나무를 가지러 나가면 바로 젖었고, 어떤 사람은 아예 맨몸으로 나가기도 했다. 피부는 옷과 가죽보다 빨리 마르니까. 같이 사는 불렉이라는 남자는 심한 기침 때문에 개 입에 물린 생쥐처럼 몸이 흔들렸다. 참리조차도 농담과 허풍이 다 떨어졌다. 그 춥고 지루한 오두막에서 나는 여름을, 어딘가 탁 트인 언덕지대에서 느꼈던 빛과 열기를 생각하고 있었다. 그리고 머릿속에 운율이, 박자가 스며 들어왔고 그와 함께 말도 찾아왔다. 나는 아무 생각 없이 그 말을 큰 소리로 뱉었다.

> 겨울밤의 어둠 속에서 우리 눈이 새벽을 구하듯
> 모진 추위의 굴레 속에서 심장이 태양을 갈망하듯
> 눈멀고 속박당한 영혼이 너를 소리쳐 부르노라
> 우리의 빛이여, 불이여, 생명이여
> 자유여!

"아." 뒤따른 침묵 속에서 참리가 말했다. "그거 들어본 적 있어. 노래로 들어봤지. 가락이 있을 텐데."

나는 가락을 더듬었고, 언젠가 그 노래를 불렀던 아름다운 목소리와 함께 조금씩 음이 떠올랐다. 내 목소리는 노래에 어울리지 않았지만, 그래도 나는 노래했다.

"괜찮은데." 베네가 가만히 말했다.

불렉이 기침을 하고 말했다. "그런 거 더 해봐."

"해봐." 참리가 말했다.

그들에게 해줄 기억된 말을 찾아 속을 들여다보았다. 잠시 동안은 아무것도 떠오르지 않았다. 마침내 찾아낸 것은 한 줄의 글귀였다. 나는 그 글을 읽었다. "애도의 흰색을 입고, 처녀는 높은 계단을 올라갔네……" 큰 소리로 읊자 곧 다음 줄이 떠올랐고, 그다음 줄이 떠올랐다. 그렇게 나는 가로의 시 중에서 여자 예언자 유르노가 적의 영웅 루렉과 대면하는 내용을 이야기했다. 센타스의 벽 앞에 서서, 애도하는 처녀 유르노는 전사인 아버지를 죽인 남자에게 외친다. 그녀는 루렉에게 그가 어떻게 죽을지 말한다. "트렙스 언덕지대를 조심하라. 그 속에 매복이 있을 테니. 너는 달아나서 덤불 속에 숨겠지만, 네가 눈에 띄지 않고 기어가려 하는 동안 그들이 널 죽일 것이다. 벌거벗은 네 몸뚱이를 마을로 끌고 가서 팔다리를 펴고 엎어놓아 모두가 네 등의 상처를 볼 수 있게 할 것이다. 너의 시체는 영웅에 적합하게 조상님들에 대한 기도와 더불어 불타겠지만, 그들이 노예와 개들을 묻는 곳에 묻힐 것이다." 그녀의 예언에 격분한 루렉이 외친다. "그리고 너는 이렇게 죽으리라, 거짓말쟁이 마녀야!" 그리고 무거운 창을 그녀에게 던진다. 모두가 그 창이 그녀의 가슴 바로 밑을 통과하여 피를 끌고 뒤로 날아가는 것을 본다. 그러나 그녀는 하얀 옷을 입은 채 아무 상처 없이 흉벽에 서 있다. 그녀의 오빠인 전사 알리라가 창을 집어 그녀에게 건네고, 유르노는 창을 다시 루렉에게 던진다. 겨냥하여 던지는 것이 아니라 끝을 뒤집어서 얕잡아보듯 가볍게. "달아나서 숨을 땐 이걸 원하게 될 것이다. 파가디의 위대한 영웅이여."

어둠 속에서 낮은 천장에 떨어지는 빗방울 소리를 들으며 그 춥고 연기 찬 오두막 안에서 시를 읊는 동안 나는 아르카만드의 교실에 서서 손에 든 습자책으로 어느 학생이 손으로 쓴 글귀를 보고 있었다. "그 구절을 읽어라, 가비르." 선생님이 말했고 나는 큰 소리로 읽었다.

정적이 뒤따랐다.

"어유, 저런 바보." 바콕이 말했다. "마녀에게 창을 던지다니, 마녀는 불로만 죽일 수 있다는 것도 모르나!"

바콕은 50대 정도로 보이는 남자였다. 하지만 반 이상 굶고 채찍을 맞아가며 살아온 사람들은 외모로 나이를 가늠하기 어려우니, 사실은 서른일지도 몰랐다.

"좋은 얘긴데. 더 있냐? 제목도 있나?" 참리가 물었다.

나는 대답했다. "《센타스의 농성과 함락》이에요. 더 있어요."

"들어보자." 참리가 말하고, 다들 찬성했다.

나는 잠시 동안 시의 첫 구절을 떠올리지 못했다. 그러다가 손에 낡은 습자책을 든 것처럼 글귀가 나타났고, 나는 읽었다.

센타스의 의회와 평의원으로 그들은 왔네.
갑옷 입은 사절단이 손에는 검을 들고,
오만하게 방으로 걸어 들어갔네
도시의 지배자들이 판결을 내리고자 앉은 곳으로……

서사시 1권을 끝마치자 완전히 밤이었다. 조잡한 난로에는 깜부기불만 남았건만, 둘러앉은 사람 중 아무도 불을 돋우려 움직이지 않았다. 한 시간 동안 아무도 꼼짝도 하지 않았다.

"그들은 도시를 잃을 거야." 어둠 속에서, 부드럽게 두드리는 빗소리 안에서 불렉이 말했다.

"분명 버틸 수 있어. 상대는 고향에서 너무 멀리 왔다고. 작년에 카시카르가 에트라를 손에 넣으려고 했을 때처럼 말이야." 타파가 말했다. 이제까지 그에게 들은 제일 긴 말이었다. 베네는 타파가 노예가 아니라 작은 도시국가의 자유인이었는데 군대에 징집되었다가 전투 중에 달아나서 숲에 들어왔다고 말해주었다. 무심하고 슬픈 얼굴의 타파는 거의 말을 하지 않고 살았는데, 지금 주장하는 모습을 보면 입심이 좋기만 했다. "파가디는 군대를 너무 멀리 보내서 공격했단 말이야. 빨리 공격해서 도시를 점령하지 못하면, 겨울이 오면 굶어죽을 거야."

그리고 모두가 토론에 몰입했다. 다들 마치 센타스 포위 공격이 바로 지금, 바로 여기에서 일어나는 것처럼 말했다. 마치 우리가 센타스에 사는 것처럼.

그중에서 내가 한 이야기가 '시詩'라는 것, 절반은 오래전의 역사이고 절반은 창작으로 작가가 만들어낸 예술이라는 것을 이해하는 사람은 참리밖에 없었다. 나머지 사람들에게는 이야기가 곧 사건이었다. 듣는 동안 벌어지는 일이었다. 그들은 그 일이 계속되기를 바랐다. 가능하기만 하다면 내가 밤낮으로 계속 이야기하게 했을 것이다. 그러나 첫날 저녁에 목소리가 쉰 후, 나는 나무 침대에 누워서 내게 돌아온 것을 생각했다. 언어의 힘에 대해서. 내게는 언제 어떻게 그 힘을 쓸지 생각하고 계획할 시간이 있었다. 어떻게 서사시를 이어나갈지, 어떻게 그들이 시와 나 둘 다를 소진하지 못하게 할지. 나는 매일 밤 식사를 한 후에 한두 시간씩 이야기하고 끊었다. 겨울밤은 끝이 없었고, 밤시간을 보내게 해줄 일이 있다면 누구나 환영했다.

말이 퍼지고, 하루인가 이틀 만에 무리 대부분이 '전쟁 이야기'를 하러 우리 오두막에 모여들어서는 전술과 전쟁이 일어난 원인과 그에 따르는 교훈을 두고 오랫동안 열정적인 토론을 벌였다.

가로가 쓴 구절이 또렷하게 떠오르지 않을 때도 있었지만 이야기 전체는 잘 알았기에 기억해서 글귀를 '볼' 수 있는 대목에 이르러 다시 엄격한 운율로 돌아갈 때까지 반복과 내가 지어낸 구절로 공백을 메우곤 했다. 동료들은 내 산문과 가로의 시를 구분하지 못하는 것 같았다. 그들은 내가 시를 읊을 때 더 바싹 귀를 기울였지만, 그런 때는 가장 선명한 움직임과 고통이 그려지는 구절일 때가 많았다.

마침내 내가 처음에 읊었던 구절, 유르노가 흙벽에서 하는 예언에 이르자 바콕은 헉 하고 숨을 들이마셨다. 그리고 루렉이 '격노하여 무거운 창을 들자' 소리쳤다. "던지지 마! 소용없어!" 다른 사람들이 조용히 하라고 했지만 바콕은 성을 냈다. "저 친구 소용없다는 거 몰라? 전에도 던졌는데!"

처음에는 내가 시를 기억할 수 있다는 점과 그들이 귀를 기울이는 것이 즐겁기만 했다. 다들 별말은 없었지만 나를 다루는 태도나, 그들 사이에서 내 위치에도 변화가 왔다. 나에겐 그들이 원하는 것이 있었고, 그 점 때문에 존경을 받았다. 내가 무료로 주었기 때문에 그들도 쾌히 존경해주었다. "어이, 너 꼬맹이보다 더 살이 많은 갈비를 받지 않았어? 저 녀석은 오늘 밤에 할 일이 있다고. 전쟁 얘길 해야 하잖아."

그러나 참리 말마따나 모든 오르막에는 내리막길이 따르는 법. 브리긴과 그 형제, 그들에게 가까운 남자들, 그들의 오두막에 사는 이들은 가끔 와서 한동안 문간에 서서 이야기를 듣다가 말없이 나가곤 했다. 그들은 내게 아무 말도 하지 않았지만 다른 이들에게서 들으니 바보들의 얘기에 귀 기울이는 놈은 이야기하는 놈보다 더한 바보라고 말하고 다니는 모양이었다. 그리고 브리긴은 밤이 절반이 가도록 꼬맹이가 지껄이는 책 이야기나 듣는 놈은 숲의 형제로 어울리지 않는다고 말했다.

책 이야기라니! 어째서 브리긴은 그 말을 경멸조로 했을까? 숲에는 책이 없었다. 브리긴의 삶에 책이란 없었다. 어째서 책을 비웃은 걸까?

자기들에게 용납되지 않은 지식을 질투했는지도 모른다. 읽기를 배우려고 하는 농장 노예는 눈이 뽑히거나 채찍에 맞아 죽을 수 있었다. 책은 위험했고, 노예에겐 책을 두려워할 이유가 넘치도록 많았다. 그러나 두려움과 경멸은 다른 문제다.

나는 그들의 비웃음이 비열하다고 여기고 분개했다. 내가 하는 이야기 속에서 어른에게 어울리지 않는 부분을 찾을 수 없었다. 어떻게 전쟁과 영웅에 대한 이야기가 매일 밤 그토록 주린 듯이 귀 기울이는 남자들을 약하게 만든단 말인가? 귀 기울이던 이야기가 끝나고 나면 서로 장군들의 전술과 전사들의 공적에 대해 옳고 그름을 논하면서 진짜 형제애를 다지고 있지 않은가? 매일 밤 머리라곤 타고나지 않은 소 떼처럼 빗줄기 아래에서 말도 없이 멍청하게 앉아 있는 게 우릴 남자로 만든다는 건가?

에테르는 어느 날 아침 나에게 들린다는 것을 알면서 일부러 어린아이가 하는 거짓말에나 귀 기울이는 게으른 바보들에 대해 이야기했다. 더는 참을 수 없었다. 내가 방금 쓴 말로 그에게 반박하려고 일어나는데 강철 같은 손이 내 손목을 잡았고, 교묘한 발이 나를 걸어 넘어뜨릴 뻔했다.

나는 풀려나서 외쳤다. "도대체 뭐 하는 짓이에요?" 내 손목을 다시 잡으며 실수를 사과하는 참리에게 외쳤다. "아, 아가리 닥쳐, 가브!" 그는 절박하게 소곤거리며 나를 에테르와 그 주위 무리로부터 멀리 끌고 갔다. "그놈이 미끼를 놓은 거 모르겠냐?"

"우리 모두를 모욕하고 있잖아요!"

"그래서 누가 그놈을 막게? 네가?"

참리는 나를 다른 사람 없는 장작더미 뒤로 끌고 갔고, 이제 내가 에테르에게 도전하는 대신 자기와 싸우고 있음을 알고 손목을 놓아주었다.

"하지만…… 하지만 왜…….."

"네가 저놈들에게 없는 힘을 가졌는데 좋아할 리가 있냐?"

할 말이 없었다.

"그리고 네겐 부드러운 목소리가 있지만, 저놈들에겐 단단한 손이 있어. 야, 가브. 주인들보다 똑똑해지면 안 돼. 대가가 따른다고."

참리의 얼굴에는 여기 있는 모두의 얼굴에서 보았던 슬픔이, 빼앗긴 자들의 괴로움이 떠올라 있었다. 그들은 모두 보잘것없이 시작했고, 그나마도 빼앗긴 이들이었다.

나는 격렬하게 말했다. "저 사람들은 내 주인이 아니에요. 여기에선 다 자유인이라고요!"

참리가 말했다. "그래. 어떤 면에서는 그렇지."

9

내가 얻은 갑작스러운 인기에 화가 났다고는 해도 에테르와 브리긴은 저녁 모임을 깨려고 했다가는 진짜 반대가 일어날지 모른다는 것을 안 게 분명하다. 그들은 자기들끼리 나를, 그리고 내 친구인 참리와 베네를 비웃는 데 만족하고 다른 사람들은 그냥 놓아두었다. 그래서 어두운 겨울이 서서히 봄을 향해 고개를 돌리는 동안 나와 내 열정적인 청중들은 《센타스의 농성과 함락》을 다 뗐다. 마지막을 읊은 것이 딱 춘분 무렵이었다.

몇 사람에게는 이야기가 끝났다는 것도, 왜 끝나야 하는지도 이해하기 힘든 일이었다. 센타스는 함락되었고, 성벽과 거대한 성문은 무너졌으며, 요새는 불타버렸고, 도시민들은 도륙당했고, 여자와 아이들은 노예가 되었고, 영웅 루렉은 군대와 약탈품과 함께 득의양양하여 파간디로 돌아갔다. 그래서, 그다음은 어떻게 됐는데?

"이제 트렙스 언덕지대로 가나?" 바콕은 알고 싶어 했다. "마녀가 말한 대로?"

참리가 대꾸했다. "오늘이든 내일이든 트렙스에 가긴 할 테지. 예언자가 본 장소로 가지 않고 배길 남자는 없으니까."

"그럼 왜 가브는 그 얘길 안 해?"

"이야기는 도시 함락에서 끝나요, 바콕."

"뭐야, 다 죽은 것처럼? 그치만 다 죽지 않았잖아!"

참리는 이야기의 본질을 설명해주려 했지만, 그래도 바콕은 불만스러워했다. 그리고 모두가 우울에 잠겼다. 타파가 말했다. "아, 따분해지겠군! 칼싸움이 그리울 거야. 그 안에 있으면 끔찍하지만, 듣는 건 좋은데 말이야."

참리가 씩 웃었다. "살면서 겪는 일이 대부분 그럴걸."

"그런 이야기가 더 있나, 가브?" 누군가 물었다.

"이야기야 많죠." 나는 조심스럽게 대답했다. 다른 서사시를 시작하고 싶진 않았다. 내 청중에게 잡힌 죄수가 되어가는 기분이었다.

"방금 들은 얘길 다시 할 수도 있지." 한 명이 말하고, 몇 사람이 열렬히 찬성했다.

"다음 겨울에요. 밤이 다시 길어지면."

그들은 내 판단을 사제들의 의례 규칙처럼 여기고 아무 반박 없이 받아들였다.

그러나 불렉은 애석해하며 말했다. "짧은 밤을 위해 짧은 얘기도 있었으면 좋겠어." 그는 최선을 다해 기침을 억누르고 고통스러울 정도로 집중해서 서사시에 귀를 기울였다. 그는 전투 장면보다 궁전 여기저기를 묘사하거나 가정적인 사건을 언급한 부분, 또는 알리라와 루오코의 사랑 이야기를 더 좋아했다. 나는 불렉을 좋아했고, 날씨는 하루하루 밝고 따뜻해지는데 그렇게 젊은 사람이 점점 쇠약해지고 병색이 심해지는 것을 지켜보기란 괴로웠다. 그의 간청에는 버텨낼 수 없었다.

"음, 짧은 이야기도 있어요. 하나 말해줄게요." 처음에는 《니사스의 다리》가 생각났지만, 그걸 이야기할 순 없었다. 그 구절들은 선명했으나, 내가 들어 올릴 수 없는 무게를 품고 있었다. 입 밖에 내어 말할 수 없었다.

그래서 나는 마음속으로 교실에 돌아가서 습자책을 펼쳤고 그건 호디스 바데리의 우화집이었다. 《달을 먹은 남자》, 나는 그들에게 그 이야기를 해주었다.

그들은 변함없이 열심히 들었다. 이 우화는 반응이 엇갈렸다. 몇 사람은 웃고 "야, 끝내주는데! 굉장해!"라고 외쳤지만, 몇 사람은 바보 같다고 생각했다. 타파가 말했다. "싱겁잖아."

"아, 그렇지만 교훈이 있는 얘기야." 즐겁게 귀 기울이던 참리가 말했다. 그들은 달을 먹은 남자가 거짓말쟁이였냐 아니었냐로 입씨름을 했다. 나에게 해결해달라고 하거나, 토론에 끼어들라고 청하는 법은 없었다. 나는 그들의 책이었다. 본문을 제공했다. 그 본문에 대한 판단은 그들의 몫이었다. 그들에게선 배운 사람들에게 들었던 것 이상으로 날카로운 도덕적 판단을 들을 수 있었다.

그 후로는 저녁에 나에게서 우화나 시를 한 편씩 듣는 일이 잦았지만, 이제는 비 때문에 오두막에 웅크리고 있을 필요 없이 밖에 나가서 활동할 수 있었기 때문에 전처럼 재촉이 심하지는 않았다. 겨울이 끝나고 봄이 시작될 무렵에는 다들 굶주렸기 때문에 사냥과 덫 놓기와 낚시가 급했다. 고기만이 아니라 야생 양파와 향초들이 간절했다. 숲에서 먹을 수 있는 풀을 찾을 줄 아는 사람이 몇 있었다. 나는 언제나 도시에서 주로 먹던 곡물죽이 그리웠지만, 여기에 그런 것은 없었다.

"숲의 형제들이 부유한 농부들한테서 곡식을 훔쳤다는 얘길 들었는데요." 야생 고추냉이를 찾아 숲을 뒤지다가 참리에게 말한 적이 있었다.

"할 수 있는 놈들은 그러지."

"누구요?"

"바르나 패거리. 북쪽에 사는."

바르나라는 이름이 마음속에 기묘하게 울려 퍼지며 따뜻하고 북적거리는 공동 침실에서 이야기를 나누는 젊은이들의 모습과 늙은 사제의 얼굴을 불러일으켰다. 그러나 나는 그런 영상을 무시했다. 내가 안전하게 기억할 수 있는 것은 영상이 없는 언어뿐이었다.

"진짜로 바르나라는 사람이 있는 거예요?"

"그럼. 브리긴 근처에선 말하지 않는 게 좋지만."

나는 그를 더 구슬렸고, 참리는 결국 이야기보따리를 풀고픈 욕망에 저항하지 못했다. 그래서 나는 추측대로 우리 무리가 더 큰 무리로부터 떨어져 나온 집단이며, 그쪽과 사이가 좋지 않다는 사실을 알게 되었다. 에테르와 브리긴이 바르나의 지도력에 반항하여 몇 사람을 데리고 여기 숲 남쪽으로 데려온 것이다. 어느 정착지에서나 가장 멀고, 그래서 도망 노예들에게 제일 안전하기는 하지만, 그 대신 참리 표현을 빌리자면 '뿔 달린 소들'을 제외하고는 풍족한 게 없는 곳으로 말이다.

"저 위쪽에선 진짜배기로 배를 채우지. 뚱뚱한 수소에 양! 아!

양고기 맛을 볼 수 있다면 뭐든 못 내놓겠어! 사실 난 양이 정말 싫거든. 교활하고 털투성이에 돼먹지 않은 놈들이지. 그렇지만 한 마리가 쓰러져서 구운 양고기로 변해주기만 하면, 한 마리 통째로라도 먹을 수 있어."

"바르나 패거리는 소랑 양을 키우는 거예요?"

"대개는 다른 사람들이 키우게 놔두지. 그러다가 몇 마리 고르는 거야. 그걸 도둑질이라고 하는 사람도 있지만, 그렇게 부르기엔 너무 섬세하고 합법적인 일이야. 우리끼리는 십일조라고 부르지. 농부들의 가축에서 십일조를 거둔다고."

"그러니까 참리도 바르나와 같이 살았던 거군요?"

"한동안은. 잘살기도 했고." 참리는 엉덩이를 대고 앉으며 나를 쳐다보았다. "넌 그리로 가야 해. 험한 돌머리와 얼간이 떼거리만 있는 여기 말고." 그는 고추냉이 뿌리에서 흙을 털어내고 소매로 슥슥 닦더니 베어 물었다. "너랑 베네 말이야. 너희는 가야 해. 베네는 사냥 솜씨로, 넌 황금 혓바닥으로 환영받을 거야." 그는 찌푸린 얼굴로 눈물을 흘리며 생 고추냉이를 씹다가 다시 말했다. "네 혀도 여기선 말썽밖에 못 일으켜."

"아저씨도 같이 갈래요?"

그는 섬유질을 뱉고 입을 닦았다. "돌의 이름으로, 매워 죽겠군! 모르겠다. 내가 브리긴들과 같이 온 건 녀석들이랑 같은 숙소에 살았기 때문이야. 그리고 난 불안했지……. 모르겠다."

참리는 가만히 있지 못하는 남자였다. 베네와 내가 마음을 정한 후 같이 가자고 구슬리기는 어렵지 않았다. 그리고 우리는 곧 떠났다.

무리 사이에서 불만을 감지한 브리긴과 에테르는 전보다 더 가혹한 요구와 명령으로 억누르려 했다. 에테르는 죽도록 아픈 불렉에게 사냥을 나가서 공동 냄비에 넣을 고기를 가져오지 못하면 먹지도 못할 줄 알라고 말했다. 에테르가 그냥 못되게 군 것인지, 그런 위협이 먹힐 거라고 믿었는지는 모르겠다. 거칠게 살면서도 늘 건강한 사람들은 가끔 병이나 연약함을 게으름이나 꾀병으로밖에 믿지 못하기도 한다. 어쨌든 겁을 먹은 건지 부끄러워진 건지 불렉은 사냥 일행에게 끼워달라고 떼를 썼다. 그는 얼마 가지 못해서 피를 토하며 쓰러졌다. 그들이 불렉을 싣고 돌아오자 베네는 에테르에게 맞섰고, 노예 감독처럼 불렉을 죽였다고 소리쳤다. 베네는 고통과 분노 속에서 뛰쳐나와서 개울 상류 웅덩이에서 낚시하는 나를 찾아왔다. "야영지를 벗어나자마자 앉아서 기다릴 곳을 찾아줄 작정이었는데, 그 정도도 못 걸었어. 불렉은 죽어가고 있어. 난 여기 못 남아, 가브. 그놈들 명령은 못 받아! 그놈들은 자기네가 주인이고 우리가 노예인 줄 안다고. 그 망할 에테르를 죽여버리고 싶어! 난 나가야겠어."

"참리와 얘기해보자." 내가 말했고, 실제로 그렇게 했다. 참리도 처음에는 기다리라고 하더니, 베네의 분노가 얼마나 위험한 상태인지 알자 그날 밤 떠나는 데 동의했다.

우리는 다른 사람들과 같이 저녁을 먹었다. 아무도 아무 말도 하지 않았다. 불렉은 오두막에 누워 숨을 몰아쉬고 있었다. 동이 트기 전, 베네와 참리와 함께 얼마 안 되는 짐을 들고 몰래 빠져나가는 동안에도 어둠 속에서 헐떡거리는 불렉의 느린 숨소리가 들렸다. 우리가 정당한 우리 물건이라고 생각한 짐은 입은 옷과 담요, 단검, 베네의 활과 화살, 나의 낚싯바늘과 토끼 덫, 참리의 신발 수선 장비, 그리고 말린 고기 한 꾸러미뿐이었다.

춘분을 두 달쯤 지난 늦은 5월이었을 것이다. 밤은 달콤하고 어두웠고, 새벽은 느리고 안개 꼈으며, 아침에는 새소리가 들렸다. 무리의 경쟁과 잔인함을 뒤로하고 자유롭게 나아가니 좋았다. 나는 왜 그렇게 오랫동안 에테르와 브리긴의 만행을 참았을까 의아해하며 가벼운 마음과 가벼운 발걸음으로 종일 걸었다. 그러나 저녁이 되고, 뒤쫓아올까봐 조심하느라 불도 피우지 않고 앉자 마음도 내려앉았다. 계속 불렉과 다른 사람들 생각이 났다. 탈영하면서 사랑하는 아내와 아이들도 버렸고 다시는 그들에게 돌아가지 못한 타파. 순박한 마음씨에 자기가 노예로 태어난 마을 이름조차 알지 못하고 '마을'이라고만 알던 바콕. 그들은 나에게 잘 대해주었다. 그리고 우리는 함께 맹세했었다.

"왜 그러냐, 가브?" 참리가 물었다.

"형제들을 저버리고 도망치는 기분이에요." 내가 말했다.

"걔네도 마음만 먹으면 도망칠 수 있어." 베네가 말했다. 그렇게 빨리 탈영을 정당화하는 걸 보니 나와 같은 생각을 하고 있었던 게 분명했다.

"불렉은 못 하잖아요." 내가 말했다.

"그놈은 지금쯤 우리보다 더 멀리 갔을걸. 그 녀석 두고 속 태우지 마라. 녀석은 제 집에 있어. 가브, 넌 너무 의리가 강해. 네 단점이지. 뒤돌아보지 마. 스치고 계속 가는 게 최선이라고." 참리가 말했다.

이상한 이야기였다. 무슨 뜻이었을까? 나는 뒤돌아본 적이 없다. 의리를 지킬 것도, 붙잡을 것도 없었다. 나는 운이 이끄는 대로 따라갔다. 강물 속에서 구불거리며 떠가는 천 조각처럼.

이튿날 우리는 생전 처음 보는 거대한 숲에 이르렀다. 여기부

터는 우리 영역 밖이었다. 나무들은 전나무와 솔송나무 같은 상
록수였다. 쓰러진 나무 둥치와 그 주위에 자란 어린 나무들이 뚫
을 수 없는 벽과 미로를 이루었다. 우리는 개울가를 따라가야 했
고, 그건 머리 위를 반쯤 가린 거대한 나무들 속에서 물을 건너
고 바위를 타 넘고 급류를 도는 험난한 길이었다. 참리는 계속
금방이라는 말을 되풀이했고, 우리가 마침내 개울가를 벗어난
건 둘째 날 늦게였다. 개울을 거슬러 올라 샘까지 가자 탁 트인
언덕 사면이 나왔다. 우리가 부드러운 풀과 상쾌한 황혼을 즐기
며 앉아 있는데 사슴 무리가 언덕 아래로 스무 걸음도 떨어지지
않은 곳을 지나갔다. 그들은 무심히 우리를 보더니 커다란 귀를
앞뒤로 쫑긋거리며 한 줄로 조용히 걸음을 재촉했다. 베네는 조
용히 활을 들어 화살을 메겼다. 활줄 퉁기는 소리밖에 들리지 않
았다. 커다란 딱정벌레가 날개를 치는 듯한 소리였다. 줄 맨 뒤
에 있던 사슴이 흠칫 하더니 무릎을 꺾고 쓰러졌다. 모든 일이
평화로운 정적 속에서 이루어졌다. 다른 사슴들은 돌아보는 일
도 없이 숲 속으로 걸어 들어갔다.

"아, 내가 왜 그랬을까. 이제 저걸 치워야 하잖아." 베네가 말
했다.

그러나 손질은 금방 이루어졌고, 그날 밤과 다음 날에는 갓 잡
은 고기를 먹을 수 있었다. 잘 먹고 불가에 앉아 있을 때 참리가
말했다. "고원지대였으면 자네가 그 사슴들을 불렀다고 했을 거
야."

"불러요?"

"선물 중에 있어. 짐승들을 부르는 거야. 브랜터가 사냥을 나
갈 때, 자기한테 그 능력이 없으면 부름을 할 수 있는 사람을 데

려가. 그들이 부르기만 하면 멧돼지든 엘크든 사슴이든 오지."

"난 그런 거 못 해요." 베네는 잠시 후에 낮게 말했다. "하지만 어떤 건지는 알 것 같아요. 그 땅을 알면 대개 사슴이 어디 있을 지 알게 되죠. 사슴들도 내가 어디 있는지 알고요. 사슴들이 두려워하면 나도 절대 사슴을 못 봐요. 하지만 두려워하지 않는다면, 오는 거죠. 스스로를 드러내요. '나 여기 있다. 네가 날 원했지.' 스스로를 주는 거예요. 그걸 모르는 사람은 사냥하는 게 아니에요. 그냥 도살자죠."

우리는 완만하게 오르내리는 널따란 숲을 이틀 더 뚫고 가서 꽤 큰 시내를 만났다. 참리가 말했다. "저걸 건너면 바르나의 땅이야. 길에서 벗어나지 않고 시끄럽게 굴어서 우리가 여기 있다는 걸 알리는 게 좋아. 염탐하려고 숨어드는 놈들이라고 생각하면 곤란하니까." 그래서 우리는, 베네의 표현으로는 야생 돼지 떼처럼 시끄럽게 바르나의 땅으로 들어갔다. 곧 멈춰서 꼼짝 말라는 고함 소리가 날아왔다. 우리는 시키는 대로 했다. 두 남자가 우리를 맞이하러 걸어왔다. 한 명은 키가 크고 말랐고, 한 명은 키가 작고 배가 많이 나왔다.

"너희 여기가 어딘지 알아?" 작은 쪽이 짐짓 명랑하게 말했다. 그리 위협적인 투는 아니었다. 큰 쪽은 석궁에 화살을 메겨 들었지만 겨냥은 하지 않았다.

"숲의 심장부지." 참리가 대답했다. "환영을 바라고 왔네, 토마. 나 기억 못 하겠나?"

"파괴자의 이름으로, 이런 맙소사! 나쁜 동전은 언제나 안 없어진다니까!" 토마는 앞으로 나서서 참리의 어깨를 잡고 앞뒤로 거칠게 흔들며 공격적인 환영 인사를 했다. "이 고원지대 쥐

새끼. 이 해충. 밤중에 브리긴 패거리와 기어 나갔겠다. 대체 그
놈들한테 뭘 바란 거야?"

"실수였어, 토마." 참리는 토마가 자기를 계속 흔들 수 있게
몸에 힘을 뺐다. "실수라 치고 용서해. 엉?"

"안 될 것 있나? 자넬 용서하는 게 마지막도 아닐 텐데, 참리
베른." 그는 마침내 참리를 놓아주었다. "뭘 데려온 거야? 새끼
쥐들인가?"

"나갈 때는 얼간이 브리긴과 그 형제만 데려갔고, 올 때는 진
주를 두 개 갖고 돌아왔지. 바르나의 귀에 금을 넣어줄 진주야.
여기 베네는 천 걸음 밖에서 사슴을 쏘아서 잡을 수 있고 여기
가브는 이야기와 시를 읊어서 울었다 웃었다 하게 해주지. 우릴
숲의 심장부로 데려가줘, 토마!"

우리는 1킬로미터 반쯤 더 참나무와 오리나무 숲을 뚫고 걸어
서 그 이상한 곳에 이르렀다.

'숲의 심장부'는 마을이었다. 울타리벽 바깥에는 채소밭, 헛
간, 외양간, 목장이 있었고 벽 안에는 집과 회당, 거리와 광장
이 있었다. 모두 나무로 만들었다. 나는 도시와 마을은 돌과 벽
돌로 짓는다고 생각했다. 오직 소 떼를 넣는 헛간과 노예가 사
는 오두막만 나무로 짓는 줄 알았다. 그러나 여기는 나무로 만든
도시였다. 사람이 우글거렸다. 남자, 여자, 아이들까지. 밭에도,
거리에도, 사방에. 나는 놀란 눈으로 여자와 아이들을 보았다.
경탄의 눈으로 대들보와 박공지붕을 얹은 집들을 보았다. 사람
이 가득한 넓은 중앙 광장을 보고는 겁에 질려서 걸음을 멈췄다.
오른쪽 옆에서 걷던 베네가 내 어깨를 슬쩍 밀어서 격려해주었
다. "난 이런 거 첨 본다, 가브." 그는 쉰 목소리로 말했다. 우리

는 어미 염소를 따라가는 두 마리 새끼처럼 참리 뒤에 바싹 붙어서 따라갔다.

참리 본인도 놀란 눈으로 주위를 보았다. "내가 떠났을 땐 이거 반도 안 됐는데. 어떻게 지어났는지 좀 봐!"

우리의 뚱보 안내인 토마가 말했다. "운이 따르는군. 장본인이 저기 있네."

광장 저편에서 수염을 기른 덩치 큰 남자가 우리 쪽으로 오고 있었다. 키가 무척 크고, 떡 벌어진 가슴은 불룩 솟았고, 어두운 붉은색 곱슬머리에 털이 턱과 뺨과 가슴을 덮었으며, 눈은 크고 맑았고, 꼿꼿하면서도 마치 땅에서 약간 위를 걷는 것처럼 통통 튀는 걸음걸이였다. 토마 말마따나 보자마자 '장본인'임을 알 수 있는 생김새였다. 그는 쾌활하고 날카로운 호기심을 담은 눈으로 우리를 보았다.

참리가 말했다. "바르나! 내가 아주 쓸 만한 신입을 둘 데려왔다면 다시 받아줄 거요?" 바르나에게 제대로 인사를 한 건 아니지만, 명랑한 말투여도 참리의 태도에는 존경이 배어 있었다. "난 베른만트의 참리 베른이고, 몇 년 전에 남쪽으로 가는 실수를 저질렀지."

"고원지대 사람 말이지." 바르나는 말하고 미소 지었다. 턱수염 안에서 크고 하얀 미소가 번득였고, 목소리는 깊고 장중했다. "아, 얼마든지 돌아와도 좋네. 여긴 자유롭게 오고 가는 곳 아닌가!" 그는 참리의 손을 잡고 흔들었다. "그리고 저 젊은이들은?"

참리는 우리 재능에 대해 몇 마디 붙여가며 소개했다. 바르나는 베네의 어깨를 두드리고 사냥꾼은 숲의 심장부에 언제나 환영이라고 말했다. 나는 잠시 주의 깊게 보더니 말했다. "괜찮으면 이따가 날 보러 오게, 가브. 토마, 이 친구들에게 숙소를 찾아주겠나? 좋아, 좋아, 좋아! 자유의 세계에 온 걸 환영하네, 젊은이들!" 그리고 바르나는 가버렸다. 다른 사람보다 머리 하나는 올라온 채 성큼성큼 걸어가버렸다.

참리는 활짝 웃고 있었다. "돌의 이름으로! 험한 말 한 마디 없이 다시 받아주고 다 용서하다니! 저게 위대한 사내지. 위대한 심장을 가진 사내야!"

우리는 숲 속 야영지의 엉성하고 연기 찬 오두막에서 살다보니 사치스럽기까지 한 막사 안에서 묵을 곳을 찾고 공동 식당에서 식사를 했다. 식당은 종일 누구에게나 열려 있었다. 그곳에서 참리는 갈구하던 사랑을 얻었다. 식당에서 양을 몇 마리 구워놓았던 것이다. 그는 눈이 만족감에 반짝이고 뺨이 기름으로 번들거릴 때까지 양고기를 먹었다. 그 후에 나를 중앙 광장 위로 우뚝 솟은 바르나의 집으로 데려갔지만, 같이 들어가지는 않았다. "내 운을 더 시험해보긴 싫다. 너한테 오라고 한 거지, 나 보고는 말 안 했잖아. 그 노래를 불러줘. 〈자유〉, 그거. 그거면 바르나를 사로잡을 거야."

그래서 나는 위압당하지 않은 척하려고 기를 쓰며 안으로 들어가서 사람들에게 바르나가 오라고 했다고 말했다. 남자들뿐이었지만, 집 안쪽에서는 여자 목소리가 들렸다. 그 소리, 큰 집의 다른 방에서 들리는 여자 목소리는 내 마음을 기이하게 휘저어놓았다. 멈춰 서서 귀를 기울이고 싶었다. 듣고 싶은 목소리가 있었다.

하지만 앞장선 남자들을 따라서 커다란 벽난로가 있는 홀로 가야 했다. 불은 지펴져 있지 않았다. 바르나는 그에게도 넉넉할 만큼 큰 왕좌 같은 의자에 앉아서 남자들 여자들과 웃고 떠들고 있었다. 여자들은 아름다운 옷을 입었다. 몇 달 동안 꽃이나 새벽하늘에서가 아니면 보지 못한 빛깔들이었다. 우스울지도 모르지만 내가 멍하니 응시한 건 여자들이 아니라 그 빛깔들이었다. 잘 차려입은 남자도 몇 있었다. 깨끗하고 좋은 옷을 입고 큰 소리로 웃고 떠드는 사람들을 보니 좋았다. 친근했다.

"이리 오게나, 젊은이." 바르나가 깊고 쩌렁쩌렁한 목소리로 말했다. "가브였지? 가브, 자넨 카시카르 출신인가, 아시온 출신인가?"

브리긴의 근거지에서는 아무도 어디 출신이냐고 묻지 않았다. 도망 노예와 탈영병과 현상금 걸린 도둑들 사이에서는 기꺼이 답할 수 없는 질문이었다. 스스럼없이 어디에서 도망쳤는지 말하는 사람은 참리뿐이었고, 그건 그가 온 곳이 너무나 먼 탓이었다. 우리는 얼마 전까지도 숲에 대한 불시 단속, 도망자들을 찾는 노예 사냥꾼 이야기를 들었다. 우리는 모두 과거가 없는 편이 더 좋았고, 나에게도 그 편이 맞았다. 나는 바르나의 질문에 놀란 나머지 뻣뻣하고 불안하게 대답했다. 내 귀에도 내가 거짓말을 하는 걸로 들릴 정도였다. "에트라요."

"에트라? 그래, 척 보면 도시 사람인 줄 알지. 난 아시온에서 태어났어. 노예의 노예 자식이었지. 보다시피 난 숲 속에 도시를 가져왔다. 가난하고 배고프고 지저분하고 추우면 자유가 무슨 소용이야? 사람이 활로, 아니면 자기 손으로 한 일로 먹고살고 싶다면 선택지를 주라고 해. 하지만 여기 우리 영토에서 노예로 살거나 가난하게 사는 놈은 없을 거야. 그게 바르나 법의 시

작이자 끝이지. 그렇지 않나?" 그는 웃으면서 주위 사람들에게
물었고, 다들 큰 소리로 답했다. "옳소!"

그 사내의 활력과 호의, 순수하게 삶을 즐기는 태도는 저항할
수 없는 것이었다. 바르나는 힘과 열정으로 우리 모두를 감쌌
다. 또 날카롭기도 했다. 그의 맑은 눈동자는 빠르고 깊게 보았
다. 그는 나를 보고 말했다. "집안 노예였고, 대우도 잘 받았겠
군. 그렇지? 나도 그랬지. 저택에서 주인들을 위해 훈련받은 역
할이 뭐였나?"

"집안 아이들을 가르치도록 교육받았어요." 나는 천천히 말
했다. 마음속으로 이야기를 읽는 것과 비슷했다. 다른 사람에
대해 이야기하는 것 같았다.

바르나는 확연하게 관심을 보이며 몸을 내밀었다. "교육이
라! 읽기, 쓰기, 그런 것 말인가?"

"네."

"참리 말로는 가수라던데?"

"이야기꾼입니다."

"이야기꾼이라. 뭘 이야기하지?"

"읽은 것은 무엇이든지요." 그건 허풍이 아니라 사실이었다.

"뭘 읽었는데?"

"역사, 철학, 시……."

"배운 사람이로군. 귀먹은 신의 이름으로! 배운 남자야! 학
자! 행운께서 내가 바라던 사람, 내게 모자란 사람을 보내셨
군!" 바르나는 놀라울 정도로 즐거워하며 나를 바라보다가 거
대한 의자에서 일어서서 다가오더니 곰처럼 꽉 끌어안았다. 내
얼굴이 바르나의 턱수염에 묻혔다. 그는 숨을 쉬기 힘들 만큼 꽉

끌어안았다가 팔 길이만큼 떼어놓았다.

"여기 사는 거야, 알겠나? 이 친구에게 방을 줘, 디에로! 그리고 오늘 밤, 오늘 밤 우리에게 이야기를 해주겠나? 배움을 한 조각 선사해주겠어, 학자 가브-디? 응?"

나는 그러겠다고 말했다.

"여기엔 자네가 볼 책이 없어." 그는 내 어깨를 잡은 채로 걱정이라는 듯 말했다. "사람에게 필요한 다른 물건은 다 있지만 책은, 책은 여기 친구들 대부분이 가져오질 않거든. 까막눈인데다가 책은 아주 무거운 물건이라." 그는 고개를 젖히고 웃었다. "아, 하지만 이젠, 이제부터는 고쳐야지. 어디 보자고. 그럼 오늘 밤에!"

그는 나를 놓아주었다. 섬세한 검은색과 보라색 로브를 입은 여자가 내 손을 잡고 이끌었다. 나이 든 여자였다. 마흔은 넘었지 싶었고, 근엄한 얼굴이었으며 웃지 않았다. 그러나 태도와 목소리는 부드러웠고, 옷은 아름다웠으며, 움직이고 걷고 말하는 모든 면이 얼마나 남자들과 다른지, 보면 놀라웠다. 그녀는 위층인 데다 작아서 미안하다면서 나를 다락방으로 데려갔다. 내가 더듬더듬 친구들과 같이 막사에 머물겠다고 말하자 그녀가 말했다. "물론 원한다면 거기 살 수도 있지만, 바르나는 당신이 이 집을 빛내주길 기대해요." 이토록 우아하고 섬세한 사람을 실망시킬 순 없었다. 다들 내 배움을 너무 신뢰하는 것 같았지만, 그렇게 말할 수는 없었다.

그녀는 나를 작은 다락방에 두고 나갔다. 작고 네모난 창문이 하나, 요와 이불이 갖춰진 침대 하나, 탁자와 의자가 하나씩, 기름등잔이 하나 있었다. 나에게는 천국 같았다. 나는 막사로 돌아갔지만, 참리와 베네 둘 다 나가고 없었다. 침대에 늘어져 있는 남자에게 두 사람이 오면 내가 바르나의 집에 머문다고 전해달라고 했다. 그는 처음에는 못 믿겠다는 눈으로 보더니, 알겠다는 듯 실실거리며 말했다.

"수준 높게 살겠군, 응?"

가져왔던 짐은 참리의 짐과 같이 두었다. 낚싯바늘이나 지저분한 낡은 담요가 필요하진 않을 테니까. 그래도 칼집에 넣어둔 단검은 허리띠에 찼다. 여기 남자들은 대부분 그렇게 하고 다녔다. 나는 바르나의 집으로 돌아갔다. 이제 그렇게 위압당하지 않고 제대로 볼 수 있었다. 중앙 광장에 면한 정면부는 넓고 높았고, 대들보는 거대했고 박공지붕은 깊었다. 나무로 지어졌고, 작게 낸 창문에는 유리가 끼워져 있지 않았지만, 그래도 여전히 장엄한 집이었다.

나는 내 방, '내 방!' 침대에 앉아서 놀라움과 흥분을 만끽했다. 이 상냥하고 의지력 강하며 예측 불허인 거인과 그의 백성들에게 낭송을 하려고 생각하니 불안하기 그지없었다. 나는 내가 그가 원하는 학자임을 한 번에, 아무 의혹 없이 증명해야 한다고 느꼈다. 그런 요구를 받으니 기분이 이상했다. 그토록 오래 살아온 숲의 침묵, 무언의 망각으로부터 나와서…… 그러나 그 침묵 속에서도 동료들에게 《센타스》 전문을 낭송하지 않았던가? 불러내자 글이 나에게 왔다. 그건 내 것이었다. 내 안에 있었다. 나는 교실에서 배운 것을 다 기억했다. 그 교실…….

순간, 벽에 너무 가까이 간 머릿속이 마비되었다. 텅 비었다.

나는 누워서, 아마도 깊게 파인 작은 창으로 들어오는 빛이 불그스름해질 때까지 졸았던 것 같다. 일어나서 손가락으로 최선

을 다해 머리를 빗고, 1년 넘게 자르지 못했기에 긴 머리를 낚싯
줄 끝으로 질끈 묶었다. 품위를 갖추기 위해 할 수 있는 일은 그
게 다였다. 나는 계단을 내려가서 큰 홀로 들어섰다. 홀에는 삼
사십 명이 모여서 찌르레기 떼처럼 재잘거리고 있었다.

나는 환영을 받았고, 검은색과 보라색 옷을 입고 몸가짐이 근
엄하며 매혹적인 여인 디에로가 포도주 잔을 내밀었다. 목이 마
르던 참이라 쭉 마시자 머리가 어지러웠다. 잔을 다시 채우는 그
녀를 막을 용기는 없었지만, 더 마시지 않을 정신은 있었다. 잔
을 보았다. 올리브잎 문양을 돋을새김한 얇은 은잔이었는데 내
가 ……에서 보았던 무엇인가처럼 아름다웠다. 숲의 심장부에
은세공사가 있는지, 은은 어디에서 가져왔는지 궁금했다. 바르
나가 불쑥 나타나더니 우렁찬 목소리로 말했다. 그는 내 어깨에
팔을 둘렀다. 나를 사람들 앞으로 데려가서 조용하라고 하더니,
손님들에게 대접할 게 있다고 말하고 나를 향해 미소 지으며 고
개를 끄덕였다.

유랑 시인들처럼 낭송의 음조와 분위기를 조성하게 리라가
있었으면 좋겠다고 생각했다. 그냥 침묵에 대고 시작하는 건 힘
들었다. 그러나 나는 훈련을 잘 받았다. 가비르, 곧게 서서 손을
가만히 두고, 목소리를 배에서부터 끌어올려. 가슴에서 소리를
내는 거야…….

나는 옛 시 〈아시온의 바다 여행자〉를 읊었다. 이날 밤 그 시
가 떠오른 것은 바르나가 그 도시 출신인 탓이었다. 그리고 나는
그 시가 지금 합류한 동료들에게 맞을지 모른다고 생각했다. 그
것은 안술에서 아시온으로 해안을 따라 보물을 싣고 가는 배 이
야기였다. 배는 해적의 습격을 받았고, 해적들은 승무원들을 죽

이고서 노를 쥔 노예들에게 해적들의 낙원인 소바 섬으로 가라고 명령한다. 노 젓는 노예들은 복종하지만, 밤이 되자 봉기하여 사슬을 끊고 해적들을 죽인다. 그런 다음 보물이 실린 배를 몰고 아시온 항으로 노를 젓는다. 아시온의 지배자들은 그들을 영웅으로 맞이하고 보물과 자유로 보상한다. 이 시에는 파도 같은 가락이 있었고, 나는 좋은 옷을 입은 청중들이 연기 자욱한 오두막에 살던 남루한 형제들과 마찬가지로 입과 눈을 크게 뜨고 이야기를 따라오는 것을 보았다. 나는 시의 언어와 그들의 관심에 힘을 받았다. 우리 모두 광대한 회색 바다에 뜬 배 안에 있었다.

그렇게 시가 끝나고, 짧은 침묵이 흐른 후에 바르나가 고함을 지르며 일어섰다. "그들을 풀어주다니! 창조자이자 파괴자이신 삼파의 이름으로, 풀어줬단 말이지! 이거 마음에 드는 얘기로군!" 그는 나를 꽉 끌어안고 습관처럼 어깨동무를 한 채 말했다. "진짜 역사는 아니겠지만 말이야. 갤리선 노예에게 감사라니? 그럴 리가! 학자 양반, 내가 더 좋은 결말을 말해주지. 그들은 아시온에 돌아가지 않고 남쪽으로, 한참 남쪽으로, 보물이 출발한 안술로 돌아갔어. 거기서 보물을 나누고 여생을 자유로운 부자로 그곳에서 살았지! 어떤가? 그래도 좋은 시였어. 훌륭한 시를 잘 읊어줬어!" 그는 내 등을 탁 치고 돌아다니며 이 사람 저 사람에게 나를 소개했다. 그들은 나를 칭찬하고 상냥하게 말을 걸어왔다. 포도주를 마시자 다시 머리가 빙빙 돌았다. 정말 즐거웠지만, 마침내 물러가게 되자 기뻤다. 나는 이 긴 하루에 일어난 일들을 놀라워하며 다락방으로 올라가서 부드러운 침대에 쓰러져 잠들었다.

그렇게 하여 '숲의 심장부'에서의 생활이, 이곳의 설립자이자 으뜸가는 영혼과 친교가 시작되었다. 나로서는 행운이 아직 나와 함께 있으며, 내가 무엇을 청해야 할지 몰라도 행운은 내게 필요한 것을 준다는 생각밖에 할 수 없었다.

　바르나가 나를 환영한 것은 그냥 명랑한 허세가 아니었다. 그가 하는 말이나 행동이 대부분 조금씩 허세가 있었지만, 그 밑에는 정력적인 목적의식이 있었다. 그는 자기가 만든 자유 도시에 배운 사람들이 있길 원했는데, 아무도 없었던 것이다.

　바르나는 금세 나에게 속내를 털어놓았다. 그는 나와 마찬가지로 주인들과 일부 노예들이 교육을 받고 읽을 책도 갖춰놓은 저택에서 성장했다. 그 이상이었다. 아시온에 찾아온 학자들이 방문해서 집안의 교육받은 남자들과 이야기를 나누었다. 시인들도 집에 머물렀고, 철학자 데네테르는 1년 넘게 살기도 했다. 이 모든 것이 소년을 매혹시키고 강한 인상을 남겼으며, 소년은 다시 빠른 속도로 배워 주인과 방문자들을 놀라게 했다. 그는 특히 철학에 능했다. 데네테르는 그를 높이 샀고, 제자로 삼고 싶어 했다. 그는 데네테르의 제자가 되어 함께 세상을 돌아다닐 수 있었다.

　그러나 열다섯 살이 되었을 때, 아시온의 거대한 시 막사에서 노예 반란이 일어났다. 그들은 시 경비대의 무기고를 무너뜨리고, 그 무기고를 요새로 삼아서 경비대원들과 그 밖에 공격자들을 죽였다. 그들은 스스로에게 자유를 선언하고, 도시에서도 그렇게 인정하기를 요구했으며, 모든 노예들에게 합세하라고 외쳤다. 많은 집안 노예들이 합세했고, 며칠 동안 아시온은 혼란과 공황 상태에 빠졌다. 아시온 군 1개 연대가 도시 안으로 들어갔고, 무기고는 포위 공격 끝에 무너졌으며, 반란자들은 처형되었다. 그 후에는 거의 모든 남자 노예가 의심을 받았다. 많은 수가 자유가 없는 존재로 지워지지 않는 낙인이 새겨졌다. 열다섯 살의 소년이었던 바르나는 낙인을 피했으나, 이제 철학과 여행에 대해서는 이야기할 수 없었다. 그는 시 막사의 공석을 메우는 데 뽑혔고, 힘든 노역에 보내졌다.

"그래서 교육도 거기서 끝났지. 그날부턴 책 한 권 쥐어보지 못했어. 그러나 나는 그 몇 년간 배운 경험이 있고, 진짜 현명한 사람들의 말을 들어보았고, 세상 다른 무엇보다 높은 정신적 삶이 있다는 걸 알아. 그래서 여기에 뭐가 빠졌는지 아는 거야. 자유인의 도시를 만들 순 있었지만, 무지한 자들에게 자유가 좋을 게 뭐야? 마음에 필요한 걸 배우고 하고 싶은 생각을 하는 것 말고 뭐가 자유겠어? 아, 몸이 사슬에 매여 있더라도 머릿속에 철학자의 생각과 시인의 언어가 들어 있다면 사슬에서 벗어나서 위대한 세계로 걸어갈 수 있지!"

배움에 대한 그의 찬양은 내 마음을 깊숙이 휘저었다. 나는 그때까지, 너무 가난한 나머지 자기 가난을 넘어서는 지식은 다 의미 없게 여기고 쓸모없다고 판단한 사람들 사이에서 살아왔다. 그들의 가난을 받아들였기에 판단 또한 받아들였다. 작가들의 언어에 대해 생각조차 하지 않은 지도 오래였다. 그리고 브리긴의 본거지에서 그 언어가 돌아왔을 때에도, 그건 내 의지나 의도와는 상관없는 놀라운 선물 같았다. 나 자신도 그토록 가난하고 무지한데, 무지로는 지식을 판단할 수 없다는 말을 할 수는 없었다.

그러나 여기에 가난과 노예 생활로부터 몸을 일으켜 왕과 같은 지성과 활력과 용기를 증명해 보이고, 모든 사람을 이끌고 독립한 남자가 있었다. 그리고 그는 지식과 배움과 시를 그런 모든 성취보다 더 높게 평가했다. 나는 내 나약함이 부끄러웠고, 그의 강인함 안에 들어 기뻤다.

바르나를 알고 흠모하게 되자, 그에게 쓸모 있는 사람이 되고 싶었다. 그러나 한동안 그가 원하는 것은 일종의 제자가 되어 도시 여기저기를 같이 다니면서 그의 생각에 귀를 기울이고—기꺼이 그렇게 했다—저녁이면 손님과 식구들에게 내가 원하는 시나 이야기를 읊어주는 것뿐인 듯했다. 그의 동료 몇 명에게 읽기를 가르쳐주겠다고 제안했지만, 그는 가르칠 책이 없다고 했고, 내가 습자책을 쓰겠다고 하자 그런 일에 시간을 낭비해선 안 된다고 했다. 책을 찾아서 가져올 거라고, 나를 돕기 위해 교육받은 남자들도 찾아올 거라고, 그러면 그때 가서 제대로 학교를 열고 원하는 사람 모두가 배울 수 있게 하자고 했다.

그사이에도 바르나의 사람들 몇 명은 가르쳐달라고 나를 구슬렸다. 바르나의 집에 사는 젊은 여자들이 새로운 오락을 찾고 있었던 것이다. 나는 바르나의 허락을 얻어 몇 사람을 위해 작은 읽고 쓰기 교실을 열었다. 바르나는 나와 여자들을 보고 웃었다. "저것들에게 속지 말게, 학자 양반. 저것들은 문학을 하려는 게 아냐! 그냥 예쁜 젊은이 옆에 앉아 있고 싶은 게지." 그와 그의 남자 동료들은 젊은 여자들을 보고 책벌레가 될 생각이냐고 놀렸고, 그들은 곧 포기했다. 몇 번 이상 수업을 계속한 사람은 디에로뿐이었다.

디에로는 아름답고 우아하고 온화한 여성이었다. 그녀는 소녀 시절에 '나비 여인'으로 훈련받았다. 의례와 사치와 여인들로 유명한 도시 아시온의 '나비'들은 어느 도시국가에서 알려진 것보다 더 정교하고 섬세한 쾌락의 기술을 익혔다.

그러나 디에로가 직접 말했다시피 읽기는 나비에게 가르치는 기술이 아니었다. 그녀는 내가 읊는 시에 집중해서 간절하게 귀를 기울였고, 내성적이긴 해도 커다란 호기심을 품고 있었다. 나는 그녀를 격려해서 글자를 쓰고 단어를 읽는 방법을 가르쳤다. 디에로는 스스로에게 자신이 없었고 열등감이 있었지만 빨리 배웠고, 그녀가 배움을 즐거워하는 것이 나에게도 기쁨이었다. 바르나는 우리의 수업을 순수하게 재미있어했다.

바르나의 오랜 동료들, 몇 년씩 함께해온 남자들은 확실한 그의 사람이었다. 그들은 노예로 살면서 명령에 복종하고 앞으로 나서지 않는 습관이 들어 있었고, 그래서 편한 동료들이었다. 그들은 나를 경쟁자가 아닌 아이로 다루었고, 내가 알아야 할 것들을 말해주고 가끔은 경고를 해주기도 했다. 그들은 이렇게 말했다. 바르나는 자기가 걸친 옷이라도 주겠지만 자기 여자들을 건드린다고 생각하면 끝장이야! 그들은 디에로가 바르나가 처음 아시온에서 도망쳤을 때 함께 왔으며, 몇 년 동안 그의 여자였다고 말했다. 지금은 그런 입장이 아니지만 여전히 바르나 집안의 안주인이었고, 디에로를 애정과 존경으로 대하지 않는 사람은 이 집에서 환영받지 못했다.

바르나는 어느 날 숲의 심장부 감시탑에 같이 앉았을 때 남자 여자는 충실함을 서약하는 위선적인 속박으로 서로를 얽맬 게 아니라 자유롭게 서로를 사랑해야 한다고 설명했다. 좋은 말 같았다. 혼인에 대해서 나는 내 족속이 아니라 주인들을 위한 것이라고만 알았고, 그래서 어느 방향으로든 별로 생각해보지 않았다. 그러나 바르나는 그런 것들에 대해 생각했고 결론을 내렸고, 그 결론을 숲의 심장부에 적용했다. 그는 아이들도 완전히 자유롭고 벌을 받는 일이 없어야 하며, 내키는 만큼 뛰어다니다가 자기에게 맞는 길을 알아가게 해줘야 한다고 생각했다. 훌륭한 생각 같았다. 그가 내놓는 생각은 다 그랬다.

나는 좋은 말상대였다. 가끔 질문을 던지기도 했지만, 대개는 바르나의 끝없는 창안과 관대한 전망을 따라가는 데 만족했다. 그리고 본인 말마따나 바르나는 큰 소리로 말할 때 생각이 잘되는 사람이었다. 그는 곧 내가 꼭 필요한 사람이라고 주장하기에 이르렀다. "가브-디는 어딨나? 학자 양반 어딨어? 생각을 해야 한다고!"

나는 바르나의 집에 살았지만, 자주 참리를 보러 갔다. 그는 구두 수선공 길드에 합류했고, 여자와 구운 양고기가 부족하다는 불평만 빼면 여유롭게 살고 있었다. "십일조 걷는 애들을 내보내서 구운 양고기를 구해 와야지!"

베네는 곧 사냥꾼이 되면 브리긴 때 그랬던 것처럼 대부분 시간 동안 숲 속에 들어가 있어야 한다는 사실을 알았다. 숲의 심장부 근처에는 사냥감이 사라진 지 오래였다. 최근에 마을을 먹여살리는 건 사냥이 아니었다. '십일조 걷는 애들' 중 한 무리가 베네의 뛰어난 활솜씨를 알고 호위병으로 동행해달라고 했고, 그는 그쪽에 합류했다. 베네가 처음 길에 나선 것은 우리가 숲의 심장부에 들어간 지 한 달이 지났을 때였다.

십일조 징수인이라고 부르든 습격조라고 부르든 간에 그들은 길을 다니는 가축 상인이나 짐마차를 만나기 위해 우리 나무 도시를 나서서 숲 바깥에 있는 길까지 갔다. 목표는 가축 떼와 짐마차, 마부와 말들을 확보하여 우리 식량과 탈것, 짐승과 사람 수를 늘리는 것이었다. 물론 사람은 우리 형제단에 합세하고 싶어 할 때에 한해서. 바르나는 원하지 않는 사람은 손을 묶고 눈 가리개를 씌워서 다음에 지나가는 행인이 풀어주길 기대하며 헤매 다니게 놓아준다고 했다. 마부 중에는 숲의 형제들에게 워낙 자주 털린 나머지 순순히 묶으라고 손을 내미는 놈들도 있다고 말하며 그는 우렁차게 웃었다.

하나씩 둘씩 아시온에 들어가는 '그물잡이'들도 있었다. 때로는 시장에서 필요한 물건을 사지만, 때로는 도둑이 되어 부자들의 집과 부유한 사원 금고를 털기도 했다. 우리 사이에서는 돈이 사용되지 않았지만 습격조가 구해 오지 못하는 물건을 사기 위해 현금이 필요했다. 이를테면 숲 근처 마을의 호의라든가, 도시에 있는 공모자 상인들의 침묵이라든가. 바르나는 아시온의 대상들이라도 부러워할 돈방석 위에 앉아 있다고 큰소리치기를 좋아했다. 금과 은이 어디 있는지 나는 알지 못했다. 청동과 구리 동전은 마을로 가는 사람 누구든 물건을 사기 위해 달라면 내주었다.

바르나와 그 보좌들은 누가 숲의 심장부를 나갔는지 알고 있었다. 많지는 않았고, 오직 시험을 거쳐 신뢰를 얻은 이들만 밖으로 나갔다. 바르나 말마따나 바보 하나가 맥줏집에서 수다를 떨다가 아시온 군대를 이리 불러들일 수도 있었다. 성문을 드나드는 좁고 복잡한 숲 속 길은 철저히 경비했고 마차 바큇자국과 가축 발자국이 누군가를 나무 도시로 이끄는 일이 없도록 자주 길을 바꾸고 흔적을 철저히 지웠다. 나는 우리가 만났던 보초들과 날아온 질문, 장전된 석궁을 떠올렸다. 허락 없이 성문에서 나가는 사람을 보면 길지기가 질문 없이 쏘게 되어 있음을 모두들 알았다.

그들은 베네에게 길지기가 되어달라고 했지만, 그는 사람의 등을 쏘는 일을 좋아하지 않았다. 그에게는 마차를 털거나 소 떼를 훔치는 쪽이 더 잘 맞았고, 습격조가 되면 형제들 사이에서도 특권을 얻었다. 바르나 본인도 습격조와 내부 치안을 유지하는 '정의파들'이 이 공동체에서 제일 귀중한 이들이라고 말했다. 그리고 숲의 심장부에 사는 사람은 모두 자기가 좋아하는 일을 해야 했다. 그래서 베네는 참리에게 '양 떼나, 그게 안 되면 여자 떼'를 몰고 돌아오겠다고 약속하며 즐겁게 젊은 패거리들과 같이 나갔다.

실제로 숲의 심장부에는 여자가 많지 않았고, 모든 여자 옆에 남자 하나 또는 한 무리가 붙어서 경계했다. 길거리와 뜰에서 보는 여자들은 하나같이 임신했거나 시끄러운 아이들을 끌고 다니지 않으면, 어디에서나 보이는 늙은 여자 노예들처럼 비질과 실 잣기와 땅 파기와 젖 짜기로 허리가 굽었다. 바르나의 집에는 다른 어디보다 많은 처녀들이 있었다. 제일 예쁘고 명랑한 아가씨들이었다. 그들은 습격조가 가져온 좋은 옷을 입었다. 원한다면 노래하거나 춤추거나 리라를 켤 수 있었지만, 일을 하리라는 기대는 받지 않았다. 바르나는 그들을 두고 이렇게 말했다. "여자라면 다 저래야 해. 자유롭고, 아름답고, 상냥하고."

바르나는 그들을 주위에 두는 것을 좋아했고, 그들 모두는 끊임없이 그를 지분거리고 추켜세우고 놀려댔다. 그는 여자들과 농담을 하고 놀기는 했지만, 진지한 대화는 늘 남자들과 했다.

시간이 흐르고, 바르나가 나를 거의 지속적인 동반자로 삼으면서 나는 자랑스러움과 함께 그의 신뢰에 대한 부담을 느꼈다. 나는 가치 있는 인물이 되려고 했다. 큰 홀에서 저녁마다 원하는 사람들을 위해 낭송을 했다. 그 점 때문에, 그리고 바르나가 나를 자주 데리고 다닌다는 점 때문에 많은 사람이 나를 존중했다. 그래봐야 아직 소년이었기에 시기하거나 이상해하거나 선심 쓰는 체하는 사람도 많았지만 말이다. 그리고 몇 사람은 나를 교육받은 반편이로 보기도 했다. 그들은 나에게 뭔가가 빠져 있음을 알아차렸다. 원하기만 하면 끊임없이 흘러나오는 말 속에서도 세상에 대한 내 지식은 어린아이처럼 좁고 얕았기 때문이다.

나 역시 그것을 알았지만, 그 문제에 대해서나 그 이유를 생각할 수는 없었다. 나는 그런 생각들로부터 등을 돌렸고 바르나와 함께 다니며 그를 따르고 그를 필요로 했다. 그의 크고 충만한 존재감이 나의 공허를 채워주었다.

그렇게 느낀 사람은 나 혼자가 아니었다. 바르나는 '숲의 심장부'의 심장이었다. 그의 상상력과 결단은 언제나 사람들의 기준이 되었으며, 그의 의지가 사람들의 지주支柱였다. 그는 위협이 아니라 월등한 활력과 지성과 끝없이 너그러운 성정으로 지배력을 유지했다. 그저 다른 사람들 앞에서 무엇을 해야 하고 어떻게 해야 하는지 보며, 열정과 활력과 호의로 사람들을 움직였다. 사람을 사랑했고, 사람 속에 같이 있는 것을 좋아했으며, 온 마음과 영혼으로 형제애를 믿었다.

이 무렵에는 나도 그의 꿈을 알았다. 함께 도시를 다니며 들었기 때문이다. 그는 나를 귀가 달린 그림자처럼 거느리고서 지시하고, 격려하고, 작업에 참여했다.

숲의 형제들에 대한 그의 사랑에 늘 동조할 수는 없었고, 그중 일부에 대해서는 어떻게 바르나가 인내심을 유지할 수 있는지 의아하기도 했다. 숙박 설비, 음식, 다른 모든 생필품은 최대한 공평하게 나누어졌으나, 그것은 거친 정의일 수밖에 없었고, 어떤 방은 언제나 다른 방보다 컸으며 이 파이 조각은 저 파이 조각보다 큰 법이었다. 불공평하다 싶은 일에 대해 많은 남자들이 보이는 첫 반응은 다른 사람을 탐욕스럽다고 비난하고 주먹이나 칼로 질투심을 배출하는 것이었다. 대부분 농장 노예 아니면 중노동 노예였고, 어려서부터 잔인하게 키워졌으며, 얼마 안 되는 물건은 일단 움켜쥐어야 얻을 수 있으며 싸워서 지켜야 한다는 데 익숙했다. 바르나 역시 그런 삶을 살았고, 그들을 이해했다. 그는 몹시 간단하고 엄한 규칙을 지켰고, 그의 '정의파'들은 그 규칙들을 준엄하게 밀어붙였다. 그래도 가끔 살인 사건이 일어났고, 술집 싸움은 매일 밤 벌어졌다. 몇 안 되는 치유사, 접골사, 이 뽑는 사람들은 혹사당했다. 바르나의 명령에 따라 우리 양조장에서는 맥주를 약하게 만들었지만, 그래도 주량이 적거나 밤새도록 마시면 취할 수 있었다. 그들은 취해서 싸우지 않을 때면 불공평함, 부당함, 아니면 할당받은 일에 대해 불평했다. 일을 더 적게 하고 싶어 하거나, 다른 일을 하고 싶어 하거나, 이 무리와 일하고 싶다거나 저 친구들하고 일하고 싶다거나, 끝이 없었다. 이 모든 불평은 결국 바르나에게 흘러갔다.

"사람은 자유로워지는 방법을 배워야 해. 노예로 살기는 쉽지. 자유인이 되려면 머리를 써야 하고, 여기에 주고 저기에서 받아야 하고, 스스로에게 명령을 내려야 해. 다들 배울 거야, 가브. 배우고말고!" 그러나 그의 관대하고 선한 성질도 좀스러운 질투를 해결해달라는 요구에는 분통을 터뜨렸고, 측근들의 경쟁과 헐뜯기에는 노발대발하기도 했다. 그의 측근이란 정의파들과 집안 식구들, 공식 명칭은 없었지만 우리 정부였다.

그에게도 호칭은 따로 없었다. 그냥 바르나였다.

바르나가 자기 사람을 골랐고, 그들은 다시 조수를 골라서 바르나의 승인을 얻었다. 대중의 투표는 바르나가 잘 알지 못하는 개념이었다. 나는 그에게 도시국가 중에 어떤 곳은 한때 공화국이었거나 민주제이기도 했다는 이야기를 해줄 수 있었다. 물론 그래도 자유인으로 태어났고 재산이 있는 남자들에게만 투표권이 있었지만 말이다. 나는 남쪽 멀리에 있는 안술 시와 나라에 대해 읽은 내용을 기억해냈다. 그곳은 시민 전체가 투표한 공직자들이 통치했고, 동쪽 사막에서 온 호전적인 이들에게 노예가 되기 전까지는 노예라는 게 없었다고 했다. 그리고 벤딜 북쪽에 있는 대국 우르딜에서는 어떤 형태의 속박도 허용하지 않았다. 안술과 마찬가지로 그들도 남자 여자 모두를 시민으로 간주했다. 그리고 모든 시민에게 투표권이 있었고, 2년마다 집정관을, 6년마다 의원들을 뽑았다. 나는 바르나에게 이런 다른 정치체제에 대해 말해줄 수 있었고, 그는 흥미롭게 귀를 기울이고 숲 속의 자유국가에서 세울 최종적인 정부 계획에 이런저런 요소를 덧붙였다.

그런 계획이야말로 바르나가 기분이 좋을 때 제일 좋아하는 화제였다. 말다툼과 패싸움과 고자질과 끝도 없고 헤아릴 수도 없는 식량 공급상의 자잘한 문제와 경비 임무와 건축과 기타 등등 책임진 모든 일에 기진맥진하고 우울해지면 바르나는 혁명에 대해, 봉기에 대해 말했다.

"아시온엔 자유인 하나당 노예가 셋, 넷씩이야. 벤딜 전역에서 농장 일 하는 남자들이 다 노예고. 그들이 스스로를 볼 수 있다면, 자기들 없이는 아무것도 안 된다는 걸 알기만 하면! 자기들 숫자가 얼마나 많은지 알기만 하면! 자기들의 힘을 깨닫고 뭉칠 수만 있다면! 25년 전의 무기고 반란은 한 번의 폭발에 지나지 않았어. 계획도, 진짜 지도자도 없었지. 무기는 있었지만 결단력이 없었어. 갈 곳도 없었고. 뭉쳐 있을 수가 없었지. 내가 지금 계획하는 건 완전히 다를 거야. 필수적인 요소가 두 개 있어. 첫째는 무기. 지금 여기에 쌓아두고 있는 무기 말이야. 우린 폭력을 만나게 될 거고, 무적의 힘으로 그 폭력에 대응할 수 있어야 해. 그다음엔 동맹이야. 우린 한 사람처럼 움직여야 해. 봉기는 모든 곳에서 한꺼번에 일어나야 해. 도시에서, 시골에서, 마을에서, 농장에서. 서로 연락이 닿는 사람들의 그물을 짜는 거야. 준비되어 있고, 정보를 얻고, 손에는 무기를 들고, 모두가 언제 어떻게 행동할지 아는 그물. 그래서 첫 봉화가 오르면 온 나라가 불길에 휩싸이는 거지. 자유의 불길에! 그 노래, 거 뭐였지? '우리 불이 되어라…… 자유여!'"

봉기에 대한 바르나의 이야기에 나는 곤혹스러우면서도 매혹되었다. 나는 무엇이 걸려 있는지 제대로 이해하지 못한 채 그의 계획을 즐겨 들었고, 자세한 부분을 묻곤 했다. 그러면 바르나는 불이 붙어서 열정적으로 이야기했다. "넌 내 심장을 다시 깨워줬어, 가브. 난 여기 일들을 돌리는 데만 사로잡혀 있었지. 다음엔 뭘 해야 하나만 생각하느라 우리가 왜 이런 일을 하는지 잊고 있었어. 내가 여기 온 건 사내들과 무기를 모을 수 있는 성채를, 사내들이 돌아갈 수 있는 중심부, 북쪽 도시국가들과 벤딜의 연락망을 만들고 아시온과 카시카르와 시골에 사는 모든 노예가 우리와 함께 일하도록 하기 위해서였어. 모두에게 봉기를 준비시켜서, 때가 오면 주인들이 물러설 곳이 없게 하는 거야. 군대가 나오겠지만, 그 군대가 누굴 치겠나? 주인들이 자기네 집과 농장, 도시에서 자기네 노예들의 인질이 되어 있는데? 도시에 있는 모든 집에서 주인들을 막사 안에 가두는 거야. 전쟁 위협이 있을 때 우릴 가두는 것처럼 말이야, 엉? 이번엔 주인들을 가둬놓고 노예들이 집안을 돌리는 거지. 뭐 늘 해왔던 일이니까. 시장도 운영하고, 도시도 통치하고. 마을과 시골에서도 똑같아. 주인들은 가둬놓고, 노예들은 늘 하던 일을 하는 거야. 다만 자기들이 명령을 내린다는 것만 다르지……. 그래서 군대가 공격해 오면, 뭐 공격하면 인질이 된 주인들이 제일 먼저 죽겠지. 자비를 구하면서 소리를 지르겠지. '저놈들이 우릴 죽일 거야! 공격하지 마! 공격하지 마!' 장군은 생각하겠지. 아, 저놈들은 쇠스랑과 식칼을 든 노예일 뿐이니까 우리가 들어가면 바로 도망칠 거다. 그리고 농장을 차지하려고 한 부대를 보낸단 말이야. 칼과 활로 무장하고 매복해 있던, 자기네 땅에서 훈련받은 사내들에게 박살나는 거야. 그들은 포로를 잡지 않아. 그리고 빽빽거리는 주인을, 가문의 아버지가 좋으려나? 그런 놈을 하나 병사들이 볼 수 있는 곳으로 데리고 나가서 말하는 거지. '다시 공격하면 더 죽을 줄 알아.' 그리고 온 나라가 다 그렇게 되는 거야. 농장마다, 마을마다, 아시온 전체가. 엄청난 봉기지! 그리고 주인들이 가진 돈과 재산을 다 털어서 자유를 살 때까진 안 끝나. 그런 다음에는 그놈들도 나가서 보통 사람으로 사는 방법을 배울 수 있지."

바르나는 고개를 젖히고 웃었다. 며칠 만에 보는 명랑한 웃음이었다. "아, 네가 있어 다행이야, 가브!" 그는 말했다.

그가 그려낸 그림은 환상적이지만 끔찍이도 선명해서, 믿을 수밖에 없었다. "하지만 농장 노예들이나 도시의 집안 노예들에게 어떻게 접촉하죠?" 나는 실질적이고 잘 아는 사람처럼 말하려고 애쓰며 물었다.

"그게 전략이지. 바로 그거야. 집 안에, 막사 안에, 노예 마을 안에 접촉하려면 사람들을 들여보내서 이야기를 해야지. 그들을 우리 그물에 잡는 거야! 그들에게 뭘 할 수 있는지, 어떻게 할지 보여주지. 질문을 받고. 스스로 생각하고 나름의 계획을 짜게 하고—우리 신호를 기다려야 한다는 것만은 아는 한에서 말이야. 그러자면 시간이 걸릴 거야. 그물을 퍼뜨리고, 도시와 시골 전역에서 계획을 세우려면. 그래도 너무 느리면 안 되지. 너무 오래 걸리면 말이 샐 것이고, 바보들이 지껄이기 시작하고, 주인들이 펄쩍 뛸 테니까—'막사에서 뭐라고들 하는 거냐? 부엌에서 뭐라고들 속삭이는 거야? 저기 대장장이가 뭘 만드는 거지?'—그러면 기습의 이득이 사라져. 시기가 제일 중요해."

그의 봉기는 나에게 이야기일 뿐이었다. 그의 마음속에서 봉기는 미래에 일어날 일이었다. 위대한 복수, 과거에 대한 수정. 그러나 내 마음속에는 과거가 존재하지 않았다.

내게는 말밖에 남지 않았다. 머릿속에서 저절로 울려 퍼지는 시들, 내 마음의 눈앞에 펼쳐 읽을 수 있는 이야기와 역사들. 나는 그 말들로부터 눈을 들어 주위에 있던 것들을 보지 않았다. 말들로부터 눈을 돌리면 다시 그 뒤에 아무것도 아무 그림자도 아무 추억도 없는 지금, 여기, 이 순간에만 집중했다. 말은 내가 필요로 하면 찾아왔다. 허공으로부터 왔다. 내 이름은 낱말이었다. 에트라도 낱말이었다. 단지 그뿐이었다. 아무 의미도, 아무 역사도 없었다. 자유란 시 안에 나오는 낱말이었다. 아름다운 말이었고, 아름답다는 것 말고는 의미가 없었다.

바르나는 언제나 미래 계획과 꿈을 펼쳐 보이며 내 과거에 대해서는 묻지 않았다. 묻는 대신 어느 날 말했다. 그는 봉기에 대해 이야기하고 있었고, 아마 내가 별 열정 없이 대답했던 것 같다. 가끔 내 안의 공허 때문에 설득력 있게 대응하기 어려울 때가 있었다. 바르나는 그런 상태를 빨리 알아차렸다.

"넌 옳은 일을 했다, 가브." 그는 맑은 눈으로 나를 보며 말했다. "무슨 생각 하는지 알아. 예전 도시에서를 돌이키면⋯⋯ 이런 생각이 들겠지. '왜 그런 바보짓을 했을까! 도망쳐서 굶기나 하고, 숲 속에서 무식한 놈들이랑 같이 살고, 주인집에서 그랬던 것보다 더 심한 노예가 되다니! 이게 자유야? 그때가 더 자유롭지 않았나? 배운 사람들과 대화하고, 시인들의 책을 읽고, 부드러운 침상에서 자고 따뜻한 곳에서 깨고? 그때가 더 행복하지 않았나?' 하지만 그렇지가 않아. 넌 행복하지 않았어, 가브. 너도 마음으로 그걸 알지. 그래서 도망친 거고. 언제나 주인의 손이 네게 미치고 있었거든."

그는 한숨을 쉬고 잠시 동안 불 속을 들여다보았다. 가을이었고 공기가 싸늘했다. 나는 그의 모든 이야기에 그랬듯 이번에도 반박하거나 질문하지 않고 귀를 기울였다.

"그게 어떤 건지 안다, 가브. 넌 도시 안 크고 부유한 집에서, 널 교육시켜준 친절한 주인들과 같이 살았지. 아, 나도 알아! 그리고 넌 행복해야 마땅하다고 생각했겠지. 배우고 읽고 가르칠 힘이 있으니, 현명한 사람, 배운 사람이 될 힘이 있으니! 그건 그들이 준 힘이야. 그들이 허락해준 거지. 그래! 그러나 넌 몇 가지 일을 할 힘은 얻었어도, 누군가나 무엇인가에 행사할 힘은 없었어. 그 힘은 그들에게 있었지. 주인들에게. 널 소유한 자들에게. 그리고 알았든 몰랐든 네 몸의 모든 뼈와 네 마음의 모든 조직은 주인들의 손이 널 움켜쥐고 조종하고 짓누른다는 걸 느꼈어. 그런 상황에서 네가 가진 힘은 쓸모가 없었지. 그들의 힘이 널 통해서 움직이는 것뿐이었으니까. 널 이용해서. 그게 네 힘인 척한 거야. 넌 주인들로부터 한 조각의 자유를 훔쳐서 그게 네 것인 척하고 그걸로 행복하다고 여겼지. 그렇지? 하지만 넌 어른이 되어갔어. 그리고 어른은 말이다, 가브, 자유롭지 않고서는 행복할 수 없는 거야. 네 의지대로 하고 싶은 일을 할 자유. 그래서 네 의지는 완전한 자유를 찾은 거야. 내가 오래전에 그랬던 것처럼."

바르나는 손을 뻗어 내 무릎을 토닥였다. "그렇게 슬픈 표정하지 마라." 턱수염 안에서 하얀 이를 번득이며 웃었다. "너도 네가 옳은 일을 했다는 걸 알아! 나처럼 그걸 기뻐하라고!"

나는 기쁘다고 말하려고 했다.

그는 이런저런 사건을 보러 가야 했다. 나는 불가에 남아서 생각에 잠겼다. 그가 한 말은 사실이었다. 진실이었다.

그러나 내 진실은 아니었다.

나는 바르나의 이야기에서 눈을 돌려 처음으로 안을 돌아보았다. 얼마나 오랜만이었던가? 나는 기억을 막기 위해 쌓아두었던 벽을 넘어갔다. 그 안을 보고 진실을 보았다. 나는 도시의 크고 부유한 집에 살면서 주인들에게 복종하고, 그들이 허락하는 자유밖에 갖지 못한 노예였다. 그리고 나는 행복했었다.

노예로 살던 집에서 나는 하나의 사랑을 알고 있었다. 너무나 소중했기에 생각하는 것도 견딜 수가 없었다. 그 사랑을 잃은 순간 모든 것을 잃었기에.

내 일생은 믿음 위에 쌓여 있었고, 그 믿음은 아르카만드 가족에게 배신당했다.

아르카만드. 그 이름, 그 낱말과 함께 내가 잊은 모든 것, 내가 기억하기를 거부했던 모든 것이 돌아와서 다시 내 것이 되었다. 내가 부정했던 말할 수 없는 고통도 함께.

나는 불가에 앉아 있었다. 방에서 고개를 돌리고, 양손으로 무릎을 꽉 쥔 채 고개를 숙이고 있었다. 누군가가 몸을 녹이려고 다가와서 불가에 섰다. 디에로였다. 곱고 엷은 양털로 짠 긴 숄을 두른 부드러운 사람.

그녀가 가만히 말했다. "가브, 무슨 일이죠?"

나는 대답하려다가 눈물을 터뜨리고 말았다. 나는 팔로 얼굴을 가리고 소리 내어 울었다.

디에로는 내 옆에, 벽난로 돌의자에 앉았다. 그녀는 내게 팔을 두르고 우는 나를 안아주었다.

"말해봐요, 말해봐요." 마침내 디에로가 말했다.

"누나. 우리 누나였어요." 내가 말했다.

그리고 그 말과 함께 울음이 다시 터졌다. 너무 심해서 숨을 쉴 수 없을 정도였다.

디에로는 나를 안고 한동안 흔들어주었다. 나는 마침내 고개를 들고 코와 얼굴을 닦았다. 그러자 그녀가 다시 말했다. "말해봐요."

"누나는 언제나 거기 있었어요."

그렇게 해서 나는 조금씩, 울기도 하고 토막토막 끊어지기도 하고 순서도 뒤죽박죽인 채로 살로에 대해, 우리의 삶에 대해, 누나의 죽음에 대해 이야기했다.

망각의 벽은 무너졌다. 나는 생각하고, 말하고, 기억할 수 있었다. 자유로웠다. 자유는 말할 수 없는 고통이었다.

처음의 그 끔찍한 시간 동안 나는 몇 번이고 몇 번이고 살로의 죽음으로, 살로 누나가 어떻게 죽었는지, 왜 죽었는지로, 내가 일부러 묻지 않았던 질문들로 돌아갔다.

"어머니는 알았어요. 알 수밖에 없었어요." 나는 말했다. "토름이 묻지도 않고, 허락도 안 받고서 살로와 리스를 비단방에서 데리고 나갔을지도 모르죠. 그럴 만한 놈이었으니까. 하지만 거기 있던 다른 여자들은 알았잖아요. 어머니에게 가서 말했을 거라고요. 토름-디가 리스와 살로를 데려갔습니다, 어머니. 두 사람은 가고 싶어 하지 않았어요, 울고 있었어요. 어머니께서 데려가도 된다고 하셨나요? 뒤쫓아서 사람을 보낼까요? 그런데 안 그랬어요. 어머닌 아무것도 안 했다고요! 아버지가 끼어들지 말라고 했을지도 모르죠. 언제나 토름을 싸고 돌았으니까. 하지만 어머니는…… 그녀는 토름과 호비가 두 사람을 어디로 데려가는지 알았어요. 그런 곳으로, 남자들이, 여자를 짐승처럼 다루는 사내들이 있는 곳으로 데려간다는 걸 알고 있었어요. 리스는 처녀였어요. 살로는 어머니가 직접 야벤에게 준 여자였고요. 그런데도 다른 아들이 데려가서 주게 했…… 어떻게 죽었을까요? 맞서 싸우려고 했을까? 그럴 순 없었을 텐데. 그렇게 많은 남자들을. 그들이 누나를 강간했어. 고문했어요. 그걸 위해 여자들을 원하는 놈들…… 비명 지르는 걸 들으려고. 고문하고 죽여서 물에 가라앉히고……. 살로 누나가 죽었을 때요. 내가 본 후에요. 죽은 누나를 봤어요. 어머니가 날 불렀죠. 누나를 '우리 사랑스러운 살로'라고 하더니 나한테…… 나한테 돈을 줬어요. 누나의 목숨 대신…….”

순간 목구멍에서 소리가, 울음소리가 아니라 귀에 거슬리는 울부짖음이 터져 나왔다. 디에로는 나를 꼭 끌어안았다. 아무 말도 하지 않았다.

나는 겨우 조용해졌다. 끔찍이도 피곤했다.

“그들은 우리의 믿음을 배신했어요.” 내가 말했다.

디에로가 고개를 끄덕이는 것을 느꼈다. 그녀는 내 옆에 앉아서 내 손을 잡고 있었다.

“그런 거야.” 그녀는 들릴락 말락 한 소리로 말했다. “믿음을 지키느냐, 마느냐. 바르나는 모든 게 힘인 줄 알지만, 아니에요. 믿음이야.”

“그들에겐 배신할 힘이 있었어요.” 나는 쓰디쓰게 말했다.

“노예에게도 그럴 힘은 있어요.” 디에로는 부드러운 목소리로 말했다.

10

나는 그 후 며칠 동안 방에 틀어박혀 있었다. 디에로는 바르나에게 내가 아프다고 말해주었다. 실제로 아팠다. 니사스 강가 무덤에서 걸어 나온 후 오랫동안 느낄 수 없었던 모든 비탄과 분노 때문에 아팠다. 그때 나는 몸도 마음도 함께 도망쳤다. 이제야 겨우 도망을 멈추고 방향을 돌렸지만, 아직 돌아갈 길이 멀고도 멀었다.

자주, 정말 자주 그 생각을 했지만 몸은 아르카만드에 돌아갈 수 없었다. 그러나 나는 살로 누나로부터, 누나에 대한 모든 기억으로부터 도망쳤었고, 이제 누나에게 돌아가고 누나가 돌아오게 해야 했다. 더는 내 사랑, 내 누나, 내 영혼을 부인할 수 없었다.

누나를 애도하자 안도감이 찾아왔지만, 길지는 않았다. 언제나 순수한 슬픔은 목메는 분노, 쓰디쓴 책망, 자책, 용서할 수 없는 증오로 변했다. 살로와 함께 모두 다 돌아왔다. 그토록 오래

차단해두고 벽 뒤에 숨겨두었던 모든 얼굴과 목소리와 육신들. 때로는 살로는 생각하지도 못하고 토름만, 토름의 근육질 몸매와 건들거리는 걸음걸이만 생각했다. 아르카의 어머니와 아버지를 생각했다. 또는 호비를 생각했다. 도와달라고 외치는 살로를 전차에 밀어 넣은 호비. 아버지의 사생아, 악의와 질투심으로 가득 차서 나와 살로를 무엇보다 미워하던 호비. 나를 물에 빠뜨려 죽일 뻔했던 호비. 호비였을지도 모른다. 그 물에서…… 아니 호비였을 것이다…….

나는 아무도 내 비명 소리를 듣지 못하게 망토 자락을 입에 쑤셔 넣고 방바닥에 몸을 웅크렸다.

디에로가 하루에 한두 번 내 방에 올라왔고, 다른 사람이 내 모습을 보는 것은 참을 수 없었지만 디에로만은 수치심을 주지 않았다. 오히려 약간이나마 위엄을 돌려주었다. 그녀에겐 쓸쓸하고 상냥하며 흔들림 없는 차분함이 있었고, 그녀가 와 있으면 그걸 함께 나눌 수 있었다. 나는 그 점 때문에 디에로를 사랑했고, 그녀에게 감사했다.

그녀는 내가 조금이라도 먹고 몸을 돌보게 만들었다. 때로는 내가 이런 절망에 이른 것도 뚫고 갈 길을 찾기 위해서, 삶으로 돌아갈 길을 찾기 위해서라는 생각을 하게 만들어주기도 했다.

마침내 아래층에 다시 내려갔을 때에도, 그럴 용기를 준 사람은 그녀였다.

내가 열병에 걸렸다는 말을 들었던 바르나는 상냥하게 대했고, 완전히 괜찮아질 때까지는 낭송을 하지 말라고 했다. 그래서 다시금 대부분 시간을 바르나와 보내기는 했지만, 겨울 저녁에 디에로의 평화로운 방에 가서 둘이서만 앉아 대화하는 일도 잦아졌다. 나는 그런 시간을 기대했고, 나중에는 배우나 춤꾼과 같은 전문성과 태도를 갖췄지만 그녀의 본성을 드러내기도 하는 인사와 미소와 부드러운 몸짓을 생각했고 소중히 여겼다. 나는 그녀가 내 방문과 우리만의 조용한 대화를 환영했음을 알았다. 디에로와 나는 서로를 사랑했다. 디에로가 나를 품에 안은 것은 커다란 벽난로 옆에서 내가 울었을 때 한 번뿐이었지만 말이다.

사람들은 우리에 대해 농담을 했다. 조금씩, 조심스럽게, 바르나가 무례하게 받아들이지는 않나 확인해가면서. 바르나는 옛 연인이 어린 학자를 위로한다는 생각에 재미있어하는 것 같았다. 그는 그 문제에 대해 농담도 암시도 던지지 않았다. 그로서는 드문 섬세함이었다. 생각해보면 언제나 디에로를 소중히 여기기는 했지만. 디에로 자신은 사람들이 뭐라고 생각하든 말하든 상관하지 않았다.

내 경우에는, 바르나가 나와 그녀를 연인 사이로 생각했다면 그 덕분에 내가 자기 여자들을 '빼앗을지 모른다'는 의심을 막을 수 있는 셈이었다. 그들은 정말 예뻤고 내 나이 또래의 사내아이를 미치게 만들 힘도 충분했지만, 그들의 능력은 집안 남자들이 일찍부터 경고해준 대로 함정이자 속임수였다. 그들은 바르나가 여자애 하나를 주면 받되 그날 밤만 취하고, 바르나가 제일 총애하는 여자들은 넘보지도 말라고 했다. 그리고 나를 좀 더 잘 알고 내가 분별 있다고 믿게 되면 바르나의 질투심에 대한 이야기들을 해주었다. 본인이 원하던 소녀와 함께 있는 남자를 발견한 바르나가 그 남자의 손목을 나뭇가지처럼 부러뜨리고 숲 속으로 내쫓아서 굶어 죽게 했다는 이야기였다.

그런 이야기를 다 믿지는 않았다. 결국 그 남자들도 조금씩은 나를 질투했고, 내가 여자애들을 겁내게 만들면서도 그걸 미안해하지도 않았다. 나도 어렸지만, 몇몇 여자애는 더 어렸다. 그들 중 몇 명은 조심스럽게 '학자님'인 나와 조심스럽게 시시덕거리고 날 추켜세우고 어르면서 애교스럽게 사랑 이야기를 읊어달라고, 그래서 "우릴 울려줘요, 가브, 우리 마음을 부숴줘요!"라고 조르곤 했다. 시간이 지나자 나는 다시 그들의 연예인으로 돌아갔다. 언어가 나에게 돌아왔다.

잘라내버렸던 기억을 모두 되찾자, 처음의 끔찍한 고통 중에 기억할 수 있는 것이라곤 살로와 살로의 죽음, 그리고 아르카만드와 에트라에서의 내 삶 전부였다. 시간이 한참 지나서까지도 나는 그게 내 기억의 전부라고 믿었다. 살인자들의 집에서 배운 것은 아무것도 기억하고 싶지 않았다. 내 보물이었던 역사와 산문과 이야기들은 모두 그들의 범죄로 얼룩져 있었다. 그들이 가르친 것들을 알고 싶지 않았다. 그들이 준 것, 그 주인들에게 속한 것은 아무것도 갖고 싶지 않았다. 나는 그 모든 것을 밀어내고 잊어버리려 했다. 주인들을 잊었던 것처럼.

그러나 그건 멍청한 짓이었다. 나도 잘 알았다. 서서히, 언제나처럼 상처가 아물었다. 나는 조금씩 내가 배운 모든 것을 돌이켰고 그 배움은 얼룩지지도 손상되지도 않았다. 그건 주인들에게 속한 게 아니었다. 그들의 것이 아니었다. 내 것이었다. 그것만이 온전히 내 것이었다. 그래서 나는 잊으려는 노력을 그만두었고, 그렇게 드문 재능은 아니지만 어떤 사람들은 소름 끼치다고 생각하는 명료하고 완벽한 형태의 기억력이 돌아왔다. 나는 다시 한 번 교실에, 또는 아르카만드의 도서실에 들어가서 책을 열고 읽을 수 있었다. 나는 천장이 높은 나무 홀에 모인 사람들 앞에 서서 입을 열고 어떤 시나 이야기의 첫줄을 읊었고, 그러면 나머지가 저절로 따라 나왔다. 시는 나를 통해 스스로 말하고 노래했고, 이야기는 흐르는 강물처럼 새로워졌다.

대부분 사람들은 내가 즉석에서 이야기를 짓고 있다고, 내가 창작자이고 시인이라고, 6보격을 끝없이 내뿜을 수 있는 능력자라고 믿었다. 그들과 그런 문제로 다투는 것은 의미 없는 일이었다. 사람들은 흔히 작업이 어떻게 이루어지는지에 대해 그 당사자보다 더 잘 알고 말한다. 당사자가 자기 의견을 혼자 속으로만 간직할지라도.

숲의 심장부에는 다른 오락거리가 별로 없었다. 여자 중에 몇 명, 그리고 그보다 적은 수의 남자가 연기를 하거나 노래를 할 줄 알았다. 그들과 나에게는 언제나 호의적인 청중이 있었다. 바르나는 커다란 의자에 앉아서 곱슬곱슬한 턱수염을 쓸며 집중해서 즐겼다. 이야기나 시에 별 관심이 없는 사람이라도 바르나의 호의를 사기 위해서, 아니면 그저 바르나와 같이 있고 그의 즐거움을 함께하고 싶어서 참석했다.

그리고 그는 여전히 나를 데리고 다니며 계획을 이야기했다. 그래서 이야기하고 듣고, 생각할 수 있는 여가 시간과 안락함을 갖고서(사람은 따뜻하고 젖지 않고 배고프지 않으면 더 빨리 생각할 수 있으므로) 나는 남은 겨울을 회복하는 데에만 쏟았다. 마침내 살로 누나에게 돌아가서 누나를 위해 슬퍼할 수 있게 되고, 내 상실을 알고, 내 삶이 어떠했으며 어떠할 수 있었는지 보면서.

아르카의 어머니와 아버지를 생각하는 것은 여전히 힘겨웠다. 그들을 생각하면 머릿속이 명료해지지 않았다. 그러나 나는 야벤에 대해서 자주 생각했다. 야벤이라면 우리 믿음을 배신하지 않았을 거라 생각했다. 야벤이 집에 돌아가서 복수를 요구했을지 궁금했다. 소용없는 일이라 해도 말이다. 분명 야벤이 토름과 호비를 용서하지는 않았을 것이다. 아무리 오랫동안 징벌을 보류해야 할지라도. 야벤은 명예를 아는 남자였고, 살로를 사랑했다.

그러나 야벤도 죽었을지 몰랐다. 카시카르 포위 공격에서 살해당했을지도 모른다. 사람들은 그 전쟁이 에트라 포위 공격이 카시카르에 입힌 것 못지않은 타격을 에트라에 입혔다고 말했다. 그렇다면 이제 토름이 아르카의 후계자일 것이다. 그런 생각을 하면 아직도 마음이 움츠러들었다.

소투르에 대해서 생각하면 찌르는 듯한 비통함과 고통만 있었다. 그녀는 최선을 다해 신의를 지켰다. 그곳에 홀로 남아 어떻게 되었을까? 아마 혼인을 해서 다른 집안에, 에베라도 없고 도서실도 없고 친구도 탈출구도 없는 곳에 가게 되었겠지.

나는 몇 번이고 그날 밤을 되짚었다. 누나와 내가 도서실에서 이야기하고 있던 중에 소투르가 들어오고, 둘이서 나에게 왜 자기들이 겁에 질렸는지 설명해주려 했던 그 밤. 그들은 애정을 담아, 무력하게 서로에게 매달렸다.

그리고 나는 이해하지 못했었다.

그들을 배신한 건 가족만이 아니었다. 나도 배신했다. 행동으로가 아니다. 내가 무슨 짓을 할 수 있었겠는가? 그러나 난 이해했어야 했다. 나는 보려 하지 않았다. 믿음으로 내 눈을 가렸다. 주인이 다스리고 노예가 복종하는 것이 공통되고 성스러운 신

뢰라고 믿었다. 부정에 기초한 사회에 정의가 존재할 수 있다고
믿었다.

'거짓에 대한 믿음은 거짓된 삶이다.' 카스프로의 책에 있던
구절이 돌아와서 면도날처럼 나를 베었다.

명예는 어디에나 존재할 수 있다. 사랑은 어디에나 존재할 수
있다. 그러나 정의는 오직 정의롭게 관계를 정립한 사람들 사이
에만 존재한다.

이제 봉기에 대한 바르나의 계획을 이해할 수 있다고 생각했
다. 이제야 그것이 의미 있게 다가왔다. 선조들이 정해놓은 온
갖 오래된 악, 그 주인과 노예의 감옥탑을 뿌리 뽑아 내던지고
정의와 자유로 대체해야 했다. 꿈은 현실이 될 것이다. 그리고
행운은 나를 그 위대한 변화가 시작될 곳으로, 자유의 집이자 중
심이 될 곳으로 데려다주지 않았는가.

나는 꿈을 현실로 만드는 사람 중 하나가 되고 싶었다. 아시온
에 갈 것을 꿈꾸기 시작했다. 숲의 형제 중 상당수가 그 도시 출
신이었다. 자유인과 자유 노예, 상인과 장인들이 넘쳐나는 거대
한 도시. 그곳에서는 도망 노예도 검문 받거나 의심받지 않고 섞
여들 수 있었다. 바르나의 그물잡이들은 상인, 거래원, 소 장수,
농부들의 심부름으로 온 노예 등으로 가장하고 자주 아시온을
오갔다. 나는 그쪽에 합류하고 싶었다. 아시온에는 교육받은 귀
족도 자유인도 있었다. 그들에게 필사나 낭송이나 교사 일을 찾
는 자유인으로 접근할 수 있을 것이다. 그러면서 바르나의 일을
하고, 그곳에서 만나는 노예들 사이에 봉기의 초석을 놓을 수 있
을 것이다.

바르나는 반대했다. "넌 여기 있는 게 나아. 내겐 네가 필요

해, 학자 양반!"

"그쪽에 더 필요할 거예요." 내가 말했다.

그는 고개를 저었다. "너무 위험해. 사람들이 어디에서 배웠느냐고 물으면? 그러면 뭐라고 대답하겠나?"

그 질문에 대한 답은 이미 생각해두었다. "대학이 있는 메순에서 학교에 다녔고, 우르딜엔 학자가 너무 많은 데다가 벤딜의 급료가 더 좋기에 아시온까지 갔다고 하죠."

"거기에도 대학에서 온 학자들이 있을 거야. 그 사람들이 아니라고, 저런 아이는 못 봤다고 할 거다."

"수백 명이 대학에 다녀요. 모두가 서로를 알 리가 없어요."

나는 거세게 반박했지만, 바르나는 털이 무성한 커다란 머리통을 저었고 웃는 얼굴은 엄격한 눈빛으로 변했다. "들어봐라, 가브, 난 널 배운 사람으로 내세운다. 그리고 넌 벌써 유명해. 젊은 놈들이 돌아다니면서 여기 합류하라고 마을 사람들을 꼬시잖냐. 그놈들이 너를 가지고 큰소리를 친단 말이다. 우리에겐 이제까지 만들어진 어떤 이야기나 시라도 읊을 수 있는 친구가 있다고요! 그런데도 아직 나이는 어리지. 놀랍지 않소! 이러고 말이야. 그런 이름을 달고 아시온에 갈 순 없어."

나는 바르나를 빤히 바라보았다. "이름? 제 이름도 말하고 다녀요?"

"네가 말한 이름을 말하지." 그는 아무렇지도 않게 말했다.

물론 그는, 그리고 참리 베른을 뺀 모두는 '가브'가 가짜 이름이라고 생각했다. 여기에선 아무도, 심지어 바르나조차도 노예 시절의 이름을 쓰지 않았다.

바르나는 내 표정을 보고 낯빛이 변했다. "파괴자의 이름으로, 세상에. 에트라에서의 이름을 계속 쓴 거냐?"

나는 고개를 끄덕였다.

그는 잠시 후에 말했다. "음, 떠나게 되면 새 이름을 써! 하지만 덕분에 여기 머물라고 할 이유가 더 생겼구나! 네 옛 주인들이 떼돈 들여 교육시킨 영리한 노예 소년이 도망쳤다는 말을 퍼뜨려뒀을지도 모르겠다. 그들은 도망 노예가 빠져나가는 걸 싫어하지. 죽도록 괴로워해. 여긴 에트라에서 꽤 멀다만, 또 모르는 일이야."

추적은 생각해본 적도 없었다. 무덤가를 떠나서 니사스 강을 건넜을 때, 그것은 죽음이었다. 나는 모든 것에서 등을 돌리고 무無로, 아무것도 아닌 곳으로 들어갔다. 당시에는 아무런 갈망이 없었기에 두려움도 없었다. 여기에서 다시 살기 시작했어도 여전히 두려움은 없었다. 마음속에서 너무 멀리 갔었기에, 옛 삶에서 누군가가 날 따라올 수 있다는 생각은 떠올리지조차 않았다.

나는 한참 만에 말했다. "그 사람들은 제가 죽었다고 생각해요. 그날 아침에 물에 빠져 죽었다고."

"왜 그렇게 생각하냐?"

나는 침묵했다.

나는 바르나에게 내 인생에 대해 아무 말도 하지 않았다. 디에로 말고는 아무에게도 말하지 않았다.

"강둑에 옷을 놔두고 왔나? 흠, 그걸 오래된 속임수로 여겼을지도 몰라. 하지만 넌 가치 있는 재산이란 말이다. 혹시 네가 살아 있을지 모른다고 생각했다면 네 주인들이 귀를 열어둘 테지. 일이 년밖에 안 됐지? 엉? 안전하다는 생각은 마라. 여기 말곤!

그리고 네 얘기 할 때 에트라 얘기 못 하게 젊은 놈들에게 파가 디나 피람에서 왔다고 말하고, 엉?"

"그럴게요." 나는 초라하게 말했다.

내 어리석음엔 끝이 없었단 말인가? 행운이 내게 발휘한 인내심엔 한계가 없었단 말인가?

그래도 난 아시온에 가겠다는 요청을 되풀이했다. 바르나는 말했다. "가브, 넌 자유인이다. 명령은 안 해! 하지만 아직은 네가 갈 때가 아니란 말이다. 안전하지가 않아. 지금 네가 아시온에 가면 거기 있는 다른 사람들이, 또 봉기 계획 전체가 위험해질 수 있어. 네가 갈 때가 오면 내가 말하마. 그전까지는, 가면 내 마음을 저버리는 짓인 줄 알아라."

더 다툴 수는 없었다.

초봄에 신참이 둘 도착했다. 아시온의 어느 집안에서 도망친 노예로, 그물잡이들이 모는 짐마차에 숨어서 왔다. 그들은 주인집에서 훔친 상당한 돈과 길쭉한 상자를 가져왔다. "이건 뭐요?" 바르나의 부하가 상자를 열고 두루마리를 하나 꺼내며 물었다. 두루마리가 풀려 발치까지 늘어졌다. "천인가?"

"그게 내가 요청했던 물건이다." 바르나가 말했다. "책이지. 잘 간수해!" 그는 정말로 그물잡이들에게 책을 가져오라고 했었다. 지금까지는 아무도 가져오지 않았다. 우리 신병들과 신병모집가들은 대부분 까막눈이었고, 어디에서 책을 찾아야 하는지는 고사하고 책이 어떻게 생겼는지도 몰랐다. 지금 이 사람처럼 말이다.

새로운 도망자 두 사람은 교육받은 노예였다. 하나는 회계를 배웠고, 하나는 낭송을 익혔다. 가져온 책들은 잡다해서 몇 개는 두루마리였고 몇 개는 책장을 엮은 형태였다. 그러나 모두 가르치기에 유용한 물건이었고, 하나는 나에게 보물 같았다. 작고 우아한 카스프로의 《우주의 기원》 인쇄본이었다. 그 책은 미멘이 주었던 원고 대신이 되었다. 아르카만드에 두고 온 것, 잃어버린 것들을 기억해내면서 그 책이 없음을 얼마나 슬퍼했던가.

바르나 말대로 신참들은 좋은 수확이었다. 회계사는 바르나를 도와서 기록을 했고, 낭송가는 우화들과 벤딜의 서사시를 읊어서 나에게 휴가를 줄 수 있었다.

나는 이 교양인들과 대화를 나누길 고대했지만, 결과는 좋지 않았다. 회계사는 숫자와 계산밖에 몰랐고, 낭송가 풀테르는 자기가 나보다 나이도 많고 조예도 깊다는 것을 확실히 못 박으며 학자인 척한다고 진짜 교양인과 대화할 자격이 주어지는 것은 아니라고 말했다. 그는 대부분 사람들이 자기보다 내 낭송을 좋아한다는 사실에 분개했지만, 그에게도 곧 추종자들이 생겼다. 내가 언어가 저절로 흘러가도록 배운 반면 그는 길게 뜸 들이기와 극적인 억양을 곁들여 고함치기와 속삭이기를 번갈아 했고 감정으로 목소리를 떨었다.

《우주의 기원》은 그의 책이었지만, 풀테르는 현대시는 하나같이 애매하고 뒤틀렸다면서 카스프로를 읽는 데 관심을 두지 않았다. 그는 나에게 그 책을 주었고, 그것만으로도 나는 풀테르의 모든 타박과 떨리는 목소리를 용서할 수 있었다. 카스프로의 시는 어려웠지만, 계속 그리로 돌아가게 되었다. 가끔 조용한 오후에 디에로의 방에 가서 읽어주기도 했다.

그녀의 우정은 내 인생의 다른 무엇과도 달랐다. 나는 오직 디에로와 같이 있을 때만 아르카만드에서의 삶을 이야기할 수 있었다. 그녀와 같이 있으면 복수를 향한 바람도, 사회 질서를 뒤집고픈 갈망도, 무력하고 불쌍한 죽은 조상들에 대한 분노도 느끼지 않았다. 내가 무엇을 잃었는지 알고, 무엇을 가졌었는지 기억할 수 있었다. 디에로는 에트라에 가본 적도 없었지만 나와 에트라를 이어주는 연결고리였다. 디에로는 살로를 몰랐지만, 나에게 살로를 데려옴으로써 내 마음을 누그러뜨렸다.

대개의 노예들과 마찬가지로 디에로도 여러 사람에게서 되는 대로 길러졌고 형제도 자매도 알지 못했다. 젊었을 때 낳은 두 아이는 아기 때 팔려 갔다. 가족 관계에 대한 열망은 디에로에게도 뿌리 깊었다. 우리 모두 그랬다. 바르나는 그것을 알았고, 그게 '형제단'을 만들고 강화해준다고 했다.

내 경우에는 누나와 그렇게 가까이 붙어 지냈다는 점이 특이했다. 내 상실은 명확했고, 갈망은 날카로웠다. 나는 디에로를 누나처럼 사랑했고, 디에로에게 나는 어린 동생 또는 아들이었고, 어쩌면 생전 처음으로 그녀에게 주인이 되려 들지 않는 남자였을 것이다.

디에로는 나에게 살로 누나와 아르카만드의 다른 이들에 대해, 농장에서 지낸 시간에 대해 듣기를 좋아했다. 에트라의 관습들에 호기심을 보였고, 내 태생에 대해서도 그랬다. 라시 강의 발원지인 거대한 습지는 아시온 남쪽으로 멀지 않은 곳에 있었고, 디에로는 어두운 피부색, 작고 호리호리한 몸, 숱 많은 검은 털과 높은 콧대 때문에 나를 보자마자 습지 사람임을 알아보았다. 그녀는 습지 사람들을 '라시우'라고 불렀다. 그들은 달마다 열리는 장터에서 거래를 하러 아시온에 들어갔다고 했다. 수요가 많은 향초와 약, 갈대로 짠 훌륭한 바구니와 천을 가져가서 도기와 금속 제품과 교환했다. 그들은 고대의 휴전 협정으로 노예 사냥꾼으로부터 보호받으며 아시온에 갔다. 자유인으로 존중받았고, 일부는 도시 한 구역에 정착하기도 했다. 디에로는 에트라가 습지를 공격해서 노예를 잡는다는 사실에 충격받았다. "라시우는 신성한 이들이에요. 물의 주인과 계약했죠. 당신네 도시는 그들을 노예로 삼은 죄로 고통받을 거야."

　바르나 집안의 어린 여자들 중에는 디에로가 여자 주인들에게서 보았던 것 같은 힘이라도 쥔 양 굽실거리고 알랑거리는 이들도 있었다. 또 어떤 이들은 진실로 그녀를 존경했다. 또 어떤 이들은 늙은 여자에게 늘 그렇듯 디에로도 무시했다. 디에로는 그들 모두를 똑같이 대했다. 친절하고, 온화하고, 양보하며. 그들과 확연히 다른 위엄을 지니고. 나는 디에로가 여자들 사이에서 무척 외로웠으리라 생각한다. 한번은 그녀가 어린 처녀 하나와 이야기를 하며, 집에 대해 말하고 울도록 해주는 모습을 보았다. 나에게 그랬던 것처럼.

　바르나의 집에 어린아이는 없었다. 임신을 한 여자는 마을 안 다른 여자들이 사는 집으로 옮겨 가서 아기를 낳았다. 아이를 키우거나 줘버리거나는 여자의 선택이었다. 아기를 키우고 싶어 한다면 그것도 좋지만, 돌아와서 바르나의 집에서 자유로이 살고 싶다면 아기를 데려올 수는 없었다. "여긴 아기를 만드는 곳이지, 키우는 곳은 아니거든!" 바르나가 말하면 부하들이 왁자하게 맞장구를 쳤다.

　풀테르와 회계사가 도착하고 얼마 지나지 않아서 새로운 소녀가 집에 들어왔다. 여동생과 한사코 떨어지지 않으려 해서 함께 왔다. 열다섯, 열여섯쯤의 나이에 굉장히 아름다운 이라드는 숲 서쪽 마을에서 데려온 소녀였다. 바르나는 보자마자 홀딱 반해서 다른 남자들에게 그녀에 대한 권리 행사를 분명히 했다. 이미 남자 경험이 있었는지, 아니면 방어 수단이 없어서였는지는 몰라도 이라드는 저항할 기색도 없이 모든 일에 순종했지만, 어린 여동생을 떼어놓아야 한다는 말을 들은 순간 달라졌다. 사자로 변했다. 내가 직접 본 장면은 아니지만, 다른 남자들이 말해주었다. "개한테 손대면 죽여버릴 거야." 이라드는 자수가 들어간 바짓단에서 생각지도 못한 길고 얇은 단검을 뽑아서 바르나와 다른 남자들을 노려보았다고 했다.

바르나는 집안 규칙을 설명하고, 아이는 제대로 보살펴줄 거라고 장담하며 그녀를 설득하기 시작했다. 이라드는 단검을 들고 가만히 서 있기만 했다.

이 시점에 디에로가 끼어들었다. 그녀는 나서서 두 자매 곁에 섰고, 어린 소녀의 머리에 손을 얹으며 이라드 쪽으로 몸을 기울였다. 바르나에게 이 아이들이 노예냐고 물었다. 난 그 질문을 던지는 디에로의 온화하고 힘주지 않은 목소리를 떠올릴 수 있다.

바르나는 물론 그들은 자유 도시에 들어온 자유인이라고 말했다.

"그럼, 이들만 좋다면 둘 다 나와 같이 머물 수 있어요." 디에로가 말했다.

나에게 이야기를 전한 남자들은 디에로가 마침내 질투심에 사로잡힌 거라고 생각했다. 이라드는 너무나 어리고 아름다웠다. 그들은 그 일을 두고 웃었다. "그 암여우한테도 이빨 한둘은 남아 있었던 게지!" 한 명이 그렇게 말했다.

나는 디에로를 움직인 게 질투심이라고 보지 않았다. 디에로에겐 질투심도, 소유욕도 없었다. 그녀가 참견하게 만든 건 뭐였을까?

디에로는 바라는 것을 얻었고, 그날 밤 아이를 데리고 자기 방으로 갔다. 물론 바르나는 그날 밤 이라드를 취했다. 그러나 바르나가 부르지 않을 때 이라드는 언제나 디에로의 방에서 어린 멜과 같이 있었다.

바르나 집안의 여자들이 한자리에 모여 있으면 그들의 젊은 여성성이 지닌 순수한 힘에 위압당할 때가 많았다. 나는 그들에 대한 경멸로 남자로서의 복수심을 충족시켰다. 그들은 건강하고, 통통하고, 생각이 없었으며, 온종일 최근에 훔쳐 온 옷을 입어보고 별것도 아닌 일에 수다를 떨면서 집 주위를 어슬렁거리는 데 만족했다. 한둘이 임신을 해도 달라질 게 없었다. 그 여자들은 끝이 없었다. 다음 습격이 끝나면 똑같이 젊고 예쁜 누군가가 도착했다.

이제야 이 끝없는 여자들의 공급에 궁금증이 생겼다. 다 도망 노예인가? 다들 여기 오겠다고 자청했나? 다들 자유를 찾아온 건가?

그렇다. 물론 그랬다. 그들은 성행위를 강요하는 주인들로부터 도망쳤다.

바르나의 집은 그들이 도망친 곳보다 나았나?

그렇다. 물론 그랬다. 이곳에서 그들은 강간당하지 않았고 맞지 않았다. 잘 먹고, 좋은 옷을 입고, 게으름을 피웠다.

아르카만드의 비단방에 있던 여자들과 똑같이.

나는 움찔한다. 그 생각이 처음 떠올랐을 때 움찔했던 기억을 떠올리며. 이제는 그랬던 것이 부끄럽다.

나는 기억 속에 살로 누나를 간직하고 소중히 한다고 생각했지만, 또다시 누나를 잊고 있었다. 누나를, 누나의 삶과 죽음이 보여주었던 것을 보려 하지 않았다. 나는 다시 도망쳤다.

그때 나는 디에로를 보러 가지 못했다. 며칠 밤을 마을에 가서 베네와 참리와 그 친구들과 이야기했다. 겨우 디에로를 방문했을 때에는 부끄러움 탓에 혀가 묶여 있었다. 게다가 어린 소녀가 있었다. 디에로가 말했다. "물론 이라드는 밤에 바르나와 같이 있을 때가 보통이지. 그래서 내가 멜과 같이 자. 그리고 우린 이야기를 해주지. 그렇지, 멜?"

아이는 활기차게 고개를 끄덕였다. 여섯 살 정도였다. 가무잡잡하고, 심하다 싶게 작았다. 멜은 디에로 옆에 앉아서 나를 빤히 쳐다보았다. 내가 마주 보자 멜은 눈을 깜박였지만, 눈길을 돌리지는 않았다. "크라이?" 멜이 물었다.

"아니. 난 가브야."

"크라이는 마을에 왔어. 크라이도 까마귀처럼 생겼는데." 멜이 말했다.

"우리 누나는 날 뾰족이라고 부르곤 했지."

멜은 잠시 후에야 눈을 내리고 미소를 지었다. "뾰족뾰족이." 멜이 중얼거렸다.

디에로가 말했다. "얘네 마을은 습지 근처야. 크라이도 그쪽에서 왔겠지. 멜도 약간 라시우같이 생겼어. 멜이 오늘 아침에 뭘 했나 좀 봐, 가브." 디에로는 나에게 쓰기 수업에 쓰던 얇고 딱딱한 삼베 조각을 보여주었다. 우리에겐 종이가 거의 없었다. 크고 일정치 않은 필적으로 쓴 글자가 몇 개 보였다.

나는 소리 내어 읽었다. "T, M, O, D. 네가 쓴 거니, 멜?"

"디에로-이오가 한 대로 했어." 아이가 말했다. 아이는 펄쩍 뛰어올라서 디에로의 두루마리 습자책을 가져왔다. 마지막 몇 줄의 시구까지 풀려 있었다. "커다란 것만 베꼈어."

"정말 잘했는데." 내가 말했다.

"이건 흐느적거려." 멜은 D를 비판적으로 뜯어보며 말했다.

"내가 가르치는 것보다 가브에게 훨씬 많이 배울 수 있을 텐데." 디에로가 말했다. 그녀는 소망을 표현할 때가 드물었고 표현할 때에도 너무 부드럽고 간접적이어서 놓치기 쉬웠다. 이번에는 나도 놓치지 않았다.

"흐느적거리긴 하지만 잘 읽을 수 있는데 뭘." 나는 멜에게 말했다. "이건 D야. D는 디에로의 이름을 시작하는 글자야. 나머지를 어떻게 쓰는지 보고 싶어?"

소녀는 아무 말도 하지 않았지만, 다시 폴짝 뛰어올라서 잉크 스탠드와 붓을 가져왔다. 나는 고맙다고 말하고 두 가지를 탁자 위로 가져갔다. 깨끗한 삼베 조각을 찾아서 커다란 글자로 '디에로'라고 쓰고, 멜이 앉을 수 있게 걸상을 끌어다놓고 붓을 쥐여주었다.

멜은 썩 훌륭하게 베껴 썼고, 칭찬을 받았다. "더 잘할 수 있어." 멜은 탁자 위로 몸을 굽히고, 눈썹을 모으고, 참새 같은 손에 붓을 꽉 쥐고, 분홍색 혀를 이 사이에 물고 다시 베끼기 시작했다.

디에로는 다시 한 번 내가 아르카만드를 떠나면서 잃어버렸던 무엇을 돌려주었다. 우리를 지켜보는 디에로의 눈은 환하게 반짝였다.

그 후로 나는 거의 매일 거처에 들러서 디에로와 같이 읽고 어린 멜에게 글자를 가르쳤다. 멜의 언니도 자주 있었다. 이라드나 나나 처음에는 서로에게 쭈뼛거렸다. 이라드는 너무 아름답고 무방비했으며, 너무나 확실한 바르나의 소유물이었다. 그러나 디에로가 늘 함께 있으며 우리 둘 다를 지켜주었다. 멜은 디에로를 무척 좋아했고, 곧 나에게도 열렬히 달라붙었다. 내가 방에 들어가면 "뾰족이! 뾰족이가 왔네!"라고 소리치며 달려들었고 내가 안아 올리면 목이 졸리도록 날 꽉 끌어안았다. 그래서 이라드도 나를 믿기 시작했고, 아이와 같이 이야기하고 노느라 우리 둘도 편해졌다. 멜은 진지하고 재미있으며 무척 총명했다. 격렬하게 멜을 보호하려는 이라드의 애정은 감탄을 넘어서 경외스럽기까지 했다. 이라드는 이렇게 말하곤 했다. "에누께서 멜을 돌보라고 날 보내셨어요."

둘 다 자그마한 에누-메를 줄에 꿰어 목에 걸고 있었다. 진흙으로 조잡하게 만든 고양이 머리 모양이었다.

이라드에게 멜과 같이 읽고 쓰기를 배우는 게 좋은 생각이라고 설득하는 건 어려운 일이 아니었다. 그래서 이라드도 수업에 합류했다. 디에로와 마찬가지로 이라드도 배움에 회의적이고 망설임이 많았다. 멜은 그렇지 않았고, 어린 동생이 언니를 가르치는 모습을 보면 가슴이 뭉클했다.

다른 여자들과 했던 수업은 알파벳의 반 이상을 넘어가지 못했다. 그들은 언제나 흥미를 잃거나 불려 갔다. 멜을 가르치는 기쁨 탓에 마을의 어린아이들을 모아서 교실을 열면 어떨까 생각하게 되었다. 시도해보았지만, 해내지는 못했다. 여자들은 어떤 남자에게도 딸을 믿고 맡기지 않았다. 아이들은 어머니와 같이 밭에 나가거나, 어린 남동생을 돌봐야 했다. 혹은 그저 수업을 따라갈 만큼 오랫동안 가만히 앉아 있질 못했고, 부모는 아이들이 왜 그래야 하는지 이해하지 못했다. 나에겐 바르나의 지지와 권위가 필요했다.

나는 따로 학교를 짓고 정기적으로 수업을 하자는 제안을 들고 바르나에게 접근했다. 읽고 쓰기는 내가 가르칠 작정이었다. 나보다 우월하다는 생각에 맞춰주기 위해 풀테르에게 문학 낭송과 강의를 해달라고 부탁하자 회계사는 기본적인 산수를 가르칠 수 있을 것이다. 바르나는 듣고 고개를 끄덕이고 충심으로 찬성했지만, 적당하다 싶은 장소를 내밀기 시작하자 왜 그 자리는 안 되는지 이유를 댔다. 마침내 그는 내 어깨를 때리며 말했다. "내년까지 미루자고, 학자 양반. 지금은 일이 너무 바빠. 시간을 못 내."

"예닐곱 살짜리 아이들은 시간을 낼 수 있어요."

"그 또래 애들은 교실에 갇혀 있길 싫어해! 새처럼 자유롭게 뛰어놀아야지!"

"하지만 새처럼 자유롭지 않아요. 어머니와 같이 밭일을 하거나, 동생을 끌고 다니죠. 언제 다른 걸 배우죠?"

"배우는 건 보게 될 거다. 이 얘긴 나중에 다시 하지!" 그리고 바르나는 새로운 곡물 창고를 보러 나갔다. 실제로 그는 끝없는 일에 시달렸고, 나는 허락을 얻어낸 셈이었지만, 그래도 실망스러웠다.

나는 교실로 썼으면 좋겠다 싶은 방에 직접 말을 해보기로 했다. 사람들에게 듣고 싶으면 저녁 시간에 도시국가와 벤딜과 다른 서부 해안 나라들의 역사를 이야기하겠노라고 했다. 성인 남자 아홉에서 열 명 정도의 청중이 있었다. 여자들은 밤에 길거리에 나가지 않았다. 청중들은 대개 그냥 이야기를 들으려고 왔지만, 몇 사람은 다양한 관습과 믿음에 관심을 보였고 괴상한 행동과 생각에 신나게 웃었으며 왜 그런지 이야기해볼 준비가 되어 있었다. 그러나 그들은 종일 힘들게 일했고, 수업을 길게 하려고 했다간 반 이상이 잠들었다. 숲의 형제들을 교육하려면 더 젊을 때 잡아야 했다.

학교를 시작하려다가 실패한 덕분에 나는 디에로와 멜과 시간을 더 보내게 되었고, 다른 어디보다도 그들과 같이 있을 때가 행복했다. 여전히 바르나와 돌아다녔지만, 그의 관심은 언제나 눈앞의 기획, 새로운 건물, 공동 부엌 확장 계획에 가 있었다. 가축 떼와 텃밭이 늘고 습격조가 물건을 실어 오면서 숲의 심장부는 순식간에 더 번영했다. 참리가 자주 가는 맥줏집에서 도수약한 맥주를 앞에 두고 아시온에 들어가는 그물잡이들과 이야기를 해보면, 오직 훔치고 거래하는 일밖에 이야기하지 않았다. 그들은 주로 사치품을 노리는 것처럼 보였다.

베네는 패거리와 같이 긴 여행에서 돌아온 참이었고, 그와 그의 동료들도 맥줏집에 같이 갈 때가 많았다. 그는 자기 일을 좋아했다. 피 끓는 일인 데다 사람을 쏠 필요도 없었다. 나는 숲 바깥에 있는 사람들이 그들에 대해 아는지 물었다. 베네는 자기가 갔던 피람 근처에선 마을 사람들이 습격조를 '바르나 네 애들'이라고 부른다고 했다. 마을 사람들은 기꺼이 그들과 물물교환을 했지만 조심스러웠고, 언제나 다음 마을에 가서 '상인들을 벗겨먹으라'고 충동질했다.

나는 베네에게 습격조가 사람들에게 봉기에 대해 이야기한 적이 있는지 물었다. 베네는 들어본 적도 없는 이야기라고 했다. "반란? 노예가? 노예들이 어떻게 싸워? 그러려면 군대처럼 되어야 할 텐데." 베네가 무지한 것을 보니 확실한 사람만이 봉기 계획을 퍼뜨리는 위험한 임무를 맡고 있다는 생각이 들었다. 그러나 그게 누구인지는 몰랐다.

나는 습격조에게 마을이나 농장에서 노예들이 같이 오고 싶다고 하는 일이 많은지 물었다. 가끔 남자애 하나가 같이 도망치고 싶어 하지만, 보통은 받아들이지 않는다고 했다. 소 떼 도둑이라 해도 노예 도둑만큼 집념 강한 추적을 불러일으키지는 않기 때문이다. 그래도 다들 혼자 도망쳐서 따라온 노예들에 대한 이야기를 알았다. 자신들도 대부분 그런 도망 노예였다. "그야, 바르나 네 애들과 같이가 아니면 바르나의 마을에 못 들어오는 걸 알았거든." 라시 강 근처 마을에서 온 청년이 말했다. "그리고 지금 나도 내가 전에 그랬던 것처럼 친구들이 따라오나 살펴보지."

"그럼 데려오는 여자들도 그렇게?"

내 질문에 웃음소리가 터지고 이야기가 쏟아져 나왔다. 듣다 보니 여자들 중에도 도망 노예가 있는 것은 알 수 있었지만, 습격조는 그들을 받아들일 때 조심해야 했다. "여자들은 흔적을 감출 줄을 몰라서 사람이 따라붙기 쉬운 데다, 애라도 같이 있으면." 그러자 다른 사람이 끼어들었다. "우리에게 오려고 하는 것들은 임산부, 못난이, 불구, 아니면 언청이뿐이야. 우리가 원하는 여자들은 꼭꼭 갇혀 있다고."

"그러면 어떻게 데려오는 거죠?"

웃음소리가 더 터졌다. "소 떼나 양 떼를 데려오는 것과 같은 방법이지." 베네의 조장이 말했다. 땅딸막한 남자였는데 베네가 말하기로는 뛰어난 사냥꾼이자 척후병이었다. "둘러싸고 모는 거야!"

"하지만 건드리진 않지, 건드리면 안 돼." 또 다른 남자가 말했다. "최소한 제일 이쁜 것들 한둘은 말이야. 바르나는 새걸 좋아하거든."

그들은 계속 일화를 이야기했다. 이라드와 멜을 데려온 남자들도 그 자리에 있었고, 그중 한 사람이 으스대며 입을 열었다. 다들 바르나가 이라드를 제일 좋아한다는 걸 알았다. "둘이 딱 마을 가장자리 들판에 있었거든. 아테르와 난 말을 타고 다가갔지. 한 번 보고 아테르에게 눈을 찡긋하고는 뛰어내려서 이쁜이를 잡았는데, 완전 암곰처럼 싸우더라고. 이제 생각하니 그 단검을 뽑으려던 거였어. 운 좋게 못 뽑았으니 망정이지 뽑았으면 내 내장을 도려냈을 거야. 그리고 쪼만한 녀석은 들고 있던 작고 날카로운 삽으로 내 다리를 찔러내며 찢어놓는 바람에, 아테르가 뜯어내야 했지. 그리고 아테르가 꼬맹이를 던져버리려는데, 둘이 너무 딱 붙어 있지 뭐야. 그래서 저 빌어먹을 년들 둘 다 데려가자고 했고, 둘을 같이 묶어서 내 덩치 큰 암말 앞에 태운 거야. 개들은 계속 비명을 질러댔지만 마을에서 한참 멀어서 아무도 못 들었어. 운 좋은 소득이었지, 삼파의 이름으로! 놈들은 한밤중이 되어서야 개들을 찾았을 거고, 그 무렵엔 우린 숲 속에 반쯤 들어와 있었거든."

"난 그렇게 칼 같은 걸로 싸워대는 여자 별로야." 아테르가 말했다. 덩치 크고 느린 남자였다. "난 말랑한 여자가 좋아."

맥줏집에서 으레 그렇듯 대화는 여자들을 비교하는 쪽으로 흘러갔다. 함께 앉은 여덟 명 중에 자기 여자가 있는 남자는 한 명뿐이었고, 그는 습격하러 나간 사이에 그 여자가 뭘 하는지 아느냐며 무자비하게 놀림당했다. 나머지는 가진 것보다는 원하는 것에 대해 이야기했다. 숲의 심장부는 아직도 남자들의 도시였다. 바르나가 가끔 말하듯 군대 진지였다. 여러 면에서 적절한 비유였다.

그러나 우리가 병사라면, 어떤 전쟁에서 싸우고 있는 걸까?

"또 생각에 빠졌군." 베네가 암탉처럼 킬킬거렸다. 나는 누군가가 나에 대해 농담을 했는데 놓쳤다는 걸 깨달았다. 그들은 웃었다. 나쁜 뜻은 없는 웃음이었다. 나는 학자이자 책벌레였고, 그들은 내가 멍하게 구는 걸 좋아했다.

나는 바르나의 집으로 돌아갔다. 그날 저녁엔 낭송을 하게 되어 있었다. 늘 그렇듯 바르나는 큰 의자에 앉아 있었지만, 이라드를 무릎에 앉히고 내가 《삼한》에 있는 이야기를 하는 동안 들으면서 이라드를 희롱했다.

바르나는 가끔 공공연히 여자들을 어루만졌지만, 한 무리의 여자들에게 "겨울밤에 나 좀 데워다오"라며 주위에 모으고 부하들 보고도 "마음대로 하라"고 불러들이는 등 언제나 농담처럼 행동했다. 그나마도 보통 먹고 마신 후의 일이었지, 낭송 중에는 아니었다. 다들 바르나가 이라드에게 푹 빠져서 이전에 총애하던 여자를 다 무시하고 밤마다 침실로 부른다는 걸 알았다. 그러나 사람들 앞에서의 이 황당한 짓거리는 새로웠다.

이라드는 텅 빈 얼굴로 꼼짝 않고 앉아서 점점 도를 넘기는 바르나의 애무를 받아내고 있었다.

나는 한 장이 끝나기 전에 이야기를 멈췄다. 말이 말라버렸다. 나는 이야기의 끈을 놓쳤고, 내 청중 상당수도 그랬다. 나는 잠시 동안 말없이 서 있다가 고개를 숙이고 물러났다.

"그거 끝이 아니지 않나?" 바르나가 큰 소리로 말했다.

"네. 하지만 오늘 밤엔 이만하면 된 것 같은데요. 도레메르가 연주를 해주면 어떨까요?" 나는 말했다.

"이야기 끝내!" 바르나가 말했다.

그러나 다른 사람들은 이미 흩어져서 떠들기 시작했고, 몇 명은 나와 마찬가지로 음악을 청했으며, 도레메르는 풀테르나 내가 낭송한 후에 자주 했던 것처럼 리라를 들고 앞으로 나섰다. 그래서 그 일은 지나갔고, 나는 빠져나갔다. 나는 내 방이 아니라 디에로의 방으로 갔다. 마음이 심란했고 디에로와 이야기를 나누고 싶었다.

멜은 침실에서 잠들었다. 디에로는 불도 켜지 않은 채 달빛이 들어오는 거실에 있었다. 초여름의 달콤하고 맑은 밤이었다. 사람들이 밤종이라고 부르는 숲 새들이 나무 사이에서 노래하며 서로를 부르고 대답했으며, 가끔 작은 올빼미가 곱게 우짖었다. 디에로의 방문은 열려 있기만 했다. 나는 들어가서 인사했고, 우리는 한동안 말없이 앉아 있었다. 그녀에게 바르나의 행동을 말하고 싶었지만, 언제나 나를 차분하게 만들어주던 그녀의 고요함을 망치고 싶진 않았다. 마침내 디에로가 말했다. "오늘은 슬픈가보네, 가브."

누군가가 가벼운 걸음으로 계단을 오르는 소리가 들렸다. 이라드가 들어왔다. 머리는 헝클어졌고 숨을 거칠게 몰아쉬었다. "내가 여기 왔단 말 하지 마요!" 그녀는 속삭이고 다시 뛰쳐나갔다.

디에로가 일어섰다. 달빛 속에서 그녀는 검은색과 은색의 버드나무 같았다. 그녀는 부싯돌을 가져다가 불을 켰다. 작은 기름등이 노란색으로 피어올라, 방 안의 모든 그림자를 바꾸고 차가운 달빛을 하늘로 쫓아냈다. 조용한 분위기를 깨고 싶지 않았던 탓에 짜증이 솟아, 이라드는 왜 숨바꼭질 놀이를 하는 거냐고 물으려던 순간이었다. 훨씬 무거운 발소리가 계단을 울리더니, 바르나가 문간에 섰다. 헝클어진 머리와 턱수염 속에 보이는 얼굴은 시커멓게 부풀어 있었다. "그년 어딨어?" 바르나가 외쳤다. "여기 있나?"

디에로는 눈을 내리깔았다. 평생 복종만 배운 그녀는 떨리는 침묵 외에 아무 대답도 하지 못했다. 그리고 나 역시 분노에 눈먼 거인 앞에서 움츠러들었다.

그는 우리를 밀어내고 침실 문을 열더니 안을 둘러보고 다시 나와서 나를 노려보았다. "너! 네가 그년을 따라다녔지! 그래서 디에로가 그년을 여기 둔 거야!" 그는 거대한 불곰처럼 팔을 치켜들고 나에게 달려들었다. 디에로가 바르나의 이름을 부르며 우리 사이에 끼어들었다. 그는 한손으로 그녀를 날려버렸다. 그리고 내 어깨를 움켜쥐고 들어 올리더니 호비가 그랬던 것처럼 잡아 흔들며 내 머리를 좌우로 때리고 집어던졌다.

다음 순간 무슨 일이 일어났는지 모르겠다. 겨우 일어나서 내 눈을 누르는 어지러운 어둠을 뚫고 볼 수 있게 되자, 바닥에 웅크린 디에로가 보였다. 바르나는 없었다.

나는 가까스로 손발을 짚고 일어났다. 침실을 들여다보았다. 침대 벽가에 몸을 붙인 작은 그림자 말고는 아무도 없었다.

나는 말했다. "무서워하지 마, 멜. 괜찮아." 말하기가 힘들었다. 입 안에 피가 가득했고 오른쪽 이 몇 개가 흔들렸다. "디에로가 곧 올 거야."

나는 디에로에게 돌아갔다. 그녀는 일어나 앉아 있었다. 등잔은 아직 타고 있었다. 그 미약한 빛 웅덩이 속에서 디에로의 부드러운 뺨에 든 멍이 보였다. 그걸 보니 견딜 수가 없었다. 나는 그녀 곁에 무릎을 꿇었다.

디에로가 속삭였다. "그 앨 찾아냈어. 그 애가 네 방에 숨어 있었어. 바르나는 곧장 그리로 갔어. 가브, 어떡하지?" 디에로는 내 손을 잡았다. 손이 차가웠다.

나는 고개를 저었다. 그러자 다시 윙 하고 현기증이 났다. 나는 계속 피를 삼켰다.

"그가 이라드를 어쩔까요?" 내가 말했다.

그녀는 어깨를 으쓱였다.

"다치게는 하겠지만, 여자를 죽이진 않아. 가브, 넌 여기 있을 수 없어."

난 디에로가 그 방을 말하는 줄 알았다.

"가야 해. 떠나! 이라드는 네 방으로 갔어. 어디 숨어야 할지 몰랐을 테지. 아, 가엾은 것. 아, 가브! 난 널 너무 사랑했어!" 디에로는 내 손에 얼굴을 대고 잠시 동안 소리 없이 울더니 고개를 들었다. "우린 괜찮을 거야. 우린 남자가 아니야. 문제가 안 돼. 하지만 넌 가야 해."

"같이 가요. 그리고 그들도, 이라드와 멜도……."

"아니, 아니, 안 돼." 그녀는 속삭였다. "가브, 바르나가 널 죽일 거야. 지금 가. 지금! 우린 안전해." 그녀는 탁자를 짚고 일어서서 잠시 후들거렸다. 그러더니 침대로 들어갔다. 멜에게 이야기하는 디에로의 부드러운 목소리가 들렸다. 그녀는 멜을 데리고 나왔다. 멜은 디에로에게 매달려서 얼굴을 숨겼다.

"멜, 가브에게 작별 인사 해야지."

아이는 고개를 돌리고 손을 뻗었다. 나는 멜을 받아 꼭 끌어 안았다. "괜찮을 거야, 멜. 디에로와 같이 공부해. 약속할 거지? 그리고 이라드도 도와줘. 그러면 둘 다 현명해질 거야." 나는 내 가 무슨 말을 하는지 몰랐다. 눈물이 차올랐다. 나는 아이에게 입을 맞추고 내려놓았다. 디에로의 손을 잡고 내 입가에 가져다 누른 다음, 밖으로 나갔다.

내 방으로 가서 단검을 차고, 외투를 입고, 작은《우주의 기 원》을 주머니에 넣었다. 높은 창이 하나 달린 작은 방을 둘러보 았다. 내가 처음으로 가져본 내 방.

나는 뒷문으로 바르나의 집을 떠나서 구두 수선공의 막사로 갔다. 쏟아지는 달빛 속에서 나무 도시는 은청색 그림자에 잠겨 고요하고 아름답기만 했다.

3부

11

내가 침대에 앉자 참리는 얼른 일어났다. 나는 바르나의 집에서 오해가 있었다고, 한동안 같이 있고 싶다고 말했다. "무슨 소리냐?" 참리가 물었다. 나는 많이 말하고 싶지 않았지만 참리는 결국 자초지종을 듣고 말았다. "그 여자애가? 걔가 네 방에 있었다고? 오, 돌의 이름으로! 너 얼른 가야겠다. 오늘 밤에 도망가야 해!"

나는 항의했다. 그냥 오해였다고. 바르나는 취했다고. 그러나 참리는 이불에서 나와서 침대 밑을 뒤지고 있었다. "네가 두고 간 물건이 어딨더라. 낚시 도구랑, 여기 있군. 여기 있을 줄 알았지. 좋아. 이거 챙겨서 성문으로 가. 경비원에게 해 뜨기 전에 송어 웅덩이에 가고 싶다고, 해 뜰 때 낚시하는 게 최고라고 하고."

"낚시하기 좋은 건 해 질 녘인데요."

참리는 화나고 넌더리 난다는 표정으로 나를 보았다. 그러더니 눈빛이 날카로워졌다. 그는 내 뺨을 건드렸다. "한 대 맞았구나? 그 자리에서 널 죽이지 않은 게 다행인 줄 알아. 널 다시 보면 죽일 거다. 그렇게 죽인 남자가 한둘인 줄 아냐. 여자 때문에 아니면 자기 권력을 흔들려는 놈한테 그랬지. 나는 봤어. 사람 죽이는 걸. 목을 조르더니 맨손으로 목뼈를 부러뜨리더라. 이거 챙겨라. 여기 네 낡은 담요도 있다. 이것도 챙겨. 성문으로 가."

나는 목석처럼 멍하니 서 있었다.

"아, 같이 가자." 참리는 뿌루퉁해서 말했다. 그리고 날 재촉해서 뒷길로 성문으로 향했다. 가는 내내 경비원들에게 뭐라고 말해야 하고, 숲에 들어가서는 어떻게 해야 하는지 말했다. "길 따라 가지 마! 아무 길도 안 돼. 다 지킨다고. 지금 아니면 나중에라도. 아, 내가…… 그렇지! 그래, 그 녀석이라면 되겠다. 이리 와, 이쪽이야!" 그는 방향을 바꾸어 베네가 습격조와 같이 사는 곳으로 향했다. 그리고 나를 막사의 검은 그림자 속에 세워두고 안으로 들어갔다. 나는 은청색 지붕들을 보고 있었다. 머리가 욱신거리면서 지붕들이 춤을 추었다. 참리가 다시 나왔다. 베네와 함께였다. "낚시가 아니라 사냥을 가는 거야. 얼른!"

베네는 활을 두 개 들고 등에는 화살통을 지고 있었다. "말썽에 휘말렸다니 안됐구나, 가브." 그는 가만히 말했다.

나는 말썽에 휘말린 게 아니라고 설명하려 했다. 바르나는 취했던 것뿐이라고, 이렇게 당황할 필요 없다고. 참리가 말했다. "들을 거 없어. 얻어맞아서 머리가 풀렸어. 달아날 수 있는 데까지만 데려다줘."

"성문만 통과하면 돼요." 베네가 말했다.

"그건 나한테 맡겨." 참리가 말했다. 실제로 그는 우리가 아무 문제 없이 성문을 나가게 해주었다. 또 경비원들과 잡담을 나누며 바르나가 바로 내 뒤를 쫓아 누굴 보내지 않았다는 걸 확인했다. 경비원들은 우리 모두를 알고 있었고, 해 질 녘까지는 돌아오라는 경고만 하고 내보내주었다. "아, 난 금방 들어올 거야." 참리가 말했다. "야밤에 사냥 여행 같은 거 안 가! 난 그냥 이 멍청이들 배웅이나 해주려는 거야."

그는 채소밭을 지나 숲 가장자리까지 우리와 같이 갔다. "돌아와선 뭐라고 하죠?" 베네가 물었다.

"잃어버렸다고 해. 강가에서. 종일 찾았는데, 아무래도 강에 떨어졌든가 달아난 것 같다고. 될 거 같나?"

베네는 고개를 끄덕였다.

참리는 신중하게 말했다. "아슬아슬해. 진짜 아슬아슬해. 하지만 난 가브가 아시온으로 가겠다고 말하는 걸 들었다고 할 거야. 그러니까, 사냥에 데려가달라고 속인 다음에 따돌리고 달아난 거지. 자넨 괜찮을 거야."

베네는 다시 고개를 끄덕였다. 걱정하지 않는 얼굴이었다.

참리는 나를 돌아보았다. "가브, 넌 갑자기 나타나서 내 치마를 머리에 쓰려고 한 후부터 쭉 짐이고 골칫거리였어. 날 여기에 다시 끌고 와놓고 다시 떠나는구나. 잘 도망쳐라. 서쪽으로 가."

그는 확인하듯 베네를 보았고, 베네는 고개를 끄덕였다.

"그리고 고원지대는 피해." 참리가 말했다. 그는 나에게 팔을 두르고 꽉 끌어안더니 몸을 돌려 나무 아래 어둠 속으로 사라졌다.

나는 마지못해 베네를 따라갔고, 그는 나라면 알아보지도 못했을 오솔길로 주저 없이 출발했다. 나뭇가지와 줄기 사이로 뚫고 들어온 달빛에 눈이 부시고 정신이 혼미해졌다. 나는 계속 비틀거렸다. 베네는 내가 힘들어하는 것을 깨닫고 속도를 늦췄다.

"한 대 갈겼단 말이지? 어지러워?"

조금 어지럽지만 괜찮아질 거라고 말하고 계속 걸었다. 나는 아직도, 아침이면 해명될 오해 정도로 도망치라고 하다니 다들 바보같이 당황했다고 생각했다. 성난 바르나는 전에도 본 적 있었다. 분노가 지속되는 동안에는 생각 없고 잔인했지만 분노가 지속되지는 않았다. 뇌우처럼 터져 나갈 뿐이었다. 나는 새벽이 오면 베네에게 돌아가겠다고 말하리라 생각했다.

그러나 서늘한 밤공기 속에서 천천히 걷다보니 점점 머리가 맑아졌다. 바르나의 집에서 일어난 일이 돌아오기 시작했다. 다시 보이기 시작했다. 바르나가 사람들이 지켜보는 가운데 표정 없이 꼼짝 않고 앉은 이라드를 희롱하는 모습을 보았다. 몸을 숨기려고 뛰어든 이라드의 얼굴에 어린 공포와, 바르나의 얼굴에 어린 광기를 보았다. 디에로의 뺨에 남은 검붉은 멍을 보았다.

베네는 작은 시내의 가파른 바위 둑에 멈추어서 물을 마셨다. 나는 얼굴을 씻었다. 오른쪽 귀와 양 뺨이 부어올라서 아팠다. 숲 속에서 작은 올빼미가 길게 울었다. 달이 진 직후였다.

"좀 밝아질 때까지 여기서 기다리자." 베네가 나지막이 말했고, 우리는 말없이 그 자리에 앉았다. 그는 졸았다. 나는 손을 담갔다가 차가워진 손으로 부어오른 귀와 관자놀이를 식히기를 반복했다. 어둠 속을 들여다보았다. 그 어둠 속에서 어떻게 마음이 움직였는지는 모르지만, 동틀 녘의 희뿌연 어둠 속에서 나무와 잎사귀들과 바위 둑과 물의 흐름이 신비롭게 떠오르기 시작하면서 나는 결정할 필요도 없이 확고하게 바르나의 집에 돌아갈 수 없음을 알았다.

내가 느낀 유일한 감정은 수치심이었다. 바르나에 대해, 나에 대해. 나는 다시 한 번 믿었고, 다시 한 번 배신하고 배신당했다.

베네가 일어나 앉더니 눈을 비볐다.

"난 계속 갈게. 더 같이 갈 필요 없어요." 내가 말했다.

"흠. 어차피 네가 날 따돌리고 도망쳤다고 하려면 종일 널 찾는 척해야 해. 그리고 난 놈들에게 잡히지 않을 만한 거리까지 데려다주고 싶어."

"날 찾진 않을 거예요."

"그건 장담 못 하지."

"바르나는 내가 돌아가길 바라지 않아요."

"네 머리통을 마저 날려버리고 싶을지도 몰라." 베네는 일어서서 몸을 쭉 폈다. 나는 구슬픈 애정을 담아서 언제나 친절한 동료였던 흉터투성이에 부드러운 목소리를 지닌 호리호리한 사냥꾼을 올려다보았다. 내 탈출을 도운 것 때문에 베네가 말썽에 휘말리지 않는다는 걸 확인할 수 있었으면 했다.

"난 서쪽으로 계속 갈 거야. 빙 돌아서 북쪽에서부터 돌아가요. 그러면 내 뒤를 쫓아 사람을 보내더라도 엉뚱한 방향으로 보낼 수 있죠. 지금 가야 그럴 시간이 있어요."

베네는 계속 다네란 숲을 빠져나가 서쪽 대로에 들어설 수 있는 길까지만이라도 같이 가겠다고 고집했다. "난 숲 속에서 빙빙 도는 널 본 적이 있다고!" 그는 많은 지침을 내렸다. 숲을 완전히 벗어나기 전에는 불을 피우지 말 것, 1년 중 이 무렵에는 해가 남서쪽으로 진다는 걸 기억할 것 등등. 베네는 내가 식량을 가지고 나오지 않았다는 사실에 초조해했다. 그는 오솔길이 아니라 꽤 노출된 참나무 숲 속을 걸으면서 땅에 보이는 둔덕이나 혹마다 살펴보더니 마침내 덤불과 곁가지 더미에 구멍을 뚫고 나무쥐의 곡물 창고를 드러냈다. 야생 호두와 도토리가 몇 줌 있었다. "도토리는 쓰겠지만, 없는 것보다는 나을 거다. 그리고 서쪽 대로를 따라가다보면 커다란 밤나무가 한 그루 있어. 아직 밤이 남아 있을지도 몰라. 잘 살펴라. 일단 숲에서 벗어나면 구걸을 하든 훔치든 해야 할 거야. 하지만 그런 건 전에도 해봤지?"

우리는 마침내 베네가 찾던 길에 들어섰다. 서쪽으로 구부러진 깨끗한 숲길이었다. 나는 그 자리에서 베네에게 돌아가라고 했다. 벌써 늦은 오전이었다. 나는 악수를 하려고 했지만 베네는 나를 꽉 끌어안았다. 참리가 그랬던 것처럼. 베네가 중얼거렸다. "행운이 함께하길, 가브. 널 잊지 않을게. 네 이야기들도. 행운과 같이 가!"

그는 몸을 돌렸고, 순식간에 나무 그늘 사이로 사라졌다.

쓸쓸한 순간이었다.

어제 이 무렵에는 바르나의 집에서 쾌활한 사람들과 같이 먹을 것을 받으며, 저녁에 바르나를 위해 낭송할 일을 기대하고 있었는데. 바르나의 학자. 바르나의 귀염둥이…….

나는 숲 길가에 앉아 가진 물건을 점검했다. 신발, 바지, 셔츠, 외투. 너덜너덜한 데다 냄새가 지독한 갈색 모직 담요, 낚시 도구, 나무쥐에게서 훔쳐 주머니에 채운 나무 열매, 괜찮은 단검 하나, 그리고 카스프로의 《우주의 기원》.

그리고 아르카만드에서의 삶과 숲 속에서의 삶 전부. 내가 읽었던 모든 책, 내가 알았던 모든 사람, 내가 저지른 모든 실수—이번에는 그것도 함께였다. 나는 스스로에게 이번에는 도망치지 않겠다고 다짐했다. 다시는. 기억은 나와 함께 갈 것이다. 전부 다.

그리고 그걸 지고 어디로 가나?

유일한 답은 지금 선 길이었다. 이 길은 나를 습지로 이끌 것이다. 살로와 내가 태어난 곳으로. 이 세상에서 내가 속한 유일한 사람들에게로. 도난당한 아이를 돌려드리지요. 최소한 한 명이라도. 나는 쾌활하고 의연하려고 노력하며 마음속으로 습지 사람들에게 말했다. 나는 일어서서 서쪽으로 걷기 시작했다.

～◎～

에트라에서 강둑을 떠났을 때, 난 하얀 상복을 입은 소년이었고, 혼자 움직였다. 그냥 보아도 이상한 모습이었다. 사람들은 내가 제정신이 아니라는 걸 알 수 있었다. 그 점이 나를 보호해주었다. 미치광이는 성스럽기 때문에. 이제 이 쓸쓸한 숲길을 걸어가는 나는 두 살 더 나이를 먹었고 딱 본래 모습대로 보였다. 도망 노예로. 사람들과 마주친다면 의심이나 노예 사냥꾼으로부터 날 보호해줄 것은 내 재치와 행운뿐이었다. 지금쯤은 행운도 날 돌봐주는 데 진저리가 났을지도 모르지만.

길은 나를 다네란 숲 서쪽으로 나가게 해주었다. 거기서 서쪽으로 가든, 남서쪽으로 가든 습지대였다. 나는 앞길에 어떤 마을이 있는지 몰랐다. 큰 도시가 없다는 것만은 확실했다. 오래전 아주 먼 곳에서, 벤테 구릉지의 정상에서 황금빛 저녁 햇살을 받으며 지금 여기를 본 적이 있었다. 텅 빈 땅으로 보였다. 나는 동쪽으로 자리 잡은 거대한 숲 그림자와, 북쪽으로 뻗어나가는 평평한 들판을 기억했다. 살로 누나와 나는 오랫동안 이곳을 응시했다. 소투르가 우리에게 습지를 기억할 수 있느냐고 물었고, 나는 물과 갈대밭과 멀리 푸른 언덕에 대한 기억을 말했지만 살로는 우리 둘 다 너무 어려서 아무것도 기억할 수 없다고 말했다. 그러니까 그건 다른 종류의 기억, 아직 일어나지 않은 일의 기억이다.

환시를 본 지 오래되었다. 나는 에트라를 떠나면서 과거를 두고 왔고, 그와 더불어 미래도 버렸다. 나는 오랫동안 오직 그 순간에서만 살았다. 이번 겨울에 디에로 덕에 겨우 돌아볼 용기를 찾고 내가 잃어버렸던 선물과 짐을 함께 되찾기 전까지는. 그러나 다가올 시간을 보는 능력은 영영 잃어버린 것 같았다.

어쩌면 숲 속에 살아서인지도 모른다고, 숲길을 걸으면서 생각했다. 끝없이 이어지는 나무 둥치와 어지러이 얽혀서 그늘을 드리우는 나뭇가지들이 공간적으로든 시간적으로든 멀리 보지 못하게 하는지도 몰랐다. 열린 하늘 아래에, 평지에, 푸른 물과 푸른 하늘 사이에 나가면 다시 앞을 보고 멀리 볼 수 있을지도 모른다. 살로 누나가 오래전에 교실 긴 의자에서 바싹 붙어 앉아서 말하지 않았던가. 그건 내가 습지 사람들에게서 물려받은 능력이라고.

누나의 나직하고 부드러운 목소리가 따스하게 귓가를 울렸다. "얘기하면 안 돼. 가비르, 잘 들어. 절대 아무한테도 말하면 안 돼."

아무에게도 말하지 않았다. 우리를 납치한 자들, 아르카만드의 주인들에게 말하지 않은 것은 그들에게 그런 힘이 없고, 그 힘을 두려워하며 이해하지도 못하기 때문이었다. 숲 속의 도망 노예들에게 말하지 않은 것은 당시에 미래의 환시가 찾아오지 않았고 오직 바르나의 혁명과 해방에 대한 꿈에만 젖어 있었기 때문이었다. 그러나 내 동족들, 주인도 노예도 없는 자유인들에게로 갈 수 있다면 그런 힘을 지닌 다른 사람을 찾을 수 있을지도 모르고, 그들이 그런 환시를 다시 불러오는 방법과 이용하는 방법을 가르쳐줄지 몰랐다.

그런 생각을 하니 기운이 났다. 겨우 다시 혼자가 된 것이 기쁘기까지 했다. 이젠 바르나와 함께 지낸 모든 시간 동안 그의 명랑하고 커다란 목소리가 내 머리를 꽉 채우고, 내 생각을 조종하고, 내 판단을 지배했다는 느낌이 들었다. 그의 존재감은 그 자체로 주문과 같아서, 내 자아를 구석에 밀어놓았다. 나는 그림자 속에 숨어 있었다. 이제 바르나로부터 떠나자 숲의 심장부에서 보낸 모든 시간, 브리긴 패거리와 보낸 시간, 그전에 굶어죽어가는 미친 소년을 구해주었던 늙고 미친 은자 쿠가와 함께한 시간을 자유로이 돌아볼 수 있었다……. 그러나 그 생각을 하자 날카롭게 현재가 돌아왔다. 지난밤 이후로 아무것도 먹지 못했다. 배는 저녁 식사를 청하기 시작했고, 주머니 가득 든 호두로는 오래 견딜 수 없었다. 나는 숲이 끝나기 전에는 아무것도 먹지 말아야겠다고 결정했다. 숲이 끝나면 나무쥐의 성찬을 먹고 다음 일을 결정하리라.

숲길이 성긴 오리나무 사이로 더 넓고 남북을 달리는 길과 만났을 때는 아직 오후도 반밖에 지나지 않은 시간이었다. 내 눈이 닿는 곳은 텅 비었지만, 마지막에 내린 비로 팬 바퀴 자국과 양떼의 흔적, 말굽 자국이 남아 있었다. 길 건너편은 나무가 몇 그루 서 있는 초라하고 특징 없는 시골이었다.

나는 덤불 뒤에 앉아서 엄숙하게 호두 열 개를 깨어서 먹었다.

그러자 호두 스물두 개와, 마지막에야 의지하려고 남겨둔 도토리 아홉 개가 남았다. 나는 일어서서 왼쪽으로 방향을 틀고 대담하게 길을 따라갔다.

짐마차나 목동이나 말 탄 사람과 마주치면 뭐라고 말해야 할지 생각하느라 머리가 복잡했다. 도망친 노예 소년보다 나은 무엇으로 보일 만한 물건이라곤 주머니에 든 작은 책뿐이라는 생각이 들었다. 나는 학자의 노예로, 이 책을 가지고 아시온에서 에트라에 사는 학자를 찾아가는 것이다. 에트라의 학자는 병중이고 죽기 전에 이 책을 보고 싶어서 아시온에 사는 친구에게 책을 보내달라고 청했고, 덤으로 눈이 흐려지고 있으니 책을 읽을 줄 아는 아이도 딸려 보내라고 했다……. 나는 그 이야기를 열심히 세워나갔다. 그 일에 몰두한 나머지 곁길에서 내 뒤쪽 도로에 접어든 농장 마차도 못 보고 있다가, 마구 짤랑이는 소리와 커다란 발굽 소리에 퍼뜩 정신을 차렸다. 거대하고 온순한 말 머리가 말 그대로 내 어깨 너머를 보고 있었다.

"올타." 마부가 말했다. 넓적한 얼굴에 땅딸막한 사내로, 아무 표정 없이 나를 쳐다보고 있었다.

나는 인사말 비슷한 것을 중얼거렸다.

"올라타." 남자는 아까보다 또렷하게 말했다. "갈림길까진 꽤 남았어."

나는 좌석으로 기어 올라갔다. 그는 나를 뜯어보았다. 남자는 눈썹이 희한하게 작아서, 커다란 얼굴 덩어리에 씨를 뿌려놓은 꼴이었다.

"셰차로 가는 거군." 그는 당연하다는 듯 말했다.

나는 동의했다. 그러는 게 최선일 것 같았다.

"요샌 자네들, 길에 별로 안 보이던데." 마부가 말했다. 그 말을 듣고서야 그가 날 습지 사람으로 보았음을 깨달았다. 복잡한 이야기는 필요 없었다. 난 도망 노예가 아니라 이 지역 사람이었다.

더 잘된 일이었다. 이 마부는 아마 책이 뭔지도 몰랐을 것이다.

늦은 오후와 강렬한 금빛, 자줏빛 석양을 뚫고 느릿느릿 교차로까지 가면서 그는 어느 농부와 농부의 아저씨와 돼지 몇 마리와 쥐 강 옆에 있는 땅뙈기와 일어나고 만 부당한 일에 얽힌 이야기를 해주었다. 하나도 이해하지 못했지만 때맞춰 고개를 끄덕이고 추임새를 넣을 수는 있었고, 마부가 원한 것도 그거였다. "당신네랑 얘기하면 늘 즐겁다니까." 그는 나를 교차로에 내려주면서 말했다. "계속 가게나. 저기가 셰차 길이야."

나는 고맙다고 하고 땅거미 속으로 걸어갔다. 옆길은 남서쪽으로 달렸다. 셰차라는 게 습지 사람들이 사는 곳이라면, 그리로 가는 게 좋을 것이다.

나는 잠시 후에 걸음을 멈추고 돌을 두 개 집어서 남은 호두를 다 깬 후, 걸으면서 하나씩 입에 넣었다. 이젠 배가 고파서 속이 아플 지경이었다.

밤이 짙어가는 가운데, 앞쪽에 불빛이 보였다. 다가가자 하늘에 남은 마지막 빛을 반사하며 반짝이는 물이 보였다. 나는 목초지를 가로질러 호숫가에 자리 잡은 작은 마을로 들어갔다. 집들은 기둥 위에 세워져 있었고, 한 채는 부두 끝 물 위에 솟아올라 있었다. 배들이 묶여 있었는데, 또렷하게 알아볼 수는 없었다. 나는 무척 지치고 배가 고팠으며 땅거미 속에서 불이 켜진 창에서 흘러나오는 노란빛은 아름다웠다. 물가 집으로 향했다. 나무 계단을 올라 좁은 현관으로 들어갔고, 열린 문 안을 보았다. 여관 아니면 맥줏집 같았다. 창틀이 없고, 낮은 계산대를 빼면 가구도 없었다. 남자 네다섯 명이 진흙으로 만든 잔을 들고 깔개 위에 앉아 있었다. 다들 나를 보더니 빤히 보지 않으려는 듯 눈을 돌렸다.

"들어오렴, 애야." 한 명이 말했다. 다들 피부가 검고 호리호리하고 키가 작았다. 계산대 뒤에 있던 여자가 몸을 돌렸고 나는 가미 할머니의 꿰뚫어보는 듯한 검은 눈과 매부리코를 보았다. "어서 왔나?" 그녀가 말했다.

"숲에서요." 쉰 목소리가 작게 나왔다. 아무도 아무 말도 하지 않았다. "가족을 찾고 있어요."

"그게 누군데? 들어와!" 여자의 말에 안으로 들어갔다. 겁먹은 개 같았을 것이다. 여자는 접시에 뭔가를 내려놓더니 내 쪽으로 밀었다.

"돈이 없는데요." 내가 말했다.

"먹어." 여자는 뿌루퉁하니 말했다. 나는 접시를 받아서 불을 피우지 않은 난롯가에 앉았다. 차가운 생선 튀김 같은 요리였다. 꽤 컸는데도 눈 깜짝할 사이에 없어졌다.

"그래 누가 네 가족인데?"

"몰라요."

"찾기 좀 힘들겠는걸." 남자 하나가 말했다. 그들은 계속 나를 보았다. 빤히 보는 것도 아니었고 적의도 없었지만, 힐끔힐끔 새로 나타난 물건을 살피고 있었다. 튀김이 순식간에 없어지자 소리 없는 웃음이 번졌다.

"이 부근인가?" 다른 남자가 벗어진 머리를 문지르며 물었다.

"몰라요. 우린…… 누나와 난 잡혀갔어요. 에트라에서 온 노예 습격조에. 아마 여기에서 남쪽일 거예요."

"그게 언제였는데?" 여관 주인이 날카로운 목소리로 물었다.

"십사오 년 전요."

"도망 노예라는 거지?" 노인장 하나가 옆에 앉은 사람에게 불편한 듯 중얼거렸다.

"그러니까 넌 꼬맹이였구나." 여관 주인이 진흙 잔에 뭔가를 부어서 갖다주며 말했다. "이름은 뭐였는데?"

"가비르요. 누나는 살로."

"다른 건 없고?"

나는 고개를 저었다.

"어쩌다 숲에 가게 됐나?" 대머리 남자가 물었다. 말투는 부드러웠지만 그건 어려운 질문이었고 그도 알았다.

나는 잠시 머뭇거리다가 말했다. "길을 잃었어요."

놀랍게도 그들은 그 대답을 받아들였다. 최소한 당장은. 나는 여자가 준 우유를 마셨다. 꿀처럼 달았다.

"달리 기억나는 이름은?" 여자가 물었다.

나는 고개를 저었다. "한두 살 정도였어요."

"누나는?"

"한두 살 많았고요."

"그 애는 에테라에서 노예로 있나?" 여자는 에트라를 '에테라'로 발음했다.

"죽었어요." 나는 어둡고 경계심 어린 얼굴들을 돌아보았다. "그들이 누나를 죽였어요. 그래서 달아났어요."

"아, 아." 대머리 남자가 말했다. "아, 그래…… 얼마나 된 거냐?"

"2년 전요."

그는 고개를 끄덕이고 몇 사람과 눈빛을 교환했다.

"여봐, 비아, 개한테 소 오줌보다 나은 거 좀 줘." 제일 나이 많은 남자가 말했다. 그는 이빨이 없이 웃었고 조금 단순해 보였다. "내가 맥주 한 잔 사지."

"애한테 필요한 건 우유야." 여관 주인이 내 잔을 다시 채우며 말했다. "맥주를 마셨다간 그대로 엎어질걸."

"고맙습니다, 마-이오." 나는 말하고 고마운 마음으로 우유를 마셨다.

내 생각엔 여자가 깔깔대고 웃은 것이 그 경칭 때문이었지 싶다. "도시 말투구먼. 그래도 넌 라시우야." 그녀는 말했다.

"그래 네가 아는 한 쫓아오는 놈은 없단 말이지." 대머리가 물었다. "네 도시 주인들 말이다."

"그들은 내가 빠져 죽은 줄 알 거예요."

그는 고개를 끄덕였다.

피로, 허기를 채워준 음식, 그들의 조심스러운 친절과 나를 있는 그대로 받아들여주는 모습, 그리고 어쩌면 살로 누나가 살해당했다는 말을 한 것까지 다 합쳐져서 눈물이 났다. 나는 약한 모습을 숨기려고 불이 타고 있다는 듯이 벽난로 안 잿더미를 노려보았다.

"남쪽 사람 같은데." 한 사람이 중얼거리고, 다른 사람이 말했다. "두루미 평원 아래에 살로 에보 다나하를 알았는데."

"가비르와 살로는 시도이우 이름이야." 대머리가 말했다. "난 자러 가네, 비아. 동트기 전에 뜰 거야. 우리 먹을 것 좀 싸주게, 응? 괜찮다면 나랑 같이 남쪽으로 가보자, 가비르."

여자는 노인을 뒤따라 날 올려 보냈다. 전형적인 여관방이었다. 나는 침대에 낡은 담요를 깔고 누워서 검은 물에 떨어진 돌처럼 잠들었다.

대머리 노인이 어둠 속에서 나를 흔들어 깨웠다. "깼냐?" 나는 힘겹게 일어나 가진 물건을 챙겨 따라갔다. 어디로, 왜, 어떻게 가는지는 하나도 모른 채 남쪽으로 간다는 것만 알았고 노인의 권유만이 나의 길잡이였다.

아래층에는 작은 기름등이 타고 있었다. 밤새도록 그 자리에서 있었던 것만 같은 여관 주인이 기름 먹인 비단처럼 보이는 천에 싼 커다란 꾸러미를 건네주고, 4분의 1닢짜리 동화를 받더니 말했다. "메가 함께하길, 아메다."

"메가 함께하길." 그가 말했다. 나는 그를 따라 어두운 물가로 내려갔다. 그는 부두에 매어놓은 배로 갔다. 나에게는 거대해보이는 배였다. 그는 밧줄을 풀고 계단을 밟는 것처럼 가뿐하게 배 안으로 내려갔다. 나는 그보다 조심스럽게, 그렇지만 서둘러 내려갔다. 배는 벌써 부두를 떠나고 있었다. 나는 배 뒤편에 웅크리고 앉았고 그는 어둠 속에서 왔다갔다 내 옆을 지나치며 알수 없는 일들을 했다. 여관 현관으로 흘러나오는 금색 빛은 벌써 검은 물 위로 한참 뒤에 있었고 별들의 그림자보다 더 희미했다. 노인은 배 한가운데에 꽂힌 짧은 돛대에 돛을 올렸다. 변변한 돛은 아니었지만 산들바람을 받아 꾸준히 미끄러져 갔다. 나는 떠가는 배 안에서 걷는 기묘한 감각에 익숙해지기 시작했고, 하늘이 밝아졌을 즈음에는 뭔가 잡을 것만 있으면 꽤 잘 돌아다닐 수 있었다.

배는 좁고 길었으며, 갑판이 있었고, 전체에 낮은 밧줄 가로대를 둘렀다. 그 한중간에 길고 낮은 집이 있었다.

"배 안에 사세요?" 나는 키 옆 고물에 앉아서 물 위로 밝아오는 동쪽 하늘을 응시하던 아메다에게 물었다.

그는 고개를 끄덕이고 '아오' 비슷한 말을 했다. 그는 잠시 후에 말했다. "낚시하지."

"장비가 있어요."

"봤다. 해봐라."

쓸모가 있어서 기뻤다. 나는 바늘과 줄, 참리가 조립하는 방법을 가르쳐준 가벼운 막대기를 꺼냈다. 아메다는 미끼를 내밀지 않았고, 내겐 도토리밖에 없었다. 나는 바보가 된 기분으로 제일 벌레 먹은 도토리를 바늘에 꿴 후, 뱃전 너머로 다리를 내밀고 앉았다. 놀랍게도 곧 입질이 왔고, 불그스름하고 큼직한 고기를 낚을 수 있었다.

아메다는 다루기 힘든 섬세한 단검으로 배를 째어 내장을 꺼내고 뼈를 발라낸 다음, 주머니에서 꺼낸 무엇인가를 뿌리더니 반쪽을 나에게 내밀었다. 날생선은 먹어본 적이 없었지만 주저 없이 먹었다. 연하고 달콤했고, 아메다가 뿌린 조미료는 양고추냉이였다. 매운맛에 1년 전 숲 속에서 참리와 같이 고추냉이를 캐던 기억이 났다.

다른 도토리는 바늘에 매달지 않았다. 아메다는 생선 내장을 종이 비슷한 물건에 올려놓았다가 미끼로 쓰라고 내주었다. 나는 붉은 고기를 두 마리 더 잡았고, 우리는 같은 방식으로 물고기를 먹었다.

"이놈들은 동족을 먹어. 인간처럼." 그가 말했다.

"뭐든 먹을 것 같은데요. 저처럼." 내가 말했다.

배가 고플 때면 언제나 기름과 말린 올리브로 맛을 낸 아르카만드의 걸쭉하고 풍성한 죽이 먹고 싶다. 그때도 그랬다. 그러나 뱃속에 생선살이 들어가자 기분이 훨씬 나아졌다. 태양이 떠올라서 기분 좋게 등을 덥혔다. 뱃전에 잔파도가 철썩였다. 앞에나, 사방에나 밝은 물뿐이었다. 여기저기 낮은 갈대 섬이 보였다. 나는 갑판 위에 누워서 잠들었다.

우리는 종일 길쭉한 호수를 따라 내려갔다. 다음 날, 양쪽 호숫가가 가까워지면서 키 큰 갈대와 골풀 사이로 미로처럼 이어지는 수로에 들어섰다. 연두색과 갈색 벽 사이로 넓어졌다 좁아지기를 끝없이 반복하는, 변함없이 똑같은 은청색 물 통로였다. 길을 어떻게 아느냐고 묻자 아메다가 대답했다. "새들이 말해주지."

골풀 위로 작은 새가 수백 마리 날아다녔다. 오리와 거위가 머리 위로 날아가고, 키 큰 은회색 왜가리와 그보다 작은 하얀 두루미가 갈대 섬 가장자리를 활보했다. 아메다는 어느 새에게 인사라도 하듯 단어인지 이름인지 모를 말을 했다. "하사."

그는 첫날 밤 이후에 나에 대해 더 묻지 않았고, 스스로에 대해서도 말하지 않았다. 불친절한 사람은 아니었으나 지극히 조용했다.

태양은 종일 환했고, 밤에는 하현달이 떴다. 나는 여름 별들이, 벤테 농장에서 보았던 그 별들이 어두운 둥근 천장으로 떠올랐다가 미끄러져 가는 것을 지켜보았다. 낚시를 하거나 햇빛 속에 앉아서 조금씩 달라지기는 하나 똑같은 수로와 갈대밭, 푸른 물과 푸른 하늘을 바라보았다. 아메다는 배를 조종했다. 나는 집 안에 들어갔다가 안에 짐이 거의 꽉 들어찬 것을 알았다. 대부분은 종이와 비슷하지만 무척 질감이 거친 커다란 물건 무더기였다. 두꺼운 묶음도 있고 얇은 묶음도 있었다. 아메다는 그게 갈대천이라고 말했다. 두드려 다진 갈대로 만들어서 접시에서부터 옷, 집의 벽에까지 쓰는 재료였다. 그는 갈대천을 만드는 남부와 서부 습지에서 물건을 받아다가 다른 지역에 가서 팔거나 물물교환을 했다. 물물교환은 그의 집을 잡동사니로 채웠다. 항아리와 냄비, 샌들, 예쁜 수직 허리띠와 외투, 기름을 담는 진흙 잔, 상당량의 고추냉이까지. 나는 아메다가 좋을 대로 이런 물건을 쓰거나 교환한다는 사실을 알았다. 그는 집구석에 놓아둔 구리 그릇에 동화와 은화들을 보관했고 감추려고 노력하지 않았다. 이 사실이나, 셰차에서 여관에 있던 사람들의 행동을 생각하니 습지 사람들은 이방인에 대해서든 서로에 대해서든 의심하거나 두려워하지 않는 것 같았다.

나도 내가 사람들을 너무 믿는 경향이 있다는 걸 잘 알고 있었다. 이런 단점이 검은 피부와 매부리코처럼 태생적인 특징일까 궁금했다. 지나친 믿음으로 배신당하고 또 배신해왔다. 어쩌면 이제야 올바른 장소에 왔는지도 몰랐다. 나처럼 믿음에는 믿음으로 값하는 사람들 속에.

물 위에서 햇빛을 받는 긴 낮 동안에는 그런 생각과 희망을 더듬어볼 시간이 있었고, 과거를 돌이킬 시간도 있었다. 숲의 심장부에서 보낸 시간을 떠올릴 때마다 바르나의 굵고 낭랑한 목소리가 들렸다. 쩌렁쩌렁한 소리로 말하고 또 말하고……. 습지의 고요함과 동행인 노인의 침묵은 축복이자 구원이었다.

아메다와 함께한 여행의 마지막 저녁, 나는 종일 낚시를 해서 고기를 꽤 낚아두었다. 아메다는 집 그늘 속 갑판 위에 커다란 질그릇을 놓고 숯불을 피운 위에 석쇠를 얹었다. 그는 내가 지켜보는 모습을 보고 말했다. "나에게 마을이 없는 걸 알겠지." 나는 무슨 뜻인지, 왜 그런 말을 하는지 몰랐고 다음 말을 기다리며 고개만 끄덕였다. 그러나 그는 더 말하지 않았다. 그는 생선에 기름과 소금을 쳐서 구웠다. 맛있었다. 그는 다 먹고 나서 큰 도기잔과 작은 잔 두 개를 꺼내 오더니 쌀로 만들었다는 맑고 독한 술을 부었다. 우리는 고물에 앉았다. 배는 넓은 수로를 천천히 내려가고 있었다. 그는 바람을 받으려 하지 않고, 이따금씩 키를 건드려서 방향을 유지하기만 했다. 강물과 갈대밭 위로 깨끗한 청록색 어스름이 깔렸다. 우리는 서쪽 낮은 하늘에서 물방울처럼 떨리는 저녁별을 보았다.

아메다가 말했다. "시도이우. 그 사람들은 경계선 가까이 살지. 노예잡이들이 거기까지 와. 네 고향도 거기일지 모른다. 괜찮으면 남아라. 둘러봐. 난 몇 달 후에 또 지나간다." 그는 잠시 사이를 두고 덧붙였다. "어부가 되고 싶었지."

나는 그가 그때 가서 다시 같이 다니고 싶으면 환영이라는 뜻을 간결하게 말하고 있음을 깨달았다.

다음 날 해 뜰 무렵에 다시 탁 트인 물 위로 나갔다. 한두 시간 후에는 나무가 자라고 강둑을 따라 기둥 위에 지은 집들이 보이는 단단한 물가에 접근했다. 아이들의 고함 소리가 들렸다. 배를 맞이하려고 아이들 한 무리가 부두에 나와 있었다. "여자들 마을이지." 아메다가 말했다. 아이들을 따라나서는 어른들이 다 여자였다. 어두운 피부 빛, 마른 팔다리, 짧은 튜닉 차림에 살로처럼 짧고 곱슬거리는 머리카락. 그리고 나는 그들에게서 살로 누나의 눈, 누나의 얼굴을 보았다. 사방에서 누나의 모습이 번득였다. 주위를 둘러싼 낯선 사람들에게서 온통 누나를 보는 건 이상하고 당혹스러웠다.

배를 부두에 묶자마자 여자들이 배 위로 올라오더니 아메다가 뭘 가져왔는지 살펴보고, 갈대천을 만져보고, 기름 단지에 코를 킁킁거리고, 아메다와 또 서로와 재잘거렸다. 그들은 나에게 말을 걸지 않았지만, 열 살 남짓해 보이는 소년이 다리를 벌리고 앞에 서더니 오만하게 말했다. "넌 누구야, 이방인?"

나는 바로 누군가가 알아보았을지 모른다는 터무니없는 희망을 안고 대답했다. "내 이름은 가비르야."

소년은 잠시 기다리더니 무례한 말이라도 들었다는 듯 한층 점잔을 빼며 물었다. "가비르 하고……?"

아무래도 이름이 더 필요한 모양이었다.

"너희 씨족!" 소년이 말했다.

여자 하나가 오더니 아무 예의도 갖추지 않고 아이를 끌고 갔다. 아메다가 그 여자와 같이 있던 나이 많은 여자에게 말했다. "노예로 잡혀갔던 애야. 시도이우 출신일지도."

"아하." 나이 많은 여자가 말했다. 그녀는 나를 보지 않고 내 쪽을 곁눈질하며 물었다. 나에게 말하는 것이 분명했다. "언제 잡혀갔지?"

"15년 전쯤요." 다시 어리석은 희망이 솟아올랐다.

여자는 생각하더니 어깨를 으쓱이고 말했다. "여긴 아냐. 너희 씨족을 모르니?"

"몰라요. 저희 둘밖에 없었어요. 살로 누나와 저."

"살로는 내 이름인데." 여자는 무심한 목소리로 말했다. "살로 이시두 아사."

"전 제 가족과 제 이름을 찾고 있어요, 마-이오."

나는 몸을 반쯤 돌리고 있지만 내 쪽을 슥 보는 그녀의 눈길을 보았다. "페루시에 가봐. 그쪽에선 군인들이 사람을 잡아가곤 했지."

"페루시엔 어떻게 가죠?"

"육지로." 아메다가 말했다. "남쪽으로 걸어. 수로는 헤엄쳐서 지날 수 있지."

내가 짐을 챙기려고 돌아선 사이 아메다는 살로 이시두 아사와 이야기를 했다. 그는 그녀가 마을에 들어갔다 오는 동안 기다리라고 했다. 그녀는 갈대천으로 싼 꾸러미를 들고 돌아와서 내옆 갑판에 내려놓았다. "먹을 것." 그녀는 내게서 얼굴을 돌린채 똑같이 무심한 어조로 말했다.

나는 고맙다고 하고 낡은 담요 안에 꾸러미를 밀어 넣었다. 담요는 습지 여행 중에 빨아 말려서 배낭으로 쓰고 있었다. 나는 아메다를 돌아보고 다시 한 번 고맙다고 했고, 그는 말했다. "메가 함께하길."

"메가 함께하길." 내가 말했다.

나는 부두에서 땅으로 뛰어내리려 했지만, 여자 몇이 날카로운 경고성을 지르더니 참견하기 좋아하던 소년이 튀어나와서 내 앞을 막았다. "여자들 땅이야, 여자들 땅!" 소년이 외쳤다. 나는 어디로 가야 할지 몰라 주위를 둘러보았다. 아메다가 오른쪽을 가리켰다. 물가에 돌과 조개껍데기로 표시해둔 좁은 길이 보였다. "남자들은 저리로 가지." 그래서 나는 그 길로 갔다.

오래지 않아 다른 마을이 나왔다. 가까이 가기 불안했지만 아무도 물러서라고 외치지 않았다. 나는 작은 집들 사이로 들어갔다. 노인장 하나가 현관에서 햇볕을 쬐고 있었는데, 나무로 뼈대를 세우고 두꺼운 갈대천 자리를 걸어서 지은 집 같았다. "메가 함께길, 젊은이." 노인이 말했다.

나는 마주 인사하고 물었다. "여기서 남쪽으로 가는 길이 있나요, 바-디?"

"바디, 바디라, 바디가 뭐고? 난 로바 이시두 메니다. 바디바디 하는 넌 어디 출신이냐? 난 네 아비가 아니야. 네 아비가 누군고?"

공격적이라기보다는 놀리는 투였다. 내가 쓴 경칭을 아주 잘 알지만, 받아들이기 싫어한다는 느낌이 들었다. 노인의 머리는 희었고 얼굴은 주름투성이였다.

"아버지를 찾고 있습니다. 어머니도. 제 이름도요."

"하! 그래!" 노인은 나를 바라보았다. "왜 남으로 가고 싶어 하느냐?"

"페루시를 찾으려고요."

"어이쿠! 그놈들은 괴짠데. 나라면 안 가겠다. 원한다면 가거라. 길은 초지 사이로 이어진다." 그리고 그는 다시 누워서 두루미 다리 같고 작고 까맣고 앙상한 다리를 햇볕 속에 폈다.

마을에는 다른 사람이 보이지 않았다. 물에 나간 낚싯배들을 볼 수 있었다. 나는 초지 사이로 난 길을 찾아서 남쪽으로 떠났다. 내 가족을 찾아서.

12

페루시까지는 걸어서 이틀이었다. 길은 정신없이 굽이쳤지만
언제나 남쪽으로 향했다. 아침이면 왼쪽에 태양이 있고 저녁이
면 오른쪽에 태양이 있어서 알 수 있었다. 풀밭과 버드나무 초원
을 가로지르는 수로가 많아서 걸어서 건너거나 짐과 신발을 막
대기에 걸어서 물 위로 들고 헤엄쳐야 하기는 했지만 그것만 빼
면 수월한 길이었고 말린 어육과 소금에 절인 치즈가 끝까지 날
지탱해주었다. 이따금씩 이쪽저쪽으로 오두막 아니면 마을에서
피어오르는 연기가 보였고 그리로 이어지는 옆길도 보였지만,
큰길은 계속 이어졌고 나도 계속 걸어갔다. 둘째 날 느지막한 시
간에 길이 왼쪽으로 꺾여 큰 호수의 모래사장을 따라 이어지더
니 마을이 나왔다. 암소 몇 마리가 풀을 뜯는 목초지, 버드나무
몇 그루, 기둥 위에 올라선 집 몇 채, 부두에 매인 배 몇 척. 습지
에선 모든 것이 조금씩 다를 뿐 똑같이, 극단적으로 단순하게 되
풀이되었다.

마을 부근에는 아이들이 없었고, 낚시 그물을 펼치는 남자 하나만 보이기에 집들 사이로 걸어가서 말을 걸었다. "여기가 페루시인가요?"

남자는 그물을 조심스럽게 내려놓고 내 쪽으로 다가왔다. "페루시의 동쪽 호수 마을이지."

그는 진지한 얼굴로 내가 무슨 목적으로 왔는지 귀 기울여 들었다. 나이는 서른 즈음, 내가 본 라시우 중에 제일 키가 컸고 눈동자는 회색이었다. 나중에야 그가 에트라 병사에게 강간당한 습지 여인의 아들임을 알았다. 내 이름을 말하자 그는 자기 이름이 라바 아티우 시도라고 말하고, 예의 바르게 자기 집과 식탁으로 초대했다. "낚시꾼들은 지금 돌아오고 있어. 그러면 낚시 돗자리로 갈 거야. 자네도 같이 가서 여자들에게 물어볼 수 있네. 그 문제를 알 사람은 여자들이니."

배들이 부두로 들어와서 잡은 고기를 부려놓고 있었다. 나방 날개를 연상시키는 작은 돛을 단 가벼운 배가 십여 척. 마을은 남자들과 개들의 소리로 살아나기 시작했다. 개들은 배에서 뛰어내려 얕은 물가를 뛰어다녔다. 곱슬털이 빽빽하게 나고 눈은 크고 밝게 빛나는 날렵한 검은 개들이었다. 이 개들의 태도는 무척 예의 발랐다. 한 번 짖어서 서로에게 인사를 했고, 꼬리를 신나게 흔들면서 다른 개의 반대쪽을 조사했다. 하나가 고개를 숙이면 상대도 고개를 숙이고, 헤어져서 각자 자기 주인을 따라갔다. 어떤 개는 커다란 새를 물고 있었다. 백조가 아닌가 싶었다. 그 개는 다른 개들과 인사하지 않고 새를 문 채 오만하게 호숫가 서쪽으로 달려갔다. 그리고 곧 모든 남자가 그물과 바구니에 담긴 어획물을 들고 그 뒤를 따랐다. 라바는 나를 데리고 갔다. 작은 후미에서 풀이 우거진 곳을 돌자 동쪽 호수의 여자 마을이 나왔다.

여자들이 목초지에 커다란 갈대천을 펴놓고 기다리고 있었다. 그 주위로 많은 아이들이 뛰어다녔지만, 갈대천을 밟지 않으려고 조심했다. 천 위에는 시장통처럼 요리된 음식이 담긴 단지와 갈대천 상자가 가득했다. 남자들은 같은 방식으로 잡은 고기를 내려놓아 펼쳤고, 개는 물고 있던 새를 내려놓고 꼬리를 흔들며 물러섰다. 이야기와 농담이 계속 오갔지만 공식적인 행사임에 분명했고, 남자가 앞으로 나가서 요리가 담긴 상자나 단지를 가져올 때나, 여자가 물고기가 담긴 그물망을 집을 때나 의례적인 감사의 말이 오갔다. 늙은 여자 하나가 백조를 두드리며 외쳤다. "코라의 화살이구먼!" 그러자 더 많은 농담과 놀림이 오갔다. 여자들은 어느 어망이 어느 여자에게 가야 할지 정확히 아는 것 같았다. 남자들은 누가 무엇을 가질지를 두고 토론을 벌이는 일이 있었지만, 대개는 여자들이 상황을 분명하게 했고, 청년 둘이 생선 튀김 상자 하나를 놓고 다투면 여자가 어느 한쪽에게 고갯짓을 함으로써 정리했다. 가지지 못한 쪽은 뚱해서 물러났다. 모든 것이 정리되고 나자 라바가 나를 앞으로 데리고 나가서 여자들에게 말했다. "이 남자가 오늘 마을에 왔습니다. 가족을 찾는다는군요. 어렸을 때 에트라 병사들에게 잡혀갔답니다. 자기 이름이 가비르라는 것밖에는 몰라요. 북쪽 사람들이 시도이우일지 모른다고 생각했다는군요."

그 말에 여자들 전원이 나서서 나를 뚫어져라 보더니, 마흔 살쯤 된 듯한 검은 피부에 코도 눈매도 날카로운 여자가 물었다. "몇 년 전인데?"

"15년 전쯤이에요, 마-이오. 누나인 살로와 같이 잡혀갔어
요." 내가 대답했다.

여자가 외쳤다. "타노의 애들이로구나!"

"살로와 가비르!" 팔에 아기를 안은 여자가 말했고, 죽은 백
조의 까만 발을 쥐고 있던 늙은 여자가 바싹 다가와서 날 살피더
니 말했다. "그래, 타노의 아이야. 타노의. 에누-암바, 에누-메
여!"

다른 여자가 말했다. "타노는 긴 수로 아래쪽에 검은고사리를
따라 갔었지. 애들이랑 같이. 안 돌아왔어. 아무도 배를 못 찾았
어."

"물에 빠져 죽었단 말도 있었지." 다른 여자가 말하고, 또 다
른 여자가 말했다. "내가 그랬잖아. 노예잡이였다고." 그리고
나이 많은 여자들이 나를 보려고, 자기들이 알았던 여자의 모습
을 찾아보려고 더 가까이 다가왔다. 젊은 여자들은 물러서서 다
른 식으로 나를 곁눈질했다.

맨 처음 내게 말을 걸었던 거무스름한 여자는 아무 말도 하지
않았고 앞으로 나서지도 않았다. 백조를 든 늙은 여자가 가서 말
을 걸자, 거무스름한 여자는 목소리가 들릴 정도만 다가와서 말
했다. "타노 아이타노 시도이는 내 동생이었다. 난 게게메르 아
이타노 시도이야." 그녀의 얼굴은 으스스했고 말투는 거칠었다.

나는 위압당했다가 잠시 후에 말했다. "제게 제 이름을 말해
주시겠어요, 이모님?"

"가비르 아이타나 시도이." 그녀는 조바심을 내며 말했다.
"네 어머니는, 네 누나는, 같이 오지 않고?"

"어머니는 한 번도 못 봤어요. 우린 에트라에서 노예로 살았

죠. 그들이 2년 전에 누나를 죽였어요. 전 떠나서 다네란 숲으로 갔어요." 나는 짧게 말했고, '도망쳤다'거나 '탈출했다'는 표현 대신 떠났다는 말을 썼다. 까마귀의 얼굴과 눈을 가진 이 여인 앞에서는 도망친 어린아이가 아니라 사나이처럼 말해야 했다.

그녀는 짧고 강렬하게 나를 보았지만, 눈을 마주치지는 않았다. 그리고 한참 만에 "아이타누 남자들이 널 돌봐줄 거다"라고 말하고 돌아섰다.

다른 여자들은 나를 계속 보면서 이야기를 하고 싶은 게 분명했지만 이모님을 따라갔다. 남자들은 남자 마을로 돌아가기 시작했다. 그래서 나는 몸을 돌려 그들을 따라갔다.

라바와 나이 많은 남자들 몇 명이 토론을 벌이고 있었다. 나는 그들의 이야기를 다 따라갈 수 없었다. 시도이우 말씨는 내 귀에 낯설었고, 내가 모르는 단어도 많이 섞여 있었다. 그들은 내가 어디에 속하는지 이야기하고 있었던 것 같다. 마침내 그중 한 명이 몸을 돌려 내게 말했다. "가자."

나는 그의 오두막으로 따라갔다. 뼈대와 마루는 나무였고 벽과 지붕은 갈대천이었다. 문도 창문도 없었다. 어느 벽이든 걷어 올리면 통째로 열 수 있었으니까. 남자는 여자들에게서 받아 온 상자와 진흙 단지를 치워놓고 호수 쪽 벽을 걷어 올려 기둥에 묶었다. 그러자 그쪽 지붕이 연장되면서 뜨거운 오후 햇살에 그늘을 드리워주었다. 그는 그늘에 놓인 두꺼운 갈대천 깔개에 앉아서 조개껍데기로 만들다 만 낚싯바늘을 잡았다. 그리고 나를 올려다보지도 않고 몸짓으로 집을 가리키면서 말했다. "좋을 대로 해라."

나는 어울리지 않는 침입자가 된 기분이었고, 아무것도 받고 싶지 않았다. 이 사람들이 이해가 가지 않았다. 내가 정말로 이 마을에서 잃어버린 아이라면, 고작 이 정도밖에 환영하지 않는 단 말인가? 나는 무척 실망했지만, 실망감을 드러낼 생각은 없었다. 이 차가운 이방인들에게 약한 모습을 보이지 않을 테다. 위엄을 갖추고, 이 사람들과 마찬가지로 냉담하게 행동할 테다. 나는 도시인이고 교육받은 사람이었다. 이들은 습지에 파묻힌 야만인이었다. 나는 여기까지 먼 길을 왔으니 최소한 하룻밤이라도 묵는 게 좋겠다고 생각했다. 그만하면 또 어디로 갈지 정하기에 충분한 시간이었다. 내가 속한 곳은 없는 것 같은 이 세상에서.

나는 다른 깔개를 찾아 바깥 마루 가장자리에 앉았다. 호숫가의 진흙 위로 다리가 달랑거렸다. 나는 잠시 후에 말했다. "주인의 이름을 알 수 있을까요?"

"메테르 아이타나 시도이." 남자의 목소리는 몹시 부드러웠다.

"제 아버지신가요?"

"난 네 이모의 남동생이야."

고개를 숙이고 말하는 모습을 보니 수줍음이 많을 뿐, 박정한 사람은 아니라는 생각이 들었다. 그가 나를 보지 않는 한 나도 너무 쳐다보지 말아야 한다는 느낌이었지만, 곁눈질로 보니 그가 큰 이모인 까마귀 여인이나 나와는 별로 닮지 않았음을 알 수 있었다.

"그리고 제 어머니의?"

그는 고개를 끄덕였다. 깊숙이 한 번.

그 말에 나는 그를 살펴보아야 했다. 메테르는 게게메르보다 훨씬 어렸고, 그렇게 검지도 얼굴이 날카롭지도 않았다. 사실 살로 누나와 비슷했다. 둥근 볼에 깨끗한 갈색 피부. 어쩌면 내 어머니라는 타노도 그런 생김새였을지 모른다.

그는 누나가 어린 자식 둘과 같이 사라졌을 때 지금 내 나이 무렵이었을 것이다.

나는 한참 있다가 말했다. "아저씨."

그는 말했다. "아오."

"제가 여기 사는 건가요?"

"아오."

"아저씨랑요?"

"아오."

"전 여기에서 어떻게 살지 배워야 해요. 여기서 어떻게 사는지 몰라요."

"앙." 그가 말했다.

나는 곧 이 툴툴거리는 듯, 중얼거리는 듯한 답변에 익숙해졌다. '아오'는 응, '엥'은 아니, '앙'은 응과 아니 사이 어딘가에 있지만 넓은 의미를 지녔다. 무슨 말인지 들었다는 뜻까지.

또 다른 목소리가 끼어들었다. 야옹! 자그마한 검은 고양이가 오두막의 어둠 속에 쌓인 뭔지 모를 무더기에서 나오더니 마루를 가로질러 내 옆으로 와서 꼬리로 앞발을 감고 단정하게 앉았다. 나는 이윽고 고양이의 등을 살살 쓸어주었다. 고양이가 내 손에 몸을 기대기에 계속 쓰다듬었다. 녀석과 나는 호수 저편을 바라보았다. 검은 낚시 개 몇 마리가 호숫가를 달려갔다. 고양이는 개들을 무시했다. 문득 깨닫고 보니 메테르 외숙이 하던 일에서 고개를 들고 고양이를 보고 있었다. 부드러워진 얼굴이었다.

"프룻은 쥐를 잘 잡지." 아저씨가 말했다.

나는 고양이의 목덜미를 주물렀다. 프룻이 가르릉거렸다.

잠시 후에 메테르가 말했다. "올해는 쥐가 많아."

나는 프룻의 귀 뒤를 긁으며, 여름 내내 주식으로 쥐를 먹은 적이 있다는 얘기를 해야 하나 생각했다. 현명한 짓은 아닐 것 같았다. 아직까지 아무도 내가 온 곳에 대해 묻지 않았다.

페루시에서는 아무도 묻지 않을 것이었다. 나는 '에테라'에서 왔다. 노예잡이들이 오는 곳, 빼앗고 강간하고 살해하고 아이들을 훔쳐 가는 병사들이 오는 곳. 그들은 그것만 알면 충분했다. 나는 다른 곳에 살다 왔다. 그들은 다른 곳에 대해 알고 싶어 하지 않았다. 많이들 그랬다.

그들에게 페루시에 대해 묻기란 쉬운 일이 아니었다. 잘 모르거나 말하고 싶어 하지 않아서가 아니라, 그들에겐 페루시가 우주 전체였고 따라서 모든 게 당연했기 때문이다. 그들은 내가 묻는 질문을 이해하지 못했다. 어떻게 호수 이름을 모르는 사람이 있을 수가 있지? 남자와 여자가 따로 사는 이유를 왜 물어보지? 부끄러움도 모르고 같은 마을, 같은 집에 살아야 한다는 생각을 누가 할 수 있담? 어떻게 저녁 경배나 음식을 주고받을 때 하는 말을 모를 수가 있지? 어떤 남자가 갈대 자르는 방법을 모르고 어떤 여자가 갈대를 짓이겨 갈대천 만드는 방법을 모를 수가 있나? 곧 이곳에서 나는 숲에서 보낸 첫 겨울보다 더 무지하다는 것을 알게 되었다. 모를 것이 더 많았다. 도시인들은 시도이우가 단순한 삶을 사는 단순한 사람들이라 말할지도 모른다. 그러나 나는 쿠가처럼 고독하고 가난하고 거친 삶이나 단순하다 부를 수 있다고 생각했고, 그 경우에도 표현이 딱 맞지는 않았다. 시도이우 마을에서의 생활은 관계, 선택, 의무, 규칙들로 엮인

풍성하고 정교하고 촘촘한 벽걸이 융단이었다. 시도이로 산다는 것은 에트라인으로 사는 것 못지않게 복잡하고 섬세했다. 어느 쪽이든 제대로 살기는 똑같이 어려울 것이다.

외숙부인 메테르가 나를 집에 데려가면서 환영의 빛을 보이지 않은 것은 사실이지만, 그렇다고 못마땅해하는 기색도 없었다. 그는 오랫동안 보지 못한 조카를 좋아할 태세를 갖추고 있었다. 메테르는 온화하고 겸손하며 상냥한 남자로, 마을의 의무와 습관과 관계망에 만족스럽게 붙박여 있었다. 마치 벌집 속의 벌이나 진흙 둥지에 사는 제비 같았다. 다른 남자들에게 그렇게 높은 평가를 받지는 못했지만 상관하지 않았고, 불안해하지도 경쟁하려 하지도 않았다. 그에게는 아내가 몇 명 있었고, 여자와 남자의 관계가 남자들의 나머지 삶에서 떨어져 있다고는 해도 이 사실은 어느 정도 경의를 샀다. 그러나 시도이의 삶에 대해 배운 바를 내가 배운 그대로, 그러니까 어림짐작에 느리고 파편적으로 서술한다면 이야기가 끝도 없이 이어질 것이다. 일어난 일을 전하면서 가능한 만큼만 설명해야겠다.

일어난 일인즉, 외숙부와 그의 고양이 프룻, 그리고 저녁 시간에 딱 맞춰 나타난 늙은 암캐 민키와 같이 차가운 어육과 쌀 술로 훌륭한 저녁을 먹었다는 것이다. 민키는 회색빛 도는 주둥이를 정중하게 내 손바닥에 얹었다. 어스름이 깔리자 다른 남자들이 자기네 오두막에서 하는 것처럼 외숙도 오두막 마루에서 춤을 추고 물의 주인에게 짧은 경배의 말을 하더니, 자기가 누울 잠자리를 펴고 내가 앉았던 깔개를 잠자리로 쓰게 도와주었다. 고양이는 오두막 밑으로 쥐를 잡으러 가고, 개는 주인이 갈대자리를 펴자마자 그 위에 몸을 말았다. 우리는 누워서 밤 인사를 했고, 마지막 햇살이 호수 표면에서 스러지는 가운데 잠들었다.

마을 남자들은 해가 뜨기 전에 호수로 나갔다. 배 한 척에 한두 명씩, 개 한두 마리를 데리고. 메테르는 지금이 투타라는 물고기가 바다 쪽 수로에서 호수로 밀려드는 철이고, 다들 이날 아침이 시작 날일 거라고 예상한다고 말해주었다. 그렇다면 앞으로 한 달 남짓은 양쪽 마을 모두 열심히 일해야 했다. 남자들은 고기를 잡고, 여자들은 말리고. 나는 같이 가서 낚시하는 방법을 배울 수 있느냐고 물었다. 외숙은 안 된다는 말을 못 하는 사람이었다. 그는 헛기침을 하며 중얼거렸다. 나는 누군가 내가 이야기해야 할 사람이 온다는 말밖에 이해하지 못했다.

"아버지가 오시나요?" 내가 물었다.

"네 아버지? 메테르 소디아 말이냐? 아, 그는 타노가 없어진 후에 북쪽으로 갔어." 메테르는 모호하게 말했다. 나는 질문을 하려 했지만 그는 이 말밖에 하지 않았다. "그 후에 다시는 소식을 들은 사람이 없지."

그는 채비를 차리자마자 떠났고 나만 마을에 혼자 남았다. 고양이들과 함께. 집집마다 검은 고양이가 한 마리나 몇 마리씩 있었다. 남자들과 개들이 나가면 고양이 세상이었다. 마루에 엎드리고, 지붕 위를 돌아다니고, 집들 사이에서 쉿쉿거리며 다투기도 하고, 햇볕 아래에서 새끼들을 놀렸다. 나는 앉아서 고양이들을 지켜보았고, 새끼 고양이들 덕분에 웃기는 했지만 마음은 무겁기 그지없었다. 나는 이제 메테르가 몰인정하게 굴려는 게 아님을 알고 있었다. 그러나 이제야 친척들이 있는 고향에 왔는데, 그들은 내게 낯설기만 했고 나도 그들에게 이방인이었다.

낚싯배들이 호수로 나가는 모습이 보였다. 작은 날개 같은 돛들이 매끄러운 푸른 물 위로 나아갔다.

배 한 척은 마을을 향해 오고 있었다. 커다란 통나무배로, 몇 사람이 힘겹게 노를 저었다. 배가 진흙 기슭으로 미끄러져 올라오더니, 남자들이 뛰어내려 배를 더 위로 끌어올린 후 곧장 내 쪽으로 왔다. 나는 그들이 얼굴에 그림을 그렸다고 생각했는데, 다시 보니 문신이었다. 다들 관자놀이부터 턱에 이르기까지 선을 잔뜩 집어넣었고, 어느 노인은 이마 전체가 눈썹까지 검은 수직선에 덮인 데다 코도 마찬가지여서, 머리 위쪽은 시커멓고 아래쪽은 색이 밝은 왜가리 같았다. 그들은 위풍당당하게 걸었다. 한 명은 커다란 흰색 해오라기 깃털을 꽂은 막대기를 들고 있었다.

그들은 메테르의 오두막 바깥 마루 앞에 멈춰 섰고 노인이 말했다. "가비르 아이타나 시도이."

나는 일어서서 인사했다.

노인이 길게 말을 했는데 한 마디도 알아들을 수 없었다. 그들은 잠시 기다렸고, 노인은 막대를 든 남자에게 말했다. "수련을 전혀 받지 않았군."

그들은 한동안 협의했고, 막대를 든 남자가 나를 돌아보았다. "성년식을 위해 우리와 같이 간다." 그가 말했다. 내가 멍청한 표정이었나보다. "우리는 너의 씨족, 아이타누 시도이우의 연장자들이다. 우리만이 너를 사내로 만들 수 있고, 그래야 네가 사내의 일을 할 수 있다. 수련은 받지 못했지만 최선을 다하면 우리가 어떻게 할지 가르쳐주겠다."

"이대로 머물 수는 없다." 노인이 말했다. "우리 사이에서는 안 돼. 성인식을 치르지 못한 남자는 마을에 위험이고 씨족에 불

명예. 에누-암바의 발톱이 그에게 맞서고 수아 떼가 그에게서 도망친다. 그러니 따라오너라." 그는 몸을 돌렸다.

나는 마루에서 그들이 있는 쪽으로 내려갔고, 막대기를 든 남자가 해오라기 깃털로 내 머리를 건드렸다. 미소 띤 얼굴은 아니지만 좋은 의도라고 느꼈다. 다른 사람들은 차갑고 엄숙하고 딱딱했다. 그들은 나를 에워쌌고, 우리는 통나무배로 가서 올라타고 호수로 나갔다. "엎드려라." 해오라기 깃털이 중얼거렸다. 나는 노 젓는 남자들의 발 사이에 엎드렸고, 배 바닥밖에 볼 수 없었다. 바닥도 갈대천으로 만들어져 있었다. 얇게 찢어낸 다음에 부드러우면서도 금속처럼 단단해지도록 유약을 바른 묵직한 갈대천 조각이었다.

노 젓던 남자들은 호수 중간에서 노를 들어 올렸다. 배는 고요한 물 위에 떠 있었다. 그 고요 속에서 한 남자가 노래하기 시작했다. 이번에도 무슨 말인지 전혀 알아들을 수 없었다. 이제 생각해보니 습지 사람들의 의식 속에서 몇백 년이나 보존된 고대어 아리탄이 아니었을까 싶지만, 모르겠다. 영창은 오랫동안 이어졌다. 하나의 목소리일 때도 있었고 몇 사람의 목소리일 때도 있었다. 그동안 나는 시체처럼 누워 있었다. 반쯤 넋이 나갔는데 해오라기 깃털이 속삭였다. "헤엄칠 수 있느냐?" 나는 고개를 끄덕였다. "반대편으로 오너라." 그가 속삭였다. 그리고 몇 사람이 나를 시체처럼 들어 허공에 던졌다. 나는 머리부터 거꾸로 물속에 처박혔다.

너무 갑작스러워서 어떻게 된 일인지 깨닫지 못했다. 물 위로 떠올라서 눈에서 물을 닦아내자 통나무 뱃전이 올려다보였다. "반대편으로 오너라." 그랬다. 나는 바로 잠수해서 거대한 배

그림자 밑을 헤엄쳐 지났고, 반대쪽 그림자 밖으로 솟아올라 숨을 들이켰다. 물을 걷어차며 사람들 가득한 통나무배를 응시했다. 해오라기 깃털이 깃털 달린 막대기를 흔들며 "히위! 히위!"라고 외치고 있었다. 그는 막대기를 뒤집더니 깃털이 없는 쪽을 나에게 내밀었다. 내가 막대기를 잡자 그는 나를 뱃전으로 끌어올렸고, 몇 사람의 손이 나를 잡아당겼다. 내가 들어가 앉자마자 머리 위로 무엇인가가 내려왔다. 나무 상자였을까? 그 물체는 딱 내 어깨까지 내려왔고 그 안에서는 머리를 움직일 수 없었다. 턱 밑으로 새어드는 빛 말고는 아무것도 볼 수 없었다. 해오라기 깃털이 다시 "히위!"라고 외치고 다른 사람들 사이에서 웃음소리와 축하의 소리가 울렸다. 무슨 일인지는 모르지만 제대로 된 모양이었다. 나는 상자를 뒤집어쓴 채 앉아 있었고 아무것도 이해하려 들지 않았다.

내가 성인식을 이 정도까지 이야기하는 건, 비밀이 아니기 때문이다. 누구라도 볼 수 있었다. 호수에 나왔던 어부들은 전투선 가까이 모여서 지켜보았다. 그러나 일단 머리에 상자를 뒤집어쓴 후에는 곧장 마을로 돌아갔고, 그곳에서 비밀 의식을 했다.

페루시는 다섯 개의 마을이었다. 내가 태어난 동쪽 호수 마을과 나머지 네 마을은 페루 호수의 가장자리를 따라 띄엄띄엄 존재했다. 그들은 성인식을 치르기 위해 나를 남쪽 기슭 마을로 데려갔다. 제일 큰 마을이자, 성스러운 일들이 이루어지는 곳이었다. 큰 통나무배를 전투선이라고 부르는 건 습지 사람들이 서로 간에나 타 지역과 전쟁을 해서가 아니라, 남자들이 스스로를 전사로 생각하기를 좋아하고, 오직 남자만이 큰 통나무배를 젓기 때문이었다. 내 머리를 가린 상자는 가면이었다. 가면을 쓴 동안 나는 에누의 아이라고 불렸다. 라시우에게 고양이 여신 에누메는 또한 습지의 검은 사자 에누-암바이기도 했다. 성인식에 대해서는 더 말할 수 없지만, 의식이 다 끝났을 때 내 얼굴에는 양쪽 관자놀이부터 턱에 이르는 두 줄의 검은 문신이 들어가 있었다. 내 피부가 워낙 검어서 선이 잘 보이지는 않았다. 일단 의식을 마치고 동쪽 호수로 돌아간 나는 남자들에게는 모두 얼굴 옆에 그런 선이 있으며 대개 두 줄 이상임을 깨달았다.

그리고 의식을 마치고 동쪽 호수 마을에 돌아가자, 나 또한 그들 가운데 하나가 되었다.

물론 이상한 구성원이기는 했다. 모르는 게 너무 많았다. 그러나 마을 남자들은 내가 완전히 바보라고 생각하지는 않는다는 걸 알려주었다. 아무래도 어부로서의 자질을 보여줬기 때문인 듯하다.

나는 다른 소년과 비슷한 취급을 받았다. 보통 남자애들은 열세 살 즈음에 성인식을 치르고 여자들 마을에서 이쪽으로 건너와서 약간 연상인 친척과 같이 살았다. 어머니의 형제 아니면 큰형이었고, 가끔 아버지도 있었다. 이곳에서는 어머니의 가족을 통한 관계, 즉 씨족이 아버지 쪽 관계보다 훨씬 중요했다.

이곳 남자 마을에서 소년들은 남자들의 생업을 익혔다. 어업, 배 만들기, 새 잡기, 벼 심고 추수하기, 갈대 자르기. 여자들은 가축을 기르고, 밭을 가꾸고, 갈대천을 만들고, 먹을 것을 보존하고 요리했다. 일고여덟 살이 지난 소년들은 여자 마을에 살기는 해도 여자들의 일을 하도록 기대받거나 허락받지 못했고, 그래서 남자 마을로 건너왔다. 그들은 게으르고 쓸모없고 무지했으며 아무짝에도 소용이 없었다. 혹은 어른들이 싫증도 내지 않고 계속 그런 말을 했다고 해야겠다. 아이들을 때리는 법은 없었지만(나는 다른 사람은 물론이고 개, 고양이를 때리는 라시우도 보지 못했다) 한두 가지 기술을 익힐 때까지 잔소리하고 꾸짖고 이래라저래라 하고 가차 없이 비판하며 키웠다. 두 번째 성인식을 치르고 나면 혼자서 또는 친구들과 같이 마음에 드는 오두막으로 들어갈 수 있었다. 두 번째 성인식은 손위 남자들에게 최소한 가지 기술을 완전히 습득했다는 동의를 얻기 전까지는 허락되지 않았다. 때로 두 번째 성인식을 거부한 소년이 여자들 마을로 돌아가서 여생을 여자로 사는 일도 있다고 했다.

외숙에게는 아내가 여럿이었다. 라시우 여인 중에는 남편이 여럿인 사람도 있었다. 혼인식은 두 사람이 매일 있는 음식 교환에서 "우린 혼인했다"라고 선언하는 게 다였다. 반쪽짜리 마을두 개 사이에는 갈대천으로 만든 작은 오두막이 몇 개 흩어져 있었다. 딱 침대나 갈대자리 하나 들어갈 만한 크기로, 같이 자고싶어 하는 남녀가 이용했다. 음식 교환 때, 아니면 길이나 들판에서 갖는 사적인 만남에서 밀회를 약속했다. 한 쌍이 혼인하기로 결정하면 남자는 혼인 오두막을 지었고, 아내 또는 아내들은 합의한 때에 오두막으로 갔다. 한번은 저녁에 나가는 외숙부에게 어느 아내에게 가는지 물었더니, 쑥스럽게 웃으면서 이렇게 대답했다. "아, 그건 그쪽에서 정해."

젊은 사람들이 연애하고 혼인하는 모습을 살펴보니 혼인이 낚시와 요리 기술에 영향을 많이 받는다는 걸 알 수 있었다. 남편은 아내에게 물고기를 주고, 아내는 그 물고기를 요리해주었다. 매일 요리와 물고기를 교환하는 의식을 '물고기자리'라고불렀다. 가금을 기르고 젖을 짜고 텃밭을 가꾸는 여자들이 사실은 남자들이 호수에서 잡는 것보다 많은 식량을 생산했지만 그들의 버터와 치즈와 달걀과 채소는 당연하다는 듯이 받아들여졌고, 남자들이 내놓는 물고기에는 다들 야단법석을 떨었다.

이제는 아메다가 내가 잡은 물고기를 요리하면서 수치스러워한 이유를 이해했다. 마을 남자들은 요리를 하지 않았다. 소년들과 혼인하지 않은 남자들은 저녁 식사를 흥정하거나 감언이설로 얻어내야 했다. 그렇지 않으면 물고기자리에서 남은 것을 받아 가는 수밖에 없었다. 내 외숙부의 아내 취향, 요리 취향은 훌륭했다. 외숙부와 같이 사는 동안에는 잘 먹을 수 있었다.

성인식을 치른 후에는 라시우의 아이탄 시도이로서 동족 남자들이 하는 일을 배우느라 시간을 보냈다. 낚시하고, 벼를 심고 추수하고, 갈대를 베어 저장하는 일들. 활과 화살에는 서투르다보니 흔히 사내애들이 하는 것처럼 배를 타고 들새를 쏘러 가자는 요청은 받지 않았다. 나는 외숙부의 그물을 던지는 사람이 되었다. 그물을 끌어올리는 동안에는 낚싯대로 고기를 잡았다. 내 낚시 요령은 즉각 인정을 받았다. 우리는 자주 활을 쏠 사내아이를 데리고 나갔고, 늙은 민키에게는 떨어진 오리나 거위를 쫓아 물에 뛰어들었다가 배로 가지고 돌아오는 것, 뭍에 올라가서 자랑스레 꼬리를 흔들며 물고 가는 것이 삶의 즐거움이었다. 민키는 언제나 새들을 외숙부의 제일 손위 아내인 푸모에게 가져갔고, 푸모는 진지하게 고맙다고 말하곤 했다.

벼를 뿌리고 베는 것은 지상에서 제일 쉬운 일이지 싶다. 가을에 배를 타고 매끄러운 푸른 물 위로 나가서, 벼 무더기가 한데 모여 있는 호수 북쪽 끝에서 장대로 좁은 수로를 서서히 밀고 가며 달콤한 냄새가 나는 작고 까만 낟알을 왼쪽 오른쪽으로 뿌린

다. 그리고 늦봄에 다시 가서 왼쪽 오른쪽으로 자란 키 큰 풀을 배 안으로 구부리고, 작은 나무 갈퀴로 줄기에서 새 낟알을 털어내는 것이다. 배가 절반 이상 가득 찰 때까지. 나는 남자들이 벼를 뿌리고 수확하는 것에 대해 무슨 기술이라도 필요하다는 듯이 뻐기는 것을 두고 여자들이 비웃는다는 걸 알았지만, 그런 여자들도 물고기자리에서는 칭찬과 경의를 바치며 쌀자루를 받아갔다. "거위 속을 채워줄게요!" 여자들은 말했고, 그건 에트라의 곡식 죽 못지않게 맛있었다.

반면 갈대 베기는 힘든 일이었다. 우리는 늦가을과 초겨울, 날씨가 자주 흐리고 추워지거나 비가 내리는 때에 갈대를 베었다. 일단 온종일 정강이까지 오는 물속에 서 있는 것, 굽은 낫의 각도, 베고 모으고 건네는 3박자—갈대가 흩어져서 물에 떠내려가기 전에 모아서 길고 묵직한 다발을 배 안에 넘겨야 했으므로—에 익숙해지고 나니 그 일도 꽤 좋아졌다. 같이 나가는 젊은 친구들은 좋은 동료였고, 자기들끼리는 얼마나 잘 베나를 두고 경쟁을 벌였지만 풋내기인 나에게는 친절했으며, 빗방울 섞인 바람 속에서 너른 갈대밭 저편까지 들리게 농담과 소문거리와 노래를 주고받았다. 나이 든 남자들은 그다지 갈대 베기를 하러 나가지 않았다. 젊을 때 갈대를 베다가 관절염에 걸린 탓이었다.

단조로운 생활이었지만, 그게 내게 필요한 생활이었다. 덕분에 나아질 시간이 주어졌다. 생각할 시간이 있었고, 내 나름의 속도로 성장할 수 있었다.

늦겨울은 즐겁고 나른한 시간이었다. 갈대는 베어서 여자들이 갈대천을 만들도록 넘겨두었고, 배 만드는 사람이 아니라면 남자가 할 일은 별로 없었다. 축축하고 안개 낀 추위만 빼면 성가실 게 없었다. 우리 난방기는 도기 그릇에 담긴 작은 석탄불뿐이었다. 석탄불이 오두막 안에서 만들어내는 따스함은 아주 작은 반경에만 미쳤다. 해가 반짝이는 동안에는 호숫가에 가서 배 만드는 모습을 구경했다. 까다롭고 정제된 기술이었다. 배는 라시우에서 가장 훌륭한 예술품이었다. 전투선은 진정 시와 같아서, 불필요한 군더더기가 전혀 없는 순수한 아름다움이었다. 그래서 나는 불단지 옆에서 꿈을 꾸지 않으면 배가 자라는 모습을 지켜보았다. 그리고 쓸 만한 낚싯대와 줄과 바늘을 만들어서 비가 심하지 않을 때는 낚시를 하고, 젊은이들 중에서 친해진 이들과 잡담을 나누었다.

여자는 남자 마을에, 남자는 여자 마을에 발을 들이지 않았지만, 그래도 우리에겐 마주칠 만한 나머지 세상이 있었다. 남자와 여자는 물고기자리에서, 호수에 나간 배에서(여자들도 물고기를 잡았다, 특히 뱀장어를), 마을 안쪽에 있는 풀밭에서 이야기를 나누었다. 나는 낚시 운 덕분에 여자들 사이에서 친구를 사귈 수 있었고, 그들은 내가 잡은 고기와 자기들 요리를 맞바꾸는 데 열심이었다. 나를 놀리고 가볍게 지분거렸고 기분 좋게 호숫가나 내륙 길을 같이 걸었다. 여자애들 몇 명, 남자들 몇 명이 함께였다. 진짜 짝짓기는 두 번째 성인식까지 금지되어 있었다. 그 법을 깨뜨린 청년은 평생 마을에서 추방당했다. 그래서 젊은 우리는 무리 지어 다녔다. 내가 제일 좋아하는 여자는 티소 베투였다. 수척하고 작은 얼굴과 앙상한 몸 때문에 별명이 귀뚜라미였다. 그녀는 밝고 상냥했으며 잘 웃었고, 내가 질문을 하면 빤히 보면서 "하지만 가비르, 그건 누구나 알아!"라고 하는 대신 대답해주려고 노력했다.

티소에게 옛이야기를 하는 사람은 없는지도 물어보았다. 비오는 날이나 겨울 저녁은 길고 지루했고, 나는 계속 무슨 이야기나 노래가 나오지 않나 귀를 곤두세웠지만 소년 사이에서나 어른 사이에서나 대화 주제는 제한되어 있었고 반복적이었다. 그날 있었던 일, 다음 날의 계획, 먹을 것, 여자들, 드물게 호수나 풀밭에서 마주친 다른 마을 남자에게서 들은 소소한 소식들. 나는 브리긴 패거리나 바르나의 도시에서 그랬던 것처럼 이야기로 그들에게나 나 스스로에게나 오락을 제공하고 싶었다. 그러나 여기에서는 아무도 그런 일을 하지 않았다. 나는 습지 사람들이 이질적인 방식이나 일이 이루어지는 방법을 바꾸려는 시도를 환영하지 않는다는 것을 알았기에 묻지 않았다. 그러나 티소와 함께 있을 때는 발을 잘못 디딘다고 그렇게 무서울 게 없었고, 나는 아무도 이야기를 하거나 '이야기-노래'를 부르지 않는지 물었다. 그녀는 웃었다. "우린 해."

"여자들 말이야?"

"아오."

"남자도 해?"

"엥." 그녀는 깔깔거렸다.

"왜?"

그녀는 알지 못했다. 그리고 내가 여자들 마을에서 자라는 어린 소년이었다면 들었을 법한 이야기를 하나만 해달라고 부탁하자, 그녀는 충격을 받았다. "가비르, 난 못 해."

"내가 배운 이야기를 너한테 해주는 것도 안 되고?"

"엥, 엥, 엥." 그녀는 중얼거렸다. 안 돼, 안 돼, 안 돼.

나는 게게메르 이모와 말해보고 싶었다. 그녀라면 어머니에 대해 말해줄 수 있을 테니까. 그러나 이모는 여전히 나에게 거리를 두었다. 나는 이유를 몰랐다. 여자애들에게 이모에 대해 물어보았다. 그들은 내 질문에 주춤했다. 여기저기에서 종합한 바로 게게메르 아이타노는 강력한 힘을 지녔고, 마을에서 완전히 사랑받는다고 할 수 없는 여자였다. 어느 겨울날, 티소 베투와 함께 나머지 무리에서 뒤처져서 목초지를 걷던 중에 마침내 이모가 왜 날 상관하고 싶어 하지 않는지 물었다.

"음, 그분은 암바메르거든." 티소가 말했다. 그건 '습지 사자의 딸'이라는 뜻이었지만, 나는 그게 무엇을 의미하는지 물어야 했다.

티소는 생각해보더니 말했다. "그건 그분이 세상을 꿰뚫어볼 수 있다는 뜻이야. 먼 곳의 목소리들을 듣고."

티소는 내가 알아들었는지 확인했다. 나는 애매하게 고개를 끄덕였다.

"게게메르는 가끔 죽은 사람의 소리도 들어. 아직 태어나지 않은 사람의 소리도. 할머니들의 집에서 노래를 하면, 에누-암바가 직접 그녀에게 들어오고, 그러면 온 세상을 걸어 다니면서 무슨 일이 일어났고 일어날 건지 볼 수 있어. 우리 중에도 어렸을 때 그런 걸 보고 듣는 경우가 있지만, 우린 그게 무슨 뜻인지 이해하지 못하지. 하지만 암바가 어떤 여자를 자기 딸로 삼으면, 평생 다니면서 보고 들을 수 있어. 대신 그 여자는 조금 이상해지지." 티소는 생각에 잠겼다. "그 여자는 사람들에게 무엇을 보았는지 말하려고 해야 해. 남자들은 듣지도 않아. 보는 힘을 가진 건 남자뿐이고, 암바메르는 미친 여자일 뿐이라고 하지. 하지만 어머니는 서쪽 습지에서 조개를 먹은 사람들이 앓다가 죽었을 때, 게게메르 아이타노가 그보다 훨씬 전에, 어렸을 때 그 독의 흐름을 보셨다고 했어. 그리고 게게메르는 마을 사람이 죽을 때도 알아. 그래서 다들 무서워하는 거야. 그래서 그분도 사람들을 무서워할지도 몰라. 하지만 가끔은 누가 아기를 밸지도 알아. 그러니까, 임신한 여자보다 먼저 말이야. 그분이 '네 아이가 웃는 걸 봤어, 예니'라고 했을 때 예니는 울고 또 울었지. 너무 행복해서. 아이를 원했는데 계속 못 가졌거든. 그리고 1년 후에 정말로 아이를 뱄어."

이 모든 이야기는 나에게 생각할 거리를 안겨주었다. 그래도 아직 내 질문에 대한 답은 되지 않았다. "왜 이모님이 날 좋아하지 않는지는 모르겠는걸." 내가 말했다.

"다른 남자들한테 말 안 한다고 약속하면 어머니에게 들은 대로 말해줄게." 티소는 진지하게 말했다. 나는 침묵을 약속했다. "게게메르는 동생인 타노와 그 아이들에게 무슨 일이 생겼는지 보려고 노력하고 또 노력했어. 몇 년이나 노력했지. 할머니들은 그녀를 위해서 노래하고 또 노래했어. 게게메르는 심지어 약도 썼어. 암바메르는 약을 쓰면 안 되는데도. 그런데도 암바는 동생이나 조카들을 보여주시질 않았어. 그러다…… 그러다가 네가 마을에 걸어 들어왔는데, 게게메르는 그것도 보지 못한 거야. 이름을 말하기 전까진 네가 누군지도 못 봤지. 그 순간을 모두가 본 거야. 게게메르는 수치심을 느꼈어. 그녀는 자기가 뭔가 잘못했다고 생각하고 있어. 동생 혼자 남쪽 멀리 가게 놔둔 죄로 암바의 벌을 받는 거라고 생각해. 병사들이 동생을 강간하고 너랑 너희 누나를 팔아버린 것도 자기 잘못이라고 생각하고, 네가 이런 것들을 안다고 생각해."

나는 항의하려 했지만, 티소가 앞질러 말했다. "네 머리가 아니라, 영혼이 안다는 거야. 영혼이 안다면, 머리는 몰라도 상관없어. 그러니까 넌 게게메르에게 치욕이야. 네가 그녀의 심장을 어둡게 해."

나는 한참 후에 말했다. "그 말을 들으니 내 심장이 어두워지는데."

"알아." 티소가 서글프게 말했다.

티소를 보고 소투르가 생각나는 게 이상했다. 모든 면에서 완전히 달랐는데도, 연민을 빨리 느끼는 점이나 비탄을 이해하는 점, 그에 대해 지나치게 많이 말하지 않는 점이 비슷했다.

나는 죄책감의 갑옷을 뚫고 이모에게 다가가겠다는 생각을 포기했다. 그래도 이모의 힘에 대해서나, "우리 중에도 어렸을 때 그런 걸 보고 듣는 경우가 있지만"이라는 티소의 말에 대해서는 더 알고 싶었다. 그러나 남자들의 지식과 여자들의 지식을 둘러싼 제한은 두 마을을 가르는 선만큼이나 또렷했다. 티소는 이미 말한 내용만으로도 불안해했고, 더 압박할 수는 없었다. 다른 여자애들은 내가 '신성한 일들'에 대해 물어보게 하지도 않았다. 올빼미 같은 소리를 내거나 물총새처럼 재잘거리면서 나를 몰아냈다. 반쯤은 내가 저지른 관습 위반을 경고하고, 반쯤은 그렇게 올챙이라는 사실을 비웃었다.

이런 보는 힘에 대해서 또래 남자애들에게 묻기는 꺼림칙했다. 나는 지금도 충분히 달랐고, 그런 문제에 대해 말하면 더 낯설어질 뿐이었다. 외숙부는 모든 수수께끼를 내버려두고, 오직 찾기 쉬운 것들에서만 위안을 구했다. 나이 든 어른 중에 잘 아는 사람은 없었다. 라바가 제일 친절했지만 그는 연장자요 자기 씨족의 성인식 전수자였고, 남쪽 기슭에서 많은 시간을 보냈다. 내 질문을 환영할 만한 사람은 한 명밖에 없었다. 페록은 흰머리가 무성하고 얼굴은 주름진 노인이었다. 그는 관절염으로 불구가 되었고, 아마도 고통스럽게 살았던 것 같다. 관절염으로 고생하는 손은 별 쓸모가 없었지만 그는 열심히 낚시 그물을 엮고 수선했으며, 작업 속도가 느리긴 해도 결과물은 완벽했다. 고양이 몇 마리와 같이 작은 집에 혼자 살았다. 말수는 적지만 점잖았다. 다리가 심하게 굳어서 물고기자리에 나가지 못할 때도 자주 있었다. 티소의 어머니가 그에게 먹을 것을 보냈고, 내가 갖다주겠노라고 나섰다. 티소의 어머니가 나에게 요리를 건네고 내가 가져다가 노인의 집 마루에 내려놓으며 "랄리 베투가 보냈어요, 페록 아저씨"라고 말하는 것이 정기적인 일과가 되었다. 젊은이들은 노인들 모두를 아저씨라고 불렀다.

그는 해가 나면 햇볕에 앉아서 그물을 짜거나, 멍하니 풀밭을 보면서 흥얼거렸다. 고맙다는 말을 듣고 돌아서면 바로 부드러운 흥얼거림이 다시 시작되었다. 곧 반밖에 이해할 수 없는 가사가 곡조에 덧붙여졌다. 습지 사자, 물고기들의 주인, 왜가리 왕에 대한 기묘한 노래……. 내가 페루시에서 들은 유일하게 진지한 노래였다. 그 뒤에 이야기가 있다는 것을 암시하는 노래도 처음이었다. 나는 어느 날 먹을 것이 든 갈대 상자를 내려놓고 "랄리 베투가 보냈어요, 페록 아저씨"라고 말한 뒤, 그가 고맙다고 했는데도 몸을 돌리지 않았다. 마루 옆에 서서 말했다. "부르시는 노래에 대해 물어봐도 될까요, 아저씨?"

페록은 나를 흘긋 보고 손에 든 일을 다시 보더니, 그물을 내려놓고 똑바로 나를 보며 말했다. "두 번째 성인식을 치르고 나면."

그럴까봐 두려웠다. 성스러운 규칙을 두고는 논쟁이 불가능했다. 나는 "앙"이라고 말했지만, 그는 나에게 두 번째 질문이 있는 것을 알고 기다렸다.

"모든 이야기가 성스러운 건가요?"

그는 나를 응시하며 잠시 생각하다가 마침내 고개를 끄덕였다. "아오."

"그러면 아저씨 노래도 들으면 안 되나요?"

"엥." 그는 부드럽게 거절했다. "나중에. 네가 왕의 궁전에 다녀오면." 그는 연민이 어린 눈으로 나를 보았다. "나처럼 너도 거기에서 노래를 배울 게다."

"왜가리 왕의?"

그는 고개를 끄덕였지만 더 물어서는 안 된다는 몸짓을 하며 "엥, 엥"이라고 말했다. "나중에. 곧."

"성스럽지 않은 이야기는 없어요?"

"여자들과 아이들이 하는 이야기가 있지. 그건 남자들에게 맞지 않아."

"하지만 영웅들의 이야기가 있잖아요. 서부 해안 전역을 떠돌아다녔던 위대한 영웅 함네다 같은……."

페록은 나를 응시하다가 고개를 저었다. "습지에는 오지 않았어." 그리고 하던 일로 돌아갔다.

그래서 내가 아는 모든 이야기와 시들은 내 머릿속에 조용히 갇혀 있었다. 갈대천에 싸여 외숙부의 집에 갇혀 있는 카스프로의 책처럼. 그건 페루시 전역에서 유일한 책이었고, 읽히지 않았다.

어느 봄날, 나는 혼자 낚시를 하고 있었다. 외숙부는 다른 사람과 그물질을 하러 갔다. 늙은 민키가 당연하다는 듯 배 안으로 뛰어들어 구부러진 귀가 달린 조상影像처럼 뱃머리에 앉았다. 나는 작은 돛을 올리고 바람을 받아 천천히 호수로 미끄러져 나갔다. 그물은 치지 않고 낚싯대로 리타를 잡았다. 리타는 달고 즙이 많은 작은 바닥 고기였다. 리타도 게을렀고 나도 게을렀다. 나는 한동안 낚시를 관두고 배에 앉아서 가만히 떠다녔다. 사방이 비단 같은 푸른 물이었고, 멀리 갈대 섬이 몇 개 보였고, 그 위로 낮은 녹색 기슭이, 멀리 푸른 언덕이 보였다.

그렇게 하여 나는 내 모든 기억 또는 환시 중에서 가장 오래되고 이른 기억과 조우했다. 그 기억, 그 환시 속으로 들어갔다.

그것을 기억한 순간 다른 것들이 한꺼번에 기억나기 시작했다.

나는 도시 거리들, 운하 위로 북적이는 집들의 불빛, 겨울바람을 맞는 가파른 검은 자갈길을 기억했다. 아르카만드 앞의 분수가 있었고 배가 가득한 항구 위로 솟은 탑이 있었고 비를 맞은 붉은 벽이 둘러쳐진 높은 집이 있었다. 한꺼번에 몰려오는 영상들, 수십 개의 환시가 서로 뒤엉켰다가 잡을 수 없이 사라지더니 파란 하늘과 물, 낮은 녹색 기슭과 먼 언덕만 남았다. 내가 평생을 살아온 곳이자 지금 다시 한 번, 오직 이 순간에만 마주치게 된 장면만 남았다.

환시는 약해지다가 사라졌다. 민키가 고개를 돌려 집 쪽을 보았다. 나는 천천히 마을 쪽으로 배를 몰았다. 사람들이 벌써 물고기자리에 가려고 모이고 있었다. 내겐 작은 리타 몇 마리밖에 없었지만, 티소와 티소 어머니는 언제나 내게 요리를 해주었다. 내 몫과 페록 아저씨 몫을 받아서 남자 마을로, 페록의 집으로 갔다. 아저씨는 가는 그물을 수선하고 있었다. 나는 그의 몫을 내려놓고 말했다. "랄리 베투가 보냈어요. 뭐 하나 물어봐도 될까요, 아저씨?"

"앙."

"전 평생 세상을 꿰뚫어봤어요. 아직 본 적 없는 것들을 기억하고, 가본 적 없는 곳에 가봤어요." 그는 얼굴을 들고 엄숙한 얼굴로 나를 보았다. 나는 말을 이었다. "이게 우리의, 라시우의 힘인가요? 이건 선물인가요, 저주인가요? 여기에 제가 본 게 무엇인지 말해줄 사람들이 있나요?"

"그래. 남쪽 기슭에 있지. 거기 가봐야 할 것 같구나."

페록은 힘겹게 몸을 일으켜 마루 아래로 내려섰다. 그는 나와 함께 메테르 외숙부의 오두막으로 갔다. 외숙부는 앉아서 저녁을 먹던 중이었고, 민키는 한쪽에 앉아서 꼬리로 마루를 치고, 프룻은 반대쪽에 꼬리로 앞발을 감고 앉아 있었다. 외숙부는 페록에게 인사하고 저녁을 함께 먹자고 했다.

"친절하게도 가비르 아이타나가 물고기자리에서 먹을 것을 가져다주었네." 노인이 말했다. 그는 무척 격식을 차려서 말했다. "자네 씨족에 위대한 천리안들이 있었다는 건 잘 알려진 사실이지, 메테르 아이타나. 그렇지 않나?"

"아오." 외숙부는 페록을 응시하며 말했다.

"가비르 아이타나에게 그 힘이 있는지도 모르겠네. 성스러운 지식을 지키는 이들에게 말하는 게 좋겠어."

"앙." 외숙부는 이제 나를 응시하며 말했다.

"자네 그물은 내일 준비될 걸세." 노인은 어조를 바꾸어 말하고는 절뚝이며 자기 오두막으로 돌아갔다.

나는 외숙부 옆에 앉아서 저녁을 먹기 시작했다. 티소의 어머니는 양배추 잎에 어육을 말아서 고추 양념을 한 맛있는 요리를 만들어주었다.

외숙부가 말했다. "내가 남쪽 기슭에 가보는 게 좋겠다. 게게메르 누님에게 먼저 말해야 할지도 모르겠구나. 그냥 가보는 게 좋을까. 모르겠다."

"제가 같이 가야 하나요?"

민키가 꼬리를 쳤다.

"그러는 게 좋겠지." 외숙부는 안도하며 말했다.

그래서 다음 날 우리는 내가 성인식을 치렀던 남쪽 기슭 마을로 배를 몰았다. 메테르 아저씨는 도착한 다음에 어찌해야 할지 모르는 것 같았다. 그래서 나는 신성한 것들을 보관하며 성인식을 치르는 큰 집으로 향했다. 그곳은 내가 습지에서 본 중에 제일 큰 건물이었고, 전투선을 만들 때처럼 딱딱하게 칠한 갈대로 벽을 세우고 지붕에는 갈대 묶음을 높게 얹었다. 울타리를 친 앞마당은 맨땅으로, 작은 연못이 하나 있었고 그 옆으로 크고 나이 많은 수양버드나무가 한 그루 서 있었다. 건물 안은 무척 어두웠고, 성인식의 기억들 탓에 무서웠다. 우리는 감히 들어가지도, 말을 꺼내지도 못했다. 누군가가 마당으로 들어설 때까지 연못가에서 기다렸다. 나는 우리 씨족인 아이타누 사람을 찾아서 조언이나 도움을 구하자고 하려 했지만, 외숙부는 마당에 들어선 남자에게 바로 가서 보는 힘을 지닌 조카와 같이 왔다고 말했다.

그 남자는 애꾸눈이었고 손에는 갈퀴를 쥐고 있었다. 마당을 쓸러 나온 것 같았다. 나는 외숙부가 문지기 같은 남자에게 주절거리는 것을 막으려 했지만, 소용없었다. 상대 남자는 고개를 끄덕였고, 점점 더 중요한 인물처럼 보였다. 마침내 그 남자가 말했다. "내 사촌인 갈대 섬의 천리안 도로드 아이타나에게 말하지. 그가 자네 조카가 수련에 적합한지 알아볼 걸세. 에누-암바께서 이곳까지 자네의 발걸음을 이끄셨군. 메가 함께하기를!"

"메가 함께하기를." 메테르는 고마워하며 말했다. "가자, 가비르. 다 됐다." 그는 시커먼 현관에서 달아나고 싶어 조바심이 나 있었다. 우리는 곧장 부두로 가서, 민키가 고물에 몸을 말고 자면서 지키던 배에 올라 집으로 갔다.

나는 그 애꾸눈 노인의 허풍을 별로 믿지 않았다. 내가 보는 환시에 대해 알아내고 싶으면 직접 알아내는 수밖에 없다고 생각했다.

그래서 나는 용기를 내어 그날 저녁 물고기자리에서 게게메르 이모에게 접근했다. 상당량의 리타를 코라가 쏘아 잡은 거위와 맞바꾼 후, 살찐 거위를 잘 씻고 털을 뽑아두었다. 여자에게 구애하는 남자들이 그런 물건을 내미는 것을 보았기에, 그 거위를 게게메르 이모에게 내밀었다. "조언과 안내가 필요해요, 이모." 내 의도보다 퉁명스럽게 말이 나갔다. 이모는 무서운 여자였고, 말 걸기가 쉽지 않았다.

이모는 처음에는 대답하지도, 거위를 받지도 않았다. 이모가 주춤하고 거부하고 싶어 하는 것을 느낄 수 있었다. 그러나 마침내 선물에 손을 뻗고, 남자들과 여자들이 만나서 대화를 나누곤 하는 바깥뜰로 고갯짓을 했다. 우리는 말없이 걸어갔다. 나는 무슨 말을 할지, 최소한 시작이라도 어떻게 할지 생각하다가 이모가 난쟁이 벚나무들 옆에 멈춰 서서 나를 돌아보자 말했다.

"이모에게 힘이 있다는 걸 알아요. 가끔 세상을 꿰뚫어보고 에누-암바와 함께 걸으시는 거 알아요."

놀랍게도 이모는 웃었다. 놀라고 경멸하는 웃음이었다. "하! 남자에게 그런 말을 들을 줄은 꿈에도 몰랐구나!"

그 말에 나는 주춤했고 머뭇거렸지만, 겨우 원래 하려던 말을 계속할 수 있었다. "전 무식하기 그지없는 사람이지만, 두 가지 힘을 갖고 있다고 생각해요. 전 보고 들은 것들을 아주 선명하게 기억할 수 있어요. 그리고 때로는 아직 보고 듣지 못한 것도 기억할 수 있죠." 나는 거기서 말을 멈추고, 이모가 말하기를 기다렸다.

이모는 몸을 살짝 틀고 껍질이 벗겨져 볼품없는 키 작은 나무 줄기에 손을 얹었다. "그리고 내가 힘을 지닌 남자에게 뭘 해줄 수 있을꼬?" 이모는 마침내 똑같이 적대적인 경멸을 담아서 물었다.

"환시가 뭔지 말해주실 수 있죠. 그걸 어떻게 이용하는지, 어떻게 이해하는지요. 제가 있었던 도시나 숲 속에선 이런 힘을 가진 사람이 없었어요. 전 동족에게 돌아오면 제가 알아야 할 것들을 말해줄지도 모른다고 생각했어요. 하지만 이모님 말고는 아무도 그러지 못하거나, 그러지 않을 것 같네요."

이모는 그 말에 완전히 몸을 돌리고 오랫동안 침묵에 잠겼다. 그녀는 한참 만에 몸을 돌리고 나를 마주했다. "네가 어렸을 때 우리 마을에 있었다면 널 가르칠 수 있었겠지." 이모가 말했고, 나는 이모가 입술을 떨지 않으려고 입가에 힘을 주는 것을 알 수 있었다. "이젠 너무 늦었다. 너무 늦었어. 여자는 남자에게 아무 것도 가르칠 수 없어. 어디에 살았든 그런 정도는 배웠어야지!"

나는 아무 말도 하지 않았지만, 이모는 내 얼굴에서 항의하는 기색을 보았을 것이다. 자기가 날 상처 입혔다는 사실도.

"내가 너에게 무슨 말을 하랴, 조카야? 넌 진정 재능을 이어받 았다. 타노는 한 번 들은 이야기는 무엇이든 할 수 있었고 몇 년 전에 들은 말도 되풀이할 수 있었지. 그리고 나는 네 말대로 사 자와 함께 걸어왔다. 지나간 일을 기억하는 건 큰 힘이다. 아직 지나지 않은 일을 기억하는 것 또한 큰 힘이다. 그걸 어떻게 이 용하냐고 물었느냐? 난 모른다. 알았던 적도 없어. 남자들은 알 지도 모르지. 여자들의 환시를 무의미한 짓거리로 멸시하는 그 놈들이라면! 그들에게 물어라! 난 말해줄 수 없다. 내가 할 수 있는 말이라곤 그저 다른 힘, 네 어머니 타노에게 물려받은 힘을 잡으라는 것뿐이다. 그 힘이라면 널 미치게 하진 않을 테니까."

그녀는 나를 계속 보지 않았다. 눈빛이 까마귀처럼 검고 격렬 했다. 내 목소리가 얼마나 이모와 닮았는지 들을 수 있었다.

"들었던 이야기를 다 기억해봐야 무슨 소용이죠? 남자들이 이야기를 하지도, 듣지도 못하게 하는데?" 내게도 이모와 맞먹 는 좌절과 분노가 솟아올랐다.

"쓸모없지. 여자로 태어났어야 했다. 가비르 아이타나. 그랬 다면 최소한 한 가지 능력이라도 잘 써먹을지 모르지."

"하지만 전 여자가 아니에요, 게게메르 아이타노." 나는 씁쓸 하게 말했다.

이모는 다시 나를 보았고, 표정이 달라졌다. "그래. 그리고 아 직 남자도 아니지. 남자가 되어가긴 하지만." 그녀는 말을 멈췄다가 숨을 깊이 들이마시고 겨우 말했다. "내가 줄 수 있는 충고만 해주마. 넌 받아들이지 않을 것 같지만. 너 자신을 기억하는 한은 안전해. 더 멀리 기억하기 시작하면 너 자신을 잃기 시작하지. 길을 잃기 시작해. 자신을 잃지 마라, 타노 아이타노의 아들아. 너 자신을 붙잡아. 자신을 기억해. 나에겐 아무도 그 말을 해주지 않았지. 나 말고는 아무도 너에게 그렇게 말하지 않을 것이고. 그러니 위험을 지고 가거라. 내가 사자와 함께 걷고 있을 때 널 보면, 내가 본 것을 말해주마. 내가 너에게 줄 수 있는 선물은 그것뿐이로구나. 이 선물의 보답으로." 그녀는 죽은 거위의 물갈퀴 달린 붉은 발을 흔들고, 찌푸린 얼굴로 걸어갔다.

❧

그 봄, 날씨가 많이 따뜻해지던 무렵의 어느 오후에 나는 민키와 외숙부와 함께 낚시에서 돌아갔다가 낯선 사람 둘이 마루에 앉아 있는 것을 발견했다. 한 명은 라시우치고는 키가 크고 육중했으며, 거의 하얗게 물들인 갈대천으로 만든 길고 통이 좁은 로브를 입고 있었다. 나는 그가 사제나 공인임이 분명하다고 생각했다. 나머지 한 명은 숫기 없고 조용했다. 로브를 입은 남자는 도로드 아이타나라고 자신을 소개하고, 우리의 씨족 관계에 대한 장광설은 생략했다. 외숙부는 우리가 잡은 고기를 들고 총총히 물고기자리에 갔다. 도로드는 나를 찾아왔다고 말했고, 외숙부는 낯선 이들에게서 벗어나는 것을 기뻐했다. 아저씨가 사라지자 도로드는 미소 띤 얼굴로, 그러나 권위 있게 말했다. "날 찾아서 남쪽 기슭에 왔다지."

"제가 몰랐는지도 모릅니다." 나는 대꾸했다. 직접적인 부정과 불필요한 약속을 피하는 습지 사람들 사이에서 흔한 표현이었다.

"환시에서 나를 보지 못했나?"

"보지 못한 것 같은데요." 나는 겸손하게 말했다.

"우리 길은 오랫동안 가까워져왔다." 도로드가 말했다. 그는 깊고 부드러운 목소리와 인상적인 태도의 소유자였다. "네가 이방인들 사이에서 자랐고 페루시에 온 지는 1년밖에 안 된 걸 안다. 남쪽 기슭의 큰 집에 사는 친족이 나에게 사람을 보내어 마침내 네가 왔다고 말했지. 너는 스승을 구하지. 이제 스승을 찾았다. 나는 천리안을 구하지. 이제 천리안을 찾았다. 나와 같이 우리 마을인 갈대 섬으로 가서 수련을 시작하자. 벌써 늦었다. 많이 늦었어. 벌써 몇 년 전부터 보는 방법을 배웠어야 했다. 하지만 잃어버린 시간은 만회할 거야. 시간이란 건 잃어버리는 게 아니니까. 그렇지? 네가 영혼을 다한다면 일이 년 안에 네 힘을 이끌어낼 수 있을 게다. 그러면 한갓 낚시꾼이나 갈대 베는 사람이 아니라 씨족의 천리안으로서 두 번째 성인식을 치르겠지. 지금 아이타누 씨족엔 천리안이 없어. 오랫동안 없었지. 오랫동안 너를 원하고 기다려왔다, 가비르 아이타나!"

그가 한 모든 말 중에서 내 심장에 꽂힌 것은 마지막 말이었다. 내가 오기를 기다려준 사람이 누가 있었던가? 잡혀간 아이, 노예, 도망자, 내 동족에게 유령이 된 사람, 어디에서나 이방인인 나. 누가 나를 원하거나 기다렸단 말인가?

"같이 가겠습니다." 나는 말했다.

13

갈대 섬은 페루시의 다섯 마을 중 가장 서쪽이었고, 가장 작았으
며, 가장 가난한 마을이었다. 집들은 페루시 호수 남서쪽 구석
의 만곡부 후미와 작은 섬들에 흩어져 있었다. 도로드는 갈대에
둘러싸인 진흙투성이 반도에 자리 잡은 오두막에서 유순하고
말이 없는 사촌 테멕과 같이 살았다. 마을에는 남자보다 여자가
적었고, 여자들은 무심하고 냉담해 보였다. 사람 수는 마흔 남
짓이었는데 혼인 오두막은 넷뿐이었다. 물고기자리도 동쪽 호
수 마을에서처럼 사교적이고 즐거운 행사가 아니었다.

　나는 이 마을에서 도로드 말고는 아무와도 친해지지 못했다.
도로드는 나를 계속 바쁘게 만들고 다른 사람들에게서 떨어뜨
려놓았다. 외숙부나 다른 청년들과 같이 가던 편하고 나른한 낚
시, 티소나 다른 여자애들과 나누던 대화, 배 만드는 사람들을
지켜보던 순간, 갈대 베기, 벼 심기, 지난 1년간 익숙해진 느릿
한 낮의 주기가 그리웠다. 지루한 나머지 멍해질 때도 많았지만

불행하지도 않았던 그 주기.

나는 여기에서도 매일 고기를 잡으러 나갔고, 잡은 고기의 절반은 우리가 먹을 때가 많았다. 이 마을에서는 여자들이 채소도 별로 키우지 않았고, 곡식도 적었으며, 과일은 아예 없었다. 나는 기꺼이 잡은 고기를 튀기거나 여자들이 갈아놓은 거친 곡식을 섞어 어육을 만들 마음이 있었으나, 마을 남자가 요리를 한다는 건 사회를 뒤집어놓고 영영 동족에게 추방당할 일이었다. 그래서 도로드와 나는 아메다와 지낼 때처럼 날생선을 많이 먹었다. 다만 양념으로 쓸 고추냉이는 없었다. 이 마을에선 아무도 새를 쏘지 않았다. 여기선 거위, 오리, 백조, 왜가리들이 신성한 동물, 즉 '하사'여서 사냥이 금지되어 있었다. 이 마을에서는 흔하고 맛있는 작은 민물조개가 주식으로 쓰였지만, 드물게 예측 불가능한 기간에 독성을 띠었다. 도로드 자신과 나에게는 조개를 먹는 것이 금지였다.

테멕은 도로드가 예전에 데리고 있던 수련생이 3년 전에 조개 독으로 죽었다고 말해주었다.

도로드와 나는 잘해나가지 못했다. 타고나기를 반항적이지 않았고, 도로드가 내 힘에 대해 가르쳐줄 수 있는 것은 무엇이든 배우고 싶은 마음이 절실했으나, 나는 내 신뢰를 믿지 않는 법을 배웠다. 도로드는 완전한 신뢰를 요구했다. 내게 멋대로 명령을 내리고 말없는 복종을 기대했다. 나는 모든 행동에 이유를 물었다. 그는 대답을 거부했다. 나는 복종을 거부했다.

반 달 넘게 이런 식이었다. 어느 날 아침 그는 나에게 온종일 오두막 안에서 무릎을 꿇고 눈을 감은 채 '에루'라는 말을 되풀이하라고 지시했다. 이틀 전에도 똑같은 일을 했다. 나는 또 그렇게 오랫동안 무릎을 꿇고 있을 수는 없다고, 아직도 지난번 일 때문에 무릎이 아프다고 말했다. 그는 "내 말대로 해야 해"라고 만 하고 나가버렸다.

더는 참을 수 없었다. 나는 호숫가를 따라 걸어서 동쪽 호수 마을로 돌아가겠노라 결심했다.

오두막에 돌아온 도로드는 내가 얼마 안 되는 소지품을 낡은 갈색 담요에 싸서 묶고 있는 것을 발견했다. 이 담요는 외숙부의 고양이인 프룻이 자러 가기 전에 발톱을 치대서 거의 조각이 난 상태였다.

"가비르, 가면 안 된다." 도로드가 말했고, 나는 물었다. "계 속 무지한 상태로 제가 뭘 배울 수 있죠?"

"길잡이는 안내자야. 천리안을 위해 수수께끼를 지는 것이 길 잡이의 짐이자 임무지."

그는 전에도 자주 그랬듯 거드름을 피우며 말했지만, 자기가 하는 말을 믿고 있다는 느낌이 들었다.

"이 천리안은 아니에요. 전 제가 뭘 하는지, 왜 해야 하는지 알 아야 해요. 선생님은 맹목적인 복종을 바라시죠. 왜 천리안이 눈을 가려야 하죠?"

"앞을 보는 천리안은 길안내를 받아야 해. 어찌 혼자서 길을 잡을 수 있을까? 환시 사이에서 길을 잃는데. 천리안은 자기가 지금을 사는지, 몇 년 전에 사는지, 몇 년 후에 사는지 알지 못 해! 시간 속을 여행한 지 얼마 안 된 너도 그걸 느꼈을 게다. 아 무도 길잡이 없이 혼자 그 길을 걷진 못해."

"제 이모 게게메르는……."

"암바메르! 헛소리나 지껄이고 깩깩거리며 이해하지도 못하는 쓸모없는 장면들이나 보는 여자들이지. 파하! 천리안은 훈련을 받고 안내를 받으며, 자기 씨족과 동족에게 봉사한다. 가치 있는 인물이지. 난 널 가치 있는 인물로 만들 수 있다. 난 비밀과 기술과 신성한 길을 알아. 길잡이 없이는 천리안도 여자보다 나을 게 없단 말이다!"

"그래요, 여자보다 나을 게 없을지도 모르죠. 그래도 전 어린애가 아니에요. 선생님은 절 어린애처럼 다루세요."

대부분의 마을 사람들이 그렇듯 도로드에게도 새로운 개념은 어렵기만 했지만, 그는 들을 수 있고 생각할 수 있는 사람이었고, 이상할 정도로 분위기와 암시에 민감했다. 내가 한 말은 그를 세게 때렸다.

도로드는 한동안 말이 없다가 물었다. "네가 몇 살이지, 가비르?"

"열일곱쯤요."

"천리안은 어렸을 때 훈련을 받는다. 내가 훈련시키던 우벡은 죽었을 때 겨우 열두 살이었지. 일곱 살에 데려왔고." 그는 생각하면서 천천히 말했다. "넌 성인식을 치른 남자야. 어린아이는 모든 것에 복종하도록 훈련받을 수 있지……."

나는 쓸쓸하게 말했다. "저도 어렸을 때는 신뢰와 복종 속에서 훈련받았어요. 이젠 제가 무엇을 신뢰하는 건지, 어떤 힘에 복종하는 건지 알고 싶어요."

이번에도 그는 내 말을 들었고, 생각해본 다음 말했다. "진실을 보는 네 영혼의 힘. 천리안과 길잡이 둘 다 그 힘을 따라가야 해."

"어린아이도 아닌데 왜 혼자 방법을 익힐 수 없는 거죠?"

"하지만 그러면 누가 네가 본 것을 읽어주지?" 그는 놀란 얼굴로 말했다.

"읽어요?" 나도 멍하니 물었다.

"난 네가 본 장면에서 진실을 읽는 방법을 익혀야 한다. 그래야 사람들에게 말해주지. 그게 너의 길잡이로서 내가 맡은 임무야! 천리안 혼자 그걸 어떻게 하겠느냐?" 그는 내가 자기만큼이나 당황했음을 알아차렸다. "네가 보는 게 뭔지 아느냐, 가비르? 네가 본 사람들, 장소, 시간, 의미를 알아?"

"지나간 다음에야 알죠." 나는 수긍했다. "하지만 선생님은 어떻게 아는데요?"

"그게 내 힘이야! 넌 동족의 눈이지만, 난 네 목소리야! 천리안에게는 자기가 보는 걸 읽는 능력이 주어지지 않아. 그건 무수한 수로에서 훈련받은 남자, 암바가 걷고 수아가 지나가고 하사가 나는 갈대들의 뿌리를 아는 남자가 하는 일이지! 넌 보고 네가 본 것을 내게 말하는 방법을 배울 거다. 너에게는 그 장면들이 수수께끼야. 그렇지 않느냐? 넌 네가 본 것만 말할 수 있어. 하지만 암바의 눈으로 보는 나는 그 안 깊숙한 곳을 보고, 수수께끼를 이해하고, 보인 장면들의 의미를 전하고 그럼으로써 동족에게 길을 안내할 것이야. 나에게도 네가 필요하고, 너에게도 내가 필요해. 그리고 우리 일가와 페루시의 모든 씨족이 우리 둘 다를 필요로 하지."

"제가 본 것을…… 읽는 방법은 어떻게 아시죠?" 나는 읽는다는 말을 쓸 때 머뭇거렸다. 습지에서는 '읽는다'는 말을 처음 들었을뿐더러, 내가 아는 의미가 아닌 것도 분명했다.

도로드는 웃음 비슷한 소리를 냈다. "넌 보는 방법을 어떻게 알지?" 그는 물었다. 이제는 조금 덜 거드럭거리는 얼굴이었다. 거의 동료를 보는 듯했다. "왜 사람에게 한 가지 힘은 있고 다른 힘은 없을까? 넌 나에게 보는 방법을 가르칠 수 없어. 난 네게 보는 방법은 가르칠 수 있지만, 읽는 방법은 가르치지 못해. 그건 네가 아니라 내 힘이니까. 말했잖니. 우린 서로를 필요로 한다고."

"보는 방법을 가르쳐줄 수 있어요?"

"내가 뭘 하려 했다고 생각하는 거냐?"

"모르죠! 말씀을 안 하셨잖아요. 사흘에 하루는 단식해라, 맨발로 다니지 마라, 머리를 남쪽에 두고 자지 마라, 무릎이 깨질 때까지 무릎 꿇고 있어라……. 백 가지는 되는 규칙에 해라, 하지 마라는 있었지만 이유는 말 안 하셨어요."

"단식은 네 영혼을 순수하고 가볍게 유지하기 위해서다. 그래야 쉽게 여행하지."

"하지만 단식하지 않을 때도 충분히 먹지 못하는걸요. 영혼이 너무 순수하고 가벼워서 먹을 것 말고는 아무 생각도 안 난다고요. 그래서 좋을 게 뭐예요?" 도로드는 얼굴을 찌푸렸고 실제로 조금은 부끄러워하는 것 같았다. 나는 우위를 밀어붙였다. "단식이 싫은 건 아니지만, 굶어 죽진 않을래요. 신발은 왜 신어야 하죠?"

"네 발이 땅과 접촉하는 것을 막기 위해서다. 땅은 영혼을 아래로 끌어내리지."

"미신이네요." 내 말에 그는 멍한 표정을 지었다. 내가 말했다. "환시는 맨발이었을 때나 신발을 신었을 때나 왔어요. 전 복종을 배울 필요가 없어요. 그 과정은 이미 뗐어요. 전 제 힘을 이해하고, 힘을 이용하는 법을 배우고 싶어요."

그는 말없이 고개를 숙였다. 그리고 한참 후에 진지하게, 거드럭거리지도 보호자의 조급함도 드러내지 않고 대답했다. "가비르, 네가 내가 하라는 대로 하면, 나도 왜 천리안이 그런 일들을 해야 하는지 설명하도록 해보마. 성인이 된 너에게는 그런 지식이 맞을지도 모르겠다."

나는 그에게 맞선 스스로가 자랑스러웠고, 그에게서 어느 정도 경의를 얻어낸 것이 기뻤다. 나는 소지품을 침대 옆 선반에 내려놓고 도로드의 쓸쓸하고 더러운 오두막에 남았다.

도로드가 정말로 나를 필요로 한다는 것을 알 수 있었다. 어렸던 그의 수련생이 죽으면서 길잡이라는 도로드의 지위까지 앗아갔기 때문이다. 그러나 그가 나에게 아는 바를 가르쳐준다면 공정한 거래라고 생각했다.

지배자의 위치를 버리고 내 질문에 대답하고, 내가 왜 이러저러한 일을 해야 하는지 설명해주기란 힘들었을 것이다. 본성이 나쁜 사람은 아니었고, 때로는 노예 같은 학생 대신 동료인 학생을 얻어서 즐거워하기도 했던 것 같다. 그러나 여전히 내가 묻지 않는 것은 말해주는 법이 없었다.

나는 그가 가르쳐줄 수 있거나 가르쳐주려 하는 노래와 종교적인 이야기들을 빠르게 습득했다. 이제야 겨우 라시우의 신과 정령들, 노래와 이야기들을 조금씩 익히고 있었다. 습지의 심장부에 조금씩 다가가고 있었다.

오랫동안 사용하지 않았어도 기억의 선물은 나를 저버리지 않았다. 그래서 나는 도로드의 예측보다 훨씬 빨리 배워나갔다. 한번은 그가 웃더니, 내가 막 되풀이해준 종교적인 이야기에 대해 말했다. "한 달이나 우백의 머리에 그걸 우겨넣었는데 절반도 제대로 외우지 못했었지! 넌 한 번 듣고 배웠는데."

"제 힘의 반쪽은 그거예요. 노예였을 때 받은 훈련도 그거였고."

하지만 환시를 보는 힘은 끌어내어 훈련시키려는 도로드의 노력을 거부하는 것 같았다. 한 달, 또 한 달이 지났는데도 내가 '기억'이라고 부르던 환시는 찾아오지 않았다. 나는 초조했다. 그는 흔들리지 않는 것 같았다.

그는 가르침의 중심에 있는 연습을 '사자 기다리기'라고 불렀다. 앉아서 고요히 숨을 쉬며 주위를 둘러싼 모든 것에서 생각을 거두고 내 안의 침묵에 잠기는 연습이었다. 굉장히 힘든 일이었다. 무릎은 익숙해졌어도 마음은 익숙해지지 못하는 것 같았다.

그리고 그는 내가 이제까지 본 모든 환시에 대해 듣고자 했다. 처음에는 힘들었다. 살로 누나는 내 옆에 앉아서 "말하면 안 돼, 가브!"라고 속삭였고 나는 평생 그 말에 복종했다. 이제 난 이 낯선 남자의 소망에 따라 누나의 말을 거역하려 했다. 도로드에게 털어놓고 싶지 않았지만, 오직 그만이 나에게 알아야 할 것들을 가르쳐줄 수 있었다. 나는 억지로 말을 꺼냈고, 더듬거리면서 내가 본 것들을 불완전하게 설명했다. 그의 인내심에는 한계가 없었다. 그는 조금씩 조금씩 내가 각각의 '기억'에 대해 말할 수 있는 내용을 전부 끌어냈다. 에트라에 내린 눈, 카시카르 군대의 공격, 내가 걸어 들어갔던 도시들, 책이 쌓인 방에 있던 남자, 동굴, 춤추는 끔찍한 인물(성인식에서 다시 보았던), 그리고 가장 처음에 보았으며 가장 단순한 기억인 푸른 물과 갈대밭까지. 그는 각각의 환시를 되풀이하여 듣고 싶어 했다. "다시 말해봐라. 네가 배에 있다." 그는 말하곤 했다.

"말할 게 뭐 있어요? 전 습지를 봐요. 있는 그대로요. 아기였을 때, 아마 잡혀가기 전에 봤던 그대로겠죠. 파란 물, 녹색 갈대밭, 저 멀리 보이는 푸른 언덕⋯⋯."

"서쪽으로?"

"아뇨, 남쪽으로요."

내가 그 언덕이 남쪽에 있다는 걸 어떻게 알았지?

그는 매번 똑같이 집중하며 귀를 기울였고, 자주 질문을 던졌지만 해석은 하지 않았다. 내가 쓰는 말 중에 많은 것이 그에게는 아무 의미도 없었다. 내가 본 도시나, 어떤 남자가 돌아보고 내 이름을 불렀던 책이 가득한 방을 설명하려 할 때⋯⋯. 도로드는 도시를 본 적이 없었다. '읽는다'는 말을 쓰기는 했지만 글자를 읽을 줄 몰랐다. 책을 본 적도 없었다. 나는 매끄러운 갈대천에 싸둔 《우주의 기원》을 꺼내어 책이라는 말이 무엇을 의미하는지 보여주었다. 그는 흘긋 보기만 했을 뿐 흥미를 보이지 않았다. 그는 현실이나 의미에 대해 묻지 않았다. 그저 내가 환시에서 본 것들에 대해 내놓을 수 있는 가장 가깝고 자세한 설명을 원할 뿐이었다. 내가 말한 내용에서 그가 무엇을 얻었는지는 알 수 없었다. 말하는 법이 없었으니까.

나는 다른 천리안과 길잡이들이 궁금했다. 도로드에게 페루시의 다른 천리안이 누구인지 물었다. 그는 두 개의 이름을 말했다. 하나는 남쪽 기슭 마을, 하나는 중간 마을에 있었다. 나는 이런 사람들과 말을 나눌 수 있을지 물었다. 그는 이상하다는 눈으로 나를 보았다. "왜?"

"말을 나눠보려고요. 저와 비슷한지 알아보고⋯⋯."

그는 고개를 저었다. "말하지 않을 게다. 그들은 자기 길잡이에게만 본 것을 말해."

나는 조금 더 주장했다. 그는 말했다. "가비르, 그들은 성스러운 이들이야. 환시만 함께하는 은둔 생활을 하지. 길잡이들과만 말을 나누고, 사람들 사이에 나오지 않아. 네가 완전한 천리안이 된다 해도 그들을 볼 수는 없을 게다."

"그렇게 되어야 하는 건가요? 격리당하고 틀어박혀서 환시만 보고 사는 건가요?"

그건 끔찍한 생각이었고, 도로드도 내 공포를 느낀 것 같다.

그는 머뭇거리다가 말했다. "너는 달라. 넌 다르게 시작했지. 네가 어떻게 살지는 모르겠구나."

"어쩌면 다시는 환시를 보지 않을지도 몰라요. 호수에서 처음으로 돌아왔고, 처음이 곧 끝일지도 몰라요."

"무서운 게로구나." 도로드는 평소답지 않은 부드러운 태도로 말했다. "사자가 널 향해 걸어온다는 걸 아는 건 힘들지. 무서워하지 마라. 내가 함께할 테니."

"거기에선 아니죠."

"아니, 거기에서도야. 이제 마루에 앉아서 사자를 기다리려무나."

나는 복종했다. 내키지 않는 마음으로 반도 끝의 진흙과 돌 위에 걸린 작은 바깥 마루에 무릎을 꿇고, 차분한 회색 하늘 아래 호수를 바라보았다. 도로드가 가르쳐준 대로 호흡하면서 머리를 비우려 했다. 이윽고 내 뒤에서 검은 암사자가 걸어오는 것을 깨달았지만, 돌아보지는 않았다. 무엇을 두려워했는지는 몰라도 내 두려움은 사라졌다. 내가 앉은 좁은 뜰에 꽃이 피어 있었다. 나는 비 내리는 밤에 자갈길을 걸어 올라갔고, 길 건너편 창문에서 새어 나오는 희미한 빛 속에서 거리에 세워진 높다란 붉은 벽을 때리는 빗방울을 보았다. 나는 내가 아는 집의 햇빛 내리쬐는 안뜰에 있었다. 내 집이었다. 그리고 어린 소녀가 미소 지으며 나를 맞이하러 왔다. 그녀의 얼굴을 보자 크나큰 기쁨이 찾아왔다. 나는 강 속에 서 있었다. 물살에 밀려서 넘어질 것 같았고, 어깨 위엔 무거운 짐을 얹고 있었다. 너무 무거워서 물에 떠밀리면서 서 있기가 힘들었고, 발 아래로 모래가 미끄러졌다. 나는 비틀거리며 한 걸음 내디뎠다. 나는 갈대 섬 마을의 오두막 마루에 무릎을 꿇고 있었다. 저녁이었다. 야생 오리들이 해가 진 수평선을 덮은 불그스름한 구름을 가로질러 마지막 비행을 했다.

도로드가 내 어깨에 손을 얹고 있었다. "들어오너라." 그가 나지막이 말했다. "긴 여행을 했구나."

그날 밤 도로드는 조용하고 상냥했다. 내가 무엇을 보았는지 묻지 않았다. 내가 잘 먹는지 확인하고 자게 했다.

그 후 며칠 동안 나는 도로드에게 내가 본 것들을 조금씩 조금씩, 거듭거듭 말했다. 그는 내가 말할 생각도 하지 못했던 것을 끌어낼 줄 알았다. 그가 더 자세히 묻고, 그림을 뜯어보듯이 자세한 부분을 요구하면 내가 본 줄도 몰랐던 것들이 나왔다. 이 작업에서 나는 두 종류의 기억이 하나로 합쳐지는 것을 느꼈다.

그리고 그동안에도 몇 번인가 다시 '여행을 했다'. 마치 내가 통과할 수 있는 문이 열린 것 같았다. 내 의지가 아니라 사자의 의지에 따라 통과하기는 해도.

"제가 본 것들이 어떻게 쓸모 있거나 우리 씨족을 안내할 수 있는지 모르겠어요." 어느 날 저녁 도로드에게 말했다. "언제나 다른 장소, 다른 시간들인데요…… 습지는 거의 나오지도 않고요. 이런 게 여기에서 어떻게 쓰이죠?"

우리는 고기를 잡으러 나가 있었다. 최근에는 물고기자리에서 우리가 내놓는 수확이 보잘것없었고, 따라서 여자들이 우리에게 주는 요리도 빈약했다. 우리는 그물을 던져놓고 끌어올리기 전에 한동안 물 위를 떠다니고 있었다.

"넌 아직도 어린아이의 여행을 하고 있어." 도로드가 말했다.

"무슨 뜻이죠?"

"아이는 자기 눈으로만 보지. 자기 앞에 놓인 것, 자기가 가게 될 곳들만 보는 거야. 어른으로 여행하는 방법을 익히면 더 넓게 볼 수 있단다. 다른 눈들이 볼 수 있는 것을 보고, 다른 이들이 가게 될 곳을 보는 거야. 자기 몸으로는 평생 가지 않을 곳들에 가고. 위대한 천리안에게는 온 세상이, 모든 장소, 모든 시간이 열리지. 암바와 같이 걷고 하사와 같이 날아. 물의 주인과 함께 여행하고." 그는 이 모든 내용을 담담하게 말했다. 그는 나에게 짧고 날카로운 시선을 던졌다. "가르침을 받지 못하고, 너무 늦게 시작한 탓에 아이처럼 보는 거야. 난 더 큰 여행을 가르쳐줄 수 있다. 하지만 네가 날 믿을 때에만 가능하지."

"제가 선생님을 안 믿나요?"

"그래." 그는 차분하게 대답했다.

이모는 나에게 스스로를 기억하고 더 멀리 가지 말라고 말했었다. 찾아보면 정확한 말을 기억해낼 수 있겠지만, 그러지는 않았다. 도로드 말이 옳았다. 그에게 뭔가 배우려 한다면 그의 방식대로 해야 했다.

우리는 그물을 끌어올렸다. 운이 좋았다. 물고기자리에 큰 잉어 두 마리를 내놓을 수 있었다. 나는 잉어가 뼈가 많고 질퍽한 고기라고 생각했지만, 갈대 섬의 여자들은 좋아했다. 그날 밤에는 훌륭한 저녁을 먹을 수 있었다.

저녁을 먹은 후에 도로드에게 물었다. "어린아이의 눈을 넘어서 보는 방법을 어떻게 가르치실 거죠?"

그는 오랫동안 대답하지 않다가 마침내 말했다. "네가 준비를 갖춰야지."

"어떻게 준비하는데요?"

"복종과 믿음으로."

"제가 선생님께 거역하나요?"

"네 마음만은 그렇지."

"어떻게 그걸 아시죠?"

그는 경멸인지 동정인지 모를 표정으로 나를 보며 아무 말이 없었다.

"그러면 제가 어떻게 해야 하죠? 선생님을 믿는다는 걸 어떻게 증명할까요?"

"복종."

"하라고 하시는 대로 할게요."

나는 이런 의지력 싸움을 좋아하지 않았고 원하지도 않았다. 그러나 도로드는 그걸 원했고, 원하던 것을 얻자 말투를 바꾸었다. 그는 몹시 진지하게 말했다. "계속할 필요는 없다, 가비르. 이건 힘든 길이야. 천리안의 길. 힘겹고 두렵지. 난 언제나 너와 함께 있겠지만, 여행을 하는 건 너다. 내가 길을 시작하는 곳까지 안내해줄 순 있지만, 그 후에는 따라가기만 할 뿐이야. 도전하는 것은 너의 의지요, 보는 것은 너의 눈이다. 네가 더 큰 여행을 하고 싶지 않다면 그대로 좋다. 난 강요하지 않겠다, 아니 강요할 수가 없어. 원한다면 내일이라도 날 떠나서 동쪽 호수로 돌아가거라. 어린아이의 선견이 가끔 돌아오긴 해도 곧 약해지기 시작할 거다. 그런 영상도, 그런 힘도 사라지겠지. 그러고 나면 평범한 남자로 살 수 있다. 네가 원하는 게 그런 거라면."

허를 찔리고, 당황하고, 무력해져서 말했다. "아니요. 말씀드렸죠, 제 힘을 알고 싶다고."

"알게 될 게다." 그는 조용히 기뻐하며 말했다.

그날 밤부터 그는 나에게 더 상냥해짐과 동시에 더 가혹해졌다. 나는 정말로 내 힘을 알 수 있을지 알아내기 위해 질문 없이 복종하기로 결심했다. 그는 다시 사흘에 하루씩 단식하라고 했다. 내 식단을 엄격하게 통제해서, 우유나 곡식은 먹지 못하게 하는 대신 신성하다는 다른 먹을거리를 더했다. 오리나 다른 야생 조류의 알, 샤디수라는 이름의 뿌리, 그리고 내륙의 버드나무 숲에 돋아난 작은 버섯인 에다, 모두 날것으로 먹어야 했다. 그는 이런 것들을 손에 넣는 데 오랜 시간을 들였다. 샤디수와 에다는 맛이 지독했고 먹으면 속이 아프고 현기증이 났지만, 양쪽 다 아주 조금씩만 먹어야 했다.

이런 식단으로 매일 장시간씩 무릎을 꿇은 채로 며칠을 보내자 몸과 마음이 가벼워졌다. 자유롭게 떠다니는 느낌이 들었다. 오두막 마루에 무릎을 꿇고 앉아서 "하사, 하사"라는 말을 반복하고 또 반복하면 야생 거위나 백조의 날개를 타고 날아오르는 느낌이었다.

나는 마루에 무릎 꿇은 채로 습지 전체를 내려다보았다. 구름의 그림자가 습지 위를 떠다녔다. 호숫가에 자리 잡은 마을들, 물 위에 뜬 낚싯배들이 보였다. 아이, 여자, 남자의 얼굴이 보였다. 나는 어깨에 무거운 짐을 지고 큰 강을 건넜다. 무거운 짐에 아래로 처지다가 짐을 던져버리고 다시 내 날개를 찾았다. 왜가리 날개였다. 나는 날고 또 날았다……. 그리고 속이 메스껍고 춥고 뻣뻣해져서 착륙했다. 무릎은 불이 붙은 듯 아팠고, 머리는 묵직했으며 배가 아팠다. 도로드의 오두막 마루였다.

도로드가 나를 부축해 일으켰다. 그리고 진흙 단지에 담긴 작은 불 옆으로 데려갔다. 겨울이 오고 있었다. 그는 나를 위로하고 칭찬했다. 투명한 날생선 조각과 야채, 다진 알, 역겨운 샤디수 약간을 먹이고 물 한 모금으로 입 안을 씻어주었다. "그 사람은 우유를 줬어요." 나는 처음 습지에 왔을 때 여관에서 만난 여자를 기억하고 말했다. 우유 맛이 간절했다. 밤새도록 내 모든 기억이 나와 함께 있었다. 나는 도로드의 오두막에 누워서 아르카만드의 교실에서 누나 옆에 앉아 있었고, 폭풍이 헤루라는 마을을 파괴하여 기둥에서 지붕과 갈대천 벽을 뜯어내고 새까만 어둠 속에 비명 소리와 찢어지는 듯한 바람 소리만 가득했다…….

심하게 아팠다. 위와 폐를 쥐어짜는 고통 속에 마루에 엎드려서 아래쪽 진흙에 토하고 또 토했다. 도로드가 내 옆에 무릎을 꿇고 내 등에 손을 올린 채 괜찮다고, 곧 끝날 거라고, 잘 수 있을 거라고 말했다. 나는 잠들었고 내 꿈은 환시였다. 나는 깨어났고 한 번도 몰랐던 것들을 기억했다. 그는 나에게 본 것을 다 말해달라고 했고, 나는 그러려고 했지만 말하는 사이에도 새로운 환시가 찾아왔다. 알았던 적도 없고 기억할 수도 없는 사람들과 장소들 사이에 묻혀 도로드와 오두막이 사라지고, 내가 사라졌다. 그리고 다시 나는 어두운 오두막 안에 누워 있었다. 일어나 앉지도 못할 만큼 아프고 어지러웠다. 도로드가 와서 물을 주고 조금 먹이고는, 나에게 말을 걸고 내 말을 들으려 했다. "용감하구나, 가비르. 넌 위대한 천리안이 될 게야." 그는 말했고, 나는 그에게 매달렸다. 꿈이나 환시나 기억이 아닌 유일한 얼굴, 유일한 실제 얼굴, 잡을 수 있는 유일한 손, 나의 안내인이자 구조인, 내 잘못된 길잡이, 나의 배신자.

꿈과 환시들 사이로 다른 얼굴이 찾아왔다. 그녀를 알고 있었다. 그녀의 목소리를 알았다. 그러나 그 모든 얼굴, 그 모든 목소리는 알지 못했던가? 나는 모든 것을 기억했다. 쿠가가 내 위로 몸을 굽혔다. 호비가 복도를 걸어왔다. 그러나 그녀가 그곳에 있었다. 나는 그녀를 알았다. 이름을 불렀다. "게게메르."

까마귀 같은 얼굴은 엄격했고, 까마귀 같은 눈은 까맣고 날카로웠다. "조카야, 내가 선견으로 너를 보면 말해주겠다고 했지. 기억하느냐."

나는 무엇이든 기억했다. 전에 그런 말을 했었다. 이 모든 일이 이전에 일어났었다. 다른 모든 것과 마찬가지로 백 번이나 일어났던 일이라서 기억하고 있었다. 나는 누워 있었다. 여행으로 너무 지쳐서 일어날 수가 없었다. 도로드는 내 근처에 책상다리로 앉아 있었다. 오두막은 어둡고 비좁았다. 이모는 오두막 안에 있지 않았다. 이곳은 남자 오두막이었고 이모는 여자였으니까. 이모는 현관에 무릎을 꿇고 있었다. 문지방에서 멈춰야 했다. 그녀는 나를 보고 거친 목소리로 말했다.

"네가 아이를 지고 강을 건너는 것을 보았다. 내 말 이해하겠느냐, 가비르 아이타나? 네가 갈 길을 보았다. 너도 볼 수 있을 게야. 강을 두 개 건너야 해. 두 번째 강만 건너면 안전해질 게다. 첫 번째 강을 건너는 건 위험해. 두 번째 강을 건너면 안전하지. 첫 번째 강을 건널 때는 죽음이 널 따라갈 게다. 두 번째 강을 건너면 네가 삶을 따라갈 게다. 내 말 이해하겠느냐? 내 동생의 아들아, 내 말이 들려?"

"절 데려가주세요." 나는 속삭였다. "데려가주세요!"

도로드가 우리 사이에 끼어드는 것을 느꼈다.

이모가 도로드에게 말했다. "저 애에게 에다를 줬군. 또 무슨 독을 먹였지?"

나는 가까스로 일어나 앉았고, 다시 일어나 섰다. 도로드가 막으려 했지만 나는 비틀거리며 문간까지 갔다. "데려가주세요." 나는 이모에게 외쳤다. 이모는 내가 뻗은 손을 잡고 집 밖으로 끌어냈다. 서 있기가 힘들었다. 이모가 나를 부축했다.

"아이 하나 죽인 걸로는 모자랐나?" 이모가 도로드에게 말했다. 둥지를 습격한 매를 공격하는 까마귀처럼 광포했다. "이 아이의 물건을 내주고 나와 같이 가게 놓아두지 않으면, 아이타누의 연장자들과 네 마을 여자들 앞에서 치욕을 주겠다. 네 치욕이 영원히 잊히지 않도록!"

"그 애는 위대한 천리안이 될 거야." 도로드는 분노로 몸을 떨면서도 현관 밖으로 나서지 않았다. "힘을 지닌 남자가 될 거야. 여기 남겨둬. 다시는 에다를 먹이지 않을 테니."

"가비르. 네가 선택해라." 이모가 말했다.

나는 두 사람이 무슨 말을 하는지 몰랐지만, 이모에게 말했다. "데려가주세요."

"이 아이 물건을 줘." 이모가 도로드에게 말했다.

도로드는 몸을 돌렸다. 그는 내 단검과 낚시 도구, 갈대천에 싸인 책, 너덜너덜한 담요를 들고 돌아왔다. 그 물건들을 문간 앞 마루에 내려놓았다. 그는 큰 소리로 흐느끼고 있었다. 얼굴을 타고 눈물이 흘러내렸다. 그는 외쳤다. "악이 너를 따라가리라, 사악한 여자여. 불결한 것! 너는 아무것도 몰라. 신성한 일에 무관해. 너는 손대는 모든 것을 더럽힌다. 더럽구나! 더러워! 네가 내 집을 오염시켰다."

이모는 말없이 내가 소지품을 집어 들게 도와주고, 마루에서 내려가서 이모가 배를 묶어둔 작은 부두까지 걸어가게 도와주었다. 나뭇잎처럼 가벼운 여자 배였다. 나는 몸을 떨며 배에 올라 웅크리고 앉았다. 내내 남자가 여자에게 쓰는 나쁜 말로 게게메르를 저주하는 도로드의 목소리가 들렸다. 이모가 밧줄을 풀자 도로드는 분노와 비탄에 젖어 울부짖었다. "가비르! 가비르야!"

나는 양팔에 머리를 묻고 그에게서 몸을 숨겼다. 그러자 조용해졌다. 우리는 물 위로 나갔다. 비가 조금씩 내렸다. 나는 너무 약해진 데다 아프고 추워서 고개를 들 수가 없었다. 나는 뱃전에 기대어 몸을 웅크렸다. 환시가 내 주위를 에워싸고 들끓었다. 얼굴들, 목소리들, 장소들, 도시들, 언덕들, 여러 길과 하늘, 그리고 나는 다시 여행을 시작했다.

∽◦∽

게게메르가 도로드의 집까지 가서 문간에 버텨선 것은 나에게 가져온 전언의 다급함으로도 정당화하기 힘든 도전적인 행동이었다. 이모는 나를 동쪽 호수의 여자 마을로 데려갈 수 없었다. 남자 마을에 들어갈 수도 없었다. 이모는 나를 두 마을 사이에 있는 쓰지 않은 혼인 오두막으로 데려가서 잠자리를 마련해주고 뉘어놓았다가, 하루에 몇 번씩 돌봐주러 왔다. 남자가 아프고, 아내나 누이가 그를 돌보거나 방문하고 싶으면 흔히 취하는 방식이었다.

그래서 나는 그 작고 벽이 얇은 오두막에 누워 있었다. 바람이 갈대천으로 만든 벽을 흔들고, 지붕을 때리는 비가 갈대 뭉치 사이로 똑똑 떨어졌다. 나는 몸을 떨며 헛소리를 하거나 혼수상태로 누워 있었다. 내가 도로드와 얼마 동안 같이 지냈는지, 회복하는 데 얼마나 걸렸는지는 몰랐지만 그와 함께 간 것이 여름이었는데 내가 제정신을 차렸을 때는 초봄이었다. 마르고 쇠약해진 나머지 팔이 갈대 줄기 같았다. 걸어보려 하자 숨이 차고 어지러웠다. 식욕이 돌아오는 데 오랜 시간이 걸렸다.

이모는 도로드가 나에게 준 약물에 대해 말했다. 미움과 분노를 담아서 말했다. "나도 에다를 먹어봤지. 네 어머니가 어디로 갔는지 알아야겠다고 결심했을 때. 큰 집에 사는 현명한 남자들, 길잡이들의 말에 귀를 기울인 거야. 그놈들 다 말문이 막혀버리기를. 진흙을 먹고 흐르는 모래에 파묻혀버리기를. 그들은 에다를 먹으면 마음이 자유로워질 것이고, 가고자 하는 곳으로 날아갈 수 있다고 했지! 그래, 날기는 했어. 하지만 배가 대가를 치러야 했지. 마음도 마찬가지고. 얼마나 어리석었던지. 네 어머니는 보지도 못하고, 한 입 먹은 것만으로 한 달인가 두 달인가를 앓았다. 그놈이 얼마나 먹였지? 얼마나 자주? 게다가 샤디

수까지…… 그걸 먹으면 현기증이 나고 심장이 너무 세게 뛰어. 숨은 가빠지고. 먹어본 적은 없다만 알지. 남자들이 서로에게 무슨 짓을 하면서 그걸 신성한 약이라고 부르는지 알고말고!" 이모는 고양이처럼 새액거렸다. "바보들. 남자나 여자나 마찬가지야."

나는 오두막 문간에 앉고 이모는 가까이에 자기가 들고 온 고리버들 의자를 놓고 앉아 있었다. 여자들은 그런 가벼운 접의자를 만들어서 야외에 들고 다니며 앉았다. 땅은 최근에 내린 비로 젖었지만 하늘은 반짝이는 푸른빛이었고 햇볕에는 새로운 온기가 더해졌다.

이모와 나 사이는 편해졌다. 나는 이모가 내 목숨을 구해준 것을 알았고, 이모 역시 알았다. 그 덕분에 내 어머니를 죽음에서 구하지 못했다는 자책이 누그러든 것을 알 수 있었다. 게게메르는 거칠고 억세고 신랄했지만, 아픈 나를 돌보는 손길은 끈기 있었고 부드럽기도 했다. 서로를 이해하지 못할 때도 많았지만 상관없었다. 우리에겐 말을 넘어서는 이해, 온갖 차이점을 넘어서는 유사성이 있었다. 우리 둘 다 말을 꺼내지 않고도 한 가지 아는 것이 있었다. 내가 회복하면 습지를 떠나리라는 것.

나는 급할 게 없었지만, 이모는 달랐다. 이모는 죽음에게 쫓기며 북쪽으로 향하는 나를 보았다. 가야 했다. 두 번째 강을 건너야 안전했다. 움직일 수 있으면 바로 가야 했다. 이모는 마침내 그 말을 꺼냈다.

"제가 언제 가든 죽음은 절 쫓아올 텐데요."

"엥, 엥, 엥." 이모는 찌푸린 얼굴로 격렬하게 고개를 저었다. "너무 오래 미루면 죽음이 널 기다리고 있을 거야!"

"그러면 여기 머물죠." 반쯤은 농담이었다. "제가 왜 친척과 씨족을 떠나서 죽음에게 쫓겨 가야 해요? 전 여기 사람들이 좋아요. 낚시도 좋고."

물론 나는 이모를 놀리고 있었고, 이모도 그걸 알고 괘념치 않았다. 그러나 이모는 내가 보지 못한 것을 보았다. 그걸 가벼이 여길 수는 없었다.

그리고 도로드와 함께 살 때나 동쪽 호수로 돌아온 초반에 찾아왔던 의미도 없고 끝도 없는 환시의 소용돌이 속에서 특히 정확하고 명료하게 기억하는 환시가 하나 있었다. 내가 허리까지 빠지는 강물 속에 있다. 급류가 다리와 발을 잡아끌고, 등에 진 무거운 짐 때문에 계속 균형을 잃는다. 강둑을 향해 곧장 한 발자국을 내딛지만, 틀렸다. 바로 알 수 있다. 모래가 불안정하다. 발 디딜 곳이 없다. 소용돌이치며 몰아닥치는 물속에서 어디로 가야 할지 모르지만, 오른쪽으로 한 걸음을 딛고, 또 한 걸음을 딛는다. 마치 물 아래 깔린 길을 따라가는 것처럼 급류에 저항하며 한 발짝 또 한 발짝을 딛는다……. 그게 다다. 더는 보이지 않는다.

이 기억, 이 환시는 건강이 회복되기 시작하자 돌아왔다. 아마 앓는 중에 본 마지막 환시였을 것이다. 나는 다음 날 이모가 왔을 때 그 내용을 말했다. 이모는 들으면서 얼굴을 찌푸리고 진저리를 쳤다.

"같은 강이야." 이모가 중얼거렸다.

그 말을 듣고 나도 진저리를 쳤다.

"네가 거기 있는 걸 보았지. 네가 진 건 어린아이였어." 이모는 한참 있다가 다시 말했다. "넌 안전해질 거다, 조카야. 안전해질 거야." 목소리는 낮고 거칠었고, 너무나 강한 갈망을 담아 말했다. 나는 그 말을 예언이 아니라 소망으로 받아들였다.

도로드와 함께 간 것은 정말 어리석었다. 나를 기다리고 원하기는 했지만 그건 오직 스스로를 위해서였다. 자신을 중요한 인물로, 길잡이로, 운명을 거래하고 힘을 지닌 사람으로 만들어줄 천리안이 필요했던 것이다. 나는 게게메르 이모에게 등을 돌렸었다. 이모 스스로도 잘 몰랐지만 그녀는 진정으로 나를 기다렸고 나를 원했다. 대단한 무엇 때문이 아니라 오직 사랑 때문에.

4월쯤에는 멀리 갈 수는 없어도 외숙부의 오두막으로는 돌아갈 만큼 상태가 좋아졌다. 혼인 오두막에서 지낸 마지막 날 밤, 이모는 다른 이유 없이 작별 인사를 하러 찾아왔다. 우리는 집 앞 햇볕 속에 앉았다. 내가 말했다. "이모, 이모에게 누나 얘기를 해도 될까요?"

"살로." 이모는 속삭였다. 두세 살 때 잃어버린 아이의 이름.

"누나는 제 보호자이자 수호자였어요. 언제나 용감했죠. 습지를 기억하지도 못했고, 우리 동족에 대해서도 전혀 몰랐지만, 우리에게 다른 사람에게는 없는 힘이 있다는 건 알고 있었어요. 누나는 다른 사람들에게 제가 보는 것을 말하면 안 된다고 했어요. 현명했죠. 아름다웠어요……. 마을 어디에도 누나만큼 아름다운 여자는 없었어요. 그만큼 상냥한 여자도, 그만큼 정다운 여자도, 그만큼 충실한 여자도." 그리고 이모가 얼마나 열심히 듣고 있는지 안 나는 계속 이야기했다. 누나가 어떻게 생겼는지, 어떻게 말했었는지, 나에게 어떤 의미였는지 전하려 했다. 그렇게 오래 걸리지는 않았다. 한 사람에 대해 말하기란 쉬운 일이 아니다. 그리고 누나의 삶은 많은 이야기를 내놓기엔 너무 짧았다. 나는 이미 누나가 죽은 나이를 넘어 있었다.

내가 터져 나오려는 눈물 때문에 말을 잇지 못하고 입을 다물었을 때, 게게메르가 말했다. "네 누나는 내 동생과 같았구나." 그리고 그녀는 거무스름한 손을 내 손 위에 얹었다.

그렇게 나는 다시 한 번 담요와 낚시 도구와 단검과 책을 꾸려서 남자 마을로, 외숙부의 집으로 돌아갔다. 메테르 외숙부는 차분하고 상냥하게 나를 맞이해주었다. 프룻이 꼬리를 저으며 다가왔고, 내가 낡은 담요를 침상에 내려놓자마자 그 위에 뛰어올라 풍차처럼 가르릉거리며 담요를 긁기 시작했다. 하지만 늙은 민키의 정중한 인사는 없었다. 외숙부는 서글픈 어조로 민키가 겨울에 죽었다고 말했다. 그리고 늙은 페록 아저씨도 죽었다. 오두막에서 홀로. 어느 날 아침 외숙부가 고칠 그물을 들고 갔더니 차가운 손에 그물을 쥐고 차가워진 화로 옆에 구부정하게 앉아 있었다고 했다.

메테르 외숙은 잠시 후에 말했다. "라바 네 집에 강아지들이 태어났던데. 내일 가보는 것도 좋겠지."

우리는 그렇게 했고, 자세가 꼿꼿하고 눈이 반짝거리며 까만 털이 양털처럼 빽빽하게 말린 강아지를 골랐다. 메테르는 강아지에게 '보'라는 이름을 붙이고, 그날 바로 낚시에 데리고 나갔다. 보는 배가 떠나자마자 물속에 뛰어들어 배 옆에서 헤엄치기 시작했다. 아저씨는 보를 건져내어, 후회 없이 기뻐하며 꼬리를 흔드는 보에게 엄하게 말했다. 나도 같이 나가고 싶었지만, 아직 배를 타고 나갈 만큼 튼튼해지지는 않았다. 라바 네 집까지 걷는 것만으로도 숨이 차고 몸이 떨렸다. 나는 햇빛 비치는 마루에 앉아서 호수의 매끄러운 푸른 물 위로 작아져가는 메테르 아저씨의 나비 날개 같은 돛을 지켜보았다. 여기 있으니 좋았다. 나는 이 집이 내가 가본 곳 중에서 제일 고향집에 가까울 거라고 생각했다.

그러나 내 집은 아니었다. 나는 이곳에서 평생 살고 싶지 않았다. 이젠 분명했다. 나는 두 가지 선물, 두 가지 힘을 타고났다. 하나는 여기에 속했다. 습지 사람들이 알고, 어떻게 수련하고 이용할지도 아는 힘이었다. 그러나 스승의 무지와 초조함 때문인지, 내 시야가 실제로 대단하지 않으며 이곳에 흔한 가끔 약간 앞을 내다보는 정도 능력일 뿐이어서인지는 몰라도 그 힘의 수련은 실패했다. 어린아이의 능력, 길들지 않은 선물. 훈련시키거나 신뢰할 수 없고, 나이가 들면 약해질 힘.

그리고 또 하나의 힘은 신뢰할 수는 있으나 이곳에서 쓸모가 없었다. 이야기와 역사와 시로 가득한 머리가 무슨 쓸모인가? 라시우의 남자는 말수가 적으면 적을수록 존경받았다. 이야기는 여자와 아이들을 위한 것이었다. 노래는 비밀이었고 무시무시하고 신성한 성인식에서만 불렸다. 이곳은 언어를 중요시하지 않았다. 지금 이 순간과 환시만 중요시했다. 내가 책에서 배운 것들은 이곳에서 소용이 없었다. 그렇다면 그걸 잊고 내 기억을 저버리고 나이 들면서 머리와 영혼도 쇠약해지도록 할 것인가?

동족으로부터 나를 빼앗아간 자들은 나에게서 내 동족을 빼앗기도 했다. 나는 절대로 완전히 이곳 사람이 될 수 없었다.

그것을 알기에 나는 계속 가야 했다.

그렇다면 어디로?

게게메르 이모는 북쪽이라고 말했다. 북쪽으로 가는 나를 보았다. 거대한 강을 두 개 건너서. 아마 소물란과 센사리일 것이다. 벤딜의 아시온은 소물란 강 북서쪽에 있었다. 우르딜의 메순은 센사리 강 북쪽에 있었다. 메순에는 큰 대학이 있었다. 학자와 시인들이 살았다. 시인 오렉 카스프로가 그곳에 살았다.

나는 몸을 일으켜 작은 집 안으로 들어갔다. 프룻은 내 낡은 담요 위에서 눈을 반쯤 감고 발톱을 넣었다 빼며 가르릉거리고 있었다. 나는 프룻 위로 손을 뻗어 선반에서 자그마한 갈대천 꾸러미를 꺼냈고, 밖으로 나가서 책상다리를 하고 앉았다. 도로드의 마루에 무릎을 꿇고 보내던 몇 시간, 몇 날, 몇 달을 생각하고 마음속으로 다시는 무릎을 꿇지 않으리라 맹세했다. 여자들이 쓰는 다리 없는 고리버들 의자가 있었으면 했지만, 남자는 여자 물건을 쓰지 않았다. 여자는 무엇이든 이용하고 무슨 일이든 했지만, 남자는 자기가 여자가 아니라는 것을 증명하기 위해 많은 것을 피했다. 의자와 요리와 이야기처럼 많은 기술과 즐거움을 허용하지 않았다. 안 해서 증명하기보다는 해서 증명하는 편이 낫지 않았을까?

나에게는 나았지만, 그들에게는 아니었다. 나는 그들에게 속하지 않았다.

그래서 나는 책상다리를 하고 앉아 부드러운 갈대천을 벗겨냈다. 그리고 정말 오랜만에(1년 만인가? 2년 만인가?) 책을 열었다. 자연스럽게 펼쳐진 책장을 읽었다.

물의 주인의 영역에는
골풀 무성하고, 푸른 갈대 자라네
하사! 하사!

백조들이 우짖으며 물 위를 나네
푸른 갈대와 골풀 위로
하사! 하사!
회색 왜가리들이 습지 위를 나네
날개 아래로 그림자가 스치네
구름 아래로, 습지 위로
갈대와 벼가 가득한 섬들 위로
그림자가 스치네
물새들의 날개는 축복받았네
물의 주인의 영역
봄과 강의 주인의 영역은 축복받았네

　나는 책을 덮고 눈을 감고 문기둥에 기대앉았다. 햇살이 눈꺼풀을 뚫고 뼛속까지 흘러 들어왔다. 오렉 카스프로는 어떻게 알았을까? 여기가 어떤 곳인지 어떻게 알았을까? 어떻게 백조와 왜가리의 신성한 이름을 알았을까? 오렉 카스프로가 습지 사람, 라시우였던 걸까? 아니면 천리안일까?

　나는 마음속으로 그런 말을 중얼거리며 잠들었다. 그리고 보가 무릎 위에 뛰어올라 신나게 얼굴을 핥는 바람에 깨어났다. 메테르 외숙이 막 마루에 오르고 있었다. "그건 뭐냐?" 그는 책에 가벼운 호기심을 보였다.

　"언어의 상자예요." 나는 책을 내밀고 보여주었다. 그는 고개를 저으며 말했다. "앙, 앙."

　"리타는 안 잡혔어요?"

　"그래. 농어랑 창고기뿐이야. 리타를 잡으려면 네가 같이 나가야지. 물고기자리에 갈 거냐?"

나는 같이 갔고, 나중에 티소와 말을 나누었다. 티소를 보아서 기뻤고, 우리는 과수원 근처에 앉아서 한동안 대화를 나누었다. 그날 저녁, 마루에서 지는 해를 보고 있다가 문득 날카로운 당혹감과 불안과 더불어 티소가 이미 나를 사랑할 태세가 되어 있음을 깨달았다. 내가 아직 두 번째 성인식을 치르지 않았고, 아직도 검은 막대기 같은 꼴이었으며 실패한 천리안이고 아무것도 성취하지 못한 남자인데도.

메테르 외숙은 면도 중이었다. 습지 남자들은 턱수염을 기르는 버릇이 별로 없었다. 외숙부는 조개껍데기를 족집게 삼고 물을 채운 검은 그릇을 거울 삼아서 수염을 뽑았다. 그 과정을 즐기는 게 분명했다. 다 끝낸 그는 나에게 조개껍데기를 건네주었다. 순간 놀랐지만, 턱을 만져보고 그릇을 들여다보니 내 턱에도 검은 털이 몇 가닥 자라 있었다. 나는 털을 하나씩 뽑았다. 그건 실제로 즐거운 작업이었다. 이곳에서 하는 소소한 일상사 대부분이 즐거웠다. 평화로운 외숙부와 더불어 평화롭게 앉아 있는 이런 시간이 그리우리라. 그러나 이제 나는 떠나야 한다는 것을 분명히 알고 있었다.

힘을 회복할 때까지 떠날 수 없음은 분명했다. 그래서 남은 봄 내내 꾸준히 섭생을 했다. 나는 거의 남자 마을에만 머물렀다. 물고기자리에 가서 사람들과 말을 나눴지만, 젊은이들과 같이 걷지는 않았다. 다리 힘을 회복하고 숨을 고르기 위해 걸을 때에도 혼자 호숫가를 따라 걸었다. 앉아서도 할 수 있는 일을 찾아서 페룩의 그물 수리 장비를 가져왔고, 썩 뛰어난 솜씨는 아니었어도 손대지 않는 것보다는 나았으므로 마을에 소용이 될 수 있었다.

오래지 않아서 아저씨와 같이 줄낚시를 나가고 보의 훈련을 도울 수 있게 되었다. 사실 훈련할 필요가 없는 강아지였지만 말이다. 사냥감을 찾아서 물어 오는 것은 보의 두뇌와 뼈 속에 새겨져 있었다. 처음 내 낚싯줄이 커다란 농어를 놓쳤을 때, 보는 내가 놓친 것을 깨닫기도 전에 물속에 뛰어들더니 몸부림치는 고기를 우아하게 물고 솟아올라 나에게 내밀었다.

나는 매일 아침저녁으로 마루에 나가, 비가 오지 않으면 걷어 올린 벽 아래 앉아서 몇 쪽씩 책을 읽었다. 나이가 들면서 게을러진 프룻은 이 기회를 틈타 내 무릎에 앉곤 했다. 그러다가 처음 이 마을에 살기 시작하면서 배운 대로 외숙부와 함께 물의 주인에게 경배의 춤을 추고 기도를 올려서 하루를 마무리하고, 자러 갔다.

그렇게 시간이 흘렀다. 하지를 지나 한여름이 되었다. 나는 마을을 떠나야 한다는 생각을 하지 않았다. 그럴 필요가 없었다. 만족스러웠다.

물고기자리에서 이모가 나에게 다가왔다. 성난 까마귀처럼 눈을 빛내고 있었다. 어린아이들이 두려움에 달아났다. "가비르! 가비르, 한 남자를 보았다. 너를 쫓는 남자를. 너의 죽음을."

나는 이모를 응시했다.

"떠나야 한다, 조카야!"

4부

14

이모는 모두에게 내가 자기 선견에 복종하여 모레 떠날 거라
고 말했다. 다음 날 마지막으로 물고기자리에 나가자 티소의 어
머니가 기다리다가 섬유가 보풀거리게 처리한 갈대로 두껍고
부드럽고 양모처럼 따뜻하게 짠 담요를 내밀었다. "내 딸이 짰
다." 랄리 베투가 말했고, 나는 대답했다. "티소에게 감사를 전
합니다. 밤이 추울 때마다 두 분을 생각하겠습니다." 티소는 주
춤했고 나에게 말을 걸지도 않았다. 나는 여자들에게 작별을 고
하고 이모와 짧게 대화를 나누었다. 이모는 나와 대화하고 싶어
하지 않았다. 내가 떠나버리기를, 두 번째 강을 건너 안전해지
기를 바랐다.

　나는 다음 날 아침, 외숙부가 일어나기 전에 떠났다. 강아지는
그의 발치에서 자고 프룻은 내 낡은 담요 위에서 몸을 말고 있었
다. 나는 그들 모두에게 "메가 함께하기를"이라고 속삭이고 작
은 집을 빠져나갔다. 내 마을을 빠져나갔다. 마음이 무거웠다.

나는 육로로 동쪽을 향했다. 이모는 찬성하지 않았다. 내가 서둘러 북쪽으로 가길 원했다. 나는 이모의 공포심에 내몰리고 싶지 않았다. 나에겐 배가 없었고, 걸어서 북쪽으로 향하려면 습지를 통과하는 미로를 끝도 없이 걸어야 할 터였다. 돈도 없었고, 여행하는 동안 돈을 벌 수단도 없었다.

돈이 있기는 했다. 피 묻은 돈. 내 누나의 죽음 대신 지불된 돈. 그 돈은 쿠가의 동굴 속에 감춰져 있었다. 검소하게 살면 그 돈으로 메순까지 갈 수 있을 것이고, 나는 검소하게 사는 데 익숙했다. 참리와 베네와 같이 걸었던 길을 기억했다. 북쪽으로 한참 가다가 바르나 패거리에 마주치는 일이 없도록 숲의 심장부 동쪽으로 돌아서 갈 수 있었다. 까다로운 부분은 다네란 숲 남쪽에서 쿠가의 동굴을 찾는 것이었다. 여름 내내 알고 지냈던 언덕과 계곡에 마주치기만 하면 내가 선사받은 기억력이 안내해주겠지만 그것도 찾은 다음의 이야기였다.

나는 나그네의 식량으로 훈제하여 말린 생선과 딱딱한 치즈, 딱딱한 빵, 말린 과일이 든 배낭을 메고 있었다. 여자들은 물고기자리에서 내가 감당할 수 없을 정도로 많은 먹을 것을 내밀었고, 마을 남자들은 메테르 외숙의 오두막에 찾아와서 얼마 안 되는 여행 식량을 나눠주었다. 나는 며칠씩 굶는 것이 두렵지 않았는데도. 먹을 것과 새 담요 외에는 언제나처럼 낚시 도구와 단검, 그리고 여울을 건너거나 헤엄을 쳐야 할 때에 대비하여 방수 갈대천으로 안전하게 싼 책이 있었다. 이제 건강을 회복했기에 종일 꾸준히 걸으면서 그 길을 즐길 수 있었다.

나는 이틀 만에 습지를 빠져나가 나무가 성기게 자란 비탈길에 들어섰다. 방향은 동쪽을 유지했다. 내 판단으로는 카시카르

시가 남쪽으로 그리 멀지 않았다. 멀리 황량해 보이는 앞길에 농장이 몇 채 보였다. 계곡에 소와 양이 흩어져 있었다. 많지는 않았다. 나는 불타버린 과수원, 폐허가 된 농가를 지나쳤다. 군대가 지나가면서 약탈하고 파괴한 흔적이었다. 끝없이 전쟁을 벌이는 도시국가의 군대들. 차도는 없이 길의 흔적만 있었고, 가끔 지나가는 양치기나 소치기 말고는 사람도 없었다. 우리는 말을 나누거나 손을 흔들었고, 나는 계속 걸어갔다.

땅은 계속 오르막이었고, 이제 나는 내가 찾던 울퉁불퉁하고 거친 땅에 들어섰다. 문제는 내가 원하는 그 지형을 찾는 부분이었다. 쿠가의 동굴이 지금 내가 가는 방향에서 어느 쪽에 있는지 알 수 없었다. 나무가 빽빽해서 언덕 전체를 조망할 수가 없었다. 내가 할 수 있는 일은 그저 내 감을 믿고 나아가는 것뿐이었다. 그날 해가 나무 사이를 황금빛으로 물들이며 내려가기 시작할 무렵, 나는 완전히 길을 잃었음을 느꼈다. 아무렇게나 걷고 있었다. 가망 없는 계획이었다. 이 구릉지를 헤매다가 처음 들어섰을 때만큼 약해지고 미쳐버릴 수도 있었다. 나는 앉아서 배를 좀 채우고 원기를 회복한 후, 빛이 사라지기 전에 조금 더 가서 잘 만한 피난처를 찾아야겠다고 생각했다. 작은 공터에 앉아서 어린 참나무에 등을 기대며 나는 한숨을 내쉬었다. "아, 에누, 지금 제게 길을 보여주세요."

나는 단검으로 딱딱한 빵을 잘라서 얇게 저민 훈제 생선을 얹고, 소금과 연기 맛을 느끼고 마을을 생각하며 천천히 먹었다. 움직임이 보여서 눈을 들자 스무 걸음쯤 떨어진 곳에서 검은 사자가 공터에 들어서고 있었다. 암사자였다. 머리와 긴 꼬리를 낮게 내리고 걸었다. 암사자는 멈춰 서서 나를 똑바로 응시했다. 나는 소리 없이 '에누-암바'라는 이름을 말했다. 암사자는 조금 더 나를 지켜보더니 걸어가버렸다. 순식간에 덤불 속으로 사라졌다.

나는 잠시 후에 식사를 마쳤다. 생선을 싸서 조심스럽게 짐에 넣었다. 기름 묻은 손가락을 빨고, 앉은 자리 주변의 고사리에 닦았다. 입이 말랐기에 지난번 개울에서 다시 채운 옻칠한 갈대천 물병에서 물을 마셨다. 나는 천천히 일어섰다. 갈 길은 하나뿐이었다. 사자를 따라가는 길. 현명한 일 같지는 않았으나, 이곳에서는 지혜가 아무 쓸모 없을지도 몰랐다. 나는 사자를 따라갔다.

덤불을 빠져나가서 보니 사자가 사라진 길은 길고 구불구불한 언덕 꼭대기를 따라 펼쳐진 참나무 숲을 뚫고 희미하게 이어지는 오솔길이었다. 시야가 썩 괜찮아 수월하게 걸을 수 있었다. 사자는 다시 보이지 않았다. 나는 오랫동안 걸었다. 내가 어디에 있는지 깨달았을 때는 해가 숲을 뚫고 내려앉고 있었다. 숲의 형제들을 만나러 갈 때 쿠가를 따라 이 빈 터를 지났었다. 저 거대한 늙은 참나무를 지나서. 우리는 쿠가만드에 왔다. 그렇게 생각하고 나니 왜 '나는'이 아니라 '우리는'이라고 생각했는가 의아했다. 이제 사자의 길에서 벗어나서 내가 아는 길로, 오른쪽 아래로 내려가기만 하면 동굴이었다.

나는 걸음을 멈추고 에누에게 감사한 다음, 오른쪽으로 방향을 틀어 숲을 뚫고 내려갔다. 점점 더 친숙한 지형이 나왔고 개울을 건너자 동굴 문을 품은 동시에 감추고 있는 바위 사면 앞이었다. 나무 위로 저무는 햇빛이 찬란했다.

막 쿠가를 부르려는데 그가 이곳에 없다는 확고한 깨달음이 찾아왔다. 나는 아무 말도 하지 않았다. 잠시 후에 좁은 입구로 들어갔다. 내 눈은 동굴 속에서 어둠밖에 찾지 못했다. 연기 냄새와 지독하게 처리한 모피 냄새. 쿠가의 악취가 있기는 했지만 희미했다. 냄새의 흔적이라고 해도 될 정도였다. 그 어둠 속은 추웠다. 빛도 없었다. 나는 다시 밖으로 나갔다. 저녁 시간에 바깥은 경이로울 정도로 따뜻하고 찬란하게 느껴졌고, 나는 처음 동굴을 떠났을 때 보았던 햇살이 얼마나 눈부셨던지 기억했다.

나는 동굴 입구에 짐을 내려놓고 물통을 채우러 개울로 내려갔다. 물을 마시고 물통을 채운 후에 잠시 쭈그리고 앉아 있었다. 그리고 짙어가는 어스름 속에서 물의 흐름을 지켜보다가, 개울둑에서 그를 보았다.

짐승들과 일이 년 동안의 비바람은 그에게 많은 것을 남겨두지 않았다. 이마가 깨어진 두개골, 나머지 뼈들, 곰팡이가 핀 모피 옷 몇 조각, 그리고 가죽 허리띠뿐이었다.

나는 두개골을 건드리고, 해골을 쓰다듬으며 쿠가에게 말을 걸었다. 주위는 빠른 속도로 어두워졌고 무척 피곤했다. 동굴 안에서 자고 싶지는 않았다. 나는 커다란 바위 층의 풀밭에 갈대 천 담요를 말고 누워서 오랫동안 깊이 잤다.

아침에 쿠가를 안에 묻을 생각으로 동굴에 들어갔다. 그러나 동굴 안은 너무 쓸쓸해서, 차라리 지금 있는 곳에 두는 편이 나을 것 같았다. 나는 겨울 범람기에 쓸려 가지 않을 만큼 높은 곳에 작은 무덤을 팠다. 뼈를 모아서 무덤에 넣고, 쿠가의 허리띠와 동굴 안에서 찾아낸 단검 하나, 그리고 그의 가장 큰 보물이었던 금속 소금 상자를 넣었다. 나와 함께 지내는 동안에는 쿠가가 상자를 숨겨두어서 어디 있는지 알지 못했지만, 지금은 화로로 쓰던 동굴 바닥에 나와 있었다. 상자 바닥에는 아직도 소금이 약간 들어 있었다. 쿠가가 제일 좋아한 단검 하나도 그 안에 있었고, 내가 남겨두고 갔고 쿠가가 나 대신 보관해준 묵직한 돈지갑도 있었다.

쿠가가 돈 때문에 살해당한 게 아니라서 마음이 놓였다. 상자를 꺼냈다가 다시 치우지 않은 것으로 보아 다치거나 아파서 보물을 보고 싶었던 게 아닐까 싶었다. 하지만 죽어가고 있음을 안 그는 보물을 버려두고 즐겨 앉던 개울 옆으로 나갔다.

나는 작은 무덤을 덮고, 손으로 흙을 고르고, 에누에게 쿠가를 안내해달라고 부탁했다. 돈지갑은 열어보지 않고 배낭 바닥에 넣었다. 안녕을 고하고 그곳을 떠났다. 그리고 처음 숲의 형제들을 만났던 북동쪽 언덕으로 돌아갔다.

동쪽 호수 마을을 떠난 후부터 몹시 외로웠다. 언제나 고독을 사랑했지만 그건 가끔 찾아오는 고독, 상대적인 고독이었다. 거의 언제나 손 닿는 곳에 다른 이들이 있었다. 이 외로움은 달랐다. 다시 한 번 동족으로부터, 내가 아는 모두로부터 떠난다는 것은, 어디로 가든 늘 이방인들 사이에만 있게 된다는 걸 아는 것은, 아무리 자유라고 생각하려 해도 쓸쓸했다. 그중에서도 쿠가만드를 떠난 날이 가장 힘들었다. 나는 생각하지 않고 길을 찾으며 묵묵히 걷고 또 걸었다. 쿠가가 나를 두고 갔던 언덕 꼭대기에 도착했을 때는 걸음을 멈출 시간이었다. 나는 멈췄다. 숲의 형제들이든 다른 누구든 불러들이고 싶지 않았으므로 불은 피우지 않았다. 나는 혼자 가야 했고, 혼자 갔다. 그러나 그날 밤 누워서 비탄에 잠겼다. 나 자신을 위해 슬퍼했고, 쿠가를 위해 슬퍼했다. 동쪽 호수 마을 사람들을 위해, 티소와 게게메르와 상냥하고 게으른 외숙부를 위해 슬퍼했다. 그리고 참리 베른과 베네와 디에로, 심지어는 바르나를 위해서도 슬퍼했다, 바르나 또한 사랑했었기에. 또 아르카만드의 사람들, 소투르와 티브와 리스와 어린 오코, 아스타노와 야벤과 에베라 선생님, 그리고 살로 누나를 위해 슬퍼했다. 내가 잃어버린 모두를 위해 슬퍼했다. 눈물이 가득했으나 울 수 없었고, 머리가 아팠다. 여름의 별들이 서서히 서쪽으로 미끄러져 갔다. 나는 뒤늦게 잠들었다.

깨어났을 때는 새벽이었다. 시커먼 흙 언덕 위로 투명한 분홍색 빛의 언덕이 얹혀 있었다. 배가 고프고 목이 말랐다. 나는 일어나서 짐을 꾸리고 언덕 아래 계곡에 흐르는 개울가로 내려갔다. 브리긴이 물을 마시지 못하게 했던 그 개울에서 양껏 물을 마셨다. 나는 혼자였다. 그러니 혼자 가리라. 내가 원하는 대로 살리라. 마시고 싶었던 곳에서 물을 마시고, 모든 사람이 자유인이며 대학에서 지혜를 가르쳐주고 시인 카스프로가 사는 메순으로 가리라.

걸어가면서 카스프로의 시 〈자유〉를 불러보려 했지만, 나는 노래를 잘하지 못했고 숲 속의 정적과 새소리 가운데에서 내 목소리는 어린 까마귀가 우짖는 것처럼 들렸다. 그래서 나는 그의 시가 내 머릿속에 들어오고 내 길을 함께 가도록 했다. 소리 없는 음악을 벗 삼아 걸었다.

숲 속에서는 변화가 빨리 일어났다. 나무들이 쓰러지고, 어린 나무가 자라고, 길 위로 가시나무 덤불이 덮였다. 그래도 길은 내가 찾아보고 기억에 의지하여 가기에는 충분히 확실했다. 나는 걸어놓은 사슴 고기를 찾았던 공터에 도착해서 점심을 먹었다. 그 사슴 고기 생각이 굴뚝같았다. 내 배낭은 심하게 가벼워져갔다. 다시 동쪽으로 방향을 돌려, 다네란 숲 밖으로 나가서 마을에서 먹을 것을 사봐야 하나 고민이었다. 그러나 아직은 운을 시험하고 싶지 않았다. 숲 속에 남아서, (아직 남아 있다면) 브리긴의 야영지를 멀찍이 돌고, 참리가 앞장섰던 길을 따라 바르나의 도시에서 안전한 거리까지 갈 생각이었다. 그런 다음에 북동쪽으로 향해서 숲 바깥, 내가 건너야 할 두 개의 큰 강 중 첫 번째인 소물란 강가에 있는 마을을 찾아볼 작정이었다.

이 계획은 수풀 무성한 구릉지를 뚫고 구불구불 북쪽으로 이어지는 소물란 강을 따라 바르나의 도시에서 약간 동쪽을 지날 때까지만 해도 잘 돌아갔다. 배가 꽤 고팠고, 역류하는 물속에 하늘을 나는 비둘기 떼처럼 아무렇지 않게 헤엄치는 송어가 보였다. 더는 참을 수 없었다. 나는 아담한 웅덩이에서 걸음을 멈추고 낚싯대를 조립한 다음, 날도래를 미끼로 꿰어서 순식간에 물고기를 낚았다. 두 번째 고기도 금방 잡을 수 있었다. 낚싯줄을 다시 던지려는데 누군가가 말했다. "가브?"

나는 펄쩍 뛰다가 미끼를 놓쳤고, 단검에 손을 뻗으며 내 뒤에 서 있는 남자를 응시했다. 순간 못 알아봤다가, 얼굴이 눈에 들어왔다. 아테르였다. 이라드와 멜을 잡아왔던 습격조. 맥줏집에서 이야기를 했었다, 말랑한 여자가 좋다고 말했던. 그때는 덩치 크고 육중한 사내였는데, 지금은 덩치 크고 수척한 사내였다. 나는 공포에 질려서 그를 응시했지만 그의 눈빛에는 위협이 깃들어 있지 않았다. 그냥 놀란 표정이었다.

"여긴 어떻게 온 거야, 가브? 물에 빠져 죽었거나 도망친 줄 알았는데. 예전에."

"도망쳤지." 내가 말했다.

"그럼 돌아온 거야?"

나는 고개를 저었다.

"뭐 돌아올 것도 없긴 해."

그는 말하면서 내가 낚은 두 마리 고기를 바라보았다. 나는 굶주린 사람이 먹을 것을 보는 눈길을 알았다.

서서히 그의 말이 와 닿았다. "무슨 소리야, 아테르?"

그는 양손을 내밀고 무력한 몸짓을 했다. "음. 알잖아." 나는 그를 쳐다보기만 했다. 그는 나를 응시하며 말했다. "다 타버렸어."

"도시가? 숲의 심장부가? 타버렸다고?"

그는 자기 인생에서 그렇게 어마어마했던 사건을 내가 몰랐다는 걸 잘 이해하지 못했다. 그에게서 이야기를 제대로 끌어내는 데 시간이 좀 걸렸다.

처음에는 다른 남자들이 아테르를 따라오면 어쩌나, 바르나의 경비대가 날 잡아가면 어쩌나 걱정했지만 그는 계속 이렇게만 말했다. "아니야. 아무도 안 와. 다 가버렸어. 아무도 안 와. 먹을 거라도 좀 있을까 싶어서 전에 가던 마을에 가봤는데, 놈들이 거기도 불태웠더라고."

"누구?"

"병사들."

"카시카르?"

"그럴걸."

그에게서 정보를 캐내는 데 시간이 걸릴 것을 안 나는 말했다. "불을 피워도 안전한 거야?"

그는 고개를 끄덕였다.

"그럼 불 피우고 물고기를 막대에 끼워서 구워. 여기 빵이 좀 있어." 나는 그가 불을 피우는 동안에 큼지막한 송어를 한 마리 더 잡았다. 그는 물고기가 익는 것을 기다리지 못했다. 허겁지겁 딱딱한 빵을 입 안에 밀어 넣고 힘겹게 씹었다. "아. 이거 맛있는데. 고마워, 가브. 고마워."

나는 식사를 끝낸 후에 낚시를 더 했다. 송어가 빈 바늘에도 달려드는데 잡지 않아서는 안 될 일이었다. 내가 고기를 낚는 동안 아테르는 둑에 앉아서 숲의 심장부에 일어난 일을 말해주었다. 갈팡질팡하는 그의 이야기에서 추측해낸 내용은 이러했다.

에트라와 카시카르는 이제 북부 동맹을 이루어 보투스, 모르바, 그 밖에 모르 강 남쪽에 있는 작은 도시들과 대치했다. 에트라와 카시카르 사이에 벌어졌던 전쟁으로 많은 농장 노예가 죽거나 도망쳤으므로, 충원을 해야 했다. 다네란 숲 주변 마을에는 오래전부터 도망 노예들이 모여 사는 거대한 근거지에 대한 소문이 가득했고, 새로운 동맹 진영은 숲에 들어가서 무엇이 있는지 알아보기로 결정했다. 두 도시에서 하나씩 부대를 보내어 다네란 숲과 습지대 사이를 빠르게 진군했다. 바르나 패거리는 경비대가 경고의 고함을 지르며 도시 안으로 달려 들어갈 때까지 공격에 대해 모르고 있었다.

바르나는 남아서 숲의 심장부를 방어할 남자를 모았다. 여자와 아이들에게는 숲 속으로 흩어지라고 명했다. 상당수의 남자들이 그쪽에 같이 갔다. 그리고 머뭇거리거나 싸우려고 남은 이들은 곧 함정에 갇혔다. 병사들이 성벽을 둘러싸고 조직적으로 불을 지른 후, 목조 건물의 지붕마다 횃불을 던져서 도시 전체에 불을 놓았다. 바르나의 부하들이 돌격했지만 수적으로 달렸고,

더 줄어들다가 도륙당했다. 병사들은 불타는 도시를 빙 둘러싸고 도망쳐 나오는 사람들을 잡았고, 다시 정렬해서 숲 속에 숨거나 도망치려고 하는 사람들을 포위했다. 그들은 불이 다 탈 때까지 며칠 밤을 기다려서 남은 물건을 약탈했다. 보물을 찾아내어 나누었다. 포로들도 반은 에트라, 반은 카시카르로 나눈 다음 소와 양 떼와 더불어 사슬에 묶은 노예들을 몰아대며 진군해 돌아갔다.

이야기하는 아테르의 뺨에 눈물이 흘렀지만, 목소리는 단조롭고 나른하기만 했다. 그는 습격을 나갔다가 멀리 북쪽에서 도시가 타면서 피어오르는 연기를 보았다. 그들은 병사들이 떠나고 며칠 후에 슬금슬금 그리로 돌아갔다.

"바르나는……." 내 말에 아테르가 대답했다. "병사들이 머리를 잘라서 공처럼 차고 다녔다더라."

다른 사람들에 대해 물어보기가 그렇게 힘들 수 없었다. 물어보았어도 아테르에겐 답이 없었다. 내가 누굴 말하는지 모르는 것 같을 때도 많았다. 참리? 그는 어깨를 으쓱였다. 베네? 몰랐다. 디에로? 몰랐다. 하지만 상당수는 이리저리 도망쳤고 상당수는 어디로 가야 할지 몰라서 폐허가 된 도시에 모여 있다는 것을 알았다. 곡식 비축분 중에 일부는 숨겨진 채 고스란히 남아 있었고, 그들은 그 곡식과 남은 텃밭으로 살아갔다. 얼마나 오래? 이번에도 아테르는 모호했다. 나는 습격과 화재가 반년쯤 전, 초겨울에 일어난 일임을 알아냈다.

"그리로 돌아갈 거야?" 내가 묻자 아테르는 고개를 끄덕였다. "거기가 더 안전해. 병사들이 사방을 쑤시고 다녔어. 노예를 잡느라고. 난 에베라 쪽에 가봤어. 여기 못지않아. 밭에서 일할 노예가 안 남아서."

"같이 가자." 나는 친구들이 어떻게 되었는지 알아야 했다.

나는 제법 큰 물고기를 다섯 마리 더 잡았다. 그 물고기를 나뭇잎에 싸서 들고 출발했다. 숲의 심장부에 도착했을 때는 늦은 오후쯤이었다.

마지막으로 보았을 때 달빛 속에서 은청색이었던 도시는 새까맣게 타버린 들보, 형체 없는 흙무더기, 잿더미로 변해 있었다. 사람들은 한쪽 가장자리 텃밭 근처에 반쯤 타다 만 목재로 오두막과 피난처를 지어놓았다. 텃밭에서 늙은 여자 하나가 얼굴이 보이지 않게 허리를 굽히고 잡초를 뽑았다. 남자 몇 명이 무릎 사이에 손을 걸치고 오두막 문간에 앉아 있었다. 개 한 마리가 우리를 보고 짖더니, 낑낑거리면서 몸을 움츠렸다. 맨땅에 앉아 있던 아이가 내키지 않는 눈으로 아테르와 나를 보았다. 우리가 가까이 다가가자 그 아이 역시 몸을 움츠렸다.

친구들에 대해 물어보려고 왔지만, 물어볼 수가 없었다. 그저 불타오르는 바르나의 집에 갇힌 디에로, 공동묘지에 버려진 참리의 시신, 사슬에 묶여 걷는 베네의 모습만 눈에 선했다. 나는 아테르에게 말했다. "난 여기 못 있어." 나는 그에게 물고기 꾸러미를 건넸다. "누군가와 같이 먹어."

그는 멍하니 물었다. "그럼 어딜 가게?"

"북쪽으로."

"노예잡이 조심해."

왔던 길로 몸을 돌리려는데 뭔가가 내 다리를 붙잡았다. 갑자기 두 다리를 꽉 움켜쥐는 바람에 균형을 잃을 뻔했다. 어린아이였다. 우리를 빤히 보다가 움츠러들었던 그 아이였다. "뾰족이,

뾰족이, 뾰족이." 아이는 새처럼 높고 가느다란 목소리로 울부짖었다. "아, 뾰족이. 뾰족이 오빠."

나는 다리를 잡은 아이의 손을 뜯어내야 했다. 그러자 아이는 참새 발 같은 손가락으로 내 손을 움켜쥐고 내 얼굴을 올려다보았다. 뼈와 흙과 눈물로 이루어진 얼굴.

"멜?"

멜은 나를 잡아당겼다. 나는 멜을 들어 올렸다. 유령이라도 드는 것처럼 무게가 없었다. 멜은 나에게 달라붙었다. 디에로의 방에서 글자를 가르쳐주던 때처럼 달라붙어서 내 어깨에 얼굴을 묻었다.

"애 어디 살아?" 나는 걸음을 멈추고 우리를 보던 아테르에게 물었다. 그는 근처 오두막을 가리켰다. 나는 아이를 그쪽으로 데려가려 했다.

"가지 마." 멜이 속삭였다. "거기 가지 마."

"그럼 어디 살아, 멜?"

"아무 데도."

아테르가 가리킨 오두막 문간에서 웬 남자가 우리 쪽을 내다보았다. 목수로 일하는 모습을 본 적은 있었지만 이름을 몰랐다. 그 역시 지친 표정이었다. 농성 중에 보던 얼굴 같았다.

"애 언니는 어디 있죠?" 그 남자에게 물었다.

그는 어깨만 으쓱였다.

"디에로는…… 디에로는 도망치지 못했죠?"

남자는 다시 어깨를 으쓱였다. 이번 질문에는 이를 드러내고 비웃었다. 남자의 표정이 서서히 날카로워졌다. 그는 말했다. "걜 원해?"

나는 물끄러미 그를 보았다.

"하룻밤에 동전 반 닢. 아니면 먹을 것도 괜찮아." 그는 내 배낭을 살펴보려고 앞으로 나섰다.

순식간에 복잡한 생각이 스쳐 지나갔다. "내 물건은 내 거야." 나는 말하고 왔던 길로 돌아가기 시작했다. 멜은 얼굴을 감추고 소리 없이 내 목에 매달려 있었다.

남자는 내 뒤에 대고 소리를 질렀고, 개 한 마리가 짖자 다른 개들이 한꺼번에 짖고 울어댔다. 나는 단검을 뽑아 들고 계속 뒤를 살폈다. 그러나 따라오는 사람은 없었다.

나는 한참 걸어간 후에야 내 작은 유령이 원래 생각보다 훨씬 무게 있는 실체임을 알았고, 어떻게 할지 생각하는 게 좋겠다는 것도 알았다. 나는 흐릿한 길의 흔적에 마주쳐서 한쪽 방향으로 따라가다가 벗어났다. 나는 길에서 우리 모습을 가려주는 딱총나무 덤불 뒤에서 멜을 내려놓고 숨을 골랐다. 멜은 내 옆에 쪼그리고 앉아서 가느다란 목소리로 말했다. "데리고 와줘서 고마워."

이제 일곱 살 아니면 여덟 살쯤 되었을까. 멜은 별로 자라지 않았고, 너무 말라서 어깨가 손잡이처럼 보였다. 나는 배낭에서 말린 과일을 꺼내어 내밀었다. 멜은 애처로울 만큼 탐욕 부리지 않으려고 애쓰며 먹었다. 한 조각은 나에게 내밀기도 했다. 나는 고개를 저었다. "좀 전에 먹었어." 멜은 게걸스럽게 과일을 먹었다. 나는 돌처럼 딱딱한 빵을 작은 조각으로 잘랐고 침으로 적신 다음에 씹어야 한다고 말해주었다. 빵을 물고 앉은 멜의 지저분하고 앙상한 얼굴이 부드러워지기 시작했다.

나는 말했다. "멜, 난 북쪽으로 가. 멀리. 메순이라는 도시로."

"제발, 나도 같이 갈 수 있어." 멜은 다시 굳어진 얼굴로 속삭였다. 커진 눈은 한 번밖에 나를 올려다보지 못했다.

"거기 남고 싶지는 않⋯⋯."

"안 돼. 아, 제발." 똑같은 속삭임. "제발 그러지 마!"

"널 돌봐줄 사람이 없⋯⋯."

멜은 고개를 젓고 또 저었다.

"아냐, 아냐, 아냐." 멜은 속삭였다.

어떻게 해야 할지 몰랐다. 아니, 내가 할 수 있는 일이 딱 하나 있기는 했지만 어떻게 해낼 수 있을지 몰랐다.

"잘 걷니?"

"걷고 또 걸을 수 있어." 멜은 열심히 대답했다. 그러고는 소심하게 빵을 또 한 조각 입에 넣고, 내가 하라고 했던 대로 침을 적셨다.

"음, 그래야 할 거야." 내가 말했다.

"할게. 할게. 날 들고 갈 필요 없어. 약속해."

"잘됐구나. 이제 좀 걸어야 해. 어두워지기 전에 강까지 돌아가고 싶거든. 내일이면 숲을 떠나는 거야. 괜찮지?"

"응!" 대답하는 눈이 반짝였다. 멜은 바로 일어섰다.

씩씩하게 걷기는 했지만, 멜은 다리가 짧았고 굶주린 작은 몸에 축적된 힘도 없었다. 다행히도 우리는 내 예상보다 빨리 소물란 강에 도착했다. 열린 비탈길을 내려가자 길게 굽이치는 강가였다. 강에서의 낚시는 상류에 있었던 훌륭한 웅덩이에서만큼 성과가 좋지 않았지만, 그래도 송어 한 마리와 농어 몇 마리를 잡을 수 있었다. 둘의 저녁 식사로는 충분했다. 풀밭은 부드러웠고, 햇빛은 나무 사이로 달콤하게 떨어져내려 물빛을 청동 빛으로 바꾸었다. "여긴 예쁘다." 멜이 말했다. 멜은 먹자마자 잠들었다. 풀밭 위에 누운 멜의 작고 연약한 몸을 보자 마음이 계속 달라졌다. 내가 어쩌자고 이 아이를 데려왔을까? 하지만 어떻게 데려오지 않을 수가 있나?

행운은 들리지 않는 귀로만 기도를 듣지만, 나는 별들의 전차 바퀴가 구르는 소리를 듣는 귀에 대고 말했다. "제가 알지 못할 때 저와 함께 계셨지요. 지금은 이 아이와 함께 계셨으면 합니다. 그냥 놀리시는 게 아니라……." 그리고 나는 소리 없이 에누에게 감사하고, 길을 인도해달라고 부탁했다. 그다음에는 멜과 같이 부드러운 갈대천 담요를 둘러쓰고 자는 수밖에 없었다.

우리 둘 다 동이 트면서 깨어났다. 멜은 혼자 강가로 갔고 돌아왔을 때에는 제법 깨끗하게 몸을 씻은 대신 춥고 젖어서 덜덜 떨고 있었다. 나는 멜에게 담요를 다시 둘러주고 조촐한 아침 식사를 했다. 멜은 조심스럽고 근엄했다.

내가 말했다. "멜, 너희 언니……."

멜은 기묘하게 작고 고른 목소리로 말했다. "우린 숨으려고 했어. 양 목장 뒤에. 병사들이 우릴 찾아냈어. 이라드 언니를 데려갔어. 기억이 안 나."

나는 바르나의 습격조가 어떻게 마을에서 두 소녀를 데려왔는지 이야기하던 것을 기억했다. 아테르가 작은 아이를 집어 던지려고 했는데, 둘이 너무 꼭 붙어 있어서 떼어놓을 수 없었다던 이야기. 이번에는 그들도 서로에게 붙어 있지 못했던 것이다.

멜의 턱이 떨렸다. 아래를 내려다보며 딱딱한 빵 조각을 씹었지만 삼키질 못했다. 우리 둘 다 이라드에 대해서는 아무 말도 더 하지 못했다. 나는 한참 후에 말했다. "너희 마을이 숲 서쪽에 있었지. 그리로 돌아가고 싶니?"

"마을에?" 멜은 눈을 들고 골똘히 생각했다. "별로 기억 안 나."

"하지만 거기 가족이 있었잖아. 어머니나……."

멜은 고개를 저었다. "어머니 같은 거 없었어. 우린 간 불리의 소유물이었어. 간 불리는 우릴 많이 때렸어. 언니는……." 멜은 말을 맺지 않았다.

결국 행운은 쭉 멜 곁에 있었는지도 몰랐다.

그러나 이라드 곁은 아니었다.

"좋아. 그러면 나랑 같이 가는 거야." 나는 최대한 담담한 말투로 말했다. "하지만 잘 들어. 우리는 차도에도 다니고, 마을 안에도 들어갈 거야. 가끔은 말이야. 사람들 사이에 들어가야 해. 네가 내 남동생인 편이 더 나을 것 같아. 남자애 흉내 낼 수 있니?"

"당연하지." 멜은 그 생각에 흥미를 보이고 생각에 잠겼다. "이름이 필요하겠네. 미브 어때?"

나는 안 된다고 외칠 뻔했다. 그러나 멜은 직접 고른 이름을 가져야 했다. 멜처럼 미브도 흔한 이름이었다.

"좋아, 미브." 나는 약간의 노력을 기울여서 말했다. "그리고 난 아비야."

"아비." 멜은 그 이름을 불러보고 조그맣게 미소 지으며 중얼 거렸다. "뾰족이 아비."

"그리고 우리는 노예가 아니야. 우르딜엔 노예가 아예 없고 우린 거기 살거든. 난 메순에 있는 대학에 다니는 학생이야. 메 순에 있는 훌륭한 사람과 같이 공부하고, 그분이 우리를 기다리고 계셔. 널 거기 학생으로 데려가는 길인 거야. 습지 동쪽 출신이고."

멜은 고개를 끄덕였다. 완벽하게 받아들이는 것 같았다. 그러나 멜은 여덟 살이었다.

"내 희망은 이래. 우린 주로 큰길을 피하고 시골을 통과할 수 있을 거야. 나한테 돈이 좀 있어. 마을에서나 농부들에게서 먹을 걸 살 수 있어. 하지만 노예잡이들을 조심해야 해. 어디에서나. 노예잡이를 하나도 만나지 않는다면 괜찮겠지."

"메순에 있는 훌륭한 사람 이름이 뭔데?" 멜이 물었다. 좋은 질문이었다. 내가 미처 준비해두지 않은 부분. 나는 결국 메순에 있는 훌륭한 사람 중에 내가 아는 유일한 이름을 말했다. "오렉 카스프로."

멜은 고개를 끄덕였다.

멜은 아무래도 마음에 걸리는 게 하나 더 있는 것 같더니, 한참 만에 말했다. "남자애처럼 쉬는 못 하는데."

"그건 괜찮아. 걱정 마. 내가 지켜 설게."

멜은 고개를 끄덕였다. 우리는 떠날 태세를 갖췄다. 강 만곡부에서 하류로 약간 내려가자 강이 넓어지면서 얕아졌다. "여기서 건너자. 헤엄칠 수 있니, 미브?"

"아니."

"너무 깊어지면 내가 업을게." 우리는 신발을 벗어서 내 배낭에 묶었다. 나는 멜의 허리와 내 허리에 가벼운 밧줄을 동여매고 몇 걸음 정도 거리를 두었다. 우리는 손을 잡고 강을 건넜다. 나는 강을 건너던 환시를 떠올리고, 곧 멜을 목말 태우게 되는 걸까 생각했다. (어제 안고 걸었던 것만으로도 아직 어깨가 아팠다.) 하지만 내 기억 속의 강은 여기가 아니었다. 여울목에서 높은 지점을 찾아 지그재그로 걷는 동안 물은 한 번도 내 허리까지 오지 않았고, 어느 자갈 섬 옆에서 물살이 깊고 빨라지던 순간 말고는 멜도 충분히 버틸 수 있었다. 그 지점에서는 멜에게 내 허리를 감은 밧줄을 꽉 잡고 최선을 다해 머리를 올리고 있으라고 말한 후에 물속으로 들어가서 자갈톱이 나올 때까지 헤엄을 쳐야 했고, 그 후에 다시 물가로 나아갔다. 멜은 마지막 순간에만 물에 잠겼다. 바닥이 닿을 것 같다고 생각했는데 닿지 않았던 것이다. 멜은 켁켁거리면서 올라왔다. 그 후에는 걸을 만한 얕은 물밖에 없었고, 곧 반대편 기슭에 도착했다.

앉아서 숨을 돌리고, 몸을 말리고, 신발을 신으면서 나는 말했다. "우리가 건너야 할 큰 강 두 개 중에 첫 번째를 건넌 거야. 여긴 벤딜의 땅이야."

"영웅 함네다가 부상당했을 때에도 헤엄쳐서 강을 건너야 했지?"

그 말이 얼마나 내 마음을 때렸는지 설명하기 어렵다. 멜이 함네다 이야기를 나에게서 배워서가 아니었다. 멜이 함네다를 생각한다는 것, 함네다가 나에게 그러하듯 멜의 머리와 마음에도 친숙하다는 것 때문이었다. 이 아이와 나는 한 언어를 공유하고 있었다. 내가 에트라의 어린 시절에서 떠나온 후에는 누구와도 나누지 못했던 언어를. 나는 멜의 작고 마른 어깨를 감싸 안았고, 멜은 꼼지락거리며 편안하게 몸을 기댔다.

나는 말했다. "마을을 하나 찾아서 먹을 걸 사자. 잠깐만. 돈을 좀 꺼내야지. 사람들 얼굴에 이걸 다 흔들 순 없으니까." 나는 배낭 안을 뒤져서 묵직한 비단 지갑을 꺼냈다. 희미하게 연기 냄새 섞인 쿠가의 악취가 남아 있었다. 아니, 어쩌면 그저 페루시에서 가져온 훈제 생선 근처에 있었는지도 모른다. 나는 줄을 풀고 지갑을 연 순간 멍해졌다. 나는 지갑 안에 든 돈을 기억하고 있었다. 청동 동전이 여럿, 은화가 넉 장이었다. 그런데 이제는 동전 말고도 은화가 아홉 장에, 파가디에서 '독재자'라고 부르는 금화가 넉 장, 안술의 큼지막한 금화가 한 장 들어 있었다.

쿠가는 도망자일 뿐 아니라 도둑이기도 했던 것이다.

"이건 가져갈 수 없어!" 나는 공포에 질려 그 돈을 보았다. 내 눈에는 누군가에게 이런 재산을 가지고 있다는 걸 들키기라도 하면 어떤 위험이 닥칠지밖에 보이지 않았다. 금화를 자갈과 풀 사이에 버리고 떠나야겠다는 생각밖에 들지 않았다.

"누군가가 준 거야?"

나는 말없이 고개를 끄덕였다.

"옷 속에 꿰매어 숨길 수 있어." 멜이 감탄과 호기심이 어린 눈으로 '독재자' 금화를 만지작거리며 말했다. "이것도 예쁘긴 한데 저기 큰 게 더 예쁘다. 바늘이랑 실 있어?"

"낚싯바늘과 낚싯줄뿐인데."

"음, 마을에 가면 재봉 도구를 구할 수 있을지도 몰라. 길에서 행상을 만날 수도 있고. 나 바느질할 수 있어."

"나도 할 줄 알아." 나는 멍청하니 말했다. "음, 지금은 다시 집어넣을 수밖에 없겠다. 못 찾았더라면 좋았을걸."

"이거 많은 거야?"

나는 고개를 끄덕였다.

멜은 아직도 동전을 들여다보고 있었다. "도시 어쩌고, 파, 파가⋯⋯."

"파가디." 내가 말했다.

"아, 빙 둘러서 글자가 있어. 도시국가 파가디 8년 어쩌고." 멜은 바르나의 집에서 디에로의 방에 켜둔 등불 아래 책을 읽던 때처럼 동전 위로 고개를 숙이고 있었다. 멜은 고개를 들고 미소 지으며 나에게 동전을 돌려주었다. 반짝이는 눈이었다.

나는 4분의 1닢짜리 동전과 반 닢짜리 동전 몇 개를 챙기고 지갑은 다시 숨겼다. 우리는 강을 따라 걸었다. 또렷하게 길이 나 있었다. 한 시간쯤 걸은 후에 멜이 말했다. "그 도시에 도착하면 우리 언니가 어디 있는지 찾아내서 병사들한테 금을 주고 사 올 수도 있어."

"그럴 수도 있겠지." 심장이 다시 뒤틀렸다.

나는 잠시 후에 걱정을 덧붙였다. "그렇지만 그 얘기는 할 수 없어. 절대 안 돼."

"안 할게." 멜은 그 후로 다시는 그 말을 꺼내지 않았다.

⁓✿⁓

북쪽으로 날카롭게 꺾어지는 강을 따라가다보니 오후에 꽤 큰 마을이 나왔다. 나는 용기를 그러모아 마을로 들어갔다. 멜은 내 힘과 지혜를 믿는지 무서움이 없었다. 우리는 대담하게 시장으로 걸어 들어가서 먹을 것을 샀다. 멜에게 판초처럼 두를 수 있는 담요를 하나 사주고, 튼튼한 바늘과 흰 실 꾸러미가 든 작은 상자도 샀다. 사람들은 우리와 말을 나누고 싶어 했다. 어디에서 왔는지, 어디 소속인지 물었다. 나는 준비한 대로 말했고, '대학교 학생'은 대부분 사람들에게 무엇을 더 물어볼지 모를 만큼 신비스러운 말이었다. 실과 바늘 값으로 4분의 1닢 동전을 달라던 통통한 뻐드렁니 여자가 안됐다는 얼굴로 멜을 보며 말했다. "어린아이에게는 그 학생질인지 뭔지가 끔찍이도 힘든 일인가본데!"

"겨울 내내 아파서 그래요." 내가 말했다.

"그랬어? 이름이 뭐니, 애?"

"미브요." 멜은 차분하게 대답했다.

"분명 네 형이 널 잘 돌봐주고 너무 걷지 않게 하겠지." 여자가 말했다. 그리고 내가 자기가 요구한 값을 치르지 않을 거라고 본 탓인지, 다른 이유가 있어서인지는 몰라도 이렇게 덧붙였다. "그리고 너한테 이걸 주마. 여행 중에 안전하게 지켜줄 거야. 선물이야, 선물. 에누의 축복을 두고 어린아이에게 돈을 달라고는 안 해요!" 여자는 까만 나무를 깎아서 만든 작은 고양이 상을 내밀었다. 고양이 목 부분에 구리줄을 감아서 목걸이에 걸 수 있게 만들었는데, 여자의 쟁반 위에는 그런 작은 에누-메가 여러 개 있었다. 멜은 커다란 눈으로 나를 올려다보았다. 멜과 이라드가 그런 고양이 상을 목에 걸고 있었던 것을 기억했다. 이쪽이 더 훌륭한 물건이었지만. 나는 여자가 아까 요구한 엄청난 값을 지불하고 멜에게 조각상을 가져도 좋다고 고개를 끄덕였다.

멜은 고양이 상을 손에 꼭 쥐고 그 손을 목 아래에 바싹 갖다 댔다.

나는 시장에서 예상치 못한 안전함과 편안함을 느꼈다. 우리는 황야에 고립된 고독한 여행자가 아니라 이방인 사이에 섞인 이방인이었고, 군중 속에 묻혀 있었다. 어느 노점에서 맛있는 냄새가 나는 튀김 과자 같은 것을 팔았다. "저거 먹자." 나는 멜에게 말했고, 둘이 뜨거운 과자를 하나씩 들고 커다란 분수가 그늘에 앉아서 먹었다. 기름지고 배가 불러서 멜은 자기 과자를 반밖에 먹지 못했다. 나는 곁눈질로 멜을 보고, 그 뻐드렁니 여자가 본 것을 알아보았다. 이 깡마른 아이는 기진맥진해서 쓰러지기 직전으로 보였다.

"피곤하니, 미브?" 내가 물었다.

멜은 갈등 끝에 어깨를 움츠리고 고개를 끄덕였다.

"여관에 묵자. 이럴 기회도 별로 없을 거야. 여긴 좋은 마을이야." 나는 앞뒤 가리지 않고 말했다. "너 강을 건너면서 감기가 들었나봐. 오늘도 한참 걸었고. 오늘 밤엔 진짜 침대에서 잘 자격이 있어."

멜은 어깨를 좀 더 움츠리고 기름진 과자를 내려다보았다. 과자를 나에게 보여주며 속삭였다. "먹을 수 있어, 뾰족아?"

"난 뭐든 먹을 수 있어, 찍찍아." 나는 말하면서 내 말을 증명했다. "이제 가자. 시장을 벗어나서 뒤에 바로 여관이 있어."

여관 안주인은 멜에게 관심을 보였다. 아무래도 내 새로운 동행은 사람들의 동정심을 사는 통행증 같았다. 우리는 짧고 넓은 침대가 딸린 아늑한 뒤쪽 방을 받았다. 멜은 바로 침대에 기어올라가서 몸을 말았다. 에누-메는 아직도 꼭 쥐고 있다. 새로 산 판초를 입고선, 벗으려 하지 않았다. "따뜻해." 멜은 그렇게 말하면서 몸을 덜덜 떨었다. 내가 이불을 덮어주자 멜은 곧 잠들었다. 나는 창가 의자에 앉았다. 의자에 앉아본 것도 오랜만이었다. 습지의 갈대벽 오두막과 전혀 다른 이렇게 크고 견고한 집도 오랜만이었다. 나는 책을 꺼내 잠시 읽었다.《우주의 기원》은 다 외웠지만, 책을 손에 쥐고 인쇄된 글자를 따라 눈을 움직이는 것만으로도 마음이 놓였다. 그게 필요했다. 내가 뭘 하고 있는 것인지, 어디로 갈 것인지 제대로 알지도 못하면서 이젠 잘해야 속도만 늦어질 짐까지 졌다. 멜을 이 마을에 사는 누군가에게 맡기고 떠났다가 나중에 찾으러 올 수도 있을 것이다. 멜을 맡기고 떠나? 어디에서 찾으러 온단 말인가? 나는 멜을 건너다보았다. 푹 잠들어 있었다. 나는 저녁 식사를 알아보러 조용히 방을 나섰다.

닭죽을 한 사발 들고 돌아갔는데, 멜은 일어나 앉아서 마시기는 했지만 얼마 먹지 못했다. 열이 오른 듯했다. 나는 여관 안주인 아메노와 의논해보았다. 장사하는 태도는 쾌활하고 원기왕성하지만 그 아래에는 조용하고 진지한 여인이 있는 듯했기 때문이다. 아메노는 와서 멜을 보더니 병에 걸렸을 수도 있고 그냥 지쳤을 수도 있다고 말했다. "가서 저녁 들어요. 내가 불을 돋우고 애를 볼 테니까." 그녀는 멜을 설득해서 작은 고양이 상을 받아 들고 목걸이에 꿰었다. 멜은 그녀가 목걸이를 꿰는 모습을 지켜보다가 다시 잠들었다. 나는 휴게실에 가서 훌륭한 저녁 식사를 먹었다. 구운 양고기가 나오는 바람에 참리 생각이 났다. 애정과 아픔이 함께하는 기억이었다.

우리는 라미에 있는 여관에서 나흘 밤을 묵었다. 아메노는 오래지 않아서 멜이 남자애가 아니라는 걸 알았다는 티를 냈지만, 아무것도 묻지 않았고(여자애가 남자애 행세를 하면서 여행할 이유야 뻔한 것이었으니) 다른 사람에게 그런 암시를 던지지도 않았다. 멜은 병이 든 것은 아니지만 거의 쓰러지기 직전이었다. 사흘간의 휴식과 좋은 음식과 친절한 보살핌은 멜에게 놀라운 효과를 발휘했다. 멜은 침대에 앉아서 조심스럽게 옷 안에 금화를 꿰맨 후 다시 잤다. 아마 나흘째 밤에 여관에서 들은 이야기만 아니었다면 그대로 며칠 더 멜을 회복시켰을 것이다.

마을 남자들은 매일 저녁 찾아와서 맥주나 사과주를 한 잔 하고 서로 잡담을 나눴다. 붙임성 있는 여관 투숙객도 환영이었다. 처음에는 그 남자들도 나를 학자인 데다 도시인이라고 여겨서 조심스럽고 뻣뻣하게 대했지만, 내가 아직 어린 데다가 말수가 적고 겸손하다는 것을 알자 곧 좋은 의미에서 나를 무시하게 되었다. 그들은 당연히 동네일들을 이야기했지만, 그 사이에 섞여든 여행자들은 더 넓은 세상에 대해 이야기했고 숲 속과 습지에만 오래 머물며 도시국가와 벤딜에 대해 들은 바가 없던 나는 그런 부분에 흥미가 있었다.

멜은 든든하게 저녁을 먹고 잠들었고, 나는 휴게실에 나가서 불가에 앉았다. 대화는 '바르나 패거리'로 넘어갔다. 누구나 도로와 농장과 큰 마을을 습격한 바르나 패거리에 대한 이야기를 하나씩은 알고 있었다. 그중에는 내가 에트라에서 들었던 낭만적인 옛이야기도 있었지만, 여기에서는 한 명이 그 내용을 보증했다. 3년 전에 습격자들이 자기가 시장에 몰고 가던 양 떼 절반을 가져갔는데, 다 가져갈 수도 있었던 것을 정말로 딱 절반만 가져갔다고 했다. "하나는 너, 하나는 우리" 하면서 다 세어서 말이다. 그래서 자기는 그놈들에게 저주도 반밖에 못 퍼붓겠다나. 듣는 사람들도 그 말을 반밖에 믿지 않는 인상이었다.

그다음에는 바르나의 도시에 대한 이야기, 노예들의 집에 아름다운 여자들이 가득했으며 훔쳐낸 금이 워낙 많아서 지붕을 얹는 데 썼고, 병사들이 도시를 불태웠을 때 녹은 금이 홈통으로 흘러내렸다는 이야기가 나왔다. 다들 바르나를 알았다. 불타는 빨간 머리에 어떤 남자보다 키가 컸고, 아시온을 공격해서 직접 벤딜의 왕이 되어 노예들이 과거의 주인들을 다스리게 하려 했던 거인. 그러자 아무리 충성스러워 보여도 노예를 믿을 수는 없다는 논쟁이 붙었고, 노예들이 배신한 사례가 몇 가지 나왔다.

"흠, 해줄 얘기가 있어." 벤딜 동부에서 온 양모 구매상이 말했다. "불충한 노예와 충성스러운 노예에 대한 얘기지. 나도 막 들었는데 말이야. 에트라 시에 습지 출신이면서 주인들의 자랑거리인 노예가 있었어. 이놈은 무슨 이야기든 노래든 다 할 수 있었지. 주인들에겐 금화 백 닢 가치가 있었어. 그놈이 집안의 딸을 범하고 돈주머니를 훔쳐서 달아났다네. 뒤쫓아서 노예 사냥꾼을 보냈지만 아무도 못 찾았고, 어떤 사람은 물에 빠져 죽었나보다고 했다지. 하지만 그 집안 아들에게 충성스러운 노예가 하나 있었는데, 이 노예가 그놈을 찾아다가 에트라로 데리고 돌아가서 주인들의 집안을 욕보인 벌을 받게 하겠다고 맹세한 거야. 그래서 추적에 나선 그는 얼마 후에 바르나의 도시에 이야기와 노래로 유명한 젊은 도망 노예가 있다는 소문을 들었지. 자기도 배운 노예였던 바르나가 이 소년을 엄청 귀중하게 여긴다고 말이야. 하지만 이 녀석은 병사들이 들이닥치기 전에 바르나도 배신하고 또 사라져버렸어. 충성스러운 노예는 아직도 그놈을 쫓고 있다네. 내가 그 노예를 아는 친구랑 말을 해봤는데, 그 친구는 그 노예 놈을 '세 눈썹'이라고 부르더군. 그 노예는 습지에도 찾아갔고, 카시카르에도, 피람에도 가본 데다가 남은 평생이 걸리더라도 도망 노예를 쫓을 거라고 했대. 진짜 충성스러운 노예도 있긴 한 게지!"

다른 사람들은 대충 찬동하고 넘어가자는 표정이었다. 나는 그들의 현명한 동조를 흉내 내려 했지만, 심장이 얼음처럼 차가워진 상태였다. 의심을 피하려고 학자를 가장한 것이 이제 와서는 의심을 초래하게 생겼다. 도망 노예가 습지 출신이라는 말만 안 했어도! 습지 바깥에서는 내 생김새와 피부 빛이 언제나 주목을 끌었다. 아니나 다를까, 마을 남자 하나가 맥주잔 너머로 나를 보더니 말했다. "자네도 그 동네 출신인가본데. 그 유명한 노예에 대해 아는 거 있나?"

나는 입을 열 수가 없었다. 최대한 무관심한 척하며 고개만 저었다. 도망 노예와 노예 사냥꾼 이야기가 더 나왔다. 나는 그들 사이에 앉아서 사과주를 마시며 속으로 공포에 질리지 말라고, 아무도 내 사연을 묻지 않았다고, 아이를 데리고 있어서 의심을 피했을 거라고 스스로를 타일렀다. 내일 다시 출발하자고 생각했다. 어디든 그렇게 오래 머무는 것은 실수였다. 하지만 쉬지 않았다면 멜이 더 가지 못했을 것이다. 괜찮다. 며칠만 가면 두 번째 강이고, 그 강을 건너면 자유다.

나는 그날 밤 아메노에게 혹시 북쪽으로 가는 길에 우리를 태워줄 만한 짐마차꾼을 모르는지 물었다. 그녀는 어디로 갈지 알려주었다. 나는 아침 일찍 졸린 눈인 멜을 깨워서 나갔다. 아메노는 먹을 것을 싸 들고 배웅 나와서 내가 내민 은화를 받았다. "행운이 함께하길. 에누와 함께하기를." 그녀는 말하고 멜에게 걱정이 느껴지는 긴 포옹을 선사했다. 우리는 안개 낀 새벽길을 뚫고 마을 외곽으로 갔다. 짐마차꾼들이 만나서 짐을 싣고 때로는 승객을 찾기도 하는 장소였다. 그곳에서 우리는 테르투디라는 곳까지 가는 마차를 찾았다. 마부 말로는 강까지 가는 길의 절반쯤에 있다고 했다. 나는 벤딜의 이 지역 지리를 명확하게 알지 못했고, 강이 북쪽에 있고 메순은 그 강을 건너 동쪽에 있다는 지식만 가지고 사람들의 말에 의지해야 했다.

느린 말들이 끄는 짐마차는 하루 종일 걸려서 테르투디에 도착했다. 여관도 없는 작고 가난한 마을이었다. 그곳에 묵다가 눈에 띄고 싶진 않았다. 나는 라미에 있는 여관과 모든 연결점을 끊고, 우리를 추적할 수 있는 흔적을 뒤에 남기지 않고 싶었다. 우리는 테르투디에서 아무에게도 말을 걸지 않고 그냥 마을 주위 풀밭으로 걸어 나갔고, 그날 밤 작은 개울 옆에서 야영했다. 따뜻한 저녁이라 사방에서 귀뚜라미가 울었다. 가까운 곳에서도, 먼 곳에서도. 멜은 왕성한 식욕을 보였고 피곤하지 않다고 말했다. 멜은 자기가 아는 이야기를 듣고 싶어 했다. 정확히 그렇게 요청했다. "내가 아는 이야기 하나만 해줘." 나는 《샴한》의 도입부를 이야기해주었다. 멜은 꼼짝도 않고 열중해서 듣다가 결국 눈을 껌벅이며 하품을 하기 시작했다. 멜은 목 아래 걸린 작은 고양이 상을 꼭 쥐고, 판초를 둘러쓴 채 몸을 말고 잠들었다.

나는 귀뚜라미 소리에 귀를 기울이고 처음 뜬 별들을 바라보며 누워 있었다. 그러다 평화로이 잠들었지만, 어두울 때 깨어났다. 풀밭에 누군가가 서서 우리를 감시했다. 그를 알았다. 그의 얼굴. 눈썹을 끊어놓은 흉터. 일어나려 했지만 도로드의 독에 중독되었을 때처럼 마비되어 움직일 수가 없었고 심장만 쿵쾅거렸다. 한밤중이었다. 별들이 휘황했다. 귀뚜라미는 대부분 조용해졌고 근처에서 한 마리만 계속 노래하고 있었다. 아무도 없었다. 그래도 다시 잠들지는 못했다.

아르카만드와 나를 잇는 마지막 고리가 눈먼 증오와 원한이라는 게 슬펐다. 이제 나는 아르카만드를 생각하며 그들이 내게 주었던 것들인 친절, 안전, 배움, 사랑을 고마워할 수 있었다. 소투르나 야벤이 내 사랑을 배신했다거나 배신했으리라고는 생각할 수 없었다. 부분적으로는 어머니와 아버지가 왜 내 믿음을 배신했는지도 알 수 있었다. 주인들은 노예들과 같은 함정에 갇혀 살고, 때로는 노예보다 더 바깥을 보기 힘들어한다. 하지만 토름과 그의 노예 쌍둥이 호비는 그 밖을 내다보고 싶어 하지도 않았다. 그들은 다른 사람을 잔인하게 통제하는 힘 외에는 아무것도 중요하게 여기지 않았다. 내가 도망쳤다는 소식은 토름에게 사무치는 괴로움을 안겨주었을 것이다. 언제나 질투와 증오로 끓어오르던 호비라면 내가 자유인으로 돌아다닌다는 사실에 격노하여 복수의 추적을 시작하고도 남았을 것이다. 나를 뒤쫓는 자가 호비라는 점은 확실했다. 그리고 나는 그를 뼛속 깊이 두려워했다. 나 혼자만으로도 대적할 수가 없을 텐데, 지금은 작고 무력한 인질까지 데리고 있었다. 멜은 호비의 잔인성을 일깨울 것이다. 나는 그 잔인성을 알았다.

나는 새벽이 오기 전에 멜을 깨워서 출발했다. 내가 아는 것이라곤 걷고 또 걸어서 달아나야 한다는 것뿐이었다.

우리는 온종일 굽이치는 트인 땅을 걸었다. 마을 몇 개를 멀찌감치 지나쳤고, 개가 짖어대는 농장 몇 군데를 피했다. 대부분은 풀밭에 소 떼가 흩어진 방목지였다. 목동 한 명이 우리를 기다리다가 말을 타고 우리 옆을 걸으며 대화를 나누었다. 멜은 그를 무서워하며 움츠러들었고, 나 역시 반갑지 않았다. 그러나 그는 우리가 어디에서 왔는지, 어디로 가는지에 아무 관심도 보이지 않았다. 그는 외로웠고 대화 상대를 원했다. 그는 말에서 내려서 우리와 같이 걸었다. 그러면서 내내 자기 말과 소 떼와 주인들과 그 밖에 머리에 떠오르는 온갖 것들에 대해 이야기했다. 멜은 서서히 긴장을 푸는 것 같았다. 목동이 타보겠느냐고 하자 멜은 다시 움츠러들었지만, 친근한 조랑말에게 매료되었다. 결국에는 내가 멜을 안장 위에 올려주었다.

우리 새 친구는 큰 무리에서 떨어져 나온 주인의 소 떼를 찾으러 나왔다고 했지만, 서둘러 찾을 생각은 없는 듯 한참 동안 우리와 같이 걸었다. 목동이 이끄는 말안장 위에 앉은 멜은 점점 행복한 얼굴이 되어갔다. 내가 강에 대해서 묻자 한동안 동문서답이 이어졌다. 그는 강은 북쪽이 아니라 동쪽에 있다고 주장하다가 마침내 말했다. "아, 살리 강 말이구나! 그 강은 이름밖에 몰라. 한참, 한참 가야 해. 세상 끝에 있다고! 우리네 암바레 강도 그리로 흐르긴 할 테지만 얼마나 멀리 가서인지는 몰라. 한참 걸어야 할 거야. 말을 타지그래!"

"동쪽으로 가면 암바레 강이 나와요?"

"응. 하지만 그것도 한참 가야 해." 그는 소몰이꾼들의 지름길과 마차로를 포함하는 복잡한 길을 설명해주다가 이렇게 마무리했다. "물론 우리 앞에 있는 언덕지대를 질러가면 바로 암바레에 도착하긴 하지."

"어, 그러면 그 길로 갈까봐요." 내 말에 그는 말했다. "나도 그 길로 갈까봐. 그놈의 소 떼가 그리로 갔을지도 몰라."

그 순간 의심이 들었다. 두려움은 그렇게 마음을 좀먹는 법이다. 나는 걸으면서 그가 우리를 감시하고 있었던 걸까, 혹시 함정으로 끌고 가는 걸까, 어떻게 하면 그를 떼어버릴까 고민하는 동시에 이 사람은 그저 대화 상대가 있어 기뻐하고 어린아이를 즐겁게 해줘서 기분이 좋은 외로운 남자일 뿐이라고 확신했다. 내가 말이 없어지자 그는 멜과 대화를 나누었고, 멜은 머뭇거리며 말과 마구에 대한 질문들을 던졌다. 곧 그는 멜에게 말 타는 법을 가르치고 있었다. 멜이 고삐를 쥐게 하고, 어떻게 하면 말이 속보로 달리는지 말해주었다. 그는 말에게나 아이에게나 부드러운 목소리로 편안하게 대했다. 그가 고삐 쥐는 방법을 가르쳐주려고 손을 내밀자 멜은 겁에 질려서 몸을 뒤로 뺐고, 그 후부터 그는 멜에게 가까이 다가가지 않고 재치 있게 대했다. 그를 믿지 않기란 힘들었다. 그러나 나는 의심과 걱정에 짓눌린 채 걸었다. 센사리 강이 정말로 이 남자가 세상 끝이라고 생각할 만큼 멀다면, 그리고 멜과 같이 있어서 하루에 15킬로미터 이상 걷지 못한다면 강까지 가는 데 얼마나 걸릴까? 나는 이 열린 평지를 가로지르면서 우리가 노출되었다고, 우릴 찾는 사람은 누구나 볼 수 있을 거라고 느꼈다.

우리 새 친구의 말은 아직까지 사실이었다. 낮은 언덕을 가로지르자 멀리 북동쪽으로 흐르는 꽤 큰 강이 보였다. 우리는 언덕지대 정상을 넘자마자 걸음을 멈추고 커다란 너도밤나무 밑에 앉아서 말이 꼴망태에 든 귀리를 먹는 동안 우리 음식을 먹었다. 멜은 새 친구를 '목동님'이라고 불러서 웃음 짓게 했다. 그는 멜을 아가라고 불렀다. 멜은 내 옆에 앉았지만, 대화는 그와 나누었다. 그들은 말과 소들에 대해 한참 동안 이야기했다. 나는 멜이 계속 질문을 던지고 있음을 깨달았다. 아이들이 으레 그렇듯 호기심에서 그러는 것도 분명했지만, 그럼으로써 자신이나 나에 대한 질문에 대답할 필요가 없다는 것도 분명했다. 영리한 아이였다.

이따금씩 강 위로 지나가는 거룻배나 돛단배가 보이더니 목동이 말했다. "저거야. 마을까지 가서 배를 타면 원하는 데까지 데려다줄 거야."

"마을이 어딘데요?" 멜이 물었다.

"저리로 내려가면 있어." 목동은 강이 낮은 언덕들 사이로 길게 굽이치며 사라지는 쪽으로 애매하게 손을 흔들었다. "난 같이 못 가겠다. 우리 소 떼가 이보다 더 멀리 갔을 것 같진 않아. 하지만 너희는 계속 가서 마을까지 가서 배를 타면 원하는 데까지 데려다줄 거야. 알았지?"

나는 그가 토씨 하나 틀리지 않고 똑같은 말을 반복하는 게 이상하다고 생각했다. 마치 외운 것처럼. 마치 우리를 함정으로 몰아갈 방법을 배운 것처럼.

멜이 말했다. "좋은 생각이네. 그치, 아비?"

"그렇겠네." 내가 말했다.

멜은 말을 톡톡 두드려주고 쓰다듬고 그 길고 유순한 머리를 안아주며 감상적인 이별을 나누었다. 그리고 멜과 목동은 서로를 건드리지 않고 애정 어린 작별 인사를 주고받았다. 멜은 그가 말을 달려 언덕 위를 넘어가는 것을 지켜보더니, 출발하면서 한숨을 내쉬었다. "아름다웠어."

나는 스스로가 부끄러워졌지만, 아직도 걱정을 떨치지는 못했다.

"그럼 우리 마을을 찾아서 배 타는 거야?"

"아니야."

"왜?"

이유를 설명할 수가 없었다. 우리는 계속 가야 했다. 우리를 따라오는 남자에게서 도망쳐야 했다. 그러나 어떤 여행 수단도 안전해 보이지 않았다.

"그러면 목동님 말대로 말을 탈 수도 있어. 근데 말은 너무 비쌀까?"

"그럴 것 같다. 그리고 말을 탈 줄도 알아야지."

"난 이제 알아. 그럭저럭."

"난 몰라." 나는 짧게 말했다.

우리는 계속 걸었다. 내리막길은 수월했고, 멜의 발걸음은 나는 듯 가벼웠다. 언덕 밑까지 내려가자 흐릿한 보도가 강 쪽으로 뻗어나갔고, 우리는 그 길을 따라갔다.

멜이 말했다. "그러면 배를 타는 게 낫겠네. 안 그래?"

멜에 대한 책임감이 등에 진 돌처럼 나를 내리눌렀다. 나 혼자였다면 오래전에 도망쳤거나, 숨었거나, 사라졌으리라. 내 발목을 잡는 멜에게, 나를 방해하는 멜에게, 어떻게 갈지를 두고 말다툼을 벌이는 멜에게 화가 났다. "모르겠다."

계속 걸으면서 나는 쭉 멜 때문에 내 보폭이 짧아지는 것을 의식하고 있었다. 이제 강이 더 가까워지면서 마찻길이 나왔고, 오른쪽 앞에 작은 마을 지붕이 보이더니 곧 선창과 선창에 매인 배들이 보였다.

나는 나에게 내렸던 축복을 이 아이에게도 달라고 행운에게 청했다. 내가 행운마저 의심해야 했을까? 오직 바보만이 행운보다 분별 있는 사람처럼 행동하는 법. 나는 언제나 바보였지만, 그런 종류의 바보는 아니었다.

나는 1킬로미터를 걷는 동안 침묵하다가 말했다. "가거든 보자."

"배 탈 돈은 있지. 그치?"

나는 고개를 끄덕였다.

그래서 사과나무 과수원을 통과해서 마을에 들어간 우리는 곧장 강변으로 내려가서 주위를 살폈다. 부두에는 배가 매여 있지 않았고 사람도 없었다. 거리를 조금 올라간 곳에 작은 여관이 있었고, 문이 열려 있었다. 안을 들여다보았다. 멜보다 크지 않은 키에 커다란 머리통을 가진, 잘생겼지만 얼굴을 찌푸린 난쟁이가 계산대 너머로 쳐다보았다. "뭐 할 텐가, 습지 친구?"

몸을 돌려 달아날 뻔했다.

"데리고 있는 건 뭐야? 강아지? 아니군, 삼파의 이름으로, 어린애네. 둘 다 어린애야. 그래서 뭘 원하는데? 우유?"

"네." 내가 말하고, 멜이 말했다. "응, 주세요."

그는 우유를 두 잔 가져왔고, 우리는 작은 탁자에 앉아서 마셨다. 그는 계산대 옆에 서서 우리를 쳐다보았다. 나는 그의 시선이 불편했지만, 멜은 신경 쓰지 않는 것 같았다. 평소의 수줍음도 없이 그 남자를 마주 쳐다보기도 했다.

"까만 고양이 있어요?" 멜이 물었다.

"그런 게 왜 있겠냐?"

"문 위 간판에선 그랬잖아요. 그림요."

"아. 아니야. 검은 고양이는 그냥 간판이야. 에누의 축복을 뜻하지. 그래서 너흰 어디 가는데? 너희끼리 있구먼. 맞지?"

"하류로 가요." 내가 말했다.

"그럼 배에서 내렸나." 그는 들어온 배가 있나 문밖을 내다보았다.

"아니에요. 걸어가요. 우릴 태워줄 배가 있으면 물로 가는 게 좋겠다고는 생각했죠."

"지금은 배가 없네. 페드리의 거룻배는 내일 들어올 거야."

"하류로요?"

"살리까지 가지." 그러니까 이 지방에서는 센사리 강을 살리라고 부르는 모양이었다.

그는 멜의 잔에 우유를 더 채워주더니 계산대로 돌아가서 사과주가 가득 든 잔을 두 개 가지고 돌아왔다. 하나는 내 앞에 놓고 하나는 경례하듯 들어 올렸다.

나는 그 남자와 같이 사과주를 마셨다. 멜도 우유 잔을 들어 올렸다.

"괜찮으면 오늘 밤에 자고 가든가." 남자가 말했다. 멜은 반짝이는 눈으로 나를 쳐다보았다. 저녁 시간이었다. 나는 최선을 다해 두려움을 잊고 행운이 준 선물을 받아들이려 했다. 고개를 끄덕였다.

"숙박비는 있나?" 남자가 물었다.

나는 주머니에서 동전 몇 닢을 꺼냈다.

"숙박비가 없었다면 애를 잡아먹었을 거야." 난쟁이는 진짜라는 투로 말하더니 입을 벌리고 무시무시한 얼굴로 멜에게 달려들었다. 멜은 헉 소리를 내며 내 쪽으로 몸을 움츠렸다 웃음을 터뜨렸다. 나는 그의 농담에 그렇게 빨리 웃을 수 없었다. 난쟁이는 히죽 웃으며 몸을 뒤로 물렸다. "무서웠어요." 멜의 말에 그는 즐거워하는 것 같았다. 멜의 심장이 쿵쿵거리고, 작은 몸이 떨리는 것을 느낄 수 있었다.

난쟁이가 말했다. "넣어둬. 갈 때 계산하지."

그는 우리를 위층 앞쪽에 있는 작은 방으로 올려 보냈다. 낮은 창문으로 강이 내려다보였고, 침대 다섯 개가 촘촘하게 들어차 있긴 해도 제법 깨끗했다. 그는 맛있는 저녁 식사를 만들어주었고, 우리는 매일 밤 그 집에서 끼니를 해결하는 부두 노동자들과 같이 먹었다. 그들은 말을 하지 않았고, 여관 주인은 말이 별로 없었다. 멜과 나는 저녁을 먹은 후에 한동안 선창가를 걸으며 물 위에 내려앉은 저녁 햇살을 보다가 자러 들어갔다. 처음에는 잠이 들지 않았다. 내 마음은 결실 없는 생각들과 두려움 사이를 질주했다. 마침내 잠에 빠져들긴 했지만 깊이 잠들지는 못했다. 그러다 벌떡 일어나 앉아서, 침대 옆 바닥에 놓아둔 단검에 손을 뻗었다. 계단에서 발소리가 들렸다. 멈췄다가 다시. 문이 삐걱 열렸다.

남자 하나가 방으로 들어왔다. 창문으로 새어드는 희미한 별빛 속에서 남자의 덩치만 겨우 알아보았다. 나는 단검을 쥐고, 숨을 죽인 채 가만히 앉아 있었다.

크고 검은 형체는 머뭇거리며 내 침대 앞을 지나더니 더듬더듬 끄트머리 침대를 찾아서 앉았다. 신발이 바닥에 떨어지는 소리가 들렸다. 남자는 누워서 약간 몸을 뒤척이고 욕설을 뱉더니 조용해졌다. 그는 곧 코를 골기 시작했다. 나는 계략이라고 생각했다. 자기가 잠들었다고 생각하길 원하는 거라고. 그러나 그는 날이 밝을 때까지 깊고 긴 코골이를 계속했다.

멜은 깨어나서 방 안에 낯선 남자가 있는 것을 발견하고 겁에 질렸다. 얼른 나가야 했다.

여관 주인은 아침 식사로 맛있는 빵과 갓 딴 복숭아에 더하여 멜에게는 따뜻한 우유를, 나에게는 따뜻한 사과주를 내주었다. 배를 기다리기엔 마음이 너무 불안하고 불편했다. 나는 그냥 걸어가야겠다고 말했다. "걷고 싶으면 걷는 거지. 하지만 떠서 가고 싶다면 배가 한두 시간 안에 올 거야." 멜은 고개를 끄덕였다. 그래서 나도 그 말에 따랐다.

배는 오전 중간에 선창에 들어왔다. 길고 육중한 탈것인데 가운데에 집 같은 것이 있어서, 습지에서 탔던 아메다의 배가 생각났다. 갑판에는 나무 상자와 건초 묶음, 닭이 든 우리 몇 개, 그밖에 온갖 물건과 꾸러미들이 쌓여 있었다. 짐을 내리고 싣는 동안 나는 선장에게 타고 갈 수 있겠느냐고 물었고, 우리는 곧 은화 한 닢에 갑판에서 자면서 센사리까지 가기로 합의했다. 나는 검은 고양이로 돌아가서 숙박비를 계산했다. "동전 한 닢." 난쟁이가 말했다.

"침대 두 개에 식사까지 했는걸요." 나는 항의하며 동전 네 개를 내려놓았다.

그는 두 개를 다시 밀며 웃음기 없이 말했다. "몸집이 나만한 손님은 자주 안 오거든."

그렇게 해서 우리는 그 마을을 떠나 페드리의 배에 올랐고 정오 무렵에는 암바레 강을 따라 하류로 출발했다. 해는 화창했고, 부둣가의 소란은 기분 좋았고, 멜은 배를 타고 신이 났다. 배주인과 조수에게는 가까이 가지 않고 내 옆에 바싹 붙어 있긴 했지만. 나도 물 위에 오르자 마음이 놓였다. 마음속으로 샘과 강의 주인에게 기도를 올렸다. 페루시에서 외숙부에게 배운 기도였다. 배와 부두 사이에 서서히 넘실거리는 강물의 틈이 벌어지는 가운데 나는 멜과 함께 서서 부두 인부가 밧줄을 풀고 선장이 밧줄을 당기는 광경을 지켜보았다. 배가 막 방향을 틀어 흐름을 타려는 순간, 웬 남자가 거리에서 부둣가로 달려 내려왔다. 호비였다.

우리는 배 창고 벽을 등지고 눈에 띄는 자리에 서 있었다. 나는 바로 갑판에 주저앉아 팔로 얼굴을 가렸다. "왜 그래?" 멜이 내 옆에 쭈그리고 앉으며 물었다.

팔 위로 흘긋 훔쳐보니 호비는 부두에 서서 배를 쳐다보고 있었다. 나를 보았을지 어떨지 확신이 서지 않았다.

"뾰족아, 무슨 일이야?" 아이가 속삭였다.

나는 한참 만에 대답했다. "나쁜 운이야."

15

물굽이를 돌자 마을이 뒤쪽 시야에서 사라졌다. 우리는 뜨거운 햇살을 받으며 편안하게 하류로 떠내려갔다. 나는 배의 난간 옆에 서서 멜에게 내가 아는 남자, 나를 알아볼지도 모르는 남자를 보았다고 말했다.

"바르나의 집에서?" 멜은 아직도 속삭이고 있었다.

나는 고개를 저었다. "그보다 더 전에. 내가 도시에 사는 노예였을 때."

"그 사람 나빠?" 멜이 물었고, 나는 말했다. "응."

호비가 나를 본 것 같지는 않았지만, 그렇다고 안심이 되지는 않았다. 부두에서, 아니면 검은 고양이의 주인에게 피부가 검고 코가 크고 습지 사람처럼 생긴 청년을 봤느냐고 물어보기만 하면 될 일이었으니.

나는 말했다. "걱정 마. 우리는 배를 탔고, 그쪽은 걷고 있으니까."

하지만 그것 역시 별로 안심이 되지 않았다. 배는 강물이 흐르는 대로 흘러갔고, 고물 쪽에 있는 긴 노와 방향타로 조종했다. 배는 강가에 있는 마을마다 들러서 짐과 승객을 내리고 새로 받았다. 선장은 상류로 가는 길이었다면 강변길에서 말이 끌 것이고 지금보다 더 느렸을 거라고 말했다. 믿기 힘든 말이었다. 거대한 평원을 뚫고 흐르는 암바레 강은 달린다고 할 수 없었다. 꾸물거리고 어슬렁거리다가 옆길로 새기도 하고 고이기도 했다. 강변길에선 소치기들이 소를 몰았다. 때로는 우리와 마찬가지로 터벅터벅 하류로 향하는 갈색 소와 얼룩소 무리와 마주치기도 했는데, 소 떼를 앞지르는 데 아주 오래 걸렸다.

물 위에서의 나날은 달콤하고 나른하고 고요했으나, 어느 마을 선창에 가까이 갈 때마다 두려움이 다시 솟아올랐고 나는 강변에 보이는 얼굴을 모두 훑어보곤 했다. 나는 동쪽 기슭 어느 마을에 내려서 센사리까지 걸어가는 게 더 현명할지를 두고 몇 번이나 스스로와 토론을 벌였다. 가는 길에 있는 마을은 다 피하고 말이다. 그러나 아무리 멜이 처음 발견했을 때보다 좋아졌다고 해도 아직 빨리, 혹은 멀리 걷지는 못했다. 최소한 센사리에서 하루 거리까지만이라도 배를 타고 가는 것이 최선인 듯했다. 거룻배의 종점은 두 강이 만나는 곳에 있는 베메테라는 마을이었고, 그 마을만은 무슨 일이 있어도 피할 작정이었다. 선장은 그 마을에 센사리 강을 건너는 나룻배가 있다고 했다. 나룻배는 필요했지만, 호비도 그곳에서 우리를 기다릴 터였다. 그저 거기까지 가기 전에 우릴 기다리는 사태만 없었으면 싶었다. 말이나 짐마차를 탔다면, 아니 열심히 걷기만 했어도 거룻배를 앞질러서 서쪽 기슭 어느 마을에 먼저 가 있을 수 있었다.

선장인 페드리는 우리에게 별 관심이 없었고 자기 조수가 우리와 떠드느라 시간을 낭비하는 것도 원치 않았다. 우리는 짐이었다. 상자와 건초 더미와 닭들, 마을과 마을 사이를 오가는 염소와 할머니들과 같이 실린 짐. 한번은 망아지가 한 마리 탔는데, 배 위에 있는 내내 물에 빠져 죽으려고 들었다. 페드리와 그조수는 배 안의 집에서 잠을 자고, 배가 떠가는 동안 강물을 지켜보고 또 지켜보았다. 우리 식사는 마을에 멈출 때마다 사서 직접 만들어야 했다. 멜은 베메테까지 먼 길을 가는 닭들과 친해졌다. 모두 암탉이었고, 예쁜 고리와 깃털 달린 다리가 자랑인 번식용 닭이었다. 완벽하게 길들어 있었고, 나는 멜에게 새 모이를 한 봉지 사주어 놀게 했다. 멜은 모든 닭에게 이름을 붙이고 몇 시간씩 옆에 앉아서 놀았다. 멜과 같이 앉아 그들의 부드러운 대화를 듣고 있으면 마음이 진정되었다. 오직 강 위 하늘에 매가 맴돌 때만 작은 꼬꼬 소리와 대화를 다 멈추고 횃대 밑으로 기어들어가서 깃털 속에 머리를 묻고 숨을 죽였다. 그러면 멜은 닭들을 달래며 말했다. "걱정 마, 빨강아. 괜찮다니까, 귀염둥아. 걱정 마, 활달아. 매는 너흴 못 잡아. 내가 그렇게 안 둬."

걱정 마, 뾰족아.

나는 책을 읽었다. 멜에게 오래된 시들을 읊어주었고, 멜은 《니사스의 다리》를 외웠다. 우리는 《샹한》을 계속 공부했다.

"우리가 진짜 형제였음 좋겠다." 멜은 어느 날 밤별들 아래 어두운 강물 위에서 중얼거렸다. 나는 마주 중얼거렸다. "우린 진짜 남매야."

우리는 동쪽 기슭에 있는 어느 부두에 멈췄다. 페드리와 그의 손은 건초 더미를 내리느라 바빴다. 마을이라고 할 만한 곳은 없었지만, 창고 내지는 헛간 같은 곳과 그곳을 지키는 나이 든 남자들이 몇 명 있었다. "여기에서 베메테까진 얼마나 멀죠?" 그 중 한 사람에게 물었다. "좋은 말을 타면 두세 시간."

나는 배로 돌아가서 멜에게 짐을 챙기라고 말했다. 내 짐은 이미 담을 수 있는 음식은 다 채워서 준비해둔 상태였다. 나는 값을 치르고 출발했다. 기슭으로 내려가서 페드리 옆을 지날 때 남동쪽을 가리키며 말했다. "여기서부터 걸어갈게요. 우리 농장이 바로 저기거든요." 페드리는 툴툴거리며 계속 건초만 내렸다. 우리는 내가 가리킨 방향으로 가다가 보이지 않을 만큼 떨어져서 왼쪽으로, 북동쪽으로, 센사리 강 쪽으로 방향을 바꾸었다. 굉장히 평평한 땅이었고, 가끔 보이는 나무들 외에는 거의 키 큰 풀밭이었다. 멜은 내 옆에서 씩씩하게 걸었는데 가면서 부드럽게 중얼거렸다. "안녕, 활달아. 안녕, 장미야. 안녕, 금눈아. 안녕, 귀염둥아……."

우리는 길을 따라 걷지 않았다. 지형은 변하지 않았고 한참 북쪽에 보이는 구름층인지, 강 너머 산맥인지 모를 파란 선을 제외하면 아무 경계표도 없었다. 가야 할 방향을 일러주는 것도 태양밖에 없었다. 저녁이 왔다. 우리는 작은 숲가에 멈춰서 저녁을 먹고, 담요를 말고 잤다. 누군가가 따라오는 흔적은 없었지만, 호비가 우리를 쫓고 있으며 앞서가서 기다릴지 모른다는 것은 확실했다. 호비를 봤을 때 느낀 공포감은 나를 떠나지 않고 내 불안한 잠을 가득 채워왔다. 나는 해가 뜨기 한참 전에 깨어났다. 우리는 어둑한 새벽에 출발했다. 내가 잡은 방향은 여전히 북동쪽이었다. 평원 위로 붉고 거대한 해가 떠올랐다.

땅이 울퉁불퉁해지기 시작했고, 낮은 습지와 갈대밭도 나왔다. 정오 무렵에 센사리 강이 보였다.

넓었다. 큰 강이었다. 강 한가운데 모래톱과 자갈톱이 있고 수로가 하나 이상인 것으로 보아 깊지는 않은 것 같았다. 그러나 강기슭에서는 어디에서 물살이 빨라지는지, 어디에서 깊어지는지 알아볼 수 없다.

"강을 따라 동쪽으로 가는 거야." 나는 멜과 나 자신에게 말했다. "여울이 나올 거야. 아니면 나룻배라도. 메순은 여기에서도 한참 상류에 있으니까, 옳은 방향으로 가는 셈이야. 그리고 강을 건너면 더 그렇겠지."

"좋아. 이 강 이름이 뭐야?"

"센사리."

"강에 이름이 있어서 좋아. 사람들같이." 멜은 그 이름으로 노래를 지었고 나는 걸어가면서 그 가늘고 작은 노래를 들었다. 센-살리, 센-살리이⋯⋯. 강변 위쪽으로 자란 버드나무 숲은 걷기 힘들었기 때문에, 우리는 곧 강변으로 내려가서 걸었다. 진흙, 자갈, 모래로 이루어진 넓은 범람지였다.

그리로 내려가면 더 쉽게 눈에 띌 테지만, 어차피 호비가 우리를 쫓고 있다면 숨을 방법이 없었다. 탁 트이고 황량한 땅이었다. 사람의 흔적이라곤 없었다. 사슴과 야생 소 떼밖에 보이지 않았다.

멜이 쉬어야 해서 멈출 때마다 낚시를 해보았는데, 별로 운이 따르지는 않았다. 작은 농어 몇 마리 정도였다. 강은 무척 맑았고, 내가 걸어 나가 본 만큼은 물살이 세지 않았다. 걸어서 건널 수도 있겠다 싶었지만, 멀찌감치 까다로워 보이는 지점들이 있었다. 우리는 계속 걸었다.

그렇게 사흘을 걸었다. 식량은 이틀 치가 더 있었다. 그 후에는 낚시로 살아야 했다. 저녁이었고, 멜은 지쳐 있었다. 나도 지쳤다. 쫓기고 있다는 느낌은 나를 갉아먹었고, 밤새도록 깨고 또 깨는 바람에 잠도 얼마 자지 못했다. 나는 멜을 버드나무 아래 모래밭에 앉혀놓고 강둑 위로 올라가서 언제나처럼 여울목을 찾아 주위를 둘러보았다. 우리 앞쪽으로 강변을 따라 내려가는 희미한 길이 보였다. 넓은 강이 중간 중간 모래톱에 끊기는 여울목 같은 곳이 있었다.

뒤를 돌아본 순간, 강을 따라 달려오는 말 탄 사나이가 보였다.

멜에게 달려가서 "가자"라고 말한 다음 짐을 챙겼다. 멜은 겁에 질리고 당황했지만 바로 작은 담요 배낭을 들었다. 나는 멜의 손을 잡고 최대한 빨리 아까 본 길로 달려갔다. 말과 짐마차들이 여기에서 강을 건넜다는 흔적이었다. 나는 멜을 끌고 물에 들어가면서 말했다. "깊어지면 내가 업을게."

처음에는 바닥이 평탄했다. 맑은 물속으로 모래톱 사이 얕은 곳이 보였다. 강 한가운데까지 들어가서 다시 뒤를 돌아보았다. 말 탄 사내는 우리를 보았고, 지금 막 물을 튀기며 강 속으로 달려들고 있었다. 호비였다. 호비의 둥글고 험악한 얼굴을 보았다. 토름의 얼굴, 아버지의 얼굴, 노예 주인의 얼굴이자 노예의 얼굴. 호비는 얼굴을 찡그리고 말을 재촉하며 나에게 들리지 않는 말을 외쳤다.

그 모든 것을 한눈에 보고, 아이를 최대한 잡아끌면서 역류 속으로 걸어 들어갔다. 멜의 발이 바닥에 닿지 않는 것을 보고 말했다. "내 등으로 올라와, 멜. 꽉 잡아. 목은 조르지 말고." 멜은 내 말대로 했다.

그 순간 내가 어디에 있는지 알았다. 등에 이 짐을 지고 이 강에 왔었다. 그때도 주위를 보지 않았기에, 주위를 보지 않고 앞으로 나아간다. 거의 발이 뜰 것 같지만 아직은 바닥이 닿고 곧장 기슭으로 이어질 것 같은 길이 보이지만 그 길로 가지 않는다. 발밑에서 모래가 미끄러진다. 오른쪽으로, 더 오른쪽으로 가야 한다. 그때 갑작스레 물살이 무서운 힘으로 나를 휩쓸어 발이 떨어진다. 헤엄을 치려다가 가라앉고, 버둥거리다가 가라앉고……. 그렇지만 다시 발을 디디고, 아이는 나에게 꼭 매달려 있고, 나는 무서운 급류를 뚫고 허우적거리며 얕은 곳으로 전진하다가 숨을 헐떡이며 뿌리가 강물에 잠긴 버드나무 사이로 기어오른다. 그리고 그곳에서야, 겨우 그곳에서야 뒤를 돌아볼 수 있다.

말만 깊은 물살 속에서 허우적거리고 있었다.

우리가 길을 찾았던 위치에서 조금 하류였다. 그곳에 강의 모든 힘이 모여 있는 것을 알 수 있었다.

멜은 내 등에서 미끄러져 내려와서 벌벌 떨며 나에게 몸을 붙여왔다. 나는 멜을 꼭 끌어안았지만, 움직일 수는 없었다. 웅크리고 앉은 채로 강을, 필사적으로 헤엄을 치며 물살에 휩쓸려가는 말을 응시했다. 말은 이제 발 디딜 곳을 찾기 시작했다. 나는 말이 뛰어들었다가 미끄러졌다 하면서 반대편 기슭으로 돌아가는 것을 지켜보았다. 강물을, 작은 섬들을, 자갈톱을 위아래로 몇 번이고 훑어보았다. 모래, 자갈, 반짝이는 물뿐이었다.

"가브, 뾰족이 가브." 아이가 울었다. "이리 와. 얼른. 계속 가야 해. 벗어나야 해." 멜이 내 다리를 잡아당겼다.

"벗어난 것 같아." 말하려 했지만, 목소리가 나오지 않았다. 멜을 따라 비틀비틀 버드나무 숲으로 올라갔다. 물 밖, 마른 땅까지 올라가자 다리가 풀려서 쓰러졌다. 멜에게 괜찮다고, 다 괜찮다고 말하려 했지만 말을 할 수가 없었다. 숨도 제대로 쉴 수 없었다. 나는 다시 물속에, 물 밑에 있었다. 사방을 둘러싼 물이 맑고 환했다가, 맑고 어두워졌다.

〰

정신을 차렸을 때는 밤이었다. 따뜻하고 하늘이 흐렸다. 강은 희끄무레한 여울목과 모래톱 사이로 검게 흘러갔다. 내 옆을 누르는 축축하고 뜨거운 작은 물체는 멜이었다. 나는 멜을 일으켰고, 우리는 더듬더듬 덤불을 뚫고 피난처가 될 법한 빈터까지 올라갔다. 불을 피울 수가 없었다. 배낭 안에 든 물건은 모두 축축했지만, 우리는 젖은 옷을 벗고 몸을 세게 문지른 후 축축한 담요를 둘렀다. 몸을 붙이고 바로 잠들었다.

공포는 사라졌다. 두 번째 강을 건넜다. 나는 길고 깊게 잤다.

우리는 햇빛을 받아 깨어났다. 버드나무 덤불 속 빈터에서 축축해진 물건을 모두 펴서 말리고 젖어서 곰팡내가 나는 빵을 먹었다. 멜은 아무 데도 다치지 않은 것 같았지만 말이 없었고 경계심을 풀지 않았다. 멜은 한참 후에야 물었다. "이젠 도망치지 않아도 되는 거야?"

"그럴 것 같다." 나는 말했다. 나는 식사를 하기에 앞서 물가로 내려가서 덤불 속에 몸을 숨기고 오랫동안 강과 강기슭을 살펴보았다. 이성은 나에게 두려워해야 한다고, 호비가 헤엄쳐 건

너와서 근처에 숨어 있을지도 모른다고 말했다. 그러나 이성이 아닌 무엇인가가 계속 안전하다고, 호비는 사라졌다고, 연결고리는 깨어졌다고 속삭였다.

멜은 어린아이의 신뢰를 담아 나를 지켜보았다.

"우린 이제 우르딜에 있어. 노예가 없는 땅이야. 노예 사냥꾼도 없어. 그리고……." 하지만 나는 멜이 강에서 우리를 쫓아오던 호비를 보기는 했는지조차 알지 못했고, 그에 대해 어떻게 말해야 할지도 몰랐다. "그리고 난 우리가 자유로워졌다고 생각해."

멜은 한참 동안 생각에 잠겼다.

"이제 다시 가브라고 불러도 돼?"

"내 본명은 가비르 아이타나 시도이야. 하지만 뾰족이가 더좋아."

"뾰족이와 찍찍이." 멜은 작게 반원형의 미소를 지으며 아래를 내려다보고 중얼거렸다. "난 계속 미브여도 돼?"

"그건 좋은 생각일지도 모르겠다. 네가 원한다면."

"우리 이제 도시에 사는 훌륭한 사람을 보러 가?"

"응." 그래서 물건이 다 마르자 우리는 다시 출발했다.

메순까지 가는 여행길은 수월했다. 사실은 그동안 여행길이 내내 수월했지만, 두 강 사이에서 나를 따라다니며 내 길을 어둡게 만들었던 공포심에서 풀려나자 멋졌다. 메순에 도착한 후에 무엇을 할지, 어떻게 살아야 할지는 몰랐다. 하지만 너무 많은 질문을 던지는 건 행운의 신과 에누 여신의 은혜를 모르는 짓 같았다. 이제까지 우리와 함께하셨으니 이제 와서 버리지는 않으실 터였다. 나는 걸으면서 조용히 두 분을 향해 카스프로의 찬송을 불렀다.

"오빠는 노래를 그렇게 잘하진 않아." 외교적인 표현이었다.

"나도 알아. 그럼 네가 불러."

멜은 달콤하고 불안정한 작은 목소리를 높여서 바르나의 집에서 들었던 사랑 노래를 불렀다. 나는 멜의 아름다운 언니를 생각하고, 멜도 그렇게 아름다워질까 생각했다. 저도 모르게 '그건 걱정인데' 하고 생각했지만, 그건 노예의 생각이었다. 앞으로는 자유인으로 생각하는 방법을 배워야 했다.

우르딜은 사과나무 과수원과 백양나무 가로수가 있는 쾌적한 땅이었고, 강에서부터 내가 멀리서 보았던 푸른 언덕지대까지 완만한 오르막이었다. 우리는 걸었고, 가끔은 마차를 얻어 탔으며, 마을 시장에서 먹을 것을 사거나, 지나가는 우리를 보고 지저분한 어린아이를 가엾게 여긴 농장 여인에게 우유를 얻어먹었다. 어린 동생을 끌고 걷는다고 잔소리하는 사람들도 있었지만, 정작 어린 동생이 나에게 달라붙어서 상대를 노려보면 다들 녹아서 먹을 것을 내밀거나 건초 창고에 잠자리를 제공해주었다. 그렇게 닷새 후, 이제까지 우리가 가는 길에서 멀찍이 굽이치던 강 쪽으로 방향을 틀자 메순 시가 나왔다.

강 바로 위에 솟은 가파른 산에 지어져, 붉은 기와와 판석으로 지붕을 이고 여러 개의 탑과 화려한 다리들을 거느린 메순은 석조 도시이면서도 성벽이 없었다. 내 눈에는 그게 이상했다. 성문도, 경비탑도, 경비대도 없었다. 어디에도 병사가 보이지 않았다. 대도시에 들어가는데 마을에 걸어 들어가는 것 같았다.

사람과 마차, 수레, 말들이 가득한 거리 위로 삼사 층짜리 집들이 서 있었다. 나에게는 무섭기까지 한 소음과 소란과 인파였다. 멜이 내 손을 꼭 잡고 있어서 다행이었다. 우리는 강 근처에 있는 시장을 지났다. 에트라의 시장은 작은 장터쯤으로 보일 만한 크기였다. 너저분한 한 쌍으로밖에 보이지 않을 테니 적당한 여관을 찾아서 짐을 내려놓고 몸을 씻는 게 좋겠다고 생각했다. 시장을 지나 여관 간판을 찾아 걷다가, 길고 가벼운 회갈색 외투를 입고 벨벳 모자를 귀 위까지 눌러쓴 청년 둘이 가파른 거리를 활기차게 내려오는 모습을 보았다. 딱 에베라의 도서관에 있던 책 《메순 대학의 두 학자》에 나오는 그림 같았다. 그들은 멍하니 쳐다보는 나를 보았다. 한쪽이 눈을 찡긋했다. 나는 성큼 나서서 물었다. "실례지만 대학에 어떻게 가는지 알려주실 수 있나요?"

"언덕만 쭉 올라가, 친구." 눈을 찡긋했던 쪽이 말했다. 그는 호기심 어린 눈으로 우리를 보았다. 또 뭐라고 물어야 할지 알 수 없어 한참 만에 말했다. "저 위쪽에 하숙집들도 있나요?" 그러자 그는 고개를 끄덕였다. "메추라기집이 제일 싸." 옆에 있던 친구가 말했다. "아냐, 짖는 개가 싸지." 첫 번째 청년이 말했다. "벌레 취향에 달렸어. 메추라기집에는 벼룩이 살고 짖는 개에는 빈대가 살지." 그리고 두 사람은 낄낄거리며 거리를 내려갔다.

우리는 그들이 온 길로 올라갔다. 오래지 않아서 자갈길이 계단으로 변했다. 나는 우리가 거대한 돌벽 주위로 올라가고 있음을 알았다. 메순도 오래전에는 요새 도시였고, 여기가 그 성벽이었다. 벽 너머에는 뾰족한 지붕과 높은 창문이 달린 은회색 석조 궁전이 솟아 있었다. 계단을 계속 오르자 마침내 그보다 작은 집들이 줄지어 선 구부러진 길이 나왔고, 멜이 속삭였다. "저기 있다." 두 여관은 나란히 서 있었다. 메추라기 간판과 사납게 짖어대는 개가 그려진 간판. "벼룩 아니면 빈대?" 내가 묻자 멜이 대답했다. "벼룩." 그래서 우리는 메추라기집으로 들어갔다.

우리는 더없이 반가운 목욕을 하고, 그나마 아껴둔 옷은 언짢은 얼굴인 안주인에게 세탁해달라고 맡겼다. 경계했던 벼룩은 대개의 건초 창고에서보다 적은 것 같았다. 썩 맛있다고 할 수 없는 적은 양의 저녁을 먹은 후 멜은 잠자리에 들었다. 여행을 잘 견뎌내기는 했지만 매일 그 작은 힘의 한계까지 끌어내야 했던 것이다. 마지막 며칠 동안에는 여느 지친 아이들처럼 눈물과 짜증투성이이기도 했다. 나 자신도 녹초였지만, 이 도시에 왔다는 사실만으로 들떠서 쉴 수가 없었다. 나는 멜에게 혼자 잠깐 나갔다 와도 괜찮겠느냐고 물었다. 멜은 에누 상을 가슴에 쥐고 아끼는 판초를 이불 위에 덮고 누워 있었다. "괜찮아. 걱정 안 해, 뾰족아." 하지만 멜은 조금 슬퍼 보였고 떠는 것 같았다.

내가 말했다. "아, 안 갈지도 몰라."

"얼른 가." 멜은 뿌루퉁하니 말했다. "가버려! 난 그냥 잘 거야!" 그리고 멜은 눈을 감고 입을 꼭 다물고 얼굴을 찌푸렸다.

"알았어. 어두워지기 전에 돌아올게."

멜은 나를 무시하고 눈만 꼭 감고 있었다. 나는 밖으로 나갔다.

거리에 나서는데 아까 마주쳤던 두 청년이 오르막길 때문에 숨을 몰아쉬며 지나갔다. 아까 눈을 찡긋했던 쪽이 나를 보았다. "벼룩을 골랐군?" 그는 기분 좋게 웃었고 드러내놓고 나에게 호기심을 보였다. 나는 이 두 번째 만남을 따라야 할 징조로 해석하고 말했다. "대학에 다니는 학생들인가요?"

그는 걸음을 멈추고 고개를 끄덕였다. 옆에 있는 친구도 마지 못해 발을 멈췄다.

"학생이 되려면 어떻게 해야 하는지 알고 싶은데요."

"그럴 것 같더라."

"혹시 제가 어떻게…… 누구에게 물어봐야 하는지……."

"아무 소개도 없어? 선생님이나, 같이 공부한 학자나?"

심장이 내려앉았다. "없어요."

그는 우스꽝스럽지만 위세가 당당한 모자를 옆으로 기울였 다. "뚱뚱한 술통에 가서 같이 한잔하자. 난 삼파테르 일이고 이 쪽은 골라 메데라야. 이 친구는 법학을, 난 문학을 공부하지."

나는 이름을 말하고 덧붙였다. "에트라에서 노예로 살았어 요."

다른 무엇보다도 먼저 그 말을 해야 했다. 그들이 노예에게 우 정의 손길을 내밀었다는 사실을 알고 수치스러워하기 전에.

"에트라에서? 포위 공격 때 거기 있었어?" 삼파테르가 묻고, 골라가 말했다. "그만 좀 꾸물거려. 목말라!"

우리는 뚱뚱한 술통집에서 맥주를 마셨다. 학생들이 북적여 시끄러운 맥줏집이었는데, 학생들은 대개 내 또래 아니면 조금 위 정도였다. 삼파테르와 골라는 일차적으로 최단 시간 안에 되 도록 많은 맥주를 때려 넣고 맥줏집에 있는 사람들 모두와 말을 나누는 데 관심을 두었지만, 나도 모두에게 소개시켜주었고, 모 두들 대학에서 문학 수업을 받으려면 어디로 갈지 누굴 만날지 에 대해 충고를 해주었다. 내가 그들이 언급한 유명한 선생님들 을 하나도 모른다는 것이 판명되자 삼파테르가 물었다. "그럼 같이 공부하고 싶다 생각하고 온 이름이 없단 말이야?"

"오렉 카스프로."

"하!" 그는 나를 쳐다보고 웃으며 잔을 들어 올렸다. "그렇다면 자넨 시인이로군!"

"아니, 아니야. 난 그저……." 나는 내가 무엇인지 몰랐다. 내가 무엇인지, 무엇을 하고 싶은지, 무엇이 되고 싶은지 알 만큼 많이 알지 못했다. 더없이 무지한 기분이었다.

삼파테르는 잔을 비우고 외쳤다. "한 잔만 더 마시고 그분 집에 데려다주지."

"아니야. 난……."

"왜? 그는 교수가 아니야. 아무 지위도 없어. 무릎 꿇고 가야 하는 것도 아니야. 여기서 금방이고 말이지."

동생에게 가봐야 한다고 주장해서 겨우 빠져나왔다. 나는 우리가 마신 맥주 값을 계산했다. 삼파테르와 골라 몫까지였다. 삼파테르는 카스프로의 집에 가는 길을 일러주었다. 한두 거리만 더 올라가서 모퉁이를 돌면 된다고 했다. "가서 만나봐. 내일 가서 만나봐. 아니면 내가 들를게." 나는 직접 가겠노라, 그의 이름을 통행증으로 제시하겠노라 약속하고 겨우 뚱뚱한 술통을 빠져나가서 메추라기집으로 돌아갔다. 머리가 빙빙 돌았다.

나는 일찍 깨어났고, 나지막한 방에 햇빛이 스며드는 동안 누워서 생각을 하다가 마음을 정했다. 대학에 다니겠다던 막연한 계획은 사라졌다. 그럴 만한 돈도 없었고, 훈련도 충분히 받지 못한 데다가, 뚱뚱한 술통에서 본 마음 편한 청년들처럼 될 수도 없었다. 그들은 내 또래였지만, 그 나이까지 밟은 길은 전혀 달랐다.

내가 원하는 건 일자리였다. 나 자신과 멜을 먹여살릴 일자리.

이만한 도시에 노예도 없다면 분명 할 일이 있을 것이다. 메순에서 내가 아는 이름은 하나뿐이었다. 그러니 그에게 가보자. 그가 일거리를 주지 못한다면 다른 곳을 찾아보자.

멜이 깨어나자 나는 도시에서 입는 새 옷을 사러 가자고 말했다. 멜은 좋아했다. 언짢은 얼굴을 한 안주인이 성채 발치에 있는 옷 시장에 가는 방법을 알려주었고, 그곳에는 헌옷 노점이 줄지어 있었다. 단정하게, 아니 으리으리하게 차려입는 것도 가능했다.

나는 멜이 동경과 외경심이 어린 눈으로 낡았지만 아름다운 문양이 들어간 상앗빛 비단옷을 바라보는 것을 보고 말했다. "찍찍아, 이젠 미브로 있을 필요 없어."

멜은 수줍게 등을 구부리고 중얼거렸다. "너무 커." 실제로 그건 성인 여자가 입는 옷이었다. 그 옷에 감탄하고 등을 돌리면서 멜이 말했다. "디에로 같아." 그 말대로였다.

결국 우리 둘 다 바지와 리넨 셔츠, 그리고 메순의 남자들이 입는 검은색 조끼를 샀다. 나는 멜에게 구리 동전으로 단추를 단작고 우아한 벨벳 조끼를 찾아주었다. 성채까지 다시 올라가는 내내 멜은 구리 단추를 내려다보았다. "이제부터 돈이 한 푼도 없을 일은 없겠네."

우리는 길거리 매점에서 기름과 올리브를 넣은 빵을 먹었다. "이제 훌륭한 선생님을 보러 가자." 그렇게 말하자 멜은 기뻐했다. 멜은 앞장서서 가파른 돌계단을 달려 올라갔다. 나는 끈덕지고 맹목적이고 무분별한 결심을 안고 걸었다. 나는 식사 전에 여관에 들러서 가져온 작은 갈대천 꾸러미를 들고 있었다.

삼파테르의 길 설명은 훌륭했다. 우리는 곧 그 집을 발견했다.

거리 끝, 바위 언덕을 등지고 선 좁고 높은 집. 나는 문을 두드렸다.

젊은 여자가 문을 열었다. 피부가 너무 창백해서 얼굴에서 빛이 나는 것 같았다. 멜과 나 둘 다 그 여자의 머리를 응시했다. 그런 머리카락은 평생 본 적이 없었다. 고운 금실 같았고 빗어낸 양털 같았다. 여자의 머리 주위로 빛의 광휘가 서려 있었다. "우와!" 멜이 외쳤고, 하마터면 나도 그럴 뻔했다.

젊은 여자는 살짝 웃었다. 그때 우리 모습은 꽤 웃겼을 것이다. 큰 소년과 작은 소년 둘이 깨끗한 차림에 완전히 굳어서 눈을 둥그렇게 뜨고 문간에 서 있는 꼴이라니. 여자의 미소는 상냥했고, 용기를 돋워주었다.

"오렉 카스프로를 뵈러 메순에 왔습니다. 호, 혹시 가능하다면요." 내가 말했다.

"가능할 것 같네요. 누구라고 말씀을······."

"제 이름은 가비르 아이타나 시도라고 합니다. 이쪽은 제 동생인······ 미브라고······."

"멜이에요." 멜이 말했다. "전 여자애예요." 멜은 작은 매처럼 어깨를 움츠리고 아래를 내려다보며 얼굴을 찌푸렸다.

"들어와요." 여자가 말했다. "난 메메르 갈바예요. 오렉에게 괜찮은지 물어볼게요." 그리고 그녀는 빠르고 가볍게 사라졌다. 촛불 빛처럼, 햇살의 후광처럼 휘황한 머리카락을 짊어지고서.

우리는 좁은 복도에 서 있었다. 양쪽으로 문이 몇 개씩 있었다.

멜이 내 손을 잡고 속삭였다. "내가 미브가 아니라도 괜찮지?"

"당연하지. 네가 미브가 아니라서 기뻐."

멜은 고개를 끄덕이더니, 조금 더 큰 소리로 외쳤다. "우와!"

멜의 시선을 따라 복도 저편을 보았다. 사자 한 마리가 복도를 가로지르고 있었다.

사자는 우리에게 관심도 보이지 않고 어느 문간에 서서 꼬리를 때리며 조바심이 난다는 듯 어깨 너머를 돌아보았다. 까만 습지 사자가 아니라 사막의 모래 빛이었고, 몸집이 그리 크지 않았다. 나는 소리 없이 외쳤다. '에누!'

"나간다, 그래." 여자 목소리가 들리더니, 사자 뒤를 따라 모습을 드러냈다.

여자는 우리를 보더니 걸음을 멈췄다. "이런, 세상에. 무서워하지 마요. 완전히 길든 사자야. 누가 온 줄도 몰랐네. 벽난로가 있는 방으로 들어오지 않을래요?"

사자는 몸을 돌리고 주저앉았다. 여전히 조바심 난다는 얼굴이었다. 여자가 사자의 머리에 손을 올리고 뭔가 말하자 사자는 불평하듯 "아우우"라고 대답했다.

나는 멜을 보았다. 멜은 뻣뻣하게 서서 사자를 바라보았다. 공포에 질린 것인지, 매료당한 것인지는 알 수 없었다. 여자가 멜에게 말했다. "이 아이 이름은 셰타르란다. 어렸을 때부터 우리와 같이 살았지. 만져보고 싶니? 쓰다듬어주는 걸 좋아하거든." 여자의 목소리는 경이로울 정도로 듣기 좋았다. 목이 쉰 듯한 낮은 목소리였지만 달래는 느낌이 있었다. 그리고 그녀는 고원지대 억양으로 말했다. 참리 베른처럼.

멜은 내 손을 더 꽉 쥐고 고개를 끄덕였다.

나는 멜과 같이 주저하듯 걸음을 내디뎠다. 여자는 우리를 보고 미소 지으며 말했다. "난 그라이란다."

"얘는 멜. 저는 가비르예요."

"멜이라! 사랑스러운 이름이구나. 셰타르, 멜에게 제대로 인사하렴."

사자는 바로 일어서더니 우리를 보고 깊이 절을 했다. 그러니까, 고양이들이 그러듯이 앞다리를 쭉 펴면서 앞발에 턱을 댔다. 그러고는 일어서서 의미심장한 눈으로 그라이를 보았고 그라이는 주머니에서 뭔가를 꺼내어 사자의 입 안에 던져 넣었다.

"착하구나."

멜은 곧 사자의 커다란 머리통과 목을 쓰다듬었다. 그라이는 편하고 마음을 안심시키는 태도로 멜과 대화를 나누고 셰타르에 대한 질문에 답해주었다. 셰타르는 반사자라고 했다. 나는 반으로도 충분하다고 생각했다.

그라이는 나를 올려다보고 말했다. "오렉을 보러 왔나요?"

"네. 그…… 그 아가씨가 기다리라고 했는데요."

바로 그때 메메르 갈바가 돌아왔다. "서재로 올라오시라는군요. 괜찮다면 안내해드릴게요."

그라이가 말했다. "멜은 셰타르와 우리와 같이 있어도 좋을지 모르겠네."

"응, 그래주세요." 멜은 말하면서 괜찮은지 보려고 나를 쳐다보았다.

"그래주세요." 나는 멜이 말한 대로 반복했다. 심장이 심하게 쿵쿵거려서 생각을 할 수가 없었다. 나는 흐린 불길 같은 메메르의 머리카락을 따라 좁은 계단을 올라갔다.

메메르가 문을 열었을 때, 내가 어디에 왔는지 알았다. 알고 있다. 기억하고 있다. 이 방에 얼마나 여러 번 왔던가. 어두운 방, 책이 가득 쌓인 탁자 위에 높은 창문, 등불. 나를 돌아보는 얼굴을 안다. 조심스럽고 수심에 잠겼으나 솔직한 얼굴. 내 이름을 부르는 그의 목소리를 안다…….

아무 말도 할 수 없었다. 나는 돌덩이처럼 서 있었다. 그는 주의 깊게 나를 살폈다. "뭐죠?" 낮은 목소리가 물었다.

나는 가까스로 미안하다고 말할 수 있었다. 그는 나를 앉히고, 반대쪽 의자에 쌓인 책을 치우고 마주 앉았다. "그래서?"

나는 꾸러미를 꽉 쥐고 있었다. 단단히 봉해진 갈대천을 서툴게 풀고 그의 책을 내밀었다. "노예였을 때 제겐 선생님 책을 읽는 게 금지되어 있었어요. 하지만 동료 노예에게 이 책을 받았죠. 모든 것을 잃었을 때 그 책도 잃었지만, 다시 받았습니다. 이 책은 저와 함께 죽음의 강과 삶의 강을 건넜어요. 제게는 이 책이 제 보물이 있는 곳을 알려주는 신호였습니다. 제 안내자였어요. 그래서…… 그래서 책을 따라 책을 만든 분에게 왔습니다. 그리고 선생님을 본 순간 제가 평생 보아온 분이라는 걸, 제가 여기 오게 되어 있었다는 걸 알았어요."

카스프로는 작은 책을 받아 들고 손 안에서 돌리며 물에 붇고 너덜너덜해진 장정을 보았다. 부드럽게 책장을 열고 펼쳐진 부분을 읽었다. "점차 늘어나고자 하며, 영혼을 강하게 만드는 것이 세 가지 있으니, 사랑, 배움, 자유라." 그는 한숨을 내쉬었다. "이걸 썼을 때 자네보다 나이가 별로 많지 않았지." 그는 조금 빈정대듯이 말했다. 그는 나를 쳐다보고 책을 돌려주며 말했다. "영광이네, 가비르 아이타나. 나에게 오직 독자만이 작가에게 줄 수 있는 선물을 주는군. 내가 줄 수 있는 게 있을지?"

그 역시 참리 베른처럼 말했다.

나는 멍하니 앉아 있었다. 터져 나온 장광설이 끝나자 혀가 묶여버렸다.

"흠, 차차 얘기할 수 있겠지." 그는 배려할 줄 알고 상냥했다. "자네에 대해 말해보게. 어디에서 노예 생활을 했지? 내가 살던 세상은 아니겠지. 고원지대라면 노예나 주인이나 책을 배우지 않으니."

"에트라 시의 아르카 가문에서였어요." 말하면서 눈물이 흘렀다.

"하지만 자넨 습지 출신이 아닌가?"

"제 누나와 저는 노예 사냥꾼에게 잡혔고……." 그렇게 그는 내 이야기를 끌어냈다. 짧은 이야기였지만, 그는 계속 질문을 던지고 내가 서둘러 건너뛰지 않게 했다. 살로 누나가 어떻게 죽었는지는 제대로 말하지 않았다. 낯선 사람에게 내 마음의 비탄을 짐 지울 수는 없었다. 숲으로 돌아가고, 멜과 만난 부분까지 이야기했을 때 그는 눈을 반짝였다. "내 어머니 이름도 멜이었지. 내 딸도." 그 말을 하면서 그는 목소리를 낮추고 눈을 돌렸다. "그리고 자네는 그 아이를 데려왔지……. 메메르가 그렇게 말하던데?"

"거기 둘 순 없었어요." 나는 멜의 존재에 대해 사과해야 한다고 느끼고 말했다.

"그럴 수 있는 사람도 있었을 텐데."

"정말 재능 있는 아이예요……. 전 그렇게 빠른 학생이 아니었어요. 여기에서 혹시……." 그러나 나는 말을 멈췄다. 멜을 위해, 또는 나를 위해 희망한 게 무엇이었지?

"물론 그 애는 여기에서 필요한 걸 얻을 수 있네." 오렉 카스

프로는 빠르고 단호하게 말했다. "어떻게 어린아이와 같이 다녜
란 숲에서 메순까지 왔지? 쉽지 않았을 텐데."

"그렇게 힘들지 않았어요. 제 적…… 아르카만드에서의 적
이 아직도 절 뒤쫓고 있다는 걸 알기 전까지는요." 그러나 그때
까지 토름과 호비에 대해 말한 적이 없었다. 나는 뒤로 돌아가서
그들이 누구인지 말하고, 누나가 그들의 손에 죽었다는 사실을
말해야 했다.

호비가 나를 추적해 와서 센사리 강을 건너는 대목을 이야기
하는 동안에는 오렉도 마치《센타스의 농성과 함락》을 듣던 브
리긴 패거리처럼 숨을 멈추고 열중했다.

"그자가 물에 빠지는 걸 봤나?" 카스프로가 물었다.

나는 고개를 저었다. "말이 혼자 있는 걸 봤어요. 다른 건 아무
것도요. 강은 넓었고, 가까운 기슭은 볼 수 없었어요. 빠져 죽었
을 수도 있고, 아닐 수도 있어요. 하지만 전……." 나는 뭐라고
말해야 할지 몰랐다. "마치 사슬이 끊어진 것 같았어요."

카스프로는 내 이야기를 곰곰이 생각하더니 말했다. "메메르
와 그라이에게도 들려주고 싶군. 자네가 '기억'이라고 부르는
그 환시에 대해서도 더 듣고 싶고. 나를 보았다니!" 그는 눈을
들고 웃으며, 즐겁고 경탄하며 공감한다는 눈빛으로 나를 보았
다. "그리고 자네 동반자도 만나보고 싶군. 내려갈까?"

집 옆에 좁은 정원이 있었다. 집의 벽들과 집 뒤로 솟아오른
절벽 사이에 쐐기처럼 박힌 정원이었다. 늦은 오전 햇살과 늦여
름 꽃들로 환했다. 그 순간 그 꽃들이 기억났다. 아주 작은 분수
가 하나 있었다. 물이 흐른다기보다는 똑똑 떨어지는. 포장돌
위, 대리석 긴 의자 주위에 두 여자와 한 소녀와 사자가 앉아서

대화하고 있었다. 정확히 말하면 사자는 잠들었고, 멜은 꿈꾸듯이 사자를 쓰다듬고 있었고, 두 여자는 대화를 했다.

"내 아내 그라이 바레는 만나봤지?" 카스프로는 정원에 들어서면서 말했다. "아내와 나는 고원지대 사람이야. 메메르 갈바는 안술 시에서 우리와 함께 왔네. 올해 이 집에 묵는 손님이지. 나는 메메르에게 현대시를 가르치고, 메메르는 나에게 고대어 아리탄을 가르친다네. 이제 괜찮다면 자네 동반자에게 날 소개시켜주겠나."

하지만 우리가 다가가자 멜은 황급히 일어나서 나에게 달라붙어 얼굴을 감췄다. 멜답지 않았고, 어떻게 해야 할지 알 수 없었다. 나는 말했다. "멜, 이분이 이 집 주인이셔……. 우리가 만나러 온 훌륭한 분 말이야."

멜은 내 다리에 매달린 채 얼굴을 들지 않았다.

"신경 쓰지 말게." 카스프로가 말했다. 순간적으로 얼굴이 어두워지더니 그는 멜을 보거나 멜에게 가까이 가지 않고 기분 좋게 말했다. "그라이, 메메르, 손님들을 잠시 붙잡아두고 둘 다이 친구 이야기를 들어봐야겠어."

"멜이 배에 타고 있던 닭들에 대해 얘기해줬어요." 메메르가 말했다. 그녀의 머리에 내려앉은 햇살은 경이롭고 환했다. 그녀에게 눈을 둘 수도, 그녀에게서 눈을 돌릴 수도 없었다. 카스프로는 메메르 옆에 앉았다. 덕분에 나는 반대쪽 긴 의자에 앉아서 멜을 내 다리 사이에 세우고 팔을 둘러서 그 아이와 나 자신을 보호할 수 있었다.

그라이가 말했다. "뭔가 먹을 시간인 것 같은데. 멜, 같이 가서 나 좀 도와줄래? 금방 올게." 멜은 그라이를 따라갔지만, 가면서도 카스프로에게서는 고개를 돌리고 있었다.

나는 멜의 행동을 사과했다. 카스프로는 그저 "그 애가 달리 어쩌겠나?"라고만 말했다. 그리고 지난 여정을 돌이켜본 나는 멜이 말을 나누거나 쳐다보기라도 한 남자는 난쟁이 여관 주인과 목동뿐이었음을 깨달았다. 여관 주인의 경우에는 특이한 아이라고 생각했을 것이고, 목동은 서서히 신뢰를 얻었으니까……. 멜은 언제나 부두 인부나 다른 남자들에게서 멀찍이 떨어져 있었다. 나는 그 사실을 보지 못했었다. 마음이 죄어들었다.

"습지 출신이에요?" 메메르가 물었다. 이 사람들은 하나같이 목소리가 아름다웠다. 메메르의 음성은 흐르는 물 같았다.

"거기서 태어났죠." 내가 할 수 있는 대답은 그게 다였다.

"그리고 아기였을 때 누나와 같이 노예 사냥꾼에게 잡혀서 에트라에 갔단다." 카스프로가 말했다. "그리고 에트라에서는 자네를 교육받은 남자로 키웠지. 그렇지? 스승은 누구였나?"

"노예였어요. 이름은 에베라였고."

"책은 어떤 걸 배웠나? 도시국가는 배움의 고향은 아닌 것 같은데……. 파가디엔 훌륭한 학자들이 있고, 훌륭한 시인도 있지만. 그래도 그곳은 학자보다 병사들이 생각나는 곳이야."

"에베라 선생님이 갖고 있던 책은 다 오래된 것들이었어요. 현대 작품은 읽히지 않으셨죠. 그분이 현대 작품이라고 부른 건……."

"나 같은 사람이었겠지." 카스프로는 짧고 환한 미소를 지으며 말했다. "아네, 알아. 네마, 그리고 서사시들, 그리고 트루덱의 《도덕》. 데리스와터에서도 그런 걸로 시작하더군! 그러니까,

자넨 집안 아이들을 가르치기 위해 교육을 받았단 말이지. 흠, 거기까진 괜찮군. 물론 교사를 노예로 둔다는 건 그리…….”

“나쁜 노예 생활은 아니었어요…….” 나는 말하다가 멈췄다.

메메르가 말했다. “노예 생활이 나쁘지 않을 수도 있나요?”

“주인이 잔인한 사람들이 아니면…… 그리고 다른 게 있다는 걸 알지 못하면. 모두가 그 길밖에 없다고 믿으면…… 그러면 그게 나쁘다는 걸 모르죠.” 내가 말했다.

“모를 수가 있어요?” 비난하는 것도, 논쟁하는 것도 아니었다. 메메르는 그냥 물었고, 물으면서 생각했다. 그녀는 나를 똑바로 보고 말했다. “나도 안술에서 노예였어요. 우리 동포 전부가 노예였죠. 하지만 계급이 아니라 정복당해서였어요. 우린 우리가 노예인 게 자연 질서라고 믿을 이유가 없었어요. 그러니 전혀 다르겠지요.”

그녀에게 말하고 싶었지만, 할 수가 없었다. 나는 카스프로에게 말했다. “제게 당신의 노래 〈자유〉를 가르쳐준 것도 노예였어요.”

미소가 잠시나마 메메르의 엄숙하고 차분한 얼굴을 환하게 밝혔다. 피부 빛은 그렇게 옅으면서도 눈동자는 오팔에 담긴 불꽃처럼 번득이는 까만색이었다. 그녀가 말했다. “안술에서 알드를 몰아냈을 때 그 노래를 불렀죠.”

“가락이 좋지. 가락이 매력적이야.” 카스프로는 몸을 길게 뻗어 햇살의 온기를 즐기며 말했다. “바르나와 그의 도시에 대해 더 듣고 싶군. 그곳에 참혹한 비극이 있었던 것 같아. 자네가 해줄 수 있는 이야기라면 뭐든 듣고 싶네. 그런데 자네가 바르나의 음유 시인이 되었다고 했지. 기억력이 좋은 건가?”

"아주 좋아요. 그게 제 힘이죠."

"아하!" 나는 자신 있게 대답했고, 그는 그 자신감에 반응했다. "쉽게 외우나?"

"외우려고 하지 않아도요. 그것도 제가 여기로 온 이유였어요. 읽은 것들로 가득한 머리를 어디에 쓰겠어요? 숲 속 사람들은 이야기 듣기를 좋아했죠. 하지만 습지에서 그걸로 뭘 할수 있었겠어요? 아니면 다른 곳에서는요? 전 혹시 대학이라면……."

"그래, 그래, 바로 그렇지. 아니면…… 흠, 두고 보세. 여기 멘 데렌데 페레호 엔 레페마. 맞니, 메메르? 아리탄으로 '아름다운 여인들이 음식을 가져오는군'이라네. 자네도 아리탄을 배우고 싶어질 거야, 가비르. 생각해보게. 다른 언어라니! 물론 완전히 다른 건 아니지. 우리 조상의 언어니까. 하지만 꽤 달라. 그리고 완전히 새로운 시들!" 그는 이미 내가 그의 특징이라고 보았던 솔직한 열정을 담아 말하면서도 멜을 똑바로 보지 않고 아내만 보려고 조심했고, 빈 의자에 음식을 차리는 것을 도우면서도 멜 가까이 가지 않았다. 두 사람은 빵과 치즈, 올리브, 과일, 그리고 약한 사과주를 가져왔다.

"어디 묵고 있어요?" 그라이가 물었고, 내가 메추라기집이라고 대답하자 바로 말했다. "벼룩은 좀 어때요?"

"그렇게 나쁘진 않아요. 그렇지, 멜?"

멜은 다시 나에게 바싹 붙어 있었다. 멜은 고개를 젓고 어깨를 긁었다.

"셰타르는 자기만의 벼룩을 키운단다." 그라이가 말했다. "사자 벼룩이지. 우리와 같이 나누지는 않아. 메추라기집의 벼룩도 셰타르를 물지 않고." 셰타르는 눈을 떴다가, 도착한 음식이 시시함을 알고 다시 잠들었다.

멜은 조금 먹고 나서 내 앞 포장돌에 앉았다. 그래도 사자를 쓰다듬을 수는 있는 거리였다. 멜과 그라이가 낮은 소리로 대화를 나누는 동안 카스프로는 나와 대화했고 가끔 메메르가 끼어들었다. 그는 부드럽고 완곡한 방식으로 내가 어느 정도 학자인지, 내가 무엇을 알고 무엇을 모르는지 알아냈다. 메메르는 몇 마디 하지 않았지만 시와 옛이야기를 알기 위해 알아야 할 모든 것을 아는 듯했다. 그러나 주제를 역사로 바꾸자 메메르는 안술의 역사 말고는 모른다고, 그나마도 잘은 모른다고 말했다. 도시 점령 때문에 안술에 있던 모든 책이 파괴된 탓이었다. 나는 그 끔찍한 이야기를 듣고 싶었지만, 온화하긴 해도 끈질긴 카스프로는 자신이 알고 싶은 것을 알아낼 때까지 질문을 계속했고 결국에는 내가 도시국가의 역사를 쓰고 싶다는 오래전의 어리석은 야망까지 고백하게 만들었다. 나는 가볍게 치부하려고 말했다. "할 수 있을 거라곤 생각하지 않아요. 그러자면 그리로 돌아가야 하니까요."

"왜 안 돼?" 카스프로가 찌푸린 얼굴로 말했다.

"전 도망 노예잖아요."

"우르딜의 시민은 자유인이야." 카스프로는 여전히 찌푸린 얼굴로 말했다. "우르딜 시민이 어디로 가든 노예라고 말할 수 있는 사람은 없어."

"하지만 전 우르딜 시민이 아니에요."

"의회에 가서 내가 보증을 서면 내일 당장 시민이 될 수 있네. 여기엔 과거에 노예였던 사람이 많아. 다들 우르딜의 시민으로

서 자유롭게 아시온과 도시국가를 오가지. 하지만 역사에 대해서라면 도시국가에서보다 대학 도서관에서 더 좋은 자료를 찾을 수 있을지도 모르겠군."

"그들은 그걸로 뭘 할지를 몰라요." 나는 선조들의 사당에서 다루었던 훌륭한 기록과 연대기들을 떠올리며 서글프게 말했다.

"자네가 그들에게 뭘 할지 보여줄 수도 있겠지. 시간만 주어지면." 카스프로가 말했다. "자네가 해야 할 첫 번째 일은 시민이 되는 거야. 그다음은 대학에 등록하는 것이고."

"카스프로-디, 제겐 돈이 별로 없어요. 우선은 일자리부터 찾아야 할 것 같은데요."

"흠, 그거라면 생각이 있네. 그라이만 찬성해준다면…… 자넨 필사를 잘하겠지?"

"그럼요." 나는 에베라 선생님의 끝없는 수업을 떠올리며 말했다.

"나에게 필사가가 필요하다네. 그리고 기억력이 아주 좋은 사람도 쓸모가 있지. 눈에 말썽이 좀 있거든." 그는 편안하게 말했고, 검은 눈은 충분히 맑아 보였지만, 그 말을 하는 카스프로의 얼굴에는 멈칫하는 기색이 있었고 나는 잽싸게 그를 돌아보는 그라이의 눈길을 보았다. "예를 들어서, 지금 내가 강의를 위해 데니오스를 인용해야 하는데 '백조가 북쪽 땅으로 날아가게 하라' 다음이 기억나지 않는다면?"

나는 다음을 이어받았다.

잿빛 거위가 암컷 옆을 날게 하라

북쪽은 봄, 내가 가는 것은 남쪽

메메르가 얼굴을 빛내며 말했다. "아! 그 시 정말 좋죠!"

카스프로가 말했다. "물론 너는 좋아하지. 하지만 향수병에 걸린 남부인 몇 명을 빼면 잘 아는 시는 아니야." 나는 향수병에 걸린 북부인, 나에게 데니오스의 책을 빌려주었던 타데르를 생각했다. 그 시를 읽은 것도 그때였다. 카스프로는 말을 이었다. "이 집에 현대 선집 같은 걸 만들면 유용하겠다는 생각을 하고 있었네. 자네가 그런 주제에 관심이 있다면 말이야, 가비르. 물론 외우고 있지 않은 내용은 찾아줄 수 있겠지. 나에겐 책이 많거든. 자네는 날 도우면서 대학 공부도 따라갈 수 있을 테고. 어떻게 생각하나?"

그라이는 멜과 같이 포장돌에 앉아 있었다. 그녀는 손을 뻗어 남편의 손을 잡았고, 그들은 잠시 동안 고요하면서 강렬한 사랑의 눈길로 서로를 응시했다. 멜은 그라이를 보고 카스프로를 쳐다보았다. 얼굴을 찌푸리고 열심히 그를 살펴보았다.

"멋진 생각 같은데." 그라이가 말했다.

카스프로가 나에게 말했다. "이 집에는 빈 방이 몇 개 있다네. 하나는 메메르가 쓰는 방이지. 여기 있는 동안엔, 최소한 내년 겨울까지는. 다락에도 방이 두 개 있어. 최근까지 벤드라만에서 온 여학생 둘이 살았지. 하지만 그들은 배운 내용으로 데리스와 터의 선량한 사제들을 놀래러 돌아갔다네. 그러니 방은 빈 채로 자네와 멜을 기다리고 있지."

그라이가 말했다. "오렉, 가비르에게 생각할 시간을 줘야지."

"위험할 때가 많지. 생각할 시간이란." 카스프로는 사과와 도전이 함께 담긴 미소를 지으며 나를 보았다.

"전, 그건…… 우린……." 나는 문장을 마무리할 수가 없었다.

그라이가 말했다. "집 안에 아이가 있으면 나도 정말 기쁘겠어. 이 아이가 있으면……. 물론 멜만 좋다면 말이야."

멜은 그라이를 쳐다보고, 나를 보았다. 내가 말했다. "멜, 이분들께서 우리 보고 여기에서 함께 지내자고 하셔."

"셰타르랑 같이?"

"응."

"그라이 아줌마랑? 메메르랑?"

"응."

멜은 말없이 고개를 끄덕이더니 다시 사자의 촘촘한 털을 쓰다듬기 시작했다. 사자는 들릴락 말락 하게 코를 골았다.

"좋아, 그럼 됐구나." 카스프로는 유난히 강한 고원지대 억양으로 말했다. "메추라기집에서 짐을 챙겨 가지고 오게나."

나는 의심을 떨치지 못하고 머뭇거렸다.

카스프로는 조용하지만 사납게 말했다. "자네는 반생 전에 나를 보았고, 나는 자네 이름을 말하지 않았던가? 여기에도 나를 보러 온 게 아니었나? 길을 인도받았는데 어찌 인도자와 다투겠나?"

그라이는 호의 어린 눈으로 나를 지켜보았다.

메메르는 미소 지으며 카스프로를 보더니 내게 말했다. "오렉과 말다툼하긴 진짜 힘들어."

"저, 전…… 다투고 싶은 게 아닙니다." 나는 말을 더듬었다. "그저……." 그리고 다시 말을 잇지 못했다.

멜이 일어서더니 내 옆에 앉아서 몸을 붙이고 속삭였다. "뾰족아, 울지 마. 다 괜찮아."

"알아." 나는 멜을 안으며 말했다. "나도 알아."

이수현 우선 작가가 되기로 한 계기를 여쭤보고 싶습니다. 처음 발표하신 소설은 단편 〈파리의 4월〉(1962)이었지만, 훨씬 전부터 글을 쓰기 시작하신 것으로 압니다. 극적인 사건은 아니라도 어떤 계기가 있었을 것 같은데요.

어슐러 K. 르 귄 작가가 '되기로 한' 적은 없어요. 전 쓰는 법을 익히자마자 글을 썼어요. 아무래도 글 쓰는 것이 천성이지 싶군요. 처음에는 시를 썼고, 열 살쯤부터는 이야기도 쓰기 시작했어요. 그 후로 쭉 시와 이야기를 써왔지요…… 그러니까 70년을 쓴 셈인가요.**

20대에 쓴 시 중에는 잡지에 실린 것도 있었지만 단편 소설은

---

*이 인터뷰는 2008년 진행되었으며, 장르문학잡지 《판타스틱》(2008년 2월호)에 먼저 부분 수록했다.
**인터뷰 당시가 10년 전이니, 80년간 글을 쓴 셈이다.

몇 년이 더 지나도록 내놓을 곳을 찾지 못했어요. 〈파리의 4월〉이 SF 판타지 잡지에 실린 것과 동시에 〈음악에 부침〉이라는 단편이 문학잡지에 실렸지요. 당시에 대부분의 문학잡지는 투고자에게 원고료를 줄 형편이 아니었던 반면에 〈어메이징 스토리즈〉 같은 상업 잡지들은 원고료를 줬어요. 당시 우리 부부는 돈이 없었고, 30달러면 상당한 금액이었어요. 그래서 전 SF 잡지들에 단편을 보내기 시작했고, 그 잡지들이 실어주면서 그렇게 해서 SF 작가가 된 겁니다.

이수현 소설에서 가장 중요한 요소는 무엇이라고 생각하시는지? 그리고 자신의 소설에서 가장 중요한 요소는?

어슐러 K. 르 귄 제게 가장 중요한 것은 심미적인 요소예요. 이야기를 예술 작품으로 만드는 특질이죠. 물론 이런 특질을 딱 집어내기는 어려운 일이지요. 특히 산문 소설에서는요. 아름다움, 언어의 아름다움, 균형 감각, 지적인 깊이와 명징성, 깊이 있는 감수성, 풍부한 상상력, 솔직한 감정 등의 표현을 쓸 수는 있겠지만 그건 추상적인 개념일 뿐이고……. 그것들을 소설에 적용하기 어렵다는 것은 잘 알려져 있지 않던가요. 게다가 그 모든 기준을 다 만족시킬 소설이 얼마나 되겠어요! 그래도 제게는, 어느 정도의 미적 기준에 미치지 못하는 글은 의미가 없어요. 시간 낭비죠.

이수현 어떤 식으로 집필을 하는지 말씀해주실 수 있으신지요? 어떤 규칙이나 순서, 필요한 도구 같은 것이 있나요?

어슐러 K. 르 귄 음, 대개는 앉아서 귀를 기울이지요. 그러다가 이야기가 형성되어 스스로를 표현하기 시작하는 소리가 들리면 더 열심히 귀를 기울이고, 그 이야기에 대해 많이 생각하고, 기록도 조금씩 해요. 그리고 계속해서 이야기가 만들어져가면 그때 쓰기 시작하죠. 그러려면 하루 몇 시간씩 앉아서 다른 모든 생활의 소리를 듣지 않고 귀를 기울일 만한 공간이 필요해요. 특별한 규칙은 없군요. 꼭 지키는 습관도 없고. 집중과 인내심…… 그리고 공책, 펜, 컴퓨터가 제 도구예요.

이수현 이제까지 쓰신 글을 보면서 놀랐던 건 너무나 독특한 동시에 설득력 있는 세계를 창조해 펼쳐 보인다는 부분이었습니다. 《어둠의 왼손》에 나오는 겨울 행성 '게센'이나 단편 〈기Gy의 비행자들〉에 나오는 '기', 또는 '서부 해안' 같은 세계는 어떻게 만들어내시죠? 마음속에 떠오르는 그림을 보시나요? 아니면 이야기가 먼저고, 그 이야기에 걸맞은 정보를 모아서 적절한 세계를 만드시는 건가요?

어슐러 K. 르 귄 앞에 말씀하신 것처럼일 때도 있고, 다를 때도 있지요. 때로는 이야기가 자리할 장소가 보이기 시작해요. 그 장소에 대해 생각하다보면, 이야기를 찾게 되지요. 때로는 이야기가 먼저 사건이 일어나는 장소로 나를 끌어가기도 해요. 때로는 그저 이야기를 따라가다보면 풍경이 드러나기도 하고요. 하지만 그럴 때에도 길을 잃지 않으려면 멈춰 서서 필요한 정보를 모으고, 가능성들을 고려하고, 기록을 하고, 지도를 만들어야 해요. 《어둠의 왼손》, 《빼앗긴 자들》, 《언제나 집으로 돌아와》에

나오는 세계들을 만드는 데에는 오랜 시간과 많은 독서와 많은 생각이 필요했어요. 그런데도 소설을 쓸 때면, 언제나 그 세계에 대해 새로운 것들을 발견하게 되지요.

이수현 쓰신 책들을 읽으면서…… 특히 1960, 70년대에 쓴 '헤인 시리즈'*를 읽으면서 이시**의 일이 당신의 글에 영향을 미치고 있지 않은가 하는 인상을 받았습니다. 혹시 이시와 관련한 개인적인 경험이 있는지, 그리고 이시에 대한 여러 소설화 작업을 어떻게 생각하시는지 궁금하네요.

어슐러 K. 르 귄 이시는 1915년에 죽었고, 저는 1929년에 태어났어요. 1950년대 들어서 어머니가 책을 쓰기 위해 조사를 시작하실 때까지만 해도 이시에 대해 아무것도 몰랐지요. 제 어머니의 책***을 읽는 사람들보다 제가 더 아는 것은 없어요. 그러나 이시의 이야기는 누구든 알고 나면 결코 떨쳐버릴 수 없는 것이지요. 어쩌면 그것이 인류학자를 뒤집어놓은 이야기이기 때문에, 그 역설이 저를 더 매료시켰을지도 모르겠군요. 인류학자는 홀

---

*구체적으로는 《로캐넌의 세계》(1966)부터 《유배 행성》(1966), 《환영의 도시》(1967), 《어둠의 왼손》(1969), 《빼앗긴 자들》(1974), 《세상을 가리키는 말은 숲》(1976)까지의 여섯 작품을 가리킨다.
**이시는 야히족 최후의 생존자로, 북아메리카에서 유럽 문화와 무관하게 생활한 마지막 인디언으로 알려져 있다. 숨어 살다가 1911년 백인에게 발견되었는데, 어떻게 해야 할지 몰랐던 발견자들은 그를 당시 인디언 연구로 유명했던 캘리포니아 대학의 인류학과 교수 앨프리드 크로버(르 귄의 아버지)에게 맡긴다. 크로버는 이시를 박물관 직원으로 채용하고 야히족의 언어와 문화를 연구했으나, 이시는 몇 년 후에 병으로 죽었다. 그의 이름 '이시'는 야히어로 '인간'을 의미하며, 아무도 그의 본명을 알지 못했다. 야히족에게는 자신의 본명을 말하는 것이 금기였기 때문이다.
***어머니의 책이란 시어도라 크로버가 쓴 《두 세계의 이시Ishi in Two Worlds》(1961)와 《마지막 인디언 이시Ishi the Last Yahi》(1964)를 말한다.

로 낯선 사람들 사이에 들어가서 그들이 누구인지, 어떻게 사는지 알아보려 하지요. 이시는 낯선 사람들 사이에 숨어 살면서 자신이 누구인지, 어떻게 살았는지 숨기려 했어요. 결국에는 그도 낯선 이들 사이에 나서서 그들의 방식을 배워야 했고, 그와 동시에 자신의 방식도 가르쳤지요.

한 사람 안에서 완전히 이질적인 두 문화가 만나는 것은 언제나 의미심장하고 마음에 사무치는 일이에요. 내가 쓰는 많은 이야기가 그런 만남에 대한 것이지요.

이수현 몇 작품에 걸쳐 '이름'이라는 주제에 천착하는 모습을 보이셨는데요. 진정한 이름, 이름의 의미, 이름 짓기 같은…… 여기에 특별한 이유라도 있나요?

어슐러 K. 르 귄 글쎄요, 작가라면 누구나 무엇인가를 표현하기 위해 적확한 말을 찾으려 하지요. 거의 맞는 말도 아니고, 그럭저럭 맞는 말도 아니고, 딱 맞는 말을요. 쓰고 있는 것에 대해 정확한 표현을 찾았다면, 그 글은 제대로 쓴 거예요.

이건 분명 마법사가 진정한, 정확한 이름을 알면 그 사물 또는 사람에게 힘을 행사할 수 있다는 '이름의 마법'과 비슷하지요. 이런 마법은 몇천 년 동안 전 세계에서 실행되어왔어요. 전 마법사는 아니지만, 작가니까요. 말의 힘과, 이름의 힘을 믿지요.

이수현 SF는 미국에서 예외적으로 인기 있는 장르입니다. 미국 사회는 기술이 대단히 발달해 있고 또 그 점에 대해 자신을 갖고 있지요. 반면 이곳 한국은 SF의 기반이 약해요. 과학 기술이 발전한 사회, 특히 미국 같은 곳에서 SF를 쓰는 것과 발전 중인 사회에서 SF를 쓰는 것 사이에는 분명 차이가 있어 보이는데요. 그 차이가 때로는 주된 아이디어만이 아니라 이야기 구조에도 영향을 미치는 것 같습니다. 이런 점에 대해 생각해보셨나요?

어슐러 K. 르 귄 물론 생각해봤어요. 예를 들어, SF는 마찬가지로 고도의 기술을 갖고 있는 일본이나 서유럽 같은 곳에서도 인기가 높지요. 또, 구소련연방에서는 정부가 금한 문제들을 이야기할 수 있기 때문에 SF를 쓰고 읽었어요. 문제를 미래에 밀어 넣음으로써 정치적인 의미는 없는 것처럼 보일 수 있었으니까요 (정치적인 의미가 강했을 때조차도). 요새 러시아인들은 SF를 읽기는 해도 더는 쓰지 않는 것 같아요. 남미도 흥미로운데, 어쩌면 이쪽이 한국과는 조금 더 비슷할지도 모르겠네요. 그쪽은 기술에 대한 소설을 많이 쓰고 읽지는 않지만 판타지나 '마술적 사실주의' 소설은 읽고 쓸뿐더러 이런 방면의 상상력에서는 세계를 이끌어왔지요.

이수현 사회 문제에 적극적이기로 유명하신데요. 작가들이 사회적인 문제에 진지하게 관심을 기울여야 한다고 생각하시나요? 꼭 그런 문제를 소설에 포함시키지는 않더라도요. 그리고 소설이 질문만이 아니라 답도 줄 수 있다고 생각하시는지?

어슐러 K. 르 귄 전 작가는 자신의 예술과 마음을 따라야 하며, 어떤 소신이나 이타주의에도 지배받지 말아야 한다고 생각해요. 작가는 진실을 말하는 한 언제나 자기 일을 하고 있는 겁니다. 하지만, 우리 페미니스트들*이 늘 말하듯 '인간은 정치적'이죠. 사람이 무엇을 하는지 쓴다면, 그것은 어느 개인에 대해서만이 아니라 사회에 대해 쓰는 것이고, 그 사회의 도덕에 대해 쓰는 겁니다. 누구도 '전장 바깥'에 있을 수 없지요.

그리고 소설가는 답을 하기보다는 질문을 하는 게 좋다고 생각합니다. 답은 독자들에게 맡겨둬야지요…….

이수현 《서부 해안 연대기》에 대해서 묻고 싶은데요, 집필하시게 된 이유가 궁금해요. 특히 청소년용 시리즈를 쓰신 게 오랜만이시죠? 물론 'YA'라는 꼬리표는 마케팅을 위한 구분에 불과하고, 좋은 책은 그저 좋은 책일 뿐이지만요. 전 〈기프트〉를 읽었을 때 20년 전에 읽었으면 얼마나 좋았을까 생각하기도 했거든요.

---

*페미니즘에 대해서는 〈데스레이Deathray〉에서 내놓은 질문이 있었기에 따로 묻지 않았다. 당시 질문은 이러했다. 페미니스트 작가로 이야기될 때가 많은데 그것이 정확한 평가라고 생각하느냐, 페미니스트 작가가 되려고 했던 것이냐 아니면 페미니즘이 고조되었던 시기에 명성을 얻은 여성 작가였기 때문에 그런 평가를 받게 되었던 것이냐. 이 질문에 대해 르 귄은 이렇게 답했다. "나 스스로를 페미니스트라고 칭할 때도 많아요. 1960, 70년대 페미니스트의 생각과 글 덕분에 엄청난 해방감을 얻었고, 남성 중심의 편협성과 고정관념에서 자유로워질 수 있었기 때문이지요. 그러니 설령 페미니스트 작가라는 표현이 내 생각이나 내 글을 온전히 설명하지 못한다고 해도 내가 페미니스트가 아니라고 말하는 것은 배은망덕한 데다가 거짓된 행동일 겁니다. [……] 게다가 스스로를 페미니스트라고 칭하면 완고한 고집쟁이와 늙은 바보와 신경질적인 할망구들이 펄펄 뛴다는 것도 저항하기 어려운 매력이죠." 한편으로는 《어둠의 왼손》으로 페미니스트 작가라는 호칭을 얻었다 해도 그의 초기작은 대부분 남자를 주인공으로 했다는 점이 흥미롭다. 《어둠의 왼손》에서도 성별이 없는 게센인을 가리키는 대명사로 'he'를 썼다는 점이 지적을 받아, 나중에 같은 배경으로 쓴 단편 〈겨울의 왕〉에서는 'she'로 바꾸었다. 어스시 시리즈도 초기 3부작은 훗날 남성 중심적이라는 지적을 많이 받았고, 이런 지적이 4권을 세상에 끌어내는 데 큰 몫을 한 것으로 알려져 있다. 이런 흐름은 작가의 의식에 변화가 일어난 것으로 읽을 수도 있고, 시대적인 차이로 볼 수도 있을 것이다. 1960년대에는 급진적이었던 행동이 지금 보면 미온적인 보수파로 보이는 것처럼 말이다.

어슐러 K. 르 귄 이 시리즈는 판타지 소설이고, 세 권 모두 중심 인물이 어른이 되어가는 젊은이예요. 미국 출판계는 이런 특징만으로도 청소년 소설이라 정의합니다. 내 에이전트는 청소년 소설 시장이 상당히 좋다는 걸 알고, 나에게 청소년용이 될 법한 이야기를 염두에 두고 있다면 지금이 내놓을 만한 적기라고 했어요. 청소년 소설을 쓴 지는 오래였지만 '잘못된 재능'을 타고 난 소년이라는 아이디어는 이미 머릿속에 있었죠. 그래서 에이전트의 제안과 내 아이디어가 마주쳐 불꽃을 일으킨 거예요.

이수현 독자들을 위해 그 '잘못된 재능'에 대해 조금 설명해주실 수 있을까요?

어슐러 K. 르 귄 〈기프트〉의 주인공 오렉은 아버지가 지닌 재능(파괴하는 능력)을 이어받으리라는 기대를 받지요. 그래서 자신이 '잘못된 재능'을, 파괴하는 게 아니라 만드는(시를 짓는) 능력을 타고났다는 걸 알고 굉장히 힘들어하게 됩니다…….

이수현 '잘못된 재능'에 대한 생각은 미리부터 하고 계셨다고요. 그러면 다른 두 권은 어떤가요? 세 가지 이야기를 함께 생각하셨나요?

어슐러 K. 르 귄 아니, 전혀 아니에요. 다 따로였죠. 특정한 장소, 특정한 인물의 이야기로요. 하지만 〈보이스〉의 줄거리가 떠올랐을 때, 그라이와 오렉도 그 안에 있을 것이고 나이 든 두 사람의 삶에 대해 보게 되리라는 걸 깨달았어요. 그리고 〈파워〉가 떠올랐을 때는 그들이 마지막에 나와야 한다는 걸 알았죠!

이수현 제목 말인데요. 각 권의 제목으로 단순하면서도 의미심장한 단어를 고르셨지요. 기프트(선물), 보이스(목소리), 파워(능력). 일종의 단계처럼 보이기도 하는데, 그런가요?

어슐러 K. 르 귄 〈기프트〉라는 한 단어짜리 제목이 마음에 들었어요. 그래서 동일한 상상계에서 벌어지는 다른 책에 대해서도 한 단어짜리 제목을 찾았죠. 어떤 방식으로든 서로 연결되어 있다는 걸 보여주려고요. 그리고 이 세 제목은 그 책이 다루는 내용 그대로이기도 하니까요…….

이수현 이 시리즈에서 서부 해안에 제한된 세계를 만드셨는데요. 제게는 의미심장한 작명으로 보이네요. 〈게르니카〉와 진행하신 인터뷰에서 소련의 상황과 이라크전에 대해 언급한 것을 보았습니다만, 사실 저는 이 세 권의 이야기에서 서구 문명 자체를 떠올렸어요. '서부 해안'은 의도적인 작명인가요?

어슐러 K. 르 귄 전 제 세계(서구 세계)의 서부 해안에 살지요. 내 마음속에서 깊고 복잡한 반향을 일으키는 표현이에요.

이수현 시리즈 두 번째 책인 〈보이스〉에는 사막 민족이 숭배하는 배타적인 유일신 '아스'가 나옵니다. 여기에서 아스는 알라로도, 하나님으로도 해석할 수 있겠더군요. 지금 현실에서 일어나는 종교 갈등에 대해 어떻게 생각하시나요?

어슐러 K. 르 귄 '아스'가 '알라'로 읽히는 것은 바라지 않아요. 영적인 세계에 대해 배타적인 접근을 주장하고, 다른 신들에 대한 숭배를 참아내지 못하는 유일신교의 신이라면 다 아스라고 할 수 있지요. 이런 배타적인 종교가 공격성과 결합되면 극도로 위험하다고 생각합니다. 그리고 종교가 민족주의와 결합하면…… 설령 힌두교처럼 자연스럽고 평화로운 다신교라 해도 유일신교의 공격성과 편협함을 흉내 내기 시작하지요.

이수현 번역 중에 재미있다고 생각한 일이지만, 〈파워〉의 번역은 〈보이스〉보다 수월한 편이었어요. 어느 쪽이 더 낫다는 문제가 아니라 뭔가 다른 부분이 있다고 느꼈죠. 차이라면 〈보이스〉는 여성 화자를 내세웠다는 점인데요.

이런, 이 질문을 하던 중에 최근 비슷한 이야기를 하신 걸 알았네요. 〈가제트 타임스〉와의 인터뷰에서 "난 오랫동안 남성으로 글을 썼고, 내 이야기 대부분은 남자들이 중심에 있었어요. 여성으로 글 쓰는 방법을 배우는 건 내 인생 중반기에 한 제일 중요한 일이었습니다. 그걸 익히지 못했더라면 글쓰기를 그만뒀든가, 그렇지 않더라도 잘 쓰진 못했을 거예요"라고 하셨지요.

흥미롭다는 생각이 들어요. 개인적으로 《서부 해안 연대기》 중에서 〈기프트〉와 〈보이스〉를 더 재미있게 읽었지만, 읽다가 눈물이 난 건 〈보이스〉밖에 없었거든요.

어슐러 K. 르 귄 네. 여성으로, 여성으로서 나 자신의 직관을 써서 글을 쓰는 데 오랜 시간이 걸렸어요. 그렇지만 젊은 여자나 소녀의 목소리로 쓰는 건 그렇게 힘들지 않았답니다. 물론 남자 목소리로 쓰는 건 언제나 쉬웠지만요! 이상한 일이죠…….

이수현 시리즈의 세 번째 책 〈파워〉가 2007년 9월에 출간되었지요. 다음 작품은 무엇인가요?

어슐러 K. 르 귄 다음 책은 《라비니아》라는 제목의 작품이에요.* 무척 즐거운 작업이죠! 제가 쓴 다른 어느 책과도 달라요. 이 소설은 호메로스의 시대, 이탈리아의 청동기 시대에 일어나는데요. 라비니아는 베르길리우스의 라틴어 서사시 《아이네이스》에 나오는 조연입니다. 이 서사시에서 베르길리우스는 트로이의 파멸에서 도망친 영웅이 로마를 세운다는 신화를 이야기해요. 전 아이네이아스의 이야기가 사실 비극이라고 생각해요. 운명에 떠밀려서 침략자, 정복자 역할을 해야 했던 선량한 남자의 비극이죠. 제 소설도 그걸 그리려고 합니다.

이수현 《서부 해안 연대기》3권 〈파워〉에는 도시국가 연합체가 나오는데요, 많은 면에서 고대 로마를 연상시키더군요. 혹시 그런 부분이 다음 작품인 《라비니아》와 관련이 있을까요?

어슐러 K. 르 귄 '도시국가'에 나오는 몇 가지 관습이 고대 로마를 연상시키는 건 맞아요. 하지만 《라비니아》와는 별 상관이 없어요. 《라비니아》는 로마가 존재하기 몇 세기 전의 일을 그리거

---

*이 질문을 던진 시점은 2007년 말~2008년 초였고 당시 작가는 아직 《라비니아》를 집필하고 있었다. 부연하자면, 인터뷰 후에 출간된 소설은 서사시에서 언급만 되고 넘어가는 여성 라비니아의 시점에서 다시 쓴 역사-신화였다.

든요. 게다가 〈파워〉를 쓰고 있었을 때는 그 이야기를 생각하지도 않았었고요!

이수현 서부 해안을 무대로 한 다른 책은 계획 없나요?

어슐러 K. 르 귄 지금으로서는 없어요. 하지만 모르는 일이죠!

이수현 혹시 가장 좋아하는 작가가 누군지 말씀해주실 수 있으신가요?

어슐러 K. 르 귄 저런, 그건 안 되겠네요. 가장 좋아하는 작가가 만 명은 되거든요! 노자에서부터 셸리, 사라마구까지요!

이수현 무슨 말씀이신지 알겠습니다. 저도 셋 다 좋아해요. 셸리는 메리 셸리겠죠?

어슐러 K. 르 귄 퍼시와 메리, 둘 다예요.

이수현 바쁜 시간을 쪼개어 답변해주셔서 감사합니다. 끝으로 한국 독자들에게 한 말씀 해주시겠어요?

어슐러 K. 르 귄 태평양 건너에서 따뜻한 인사를 건넵니다! 한국에는 매혹적인 이야기와 문학적 전통이 있다고 알고 있어요. 한국 작가들이 상상력을 끌어내는 한국만의 방식을 찾아내길 기대합니다. 어쩌면 남미 작가들이 했던 것처럼요.

젊었을 때 걸작을 쓰는 작가는 많지 않다. 그러나 만년이 되어서도 광채를 잃지 않는 작가는 더 적다. '거장'이라는 칭호가 따로 있는 것도 그래서다.

어슐러 K. 르 귄은 1962년에 시간 여행을 다룬 로맨틱한 단편 〈파리의 4월〉—1961년에 발표한 단편 〈유악에 부침〉이 있긴 했지만 실질적인 데뷔작인—을 발표하면서 주목을 끌기 시작, 왕성한 활동을 개시하며 SF계의 대표 작가로 자리매김했다. 평생 글을 썼고, 데뷔 이후 57년간 23권의 장편소설과 12권의 단편집, 15권의 어린이책을 출간하고 그 외에도 시, 평론, 에세이, 번역 등 다양한 분야에서 활동했다. 휴고상, 네뷸러상, 로커스상을 몇 차례씩 수상한 것은 물론이고 뉴베리상, 주피터상, 간달프상, 루이스 캐럴 서가상, 제임스 팁트리 주니어상, 디어도어 스터전상, 아시모프 독자상, 세계 환상 문학상 등 이 분야에서 가능한 상은 거의 다 휩쓸었다. SF나 판타지 계통이 아닌 문학 작품과 시詩로도 여러 상을 탔다.

대부분의 상패는 이미 작가 생활 초기에 거둬들였고, 지금까지 사람들 입과 눈에 오르내리는 대표적 저작인《어스시의 마법사》,《어둠의 왼손》,《빼앗긴 자들》모두 1980년이 되기 전에 나왔다. 1980년대에 들어서는 기존에 쓰던 세계관에서 벗어난 독립적인 이야기나 SF와 판타지 장르를 벗어난 작품을 주로 썼는데 그중에서《언제나 집으로 돌아와》나《바닷길》같은 작품은 비평적으로 좋은 성과를 거두었으며 각각 전미도서상과 퓰리처상 후보에 올랐다. 1990년대에는 작품 발표 수가 적었다. 2000년이 되자 각계에서 그녀에게 공로상과 그랜드 마스터 상을 수여하기 시작했다. 일흔 살까지 정력적으로 활동한 거장에게 공로상을 수여한 것이 섣부른 일이라고 말할 수는 없다.

그러나 정작 작가 본인에게는 일흔이라는 나이와 새로운 세기가 작가 생활의 마무리 지점이 아니라, 새로운 출발점이었다. 2000년에 장편《텔링》이 나왔다. 장편소설 출간 자체가 10년 만이었고 헤인/에큐멘 시리즈의 후속작도 5년만이었다. 이어서《어스시의 이야기들》과《다른 바람》이 나왔다. 어스시 시리즈가 4권 테하누로 끝을 맺은 지 10년 만이었다. 반기는 독자도 많았지만, 의아해하거나 걱정스러워하는 독자도 있었다. 소리 내어 묻지는 않아도 같은 의문을 품은 사람들이 있었다. 르 귄도 만년에 들어서 자기가 구축한 세계를 갈무리하고 싶어 하는 걸까 하는 의문.

그러나 그 후에 나온 것은 완전히 새로운 시리즈였다. 〈기프트〉를 시작으로 '서부 해안'이라는 전혀 다른 세계를 무대로 하는 소설 세 권을 쓴 것이다. 기존에 보지 못한 배경에, 장르 판타지의 관습에도 들어맞지 않는 이야기들이었다. 게다가 이 책들은 '청소년 소설'이라는 라벨이 붙어서 세상에 나왔다. SF계에서도 일반 문학계에서도 이 시리즈가 자기네가 평가하거나 상찬할 대상이라고 생각하지 않았다. 아마 르 귄도 그럴 가능성이 높다는 사실을 알고 있었을 것이다. 성공한 작가라 해서 앞에 펼쳐진 길이 넓지는 않다. 때로는 길이 더 좁을 수도 있다. 그 시점에서 계속 도전해나갈 수 있다는 건 그 자체로 존경할 수밖에 없는 일이다.

> ……그리고 난 언제나 이렇게 생각했죠. 이 책이 훌륭했다면, 다음 책은 더 훌륭할 거야. 예술가에게 그 정도 오만함은 필수 요소라고 생각해요. 충분조건은 아니어도 필요조건이긴 하죠.
>
> _〈게르니카〉와의 인터뷰 중에서

《서부 해안 연대기》 3부작인 〈기프트〉, 〈보이스〉, 〈파워〉는 주인공이 멋진 활약을 펼치고, 세계를 구하고, 통쾌하게 복수하는 이야기가 아니다. 이 아이들은 서로 다른 지역에서, 서로 다른 시기에, 서로 다른 고난을 겪는다. 그들에게는 마법과도 같은 특별한 능력이 있지만, 그 능력이 인생을 쉽게 만들어주거나 그들을 구해주지는 않는다. 오히려 그들에게 능력이란 잘못 주어진 선물에 가깝다. 오렉 카스프로는 부수는 능력으로 영지를 지키고 아버지의 기대에 부응해야 했지만, 시를 읽고 짓는 능력을 타고났다. 메메르 갈바는 온 마음으로 책을 사랑하지만, 책과 글을 사악하게 여기는 정복자들의 치하에서는 숨겨야 할 능력일 뿐이다. 노예로 자란 가비르는 본 것 모두와 아직 오지 않은 미래를 기억할 수 있지만, 예지력은 비극이나 시행착오를 피하게끔 이끌어주지 않으며 기억력은 고향에서 아무 쓸모가 없다. 이 아이들은 자기들 삶에서 일어나는 주요 사건들에서조차 무력하다. 이들은 선택받은 자가 아니고, 영웅이 아니다. 오직 책과 이야기와 시에 대한 사랑으로 힘겨운 청소년기를 견뎌내는 아이들일 뿐이다. 그들이 자란 곳에서는 아무 쓸모도 없어 보이는 선물이자 능력으로.

그래서 이 책들이 전보다 더 현실적으로 다가오는지도 모르겠다. 〈기프트〉나 〈보이스〉의 어느 부분에서 지금 여기 한국의 현실을, 개인적인 경험을 떠올리는 사람이 옮긴이 하나만은 아닐 것이다. 르 귄의 이전 작품들보다 더 한 개인에게 초점을 맞추고 있는데도 이 이야기들을 개인적인 차원으로만 읽을 수 없는 것도 그래서다. 1970년대에 나온 헤인 시리즈 작품들이 세계를 주인공으로 그 안의 개인을 다루었다면, 지금 나온 《서부 해안 연대기》 시리즈에서는 한 사람을 주인공으로 세계를 다룬다. 좁은 울타리 안에서 일어나는 작은 사건을 다루는 듯 보이지만 그 안에는 지금 우리가 선 복잡한 세상의 그림자가 층층이 담겨 있다. 한 사람의 이야기는 모두의 이야기로 확장된다.

주인공들의 여정에 답이 주어지는 것은 아니다. 어디에도 정답이나 완벽한 대안은 없다. 틀을 전복시키는 사고 실험도 없다. 길을 이끌어줄 현자도 없다. 영웅도 구원도 없다. 그 대신 한 사람의 구원은 존재한다. 한 사람의 꿈. 한 사람의 출발. 한 사람의 성장. 어쩌면 희망은 언제나 거기에 있는지도 모른다.

누군가 이 이야기들을 읽고 옮긴이가 받은 것 이상의 위로를 받을 수 있었으면 좋겠다.

10년 전에 이 작품을 번역하며 많이도 귀찮게 했건만 언제나 친절하고 아름다운 답장을 보내준 작가를 돌이키며, 다시 한 번 고마움을 써두고 싶다. 《서부 해안 연대기》를 번역하고 서면 인터뷰를 진행하던 당시 작가는 《라비니아》 집필을 막 끝낸 후였다. 만년에 다시 한 번 새로운 영역에 도전하다니 새삼 존경스럽다고 생각했는데, 그것이 마지막 장편이 되었다. 그렇다 해도 '평생 글을 썼다'는 것이 작가의 자부심이라, 마지막까지도 단편 소설과 시와 에세이를 계속 썼고 영면 소식이 들리기 두 달 전에도 새로운 에세이집을 냈다. 평생 글을 썼을 뿐 아니라, 평생 열린 자세로 계속 배우고 변화하며 나아갈 수 있다는 사실을 보여준 작가에게 감사드린다.

2018년
이수현

옮긴이 이수현

작가이자 번역가로 인류학을 공부했다. 장편 《패러노말 마스터》를 썼고 《한국 환상문학 단편선》, 《이웃집 수퍼히어로》 등에 단편을 실었으며 주로 SF와 판타지, 추리소설, 그래픽노블을 번역하고 있다. 옮긴 책으로는 할란 엘리슨 단편집, 네이선 로웰 《대우주시대》, 제임스 팁트리 주니어 《체체파리의 비법》, 옥타비아 버틀러의 《킨》, 어슐러 K. 르 귄의 《빼앗긴 자들》, 《로캐넌의 세계》 등 헤인 연대기와 서부 해안 시리즈, 테리 프레쳇과 닐 게이먼의 《멋진 징조들》, 알렉산더 매컬 스미스 《꿈꾸는 앵거스》, A. M. 홈스의 《사물의 안전성》, 제프리 포드 《환상소설가의 조수》, 로저 젤라즈니의 《고독한 시월의 밤》, 존 스칼지의 《노인의 전쟁》, 로런스 블록 《살인해드립니다》, 릭 라이어던의 '퍼시 잭슨과 올림포스의 신' 시리즈, 닐 게이먼의 그래픽노블 '샌드맨' 시리즈, 마크 버킹험의 그래픽노블 '페이블즈' 시리즈, 조지 R. R. 마틴의 《피버 드림》과 '얼음과 불의 노래' 시리즈 재번역판 등 100여 권이 있다.

어슐러 K. 르 귄 걸작선 06

서부 해안 연대기

초판 1쇄 발행일 2018년 3월 12일
초판 3쇄 발행일 2022년 6월 10일

지은이 어슐러 K. 르 귄
옮긴이 이수현

발행인 윤호권
사업총괄 정유한

편집 황경하 **디자인** 박지은 **마케팅** 명인수
발행처 ㈜시공사 **주소** 서울시 성동구 상원1길 22, 6-8층 (우편번호 04779)
대표전화 02-3486-6877 **팩스(주문)** 02-585-1755
홈페이지 www.sigongsa.com / www.sigongjunior.com

ISBN 978-89-527-9031-6 04840
ISBN 978-89-527-7181-0 (세트)

*시공사는 시공간을 넘는 무한한 콘텐츠 세상을 만듭니다.
*시공사는 더 나은 내일을 함께 만들 여러분의 소중한 의견을 기다립니다.
*잘못 만들어진 책은 구입하신 곳에서 바꾸어 드립니다.